江苏省中小学教师自学考试小学教育专业专升本教材

《中外文学作品导读》自学辅导

王星琦 编

苏州大学出版社

图书在版编目(CIP)数据

《中外文学作品导读》自学辅导 / 王星琦编. —苏州:苏州大学出版社,2000.10(2022.2 重印)
江苏省中小学教师自学考试小学教育专业专升本教材
ISBN 978-7-81037-732-4

Ⅰ. ①中… Ⅱ. ①王… Ⅲ. ①文学-世界-高等教育-教材 Ⅳ. ①I11

中国版本图书馆 CIP 数据核字(2000)第 53439 号

《中外文学作品导读》自学辅导

王星琦 编

责任编辑 倪锈霞

苏州大学出版社出版发行
(地址:苏州市十梓街 1 号 邮编:215006)
常州市武进第三印刷有限公司印装
(地址:常州市武进区湟里镇村前街 邮编:213154)

开本 850 mm×1 168 mm 1/32 印张 38.625(共 3 册) 字数 1037 千
2000 年 10 月第 1 版 2022 年 2 月第 14 次修订印刷
ISBN 978-7-81037-732-4 定价:76.00 元(共 3 册)

若有印装错误,本社负责调换
苏州大学出版社营销部 电话:0512-67481020
苏州大学出版社网址 http://www.sudapress.com
苏州大学出版社邮箱 sdcbs@suda.edu.cn

江苏省中小学教师自学考试小学教育专业专升本教材编写组成员名单

主　任　周德藩
副主任　朱小蔓　杨九俊　笪佐领　鞠　勤
　　　　　刘明远
成　员　（以姓氏笔画为序）
　　　　　丁家永　王星琦　王晓柳　叶惟寅
　　　　　李学农　李星云　陈敬朴　林德宏
　　　　　周兴和　胡金平　姚烺强　耿曙生
　　　　　高小康　高荣林　唐厚元

前　言

　　江苏省教育委员会决定自 2000 年起举办小学教师小学教育专业专升本自学考试,以南京师范大学为主考单位。

　　本科小学教育专业自学考试,既是我国自学考试的一种全新形式,也是江苏省 21 世纪推进小学教师继续教育,提升学历,以适应江苏省教育现代化需要的重要举措。

　　南京师范大学于 1998 年设置本科小学教育专业并招生,为江苏省小学教师小学教育专业专升本自学考试奠定了基础。江苏省自 1993 年起组织并实施专科小学教育专业自学考试,迄今已有数万名考生顺利通过考试,进一步提高了江苏省小学教师队伍的素质。1999 年,江苏省教育委员会组织专家进行了小学教师小学教育专业专升本自学考试方法与课程计划的论证,制订了《江苏省小学教师自学考试小学教育专业专升本课程考试计划》,同时组织了一批专家根据课程计划编写教材。为保证教材的质量,江苏省教育委员会两次组织教材编写会议进行研讨,明确了教材编写的指导思想和编写原则,并拟订了教材编写计划,正式下发了《关于组织编写小学教师自学考试小学教育专业专升本课程教材的通知》。

　　这套教材的基本特点主要有三个。(1) 突出 21 世纪小学素质教育的要求,旨在提高小学教师实施素质教育的能力和水平;(2) 基础性与应用性相结合,旨在为小学教师可持续发展提供条件,为小学教师的教育教学实践服务;(3) 课程教学与课外学习相结合,改变自学考试的"应试"教育倾向,以实现学历与素质同步提高的目标。

本科小学教育专业自学考试作为全新的事业,需要不断发展和完善。希望广大自学考试辅导教师和自学考试者在教材的使用与学习中,提出宝贵意见,为这一事业的发展做出贡献。

江苏省中小学教师自学考试办公室
2000 年 2 月 24 日

编 写 说 明

本书是《中外文学作品导读》(苏州大学出版社,2000年10月版)的辅助性参考书。考生一定要在认真阅读《中外文学作品导读》的基础上,根据考试大纲(附于《中外文学作品导读》教材之后)的要求,正确使用本辅导书。切不可粗略阅读教材,死记硬背本辅导书。要真正学好这门功课,首先要培养自己认真阅读文本、多动脑筋的良好习惯,这一点非常重要。对于教材中的"概说"部分,尤其要下功夫钻研、探讨,重在理解与消化,不断增强自己的综合分析能力。

本辅导书在题型方面决定了试题的基本构成形式。其中填空题、单项选择题、多项选择题,是客观性试题,其要求是简练、准确,显然,它需要在理解基础上的记忆。考生应熟练掌握文学史和教材所选文学作品的一些基本知识,才能自如答出。简答题与论述题同属主观性试题,所不同的是前者只须答出要点,一般不要展开分析,后者则要在分析、归纳上下功夫,一般说来难度较大。我们在辅导书中试图加以区别,但限于篇幅,论述题也未能充分展开。考生不必拘泥于此,可以做充分的论述。名词解释可以说是主观性与客观性兼顾类试题,切忌生吞活剥,可以在理解与消化的基础上,自己组织语言,只要准确、清楚,文字表达上有所不同,是完全可以的。

试卷组合、搭配的一般做法是:文学史概述部分的内容占30%,作品与导读部分的内容占70%。五编内容中,中国古代文学知识占40%,中国现当代文学、外国文学与儿童文学各占20%。对不同能力层次的要求,识记占20%,领会占20%,简单应用和综合应用各占30%。

  本书的主编是王星琦。参加本书编写的有张采民[中国古代文学(上)]、王星琦[中国古代文学(下)]、沈义贞(中国现当代文学)、许海燕(外国文学)、许永(儿童文学)。对于《中外文学作品导读》和本辅导书的编写,我们尚缺乏经验,尽管在编写过程中我们参考借鉴了不少同类教材,疏漏和舛误在所难免。我们相信,好的教材总是要在使用过程中不断完善、不断提高的。我们欢迎读者和广大考生多多批评指正,以便在修订中将教材和辅导书编得更好。

编 写 者

2000年8月20日

目　录

● 上　册 ●

第一编　中国古代文学（上）

【学习目的与要求】……………………………………（1）
第一章　中国古代文学概述（上）……………………（2）
　　第一节　先秦文学概述………………………………（2）
　　第二节　两汉文学概述………………………………（6）
　　第三节　魏晋南北朝文学概述………………………（8）
第二章　中国古代文学作品与导读（上）……………（13）
　　弹歌……………………………………………………（13）
　　芣苢……………………………………………………（13）
　　氓………………………………………………………（14）
　　硕鼠……………………………………………………（14）
　　蒹葭……………………………………………………（15）
　　无衣……………………………………………………（16）
　　叔向贺贫………………………………………………（16）
　　秦晋殽之战……………………………………………（17）
　　冯谖客孟尝君…………………………………………（17）
　　侍坐章…………………………………………………（18）
　　齐桓晋文之事章………………………………………（18）
　　逍遥游（节选）………………………………………（19）

湘夫人	(20)
国殇	(20)
哀郢	(21)
过秦论(上)	(21)
乌江自刎	(22)
苏武传(节选)	(23)
上邪	(24)
陌上桑	(24)
迢迢牵牛星	(25)
短歌行	(25)
出师表	(26)
咏怀(其一)	(26)
咏史(其二)	(27)
饮酒(其五)	(27)
桃花源记	(28)
晚登三山还望京邑	(28)
与朱元思书	(29)
寄王琳	(29)
西洲曲	(29)
敕勒歌	(30)
王子猷居山阴	(30)

第二编　中国古代文学(下)

【学习目的与要求】 (31)

第三章　中国古代文学概述(下) (32)
　第一节　隋唐五代文学概述 (32)
　第二节　宋金文学概述 (35)
　第三节　元代文学概述 (37)

第四节　明代文学概述 …………………………………… (39)
　　第五节　清及近代文学概述 ……………………………… (43)
第四章　中国古代文学作品与导读(下) ………………………… (47)
　　人日思归 …………………………………………………… (47)
　　在狱咏蝉 …………………………………………………… (47)
　　滕王阁序并诗 ……………………………………………… (48)
　　春江花月夜 ………………………………………………… (49)
　　临洞庭湖赠张丞相 ………………………………………… (49)
　　冬晚对雪忆胡处士家 ……………………………………… (50)
　　将进酒　宣州谢朓楼饯别校书叔云 ……………………… (51)
　　春望　登高 ………………………………………………… (51)
　　琵琶行并序 ………………………………………………… (52)
　　张中丞传后序 ……………………………………………… (53)
　　始得西山宴游记　登柳州城楼寄漳汀封连四州 ………… (54)
　　梦天 ………………………………………………………… (55)
　　泊秦淮 ……………………………………………………… (55)
　　无题 ………………………………………………………… (56)
　　菩萨蛮 ……………………………………………………… (57)
　　思帝乡 ……………………………………………………… (57)
　　虞美人 ……………………………………………………… (58)
　　秋声赋 ……………………………………………………… (59)
　　雨霖铃 ……………………………………………………… (59)
　　江城子·密州出猎　前赤壁赋 …………………………… (60)
　　声声慢 ……………………………………………………… (61)
　　永遇乐·京口北固亭怀古 ………………………………… (62)
　　单刀会(第四折)　[南吕·四块玉]别情 ……………… (62)
　　[双调·夜行船]秋思(节选) …………………………… (63)
　　西厢记·长亭送别 ………………………………………… (64)
　　牡丹亭·惊梦 ……………………………………………… (65)

3

满井游记 ·· (65)
  桃花扇·骂筵 ·· (66)
  蝶恋花 ·· (67)
  秋心三首(选一) ·· (67)

第三编　中国现当代文学

【学习目的与要求】 ·· (69)
第五章　中国现当代文学概述 ···························· (70)
　第一节　中国现代文学概述 ···························· (70)
　第二节　中国当代文学概述 ···························· (81)
第六章　中国现当代文学作品与导读 ··················· (86)
　秋夜 ·· (86)
　苦雨 ·· (87)
　手推车 ··· (87)
　五月 ·· (88)
　萧萧 ·· (88)
　屈原(节选) ·· (89)
　苹果树下 ·· (90)
　养花 ·· (90)
　关汉卿(节选) ··· (91)
　陈奂生上城 ··· (92)
　白发苏州 ·· (93)
　桑树坪纪事(节选) ······································· (93)

●下　　册●

第四编　外国文学

【学习目的与要求】 ·· (94)

第七章　外国文学概述 (95)
第一节　古代欧洲文学概述 (95)
第二节　中世纪欧洲文学概述 (97)
第三节　近代欧美文学概述 (98)
第四节　20世纪欧美现实主义文学概述 (102)
第五节　20世纪欧美现代主义文学概述 (103)
第六节　亚非文学概述 (105)
第八章　外国文学作品与导读 (107)
伊利亚特(节选) (107)

俄狄浦斯王(节选) (107)

堂吉诃德(节选) (108)

哈姆莱特(节选) (108)

伪君子(节选) (109)

少年维特之烦恼(节选) (109)

恰尔德·哈罗尔德游记(节选) (110)

致恰阿达耶夫　致凯恩 (110)

巴黎圣母院(节选) (111)

高老头(节选) (111)

德伯家的苔丝(节选) (112)

安娜·卡列尼娜(节选) (113)

哈克贝利·芬历险记(节选) (113)

老人与海(节选) (114)

变形记(节选) (114)

雪国(节选) (115)

摩诃摩耶 (115)

第五编　儿童文学

【学习目的与要求】 (116)

第九章 儿童文学概述 ……………………………………（117）
第一节 儿童文学的含义和特点 ………………………（117）
第二节 儿歌和儿童诗 …………………………………（119）
第三节 寓言和童话 ……………………………………（122）
第四节 儿童小说 ………………………………………（124）
第五节 儿童散文和儿童纪实文学 ……………………（125）
第六节 儿童科学文艺 …………………………………（127）

第十章 儿童文学作品与导读 ……………………………（129）
太阳神之子 …………………………………………………（129）
人类之母女娲 ………………………………………………（130）
两边不讨好的蝙蝠 …………………………………………（131）
核桃和钟楼 …………………………………………………（131）
海的女儿 ……………………………………………………（132）
大拇指 ………………………………………………………（133）
木偶奇遇记 …………………………………………………（133）
逃学 …………………………………………………………（134）
我和足球 ……………………………………………………（135）
红酋长的赎金 ………………………………………………（136）
秃鹤 …………………………………………………………（137）
送阿宝出黄金时代 …………………………………………（137）
守望的天使 …………………………………………………（138）
为什么我成了一个麻木的人 ………………………………（139）
巨人和铁马 …………………………………………………（140）
菌儿自传（节选） ……………………………………………（140）
失去的记忆 …………………………………………………（141）

参考答案 ……………………………………………………（142）

●上 册●

第一编　中国古代文学(上)

【学习目的与要求】

　　通过概述部分的学习,了解先秦、两汉、魏晋南北朝文学的基本发展规律和主要文学成就。掌握这一时期的重要作家、作品,深入了解这些作家和作品与当时的社会背景、文学思潮和文学发展的内在关系。重点掌握:先秦歌谣的文学价值;《诗经》的分类原则和表现手法及艺术成就;历史散文的体例、叙述技巧和表现人物性格的手法;诸子散文的重要代表著作及其论说特点和哲理;以屈原为代表的楚辞的特色;《史记》的体例和文学价值及乐府的概念;汉赋的基本特征和发展阶段;汉乐府民歌的基本特点;建安诗歌的成就;文人拟乐府诗、咏怀诗、咏史诗、田园诗、山水诗、永明体的艺术独创性及其对后世的影响;南北朝乐府民歌在内容和风格上的差异;骈文、骈赋的特点;小说的分类;等等。通过对作品与导读部分的学习和领会,掌握作品思想与艺术的基本特征,提高文言文阅读能力和理解能力。要求对所选的33篇作品的思想内容和艺术上的独特成就进行深入学习和把握,并将其中的文言实词和虚词进行认真细致的学习,有关各类文体的产生、形成和特点也须学习和掌握。重点掌握:《左传》《战国策》《论语》《孟子》《庄子》《史记》《乐府诗集》等著作的选篇,以及曹操、阮籍、左思、陶渊明、谢灵运、谢朓、庾信等作家的作品。要求熟读和背诵大纲所规定的作品。难点部分:先秦散文的字、词、句的读音及解释和翻译。

第一章 中国古代文学概述(上)

第一节 先秦文学概述

一、填空题

1. 歌谣是人民的_____，最贴近_____，直接表达了人民的_____和_____。
2. _____是我国最早的一部诗歌总集，辑录了自_____到_____大约_____年间的诗歌，共_____篇。按音乐性质的不同，它可分为_____、_____、_____三类。
3. 我国第一部历史散文集是_____。
4. 我国第一部详尽完整的编年体史书是_____，以_____为主；我国第一部国别体史书是_____，以_____为主。
5. 《左传》又称_____，它与另外两部书_____和_____合称为"春秋三传"。
6. 先秦诸子散文的发展可分为三个阶段：第一阶段为春秋末期至战国初期，代表著作有_____、_____等。第二阶段为战国中期，代表著作有_____、_____等。第三阶段为战国末期，代表著作有_____、_____，这是说理文章的成熟阶段。
7. _____一书主要记录了孔子的哲学思想和教育思想，

是我国最早的一部_____散文集。

8. 我国古代第一位伟大的诗人是战国后期楚国的_____,他的_____是《楚辞》的代表作,后人把《诗经》与《楚辞》并称_____,可见两者在诗歌史上具有同样的地位。

二、单项选择题

1.《女娲补天》《后羿射日》《夸父逐日》的神话见于_____。
    A.《淮南子》   B.《山海经》
    C.《穆天子传》   D.《楚辞》

2.《诗经》下列篇目中_____属于爱情诗。
    A.《无衣》   B.《蒹葭》
    C.《芣苢》   D.《硕鼠》

3. 我国最早的一部编年体史书是_____。
    A.《春秋》   B.《国语》
    C.《左传》   D.《战国策》

4. 先秦诸子包括各种不同的流派和政治观点,其中重要的是_____。
    A. 儒家、墨家、道家、法家、纵横家
    B. 儒家、道家、阴阳家、法家
    C. 名家、墨家、纵横家、农家
    D. 儒家、道家、杂家、小说家

5. 先秦诸子散文中最富有浪漫主义色彩的是_____。
    A.《韩非子》   B.《庄子》
    C.《老子》   B.《孟子》

6. 先秦诸子散文的共同特点是_____。
    A. 铺陈夸张   B. 讽刺

C. 援喻引譬　　　　　D. 寓言故事

7. 先秦诸子散文中,影响最大的是_____四大家的著作。

A. 墨子、孟子、庄子、韩非子

B. 老子、荀子、孟子、韩非子

C. 孔子、荀子、庄子、吕氏春秋

D. 孟子、庄子、荀子、韩非子

三、多项选择题

1. 《战国策》是一部_____的史书。

A. 分国记事

B. 按世次编写

C. 记叙战国时代谋臣策士的游说言辞及其纵横捭阖的斗争

D. 侧重写战国时代诸侯作战场面

E. 以记言为主

2. 下列寓言故事出自《战国策》的有_____。

A. 画蛇添足　　B. 鹬蚌相争　　C. 狡兔三窟

D. 守株待兔　　E. 愚公移山

3. 《战国策》的语言特色是_____。

A. 富于夸张,比喻生动

B. 多用对仗、排比修辞手法,纵横驰骋

C. 善于运用寓言故事说理

D. 锋芒锐利,议论透辟

E. 诙谐幽默

4. 汉代刘向编辑成书的先秦著作是_____。

A.《论语》　　B.《韩非子》　　C.《战国策》

D.《尚书》　　E.《楚辞》

5. 孔子在《论语》中提出的有关学习的主张是_____。
   A. "学不可以已"　　　　　B. "学而时习之"
   C. "学而不厌，诲人不倦"　D. "温故而知新"
   E. "见小利则大事不成"
6. 属于《九歌》的作品是_____。
   A.《哀郢》　　B.《国殇》　　C.《山鬼》
   D.《离骚》　　E.《湘夫人》

四、名词解释

1. 神话
2. 风、雅、颂
3. 赋、比、兴
4. 春秋笔法
5. 楚辞

五、简答题

1. 先秦歌谣有何文学价值？
2. 神话与传说有何区别？它们的共同特征是什么？
3. 简述《诗经》的思想内容及其艺术成就。
4. 简述《左传》的思想内容及其艺术成就。
5. 《庄子》的文学价值体现在哪些方面？
6. 概述孟子对施政治国有哪些主张？
7. 谈谈楚辞的浪漫主义特色。
8. 《诗经》与《楚辞》在形式上有什么不同特点？

六、论述题

1. 谈谈赋、比、兴的表现手法在《诗经》中的运用。
2. 《国语》与《春秋》的区别是什么？

第二节 两汉文学概述

一、填空题

1. 宋人_____的_____是收集乐府歌辞最完备的一部总集。
2. 汉乐府民歌主要保存在_____、_____和"杂曲歌辞"中。
3. 汉乐府民歌"感于哀乐,_____"的现实主义精神对中国诗歌的发展产生了深远的影响。
4. 《史记》原名_____,是我国第一部_____,包括_____,十表,八书,_____,_____,共一百三十卷。
5. 东汉初年产生的_____是我国第一部纪传体断代史。
6. 汉赋,在两汉时期,经历了骚体赋、_____、_____三个发展阶段。
7. 汉赋最有代表性的作家是_____,他的_____、_____为汉大赋建立了固定的形体。
8. _____是最早的成熟的文人五言诗,《文心雕龙》评其为_____。

二、单项选择题

1. 汉乐府民歌的主要形式是_____和_____。
   A. 四言 杂言　　　　B. 五言 杂言
   C. 四言 五言　　　　D. 杂言 七言
2. 标志着汉大赋正式形成的第一篇作品是_____。
   A. 枚乘的《七发》　　B. 司马相如的《子虚赋》

  C. 贾谊的《吊屈原赋》　　D. 张衡的《二京赋》

3. 《古诗十九首》的主要艺术特色是_____。

  A. 长于叙事　　　　　　B. 长于抒情

  C. 长于描写　　　　　　D. 长于议论

三、多项选择题

1. 下列作品中,属于汉乐府民歌的有_____。

  A.《陌上桑》　　　　　　B.《行行重行行》

  C.《十五从军征》　　　　D.《迢迢牵牛星》

  E.《上邪》

2. 代表着东汉后期抒情赋成就的作品是_____。

  A. 张衡的《归田赋》　　　B. 赵壹的《刺世疾邪赋》

  C. 贾谊的《鵩鸟赋》　　　D. 张衡的《二京赋》

  E. 扬雄的《甘泉赋》

3. 《汉书》的艺术特色是_____。

  A. 强烈的人民性和战斗精神　B. 生动传神,形象鲜明

  C. 材料翔实,组织严密　　　D. 语言富丽堂皇

  E. 体例大体承袭《史记》

4. 西汉初年政论文的代表作是_____。

  A. 贾谊的《过秦论》　　　B. 李斯的《谏逐客书》

  C. 晁错的《论贵粟疏》　　D. 枚乘的《上书谏吴王》

  E. 司马迁的《太史公书》

四、名词解释

1. 乐府
2. 本纪
3. 世家
4. 列传

5. 七体

五、简答题

1. 简述汉乐府民歌的艺术成就及其对后世文学的影响。
2. 《史记》的历史价值表现在哪些方面？
3. 司马相如赋的艺术特色是什么？
4. 《古诗十九首》是在什么样的时代背景下产生的？
5. 简述《古诗十九首》的艺术成就。

六、论述题

鲁迅先生曾称《史记》这部书为"史家之绝唱，无韵之《离骚》"，谈谈你对这一评价的理解。

第三节　魏晋南北朝文学概述

一、填空题

1. 建安文学的领袖人物是_____、_____、_____。
2. 最能代表曹植后期诗歌风格的是组诗_____。
3. 阮籍的代表作是_____首_____。
4. 《与山巨源绝交书》是正始文人_____的名作。
5. 郭璞的_____，诗境玄虚，名为游仙，实歌咏遁世，鄙弃世俗，表现了英才难容于世的愤慨。
6. 陶渊明名_____，是我国东晋时期最杰出的诗人。他的_____打破了玄言诗的统治，为诗歌创作开辟了一个新天地。_____是其诗歌的代表作。

7. 谢灵运创作的_____以清新自然的风格,扭转了一个时代的玄言诗风,在文学发展史上揭开了新的一页。

8. 最能显示鲍照反抗现实的精神和艺术上的独创性的作品是_____18首。

9. 南朝齐诗人谢朓与谢灵运同为山水诗的代表人物,后人并称他们为_____。

10. 宫体诗兴于_____,与永明体相次出现,由梁简文帝_____倡导而兴起。

11. 江淹的_____和《恨赋》是两篇主题和题材都很新颖别致的骈赋。

12. _____是集南北诗歌之大成的作家,他后期赋的代表作为_____。

13. 魏晋南北朝时期,志怪小说的代表作是_____的_____,志人小说的代表是_____的_____。

14. 南北朝时记叙山水景色和佛寺园林的两部散文集是_____和_____。

15. 我国文学史上第一首长篇叙事诗是_____,它最早见于_____,与南北朝民歌中的_____并称为我国南北民歌的_____。

16. 魏晋南北朝时期最有代表性的抒情小赋有曹植的_____、王粲的_____等,骈文是_____的《北山移文》和_____的《与陈伯之书》。

17. 中国文学史上现存的最早的一部诗文选集是南朝梁萧统编选的_____。

二、单项选择题

1. 钟嵘在《诗品》中称誉的"建安之杰"是_____。
   A. 曹操　　B. 曹丕　　C. 曹植　　D. 王粲

2. 被明代钟惺誉为"汉末实录"的诗篇是_____。
   A.《七哀诗》　　　　　　B.《悲愤诗》
   C.《蒿里行》　　　　　　D.《短歌行》

3. 曾使洛阳纸贵的《三都赋》是西晋文人_____的作品。
   A. 陆机　　　B. 潘岳　　　C. 左思　　　D. 班固

4. "余霞散成绮，澄江静如练"是_____的名句。
   A. 谢灵运　　B. 谢朓　　　C. 沈约　　　D. 王融

5. 南北朝民歌大部分保留在_____。
   A.《乐府诗集·梁鼓角横吹曲》
   B.《乐府诗集·清商曲辞》
   C. 沈约的《宋书》
   D.《子夜歌》

三、多项选择题

1. 曹植的诗歌具有_____的特色。
   A. 清绮婉转，语浅清长　　B. 乐府诗明显文人化
   C. 工于起调，善为警句　　D. 个性鲜明，抒情浓烈
   E. 骨气奇高，辞采华美

2. 阮籍的《咏怀》诗在艺术上的贡献在_____等方面。
   A. 借比兴、寄托、象征等艺术手法抒情写志
   B. 以"咏怀"为题的组诗体制，对后世作家影响很大
   C. 开创了借景抒怀、言志的文人五言诗的新格局
   D. 风格清峻，直抒胸臆
   E. 往往以极精练的诗句抽象出深刻的人生哲理，使诗篇既富有情趣又不乏理趣

3. 下列文人中属于"建安七子"的有_____。
   A. 阮籍　　　B. 王粲　　　C. 刘伶　　　D. 刘桢
   E. 孔融

4. 谢灵运山水诗的特点是_____。
   A. 诗境清丽,造语精工　　B. 注重描绘形象,讲对偶
   C. 仍带有玄言诗的成分　　D. 有优秀的诗作但少佳句
   E. 意境玄虚
5. 被鲁迅先生称为"金刚怒目式"的诗作是_____。
   A.《咏荆轲》　　　　B.《读山海经》
   C.《饮酒》　　　　　D.《归园田居》
   E.《桃花源诗》
6. 下列作品中属于南朝民歌的有_____。
   A.《西洲曲》　　　　B.《子夜歌》
   C.《敕勒歌》　　　　D.《琅琊王歌》
   E.《东门行》
7. 西晋太康年间的主要作家是_____。
   A. 沈约　　B. 陆机　　C. 张协
   D. 潘岳　　E. 郭璞
8.《世说新语》是后世_____的先驱。
   A. 笔记小说　B. 传奇　　C. 神魔小说
   D. 小品文　　E. 宋人平话

四、名词解释

1. 建安风骨
2. 永明体
3. 骈文

五、简答题

1. 曹操是怎样利用乐府古题进行诗歌创作的？他的文学成就表现在哪些方面？
2. 阮籍的生平对其创作有何影响？

3. 概括陶渊明创作的田园诗的内容。
4. 谢灵运山水诗的意义何在?
5. 鲍照诗歌的艺术成就有哪些?
6. 简述谢朓诗歌的艺术成就。
7. 宫体诗具有哪些特征?
8. 简述庾信诗赋的艺术成就。
9. 比较南朝民歌与北朝民歌在艺术风貌上的差异。

六、论述题

1. 论述建安时期的时代特征对建安文学的影响。
2. 论述陶渊明田园诗的艺术成就及其对后世的影响。

第二章　中国古代文学作品与导读(上)

弹　歌

一、填空题

1.《弹歌》最早见于_____。

2.《弹歌》是一首描写远古时代人民_____的诗篇。

二、背诵并默写

芣　苢

一、单项选择题

《芣苢》选自《诗经》中的_____。
　　A. 卫风　　B. 周南　　C. 召南　　D. 王风

二、背诵并默写

三、简答题

《芣苢》采用叠章的形式有何作用?

氓

一、单项选择题

《氓》是一首_____。
　　A. 弃妇诗　　B. 爱情诗　　C. 离别诗　　D. 劳动诗

二、背诵并默写

三、简答题

《氓》是怎样将叙事与抒情结合在一起的？

四、论述题

分析《氓》中比兴句和议论句的寓意及作用。

硕　鼠

一、填空

《硕鼠》选自《诗经》中的_____。

二、单项选择题

《硕鼠》是一首_____。
　　A. 爱情诗　　B. 农事诗　　C. 讽刺诗　　D. 爱国诗

三、背诵并默写

四、论述题

谈谈比的手法在作品中所起的作用。

蒹 葭

一、填空题

1.《蒹葭》选自《诗经》中的_____。
2.《蒹葭》是一首_____。

二、背诵并默写

三、简答题

《蒹葭》是怎样创造出优美的意境的?

四、论述题

分析《蒹葭》在形式结构上的特点。

无 衣

一、多项选择题

《无衣》是一首秦国军中的战歌,它表现了_____。
- A. 战士慷慨激昂,奋勇杀敌的爱国精神
- B. 秦地人民骁勇善战的无畏精神
- C. 人民的反战情绪
- D. 战士们的手足亲情和必胜信念
- E. 人民不堪压迫的反抗精神

二、背诵并默写

三、论述题

《无衣》在艺术上有何特色?

叔向贺贫

一、填空题

《叔向贺贫》选自_____。

二、解释下列加点的词

1. 吾是以忧
2. 假货居贿

3. 而离桓之罪,以亡于楚
4. 若不忧德之不建,而患货之不足

三、简答题

本文在写法上有何特点?

秦晋殽之战

一、解释下列加点的词

1. 勤而无所,必有悖心
2. 不腆敝邑,为从者之淹
3. 君之惠,不以累臣衅鼓,使归就戮于秦
4. 且吾不以一眚掩大德

二、简答题

1. 谈谈本文中外交辞令的特色和作用。
2. 本文在描写战争方面有何特点?

冯谖客孟尝君

一、翻译下列句子

1. 为之驾,比门下之车客。
2. 于是乘其车,揭其剑,过其友。
3. 责毕收,以何市而反?

4. 愿请先王之祭器,立宗庙于薛。

二、简答题

冯谖为孟尝君营造了哪"三窟"？有何作用？

三、论述题

从哪些方面可以看出本文具有小说的意味？

侍　坐　章

一、填空题

《侍坐章》选自_____。

二、简答题

1. 以本文为例,简析《论语》记言、记事的特点。
2. 孔子为什么赞成曾皙的意见？

齐桓晋文之事章

一、简答题

从本文中找出三个比喻句,并分别说明其寓意。

二、翻译下面的句子

1. 老吾老,以及人之老;幼吾幼,以及人之幼。
2. 是故明君制民之产,必使仰足以事父母,俯足以畜妻子,乐岁终身饱,凶年免于死亡;然后驱而之善,故民之从之也轻。
3. 谨庠序之教,申之以孝悌之义,颁白者不负戴于道路矣。

三、论述题

孟子是怎样说服齐宣王的?

逍 遥 游(节选)

一、填空题

《逍遥游》选自_____。

二、解释下列加点的词

1. 奚以九万里而南为
2. 腹犹果然
3. 之二虫又何知
4. 且举世誉之而不加劝,举世非之而不加沮

三、简答题

本文的主旨是什么?

四、论述题

本文的浪漫主义特色表现在哪里?

湘 夫 人

一、填空题

《湘夫人》选自_____。

二、背诵第一段

三、简答题

谈谈作品的心理描写。

国 殇

一、注音并解释下列加点的字

1. 车错毂兮短兵接
2. 左骖殪兮右刃伤
3. 霾两轮兮絷四马
4. 援玉枹兮击鸣鼓

二、背诵全诗

三、简答题

全诗分为几个部分？各部分分别写了什么内容？

哀　郢

一、填空题

《哀郢》选自_____。

二、翻译下列句子

1. 外承欢之汋约兮，谌荏弱而难持。
2. 憎愠惀之修美兮，好夫人之忼慨。
3. 众踥蹀而日进兮，美超远而逾迈。
4. 信非吾罪而弃逐兮，何日夜而忘之？

三、简答题

《哀郢》表达了诗人怎样的思想感情？

过　秦　论（上）

一、填空题

1. 《过秦论》选自_____。
2. "过秦"的意思是_____。

二、单项选择

《过秦论》的作者是_____。
  A. 司马迁　　B. 晁错　　C. 贾谊　　D. 枚乘

三、简答题

《过秦论》在语言上有何特色?

四、论述题

《过秦论》的中心论点是什么?作者是怎样得出这一结论的?

乌江自刎

一、填空题

《乌江自刎》选自_____。

二、多项选择题

出自本文的成语是_____。

  A. 破釜沉舟   B. 四面楚歌
  D. 项庄舞剑,意在沛公 D. 霸王别姬
  E. 八千江东子弟   F. 鸿门宴

三、翻译下列句子

1. 直夜溃围南出。
2. 吾起兵至今八岁矣,身七十余战,所当者破,所击者服,未尝败北,遂霸有天下。
3. 今日固决死,愿为诸君快战,必三胜之,为诸君溃围、斩将、刈旗,令诸君知天亡我,非战之罪也。
4. 吾为若德!

四、简答题

简析项羽的形象。

苏 武 传(节选)

一、填空题

《苏武传》选自_____。

二、解释下列加点的词

1. 见犯乃死,重负国
2. 屈节辱命,虽生,何面目以归汉
3. 天雨雪
4. 信义安所见乎

三、简答题

谈谈本文对比手法的运用。

四、论述题

苏武高尚的民族气节表现在哪些方面?

上 邪

一、填空题

《上邪》是一篇爱情的_____。

二、背诵并默写

三、简答题

诗中写了哪几件不可能发生的事？

陌 上 桑

一、解释下列加点的字

1. 下担捋髭须
2. 脱帽著帩头
3. 但坐观罗敷
4. 问是谁家姝

二、背诵并默写第一段

三、简答题

《陌上桑》运用了哪些手法来表现罗敷这一形象？

迢迢牵牛星

一、填空题

1.《迢迢牵牛星》是_____中的一首。
2.《迢迢牵牛星》是一首_____。

二、背诵并默写

三、简答题

说说作品中叠词的作用。

短 歌 行

一、单项选择题

《短歌行》未曾抒发诗人_____的情感。
    A. 向往自由,超脱不羁
    B. 时光易逝,思念知己,悲世不治
    C. 时光易逝,功业未就
    D. 渴慕贤才,统一天下

二、背诵并默写

三、简答题

《短歌行》在艺术上有何特色?

四、论述题

敖陶孙曾评曹操的诗"如幽燕老将,气韵沉雄",结合本诗,谈谈你对这一评价的理解。

出 师 表

一、解释下列加点的词

1. 先帝不以臣卑鄙_____
2. 猥自枉屈_____
3. 以章其慢_____

二、简答题

文中诸葛亮向刘禅提出的建议有哪些?

咏 怀(其一)

一、背诵并默写

二、将此诗译成现代汉语

三、简答题

分析这首诗在艺术手法上的独创性。

咏 史（其二）

一、多项选择题

左思的《咏史》（其二）的特点是_____。
  A. 名为咏史，实为咏怀
  B. 风格豪迈，气度恢宏
  C. 借古讽今，写家国之痛，表达英雄难再的感叹
  D. 质木无文
  E. 仅客观地复述史实

二、背诵并默写

三、简答题

简析作品中对比手法的运用。

饮 酒（其五）

一、背诵并默写

二、简答题

简析《饮酒》（其五）的艺术成就。

桃花源记

一、翻译第二段

二、简答题

简析本文的主旨。

三、论述题

结合《饮酒》(其五)和《桃花源记》谈谈陶渊明的人生理想。

晚登三山还望京邑

一、背诵并默写

二、简答题

1. 这首诗运用了哪些典故？产生了怎样的效果？
2. 简析此诗叙事、写景、抒情相结合的特色。

三、论述题

详析"余霞散成绮,澄江静如练"的艺术价值。

与朱元思书

一、背诵并默写

二、名词解释

吴均体

三、简答题

简析这篇骈文运用四字句的作用。

寄王琳

一、单项选择题

《寄王琳》的作者是_____。
　　A. 谢灵运　　B. 鲍照　　C. 王褒　　D. 庾信

二、背诵并默写

西洲曲

一、填空题

《西洲曲》被清人陈祚明誉为_____。

二、背诵

三、简答题

1. 这首诗运用了哪些特殊的修辞手法？举例说明。
2. "低头弄莲子，莲子清如水。置莲怀袖中，莲心彻底红"四句各有什么寓意？

敕 勒 歌

一、填空题

"敕勒歌"的含义是_____。

二、背诵并默写

三、简答题

简析《敕勒歌》的艺术特色。

王子猷居山阴

一、填空题

《王子猷居山阴》选自_____。

二、翻译本文

第二编　中国古代文学（下）

【学习目的与要求】

通过学习概述部分与作品导读,对唐、宋、元、明、清及近代文学的递嬗、发展有总体上的认识;了解不同历史时期文学繁盛和发展的规律;重点把握各体文学的名家名作;认识、理解唐诗、宋词、元曲及明清小说戏曲产生与繁荣的历史文化背景,并把握其特点。对所选35篇作品,要求熟悉每篇作品的作者姓名及其所处时代、主要文集或作品集,对于作家的文学主张、主要贡献及其在文学史上的地位影响,也要有明确的认识。重点把握作品的思想内容与艺术特色,较为深入地理解当时的社会背景、文学思潮和文学流派的综合作用与作家内在素质的关系。要在认真阅读作品的基础上,参考相关概述部分和解题、导读,锻炼自己分析问题的能力和解决问题的能力。

第三章 中国古代文学概述（下）

第一节 隋唐五代文学概述

一、填空题

1. 唐代诗歌发展的四个时期是_____、_____、_____和_____。这一分法起于南宋严羽的_____，成说于明人高棅的_____。

2. "初唐四杰"指的是_____、_____、_____和_____。

3. 陈子昂以复古为旗号呼唤诗歌革新，标举_____、_____，批判齐梁以来"采丽竞繁，兴寄都绝"的诗风。

4. 盛唐诗歌的两个主要流派是以_____、_____为代表的山水田园诗派和以_____、_____为代表的边塞诗派。

5. 王维山水田园诗最重要的艺术特色被苏轼概括为_____和_____。

6. 中唐以后，以_____、_____为代表的新乐府运动，继承了_____的现实主义精神，以反映民间疾苦为诗歌创作的主要内容，是中唐现实主义诗歌的代表。

7. 晚唐的皮日休、_____、_____等诗人继承了新乐府运动的传统，写出了一些具有现实主义精神的作品。

8. 韩愈、柳宗元所倡导的_____，是一次深刻的文体革命。其指导思想是_____。这对唐代散文的发展,起到了重要的推动作用。

9. 苏轼称赞韩愈_____,概括了韩愈在散文史上的地位。

10. 韩愈散文的代表作有_____、_____和_____等。

11. 柳宗元散文的代表作有_____、_____和_____等。

12. 晚唐小品文的代表作家有_____、_____与_____。他们的代表作品分别是_____、_____和_____。

13. 鲁迅在《小品文的危机》一文中称晚唐小品文是_____。

14. 晚唐五代所谓"花间派"词人最有代表性的词人是_____。他写词今传七十余首,被视为花间派鼻祖。后人将其词风概括为_____。

15. 南唐词人艺术成就很高,后主李煜与宰相词人_____为代表作家。李煜词突破了_____的藩篱,形成开阔明朗、直抒胸臆的独特风格,开辟了文人词的新局面。

16. 传奇作为文体的名称,是由于_____的一部小说集_____。

唐传奇的代表作有白行简的_____、蒋防的_____和元稹的_____。

二、单项选择题

1. 称赞韩愈"文起八代之衰"的是_____。
   A. 杜甫　　B. 白居易　　C. 欧阳修　　D. 苏轼
2. 唐诗中兴出现在_____。
   A. 大历初至贞元中　　B. 太和末至大中初

C. 贞元中至太和末　　　　D. 开成初至会昌末

三、多项选择题

1. 初唐时期陈子昂首先举起反对齐梁浮靡文风的旗帜,标举_____。
   A. "汉魏风骨"　　　　B. "风雅兴寄"
   C. "建安风骨"　　　　D. "魏晋文章"
2. 下列文章中属于韩愈的作品是_____。
   A.《小石潭记》　　　　B.《师说》
   C.《张中丞传后序》　　D.《柳子厚墓志铭》
   E.《捕蛇者说》　　　　F.《祭十二郎文》

四、名词解释

1. 上官体
2. 王孟
3. 新乐府运动
4. 元白
5. 传奇
6. 词
7. 花间派
8. 温韦

五、简答题

1. 唐代文学繁荣的原因主要有哪些?
2. 简述陈子昂的诗歌主张。
3. 中唐诗歌的总体特点是什么?
4. 晚唐诗歌有哪些特点?
5. 唐传奇较六朝志怪小说有哪些发展?在小说史上有什么

重大意义和重要地位？

六、论述题

论述盛唐诗歌的总体精神并说明李白、杜甫不同的诗风。

第二节　宋金文学概述

一、填空题

1. ＿＿＿＿＿是宋代成就最高、也最有代表性的文体。它在北宋初还被视为＿＿＿＿＿，仍沿袭着晚唐五代的绮丽秾艳之风。

2. 最早大量写慢词的词人是＿＿＿＿＿，首开豪放派词风的是＿＿＿＿＿，宋代最著名的女词人是＿＿＿＿＿，南宋中后期婉约词人中有特色的主要是＿＿＿＿＿和＿＿＿＿＿。

3. 宋初出现了三个相继流行的诗派，这就是以王禹偁为代表的＿＿＿＿＿，以林逋为代表的＿＿＿＿＿和以杨亿为代表的＿＿＿＿＿。

4. 与欧阳修一同倡导诗文革新运动的"苏梅"二家，指的是＿＿＿＿＿和＿＿＿＿＿。

5. 北宋后期，宋诗发展出现蜕变，以黄庭坚为首的＿＿＿＿＿标榜"无一字无来处"，所谓"夺胎换骨""点铁成金"，目的在于＿＿＿＿＿，＿＿＿＿＿。

6. 宋代散文的发展中贡献最大的首推＿＿＿＿＿，其名文＿＿＿＿＿被明人称作"千年绝调"。

7. 金代诗人初学苏轼，转而师法杜甫，＿＿＿＿＿便是在这种诗风转变中最有代表性的诗人。他写了大量＿＿＿＿＿，感情真挚，悲慨郁勃，具有强烈的艺术感染力。其《论诗绝句三十首》，乃是受杜甫_____启发而作,所编_____也使金源诗作大部分得以保存。

8. 金代说唱文学中流传至今、最负盛名的作品是_____的_____,它对元代王实甫的《西厢记》杂剧影响深刻。

二、名词解释

1. 婉约词派
2. 豪放词派
3. 一祖三宗
4. 中兴四大诗人
5. 说话四家
6. 话本

三、单项选择题

1. 编辑《西昆酬唱集》的是_____。
   A. 林逋   B. 苏舜钦   C. 杨亿   D. 梅尧臣
2. 宋代散文的总体美学追求是_____。
   A. 抒情   B. 尚理   C. 象征   D. 写意

四、多项选择题

1. 宋初诗坛相继出现的三大流派是_____。
   A. 白体   B. 江湖诗派   C. 晚唐体
   D. 江西诗派   E. 西昆体   F. 尤杨范陆
2. 宋代词坛有三大流派,分别为_____。
   A. 豪放词派   B. 婉约词派   C. 辛派词人
   D. 大晟词派   E. 格律派   F. 姜张
3. 下列散文作品中属于欧阳修作的有_____。
   A.《秋声赋》   B.《答司马谏议书》

C.《醉翁亭记》　　　　D.《前赤壁赋》
E.《五代史伶官传序》　F.《石钟山记》

五、简答题

1. 简述苏轼词作的意义。
2. 宋代诗文革新运动的意义何在？

六、论述题

谈谈话本小说的价值与意义。

第三节　元代文学概述

一、填空题

1. 元曲包括两部分：一是_____，一是_____。前者在文体意义上属于_____，后者则属于_____。

2. 元前期杂剧中心在_____，元成宗_____时期为元杂剧繁盛的高峰期。

3. 元前期杂剧有代表性的作品有关汉卿的_____，王实甫的_____，白朴的_____，马致远的_____，以及纪君祥的_____等；后期重要作品则有郑光祖的_____等。

4. 散曲最基本的形式是_____，两支小令结合起来叫_____，它是由同一宫调里经常连唱的两支小令组成的。而由同一宫调中两首以上小令组合起来，押同一韵脚，一般又都有尾声者，称为_____，又叫_____，或将其与小令相对而称为_____。

5. 元散曲家有集子保存下来的有马致远的_____、张养浩的_____、张可久的_____和乔吉的_____。

二、名词解释

1. 套曲
2. 元杂剧
3. 书会才人
4. 元曲四大家
5. 元代四大爱情戏
6. 南戏
7. 元末明初四大传奇
8. 永乐大典戏文三种

三、单项选择题

1. 代表元代文学主流的文体是_____。
   A. 小说　　B. 诗歌　　C. 元曲　　D. 散文
2. 散曲中的小令来源于民间,当时又称_____。它短小精悍,形式活泼,是散曲文学的基本形态。
   A. 小曲　　B. 叶儿　　C. 曲子词　D. 带过曲
3. 《白沟》诗的作者是_____。
   A. 许衡　　B. 刘因　　C. 虞集　　D. 王冕
4. 被称为"南戏之祖"的是_____。
   A.《琵琶记》　　　　B.《荆钗记》
   C.《拜月亭》　　　　D.《白兔记》

四、多项选择题

1. 以下元杂剧作品中属于关汉卿的作品是_____。
   A.《窦娥冤》　B.《汉宫秋》　　C.《梧桐雨》

   　　D.《救风尘》　　　E.《墙头马上》　　F.《单刀会》
   2. 下列作家中既写杂剧又写散曲的是_____。
   　　A. 关汉卿　　　B. 白朴　　　　C. 马致远
   　　D. 纪君祥　　　E. 张可久　　　F. 乔吉
   3. 下列作家中属于元前期的是_____。
   　　A. 王冕　　　　B. 刘因　　　　C. 王实甫
   　　D. 杨维桢　　　E. 白朴　　　　F. 马致远
   4. 有散曲专集行于世的作家是_____。
   　　A. 关汉卿　　　B. 白朴　　　　C. 马致远
   　　D. 张养浩　　　E. 张可久　　　F. 乔吉
   5. 被称为元末明初四大传奇的是_____。
   　　A.《荆钗记》　　B.《琵琶记》　　C.《白兔记》
   　　D.《拜月亭》　　E.《张协状元》　F.《杀狗记》

五、简答题

   1. 简谈散曲的分类及其特点。
   2. 为什么说元杂剧是我国古代民族戏曲成熟的标志？

六、论述题

   关汉卿剧作的思想内容和艺术特色。

第四节　明代文学概述

一、填空题

   1.《三国演义》的最早刊本是明_____，它的全名为_____。清代以来最流行的本子是由_____修订加工的_____。

2.《水浒传》的版本一般可分为_____和_____两个系统。从回目上划分则有_____、_____和_____。

3. 明代长篇小说除《三国演义》《水浒传》之外,神魔小说以_____影响最大。而_____和_____则分别代表了英雄传奇和历史演义两类作品。此外,神魔小说中_____也有较大影响。

4. _____一般被认为是第一部文人创作的以家庭生活为题材的长篇世情小说。它对清代著名长篇小说_____的影响是非常明显的。

5. 明代的文言小说以瞿佑的_____、李昌祺的_____和邵景詹的_____最有代表性。

6. 徐渭的_____杂剧,代表了明代杂剧创作的最高水平。

7. 首先用魏良辅改革过的昆山腔演唱的传奇剧本是_____;被称为描写现实政治斗争的时事剧是_____。

8. 明代的戏曲流派主要有以沈璟为代表的_____和以汤显祖为代表的_____。

9. 在徐渭和汤显祖的影响下,晚明戏曲创作的浪漫主义倾向比较明显。孙仁孺的_____、周朝俊的_____、高濂的_____及孟称舜的_____等相继问世,一时呈现出繁荣的局面。

10. 晚明至明末戏曲作品的整理、刊刻方面成绩显著。臧懋循的_____,毛晋的_____和沈泰的_____,都有较大影响。

11. 明初诗文作家以宋濂、_____和_____为最有代表性。

12. "前七子"的代表人物是_____、_____,"后七子"的代表人物是_____、_____。

13. 唐宋派散文家中,以_____的成就为最高,他的_____,以叙写眼前生活为主,以平淡自然见长,通过老屋变迁,以及怀旧、悼亡,寄托自己深切的情感。

14. 袁宏道诗文主性灵说,明确提出_____、_____的主张,这明显受到李贽_____的影响与启发。

15. 王磐的一首讥刺宦官搜刮民脂民膏的散曲_____很有名;而陈铎的_____则继承了元散曲的精神实质,将笔触深入到了市井间。

二、名词解释

1. 拟话本
2. 三言二拍
3. 汤沈之争
4. 唐宋派散文家
5. 公安派
6. 竟陵派

三、单项选择题

1.《今古奇观》的编者是_____。
   A. 即空观主人   B. 可一居士
   C. 抱瓮老人   D. 绿天馆主人
2. 历史演义小说的开山之作是_____。
   A.《三国志通俗演义》   B.《水浒传》
   C.《北宋志传》   D.《新列国志》
3. 下列剧作写林冲逼上梁山的故事是_____。
   A.《宝剑记》   B.《浣纱记》

C.《义侠记》　　　　　D.《鸣凤记》
4. 下列作品中为张岱所作的是_____。
　　　A.《报刘一丈书》　　　B.《西湖七月半》
　　　C.《满井游记》　　　　D.《项脊轩志》
5.《海浮山堂词稿》的作者是_____。
　　　A. 王磐　　B. 陈铎　　C. 冯惟敏　　D. 康海
6.《花影集》的作者是_____。
　　　A. 冯惟敏　　B. 陈铎　　C. 王九思　　D. 施绍莘

四、多项选择题

1. 明代小说的主要种类有_____。
　　　A. 章回体演义小说（白话长篇小说）
　　　B. 公案侠义小说
　　　C. 才子佳人小说
　　　D. 文言小说
　　　E. 谴责小说
　　　F. 拟话本小说（短篇白话小说）
2. 明代文言小说以"剪灯系列"小说为代表，它们是_____。
　　　A.《剪灯新话》　　　　B.《五灯会元》
　　　C.《剪灯余话》　　　　D.《觅灯因话》
　　　E.《今古奇观》　　　　F.《拍案惊奇》
3. 标志传奇创作风气转变的三大传奇是_____。
　　　A.《宝剑记》　　B.《义侠记》　　C.《红梅记》
　　　D.《浣纱记》　　E.《红拂记》　　F.《鸣凤记》
4. 明代的主要戏曲流派是_____。
　　　A. 吴江派　　　B. 临川派　　　C. 唐宋派
　　　D. 公安派　　　E. 竟陵派　　　F. 江湖派

5. 反对前后七子复古主张的流派有_____。
   A. 江右诗派   B. 茶陵诗派   C. 唐宋派
   D. 公安派   E. 竟陵派   F. 江湖诗派

五、简答题

简析明中叶后戏曲形成繁荣局面的原因。

六、论述题

论述明代长篇小说的基本类型。

第五节　清及近代文学概述

一、填空题

1. 从思想内容来看,蒲松龄《聊斋志异》中的作品大致可分为三类:一是揭露、抨击黑暗社会现实的作品,可以_____和_____为代表;二是描写爱情与婚姻的作品,具有强烈的反礼教精神,如_____、_____等;三是揭露科举制度的腐朽,_____、_____等颇具代表性。

2. 清代的英雄传奇小说主要有清初的_____和清中叶的_____。

3. 清代前期,才子佳人小说大量涌现,其中较著名的有_____、_____和_____。

4. 鸦片战争之后,小说创作数量很大。主要可分为_____和_____两类。前者中有代表性的作品有_____、_____和_____等;后者有_____、_____和_____等。

5. 清初苏州派剧作家中最有代表性的作家是_____。他们合作的_____,真实地再现了苏州市民群众支持东林党人,与阉党正面斗争的宏伟场面。

6. 康熙年间出现的两部重要传奇作品是_____的_____和_____的_____。

7. 清诗在风格流派上各具风采。王士禛创_____说,袁枚主_____说,沈德潜力倡_____说,此外还有翁方纲的_____说。这些都对诗坛产生了一定影响。

8. 19世纪末叶,随着资产阶级改良派的兴起。"新派诗"大量涌现。梁启超提出_____的口号,其中_____、_____、_____都是重要人物,而黄遵宪则是_____。

9. 清代是词的中兴时期。清初有_____、_____、_____三大家。清中叶有以_____、_____为代表的常州词派。到了晚清,有_____、_____、_____、_____,被称为晚清四大词人。

二、名词解释

1. 桐城派
2. 南洪北孔
3. 神韵说
4. 格调说
5. 性灵说
6. 花部与雅部
7. 四大谴责小说

三、单项选择题

1. 被鲁迅先生称为"足称讽刺之书"的小说是_____。

A.《聊斋志异》　　　　B.《儒林外史》
C.《水浒后传》　　　　D.《西游记》

2. 随着清中叶考据之学的兴盛,出现了一些炫耀学问的文人小说,其中有一部具有一定的民主思想,且极饶浪漫主义情调的作品是_____。

A.《儒林外史》　　　　B.《红楼梦》
C.《镜花缘》　　　　　D.《海上花列传》

3. 清初的王士禛论诗以司空图的"不着一字,尽得风流"和严羽的"妙悟"为宗,力倡_____。

A. 神韵说　　B. 性灵说　　C. 格调说　　D. 肌理说

4.《圆圆曲》的作者是_____。

A. 顾炎武　　B. 吴伟业　　C. 钱谦益　　D. 袁枚

5.《己亥杂诗》的作者是_____。

A. 龚自珍　　B. 黄遵宪　　C. 章炳麟　　D. 柳亚子

四、多项选择题

1. 清代笔记体文言短篇小说很发达,下列集子中属于文言短篇小说的有_____。

A.《聊斋志异》　　　　B.《陶庵梦忆》
C.《子不语》　　　　　D.《阅微草堂笔记》
E.《荡寇志》　　　　　F.《平山冷燕》

2. 清代康熙年间出现了两部思想艺术成就均很高的大型历史剧,它们是_____。

A.《清忠谱》　　B.《一捧雪》　　C.《风筝误》
D.《长生殿》　　E.《双熊梦》　　F.《桃花扇》

3. "桐城派"为清代文坛的重要散文流派,其代表人物被称为"桐城三祖",他们是_____。

A. 汪中　　　　B. 方苞　　　　C. 纪昀

D. 刘大櫆　　　E. 刘鹗　　　　F. 姚鼐
4. 常州词派的代表人物有_____。
　　A. 陈维崧　　B. 朱彝尊　　C. 张惠言　　D. 周济

五、简答题

简述《桃花扇》的主题。

六、论述题

试论述《红楼梦》的主要思想内容和艺术特色。

第四章 中国古代文学作品与导读(下)

人日思归

一、填空题

1. 此诗中的"入春"是指_____,而"人日"则是指_____。
2. 薛道衡曾作_____诗,中有_____句,为时传颂。

二、背诵并默写

三、简答题

为什么说薛道衡此诗已开后世近体绝句之渐?

四、论述题

谈谈这首小诗的艺术特色。

在狱咏蝉

一、填空题

1. 诗中的"西陆",指的是_____,而"南冠"则是指

_____。

2. 骆宾王为"初唐四杰"之一,长于七言歌行,_____为其代表作,有_____十卷。

二、背诵并默写

三、简答题

作者是如何借蝉自喻,用比兴手法来寄托自己遭谗被诬的悲愤心情的?

滕王阁序 并诗

一、填空题

1.《滕王阁序》原名_____,是一篇借登高感怀,实寓个人怀才不遇和身世之感的_____文。

2.《滕王阁序》是王勃_____的代表作品。其中"落霞与孤鹜齐飞,_____"二句,一向为人们所赞赏。

二、简答题

此文最后一段连用了大量典故,请举出其中一二,说明作者的用意。

三、论述题

《滕王阁序》在艺术上有哪些特点?

春江花月夜

一、填空题

1. 张若虚,扬州人,与_____、_____和_____并称"吴中四士"。《全唐诗》仅录其诗二首,另一首题为_____。
2. 这首诗属于_____诗,从音乐上讲当属《_____·吴声歌曲》。

二、简答题

1. 全诗写了哪两个方面的内容,请加以概括。
2. 这首诗是怎样围绕着标题所示五个字来展开景物描写的?

三、论述题

分析论述此诗是如何通过景物描写来表现对宇宙人生的哲理思考的。

临洞庭湖赠张丞相

一、填空题

1. 此诗中的张丞相指的是_____。
2. 诗中的_____,_____一联,气象开阔,与杜甫的"吴楚东南坼,乾坤日夜浮"同为咏_____的名句。

二、背诵并默写

三、简答题

此诗观湖托兴,曲折表达了作者怎样的用意?

冬晚对雪忆胡处士家

一、填空题

1. 王维,字摩诘。为李、杜之外盛唐诗之另一大宗,与_____均为_____的代表人物。诗集有_____。

2. 此诗写雪中怀人,将雪中山居环境写得很美。其中"隔牖风惊竹,_____。洒空深巷静,_____"四句,充分体现了王维动静互相映衬,寓禅意于其中的作风。

二、背诵并默写

三、简答题

简析这首诗中间两联写雪的艺术特色。

四、论述题

结合这首诗,谈谈王维诗"诗中有画"的独特风格。

将进酒　宣州谢朓楼饯别校书叔云

一、填空题

1. 李白是继屈原之后文学史上最杰出的_____诗人,诗集有_____。
2. 《将进酒》是乐府_____旧题,内容多写_____时的情感。
3. "抽刀断水水更流,_____"两句出自李白诗_____。

二、简答题

1. 如何看待诗中流露出的及时行乐思想?
2. 简析此诗的艺术特色。
3. "蓬莱文章建安骨,中间小谢又清发"两句含义是什么?

三、论述题

结合《将进酒》分析论述李白的浪漫主义诗风。

春望　登高

一、填空题

杜甫的诗歌具有强烈的忧国忧民之情,_____是其诗歌的基本风格。杜甫继承和发扬了汉乐府民歌的_____精神,真实而深刻地反映了特定历史时期的社会现实,故有_____

之美誉。诗集有_____。

二、背诵并默写这两首诗

三、简答题

1. 对"感时花溅泪,恨别鸟惊心"两句的解释有这样两种说法:一是文义互见,意谓由于感时恨别,而对花落泪,闻鸟惊心。一说因感时,花亦溅目;因恨别,鸟亦惊心。前者是诗人溅泪、惊心;后者是花自溅泪,鸟自惊心。谈谈你的看法。

2. 《登高》诗明显可分为两部分,说明其段落大意及基本结构形式。

四、论述题

结合这两首诗,分析杜诗"沉郁顿挫"的风格和意蕴。

琵 琶 行 并序

一、填空题

1. 白居易,字_____,号_____,中唐杰出的现实主义诗人,是_____运动的主要倡导人。主张_____,_____。

2. 白居易诗风以平易通俗而著称,与当时另一位诗人共倡诗文革新,时人称为_____。白居易有两篇著名叙事长诗_____与_____,艺术成就很高。白居易的集子名为_____。

3. 白居易将自己的诗歌分为_____、_____、

_____和_____四大类。《琵琶行》就属于"事物牵于外,情理动于内,随感遇而形于咏叹"的_____。

二、简答题

1. 简述《琵琶行》的段落大意。
2. 关于《琵琶行》所记叙故事的真实性问题,历来有不同看法,谈谈你的体会。
3. 简谈《琵琶行》关于音乐描写的突出成就。

三、论述题

分析论述《琵琶行》的总体艺术特色。

张中丞传后序

一、填空题

1. 韩愈,字退之,因其郡望为_____,后世遂称其为_____。他是唐代_____的主要倡导者之一,其与另一位倡导者_____被并称为_____。

2.《张中丞传后序》是韩愈就李翰的_____所作的一篇后序,文中的张中丞指的是_____,他与_____同守睢阳,后因寡不敌众,援绝粮尽,与部将36人不屈遇害。

二、简答题

1. 简析文中描写人物的特点。
2. 概括段落大意。

三、论述题

分析论述《张中丞传后序》的艺术特色。

始得西山宴游记　登柳州城楼寄漳汀封连四州

一、填空题

1. 柳宗元,字子厚,与韩愈一道倡导古文运动,文与韩愈齐名,诗与韦应物并称。其被贬永州后,曾作_____,其中_____为第一篇。因其卒于柳州刺史任上,后世称其_____。有_____。
2. "惊风乱飐芙蓉水,密雨斜侵薜荔墙"两句出自_____的_____。芙蓉,是指_____;薜荔则指_____。

二、简答题

1. 简述柳宗元山水游记散文在文学史上的地位。
2. 在《登柳州城楼寄漳汀封连四州》中,"惊风""密雨"及"芙蓉""薜荔"均指什么?这里用的是什么手法?

三、论述题

论述《始得西山宴游记》的艺术特色。

梦 天

一、填空题

1. 李贺,字长吉,他的诗歌创作继承了_____的浪漫主义精神,艺术上有鲜明特色。其集名为_____。
2. 《梦天》诗想象奇特,意境开阔。结尾两句为_____,_____,颇能显示李贺诗的特点。

二、背诵并默写

三、简答题

试析"玉轮轧露湿团光,鸾佩相逢桂香陌"两句。

四、论述题

结合《梦天》诗分析李贺诗的艺术特点。

泊 秦 淮

一、填空题

杜牧,字牧之,晚唐著名诗人,当时与李商隐齐名,并称_____。诗赋古文并工,尤长于_____。有文集_____。

二、背诵并默写

三、简答题

《泊秦淮》寄托了诗人怎样的思想感情？

四、论述题

试结合作品分析《泊秦淮》的艺术特色。

无 题

一、填空题

1. 李商隐与杜牧齐名，为晚唐重要诗人之一，他的诗多写个人失意的感情，其中有不少借古讽今的_____和缠绵悱恻的_____。其诗还有不少以"_____"为题的作品，其中大部分是写_____的。

2. "春蚕到死丝方尽，_____。"这是_____《无题》诗中的名句。

二、背诵并默写

三、简答题

找出此诗中运用比喻、双关、对偶等修辞手法的句子，并试作评析。

四、论述题

结合作品分析李商隐诗歌的艺术特点。

菩 萨 蛮

一、填空题

1. 温庭筠的诗歌与_____齐名,号称_____。其文学成就主要表现在词的创作上,其词富丽精工,_____列以为首。

2.《花间集》首列温庭筠词66首,故人称其为_____。温词又与_____词齐名,号称_____。

二、背诵并默写

三、简答题

为什么说"照花前后镜,花面交相映"两句最能显示出温词"香而软"的词风?

四、论述题

结合作品分析这首词的艺术特色。

思 帝 乡

一、填空题

1. 韦庄词与_____齐名,号称_____,亦为_____派的代表作家。其词寓浓于淡,以清丽见长。有_____。

2. 韦庄亦能诗,曾写过一首长诗_____,时人称为_____。

二、背诵并默写

三、简答题

这首小词的主要艺术特色是什么?

四、论述题

将这首《思帝乡》与温庭筠《菩萨蛮》相比较,试分析两家不同的词风。

虞 美 人

一、填空题

李煜为南唐最后一个国君,世称_____,五代著名词人。其词冲破狭隘、虚浮的"词为艳科"樊篱,提高了词的抒情艺术表现力,在词史上有一定地位,对_____影响颇大。

二、背诵并默写

三、简答题

"问君能有几多愁,恰似一江春水向东流"用的是什么手法?其对全词的艺术表现起什么作用?

四、论述题

结合作品分析李煜词独特的艺术风格。

秋 声 赋

一、填空题

1. 欧阳修,字永叔,别号醉翁、_____。他是北宋著名的文坛领袖,曾与苏舜钦、梅尧臣等倡导_____运动。
2. 欧阳修的文学成就主要在散文方面,后世将其与唐代韩、柳相提并论,为_____之一。有_____。

二、简答题

《秋声赋》是如何借写秋声抒发作者积郁的?

三、论述题

分析论述《秋声赋》的艺术特点。

雨 霖 铃

一、填空题

1. 柳永是第一位大量制作_____的词人,他善于运用铺叙手法和俚俗语言,将写景、叙事和_____融为一体,在词的发展史上占有重要地位。

2. 柳永词流传广泛,民间甚至流传_____的说法。有_____行于世。

二、背诵并默写

三、简答题

"晓风残月"几乎成为柳词风格的同义语,结合此语试析柳词风格特色。

四、论述题

分析论述《雨霖铃》的艺术成就。

江城子·密州出猎 前赤壁赋

一、填空题

1. 苏轼,字子瞻,号_____,眉山(今四川眉山)人。其世界观很复杂,对_____、_____、_____三家思想兼收并蓄。

2. 苏轼在文学上的才华是多方面的,在书法、绘画方面也有杰出的成就。其词别开生面,创_____派,在词史上影响深远。其词集名_____,又有诗文集_____行世。

二、背诵并默写

三、简答题

1. 简述《江城子·密州出猎》的艺术特点。

2. 简述《前赤壁赋》的艺术特色。

四、论述题

《前赤壁赋》的主要思想倾向是什么？

声　声　慢

一、填空题

李清照，号_____，济南人，宋代著名女词人。她兼擅诗词文章，主要文学成就在_____。其作品大致可分为前后两个时期，前期多表现_____；后期作品则以_____为主。她的词善用_____手法，语言通俗晓畅，意境清奇秀润，风格细致缠绵，为宋代_____词派最有代表性的作家之一。词集有_____行世。

二、背诵并默写

三、简答题

《声声慢》中写了哪些意象？试概括之。

四、论述题

分析论述《声声慢》中14个叠字的独特艺术价值。

永遇乐·京口北固亭怀古

一、填空题

辛弃疾,字幼安,号_____,济南人。南宋杰出的爱国词人。辛词发展了_____词风,进一步提出_____的主张。其词以_____为主,气势雄健,意境宏阔。词集有_____传世。

二、背诵并默写

三、简答题

这首《永遇乐·京口北固亭怀古》多用典故,谈谈这些典故在词中的作用。

单刀会(第四折) [南吕·四块玉]别情

一、填空题

1. 关汉卿,号已斋叟,大都(今北京)人。元代伟大的戏曲作家,与_____、_____、_____合称元曲四大家。

2. 关汉卿剧作题材广泛,悲剧、喜剧、历史剧均有典范性作品。悲剧如_____,喜剧如_____,历史题材作品如_____,都是戏曲史上有名的作品。此外,他也是散曲大家,小令本色当行,多写男女恋情和离愁别绪,他的一套自传性质的套曲[南吕·一枝花]_____,对于研究作者生平思想颇有价值。

二、背诵并默写[南吕·四块玉]《别情》

三、简答题

简析[南吕·四块玉]《别情》的艺术特点。

四、论述题

试论《单刀会》(第四折)的思想与艺术特色。

[双调·夜行船]秋思(节选)

一、填空题

1. 马致远,号东篱,大都人。元曲四大家之一。其杂剧的代表作是_____;散曲创作则有_____之称,有近人所辑散曲集_____行世。

2. [双调·夜行船]《秋思》是一篇_____,为马致远散曲的代表作之一。他另有小令[越调·天净沙]_____,被称作_____。

二、背诵并默写

三、简答题

简要分析[双调·夜行船]《秋思》的思想与艺术特色。

西厢记·长亭送别

一、填空题

1. 王实甫,名德信,大都人。元代著名剧作家。据_____记载,他作杂剧 14 种,今存除《西厢记》外,还有_____和_____二种。
2. 《西厢记》的全名是_____,是王实甫的代表作,也是戏曲史上的一部杰作。它的题材来源于唐代_____所作传奇_____(又称《会真记》)。金章宗时,董解元据此曾作_____,王实甫是在"董西厢"基础上,创作出《西厢记》杂剧的,文学史上又习惯称其为_____。
3. 一般认为《西厢记》的主题就是第五本中张生的一句唱词:_____。

二、背诵并默写[端正好][滚绣球]二曲

三、简答题

1. 《长亭送别》一折戏,是如何用场景描写来衬托人物心理活动的?
2. 《长亭送别》在语言上有什么特点?

四、论述题

结合《长亭送别》一折戏,分析崔莺莺的叛逆性格。

牡丹亭·惊梦

一、填空题

1. 汤显祖,字义仍,号_____,又号清远道人。临川(今江西临川)人。明代著名文学家,杰出的浪漫主义戏曲作家。

2. 《牡丹亭》又名_____,取材于话本小说_____。作品通过杜丽娘为追求爱情"梦而死","死而复生",歌颂了_____对_____的斗争和胜利,个性解放冲决封建礼教樊篱的胜利。

二、背诵并默写[皂罗袍]曲

三、简答题

简要说明《牡丹亭·惊梦》的思想意义与艺术特色。

四、论述题

结合《牡丹亭·惊梦》分析杜丽娘形象。

满井游记

一、填空题

1. 袁宏道,字中郎,号石公,湖广公安(今属湖北)人。他受到_____思想的影响,为文强调抒写_____,追求艺术上的情趣与新奇。他还重视向民歌学习,将民歌视为_____。

2. 满井在_____。袁宏道曾任顺天府儒学教授,他于万历二十七年(1599),写成这篇文情并茂的_____。

二、简答题

1. 举例说明《满井游记》中用比的新鲜与奇特。
2. 作者是如何在短文中流露出轻松愉快的心情的?

桃花扇·骂筵

一、填空题

1. 孔尚任,字聘之,又字季重,号东塘,别号岸堂,自署云亭山人,山东曲阜人。康熙三十八年(1699)六月,历经十余年,三易其稿的《桃花扇》脱稿。这部传奇以复社文人_____与秦淮名妓_____的爱情为线索,而用意则是_____,_____。
2. 《桃花扇》是一部_____的历史剧,但毕竟不是历史教科书,《骂筵》一出就是作者虚构的。李香君当庭痛骂南明王朝的奸佞_____、_____之辈,淋漓痛快,她是戏曲、小说人物画廊中的一个崭新的形象。

二、简答题

简析《桃花扇》的艺术成就。

三、论述题

结合《骂筵》一出戏分析李香君这一形象。

蝶 恋 花

一、填空题

纳兰性德,原名成德,字容若,满洲正黄旗人,大学士明珠之子。清初著名词家。其词作主情致,词风近于 _____。有 _____,词集名 _____。

二、背诵并默写

三、简答题

简析这首词的艺术特色并概括纳兰词风。

秋 心 三 首(选一)

一、填空题

龚自珍,字璱人,号定盦,浙江仁和(今浙江杭州)人。近代启蒙运动的先驱,杰出的思想家和文学家。其诗题材广泛,批判现实政治,渴望改革,打破了清中叶以来_____的沉寂局面;其文构思奇妙,运笔放纵自如,形式不拘一格。他在辞官南归途中所作大型组诗_____,比较集中地体现出了龚诗的风格。

二、背诵并默写

三、简答题

　　何谓剑气箫心？结合这首诗说明龚诗大量运用意象化手法的特色。

四、论述题

　　简述这首诗的艺术特色。

第三编　中国现当代文学

【学习目的与要求】

通过本编学习,了解中国现当代文学发展的脉络与线索,明确中国现当代文学各时期的发展状况,掌握重点流派及重要的作家作品,并深刻理解社会环境、文学思潮与文学发展的内在关系。

第五章 中国现当代文学概述

第一节 中国现代文学概述

一、"五四"文学革命

1. 填空题

（1）自＿＿＿＿年文学革命开始至＿＿＿＿年间的文学创作,理论界习惯于称之为＿＿＿＿。并且,以1949年为界,在此之前的,称作＿＿＿＿；在此之后的,称作＿＿＿＿。

（2）＿＿＿＿年陈独秀主编的＿＿＿＿(第一卷名《青年杂志》)的创刊,标志着新文化运动的兴起。

（3）胡适于1917年1月在《新青年》上发表的＿＿＿＿,最早系统地提出了文学改良的主张。

（4）从1918年开始＿＿＿＿、＿＿＿＿等进步报刊均采用白话,到1920年,北洋政府教育部终于承认"白话"为国语。

（5）在众多的新文学社团中,成立最早、影响最大的是＿＿＿＿与＿＿＿＿。

2. 单项选择题

（1）《文学革命论》的作者是＿＿＿＿。
　　A. 陈独秀　　B. 李大钊　　C. 胡适　　D. 鲁迅

（2）"文学革命"的正式提出是在＿＿＿＿年。
　　A. 1915　　B. 1916　　C. 1917　　D. 1918

（3）南国社是由＿＿＿＿领导创立的一个综合性艺术

团体。

  A. 闻一多 B. 田汉 C. 徐志摩 D. 林语堂

(4) 由湖畔诗社的成员汪静之单独出的诗集是_____。

  A.《浅草》 B.《沉钟》 C.《湖畔》 D.《蕙的风》

3. 多项选择题

(1) 关于"五四"文学革命的时代背景,论述正确的是_____。

  A. 诗歌领域的"我手写我口,古岂能拘牵"等主张的提出,引发了一场"诗界革命"

  B. 虽然当时的政治、经济、文化等历史条件均不成熟,但是这些进步因素,已开始真正解构沿袭了两千多年的正统文学观念

  C. 小说领域的"欲新一国之民,必新一国之小说"等主张,则引发了一场"小说界革命"

  D. 在散文领域,则发生了冲破桐城派古文樊篱、尝试平易畅达的"新文体"的"文界革命"

(2) 下列属于新月社成员的作家是_____。

  A. 闻一多 B. 梁实秋 C. 徐志摩 D. 周作人

(3) 下列属于语丝社成员的作家是_____。

  A. 鲁迅 B. 林语堂 C. 孙伏园 D. 章川岛

(4) 下列关于浅草—沉钟社的论述,正确的有_____。

  A. 浅草社成立于1922年

  B. 主要人物有林如稷、陈翔鹤、冯至、陈炜谟等,办有《浅草》季刊

  C. 其骨干成员又于1928年另组沉钟社,办有《沉钟》周刊

  D. 理论上主张表现自我,抒写心声,题材上多写青年人生活的苦闷与情感的忧郁

（5）下列关于南国社论述正确的有_____。
   A. 1924年即有《南国半月刊》
   B. 1927年正式定名,其成就与影响主要在戏剧方面
   C. 主要作者有高长虹、台静农、李霁野、韦素园等
   D. 是由郭沫若领导创立的一个综合性艺术团体

4. 名词解释
（1）"三大主义"
（2）文学研究会
（3）创造社

5. 简答题
（1）简述"五四"时期新文学闯将们的主要文学主张。
（2）简述"五四"前后,旧文学势力与新文学运动发生的三次重大交锋。
（3）简述"五四"文学革命的历史意义。

二、20年代的文学创作(1917—1927)

1. 填空题
（1）在整个"五四"时期,首先显示了文学革命的实绩的,是_____。
（2）胡适的_____是新文化运动中的第一部白话新诗集。
（3）1921年诗集_____的出版,不仅标志着我国的新诗进入了一个崭新的时代,而且确立了郭沫若在我国现代文学史上的卓越地位。
（4）郁达夫1921年出版的小说集_____是中国现代文学史上第一部小说集,开创了现代小说的新体式_____。
（5）鲁迅的创作除了新诗、散文、杂文外,还有小说集_____、_____和_____。

（6）周作人的散文有_____与_____两种风格。前者收入_____、_____中。

（7）1923年朱自清写成的《桨声灯影里的秦淮河》被誉为_____。

（8）在20年代戏剧创作中成绩最丰的是_____。

（9）在"五四"时期，散文方面取得突出成就的还有以_____、_____为代表的、充满了诗情画意、具有"漂亮""缜密"风格的散文。

（10）中国现代话剧早期曾被称作_____。

2. 单项选择题

（1）下列属于丁西林作品的是_____。
　　A.《王昭君》　　　　B.《压迫》
　　C.《苏州夜话》　　　D.《怀旧》

（2）中国现代历史剧的开拓者是_____。
　　A. 田汉　　B. 丁西林　　C. 郭沫若　　D. 曹禺

（3）在"五四"新文学创作中，_____是最有成就的门类。
　　A. 小说　　B. 戏剧　　C. 诗歌　　D. 散文

（4）在杂感文中创作成就最高、最有代表性的作家是_____。
　　A. 鲁迅　　B. 林语堂　　C. 周作人　　D. 胡适

3. 多项选择题

（1）下列关于新诗的论述，正确的有_____。

　　A. 文学革命的最初倡导者与参与者们，几乎都曾致力于新诗的创作

　　B. 从"五四"文学革命爆发到抗战全面爆发前夕，中国新诗的发展大致经过了词曲化的新诗、自由诗、格律诗、象征诗、现代诗几个阶段

C. 其中,自由诗又包括了初期白话诗、文学研究会的写实主义诗歌、创造社的浪漫主义诗歌、小诗、爱情诗、政治抒情诗等各派的诗歌

D. "五四"新诗在各派诗人的努力下取得了相当丰硕的成果,而本时期郭沫若的诗歌创作则无疑构成了中国新诗史上的第一个高峰

（2）下列关于徐志摩的论述,正确的是_____。

A. 著有诗集《志摩的诗》《翡冷翠的一夜》《猛虎集》《云游》等

B. 徐志摩的诗受英国浪漫派和唯美派诗歌的极大影响,早期思想较积极,表达过爱祖国、反封建、讲"人道"等主题,后期思想则滑入消极颓唐的泥潭

C. 在艺术上追求诗的诗形美、情境美、音乐美、辞藻美

D. 将象征手法引入诗歌创作之中,注重表现主体的内心感觉,突出强调"暗示"在诗歌表现中的重要性

（3）下列关于鲁迅的论述,正确的有_____。

A. 1911年曾以辛亥革命为背景创作文言小说《怀旧》,1918年开始新文学创作

B. 鲁迅曾说,"五四"之后,"散文小品的成功,几乎在小说戏曲和诗歌之上"

C. 鲁迅前期杂文收在《坟》《热风》《华盖集》《华盖集续编》《而已集》中

D. 鲁迅是他1918年5月在《新青年》上发表《狂人日记》时用的笔名

（4）下列关于"五四"散文创作,论述正确的有_____。

A. 在杂感文中创作成就最高、最有代表性的作家是胡适

B. "五四"初期的散文,是以议论时政为主的杂感文

C. 《新青年》"随感录"中的一些文艺短论和杂文,为现

代散文开辟了道路

　　D. "五四"散文的兴起与其后的繁荣,与当时报刊业的发达是分不开的

(5) 下列属于田汉作品的有_____。

　　A.《咖啡店之一夜》　　B.《获虎之夜》
　　C.《苏州夜话》　　　　D.《名优之死》

(6) 由郭沫若创作的,被合称为"三个叛逆的女性"的现代历史剧是_____。

　　A.《卓文君》　　　　B.《武则天》
　　C.《王昭君》　　　　D.《聂嫈》

(7) 下列关于浪漫抒情小说,论述正确的是_____。

　　A. 其作者大多是来自乡村、寓居京沪等大都市的青年知识分子
　　B. 这类小说不注重对客观现实的真实再现,而注重对人物的心理展示
　　C. 不注重外在的情节结构,而注重以人物心理演变的线索结构小说,具有着强烈的主观情绪与浓郁的抒情色彩,显示出浪漫主义的主要特征
　　D. 代表作家首推郁达夫

4. 名词解释

(1) 小诗
(2) 格律诗派
(3) 象征诗派
(4) "问题小说"
(5) "乡土小说"

5. 简答题

(1) 简述闻一多的诗歌成就。
(2) 简述《女神》的思想性及艺术性。

（3）简述这一时期鲁迅在小说、杂文方面的主要成就。

三、30年代的文学创作（1928—1937）

1. 填空题

（1）从1928年始，中国现代文学进程发生了重要的转折，其标志就是_____的兴起。倡导无产阶级革命文学运动的主要社团是_____和_____。

（2）在30年代的小说、戏剧领域，涌现了各种较有影响的文学流派，如_____、_____、_____。

（3）茅盾原名_____，字_____，浙江桐乡人，茅盾是他发表_____开始用的笔名。

（4）巴金创作了"爱情三部曲"_____、_____、_____，长篇小说"激流三部曲"_____、_____、_____。

（5）老舍（1899—1966），原名_____，字舍予，_____族，出身于北京一个贫民家庭。

2. 单项选择题

（1）《霜叶红似二月花》的作者是_____。
　　A. 老舍　　B. 巴金　　C. 茅盾　　D. 曹禺

（2）巴金的代表作是"激流三部曲"，其中_____的成就最高，影响最大。
　　A.《家》　　B.《春》　　C.《秋》　　D.《雾》

（3）下列属于老舍在英国期间创作的小说是_____。
　　A.《猫城记》B.《离婚》　C.《文博士》D.《二马》

（4）曹禺的成名作是_____。
　　A.《日出》　B.《雷雨》　C.《原野》　D.《北京人》

3. 多项选择题

（1）左联成立后,开展了一系列文艺战线上的思想论争,包括_____。

　　A. 与"民族主义文艺运动"的斗争

　　B. 与"新月派"资产阶级文艺思想的论战

　　C. 与"自由人""第三种人"的论争

　　D. 1935年"华北事件"后左联解散,1936年,在革命作家内部发生了"国防文学"和"民族革命战争的大众文学"两个口号之争

（2）1928年后鲁迅的杂文主要收入_____。

　　A.《三闲集》　　　　　B.《二心集》

　　C.《南腔北调集》　　　D.《自由书》

（3）下列关于茅盾的论述正确的有_____。

　　A. 1916年从北京大学毕业后,进入上海商务印书馆编译所工作

　　B. 茅盾参加了"五四"前的思想启蒙运动和"五四"时期的新文化运动,1920年参加了中国共产党的建党工作,是中共上海发起组的成员

　　C. 茅盾创作了各种体裁的作品,成就最为突出的是长篇小说,其次是短篇小说、散文和杂文

　　D. 1927年至1928年,茅盾创作了总题为《蚀》的三个连续性中篇小说:《幻灭》《动摇》《追求》,成功地塑造了一批时代女性的形象,表现了知识青年"在革命浪潮中所经过的三个时期"

（4）下列关于巴金的论述正确的是_____。

　　A. 巴金,原名李尧棠,字芾甘

　　B. 抗战后期写作了"抗战三部曲"《电》、中篇小说《憩园》和《第四病室》

C. 1946年完成中篇小说《寒夜》

D. 1928年写成中篇小说《灭亡》,描写了一个青年无政府主义革命者的斗争、苦闷和失败,发表后在当时寻求进步的青年读者中激起巨大反响

(5) 下列关于老舍的论述正确的是_____。

A. 1924年赴英国伦敦大学任教,在此期间开始文学创作。相继发表了长篇小说《老张的哲学》《赵子曰》

B. 1929年回国后至抗战全面爆发前,老舍执教于济南齐鲁大学与青岛山东大学。创作有长篇小说《小坡的生日》《牛天赐传》《骆驼祥子》,短篇小说集《赶集》《蛤藻集》等

C. 老舍小说的创作特点是,注重挖掘人情美与运用抒情化的方法塑造人物

D. 从抗战全面爆发到中华人民共和国成立前夕,老舍创作的主要作品有长篇小说《四世同堂》、中篇小说《我这一辈子》、中短篇小说集《月牙集》《火车集》等

(6) 下列关于曹禺论述正确的是_____。

A. 曹禺,原名万家宝,祖籍湖北潜江,生于天津

B. 中学时代参加过话剧演出,1928年进南开大学,1930年转清华大学

C. 1935年写成《日出》,未曾上演即引起文艺界的普遍关注

D. 1937年发表第三部剧作《原野》。从抗战全面爆发至中华人民共和国成立前,曹禺还创作了多幕剧《蜕变》《北京人》等

4. 名词解释

"左联"

5. 简答题

（1）以《子夜》为例简述茅盾小说创作的主要特点。
（2）简述《家》的思想性及艺术性。
（3）以《骆驼祥子》为例简述老舍小说创作的主要特点。
（4）简述从《雷雨》到《日出》，曹禺创作思想的变化。

四、40年代的文学创作（1937—1949）

1. 填空题

（1）全面抗战和解放战争时期，因政治原因，全国主要分成_____文学和_____文学。
（2）1938年，中华全国文艺界抗敌协会（简称"文协"）在_____成立，提出了_____、_____的口号。
（3）戏剧领域出现了历史剧的创作热潮，_____的《屈原》的问世，标志着爱国主义主题的深化。
（4）艾青的处女作也是成名作是_____。
（5）钱钟书的创作不多，除长篇小说_____外，仅有散文集_____，短篇小说集_____。
（6）赵树理在中华人民共和国成立前的主要代表作有_____、_____、_____等。
（7）1942年，_____发表了著名的《在延安文艺座谈会上的讲话》，明确提出在_____、_____、民族化的美学目标下文艺为政治服务、文艺为工农兵服务的问题。

2. 单项选择题

（1）《呼兰河传》的作者是_____。
　　A. 曹禺　　B. 萧红　　C. 萧军　　D. 沙汀
（2）下列属于张天翼的作品是_____。
　　A.《八十一梦》　　　B.《在其香居茶馆里》
　　C.《华威先生》　　　D.《升官图》

（3）《财主底儿女们》的作者是＿＿＿＿＿。
   A. 沙汀　　B. 赵树理　　C. 艾青　　D. 路翎
3. 多项选择题
（1）抗战时期的文艺论争，重要的有＿＿＿＿＿。
   A. 抗战初期关于文艺与抗战关系及抗战文艺公式化、概念化问题的论争
   B. 对"战国策"派的批判
   C. 关于文艺"民族形式"问题的讨论
   D. 关于现实主义与主观论的论争
（2）下列关于全面抗战时期文学创作，论述正确的有＿＿＿＿＿。
   A. 在国统区，1937年"七七"事变后，全国文艺界空前团结
   B. 文学创作具有共同的爱国主题和昂扬乐观的气息，但作家的个性减弱，作品流于肤浅，宣传性压倒了艺术性
   C. 抗战中期，因武汉失守与"皖南事变"，形势急剧逆转，作家们开始转向清醒地面对现实，许多作品对传统文化、民族性格的探讨、分析倾向有所增强
   D. 作家主体意识的强化，既使一批作家确立了相当显著的个性化风格，也使知识分子题材的创作得到恢复
（3）下列属于讽刺与暴露文学的有＿＿＿＿＿。
   A.《围城》　　　　　　B.《八十一梦》
   C.《在其香居茶馆里》　D.《升官图》
4. 名词解释
"孤岛文学"
5. 简答题
（1）简述艾青诗歌创作的主要成就。

(2) 简述《围城》的思想性。

(3) 简述《财主底儿女们》的主要内容及艺术性。

(4) 简述《小二黑结婚》的主要内容及艺术性。

第二节　中国当代文学概述

一、十七年时期的文学创作

1. 填空题

(1) 从1949年至1999年,理论界习惯上分为_____、_____、_____、_____等四个时期。

(2) 在中华人民共和国初期,发动了三次较大规模的文艺思想批判,即_____、_____、_____。

(3) 下列戏剧的作者分别是《蔡文姬》_____、《王昭君》_____、《关汉卿》_____、《海瑞罢官》_____。

(4) _____的《茶馆》是我国当代戏剧史上的一座丰碑。

(5) 十七年时期著名的散文"三大家"是_____、_____、_____。

2. 单项选择题

(1)《铜墙铁壁》的作者是_____。
　　A. 柳青　　B. 陆柱国　　C. 杜鹏程　　D. 陈登科

(2) 下列属于周立波作品的是_____。
　　A.《三千里江山》　　　B.《新儿女英雄传》
　　C.《铁水奔流》　　　　D.《百炼成钢》

(3) 下列作品的体裁属于小说的是_____。
　　A.《草木篇》
　　B.《据说,开会就是工作,工作就是开会》
　　C.《布谷鸟又叫了》

D.《组织部来了个年轻人》
3. 多项选择题
（1）下列关于十七年时期小说创作,论述正确的有_____。

    A. 50年代初,当短篇小说的创作尚处于较为幼稚的阶段时,长篇小说的创作即呈现出勃勃生机,在不同的题材领域,分别涌现了一大批优秀作品

    B. 从1957年到1966年,十七年时期的长篇小说创作取得了空前的丰收

    C. 反映新民主主义革命斗争的作品有《红旗谱》(梁斌)、《青春之歌》(杨沫)、《红岩》(罗广斌、杨益言)、《林海雪原》(曲波)

    D. 除长篇小说外,十七年时期的中、短篇小说也取得了突出的成绩,涌现了不少佳作和初具风格的文学新人,如李准、马烽、西戎、茹志鹃、峻青、王愿坚等

（2）下列属于农村题材的戏剧有_____。

    A.《枯木逢春》   B.《十五贯》
    C.《槐树庄》   D.《龙须沟》

3. 简答题
（1）从美学角度简述十七年时期文学存在的局限性。
（2）简述《茶馆》的主要内容及语言特色。
（3）简述十七年时期散文创作的题材取向及特点。

二、新时期以来的文学创作

1. 填空题
（1）1976年4月5日爆发的天安门诗歌运动揭开了_____的序幕。
（2）叶文福的《将军,不能这样做》运用了_____诗体与

对比、反诘等手法,有力地表达了思想感情。

(3) 1979年开始公开面世的"朦胧诗",打破了诗坛现实主义独领风骚的一元化局面,使诗歌从_____过渡到_____。

(4) "朦胧诗"的代表作有_____的《回答》,_____的《致橡树》,_____的《眨眼》《远和近》,_____的《纪念碑》等。

(5) 在"朦胧诗"潮中成就最高的诗人无疑是_____、_____。《双桅船》是_____的诗集。

(6) 散文创作大致经历了_____个阶段。

(7) "四人帮"垮台后,散文领域率先掀起了一股_____的思潮,其悼亡对象则大多集中在_____和_____两类人身上。

(8) 巴金的五集《随想录》被评论界誉为_____。

(9) 下列作品的作者分别是《负笈剑桥》_____,《牛棚日记》_____,《干校六记》_____,《商州三录》_____。

(10) 20世纪90年代散文领域的一个重要现象无疑是_____。

2. 单项选择题

(1)《读罗中立的油画〈父亲〉》的作者是_____。
　　A. 艾青　　B. 公刘　　C. 顾城　　D. 黄永玉

(2) 历史剧作《秦王李世民》的作者是_____。
　　A. 颜海平　B. 李龙云　C. 丁一山　D. 史超

(3) 新时期小说涌现出来的第一个潮头是_____。
　　A. 伤痕小说　　　　B. 反思小说
　　C. 改革小说　　　　D. 寻根小说

(4) 下列属于冰心作品的是_____。

A.《十里长安街》

B.《永远活在我们心中的周总理》

C.《望着总理的遗像》

D.《巍巍太行山》

(5)《伤痕》的作者是_____。

　　A. 刘心武　　B. 卢新华　　C. 张洁　　D. 王蒙

3. 多项选择题

(1) 下列关于天安门诗歌运动,论述正确的是_____。

A. 在这场空前而伟大的运动中所诞生的诗歌在艺术上有了重大的突破与创新

B. 但其所表现的忧患意识、主体的责任感与使命感,则使诗歌很快与中国古典与现代诗歌中的现实主义传统衔接起来

C. 并在70年代末期形成了一股恢复"五四"精神、恢复现实主义传统的诗歌浪潮。产生了一大批具有广泛社会影响的作品

D. 代表作有《在浪尖上》《光的赞歌》《曾经有过那种时候》《小草在歌唱》

(2) 下列关于舒婷的论述正确的是_____。

A. 舒婷的诗歌表现了从"文革"中起步的一代青年从狂热、迷茫到觉醒、奋起、追求的心灵历程

B. 表达了青年人深厚的友情、爱情的美丽、忧伤及对国家命运的关切和忧虑,不少诗歌散发着理想主义的光辉

C. 在艺术上,舒婷善于运用想象、联想和意象的拼接、组合表达多层次的丰富意蕴,诗歌风格典雅、端丽,清新、优美

D. 以敏锐的洞察力和不可遏止的悲愤情感揭露与控诉

了现实生活的阴暗面

4．名词解释

（1）伤痕小说

（2）反思小说

（3）改革小说

（4）现代派小说

（5）新写实小说

（6）寻根小说

（7）"新生代诗人"

5．简答题

（1）简述"朦胧诗"的美学特征。

（2）简述散文创作在第三阶段呈现的艺术特征。

（3）简述历史剧作《秦王李世民》的历史意义。

（4）简述当代中国戏剧发展第二阶段主要成就。

（5）简述《小井胡同》在当代中国戏剧发展中的历史意义。

三、当代台港澳文学

填空题

当代台湾文学界著名的作家有小说家_____、_____、_____、_____，诗人_____、_____，散文家_____、_____等人。香港严肃文学的代表作家主要有_____，通俗小说家则有_____、_____等。

第六章　中国现当代文学作品与导读

秋　夜

一、填空题

1. 鲁迅的创作除了新诗及收在《坟》《热风》《华盖集》和《而已集》中的大量杂文小品之外，还有散文诗集_____、回忆性散文_____。

2. 在小说方面鲁迅取得了很高的成就，除历史小说之外，其他作品分别收入_____和_____。

3. "秋夜"原本是一个时间概念，在本文中它是_____的一种象征。

4.《秋夜》是_____作于_____年的一篇散文。

二、简答题

简述《秋夜》的写作背景及其思想倾向。

三、论述题

试分析《秋夜》的艺术特色。

苦　雨

一、填空题

1. 周作人（1885—1967），浙江绍兴人，"五四"时期曾提倡_____、_____等进步主张。
2.《苦雨》写于_____年_____月，在形式上采用的是_____体。

二、简答题

1. 简述《苦雨》的思想内容。
2. 简析《苦雨》的艺术特色。

手　推　车

一、填空题

1. 艾青原名_____，_____人。
2. 1933年年初的一个雪天里，艾青在狱中创作了_____，第一次用"艾青"这个笔名。
3. 抗战期间，艾青创作了大量的诗篇，形成了艾青诗歌创作的第一个高潮。这些诗大致可以分为两组：一组是以北方生活为主，表现灾难深重的民族命运的作品，称为_____；一组是以_____和_____为主要象征物，表现不屈不挠的民族精神的作品，称为_____。
4.《手推手》写于_____年。

5. "手推车"作为一种意象出现在诗中,暗示的是_____。

二、简答题

简述《手推车》的艺术特色。

三、论述题

试分析《手推车》一诗的意蕴。

五　月

一、填空题

1. 穆旦,原名_____,是我国20世纪40年代重要的诗歌流派_____的代表性诗人,著有诗集_____等。

2.《五月》写于_____年,正值第二次世界大战、抗日战争处于极为艰难的战略相持阶段。

二、简答题

简析"五月"的含义。

三、论述题

简述《五月》的艺术特色。

萧　　萧

一、填空题

1. 沈从文，_____族，原名_____，他的作品在艺术上独树一帜，被认为是新文学中_____的典范。
2. 沈从文在文学方面的主要著作有小说集_____、_____、_____等；散文集_____、_____；长篇童话_____。
3. 《萧萧》是沈从文的一篇_____题材小说。

二、论述题

简述《萧萧》的艺术成就。

屈　　原(节选)

一、填空题

1. 郭沫若的历史剧写作开始于_____以后。20年代他曾写了_____、_____和_____三个剧本，合称《三个叛逆的女性》。
2. 郭沫若是一位卓越的诗人，"五四"时期，他写下了著名的诗集_____。
3. 从1941年到1943年，郭沫若一共创作了_____、_____、_____、_____、_____、_____等六部历史剧，通过描写历史来曲折地影射现实，鼓舞现实斗争。

4. ＿＿＿＿＿是郭沫若配合当时坚持抗战,反对妥协投降宣传影响最大的一部作品,发挥了＿＿＿＿＿的强大效能。

5.《屈原》全剧共＿＿＿＿＿幕。

二、简答题

试分析屈原的形象。

三、论述题

试分析《屈原》的艺术特点。

苹 果 树 下

一、填空题

闻捷的《苹果树下》写于 20 世纪＿＿＿＿＿初期。

二、简答题

1. 简述《苹果树下》的现实意义。
2. 简析《苹果树下》的艺术特色。

养　花

一、填空题

1. 老舍（1899—1966）,原名＿＿＿＿＿,字＿＿＿＿＿,＿＿＿＿＿族,生于北京一个贫民家庭,是＿＿＿＿＿家、

_____家,其作品主要有_____、_____。

2.《养花》写于_____年,作品的主题很简单:通过客观地介绍作者对养花的兴趣及由养花所引发的喜与忧,展示自身性格中的一个美好的组成部分,即_____,_____。

3.《养花》在艺术上,除了语言仍然显示了老舍一贯的_____与_____外,还有_____、_____地描写了一个_____。

二、简答题

简述《养花》在当代散文史上的意义。

关 汉 卿(节选)

一、填空题

1. 中华人民共和国成立后,田汉在担任一些文化事业领导工作的同时,创作话剧_____、_____及京剧_____、_____等,其中尤以_____与_____思想艺术成就为最高。

2. 关汉卿是我国元代著名的、伟大的杂剧家,田汉这里所创造的"关汉卿"形象则是在基本_____的基础上_____出来的一个文学形象。

3.《关汉卿》全剧共_____场,故事发生在元世祖至元十八年至十九年(1281—1282)的_____。

4. 剧本一开场就写民女_____因被无赖陷害,不愿婆婆受牵连,被贪官知府问成死罪,押赴刑场问斩。关汉卿从街上路过,碰见此事,义愤填膺,萌发了创作杂剧_____的念头。

5._____鼓励关汉卿把剧本《窦娥冤》写出来,并说"_____",_____这个混在当时杂剧界的败类警告关汉卿不要写,遭到了关汉卿的驳斥,两个人不欢而散。

6.《窦娥冤》的上演激怒了当时的权臣_____。

二、简答题

1. 简述作品是如何塑造"关汉卿"这一人物的性格特点的。
2. 简述《关汉卿》的现实意义。

三、论述题

论述《关汉卿》的艺术特色。

陈奂生上城

一、填空题

短篇小说_____是高晓声的"陈奂生系列小说"中的第二篇,其他诸篇为_____、_____、_____、_____、_____等。

二、论述题

1. 分析陈奂生的形象及其意义。
2. 论述《陈奂生上城》的艺术成就。

白 发 苏 州

一、填空题

余秋雨，_____人，著有理论专著_____、_____、_____等。80年代末开始创作散文，结集有_____、_____、_____、_____等。

二、论述题

结合《白发苏州》论述余秋雨散文"形聚神散"的特点。

桑树坪纪事(节选)

一、填空题

1.《桑树坪纪事》是由青年小说家_____的中篇小说_____、_____和_____改编而成的一部无场次_____。

2. 全剧除"序"和"尾声"外，共_____章_____场。

二、简答题

简述《桑树坪纪事》的思想内容。

三、论述题

1. 试分析《桑树坪纪事》中的李金斗形象。
2. 论述《桑树坪纪事》的艺术特点。

●下 册●

第四编 外国文学

【学习目的与要求】

　　学习概述部分,了解外国文学发展的脉络线索和规律。对各个不同历史时期外国文学的主要作家、作品及文艺思潮,要有一个明晰的认识。通过对作品与导读的学习,了解作家、作品在文学史上的地位和影响,并掌握作品的思想内容和艺术特色,从而加深对整个外国文学的认识与理解。

第七章 外国文学概述

第一节 古代欧洲文学概述

一、填空题

1. ＿＿＿＿＿＿是欧洲文学的源头。
2. 古罗马文学是在＿＿＿＿＿＿的影响下发展起来的。
3. "荷马时代"文学的主要成就是＿＿＿＿＿＿。
4. 古希腊神话包括＿＿＿＿＿＿和＿＿＿＿＿＿两大类内容。古希腊神话中的众神之主是＿＿＿＿＿＿。
5. 荷马史诗包括＿＿＿＿＿＿和＿＿＿＿＿＿两部。
6. 赫西奥德的长诗＿＿＿＿＿＿反映了当时希腊的社会现实。
7. 亚里士多德在他的文艺理论著作＿＿＿＿＿＿中侧重分析了悲剧。
8. 古希腊的"悲剧之父"是＿＿＿＿＿＿,他的代表作是＿＿＿＿＿＿三部曲。
9. 欧里庇得斯的代表作是＿＿＿＿＿＿。
10. 古罗马神话中的太阳神是＿＿＿＿＿＿。
11. 维吉尔的代表作是史诗＿＿＿＿＿＿。
12. 贺拉斯在《诗艺》中强调文艺的教育作用,提出了＿＿＿＿＿＿的原则。

二、单项选择题

1. 古希腊神话中把金羊毛夺取到手的英雄是_____。
   A. 赫拉克勒斯 B. 伊阿宋 C. 忒修斯 D. 俄狄浦斯
2. 神话故事总集《变形记》的作者是_____。
   A. 荷马　　　　　　　B. 赫希俄德
   C. 奥维德　　　　　　D. 米南德
3. 古希腊神话中用泥土和水创造了人的是_____。
   A. 宙斯　　　　　　　B. 雅典娜
   C. 阿佛洛狄忒　　　　D. 普罗米修斯
4. 《埃涅阿斯纪》歌颂了_____。
   A. 特洛伊人英勇保卫祖国的精神
   B. 古希腊人勇敢战斗的精神
   C. 罗马建国的光荣历史
   D. 俄底修斯与大海顽强搏斗的精神

三、多项选择题

1. 下列的神中属于古希腊神话中的神的是_____。
   A. 宙斯 B. 雅典娜 C. 维纳斯 D. 赫拉 E. 上帝
2. 下列戏剧中属于古希腊悲剧的有_____。
   A.《被缚的普罗米修斯》　　　B.《俄瑞斯忒斯》
   C.《美狄亚》 D.《俄狄浦斯王》 E.《阿卡奈人》

四、简答题

古希腊神话有什么主要特点？

第二节　中世纪欧洲文学概述

一、填空题

1. 中世纪早期英雄史诗的代表作品是英国的_____。
2. 中世纪后期英雄史诗的中心主题是_____。
3. 骑士文学的主要体裁有_____和_____两大类。
4. 法国的讽刺叙事诗_____是中世纪城市文学的代表作品。
5. 但丁的《神曲》包括《地狱》《炼狱》_____三部。

二、单项选择题

1. 中世纪欧洲骑士抒情诗中最有代表性的作品是_____。
   A.《亚瑟王传奇》　　　B.《破晓歌》
   C.《熙德》　　　　　　D.《罗兰之歌》
2. 《罗兰之歌》是_____中世纪的英雄史诗。
   A. 英国　　B. 法国　　C. 西班牙　　D. 俄国

三、多项选择题

下列史诗中属于中世纪欧洲英雄史诗的有_____。
   A.《贝奥武甫》　　　　B.《尼伯龙根之歌》
   C.《摩诃婆罗多》　　　D.《伊戈尔远征记》
   E.《伊利亚特》

四、简答题

但丁创作《神曲》的目的是什么？

第三节　近代欧美文学概述

一、填空题

1. ＿＿＿＿＿＿的《歌集》对十四行诗这种体裁的发展有重大的贡献。
2. 拉伯雷的长篇小说＿＿＿＿＿＿表达了鲜明的反封建精神。
3. 《随笔集》的作者＿＿＿＿＿＿是欧洲近代散文这一体裁的创始人。
4. 高乃依的代表作品是悲剧＿＿＿＿＿＿。
5. 悲剧《昂朵马格》和《费德尔》的作者是＿＿＿＿＿＿。
6. 斯威夫特的代表作是＿＿＿＿＿＿，这部小说描写了幻想中的大人国、小人国等。
7. 小说《汤姆·琼斯》的作者是＿＿＿＿＿＿。
8. 席勒的戏剧代表作是＿＿＿＿＿＿，这部戏剧反映了封建贵族阶级与市民阶级之间的尖锐冲突。
9. 诗剧《解放了的普罗米修斯》的作者是＿＿＿＿＿＿。
10. 英国浪漫主人抒情诗人＿＿＿＿＿＿非常注重艺术美，其代表作是《夜莺颂》《希腊古瓮颂》等。
11. 法国浪漫主义文学前期的代表作家是＿＿＿＿＿＿，他的代表作是反映宗教与爱情的尖锐矛盾的小说《阿达拉》。
12. ＿＿＿＿＿＿的长篇小说《包法利夫人》描写了外省一位富裕农民的女儿爱玛的悲剧性的一生。
13. 艾米莉·勃朗特的长篇小说＿＿＿＿＿＿描写了男女主人公的一种超越时空、超越死亡、充满激情的爱情。
14. 惠特曼的诗集＿＿＿＿＿＿反映出美国资本主义上升时期

广大人民的情绪和愿望。

15. 俄国戏剧家亚历山大·奥斯特罗夫斯基的剧本_____描写了一个追求个性解放的女性卡杰琳娜被残酷的环境所毁灭的悲剧。

16. _____的短篇小说《羊脂球》反映了普法战争期间普通人民的爱国主义精神。

17. 英国唯美主义的代表作家_____的代表作品是长篇小说《道林·格雷的画像》。

二、单项选择题

1. 薄伽丘的《十日谈》是一部_____。
    A. 史诗　　B. 民间故事集　　C. 短篇小说集　　D. 长篇小说
2. 《堂吉诃德》的作者塞万提斯是_____的作家。
    A. 19世纪　　　　　　B. 中世纪
    C. 文艺复兴时期　　　D. 启蒙时代
3. 乔叟的代表作是_____。
    A.《坎特伯雷故事集》　　B.《乌托邦》
    C.《李尔王》　　　　　　D.《羊泉村》
4. 法国古典主义悲剧的创始人是_____。
    A. 高乃依　　B. 拉辛　　C. 莫里哀　　D. 布瓦洛
5. 法国古典主义喜剧的代表作家是_____。
    A. 高乃依　　B. 拉辛　　C. 莫里哀　　D. 布瓦洛
6. 创造了哲理小说、正剧、书信体小说等新的文学形式的是_____。
    A. 人文主义作家　　　B. 古典主义作家
    C. 启蒙作家　　　　　D. 浪漫主义作家
7. 席勒的成名作是剧本_____
    A.《强盗》　　　　　　B.《威廉·退尔》

C.《华伦斯坦》　　　　　D.《阴谋与爱情》

8. 英国 18 世纪第一位重要的长篇小说家是＿＿＿＿＿＿。

　　A. 笛福　B. 斯威夫特　C. 理查逊　D. 菲尔丁

9. 对 19 世纪浪漫主义文学产生了重要影响的法国启蒙作家是＿＿＿＿＿＿。

　　A. 伏尔泰　B. 孟德斯鸠　C. 狄德罗　D. 卢梭

10.《德国,一个冬天的童话》的作者是＿＿＿＿＿＿。

　　A. 歌德　B. 诺瓦利斯　C. 海涅　D. 雪莱

11. 在自己的小说中竭力宣扬爱的哲学、美化农村生活的法国浪漫主义作家是＿＿＿＿＿＿。

　　A. 夏多布里昂　　　　　B. 雨果
　　C. 乔治·桑　　　　　　D. 斯丹达尔

12. 于连是小说＿＿＿＿＿＿的中心人物。

　　A.《高老头》　　　　　B.《红与黑》
　　C.《包法利夫人》　　　D.《阿达拉》

13. 夏洛蒂·勃朗特的小说《简·爱》的主题是＿＿＿＿＿＿。

　　A. 揭露了贵族阶级的残暴
　　B. 批判了小市民的无聊
　　C. 提出了妇女与男子平等的问题
　　D. 塑造了一个不幸的下层妇女形象

14. 长篇小说《死魂灵》和戏剧《钦差大臣》的作者是＿＿＿＿＿＿。

　　A. 普希金　B. 果戈理　C. 屠格涅夫　D. 莱蒙托夫

15.《麦琪的礼物》《警察与赞美诗》等小说的作者是＿＿＿＿＿＿。

　　A. 杰克·伦敦　　　　　B. 欧·亨利
　　C. 莫泊桑　　　　　　　D. 海明威

16. 法国自然主义文学在创作上的代表人物是_____。
    A. 左拉　　　　　　B. 龚古尔兄弟
    C. 莫泊桑　　　　　D. 戈蒂耶

三、多项选择题

1. 下列作品中属于弥尔顿创作的有_____。
    A.《失乐园》　　B.《伊甸园》　　C.《复乐园》
    D.《力士参孙》　E.《费德尔》
2. 下列作家中属于18世纪欧洲启蒙作家的有_____。
    A. 伏尔泰　　　　B. 弥尔顿　　　C. 卢梭
    D. 狄德罗　　　　E. 孟德斯鸠
3. 下列作家中属于英国浪漫主义诗人的有_____。
    A. 雨果　B. 华兹华斯　C. 济慈　D. 歌德　E. 拜伦
4. 下列作品中属于屠格涅夫创作的有_____。
    A.《罗亭》　　　B.《死魂灵》　　C.《贵族之家》
    D.《前夜》　　　E.《父与子》
5. 下列作家中属于19世纪东欧作家的有_____。
    A. 斯丹达尔　　B. 密茨凯维奇　　C. 裴多菲
    D. 狄更斯　　　E. 安徒生
6. 下列作品中属于陀思妥耶夫斯基创作的有_____。
    A.《白痴》　　　B.《罪与罚》　　　C.《群鬼》
    D.《卡拉马佐夫兄弟》　　　　　　E.《套中人》

四、名词解释

1. 流浪汉小说
2. 古典主义文学
3. 狂飙突进运动
4. 浪漫主义文学

5. 湖畔派诗人
6. 现实主义文学
7. 社会问题剧
8. 自然主义文学

第四节 20世纪欧美现实主义文学概述

一、填空题

1. 萧伯纳受到_____的影响,主张戏剧应关注迫切的社会问题。

2. 英国作家劳伦斯的代表作品有《儿子与情人》和_____等。

3. _____的代表作《约翰·克利斯朵夫》描写了一个德国音乐家的一生。

4. 德莱塞的代表作_____描写一个普通美国青年堕落为杀人犯的故事,有着深刻的揭露意义。

5. 第二次世界大战以后,美国犹太作家_____的创作十分引人注目,他的代表作品有《洪堡的礼物》等。

6. 美国当代作家塞林格的代表作_____反映了美国青少年精神上的不安和苦恼。

7. 20世纪俄国作家肖洛霍夫的代表作_____描写了从一次大战到国内战争时期顿河哥萨克人的生活和斗争。

二、单项选择题

《布登勃洛克的一家》的作者是_____。

  A. 亨利希·曼   B. 托马斯·曼

C. 罗曼·罗兰　　　　D. 劳伦斯

三、多项选择题

下列作品中属于高尔基创作的有_____
A.《童年》　B.《在人间》　C.《我的大学》
D.《阿尔达莫诺夫家的事业》
E.《克里姆·萨姆金的一生》

四、名词解释

迷惘的一代

五、简答题

劳伦斯创作过哪些重要作品？他的小说的基本主题是什么？

第五节　20世纪欧美现代主义文学概述

一、填空题

1. 诗集《恶之花》的作者_____是象征主义的先驱人物。
2. 奥尼尔的表现主义戏剧代表作有《琼斯皇》和_____等。
3. 法国意识流小说的代表作家普鲁斯特的代表作是_____。
4. 加缪的小说《鼠疫》写一位医生与鼠疫进行的斗争，表现了存在主义关于_____的思想。
5. 贝克特的_____是荒诞派戏剧的经典作品。

二、单项选择题

1. 象征主义长诗《荒原》的作者是_____。
   A. 马拉美　　B. 艾略特　　C. 里尔克　　D. 瓦雷里
2. 长篇小说《喧哗与骚动》的作者是_____。
   A. 普鲁斯特　　B. 乔伊斯　　C. 福克纳　　D. 卡夫卡

三、多项选择题

1. 下列文学流派中属于现代主义文学的有_____。
   A. 象征主义　　B. 表现主义　　C. 意识流小说
   D. 荒诞派戏剧　　E. 魔幻现实主义
2. 下列诗人中属于象征主义诗人的有_____。
   A. 拜伦　　B. 歌德　　C. 兰波　　D. 艾略特　　E. 里尔克

四、名词解释

1. 象征主义文学
2. 表现主义文学

五、简答题

1. 简要说明存在主义文学的特点。
2. 简要说明荒诞派戏剧的艺术特点。
3. 简要说明魔幻现实主义文学的特点。

第六节 亚非文学概述

一、填空题

1. 古埃及保存下来的人类最早的书面文学作品＿＿＿＿＿＿是一部宗教诗歌集。

2. 古巴比伦的著名史诗＿＿＿＿＿＿是用楔形文字记录在十二块泥板上的。

3. 中古印度的作家迦梨陀娑的戏剧代表作＿＿＿＿＿＿反映了古代印度人民对幸福的向往。

4. 日本最古老的文学作品是＿＿＿＿＿＿,它记载了日本古代的神话、传说和历史故事。

5. 近代日本文学的奠基人是＿＿＿＿＿＿,他的代表作是长篇小说《浮云》。

6. 日本近代浪漫主义文学的奠基人是森鸥外,他的代表作＿＿＿＿＿＿带有浓烈的异国情调与感伤色彩。

7. 日本近代自然主义文学的代表作家岛崎藤村的小说＿＿＿＿＿＿批判了近代日本社会的封建等级制度。

二、单项选择题

1. 英雄史诗《王书》的作者菲尔多西是＿＿＿＿＿＿文学史上最伟大的诗人。
    A. 印度　　B. 巴比伦　　C. 波斯　　D. 阿拉伯

2. 《一千零一夜》是一部＿＿＿＿＿＿。
    A. 诗歌集　　　　　　B. 民间故事集
    C. 戏剧集　　　　　　D. 说集

3. 日本中古时期被称为"俳圣"的诗人是_____。
   A. 井原西鹤　　　　　　B. 松尾芭蕉
   C. 岛崎藤村　　　　　　D. 川端康成

三、多项选择题

1. 下列小说中属于川端康成创作的有_____。
   A.《伊豆的舞女》　B.《浮云》　　　C.《雪国》
   D.《古都》　　　　E.《华丽的家族》
2. 以下诗集中属于泰戈尔创作的有_____。
   A.《吉檀迦利》　　B.《果园》　　　C.《飞鸟集》
   D.《云使》　　　　E.《园丁集》

四、名词解释

1.《旧约》
2.《吠陀》
3.《古兰经》
4.《源氏物语》
5. 新感觉派

第八章 外国文学作品与导读

伊利亚特(节选)

一、填空题

《伊利亚特》描写的是_____战争的故事。

二、单项选择题

《伊利亚特》中,希腊联军方面最勇猛的英雄是_____。
  A. 奥德修斯   B. 阿基琉斯
  C. 阿伽门农   D. 赫克托尔

俄狄浦斯王(节选)

一、多项选择题

下列戏剧作品中属于索福克勒斯创作的有_____。
  A.《普罗米修斯》 B.《美狄亚》 C.《俄狄浦斯王》
  D.《安提戈涅》 E.《昂朵马格》

二、简答题

《俄狄浦斯王》的主题是什么?这部戏剧在结构艺术上有什

么特点?

堂吉诃德(节选)

一、填空题

《堂吉诃德》这部小说叙写主人公堂吉诃德与他的仆人_____一同出去游侠,闹出许多笑话。

二、论述题

试分析堂吉诃德的形象。

哈姆莱特(节选)

一、填空题

1. 莎士比亚是文艺复兴时期_____国最伟大的戏剧家。
2. 莎士比亚后期传奇剧的代表作是_____。

二、简答题

1. 简要说明莎士比亚创作的三个时期及其主要成就。
2. 简要分析哈姆莱特的悲剧的原因。

伪君子(节选)

一、多项选择题

下列戏剧中属于莫里哀作品的是_____。
- A.《可笑的女才子》
- B.《悭吝人》
- C.《唐璜》
- D.《伪君子》
- E.《史嘉本的诡计》

二、简答题

简要说明莫里哀的喜剧在艺术上的成就。

三、论述题

莫里哀在喜剧《伪君子》中是怎样揭露答尔丢夫的真面目的?

少年维特之烦恼(节选)

一、多项选择题

下列作品中属于歌德创作的有_____。
- A.《少年维特之烦恼》
- B.《威廉·迈斯特》
- C.《强盗》
- D.《浮士德》
- E.《阴谋与爱情》

二、简答题

1. 歌德的《浮士德》的基本主题是什么?
2. 歌德的《少年维特之烦恼》的主题是什么?这部小说采用

的书信体体裁有什么特点?

恰尔德·哈罗尔德游记(节选)

一、填空题

拜伦的《恰尔德·哈罗尔德游记》的基本主题是_____。

二、多项选择题

下列作品中属于拜伦创作的有_____。
A.《恰尔德·哈罗尔德游记》　B.《唐璜》
C.《夜莺颂》　　　　　　　D.《解放了的普罗米修斯》
E.《丁登寺》

三、名词解释

"拜伦式的英雄"

致恰阿达耶夫　致凯恩

一、填空题

1. 普希金描写小人物不幸命运的短篇小说_____开了俄国文学中小人物题材的先河。
2. 普希金政治抒情诗的基本主题是_____。

二、多项选择题

下列作品中属于普希金创作的有_____。
A.《茨冈》　　　　B.《上尉的女儿》
C.《驿站长》　　　D.《叶甫盖尼·奥涅金》
E.《当代英雄》

三、名词解释

"多余人"

巴黎圣母院(节选)

一、填空题

《巴黎圣母院》中美丽的吉卜赛女郎的名字叫_____,丑陋的敲钟人的名字叫_____。

二、单项选择题

冉阿让是雨果的小说_____中的主人公。
A.《巴黎圣母院》　　B.《悲惨世界》
C.《海上劳工》　　　D.《笑面人》

高老头(节选)

一、多项选择题

下列作品中属于巴尔扎克创作的有_____。

A.《高利贷者》　　　B.《欧也妮·葛朗台》
C.《高老头》　　　　D.《古物陈列室》
E.《包法利夫人》

二、名词解释

1. 《人间喜剧》
2. "人物再现"

三、论述题

分析《高老头》中拉斯蒂涅的形象。

德伯家的苔丝(节选)

一、多项选择题

下列作品中属于哈代创作的有_____。

A.《远离尘嚣》　　　B.《还乡》
C.《德伯家的苔丝》　D.《卡斯特桥市长》
E.《无名的裘德》

二、名词解释

"威塞克斯小说"

三、论述题

分析苔丝的形象。

安娜·卡列尼娜(节选)

一、单项选择题

小说《安娜·卡列尼娜》中的两条主要线索是_____。
A. 安娜的悲剧,列文的探索
B. 安娜的悲剧,伏伦斯基的堕落
C. 安娜的幸福,列文的悲剧
D. 安娜的探索,列文的幸福

二、多项选择题

下列作品属于托尔斯泰创作的有_____。
A.《一个地主的早晨》　　B.《战争与和平》
C.《安娜·卡列尼娜》　　D.《复活》
E.《套中人》

三、论述题

分析安娜悲剧的原因。

哈克贝利·芬历险记(节选)

一、多项选择题

下列作品属于马克·吐温创作的有_____。
A.《镀金时代》　　B.《汤姆·索亚历险记》
C.《败坏了赫德莱堡的人》D.《哈克贝利·芬历险记》

E.《美国的悲剧》

二、简答题

简要说明《哈克贝利·芬历险记》中哈克的性格特征。

老 人 与 海(节选)

一、多项选择题

下列作品中属于海明威创作的有_____。
A.《太阳照样升起》　　B.《永别了,武器》
C.《老人与海》　　　　D.《丧钟为谁而鸣》
E.《第五纵队》

二、论述题

分析《老人与海》中桑提亚哥的性格特性。

变 形 记(节选)

一、多项选择题

下列作品属于卡夫卡创作的有_____。
A.《变形记》　　B.《审判》　　C.《城堡》
D.《地洞》　　　E.《乡村医生》

二、简答题

简要说明卡夫卡小说的艺术特征。

雪 国(节选)

一、多项选择题

下列亚洲作家中获得诺贝尔文学奖的有_____。
    A. 横光利一   B. 川端康成   C. 泰戈尔
    D. 大江健三郎   E. 岛崎藤村

二、论述题

分析《雪国》的艺术特点。

摩 诃 摩 耶

一、填空题

泰戈尔的长篇小说_____表现了印度人民要求摆脱教派偏见、实现民族独立的强烈愿望。

二、简答题

泰戈尔的小说《摩诃摩耶》的主要思想内容是什么?

第五编　儿童文学

【学习目的与要求】

　　通过本编的学习,对儿童文学的性质、含义及其特点有清楚的认识,并了解儿童文学的分类情况。对于作品与导读部分,则要求熟读文本,深入理解作品的思想内涵与艺术特色,对相关的作家及作品产生的背景,要有明确的了解。在获得关于儿童文学基本知识的同时,对著名的儿童文学作品也要有切实的感受和认识。

第九章 儿童文学概述

第一节 儿童文学的含义和特点

一、填空题

1. 儿童文学是一个和_____相对应的概念,指_____对应的文学作品。

2. 儿童文学的特点有_____、_____、_____、_____。

3. 人们把儿童的年龄分为_____、_____、_____三个层次,一般把儿童文学分为_____、_____、_____三个层次。

4. 儿童文学的创作在_____和_____上要略高于阅读对象的实际水平,这就是儿童文学的_____的特点。

5. 儿童文学的根本目的是_____,在此前提下,通过文学的_____、_____、_____、等功能,提高他们的审美水平,使他们能够健康成长。

6. 儿童情趣是儿童文学作品_____的重要源泉,它是少年儿童_____、_____、_____在文学作品中的艺术表现。

7. 按照文学的题材,儿童文学可以分为_____、_____、_____及_____、_____、_____、_____、

_____等。

二、单项选择题

1. 下列属于儿童文学的一部作品是_____。
   A.《红楼梦》   B.《神童诗》
   C.《幼学琼林》   D.《伊索寓言》
2. 称为儿童期的一个年龄阶段是_____。
   A. 3—6 岁   B. 6—11 岁
   C. 6—12 岁   D. 12—17 岁

三、多项选择题

1. 儿童文学的特点有_____。
   A. 文学性   D. 层次性
   C. 超前性   D. 娱乐性
2. 为达到儿童文学的根本目的,创作时需要_____。
   A. 局限于孩子的世界
   B. 考虑孩子们的理解能力和承受能力
   C. 充分考虑孩子们的世界
   D. 培养锻炼孩子们的理解能力和承受能力
3. 儿童文学可以从不同角度来分类,主要分类角度有_____。
   A. 接受对象   B. 作者
   C. 写作题材和风格   D. 参照文学体裁
   E. 写作年代

四、名词解释

1. 儿童情趣
2. 反儿童化心理倾向

3. 儿童文学的文学性
4. 儿童文学的层次性
5. 儿童文学的超前性
6. 儿童文学的娱乐性

五、简答题

1. 简述儿童文学的分类。
2. 简述儿童文学的含义。

第二节　儿歌和儿童诗

一、填空题

1. 儿歌的主要特点有_____、_____、_____、_____、_____。

2. 儿童诗的主要特点有_____、_____、_____、_____。

3. 儿童诗要求押韵,不但是为了_____,也是为了_____,_____。

4. 儿歌是供儿童口头吟唱的歌谣。从形成来源看,它一部分_____,一部分_____,还有一部分_____。

5. 儿歌的类型很多,常见的有_____、_____、_____、_____、_____。

6. 摇篮曲有_____和_____,但并不一定有_____。

7. 根据内容的不同,儿童诗可以分成_____、_____、_____。

二、单项选择题

1. 儿童文学中最具有娱乐和休闲功能的是_____。
   A. 寓言　　　　　B. 儿歌
   C. 绕口令　　　　D. 儿童诗
2. 常常采用明白如话的语言的是_____。
   A. 儿童小说　　　B. 儿童诗
   C. 儿歌　　　　　D. 童话
3. 儿歌中不一定有歌词的是_____。
   A. 数数歌　　　　B. 问答歌
   C. 摇篮曲　　　　D. 绕口令
4. 儿歌中可以锻炼语言能力的是_____。
   A. 数数歌　　　　B. 问答歌
   C. 谜语　　　　　D. 绕口令
5. 儿歌中可以锻炼思维能力的是_____。
   A. 数数歌　　　　B. 游戏歌
   C. 摇篮曲　　　　D. 谜语
6. 儿歌中可以培养集体意识的是_____。
   A. 游戏歌　　　　B. 问答歌
   C. 摇篮曲　　　　D. 数数歌
7. 儿童诗中可以讲述情节的是_____。
   A. 抒情诗　　　　B. 叙事诗
   C. 讽刺诗　　　　D. 童话诗
8. 儿童诗中可以对孩子们的缺点和错误进行批评的是_____。
   A. 童话诗　　　　B. 讽刺诗
   C. 叙事诗　　　　D. 抒情诗

三、多项选择题

1. 以下儿童文学属于儿歌的有_____。
   A. 摇篮曲　　　　B. 绕口令
   C. 谜语　　　　　D. 问答歌
2. 要求用韵的儿童文学是_____。
   A. 数数歌　　　　B. 摇篮曲
   C. 儿童诗　　　　D. 儿歌
3. 儿歌里出现的东西一定是_____。
   A. 具体的　　　　B. 形象的
   C. 抽象的　　　　D. 熟悉的
4. 儿童诗应该满足孩子们喜爱_____方面的要求。
   A. 新奇有趣的事物　　　B. 课堂学习的辅导
   C. 生动曲折的故事　　　D. 丰富多彩的想象

四、名词解释

1. 绕口令
2. 讽刺诗
3. 问答歌
4. 数数歌
5. 摇篮曲

五、简答题

1. 简述儿歌与儿童诗的相同点和不同点。
2. 儿童诗的写作为什么要注意构思新颖、想象丰富？

第三节 寓言和童话

一、填空题

1. 寓言的特点有_____、_____、_____、_____。
2. 童话的特点有_____、_____、_____。
3. 我国现代创作的第一篇童话是_____写于_____年的_____,这篇作品已具备_____的初步规模了。
4. 我国是一个有悠久文化传统的国家,在漫长的历史长河中,留下了无数优秀的寓言故事。古代的_____、_____、_____等书中就记录了许多有意思的寓言。
5. 寓言是由两个部分构成的,一部分是_____,这是寓言外在的东西,另一部分是_____。
6. _____是流传于民间的寓言,_____是作家为孩子们写的寓言。
7. 寓言选取典型的形象来构思作品,是为了_____,也可以_____。
8. 在我国古代,没有"童话"这个词,童话融在_____、_____等口头文化形式中,没有被分离出来。
9. 《丑小鸭》是_____作家_____的作品,《木偶奇遇记》是_____作家_____的作品,《快乐王子》是_____作家_____的作品。
10. 童话的基本类型有_____、_____、

_____等。

二、单项选择题

1. 寓言中的"寓"的意思是_____。
    A. 住所　　　　　　　　B. 居住
    C. 包含　　　　　　　　D. 寄托

2. 1883 年,意大利作家科洛迪的童话作品《木偶奇遇记》问世,这篇童话流传全世界。我国在_____年就有译本了。
    A. 1940　　　　　　　　B. 1934
    C. 1988　　　　　　　　D. 1949

三、多项选择题

1. 寓言的显著特征是_____。
    A. 讽刺　　　　　　　　B. 幽默
    C. 嘲笑　　　　　　　　D. 精练
2. 丹麦的童话大师安徒生的作品有_____。
    A.《儿童和家庭的童话集》　B.《快乐王子》
    C.《拇指姑娘》　　　　　D.《丑小鸭》
3. 童话的基本类型有_____。
    A. 拟人体　　　　　　　B. 超人体
    C. 常人体　　　　　　　D. 非人体

四、名词解释

1. 寓言
2. 寓言的讽喻性
3. 童话概念的演变
4. 童话的象征性

五、简答题

1. 简述童话与寓言的异同。
2. 举例说明童话的夸张性特点。

第四节　儿童小说

一、填空题

1. 儿童小说的特点有_____、_____、_____、_____。

2. 儿童小说是_____。这些小说针对_____来进行创作，并为少年儿童所能够理解和接受。一般说来，儿童小说的读者对象是_____，包括_____，有些描写青少年生活的小说也为高中的学生所喜爱。

二、单项选择题

1. 对具有阅读能力的少年儿童最有吸引力的儿童文学体裁是_____。

   A. 儿童诗　　　　　　　B. 寓言
   C. 儿童小说　　　　　　D. 童话

2. 儿童小说和成人小说的最根本的区别在于_____。

   A. 特定的视角　　　　　B. 内容的针对性
   C. 形象真实生动　　　　D. 故事性强

3. 在儿童小说中特别注重对独特人文环境描写的是_____。

   A. 家庭小说　　　　　　B. 风俗小说

C. 历史小说　　　　　D. 校园小说

三、名词解释

1. 童心
2. 家庭小说
3. 风俗小说
4. 历史小说
5. 动物小说
6. 惊险小说

四、简答题

1. 简谈儿童小说的分类方法。
2. 简述儿童小说在儿童生活中的重要作用及在现实中的状况和面临的问题。

第五节　儿童散文和儿童纪实文学

一、填空题

1. 严格地讲,儿童散文应该是儿童纪实文学中的一种,但是习惯上,人们还是将散文和纪实文学分开来,那些_____作为写作对象,重在表现_____的作品,我们将其归入散文,那些重在_____的作品,我们将其归入纪实文学。

2. 根据表达方式和写作目的,儿童散文和成人散文一样可以分为_____、_____、_____和_____四种。但这种分法不是绝对的,如果看问题的角度不同,分类的方法也有可能不同,所以有时我们会看到_____、_____等的提法。

3. 20世纪五六十年代的_____、_____等,80年代后肖复兴的_____、孙云晓的_____及90年代陈丹燕的_____等都是产生重大影响的儿童报告文学作品。

二、单项选择题

1. 儿童散文中出现的"我"是_____。
   A. 作者塑造的人物   B. 作者熟悉的人物
   C. 作者自己   D. 不一定是作者自己

2. 传记文学中使用文学手段应该避免的是_____。
   A. 在选择上下功夫
   B. 努力写出非凡人物身上普通人的一面
   C. 在基本情节和主要事实符合历史真实的情况下,对某些细节和人物心理做有节制的想象
   D. 合理的改变事情发生的顺序,编一点故事,增加几个虚构人物

3. 儿童报告文学在写作上与小说相似的特点有_____。
   A. 真实性   B. 新闻性
   C. 故事性   D. 议论性

三、多项选择题

1. 下面的文学体裁属于儿童纪实文学的是_____。
   A. 儿童报告文学   B. 儿童传记文学
   C. 儿童小说   D. 儿童散文

2. 报告文学作为一种独立的体裁,在我国出现较晚,但在_____和_____都有过一个繁荣期。
   A. 四五十年代   B. 五六十年代

C. 六七十年代　　　　　　D. 改革开放以后
　3. 儿童报告文学的特点有_____。
　　A. 新闻性和教育性的结合　B. 真实性和文学性的结合
　　C. 议论和抒情的结合　　　D. 真实性和虚构性的结合

四、名词解释

1. 意境
2. 儿童传记文学

五、简答题

1. 儿童报告文学为什么排斥虚构？
2. 儿童报告文学的教育意义体现在什么地方？
3. 儿童传记文学的文学性体现在什么地方？

第六节　儿童科学文艺

一、填空题

1. 儿童科学文艺是产生于_____的一种儿童文学体裁，它用_____的方法讲述_____的内容，包括_____、_____、_____、_____等，用_____的方法，给孩子们关于科学的熏陶。

2. 科学文艺的基本特征在于_____、_____表达各种科学知识和科学原理，使科学的内容和尽可能完美的文艺形式结合起来，使作品具有高度的_____、_____和_____，这是对科学文艺的基本要求。

二、单项选择题

1. 下列不属于科学文艺特点的一项是_____。
   A. 科学性　　　　　B. 思想性
   C. 文学性　　　　　D. 新闻性

2. 科幻小说不是一般的小说。它区别于其他小说的一个主要特征是_____。
   A. 幻想性　　　　　B. 真实性
   C. 艺术性　　　　　D. 思想性

三、多项选择题

1. 以下文学体裁属于儿童科学文艺的是_____。
   A. 科学童话　　　　B. 科学故事
   C. 科学小品　　　　D. 科学幻想小说

2. 科学幻想小说是_____的有机结合。
   A. 小说　　　　　　B. 科学
   C. 幻想　　　　　　D. 童话

3. 我国的科学小品创作在中华人民共和国成立以后有过一个比较繁荣的时期,主要的作者是_____。
   A. 高士其　　B. 叶永烈　　C. 陈丹燕　　D. 肖复兴

四、名词解释

1. 科学故事
2. 科学小品

五、简答题

1. 简述科学文艺中科学和文艺的结合。
2. 科学文艺的思想性体现在哪些地方?

第十章 儿童文学作品与导读

太阳神之子

一、填空题

这个故事选自_____,脱胎自_____,记述了太阳神_____的儿子_____上天寻亲的故事。

二、单项选择题

1. 太阳神的儿子名叫_____。
   A. 阿波罗　　B. 法厄同　　C. 缪斯　　D. 克吕墨涅
2. 《太阳神之子》有可能诞生于_____。
   A. 大水之后　B. 火灾之后　C. 大旱之后　D. 地震之后

三、多项选择题

神话的特点是_____。
   A. 想象丰富　　　　　　B. 以神性模拟人性
   C. 以人性模拟神性　　　D. 以想象解释自然

四、简答题

1. 人类展开神话想象的起点是什么？
2. 比较《太阳神之子》和中国古代神话《后羿射日》的异同。

人类之母女娲

一、填空题

女娲的名字,最早出现在浪漫主义诗人屈原的_____里。_____详细地记述了女娲补天的故事。鲁迅先生的_____则用白话文对它做了浪漫主义的改写。

二、单项选择题

1. 《女娲补天》是一则_____神话。
   A. 希腊　　B. 罗马　　C. 埃及　　D. 中国古代
2. 《女娲补天》最早出现在_____。
   A. 《三字经》　　　　B. 《山海经》
   C. 《楚辞·天问》　　D. 《故事新编》

三、多项选择题

女娲做了_____等重大的事情。
   A. 修复天地　　　　B. 创造人类
   C. 制造乐器　　　　D. 杀死黑龙

四、名词解释

创世纪神话

五、简答题

女娲的故事告诉孩子们什么道理?

两边不讨好的蝙蝠

一、填空题

1. 《伊索寓言》是_____寓言作家_____创作,流传很广的寓言著作,有各种文字的译本。人们熟悉的_____、_____等寓言故事最初就出自《伊索寓言》。

2. 伊索生活的时代是_____。传说他原来是一个_____,后来才获得自由。他很善于讲寓言故事,用他自己创作的寓言故事来_____,告诫人们_____。

二、简答题

1. 伊索寓言的特点。
2. 《两边不讨好的蝙蝠》讽刺了什么人?告诉孩子们什么道理?

核桃和钟楼

一、填空题

《核桃和钟楼》是一篇短小精练、寓意深刻的_____,是_____意大利画家_____的作品。

二、简答题

《核桃和钟楼》是如何运用拟人化手法的?

海的女儿

一、填空题

1. 《海的女儿》是_____童话大师_____的作品。我国_____的开拓和发展，受他和他的作品影响很大。
2. _____年，安徒生出身于一个_____家庭，早期也写过一些_____。1835年，安徒生30岁的时候，开始了他的童话创作，一直写到1875年去世为止。一生中，他总共写了_____篇童话。

二、单项选择题

1. 安徒生创作童话的高峰时期是_____。
   A. 二十岁左右　　　B. 三十岁到四十岁
   C. 五十岁左右　　　D. 五十岁以后
2. 安徒生写作的"新童话"的特点是_____。
   A. 想象更丰富　　　B. 思想性更强
   C. 更接近现实生活　D. 更具有讽喻意义

三、多项选择题

下面的作品属于安徒生写的是_____。
   A. 《皇帝的新装》　B. 《丑小鸭》
   C. 《豌豆上的公主》D. 《大拇指》

四、简答题

1. 安徒生后期作品有什么特点？
2. 《海的女儿》中的小人鱼形象有什么特点？

大 拇 指

一、填空题

1.《大拇指》是世界童话名著_____中的一篇。《格林童话》的著作权属于_____,但它们真正的作者是_____。

2.《大拇指》的作者收集了在_____的童话故事,本意是用作_____的资料。而这一篇篇洋溢着劳动人民朴实的智慧,闪烁着民间语言灵光的童话却以自然天成的魅力进入了_____的殿堂,成为一代又一代孩子案头和枕边的宝贝。

二、单项选择题

《大拇指》的写作中运用了_____方法。

A. 真人真事　　B. 超人体　　C. 常人体　　D. 拟人体

三、简答题

为什么作者要将故事和主人公设计成一个只有拇指大小的孩子?

木偶奇遇记

一、填空题

1.《木偶奇遇记》的作者_____是19世纪_____著名儿童文学作家,他一生创作了许多儿童文学作品。

2.《木偶奇遇记》问世一个多世纪以来,不但被译为多国文字,而且被改编成_____、_____、_____,以各种形式介绍给一代又一代的少年朋友。其主人公_____已经成为全世界少年读者的朋友。他用自己奇妙的经历和充满魅力的个性告诉你怎样克服自身缺点做一个好孩子。

二、单项选择题

1.《木偶奇遇记》的作者是_____人。
  A. 英国 B. 意大利 C. 西班牙 D. 瑞典
2. 皮诺曹的出世_____。
  A. 是仙女变出来的 B. 是从木头里跳出来的
  C. 是他妈妈生的 D. 是杰佩托老人做的

三、多项选择题

《木偶奇遇记》已经被改编成_____。
 A. 连环画   B. 电影卡通片
 C. 电视动画片   D. 各种儿童读物

四、简答题

皮诺曹由一个木偶变成一个真正的孩子的经历告诉孩子们什么道理?

逃 学

一、填空题

《逃学》是_____的作品。他一生为少年朋友创作了大量的小说和童话故事,他的名字为几代小朋友读者所熟悉。《逃学》这篇短篇小说,讲述的是20世纪_____年代上海的一个小男孩的故事。

二、单项选择题

1. 余长寿是靠_____养活的。
   A. 婆婆　　B. 孏孏　　C. 王神父　　D. 爹妈
2. 余长寿想通过_____得到上莲花街的小学校的机会。
   A. 婆婆　　B. 孏孏　　C. 王神父　　D. 爹妈

三、多项选择题

余长寿想上莲花街的小学校的原因是_____。
A. 有个性　　　　　　　B. 爱玩
C. 无法忍受刻板的生活　D. 向往丰富有趣的童年

四、简答题

作者是怎样写余长寿的愿望落空的?为什么要这样写?

我 和 足 球

一、填空题

《我和足球》是儿童文学作家_____为少年朋友创作的一篇_____。它讲述了一个小学毕业班的男孩和他心爱的足球从分手到重聚的曲折故事,富有启迪性。

二、简答题

《我和足球》的故事给了我们什么启发?

红酋长的赎金

一、填空题

《红酋长的赎金》是_____著名小说家_____的作品。他的作品对_____充满同情,对_____表现出强烈的憎恨。在作品风格上有一种独特的_____。

二、多项选择题

1. 在《红酋长的赎金》中,对于被绑架的孩子来说,绑架是一件_____的事。

  A. 痛苦 B. 快乐 C. 好玩 D. 可怕

2. 在《红酋长的赎金》中,对于绑架者来说,绑架是一件_____的事。

  A. 痛苦 B. 快乐 C. 好玩 D. 可怕

三、简答题

在《红酋长的赎金》中,一个荒唐的故事是怎样被演绎得合情合理的?

秃　　鹤

一、填空题

《秃鹤》选自当代作家、学者_____创作的长篇儿童小说_____。

二、多项选择题

曹文轩的作品希望用_____来感动今天的孩子。
  A. 道义的力量 B. 情感的力量
  C. 智慧的力量 D. 美的力量

三、简答题

1. 秃鹤为什么要在会操比赛时制造混乱？
2. 秃鹤的故事使我们对孩子们有什么新的认识？

送阿宝出黄金时代

一、填空题

《送阿宝出黄金时代》是著名的漫画家、散文家_____的作品，收在他的散文集_____里。

二、多项选择题

丰子恺先生在《送阿宝出黄金时代》中所向往的是_____。

  A. 一种成熟的境界   B. 真诚的孩子的世界
  C. 儿时的天真和勇气   D. 生存的本领

三、简答题

《送阿宝出黄金时代》给我们什么启发？

守望的天使

一、填空题

《守望的天使》的作者是大家熟悉的作家_____，原名_____。这一篇《守望的天使》，收在她的散文集_____中。

二、多项选择题

作品中"守望的天使"指_____。
  A. 作者   B. 汤米
  C. 汤米的父母   D. 天下的父母

三、简答题

《守望的天使》为什么要用对话的方式来表达？

为什么我成了一个麻木的人

一、填空题

这是一篇用第一人称记录真实事件的_____作品。选自_____,作者是_____。

二、多项选择题

1. 当代的孩子们正在变成自私自利的冷酷的家伙,其根源在于_____。

　　A. 社会　　B. 家庭　　C. 学校　　D. 高考制度

2. 在《为什么我成了一个麻木的人》中,"我"发现自己正在经历一个_____的过程。

　　A. 遗忘激情　　　　B. 失落爱心
　　C. 远离敏锐　　　　D. 增加自信

三、简答题

1. 陈丹燕为什么要写作《独生子女宣言》?
2. 《为什么我成了一个麻木的人》给我们什么启发?
3. 《独生子女宣言》为什么用第一人称写作?

巨人和铁马

一、填空题

《巨人和铁马》选自_____,作者是我国著名儿童文学家_____。

二、简答题

《巨人和铁马》向孩子们介绍了哪些科学知识?

菌儿自传(节选)

一、填空题

《菌儿自传》的作者是_____,他是我国著名_____、_____。这篇作品是他于1936年所写的一篇_____。

二、简答题

1. 《菌儿自传》介绍了哪些有关细菌的知识?
2. 《菌儿自传》在写作上有什么特点?

失去的记忆

一、填空题

《失去的记忆》是一部以_____为叙述对象,却是为_____写的_____。

二、简答题

举例说明什么是科幻小说。

参考答案

● 上 册 ●

第一编　中国古代文学(上)

第一章　中国古代文学概述(上)

第一节　先秦文学概述

一、填空题

1. 口头创作　社会生活　思想感情　意志愿望
2. 《诗经》　西周初年　春秋中叶　五百　305　风　雅　颂
3. 《尚书》
4. 《左传》　记事　《国语》　记言
5. 《左氏春秋》或《春秋左氏传》　《公羊传》　《谷梁传》
6. 《论语》　《墨子》　《孟子》　《庄子》　《荀子》　《韩非子》
7. 《论语》　语录体
8. 屈原　《离骚》　风骚

二、单项选择题

1. B　2. B　3. A　4. A　5. B　6. D　7. D

三、多项选择题

1. A、C　2. A、B、C　3. A、B、C　4. C、E　5. B、C、D　6. B、C、E

四、名词解释

1. 神话是在人们幻想中经过不自觉的艺术方式加工过的自然界和社

的形态。

2."风"是不同地区的地方音乐,是从15个地区采集来的歌谣。"雅"是周王朝直接统治地区的音乐,分为大雅和小雅,大多是宫廷宴飨的乐曲。"颂"是宗庙祭祀的舞曲,分为周颂、鲁颂、商颂,是宗庙祭祀的乐歌。

3.赋、比、兴是《诗经》的三种表现手法。它的含义据朱熹说:"赋者,敷陈其事而直言之也";"比者,以彼物比此物也";"兴者,先言他物以引起所咏之词"。赋即陈述铺叙的意思;比即譬喻;兴即借助其他事物作为诗歌的开头,为了引起下文。

4.《春秋》是我国第一部编年体史书,它提纲挈领地记述了春秋时代242年间的人事,作者重在考察国家政事的成败得失,总结兴亡治乱的历史教训,反映出尊王攘夷、正名定分的鲜明思想倾向性。《春秋》记事简约、平实,一字之中往往寓褒贬、别善恶,这就是为人称道的"微言大义"和"春秋笔法"。

5.楚辞是一种具有浓厚地方色彩的楚地歌辞,这一名称,有两个含义:一是指战国时代以屈原为代表的楚国人创造的一种新诗体;一是指西汉刘向所编的一部总集,它收录了屈原、宋玉及西汉作家的一些作品。《楚辞》是继《诗经》之后,在文学史上有深远影响的一部诗歌总集。

五、简答题

1.先秦歌谣的文学价值是:原始歌谣标志着我国诗歌的起源,在文学史上有重要的意义。春秋战国时期的歌谣极富创造性,对文人的诗歌创作产生了重要的影响。现存的、比较可靠的先秦歌谣广泛而真实地反映了当时的社会生活,表达了人民喜怒哀乐的感情。在艺术表现上也是丰富多彩的,如铺陈、比兴、对比、夸张、谐音双关、对答等形式和手法的运用,形式的自由灵活等,都体现了人民的创造性,对诗歌的发展有直接的影响。可以说,歌谣是先秦诗歌中非常有价值的一个部分。

2.神话与传说的区别是:神话以神为中枢,即故事中的主人公是神;传说以人格为中枢,即故事的主人公是具有神的力量的人。神话、传说的共同特点是:内容上反映了上古人民同自然斗争的业绩,歌颂了先民战天斗地的恢宏气魄、坚毅意志。形式上富于幻想,奇崛奔放,具有极强的浪漫主义精神。

3.《诗经》的思想内容大致可概括为：(1)周部落的史诗；(2)反映社会矛盾的讽刺诗；(3)关于战争和徭役的诗歌；(4)关于劳动生产的诗歌；(5)关于婚姻爱情的诗歌；(6)反映社会风尚、礼节、宴会、祭祀的诗歌。《诗经》的艺术成就表现在四个方面。(1)朴素自然的艺术风格。《诗经》善于用朴素自然的语言反映现实生活，其民歌部分所表现的"饥者歌其食，劳者歌其事"的现实主义精神对后代文学产生了深远的影响。(2)首创赋、比、兴及其一系列艺术手法，为我国古代诗歌的民族特色的形成起了重大作用。(3)复沓的章法和灵活的句式。《诗经》以四言为主，亦有少量杂言诗。多重章叠句，反复咏叹，加强抒情效果。(4)丰富的语汇与和谐的韵律。《诗经》多使用联绵词、叠字，使诗歌具有音乐美和形象性。多用语气词，使语句生动活泼、口语化。《诗经》中的诗歌大多押韵，有句尾韵和句中韵、一韵到底或换韵、句句押韵和隔句押韵等多种形式。

4.《左传》的思想内容为：全书比较详细地记载了春秋时代周天子以及各诸侯国之间的政治、军事、外交、文化等方面的活动，反映了当时王室衰微、诸侯争霸，以及诸侯衰落、卿大夫专国的历史过程。《左传》集以前各类史书之大成，是先秦时期内容最为丰富、规模最宏大的一部历史著作。《左传》的艺术成就表现在四个方面。(1)叙事详密完整，故事情节曲折生动，注意文章的结构和布局。(2)善于描写复杂的战争，明确交代战争的原因、经过和结果，注意描写各种人物的动态和细节。(3)刻画了许多性格鲜明的人物形象。(4)文辞简练含蓄，有文采，多用歌谣谚语等人民群众的口语增强文章的生动性，在文学语言的运用上有很高成就。

5.《庄子》的文学价值体现在：(1)想象丰富，构思新颖、奇特，具有浓厚的浪漫主义色彩；(2)善于运用寓言、神话和各种比喻说理，寓深奥的哲理于形象之中；(3)语言尖锐泼辣，流畅自然。

6.孟子的主要主张有三个方面。(1)性善论。他说："人性之善也，犹水之就下也；人无有不善，水无有不下。"(《告子》)(2)民本思想。他认为"民为贵，社稷次之，君为轻"(《尽心下》)，反对暴君及聚敛之臣，反对不义的战争。(3)仁政思想。他把孔子的"仁"的思想运用到政治上，提出"保民而王"的仁政思想。仁政思想的具体措施是"制民之产"，给予人民生存权，使之"仰足以事父母，俯足以畜妻子，乐岁终身饱，凶年免于死亡"。同时还要"谨庠序之教,申之以孝悌之义"(《梁惠王上》),使人民懂得礼仪,这样就可以"王"天下了。

7. 楚辞的浪漫主义特色主要表现在四个方面。(1)始终贯穿着诗人对"美政"理想的热烈追求,贯穿着诗人以理想改造现实的顽强斗争精神,塑造了超出现实之上的抒情主人公崇高峻洁的自我形象。(2)糅合进神话传说。(3)想象丰富,感情强烈,辞藻瑰丽。(4)丰富和发展了《诗经》的比兴手法,"善鸟香草,以比忠贞;恶禽臭物,以比谗佞;灵修美人,以媲于君;宓妃佚女,以譬贤臣;虬龙鸾凤,以托君子;飘风云霓,以为小人"(王逸《离骚经序》)。

8.《诗经》与《楚辞》的区别主要表现在三个方面。(1)《诗经》以四言形式为主,句式比较整齐;《楚辞》句式参差错落、灵活多样。(2)《诗经》篇幅较短,风格朴实;《楚辞》篇幅较长,风格绚丽。(3)《诗经》语言通俗,质朴、清新,自然;《楚辞》文采华茂,多采用楚地方言,具有浓厚的地方色彩。

六、论述题

1. 赋、比、兴是《诗经》的三种基本表现手法。"赋"主要指直接写景抒情,铺写诗歌的内容。这一手法在《诗经》中的运用是多种多样的,单纯用赋表现的诗篇如《豳风·七月》。这是一首具有风俗画卷式的长诗,它按季节物候的变化描绘了古代农家生活,并以对比的手法反映了阶级社会的真实面貌,对社会的反映既有深度又有很强的艺术概括力。《无衣》以赋的手法写爱国战士的激昂慷慨,无不尽情达理,语言动人。"比"是比喻,它不仅使形象更加鲜明,本质更加显露,而且兼有寄寓一定爱憎感情的作用。例如《硕鼠》,用贪婪的鼠类比喻剥削者;《卫风·硕人》使用一连串的比喻,表现了卫庄公夫人的美丽;《氓》以"桑之未落,其叶沃若""桑之落矣,其黄而陨",写出了女子色美色衰的变化,自然、贴切,起到了借物状人的作用。《诗经》中用比,不仅比方具体事物,而且用比形容心理、思想,情绪等,如《王风·黍离》,写一个人的忧思之重:"中心如醉""中心如噎"等。总之,《诗经》运用比喻是多样而灵活的,在很大程度上增加了诗歌的表现力。"兴"一般用于一首诗的开端或一章诗的开端,又称起兴,可以起寓意、联想、象征、烘托气氛和起韵等作用。如《周南·关雎》的首章"关关雎鸠,在河之洲",诗人看见河洲上的雎鸠鸟成双成对地在一起,互相鸣叫,因而联想到人间的爱情和婚姻。大量而成功地运用比、兴手法,是《诗经》民歌的重要艺术特色之一,它长期影响着后世诗歌的发展。

2.《国语》与《春秋》的区别表现为三个方面。(1)《国语》是我国第一部国别体史书;《春秋》是我国第一部编年体史书。(2)《国语》以记言为主,分别记载了周、鲁、齐、晋、郑、楚、吴、越八国的部分史实;《春秋》以记事为主,它提纲挈领地记述春秋时代242年间的大事。(3)《国语》文辞古朴简练,说理平实严谨,有不少生动的比喻句;《春秋》文字简括、平实、含蓄、精确,常于只言片语中,寄寓鲜明的褒贬色彩,即所谓"微言大义"的春秋笔法。

第二节　两汉文学概述

一、填空题

1. 郭茂倩　《乐府诗集》
2. 相和歌辞　鼓吹曲辞
3. 缘事而发
4.《太史公书》　纪传体通史　十二本纪　三十世家　七十列传
5.《汉书》
6. 散体大赋　抒情小赋
7. 司马相如　《子虚赋》《上林赋》
8.《古诗十九首》　"五言之冠冕"

二、单项选择题

1. B　2. A　3. B

三、多项选择题

1. A、C、E　2. A、B　3. C、D、E　4. A、C、D

四、名词解释

1. "乐府"是掌管音乐的官署。后来人们将乐府所唱的诗,也叫作"乐府",于是"乐府"一词,便由音乐机关的名称,变为诗歌体制的名称,并对后世文人产生了深刻的影响。

2. 本纪是《史记》全书的大纲,用编年的方式写历代君主的政绩。

3. 世家是世袭家族及孔子、陈涉等人物的传记。

4. 列传是本纪、世家以外，在历史上有影响的人物传记。

5. 汉代赋家枚乘作《七发》，赋中假托楚太子纵欲而卧病，吴客以七事启发太子，最后因妙言要道，使太子病愈。此赋在对话中，不断对腐朽的上层贵族投以批判的匕首，具有摧枯拉朽的批判精神。语言上散文化，对音乐、美味、车马、游宴、狩猎、观涛、听有学识之人讲论天下是非之理七方面（所谓七发）大力铺陈夸张，辞藻绚丽，具有形式美。这种结构体制被后世称为"七体"。《七发》是标志着汉散文大赋正式形成的第一篇作品，在赋的发展史上有重要的地位。

五、简答题

1. 乐府民歌的艺术成就表现在四个方面。（1）叙事描写细致生动，善于选取典型细节以表现场面、表现人物的思想，善于描摹人物的口吻神情，故事性突出。（2）形式自由，句式篇章变化多端。以五言为基干，此外也有四言、杂言等。（3）以现实主义手法真实反映生活，直接表达人民的爱憎，同时又洋溢着浪漫主义的色彩。（4）语言朴素，口语化，表现力强，富有生活气息。汉乐府民歌以其深广的社会内容和高度的艺术成就，为后世诗歌创作注入了新鲜血液，丰富了文学宝库，在中国文学史上闪耀着奇光异彩。汉乐府民歌的现实主义精神，给后人以深刻影响。汉乐府中的五言体，对后来五言诗的成熟起很大作用。它的语言及各种具体的叙述描写方法，都让后人学习仿效。

2. 《史记》的历史价值表现在四个方面。（1）可贵的"不虚美，不隐恶"的求实精神。（2）进步的历史观，反映了某些历史发展的规律。（3）无畏的批判精神。司马迁无情揭露和鞭挞了统治者内部的权力倾轧，贪官暴吏草菅人命、残害百姓的罪恶。（4）对人性本质的探索，有了较大的深入和发展。

3. 司马相如赋的艺术特点：（1）结构宏大，场面壮观；（2）堆砌繁富，肆意炫夸；（3）文字上重铺排、重夸饰，讲究声音美，辞采华丽。

4. 《古诗十九首》产生于东汉末年，作者多为中下层知识分子。汉末政治黑暗，外戚和宦官把持朝政。他们结党营私，卖官鬻爵。中下层知识分子身处乱世，在游宦和游学中，奔波世途，坎坷不遇，痛感前途渺茫，惋惜时光流逝。这种种原因，使人生无常、生命苦短，及时行乐成为诗歌抒发的主题。

其中游子还乡、思妇闺怨等内容所表现出的伤感情绪,使《古诗十九首》显得低沉、哀婉,愁肠百转。它是东汉末年政治黑暗、社会动乱的真实反映。同时,两汉乐府歌辞和民间诗歌中出现的五言诗,引起了文人的注意和模仿、试作,至东汉末年,已逐渐成熟,《古诗十九首》代表了这一时期五言诗的最高艺术成就。

5.《古诗十九首》的艺术成就表现在五个方面。(1)感情深刻强烈,格调凄婉。(2)长于抒情,融бин入景,寓情于景,达到物我统一的境界。(3)善于通过生活细节表现人物的感情、心理。(4)善于运用比兴手法,烘托气氛,表达感情。常用叠字,使诗更加清晰、明快。(5)语言浅近自然,凝练生动。音韵缠绵连环。

六、论述题

司马迁是我国古代伟大的历史学家、文学家。他的不朽巨著《史记》,不仅是一部空前巨大的历史著作,而且是一部卓越的文学作品,在文学史上具有崇高的地位。鲁迅先生称之为"史家之绝唱,无韵之《离骚》",正是从史学和文学两个方面肯定了它的性质和伟大成就。

在史学上,《史记》是我国第一部通史,是我国纪传体史书的开创者。它以传记的形式,比较完整地记载了从远古传说到汉代当时的历史情况,记述了各种历史人物的生平活动,反映历史演变规律,寄寓作者的褒贬、爱憎感情,内容丰富,时代长远,是一部前无古人的巨著。其表现出的朴素的唯物主义思想,进步的历史观,无畏的批判精神和"不虚美,不隐恶"的科学态度,为后代史书的编纂树立了楷模。

在文学史上,《史记》人物传记在写人叙事上具有极高的艺术成就。《史记》具有强烈的抒情性。《史记》是作者用全部心血和生命写成的抒情诗篇。司马迁在记述历史人物时,笔端常饱含着真挚的感情和强烈的爱憎。文中对于历史是非的公正裁决,对于真、善、美的维护和颂扬,对于假、恶、丑的谴责和抨击,都使我们看到了一个充满文学激情、具有鲜明的浪漫主义诗人气质的太史公的形象,这样感情强烈的史书前所未有,后世也少有匹敌。这正是鲁迅先生所说的"无韵之《离骚》",《史记》是诗中的史,史中的诗。

在先秦历史散文的基础上,叙事、写人的艺术更加精美娴熟。《史记》善于选材;写人、记事集中、完整,并达到完美的结合;故事性强,善写尖锐的矛盾冲突,在历史事件、人物的描绘中,高潮迭起,动人心弦;《史记》写人记事采用了"互见法",你中有我,我中有他,既维护了历史的真实性,又保持了人物形象的完整性,使数百个人物,浑然一体,如一部长篇小说,更增其文学价值;语言纯朴简洁,生动传神,代表了古文的最高成就。

《史记》高度的艺术成就不但对历史散文有影响,而且为唐、宋以后的历代大散文家所效仿。《史记》中的人物、故事被后世的小说、戏曲借用,它的写人、记事的方法技巧为后世的文学创作提供了丰富的经验,供后人借鉴。

第三节　魏晋南北朝文学

一、填空题

1. 曹操　曹丕　曹植
2. 《赠白马王彪》
3. 82　《咏怀诗》
4. 嵇康
5. 《游仙诗》
6. 潜　田园诗　《归园田居》
7. 山水诗
8. 《拟行路难》
9. "大小谢"
10. 梁代　萧纲
11. 《别赋》
12. 庾信　《哀江南赋》
13. 干宝　《搜神记》　刘义庆　《世说新语》
14. 《水经注》　《洛阳伽蓝记》
15. 《孔雀东南飞》　《玉台新咏》　《木兰诗》　"双璧"
16. 《洛神赋》　《登楼赋》　孔稚珪　丘迟
17. 《昭明文选》

二、单项选择题

1. C　2. C　3. C　4. B　5. B

三、多项选择题

1. B、C、D、E　2. A、B、C、E　3. B、D、E　4. A、B、C　5. A、B　6. A、B
7. B、C、D　8. A、D

四、名词解释

1. 建安是东汉献帝的年号,从建安至魏初这一时期,文坛上出现了以三曹父子、"七子"和女诗人蔡琰为代表的作家群体,其创作具有共同的文学特征。(1)有相同的创作题材:汉末的动乱,社会的灾难,人民的痛苦;(2)有相同的创作原则:《诗经》和汉乐府以来的现实主义精神;(3)有相同的情感意志:悲时忧世,渴望建功立业;(4)作品有相近的风格:慷慨悲凉。同时,他们普遍采用新兴的五言形式,奠定了五言诗在文坛上的稳定地位。这种从内容到形式的变化,开一代诗风,被后世称为"建安风骨"。

2. 齐武帝永明年间,文人沈约与周颙依四声八病说创制了一种新诗体:一句之内,平仄交错,两句之间,平仄对立,讲究对偶,还要避免八种毛病。这种新诗体,号称"永明体",它的出现,为唐代格律诗的产生打下了坚实的基础。

3. 骈文是我国古代一种特殊的文体,是散文逐渐骈俪化的产物。它脱胎于汉赋,形成于魏晋,盛行于南北朝。其特点是讲对偶,讲文采,讲用典,后来又加上讲平仄,讲声律,句式整齐,多用四六句式,又称"四六文"。

五、简答题

1. 曹操首开学习乐府风气,富有创新精神。他借乐府古题写时事,以政治家、军事家的眼光洞察时事大局,描摹汉末重大政治事件,表现他的政治抱负。曹操的诗胸襟豪迈,诗境开阔,呈现于笔端的是一幅厚重广阔的历史画卷。曹操的文学成就,主要是诗歌。其特点主要有三。(1)思想上积极奋发,爽朗豪迈,表现了一个杰出政治家的心胸与气魄。(2)形式都是乐府,有四言、五言、杂言。借乐府形式抒写时事,开创了文人拟乐府(文人模仿乐府民歌的形式创作的诗歌)之初端。(3)诗歌情调悲凉慷慨,沉郁雄健,语言古朴,善用比兴。曹操的文章清峻通脱,是汉代散文向魏晋散文过渡的重要标志。

2. 阮籍是一个悲剧性的人物。他生活于魏晋政权交替之际,青年时代博览群书,有济世之志,但魏末晋初这一时期,政治黑暗,统治者大肆铲除异己,名士多遭杀戮。这个严酷的时代压抑了人的才情,扭曲了他们的人生。阮籍为避祸保身,常常佯狂醉酒,崇尚老庄,反对虚伪的礼教,对司马氏集团采取不合作的态度。同时,内心却充满寂寞、痛苦、愤懑。他的82首《咏怀诗》,用笔曲折,含蓄隐晦,在畏惧、孤寂中,表现出压抑的苦闷和百折不回的追求。

3. 陶渊明田园诗的主要内容:(1)描写田园风光的无限美好,歌颂田园生活的自然纯朴,反映诗人高尚的情趣;(2)表现诗人自己参加劳动,接近劳动人民的真实情感;(3)反映农村的凋敝和农民贫困的生活;(4)表现诗人美好的社会理想。

4. 谢灵运是第一个自觉而大量创作山水诗的诗人,他打破了玄言诗的统治,把大自然的山水美引到诗歌创作中来,扩大了诗歌题材的表现领域,给诗坛带来了生机和活力。他重视对语言的锤炼,注重声韵的协调,给齐永明新诗体的出现准备了条件。

5. 鲍照诗歌的艺术成就主要表现在五个方面。(1)学习并继承了汉魏乐府的形式及其现实主义传统。是建安文学的直接继承者,是南朝思想最积极、作品内容最充实的作家。(2)学习乐府的七言形式,并大量进行创作,大大推动了七言诗的发展。他的七言诗思想充实、个性鲜明、隔句用韵,为唐代七言歌行的发展铺平了道路。(3)学习南朝民歌的形式,积极进行创作,开创了南朝文人写作五言小诗的先例,对后来五言绝句的形成做出了贡献。(4)他还是一位有意集中书写边塞题材的诗人,对初唐边塞诗人有深远巨大的影响。(5)善于写景状物,气象雄浑,语言峻健,辞采华丽,音韵优美。

6. 谢朓是山水诗的又一代表人物,他继谢灵运之后进一步发展了山水诗,在当时享有盛誉,对唐人影响甚大,特别是对唐代五绝起了开创作用。(1)其诗以山水诗见长。善于写景,能从寻常景物中,发现新的美感,融情于景,篇中多有名句,风格清丽自然。(2)善制五言小诗,已脱尽乐府的因袭,无俚俗而文雅深婉。

7. 宫体诗的特征:(1)内容靡丽,以描写女性的容貌和体态及与她们有关的衣饰器物为主;(2)辞采浓艳,描写细巧,声律和谐,对于永明以来的格律、声韵上取得的成就有所巩固和发展。

8. 庾信诗赋的艺术成就表现在三个方面。(1)善于用典,用得巧妙灵活。(2)韵律和谐,富于音乐美。(3)语言精丽,感情深沉。庾信把南方柔靡清丽的文学传统和北方雄浑豪迈的生活、气质融合起来,从而创造出一种既秀丽细腻,又富有清刚之气的诗文艺术。庾信是集南北朝文学之大成的作家。

9. 南北朝民歌在艺术风貌上的差异表现在四个方面。(1)南朝民歌内容单一,是清一色的情歌;北朝民歌内容丰富,较南朝民歌充实有力。(2)感情上,南朝民歌含蓄缠绵;北朝民歌粗犷豪放。(3)在语言上,南朝民歌喜用隐语双关,华美精致;北朝民歌拙直朴实,刚健有力。(4)在形式上,南朝民歌多为五言四句;北朝民歌除五言外,还有四言、七言、杂言等。

六、论述题

1. 建安时期的社会生活和文化背景对建安文学的影响表现在三个方面。(1)动荡乱离的社会现实,使建安时期的作家大多亲经战乱,目睹离难,因之能够直接继承汉乐府民歌"感于哀乐,缘事而发"的现实主义精神,真实反映出那个动乱时代的实况。(2)作家凄凉哀怨的情绪和积极进取的人生观,决定了他们能以刚劲质朴的语言,慷慨悲凉的情调,抒发统一国家的理想和建功立业的雄心壮志,具有强烈而鲜明的时代特征。(3)汉代的乐府民歌为文人创作提供了借鉴之资。建安文人直接继承了汉乐府的现实主义的创作原则,借乐府古题写现实内容,诗歌都带有一种明显的民歌风味,是汉代乐府的直接继承者。在艺术形式上,他们也勇于创新,使诗歌脱离了四言的定型,普遍采用了新兴的五言形式,奠定了五言诗在文坛的坚固地位。

2. 陶渊明田园诗的艺术成就主要有四个方面。(1)淳真。陶渊明的作品情真、事真。他直写其事,有真切的实际感受。读其诗如见其人,如见其心。(2)亲切。诗人把日常习见的生活素材加以提炼,给人以亲切之感。(3)情景交融,意境高远拔俗。陶诗是写实的,但又无处不带着自己浓厚的感情色彩,许多场面景色达到了物我合一、主客观完全融合的地步。这一成就,在文人创作中是空前的。(4)白描的手法,自然无华的语言。陶诗不铺排夸张,而是惯用一种疏淡的笔墨来精练地勾勒出生动的形象。陶渊明是汉魏南北朝800年间最杰出的诗人。他的诗歌以崭新的内容、纯朴自然的风格笔调为我国诗歌领域开辟了一片新天地,"田园诗"从此以一个流派在诗歌史上独树一帜,一直影响着后世诗歌的发展。

第二章　中国古代文学作品与导读(上)

弹　歌

一、填空题
1.《吴越春秋》
2. 狩猎

二、背诵并默写(略)

芣　苢

一、单项选择题
　　B

二、背诵并默写(略)

三、简答题
　　全诗共三章,虽然中间只更换了六个动词,却生动地描绘出一群姑娘采集车前子的劳动场面和全过程:始则相呼而采之,中间掇捋而采之,最后袺襭而归之。这首诗所写的内容,本来只用一句话就可以说明白,如若不采用重章叠唱的形式,反复咏唱,必然会索然无味。正因为采用了复沓的形式,再加上语助词的反复出现,才准确地传达出那种欢快的劳动节奏。随着反复咏唱,读者也就逐步体味和感受到诗的优美意境。正如清人方玉润说的那样:"读者试平心静气,涵咏此诗,恍听田家妇女,三三五五,于平原绣野,风和日丽中,群歌互答,余音袅袅,若远若近,忽断忽续,不知其情之何以移,而神之何以旷,则此诗可不必细绎而自得其妙焉。"(《诗经原始》)这首诗质朴无华,自然天成,语言似平而奇,意境似浅而深,韵味似淡而浓。它之所以能达到这样高的艺术水准,正在于诗人成功地运用了重章叠唱的形式,艺术地再现了那种欢快的劳动节奏,给人以美的享受。

氓

一、单项选择题
A

二、背诵并默写(略)

三、简答题
《氓》在叙述事件时以感情起伏为依据。全诗首章、第二章在叙事中,表现出女子对爱情的执着、忠诚。第三章未继续叙说婚后的生活如何,转而抒发了"于嗟女兮,无与士耽"的感叹,从而表现了女子悔恨交织的心态,令人感悟出她的生活中发生了不幸。情感又推动着事件的发展,在第四、第五章中,接着叙述了她在夫家饱受虐待、含辛茹苦的事实和无端被遣归的经过,同时穿插怨愤悲伤之词,从心灵深处表现出女子的思想情感。诗歌将难以压抑的怨愤与尖锐的谴责交织在一起,更加突出地表现了女主人公由怨到愤直至决裂的内心变化,使感情的内在冲突达到高潮。末章以议论作结,既点出她被弃后孤苦凄凉的生活,又将决裂时的心境写得十分细微,感情丝缕触手可取。全诗将叙事与抒情有机结合,震撼了读者的心灵。

四、论述题
《氓》运用了许多生动形象、寓意深刻的比喻,如第三章中,以"桑之未落,其叶沃若",比喻女子的年轻貌美;"于嗟鸠兮,无食桑葚"则以斑鸠见了鲜嫩的桑葚,忘情贪吃而终于沉醉的故事,比喻女子沉醉于恋情中,未能详察男子的恶行薄德,终于招致痛苦。第四章中以"桑之落矣,其黄而陨",写出女子年老色衰的变化,预示着男子的负心和女子不幸命运的到来。在第六章中,女子以"淇则有岸,隰则有泮"为喻,表现自己的苦海无涯。所用比喻均自然、贴切,起到了借物状人的作用。避免了空洞的哀叹,增加了诗歌的表现力。同时,在叙事抒情中,还有精彩的议论,如"士之耽兮,犹可说也。女之耽兮,不可说也""女也不爽,士贰其行。士也罔极,二三其德"等句,朴实、深刻、有力,发人深省,深化了主题,这些手法,对后世叙事诗的发展产生了巨大影响。

硕　鼠

一、填空题

魏风

二、单项选择题

C

三、背诵并默写（略）

四、论述题

　　形象的比喻,是讽刺的重要手段之一。把剥削者比作贪婪凶残、人人厌憎的大老鼠,确实极为形象、生动。全诗共三章,重章叠唱。每章可分为两层,第一层写老鼠的外貌和本性。"硕鼠硕鼠"一句,采用叠词重言的形式,形象地刻画出老鼠硕大肥胖的丑陋相貌,蕴含着对危害人的大老鼠的极大的厌憎。接着,写硕鼠由性贪而食黍,食黍不足而食麦,食麦不足而食苗,层层逼近,突出其贪得无厌、凶残之极的本性。这种贪婪凶残的个性决定了它对人的冷酷无情。尽管多少年来人们用自己的血汗养活了它们,但它们不顾人的死活,真是到了毫无心肝的地步。字里行间充满着对剥削者愤恨的感情。人们忍受不了这种残酷的剥削,便产生了逃亡的念头,逃到那些没有"硕鼠"的地方。因此,第二层抒写劳动者向往理想生活的愿望。"逝将去女,适彼乐土(国、郊)",劳动者希冀有个没有剥削和压迫的理想之地。当然,这种没有剥削、没有压迫的"乐土",在当时是不可能有的,这只能是劳动者的一种空想,但它包含着对不合理的社会制度的否定,显示了劳动人民的反抗精神。因此,千百年来,它给了劳动人民以斗争的勇气。

蒹　葭

一、填空题

1. 秦风
2. 爱情诗

二、背诵并默写（略）
三、简答题
　　《蒹葭》是一首优美动人的恋歌。这首诗最大的特点是善于捕捉艺术氛围，创造出纯美的意境。诗中的主人公清晨伫立河畔，所见景物很多。但诗人只写了笼罩在晨雾中的芦荻、霜露、秋水，展示的是一幅清新淡雅的画面，犹如一幅淡淡的水墨画。而那清秋萧瑟景物特有的色彩，则为全诗营造出一种凄清的气氛。这种气氛与主人公处于离情别绪中的特定心境是一致的，从而有力地烘托出人物凄婉惆怅的情感。同时人物的情感，似乎也已投射到眼前的景物之上，使得这蒹葭白露、茫茫秋水都染上了主人公淡淡的忧愁、绵绵的情思。总之，客观景物与主观感情浑然一体，构成了情景交融的优美意境，而那些与此无关的景物和具体的细节则被删汰了。这不仅给读者留下了驰骋想象的空间，而且使诗歌具有了一种凄迷而朦胧的美。
四、论述题
　　重章叠句、一咏三叹的结构形式，使感情的抒写不断深化。全诗共三章，每章前半部分写景，后半部分抒情，但这三章并不是机械地重复，而是层层递进，富于变化。首章的"白露为霜"，是写清晨白露凝结为霜的情景；次章的"白露未晞"，则表示日出时霜露未干的状态；末章的"白露未已"，则是太阳升起而露水尚未完全消散的情形。这都暗示随着时间的推移，主人公焦灼的心情。首章的"蒹葭苍苍"、次章的"蒹葭凄凄"、末章的"蒹葭采采"，写出了芦荻不同的状态。首章的"道阻且长"、次章的"道阻且跻"、末章的"道阻且右"三句互为补充，分别从漫长、崎岖、曲折三个角度表现道路之艰难阻隔。首章的"宛在水中央"、次章的"宛在水中坻"、末章的"宛在水中沚"是写地点位置的变化。而"溯洄从之""溯游从之"两句在三章中的重复，则表现出主人公不可阻遏的渴慕和锲而不舍的追求。三章虽只变换数字，但经过反复咏唱，不仅使感情的抒写不断加深，而且形成一种回环往复之美。

无　衣

一、多项选择题
　　A、B、D
二、背诵并默写（略）
三、论述题
　　这是一首军歌,充满着慷慨激昂、同仇敌忾的爱国精神。全诗共三章,采用重章叠唱的形式,在反复咏唱中层层递进,极有层次地展现了出征将士同心同德、共同杀敌的高昂战斗情绪。如"与子同袍""与子同泽""与子同裳"三句,"袍"系外衣,"泽"系内衣,"裳"系下衣,从外到内,从上到下,一层深似一层地表现出将士之间同心同德、团结战斗的亲密关系。又如"修我戈矛""修我矛戟""修我甲兵"三句,戈、矛、戟是单个的兵器,"甲兵"则是武器装备的总称,由个体到整体,表现出全军将士摩拳擦掌、情绪饱满的战斗热情。再如"与子同仇""与子偕作""与子偕行"三句,"同仇"指思想统一,"偕作"指共同行动,"偕行"指一同奔赴战场,一层紧似一层地烘托出战斗的气氛。我们可以想象得到:一支军队高唱着这支军歌奔赴战场,将有怎样的压倒敌人的气势和力量。作为一首军歌,只有反复地咏唱,才能体会出其中的意蕴,才能感受到它那动人的魅力。

叔　向　贺　贫

一、填空题
　　《国语·晋语八》
二、解释下列加点的词
　　1. 因此
　　2. 财物
　　3. 遭遇
　　4. 担心

三、简答题

这是一篇"语"体记事文,全文写叔向和韩宣子的对话,主体部分是叔向的言论。叔向的话,其主旨亦在说教,但不是空洞的教条,而是举晋国历史人物的实例,从正反两个方面加以比较,用无可辩驳的事实总结历史教训,故颇有说服力;其语言质朴无华,而又委婉尽情,尤其是叔向最后的几句话,既委婉得体,又鲜明有力,使对方容易接受、乐于接受。本文虽记事极少,但十分重要,不可或缺。文章开门见山,即点出韩宣子忧贫,叔向贺贫。文章亦正由此生出矛盾,制造悬念,使读者一定要看出个究竟。随着韩宣子的疑惑不解,叔向的阐述祝贺之由,故事进入高潮,韩宣子释疑拜谢,变忧为喜,读者也顿释疑窦,受到教益。这种用极少的笔墨叙清事情原委、掀起文章波澜的手法,确是作者的高明之处。

秦晋殽之战

一、解释下列加点的词
1. 叛离怨恨之心
2. 丰厚
3. 囚臣
4. 过失

二、简答题
1.《左传》中的外交辞令大多写得委婉含蓄,曲折尽情。本篇有三段外交辞令,都各有特色。弦高犒师时说的一段话是意在言外,说得不卑不亢,谦恭有礼,恰如其分,既不冒犯强秦,又弦外有音,明确地暗示秦军,郑国已知道他们偷袭的企图,做好了防卫的准备,迫使秦军不敢贸然前进。而皇武子辞杞子的一段话则是旁敲侧击,在表示抱歉的客气话中婉转而又严峻地揭露了敌人的阴谋,下达了逐客令,使杞子等人感受到无形的压力,再也无法待在郑国,只好仓皇出逃。弱小的郑国就这样不费一刀一枪就排除了隐患。孟明谢赐一段,却是绵里藏针,话中有刺。孟明所谓"三年将拜君赐",表面上是感恩戴德的客气话,但实质是隐伏着雪耻报仇的切齿誓言,辛辣地嘲笑了晋君放虎归山的愚蠢,点破了阳处父诱捕他们的企图,流露出自己侥幸生还的得意心情。这些委婉含蓄的外交辞令,对刻画人物性格,表现诸侯国之间的矛盾,有特殊的作用。

2. 本文写秦晋殽之战,但重点在写此战之前因后果。文章用了三分之二的篇幅写战前秦晋双方的情况,充分地揭示出战争结局的必然性,而对殽之战本身,却并无正面描写。这种高超的叙事手法,使其对此战的来龙去脉、前因后果能有清晰而充分的交代;不仅简洁,而且突出了主旨。本文不仅叙事取舍得当,而且人物刻画也极为成功。例如,秦穆公之先拒谏而后悔过,蹇叔之明断和谏诤,郑商人弦高之机智与爱国,原轸之忠直与决断,都给人留下了难忘的印象。甚至像王孙满、皇武子、文嬴等人,虽然都只有一席话,但都性格鲜明,令人难以忘怀。

冯谖客孟尝君

一、翻译下列句子

1. 给他准备车马,依照门下有车坐的客人一样看待。
2. 于是坐着他的车,举着他的剑,去拜访他的朋友。
3. 债收完了,用收回的债款买些什么回来?
4. 希望你请求一套先王的祭器,在薛立先王的宗庙。

二、简答题

冯谖为孟尝君营造的"三窟":市义,恢复相位,立宗庙于薛。作用:孟尝君为相数十年,无纤介之祸。

三、论述题

首先是在故事情节的安排上。从冯谖初为孟尝君门客就争待遇,到为孟尝君营造"三窟",从而巩固了孟尝君的政治地位,有开端,有发展,有高潮,有结局,故事情节完整。作者还善于设置悬念,冯谖"无能",却不断地争待遇;自告奋勇去薛地收债,却空手而归;说动梁惠王重用孟尝君,却又让"孟尝君固辞不往"。情节的发展往往出人意料,曲折多变,引人入胜。其次是在人物形象的刻画上。作者善于运用对比、反衬的手法,突出人物的性格。冯谖与孟尝君对比,突出了冯谖的远见卓识;孟尝君与众门客的对比,突出了孟尝君礼贤下士的胸襟。人物前后对比,对冯谖是先抑后扬,而对孟尝君则是先扬后抑。作者还善于通过一些饶有趣味的小故事,展现人物的性格。例如,通过冯谖三次"弹铗而歌",展示了冯谖好贪的性格和孟尝君"好客"的风范。再如,冯谖自告奋勇去薛地收债,结果"市义"而归,充分展示了冯谖的远见卓识和政治才干。由此可见,本文具有小说的意味。

侍 坐 章

一、填空题

《论语·先进》

二、简答题

1. 本文记录了孔子同他的四个学生的一次谈话。可分为孔子问志、四个学生分别言志、孔子评志三个层次。孔子首先引导学生畅所欲言,语调平易亲切,循循善诱。接着孔子对子路的表现露出微笑,对曾皙加以启发和赞赏,俨然一派良师长者风度。四个学生的言志场面,也通过简练的叙述和对话,被表现得情态宛然。子路一个"率尔而对"的动作,写出了他好勇猛而少谦逊的个性,同时使闲谈气氛立即活跃起来。刻画冉有的笔墨更细致、严密。他端坐默然,当孔子点到他的名字时才回答,表现出知规守礼的谦和之风。公西华言志,语气更为恭谨谦逊,两人的谨慎而对又使气氛转为拘谨。最后,孔子点到曾皙的名,老师的态度,也显得更为平易随和。"鼓瑟希,铿尔,舍瑟而作",这接连几个动作的描写,将曾皙的形象表现得文质彬彬、情趣独异,而曾皙从容洒脱的谈吐,又把气氛带入闲适飘逸、令人神往的境界中。这段文字通过对话与动作、态度的描写,以简洁而又贴切细致的笔触,将人与事描摹得栩栩如生,富有情趣,从中可见《论语》的记言、记事艺术。

2. 孔子之所以赞成曾皙的看法,一是因为曾皙所描绘的生活图景,符合儒家所向往的没有杀戮、没有战争、没有暴敛、人人都过着和平安定生活的太平盛世。二是因为孔子早年在政治上不断遭到挫折,游说诸侯又四处碰壁,因此到了晚年政治热情大大减退。曾皙的生活态度正符合孔子所追求的自由自在、无拘无束的生活情趣。

齐桓晋文之事章

一、简答题

1. 挟太山以超北海,寓意是指人的能力所达不到的事情。

2. 为长者折枝,寓意是指人很容易地就能做到的事情。

3. 缘木求鱼,寓意是事与愿违,用某种办法永远不可能达到自己的目的。

二、翻译下面的句子

1. 敬爱自己的老人,进而推广到别的老人身上;疼爱自己的孩子,进而推广到别的孩子身上。

2. 所以贤明的君主应规定人民的产业,一定要使他们对上可以赡养父母,对下可以养育妻儿。丰年可以丰衣足食,灾年不至于饿死冻死,然后督促老百姓向善,这样老百姓接受起来也就容易。

3. 认真地进行学校教育,反复申述孝顺父母、尊敬兄长的大义,这样年纪大的老人就不用做繁重的体力劳动了。

三、论述题

孟子首先提出"保民而王,莫之能御也"的主张,引起齐宣王的兴趣。然后通过"以牛易羊"这件事说明齐宣王有善心,因而具备了"保民而王"的基本条件。既然齐宣王具备了"王"天下的条件,为什么没有能够"王"天下呢?因此,第三步孟子又通过一系列的比喻,说明了齐宣王没有能够"王"天下,并不是自己的能力所不及,而是不愿意去做,也就是不愿意推恩于百姓。第四步,孟子进一步阐明了保民而"王"天下与用武力统一天下的利害关系,坚定了齐宣王"保民而王"的决心。只有施行仁政,才能"使天下仕者皆欲立于王之朝,耕者皆欲耕于王之野,商贾皆欲藏于王之市,行旅皆欲出于王之途,天下之欲疾其君者,皆欲赴诉于王,其若是,孰能御之"? 最后又提出施行仁政的具体措施:一是"制民之产,必使仰足以事父母,俯足以畜妻子,乐岁终身饱,凶年免于死亡";二是"谨庠序之教,申之以孝悌之义"。这样做,就一定可以"王"天下。孟子通过这样五步,层层深入,最终使齐宣王接受了"保民而王"的主张。

逍 遥 游

一、填空题
《庄子·内篇》

二、解释下列加点的词
1. 哪里用
2. 饱足的样子
3. 这
4. 全

三、简答题
  本篇描述了庄子理想中至高无上的人生境界,这就是自由自在、突破时空限制、不受外物羁缚的逍遥游。庄子认为,从斥鷃、学鸠到大鹏都没有达到逍遥游,因为它们都不能做到"无所待",即"乘天地之正,御六气之辩,以游于无穷"。为了做到"无所待",庄子主张"无己""无功""无名",摒弃一切欲念和追求,不求对社会有用。他认为,这样就可以保全自己。文中表现了庄子追求绝对自由的思想和超脱一切、苟全性命于乱世的人生观。

四、论述题
  本文构思奇特,想象丰富。作者运用神话般的寓言和出人意料的比喻,创造了瑰伟诡谲、浪漫色彩浓厚的艺术境界。文章一开始即运用寓言,天池海运是荒唐之言,谬悠之说,无端崖之辞,但形象地刻画出大鹏的神奇无比。然而大鹏仍然不能无所待:待海运,必须水击三千里,九万里风在下,才有力负起偌大的翼,六月才能息于天池。有种种限制、有待即非逍遥。作者又引《齐谐》作证。作者不曾上天,却能设想大鹏在高空看到"天之苍苍",想到"其远而无所至极邪"? 又以舟与水的关系作比,证实"风之积也不厚,则其负大翼也无力",大鹏不能摆脱对大风的依赖。而蜩与学鸠居然自得其乐,嘲笑大鹏"奚以之九万里而南为"? 轻轻引出"小知不及大知""小年不及大年"这个命题。总之,大者有待,小者有限,其非逍遥则一,此"小大之辩"也。然后作者又以"汤之问棘"以证之。最后由自然界引入人类社会,一般的人固然"亦若此矣",即便是传说中的世外高人宋荣子、列子也不能无所待。因此,只有顺应自然,进入"至人无己,神人无功,圣人无名"的境界,才算是真正的逍遥游。总之,大鹏的远飞高举,冥灵、大椿的高寿,等等,极尽夸张之能事,神思飞越,想落天外,出人意表。文中比喻之富、寓言之多,令人目不暇接。鸟兽虫鱼,大自鲲鹏,小到蟪蛄,再到传说中的人物等,无不被用来作为例证。夸张的笔法,丰富的想象,使文章说理生动形象,极富浪漫气息。

湘夫人

一、填空题

《楚辞·九歌》

二、背诵第一段(略)

三、简答题

《湘夫人》与《湘君》是姊妹篇,表现了湘君对爱情的渴望和因久候恋人不至所产生的惆怅落寞心情。诗开头写湘夫人降临洲渚,这对于湘君来说本应是最幸福的事了,为何第二句又说"目眇眇兮愁予"?"目眇眇"暗示着那只不过是一种幻想而已,湘夫人并未真的降临。真实的景象乃是"袅袅兮秋风,洞庭波兮木叶下",正是这萧瑟的秋景增加了湘君的悲愁。从"登白薠兮骋望""思公子兮未敢言""荒忽兮远望"等句可以见出湘君对于湘夫人的一往情深的期待。由于湘夫人没来,湘君便以美丽无比的幻想来安慰自己,"闻佳人兮召予,将腾驾兮偕逝",并构想出他们共同的居所。对居所进行描述时,作者追求华美的风格,运用比喻、象征的手法,大量使用芳草入诗,使湘君与湘夫人这神与神的恋爱得以在香草绚烂、芳馨漫溢的圣坛上进行,使他们之间的爱情进入一种至高无上、纯洁无比的境界,从而充分展示了屈原的艺术个性及其高贵的品格。

国殇

一、注音并解释下列加点的字

1. gǔ 车轮中心安插车轴的部分
2. yì 因伤而死

3. mái 同"埋",这里指车轮陷入土中
4. fú 鼓槌

二、背诵全诗(略)

三、简答题

全诗可分为前、后两个部分。

诗的前半部分以白描的手法实写战争的激烈。以一系列名词"吴戈""犀甲""车""短兵",蔽日之旌,如云之敌等构成一幅战场的立体透视图。"操""被""错毂""接"等动词则使整幅画面处于动态之中。箭的"交坠",士的"争先",马的"殪"与"伤",车轮的被"埋"及天"坠"、灵"怒"等,无不显示出这场战争已达到了白热化的程度。正是在这种悲壮的背景下,作者着力表现了战士们"争先"赴敌、视死如归的精神状态。后半部分则对英雄们的高贵品质进行了热烈的歌颂,身死神灵、为国捐躯的勇士们是永垂不朽的。

哀　郢

一、填空题

《楚辞·九章》

二、翻译下列句子

1. 群小谄媚取宠,实则软弱无能,不可依靠。
2. 贤士心怀忠贞而不善言辞,为国君所憎恶;奸佞小人夸夸其谈,而为国君所赏识。
3. 群小竞趋,越来越被亲近、被重用;君子忠直,却越来越被疏远。
4. 的确不是我的过错而被放逐啊,又怎么能有一时一刻忘记国家呢?

三、简答题

郢是楚国的国都,自春秋以来,楚先王世代经营,使之成为楚国的心脏,因而郢都即成为楚国的象征。顷襄王时,楚国统治集团更加腐败,内忧外患,使楚国政局动荡,百姓流离,处于风雨飘摇之中。屈原被放逐,但无时不在关切楚国的命运。此诗既谴责了昏君佞臣使楚国败亡的罪恶,又表现了对人民苦难的深切同情;既抒发了自己遭谗被贬、沉沦失意的无限伤感,也

表达了自己对故国山水草木的深沉热爱之情。全篇交织着丰富而强烈的忧国忧民之情。

过 秦 论（上）

一、填空题

1.《新书》

2. 指出秦王朝的过失

二、单项选择

C

三、简答题

　　本文写得斩截峭拔，纵横驰骋，充满气势，富于辞采。首先，文中运用大量的排比对偶、夸张渲染。如用"席卷天下""包举宇内""囊括四海""并吞八荒"来描述秦孝公的雄心；用"御宇内""亡诸侯""制六合""鞭笞天下""威振四海"来表现秦始皇力量的强大。经过反复铺陈、渲染，形成一股不可阻挡的强大气势，"自首至尾，光焰动荡，如鲸鱼暴鳞于皎日之中，烛天耀海"（何焯《义门读书记》）。其次，在文中反复进行对比映衬。比如将秦与山东六国对比；又将山东六国与陈涉起义军对比。还极力描写六国地大物博、兵多将广、谋士如云，用以衬托秦国之强；极力叙写陈涉出身贫贱、才能低下及起义军人少力弱，用以反衬暴秦败亡之易。

四、论述题

　　本文的中心论点是"仁义不施，而攻守之势异也"。全文通过三组对比，层层推衍，得出这一中心论点。第一组是秦国与山东九国的对比。首先说秦孝公凭借崤函天险和雍州的资源，"内立法度，务耕织，修守战之具，外连衡而斗诸侯"，国势逐渐强盛，初步具备了统一天下的实力。然后极力铺叙九国土地辽阔、物力雄厚、兵多将广、谋士如云，然而，结果是"秦无亡矢遗镞之费，而天下诸侯已困矣"。最后再写始皇"奋六世之余烈，振长策而御宇内，吞二周而亡诸侯，履至尊而制六合，执槁朴以鞭笞天下，威振四海"，把秦国的声威推到了顶峰。这组对比，目的是以九国衬托秦国的强大。为什么秦国能以一国之力而亡诸侯，统一天下呢？是因为秦国以武力统一天下符合历史发展的总趋势,反映了人民的要求与愿望,这正是秦国力量强大之所在。可是,秦统一天下以后,施行暴政,"废先王之道,燔百家之言,以愚黔首",激起了人民的反抗。于是进行第二组对比。首先说明"始皇既没,余威振于殊俗",秦王朝的力量还十分强大。然而反秦大起义的领导者陈涉,不过是"瓮牖绳枢之子,氓隶之人,而迁徙之徒也,材能不及中人",可是当他"率疲弊之卒,将数百之众,转而攻秦"时,却使"天下云合响应,赢粮而景从",很快就把秦王朝推翻了。这组对比的用意是反衬秦王朝败亡之易。为什么力量弱小的农民起义军能迅速地推翻强大的秦王朝呢?这不能不引起读者的思索。秦王朝的残暴统治,失去了民心,而陈涉领导的农民起义军则代表了人民的反秦愿望,因而得到人民的拥护与支持。那么,起义军的力量是不是比山东九国的力量强大呢?于是作者又进行了第三组对比。把起义军与山东九国从各个方面一一进行比照,得出的结论是"不可同年而语矣"。这组对比的用心是突出民心的重要性,得民心者得天下,失民心者失天下。通过这三组对比,自然而然地就推导出"仁义不施,而攻守之势异也"的结论。

乌 江 自 刎

一、填空题

《史记·项羽本纪》

二、多项选择题

B、D、E

三、翻译下列句子

1. 趁着夜色冲破包围。

2. 我起兵到现在已经八年了,身经七十多次战斗,敢于阻挡我的都被我击破,被我攻击的没有不降服的,从来没有打过败仗,于是夺取了天下。

3. 今天必定战死,愿意为你们痛痛快快地打一仗,必定三战三胜,为你们突破重围、斩敌将首级、砍倒敌人的大旗,让你们知道是老天爷要亡我,并不是我不善于打仗的过错。

4. 为你做件好事。

四、简答题

本文是写项羽一生中的一个重要片段,写得悲壮淋漓,展现了一个失败的英雄的形象。(1)英勇善战。"溃围、斩将、刈旗"的"快战",生动地刻画了项羽勇猛善战的性格。(2)重情义。陷入重围,项羽夜饮不眠,慷慨悲歌,涕泪并下,展示了他内心的矛盾与痛苦。不肯独自过江,把坐骑赠给亭长,都展示了项羽重情义的一面。(3)缺少政治头脑。"此天之亡我,非战之罪也",项羽至死也没有弄明白自己失败的原因,最终落得个自刎乌江的下场。本文展示了项羽不同的性格侧面,显得丰满而有立体感。

苏 武 传

一、填空题

《汉书》

二、解释下列加点的词

1. 大大的
2. 丧失气节,辱没使命
3. 降
4. 现

三、简答题

本文运用对比手法,对人物形象的塑造起到了很好的作用。例如苏武与张胜的对比,突出了苏武威武不能屈的性格。再如苏武与卫律的对比,衬托出苏武富贵不能淫的性格。又如苏武与李陵的对比,展示了苏武重国家利益、轻个人恩怨的宽广胸怀。

四、论述题

本文塑造了一个光彩照人的民族英雄的形象。苏武高尚的民族气节主要表现在四个方面。(1)威武不能屈。副使张胜与缑王、虞常等人的谋反活动,使苏武受到牵连,他首先想到的不是个人的安危,而是"见犯乃死,重负国","屈节辱命,虽生,何面目以归汉",于是"引佩刀自刺"。当卫律"复举剑拟之",以杀头胁迫他投降时,"武不动",在死亡面前,大义凛然,毫不动摇。(2)富贵不能淫。当卫律现身说法,以富贵利诱时,苏武义正词严地痛斥卫律的无耻行径:"女为人臣子,不顾恩义,畔主背亲,为降虏于蛮夷,何以女为见?且单于信女,使决人死生,不平心持正,反欲斗两主,观祸败。……若知我不降明,欲令两国相攻,匈奴之祸从我始矣。"(3)贫贱不能移。武力、富贵都不能动摇苏武坚定的信念,于是匈奴人"乃幽武置大窖中,绝不饮食。天雨雪,武卧啮雪与旃毛并咽之,数日不死,匈奴以为神。乃徙武北海上无人处,使牧羝,羝乳乃得归……武既至海上,廪食不至,掘野鼠去草实而食之。杖汉节牧羊,卧起操持,节旄尽落"。艰苦的生活也没有能磨掉苏武坚强的意志,他始终保持着高尚的民族气节。(4)亲情不能动。匈奴人的诱降活动连遭失败,于是拿出了最后的一招,单于派苏武的故人来劝降,企图以亲情打动苏武。李陵告诉苏武,苏家迭遭不幸,老母去世,两个兄弟惨遭杀害,妻子改嫁,妹妹和孩子不知存亡,企图挑拨苏武与汉武帝的关系,使他放弃忠于汉王朝的决心。但苏武重国家、民族利益,轻个人恩怨,不为所动,断然拒绝了李陵的劝降:"武父子亡功德,皆为陛下所成就,位列将,爵通侯,兄弟亲近,常愿肝脑涂地;今得杀身自效,虽蒙斧钺汤镬,诚甘乐之。臣事君,犹子事父也,子为父死,亡所恨,愿勿复再言","自分已死久矣!王必欲降武,请毕今日之欢,效死于前"。这段话,充分展示了苏武的内心世界,表现出高尚的民族气节和强烈的爱国主义情操。

上　邪

一、填空题

　　誓词

二、背诵并默写(略)

三、简答题

　　高山变平地,江水干涸,冬天打雷,夏天下雪,天地合而为一。

陌　上　桑

一、解释下列加点的词

　　1. 抚摩

2. 整理

3. 因为

4. 美女

二、背诵并默写第一段(略)

三、简答题

全诗采用多种艺术手法表现罗敷的形象。(1)采用侧面烘托、铺陈夸张的手法写罗敷的美貌。先用铺陈的手法写她的服饰与采桑用具之美,衬托出罗敷的外貌美。再通过周围的行人、劳动者的种种表现进行烘托和夸张突出罗敷的貌美动人。(2)运用对话表现人物性格。通过描写太守的无礼要求和罗敷的婉言拒绝,进而表现罗敷磊落机智、不慕富贵、纯洁高尚的人格与品德,进而塑造了一个从外貌到精神都光彩夺目、完美无缺的美丽形象。

迢迢牵牛星

一、填空题

1. 《古诗十九首》

2. 思妇诗

二、背诵并默写(略)

三、简答题

这首诗在叠词的运用上非常成功,既增强了作品节奏的美和音韵的协调,又自然而贴切地表现了物性与情思。例如,迢迢,表现距离的遥远,也暗示双方的分离和孤独。皎皎,表现色彩的明亮;纤纤,描摹手指的细柔,这两个叠词都是写织女的美貌。札札,是织布机声,传达出织女的心烦意乱和相思之苦。盈盈,形容水的清澈;脉脉,描写人的神态,这两个叠词表现出男女双方的情深意浓。同时,叠词的运用使作品的节奏显得很明快,音韵协畅,读起来朗朗上口,给人以美的享受。

短 歌 行

一、单项选择题
    A

二、背诵并默写(略)

三、简答题
    《短歌行》的艺术特点有：(1)既有时代特征,又有个性的呼唤,体现出文学的自觉精神；(2)善用比喻,使情感的表达生动形象；(3)善用《诗经》的成句,化旧为新,用典贴切；(4)借鉴两汉乐府民歌的表现手法,融叙事、抒情、写景、议论于一体,创造出一种悲凉慷慨的艺术风格。

四、论述题
    这是一首内涵极为厚重的抒情诗,诗人围绕"忧思"反复咏叹。起句情感压抑低回,写年华易逝的慨叹。接着转而表达出思慕贤才之情,其中有未得贤才之苦闷,也有得到贤才后的欢欣。感情在苦与乐、忧与喜中反复回旋,表现得曲曲折折,一唱三叹。结句表示自己要以周公为榜样,实现"天下归心"的理想。情感由深沉变得激越慷慨。全诗在悲世不治的忧患意识中,蕴含着奋进拼搏、积极进取的精神。
    本诗借乐府古题抒怀,巧妙借用《诗经》成句,比喻恰当,用典贴切。音韵有致,语言质朴自然,寓缠绵的忧思和悲凉的感慨于豪壮沉雄的气韵中,堪称曹操诗歌的代表作。

出 师 表

一、解释下列加点的词
    1. 身世卑微、见识浅陋
    2. 委屈,指屈尊就卑
    3. 怠慢

二、简答题
    文中诸葛亮向刘禅提出的建议分别是"开张圣听"、执法公平和亲贤远佞。

咏 怀(其一)

一、背诵并默写(略)
二、将此诗译成现代汉语
　　夜晚不能入眠,起身坐在琴旁弹一曲。(抬头)只见月光照在薄薄的帐幔上,清风吹动了我的衣襟。(漫步到屋外),(听到)孤鸿在野外哀叫,而北林上的翔鸟又在那里悲鸣。在不寐而徘徊时,会看到些什么呢? 一切都是令人忧伤的景色。
三、简答题
　　此诗借典型、贴切的诗歌意象表达自己的愁绪,采用隐晦曲折的比兴手法,形成一种新的诗型和新的格调,言近旨远,耐人寻味,对后世诗人影响很大。

咏 史(其二)

一、多项选择题
　　A、B、C
二、背诵并默写(略)
三、简答题
　　作品通过三组对比,突出了门阀制度的不合理。(1)"涧底松"与"山上苗"的对比,托物起兴,写自然界中的不合理现象。(2)"世胄"与"英雄"的对比,揭示了世族社会中贤愚倒置的不合理现象。(3)"金张"与"冯公"的对比,咏古人古事以自抒胸怀,更深刻具体地揭露了门阀制度的不合理。

饮 酒(其五)

一、背诵并默写(略)
二、简答题
　　本诗的艺术特色主要有三。(1)情景交融,意境高远拔俗。作者将自己的感情渗透到景物的描写中,达到物我俱化、物我两忘的境界。(2)富含哲理,给人以无限启迪。(3)语言质朴无华。

桃花源记

一、翻译第二段

　　桃花林的尽头,正是溪水的源头,(在那里)有一座山。山间有一小洞,(其中)仿佛有光亮,(渔人)便离开小船,登陆从洞口进去。开始时洞内很狭小,刚够一个人通过。又走了几十步,眼前一下子开朗起来。(只见)土地平坦开阔,房屋(排列得)很整齐,有肥沃的田地,清澈的池水,种植着桑树、竹林。田间有小道供人往来,村落间能听到鸡鸣犬吠之声。人们往来耕种劳作的情形和男女穿的衣服,都同外边人一样。老人与儿童都闲适快乐,悠然自得。(桃花源中的人)见到渔人,大为惊诧,问渔人从哪里来,渔人(把经过)都告诉了他们。(于是桃花源中的人)就邀请渔人到家里去做客,摆酒杀鸡做饭(款待他)。村中人听说来了个渔人,都来探问外界消息。他们自称祖先为了逃避秦朝时的战乱,带着妻子和孩子来到这个与世隔绝地方,再也没有出去过,于是和桃花源之外的世人断绝了音信。(他们问渔人)现在是什么朝代,竟然不知道有汉朝,更别说魏晋了。渔人把他所知道的世间情形一一告诉他们,(桃花源的人)都感慨叹息。其他人又分别邀请(渔人)到自己的家中,也都摆出酒食(招待他),停留了几日后,(渔人)告辞而去,桃花源中的人对他说:"(桃花源中的情形)不必跟世人去讲。"

二、简答题

　　"桃花源"虽是作者虚构的乌托邦,但它的产生有现实基础。汉末至晋宋间社会动乱,战争频繁,阶级矛盾异常尖锐,人民为了逃避战争和徭役,往往逃匿山林。《桃花源记》描绘的没有战争、没有压迫、没有剥削、没有欺诈、丰衣足食、自由自在、和平安乐的社会图景,正是曲折地反映了人民对幸福生活的渴望,同时也是作者对黑暗的社会现实的批判,至今仍有深刻的社会意义。当然,作者所追求的理想国,在当时是不可能实现的空想,显然是受到了老子"小国寡民"社会政治思想的影响。

三、论述题

《饮酒》写诗人悠然自得的隐居生活和心境。作者在东篱下采菊,无意间抬头看到了南山。他从南山的永恒、山气的美好、飞鸟的自由中,悟出了返璞归真的人生哲理。"采菊东篱下,悠然见南山"两句更集中地表现了作者的高洁情趣。作者晚年所创作的《桃花源记》,则是在作者弃官归隐的长期农村生活中,亲历农田劳作的艰辛,饱尝饥寒交迫的折磨后,对理想社会不断探索的结果。这个没有战争、没有剥削、没有压迫、人人劳动、自耕自食、平等和睦的世外桃源,既是作者理想的生活境界,也反映了人民的美好愿望和要求。

晚登三山还望京邑

一、背诵并默写(略)
二、简答题

1. 此诗第一层运用了两个贴切的典故,以"王粲望长安"(《七哀诗》)和"潘岳望洛阳"(《河阳县》),表达了诗人忧祸避乱及政治上不得志的心境。第三层再次借用了两个典故:王粲的《七哀诗》和石崇的《思归引》,表达自己留恋京邑的华宴生活及盼归之感,笔意十分缠绵深沉。此诗用典精当,使情感表达更加委婉含蓄,缠绵深沉。同时,丰富了诗歌的内涵,加强了艺术的概括深度。

2. 诗歌开头运用典故写诗人怀念京邑故乡的感情,同时点明了《晚登三山还望京邑》的写作地点及南齐混乱的时局。接着诗人写傍晚回望京邑所见景色,以细腻的笔触多侧面、多角度地写出了春景的美好,用美景反衬诗人对京邑故乡的不胜依恋之情,同时也点明了傍晚的时间,为下层所抒之情做了铺垫。诗歌结尾六句转入怀乡之情的抒发,显得深沉忧伤,情致缠绵,并与开头呼应。全诗借景抒情,情景交融,将事、景、情三者有机结合,构成了一个完整的艺术整体。

三、论述题

此句为谢朓《晚登三山还望京邑》中的名句。这两句诗描绘了落日、晚霞与清澈的江水。仰望天空,晚霞铺展开无数匹色彩绚烂的锦缎;俯视江水,宛若一匹无尽的白绢。"余"字表现出落日衔山之景,"散"字形象地展现了霞光四射的辉煌场面。"澄"字写出了江水的纤尘不染,"静"字写出了江水的纹丝不动。比喻精当,形象生动,饶有情致,想象奇妙,色彩对比绚丽夺目,精警工丽,韵致悠扬,是脍炙人口的写景名句。

与朱元思书

一、背诵并默写(略)
二、名词解释
  吴均是南朝梁代文人,他的诗文多描绘山水景物,风格清新挺拔,在当时的文坛上影响很大,时人仿效他的文风,称为"吴均体"。《与朱元思书》是其骈文代表作。
三、简答题
  这篇写景骈文运用四字句的优点:或主谓结构,或动宾结构,句短字简,语意精奇,节奏紧凑,富有乐感,读之朗朗上口。

寄王琳

一、单项选择题
  D
二、背诵并默写(略)

西洲曲

一、填空题
  "言情之绝唱"
二、背诵(略)
三、简答题
  1. 谐音双关:采莲南塘秋,莲:怜、爱。
  顶针:风吹乌白树。树下即门前。

勾句：开门郎不至，出门采红莲。

重字：采莲南塘秋，莲花过人头。低头弄莲子，莲子清如水。置莲怀袖中，莲心彻底红。

2. 低头弄莲子：暗指爱抚所欢。

莲子清如水：比喻爱情纯洁如水。

置莲怀袖中：表示对所欢的珍爱。

莲心彻底红：喻爱情的成熟和热烈。

敕 勒 歌

一、填空题

北朝游牧民族敕勒族的民歌

二、背诵并默写（略）

三、简答题

这首诗的艺术特色表现在：(1) 语言简劲质朴，节奏明快；(2) 比喻逼真通俗，富有气势和生活气息；(3) 风格豪放雄浑。

王子猷居山阴

一、填空题

《世说新语·任诞》

二、翻译本文

王子猷居住在山阴的时候，一天夜里下起了大雪，(王子猷)一觉醒来，打开门，命人取酒斟饮，四下眺望，只见洁白明亮。于是起身徘徊，咏起左思的《招隐诗》。忽然想念起戴安道，这时戴安道正在剡，于是(王子猷)就连夜乘小船前去访他，(船走了)一夜才到。到了戴安道门前，(王子猷)没有进去就返回了。有人问他其中的缘故，王子猷说："我本是乘着兴致前往的，兴致尽了就返回来，何必一定要见戴安道呢？"

第二编 中国古代文学(下)

第三章 中国古代文学概述(下)

第一节 隋唐五代文学概述

一、填空题
1. 初唐 盛唐 中唐 晚唐 《沧浪诗话》《唐诗品汇》
2. 王勃 杨炯 卢照邻 骆宾王
3. "汉魏风骨" "风雅兴寄"
4. 王维 孟浩然 高适 岑参
5. "诗中有画""画中有诗"
6. 元稹 白居易 杜甫
7. 杜荀鹤 聂夷中
8. 古文运动 "文以载道"
9. "文起八代之衰"
10. 《师说》《张中丞传后序》《祭十二郎文》
11. 《捕蛇者说》《始得西山宴游记》《小石潭记》
12. 皮日休 罗隐 陆龟蒙 《皮子文薮》《英雄之言》《笠泽丛书》
13. "一塌胡涂的泥塘里的光采和锋芒"
14. 温庭筠 "香而软"
15. 冯延巳 "词为艳科"
16. 裴铏 《传奇》《李娃传》《霍小玉传》《莺莺传》(《会真记》)

二、单项选择题
1. D 2. C

三、多项选择题

1. A、B　2. B、C、D、F

四、名词解释

1. "上官体"是初唐时期的一种诗歌体式,因上官仪大量制作这类作品而得名。其主要特点是承袭南朝形式主义诗风,以"绮错婉媚为本",讲究对仗,刻意追求形式美。流风所向,时人效之,谓之"上官体"。

2. "王孟"是王维、孟浩然的并称,为盛唐山水田园诗派的主要作家,又称王孟诗派。王维饱经宦海沉浮,晚年又皈依佛教,心境与诗风恬静淡泊;孟浩然却始终在进取与退隐之间徘徊,虽有平和淡泊之作,亦有激昂郁勃之篇。

3. 新乐府运动是以元稹、白居易为代表的诗歌革新运动。元、白突出继承了杜甫的现实主义精神,以反映民间疾苦作为诗歌创作的主要内容,以浅显平易的语言和乐府精神作为艺术追求,是中唐现实主义诗歌的代表。

4. "元白"是中唐诗人元稹与白居易的并称。元白之间友谊深厚,文学主张比较一致,共同倡导新乐府运动。所作乐府诗,描写民生疾苦,揭露官府强暴,内容广泛,感情强烈,语言平易,风格浑厚。然元诗不及白诗意境深广,影响也略逊于白居易。

5. 传奇为唐代的一种文体,即短篇文言小说。元稹的《莺莺传》原题为传奇,晚唐裴铏一部文言小说集也以《传奇》命名,后人遂以"传奇"作为唐代文言短篇小说的代称。唐传奇有鲜明生动的人物形象,完整曲折的故事情节,语言也极富文学性,故它标志着我国古代小说进入了成熟阶段。传奇的称谓,不同时代含义不同,明清时代,"传奇"指的是戏剧。

6. 词原本是配乐的歌词,因而也有人称其为乐府。但词与汉魏六朝以来的乐府又有很大的不同,其中最主要的是所配合的音乐是"燕乐",而"燕乐"的主要成分则是北周、隋以来从西域传入的西北各民族的音乐,即所谓"胡夷、里巷之曲"(《旧唐书·音乐志》)。唐代称这种民间流行的曲唱的歌词为曲子或曲子词,简称作词。后由于文人染指,它逐渐形成了一套格律,终于由一种配乐的歌词演变为独具特色的新诗体。

7. 晚唐词人温庭筠"香而软"的词风对后来文人词产生了很大影响,逐渐形成了一个以他为鼻祖的"花间词派"。"花间词派"主要指距温庭筠大约半个世纪以后,在五代西蜀出现的一批词人及其词作,如韦庄、欧阳炯等。

他们的词风相近,皆宗温庭筠。五代后蜀的赵崇祚将温庭筠、皇甫松、韦庄等18家词作共500首,编为《花间集》十卷,这是我国文学史上最早的一部多人词总集,花间词派由此而得名。花间词虽题材不出闺情相思,辞藻华丽,但讲求含蓄凝练,婉约典雅,具有很高的艺术价值。

8. 指温庭筠和韦庄。温为花间词派鼻祖,韦是花间词派成就最高的词人,均可视为词的开拓者。陈廷焯《白雨斋词话》卷八谓:"温、韦创古者也。"他们两人词风其实并不相同。温词秾艳香软,韦词清丽疏淡;韦词较温词感情上也更真挚,语言上更清朗。王国维概括二家词风说,温词是"画屏金鹧鸪",韦词是"弦上黄莺语"(《人间词话》)。

五、简答题

1. 唐代文学繁盛的原因有以下五个方面。(1)唐朝国力强大,社会物质生活的丰富与发展,经济的繁荣,增强了人们的民族自信心和自豪感,激发了作家与诗人的创作才情。(2)唐代在思想文化方面对内对外都很开放,在上层建筑领域内,哲学、宗教、文学、艺术等得到全面发展,这为文学艺术的繁荣奠定了思想文化基础。(3)统治阶级上层重视并大力提倡文学艺术。(4)科举制度的实行,打破了宫廷贵族与世族的权力集中的局面,也使文学从贵族化中解脱出来。(5)从文学艺术自身发展的角度来看,唐代正处在中国古典艺术的成熟期,可以从多个方面吸取营养,并进行创新。

2. 初唐时,诗坛上正是"上官体"风行一时之际,诗歌创作几乎无法摆脱齐梁绮丽浮靡之风的影响。陈子昂不满于这种状况,首先举起反对齐梁浮艳文风的旗帜,振臂高呼"汉魏风骨""风雅兴寄",以与齐梁诗歌"采丽竞繁,兴寄都绝"的风气相抗衡,提出了以复古为革新的文学主张,并且在自己的创作实践中身体力行。其诗歌创作,反映了更为广阔的社会生活,树立了质朴刚健的诗风,将诗歌创作引向了健康发展之路。

3. 中唐时期,由于社会政治、经济及思想文化背景与盛唐时期有很大的不同,盛唐那种积极浪漫主义精神锐减了,代之以对社会现实的冷静观察和深刻思考。以元稹、白居易为代表的新乐府运动,力倡以反映民间疾苦作为诗歌创作的主要内容,以浅显平易的语言和乐府精神为其艺术追求,代表了中唐现实主义诗歌的总体方向。同时,以韩愈、孟郊为代表的韩孟诗派,则通过个人遭遇的悲苦、怫郁,来反映现实的黑暗,艺术上追求奇诡幽峭,于险怪中见苦涩。中唐浪漫主义诗歌以李贺为最有代表性,其诗想象丰富诡谲,具有浓厚的感伤情调。此外,刘禹锡诗风的雄奇精醇,柳宗元诗风的峻宕深邃,都使这一时期的诗坛丰富多彩。

4. 晚唐诗歌出现了衰微之势,不仅没有"盛唐之音"那种博大深厚的气象,甚至连中唐时期那种执着的追求及诗坛呈现的多种风格并存局面,也不复存在。皮日休、杜荀鹤、聂夷中等诗人,继承元白新乐府传统,写出了一些关心民瘼的作品,但在艺术上缺乏独创性,成就不高。这一时期影响较大的诗人是李商隐与杜牧。此二家生当末世,有忧患意识,深感盛世不再,生不逢时,作品中流露出浓重的感伤意绪与悲凉情调,便是"夕阳无限好,只是近黄昏"的迟暮之感。虽在艺术上各有追求,但过于凄凉。这一时期诗人的特点:对个人生活的关注超过了对国家、民族的关注,故表现为爱情主题、抒发主观意绪的作品多,且在艺术上表现为唯美主义倾向比较明显。李商隐的诗还有过于晦涩之弊。

5. 唐传奇是中国古典小说走向成熟的标志。与六朝志怪、志人小说相较,已发生了根本性的变化,这表现在以下三个方面。其一,唐传奇是作家有意识进行小说创作。作家真正开始自觉地发挥艺术想象,并进行艺术虚构。唐传奇有完整的故事情节,鲜明生动的人物形象。文学语言也华美精警。而六朝志怪小说一般只是搜奇剔怪,无非实录,所记亦简约而单纯,只能视为小说雏形。其二,六朝志怪所记神鬼怪异之事,离现实生活很远,唐传奇的内容则扩展到现实社会生活的诸多方面。其三,唐传奇有完备的文体形式,散韵结合,篇末有论赞褒贬,便是所谓体现作家的史才、诗才、议论之才;而六朝志怪只是粗陈梗概,往往只是谈片式的。总之,唐传奇描写细致,情节曲折,文学性大大加强。正如鲁迅先生所说:"小说亦如诗,至唐而一变,虽尚不离于搜奇记逸,然叙述宛曲,文辞华艳,与六朝之粗陈梗概者较,演进之迹甚明,而尤显者乃在是时则始有意为小说。"(《中国小说史略》)这就将唐传奇在小说史上的意义和地位说得非常透彻了。

六、论述题

盛唐诗歌的总体精神是昂扬激越的,诗人们满怀积极进取的精神和建功立业的豪情,使诗歌创作成为"盛唐之音"中最响亮的旋律。无论是数量上还是质量上,盛唐诗歌创作方面的成就都是无与伦比的。诗人们或以浪漫主义的奇思妙想来曲折反映盛唐气象,或以现实主义的深刻笔触表现丰富多彩的社会生活。这一时期诗人如群星灿烂,多姿多彩,风格纷呈,后先辉映,创造了绚丽多彩的盛唐文学。李白、杜甫便是其中最耀眼的双子星座。李白才高放旷,特出于侪辈。他一生大半过着浪游生活,其酷爱自由、追求精神解脱的独特个性,往往借助游历名山大川的诗篇表现出来。他的诗神奇莫测,极饶浪漫色彩,且感情充沛,气势雄浑。夸张、幻想是他喜爱的艺术手段,在继承前代浪漫精神的同时,更以叛逆的精神、豪放的风格,丰富和发展了中国文学的浪漫传统,对后世产生了深刻而久远的影响。"安史之乱"前后,社会的动荡给文学发展带来了不小的影响,诗歌创作也一归于悲慨沉郁,伟大的现实主义诗人杜甫的创作,为其突出的标志。杜诗以深切执着的忧国忧民之情与博大沉厚的艺术才力,真实而又深刻地反映了社会现实生活。杜甫诗风善于变化,诸体兼擅,但历来人们公认其主体风格为"沉郁顿挫"。杜诗又有"诗史"之称,足见其反映现实的深度与广度。杜甫对后世的影响是巨大的、深远的,也是多方面的,其中现实主义精神和爱国主义精神更是深入人心,光照千秋万代。

第二节 宋金文学概述

一、填空题
  1. 词 "新声"
  2. 柳永 苏轼 李清照 姜夔 吴文英
  3. "白体" "晚唐体" "西昆体"
  4. 苏舜钦 梅尧臣
  5. 江西诗派 以俗为雅 以故为新
  6. 欧阳修 《五代史伶官传序》
  7. 元好问 "丧乱诗" 《戏为六绝句》 《中州集》
  8. 董解元 《西厢记诸宫调》
二、名词解释
  1. 宋代词派。主要词人有柳永、周邦彦、李清照、姜夔、吴文英等。他们认为词"别是一家",以婉约为正宗。其词作大多写离愁别绪及个人遭遇,题材较为狭窄。他们讲求音调格律,辞藻色彩,词风一般表现为委婉绚丽,故称。婉约词家在词的音律发展方面有所贡献,对后世,特别是对清初的浙西词派影响很大。

2. 豪放词派是与婉约词派相对的宋代词派,由苏轼开创,至辛弃疾而大成,包括黄庭坚、晁补之、陆游及陈亮、刘过、刘克庄等词人,因他们的词风飘逸豪放,故名。苏轼不满于剪红刻翠、艳媚柔弱的词风,提出"以诗为词",认为词与诗一样可以反映丰富多彩的现实生活,"故为豪放不羁之语",又"不喜剪裁以就声律",将词从"花间""樽前"和音乐中解放出来,面对更为广阔的人生,奠定了豪放词派的基础。至辛弃疾,进一步提出"以文为词",使词的内容和范围更为扩大,又有陈亮等词人的响应,形成"辛词派",至此,豪放与婉约两大宗形成了双峰对峙局面。豪放词对后世,尤其是对清代词坛产生了很大影响。

3. 元人方回论诗,推崇江西诗派,将杜甫推为江西派之祖,即"一祖";又将黄庭坚、陈师道与陈与义推为"三宗"。其《瀛奎律髓·变体类》有云:"古今诗当以老杜、山谷、后山、简斋为一祖三宗。"

4. 中兴四大诗人是指南宋的尤袤、杨万里、范成大、陆游四位。他们均深受江西诗派影响,具有深厚的艺术功力,最终又能摆脱江西诗派束缚,形成自己的独特风格,取得了较高的艺术成就。他们曾一度将宋诗推向繁荣,形成了一个诗歌创作小高潮,故有此称。

5. 说话四家是宋代说话艺术的四个流派,即讲史、说经、小说、合生。其中"讲史"与"小说"两家最重要。"讲史"逐渐演变为章回体长篇小说,它是我国古代长篇小说的唯一形式;"小说"发展为后来的短篇白话小说。家,是家数、流派之意。

6. 话本就是民间说话艺人讲故事(说书)时所用的底本。

三、单项选择题

1. C 2. B

四、多项选择题

1. A、C、E 2. A、B、E 3. A、C、E

五、简答题

1. 苏词突破了"词为艳科"及"诗庄词媚"的樊篱,主张"以诗为词",认为词与诗都可以表现丰富多彩的现实生活,所谓"无言不可人,无事不可言",将词从"花间""樽前"的"剪红刻翠"、秾艳柔弱中解放出来。同时,苏轼又"不喜剪裁而就声律","故为豪放不羁之语",这就更进一步使词逐渐摆脱音乐的束缚,成为一种独立的文学样式。苏轼所开创的豪放词派,代表着宋代词坛一个生机勃勃的流派,与婉约正宗派相抗衡。苏词的出现,标志着词这种新兴的文体从题材内容到表现方法,都有了很大的拓展,使宋词的发展进入了一个新阶段,其对后世的影响,特别是对辛词及对清词的中兴影响是巨大的。

2. 北宋中期,欧阳修、梅尧臣、苏舜钦共倡诗文革新运动,这其实可以看作唐代古文运动的发展与继续。他们针对西昆体的流弊,标举风格古朴、意境清新的诗风,以追求平淡、提倡美刺来反对西昆的浮靡。同时,他们关注社会现实生活,注重语言的通俗晓畅,宋诗独特的韵味,自此露出端倪。欧阳修主要文学成就在文,但他的确又是宋诗独有特点的奠基者。其诗蕴藉空灵,意味深长。梅、苏两家,风格不尽相同,梅诗深远闲淡,苏诗豪俊横绝,均能深刻表现个人的生活经历与内心感受。梅尧臣一些关心民生疾苦的作品对后世也颇有影响。所有这些,都推动了宋诗的个性形成,为宋诗的繁荣打下了基础。

六、论述题

话本在宋代分为四个流派:讲史、说经、小说、合生。其中讲史与小说两类价值最高,成就也最大。讲史后演变为长篇演义体小说,又叫章回体小说,它是我国古典长篇小说的唯一形式。小说即后来的短篇白话小说。宋元时的话本小说,多取材于市井间的现实生活,其中又以爱情与公案两类故事数量居多。由于话本小说中的人物多是下层市民群众,故事情节贴近社会现实生活,或歌颂纯真的爱情,或反映现实生活中的矛盾冲突,表现人民群众的反抗和斗争精神,具有积极的思想意义。在艺术表现上,话本小说故事性强,情节曲折,人物形象鲜明生动,语言通俗活泼,极富艺术感染力,这些都为后世白话小说的发展奠定了良好的基础。至于说经话本,多写佛教故事,成就虽不如小说与讲史,但为明清长篇小说,特别是神魔小说提供了丰富的素材。合生究为何物,前人说法不一,或以为是指物题咏类的即兴表演,由于反映社会生活面不如小说、讲史那么广阔,逐渐衰微了。

第三节 元代文学概述

一、填空题

1. 散曲 杂剧 诗歌 戏剧
2. 大都(今北京) 元贞、大德
3.《窦娥冤》(答《单刀会》或《救风尘》亦可) 《西厢记》《梧桐雨》(答《墙头马上》亦可) 《汉宫秋》《赵氏孤儿》《倩女离魂》
4. 小令 带过曲 套曲(套数) 散套 大令
5.《东篱乐府》《云庄体居自适小乐府》(简作《云庄乐府》亦可)《小山乐府》《梦符散曲》

二、名词解释

1. 套曲是由两支以上同一宫调的曲子相联而成的组曲,又称散套、套数,或与小令相对而言称大令,一般都有尾声。
2. 元杂剧是产生于元代的戏曲形式,它有说白、有唱词、有表演,并有剧本流传至今。它综合了隋唐以来各种戏剧因素和各种表演技艺,在宋金杂剧、院本的基础上,吸收了说唱诸宫调等各种讲唱文学的营养,逐步发展成为一种曲词与科白相结合,通过歌唱、念白、舞蹈和音乐伴奏来表演一个完整故事的综合性舞台艺术。因其用北曲为声腔演唱,又称为北曲杂剧。元杂剧标志着我国戏曲艺术的成熟。
3. 元代知识分子因断绝了仕进之路,有一些人便与民间艺人相结合,组成"书会",编写杂剧并参与演出活动,书会中读书人出身的,被称为"才人"。关汉卿、马致远等都是典型的"书会才人"。
4. 指元代最有代表性的四位曲家:关汉卿、郑光祖、白朴和马致远。四大家的说法是元人周德清在《中原音韵》中提出来的。
5. 指关汉卿的《拜月亭》、王实甫的《西厢记》、白朴的《墙头马上》和郑光祖的《倩女离魂》。
6. 南戏是南曲戏文的省称,与北曲杂剧相对而言。它最初产生在浙东沿海一带,故又称"永嘉杂剧"或"温州杂剧"。其形成乃在宋室南渡之际,或云在宋光宗朝,是在南方民间歌谣基础上逐渐演变而成的。据徐渭《南词叙录》记载,"南戏之首"是《赵贞女》《王魁》。元末明初高明写成《琵琶记》,被称为"南戏之祖"。

7. 指《荆钗记》《刘知远白兔记》(简称《白兔记》)、《拜月亭》(又称《幽闺记》)和《杀狗记》四种产生于元末明初的传奇。

8. 是指保存在明代官修的《永乐大典》中的三种早期南戏:《张协状元》《小孙屠》《宦门子弟错立身》。

三、单项选择题

1. C 2. B 3. B 4. A

四、多项选择题

1. A、D、F 2. A、B、C、F 3. B、C、E、F 4. C、D、E、F 5. A、C、D、F

五、简答题

1. 散曲可分为小令、带过曲、套数三类。小令即单支曲子,王骥德《曲律》谓小令就是"市井所唱小曲"。因其形式短小,当时又称"叶儿",当即一片树叶之意。带过曲是指曲家填一曲小令意犹未尽,再续写一支,类似于新诗中的"外一首""外二首"。两曲、三曲都有,最多以三曲为限。如[雁儿落带过得胜令][骂玉郎带过感皇恩采茶歌]。由小令、带过曲再进一步演变,就是套曲,又称散套、套数,或与小令相对,称之为大令。套曲的组织形式,主要有三点:(1)由两支以上同一宫调的曲牌联合成为一个整体;(2)各曲押同一韵脚;(3)首尾完整,一般都有尾声,叫"尾"或"煞"。此外,散曲还有"集曲""换头"等特殊形式,用得较少。

2. 元杂剧是在我国古代各种表演技艺都高度成熟的基础上融合而成的独特的音乐和表演形式,它将科(动作表情及舞台指示、效果等)、白(宾白,以唱为主,以白为宾,故称)和曲词(每折戏限用同一宫调的一套曲)有机结合起来,并通过舞蹈、音乐伴奏表演一个完整的故事,是一种综合性的舞台艺术。从文学角度来看,元杂剧有完整的剧本,曲词是诗体形式,具有强烈的文学性。从戏剧学角度来看,元杂剧在勾栏瓦舍中有固定的演出场所,有以市民为主的观众群,根据《青楼集》记载,当时演员已职业化,演出也已商品化了。总之,后世戏曲艺术的方方面面,在元杂剧中都具备了。

六、论述题

关汉卿剧作从思想内容方面看,大致可分为三类。第一类是揭露社会现实的黑暗和统治阶级的残暴,歌颂人民群众反抗与斗争的作品,如《窦娥冤》《蝴蝶梦》等。第二类是描写下层妇女的苦难生活及她们的反抗与斗争,最终总是靠她们的勇敢与机智,战胜恶势力,即所谓卑贱者最聪明,高贵者最愚蠢。这类作品多有剧作家理想化的结局,与第一类作品具有震撼人心的悲剧力量不同,这类作品往往带有浓厚的喜剧意味和浪漫的理想色彩。《救风尘》是这类作品中最有代表性的一种。第三类是历史题材和歌颂历史英雄的作品,以《单刀会》为最有代表性。关汉卿杂剧的艺术成就是多方面的,他是元前期本色派作家中最有代表性的泰斗式人物。首先,现实主义与浪漫主义有机结合,使作品具有强烈的时代感与现实主义精神。其次,关剧矛盾冲突尖锐而集中,情节紧凑,结构严谨,线索分明,主线突出。同时,排场当行,戏剧性很强。再次,关汉卿善于塑造人物,他笔下的人物形象极富个性、栩栩如生,给人留下深刻的印象。最后,关汉卿驾驭戏曲语言的能力是惊人的,其作品语言通俗晓畅,本色当行。他熔铸口语、方言、市井俗语俚谚,同时也不排斥向古代诗词去汲取有用的营养,从而形成了自己的独特风格。王国维说:"关汉卿一空依傍,自铸伟词,而其言曲尽人情,字字本色,故当为元人第一。"(《宋元戏曲考·元剧之文章》)对关汉卿锤炼语言、创造个人风格的艺术追求推崇备至,赞誉有加。

第四节　明代文学概述

一、填空题

1. 嘉靖本　《三国志通俗演义》　毛纶、毛宗岗父子　毛本
2. 简本　繁本　120回本　100回本　70回本
3. 《西游记》　《北宋志传》　《新列国志》　《封神演义》
4. 《金瓶梅》　《红楼梦》
5. 《剪灯新话》　《剪灯余话》　《觅灯因话》
6. 《四声猿》
7. 《浣纱记》　《鸣凤记》
8. 吴江派(格律派)　临川派(文采派)
9. 《东郭记》　《红梅记》　《玉簪记》　《娇红记》

10.《元曲选》《六十种曲》《盛明杂剧》

11. 刘基　高启

12. 李梦阳　何景明　李攀龙　王世贞

13. 归有光　《项脊轩志》

14. 独抒性灵　不拘格套　"童心说"

15.《咏喇叭》《滑稽余韵》

二、名词解释

1. 明代文人摹拟宋元话本而创作、改编的短篇白话小说,小说史上称之为拟话本。

2. "三言"指冯梦龙编辑、整理的拟话本《古今小说》(《喻世名言》《警世通言》《醒世恒言》),其中有部分作品是宋元旧篇。"二拍"指凌濛初编刻的《初刻拍案惊奇》和《二刻拍案惊奇》。合起来称"三言二拍"。

3. 这场争论是由吴江派剧作家改编汤显祖的《牡丹亭》而引起的,汤不满意于沈璟斤斤计较曲律而害文意的做法,汤沈之间围绕着戏曲创作中文采与格律之间孰重孰轻,以及戏曲文学的技巧方法问题,观点不同。汤重意、趣、神、色,沈重依腔合律,这就是曲史上的"汤沈之争"。

4. 明代的一个散文流派。与前后七子的文学主张不同,唐宋派散文家反对将文章写得佶屈聱牙,推崇韩、柳、欧、苏古文的既成传统。代表人物是王慎中、唐顺之、茅坤和归有光。他们选编唐宋八大家的散文,主张直抒胸臆,讲求情趣。其中归有光的成就最高,在古代散文史上影响深远。

5. 公安派是指以湖北公安人三袁兄弟为代表的一个文学流派。他们继唐宋派散文家而起,反对前后七子的复古主义文学主张。三袁中以袁宏道的成就为高。他们的文学主张的核心是"独抒性灵,不拘格套"。反对今不如昔的文学退化论,反对复古与模拟,主张创新。他们的主要创作成就在散文方面,特别是山水游记和小品,颇有影响。

6. 由于公安派在当时影响较大,一时群起而效法,所谓"陋"与"俚"的弊端日趋明显,于是就有竟陵派起而矫正。这一派以其首领人物钟惺和谭元春都是湖广竟陵(今湖北省天门市)人而得名。竟陵派也讲"性灵",追求"真""趣",见解略同于公安派,但他们要寻求补救公安弊端之法,提出了"引古人之精神,以接后人之心目",即要到古人作品中去寻求"性灵",这就更加偏狭了。创作上也以小品文见长,刻意追求所谓"幽深孤峭",结果脱离了现实,路子也越走越窄。

三、单项选择题
1. C 2. A 3. A 4. B 5. C 6. D

四、多项选择题
1. A、D、F 2. A、C、D 3. A、D、F 4. A、B 5. C、D、E

五、简答题
  首先,明中叶后人道主义思潮兴起,以李卓吾、徐渭、汤显祖为代表的一些思想家,起而反对明代专制主义的思想压迫,并从创作上与宋明理学末流针锋相对。徐文长的《四声猿》,洋溢着强烈的批判精神和初步的民主思想,对当时社会的腐朽和黑暗进行猛烈抨击,其浪漫精神也猛烈冲击了当时骈俪堆砌、陈陈相因的剧坛。其次,标志着风气转变的三大传奇的出现,也打破了沉闷局面。其中《浣纱记》是首先用魏良辅改革过的昆腔演唱的传奇剧本,《鸣凤记》则是被称作描写现实政治斗争的时事剧,这在戏曲史上都具有特殊意义。汤显祖的《牡丹亭》更是骇世惊俗地以情抗理的杰作,其深刻的思想内蕴和完美的艺术形式,都堪称明代传奇创作的最高峰,影响所及,是晚明戏曲创作高潮的形成。最后,吴江派与临川派关于戏曲创作内容与形式、文采与格律等的争论,客观上也促进了戏曲创作的繁荣。总之,明中叶后戏曲创作在内容、题材及音乐艺术方面的变革,奠定了其后创作进一步繁荣的基础,晚明的以情对理的人道主义思潮,也指明了戏曲创作的方向,不同风格、流派之间的论争,也促进了创作的多样化。

六、论述题
  明代长篇小说基本上可以分为五大类。(1)历史演义小说。以一朝一代的历史事实为基础,吸收野史杂记和民间传说的内容,再加上小说家根据个人经历进行必要的虚构,所谓七分真实三分虚构。这一类以罗贯中的《三国志通俗演义》为最有代表性,被称为历史演义体小说的开山之作。(2)英雄传奇小说。是在小说话本和讲史话本结合的基础上发展起来的。《水浒传》是最有代表性的作品。从南宋说话人就有《石头孙立》《青面兽》《花和尚》《武行者》等名目来看,《水浒传》乃是集合了许多英雄人物的故事而成书的。施耐庵、罗贯中显然是在广泛流传的水浒英雄人物故事的基础上,进行了综合性再创作。(3)神魔小说。代表作是《西游记》与《封神演义》。这一类似还带有"说话四家"中"说经"话本的痕迹。(4)世情小说。代表作是《金瓶梅》。它以家庭生活为背景,反映社会现实和世态人情,其对后来曹雪芹的《红楼梦》影响深刻。(5)公案小说。以李春芳的《海公案》和安遥石的《龙图公案》为代表。这类小说至清代,发展为一大宗。而在明代,影响则不及前四类大。

第五节 清及近代文学概述

一、填空题

1. 《促织》 《席方平》 《婴宁》 《红玉》 《司文郎》 《王子安》
2. 《水浒后传》 《说岳全传》
3. 《好逑传》 《玉娇梨》 《平山冷燕》
4. 狭邪小说 侠义公案小说 《品花宝鉴》 《花月痕》 《海上花列传》 《施公案》 《儿女英雄传》 《荡寇志》(或《三侠五义》)
5. 李玉 《清忠谱》
6. 洪昇 《长生殿》 孔尚任 《桃花扇》
7. 神韵 性灵 格调 肌理
8. "诗界革命" 康有为 严复 夏曾佑 "诗界革命的一面旗帜"
9. 陈维崧 朱彝尊 纳兰性德 张惠言 周济 王鹏运 郑文焯 朱孝臧 况周颐

二、名词解释

1. 清代著名散文流派。康熙时由方苞开创,经刘大櫆至乾隆间姚鼐而形成,因三人皆为安徽桐城人,故名。但后来属于此派的作家未必都是桐城人。此派继承明代唐宋派散文家的古文传统,提出"义法"的主张,义即"言有物",法即"言有序"。又要求语言"雅洁",以阳刚、阴柔来区别文章风格。这些主张师法相传,不断丰富,进而归纳为"义理、考据、辞章"并重。所作文章简洁平淡、语言妥帖自然,但不够鲜明生动。姚鼐在此派中成就最高,其作品多描写山水景物之作和纪事小品。

2. 指康熙间两位戏曲作家,即写《长生殿》的洪昇和写《桃花扇》的孔尚任。洪昇是钱塘人,孔尚任是山东曲阜人,故名。

3. 清初王士禛的论诗主张。王氏强调作诗要"兴会神到",追求所谓"得意忘言",认为"不着一字,尽得风流","羚羊挂角,无迹可求"乃是诗之最高境界,这就是所谓神韵。此说对纠正学盛唐而肤廓,学晚唐而缛丽,以及宋人以议论为诗、以学问为诗的偏向有积极意义。但此说有脱离现实的倾向,一味讲求空灵和"诗中无人",受到稍后的沈德潜和袁枚的非议。

4. 格调说是沈德潜的诗论主张。前七子中的李梦阳曾提倡格调,即从格律、声调上学习古人。沈德潜进一步提出:"诗之为道,可以理性情,善伦物,感鬼神,设教邦国,应对诸侯";诗人"立言",必须"一归于温柔敦厚","怨而不怒",遂使格调说更为完整。此说深得乾隆赏识,风行诗坛五十余年。然所作之诗多为模拟之作,内容上亦多颂扬帝王政绩,宣传礼教思想,成就不高。

5. 性灵说是清中叶袁枚的论诗主张。此说是在公安派理论基础上发展而来的。袁枚反对拟古,认为作诗"有工拙而无古今","从《三百篇》至今日,都是性灵,不关堆垛"(《随园诗话》)。他对神韵、格调、肌理等说,一一做了尖锐的批评,影响较大。其作品意境清新,文字流丽,别具一种灵巧。但多写个人性情遭际,咏生活琐事,未跳出士大夫闲情逸致的圈子,所谓性灵也过于抽象,有脱离现实的倾向。

6. "花部"指地方戏曲,"雅部"指昆曲。雅即正的意思,因昆腔长期被奉为正宗大戏,雅部正声。花是杂的意思,言其声腔花杂不纯,为俗曲野调,故花部诸腔又有"乱弹"的称谓,主要指清中叶后兴起的梆子腔、皮黄腔等各地方戏曲。它受到各地人民群众的广泛喜爱。嘉庆间扬州焦循著《花部农谭》,记载了当时演出的一批花部戏,并指出:"彼谓花部不如昆腔者,鄙夫之见也。"故当时有"花雅之争"的说法。

7. 指近代李宝嘉的《官场现形记》、吴研人的《二十年目睹之怪现状》、刘鹗的《老残游记》和曾朴的《孽海花》。

三、单项选择题
  1. B 2. C 3. A 4. B 5. A
四、多项选择题
  1. A、C、D 2. D、F 3. B、D、F 4. C、D

五、简答题

《桃花扇》以侯方域和李香君的爱情故事为线索,展现了明清之际南明王朝的兴衰,作者的命意题旨非常清楚,概括起来就是:"借离合之情,写兴亡之感。"这也可以看作作品的主题。侯、李爱情在剧中只是一条线索,而总结历史教训,引发出对历史深刻的思考,即所谓"惩创人心,为末世之一救",才是作者意旨之所在。

六、论述题

《红楼梦》是我国古代文学中现实主义创作的顶峰之作,代表了古代小说创作的最高成就。作品将18世纪广阔的社会现实浓缩于一个庞大的封建世家的种种矛盾纠葛之中,以贾宝玉、林黛玉和薛宝钗等封建贵族青年的爱情、婚姻为线索,又以贾、史、王、薛四大家族的兴衰为背景,揭示了封建制度的腐朽与衰败,热情歌颂了贵族青年中具有反抗意识的叛逆者,同时也对美的幻灭和理想的不能实现,发出了沉重而凄婉的感叹。《红楼梦》还暴露了封建统治阶级穷奢极欲、腐朽荒淫的种种罪恶,歌颂了奴婢们不屈的反抗精神,所描写社会生活之丰富,人物形象之鲜活,思想内容之深刻,在古代文学作品中几乎是无与伦比的。《红楼梦》在艺术表现上以写实为主。曹雪芹突破了传统写法,以前所未有的天才创造,达到了思想与艺术的完美结合。首先,作品能于日常生活的生动细致描写中,将众多的矛盾冲突,在贾府走向衰亡的背景之上,再围绕宝黛爱情悲剧的中心事件,有机地展开,于细微之中见出深厚,充分体现出生活本身的丰富性、复杂性和完整性。其次,作品中塑造了众多个性鲜明的人物形象。作者写人物,往往采取多层次多角度的手法,力避单一化和平面化。正如鲁迅先生所说:"其要点在敢于如实描写,并无讳饰,和从前的小说叙好人完全是好,坏人完全是坏的,大不相同,所以其中所叙的人物,都是真的人物。总之自《红楼梦》出来以后,传统的思想和写法都打破了。"(《中国小说的历史变迁》)再次,《红楼梦》的语言艺术达到了高度纯熟、准确生动的境界。它以北京话为基础,吸收了不少古语、俗语、谣谚、成语及当时口语,使得作品既生活化又文学化。即使是书中的诗、词与文章,也各肖其人,不可挪移借用。最后,《红楼梦》的艺术结构庞大而不失严谨,既复杂又非常精致。它突破了中国古代小说固有的单线结构,开创了一种纵横交错、脉络贯通、有条不紊、次序井然的网状结构,使全书成为有机的艺术整体。全书组织之工巧,令人叹为观止。

第四章 中国古代文学作品与导读(下)

人 日 思 归

一、填空题
1. 春节 正月七日
2.《昔昔盐》 空梁落燕泥

二、背诵并默写(略)

三、简答题
隋初的诗风已然可见南北文学合流的端倪,在形式格律上,隋诗也较南朝诗有了进一步发展,其中七言诗形式的发展尤为明显。从这首小诗来看,已具备了初步的对仗,形式上宛然是唐人成熟了的绝句,内容上表达委婉,写人的内心活动相当细微生动,含蓄不尽,精粹而独立成章,故可以说此诗已开后世近体绝句之渐。

四、论述题
前二句妙在"方七日"与"已二年"之间的矛盾与统一。"方"与"已"之间,乃一瞬之间,大有逝者如斯、时不我待之感,从而引发出人生苦短,思归心切的弦外之音。后二句主要是运用反衬手法:以春燕之北归来衬托人却未归。同时,又以花发之迟反衬归心之急。妙就妙在一切付诸自然景观,并不直说,也就是含蓄不尽,这正是绝句的特点。总之,作者抓住人们的一种普遍心理,又不落窠臼地将一种微妙而动人的东西含而不露地加以表达,可谓匠心独运,出人意表。

在狱咏蝉

一、填空题
1. 秋天　囚徒
2.《帝京篇》《骆临海集》

二、背诵并默写（略）

三、简答题
　　此诗作于仪凤三年（678）秋。骆宾王为侍御史时因"数上书言天下大计"，忤怒武则天，被絷下狱。面对秋之萧索，蝉之悲鸣，作者悲愤交加。于是他在诗中以秋蝉自况，采取比兴手法，以抒发内心的积郁与愤懑。"玄鬓影"与"白头吟"相对，语意双关，一指蝉对白发人而鸣，又指蝉鸣之悲切。"白头吟"本为"楚调"曲名，曲调哀怨。诗人以蝉之悲鸣喻自己内心的痛苦，蝉与人因喻而合一了。下面的"露重飞难进，风多响易沉"二句，纯用比法，二句无一字不在说蝉，实质上是无一字不在说自己。"露重"与"风多"，都是以气候之严酷喻个人政治上的压力。"飞难进"喻政治上失意，抱负不得施展；"响易沉"则是喻自己的言论不仅不被重视，甚至遭到压制。这是蝉与人又融混为一体了。咏物诗写到物我打成一片，才能称得上"寄托遥深"，进入化境。结二句前句仍用比，以蝉的高洁喻作者的人格；后一句直抒胸臆，浩叹为结，点出自己被谗受诬的怨愤。

滕王阁序 并诗

一、填空题
1.《秋日登洪府滕王阁饯别序》　赠序
2. 骈体赋　秋水共长天一色

二、简答题
　　《滕王阁序》最后一段中用了大量典故，如终军、宗悫、谢玄等。主要是自叙志向与遭际，说明有幸参与盛会，又得阎公相知，因以撰文。其中终军、宗悫两个典故，是言自己抱负的。终军20岁时就请缨受命，羁南越王而归。

自己现在的年龄与终军当年差不多,却未得建功立业、施展抱负的时机。宗悫少年时就曾向其叔父述说自己的志向:"愿乘长风破万里浪。"这两个典故前者出于《汉书·终军传》,后者出于《宋书·宗悫传》。王勃用以表达了自己渴望建功立业、一展个人才华的志向与抱负。

三、论述题

这是一篇以骈体文形式写成的赠序文。但王勃因有感而发,字里行间跃动着积极进取的精神,内容充实,感情真挚,故形式美与内容丰富结合得非常自如。第一,作者善于铺叙,写景抒情井然有序,一丝不乱,使全文转承开合自然而然,无雕琢堆砌之痕。这可以视为王勃对南朝骈体文改革创新的一个成功的实践。第二,作者运散文之气于骈偶之中,全文结构严整,层次分明,前后呼应,一气呵成,具有气势浩荡、景象万千、挥洒自如、清新明畅的特点。第三,作者善于将写景、叙事、抒情三者巧妙地糅合起来,如第二段描写秋景时,巧妙插入自己前来赴会的叙述;而在叙写良辰、美景、贤主、佳宾之后,又触景生情,引发出一段对宇宙人生的思考,接下去又是着力抒情。第四,声律和谐优美,富于节奏感和音乐性。语言也清新凝练,富有表现力。其中许多佳句成为成语,广为流传。

春江花月夜

一、填空题

1. 贺知章　张旭　包融　《代答闺梦还》
2. 乐府　清商曲辞

二、简答题

1. 第一部分写明月照耀下春江花林的景色及诗人的联想与感受;第二部分写春宵月夜游子思妇的离愁别恨,着重表现闺中思妇望月怀人的深情。

2. 诗以月为主体,围绕着春、江、花、月、夜五字逐层展开景物描写,使诗中景物随"月"的升落而一一展现。月则经历了升起、高悬、西斜、落下的过程,在月的照耀下,江水、沙滩、天空、原野、花林、枫树、飞霜、白云、扁舟,以及高楼镜台、长天鸿雁、潜跃之鱼龙,还有不眠的思妇和漂泊的游子,组接成了完整的诗歌意象群,展现出完整的春江花月夜美丽却又不无伤感的意境。

三、论述题

　　春、江、花、月、夜的美景,皆因月色笼罩方显出神秘、幽邃,故月是其中主体。月夜中的一切的美与伤感,是情在起作用。朦胧的、神秘的、和谐的美丽,是自然界的客观的东西作用于人的眼睛、思想和感情的产物。人有情感,人也会思考。面对宇宙自然种种的美及其永恒,人反观自己的生命意义,不免发出人生短暂的叹喟,也会因此而迷茫和惆怅。由月下江水的流逝,联想到扁舟子的漂泊和闺中少妇的思念,如此,在自然与人生的相互对比与映衬中,诗人抒发出人生无边无际的感慨:"人生代代无穷已,江月年年只相似。不知江月待何人?但见长江送流水。"于是,月夜的美景因哲理的阐发而愈显神秘,而望月怀人的情绪也因对宇宙无穷的思索变得更加深邃、幽远。

临洞庭湖赠张丞相

一、填空题

　　1. 张九龄
　　2. 气蒸云梦泽　波撼岳阳城　洞庭湖

二、背诵并默写(略)
三、简答题

　　这首诗是孟浩然诗中气象比较开阔的作品,这与他大部分作品的情调有所不同。诗人观湖托兴,曲折表现了积极用世的思想和希望在仕途上得到援引的心情。"欲济无舟楫,端居耻圣明"两句,明显流露出作者渴望入世、积极进取的思想,尽管文面还是就洞庭湖而言。末两句也透出愿意出仕、钦羡张九龄之意,这说明孟浩然并非生来就不乐仕进,甘愿退隐的,而是失意于时,方退而隐居闲适的。个中有许多无奈,也有几分苦涩。

冬晚对雪忆胡处士家

一、填空题

　　1. 孟浩然　山水田园诗派　《王右丞集》

2. 开门雪满山　积素广庭闲

二、背诵并默写(略)

三、简答题

这首诗中间两联正面写雪,为咏雪诗中名句。清人张谦宜在其《絸斋诗话》卷五中称誉这几句说:"得驀见之神,却又不费造作。"这是说王维捕捉到了物象之神髓,而且很自然地将其传达了出来。竹之"惊风",雪之"洒空",皆为大动,而"闲"与"静"字则与之相反相成,互为映带,果然是动静相依,诗画并蓄。这四句简直就是四幅画,令人神思情往,自然它也体现了王维诗"诗中有画"的特征。

四、论述题

苏轼曾说:"味摩诘之画,画中有诗;味摩诘之诗,诗中有画。"(《题蓝田烟雨图》)"诗中有画"在这首咏雪诗中,主要体现在中间两联,风中竹的动势,满山积雪的清肃,雪花静静地飘落,庭院因积雪而显得宽敞、洁静,每句都是一幅画。由于在动静的对比映衬之下,画面感非常强烈,这四句意境极美,犹如定格了的画面,给人留下深刻的印象。王维是一位大诗人,也是一位水墨画家,故常将两种艺术融合起来,形成了自己独特的艺术风格。

将进酒　宣州谢朓楼饯别校书叔云

一、填空题

1. 浪漫主义　《李太白全集》
2. 《鼓吹曲辞·汉铙歌》　饮酒放歌
3. 举杯消愁愁更愁　《宣州谢朓楼饯别校书叔云》

二、简答题

1. 这首诗以恣纵奔放见长。我们知道,李白一生性格豪迈,愤世嫉俗。他曾向往建功立业,有济世之志,却不得意于时。对唐玄宗后期的政治腐败,李白深为不满。他同情下层人民,蔑视权贵;然而有时也流露出饮酒求仙、放纵消极的思想。他的内心矛盾而痛苦,相当复杂。从《将进酒》看,诗中的确流露出人生短暂、及时行乐的情绪,但从"钟鼓馔玉不足贵,但愿长醉不愿醒。古来圣贤皆寂寞,惟有饮者留其名"等处看,他蔑视权贵、鄙夷世俗的傲岸精神也是明显的。

2. 此诗豪纵不拘,一气呵成,不容间阻,奔放凌厉。从节奏上看,句势错落有致,韵急调促,读起来铿锵悦耳,富于节奏感。全诗气势磅礴,挥洒自如。首二句凭空起势,兴起下文,一向传为名句。夸张的大胆和想象的丰富,是李白诗突出的特点,诗开头两处用"君不见"领起,均系大胆夸张。"会须一饮三百杯"自然也不例外。一系列三字句的穿插,使全诗活泼跳脱,别有韵味。用抒情诗来塑造人物,也是此诗艺术上值得注意之处。李白通过劝饮、放歌,塑造了一个豪放不羁、傲岸狂狷的抒情主人公形象。

3. 这两句是李白在席间论文谈诗,在推崇建安风骨的刚健遒劲的同时,赞美对方文章的风格气骨;又于推重谢朓诗歌清新秀发之中,隐含着自喻。谢朓是李白一生中最钦佩的诗人之一,这里借以自比,可见出诗人的自信与自豪。

三、论述题

李白是继屈原之后中国文学史上伟大的浪漫主义诗人。从此诗看,想象与夸张的奇特与新颖主要表现在前四句。诗中贯穿的人生易逝,饮酒销愁,不能简单视为消极,实有对现实社会政治黑暗的忧心与无奈。全诗通过对恣情任性的抒情主人公的塑造,充分体现了李白诗直抒胸臆,具有强烈主观感情色彩的特色,具有浓郁的浪漫主义精神。

春望　　登高

一、填空题

沉郁顿挫　缘事而发　诗史　《杜少陵集》

二、背诵并默写这两首诗(略)

三、简答题

1. 两说俱通。或许杜甫有意造成这样一种双关性的指义。诗人溅泪、惊心,自不必说,题目是"春望",诗人望中伤情,看到山河破碎,满目疮痍,自然悲从中来,对花而溅泪便在情理之中;且只身一人,颠沛流离,未知何时才能与家人团聚,别恨离愁涌上心头,闻鸟而惊心也是人之常情。至于花感时而溅泪,鸟亦为恨别而惊心,则是拟人手法的运用,是作者主观意绪移情于客观景物的结果,也是古代诗词中常见的手法。

2.《登高》诗前半部分写秋江景物,首联列出风、天、猿、渚、沙、鸟,而以急、高、哀、清、白、飞来形容,将秋声、秋气、秋色渲染得十分浓郁。颔联从更大处落笔,将秋景描写得既肃杀萧瑟又阔大辽远。后半两联是抒情,颈联被视为杜诗"沉郁顿挫"风格的范例。尾联将悲秋之情容量继续扩大,以"艰难苦恨"兼容了社会与个人,使全诗在个人感情中融入了广阔的社会内容。

四、论述题

所谓"沉郁顿挫",既是一种思想感情上的深广阔大的忧国忧民情愫,也是指艺术表现上的回环曲折,一唱三叹,既深刻而又委婉的表达方式。如此看来,这两首诗是比较典型的。《春望》与《登高》的共同点是前两联都扣住了"望"。《春望》中,诗人的视野是由远而近,由大到小,从山河到草木,再到花鸟,一切景物都蒙上一层凄凉与悲哀。《登高》前两联写景,则是由近及远,由小到大,或远近交错,起伏顿挫。"无边落木"与"滚滚长江",一近一远,一上一下,终将悲秋之情扩大到"无尽"。两诗一写春景,一写秋色,"沉郁顿挫"却是共同的格调。二诗抒情部分似更能体现杜甫诗风。以尾联为例,《春望》是"白头搔更短,浑欲不胜簪"。以形象作结,是杜甫抒情诗独擅其长的手法。《登高》以"艰难苦恨繁霜鬓,潦倒新停浊酒杯"作结,诗人忧愤深广、多愁多病的形象兀然站立在我们面前。此外,《登岳阳楼》诗的结二句"戎马关山北,凭轩涕泗流"也是如此。正是从内容形式的有机结合角度,前人认为《登高》诗比较集中地显示了杜诗"沉郁顿挫"风格,尤其是颈联,似更典型。明人胡应麟甚至认为《登高》"自当为古今七言律第一"(《诗薮》)。

琵 琶 行 并序

一、填空题

1. 乐天　香山居士　新乐府　文章合为时而著　诗歌合为事而作
2. 元白　《长恨歌》《琵琶行》《白氏长庆集》
3. 讽谕诗　闲适诗　感伤诗　杂律诗　感伤诗

二、简答题

1. 全诗616字,可分为四段。第一段(首句至"犹抱琵琶半遮面")写琵琶女的出场。第二段("转轴拨弦三两声"至"唯见江心秋月白")写琵琶女的演奏。第三段("沉吟放拨插弦中"至"梦啼妆泪红阑干")写琵琶女的身世。第四段("我闻琵琶已叹息"至篇末)写诗人的感慨。

2. 关于这首叙事诗所叙琵琶女事,后人曾产生过怀疑。如认为江上夜遇琵琶女实不可信。宋洪迈指出:"乐天之意,直欲摅写天涯沦落之恨尔。"(《容斋随笔》)清人赵翼则认为:"香山借以为题,发抒其才思耳。"(《瓯北诗话》)类似评议从文艺创作的本质出发,扣住诗的要旨,不以实录去看待《琵琶行》,可谓有的放矢,不失为可取的见解。但同时也应看到,此诗所着力塑造的琵琶女形象,具有高度的典型性,她的不幸遭遇,深刻概括了封建社会歌妓们的共同命运。即是说,这个形象不必实有其人,但她符合艺术的真实性。

3. 《琵琶行》中独到的音乐描写,是一个创举,也是全诗艺术成就中最突出的一点。从方法上看,诗中对音乐的描写有正面的对比,也有侧面的烘托;具体描写中,有摹音的类比,也有精妙的比喻。尤其是比喻的运用,丰富多彩。在其他修辞手法中,通感的运用特别值得我们注意。从描写音乐的境界看,诗中不仅写了有声的境界,也写了无声的境界,即运用了虚中见实的表现方法。从描写音乐的过程看,诗人不仅传神地描写了音乐的片段,更能真实而完整地表现出一支琵琶曲演奏的全过程,用文学语言再现了完整的琵琶曲演奏过程及其艺术效果。从描写音乐的语言而论,诗人讲究声韵,注意节奏感,选择了优美明快、最富于音乐性的语言来描写,使音乐之美与文字之美有机结合,相得益彰。

三、论述题

第一,将高超的叙事技巧与抒情、议论完美结合。全诗叙事完整,结构缜密,层次清晰,照应紧密,详略得当,虚实相间。适当的抒情与议论的穿插,也恰到好处。总之,它既是一首感人肺腑的抒情诗,更是一首曲折跌宕的叙事诗。第二,诗中塑造了一个鲜明生动的琵琶女形象。第三,成功的气氛渲染。诗人善于通过景物描写来渲染环境气氛。如琵琶女出场前的环境描写,以及三次出现的对江月的刻画,都有助于情节的发展和人物形象的塑造。第四,语言的通俗晓畅,精洁准确。这便是"用常得奇"的语言风格,使全诗流转自如,略无滞碍。当然,精妙而神奇的音乐描写,是此诗最突出的成就。作者运用了种种艺术手段,用文学语言再现了音乐形象,这是白居易的一个独到的创举。

张中丞传后序

一、填空题

1. 昌黎　韩昌黎　古文运动　柳宗元　韩柳
2. 《张巡传》　张巡　许远

二、简答题

1. 文中塑造了张巡、许远、南霁云等个性鲜明的人物形象。他们不仅有忠贞为国、宁死不屈的共性,又各自有不同的个性特征。作者善于运用细节描写、人物对话来刻画人物,有时也用反面人物来衬托英雄人物。如南霁云断指斥贺兰,张巡大义凛然、慷慨就义等细节,都写得栩栩如生,悲壮动人。此外,作者有时也置身其境,插叙旁证,使人物和事件更显真实可信。如南霁云箭射浮图事,就是作者亲自听泗州船上人所讲的。这就令读者感到更亲切。

2. 全文可分为四段。第一段(开头至"又不载雷万春事首尾"),交代作此文的原委,补李翰《张巡传》之遗漏。第二段("远虽材若不及巡者"至"设淫辞而助之攻也"),论述张巡、许远功绩,批驳诬蔑诽谤张巡、许远者的不实之辞。第三段("愈尝从事于汴、徐二府"至"即不屈"),借当地老人之口,补叙南霁云的事迹。第四段("张籍曰"至文末),借张籍之转诉,补叙张巡事迹。

三、论述题

此文继承和发扬了《史记》现实主义传统,是韩愈散文中有代表性的一篇名文。其艺术特色主要有三个方面。一是叙事、抒情、议论的有机结合,全文写得开合有致,舒卷自如。叙事生动逼真,绘声绘色;抒情慷慨激昂,缘事而发;议论雄辩透辟,锋芒毕露。上半篇偏重议论,于议论中穿插叙事;下半篇偏重于叙事中穿插议论;通篇夹叙夹议,而抒情则贯穿始终,三者融为一体。二是利用细节和人物对话来塑造人物,使人物神情毕肖,栩栩如生。三是语言精洁朴茂,生动传神。

始得西山宴游记　登柳州城楼寄漳汀封连四州

一、填空题
1. "永州八记"　《始得西山宴游记》　柳柳州　《柳河东集》
2. 柳宗元　登柳州城楼寄漳汀封连四州　荷花　一种蔓生香草

二、简答题
1. 首先是继承和发扬了郦道元《水经注》的艺术传统，同时汲取了陶渊明、谢灵运等山水田园诗人的艺术经验，将古代山水游记散文创作推向一个新的高度。柳宗元并非简单模山范水，往往使景物染上浓重的主观感情色彩，使自己的情感与自然景物水乳交融，从而不仅写出了山水的外在之美，而且传达出山水之神，使文章含蓄蕴藉，富于诗情画意，对后世山水游记创作影响极为深远。

2. "惊风"和"密雨"是影射朝廷中的黑暗势力，即残酷打击与迫害"永贞变革"中主张改革现实政治人物的势力。而"芙蓉"与"薜荔"则是指主张变革者，如柳宗元、刘禹锡、韩泰、韩晔、陈谏等所谓"八司马"，亦即漳、汀、封、连四州刺史。这里是以"芙蓉"与"薜荔"象征人格的美好与高洁，类似于屈原以美人香草自喻。这是一种赋中有比，借景抒怀，并具有象征意味的表现手法。

三、论述题
这篇游记在艺术表现上有两个突出的特点。一是运用侧面描写来衬托主体。作者对西山几乎不从正面入手，而是从不同侧面来烘托西山的非凡气势。二是多用铺垫手法。作者从平日游览众山入手，制造蓄势，同时以这种铺垫手法反衬游历西山的感悟，文情文势均新颖别致。此外，作者写西山的怪特和冶游的心情，也真切深至，将感情自然地融于叙事写景之中。哲理的阐发自然而然，水到渠成，亦是本文佳处。

梦 天

一、填空题
1. 屈原 《李长吉歌诗》
2. 遥望齐州九点烟 一泓海水杯中泻

二、背诵并默写（略）

三、简答题
　　《梦天》诗是李贺以仙境表现个人苦闷的名篇。其中"玉轮轧露湿团光，鸾佩相逢桂香陌"两句，写月宫幻境，想象瑰奇，充分显示出李贺诗歌的浪漫主义特色。明月如轮辗着露珠，放射出晶莹润泽的光辉；月宫中的仙女们戴着鸾形玉佩，相逢在桂子飘香的路上。玉轮，指月亮。鸾佩，代指仙女。

四、论述题
　　李贺诗歌创作继承了屈原、李白的浪漫主义精神，艺术上大胆创新，不拘泥于近体诗的格律，而致力于命意、造境、炼句与设色，具有独特的艺术风格。《梦天》前四句写瑰奇而迷离的月宫景象，仿佛亲历，如在目前。后四句写俯瞰人间，视野阔大，想象奇绝。从辞采上看，李贺刻意求新，出语惊人，且能独树一帜，形成自己独特的语言风格。只是往往过于险怪晦涩，这不能不说是个缺憾。

泊　秦　淮

一、填空题
　　小李杜　绝句　《樊川文集》

二、背诵并默写（略）

三、简答题
　　这首七绝写诗人夜泊秦淮河畔，听到歌妓的歌声而牵动情思，遂引发出对现实政治深深的忧虑，从侧面反映了晚唐的社会现实，寄寓了诗人对国运衰微的无限感慨。细味之，诗中也流露出诗人对现实政治的辛辣嘲讽。

四、论述题

前两句照应题目,写夜泊所见景色,渲染环境气氛,点明时间、地点。将烟、水、月、沙融成一幅迷蒙、清冷,同时又微露哀伤的秦淮夜色图,颇有画境。后两句在叙事中夹议论,将陈隋历史与眼前现实一以贯之,寄寓了诗人深沉的感慨与无限的叹息,表面上仿佛是斥责商女,实际上另有所指。诗的主旨与命意在此。从语言表达上看,全诗语言明白如话,文字虽浅却寄托遥深,令人咀嚼不尽。首句的两个"笼"字、第三、四句的"不知""犹唱"等词语,不仅增强了画面的朦胧感,而且曲折婉转,在表达作者感情与深化作品主题方面,起到了不可忽视的作用。绝句篇幅短小,必须一字不闲,字少而意多,且要含蓄蕴藉,起伏跌宕。在这些方面,杜牧此诗可谓无懈可击,堪称绝句高手。

无 题

一、填空题

1. 咏史诗 爱情诗 无题 爱情
2. 蜡炬成灰泪始干 李商隐

二、背诵并默写(略)

三、简答题

"春蚕到死丝方尽,蜡炬成灰泪始干"两句,是运用比喻、对偶、双关的句子。这两句以"春蚕"和"蜡炬"为喻,表达了诗人对意中人的深切思念和对爱情的忠贞不渝。"丝"与"思"谐音,语义相关。烛泪与眼泪相对为喻,思致独到。总之,这两句诗是千古佳句,爱情绝唱,历来为人们所击节赞赏,流传广远。

四、论述题

李商隐在艺术上善于向前人学习,转益多师,并形成了自己独特的风格。其诗思致巧妙,情意缠绵,想象奇特,辞藻华丽。从语言艺术的角度视之,优美流利,音韵和谐,总的来看艺术成就很高。以"春蚕到死丝方尽,蜡炬成灰泪始干"这两句千古佳句来看,上述特点均得到了体现,特别是运用比喻,奇妙而独到,形象也鲜明生动。诗人擅长近体,尤以七律、七绝脍炙人口。他的"无题"诗和部分抒情诗,往往具有浓重的感伤情调,诗意也比较晦涩。他在这类诗中多用象征与暗示的手法,难于索解。他自己曾解释说:"为芳草以怨玉孙,借美人以喻君子。"其实,李商隐的"无题"诗少数可能有所寄托,多数还是抒写爱情的。此外,李商隐的咏史诗,往往借古讽今,有很强的现实针对性。他的政治诗也关心社会现实,有感而发,如长诗《行次西郊作一百韵》等。

菩萨蛮

一、填空题
 1. 李商隐 "温李" 《花间集》
 2. 花间鼻祖 韦庄 "温韦"

二、背诵并默写(略)

三、简答题
 这两句写闺中女子妆成对镜,又以另一镜照看发饰之后面,写得相当传神。人的美丽的面庞与插在发际的花交相辉映,也增强了画面的色彩美,恰与首两句的环境描写相呼应。三、四句一"懒"一"迟",写尽贵族妇女的悠闲、慵容,也与此二句照应,从而显示出温词"香而软"的词风。

四、论述题
 这首词通过对贵妇人生活环境、容貌、体态、服饰及妆扮等的描写,揭示了她的精神世界。词的上片写贵妇的妆残、慵懒及豪华的居所。下片写梳妆之后明艳的容颜,写尽其人之美。特别是"照花"两句,乃传神之笔,以细节描绘传达人物的神态与内心世界,与前面的"懒""迟"二字相照应。最后两句写她的服饰,"双双"二字,反衬出她的孤独与寂寞,写得隐曲而婉约。总之,此词对人物的外貌和内心世界刻画得极为精工,充分体现了温词"香而软"的词风。

思 帝 乡

一、填空题
1. 温庭筠 "温韦" 花间 《浣花集》
2. 《秦妇吟》 "秦妇吟秀才"

二、背诵并默写(略)

三、简答题
　　小词艺术上采取白描手法,由外貌而及于心理描写,坦率、泼辣,真实传达出民间少女渴望爱情的心声。贺裳评此词曰:"小词以含蓄为佳,亦有作决绝语而妙者。"(《皱水轩词筌》)

四、论述题
　　两家词风迥然有别。韦词朴野、泼辣,用白描法;温词典雅工丽,重彩浓墨。韦词汲取了民歌营养,温词则不乏宫体诗痕迹。同样写环境,一在深闺,一在野外;同样描写妆束,一富贵,一朴实。总之,词风大异,各具其趣。从心理活动角度视之,一率真,一矜持,气象亦大不相同,可见出"香而软"词风与真率、泼辣词风之不同情趣。

虞 美 人

一、填空题
　　李后主　北宋文人词

二、背诵并默写(略)

三、简答题
　　用"一江春水向东流"来比喻愁绪的无穷无尽,显然用的是比法。这就使全词所抒发的亡国之痛更加深沉,也更为阔大,同时也更形象鲜明,给人以强烈的感情冲击,极富艺术表现力。李煜并非第一个以水喻愁的词人,但由于全词情调悲痛,结句之喻便显得格外有力。此外,这里的江指长江,南唐在江南,李煜被縶在北方,也很契合。

四、论述题

李煜词在艺术上的特色之一是鲜明的形象性。如《虞美人》词就塑造了一个从昔日的一国之君沦为阶下囚的悲痛伤感形象。词中人物的心理活动,以及在两种境遇下所引发出的痛楚,也都是通过艺术形象表现出来的。如一句"往事知多少"是回忆,再继以"不堪回首"之浩叹。下片"雕栏"两句是强烈对比:南唐宫中的一切依然还在,而眼下宫中主人却憔悴无比。这是以外部形象写愁,给人印象极为深刻。结二句则以比喻的手法将愁写到了极致。李煜降宋以后,词风大变,抒发亡国之痛,极为感伤,完全是真实思想感情的流露,具有动人的艺术力量。在艺术表现上,语言朴素,多用白描手法,音律和谐,不用典故,这就突破了晚唐、五代的传统,扩大了词的题材和意境,提高了词的表现力。王国维说:"词至李后主而眼界始大,感慨遂深,遂变伶工之词而为士大夫之词。"(《人间词话》)这对北宋文人词影响深刻,在词的发展史上占有重要地位。

秋 声 赋

一、填空题

1. 六一居士 诗文革新
2. 唐宋八大家 《欧阳文忠公集》

二、简答题

文章从凄切悲凉的秋声写到肃杀的秋景,又由草木经秋而摧败零落写到人生忧劳使身心受到戕害,抒发了作者因在政治上不能伸展抱负、有所作为的郁闷和惆怅。作者耳闻秋声,目睹秋天的萧瑟,引发了因内心郁结而怨尤的情绪。然而,一想到秋声秋气本是大自然的规律,草木盛衰,也是自然而然,与人事无关,不应该将内心的不平与愤懑归之于秋声秋气。总之,借秋声以抒发蕴积于内心的对现实的忧虑和渴望在政治上有所作为的焦灼,才是本文的要义。

三、论述题

首先,这篇赋在结构上独具匠心。全文看上去似乎很松散,实际上非常紧凑。写景、抒情和议论自然而然,浑然一体,既生动地描绘了秋声、秋气、秋景、秋色,又形象而生动地展示出作者复杂的心境。其次,在描摹景物、渲染气氛方面做得很成功。一是大量用比,展现了作者日常观察事物的敏锐,也见出作者丰富的想象力。二是把握主要特征,从多侧面进行描写刻画,将"秋"的形象表现得极其丰满,体现了作者的博学多识和见微知著。三是语言具有表现力。作者以散文为主,杂以骈偶、韵语,是一种变体的文赋。它既体现出宋代赋体的一些新特点,也见出欧文在语言上的独创性,即简洁、凝练,节奏感很强烈,富于表现力。

雨 霖 铃

一、填空题
1. 慢词 抒情
2. 凡有井水处,皆能歌柳词 《乐章集》

二、背诵并默写(略)

三、简答题
此语连起来是"今宵酒醒何处?杨柳岸、晓风残月"。词写离别,故下片发语则是"多情自古伤离别"。与情人挥袂别离,又正值冷清孤寂的深秋时节,只能借酒浇愁,以期排遣。可是,酒醒之后,不见情人,但见杨柳岸上依依,只有晨风与残月与其作伴。此语妙在与送别场景之反衬,意境空寂、冷清,几成离别的同义语,是典型的柳七郎风味。这种清丽、凄婉的风格在整个婉约派词家中别出机杼。俞文豹《吹剑录》中谓:"(柳)郎中词,只合十七八女郎,执红牙板,歌'杨柳岸晓风残月'。"足见此语确能代表柳词风格。

四、论述题
《雨霖铃》的艺术成就,突出地表现在气氛渲染上。如上片写临别前的环境,反复渲染冷清与凄凉:蝉声、长亭、雨后。"念去去千里烟波,暮霭沉沉楚天阔",更将大环境写得空荡、寂寥。"此去经年,应是良辰好景虚设",则进一步在客观景观上加上主观感受,将气氛渲染得苍凉辽阔、幽怨绵长。至于下片的"杨柳岸、晓风残月",更是将离愁别绪写到了极致。此外,此词刻画人物心理委婉细腻,情浓意切,写得相当动人。在语言表现上,也浅近真率,以白描手法见长。这可以见出柳词能融雅俗于一体的高超艺术技巧。

江城子·密州出猎　前赤壁赋

一、填空题
1. 东坡　儒　道　释
2. 豪放　《东坡乐府》《苏东坡集》

二、背诵并默写(略)

三、简答题
1. 这首《江城子》是东坡豪放词中最早出现的作品。苏轼在密州《与鲜于子俊书》中说:"近却颇作小词,虽无柳七郎风味,亦自是一家。呵呵。数日前,猎于郊外,所获颇多。作得一阙,令东州壮士抵掌顿足而歌之,吹笛击鼓以为节,颇壮观也。"这番话可视为豪放词宣言。苏轼分明是有意识地与流行的所谓"柳七郎风味"分庭抗礼。因而,它显得有特殊的意义。全词一气呵成,不可间阻,突出的是一个"狂"字。上片着意写速度与力量,实际上是突出意气和豪情。下片则突出抱负与雄心,洋溢着杀敌报国的激情。从韵律音节上看,小词热烈、奔放,节奏感极强,读起来朗朗上口。可视为苏轼豪放词的代表作。

2. 酣畅流泻、挥洒自如的笔法。无论是景物描写,还是摹状箫声,以至凭吊历史遗迹、阐发精微的哲理,都饱含激情,驰骋想象,使景、情、理三者水乳交融。作为一篇赋体文,它突破了传统赋体的章法结构和语言套式,更多地融入了散文成分,使文章自由活泼,清新流畅。特别是结构上的形散神聚,开合自如,使全文峰回路转,渐入佳境。从表现手法来看,作者在意象组合上虽多客观描写,却又不乏主观色彩,山间明月、江上清风的意象也很突出。此外,主客问答的形式也使文章活泼了许多。

四、论述题
《前赤壁赋》主要是通过访古凭吊,引发出对宇宙人生的种种思考。作者借对江上美景的描写,主客问答,抒发了人生短暂、壮志难酬的感慨。作者还以眼前景物为喻,议论风生,对万物变与不变的哲理,展开细致阐发,又以放旷、适意的态度求得精神上的解脱。文中虽然流露出一定的消极情绪,但总体上还是豁达的。

声　声　慢

一、填空题

易安居士　词　悠闲的闺中生活　悲叹个人身世,诉说离乱之苦　白描　婉约　《漱玉词》

二、背诵并默写(略)

三、简答题

开头14个叠字,总写愁绪。接下来分三层铺叙伤怀的情境:"乍暖"两句,写天气凄冷之可伤;"三杯"二句,写淡酒不敌严寒的无奈;"雁过"以下三句,写怀旧悼亡的伤感。下片承上片,继写另三层可伤感之事:"满地"三句,将花之凋零憔悴与人之不堪相比,自是可伤;"守着"两句,写孤独与寂寞之可伤;"梧桐"两句,则写雨中叶叶声声,更增凄凉之可伤。最后,以"这次第"二句作结,将愁绪推向极致。词中所有意象,都围绕着一个"愁"字。正是所谓满纸呜咽,竟日愁情。

四、论述题

14个叠字可析为三层,"寻寻觅觅",侧重写人物的外部动作神态,一种莫名的若有所失的感觉,是主人公苦苦在寻求寄托;"冷冷清清",则是切实的一种对环境的感受,纯是写心境,深入一层揭示出人物的孤独身世,悲凉处境;"凄凄惨惨戚戚",是顾影自怜的一种真切体验,更进一步概括主人公的生存状态,具有总括意味。14个叠字的运用,声情并茂,生动贴切,是词史上的一个创举。它先声夺人,为全词奠定了基调,使得词作"后幅一片神行,愈唱愈妙"(陈廷焯《白雨斋词话》)。

永遇乐·京口北固亭怀古

一、填空题

稼轩　苏轼开创的豪放　"以文为词"　豪放　《稼轩长短句》

二、背诵并默写(略)

三、简答题

这首词用典虽多,但总的看来能以自然贴切的用典,传达深沉的感触,思想艺术水平是很高的。其长处在于能将咏史与写实融会贯穿起来,亦古亦今,古今纵横,构成深厚的意蕴。例如,上片分明是从追慕古代英雄入手,讽刺南宋小朝廷的腐朽和无所作为。下片则调转笔锋,从嘲讽古人入手,意在告诫当局决策者,勿蹈覆辙。有的典故,则只是借前人字面,注入新意,如"金戈铁马"两句。还有的典故是暗用前人诗意,隐晦凝练地表达出作者的慨叹,如"斜阳草树,寻常巷陌"等句,化用的是刘禹锡《乌衣巷》诗意。至于篇末用廉颇故事,以反诘语气出之,则表现了作者报国无门的无限愤慨,读之令人荡气回肠。总之,词中用典虽多,却能贴切自然。

单刀会(第四折) [南吕·四块玉]别情

一、填空题

1. 郑光祖　白朴　马致远
2. 《窦娥冤》《救风尘》《单刀会》《不伏老》

二、背诵并默写[南吕·四块玉]别情(略)

三、简答题

首先,此曲纯用心理刻画来写离愁别绪,劈头便是对别离的回忆,点出相思之苦。起笔真率,毫不掩饰,含几分泼辣,亦见不尽痴情,充分体现了曲不同于诗词,说尽道透、尖新嵌意的特点。其次,作者不施藻饰,也不雕琢,仿佛随口而出。细细寻味,乃是法极无迹,经营而不露痕迹,这正是曲之化境。最后,小令的整个情调是怨艾和愁苦的,故一切景致被蒙上了凄凉的色调,这是主观意念的移情作用。柳絮杨花,溪水潺潺,山叠新绿,登高春望,所有这一切都是极美的,但在曲中都变得那么黯淡。"凭栏袖拂杨花雪"一句,当从晏殊词句"春风不解禁杨花,蒙蒙乱扑行人面"(《踏莎行》)点化而来。这是熔铸前人诗词人曲,却又自然而不着痕迹的表现。

四、论述题

《单刀会》的第四折,是全剧的高潮所在,前面三折戏,都可以视为是为第四折的主要冲突进行铺排和渲染。关汉卿在这个剧本的结构安排上,与一般元杂剧习惯上将高潮安排在第三折有所不同,可以说是匠心独运。这折戏主要是塑造了关羽大智大勇、从容镇定的大将风采和英雄气概,应该说,是相当成功的。这折戏的曲词写得很有气魄,艺术感染力很强。[新水令]与[驻马听]二曲,虽是化用苏轼《念奴娇·赤壁怀古》词意,却大有出新之意,因其由正末扮关羽所唱,更显贴切。两曲犹如展开的一幅历史画卷,景色、人物、感情融为一体,使人如临赤壁之战之境,气势雄浑、壮阔,格调深沉、悲怆,堪称绝唱。

[双调·夜行船]秋思(节选)

一、填空题
  1.《汉宫秋》 曲状元 《东篱乐府》
  2. 套曲 《秋思》 秋思之祖
二、背诵并默写(略)
三、简答题
　　[双调·夜行船]《秋思》是马致远套曲的代表作。其主题是"叹世",充分表现了作者的思想感情与生活情调。表面上看,作品表现出浓重的虚无思想,实质上,字字句句都凝聚着不平和激愤。一方面,作者视王侯如粪土,蔑视功名富贵;另一方面,作者又陶醉在自己所幻想的环境中,美化了隐居生活,表现出了消极厌世、人生如梦的思想和超然物外、及时行乐的情趣,这是元代知识分子不与元蒙统治阶级合作,又苦于没有出路,内心极为矛盾、痛苦心态的反映。套曲中对黑暗社会现实的揭露,也具有批判现实的精神。在艺术表现上,作者善于运用鲜明的形象表现强烈的思想感情,感情奔放,语言流畅,音调和谐,对仗工整,在用字押韵上也很讲究,不重韵,无衬字,字字妥帖,雅俗共赏。前人对此套曲一向给予极高的评价,如王世贞就说此套曲"放逸宏丽,而不离本色,押韵尤妙""元人称为第一,真不虚也"(《艺苑卮言》)。

西　厢　记·长亭送别

一、填空题

1.《录鬼簿》《丽春堂》《破窑记》

2.《崔莺莺待月西厢记》　元稹　《莺莺传》《西厢记诸宫调》　王西厢

3. 愿天下有情的都成了眷属

二、背诵并默写(略)

三、简答题

1. 首先,作者竭力渲染秋景秋色,造成了浓重的凄凉与萧瑟的氛围,以强化离愁别绪,如[端正好]曲。其次,作者善于运用比喻、对比、夸张、照应等艺术手段。如"恨不得倩疏林挂住斜晖",是描写人物的心理活动,但也是写景,这是将写景与心理描写紧密结合起来。又如前面写了"斜晖",后面又有"残照";前面有"恨不得倩疏林挂住斜晖",后则有"疏林不作美,淡烟暮霭相遮蔽"等,处处对比,时时照应,一切写景,都在写人。最后,借写景和气氛渲染来暗示人物命运和情节发展。这折戏的结尾有"四周山色中,一鞭残照里",实际上是预示崔、张两人的爱情前景并不乐观,还要有许多磨难。文心缜密,照应周详。

2. 在这折戏里,作者运用了多种修辞手法,使得曲词在总体上看既华美又自然。如将民间生动活泼的口语融入曲中,却不显得俚俗;将典雅工丽的诗词点化过来,则又不嫌晦涩,结合得自然妥帖。前者如"酒席上斜签着坐地,蹙愁眉死临侵地";后者如首曲[端正好],乃是由范仲淹《苏幕遮》词脱胎而来。总之,这折戏在语言上典雅优美,清新晓畅,通篇犹如一首优美的抒情诗,既具有强烈的艺术感染力,又带着明显的个人风格,艺术价值是极高的。

四、论述题

在《长亭送别》中,莺莺的叛逆性格得到了充分的展示。她轻觑功名,珍惜爱情,把爱情置于功名之上。这对于封建社会的一个贵族小姐来说,是难能可贵的。为了强调这一点,剧作家在曲白中不吝重复,四次写到莺莺对功名的蔑视。在[么篇]中,有"但得一个并头莲,强似状元及第"之语。在[朝天子]中,莺莺又一次忿忿地诅咒功名误人:"蜗角虚名,蝇头微利,拆鸳鸯在两下里。"后来她在宾白中嘱咐张生:"此一行,得官不得官,疾早回来。"这分明是与老夫人的主张相悖。老夫人的逼试实际上是"赖婚"的继续,她向张生说得很明白:"驳落(落第)呵休来见我。"第四次是[二煞]中的"你休忧'文齐福不齐'","你却休'金榜无名誓不归'"。莺莺担心的并非"驳落",而是怕张生"停妻再娶妻",即是说,在爱情与功名的分量对比中,莺莺分明是将爱情放在功名之上的。这说明此时的她已彻底与封建礼教决裂了,她的反抗精神和叛逆性格在《长亭送别》中有了很大的发展,她决心要自己掌握自己的命运了。

牡 丹 亭·惊梦

一、填空题
 1. 若士
 2.《还魂记》《杜丽娘慕色还魂》 情 理
二、背诵并默写(略)
三、简答题
 《惊梦》前半为"游园",写杜丽娘背着父母,与春香来到南安府后花园,在充满生命气息的春天感召之下,她的青春觉醒了,并由此产生了一种来自人的天性中的对青春和生命之美的热切渴望与追求。一方面她对春光无限和姹紫嫣红感到欣喜和惊讶,同时又从内心深处感到压抑,觉得在深闺中禁闭,是对大好春光的辜负。她渴望自由,憧憬爱情,但深知这一切美好的追求在现实生活中是无法实现的,因而内心里又充满了矛盾和痛苦。可以说在惊异、欣喜之中夹杂着不和谐音,即"锦屏人忒看的这韶光贱"。《惊梦》是《游园》内在情感的必然延伸,现实中不能实现的美好愿望,只能到梦幻中去追寻。在梦中,她与柳梦梅成其欢好。这是一个惊世骇俗的梦,它不仅惊醒了杜丽娘,也惊醒了那个时代千千万万的青年男女。《惊梦》表现了个性解放对束缚人的礼教势力的强有力的冲击。在艺术上,首先最值得注意的是剧作家浪漫主义的奇思妙想,通过幻想来表达与深化主题,是《牡丹亭》突出的艺术特色。其次,这折戏在抒情、写景以及刻画人物心理活动方面,细腻生动,真切动人。最后,曲词精美而富有诗的意境。如[步步娇][皂罗袍]等曲,融化了古典诗词的优美意境,浓丽华艳,典雅清隽。一向是脍炙人口的名曲。

四、论述题

《牡丹亭》塑造了富有叛逆性格的贵族小姐杜丽娘的形象,这是我国古典文学里继崔莺莺之后出现的最动人的妇女形象之一。这一典型形象曲折地反映了晚明时代的历史特征。朱明王朝奉行程朱理学,对妇女的禁锢特别严酷。《惊梦》中,杜丽娘的游园本身就不符合妇德规范,大家闺秀绝不能走出深闺。在明媚春光的感召之下,杜丽娘青春的觉醒,更是人性对礼教的挑战。看到春光遍洒,姹紫嫣红,杜丽娘的反应是"锦屏人忒看的这韶光贱",觉得深闺女子辜负了春光,深层意蕴则是对生命意义的看重,对青春年华的珍惜,对爱情的渴念。然而杜丽娘的心情又是复杂的,她深知自己的渴念与追求在现实生活中是无法实现的,因而欣喜之余也很压抑。她只能到幻想境界中去追寻。故"游园"之后便是"惊梦",在梦中她实现了自己的愿望。汤显祖在这里是把情作为个性解放的一个突破口来表现的,所要表达的正是情与理的激烈冲突。《惊梦》中的杜丽娘形象,几乎处处都是与礼教禁锢下的规范妇女形象背道而驰的。

满 井 游 记

一、填空题

1. 李贽　性灵　真声
2. 北京东郊　游记散文

二、简答题

1. 用比新鲜奇特的例子有"晶晶然如镜之新开,而冷光之乍出于匣也";"山峦为晴雪所洗,娟然如拭,鲜妍明媚,如倩女之靧面,而髻鬟之始掠也"。此类比喻,出奇制胜,一是反映出作者观察之微细,二则给人留下的印象特别深刻。
2. 主要是通过京郊早春生机勃勃景象的描写,于字里行间流露出的欣喜与愉悦。如"凡曝沙之鸟，呷浪之鳞，悠然自得，毛羽鳞鬣之间，皆有喜气"。这种对春之涌动的描绘，显然有一定的主观色彩，鸟鱼之喜，实为作者之喜。此外，末段言作者性情，亦有以游为乐之意，尽管对自己任闲职官有些牢骚，然以闲适而得以出游，未尝不是人生一乐。

桃花扇·骂筵

一、填空题

1. 侯朝宗　李香君　借离合之情　写兴亡之感
2. 以传奇为信史　马士英　阮大铖

二、简答题

《桃花扇》传奇作为一部历史剧，能将历史的真实与艺术的真实有机统一起来，同时服从于主题思想的表达，这是其艺术成就中最突出的一点。从结构艺术上看，全剧构思巧妙，结构严谨，剪裁得当，针线细密，作者用侯李定情的一把扇子，将南明王朝兴衰的情节内容有机地贯穿起来。在人物塑造上，也都个性鲜明，形象生动。全剧在戏曲语言方面，也取得了很高的成就，无论是曲辞还是宾白，都既具戏剧的表演性又富于文采，便是所谓"案头场上，两擅其美"，即戏剧性与文学性的高度统一。此外，在场面安排、关目处理、戏剧矛盾构成及背景渲染等方面，无一不经过反复锤炼，做到了精益求精。

三、论述题

李香君形象是中国古代戏曲、小说人物画廊中一个崭新的、有血有肉的女性形象。作为一个秦淮名妓，一个底层人物，她能以国家和民族为重，不惜个人安危，坚守气节，是难能可贵的。这是市民阶层登上社会政治舞台的反映。她对阉党和权奸无比痛恨，对东林党人和复社文人怀着崇敬，爱憎分明，立场坚定。她与侯朝宗的爱情基础并非郎才女貌，而是对现实政治观点上的一致。《却奁》表现的是李香君原则立场的一个侧面，可用"富贵不能淫"来概括。《守楼》《骂筵》等出，则表现的是她的"贫贱不能移"和"威武不能屈"。在《骂筵》一出中，面对"半边南朝"的"堂堂列公"，李香君敢于当场揭露他们的奸佞嘴脸，骂了个痛快淋漓。这样一种以妓女之卑骂当朝权贵、甚至是宰相之尊的场面,在此前的戏曲、小说中从未出现过。它反映了明清以来市民阶层的觉醒意识和忧患意识,是文学史和戏曲史上一种新的思想与新的气象。

蝶 恋 花

一、填空题

李煜 《通志堂集》《饮水词》

二、背诵并默写(略)

三、简答题

这是一首悼亡词,是作者悼念爱妻卢氏的。词作直抒怀抱,婉丽凄清,具有很强的艺术感染力。纳兰这首词与他的其他悼亡词一样,有一种超乎寻常的热烈激情。年轻的词人希望青春与爱情长在,近乎天真。他总是热烈而执着地赞颂爱情,这是读此词的一个直觉的印象。作者善于描写幻想世界,词中月光下的一切,都有一种朦胧的美,这为作者的冥思遐想留下了空间,终于引出无限相思。结束的化蝶去与妻子团圆的期望,也同样充满了浪漫气息,美得令人惊心动魄。写景处句句含情,字字浓情蜜意,是此词的又一特点。此外,作者善于设色点染,通体是渺茫的素色,以月光为主,末了却是想象中彩蝶绚烂的特写,映衬之下,意境美极了。踏钩燕子的拟人化描写,亦是独到之处。陈维崧评纳兰词说:"哀感顽艳,得南唐二主之遗。"事实上,纳兰词风虽近后主,却似乎更细腻,更哀婉。

秋 心 三 首(选一)

一、填空题

模山范水 《己亥杂诗》

二、背诵并默写(略)

三、简答题

所谓剑气箫心,是人们对龚自珍诗风的概括和称誉。剑气,是诗人昂扬的斗志和冲决封建礼教的反抗精神;箫心,则代表了诗人卓尔不群的孤独和哀怨。两者结合起来,不仅使龚诗风格多样统一,有亦剑亦箫之美,同时构成了更为厚重、深刻的一个独特的艺术世界。其意象化的表现手法不只是剑气箫心,《己亥杂诗》中的"落红""万马齐喑"及文中的"病梅"等,都有意象化的特点。

四、论述题

《秋心三首》作于道光六年(1826)秋天。35岁的作者由于会试的落第,好友的相继去世,心情十分抑郁。诗中既有对友人的深深怀念之情,也有对封建统治阶级压抑人才的愤慨。这一首诗起势汹涌澎湃,将心潮喻为海潮,表现了诗人博大的胸怀,同时寄寓了对挚友的深切怀念。"气寒西北何人剑,声满东南几处箫"两句则是诗人"剑气箫心"风格的自然流露。总之,此诗大气磅礴,境界深远,语言质朴凝练,于音节浏亮之中,时出奇诡。结二句则用象征手法,抨击了封建统治阶级对人才的压抑,表现出作者高瞻远瞩、不同流俗的犀利目光和远见卓识。

第三编　中国现当代文学

第五章　中国现当代文学概述

第一节　中国现代文学概述

一、"五四"文学革命

1. 填空题

(1) 1917　1999　中国现当代文学　中国现代文学　中国当代文学

(2) 1915　《新青年》

(3)《文学改良刍议》

(4)《新青年》《每周评论》

(5) 文学研究会　创造社

2. 单项选择题

(1) A　(2) C　(3) B　(4) D

3. 多项选择题

(1) A、C、D　(2) A、B、C　(3) A、B、C、D　(4) A、B、D　(5) A、B

4. 名词解释

(1) 陈独秀于1917年2月在《新青年》上发表了《文学革命论》一文,大声疾呼推翻载封建之道、"代圣人立言"的旧文学,明确提出"三大主义":"曰推倒雕琢的阿谀的贵族文学,建设平易的抒情的国民文学;曰推倒陈腐的铺张的古典文学,建设新鲜的立诚的写实文学;曰推倒迂晦的艰涩的山林文学,建设明了的通俗的社会文学。"

(2) 文学研究会1921年成立于北京,发起人有周作人、郑振铎、沈雁冰、叶绍钧、许地山、王统照、孙伏园等12人,后来发展到170多人。主要刊物有革新过的《小说月报》《文学旬刊》《诗》《戏剧》等,并出版文学研究会丛书。文学研究会的宗旨是"研究介绍世界文学,整理中国旧文学,创造新文学",并鼓吹"为人生而艺术"。在创作上,该派的作家大多以反映社会和人生问题为主,尤其注重批判社会的黑暗与人生的灰色,并遵循写实主义的创作原则。

(3) 创造社于1921年成立于日本,主要成员有郭沫若、张资平、郁达夫、成仿吾、田汉、郑伯奇等人。创造社的文学活动以1925年为界分为前后两个时期。前期的创造社主要倾向于欧洲浪漫主义文学思潮,主张"为艺术而艺术""表现自我""尊重个性",刊物有《创造》季刊、《创造周报》《创造日》等,后期创造社则出版了《创造月刊》《文化批判》《流沙》等杂志,提倡"表同情于无产阶级"的革命文学,思想偏于"左"倾。

5. 简答题

(1)《新青年》的文学革命主张提出后,得到了钱玄同、刘半农等人的热烈响应。钱玄同在写给该刊的一系列公开信中,将批判的锋芒指向了拟古的骈文与散文,斥之为"选学妖孽,桐城谬种",并从语言文字的进化角度论证了白话文取代文言文的必然性。刘半农发表的《我之文学改良观》,则主张打破对旧文体的迷信,提出破旧韵造新韵、改革散文、采用新式标点符号等建设性倡议。1918年之后,文学革命有了进一步深化与发展。1918年4月,胡适的《建设的文学革命论》发表,明确提出:"我的建设新文学论的唯一宗旨只有十个大字:'国语的文学,文学的国语。'"试图将文学革命与国语改革联系起来,扩大文学革命的影响。同年,鲁迅发表的《渡河与引路》、周作人相继发表的《人的文学》《思想革命》《平民文学》等,在许多方面就胡适、陈独秀的文学主张做了进一步的补充与发挥。鲁迅认为,白话文学应以"改良思想"为"第一事",而不能仅仅停留在形式的革新上;周作人则提出文学之本应为人道主义,认为"用这人道主义为本,对人生诸问题,加以记录研究的文字,便谓之人的文学"。这就将文学的思想革命提到了重要的地位。1920年,李大钊在《什么是新文学》中进一步强调必须以"宏深的思想、学理,坚信的主义,优美的文艺,博爱的精神"作为"土壤,根基",反对"含着科举的、商贾的旧毒新毒"的"广告文学"与为个人造名的文学,提出创造"为社会写实的文学"的主张;沈雁冰在《现在文学家的责任是什么》一文中则提出为人生、表现人生的新观点,这些主张都对新文学的创作与理论建设起了积极的推动作用。

(2)"五四"时期新文学运动的展开并非一帆风顺,而是遭到了文化保守主义者的激烈抵抗。"五四"前后,旧文学势力与新文学运动发生的重大交锋主要有三次。① 与林纾的斗争。曾经在晚清用古文翻译过大量外国小说、影响与贡献均较大的古文家林纾(琴南),站在新文学运动的对立面,写了《论古文白话之消长》等文章,大肆宣扬封建伦理道德,恶毒攻击白话文运动。由于林纾的观点缺乏理论力度,大多是一些人身攻击的偏狭之辞,因此很快就在新文学阵营的群起反击之下销声匿迹了。② 与"学衡派"的论辩。1922年,南京东南大学的吴宓、梅光迪、胡先骕等几位教授创办了《学衡》杂志,鼓吹"昌明国粹,融化新知",在肯定与维护传统文化的同时,对新文化运动与新文学提出了系统有力的批评,其中虽不乏一些稳健有益的意见,但由于其主张毕竟代表的是一股时代的逆流,因此,在鲁迅等新文学运动闯将同样系统但更扎实的批驳下,亦烟消云散了。③ 与"甲寅派"的论争。1925年,当时任北洋政府司法与教育总长的章士钊复刊了《甲寅》周刊,不仅反对白话力主文言,断定"白话文学"已行将灭亡,而且提出了所谓"尊孔读经"的复古口号,对此,新文学的倡导者们从不同角度揭露其反动本质,巩固与捍卫了文学革命的胜利成果。

(3)"五四"文学革命发生于"五四"运动的前夕,它直接为"五四"运动这场伟大的,促进中国近、现代历史转换的反帝爱国运动提供了思想上与舆论上的准备。除此而外,它还具有十分深刻而深远的历史意义。① 全面否定了整个封建思想基础与文化体系,对中华民族从封建桎梏中挣脱出来,产生了极大作用;② 确立了现代"人"的观念,以及个性解放、民主、科学等现代意识;③ 宣告了古典文学的终结与新文学的诞生,旧文学中常见的主人公帝王将相、才子佳人为农民、工人、新型知识分子所取代,白话文取代了文言文,文学观念、文体形式经历了全面的革新;④ 密切了中国文学与世界文学的联系,它不仅自觉地借鉴、吸收外国文学与文化的优秀成果,而且以其自身的丰富探索汇入了世界文学的洪流。

二、20年代文学创作(1917—1927)

1. 填空题

(1) 新诗

(2)《尝试集》

(3)《女神》

(4)《沉沦》 自叙小说

(5)《呐喊》《彷徨》《故事新编》

(6) "浮躁凌厉" "冲淡平和"《谈龙集》《谈虎集》

(7) "白话美文的典范"

(8) 田汉

(9) 朱自清 冰心

(10) "文明戏"

2. 单项选择题

(1) B (2) C (3) D (4) A

3. 多项选择题

(1) A、B、C、D (2) A、B、C (3) A、B、C、D (4) B、C、D (5) A、B、C、D (6) A、C、D (7) B、C、D

4. 名词解释

(1) 小诗的形成受到了周作人译介的日本的短歌、俳句和郑振铎译介的印度诗人泰戈尔《飞鸟集》的影响。这些诗歌往往比较凝练,在三五句之中,记下一些"小杂感"式的"零碎的思想",发表时被编辑分了行,形成了一种较为自由的小诗形式。最早的小诗作者有朱自清、刘半农等人,1922年和1923年,冰心的两本小诗集《繁星》《春水》出版后,其对自然、母爱、童真等主题的歌颂,赢得了广大读者的喜爱,小诗形式一下子为很多人所接受并模仿,终于形成了一个"小诗流行的时代"。稍后,宗白华的小诗集《流云》出版,在题旨上更重哲理而艺术上更趋精致。

(2) 主要指新月社的诗歌创作。由于当时诗歌创作反对古典的格律,趋向毫无章法的"绝对自由",以至于诗歌创作失去了诗歌的本性,新月派的闻一多提出了著名的"三美"理论,即诗歌创作应具有绘画美、建筑美、音乐美,从而赋予新诗创作以一定的美学规范,因而人们将他们的创作称为格律诗派。代表人20世纪物有闻一多、徐志摩、朱湘、陈梦家等。

（3）主要指20世纪20年代中后期以李金发为代表的诗歌创作。李金发受法国象征主义诗歌影响，将象征手法引入中国诗歌创作之中，注重表现主体的内心感觉，突出强调"暗示"在诗歌表现中的重要性，以异乎寻常的联想、隐喻、幻觉、梦境等将远距离的事物中的某些联系勾连一起，进而造成朦胧、神秘、怪异的诗境。早期象征派的诗人还有穆木天、冯乃超等人。

（4）在"五四"时期的小说创作中，文学研究会所倡导的"为人生"的现实主义小说是其中重要的一支。早期有"问题小说"的出现，代表作家有冰心、叶绍钧、许地山、庐隐、王统照等人。他们的作品从不同的角度提出人生的问题，有一定的时代气息和社会针对性，但由于通常"只问病源，不开药方"，或以抽象的"爱"与"美"来净化人生，很快式微。

（5）1923年左右在鲁迅影响下，许杰、王鲁彦、王任叔、许钦文、台静农、彭家煌、废名、蹇先艾等人开始创作乡土小说。乡土小说的作家，大多是来自乡村，寓居京沪等大都市的青年知识分子，目睹现代文明与宗法制农村的巨大差异，在鲁迅"改造国民性"思想的启迪下，用隐含着乡愁的笔触，展示了故乡农村或小市镇的特殊的生活风貌，揭示其在特定文化背景下形成的风土人情和习俗与破败落后的乡村景象，其风格大多清新、刚健、质朴，涂抹着浓郁的地方色彩。

5. 简答题

（1）闻一多是格律诗派的代表作家。1923年出版了第一部诗集《红烛》，1928年出版了第二部诗集《死水》。《红烛》的内容丰富广泛，既有当时青年知识分子不满现实的思想情绪，又有诗人希望献身艺术、报效祖国的理想；既反映了诗人对资本主义社会的痛恨与失望，又表现了诗人强烈的爱国思乡之情；同时还有对自然、爱情的赞美与对前途的渺茫、感伤等。《死水》的主旨依然是爱国主义。回国之后的闻一多深为当时社会现实的黑暗与腐朽感到震惊与悲哀，从而将艺术视角从个人转向社会，着力表达人民的苦难与民族的屈辱。在艺术上，《死水》虽不像《红烛》那样浪漫，而是显得深沉、凝练、成熟，但对"三美"艺术目标的追求则是一致的。

（2）《女神》的思想内容：①《女神》不仅充分表达了诗人对自我的崇尚、个性意识的觉醒，而且确立了郭沫若在我国现代文学史上的卓越地位，集中表达了诗人呼唤新世界诞生的民主理想,体现了个性主义与爱国主义的高度统一;② 热情讴歌反抗和创造的"动"与"力",显示了彻底破坏与大胆创新的精神;③ 歌颂为劳动大众求解放的革命者,流露了热爱工农、尊重工农的感情;④ 礼赞自然与光明,强烈宣泄了一种昂扬向上、进取不息的情绪,充分反映了"五四"时期狂飙突进的时代精神。在艺术上,《女神》也取得了巨大的成就。首先,从中国新诗的发展进程看,《女神》的出现,标志着叛逆了古典诗歌格律规范的白话诗体的成熟。其次,突破了传统的中国诗学,创立了自由诗的形式。最后,为积极浪漫主义的新诗提供了最早的典范。

(3) 20 世纪 20 年代小说创作中最为重要的作家无疑是鲁迅。他不仅是中国现代小说的奠基人,而且是整个 20 世纪最伟大的思想家与文学家。《呐喊》《彷徨》是中国现代小说的艺术高峰。《呐喊》中的小说具有充沛的反封建的热情,从总的倾向到具体描写,均与"五四"时代精神相一致,表现了文化革命和思想启蒙的特色。这些作品尖锐地揭露了宗法制度和封建文化传统的毒害,通过对人民命运特别是农民命运的描写,揭示了旧民主主义革命失败的历史教训,并深刻刻画出一群旧中国的儿女——沉默的国民的灵魂。"五四"退潮之后创作的《彷徨》,在反封建的主题上与《呐喊》一脉相承,艺术上则更加成熟。作者的爱憎更深地隐藏在对现实的客观冷静的描写之中。这些作品在对旧制度旧传统进行更加细致的揭露的同时,比较集中地描写了在时代变动中挣扎浮沉的知识分子的命运,以及他们性格的软弱与思想的弱点。在格式上,鲁迅更是"创造'新形式'的先锋",他的小说几乎每篇都有一个新形式,不仅影响了中国现代小说的发展,而且为中国新文学赢来了世界声誉。鲁迅前期杂文收在《坟》《热风》《华盖集》《华盖集续编》《而已集》中。广泛的社会批评和文学批评,是鲁迅这一阶段杂文的主要特色,民主与科学则是其指导思想,彻底的反帝反封建则是贯穿其杂文始终的灵魂。其艺术上的特点:善于抓取典型,叙议结合,联想丰富,论证严密,语言幽默,篇幅短小,风格犀利。

三、30 年代的文学(1928—1937)

1. 填空题

(1) 无产阶级革命文学　后期创造社　太阳社

(2) "东北作家群"　"新感觉派"　"京派"

(3) 沈德鸿 雁冰 《幻灭》
(4) 《雾》《雨》《电》《家》《春》《秋》
(5) 舒庆春 满

2. 单项选择题
(1) C (2) A (3) D (4) B

3. 多项选择题
(1) A、B、C (2) A、B、C (3) A、B、C、D (4) A、C、D (5) A、B、D (6) A、B、C、D

4. 名词解释
"左联"是中国左翼作家联盟的简称。"左联"成立于1930年的上海，有40多人出席，这次大会通过了理论纲领与行动纲领，宣称"文学的目的，在求阶级的解放"。鲁迅在会上发表了题为"对于左翼作家联盟的意见"的演说，号召左联在"目的都在工农大众"的共同目标下扩大联合战线。左联的成立，是中国共产党对革命文艺运动从思想领导发展为组织领导的重要标志。左联主要从事了下列文学活动：广泛传播马克思主义文艺理论；自觉加强与世界无产阶级文学运动的联系；推进文艺大众化运动；提倡革命现实主义的创作方法。

5. 简答题
(1)《子夜》最集中地体现了茅盾小说创作的主要特点。茅盾小说创作最鲜明的特色是社会分析，即通过对社会现象的细致描绘，以及对社会环境中人的刻画、分析、研究社会问题，把小说创作与反帝反封建的经济革命、政治革命联系起来。《子夜》典型地体现了这一总的创作特色。具体地说，包括四个方面：① 在主题方面，《子夜》正确揭示了社会的本质特征与历史发展的趋势。② 在题材方面，《子夜》追求"史诗性"，即所选择的题材能反映社会全貌的现实性、系统性与重大性。③ 在人物塑造方面，《子夜》注意把人物放在整个社会的政治关系、经济关系中来表现，通过人物命运的沉浮展开对社会的分析。作品中吴荪甫形象的塑造最能说明这一点。吴荪甫是30年代中国民族资本家的典型，作者自觉地将他置于当时尖锐的社会矛盾的交叉点上，从不同侧面刻画了他充满矛盾的复杂性格。作品通过他与买办金融资本家赵伯韬、中小资本家朱吟秋等人的关系，一方面揭示了他作为民族资本家要发展民族工业的雄心与热情,一方面又揭示了他的唯利是图、心狠手辣及在强大的买办资产阶级面前的软弱、动摇;作品通过他与亲属的关系,既写出了他对封建传统的憎恶,又写出了他仍保留的封建家长制的思想与作风;作品通过他与政府、工农的关系,既表现了他对政府、社会的不满,又表现了他对工农的敌视。作品深刻地揭示了中国民族资产阶级在当时严峻现实中的真实处境与悲剧命运。④ 在结构方面,作品显示了令人惊叹的驾驭全局的气魄与才能。作品采用的是多层次多线索的立体交叉结构,既紧扣着一个中心,又呈现出一种开放性。

（2）巴金的代表作是"激流三部曲"（《家》《春》《秋》）,其中《家》的成就最高,影响最大。《家》包含深广的思想内容。首先,作品喊出了在民主主义新思潮下觉醒的青年一代的呼声,以及展示他们和封建传统决裂的必然性。其次,作品深刻地揭露了传统习惯势力的腐朽、愚昧和凶残,愤怒控诉了封建家族制度,并宣告了它的死亡。最后,作品为现代文学画廊提供了一系列出色的人物形象,其中高老太爷、高觉新、高觉慧的形象尤为典型。高老太爷是封建大家族的统治者,也是封建家长制的代表,他专横、虚伪、孤独,面对家族的衰败他深感绝望而又无可奈何,他临死前的"忏悔",真实地表现了人性的复杂。高觉新是一个在专制重压下的软弱者的形象,也是封建家庭和旧礼教毒害下的悲剧典型。高觉慧则是封建家族的叛逆者,在他身上表现着作家对青春的赞美和对生活的信念,他的"出走",表现了"五四"新思潮的威力和新一代民主青年的成长。在艺术上,《家》的成就也相当杰出,主要体现在:① "家即社会"的情节典型化原则;② 注重挖掘人情美与运用抒情化的方法塑造人物;③ 以事件为主线索,以场面串联故事,使结构既严谨周密又清晰单纯;④ 在风俗画描写中寄寓着作者鲜明的道德判断,并揭示了其背后所隐藏的阶级对立。

（3）《骆驼祥子》是老舍的优秀代表作之一。作品通过对人力车夫祥子悲惨命运的描写,揭示了中国社会在半殖民地化的过程中,下层市民由人蜕化为"兽"的历史悲剧,批判了当时社会的罪恶。作品揭示了造成祥子悲剧的原因。首先是客观原因,即黑暗的社会环境剥夺了普通劳动者的生存权利。其次是个人原因,即其悲剧还源于祥子本身的小生产者个人奋斗的思想与性格的软弱性。最后畸形的婚姻关系是造成其悲剧的又一重要原因。

老舍的小说创作的总体特点:① 以独特的平民视角与文化视角批判老中国儿女的国民性,探索传统文化的优点与缺点;② 善于描写老北京的风土人情、习俗世相,以及开掘各个阶层的文化心理;③ 注重继承传统的小说艺术,擅长运用白描手法;④ 创立了一种独特的以北京文化为内核、以幽默俗白为特征的"京味语言"。

(4)《雷雨》是一部四幕长剧,作品在一天时间(一个夏天的早晨到午夜两点钟)、两个场景(周家客厅、鲁家住房)内集中展示了周、鲁两家前后30年复杂的矛盾冲突和由此形成的悲剧,抨击了具有强烈封建性的资产阶级家庭的罪恶,揭示了旧家庭制度必然崩溃的历史命运。在艺术上,《雷雨》的特色相当显著。首先,剧本在结构上采用了"回溯法";其次,戏剧语言充分个性化,且富有丰富的潜台词;再次,作者把他对时代的感受、对现实的激情与自然界的雷雨形象交织起来,形成了一个完整的情景交融的诗意境界。

如果说《雷雨》主要揭示封建旧家庭中所演出的悲剧,那么《日出》则更多地把矛头指向了社会的罪恶。剧本的主题比较鲜明,即批判那"损不足以奉有余"的不合理的社会制度。陈白露是剧中一个具有多重复杂性格的悲剧角色。她曾是一个有着纯洁心灵的知识女性,聪明、美丽、骄傲、任性,家庭的变故将她抛入污浊、罪恶的社会,混迹于鬼的生活,但她身上尚残存着作为一个"人"对于美好事物的追求和向往,她热爱生活,渴望自由,同情弱小者,在她的内心深处有着深沉的悲哀。她的死,是尚存希望、追求的人最终被金钱社会的罪恶魔爪扼杀、泯灭的悲剧。《日出》采用的是"人像展览式"结构,具体特点如下:矛盾冲突的生活化,剧中的生活画面看似分散,实质具有内在的统一性,作者还采用暗场处理的方法增强剧中各生活画面之间的联络性。

四、40年代的文学创作(1937—1949)

1. 填空题

(1)国民党统治区(简称国统区) 共产党领导的解放区

(2)汉口 "文章下乡""文章入伍"

(3)郭沫若

(4)《大堰河——我的保姆》

(5)《围城》《写在人生边上》《人·兽·鬼》

（6）《小二黑结婚》《李有才板话》《李家庄的变迁》

（7）毛泽东　通俗化　大众化

2. 单项选择题

（1）B　（2）C　（3）D

3. 多项选择题

（1）A、B、C、D　（2）A、B、C、D　（3）A、B、C、D

4. 名词解释

1937年上海沦陷后，一部分作家留在上海租界，在日寇势力的包围中，在地下党的领导下，坚持抗日文艺运动，取得了很大成就，史称"孤岛文学"。直到1941年年底珍珠港事件爆发，日寇侵入租界为止，历时四年。坚持"孤岛文学"创作的作家有巴金、柯灵、郑振铎、唐弢等人。

5. 简答题

（1）艾青1932年在上海，因参加进步文艺活动被捕，在狱中，艾青写下了他的处女作也是成名作《大堰河——我的保姆》。抗战期间，艾青创作了大量优秀诗歌，这些诗大致上分为两组：一组是以北方生活为主，表现灾难深重的民族命运的作品，称为"北方组诗"，包括《雪落在中国的土地上》《北方》《乞丐》《旷野》等；一组是以诗人自己的激昂情绪为中心，以太阳和火为主要象征物，表现不屈不挠的民族精神的作品，称为"太阳组诗"，包括《太阳》《向太阳》《吹号者》《他死在第二次》等。就艾青诗歌的思想内容而言，有这样四个方面：① 写出了人民的苦难与民族的悲哀；② 弘扬了在苦难中顽强挣扎、坚韧奋斗的民族精神；③ 表达了对祖国、对人民的深沉的爱；④ 表现了对光明、理想、美好生活的不懈追求。

（2）《围城》的思想意蕴大致有三个层面。一是社会批判层面。作品围绕着主人公方鸿渐的人生轨迹，描写了战时上层知识分子灰色的众生相。二是文化批判层面。作品表现了对传统文化、西方文化的反思。尤其是近代文明落到一个传统国度里所发生的种种畸变。三是哲学反思层面。"围城"这一意象深刻地道出了现代文明的危机和现代人生的困境这个具有普遍意义的问题。《围城》在艺术上的成就主要体现在作者高超的讽刺艺术与充满知识性、想象性、清新、传神的语言上。

（3）路翎的长篇杰作《财主底儿女们》分上、下两部，分别创作于1945

年和1948年。小说以"一·二八"上海抗战以后十年间我国的社会生活为背景,描写了苏州的头等富户蒋捷三一家在内外多种力量冲击下分崩离析的过程,集中刻画了财主的儿女们,也就是出身于剥削阶级家庭的青年知识分子在大时代激荡下的摸索挣扎,并尽可能辐射更为广阔的社会面,如编年史般地记录了我国抗战期间的重大历史变迁。作品以史诗式的结构,展现了一场旷古未有的伟大的民族解放战争,为认识我国一个重要的历史时期及一代知识分子的心路历程提供了极富价值的范本。在艺术上,作品力求把托尔斯泰的史诗笔触与罗曼·罗兰的"灵魂搏斗"的描写艺术熔为一炉,使中国现实主义小说在他手中与世界文学的潮流更为接近。

(4)《小二黑结婚》是赵树理的成名作,小说通过边区农村一对青年农民争取婚姻自主的故事,描写了农村中新生进步的革命力量同落后愚昧的迷信思想及封建反动势力之间尖锐的斗争,以主人公美满姻缘的实现显示出民主政权的力量、新制度的优越和新思想的胜利。其艺术特点是:小说的形象体系和情节结构具有明显的对称性;在刻画人物时采用了分章立传的方法;语言明白晓畅,富有地方特色。

第二节 中国当代文学概述

一、十七年时期的文学创作

1. 填空题

(1)"十七年" "'文革'十年" "新时期十年" "世纪末十五年"

(2)对电影《武训传》的批判 对俞平伯《红楼梦研究》的批判 对胡风文艺思想的批判

(3)郭沫若 曹禺 田汉 吴晗

(4)老舍

(5)秦牧 杨朔 刘白羽

2. 单项选择题

(1) A (2) C (3) D

3. 多项选择题

(1) A、B、C、D (2) A、C

4. 简答题

（1）十七年时期的文学，从美学角度考察，显然存在种种局限性。第一，它是一种颂歌文学，其中隐含了一种肤浅的乐观主义与片面的历史观念。第二，它是一种载道文学，并且由于十七年时期特殊的政治氛围，文学内容上的政治宣传色彩比较强烈。第三，它是一种初级的、一元化的现实主义文学。然而，尽管存在如许局限，这一时期的创作仍有相当一部分具备着不容忽视的美学特征与特有的艺术价值。

（2）老舍的《茶馆》是我国当代戏剧史上的一座丰碑。作品以1898年戊戌政变、民国初期军阀混战和抗日战争胜利后国民党统治时期为背景，通过对旧北京一个裕泰大茶馆兴衰变迁的描写，表现了"埋葬旧时代"的主题。剧本成功地塑造了众多的艺术典型。剧中的常四爷是个爱国者形象，秦仲义是个民族资产阶级的代表，而王利发则是一个旧社会圆滑自私的小业主的典型。剧本在结构上采用的是"人像展览式结构"，剧本的语言艺术尤为卓著，不仅幽默生动，富有浓郁的京味，而且还担负着刻画人物、纽结情节、渲染环境等多方面的功能。

（3）从创作实绩看，十七年时期的散文创作主要集中在两个阶段。其一是50年代前期（1949—1956），其二是60年代前后（1959—1961）。50年代前期散文从题材上看有这样几类。① 从不同战线歌颂社会主义建设进程，热情呼唤年轻的祖国在党的领导下日新月异，飞速发展。代表作有老舍的《我热爱新北京》、柳青的《一九五五年秋天在皇甫村》等。② 点染各种人物，为那些曾经在中国的革命和建设中起过巨大作用的若干平凡或不平凡的人物画像，摄下他们在历史进程中的某一阶段或某一瞬间特有的风采。代表作有冯雪峰的《鲁迅先生的逝世》、丁玲的《一个真实人的一生》、胡洪霞的《吉鸿昌就义前后》、冰心的《小橘灯》、杜鹏程的《夜走灵宫峡》、秦兆阳的《王永淮》等。③ 以喜悦的心情描写祖国山水美好。代表作有叶圣陶的《游了三个湖》、钦文的《鉴湖风景如画》、碧野的《天山景物记》等。反映抗美援朝战争的作品代表作有魏巍的《谁是最可爱的人》等。60年代前后，由于反右运动、大跃进运动，以及随之而来的"三年困难时期"，作家们歌颂的热情有所降温，但总的思想精神并没有质的变化。这一阶段散文创作的特点是，① 回忆新中国的创建过程，从革命传统中吸取力量的源泉，以激励人们在困难的历史条件下蔑视困难,继续前进。代表作有吴伯箫的《记一辆纺车》《歌声》、方纪的《挥手之间》等。② 注重描写典范性的英雄人物、理想化的社会关系,初步显示了为人、社会寻求楷模的倾向,代表作有郁茹的《向秀丽》,王石、房树民的《为了六十一个阶级弟兄》,穆青等的《县委书记的好榜样——焦裕禄》等。③ 一些作者开始注意摆脱描写上的新闻性,而注重艺术的追求。被视作十七年时期著名的"三大家"秦牧、杨朔、刘白羽就出现于这一时期。

二、新时期以来的文学创作

1. 填空题

（1）新时期文学

（2）"楼梯式"

（3）现实主义　现代主义

（4）北岛　舒婷　顾城　江河

（5）北岛　舒婷　舒婷

（6）四

（7）"悼亡文学"　知识分子　老一辈无产阶级革命家

（8）"讲真话的大书"

（9）萧乾　陈白尘　杨绛　贾平凹

（10）"散文热"

2. 单项选择题

（1）B　（2）A　（3）A　（4）B　（5）B

3. 多项选择题

（1）B、C、D　（2）A、B、C

4. 名词解释

（1）"伤痕文学"是新时期文学涌现出来的第一个潮头。1977年刘心武的短篇小说《班主任》发表,立即引起轰动,随后卢新华发表了《伤痕》,"伤痕文学"的得名便源于此。此后,张洁的《从森林里来的孩子》、王蒙的《最宝贵的》、王亚平的《神圣的使命》、肖平的《墓场与鲜花》、陈国凯的《我应该怎么办》、韩少功的《月兰》、从维熙的《大墙下的红玉兰》、周克芹的《许茂和他的儿女们》相继问世,这些作品或者对"四人帮"的罪行进行揭露和控诉,或

229

者表现对人民遭遇的深切同情,或者歌颂对"四人帮"的不屈斗争,或者提出发人深省的社会问题,及时地感应了时代的脉搏,表达了人民的心声。

(2) 当揭批"文革"的愤怒之情宣泄之后,一批作家开始冷静地反思这场民族悲剧的根源,反思思潮继之而起。反思小说的代表作有茹志鹃的《剪辑错了的故事》、鲁彦周的《天云山传奇》、刘真的《黑旗》、高晓声的《李顺大造屋》、古华的《芙蓉镇》、礼平的《晚霞消失的时候》、张弦的《被爱情遗忘的角落》、张一弓的《犯人李铜钟的故事》、韩少功的《西望茅草地》、王蒙的《蝴蝶》、张贤亮的《灵与肉》等。

(3) 党的十一届三中全会召开之后,小说界掀起了改革文学的思潮。代表作有蒋子龙的《乔厂长上任记》、陆文夫的《围墙》、高晓声的《陈奂生上城》、柯云路的《三千万》《新星》、张洁的《沉重的翅膀》、李国文的《花园街五号》、王润滋的《鲁班的子孙》、张炜的《秋天的愤怒》、贾平凹的《浮躁》《腊月·正月》、路遥的《平凡的世界》等。这些作品真实地记录了新旧体制转换之际的社会矛盾,展现了改革的艰难及由此而导致的伦理关系、道德观念的变化,并注重从民族灵魂的深处探求改革的动力与阻力。在创作方法上,以现实主义为主,注重人物形象尤其是改革者形象的塑造。

(4) 也有评论者称之为"先锋小说""实验小说"。现代派小说萌芽于1979年,代表作有宗璞的《我是谁》、茹志鹃的《剪辑错了的故事》、王蒙的"意识流小说"等。但这些作品一般只停留在对现代主义技巧的借鉴层面,缺乏现代派所应具备的精神内核。直到1985年刘索拉的《你别无选择》发表,中国当代小说才真正开始出现了一批观念与技巧基本融合的现代派小说,代表作除了《你别无选择》外,还有徐星的《无主题变奏》、莫言的《红高粱》、残雪的《苍老的浮云》、洪峰的《奔丧》《极地之侧》,王朔的《玩主》《一半是海水,一半是火焰》、马原的《冈底斯的诱惑》、格非的《迷舟》《褐色鸟群》、苏童的《米》《妻妾成群》、余华的《鲜血梅花》《古典爱情》等。

(5) 新写实小说的思潮发端于80年代末期,其创作特点主要表现在三个方面。① 创作方法虽仍以写实为主,但特别注重对现实生活"原生态"的还原,强调作品所呈现的现实生活应有一种毛茸茸的原生状态的感觉。② 主题意蕴更多的是表现现实的荒诞、丑恶、灰暗与无奈。③ 大多采用客观化的叙述态度,提倡作家"退出小说""零度介入",即有意采取一种缺乏价值判断的冷漠叙述等。新写实小说的主要作家有刘震云、刘恒、池莉、方方等,此前的实验小说家苏童、叶兆言等也写了不少新写实小说。一般认为,刘震云的《一地鸡毛》《单位》《官场》、池莉的《烦恼人生》《不谈爱情》《太阳出世》、方方的《风景》等是新写实小说的代表作。

(6)寻根小说的前奏可上溯到20世纪80年代初期汪曾祺、邓友梅等所写的一些以展示风俗画面为特色的小说《受戒》《那五》《烟壶》等,但其真正繁盛则在1985年。当时出于对改革进程迟缓的关注,一批作家开始从民族文化的层面反思阻碍改革进程的原因,代表作有韩少功的《爸爸爸》《女女女》、王安忆的《小鲍庄》、阿城的《棋王》《孩子王》、冯骥才的《神鞭》、李杭育的《最后一个鱼佬儿》《沙灶遗风》、郑义的《老井》《远村》、郑万隆的《异乡异闻》、张承志的《黑骏马》等。寻根小说的显著特点是① 作品题材和文化反思的对象呈地域性特点。② 以现代意识阐释现实和历史,反思传统文化,重铸民族灵魂,探索中国文化重建的可能性。③ 在表现手段上既继承中国文学的传统,又运用现代派的象征、暗示、抽象、意识流、魔幻现实主义等方法。

(7)20世纪80年代中期,诗坛上开始出现了一批更年轻的诗人,评论界一般称其为"第三代诗人""后朦胧诗群"或"新生代诗人"。他们比"朦胧诗人"更为年轻,大多在"文革"期间出生,缺少后者对社会历史的责任感与对人生挫折的深切沉重的心理体验,他们的诗作强调反崇高、反英雄、反理想,表现平民的灰色生活与兴趣,在诗体、语言等方面的艺术探索也更加前卫,更具实验性,口语化、语言还原、荒诞、反象征、反意象等方法经常地为其所运用。代表诗人有韩东、海子、骆一禾等。

5. 简答题

(1)在"文革"时期处于地下状态、直到1979年开始公开面世的"朦胧诗",打破了诗坛现实主义独领风骚的一元化局面,使诗歌从现实主义过渡到现代主义。"朦胧诗"在美学上呈现出两大特征:一是从"大我"走向"小我",即从传达集体主义的情绪转向诉说主体自我的情感;二是从再现转向表现,即从对外部现实的描绘转向抒写"生活融解在心灵之中的秘密"。

(2)第三阶段(1985—1989),80年代中期以后,一批具有现代意识与开放眼光的中青年散文家在艺术上逐渐呈现出新颖的发展态势,显示出散文朝着本体精神回归的可喜迹象,具体表现为四个方面。① 叙事记人散文的小说化,即散文向小说靠拢,在意图呈示上趋于隐匿化。代表作有《打碗碗花》(李天芳)、《总是难忘》(苏叶)、《奶奶的小把戏》(蒋丽萍)、《星星在天上》(王小鹰)、《男人的感情》(赵翼如)、《童年的谜》(朱哂之)、《表舅母》(斯妤)等。② 写景状物散文也一反传统散文的"托物言志""借景抒情"等单一、清晰的点题程式。转而追求主题的多义、含蓄与朦胧。代表作有萧乾的《鼓声》、王蒙的《苏州赋》、陆文夫的《酒话》、忆明珠的《鱼的闲话》、刘成章的《高跟鞋响过绥德街头》《临潼的光环》等。③ 借助画面与画面的对比、碰撞暗示主题。代表作有孙犁的《小贩》、张承志的《背影》、高红十的《旅伴》等。④ 为作品本体寻找新的支点,即突破主体的局限,以主体的厚重或奇异托起作品的分量。代表人物有余秋雨、贾平凹、汪曾祺、张中行、周涛、史铁生、王英琦等。其中,余秋雨的《文化苦旅》系列不仅熔历史与现实、哲学与文学于一炉,显示了一种时时处处以一个典型的当代中国文化人的广博胸襟烛照一切的气势,而且以其独特的艺术探索丰富和发展了当代散文美学。

(3) 历史剧作《秦王李世民》(颜海平)无论是就思想深度还是艺术表现来看均属 20 世纪 70 年代末期的力作。经过十七年时期对吴晗《海瑞罢官》的批判,"借古讽今"已成为历史剧创作的一个禁区。然而,颜海平的《秦王李世民》不仅借古代的历史事实直刺当代现实生活,而且以一个年轻艺术家的热诚与胆识,阐发了许多前瞻性的思考。剧作批判了君权神授观,矛头直指当时现实政治中盛行的"两个凡是"与反动的"血统论",剧作第一次冲破了十七年时期奠定的简单的以"阶级斗争二分法"衡量历史进步因素的做法,将上升的中小地主阶级知识分子也看作历史进步的因素,进而流露了历史的主要英雄或中心人物应该是帝王将相,从而与"人民是历史的真正主人"的历史观尖锐对立;剧本还阐发了政府与人民的关系也应是一种舟水关系。这些见解无疑均有着强烈的现实针对性与现实意义。

(4) 1980 年之后的戏剧创作可视为当代中国戏剧发展的第二阶段。在这个阶段,一方面是遵循着传统的现实主义戏剧观念的创作继续走向深化与开放,产生过像《小井胡同》(李龙云)与《天下第一楼》(何冀平)这样的里程碑式的杰作。另一方面是从对现实的再现到注重对现实的表现的"探索性戏剧"开始大量涌现,其最大的特点是把目光投向人的"内宇宙",表现人的灵魂、人的内心世界的复杂性,以全新的戏剧思维与对西方现代派观念、技巧的广泛吸收,开拓了戏剧表现人类内心生活的多种可能性,代表作有马中骏、贾鸿源等的《屋外有热流》,马中骏、贾鸿源的《街上流行红裙子》,王培公的"青年戏剧"《WM(我们)》,陶峻、王哲东等的"马戏团晚会式"戏剧《魔方》,孙惠柱、张马力的"心理分析剧"《挂在墙上的老B》,沙叶新的"社会心理剧"《寻找男子汉》,刘树纲的《一个死者对生者的访问》,刘锦云的《狗儿爷涅槃》,朱晓平的"中国现代西部戏剧"《桑树坪纪事》,以及李龙云的《洒满月光的荒原》等。

(5)《小井胡同》标志着这一阶段写实倾向的再现主义戏剧进入了新的拓展阶段。剧本通过北京一条胡同中一个大杂院里五户人家从中华人民共和国成立前夕一直到1980年夏30年来的命运变迁,形象地评述了当代中国的历史。然而,这还仅仅是作品的表层主题,剧本更深刻的文化意义还在于塑造了"小媳妇"这样一个典型的"坏人"形象。这群人在物质上极端自私自利,在精神上气人有笑人无,总是企图奴役他人,因而极具有进攻性。他们的力量源自脸厚心黑,嘴甜手辣,并且善于巧妙地借助各种政治风云清除异己。这些都是缺乏民主与法治的社会机体内部滋生的极富有"中国特色"的毒瘤。

三、当代台港文学

填空题

林海音　聂华苓　白先勇　余光中　蒋勋　李敖　三毛　刘以鬯　金庸　梁羽生

第六章　中国现当代文学作品与导读

秋　夜

一、填空题
1.《野草》《朝花夕拾》
2.《呐喊》《彷徨》
3. 鲁迅当时心境
4. 鲁迅　1924

二、简答题
《秋夜》是伟大的文学家、思想家、中国现代文学的奠基人鲁迅作于1924年9月的一篇散文。其时,由于新文学革命阵营的分化,一度高涨的新文化运动开始落潮。面对同伴们的纷纷离去,鲁迅深感自己是在"沙漠"里走来走去,成了"游勇","布不成阵";他虽然坚持"韧战",但也时常有"独战""苦战"的寂寞与苦闷,《秋夜》就是他当时思想上存在的一系列矛盾的反映。《秋夜》主要流露了这样两种倾向:其一,严肃而深刻地反思了自己的空虚和寂寞情绪,毫不留情地解剖、坦示了自己阴冷和灰暗的心理;其二,作品最为动人的思想力量还在于作家尽管绝望、苦闷,却始终坚持着持续、韧性的战斗姿态,以及由此而表达的永不松懈、永不退却的斗争哲学。

三、论述题
《秋夜》的艺术特色十分鲜明。首先,作品整体运用了象征手法。作者抓住了秋夜景物的特征,构成了一组象征性的意象,如以天空又高又蓝,且有星星、月亮点缀等特点来象征对人民高压、冷酷、阴险和狡猾的黑暗势力;以深秋枣树单剩干子而挺立直指天空的特点,来象征革命战士对黑暗势力做不屈不挠的战斗;以秋夜小粉红花在繁霜下瑟缩的特点,来象征在黑暗势力淫威下遭受摧残、尚未完全觉悟、一味耽于虚幻梦想的弱者;以小青虫夜撞灯火的特点,来象征积极追求光明但缺乏沉勇、自卫而轻于牺牲的进步青年。正是这样的艺术构思和象征手法的运用,使作者深刻的感受化为充满诗意和哲理的形象的散文诗篇,具有感人的艺术魅力。其次,在结构上,作者以"我"的视点为中心,从不同角度,按照一定的逻辑顺序,从秋夜室外的景物写到室内的景物,既层次分明,又强化、凸显了主体。最后,创造性地运用散文诗这一文体,作品篇幅虽短,但内容含蓄、凝练,贮满了诗意。

苦　　雨

一、填空题

1. "人的文学"　"平民文学"
2. 1924　7　书信

二、简答题

1.《苦雨》介绍的是北京夏天的一场大雨给作者的生活、起居所带来的些微影响,以及作者在碰到麻烦时仍然保持一种达观的态度。然而,这只是作品的表层意义;进一步深究下去,则会发现,作品表面上写的是面对大雨作者的达观甚至还有喜悦,而实际上这种达观或喜悦反衬的则是作者长期苦闷的心境,以及对国事民瘼的忧虑等。不难看出,这篇散文既隐伏了作者后来趋于隐逸、逸乐的精神因子,但作为周作人的早期作品,其中仍包含着一定的积极、进步因素。

2.《苦雨》形式采用的是书信体;作品的风格恬适、闲逸,作者侃侃而谈,如话家常,体现了一股"谈话风";文中较多反语,明明心情郁闷,却偏偏以一种放达的语调出之,明明对下层人民怀有某种同情,却偏偏以一种漠不关心的态度出之,从而作品在幽默、从容之中时时流溢出一种苦涩、焦灼,令人回味无穷。

手　推　车

一、填空题

1. 蒋海澄　浙江金华

2.《大堰河——我的保姆》
3."北方组诗"　太阳　火　"太阳组诗"
4. 1938
5. 北方农民的苦难的生存方式

二、简答题

在艺术上,《手推车》注重诗歌意象的生活细节化;注重感觉印象与所投入的主观感情的有机融合;注重运用散文化的语言与追求自由体形式。

三、论述题

从意蕴上考察,《手推车》包含了这样几个层面:其一,作品显示了艾青早期诗歌中所呈现的一种特有的、一贯的情调,一种浸透了诗人的灵魂、永远摆脱不掉的农民式的忧郁;其二,作品表现了中国传统的、爱国的知识分子特有的忧患意识;其三,诗歌表现了他对时代的现实生活的忠实观照与思索。具体来说,抗战初期,当大多数诗人还沉湎于廉价的乐观主义,预言着轻而易举的胜利时,艾青却从对生活的深沉观察与思考中,很快从盲目乐观的情绪中冷却下来,在"全民抗战"的热闹场面中看见了阴影、危机、祖国大地的贫穷、人民的苦难等。

五　月

一、填空题

1. 查良铮　"九叶诗派"　《探险队》
2. 1940

二、简答题

"五月"是鲜花盛开的时节,它原本给人的感觉是轻盈、愉悦,充满了活力。但在本诗中,活力依然存在,只不过,这种活力是一种为社会的动乱所搅起的一种令人烦躁、恐惧的活力。诗人以"五月"作为诗题,实际上暗示的是它原本所代表的"活力"的含义,与正文部分所写的负面意义上的"活力"构成了鲜明的对照,从而拓展了诗歌的艺术空间。

三、论述题

《五月》在艺术上呈示给读者的首先是一种奇异的对照。一是形式的对照:仿古典诗的整齐诗行与自由体诗的杂乱诗行的对照;一是意象、画面及内在精神物质的对照:农业社会的男欢女爱、五谷丰登、行旅之思、文人雅兴、成仙梦想与工业社会的铁血、暴力、阴谋、骚乱、贫困的对照。正是在这种对照里,诗人流露了他对充满苦难与不幸的人类历史的深切悲悯。

融会现实主义与现代主义,用浓厚的西方情调表达对中国现实、政治的思考,是本诗的第二个重要特征。阅读本诗,不难看出,西洋方式与本土精神在这里有着奇妙的结合,在他的西方化的语言排列中,我们可以鲜明地感受到他对自己的土地和人民所拥有的焦灼和激情。

"思想知觉化"是本诗的第三个重要特征。由于中国社会正向现代化工业社会转变,为了准确地表达作为中国现代知识分子在这一转变中的复杂思想感情,我们看到,作者不仅动用了较多的现代词汇和语法,而且努力将官能感觉的形象与抽象的观念、炽烈的情绪交织在一起,从而立体地、浑一地传达出一种丰厚的意蕴。

萧　萧

一、填空题

1. 苗　沈岳焕　抒情体小说

2.《边城》《八骏图》《长河》《湘西散记》《湘西》《阿丽思中国游记》

3. 乡土

二、论述题

《萧萧》在艺术上显示着高度的真实性和特有的艺术风采。它一反20世纪二三十年代描写童养媳制度罪恶的小说的常见模式——她们被视作牛马,受尽折磨,乃至悲惨死去,而是从独特的角度揭示人物的主观精神,与摆脱现存人生秩序、获得生命自由的历史要求的不相适应。它在严格的现实关系基础上再现人物的性格与命运,以人生外部的喜剧形式蕴含人生内在的悲剧内容,不刻意表现人物激烈的外部冲突和生活表层的血、泪挣扎,而是集中以平常的生活事件揭示人物的灵魂,从而反映出中国社会处于自在状态的乡村下层人民的精神特征,显示出独特的艺术风格。与这种艺术追求相适应,作品总是将情感渗透在人物、景物、场面的描写之中,在微笑里藏着哀痛、忧郁,从娓娓而谈中自然透出,平淡而辽远,虽不强烈却十分撩人。小说的语言根植于湘西乡村生活土壤之中,朴拙清新,单纯厚实。《萧萧》里不仅直接引用了湘西民歌,还继承了湘西人说话就地取譬的传统,譬喻新奇,朴实而传神,富有地方色彩和生活气息。

屈　　　原（节选）

一、填空题

1. "五四"运动　《卓文君》《王昭君》《聂嫈》

2.《女神》

3.《屈原》《虎符》《棠棣之花》《高渐离》《孔雀胆》《南冠草》

4.《屈原》　古为今用

5. 五

二、简答题

剧中的屈原,是一个伟大的政治家兼诗人的典型。在这战乱的年代,他心中时刻系念的是祖国的前途和人民的命运。他看清了秦国吞并六国的企图,力主联齐抗秦。一向光明磊落的屈原,没有料到南后之流竟然用卑鄙无耻的手段陷害他,横加以"淫乱宫廷"之类的罪名。在这种含冤莫白的情况下,屈原关注的仍然是祖国人民,他沉痛地告诫楚怀王,千万不要丢弃联齐抗秦的正确主张,要多替楚国老百姓设想,多替中国的老百姓设想。他斥责南后:"你陷害了的不是我,是我们整个儿的楚国啊!我是问心无愧,我是视死如归,曲直忠邪,自有千秋的判断。你陷害了的不是我……是我们整个儿的赤县神州呀!"昏庸专横的楚怀王最终不听屈原的忠告,撕毁楚齐盟约,转而依附秦国,走上妥协投降的道路,并下令将屈原囚禁。面对沉入黑暗的祖国,失去自由的诗人满怀忧愤,发出了震撼人心的正义呼叫——《雷电颂》。作者借助庙外咆哮的风,轰鸣的雷,闪耀的电,将对黑暗的诅咒、对邪恶的抗争、对美好的光明的向往和对自由的追求淋漓尽致地宣泄了出来。

三、论述题

1.《屈原》是郭沫若配合当时坚持抗战、反抗妥协投降宣传影响最大的一部作品,发挥了"古为今用"的强大效能。剧本中,作者把战国时代楚怀王不图自强、甘心投降秦国的卖国行径,屈原"信而见疑,忠而见谤"的悲惨遭遇,以及屈原同绝齐亲秦的势力所展开的不调和的斗争,艺术地再现在舞台上,讽喻和抨击了国民党中的亲日反共势力,传达了人民的愤怒呼声。剧中第四幕,南后下令将钓者和婵娟的嘴封住一节,既活画出"防民之口"的反动统治者愚蠢丑恶的嘴脸,也是作者对现实的有力抨击,正如郭沫若自己所说:"我是借了屈原的时代来象征我们当前的时代。"郭沫若正是站在时代的高度,运用历史唯物主义的观点,在深入发掘历史题材精神的基础上,把历史人物和历史事件合理地升华到"今天"的高度,赋予了新的生命力。

2. 强烈的浪漫主义精神是《屈原》一剧在艺术中呈现的第一个显著特色。早在"五四"时期,郭沫若就以其浪漫主义诗歌强烈地撼动过文坛,进而形成了自己创作中一贯的浪漫主义特色。在《屈原》中,这种浪漫主义的创作风格主要体现在作者常常于历史人物身上注入更多的"主观性"。他常常不可遏制地将自己的思想感情、生活体验灌注于艺术形象之中,以自己对现实的强烈感受充实和丰富剧中人物的思想感情,用自己的血泪去铸造理想的人物。《屈原》中的屈原形象,作者自己就曾承认过是"夫子自道","那里面的屈原所说的话,完全是自己的实感"。剧中的《雷电颂》,与其说表现屈原精神,毋宁说表现的是郭沫若一贯的浪漫主义个性,是郭沫若的伟大人格拥抱屈原的伟大人格的产物,也是郭沫若的时代愤怒与屈原的时代愤怒融会的光焰。

结合剧情的需要穿插相当数量的抒情诗和民歌,这是《屈原》艺术上呈现的第二个显著特征。全剧以屈原朗诵《橘颂》开始,配以屈原对于《橘颂》内容的阐发,展露了屈原的人生抱负:"在这战乱的年度,一个人的气节很要紧。太平年代的人容易做,在和平里生,在和平里死,没有什么波澜,没有什么曲折。但在大波大澜的时代,要做成一个人实在不是容易的事,我们生要生得光明,死要死得磊落!"婵娟牺牲后《橘颂》再次出现,首尾呼应,它像是始终回响在一部交响乐中的主旋律,反复出现,腾挪婉转,有力地烘托了剧本的主题——"不挠不屈,为真理斗争到尽头!"被安排在全剧高潮时出现的《雷电颂》,更是一篇感情奔放、壮美的抒情诗,既刻画了屈原的性格,又强调了作品的主题。

"实事求似",即在把握历史精神的前提下,为剧作的主题思想更加完整,人物形象更加鲜明,有意识地虚构某些情节和虚设一些非主要人物,是《屈原》一剧的第三个特点。《屈原》中屈原被南后诬陷,屈原怒叱张仪及《雷电颂》等都是作家艺术虚构的情节,但是这些虚构并没有改变或歪曲历史上的屈原形象,而是有助于突出屈原凛然难犯、独立不倚的坚毅品格,剧本中作为一个"没有骨气的无耻文人"来塑造的宋玉形象更无史迹可考,完全是作家的虚构人物,但他们或作为屈原的对立面,或作为屈原形象的衬托,为作品揭示、突出屈原的爱国精神都起了不小的作用。

苹果树下

一、填空题

50年代

二、简答题

1. 闻捷的《苹果树下》写于20世纪50年代初期,当时,由于无产阶级意识形态的一元化,文学创作中提倡表现集体主义、英雄主义与理想主义,反对作家表现主体自我的思考、个性意识与情感。在这样一种禁忌重重的氛围中,闻捷的这首以大胆表现青年男女之间优美、纯真的爱情为主题的《苹果树下》的出现,无疑给文坛吹来一股清新、活泼的风,而本诗也就成为那一时期肤浅空洞的颂歌诗潮中难得的佳作。

2.《苹果树下》在艺术上有这样几点值得称道:(1)作者把美好的爱情摆放在边疆绮丽的自然风光中加以描写,美的人、美的景既互相衬托,又交相辉映;(2)作品将男女爱情从萌芽到成熟的过程与苹果的开花结果过程、自然界春夏时序的推移过程有机地结合在一起,构思十分巧妙;(3)准确、传神地表现出恋爱中人物的微妙心理;(4)语言明快、凝练,节奏感强。

养　花

一、填空题

1. 舒庆春　舍予　满　小说家　戏剧家　《骆驼祥子》《茶馆》

2. 1956　热爱生活　热爱大自然

3. 幽默　"京味"　平铺直叙　层次分明　养花过程

二、简答题

　　《养花》在当代散文史上的出现具有一定的意义。其一,作品表面上写养花,实际是暗示,人们之所以有闲情雅兴侍弄花草,是因为国泰民安,从而从一个特殊的角度表达了对新中国、新社会的感激之情。这种写法就与当时文坛千篇一律地运用新旧对比的模式或连篇累牍地叙写的劳动成果、社会主义欣欣向荣的景象等浮泛的歌颂之作区别开来,显示了作者构思的巧妙。其二,20世纪50年代中期,受国内外政治气候的影响,中国知识分子曾经掀起一股短暂的、反对僵硬的集团话语,要求个性解放,"干预生活"的思潮,老舍的这篇大幅度暴露自我个体情感的《养花》,就是对这一思潮的明确的呼应。

关 汉 卿（节选）

一、填空题

1.《关汉卿》《文成公主》《白蛇传》《谢瑶环》

《关汉卿》《谢瑶环》

2. 遵照历史事实　虚构

3. 十一　大都

4. 朱小兰　《窦娥冤》

5. 朱帘秀　你敢写我就敢演　叶和甫

6. 阿合马

二、简答题

　　1. 关汉卿形象光辉高大,性格的发展过程入情入理,真实可信。他的性格特点是在斗争中形成并逐步充实起来的。这种斗争既包括与以阿合马为代表的反动统治阶级的斗争,还包括与自己的弱点的斗争。事实证明,大胆描写正面人物身上固有的某些弱点并不会损害或贬低艺术形象,反而更能真切地刻画人物性格的本色,烘托了对敌斗争的曲折性、艰巨性。田汉写出关汉卿性格中的一些不足、软弱或动摇,符合这个历史人物的生活经历与思想实际;更何况这种惊弓之鸟似的精神状况本身就构成了一种对黑暗环境的强烈控诉。

2.《关汉卿》的创作有着深广的现实意义。郭沫若曾经指出:"《关汉卿》的创作是人类艺术史上不可企及的一个高峰,其所以不可企及,是因为他所处的那个朝代已经一去不重返了。"然而为人们所不曾料到的是,就在《关汉卿》问世不久,历史就出现了罕见的大倒退。对照"文革",再读《关汉卿》,其警世意蕴是不言而喻的。

三、论述题

在对比中刻画人物是《关汉卿》的一大特点。剧本写关汉卿,时时注意与作品中另一重要人物朱帘秀作对比。关汉卿与朱帘秀有共同的经历、情趣、命运与遭遇,因而形成了性格方面的许多共同点。然而就如一树双花,同中有异,关汉卿与朱帘秀仍然存在若干性格上的对比。譬如,关汉卿弱点的克服多亏了朱帘秀的帮助;关汉卿由动摇走向坚定,离不开朱帘秀的鼓舞。对关汉卿来说,朱帘秀不愧是良师、益友、爱妻。反过来说,从这种对比中也可看出,关汉卿的品德,作为对朱帘秀也有推动和影响,而且相当有力,可以说,关汉卿因朱帘秀而平添风采,朱帘秀因关汉卿而更加光辉。

《关汉卿》动人的艺术魅力还在于作品所洋溢的浓郁的抒情性。田汉擅长用诗的语言来揭示人物的内心感受,刻画人物性格。《关汉卿》第八场中,一曲关于写朱唱的《双飞蝶》,赞美了关、朱的战斗友谊和忠贞爱情,将全剧的抒情气氛推向高潮。"将碧血,写忠烈,作厉鬼,除逆贼,这血儿啊,化作黄河扬子浪千叠,长与英雄共魂魄……俺与你发不同青心同热,生不同床死同穴,待来年遍地杜鹃红,看风前汉卿四姐双飞舞。永相好,不相别!"这种诗与音乐的穿插,有助于塑造人物,揭示主题,而且使舞台笼罩在浓郁的抒情气氛和浪漫情调之中。

情节上,《关汉卿》一剧富有传奇色彩。田汉是一位浪漫精神较强的作家,他在进行艺术构思时,竭力追求故事的传奇性。一般说来,田汉的戏剧情节比较复杂;矛盾冲突尖锐激烈,戏剧性强。《关汉卿》两次写到死神如何逼近关汉卿的紧张场面,眼看他身处绝境,作家陡然将笔锋一转,让他虎口脱险,大难不死。人物的这种传奇性遭遇,既出乎读者观众的意料之外,又完全在艺术的情理之中。此外,在结构上,《关汉卿》还采用了戏中戏的艺术手法。《关汉卿》围绕《窦娥冤》的创作、排练、演出、观看的全过程安排戏剧结构,戏中有戏,既提高了戏剧的趣味性,又提高了戏剧的思想性。

陈奂生上城

一、填空题
《陈奂生上城》《"漏斗户"主》《陈奂生转业》
《陈奂生包产》《陈奂生战术》《陈奂生出国》

二、论述题
1. 陈奂生作为中国农民的典型代表,他朴实善良,节俭本分,乐天安命,不善于表达自己,可以说有着中国农民身上所具备的种种美德。但在另一方面,他又自轻自贱,物质上解放了,精神上依然跪着,奴性十分严重。比如把吴书记对他的照顾看作吴书记看得起他,一想到吴书记的照顾就热泪盈眶;至于他在付了五元钱之后回到房间的一番折腾,则活画出农民式的报复的可笑。当他从招待所回家,思前想后,终于想到这一番奇遇无人经历过而感到自豪与满足。所有这些,活活地表现出小生产者的诚实而又狭隘、自卑而又自我欣赏、吃了亏很懊悔而又自我安慰的灵魂。我们发现,这个人物的精神世界由于长期的物质与文化的贫乏,以及长期的封建意识的毒害,已相当猥琐与畸形。他在新社会,没有找到自己的位置,还没有从因袭的重负中解放出来。

陈奂生形象有着十分重大的现实意义。首先,这个形象的诞生,将当代文学中改造农民灵魂的主题同"五四"时期鲁迅先生所开创的农村小说传统联结起来。已有不少评论者指出,高晓声的创作体现了一种"鲁迅风",亦即和鲁迅一样,高晓声对中国农民有着同样深切的理解与关注、同情与忧虑,既痛心于他们的疾苦,又痛心于他们的种种不足。其次,这个形象深刻地揭示了新的历史时期现代化的历史要求同农民精神灵魂现状之间的巨大矛盾。陈奂生上城的"奇遇"充分说明了当代农民还未从阿Q的翅膀下飞出,新时期严重的问题仍然是教育农民,如果农民在精神上不获得真正的解放,农村经济改革、农村现代化是根本不可想象的。

2.《陈奂生上城》的艺术特色亦比较鲜明,主要体现在三个方面。

(1)在叙述上采用全知视点。所谓全知视点,指的是作家君临于作品之上,站在一个全知全能的角度处理其笔下的艺术世界。这样做,便于作家对整个作品的开展情况有整体的把握与调配,使作品的环境交代、情节安排、人物刻画、细节选择等牢牢地围绕着作家的主观意图进行,有助于作家意图的实现。(2)在基调上追求喜剧效果。喜剧是对否定对象的讽刺,当人们站在一个较高的层次反观较低层次的内容时,喜剧眼光就产生了。所以,《陈奂生上城》中种种喜剧性描写,其实是作家站在一个较高的角度对农民的局限性所做的有意调侃。(3)作者巧妙地让笔下的人物进入他所设计的典型环境中去,让人物按照自己的性格从即兴式的表演,达到"不可能中的可能""不可想象中的信服"的艺术效果。高晓声有感于招待所住宿费之贵,于是异想天开地拉着刚摘"漏斗户"帽子的陈奂生去住高级房间。由于作者对人物性格把握得准确,烂熟于心,即兴式的表演,竟达到出神入化的境界和出奇制胜的效果。另外,作者善于选择富有丰富内涵的细节来刻画人物形象,如陈奂生在柜台付钱和回房间后采取的种种毫无意义的报复措施过程中的细节描写,都生动、有力地表现了人物的性格特征。

白 发 苏 州

一、填空题

浙江 《戏剧理论史稿》《戏剧审美心理学》《艺术创造工程》《文化苦旅》《文明的碎片》《霜冷长河》《山居笔记》

二、论述题

20世纪80年代以来的作家在状物时大多追求一种"形聚神散"的效果。研读余秋雨散文,我们发现,这一特征在这位作家的文本中体现得更为明显、集中与频繁,并且不仅将这一追求运用于状物散文,而且运用于写景散文,从而导致他散文中所出现的某种景观、物象总是处于时代、社会、历史、文化、道德等多元视角的透视之中,或在一种多元开放的发散式显示中凸显所写对象宽广、丰富的含义。比如其《白发苏州》是一篇写景散文,按照传统写法,无非是先介绍苏州有哪些美好的景点,这些景点的美学特征,然后再抒发一点主体的感怀完事。然而,《白发苏州》的写法不是这样。作者并没有介绍人们已经熟悉得不能再熟悉的苏州美景,"苏州"在作品中就是一个已经综括了全部苏州美景的情感符号,一个言说的起点,围绕着它,作者所着重强调的是主体对这一人间之美的多维穿透。文本共分五个部分,第一部分,将苏州摆到世界背景上突出其过去的辉煌与今日的黯淡:"前些年,美国刚刚庆祝过建国200周年。洛杉矶奥运会的开幕式把它们两个世纪的历史表演得辉煌壮丽。前些天,澳大利亚又在庆祝他们的200周年,海湾里千帆竞发,确实也激动人心。与此同时,我们的苏州城,却悄悄过了自己2500周年生日。时间之长,简直有点让人发晕。"第二部分,作家笔锋一转,写到古代文人事成事败之后都愿来苏州走走,从而译解了苏州作为中国人的心理深层的一个美好情结之谜:如果说京城是中国文化喧闹的"前台"的话,苏州则是中国文化静谧的"后院"。尽管如此,苏州在中国文化史上的地位却不公平,"历来很有一些人,在这里吃饱了,玩足了,风雅够了,回去就写鄙薄苏州的文字"。第三部分,状写了苏州老百姓在统治者的荒淫残暴、厮杀混战中的苦难命运。第四部分,作家一反中国集体无意识中视苏州为阴柔之美的俗论,写出"柔婉的苏州人"在那场明末反抗魏忠贤阉党政治的斗争中搅起的风暴,它的五位被杀的普通市民及傲视大小官员、与统治者不合作姿态的唐伯虎、金圣叹等,从而坦露了苏州阳刚之美的一面。最后作者漫步在苏州的小街小巷,感受着无数的门庭里藏匿着的"无数厚实的灵魂",获得一种"奇特的经验"。上述五个方面分别从中外对比、文化界定、阶级压迫、美学梳理、个人观感等五种视角评说苏州,并最终渗透着或统一于历史追踪这一总的视角之中,诚可谓即"形散神聚"。

桑树坪纪事(节选)

一、填空题

1. 朱晓平 《桑树坪纪事》《桑塬》《福林和他的婆姨》 "中国现代西部歌剧"

2. 三 19

二、简答题

剧作大胆直面人生,全方位地展现了中国农民在温饱线上挣扎的真实的生存图景,发出了震撼人心的对人性与人道的呼唤。剧本以当代审美意识对传统意识、传统行为方式做了深刻的批判。

三、论述题

1. 剧本以黄土高原的一个蛮荒村落为背景,按照生活的自然形态构成多重的人际关系,在人与人的交往与角逐过程中,把人们的需要凝结成动机,熔铸成一组生命活动的群像。其中塑造得最成功的是李金斗的形象。这是一个具有复杂心理的人物。他是以桑树坪群众的领袖和普通的个体这双重身份出现在戏剧之中的。他作为共产党员、一队之长,无休止地为全村利益服务,甚至在抢险中连一条腿也搭上了。他像母鸡护小鸡一样护卫着全村老小几十口的生计,为了为村民多争得几斤几升口粮,他忍辱负重,同公社首脑们抗争;为了给桑树坪省下几元几角,他使出浑身解数,同麦客斗智斗勇。在他身上闪现着几千年来农民赖以繁衍生存的勤劳、智慧和韧性。他也常常热情和好心地为村上奔走婚丧嫁娶,对彩芳也有为父辈慈祥的一面。但是,为了从外姓人手中夺回两个孔窑,他竟主持策划写检举信,将王志科置于死地;他热心"成全"月桂、青女的婚事,酿成触目惊心的人生惨剧;最令人不能容忍的是他亲手扼杀了彩芳、榆娃的纯真爱情,致使彩芳跳井自尽。他身上散发着几千年来狭隘、愚昧、残酷等民族的劣根性,以及封建宗法、伦理道德的思想意识。他是一只羔羊,同时也是一只吞噬羔羊的猛虎!优点、缺点、可爱、可恨,甚至与可悲紧紧地扭结在一起。李金斗的形象显示了内在的丰富性,不仅具有情感的力量,而且能启示人们深入思考历史生活的底蕴,从他身上可以认识那个时代的某些重要特征,认识复杂的社会内容。这个人物为新时期十年话剧人物画廊增添了一个崭新的具有复杂性格的形象。

2. 《桑树坪纪事》不仅以深刻的历史内涵、时代的思想高度,成为新时期十年话剧创作的一个总结,而且也是话剧艺术探索逐渐走向成熟的标志。该剧艺术探索的成功,在于为民族自省和历史反思的总体构思找到了完善恰当的戏剧表现形式。其主要特点如下。第一,《桑树坪纪事》是布莱希特叙述体戏剧特征与传统戏剧特征的结合。布莱希特强调理性,让观众保持理性思索,强调戏剧的思索品格。剧作者服从于民族自省和历史反思的思想内容,自觉地接受布莱希特的戏剧观,就是说不想单一地展现黄土高原苦难中的风情,再现愚昧、野蛮、封闭的历史,使读者观众产生身临其境的幻觉,因此采用歌队、舞队来保留小说原作的叙述、议论特点,目的是要间离读者观众,使之产生"陌生化效果";这样读者观众就可以用理智随时调节、节制感情的倾注和宣泄。例如月桂离家远嫁,歌队唱起了主题歌;村民们围猎彩芳和榆娃,歌队又哼起了无字主题歌。歌队引发人们对戏剧场景的思考,歌队的演唱体现了叙述戏剧的特点,具有感情升华和历史反思等多种作用。但是纯粹采用布莱希特的叙述体戏剧,读者观众对剧本、舞台上的冷峻会受不了,感到距离太大。所以,剧作者为了尊重人们的欣赏习惯,又注意保留了传统戏剧的特点,安排设计了戏剧性的情节,人物性格的撞击、人物关系和人物命运,让读者观众动"情"。由"情"推动读者观众对展现的生活现象的关心,对人物命运的关切,由"情"打开读者思索的大门,借助剧情的发展揭示生活中更深一层的东西,最终达到情理交融,激发人们对人物命运、生活本身哲理性的思索。

第二,《桑树坪纪事》运用了再现原则和表现原则,并使两者结合和交替,换言之,也就是大写实和大写意的结合和交替。剧作者在创造舞台形象时强化着自己的主观意识,并将这主观意识予以外化或物化,但往往不是在戏剧冲突发展的逻辑轨道上,也不用生活形态的自然呈现,而是运用远距离生活的形态和非生活形态的象征形象予以体现。例如,青女被"阳疯子"丈夫当众扯去裤子是令人惊心动魄的一场再现和写实的戏。剧作者感觉到,被扯去裤子的不是一个青女,几千年来有多少中国妇女不都是遭到封建的愚昧的野蛮的损害和凌辱? 作者仿佛看到青女——这个想做母亲而不得的女人,精赤着那洁白如玉的身子,就这样躺在中华文明的发祥地黄土高原上。于是希望找到一种象征形象、一种象征形式来外化作者心灵的震颤,物化作者的这种历史深沉感。于是,在青女被按倒的地方,一座残缺的汉白玉的古代妇女塑像呈现在观众面前,并按剧作者的感情的要求:彩芳——另一个被封建势力所戕害的妇女——徐徐地站起来走向石像,肃穆地献上条黄绫,以表达出剧作者心灵的呼唤:人们,面对着我们民族生生不息的本源——女人、大地、母亲,低下头来吧! 这种表现和写意的运用与处理,使剧作有了哲理和激情的意蕴。剧中彩芳与榆娃定情的场面,老牛"豁子"被打死的场面,都糅进了表现、写意的手法,形象地表达了剧作者或赞美或愤怒的评介意识。

第三,戏剧结构上的突破和创新。《桑树坪纪事》打破了传统的戏剧结构,剧作者选取了原作几个主要人物故事作为剧本结构的框架,把众多的人物或断或续穿插其间,他们将在另外的章节中循序地被聚焦,推到台前,队长李金斗或在台前或在台后贯穿全剧。这里没有纵贯全剧的主要戏剧冲突,也没有回顾式的结构。

剧本保留了小说原作"人物绣像"式的特点,呈现"散文化"的格局,编织进对三个女性、一个异姓人和对老牛"豁子"的围猎,真实地写人性,写人生,抒写人性,产生出"纪实美学"的亲切感。为了追求叙述体戏剧的"陌生化"效果,编剧在场面与场面、段落与段落的组接和排列次序上显示了匠心与功夫。老牛"豁子"和外姓人王志科的命运的模式大体相同,都是被"围猎"而亡的,然而桑树坪人对两个生灵的态度是不一样的,对王志科入狱是麻木的,对"打牛"则是愤怒的、疯狂的。编剧把这两个命运发展的线索交叉组接,直至最后把"打牛"对比地接在"逮捕王志科"之后,这日常生活片段对比地组接,造成了布莱希特所主张的"惹人注目的一瞬",使观众惊觉,赋予场面更多历史反思的内涵和震撼力。

下册

第四编 外国文学

第七章 外国文学概述

第一节 古代欧洲文学概述

一、填空题
1. 古希腊文学
2. 古希腊文学
3. 神话和史诗
4. 神的故事 英雄传说 宙斯
5. 《伊利亚特》《奥德赛》
6. 《工作与时日》
7. 《诗学》
8. 埃斯库罗斯 《普罗米修斯》
9. 《美狄亚》
10. 阿波罗
11. 《埃涅阿斯纪》
12. 寓教于乐

二、单项选择题
1. B 2. C 3. D 4. C

三、多项选择题
1. A、B、D 2. A、B、C、D

四、简答题

古希腊神话的主要特点是神与人同形同性。希腊神话中的神的外形大多超出了兽形和半人半兽的阶段,与人的外形相同。希腊神话中的神是高度人格化的,他们具备人类的思想感情,他们同人类一样,有七情六欲,甚至好嫉妒、爱虚荣。古希腊神话表现出希腊民族热爱现实生活、肯定人的力量的思想。

第二节 中世纪欧洲文学概述

一、填空题
1.《贝奥武甫》
2.爱国主义
3. 抒情诗 叙事诗
4.《列那狐传奇》
5.《天堂》

二、单项选择题
1. A 2. B

三、多项选择题
A、B、D

四、简答题

但丁创作《神曲》,目的是给人类指出一条从黑暗走向光明的途径。诗中对迷路、游历地狱、炼狱和天堂的描写,象征着人类如何经过苦难和考验,从迷惘和错误走向光明与至善的境界。

第三节 近代欧美文学概述

一、填空题
1. 彼特拉克
2.《巨人传》
3. 蒙田

4. 《熙德》

5. 拉辛

6. 《格列佛游记》

7. 菲尔丁

8. 《阴谋与爱情》

9. 雪莱

10. 济慈

11. 夏多布里昂

12. 福楼拜

13. 《呼啸山庄》

14. 《草叶集》

15. 《大雷雨》

16. 莫泊桑

17. 王尔德

二、单项选择题

1. C 2. C 3. A 4. A 5. C 6. C 7. A 8. A 9. D 10. C 11. C 12. B 13. C 14. B 15. B 16. B

三、多项选择题

1. A、C、D 2. A、C、D、E 3. B、C、E 4. A、C、D、E 5. B、C 6. A、B、D

四、名词解释

1. 16世纪中叶,西班牙城市中产生了一种新型的小说,即流浪汉小说,它以流浪汉的流浪为线索,描写城市平民的生活,并通过城市平民的眼光对各阶层人物加以讽刺。最著名的一部流浪汉小说是无名氏的《小癞子》,它描写小癞子从一个贫苦儿童最后变成一个老练、狡猾的骗子的过程,反映出当时社会的黑暗和罪恶。

2. 古典主义文学是17世纪欧洲最主要的文艺思潮,它以古希腊罗马文学作为创作的典范,故称"古典主义"。古典主义文学的特点:具有为君主专制王权服务的鲜明倾向性;主张用理性克制情欲;艺术上学习模仿古希腊罗马;重视规则。古典主义文学的代表作家有高乃依、莫里哀等。

3. 18世纪70年代,德国所发生的一场全德范围的资产阶级文学运动,它是德国启蒙运动的继续和发展,这一运动的主力是一批青年知识分子。为了摆脱封建束缚,突破德国社会的阴郁氛围,他们强调"天才",要求独立、自由和个性解放。创作上,他们从民族历史和民间文学中汲取题材,发扬民族风格,赞成卢梭"回归自然"的口号。狂飙突进运动的代表作家是歌德和席勒。

4. 19世纪初期欧洲文坛上占主导地位的文学思潮。浪漫主义文学强调表现主观理想,抒发个人情感与感受,着重描写大自然的美,抒发对大自然的热爱。大多数浪漫主义作家对民间文学有浓厚的兴趣,从民间文学中发掘题材,吸收养料。浪漫主义作家喜欢运用夸张、对比手法,给人以强烈的印象。他们常常描写不同寻常的环境中非凡的人物及奇特的事件。他们也喜欢运用华丽的辞藻与丰富的比喻。浪漫主义文学最主要的体裁是诗歌,此外,戏剧与小说也是浪漫主义作家喜爱的体裁。浪漫主义文学的代表作家有拜伦、雨果、普希金等。

5. 指英国的浪漫主义诗人华兹华斯、柯尔律治和骚塞。他们的诗主要描写大自然,描写奇异神秘的故事和异国风光,表现乡村生活和纯朴的人性,否定城市文明。华兹华斯在湖畔派诗人中成就最高。

6. 19世纪中期欧美文学的主要潮流。现实主义文学比较广阔、比较真实地展示了社会生活的各个方面,对现实矛盾的揭示具有相当的深度。现实主义文学重视人与社会环境的关系的描写,着力塑造典型环境中的典型性格。现实主义文学的代表作家有巴尔扎克、狄更斯、托尔斯泰等。

7. 19世纪后期挪威著名剧作家易卜生创作的一系列戏剧,包括《玩偶之家》《群鬼》等。这些戏剧尖锐地提出了妇女地位、法律、道德等一系列重大的社会问题,引起了社会的强烈关注。

8. 自然主义文学是19世纪后期在欧美各国具有广泛影响的一个文学流派。它最先产生于法国。自然主义文学主张客观地、精确地描绘现实生活,认为作家应当保持绝对的中立和客观,不流露任何倾向。自然主义文学否认典型化的手法,主张描写随便观察到的现实生活的表面现象,描写平凡、琐碎的事件和细节,反对写英雄,主张写平凡的小人物。自然主义文学主张作家在创作时采用科学家的方法,即实验的方法,实验的对象就是作品中的人物。自然主义文学认为人类的意识和行为与自然界的其余部分一样,受自然规律的支配,尤其是生物学规律的支配。法国自然主义文学在创作上的代表是龚古尔兄弟。

第四节 20世纪欧美现实主义文学概述

一、填空题

1. 易卜生
2. 《虹》
3. 罗曼·罗兰
4. 《美国的悲剧》
5. 索尔·贝娄
6. 《麦田里的守望者》
7. 《静静的顿河》

二、单项选择题

B

三、多项选择题

A、B、C、D、E

四、名词解释

第一次世界大战以后,美国出现的一个文学流派。"迷惘的一代"产生的原因是第一次世界大战毁灭了西方一代人原有的人生价值观念,毁灭了他们过去对人生意义、对理想、对崇高目的等的理解,于是他们感到迷惘和失望。"迷惘的一代"作家所表现的,不仅是对战争、现实或社会感到失望,隐藏在作品背后的更深的主题,是对整个人生的失望。"迷惘的一代"的代表作家是海明威。

五、简答题

劳伦斯的代表作有《儿子与情人》《虹》等。劳伦斯小说的基本主题:批判工业化社会对人性的扭曲,主张通过实现一种自然完美的两性关系来摆脱工业化社会对人性的扭曲。

第五节 20世纪欧美现代主义文学概述

一、填空题

1. 波德莱尔
2.《毛猿》
3.《追忆逝水年华》
4. 自由选择
5.《等待戈多》

二、单项选择题

1. B 2. C

三、多项选择题

1. A、B、C、D、E 2. C、D、E

四、名词解释

1. 象征主义文学是现代主义的文学派别之一。象征主义文学的主要体裁是诗歌。象征主义诗歌的特点是用客观事物来象征人的主观精神,富有哲理性和神秘主义色彩,注重表现通感,注重音乐性。象征主义文学的代表作家有兰波、艾略特等。

2. 表现主义文学是20世纪20年代首先在德国出现的一种文学潮流。表现主义文学大多表现在喧嚣、混乱、罪恶的城市中人们的压抑、悲哀和忧郁。表现主义文学在艺术上主张突破事物的表象,直接表现本质。表现主义作家常常把自己的强烈感受抽象出来,用一个象征的形象来予以表现。表现主义文学作品常常充满狂热的激情和极度的夸张。表现主义文学的代表作家有卡夫卡、奥尼尔等。

五、简答题

1. 存在主义文学的特点是力图将哲学和文学融成一体,寓高度的哲理性于文学作品之中。存在主义文学强调真实感,但不追求典型化。存在主义文学的语言简单、明晰、口语化。

2. 荒诞派戏剧与传统的戏剧很不相同,它完全背离了传统戏剧的一切基本规则,荒诞派戏剧没有完整的情节和结构,没有个性鲜明的人物形象,而只有性格模糊的、抽象的人物形象,人物的语言也荒诞而没有逻辑。荒诞派戏剧还经常通过非理性的、夸张的方式,利用各种舞台手段(如道具、灯光效果等)来反映戏剧的主题。

3. 魔幻现实主义文学最主要的特点是基本题材都来自现实,却被作家改变了本来面目,披上一层神秘色彩。作家把各种超自然的力量、神话、传说与现实交织在一起,创造出一种扑朔迷离的魔幻现实。

第六节　亚非文学概述

一、填空题

1.《亡灵书》

2.《吉尔伽美什》

3.《沙恭达罗》

4.《古事记》

5. 二叶亭四迷

6.《舞姬》

7.《破戒》

二、单项选择题

1. C　2. B　3. B

三、多项选择题

1. A、C、D　2. A、C、E

四、名词解释

1. 自公元前6世纪至公元前1世纪,希伯来人把本民族从前流传下来的神话、历史、传说、思想家的著作等进行了整理和修订,这份希伯来的文化遗产,被后来的基督教所接受,编入《圣经》,称为《旧约》。《旧约》包括"经书""历史书""先知书""诗文集"四大部分。

2.《吠陀》是古代印度文献的总集,反映了印度从氏族社会向奴隶社会过渡时期的历史风貌。"吠陀"意为知识或学问,包括《梨俱吠陀》等四部,其中最具文学价值的是《梨俱吠陀》。

3.《古兰经》是伊斯兰教的经典,也是阿拉伯文学史上第一部散文巨著。

《古兰经》反映了 6 世纪至 7 世纪初阿拉伯人思想、文化和生活的情况,它语言清新,富于音乐美,对阿拉伯文学的发展起着无法估量的作用,被阿拉伯人看成语言的最高典范。

  4.《源氏物语》是日本中古平安时期的一部文学作品。作者是女作家紫式部。它是世界文学史上最早的一部长篇小说,也是整个日本古典文学中的最高成就。小说主要通过对源氏一生政治上的浮沉及他的爱情经历的描绘,展示了平安王朝宫廷贵族的权势之争,许多贵族男女的悲欢离合及他们之间混乱的两性关系,真实地再现了平安贵族精神上日益萎顿、沦落的历史风貌。

  5."新感觉派"是 20 世纪 20 年代日本文坛出现的一个新的小说流派。它是日本最早的现代主义文学流派,代表人物有横光利一、川端康成等。他们受西欧现代主义文学思潮的影响,主张以表现新奇的感觉来代替对现实的客观描述,将意识流、象征、心理分析等手法与日本文学传统的手法融为一体。

第八章 外国文学作品与导读

伊利亚特(节选)

一、填空题
特洛伊

二、单项选择题
B

俄狄浦斯王(节选)

一、多项选择题
C、D

二、简答题
《俄狄浦斯王》的主题是表现人与命运的冲突。《俄狄浦斯王》在结构布局方面十分完美。全剧在矛盾即将发展到高潮之时开始,一开始就摆出悬念:谁是杀害老国王的凶手?接着,五个人物(王后的兄弟克瑞翁、预言者、王后伊俄卡斯忒、科任托斯来的报信人、老国王的牧人)依次上场,一步步揭示出事情的真相,到最后终于解开了谜底。全剧一环紧扣一环,从开场形成的悬念,到后来一步步不断的"发现",逐渐推向高潮,最后引导到惊心动魄的结局。

堂吉诃德(节选)

一、填空题
桑丘·潘沙

二、论述题

堂吉诃德形象最显著的特征是脱离现实,耽于幻想。他被骑士小说所毒害,满脑子都是骑士小说中所写的那套东西,现实世界在他的头脑中都被幻想所代替而失去了真实的面目。在他眼里,到处是魔法、妖怪、巨人,这是他仗义行侠的环境。为了降魔除妖,他学习骑士的那套做法,单枪匹马去冲杀,结果闹出无数的笑话。在事实面前,堂吉诃德从不接受教训。堂吉诃德这样荒唐、固执,是骑士小说毒害的结果。

然而,我们不能把堂吉诃德简单地理解为滑稽可笑的丑角,在他荒唐可笑的行动背后,却有着高尚的动机和崇高的理想,他是一个可敬可爱的理想主义者。他痛恨专制残暴,反对压迫,同情弱者,维护正义。为了理想,他把自己的生命安危置之度外。他与风车搏斗,是把风车看成坏人;他冲进羊群乱砍乱杀,是要帮助其中正义的一方,去战胜邪恶的一方;他支持受地主欺压的年轻小伙子从地主手中夺回自己的心上人,是帮助他们与封建压迫进行斗争。

堂吉诃德学识渊博,只要不提骑士道,堂吉诃德的谈吐都十分高明,他的见解高出于周围的人。他对社会的批评,对战争、法律、道德、文学艺术的看法都表现出人文主义的思想。他谈到自由的可贵,奴役的可恨。他清醒地看到社会现实的黑暗,提出回到人人和谐的古代"黄金时代",实现清廉公正的社会政治。固然这些是乌托邦的幻想,却是对当时西班牙社会现实的否定。在桑丘赴任海岛总督之前,堂吉诃德要求他破除封建等级观念,实行人道的司法改革,等等,也反映出堂吉诃德的人文主义思想。

哈姆莱特(节选)

一、填空题

1. 英

2.《暴风雨》

二、简答题

1. 莎士比亚的创作可分为三个时期。

早期(1590—1600),又称为历史剧、喜剧时期。这一时期,莎士比亚写了《亨利四世》等9部历史剧,《仲夏夜之梦》《威尼斯商人》等10部喜剧和《罗密欧与朱丽叶》等3部悲剧。

中期(1601—1607),又称悲剧时期。莎士比亚写了《哈姆莱特》《奥赛罗》《李尔王》《麦克白》等7部悲剧。

后期(1608—1612),又称传奇剧时期。莎士比亚写了《暴风雨》等4部传奇剧。

2. 哈姆莱特的悲剧是一个人文主义者的悲剧,也是时代的悲剧。因为他所处的时代封建势力仍很强大,还缺乏先进分子必然胜利的条件。在他的身上也反映出人文主义者的弱点:把复杂的政治社会斗争仅仅归结为善与恶的斗争,片面强调思想的力量,不相信暴力,不相信群众。

伪 君 子(节选)

一、多项选择题

A、B、C、D、E

二、简答题

莫里哀的喜剧不仅在思想上表现出鲜明的民主主义倾向,而且在艺术上也有很高的成就。他所塑造的人物形象性格非常鲜明;他对古典主义的规则既遵守,又能突破;他从民间戏剧中吸取了丰富的营养,从民间口语中汲取了生动形象的语言,使他的喜剧为广大群众所喜爱。

三、论述题

莫里哀在这部戏剧中是逐层剥开答尔丢夫的伪装,揭露出他的宗教骗子的真面目的。戏剧首先剥开他苦行僧的伪装,揭露他贪吃贪喝又贪睡,从不拒绝世俗的享受。接着通过他在桃丽娜面前耍手帕的细节,以及他追逐欧米尔的行为,揭露了他好色的本性。然后一步步揭露出他贪财、不信上帝和凶狠毒辣的真面目。答尔丢夫要置奥尔恭于死地,只是由于国王的英明才使奥尔恭一家免遭毒手。这部戏剧中的答尔丢夫是一个披着宗教外衣进行欺骗掠夺的恶棍。通过这一形象,莫里哀深刻地揭露了宗教骗子的危害性。

少年维特之烦恼(节选)

一、多项选择题
A、B、D

二、简答题
1. 歌德的诗剧《浮士德》通过浮士德探索真理的五个阶段,以巨大的概括力,反映了西欧资本主义上升时期,资产阶级的先进人士反对封建现实,不断追求人生真谛和社会理想的过程,总结了文艺复兴以来三百年间资产阶级精神发展的历史。

2. 《少年维特之烦恼》通过维特的不幸经历,对封建等级偏见、德国市民阶级的守旧性和自私性等,做了较为深刻的揭发与批判。这部小说集中展现了觉醒的一代德国青年的苦闷和强烈的反封建精神。

这部小说运用了第一人称的书信体体裁,全书由主人公致友人及致绿蒂的 90 封书信组成。这种文学形式将叙事、抒情、描写、议论自然地熔为一炉,便于直抒胸臆,使全书带有强烈的感情色彩,对读者有很大的感染力。

恰尔德·哈罗尔德游记(节选)

一、填空题
反对侵略和暴政,歌颂民族解放运动

二、多项选择题
A、B

三、名词解释
指拜伦的"东方叙事诗"等长诗中的浪漫主义主人公,他们都是专制压迫的反抗者,他们忧郁、孤傲,具有坚强的意志和毫不妥协的精神,在敌我悬殊的斗争中,宁可牺牲生命也要斗争到底。在这些主人公身上有拜伦本人思想性格的明显特征,因而他们被称为"拜伦式的英雄"。

致恰阿达耶夫 致凯恩

一、填空题
  1.《驿站长》
  2. 反对专制暴政,歌颂自由
二、项选择题
  A、B、C、D
三、名词解释
  19世纪俄国文学中塑造的一类贵族知识分子的形象。他们对俄国的现状和封建专制制度感到不满,但又远离人民和革命;他们对上流社会的庸俗腐朽感到不满,但又不能完全摆脱上流社会的传统习惯;他们对自己的生活状况感到不满,但又寻找不到有意义的生活,因而无所作为,成为多余的人。多余的人形象著名的有奥涅金、毕乔林等。

巴黎圣母院(节选)

一、填空题
  爱斯美拉尔达 伽西莫多
二、单项选择题
  B

高 老 头(节选)

一、多项选择题
  A、B、C、D
二、名词解释
  1. 巴尔扎克创作的包括90多部长、中、短篇小说的小说总集。其中比较重要的作品有《高老头》《欧也妮·葛朗台》《古物陈列室》《幻灭》《农民》等。《人间喜剧》广泛、深入地反映了法国波旁王朝复辟时期资产阶级和贵族阶级的尖锐斗争,揭示了贵族阶级必然走向衰亡的历史趋势,写出了资产阶级血腥的发迹史,表现了在社会生活中金钱的统治地位和决定作用,暴露了人与人之间赤裸裸的金钱关系。

2. 巴尔扎克创造的一种小说手法,即小说中的一些重要人物在不同作品中反复出现,在不同的小说中反映他们不同的经历,最后构成这个人物的完整形象。这样,不仅作品中的主要人物的性格得到了充分发展,而且把许多原本各自独立的单部小说连成了一个互相关联的有机整体。人物再现法大大丰富了人物典型的塑造方法,为不少后世作家所仿效。

三、论述题

小说中的青年主人公拉斯蒂涅是法国波旁王朝复辟时期被资产阶级所腐蚀的破落贵族子弟的典型。作为外省破落贵族家庭的长子,拉斯蒂涅来到巴黎攻读法律,立志寒窗苦读,有朝一日登上法官的宝座,以报答父母和姊妹们为他做出的牺牲。然而巴黎的花花世界强烈地刺激他寻找捷径往上爬的欲望。他寻遍家谱,找到了远房表姐鲍赛昂夫人作为跻身上流社会的敲门砖。然而高贵的鲍赛昂夫人在金钱的威力面前,也被资产阶级妇女打败。她绝望之余,向不谙世事而又野心勃勃的表弟点破了卑鄙而又残忍的社会的真谛。鲍赛昂夫人的命运和教诲,给年轻的大学生上了人生教育的第一课。回到伏盖公寓,潜伏的苦役犯伏脱冷又赤裸裸地向他宣传"要作乐就不能怕弄脏手"的理论。伏脱冷的邪恶说教在拉斯蒂涅心中留下了难以磨灭的印象,涉世未深的拉斯蒂涅经过伏脱冷的引诱,又往上流社会这个名利场的泥坑中深陷了一步。最后,高老头被女儿无耻盘剥而至中风惨死的事件,完成了对拉斯蒂涅的人生教育。他在埋葬了高老头的同时,也埋葬了自己残存的一丝天良,纵身跳入了巴黎上流社会的欲海,踏上了不择手段往上爬的罪恶道路。

拉斯蒂涅的变化过程揭示了金钱对人性的巨大腐蚀作用,同时也反映了19世纪初期法国贵族阶级的日益败落和资产阶级的日益得势。

德伯家的苔丝（节选）

一、多项选择题
A、B、C、D、E

二、名词解释
19世纪英国作家哈代的大部分小说都以英国西南部的一个地区（古称威塞克斯）为背景，因而称为"威塞克斯小说"。这些小说反映了19世纪末资本主义工业文明侵入农村以后所引起的社会、经济、文化和习俗等方面的变化，以及由于宗法式农村经济的衰败而导致的各种社会悲剧。其中比较重要的长篇小说有《还乡》《卡斯特桥市长》《德伯家的苔丝》《无名的裘德》等。

三、论述题
苔丝是一个勤劳、善良、纯朴、富于自我牺牲精神的农村姑娘。为了帮助父母亲，她很早就挑起家庭生活的重担。苔丝的性格中有着强烈的反抗精神。亚雷想长期占有她，但她憎恨亚雷，毫不犹豫地离开了亚雷的家。生下私生子后，她不顾舆论和习俗的压力，带着孩子到田头去劳动。她的孩子生病快要死了，但还没受洗礼，她就自己给孩子行了洗礼，并且大胆地设想，如果上帝不承认她行的洗礼，那么这个上帝就对谁也不稀罕了。在克莱追求她的时候，她一方面内心有着负疚感和自卑感，另一方面又对传统的贞操观念产生了大胆的怀疑。当亚雷再次来纠缠她的时候，她痛斥亚雷的无耻和虚伪。最后，她终于亲手杀死了亚雷，表现出她的最强烈的反抗精神。

安娜·卡列尼娜（节选）

一、单项选择题
A

二、多项选择题
A、B、C、D

三、论述题

安娜的悲剧从本质上说,是贵族上流社会的冷酷与伪善造成的。安娜诚实善良,光明磊落,她要求解除不合理的婚姻,正当地与所爱的人结合,但卡列宁怕影响自己的名声和仕途不愿离婚,安娜才与伏伦斯基私奔。她的大胆行为触犯了整个上流社会的虚伪道德,动摇了贵族阶级"合法"婚姻的基石,于是,对安娜的非难从上流社会劈头盖脸而来,使她承受着巨大的压力。

安娜的悲剧与伏伦斯基也有直接的关系。他固然爱安娜,但也不无满足虚荣心和征服欲的动机。他并不能真正理解安娜的痛苦和处境,在他的虚荣心和征服欲得到满足之后,在他的仕宦前程及社交生活与他和安娜的关系发生冲突时,他对安娜变得冷淡了,终于导致安娜走上轻生的绝路。

安娜毕竟是在贵族社会中接受教育长大的,她不可能完全挣脱旧的道德观念,因此,她在离经叛道的同时,又为深刻的负罪感所缠绕,背负着沉重的精神枷锁,终至在失去最后的精神支柱后卧轨自杀。

安娜的悲剧反映了农奴制改革以后俄国社会的历史性变化,反映了资产阶级个性解放思潮对俄国的冲击,反映了俄国妇女争取婚姻自由、追求新生活的愿望和要求。

哈克贝利·芬历险记(节选)

一、多项选择题
A、B、C、D

二、简答题

白人孩子哈克热爱大自然,是个不能忍受枯燥乏味的生活方式、追求自由有趣的生活的儿童。作者将漂流在密西西比河的木筏上自由而富有诗意的生活和小城镇窒息、庸俗的生活相对照,哈克只有在木筏上才感到自由、轻松和舒畅,宁可一辈子流浪,也不愿做"体面"的上等人。

哈克本性善良,富有同情心,但他开始尚不能完全摆脱种族歧视的偏见。他一边帮助吉木逃跑,一边展开了激烈的思想斗争。当吉木被两个骗子卖掉后,他给吉木的主人写了一封信,想叫她派人带钱来赎回吉木。但他想起吉木忠厚善良的品格及对自由的渴望,终于完全摆脱了种族歧视的偏见,撕掉了那封信,决心亲自营救吉木,不再让他当奴隶。

老人与海(节选)

一、多项选择题
A、B、C、D、E

二、论述题

《老人与海》中的老渔民桑提亚哥最突出的性格特征就是海明威一生所提倡的"硬汉子性格"。桑提亚哥年迈、孤独,晚景十分凄凉。他以捕鱼为生,然而他接连84天没有捕到一条鱼。但老人十分坚定,不灰心,不认输,决不向厄运屈服。他在第85天独自一人驾小船扬帆远航,坚信自己一定会在远海捕到大鱼。正是由于强烈的自信和不懈的追求,他终于在远海钓到了一条比他的船还要长的马林鱼。因为鱼太大了,无法很快地把它杀死。老人面对的实际上是一个力量比他强大的对手,老人忍受了各种难以忍受的痛苦,终于制服了大鱼。老人的男子汉气概和坚忍不拔的"硬汉子性格"也在这场斗争中得到了充分的表现。

就在老人杀死大鱼返航的途中,意外地遇到了更大的灾难。成群的鲨鱼疯狂扑来,要抢夺他的劳动果实。在强大得多的敌人面前,老人不是束手无策,而是毫无畏惧地向鲨鱼宣战。他用鱼叉、用船桨、用木棍,直到卸下船舵的把手,与鲨鱼搏斗,可是鲨鱼太多了,老人独自一人。老人深知这是一场打不赢的战斗,但他仍然没有丢弃自己的对手逃跑,而是抖擞精神,继续坚持斗争。在这场注定要失败的险恶搏斗中,老人自始至终坚定沉着,不屈不挠,明知不可为而为之,显示了他的人格力量,从而使"硬汉子性格"得到了最完美的体现。

变 形 记(节选)

一、多项选择题
A、B、C、D、E

二、简答题
卡夫卡在小说中常常用抽象的荒诞的手法表现他所感受到的事物的本质,他的小说中,时间、空间、人物都是不确定的。他的小说富有象征性,如《审判》中的法庭根本不是现实中的法庭,而象征一种压迫人的社会力量,《城堡》中的城堡则是官僚制度的象征。他的小说还有一种冷漠的笔调,但正是在这种冷漠的笔调中包含着震撼人心的力量。

雪 国(节选)

一、多项选择题
B、C、D

二、论述题
《雪国》的风格特点是充满淡淡的哀愁,人物的心理活动和感情表露都十分细腻。《雪国》充分调动日本文学传统中"四季感"的艺术手段,以景托情,创造出一种特殊的气氛,将人物的感情凸显出来。小说中对雪国初夏、晚秋、初冬的季节转换和景物变化,对车窗玻璃中映出的景物在岛村心中产生的虚幻感觉,对岛村和驹子的内心感情,对驹子在爱情与痛苦里挣扎煎熬的矛盾心理,都做了非常细腻的描写。

《雪国》还成功地采用了"意识流"的手法。小说开头一段描写岛村坐在开往雪国的火车上,凭窗眺望车外的景色。这时由于暮色降临,车外一片苍茫,车里亮起电灯,所以车窗玻璃变成了一个似透明非透明的镜面。在这个镜面上,车外的暮色和车内叶子姑娘美丽的面容奇妙地重合在一起,构成一幅美妙无比的图画,引起岛村无边无际的自由联想。

摩诃摩耶

一、填空题
   《戈拉》

二、简答题
   《摩诃摩耶》的主要思想内容是描写印度农村落后的现状,尖锐地揭露和批判了封建包办婚姻、种姓制度及寡妇殉葬的陋习,表现出强烈的反封建精神。

第五编 儿童文学

第九章 儿童文学概述

第一节 儿童文学的含义和特点

一、填空题

1. 成人文学 专为儿童创作和编写,有益于儿童的身心健康,并能为他们所理解和接受
2. 文学性 层次性 超前性 娱乐性
3. 低幼期 儿童期 青少年期 低幼文学 儿童文学(狭义) 青少年文学
4. 深度 广度 超前性
5. 让孩子们能够接受和理解 审美 认识 教育 娱乐
6. 艺术魅力 思维方式 行动心态 语言动作
7. 儿歌 儿童诗 童话 寓言 儿童故事 儿童小说 儿童散文 儿童报告文学 儿童传记文学 儿童戏剧 儿童影视 儿童科学文艺

二、单项选择题

1. D 2. B

三、多项选择题

1. A、B、C、D 2. B、C、D 3. A、C、D

四、名词解释

1. 儿童情趣是儿童文学作品艺术魅力的重要源泉,它是少年儿童思维方式、行为心态、语言动作在文学作品中的艺术表现。具体地说,就是用风趣幽默的笔调,富于儿童特色的语言将儿童生活中的种种有意思的东西表

现出来；使孩子们产生一种亲切感，不仅愿意阅读，喜欢阅读，而且能够沉浸其中，不知不觉受到感染。

2. 儿童们不希望自己老是成人眼里的孩子，喜欢模仿大人，这就是儿童的反儿童化倾向。它与儿童文学的超前性特点相一致。

3. 儿童文学必须遵循文学的一般规律。文学是以语言文字塑造形象的，是用文学的形象来打动人、感染人的，儿童文学也是一样，必须有自己独特的形象塑造，必须有想象与创造的成分，必须通过艺术的形象来达到陶冶情操的目的。儿童文学必须在构思和塑造形象方面下功夫，既考虑儿童的年龄特点和接受心理，又注重开发他们的审美潜能，通过审美的途径，发挥儿童文学认识、娱乐、教育的诸多功能，让孩子们的思想感情在潜移默化中得到陶冶，灵魂得到净化。

4. 这里的层次是指儿童年龄的层次。儿童文学是为儿童服务的，就必须考虑不同年龄层次的儿童的不同特点和不同需求。儿童文学的特殊性是由特定的阅读对象的年龄特征决定的，所以儿童文学内部的层次性就成了它区别于成人文学的一个特点。儿童文学的创作往往有很强的针对性，针对不同年龄阶段的儿童，创作出不同层次的作品来。

一般说来，人们把儿童的年龄分为低幼期（3—6岁）、儿童期（6—11岁）、青少年期（11—17岁）三个层次，但这只是一个大体的划分，实际的情况要复杂得多。处于不同年龄的儿童，他们在感知、记忆、语言、思维、情感等方面都有很大的不同，所以针对不同年龄阶段的儿童所写作品也有很大的不同。人们把儿童文学分为"低幼文学""儿童文学（狭义）""青少年文学"三个层次。

5. 儿童文学服务于儿童，目的是促使孩子们身心健康成长，因此，儿童文学的创作在深度和广度上要略高于阅读对象的实际水平，这就是儿童文学的超前性的特点。儿童文学在主题和题材方面既考虑孩子们的世界，又不能局限于孩子们的世界，在设置矛盾的时候，既考虑孩子们的理解能力和承受能力，又要着眼于培养和锻炼这方面的能力，使孩子们通过文学的途径，把认识、理解社会和人生的水平提高到一个新的高度。

儿童文学的超前性特点，不仅符合社会时代的文学的功利观念，也符合少年儿童读者的心理趋向。他们不希望自己老是成人眼里的孩子，喜欢模仿大人,这就是儿童的反儿童化倾向。这种"反儿童化心理倾向"正好与儿童文学的超前性特点相一致。

6. 儿童文学是快乐的文学,它所展开的世界,是一个让孩子们流连忘返的世界。在这里,一个起决定作用的因素就是"儿童情趣"。儿童情趣是儿童文学作品艺术魅力的重要源泉,它是少年儿童思维方式、行为心态、语言动作在文学作品中的艺术表现。具体地说,就是用风趣幽默的笔调,用富于儿童特色的语言将儿童生活中的种种有意思的东西表现出来,使孩子们产生一种亲切感,不仅愿意阅读、喜欢阅读,而且能够沉浸其中,不知不觉受到感染。

五、简答题

1. 儿童文学可以从不同的角度进行分类,如果从接受对象来分,可以分为针对3岁至6岁幼儿的低幼文学、针对6岁到11岁左右孩子的儿童文学(狭义)和针对11岁以上青少年的少年文学。如果从写作的题材和风格来分,可以分为描写儿童生活的写实类、借助幻想塑造形象构思故事的幻想类、以文学的方式讲述科学知识的儿童科学文艺类,等。一般常见的分法是参照文学的体裁来分,分为儿歌、儿童诗、童话、寓言、儿童故事、儿童小说、儿童散文、儿童报告文学、儿童传记文学、儿童戏剧、儿童影视、儿童科学文艺等。

2. 儿童文学,是专为儿童创作和编写、有益于儿童的身心健康、并能为他们所理解和接受的文学作品。首先,这种文学作品应该是专门为孩子们而创作和编写的,有些文学作品虽然是以儿童作为写作对象,或者在作品中大量涉及儿童少年,但它的阅读对象不是儿童,如我国著名的长篇小说《红楼梦》,主要人物贾宝玉、林黛玉等都是十三四岁的孩子,可它绝对不是为孩子们写的书,不能算儿童文学。其次,它还必须是有益于儿童身心健康的,能够为他们所理解和接受的。中国古代的《神童诗》《幼学琼林》之类,虽然是为孩子们写的,可是由于这些作品在写作的时候就没有考虑孩子们的心理和接受能力,所以它们与儿童的心理距离比较远,在内容上也不能引起孩子们的兴趣,有的还灌输了一些不利于儿童身心健康的东西,所以我们也不将它们看作儿童文学。

第二节　儿歌和儿童诗

一、填空题

1. 内容浅显,主题单一　形象生动,想象丰富　篇幅短小,好记易唱　形式多样,娱乐性强
2. 内容健康,感情充沛　意境优美,趣味性强　构思新颖,想象丰富　讲究韵律和节奏,有音乐美
3. 读起来好听、上口　把分散的诗行凝成一个整体　吸引住小读者的注意
4. 是儿童自己口头创作的　是流传于民间,由后人搜集、整理的　是由成人根据儿童的接受能力和兴趣特点而创作的
5. 摇篮曲　数数歌　绕口令　谜语　问答歌　游戏歌
6. 优美的韵律　悦耳动听的曲调　完整的歌词
7. 叙事诗　抒情诗　讽刺诗

二、单项选择题

1. B　2. C　3. C　4. D　5. D　6. A　7. B　8. B

三、多项选择题

1. A、B、C、D　2. A、C、D　3. A、B、D　4. A、C、D

四、名词解释

1. 利用发音相同或相近的词语,编成简单有趣容易说错的儿歌,用来锻炼语言能力,锻炼记忆和思维的敏捷,是孩子们喜欢的儿歌形式,可以提高他们学习语言的兴趣。
2. 针对孩子们身上有时可能出现的一些缺点和错误,用善意委婉而巧妙的方式对他们进行批评,这样的诗被称为讽刺诗。讽刺诗通过幽默夸张的手法,形象有趣地进行批评,让孩子们在笑声中与自己身上的缺点和错误告别。
3. 这是一种以问答的形式出现的歌谣,可以自问自答,也可以两方一问一答。这种形式常常在儿童游戏的时候采用,可以激发孩子们的想象力。
4. 这是一种用整齐押韵的文字对儿童进行数数或简单数学运算教育的

歌谣,但它不是抽象地让孩子背诵,而是将孩子们熟悉的事物编进儿歌,让孩子们在轻松的游戏中获得数的概念。

5. 这是人生中最初听到的美妙声音,是以母亲或长者的口吻唱给婴儿听的。它有优美的旋律和悦耳动听的曲调,但并不一定有完整的歌词。母亲一面轻轻晃动着摇篮,一面动情地吟唱,使小小的婴儿在充满爱心的歌声中入睡。

五、简答题

1. 和儿歌一样,儿童诗也是为孩子们写的韵文,不同的是,儿歌更适合于口头吟唱,而儿童诗可以朗诵也可以阅读;儿歌有口头流传的也有人们创作的,儿童诗基本上都是创作的;儿歌内容一般比较简单,适应的对象年龄比较小,儿童诗的内容有时比较复杂,阅读的对象也是年龄稍大一些的孩子。

2. 其实孩子的想象力是最丰富的,写作儿童诗的作家,都愿意做孩子们的朋友,向孩子们学习,从孩子们的生活中得到启发。儿童的天性是向往有趣和新奇的事物,喜欢听情节生动曲折的故事,儿童诗应该满足他们这方面的要求。在一个生活节奏越来越快而媒体信息越来越多的社会里,孩子们得到的新鲜的东西也越来越多,在这种状况下,儿童诗要用新奇有趣的东西吸引孩子们,难度也越来越大了。但现代社会和现代科技也给我们提供了更大的想象空间,儿童诗应该在孩子们心目中得到一席之地。

第三节　寓言和童话

一、填空题

1. 故事简单,语言精练　强烈的讽喻性　明显的象征性　高度的典型性

2. 夸张性　象征性　逻辑性

3. 茅盾　1918　《寻快乐》　现代童话

4. 《列子》《庄子》《韩非子》

5. 简短的故事　这个简短故事所寄托的一个道理

6. 《伊索寓言》《克雷洛夫寓言》

7. 使孩子们理解起来比较容易　使寓言的讽喻作用发挥得更好

8. 神话　民间传说

9. 丹麦　安徒生　意大利　科洛迪　英国　王尔德

10. 拟人体　常人体　超人体

二、单项选择题

1. D　2. B

三、多项选择题

1. A、C　2. C、D　3. A、B、C

四、名词解释

1. 寓言的"寓",是寄托的意思,借一个简短的故事,寄托一种道理,人们在读完故事以后对其中的道理有所领悟,这就是寓言。寓言所说的故事是虚拟的,可寓言所说的道理是真切可信的。法国著名寓言诗人拉·封丹说:"一个寓言可分为身体和灵魂两部分——所述的故事好比是身体,所给予人们的教训好比是灵魂。"这是对寓言的一个十分形象的解释。它告诉我们,寓言是由两个部分构成的,一部分是简短的故事,这是寓言外在的东西,另一部分是这个简短故事所寄托的一个道理,这个道理有时在寓言的结尾之处用结论性的语言进行提示,也有的时候不一定做十分明确的结论,只有一些暗示,需要接受者自己去体会。但这一部分是寓言的灵魂,是一则寓言不可缺少的东西。

2. 寓言如果没有讽喻意义,就没有了自身存在的价值。在所有的儿童文学作品中寓言的讽喻性是最强烈的。《伊索寓言》中《狐狸和葡萄》的故事讲完以后,结尾的地方寓言将道理直接说了出来:"这就是说,有些人因为没有力量,不能做成事情,也是这样地借时机来做口实。"寓言的教训一般是讽喻性的教训,讽刺和嘲笑是寓言显著的特征,或对现实劝善惩恶,或批评嘲笑一些人的不良行为。对于儿童来说,有些寓言虽然故事比较简单,但所蕴含的道理不一定能够理解。所以为孩子们选择和写作寓言的时候,要特别注意其中的道理和他们的关系,只有那些他们能够理解并对他们有意义的寓言才是合适的。

3. 在刚有童话这个概念的时候,童话是和民俗学紧紧联系在一起的,因为那时候人们把童话看作历史上的东西。后来,随着对童话这个概念的认识不断变化,人们从国外的童话和现代作家所创作的童话中得到启示,才将童话定义为一种带有浓厚幻想色彩的为孩子们而创作的虚构故事。

4. 童话的象征性是幻想和现实结合的一种重要方式,也是童话创造典型的一种独特方法。象征就是用比拟、比喻的方法借助某一具体事物的形象,以表现某种抽象的概念、思想或感情。运用象征手法要巧妙地利用象征物和被象征物之间的某种类似,将比较复杂比较不容易理解的东西用形象的浅显的东西表现出来。

五、简答题

1. 童话和寓言有不少相似之处,它们的故事都是虚构的、幻想的,在故事中充当主人公的也都是一些充满想象的形象,它们可以是人物、动物、植物和一切有生命无生命的东西,讲述这些故事的目的也都是说明某种道理。特别值得一提的是,在古代,这两种文体本来没有太多的区别,只是到了后来,在人们有意识地创作儿童文学作品的时候,才逐渐将两种体裁区别开来。

严格地说,现在童话和寓言之间的区别还是很明显的。从内容来看,寓言一般故事单纯,人物和情节不复杂,而童话的内容一般要比寓言复杂,故事可能有不止一条线索,主要人物或其他主人公之间的关系也要复杂一些。从结构看,寓言的结构比较简单,童话则由于情节曲折起伏,常常有意料之外的情况出现,所以结构多变。从篇幅看,寓言一般比较短,而童话则有短有长,有些长篇童话的篇幅可能有几万字到几十万字。从接受的对象来看,童话的主要对象是儿童,在写作的时候就应充分考虑到儿童的心理特点,强调趣味性,所说的道理也比较浅显,寓言的对象不一定是孩子,有些简单的寓言是孩子们也能接受的,但有些寓言所说的道理比较深,是为成年人写作的。

2. 夸张是童话不可缺少的手法。童话是运用幻想来表现生活的,童话中的幻想是通过夸张的方式表现出来的。童话的夸张多种多样,对形象、环境、情节都可以进行非常大胆的夸张。如童话中出现的人物有时是大得难以想象的巨人,有时是小得不能再小的小人。童话里出现的环境有时是美妙的仙境,有时又在鲨鱼的肚子里。情节也十分夸张,如《木偶奇遇记》里的小木偶一说谎话鼻子就飞快地长长,若在生活中是不可能的,但在童话作品里,正是这些极度夸张的情节形成了作品的特色。童话的夸张使平凡的东西披上了神奇的色彩,在整个作品中创造出了一种浓郁的童话氛围,将孩子们带进了一个他们从未见过的世界,使他们激动不已,深深地为其中的故事和形象而陶醉,这对于吸引和感染他们是十分有利的。童话中的夸张还可以增强作品的幽默感和趣味性,使孩子们读起来感到兴味盎然。当然,夸张是为了更好地表现童话的幻想,把生活更典型更鲜明更突出地描绘给孩子们看,这才是夸张的目的所在。

第四节　儿童小说

一、填空题

　　1. 特定的视角　内容的针对性　形象真实生动,个性鲜明突出　情节曲折,故事性强

　　2. 以少年儿童为主要读者对象的小说　少年儿童心理特征和兴趣爱好　具有基本阅读能力的少年儿童　小学中高年级和初中的学生

二、单项选择题

　　1. C　2. A　3. B

三、名词解释

　　1. "童心"从字面上理解,就是儿童的心,从文学艺术的角度来讲,"童心"又是一个十分复杂的东西,那是一种纯真自然、接近天籁的创作状态,是艺术家洗尽繁华、返璞归真的状态。世界上只有孩子是天真的,他们是最接近自然的真人,艺术家只有向孩子学习才能得到"童心"。儿童小说的写作中处处体察孩子,了解孩子,尊重孩子,从孩子的角度去思考一切问题,所以在儿童小说中,"童心"几乎无处不在。

　　2. 有很多种类的小说涉及家庭,这里所说的家庭小说,是指主要以家庭为背景,以家庭中的父子、母子、父女、母女、兄弟、姐妹之间的矛盾为主要情节的小说。这类小说通过少年儿童家庭生活状况的描写及家庭成员之间关系的展示,向孩子们进行家庭伦理道德教育。作品的伦理色彩和社会意蕴熔于一炉,既有比较浓郁的时代气息,又能从家庭这个小小的角度,看出社会的变化和人们观念的进步。

3. 这一类小说比较注重对独特人文环境的描写。我国是一个多民族的国家,在广阔的土地上,生活着许多文化背景不同的人群,他们的生活习惯不同,谋生手段不同,生活的自然环境也不同,在这些不同的环境中,形成了各自的文化品格和各自的个性特征。北方人的豪爽强悍,南方人的细腻柔情,京味津味海味辣味,各地有各地的风俗人情,各地有各地的文化精髓。风俗小说将自己的故事和人物放在独特的人文背景中,写出让孩子们感到耳目一新的生活,这对于开阔他们的视野,丰富他们的知识,培养他们对祖国和人民的爱,更深地了解他们生活和成长的这块土地有着十分重要的作用。我们民族文化的许多古老风俗和传统,在今天已经渐渐消失了,可是其中蕴含的那些美好人情、善良心灵一代一代流传下来,展示那些过去了的美好的东西,对于理解我们民族的文化传统也有很重要的作用。

4. 历史小说讲的是历史上的故事,作品将历史知识、道德情感教育和艺术形象融会在一起,既重视历史的真实,强调按历史的本来面目来构思情节、刻画人物,又不过于拘泥真实。在艺术表现手法上可以进行必要的虚构,通过人物的言行和细节,将历史上的一些重要事件和重要人物演绎得栩栩如生,不仅丰富了孩子们的历史知识,还可以让他们悉心体会我国优秀的民族文化传统,从历史上的优秀人物身上学到许多好的品质和好的精神。

历史小说包括那些以中国近现代历史为背景的小说,那些描写革命战争年代的小说展示了革命年代的艰苦和革命者无私无畏的战斗生活,对于培养孩子们的意志和品格也是很有益处的。

5. 这是以动物作为主人公创作的小说。这一类小说不仅向小读者描绘各种动物的生活,展示它们不为一般人所知的生活习性和有趣的生存状态,还常常以动物为主人公展开曲折动人的故事。这一类小说有时使用拟人的手法,将动物的情感、爱憎、思维表现得惟妙惟肖,使孩子们对大自然的生命增加了解,对生命所承受的艰难困苦和生命的顽强不屈有所体会。有时将人和动物的关系作为构思的中心,写出不同的人对待动物的不同方式,告诉孩子们动物是人类的朋友,是和人类一样的大自然的组成部分,谴责那些不爱护动物的行为,教育孩子们要保护环境。这类小说还为孩子们打开了通向未知世界的大门,激发他们探索大自然的热情和兴趣。写这一类作品,一定要对动物的习性有非常深入的了解,那些对动物性情的刻画和对动物行为的描写都必须有足够的依据，不能凭想当然来写作，那样对孩子们就是一种误导了。

6. 这类小说通过富有惊险色彩的情节带领小读者进入与大自然搏斗的神秘而刺激的境界，带领他们进入和犯罪分子斗争的紧张而生死未卜的境界。在这些充满刺激的斗争中，小说中的人物运用智慧和大自然周旋，和敌人周旋，表现出非凡的勇敢精神和冷静的科学头脑，那些有勇有谋的小英雄成为孩子们心中仰慕的对象，在不知不觉中，他们得到了一种英雄主义的教育，他们在紧张激烈的情节中飞快地思考，迅速地判断，这对于加强他们的是非观念和爱憎感情都是有积极意义的。有些小说以公安部门破案的故事作为创作的素材，主要人物可能是成人，但整个过程有孩子的参与和配合，许多事情通过孩子的眼睛来看，也是很受小读者喜爱的。他们借助于小说，获得一种间接的人生经验，眼光变得更加锐利，是非观念更加明确。这些小说还给小读者增长了许多知识，如何在大自然的恶劣环境中求生存，如何在突发的灾难面前保持冷静并做出正确的抉择，这些正是这一类小说所要告诉小读者的。

四、简答题

1. 所有的分类都需要一个角度，儿童小说也是一样，从不同的角度，可以把儿童小说分成不同的类别。按篇幅分，可以分为长篇小说、中篇小说、短篇小说和微型小说等；按年龄段分，可以分为儿童小说、少年小说等；按题材分，可以分为校园小说、家庭小说、风俗小说、历史小说、动物小说、惊险小说等。

2. 儿童小说的作家深入地了解自己的读者对象，能够看到孩子们的特殊心理需求和情感需求，为孩子们做认识社会、理解人生的正确引导，帮助他们树立理想，陶冶情操，塑造美好心灵，从根本上为他们解决一些困惑，使他们更加健康地成长。实践证明，儿童小说作为儿童文学中一种重要的体裁，对具有阅读能力的少年儿童是最有吸引力的，小读者从儿童小说中所接受的关于社会人生的许多认识和见解，他们从小说中感受到的那些美好的感情和美好的心灵，有可能对他们的一生产生影响。随着社会的发展和进步，随着社会整体素质的提高，人们的审美意识也在不断地完善，艺术地掌握世界的水平在不断提高，有可能给孩子们生产更多更好的精神食粮，其中包括大量优秀的儿童小说。但实际情况是,进入 90 年代后半期以后,一面是现代传播媒体的大举进攻,一面是升学竞争日益加剧,两面夹击,使得儿童文学特别是儿童小说的创作和出版受到很大影响。在这种情况下,真正关心少年儿童身心健康和成长的人,有责任为儿童文学特别是儿童小说的重新繁荣做出自己的努力。

第五节 儿童散文和儿童纪实文学

一、填空题

1. 以片段生活,主体心灵 写作者的思想感情 展开比较丰富的真实生活图画,对有特点的人和事进行艺术记录

2. 写人叙事散文 抒情散文 说理散文 游记散文 知识散文 心灵散文

3.《和爸爸一起坐牢的日子》《雷锋的故事》《和当代中学生通信》《相信自己的眼睛》《独生子女宣言》

二、单项选择题

1. C 2. D 3. C

三、多项选择题

1. A、B 2. B、D 3. A、B、C

四、名词解释

1. 意境是一个具有中国特色的美学范畴。"意",是指作者主观内在的思想、感情;境,是指客观外物,即那些被作者著上了主观色彩的社会生活片段和自然景物。由于作者思想感情的灌注,散文作品的内意和外物两相交融,你中有我,我中有你,意和境之间再难区分。这样出现的一个具有艺术之美的境界就是意境。

2. 儿童传记文学是传记文学的一个分支,它以适合儿童阅读的方法,描写对儿童有教育意义的人物的生平事迹。儿童传记文学所描写的对象是有名有姓的真人真事,而且大部分是在历史上或在当代有影响的人物,他们可以是少年英雄,也可以是成年人,但他们的事迹对孩子们一定有某种启发和教育的意义。

五、简答题

1. 首先,生活中存在着大量感人的东西,那些找不到报告文学写作材料的人,只是下的功夫还不够。其次,报告文学是以真实的品格来打动读者的,一旦发现你写的东西有假,读者就会对作品中所有的内容产生怀疑,报告文学用真实的生活来打动人的魅力就不复存在了。最后,报告文学以真实的人和事作为写作对象,如果在大部分真实的基础上做添加和改动,有可能给写作对象带来不必要的麻烦。所以,儿童报告文学尽管以孩子们为阅读对象,也必须坚持报告文学的真实性原则。但报告文学的真实性和它的文学性并不矛盾。和成人报告文学一样,儿童报告文学的文学性也体现在对生活素材的必要的提炼和加工。这种加工排斥虚构,但不反对选择和提炼。针对小读者的阅读特点,儿童报告文学往往在故事的曲折和细节的丰富等方面更为注意,但这些情节和细节只能来自深入细致的采访,决不能虚构。

2. 儿童报告文学中所展开的生活画面应该和孩子们的生活有关。当然这种相关是多方面的,有时表现为所写的人就是孩子们自己,所写的事也都是孩子们自己经历的事,这样的人和事当然很容易激起孩子们的兴趣,也容易引起他们拿作品中的人物跟自己比较,从而很自然地领会其中的教育意义。比如以获得某一方面突出成绩的孩子作为写作对象、小运动员、小演员、小发明家、见义勇为的孩子等,这些孩子和小读者年龄相仿,他们身上所具有的一些特殊品格在他们的成功中起了决定的作用,儿童报告文学将这些特殊的品格和特殊的精神揭示出来,可以激发孩子们积极向上的热情,激发他们用自己的努力去争取人生路上最初的成功。还有一些作品是以困境中的孩子为写作对象的,他们经历了不幸,有的身患绝症,有的遭遇灾难,有的亲人过早离去,有的小小年纪就必须挑起家庭的担子。可这些身处逆境的孩子用顽强的毅力克服了困难,他们生活得很艰难,可是他们的内心十分丰富,他们在心理上的成熟也比同龄的孩子早。报告文学将他们面对的严酷现实和勇敢抗争的精神告诉更多的孩子,使他们更加珍惜自己平静美好的生活环境,用顽强的毅力和加倍的勇敢去面对生活中的困难。也有的时候,儿童报告文学的写作面对的是一个时期的孩子,由于时代的特点,这些孩子有许多共同的特点和许多共同的问题,作家深入他们的内心世界,对他们的问题进行细心体贴的关怀，不仅使孩子们得到启发，也帮助对当代的孩子不够了解的家长们揭开了许多困惑和疑虑。这些作品的教育意义就不仅是对孩子们而言了。

3. 传记文学既是忠实于生活和历史的记录，又是经过作者加工的注重形象刻画的文学作品。儿童传记文学的读者特点要求作品相对于成人文学，应具备更加强烈的感染力，而这种感染力只有文学的手段才能达到。如何在不影响真实性的基础上使用文学的手段呢？第一，是在选择上下功夫，传记文学不是要对人物做全盘的历史记录，在全面了解人物生平的基础上，作者可以选取那些最有表现力、最富戏剧性、最具有本质意义的生活片段来进行描写，在这些片段中，又可以抓住那些细节丰富、人物思想感情变化剧烈的场面来进行刻画。这对于突出人物个性、增强作品的故事性和可读性有显著作用。第二，要努力写出非凡人物身上普通人的一面。传记文学的写作对象一般是英雄人物或有成就的人物，在写这些人的时候，作者因为对人物怀着崇敬心理，往往容易将人物神化，好像天生就是一个先知先觉、与众不同的人。这样的写法无形中将人物和读者的距离拉开了，人物虽然高大，却是十分概念化的存在。只有写出人物作为普通人的一面，他才有可能成为一个丰满的人，一个可以亲近和学习的人。第三，在基本情节和主要事实符合历史真实的情况下，不排斥对某些细节和人物心理做有节制的想象。这些想象应该符合事情发展的逻辑，符合人物性格发展的逻辑。这样做的目的只能是使人物的言行更加可信，更加具有感染力。如果在想象中露出破绽，效果就适得其反了。

第六节　儿童科学文艺

一、填空题

1. 近代　文艺　科学　科学知识　科学原理　科学发明史　科学幻想　形象生动

2. 艺术地　准确地　科学性　思想性　艺术性

二、单项选择题

1. D　2. A

三、多项选择题

1. A、B、C、D 2. A、B、C 3. A、B

四、名词解释

1. 科学故事是以简短的故事形式来介绍、传授各种科学知识的常见科学文艺体裁。它借助生动的故事把科学技术上的新发现、新发明,把常见的自然现象中的科学道理介绍给孩子们。

2. 科学小品是一种随笔式的科学文艺体裁,有写给成人看的,也有写给孩子们看的。那些为孩子们写作的科学小品,内容浅显明白,形式生动有趣,篇幅一般比较短小,题材十分广泛,形式灵活多样,不拘一格。无论是写作还是阅读都十分方便,占用的时间不多,在轻松的阅读中不经意地获得了科学的启迪。我国的科学小品创作在中华人民共和国成立以后有过一个比较繁荣的时期,主要的作者有高士其、叶永烈等。科学小品一般没有虚构的成分,没有曲折动人的故事,也不一定要刻画人物形象。但优秀的科学小品往往有新颖的立意,巧妙的构思,优美的语言文字,同样具有引人入胜的力量。

五、简答题

1. 在儿童科学文艺作品中,科学和文艺的结合不是表面的、机械的,而是有机的、水乳交融的。科学和文艺本来有许多不同之处,科学是理性的、严谨的,是以逻辑思维为思维方法的,文学却是充满感性和想象的,是浪漫的,以形象思维和灵感思维为主要思维方法的。可是在科学文艺中,作者要同时用科学的眼光和艺术的眼光来观察世界。作品中出现的科学知识来不得半点虚假,而作品表现科学知识时所借助的事件、人物和情节,却可以和其他文学作品一样生动灵活充满感情。所以,科学文艺工作者不光凭科学的逻辑思维来创作,还必须具备良好的文学修养,能够像文学家一样善于用形象来进行思维。好的科学文艺作品应该具有丰富的感情和出色的想象力,善于通过巧妙的构思,把科学概念和原理化为生动的形象。用形象化的语言、生动的故事情节、富有感染力的人物形象来表现科学,用深厚的感情来感染和打动读者。

2. 科学文艺不仅担负着传播科学知识的使命,而且负有用先进的思想教育下一代的任务。因此,科学文艺不能单纯地介绍科学知识,而应该有鲜明的主题,把符合人类和社会进步的思想寓于科学的内容之中。科学文艺中的思想性不是简单的政治说教,也不是额外地附加什么思想教育的内容。儿童科学文艺的思想性最根本的体现是要用辩证唯物主义的观点和方法深入地分析所描写的题材,使孩子们在获得科学知识的同时受到正确的思想方法的影响,产生热爱生命、热爱科学、热爱地球、保护环境的自觉意识,使他们攀登科学高峰的勇气和决心受到鼓舞和激励。

第十章 儿童文学作品与导读

太阳神之子

一、填空题

罗马神话 希腊神话 阿波罗 法厄同

二、单项选择题

1. B 2. C

三、多项选择题

A、C、D

四、简答题

1. 相关的研究证明,神话展开想象的起点一定是地球上发生的重大自然变故。而这则神话极有可能诞生于一场可怕的旱灾之后。古人面对受尽炙烤的大地,不明白何以如此,便想象出太阳神驾驶太阳车的职司在某一天被其子法厄同替代,于是终于闯下大祸丧生失命等情节。

2. 太阳神之子的故事与中国古代神话中"后羿射日"的传说有异曲同工之妙。它们想象的起点都是大地上的旱灾,不同的是罗马神话着重于解释旱灾的发生,而中国神话偏重于解释灾难的缓解、消失。《太阳神之子》把"神"当作"人"来写,使神具有和凡人一样的性格和思维方式;而《后羿射日》则把古代为人民造福的英雄人物描述成具备神的力量和勇武,把"人"上升为"神"。这种体现在文学中的有趣现象反映了东西方思维方式的差异。

人类之母女娲

一、填空题

《楚辞·天问》 《淮南子·览冥篇》 《故事新编·补天》

二、单项选择题

1. D 2. C

三、多项选择题

A、B、C、D

四、名词解释

神话是一种很古老的文学体裁,根基于现实生活,也掺和了人类瑰奇的想象,它的一个主要功能是解释人类对于自身存在的困惑。人类到底是如何产生的?几乎每个民族流传下来的神话传说中,都有解释这一问题的神话,即所谓创世纪神话。在中国的创世纪神话中,女娲补天是很精彩的一页。

五、简答题

女娲是一个女性的神祇,为了给美丽却寂寞的大地带来生气,她用黄土捏成了"人",为了让人类生生不息、代代相继,她把人分成了男人和女人,并教会人类繁衍生息,绵延不绝。当宇宙发生天崩地陷的大灾难时,女娲以她"母性"的胸怀和胆魄,勇敢地担起了补天、平祸的重任。她不辞劳苦,历尽千难万险炼出五色的岩浆把天上的窟窿补好,又用乌龟的大脚代替天柱支撑起天幕。杀了残害人民的黑龙,赶走了恶禽猛兽,给人类一个祥和、美丽的生存环境,并且创造了乐器,给人类带来了音乐,使人类的生活变得更加丰富多彩。这个童话通过女娲造人、补天等故事,告诉孩子们母亲是一个崇高而伟大的名字。每一个可能成为母亲的女性都要像女娲那样为了孩子、为了未来,不畏任何艰难险阻,无私地奉献出自己的一切智慧和力量。

两边不讨好的蝙蝠

一、填空题

1. 古希腊 伊索 《农夫和蛇》《狼和小羊》
2. 约公元前 6 世纪 奴隶 讽刺权贵 提防恶人的侵害

二、简答题

1. 伊索寓言一般都具有明显的象征性和讽喻性,篇幅短小,故事简单,所要说明的道理也比较直接,比较浅显。这些特点对后来的寓言创作有比较大的影响。

2. 寓言总是借一个故事来说明道理的。这篇《两边不讨好的蝙蝠》借一只投机取巧的蝙蝠，讽刺那些既不想出力流汗，又不想承担风险，却妄想利用自己两面派的嘴脸，得到庇护和好处的人。寓言巧妙地利用了蝙蝠的特点来讲故事说道理，蝙蝠既有像鸟的一面，又有像兽的一面，用它来比喻那些在矛盾斗争中见风使舵的人是再妥帖不过了。故事运用拟人手法，让这只蝙蝠用自己的语言把自己的丑陋之处描绘出来，十分生动。最后，这个自以为聪明的家伙得到了应有的惩罚，它一辈子再也见不到阳光了。这个寓言告诫人们，投机取巧的人，最终只会落得两边不讨好的下场。

核桃和钟楼

一、填空题

寓言故事　文艺复兴　达·芬奇

二、简答题

拟人化是寓言故事最常见的手法，《核桃和钟楼》运用这种手法设置了核桃、墙、钟三个"人物"。核桃为了逃避被鸟啄食的厄运，而躲到了墙缝里；为了得到墙的庇护，他向墙乞怜、献媚、承诺。作为"旁观者"的钟看出了核桃对墙的潜在威胁，轻声地对墙告诫。可是善良而轻信的墙被核桃一时的可怜相和看似真诚的承诺打动了，让核桃留下来了。不久核桃在墙缝里生根发芽，终于把墙弄倒了。墙悔之晚矣。故事告诉我们一个简单而深刻的道理：对那些不值得信任的人不要抱有幻想，否则会遭到墙一样的命运。这个故事和我们所熟悉的中国古代寓言故事《东郭先生和狼》有着异曲同工之妙。

海的女儿

一、填空题

1. 丹麦　安徒生　现代童话
2. 1805　鞋匠　诗歌和散文　168

二、单项选择题

1. B 2. C

三、多项选择题

A、B、C

四、简答题

1. 40岁以后,安徒生的创作有了明显的变化。他自己称这一时期的作品为"新童话"。其实,从这一阶段开始,他的创作中幻想的成分越来越少,很多作品的描绘更接近现实生活。《卖火柴的小女孩》《母亲的故事》等就是他这一时期的作品。

2. 安徒生为孩子们塑造的美丽可爱的小人鱼,是善良、真诚和勇敢的化身。她和她的五个姐姐不一样,她看准了自己追求的目标,便义无反顾地冲向前去,不惜牺牲一切代价。对自己所爱的人,她从来没有要求,只有默默地付出。在面对王子的幸福和自己的生命这个最残酷的选择时,小人鱼还是默默选择了牺牲自己,尽管这时沉浸在幸福中的王子早已将小人鱼忘了。

大 拇 指

一、填空题

1. 《格林童话》 格林兄弟 德国人民
2. 民间流传 语言学研究 世界文学

二、单项选择题

B

三、简答题

用"超人体"的方法,将故事的主人公设计成一个只有拇指般大小的孩子,可以使这个孩子处于跟正常人完全不同的环境中,一会儿在马耳朵中,一会儿在牛肚子里,他看到、听到、感受到的是孩子们绝对无法看到、听到、感受到的东西,这不但大大激发了小读者们的好奇心,也使他们的想象力得到开发,在阅读或听故事的时候,仿佛置身于一个奇妙无比的环境中,增添了作品的谐趣效果。更重要的是,将大拇指身量的弱小和邪恶势力、艰难险阻的强大形成对比,通过一连串的较量,证明智慧、勇气和乐观精神的力量是无穷无尽的,足以战胜任何貌似强大的敌人。从大拇指屡战屡胜的历险记里,我们分明可以读出这些来自德国下层人民洒脱、聪慧、果敢、自信和乐观主义的优良品质。

木偶奇遇记

一、填空题

1. 卡洛·利洛迪　意大利
2. 连环画　电影卡通片　电视动画片　皮诺曹

二、单项选择题

1. B　2. D

三、多项选择题

A、B、C、D

四、简答题

皮诺曹由一个木偶变成真孩子的经历告诉孩子们:做一个"真正的人"是多么不容易。整个故事充满幻想,有着极度夸张的情节。小说生动地实现"做真正的人"的理想必须历经苦难和考验,同时也向我们证实了只要有善良的心和真诚的愿望,就一定能实现自己的理想。主人公皮诺曹虽是一个木偶,但他身上存在的缺点和优点在生活中每一个孩子身上都很常见。故事通过讲述皮诺曹转变的过程,达到了在潜移默化中教育小读者的目的。这一童话想象丰富,描述生动有趣,皮诺曹每说一次谎,鼻子就会长长一截的情节,总是会使一代又一代的读者忍俊不禁,同时心中又会产生些实实在在的感悟。

逃　学

一、填空题

金近　三四十

二、单项选择题

1. A　2. C

三、多项选择题

A、B、C、D

四、简答题

余长寿把上学的希望寄托在那个面目慈善的王神父身上。王神父气质好、有学问,且善名远扬,然而在余长寿天真地登门拜访,向他求助时,他的善良却显得如此空洞。他并没有把余长寿提出的请求当一回事,他只是漫不经心地讲一些天主教的玄虚道理打发他,当余长寿提出质询时,他对这个不安分、不乖巧的小男孩就失去了耐心和兴趣。余长寿的希望落空了。对读者来说,这是意料之中的事;但作者就是要不动声色地把余长寿从不满现实、怀抱希望至希望落空的过程一步一步加以展示。作者的笔调非常冷静,但冷静的叙述中处处都富含着对生活的观照、对小人物的悲悯。这样写使人意识到当王神父的门在余长寿的面前不轻不重地关上时,没有流泪的余长寿有着什么样的心情?这时对这个九岁男孩关上的不仅仅是一扇具体的玻璃门,同时生活也对他关上梦想之门——指望通过别人的善良和怜悯改善自己生活处境的门。

我 和 足 球

一、填空题

程玮 短篇小说

二、简答题

从罗老师身上可以得到一些启发,罗老师是一个颇具亲和力的形象。他对学生极其负责,但他的教育方式又毫不刻板,而是有针对性、有智慧、有独创性。他在洞察了学生的兴趣爱好、性格特点之后,用他们能够接受的方式,逐步地改变了两个对足球迷得太深的球迷,使他们看到了足球以外的天地,意识到世界上还有很多比足球重要的东西。这是值得所有老师学习的。

此外,当"我"因为迷恋足球而耽误功课时,"我"的爸爸虽然不满,但这位爸爸还算民主,"我"也可以大声抗辩。这又让我们不由地想起今天的孩子,在沉重的升学压力下,沉迷于足球的情况很少能被容忍。要是到了毕业班还沉迷于足球,家长的反应恐怕比小说中的父亲要激烈得多。其实,在每个孩子都拥有的童年生活中,"玩"也是一项天赋人权,正如小说中所说,学和玩理当并行不悖。在"玩"中,孩子们才能体会许多生活的滋味,在生理与心理上健康成长,一步步走向成熟。

红酋长的赎金

一、填空题
美国　欧·亨利　小人物　恶势力　幽默

二、多项选择题
1. B、C　2. A、D

三、简答题
关键在于对人物性格的把握。欧·亨利笔下的孩子实在不是一个普通的孩子,他笔下的歹徒也不是普通的歹徒。由于人物的独特性格,这幕荒唐剧才能演出成功。一方面,被绑架的男孩是一个在乡村小镇长大的无拘无束的孩子,他任性胆大,聪明而顽劣,从不知道什么叫害怕。他喜欢无人管束的日子,喜欢沉浸在用幻想编织的故事中。绑架给了他一个机会,他可以在这些故事中扮演红酋长、黑探子。于是,被绑架的日子变得像节日一样快乐,他当然不想结束这一切。另一方面,两个歹徒也不是一般人所理解的歹徒,他们还没有真正的歹徒的那种凶狠毒辣。他们选择红酋长的吝啬、贪心的父亲来敲诈,但没有想到会碰上这个天不怕地不怕的充满野性的顽童。力量的对比就发生了变化。与十岁的孩子相比,两个大人在智力、体力上肯定占绝对的优势,可他们却在红酋长的威胁和捣乱面前变得惶惶不安,在红酋长的调度下乖乖地俯首听命。这一切只有一个解释,那就是他们并不想真正伤害孩子,他们的心里还有一些属于人的东西,他们还没有资格当歹徒。于是事情就发生了戏剧性的变化,绑架的人迫不及待地要把被绑架者送回去,哪怕倒贴钱财也在所不惜。这样,一个看来荒唐的故事就被演绎得既合情合理又有声有色。

秃鹤

一、填空题
　　曹文轩　《草房子》
二、多项选择题
　　A、B、C、D
三、简答题

　　1. 一帮刚刚上小学的孩子将秃鹤那颗绝无仅有的光头视为生活中的一个有趣的点缀,忍不住要拿他的光头开开玩笑,这本来并没有什么歧视的成分在内。而由于"秃顶"总归和"残疾""丑陋"联系在一起,随着年龄的增长,秃鹤渐渐把这种注意和赏玩看成冒犯。这个男孩开始意识到有必要通过各种手段来维护自己的自尊,然而孩子们的顽皮和不带恶意的促狭是不肯轻易放弃的。随着情节的步步推进,终于发生了帽子被抢事件,秃鹤觉得自己的秃头受到了一次狠狠的奚落,彻底地挫伤了他努力维护的自尊心。这激起了秃鹤的坚决的报复。在全片五所小学的会操比赛上,秃鹤蓄意展示了自己的秃头,并在关键时刻用自己的秃头制造了骚乱,使油麻地小学由于他一个人的缘故失去了唾手可得的荣誉,落下笑柄。当秃鹤在荣誉即将到手的最后关头突然摘下帽子扔向远处时,我们分明看到了积蓄在他心头的屈辱和挽回尊严的决心在那一瞬间有力地爆发了出来!在校方眼里,这显然是一项蓄意破坏校方集体荣誉的反叛举动,但其中折射出的个性光彩还是令我们心头为之一震:谁说孩子就只是孩子?一个孩子也拥有自己的个性和尊严,拥有为了维护这种尊严而果断行动的力量。

　　2. 孩子是透明的,也许有的孩子过于敏感,有的孩子易走极端,但他们都一样真诚地渴望得到尊重,渴望得到集体和他人的肯定,为此甚至可以付出沉重的代价。因为秃头,秃鹤和周围的同学从牾发展到坚决的对立,而同样是因为秃头,又奇迹般地弥合了秃鹤和集体的关系,小说情节跌宕起伏,人物的关系也激烈地变动,然而无论是对立还是亲和都显得光明磊落、清新可爱,全然没有成人世界中时常存在的诡谲、奸诈。透过事态的起伏变幻,我们看到的是秃鹤鲜明的个性和纯真的心灵。这个故事使我们认识到,即使是有一些缺点的孩子,也是十分真诚可爱的,我们应该尊重他们,好好爱护他们。

送阿宝出黄金时代

一、填空题

丰子恺先生　《缘缘堂随笔集》

二、多项选择题

B、C

三、简答题

人的儿童和少年时期是一生中的黄金时代,这段黄金时代是十分美好的,可是生活在黄金时代的人无法理解这时代的美好,而理解了这美好的时候,他已无法重返黄金时代了。也许这就是丰子恺先生想告诉他的儿女们,告诉他的读者们的最重要的东西。几十年过去了,今天的社会已经有了很大的变化,如今的许多孩子已经有着完全不同的经历。但不管怎么说,童年、少年时代仍然是我们感受真诚纯洁、任性率意的黄金时代。今天的许多孩子家长也许不能像丰子恺先生那样把自己的感受和期望细腻曲折地传达出来,但他们对孩子们的拳拳爱心、殷殷期盼却是和丰子恺先生一样的。只有珍惜手中的黄金时代,在走出它的时候,多保留一份真诚和纯洁,这才是对父辈最好的回答。

守望的天使

一、填空题

三毛　陈平　《稻草人手记》

二、单项选择题

D

三、简答题

用对话的方式可以使作品的内容更有震撼力。在这篇对话中,一边是"我",有着独特经历和相当阅历,远离父母多年,正深深怀念着父母的呵护,对父母之爱的博大无私有了刻骨铭心的认识的成年人,一边是汤米,一个时时生活在父母的翅膀下却混沌未凿、天真懵懂的孩子,于是这一篇对话就变得很有意思。

对于父母的爱,人们总是在远离这种爱的时候才会领悟,这是人生的一个悖论,但这个悖论处在人生的许多矛盾中,并不醒目。三毛把对话放在这样的两个特殊的人物之间来进行,谈话中不把"天使"的含义点破,就使天使的故事和实际的生活拉开了距离,获得了一种客观性。在这种客观性中,就连小小的孩子也能看出矛盾之处。这时候那个悖论的荒谬矛盾就显得十分突出了。汤米的话不仅使"我"呆住了好久好久,也使读者深深为之震撼。

为什么我成了一个麻木的人

一、填空题

报告文学 《独生子女宣言》 陈丹燕

二、多项选择题

1. A、B、C、D 2. A、B、C

三、简答题

1. 陈丹燕曾经在一家广播电台做青少年节目的主持人,在那段时间里,她收到了许多少年朋友的来信。这些来信中所说的孩子们自己的故事、他们不为人知的隐秘的内心世界,他们细腻敏锐的感情和动人的文笔深深打动了她,于是她产生了将这些信件编写出来的愿望。在整理信件的过程中,她进一步了解了这些孩子,感受到在那些信件后面,是整整一代我们所不熟悉,甚至存在许多误解的孩子。他们是即将成为中国社会主流的一代人,是空前绝后的一代独生子女,可是我们对他们的了解停留在十分浅表的层次。出于一种强烈的责任感,陈丹燕用了整整三年的时间,从上万封的来信中选出一千多封,从这一千多封信中再选择两百封,加上采访,整理成了一百多个孩子的七十个故事。《为什么我成了一个麻木的人》就是其中的一个故事。

2. 在这篇作品中,那位中学生认真回顾了自己变化的过程。这是一个纯真敏锐的少年被一步一步纳入社会既定模式的过程,是一个在外力的逼迫下一步一步遗忘激情、失落爱心、远离敏锐同情和善良的过程。这个过程一旦被这件事照亮,就使所有读者同样震惊地意识到,这个孩子所经历的过程,其实在许多孩子的身上同样存在。在同样的外力作用下,我们的孩子们正在变成"自私自利的冷酷的家伙"。这些外力是家长、学校、社会所共同造成的。我们的社会只承认考上大学这一种成功,我们的家长只看到考上大学这一种出路,我们的学校也只有逼孩子们读书,然后达到考上大学这一个目标。在一代独生子女中,这已经是一个无法回避的正在发生的过程,这个过程的结果是十分可怕的。假如我们听任这个过程继续,我们民族的希望在哪里?作品就这样从发生在校园里的一个具体事件入手,引发了我们对于一代独生子女生存状态的思考。

3. 和《独生子女宣言》中的所有篇幅一样,这篇报告文学作品采用了第一人称的写法。这种写法有利于正面展开主人公的内心世界,写出他真诚的回顾与思考。在《独生子女宣言》中,绝大部分的议论、评价和思考都是通过孩子们自己的笔写出来的,正因为如此,这部报告文学作品才具备了一种独特的认识价值,让许多人看到了孩子们身上常常被成人忽略的另一面。

巨人和铁马

一、填空题
《一九四八年儿童文学创作选集》 陈伯吹
二、简答题
  本文以朴素明白的语言,运用浅显生动的比喻向当时的少年朋友介绍了起重机和割麦机两样机械,同时还介绍了"巨人"兄弟家族的挖泥机、开路机和"铁马"家族的播种机、收割机、打水机、喷洒机等的工作效率,运用"算账"的方法告诉当时对机械一无所知的少年朋友,机械的力量跟人的力量是一个怎样的对比。同时指出人类有一个会思想的头脑,有一双会创造机器的手,是人类发明了机器,发展了生产。人才是"万物之灵",作者通过云雀的赞美向少年朋友们展示了生产力发展以后,人类摆脱沉重的体力劳动的美好前景,最后得出"世界是进步了"的结论。

菌儿自传(节选)

一、填空题

高士其 生物学家 儿童文学作家 中篇科学童话

二、简答题

1. 细菌是庞大的菌类家族中最小的一种。它小得肉眼看不见,好几十万个"菌儿"挂在一只苍蝇脚上,苍蝇也不会嫌重。然而就是这样小的一种微生物,却已在这世界上存在了几千万年,细菌的活动能使人生病、害疮,能使物体腐朽直至消失。可见细菌虽小,能量却很大。菌儿属于植物一类,不论是在地球的哪个角落,只要有水和有机物,它就能生存。而它最喜欢居住的地方则是人的肚腹。由于它使人生病,因此,人们便服药把它排出体外,它只能颠沛流离到土壤之中,在那里吸收氮气,化成硝酸盐给庄稼提供营养,或是以动物尸体为食物生存下去。自20世纪以来,微生物学者将其请到了化验室里接受各种试验。人类渐渐了解了"菌儿"们的习性,干燥和高温是它们生存环境的大敌,而温暖、潮湿则是菌儿生存的最佳环境。17世纪,一位善制显微镜的老人把它在显微镜下放大了几千万倍而终于发现了它的形状,20世纪科学家发现了13亿年前的细菌化石,这是最古老的细菌化石。由此可见,菌儿虽小,却是生物界的原始宗亲之一。

2. 在《菌儿自传》中,"菌儿"是一粒微生物为自己起的名字,作品借"菌儿"的口,以自传的形式向小读者介绍了关于"细菌"的名称、来历、家族成员,它在自然界生存、繁衍的方式,它的存在价值及危害等有关知识。作者以拟人化的手法,第一人称的叙述角度,小朋友喜欢并易于接受的通俗、诙谐、活泼流畅的语言风格写出的这篇科学童话,具有很强的科普性与可读性。

失去的记忆

一、填空题

成人 儿童 科幻小说

二、简答题

科幻小说是一种引人入胜的文学样式,对孩子们来说尤其如此。也有不少科幻小说在成人和儿童中同样受欢迎,像法国的著名科幻作家儒勒·凡尔纳的《海底两万里》就是一例。美国好莱坞拍过一些由科幻小说改编的电影,如有名的 $E·J$ 就是根据英国诗人雪莱的夫人玛丽所写的同名科幻小说改编的。科幻小说顾名思义有幻想的成分,但它与神话或童话迥然有别,一般来说,科幻小说是在已有科学发现的基础上,对人类生存条件在未来发展的可能性进行合理的想象和推测。由于科幻作家一般具有扎实的自然科学功底,他们在小说中的幻想也可能被后来的科学所证实,像儒勒·凡尔纳作品中的些在几十年前还属于幻想的内容,在今天已成为事实。

江苏省中小学教师自学考试小学教育专业专升本教材

中外文学作品导读

下 册

王星琦 主编

苏州大学出版社

图书在版编目(CIP)数据

中外文学作品导读／王星琦主编. —苏州：苏州大学出版社，2000.10(2022.2 重印)
江苏省中小学教师自学考试小学教育专业专升本教材
ISBN 978-7-81037-732-4

Ⅰ.①中… Ⅱ.①王… Ⅲ.①文学-世界-高等教育-教材 Ⅳ.I11

中国版本图书馆 CIP 数据核字(2000)第 53436 号

中外文学作品导读

王星琦　主编

责任编辑　倪锈霞

苏州大学出版社出版发行
(地址：苏州市十梓街1号　邮编：215006)
常州市武进第三印刷有限公司印装
(地址：常州市武进区湟里镇村前街　邮编：213154)

开本 850 mm×1 168 mm　1/32　印张 38.625(共 3 册)　字数 1037 千
2000 年 10 月第 1 版　2022 年 2 月第 14 次修订印刷
ISBN 978-7-81037-732-4　定价：76.00 元(共 3 册)

若有印装错误，本社负责调换
苏州大学出版社营销部　电话：0512-67481020
苏州大学出版社网址　http://www.sudapress.com
苏州大学出版社邮箱　sdcbs@suda.edu.cn

● 下 册

第四编 外国文学

第七章 外国文学概述

第一节 古代欧洲文学概述

古代欧洲文学主要包括古希腊文学和古罗马文学。古希腊文学是欧洲文学的源头。古罗马文学是在古希腊文学的影响下发展起来的,对古希腊文学有明显的继承关系。古希腊、古罗马文学对后世欧洲文学有着深远的影响。

一、古希腊文学

古希腊文学的发展可分为四个时期:

一是氏族公社制向奴隶社会过渡的时期,史称"荷马时代"(公元前11世纪至公元前9世纪),主要成就是神话和史诗。

古希腊神话产生在原始社会,它反映了原始社会人类对自然的认识及原始社会的生活状况。希腊神话包括神的故事和英雄传说两大类。神的故事主要讲述神的来源及他们的生活、恋爱、相互争斗等。比较重要的神有众神之主宙斯、天后赫拉、太阳神阿波罗、月神阿尔忒弥斯、爱神阿佛洛狄忒等。古希腊神话的主要特点是神与人同形同性。希腊神话中的神的外形大多超出了兽形和半人半兽的阶段,与人的外形相同。希腊神话中的神是高度人格化的,他们具备人类的思想感情,他们同人类一样,有七情六欲,甚至好嫉妒,爱虚荣。古希腊神话表现出希腊民族热爱现实生活、肯定人的力量的思想。

大约在公元前12世纪初,希腊半岛的一些城邦曾经组成联军,渡过爱琴海,向小亚细亚的特洛伊城发动进攻,引起了一场持续10年的大战。最后,希腊人得胜。这次战争史称"特洛伊战争"。战争结束后,在小亚细亚一带便流传着许多歌颂这场战争的短歌。大约公元前9世纪至公元前8世纪时,一位盲诗人荷马以这些短歌为基础,对其予以加工整理,最后形成了具有完整的情节和统一风格的两部史诗《伊利亚特》和《奥德赛》。

《伊利亚特》描写特洛伊战争最后一年几十天内发生的故事。《奥德赛》描写希腊英雄奥德修斯从特洛伊回国途中,在海上长期漂流,最后终于回到故乡,夫妻团圆的故事。荷马史诗是古代希腊从原始公社制向奴隶制过渡时期的产物。它极其广泛而生动地反映了这一时期希腊的社会、政治、军事、生产劳动、风俗等各方面的情况,塑造了许多英勇善战、刚毅坚强的英雄形象,表现了一种热爱生活、肯定人的力量的积极乐观的思想。

二是奴隶制城邦国家的形成和繁荣时期(公元前8世纪至公元前6世纪),主要成就是抒情诗和寓言。这一时期比较著名的诗人有赫西奥德,他的《工作与时日》反映出当时希腊农村的现实,讲到人类经历了金、银、铜、英雄和铁五个时代。另外,还有女诗人萨福,她曾被柏拉图称为第十位文艺女神。《伊索寓言》相传是公元前6世纪一个被释放的奴隶伊索写的,总数有400篇左右,其中的许多名篇,如《狼和小羊》《农夫和蛇》《龟兔赛跑》等至今仍是世界各国家喻户晓的。

三是奴隶制城邦国家的全盛时期(公元前6世纪末至公元前4世纪初),也是古希腊文化的鼎盛时期,史称"古典时期",文学方面的主要成就是戏剧、散文和文艺理论。

这一时期出现了古希腊的三大悲剧家:"悲剧之父"埃斯库罗斯,他的代表作是《普罗米修斯》;索福克勒斯,他的代表作是《俄狄浦斯王》;欧里庇得斯,他的代表作是《美狄亚》。

除戏剧外,这一时期还出现了著名的文艺理论家柏拉图和亚里士多德。柏拉图写过许多对话体的论著,其中《理想国》是他最重要的论著。他论述过文艺和现实的关系及灵感的作用等重要的文艺理论问题。亚里士多德最重要的文艺理论著作是《诗学》。他在《诗学》中着重分析了悲剧。

四是希腊化时期(公元前4世纪至公元前2世纪),文学成就不大,只有新喜剧对后世文学有一定影响。

二、古罗马文学

罗马原来有自己的比较简单的神话,后来,希腊神话传入罗马,罗马的神话与希腊神话结合在一起而变得丰富起来,希腊的神与罗马的神也混同起来,许多希腊的神换上了罗马神的名字,如宙斯改称朱比特,赫拉改称朱诺,阿尔忒弥斯改称狄安娜,阿佛洛狄忒改称维纳斯等。有些希腊有而罗马没有的神,则被罗马人原封不动地接受下来,如太阳神阿波罗。古罗马也有自己的英雄传说,其中以特洛伊王子埃涅阿斯从海上漂泊至意大利的传说和被母狼用乳汁哺育过的罗慕洛兄弟建立罗马城的传说最为有名。

罗马文学的主要成就在戏剧、诗歌和散文方面。罗马最著名的三大诗人是维吉尔、贺拉斯和奥维德。维吉尔的史诗《埃涅阿斯纪》描写罗马人的祖先英雄埃涅阿斯建立罗马国家的艰难历史,歌颂了罗马祖先建国创业的丰功伟绩,表现出爱国主义的精神。《埃涅阿斯纪》是欧洲第一部文人史诗。贺拉斯的《诗艺》强调文艺的教育作用,提出了"寓教于乐"的原则。奥维德的长诗《变形记》是古代希腊罗马神话的大汇编,包括250多个神话故事。

第二节 中世纪欧洲文学概述

公元476年,西罗马帝国灭亡。这一年被认为是欧洲古代社会的结束和中世纪的开始。中世纪欧洲文学有四种主要的类型,即教会文学、英雄史诗、骑士文学和城市文学。

中世纪的教会文学的主要体裁有圣经故事诗、宗教史诗、颂歌、宗教剧等,其内容大多是叙述《圣经》中的故事,或进行宗教道德的劝谕等。但某些出自下层僧侣的作品往往在宗教外衣下多少反映了人民的情绪。在艺术上,经常采用梦幻、寓意、象征的手法。

中世纪早期的英雄史诗反映的是民族大迁移时期甚至更早时期的历史事件和部落生活,有较多的神话传说成分。代表作品是盎格鲁·撒克逊人的《贝奥武甫》,它描写贝奥武甫为人民斩妖除怪的故事。

中世纪后期的英雄史诗是封建国家逐渐形成和封建制度发展以后的产物,诗中英雄人物的思想和活动已超出部落的狭隘范围,他们为保卫国家而战斗,这些史诗的中心主题是爱国主义。后期英雄史诗中最著名的有法国的《罗兰之歌》,西班牙的《熙德之歌》,德国的《尼伯龙根之歌》和俄罗斯的《伊戈尔远征记》等。

除英雄史诗外,中世纪欧洲许多国家的民间还流传着一些歌颂下层英雄好汉的歌谣,其中最有代表性的是英国的"罗宾汉谣曲"。

骑士文学是中世纪欧洲骑士制度的产物,是封建主阶级的主要文学成就。12—13世纪是骑士文学的繁荣时期,骑士文学以法国最为发达。骑士文学的主要内容是写骑士的冒险故事和他们与贵妇人之间的爱情故事,主要体裁有抒情诗和叙事诗两大类。

骑士抒情诗一般咏唱对贵妇人的爱慕和崇拜,其中以"破晓歌"最为著名。"破晓歌"描述骑士和贵妇人在破晓时候分离的情景。骑士叙事诗中最著名的是关于亚瑟王与他的圆桌骑士的作品。

中世纪城市居民所创作的文学作品称为城市文学,这种文学在12世纪后发展起来。它具有明显的反封建、反教会的倾向。它的主要艺术特点是采用讽刺手法。城市文学的主要体裁有韵文故事、讽刺叙事诗和城市戏剧等。

法国的讽刺叙事诗《列那狐传奇》是城市文学的代表性作品。它通过对动物生活的描绘,反映出中世纪封建社会的现实生活,歌颂了市民阶级的机智,讽刺了贵族、僧侣等统治阶级。

但丁是中世纪意大利最著名的诗人,也是意大利文艺复兴的先驱。但丁被恩格斯称为"中世纪的最后一位诗人,同时又是新时代的最初一位诗人"。长诗《神曲》是但丁的代表作,它分为三部:《地狱》《炼狱》《天堂》。诗人采用中世纪流行的梦幻文学的形式,描写了一个幻游地狱、炼狱、天堂三界的故事。但丁创作这部作品,目的是给人类指出一条从黑暗走向光明的途径。诗中对迷路及游历地狱、炼狱和天堂的描写,象征着人类如何经过苦难和考验,从迷惘和错误走向光明与至善的境界。《神曲》反对蒙昧主义,提倡追求知识和智慧,肯定人的价值取决于他的行为的善恶,而不在于他社会地位的高低,在许多方面表现出人文主义思想的萌芽。

第三节 近代欧美文学概述

一、文艺复兴时期的欧洲文学

文艺复兴是14世纪至16世纪欧洲封建社会解体、资本主义萌芽的历史条件下产生的一场资产阶级反封建反教会的思想文化运动。"文艺复兴"不是古代文化的简单的复兴,而是资产阶级文化的萌芽,反映了新兴资产阶级的要求。文艺复兴时期欧洲资产阶级的新文学被称为人文主义文学。人文主义文学是文艺复兴时期欧洲文学的主流。

(一) 意大利文学

意大利是文艺复兴运动的发源地,因而人文主义文学出现得也最早。彼特拉克和薄伽丘是意大利人文主义文学的杰出代表。彼特拉克最优秀的作品是用意大利文写的抒情诗集《歌集》,这部诗集主要歌咏他对女友劳拉的爱情。他的抒情诗抛弃了中世纪抽象、隐晦的风格,赞美劳拉形体的美和精神的美。他的《歌集》采用了从意大利民间诗歌发展而来的"十四行诗"的形式,对这种诗歌体裁的发展和走向成熟有很大贡献。

薄伽丘最重要的作品是短篇小说集《十日谈》。这部作品用故事中套故事的写法,把100个短篇小说组织在一起。《十日谈》的基本主题是揭露教会和僧侣的腐败、虚伪,反对禁欲主义,反对封建等级观念,肯定人有享受现世幸福的权利。《十日谈》中的许多故事描绘了僧侣的荒淫无耻、无恶不作和贪婪,揭露了他们对普通百姓的欺压和盘剥。《十日谈》中还有一些爱情故事,则表达了人文主义者新的爱情观和价值观。《十日谈》是欧洲近代文学史上第一部现实主义作品,它奠定了近代短篇小说的基础。

(二) 法国文学

文艺复兴时期法国人文主义作家的代表是拉伯雷。他是文艺复兴时期多才多艺的"巨人"式的人物。他的文艺创作的主要成就是长篇小说《巨人传》。小说写巨人国王卡冈都亚和他的巨人儿子庞大固埃的出生、教育、游学和他们建立的功勋,以及庞大固埃为寻找"神瓶"而游历世界各地的见闻。这部作品的形式是夸张和荒诞离奇的,但它表达了鲜明的反封建精神,提出了人文主义者的理想。

蒙田是16世纪法国著名的思想家、散文家,著有《随笔集》三卷。蒙田用漫谈的口吻写《随笔集》,给读者以亲切自然之感。蒙田是欧洲近代散文这一体裁的创始人。他的散文风格对后世有深远的影响。

(三)西班牙文学

西班牙的人文主义运动发展较迟。直到十六、十七世纪之交,西班牙文学才进入"黄金时代",在小说和戏剧方面取得了很大的成就。

16世纪中叶,西班牙城市中产生了一种新型的小说,即流浪汉小说,它以流浪汉的流浪为线索,描写城市平民的生活,并通过城市平民的眼光对各阶层人物加以讽刺。最著名的一部流浪汉小说是无名氏的《小癞子》,它描写小癞子从一个贫苦儿童最后变成一个老练、狡猾的骗子的过程,反映出当时社会的黑暗和罪恶。文艺复兴时期西班牙在小说方面的最高成就是塞万提斯的《堂吉诃德》。*

维加是文艺复兴时期西班牙民族戏剧的主要代表。他的代表作是《羊泉村》,这部戏剧描写了西班牙农村人民的抗暴斗争。

(四)英国文学

早在14世纪,英国就出现了人文主义作家。英国人文主义文学最早的代表是乔叟,他的代表作是《坎特伯雷故事集》。这部短篇小说集包括24个故事。这些故事揭露僧侣的欺骗,教会对人民的压迫及金钱的罪恶,同时也表达了作者在爱情和婚姻问题上的人文主义观念。

16世纪初,人文主义作家托马斯·莫尔发表了他的主要作

---

* 凡第八章中先列的作家作品,在该章各篇【解题】中均有较详细的述介,故在本章中从略,下同。

品、对话体小说《乌托邦》。这部小说写一个航海家自述其海外见闻,一方面批判英国社会,一方面提出了未来的理想。小说中生动地描绘了一个名叫"乌托邦"的理想国。

人文主义戏剧是文艺复兴时期英国文学的主要成就。16世纪中叶以后,英国出现了一批被称作"大学才子"的戏剧家,他们的戏剧创作为莎士比亚的出现准备了条件。

英国文艺复兴时期文学的最高成就是莎士比亚的戏剧创作。

二、17世纪欧洲文学

古典主义文学是17世纪欧洲最主要的文艺思潮,它以古希腊罗马文学作为创作的典范,故称"古典主义"。古典主义文学的特点是:具有为君主专制王权服务的鲜明倾向性;主张用理性克制情欲;艺术上学习古希腊罗马文学;重视规则。

17世纪英国最重要的作家是弥尔顿,他的代表作品是长诗《失乐园》,它取材于《圣经》。长诗通过亚当、夏娃堕落的故事,总结了英国资产阶级革命失败、封建王朝复辟的历史教训。

17世纪的法国文坛上古典主义盛极一时。高乃依是法国古典主义悲剧的奠基人。他最优秀的作品是取材于西班牙历史的悲剧《熙德》。拉辛是法国古典主义悲剧的代表作家。他的代表作品是两部古希腊题材的悲剧《昂朵马格》和《费得尔》。

17世纪法国古典主义喜剧的代表作家是莫里哀。

三、18世纪欧洲文学

18世纪,欧洲各国发生了继文艺复兴运动之后新兴资产阶级的第二次思想文化运动——启蒙运动。启蒙运动作为一个广泛的思想革命运动,也影响到文学的发展。许多启蒙思想家直接进行文学创作,把文学作为宣传启蒙思想的有力工具。因此,启蒙文学成为18世纪欧洲文学的主流。

启蒙文学具有鲜明的倾向性和教诲性。启蒙作家从事文学创作,不仅仅是反映生活,更主要的是评论生活,干预生活,宣传他们的思想观点,因此,启蒙文学战斗性非常强。启蒙作家在创作中将资产者与平民作为描写、歌颂的主要对象,王公贵族、教皇、教士则往往成为嘲笑、批判的对象。启蒙作家强调真实性,他们直接从现实取材,通过日常生活来反映现实的人际关系。启蒙作家还创造了许多新的文学样式,如哲理小说、正剧、书信体小说、对话体小说、教育小说等。

(一) 英国文学

18世纪英国文学的主要成就是出现了一大批现实主义小说家。笛福是英国第一位重要的现实主义小说家。他的代表作是长篇小说《鲁滨孙漂流记》。小说的主人公鲁滨孙为追求财富到海外经商,由于遇到风暴,航船触礁,他漂流到一个荒岛上。在绝境面前,他没有消沉,而是用劳动征服自然,成为荒岛的主人。鲁滨孙的形象,反映了资本原始积累时期资产阶级冒险、进取的创业精神。

斯威夫特是18世纪英国杰出的讽刺作家。他的代表作《格列佛游记》以主人公格列佛个人游记的形式写成,通过他四次航海遇险,漂流到幻想中的小人国、大人国、飞岛国的遭遇与见闻,影射了贵族资产阶级统治下的英国现实,揭露和批判了英国统治者的腐败与罪恶。

菲尔丁是18世纪英国杰出的小说家。他的小说创作达到了18世纪英国现实主义小说的高峰。菲尔丁重要的长篇小说有《约瑟·安德鲁传》《大伟人江奈生·魏尔德传》《汤姆·琼斯》等。《汤姆·琼斯》是菲尔丁的代表作。作品通过汤姆·琼斯的生活经历及他和女主人公索菲娅为争取婚姻自由和幸福而进行的斗争,对当时英国社会的丑恶现象进行了揭露。

(二) 法国文学

18世纪的法国文坛出现了一大批启蒙作家。孟德斯鸠是法国第一位启蒙作家。他的主要文学作品是书信体小说《波斯人信札》。这部小说通过波斯贵族郁斯贝克在法国旅行时与朋友的通信,报道他在巴黎的种种见闻,尖锐地抨击了封建专制制度,大胆否定了上帝和教皇的偶像,揭露了上流社会的腐朽生活,嘲笑了资产者艳羡贵族门第的虚荣心理。

伏尔泰是法国启蒙运动的领袖。他是哲学家、历史学家、文学家、政论作家;他的文学创作也是多方面的,不论悲剧、喜剧、史诗,还是哲理小说,都有作品闻名于世。他的哲理小说代表作是《老实人》。它直接描述当时欧洲的社会生活,并把盲目乐观主义哲学思想作为讽刺与嘲弄的对象。伏尔泰在小说中虚构了一个"黄金国"来和现实形成鲜明对比,它是启蒙思想家所设计的理性王国的美丽蓝图。

启蒙思想家狄德罗主编了法国第一部《百科全书》,总结了启蒙运动在自然科学和社会科学方面的成就。他的小说代表作是《拉摩的侄儿》。小说通过作者与音乐家拉摩的侄儿的对话,塑造了一位性格复杂的人物。

法国最杰出的启蒙文学家是卢梭,他的三部最有影响的小说是《新爱洛伊丝》《爱弥儿》《忏悔录》。书信体小说《新爱洛伊丝》描写平民出身的青年家庭教师圣·普乐同他的贵族出身的女学生尤丽之间的爱情悲剧。小说对青年男女纯真热烈的爱情的歌颂震撼了18世纪法国和欧洲的读者。小说在批判封建的社会道德扼杀人的自然感情时,还彻底否定了封建贵族阶级的等级观念。卢梭的文学创作表现了强烈的个性解放的精神,它重视对感情的描写,充满对大自然深沉的热爱,这些特点对后来19世纪欧洲浪漫主义文学产生了很大的影响。

博马舍是18世纪后期法国最重要的戏剧家。他的代表作

《费加罗的婚礼》表现了平民战胜贵族的主题。费加罗机智、敏捷,富有战斗精神和乐观精神,集中体现了第三等级的特征。所以,该剧被看成是一部关于法国资产阶级大革命的预言式的作品。

(三)德国文学

18世纪德国的文学出现了空前的繁荣。莱辛是德国民族文学的奠基人。他的戏剧理论著作《汉堡剧评》论述如何建立德国的民族戏剧的问题。他最成功的"市民悲剧"是《爱米丽雅·迦洛蒂》,这部悲剧集中展示了德国市民阶级与封建贵族的冲突,也反映了德国新兴资产阶级的软弱性。

18世纪70年代,德国文坛掀起了狂飙突进运动。这是一场全德范围的资产阶级文学运动,是德国启蒙运动的继续和发展,这一运动的主力是一批青年知识分子。为了摆脱封建束缚,冲破德国社会的阴郁氛围,他们强调"天才",要求独立、自由和个性解放。创作上,他们从民族历史和民间文学中汲取题材,发扬民族风格,赞成卢梭"回归自然"的口号。

狂飙突进运动的代表作家是歌德和席勒。席勒的代表作《阴谋与爱情》反映了封建贵族阶级与市民阶级之间的冲突,以及市民阶级独立自尊的精神。

四、19世纪初期的欧洲文学

19世纪初期的欧洲文坛上,浪漫主义文学占主导地位。浪漫主义文学强调表现主观理想,抒发个人情感与感受,着重描写大自然的美,抒发对大自然的热爱。大多数浪漫主义作家对民间文学有浓厚的兴趣,从民间文学中发掘题材,吸收养料。浪漫主义作家喜欢运用夸张、对比手法,给人以强烈的印象。他们常常描写不同寻常的环境中非凡的人物及奇特的事件。他们也喜欢运用华丽的辞藻与丰富的比喻。浪漫主义文学最主要的体裁是诗歌,此外,戏剧与小说也是浪漫主义作家喜爱的体裁。

(一) 德国文学

诺瓦利斯是德国前期浪漫派最主要的代表。他的代表作品《夜的颂歌》是因未婚妻去世而作的。作品充满了对死亡的渴望,对黑夜的赞美,否定人生,渴望在死亡中获得永恒。

格林兄弟搜集整理的《儿童与家庭童话集》歌颂正义、善良、勤劳、勇敢、诚实等优秀品质,其中的许多名篇,如《白雪公主》《睡美人》《灰姑娘》《小红帽》等为世界各国人民所熟悉。

德国后期浪漫派的代表诗人是海涅,他的代表作长诗《德国,一个冬天的童话》对德国封建专制制度和社会进行了尖锐的批判。他的《罗曼采罗》等抒情诗集也有很高的艺术水平。

(二) 英国文学

英国最早出现的浪漫主义作家是"湖畔派"诗人:华兹华斯、柯尔律治和骚塞。他们的诗主要描写大自然,描写奇异神秘的故事和异国风光,表现乡村生活和纯朴的人性,否定城市文明。华兹华斯在湖畔派诗人中声望最高,他的许多作品成为英国文学中的不朽之作,如《丁登寺》《孤独的刈麦女》等。

英国第二代浪漫主义诗人包括拜伦、雪莱、济慈等。他们热烈歌颂法国大革命,支持各国人民的解放运动,具有鲜明的民主主义倾向。他们的创作把英国浪漫主义文学推向了一个新的高峰。拜伦是英国浪漫主义文学最杰出的代表。

雪莱受空想社会主义思想影响,常常在作品中描绘未来社会的美好图景。他的著名诗剧《解放了的普罗米修斯》塑造了一位热爱人类、为人类的幸福不惜献身的英雄普罗米修斯的形象。

济慈是杰出的抒情诗人,他非常强调艺术美,他的作品想象丰富,比喻奇特,其代表作是《夜莺颂》《希腊古瓮颂》等。

(三) 法国文学

法国浪漫主义文学前期的代表作家是夏多布里昂,他的中篇小说《阿达拉》表现了宗教与爱情的矛盾。

法国浪漫主义文学后期的代表作家是雨果。

法国浪漫主义文学在30年代后仍有较大的发展。除雨果的作品以外,乔治·桑的《安蒂亚娜》《安吉堡的磨工》等作品宣扬爱的哲学,美化农村生活,充满浓郁的浪漫主义色彩,也具有很大的影响。

(四)俄国文学

19世纪以前,俄国文学是相对贫瘠的。19世纪初由于西欧浪漫主义的影响,俄国出现了浪漫主义文学。俄国第一位浪漫主义诗人是茹科夫斯基。普希金是俄国浪漫主义文学的杰出代表。他的创作使俄罗斯民族文学走向成熟。从普希金开始,俄国文学的发展与西欧就基本同步了。

五、19世纪中期的欧美文学

19世纪中期欧美文学的主要潮流是现实主义文学。19世纪的现实主义作家在作品中反映了封建社会的衰亡和资本主义社会的确立,他们描绘社会现实的广阔性与深刻性是前所未有的。他们以人道主义、民主主义为思想武器,深刻地揭露社会的黑暗,同情下层人民的苦难,提倡社会改良,俄国的革命民主主义作家还主张社会革命。他们揭示人与人之间的金钱关系,暴露、批判封建贵族的腐败堕落和资产阶级的贪婪卑劣。

19世纪欧美现实主义文学比较广阔、比较真实地展示了社会生活的各个方面,对现实矛盾的揭示具有相当的深度。19世纪欧美现实主义文学重视人与社会环境的关系的描写,着力塑造典型环境中的典型性格。

(一)法国文学

19世纪中期是法国现实主义文学的繁荣时期,一群现实主义作家创作了一大批优秀的作品。斯丹达尔是法国现实主义文学的奠基人之一。他的长篇小说《红与黑》是法国现实主义文学的奠基之作。小说的中心人物于连是位平民出身的外省青年,他不满于王政复辟时期森严的等级制度,以个人反抗的方式与贵族社会及其等级制度进行斗争,但最终失败,被判处死刑。小说深刻地揭露了复辟时期社会的黑暗,反映了人民对封建复辟的不满,成功地塑造了于连这样一个王政复辟时期对等级制度进行个人反抗的平民知识青年的典型形象。

这一时期,法国现实主义文学的代表作家是巴尔扎克。

福楼拜是继斯丹达尔和巴尔扎克之后又一位现实主义文学大师。他的代表作《包法利夫人》描写外省一个富裕农民的独生女爱玛的悲剧性的一生,再现了19世纪中叶法国的外省生活,具有巨大的揭露意义。

(二) 英国文学

19世纪英国涌现了一大批风格各异的优秀小说家,如狄更斯、萨克雷、盖斯凯尔夫人、勃朗特姐妹等。

狄更斯是19世纪中期英国现实主义文学的代表作家。他一生共创作了14部长篇小说,许多中、短篇小说,以及杂文、游记、戏剧等。他的作品广泛、生动地反映了维多利亚时代的社会现实。狄更斯的主要作品有长篇小说《奥利佛·推斯特》《大卫·科波菲尔》《艰难时世》《双城记》等。《双城记》是他的代表作品之一。这部小说以法国大革命为背景,描写了发生在巴黎和伦敦两个城市的故事。小说描写了法国大革命前夕法国贵族与平民、佃农之间尖锐的对立,控诉了封建贵族的残暴与荒淫,真实展现了社会下层人民被压迫、被侮辱的惨状,以及法国大革命中平民的暴力革命行动。狄更斯一方面在客观上肯定了平民暴动的正义性与历史必然性,另一方面又认为暴力革命不符合仁爱精神,不同阶级间的相互杀戮无法消除人类中的不平等,更不能建立一个自由、幸福与爱的世界。

夏洛蒂·勃朗特是英国重要的妇女小说家。她的代表作长篇小说《简·爱》塑造了一位富于独立精神和反叛意识的平民知识妇女简·爱的形象。艾米莉·勃朗特的长篇小说《呼啸山庄》中男女主人公那种超越时空、超越死亡、充满激情的爱是女作家艺术想象的产物，但作品也揭露了资本主义社会冷酷的金钱关系和门第观念对善良人性的摧残和扭曲。

（三）美国文学

北美独立战争的胜利，结束了英国的殖民统治。1783年，美利坚合众国正式成立。随着美利坚合众国的成立，独立的美国民族文学逐渐发展起来。19世纪前半叶，美国文学的主要潮流是浪漫主义文学。美国浪漫主义文学的代表人物有霍桑和惠特曼。霍桑的代表作是长篇小说《红字》，它以17世纪北美清教殖民统治下的新英格兰为背景，描写了一个受不合理的婚姻束缚的少妇犯了为清教社会所严禁的通奸罪而被示众、受罚的故事，暴露了当时政教合一体制统治下殖民地社会的冷酷与伪善。

惠特曼是19世纪美国杰出的诗人，他的诗集《草叶集》具有鲜明的民主色彩和乐观精神，反映出美国资本主义上升时期广大人民的情绪和愿望。

19世纪50年代以后，美国的现实主义文学也开始萌芽。在反对南方蓄奴制的斗争中产生了废奴文学。废奴文学对残酷的蓄奴制进行了深刻的揭露和批判。废奴文学最重要的作品是斯托夫人的长篇小说《汤姆叔叔的小屋》。

（四）俄国文学

普希金是俄国浪漫主义文学的集大成者，他也是俄国现实主义文学的奠基人。

莱蒙托夫是继普希金之后另一位著名的诗人、小说家。他的长篇小说《当代英雄》继承了普希金的传统，塑造了俄国文学史上又一位"多余人"的典型——毕巧林。

果戈理的创作确立了现实主义文学在19世纪俄国文坛上的统治地位。他的剧本《钦差大臣》和长篇小说《死魂灵》等作品，以卓越的艺术讽刺，揭发了官僚社会和农奴制的黑暗。

屠格涅夫是19世纪中叶俄国优秀的现实主义作家。他的长篇小说《罗亭》和《贵族之家》反映了40年代俄国贵族知识分子在思想上的探索。长篇小说《前夜》是俄国文学中第一部描写"新人"的作品。长篇小说《父与子》则反映了农奴制改革前后贵族自由主义者和民主主义者两个阵营间的斗争。

19世纪中期，俄国文学在戏剧和诗歌方面也取得了引人注目的成就。戏剧家奥斯特洛夫斯基写出了著名的剧本《大雷雨》，该剧描写一个追求个性解放和爱情幸福的女性卡杰琳娜为残酷的环境所毁灭的悲剧。诗人涅克拉索夫的长诗《谁在俄罗斯能过好日子?》揭示农奴制改革并没有使农民的生活得到改善，表现了农民的觉醒。

（五）东、北欧文学

19世纪东欧各国掀起了民族解放运动的高潮。反对异族奴役和争取自由独立，构成这一时期东欧文学的共同主题。

波兰作家密茨凯维奇的主要作品是诗剧《先人祭》，它以1823年沙俄当局迫害"爱德社"爱国青年的政治事件为题材，抨击了沙俄的残暴统治，刻画了大批爱国青年的英雄形象。

19世纪匈牙利最伟大的民族诗人是裴多菲，他的代表作是长篇叙事诗《使徒》，诗中塑造了一个反抗专制暴政、追求平等自由和人权的激进的革命者的形象。

这一时期，北欧的重要作家有丹麦的童话作家安徒生。他的《皇帝的新装》《海的女儿》《丑小鸭》《卖火柴的小女孩》等童话立意新颖，寓意深远，具有永恒的艺术魅力。安徒生以他的童话作品，第一次为北欧作家赢得了世界声誉。

六、19世纪后期的欧美文学

19世纪后期的欧美文学呈现出前所未有的复杂局面。主潮式的文学发展模式受到冲击,多元化格局初步形成。现实主义文学进入新的发展阶段,出现了一大批杰出的作家作品,俄国和挪威的成就尤为引人注目。但现实主义文学"一统天下"的地位已受到挑战。自然主义文学迅速崛起并流行各国。唯美主义文学、象征主义文学等新的文学流派,也各自呈现出独异的风采。

(一)现实主义文学

现实主义文学依然是19世纪后期欧美重要的文学流派。

莫泊桑是19世纪后期法国杰出的小说家。他一生共写有三百多部中短篇小说和6部长篇小说,被誉为"世界短篇小说大师"。他的中短篇小说具有丰富的社会内容。《羊脂球》等作品揭露了普鲁士侵略者的残暴野蛮,歌颂了法国人民不畏强暴、反抗侵略者的爱国主义精神。《戴家楼》《我的叔叔于勒》等作品揭露资产阶级的道德堕落,反映资本主义社会的世态炎凉。《漂亮朋友》是莫泊桑长篇小说的代表作,作品通过对青年冒险家杜洛阿利用种种无耻手段,终于发迹的描写,深刻反映了法兰西第三共和国时期政治生活的黑暗与腐败,报界的污秽与欺骗,成功地塑造了投机钻营、荒淫无耻的冒险家杜洛阿的典型形象。

19世纪后期英国最重要的现实主义作家是哈代。挪威著名剧作家易卜生是北欧现实主义文学的主要代表。他创作了《玩偶之家》《群鬼》等一系列"社会问题剧",尖锐地提出了妇女地位、法律、道德等一系列重大的社会问题,引起了社会的强烈关注。

陀思妥耶夫斯基是19世纪后期俄国一位在思想和艺术上均极有特色的作家。他最重要的长篇小说有《罪与罚》《白痴》《卡拉马佐夫兄弟》等。他的小说反映了俄国大城市中贵族资产阶级的腐化堕落,下层平民的悲惨生活,同时宣扬以宗教和道德感化来改造世界。在艺术方面,他特别擅长进行心理分析,尤其注重写梦境与幻觉,写心理病态,以及失去自我控制时下意识的心理流程。陀思妥耶夫斯基由于对人物病态心理的深入挖掘和出色表现,而被现代派作家尊为鼻祖。

列夫·托尔斯泰是19世纪后期俄国文学的代表作家。

契诃夫是俄国19世纪最后一位杰出的现实主义作家。他创作的大量的中短篇小说反映了19世纪俄国社会沉闷的局面和鄙陋的状况。短篇小说《小公务员之死》展现了上层官员的飞扬跋扈造成的小人物的卑屈与奴性心理,《套中人》生动地塑造了一个沙皇专制制度的忠实卫士——别里科夫的形象。

马克·吐温是19世纪美国现实主义文学最杰出的代表。

欧·亨利是美国著名的短篇小说家,一生写有三百多篇短篇小说。他的作品以轻松幽默的笔调描写大都市里小人物的悲欢和相濡以沫的友谊,揭露资本主义社会中尔虞我诈的社会风气,代表作品有《麦琪的礼物》《最后一片藤叶》《警察和赞美诗》等。

杰克·伦敦是一位极具个性特色的美国作家。他的短篇小说集《狼的儿子》《雪的女儿》等,以北方阿拉斯加的冰天雪地为背景,描写了淘金者和猎人们的冒险生活。长篇小说《马丁·伊登》是杰克·伦敦的代表作,前半部具有自传性质。小说讲述了一个出身下层的水手马丁·伊登发奋写作,终于功成名就,进入他梦寐以求的上流社会后反而幻灭自杀的故事。

(二)自然主义文学

自然主义文学是19世纪后期在欧美各国具有广泛影响的一个文学流派。它最先产生于法国。自然主义文学主张客观地、精确地描绘现实生活,认为作家应当保持绝对的中立和客观,不流露任何倾向。自然主义文学否认典型化的手法,主张描写随便观察到的现实生活的表面现象,描写平凡、琐碎的事件和细节,反对写英雄,主张写平凡的小人物。自然主义文学主张作家在创作时采用科学家的方法,即实验的方法,实验的对象就是作品中的人物。自然主义文学认为人类的意识和行为与自然界的其余部分一样,受自然规律的支配,尤其是生物学规律的支配。

法国自然主义文学在创作上的代表是龚古尔兄弟。他们合写的小说《日尔米尼·拉塞德》是一部典型的自然主义文学作品。

左拉虽然竭力主张自然主义文学理论,他的不少作品也确实带有一定的自然主义色彩,但从总体上看,左拉主要还是一个现实主义作家。左拉的主要作品是《卢贡—马卡尔家族》,它包括20部长篇小说。这套小说反映了法兰西第二帝国时期的社会生活的广阔画面。

(三)唯美主义文学

唯美主义是19世纪后期流行于法国、德国、英国等欧洲各国的一种文学思潮。唯美主义文学否定艺术内容的道德准则,反对文艺的社会教育作用,刻意追求艺术技巧和形式的完美。

法国唯美主义的代表作家是戈蒂耶,他的代表作是诗集《珐琅和宝石》。英国唯美主义的代表作家是王尔德,他的代表作品是长篇小说《道林·格雷的画像》。

第四节 20世纪欧美现实主义文学概述

20世纪的欧美文学呈现出复杂的状态,既有传统的现实主义文学,也有形形色色的现代主义文学,它们之间相互联系、相互影响。

20世纪英国现实主义文学的第一个重要作家是萧伯纳。他受到易卜生的影响,主张艺术应当关注迫切的社会问题。他的戏剧《华伦夫人的职业》无情地揭露了"体面的"资产者不体面的财富来源,《巴巴拉少校》则集中表现了他的改良主义思想。

高尔斯华绥是20世纪英国另一位著名作家。他的三部曲《福尔赛世家》成功地表现了资产者强烈的占有欲和对金钱的疯狂追求。

20世纪英国现实主义作家中,劳伦斯是一位在当代影响很大的作家。他的代表作有《儿子与情人》《虹》等。劳伦斯小说的基本主题是:批判工业化社会对人性的扭曲,主张通过实现一种自然完美的两性关系来摆脱工业化社会对人性的扭曲。

20世纪法国现实主义最伟大的作家是罗曼·罗兰。他的代表作《约翰·克利斯朵夫》描写德国音乐家约翰·克利斯朵夫的一生,反映了19世纪末、20世纪初欧洲社会生活的广阔画面,表现了一个正直的知识分子的人生追求,提出了实现完美人性的理想。

20世纪德国现实主义文学最著名的作家是亨利希·曼和托马斯·曼兄弟。亨利希·曼的代表作是长篇小说《臣仆》,这部小说通过塑造一个拍马钻营的资产阶级政客的形象,深刻地揭示了德国资产阶级在强者面前是羊,在弱者面前是狼的复杂性格。托马斯·曼的代表作是长篇小说《布登勃洛克一家》,这部小说主要描写一个资产阶级家庭由盛而衰的过程。

进入20世纪,美国的现实主义文学在世界上的影响逐渐增强,出现了不少有成就的作家。

德莱塞是20世纪初美国著名的小说家。德莱塞的作品真实地描绘了美国城市的生活和小资产阶级的迷惘,揭露资产阶级道德的虚伪和金钱对人的腐蚀。他的代表作是长篇小说《美国的悲剧》,这部小说叙述了美国一个普通青年堕落为杀人犯的悲剧,揭示出美国社会的贫富悬殊,以及上层资产阶级豪华的生活方式如何诱惑了意志薄弱的克莱德,再加上美国社会舆论所鼓吹的那种"只要抓住机会,人人可以发财"的所谓"美国梦",使得像克莱德这样的青年走上了不择手段追求财富和地位,乃至犯罪的道路。

第一次世界大战以后,美国出现了一个被称为"迷惘的一代"的文学流派。"迷惘的一代"产生的原因是第一次世界大战毁灭了西方一代青年原有的人生价值观念,毁灭了他们过去对人生意义、对理想、对崇高目的等的追求,于是他们感到迷惘和失望。

"迷惘的一代"作家所表现的,不仅是对战争、现实或社会感到失望,隐藏在作品背后的更深的主题,是对整个人生的失望。"迷惘的一代"的代表作家是海明威。

第二次世界大战以后,美国的文坛出现纷纭复杂的局面。一批犹太作家的创作是特别引人注目的现象。其中索尔·贝娄是美国犹太文学最重要的代表。他的代表作《洪堡的礼物》描写了当代美国知识分子在丰富的物质条件下的精神危机问题,深入探讨了人的存在、人的本质、人的价值等思辨性的问题。

美国现代作家塞林格的长篇小说《麦田里的守望者》描写了一个16岁的中学生在纽约流浪一天两夜的故事,反映了美国青少年精神上的不安和苦恼。

20世纪的俄罗斯文学走过了一个曲折的历程,但忠于现实的作家们仍然创作了不少能在文学史上站住脚跟的作品。

高尔基是20世纪俄国最伟大的现实主义作家。他早期的浪漫主义和现实主义的中短篇小说表现了俄国人民渴求光明的热切愿望,歌颂了战士的勇敢斗争精神,鞭挞了小市民的苟且偷生。他的自传体三部曲《童年》《在人间》《我的大学》塑造了一个渴求知识、渴求进步的少年阿辽沙的生动形象。他的长篇小说《母亲》反映了俄国工人阶级运动的发展过程。他晚期创作的长篇小说《阿尔达莫诺夫家的事业》《克里姆·萨姆金的一生》则反映了俄国资产阶级的兴衰史。

肖洛霍夫是20世纪俄国文学中另一个重要作家。他的代表作《静静的顿河》描写了从第一次世界大战到国内战争结束这个动荡的历史时期顿河哥萨克的生活和斗争。

20世纪后半期,俄罗斯文学在新的形势下出现了比较活跃的局面。各种题材的文学都涌现出不少优秀的作品,如道德题材、重新反映十月革命和卫国战争的题材,以及表现科技革命时代的英雄的题材等。这一时期比较著名的作品有肖洛霍夫的短篇小说《一个人的遭遇》,帕斯捷尔纳克的长篇小说《日瓦戈医生》,西蒙诺夫的长篇小说《生者与死者》,瓦西里耶夫的中篇小说《这里的黎明静悄悄》,等等。

第五节 20世纪欧美现代主义文学概述

现代主义文学,也叫现代派文学,它并不是一个统一的文学流派,而是20世纪初以来西方形形色色的、反传统的文学流派的总称。

现代主义文学的主要流派有未来主义、象征主义、表现主义、超现实主义、意识流小说、存在主义、荒诞派戏剧、新小说派、黑色幽默和魔幻现实主义等。

象征主义是最先出现的现代主义的文学派别。象征主义诗歌的特点是用客观事物来象征人的主观精神,富有哲理性和神秘主义色彩,注重表现"通感",注重音乐性。

19世纪中期的法国诗人波德莱尔是象征主义文学的先驱,他的诗集《恶之花》是象征主义发展的第一步。继波德莱尔之后法国出现了三位有名的象征主义诗人:魏尔伦、兰波和马拉美。19世纪后期法国的这一象征主义浪潮,文学史上称它为"前期象征主义"。

20世纪20年代开始,象征主义文学运动又掀起了一个高潮,文学史上称它为"后期象征主义"。后期象征主义诗歌的代表人物有法国的瓦雷里、德国的里尔克、英国的艾略特等。

艾略特的长诗《荒原》是后期象征主义的代表作品，它高度概括了第一次世界大战之后的西方社会生活，浸透着诗人的忧虑和绝望，"荒原"的意象是现代西方人精神衰败的象征。

表现主义是20世纪20年代首先在德国出现的一种文学潮流。表现主义文学大多表现在喧嚣、混乱、罪恶的城市中人们的压抑、悲哀和忧郁。表现主义文学在艺术上主张突破事物的表象，直接表现本质。表现主义作家常常把自己的强烈感受抽象出来，用一个象征的形象来予以表现。表现主义文学作品常常充满狂热的激情和极度的夸张。

奥地利作家卡夫卡是表现主义小说的代表作家。

美国戏剧家奥尼尔是表现主义戏剧的代表作家。他的表现主义戏剧代表作有《琼斯皇》《毛猿》等。

意识流小说是20世纪二三十年代流行于欧美国家的一种文学潮流。意识流小说着力描写人物内心意识的变化流动，充满自由联想和时空错乱，故事情节淡化。

法国最重要的意识流小说家是普鲁斯特，他的长篇小说《追忆逝水年华》写一个家庭富裕而又体弱多病的青年对昔日往事的回忆。

乔伊斯是爱尔兰著名的意识流小说家。他的代表作《尤利西斯》叙述了三个都柏林人一天的生活和感情活动，书中大量运用内心独白、自由联想、时空错乱、蒙太奇等手法。

美国意识流小说的代表作家是福克纳。他的代表作是长篇小说《喧哗与骚动》。这部小说写南方一个地主阶级旧家庭的衰败和崩溃，除了大量采用意识流的手法以外，还采用了多角度叙事手法。

存在主义文学是20世纪40年代以后出现于欧洲的一个现代主义文学流派。存在主义哲学认为人的存在先于人的本质，世界是荒诞的，人生是痛苦的，但人可以也应该进行自由选择。

存在主义哲学家萨特等人认为,文学的形式比哲学的形式更宜于表达存在主义思想。因此,在法国,存在主义思想首先是通过萨特、加缪的小说和剧本普及开来的。这样就形成了存在主义文学流派。

存在主义文学力图将哲学和文学融成一体,寓高度的哲理性于文学作品之中。存在主义文学强调真实感,但不追求典型化。存在主义文学的语言简单、明晰、口语化。

加缪是法国存在主义文学的重要作家。他的成名作《局外人》塑造了一个对母亲的死、爱情、友谊、审判,乃至对自己的生和死都非常冷漠的存在主义人物形象。

加缪的第二部重要的小说《鼠疫》,写一位医生与蔓延的鼠疫所进行的斗争,表现了存在主义关于"自由选择"的思想。

存在主义文学的另一位代表作家萨特的重要作品有"处境剧"《禁闭》、长篇小说《自由之路》等,后者以第二次世界大战德国侵略法国为背景,表现了一群知识分子如何做出自由选择的过程。

荒诞派戏剧是第二次世界大战以后西方出现的一个现代主义文学流派。它的出现受到存在主义哲学和存在主义戏剧的影响。

荒诞派戏剧与传统的戏剧很不相同,它完全背离了传统戏剧的基本规律,由于所表现的是世界的荒诞和人生的荒诞,所以它也采用了荒诞的艺术形式。荒诞派戏剧没有完整的情节和结构,没有个性鲜明的人物形象,而只有性格模糊的、抽象的人物形象,人物的语言也荒诞而没有逻辑。荒诞派戏剧还经常通过非理性的、夸张的方式,利用各种舞台手段(如道具、灯光效果等)来反映戏剧的主题。

法国的尤奈斯库是荒诞派戏剧的创始人。他的代表作品有荒诞派戏剧《秃头歌女》《椅子》等。

荒诞派戏剧的另一位重要作家是爱尔兰的贝克特,他的荒诞派戏剧《等待戈多》是荒诞派戏剧的经典作品。这部戏剧表达了人生是一场没有希望的等待的主题。

魔幻现实主义文学是20世纪30年代在拉丁美洲开始出现的一个文学流派。魔幻现实主义最主要的特点是基本题材都来自现实,但被作家改变了本来面目,涂上一层神秘色彩,作家把各种超自然的力量、神话、传说与现实交织在一起,创造出一种扑朔迷离的魔幻现实。

哥伦比亚作家马尔克斯是魔幻现实主义文学最杰出的代表。他的创作深刻地反映了拉丁美洲地区的历史和现实,表现了拉丁美洲人民的苦难和他们对幸福、自由的向往。《百年孤独》是马尔克斯的代表作,它以马孔多村镇为背景,描写了布恩地亚家族七代人的兴起、衰落直至死亡,反映了哥伦比亚一百年来的历史。

第六节　亚非文学概述

亚非文学的成果和欧美文学的成果共同构成了世界文学的宝库。亚非文学的发展大致可以划分为三个时期,即古代文学、中古文学和近现代文学。古代文学即指原始社会、奴隶社会时期的文学。中古文学指封建社会时期的文学。近代亚非地区相继沦为殖民地或半殖民地,民族文化受到严重摧残,文化发展一度停滞不前。19世纪下半叶以来,随着各国民族民主革命运动的兴起和发展,亚非文学进入一个沿着本民族文化传统发展的新阶段,并促使世界文学结构发生了新的变化。

一、古代文学

古代埃及文学是人类最古老的文学之一。它包括神话、传说、诗歌、故事和箴言。古埃及保存的人类最早的书画文学作品《亡灵书》是一部庞大的宗教性诗歌总集,其中有些诗歌诞生在公元前三千年左右。它反映了古埃及人的宗教信仰、风俗习惯及征服自然的愿望。

古巴比伦文学的代表作是史诗《吉尔伽美什》。它是世界文学中最古老的史诗,它的定本在公元前18世纪就已刻写在12块泥板上。全诗共三千余行。史诗描写了英雄吉尔伽美什同他的挚友恩奇都为民除害及寻找长生草的过程,赞美了两位英雄的真挚友谊,表达了古巴比伦人对生死、命运等问题的思考。史诗中融入了古代两河流域的大量神话传说,真实地再现了从氏族社会向奴隶社会过渡时期两河流域居民的生活与斗争。

希伯来人是生活在西亚的一个古老民族。自公元前6世纪至公元前1世纪,希伯来人把本民族从公元前十几世纪起流传下来的神话、历史、传说、思想家的著作等进行了整理和修订,这份希伯来的文化遗产,被后来的基督教所接受,编入《圣经》,称为《旧约》。

《旧约》分为四大部分。一是"经书或法律书",内容包括上帝创造天地和人、伊甸乐园里亚当和夏娃犯罪、大洪水和诺亚方舟等神话,以及希伯来民族的祖先亚伯拉罕、雅各、摩西等的传说。二是"历史书",记录了以色列和犹太从立国到亡国的完整过程。三是"先知书",记录了先知先觉的社会改革家和思想家们的政论和演说。四是"诗文集",收入了许多动人的诗歌作品和具有小说性质的散文作品,其中《耶利米哀歌》叙述了圣城耶路撒冷遭洗劫的惨状,表达了复兴祖国的虔诚愿望,历来被看成是爱国主义的绝唱。《雅歌》则是一部抒写男女恋情的清新优美的牧歌集。优秀的小说性作品有《路得记》等。

印度是世界上具有悠久历史的文明古国之一。古代印度文学主要使用梵语,故古代印度的文学又称梵语文学。古代印度文学可以分为吠陀时代的文学和史诗时代的文学。

吠陀时代的主要文学成就是《吠陀》,它是古代印度文献的总集,反映了印度从氏族社会向奴隶社会过渡时期的历史风貌。"吠陀"意为知识或学问,包括《梨俱吠陀》等四部,其中最具文学价值的是《梨俱吠陀》。

史诗时代的主要文学成就是以口头创作形式在民间长期流传的两部史诗《摩诃婆罗多》和《罗摩衍那》。《摩诃婆罗多》的主要内容是婆罗多的后代堂兄弟之间的王位之争。《罗摩衍那》主要描写王子罗摩被迫害、遭流放和继承王位的经历,以及他与妻子悉多悲欢离合的爱情故事。这两部史诗的艺术成就是巨大的,对印度及东南亚地区的后世文学产生了深远的影响。

二、中古文学

中古的亚非文学,指的是亚非国家封建制度兴起、繁荣和衰落时期的文学创作。中古的亚非是世界文明的先进地区,创造了人类灿烂的文化。尤其是它的早期和中期,产生了不少著名作家,出现了许多一流的作品,达到了当时世界文学的高峰。

中古印度最重要的作家是迦梨陀娑。他大约生活在公元4世纪到5世纪,是古代印度最著名的诗人和戏剧家。他的代表作诗剧《沙恭达罗》描写了国王豆扇陀和净修林中的一位女子沙恭达罗的曲折的爱情故事,塑造了一位善良、美丽、勇敢追求爱情幸福的理想女性沙恭达罗的形象,表达了古代印度人民对幸福生活的热爱和向往。

波斯(现在的伊朗)是中亚的文明古国。菲尔多西是波斯文学史上最伟大的诗人,他的长篇英雄史诗《王书》反映了阿拉伯人入侵前几千年的古代伊朗史,着力塑造了一群爱国勇士的光辉形象,表达了反抗异族侵略、渴盼国家独立、谴责暴君苛政、向往国泰民安的主题思想。

中古阿拉伯文学,指阿拉伯帝国时期的文学,它具有浓厚的伊斯兰教的色彩。

《古兰经》是伊斯兰教的经典,也是阿拉伯文学史上第一部散文巨著。《古兰经》反映了6世纪末7世纪初阿拉伯人的思想、文化和生活的情况,它语言清新,富于音乐美,对阿拉伯文学的发展起着无法估量的作用,被阿拉伯人看成是语言的最高典范。

中古阿拉伯文学的最高成就是民间故事集《一千零一夜》(又名《天方夜谭》)。它采用宰相之女山鲁佐德给国王讲故事的形式,将两百多个主题与内容很不相同的故事串联在一个框架之中,曲折多变,摇曳生姿。其中著名的故事有《巴格达窃贼》《阿里巴巴和四十大盗》《阿拉丁和神灯》等。这部民间故事集,以它离奇多变的题材、洒脱的艺术手法和神幻莫测的东方色彩,生动地描绘了一幅中世纪阿拉伯帝国社会生活的复杂画面,有宫廷奇闻、名人轶事、婚姻恋爱,还有经商冒险、航海奇遇、神话传说、妖魔鬼怪等。《一千零一夜》最明显的艺术特色是浪漫主义的表现方法、丰富的想象力和近乎荒诞的夸张描写。同时,其大故事套小故事的结构方式,将整部故事集组成一个松而不散的艺术整体。

中古日本文学上起8世纪,下至19世纪中叶,约有一千年的历史,大致可分为四个时期。

奈良时期,日本出现了最早的书面文学作品。代表作为《古事记》和《万叶集》。《古事记》是日本最古老的文学作品,记载自远古到推古天皇时代的神话、传说和历史故事;《万叶集》是日本最早的一部和歌总集,反映民生疾苦,歌唱纯真爱情,格调浑厚真挚。

平安时期,日本出现了一种名叫"物语"的文学体裁,"物语"有故事、传奇的意思。物语文学的代表作品是女作家紫式部的长篇小说《源氏物语》。它是世界文学史上最早的一部长篇小说,也是整个日本古典文学的最高成就。小说通过对源氏一生政治上的浮沉及他的爱情经历的描绘,展示了平安王朝宫廷贵族的权势之争、贵族男女的悲欢离合及他们之间混乱的两性关系,真实地再现了平安贵族精神上日益委顿、沦落的历史风貌。

镰仓、室町时期,具有代表性的文学作品是反映武士生活的《平家物语》,它生动地刻画了武士刚毅、勇敢的性格,有力地反映了处于上升阶段的武士阶层的思想感情。

江户时期,日本城市经济迅速发展,市民文化取代了武士文化。这一时期出现了一种由和歌演变而来的新诗体"俳句"。俳句的代表作家松尾芭蕉创造了幽雅、奇妙、清闲的诗歌风格,他本人也被尊为"俳圣"。"浮世草子"是江户时代流行的、以反映市民情趣和享乐思想为内容的通俗小说,代表作家作品为井原西鹤的《好色一代男》等。

三、近现代文学

近现代亚非文学,主要指19世纪后期具有启蒙性质的新文学及20世纪的亚非文学。近现代亚非文学大多以反帝国主义、反殖民主义、反封建主义的姿态出现在文坛上,它反映了亚非人民的觉醒,支持民族解放运动。亚非近现代文学的发展是极不平衡的,其中以日本和印度文学的成就最为突出。

明治维新以后,日本迅速跨入世界先进资本主义国家的行列,文学深受西方文明的影响。明治时期日本近代文学的奠基人是二叶亭四迷。他的现实主义长篇小说《浮云》通过刚直不阿的青年知识分子内海文三的命运,反映了自由民权运动失败后知识分子的苦闷和迷惘。日本浪漫主义文学的奠基者是森鸥外。他的小说《舞姬》描写了一个留学德国的日本青年与一位德国舞女的爱情悲剧,洋溢着浓烈的异国情调与感伤色彩,表现了日本青年对个性解放的追求及失败的悲哀。

日本自然主义文学的代表人物有岛崎藤村和田山花袋等。岛崎藤村的长篇小说《破戒》通过一个出身于贱民部落的知识青年冲破戒规,公开自己"低贱"的出身并出走海外的经历,有力地批判了近代日本社会的封建等级制度,提出了人权解放的民主要求。田山花袋的中篇小说《棉被》,描写了一个中年作家对他的女学生的情欲,以大胆展示人性而惊世骇俗。它以对个人身边琐事的细致描摹及对情欲的赤裸裸的宣泄,而将日本自然主义文学引向"私小说"的狭小境地。

20世纪20年代之后,日本文坛出现了一个新的小说流派"新感觉派",这是日本最早的现代主义文学流派,代表人物有横光利一、川端康成等。他们受西欧现代主义文学思潮的影响,主张以表现新奇的感觉来代替对现实的客观描述,将意识流、象征、心理分析等手法与日本文学传统的手法融为一体。

第二次世界大战之后,日本还涌现了一批优秀的现实主义作家作品,如山崎丰子的《华丽的家族》,松本清张以推理小说手法写成的报告文学集《日本的黑雾》。当代日本活跃的作家还有大江健三郎等。大江是日本第二位荣获诺贝尔文学奖的作家,其作品深受西方存在主义哲学和荒诞派文学艺术的影响。

近现代印度文学主要指19世纪下半叶以来的印度文学。反映印度人民在殖民统治下的苦难,争取民族独立,是近现代印度文学的基本主题。近代印度文学最重要的作家是泰戈尔。另一位重要的作家是普列姆昌德。普列姆昌德的代表作长篇小说《戈丹》描写了贫苦农民何利悲惨的一生,揭露了印度农村封建地主对农民的深重压迫。

第八章　外国文学作品与导读

伊利亚特(节选)

荷　马

【解题】

《荷马史诗》包括《伊利亚特》和《奥德赛》两部。

《伊利亚特》描写特洛伊战争的故事。全诗共 24 卷,15 693 行。这部史诗的主要英雄人物是希腊联军方面的阿基琉斯。史诗开始时,希腊联军方面的主帅阿伽门农无理地夺走了阿基琉斯的一名女俘虏,阿基琉斯一怒之下退出战场。特洛伊人乘机进攻,一直打到希腊联军的战船边。阿伽门农派人来向阿基琉斯求和,但没有成功。这时,阿基琉斯的朋友帕特罗克洛斯借了他的盔甲上战场作战,被对方的主将赫克托尔所杀。阿基琉斯因朋友牺牲而大怒。他悔恨自己的过错,请求母亲到工匠神赫菲斯托斯那里为他赶制了新盔甲,重新参战。他一上战场,马上就扭转了战局。经过激战,他杀死了赫克托尔。全诗在特洛伊老王普里阿姆斯为赫克托尔举行的葬礼中结束。

《奥德赛》也分 24 卷,共 12 110 行。诗中的主人公是希腊英雄奥德修斯。特洛伊战争结束后,他乘船回国,途中在海上长期漂流,受到种种磨难,回不了家。而他的故乡则传说他已死亡,一批贵族来纠缠他的妻子佩涅洛佩,妄图夺取他的财产和地位。他的儿子忒勒马科斯走遍希腊各地去寻找他。后来,奥德修斯来到斯赫里岛,受到当地国王的热情接待,国王又派人送他回国。奥德修斯回到故乡伊大卡后,化装成乞丐试探了他的家仆、儿子和妻子的忠诚,然后向求婚者报仇,最后夫妻团圆。

下面所选的是《伊利亚特》第20卷中描写阿基琉斯和赫克托尔决战的一段。

赫克托尔这样思虑,阿基琉斯来到近前,
如同埃倪阿利奥斯,头盔颤动的战士,
那支佩利昂产的梣木枪在他的右肩
怖人地晃动,浑身铜装光辉闪灿,
如同一团烈火或初升的太阳的辉光。
赫克托尔一见他心中发颤,不敢再停留,
他转身仓皇逃跑,把城门留在身后,
佩琉斯之子凭籍快腿迅速追赶。
如同禽鸟中飞行最快的游隼在山间
敏捷地追逐一只惶惶怯逃的野鸽,
野鸽迅速飞躲,游隼不断尖叫着
紧紧追赶,一心想扑上把猎物逮住。
阿基琉斯当时也这样在后面紧追不舍,
赫克托尔在前面沿特洛亚城墙急急逃奔。
他们跑过丘冈和迎风摇曳的无果树,
一直顺着城墙下面的车道奔跑,
到达两道涌溢清澈水流的泉边,
汹涌的斯卡曼得罗斯的两个源头。
一道泉涌流热水,热气从中升起,
笼罩泉边如同缭绕着烈焰的烟雾。
另一道涌出的泉水即使夏季也凉得

像冰雹或冷雪或者由水凝结的寒冰。
紧挨两道泉水是条条宽阔精美的石槽
在阿开奥斯人到来之前的和平时光
特洛亚人的妻子和他们的可爱的女儿们
一向在这里洗涤她们的漂亮衣裳。
他们从这里跑过,一个逃窜一个追,
逃跑者固然英勇,追赶者比他更强,
迈着敏捷的双脚,不是为争夺祭品
或者牛革这些通常的竞赛奖赏,
而是为了夺取驯马的赫克托尔的性命。
如同在为牺牲的战士举行的葬礼竞赛中
许多单蹄马为能夺得三脚鼎或女人
这样丰厚的奖品,绕着标杆飞驰,
他们也这样绕着普里阿摩斯的都城,
迈着快腿绕了三周,众神睽睽。

…………

　　捷足的阿基琉斯继续疯狂追赶赫克托尔,
有如猎狗在山间把小鹿逐出窝穴,
在后面紧紧追赶,赶过溪谷和沟壑,
即使小鹿转身窜进树丛藏躲,
也要寻踪觅迹地追赶把猎物逮住。
赫克托尔也这样摆脱不了捷足的阿基琉斯,
每当他偏向达尔达尼亚城门方向,
企图挨着建造坚固的城墙奔跑,
城上的人们朝下放箭保护他的时候;
每次阿基琉斯都抢先把他挡向平原,
自己始终占着靠近城墙的道路。
有如人们在梦中始终追不上逃跑者,

一个怎么也逃不脱,另一个怎么也追不上,
阿基琉斯也这样怎么也抓不着逃跑的赫克托尔。
赫克托尔怎么能这样躲过残忍的死神?
只因为阿波罗最后一次来到他身边,
向他灌输力量,给他敏捷的脚步。
神样的阿基琉斯向他的部队摇头示意,
不许他们向赫克托尔投掷锐利的枪矢,
免得有人击中得头奖,他屈居次等。
当他们一逃一追第四次来到泉边,
天父取出他的那杆黄金天秤,
把两个悲惨的死亡判决放进秤盘,
一个属阿基琉斯,一个属驯马的赫克托尔,
他提起秤杆中央,赫克托尔一侧下倾,
滑向哈得斯,阿波罗立即把他抛弃。
目光炯炯的女神雅典娜迅速来到
佩琉斯之子身边,说出有翼飞翔的话语:
"宙斯的宠儿阿基琉斯,我们可望
今天让阿开奥斯人带着全胜回船,
难以制服的赫克托尔将被我们杀死。
现在他已不可能逃脱我们的手掌,
不管射神阿波罗怎样费心帮助他,
甚至匍伏着哀求持盾的天父宙斯。
你且停住脚步喘喘气,我这就去
上前找他,劝他和你一决胜负。"

阿基琉斯听从雅典娜心中欢喜,
拄着那杆铜尖梣木枪停住脚步。
雅典娜离开他赶上神样的赫克托尔,

模仿得伊福波斯的外貌和洪亮的嗓音,
站到他近旁说出有翼飞翔的话语:
"亲爱的兄弟,捷足的阿基琉斯如此快步,
绕着普里阿摩斯的都城把你追赶,
现在让我们停下来就在这里迎战。"

　　头盔闪亮的伟大的赫克托尔回答雅典娜:
"得伊福波斯,在赫卡柏和普里阿摩斯
给我的所有兄弟中,你一向对我亲近,
现在我心中比以前更为深挚地敬爱你,
只有你看见我被追赶,出城帮助我,
其他人都不敢出来在城里惊惶地藏躲。"

　　目光炯炯的女神雅典娜这样回答说:
"亲爱的兄弟,父王和母后都曾抱膝
哀求我不要出城,部下也这样力劝,
他们全都如此害怕那个阿基琉斯,
但我在城里心中为你痛苦难忍,
现在让我们大胆迎战和他厮杀,
枪下不留情面,看看如何结果:
是他杀死我们,带着血污的铠甲
返回空心船,还是我们把他制服。"

　　雅典娜这样说,用狡计带领他冲上前去,
阿基琉斯和赫克托尔就这样走到一起。
头盔闪亮的伟大的赫克托尔首先说话:
"佩琉斯之子,我不再逃避你,像刚才
绕行普里阿摩斯的都城三遭不停步,

现在心灵吩咐我停下来和你拼搏,
或是我得胜把你杀死,或是你杀我。
但不妨让我们敬请神明前来作证,
神明能最好地监督和维护我们的誓言:
如果宙斯让我获胜,把你杀死,
我绝不会残忍地侮辱你的躯体,
阿基琉斯,我只剥下你那副辉煌的铠甲,
尸体交阿开奥斯人。你也要这样待我。"

捷足的阿基琉斯狠狠地看他一眼回答说:
"赫克托尔,最可恶的人,没什么条约可言,
有如狮子和人之间不可能有信誓,
狼和绵羊永远不可能协和一致,
它们始终与对方为恶互为仇敌,
你我之间也这样不可能有什么友爱,
有什么誓言,唯有其中一个倒下,
用自己的血喂饱持盾的战士阿瑞斯。
鼓起你的全部勇气,现在正是你
表现自己是名枪手和无畏战士的时候。
不会有别的结果,帕拉斯·雅典娜将用
我的枪打倒你,你杀死了我那么多朋友,
使我伤心,你将把欠债一起清算。"

阿基琉斯说完,举起长杆枪投了出去。
光辉的赫克托尔临面看见,把枪躲过。
他见枪飞来,蹲下身让铜枪从上面飞过,
插进泥土,但帕拉斯·雅典娜把它拔起,
还给阿基琉斯,把士兵的牧者赫克托尔瞒过。

赫克托尔对勇敢的佩琉斯之子大声说：
"神样的阿基琉斯，你枉费力气没投中，
并非由宙斯得知我的命运告诉我。
你这是企图用花言巧语把我蒙骗，
想这样威吓我失去作战的力量和勇气。
我不会转身逃跑让你背后掷投枪，
我要临面冲上来让你正面刺胸膛，
如果这是神意。现在你先吃我一枪，
但愿你把这支铜枪能全部吃进肉里。
只要你一死，这场战争对于特洛亚人
便会变容易：你是他们最大的灾祸。"

　　赫克托尔说完，晃动着投出他的长杆枪，
击中佩琉斯之子的神造盾牌的中心，
他没有白投，但长枪却被盾牌弹回。
赫克托尔懊恼长杆枪白白从手里飞去，
又不禁愕然，因为没有第二支梣木枪。
他大声叫喊手持白盾的得伊福波斯，
要他递过来长杆枪，但已匿迹无踪影。
赫克托尔明白了事情真相，心中自语：
"天哪，显然是神明命令我来受死，
我以为英雄得伊福波斯在我身边，
其实他在城里，雅典娜把我蒙骗。
现在死亡已距离不远就在近前，
我无法逃脱，宙斯和他的射神儿子
显然已这样决定，尽管他们曾那样
热心地帮助过我：命运已经降临。
我不能束手待毙，暗无光彩地死去，

我还要大杀一场,给后代留下英名。"

　　赫克托尔这样说,一面抽出锋利的长剑,
那剑又大又重,佩带在他的腰边,
他挥剑猛扑过去,有如高飞的老鹰,
那老鹰穿过乌黑的云气扑向平原,
一心想捉住柔顺的羊羔或胆怯的野兔,
赫克托尔也这样挥舞利剑冲杀过去。
阿基琉斯也冲杀上来,内心充满力量,
把那面装饰精美的盾牌举在胸前,
头上晃动着闪亮的四行装饰的头盔,
美丽的金丝在盔顶不断摇曳,
赫菲斯托斯把它们密密地紧镶盔脊。
夜晚的昏暗中金星太白闪烁于群星间,
无数星辰繁灿于天空,数它最明亮,
阿基琉斯的长枪枪尖也这样闪辉。
他右手举枪为神样的赫克托尔构思祸殃,
看那美丽的身体哪里戳杀最容易。
赫克托尔全身有他杀死帕特罗克洛斯
夺得的那副精美的铠甲严密护卫,
只有连接肩膀和颈脖的锁骨旁边
露出咽喉,灵魂最容易从那里飞走。
阿基琉斯一枪戳中赫克托尔的喉部,
枪尖笔直穿进颈脖的柔软嫩肉里。
沉重的梣木钢枪尚未能戳断气管,
赫克托尔还能言语,和阿基琉斯答话。
阿基琉斯见赫克托尔倒下这样夸说:
"赫克托尔,你杀死帕特罗克洛斯无忧虑,

见我长时间罢战无惊无恐心安然,
愚蠢啊,那里还有一个比帕特罗克洛斯
强很多的人在,我还留在空心船前,
现在我杀了你,恶狗飞禽将把你践踏,
阿开奥斯人却将为帕特罗克洛斯行葬礼。"

　　头盔闪亮的赫克托尔声音虚弱地回答说:
"我求你,以你的心灵、双膝和双亲的名义,
不要把我丢给阿开奥斯船边的狗群,
你会得到许多黄金、铜块作赎金,
我的父王和母后会给你送来厚礼,
把我的身体运回去,好让特洛亚人
和他们的妻子给我的遗体行火葬祭礼。"

　　捷足的阿基琉斯怒目而视回答说:
"你这条狗,不要提膝盖和我的父母,
凭你的作为在我的心中激起的怒火,
恨不得把你活活剁碎一块块吞下肚。
绝不会有人从你的脑袋旁把狗赶走,
即使特洛亚人为你把十倍二十倍的
赎礼送来,甚至许诺还可以增添。
即使普里阿摩斯吩咐用你的身体
称量赎身的黄金,你的生身母亲
也不可能把你放上停尸床哭泣,
狗群和飞禽会把你全部吞噬干净。"

　　头盔闪亮的赫克托尔临死这样回答说:
"我这下看清了你的本性,我曾预感

不可能说服你,因为你有一颗铁石心。
不过不管你如何勇敢,也请你当心,
我不要成为神明迁怒于你的根源,
当帕里斯和阿波罗把你杀死在斯开埃城门前。"

他这样说,死亡降临把他罩住,
灵魂离开肢体前往哈得斯的居所,
留下青春和壮勇,哭泣命运的悲苦。
捷足的阿基琉斯对死去的赫克托尔这样说:
"你就死吧,我的死亡我会接受,
无论宙斯和众神何时让它实现。"

阿基琉斯这样说,从尸体上拔出铜枪,
搁置一旁,再剥下肩上血污的铠甲。
其他阿开奥斯人拥过来四面围上,
惊异赫克托尔身材魁梧相貌俊美,
没有人不使他再增加一点新的伤迹。
每个人都对自己近旁的同伴这样说:
"啊呀呀,这位赫克托尔现在确实显得
比他把熊熊火把抛向船舶时要温和。"

大家一面说,一面戳击不动的尸体,
捷足的阿基琉斯剥光赫克托尔身上的铠甲,
开始对阿开奥斯人把带翼的话这样说:
"朋友们,阿尔戈斯各位将领、参军们,
既然不朽的神明让我打倒了他,
他给我们造成的灾害超过其他人,
现在让我们全副武装绕城行进,

看看特洛亚人怎样想,有什么打算,
他们是见赫克托尔被杀死放弃高城,
还是没有赫克托尔也仍要继续作战。
可我的亲爱的心灵为什么这么想这么说?
帕特罗克洛斯还躺在船里,没有被埋葬,
没有受哀礼。只要我还活在人世间,
还能行走,我便绝不会把他忘记;
即使在哈得斯的处所死人把死人忘却,
我仍会把我那亲爱的同伴牢牢铭记。
阿开奥斯战士们,现在让我们高唱凯歌,
返回空心船,带上这具躺着的尸体。
我们赢得了巨大的光荣,杀死了赫克托尔,
城里的特洛亚人把他夸耀得如同神明。"

(荷马:《伊利亚特》,罗念生、王焕生译,北京:人民文学出版社,1994年)

【导读】

阿基琉斯是《伊利亚特》里的主要英雄人物,他生性勇敢暴躁,武艺高强。

赫克托尔是特洛伊方面的主要英雄,他的英雄主义精神,他对部落集体的责任感在史诗中表现得非常突出。他代替年老的父亲,担负着指挥全军的责任,在战斗中身先士卒,从不怯懦,是一个英勇的将领。他预感到城邦将被毁灭,自己将要阵亡,妻儿将沦为奴隶,但是他深深地明白自己的职责,仍然告别妻儿毅然出战,最后死于战场。

上面所选的这一段,生动地描写了两位英雄追打搏斗的场面,以及奥林波斯山上的宙斯、阿波罗、雅典娜诸神介入这场战争的情况。史诗的描写气势宏大,比喻新颖,语言质朴,显示出人类早期民间口头文学的鲜明特点。

俄狄浦斯王(节选)

索福克勒斯

【解题】

索福克勒斯(约公元前 496 年—前 406 年)是雅典奴隶主民主制盛极而衰时期的悲剧家,他的作品标志着希腊悲剧已发展到成熟阶段。

索福克勒斯出身于雅典一个富商家庭,他一生经历了希腊历史上两次重要战争,即希波战争和伯罗奔尼撒战争。民主制的衰落和社会动乱在自由民阶层中引起了对民主理想的幻灭情绪,因此,在索福克勒斯的悲剧中有一种惶惑不解和事与愿违的沉重心情。据传,他写过一百二十余部剧本,留存至今的有七部。索福克勒斯的代表作是《俄狄浦斯王》和反映宗教传统与城邦法律之间冲突的《安提戈涅》。

下面所选的是《俄狄浦斯王》中的一段。

第 三 场

报信人 啊,客人们,我可以向你们打听俄狄浦斯王的宫殿在哪里吗?最好告诉我他本人在哪里,要是你们知道的话。

歌 队 啊,客人,这就是他的家,他本人在里面;这位夫人是他儿女的母亲。

报信人 愿她在幸福的家里永远幸福,既然她是他的全福①的妻子!

伊俄卡斯忒 啊,客人,愿你也幸福;你说了吉祥话,应当受我回敬。请你告诉我,你来求什么,或者有什么消息见告。

报信人 夫人,对你家和你丈夫是好消息。

伊俄卡斯忒 什么消息?你是从什么人那里来的?

报信人 从科任托斯来的。你听了我要报告的消息一定高兴,怎么会不高兴呢?但也许还会发愁呢。

伊俄卡斯忒 到底是什么消息?怎么会使我高兴又使我发愁?

报信人 人民要立俄狄浦斯为伊斯特摩斯②地方的王,那里是这样说的。

伊俄卡斯忒 怎么?老波吕玻斯不是还在掌权吗?

报信人 不掌权了;因为死神已把他关进坟墓了。

伊俄卡斯忒 你说什么?老人家,波吕玻斯死了吗?

报信人 倘若我撒谎,我愿意死。

伊俄卡斯忒 侍女呀,还不快去告诉主人?

(侍女进宫。)

啊,天神的预言,你成了什么东西了?俄狄浦斯多年来所害怕,所要躲避的正是这人,他害怕把他杀了;现在他已寿尽而死,不是死在俄狄浦斯手中的。

(俄狄浦斯偕众侍从自宫中上。)

俄狄浦斯 啊,伊俄卡斯忒,最亲爱的夫人,为什么把我从屋里叫来?

伊俄卡斯忒 请听这人说话,你一边听,一边想天神的可怕的预言成了什么东西了。

俄狄浦斯 他是谁?有什么消息见告?

伊俄卡斯忒 他是从科任托斯来的,来讣告你父亲波吕玻斯不在了,去世了。

俄狄浦斯 你说什么,客人?亲自告诉我吧。

报信人 如果我得先把事情讲明白,我就让你知道,他死了,去世了。

俄狄浦斯 他是死于阴谋,还是死于疾病?

报信人　天平稍微倾斜,一个老年人便长眠不醒。③

俄狄浦斯　那不幸的人好像是害病死的。

报信人　并且因为他年高寿尽了。

俄狄浦斯　啊!夫人呀,我们为什么要重视皮托的颁布预言的宙宇,或空中啼叫的鸟儿呢?它们曾指出我命中注定杀我父亲。但是他已经死了,埋进了泥土;我却还在这里,没有动过刀枪。除非说他是因为思念我而死的,那么倒是我害死了他。这似灵不灵的神示已被波吕玻斯随身带着,和他一起躺在冥府里,不值半文钱了。

伊俄卡斯忒　我不是早就这样告诉了你吗?

俄狄浦斯　你倒是这样说过,可是,我因为害怕,迷失了方向。

伊俄卡斯忒　现在别再把这件事放在心上了。

俄狄浦斯　难道我不该害怕玷污我母亲的床榻吗?

伊俄卡斯忒　偶然控制着我们,未来的事又看不清楚,我们为什么惧怕呢?最好尽可能随随便便的生活。别害怕你会玷污你母亲的婚姻;许多人曾在梦中娶过母亲;但是那些不以为意的人却安乐的生活。

俄狄浦斯　要不是我母亲还活着,你这话倒也对;可是她既然健在,即使你说得对,我也应当害怕啊!

伊俄卡斯忒　可是你父亲的死总是个很大的安慰。

俄狄浦斯　我知道是个很大的安慰,可是我害怕那活着的妇人。

报信人　你害怕的妇人是谁呀?

俄狄浦斯　老人家,是波吕玻斯的妻子墨洛珀。

报信人　她哪一点使你害怕?

俄狄浦斯　啊,客人,是因为神送来的可怕的预言。

报信人　说得说不得?是不是不可以让人知道?

俄狄浦斯　当然可以。罗克西阿斯曾说我命中注定要娶自己的母亲,亲手杀死自己的父亲。因此多年来我远离着科任托斯。我在此虽然幸福,可是看见父母的容颜是件很大的乐事啊。
报信人 你真的因为害怕这些事,离开了那里?
俄狄浦斯 啊,老人家,还因为我不想成为杀父的凶手。
报信人 主上啊,我怀着好意前来,怎么不能解除你的恐惧呢?
俄狄浦斯 你依然可以从我手里得到很大的应得的报酬。
报信人 我是特别为此而来的,等你回去的时候,我可以得到一些好处呢。
俄狄浦斯 但是我决不肯回到我父母家里。
报信人 年轻人!显然你不知道你在做什么。
俄狄浦斯 怎么不知道呢,老人家?看在天神面上,告诉我吧。
报信人 如果你是为了这个缘故不敢回家。
俄狄浦斯 我害怕福玻斯的预言在我身上应验。
报信人 是不是害怕因为杀父娶母而犯罪?
俄狄浦斯 是的,老人家,这件事一直在吓唬我。
报信人 你知道你没有理由害怕么?
俄狄浦斯 怎么没有呢,如果我是他们的儿子?
报信人 因为你和波吕玻斯没有血统关系。
俄狄浦斯 你说什么?难道波吕玻斯不是我的父亲?
报信人 正像我不是你的父亲,他也同样不是。
俄狄浦斯 我的父亲怎能和你这个同我没关系的人同样不是?
报信人 你不是他生的,也不是我生的。
俄狄浦斯 那么他为什么称呼我作他的儿子呢?
报信人 告诉你吧,是因为他从我手中把你当一件礼物接受了下来。
俄狄浦斯 但是他为什么十分爱别人送的孩子呢?
报信人 他从前没有儿子,所以才这样爱你。
俄狄浦斯 是你把我买来,还是把我捡来送给他的。

报信人　是我从喀泰戎峡谷里把你捡来送给他的。

俄狄浦斯　你为什么到那一带去呢?

报信人　我在那里放牧山上的羊。

俄狄浦斯　你是个牧人,还是个到处漂泊的佣工。

报信人　年轻人,那时候我是你的救命恩人。

俄狄浦斯　你把我抱在怀里的时候,我有没有什么痛苦?

报信人　你的脚跟可以证实你的痛苦。

俄狄浦斯　哎呀,你为什么提起这个老毛病?

报信人　那时候你的左右脚跟是钉在一起的,我给你解开了。

俄狄浦斯　那是我襁褓时期遭受的莫大的耻辱。

报信人　是呀,你是由这不幸而得到你现在的名字的。

俄狄浦斯　看在天神面上,告诉我,这件事是我父亲还是我母亲做的? 你说。

报信人　我不知道;那把你送给我的人比我知道得清楚。

俄狄浦斯　怎么?是你从别人那里把我接过来的,不是自己捡来的吗?

报信人　不是自己捡来的,是另一个牧人把你送给我的。

俄狄浦斯　他是谁? 你指得出来吗?

报信人　他被称为拉伊俄斯的仆人。

俄狄浦斯　是这地方从前的国王的仆人吗?

报信人　是的,是国王的牧人。

俄狄浦斯　他还活着吗? 我可以看见他吗?

报信人　(向歌队)你们这些本地人应当知道得最清楚。

俄狄浦斯　你们这些站在我面前的人里面,有谁在乡下或城里见过他所说的牧人,认识他? 赶快说吧! 这是水落石出的时机。

歌队长　我认为他所说的不是别人,正是你刚才要找的乡下人;这件事伊俄卡斯忒最能够说明。

俄狄浦斯　夫人,你还记得我们刚才想召见的人吗?这人所说的是不是他?

伊俄卡斯忒　为什么问他所说的是谁?不必理会这事。不要记住他的话。

俄狄浦斯　我得到了这样的线索,还不能发现我的血缘,这可不行。

伊俄卡斯忒　看在天神面上,如果你关心自己的性命,就不要再追问了;我自己的苦闷已经够了。

俄狄浦斯　你放心,即使发现我母亲三世为奴,我有三重奴隶身份,你出身也不卑贱。

伊俄卡斯忒　我求你听我的话,不要这样。

俄狄浦斯　我不听你的话,我要把事情弄清楚。

伊俄卡斯忒　我愿你好,好心好意劝你。

俄狄浦斯　你这片好心好意一直在使我苦恼。

伊俄卡斯忒　啊,不幸的人,愿你不知道你的身世。

俄狄浦斯　谁去把牧人带来?让这个女人去赏玩她的高贵门第吧!

伊俄卡斯忒　哎呀,哎呀,不幸的人呀!我只有这句话对你说,从此再没有别的话可说了!

（伊俄卡斯忒冲进宫。）

歌队长　俄狄浦斯,王后为什么在这样忧伤的心情下冲了进去?我害怕她这样闭着嘴,会有祸事发生。

俄狄浦斯　要发生就发生吧!即使我的出身卑贱,我也要弄清楚。那女人——女人总是很高傲的——她也许因为我出身卑贱感觉羞耻。但是我认为我是仁慈的幸运的宠儿,不至于受辱。幸运是我的母亲;十二个月份是我的弟兄,他们能划出我什么时候渺小,什么时候伟大。这就是我的身世,我决不会被证明是另一个人;因此我一定要追问我的血统。

第 四 场

俄狄浦斯 长老们,如果让我猜想,我以为我看见的是我们一直在寻找的牧人,虽然我没有见过他。他的年纪和这客人一般大;我并且认识那些带路的是自己的仆人。(向歌队长)也许你比我认识得清楚,如果你见过这牧人。

歌队长 告诉你吧,我认识他;他是拉伊俄斯家里的人,作为一个牧人,他和其他的人一样可靠。

(众仆人带领牧人自观众左方上。)

俄狄浦斯 啊,科任托斯客人,我先问你,你指的是不是他?

报信人 我指的正是你看见的人。

俄狄浦斯 喂,老头儿,朝这边看,回答我问你的话。你是拉伊俄斯家里的人吗?

牧　人 我是他家养大的奴隶,不是买来的。

俄狄浦斯 你干的什么工作,过的什么生活?

牧　人 大半辈子放羊。

俄狄浦斯 你通常在什么地方住羊棚?

牧　人 有时候在喀泰戎山上,有时候在那附近。

俄狄浦斯 还记得你在那地方见过这人吗?

牧　人 见过什么?你指的是哪个?

俄狄浦斯 我指的是眼前的人;你碰见过他没有?

牧　人 我一下子想不起来,不敢说碰见过。

报信人 主上啊,一点也不奇怪。我能使他清清楚楚回想起那些已经忘记了的事。我相信他记得他带着两群羊,我带着一群羊,我们在喀泰戎山上从春天到阿耳克图洛斯④初升的时候做过三个半年朋友。到了冬天,我赶着羊回我的羊圈,他赶着羊回拉伊俄斯的羊圈。(向牧人)我说的是不是真事?

牧　　人　你说的是真事,虽是老早的事了。
报信人　喂,告诉我,还记得那时候你给了我一个婴儿,叫我当自己的儿子养着吗?
牧　　人　你是什么意思? 干吗问这句话?
报信人　好朋友,这就是他,那时候是个婴儿。
牧　　人　该死的家伙! 还不快住嘴!
俄狄浦斯　啊,老头儿,不要骂他,你说这话倒是更该挨骂!
牧　　人　好主上啊,我有什么错呢?
俄狄浦斯　因为你不回答他问你的关于那孩子的事。
牧　　人　他什么都不晓得,却要多嘴,简直是白搭。
俄狄浦斯　你不痛痛快快回答,要挨了打哭着回答!
牧　　人　看在天神面上,不要拷打一个老头子。
俄狄浦斯　(向侍从)还不快把他的手反绑起来?
牧　　人　哎呀,为什么呢? 你还要打听什么呢?
俄狄浦斯　你是不是把他所问的那孩子给了他?
牧　　人　我给了他;愿我在那一天就瞪了眼!
俄狄浦斯　你会死的,要是你不说真话。
牧　　人　我说了真话,更该死了。
俄狄浦斯　这家伙好像还想拖延时候。
牧　　人　我不想拖延时候,我刚才已经说过我给了他。
俄狄浦斯　哪里来的? 是你自己的,还是从别人那里得来的?
牧　　人　这孩子不是我自己的,是别人给我的。
俄狄浦斯　哪个公民,哪家给你的?
牧　　人　看在天神面上,不要,主人啊,不要再问了!
俄狄浦斯　如果我再追问,你就活不成了。
牧　　人　他是拉伊俄斯家里的孩子。
俄狄浦斯　是个奴隶,还是个亲属?
牧　　人　哎呀,我要讲那怕人的事了!

俄狄浦斯　我要听那怕人的事了！也只好听下去。

牧　　人　人家说是他的儿子，但是里面的娘娘，主上家的，最能告诉你是怎么回事。

俄狄浦斯　是她交给你的吗？

牧　　人　是，主上。

俄狄浦斯　是什么用意呢？

牧　　人　叫我把他弄死。

俄狄浦斯　做母亲的这样狠心吗？

牧　　人　因为她害怕那不吉利的神示。

俄狄浦斯　什么神示？

牧　　人　人家说他会杀他父亲。

俄狄浦斯　你为什么又把他送给了这老人呢？

牧　　人　主上啊，我可怜他，我心想他会把他带到别的地方——他的家里去；哪知他救了他，反而闯了大祸。如果你就是他所说的人，我说，你生来是个受苦的人啊！

俄狄浦斯　哎呀！哎呀！一切都应验了！天光呀，我现在向你看最后一眼！⑤我成了不应当生我的父母的儿子，娶了不应当娶的母亲，杀了不应当杀的父亲。

（俄狄浦斯冲进宫，众侍从随入，报信人、牧人和众仆人自观众左方下。）

（索福克勒斯：《悲剧两种》，罗念生译，北京：人民文学出版社，1986 年）

【注释】

① 全福：赞美这位夫人有儿女。或解作"他的妻子，家里的主妇"。

② 伊斯特摩斯：科任托斯附近的地峡。

③ "天平"句：那称生命的天平另一端的砝码稍微减少一点，这一端便往下坠，表示寿命已尽。

④ 阿耳克图洛斯：北极上空农夫星座最亮的星（大角星），在秋分前几天出现，叫作晨星；又在春分前几天出现，叫作晚星。波吕玻斯的牧人于三月间从科任托斯赶羊

上喀泰戎山,在那里遇见拉伊俄斯的牧人,后者是从忒拜平原来的。他们在山上住了六个月,直到九月中晨星出现时,才各自赶着羊回家。

⑤ "我现"句:这不仅暗示他要弄瞎眼睛,并且暗示他要自杀。

【导读】

  《俄狄浦斯王》取材于希腊神话中一个古老的故事。忒拜国王拉伊俄斯从神示中得知他的儿子将来要杀父娶母,因此,当王后伊俄卡斯忒生下一个儿子时,他便命令仆人将孩子扔到深山里害死。仆人怜悯无辜的孩子,把他送给了邻国科任托斯的一个牧人。后来孩子为科任托斯的国王收养,成了王子,取名俄狄浦斯。俄狄浦斯长大后,也从神示中得知自己将犯杀父娶母之罪,于是,俄狄浦斯离开了科任托斯。在一个三岔路口,他碰到一个老头,因让路而发生争执,不慎将老头打死。他不知道老人就是他的生父拉伊俄斯。此时,忒拜国出现了一个人面狮身的女妖斯芬克司。俄狄浦斯来到这里除掉了女妖,人民便拥戴他为国王,王后也嫁给了他,他就无意中犯了娶母之罪。这些都是悲剧开始之前发生的故事。悲剧开始时,瘟疫笼罩了忒拜城,按照神示,必须查出杀害老国王的凶手,否则全城人民将死于瘟疫之中。这时,受到人民爱戴的俄狄浦斯登上王位已 16 年。他为了人民和城邦的安全,千方百计追查凶手。结果发现他要找的凶手就是自己。悲痛万分的王后伊俄卡斯忒自尽了,俄狄浦斯王刺瞎了自己的双眼,并自我放逐,离开了忒拜城。

  这部戏剧,表现了人与命运的冲突。俄狄浦斯是一位具有坚强意志的爱国爱民的国王,为解除忒拜人民的灾难,他不顾一切地追查凶手。他越是认真地进行追查,就越把自己杀父娶母的行为暴露出来,一步步陷入命运的罗网。具有坚强意志的英雄对无法抗拒的命运的斗争构成了尖锐的悲剧冲突。命运使得俄狄浦斯这样一个品德高尚、爱国爱民的英雄人物成为罪人,这就说明命运的正义性值得怀疑。

从整个剧本看,俄狄浦斯是敢于怀疑命运、向命运挑战的。他凭着坚强的意志,反抗自己的命运。由于命运的邪恶和不可捉摸,最后他失败了。但是,俄狄浦斯敢于同命运斗争的精神,反映了人类在自然斗争和社会斗争中的积极态度,有了这种积极进取的精神,人类就能不断掌握自然和社会的规律。因此,这个剧本的结局虽然是悲惨的,但它的精神却是积极的。

《俄狄浦斯王》历来被认为是希腊悲剧在结构布局方面的典范。亚里士多德称赞它是"十全十美的悲剧"。全剧在矛盾即将发展到高潮之时开始,一开始就摆出悬念:谁是杀害老国王的凶手?接着,五个人物(王后的兄弟克瑞翁、预言者、王后伊俄卡斯忒、科任托斯来的报信人、老国王的牧人)依次上场,一步步揭示出事情的真相,到最后终于解开了谜底。全剧一环紧扣一环,从开场形成的悬念,到后来一步步不断的"发现",逐渐推向高潮,最后引导出惊心动魄的结局。

上面所选的是剧本的最后两场,科任托斯的报信人和老国王的牧人相继登场,他们所讲出的往事最终解开了谜底,把悲剧推向了高潮。

堂吉诃德(节选)

塞万提斯

【解题】

塞万提斯(1547—1616)是文艺复兴时期西班牙的伟大作家。他出身于一个没落贵族家庭,只受过中等教育,但他刻苦自学,终于成为一个知识渊博的作家。

1569年,塞万提斯来到文艺复兴的发源地意大利,到过罗马、佛罗伦萨、米兰、威尼斯。1571年,塞万提斯作为一名士兵参加了对土耳其的海战,身负重伤,左臂残废。1575年回国途中,他被土耳其海盗掠去,在阿尔及利亚度过了5年的俘虏生活。1580年,他被赎回国。回国后,塞万提斯开始从事文学创作。

塞万提斯的主要作品有历史剧《奴曼西亚》(1584)、短篇小说《惩恶扬善故事集》(1613)和长篇小说《堂吉诃德》。

1616年,塞万提斯完成了他的最后一部作品——长篇小说《贝雪莱斯和西吉斯蒙达历险记》后在马德里去世。

下面所选的是塞万提斯的代表作《堂吉诃德》中的一段。

第 八 章

骇人的风车奇险;堂吉诃德的英雄身手;
以及其他值得大书特书的事情。

这时候,他们远远望见郊野里有三四十架风车。堂吉诃德一见就对他的侍从说:

"运道的安排,比咱们要求的还好。你瞧,桑丘·潘沙朋友,那边出现了三十多个大得出奇的巨人。我打算去跟他们交手,把他们一个个杀死,咱们得了胜利品,可以发财。这是正义的战争,消灭地球上这种坏东西是为上帝立大功。"

桑丘·潘沙道:"什么巨人呀?"

他主人说:"那些长胳膊的,你没看见吗?有些巨人的胳膊差不多二哩瓦①长呢。"

桑丘说:"您仔细瞧瞧,那不是巨人,是风车;上面胳膊似的东西是风车的翅膀,给风吹动了就能推转石磨。"

堂吉诃德道:"你真是外行,不懂冒险。他们确是货真价实的巨人。你要是害怕,就走开些,做你的祷告去,我一人单干,跟他们大伙儿拼命好了。"

他一面说,一面踢着坐骑冲出去。他的侍从桑丘大喊说,他前去冲杀的明明是风车,不是巨人;他满不理会,横着念头那是巨人,既没听见桑丘叫喊,跑近了也没看清是什么东西,只顾往前冲,嘴里嚷道:

"你们这伙没胆量的下流东西!不要跑!来跟你们厮杀的只是个单枪匹马的骑士!"

这时微微刮起一阵风,转动了那些庞大的翅翼。堂吉诃德见了说:

"即使你们挥舞的胳膊比巨人布利亚瑞欧②的还多,我也要和你们见个高下!"

他说罢一片虔诚地向他那位杜尔西内娅小姐祷告一番,求她在这个紧要关头保佑自己,然后把盾牌遮稳身体,横托着长枪飞马向第一架风车冲杀上去。他一枪刺中了风车的翅膀;翅膀在风里转得正猛,把长枪迸作几段,一股劲把堂吉诃德连人带马直扫出去;堂吉诃德滚翻在地,狼狈不堪。桑丘·潘沙趱驴来救,跑近一看,他已经不能动弹,驽骍难得把他摔得太厉害了。

桑丘说:"天啊!我不是跟您说了吗,仔细着点儿,那不过是风车。除非自己的头脑给风车转糊涂了,谁还不知道这是风车呢?"

堂吉诃德答道:"甭说了,桑丘朋友,打仗的胜败最拿不稳。看来把我的书连带书房一起抢走的弗瑞斯冬法师对我冤仇很深,一定是他把巨人变成风车,来剥夺我胜利的光荣。可是到头来,他的邪法毕竟敌不过我这把剑的锋芒。"

桑丘说:"这就要瞧老天爷怎么安排了。"

桑丘扶起堂吉诃德;他重又骑上几乎跌歪了肩膀的驽骍难得。他们谈论着方才的险遇,顺着往拉比塞峡口的大道前去,因为据堂吉诃德说,那地方来往人多⑤,必定会碰到许多形形色色的奇事。可是他长枪断了心上老大不痛快,和他的侍从计议说:

"我记得在书上读到一位西班牙骑士名叫狄艾果·贝瑞斯·台·巴尔咖斯,他一次打仗把剑斫断了,就从橡树上劈下一根粗壮的树枝,凭那根树枝,那一天干下许多了不起的事,打闷不知多少摩尔人,因此得到个绰号,叫做'大棍子'。后来他本人和子孙都称为'大棍子'巴尔咖斯。我跟你讲这番话有个计较:我一路上见到橡树,料想他那根树枝有多粗多壮,照样也折它一枝。我要凭这根树枝大显身手,你亲眼看见了种种说来也不可信的奇事,才会知道跟了我多么运气。"

桑丘说:"这都听凭老天爷安排吧。您说的话我全相信;可是您把身子挪正中些,您好像闪到一边去了,准是摔得身上疼呢。"

堂吉诃德说:"是啊,我吃了痛没作声,因为游侠骑士受了伤,尽管肠子从伤口掉出来,也不行得哼痛④。"

桑丘说:"要那样的话,我就没什么说的了。不过天晓得,我宁愿您有痛就哼。我自己呢,说老实话,我要有一丁丁点儿疼就得哼哼,除非游侠骑士的侍从也得遵守这个规矩,不许哼痛。"

堂吉诃德瞧他侍从这么傻,忍不住笑了。他声明说:不论桑丘喜欢怎么哼、或什么时候哼,不论他是忍不住要哼、或不哼也可,反正他尽管哼好了,因为他还没读到什么游侠骑士的规则不准侍从哼痛。桑丘提醒主人说,该是吃饭的时候了。他东家说这会子还不想吃,桑丘什么时候想吃就可以吃。桑丘得了这个准许,就在驴背上尽量坐舒服了,把褡裢袋里的东西取出来,慢慢跟在主人后面一边走一边吃,还频频抱起酒袋来喝酒,喝得津津有味,玛拉咖最享口福的酒馆主人见了都会羡慕。他这样喝着酒一路走去,早把东家对他许的愿抛在九霄云外,觉得四出冒险尽管担惊受怕,也不是什么苦差,倒是很惬意的。

长话短说,他们当夜在树林里过了一宿。堂吉诃德折了一根可充枪柄的枯枝,把枪头移上。他曾经读到骑士们在穷林荒野里过夜,想念自己的意中人,好几夜都不睡觉。他要学样,当晚彻夜没睡,只顾想念他的意中人杜尔西内娅。桑丘·潘沙却另是一样。他肚子填得满满,又没喝什么提神醒睡的饮料,倒头一觉,直睡到大天亮。阳光照射到他脸上,鸟声嘈杂,欢迎又一天来临,他都不理会,要不是东家叫唤,他还沉睡不醒呢。他起身就去抚摸一下酒袋,觉得比昨晚越发萎瘪了,不免心上烦恼,因为照他看来,在他们这条路上,没法立刻弥补上这项亏空。堂吉诃德还是不肯开斋,上文已经说过,他决计靠甜蜜的相思来滋养自己。他们又走上前往拉比塞峡口的道路;约莫下午三点,山峡已经在望。

(塞万提斯:《堂吉诃德》,杨绛译,北京:人民文学出版社,1979 年)

【注释】

① 哩瓦:一哩瓦合 6.4 千米。
② 布利亚瑞欧:希腊神话和神道作战的巨人,有一百条手臂。
③ "那地"句:因为在马德里到塞维利亚的大道上。
④ "是啊"句:骑士规则第九条,"骑士不论受了什么伤,不得哼痛"。

【导读】

《堂吉诃德》是塞万提斯的代表作。小说描写堂吉诃德三次游侠的故事。小说的主人公是拉·曼却地方的一个乡绅,他读骑士小说入了迷,自己也想效仿骑士出外游侠。他从家传的古董中,找出一副破烂不全的盔甲,自己取名堂吉诃德,又选中了邻村一个挤奶姑娘,取名杜尔西内娅,作为自己崇拜的贵妇人,然后骑上一匹瘦马,离家出走。他把客店当作城堡,让老板给他举行授封仪式。他救助了一个被地主毒打的牧童,后来又向一队过路的商人挑战,结果被打得浑身是伤,被乡亲们抬回家来。第二次,他说服邻村一个叫桑丘·潘沙的农夫做他的侍从,一同去游侠。主仆两人悄悄地离开村子。堂吉诃德还是按他脑子里所想的古怪念头行事,把风车看作巨人,把羊群当作敌军,把苦役犯当成受害的骑士,把酒囊当作巨人头。佰不分青红皂白,乱砍乱杀,闹出许多荒唐可笑的事情,不但于人无助,自己也挨打受苦,直到人们把他装进笼子送回家来,才结束了他的第二次游侠生涯。

一个月以后,堂吉诃德又与桑丘外出去参加比武,途中经历了各种奇遇。堂吉诃德的邻居为了骗他回家,化装成"白月骑士"与他比武,堂吉诃德失败,不得不听从对方的发落而回家。他到家不久即卧床不起。堂吉诃德临终时才清醒过来,立下遗嘱,要求他的唯一继承人,即他的侄女嫁给一个从来不读骑士小说的人,否则就取消其继承权。

《堂吉诃德》这部小说最大的成就在于塑造了世界文学史上一个不朽的艺术典型堂吉诃德。

堂吉诃德形象最显著的特征是脱离现实,耽于幻想。他被骑士小说所毒害,满脑子都是骑士小说中所写的那套东西,现实世界在他的头脑中都被幻想所代替而失去了真实的面目。在他眼里,到处是魔法、妖怪、巨人,是他仗义行侠的环境。为了降魔除妖,他学习骑士的那套做法,单枪匹马去冲杀,结果闹出无数的笑话。在事实面前,堂吉诃德从不接受教训。堂吉诃德这样荒唐、固执,是骑士小说毒害的结果。

然而,我们不能把堂吉诃德简单地理解为滑稽可笑的丑角,在他荒唐可笑的行动背后,却有着高尚的动机和崇高的理想,他是一个可敬可爱的理想主义者。他痛恨专制残暴,反对压迫,同情弱者,维护正义。为了理想,他把自己的生命安危置之度外。他与风车搏斗,是把风车看成坏人;他冲进羊群乱砍乱杀,是要帮助其中正义的一方,去战胜邪恶的一方;他支持受地主欺压的年轻小伙子从地主手中夺回自己的心上人,是帮助他们与封建压迫进行斗争。

堂吉诃德学识渊博,只要不提骑士之道,堂吉诃德的谈吐都十分高雅,他的见解高出于周围的人。他对社会的批评,对战争、法律、道德、文学艺术的看法都表现出人文主义的思想。他谈到自由的可贵,奴役的可恨。他清醒地看到社会现实的黑暗,提出回到人人和谐的古代"黄金时代",实现清廉公正的社会政治。这固然是乌托邦的幻想,但却是对当时西班牙社会现实的否定。在桑丘赴任海岛总督之前,堂吉诃德要求桑丘破除封建等级观念,实行人道的司法改革,等等。

上面所选的这一段描写了堂吉诃德与风车大战,生动地表现了他把幻想当作现实的可笑性格。

哈姆莱特(节选)

莎士比亚

【解题】

威廉·莎士比亚(1564—1616)是英国文艺复兴时期最杰出的作家。莎士比亚1564年4月23日出身于英国中部斯特拉福镇的一个富裕市民家庭,少年时在当地的"文法学校"学习。1585年左右,莎士比亚去伦敦。他曾在剧院里打杂,当过演员,后来参加编剧工作并成为剧团的股东。

莎士比亚在20多年的创作生涯中,一共创作了2部叙事长诗、37部戏剧及154首十四行诗。他的创作可分为三个时期。

一、早期(1590—1600),又称为历史剧、喜剧时期。这一时期,莎士比亚写了《亨利四世》等9部历史剧,《仲夏夜之梦》《威尼斯商人》等10部喜剧和《罗密欧与朱丽叶》等3部悲剧。

二、中期(1601—1607),又称悲剧时期。莎士比亚写了《哈姆莱特》《奥赛罗》《李尔王》《麦克白》等7部悲剧。

三、后期(1608—1612),又称传奇剧时期。莎士比亚写了《暴风雨》等4部传奇剧。

莎士比亚于1616年4月23日在故乡逝世。

下面节选的是莎士比亚的代表作《哈姆莱特》第三幕第一场中的一段。

哈姆莱特 生存还是毁灭,这是一个值得考虑的问题;默然忍受命运的暴虐的毒箭,或是挺身反抗人世的无涯的苦难,通过斗争把它们扫清,这两种行为,哪一种更高贵?死了;睡着了;什么都完了;要是在这一种睡眠之中,我们心头的创痛,以及其他无数血肉之躯所不能避免的打击,都可以从此消失,那正是我们求之不得的结局。死了;睡着了;睡着了也许还会做梦;嗯,阻碍就在这儿:因为当我们摆脱了这一具朽腐的皮囊以后,在那死的睡眠里,究竟将要做些什么梦,那不能不使我们踌躇顾虑。人们甘心久困于患难之中,也就是为了这个缘故;谁愿意忍受人世的鞭挞和讥嘲、压迫者的凌辱、傲慢者的冷眼、被轻蔑的爱情的惨痛、法律的迁延、官吏的横暴和费尽辛勤所换来的小人的鄙视,要是他只要用一柄小小的刀子,就可以清算他自己的一生?谁愿意负着这样的重担,在烦劳的生命的压迫下呻吟流汗,倘不是因为惧怕不可知的死后,惧怕那从来不曾有一个旅人回来过的神秘之国,是它迷惑了我们的意志,使我们宁愿忍受目前的磨折,不敢向我们所不知道的痛苦飞去?这样,重重的顾虑使我们全变成了懦夫,决心的赤热的光彩,被审慎的思维盖上了一层灰色,伟大的事业在这一种考虑之下,也会逆流而退,失去了行动的意义。且慢!美丽的奥菲利娅!——女神,在你的祈祷之中,不要忘记替我忏悔我的罪孽。

奥菲利娅　我的好殿下,您这许多天来贵体安好吗?

哈姆莱特　谢谢你,很好,很好,很好。

奥菲利娅　殿下,我有几件您送给我的纪念品,我早就想把它们还给您;请您现在收回去吧。

哈姆莱特　不,我不要;我从来没有给你什么东西。

奥菲利娅　殿下,我记得很清楚您把它们送给了我,那时候您还向我说了许多甜言蜜语,使这些东西格外显得贵重;现在它们的芳香已经消散,请您拿回去吧,因为在有骨气的人看来,送礼的人要是变了心,礼物虽贵,也会失去了价值。拿去吧,殿下。

哈姆莱特　哈哈!你贞洁吗?

奥菲利娅　殿下！

哈姆莱特　你美丽吗？

奥菲利娅　殿下是什么意思？

哈姆莱特　要是你既贞洁又美丽,那么你的贞洁应该断绝跟你的美丽来往。

奥菲利娅　殿下,难道美丽除了贞洁以外,还有什么更好的伴侣吗？

哈姆莱特　嗯,真的;因为美丽可以使贞洁变成淫荡,贞洁却未必能使美丽受它自己的感化;这句话从前像是怪诞之谈,可是现在时间已经把它证实了。我的确曾经爱过你。

奥菲利娅　真的,殿下。您曾经使我相信您爱我。

哈姆莱特　你当初就不应该相信我,因为美德不能熏陶我们罪恶的本性;我没有爱过你。

奥菲利娅　那么我真是受了骗了。

哈姆莱特　进尼姑庵去吧;为什么你要生一群罪人出来呢。我自己还不算是一个顶坏的人;可是我可以指出我的许多过失,一个人有了那些过失,他的母亲还是不要生下他来的好。我很骄傲,有仇必报,富于野心,我的罪恶是那么多,连我的思想也容纳不下,我的想象也不能给它们形象,甚至于我都没有充分的时间可以把它们实行出来。像我这样的家伙,匍匐于天地之间,有什么用处呢？我们都是些十足的坏人;一个也不要相信我们。进尼姑庵去吧。你的父亲呢？

奥菲利娅　在家里,殿下。

哈姆莱特　把他关起来,让他只好在家里发发傻劲。再会！

奥菲利娅　嗳哟,天哪！救救他！

哈姆莱特　要是你一定要嫁人,我就把这一个咒诅送给你做嫁奁:尽管你像冰一样坚贞,像雪一样纯洁,你还是逃不过谗人的诽谤。进尼姑庵去吧,去;再会！或者要是你必须嫁人的话，就嫁给一个傻瓜吧；因为聪明人都明白你们会叫他们变成怎样的怪物。进尼姑庵去吧，去；越快越好。再会。

奥菲利娅 天上的神明啊，让他清醒过来吧！

哈姆莱特 我也知道你们会怎样涂脂抹粉；上帝给了你们一张脸，你们又替自己另外造了一张。你们烟视媚行，淫声浪气，替上帝造下的生物乱取名字，卖弄你们不懂事的风骚。算了吧，我再也不敢领教了；它已经使我发了狂。我说，我们以后再不要结什么婚了；已经结过婚的，除了一个人以外，都可以让他们活下去；没有结婚的不准再结婚，进尼姑庵去吧，去。（下）

奥菲利娅 啊，一颗多么高贵的心是这样陨落了！朝臣的眼睛、学者的辩舌、军人的利剑、国家所瞩望的一朵娇花；时流的明镜、人伦的雅范、举世注目的中心，这样无可挽回地陨落了！我是一切妇女中间最伤心而不幸的，我曾经从他音乐一般的盟誓中吮吸芬芳的甘蜜，现在却眼看着他的高贵无上的理智，像一串美妙的银铃失去了谐和的音调，无比的青春美貌，在疯狂中凋谢！啊！我好苦，谁料过去的繁华，变作今朝的泥土！

国王及波洛涅斯重上。

国　王 恋爱！他的精神错乱不像是为了恋爱；他说的话虽然有些颠倒，也不像是疯狂。他有些什么心事盘踞在他的灵魂里，我怕它也许会产生危险的结果。为了防止万一，我已经当机立断，决定了一个办法：他必须立刻到英国去，向他们追索延宕未纳的贡物；也许他到海外各国游历一趟以后，时时变换的环境，可以替他排解去这一桩使他神思恍惚的心事。你看怎么样？

波洛涅斯 那很好；可是我相信他的烦闷的根本原因，还是为了恋爱上的失意。啊，奥菲利娅！你不用告诉我们哈姆莱特殿下说些什么话;我们全都听见了。陛下,照您的意思办吧;可是您要是认为可以的话,不妨在戏剧终场以后,让他的母后独自一人跟他在一起,恳求他向她吐露他的心事;她必须很坦白地跟他谈谈,我就找一个所在听他们说些什么。要是她也探听不出他的秘密来,您就叫他到英国去,或者凭着您的高见,把他关禁在一个适当的地方。

国　王　就这样吧;大人物的疯狂是不能听其自然的。(同下)

(《莎士比亚全集》第9卷,朱生豪译,北京:人民文学出版社,1978年)

【导读】

《哈姆莱特》(1601)是莎士比亚戏剧的代表作。哈姆莱特的故事源自12世纪的一部丹麦史。16世纪末,伦敦舞台上曾多次上演根据这个故事改编的戏剧。1601年,莎士比亚重新改编此剧,把一段中世纪的封建复仇故事改编为一部深刻反映时代面貌、具有强烈反封建意识的悲剧,塑造了哈姆莱特这个不朽的艺术形象。哈姆莱特是丹麦王子,正在德国的威登堡大学学习,但国内传来不幸的消息:父亲突然去世,父亲的弟弟克劳狄斯就篡夺了王位,并且娶了寡嫂。

哈姆莱特回到国内以后,亡父的灵魂出现,要求他为自己报仇。对于哈姆莱特而言,为父报仇不仅仅是个人的复仇问题,还关系整个国家和社会。他勇敢地承担起"重整乾坤"的重任。同时,任务的艰巨性,对手的强大和阴险,又使得他顾虑重重,行动一再延宕。出于保护自己的目的,哈姆莱特装疯卖傻,这样既可掩人耳目,又可试探对方。他还安排"戏中戏"以证实克劳狄斯的罪行。此时,狡猾的克劳狄斯已对他产生怀疑,派哈姆莱特的两个朋友对他进行监视,并企图借英国国王之手杀死哈姆莱特。哈姆莱特识破了克劳狄斯的阴谋,在最后一场比剑中,哈姆莱特与他的对手同归于尽,最终未能完成"重整乾坤"的重任。

哈姆莱特的悲剧是一个人文主义者的悲剧，也是时代的悲剧。因为他所处的时代封建势力仍很强大，还缺乏先进分子必然胜利的条件。在他的身上也反映出人文主义者的弱点：把复杂的政治社会斗争仅仅归结为善与恶的斗争，片面强调思想的力量，不相信暴力，不相信群众。

上面的这一段节选中，有哈姆莱特的一段著名的内心独白，它充分表现出哈姆莱特是一个爱思考的王子，他所思考的东西充满哲理性。奥菲利娅的台词从侧面反映出哈姆莱特是一个优秀的人文主义者。而克劳狄斯的台词则显示出他的阴险和狡猾。

伪 君 子(节选)

莫里哀

【解题】

　　莫里哀(1622—1673)是法国古典主义喜剧的代表作家。他的父亲是一位"王家室内陈设商",希望莫里哀子承父业,或者当律师。但莫里哀自幼酷爱戏剧,他的理想是把自己的一生贡献给戏剧事业。他组织了一个剧团,在法国各地巡回演出了13年。

　　1658年,莫里哀的剧团应召来到巴黎,为国王路易十四演出喜剧,大获成功。此后,莫里哀就在巴黎开始了新的艺术生涯。

　　莫里哀一生创作了近30部喜剧。《可笑的女才子》辛辣地嘲讽了资产者的附庸风雅和贵族沙龙矫揉造作的语言。《夫人学堂》反对封建夫权意识,表现出对文艺复兴时期人文主义思想传统的继承。《伪君子》把讽刺与揭露的矛头指向伪善的教会僧侣。《唐璜》取材于西班牙传说,作者借西班牙传说人物的躯壳,愤怒谴责了王权盛极而衰时期法国贵族的荒淫与堕落。《悭吝人》辛辣地嘲讽了早期资产者的拜金主义,其中的主要人物阿巴贡的形象典型地代表了早期资产者贪婪、吝啬的本质特征。《史嘉本的诡计》塑造了一个足智多谋的仆人史嘉本的形象,肯定了下层社会人民的机智和勇敢。

　　莫里哀的喜剧不仅在思想上表现出鲜明的民主主义倾向,而且在艺术上也有很高的成就。他所塑造的人物形象性格非常鲜明;他对古典主义的规则既遵守又能突破;他从民间戏剧中吸取了丰富的营养,从民间口语中吸取了生动形象的语言,使他的喜剧为广大群众所喜爱。

第一幕　第四场

奥尔恭　克雷央特　桃丽娜

奥尔恭　喂！老弟，你好？

克雷央特　我正要走，你回来了，我很快活。现在乡间的花还没有大开吧！

奥尔恭　桃丽娜！（向克雷央特）老弟，请你等一等再说。让我先稍稍打听一下家里的事，免得我心焦，你看可以吗？（向桃丽娜）这两天一切都顺顺当当吗？都做了些什么事？大家都平安？

桃丽娜　太太前天发了个烧，一直烧到天黑，头也直痛，想不到那么痛。

奥尔恭　答尔丢夫呢？

桃丽娜　答尔丢夫吗？他的身体别提多么好啦。又胖又肥，红光满面，嘴唇红得都发紫啦。

奥尔恭　真怪可怜的！

桃丽娜　到了晚上，太太心里一阵恶心，吃饭的时候任什么也吃不下去，头痛还是那么厉害！

奥尔恭　答尔丢夫呢？

桃丽娜　他是一个人吃的晚饭，坐在太太对面，很虔诚地吃了两只竹鸡，外带半只切成细末的羊腿。

奥尔恭　真怪可怜的！

桃丽娜　整整的一夜，太太连眼皮都没闭一会儿；热度太高，她简直睡不着，我们只好在旁边陪着她，一直熬到大天亮。

奥尔恭　答尔丢夫呢？

桃丽娜　一种甜蜜的睡意紧缠着他,一离饭桌,他就回了卧室;猛孤丁地一下子躺在暖暖和和的床里,安安稳稳地一直睡到第二天的早晨。

奥尔恭　真怪可怜的!

桃丽娜　后来,太太被我们劝服了,答应放血;病才轻松些。

奥尔恭　答尔丢夫呢?

桃丽娜　他老是那么勇气十足,不住地磨炼他的灵魂来抵抗痛苦;为了补偿我们太太放血的损失,他在吃早饭的时候喝了四大口葡萄酒。

奥尔恭　真怪可怜的!

桃丽娜　总而言之,现在他们两位身体都安好,我这就上去,预先报告太太您对她病后这份关心。

第四幕　第五场

答尔丢失　欧米尔　奥尔恭

答尔丢夫　有人告诉我说您愿意在这儿跟我谈几句话。

欧米尔　是的,有几句私话要对您谈谈。不过未说以前您先关上这扇门,先到处去看一看,不要被人捉住。像刚才发生的那种事,这儿可不能再重演一次了。从来也没见过这样被人当场捉住的,达米斯那样做法真让我替您捏了好大的一把汗,您总看明白了吧,我曾尽力劝他不要那样做,叫他压住他的暴脾气。可是说真的,当时我也真吓糊涂了,会一点没想起反驳他的话,不过靠天保佑,一切反倒因此更好了,倒更觉得安全了。我的丈夫对您的敬仰把这场风暴全给吹散了。他对您不但没有起疑,并且为了更好地来斗一斗那些不怀好意的种种议论,他偏要咱们时时刻刻老在一起;因此我可以不用害怕受指责,和您关着门一起在这儿待着,也就是仗着这个,我可以对您谈一谈我的心事,来接受您的热爱,这样说也许有点言之过早吧。

答尔丢夫 这番话真有点令人不容易明白,太太,您方才说话可不是这个语气啊。

欧米尔 唉!如果刚才那样的拒绝竟会使您恼怒,那么您真可算是不懂得一个妇人的心了!您会看不出这颗心的言外之音吗?您没觉得当时抵拒您的时候是那样微弱无力吗?在那种时候,我们的贞操观念老是和人们给我们的温情作斗争的。无论我们觉得那个控制我们的爱情是有多大的理由,可是由嘴里坦白承认这个爱情,总还觉得有点害羞;所以最初总是先加抵拒;不过从当时抵拒的神气来看,就已足够让人知道我们的心已是被征服的了;为了面子关系我们的嘴还在违背着我们的心愿说话,可是那样的拒绝早已等于把一切都答应了。我对您说的这番话无疑是一种过于放肆的自白,从我们女人的贞操方面来看,未免有点太不给自己留余地。不过话已经是冲口说出了,爽性说个明白吧。如果对于您贡献给我的心,我没有一点意思,我又怎能那样关切地去劝阻达米斯?我又怎能那样和颜悦色地从头到尾听完了您的情话?我又怎能像大家所看见的那样对待这个事呢?并且当我亲自强逼您拒绝他们所提的那门亲事的时候,您心里还不明白我那种要求究竟是什么意思吗?那不就是表示了我对您的关怀和因此可能受到的苦恼吗?因为那门亲事如果成功,我原想整个儿得到手的那颗心就得与别人平分享受了。

答尔丢夫 太太,我能够听见从我所爱的嘴里说出这番话来,当然是一桩极端甜美的事。您这几句甜蜜蜜的话把我从来没有尝过的一种芳香川流不息地输进了我的全身毛孔里面;能够得到您的欢心,原是我一向所寻求的幸福;现在居然蒙您这般垂爱,我的心实在满足万分了,不过这颗心,请您准许它胆敢对于这种幸福还有点怀疑,因为我很可以把这些话当作是一种手段:无非是要我来打破正在进行中的那个婚姻。跟您痛快说吧,如果不给我一点实惠,我一向所希望的实惠,来替这话作担保,使我的心能够永久相信您对我的好情好意,我是绝不能听信这么甜美的话的。

欧米尔 （咳嗽一声,为关照她的丈夫）怎么?您竟这样心急,一下手就要挤乾一颗心的柔情?人家正在拼命向您倾诉最甜蜜的情意,可是在您看来还觉得不够,总得逼得我把最后的甜头也拿给您,才能让您心满意足!

答尔丢夫 一种好处,我们越自问不配得到手,就越不敢希望它。我们的希望光凭一套空话是很难安然放心的。这样一种充满了光荣的好运气真有点叫人难以置信,所以我们必须在实际享受之后,才能深信不疑;我相信,我是不配得到您的慈悲的,因此我很怀疑我的胆大妄为竟会真的达到了幸福目的;太太,您若不弄出点真实的东西让我的爱情火焰心服口服,我是任什么也不能相信的。

欧米尔 天呀!您的爱情行出事来可真像个暴虐君王,把我的精神已经弄得颠颠倒倒了,它又多么疯狂地辖制着我的心!它又多么狂暴地要求满足它的欲望!怎么?您已经把我逼迫得无法躲避,您可连一点喘气的工夫都不给人家留下,您竟这样丝毫不放松,要什么就得马上到手,一刻也不准迟缓;您知道人家已爱上了您,您就利用这个弱点加劲地来逼人,您想想这样合适吗?

答尔丢夫 如果您真是用慈悲的眼光来看我对您这份爱慕的意思,那您为什么还不肯给我那种确实的保证呢?

欧米尔 不过真的答应了您所要求的那件事,又怎能不同时得罪了您总不离口的上帝呢?

答尔丢夫　如果您只抬出上帝来反对我的愿望,那末索性拔去这样一个障碍吧,这在我是算不了一回事的,不应该再让这个来管住您的心。

欧米尔　不过上帝的御旨是让人家说得那样的可怕。

答尔丢夫　我可以替您除掉这些可笑的恐惧,太太,并且我有消灭这些顾虑的巧妙方法。不错,对于某些欲望的满足,上帝是加以禁止的,不过我们还可以和上帝商量出一些妥协的办法。有一种学问,它能按照各种不同的需要来减少良心的束缚,它可以用动机的纯洁来补救行为上的恶劣。这里面的诀窍,太太,我可以慢慢教给您;只要您肯随着我的指示去做就成了。您尽管满足我的希望吧!一点用不着害怕,一切都由我替您负责,有什么罪过全归我承担好了。您咳嗽得很厉害,太太。

欧米尔　是的,我难受极了。

答尔丢夫　这儿有甘草糖,您要吃一块吗?

欧米尔　我的伤风无疑地是一种顽抗性的恶伤风;我知道世界上任何什么药也治不好我的病。

答尔丢夫　这当然是很讨厌的。

欧米尔　是的,简直没法儿说。

答尔丢夫　说到最后,您的顾虑是容易打消的。您可以万安,这儿的事是绝对秘密的。一件坏事只是被人嚷嚷得满城风雨的时候才成其为坏事;所以叫人不痛快,只是因为要挨大众的指摘,如果一声不响地犯个把过失是不算犯过失的。

欧米尔　(又咳嗽)说了半天,我看出来我不答应是不行的了。必须把我的一切都给了您,如果不这么办,我就别想让您心满意足,别想让您心服口服。当然,逼得非走这一步不可,是很讨厌的;我跨过这一关,实在是身不由己;但是,既然有人一定要逼着我这么办,既然我不管说什么他也不肯信,非得要更确凿的证据不可,那末我只好下了决心听人去摆布了,如果答应这样办,本身会有什么害处,那就是逼着我这么办的人,他自己活该倒霉,有什么错处当然不能派在我身上。

答尔丢夫　是的,太太,有人负责的,这个事本来就……

欧米尔　您把门打开一点儿,请您看看我的丈夫是不是在走廊里。

答尔丢夫　您又何必对他操这份心呢?咱们俩说句私话,他是一个可以牵了鼻子拉来拉去的人,咱们这儿谈的这些话,他还认为是给他增光露脸呢。再说,我已经把他收拾得能够见什么都不信了。

欧米尔　不管怎么样,还是请您出去一会,在外面到处仔细去看一看。

[《外国剧作选(三)》,赵少侯译,上海:上海文艺出版社,1980年]

【导读】

《伪君子》是莫里哀的代表作。剧中的主人公答尔丢夫是一个典型的宗教骗子。他伪装虔诚骗得巴黎富商奥尔恭及其母亲的信任,混入奥尔恭的家中成为"精神导师"。奥尔恭的继妻欧米尔、儿子达米斯、女儿玛丽雅娜及女仆桃丽娜都激烈反对答尔丢夫,奥尔恭却对骗子崇拜得五体投地,还要将女儿许配给他。答尔丢夫无耻地追逐恩人的妻子,他的丑行正被达米斯撞见。达米斯痛斥了伪君子,并报告父亲。奥尔恭在答尔丢夫的迷惑下,反而痛骂了儿子诋毁圣贤,剥夺了儿子的财产继承权,将财产转赠给答尔丢夫,还要将儿子逐出家门。在这种严重局势下,欧米尔巧设计谋,说服丈夫藏在桌下,耳闻目睹了伪君子的丑态。奥尔恭如梦方醒,而答尔丢夫则露出狰狞的凶相。他这时不仅已夺得奥尔恭的家产,还掌握了奥尔恭为一参与谋反的朋友藏匿信件的秘密,遂要将奥尔恭一家赶出家门,还向国王告密。英明的国王洞察一切,逮捕了宗教骗子答尔丢夫,并原谅了奥尔恭的过错。

莫里哀在这部戏剧中出色地塑造了答尔丢夫的形象,逐层剥开他的伪装,揭露出他的宗教骗子的本质。戏剧首先剥开他苦行僧的伪装,揭露他贪吃贪喝又贪睡,从不拒绝世俗的享受。接着通过他在桃丽娜面前耍手帕的细节,以及他追逐欧米尔的行为,揭露了他好色的本性。然后一步步揭露出他贪财、不信上帝和凶狠毒辣的真面目。答尔丢夫要置奥尔恭于死地,只是国王的英明使奥尔恭一家免遭毒手。答尔丢夫是一个披着宗教外衣进行欺骗和掠夺的恶棍。通过这一形象,莫里哀深刻地揭露了宗教骗子的危害性。

上面所选的第一幕第四场,通过奥尔恭和桃丽娜的对白,从侧面揭露了答尔丢夫的贪吃贪喝贪睡的真面目,同时也表现出奥尔恭受答尔丢夫的欺骗,对他入迷之深。第四幕第五场则揭露了答尔丢夫好色、不信上帝的真面目。

少年维特之烦恼(节选)

歌 德

【解题】

约翰·沃尔夫冈·歌德(1749—1832)是18世纪后期、19世纪初期德国伟大的作家和思想家。

歌德于1749年8月26日出生于莱茵河畔的法兰克福城。青年时代,歌德在莱比锡大学和斯特拉斯堡大学学习法律,这一时期,歌德写下了不少抒发个人感受、歌颂大自然的抒情诗。青年歌德是狂飙突进运动的代表作家之一,他的书信体小说《少年维特之烦恼》是狂飙突进运动中最有影响的作品。

1775年至1786年歌德应邀来到魏玛公国的朝廷从政十年。1786年歌德去意大利旅行。意大利之行使歌德转入"古典主义",狂飙突进时代的反叛意识逐渐淡化,他的创作风格转向纯朴、宁静与和谐。歌德一生最重要的作品还有长篇小说《威廉·迈斯特》和诗剧《浮士德》。诗剧《浮士德》通过浮士德探索真理的五个阶段,以巨大的概括力,反映了西欧资本主义上升时期,资产阶级的先进人士反对封建现实,不断追求人生真谛和社会理想的过程,总结了文艺复兴以来三百年间资产阶级精神发展的历史。

歌德晚年关注东方世界和中国。他预见到从民族文学向世界文学发展的前景,提出了"世界文学"的著名概念。1832年,歌德病逝。

下面所选的是歌德的小说《少年维特之烦恼》中维特和绿蒂分别后给朋友写的一封信,以及小说最后维特自杀的一段。

九月十日

  这是一个怎么样的夜晚呀！威廉！现在我什么都能忍受。我不会再见到她了！哦，我的挚友，我恨不得飞来抱住你的脖子，洒下成千行热泪，表达我的狂喜，把冲击我心灵的感情向你倾吐。我坐在这儿喘息，竭力镇定自己，等待黎明来临，马儿将随同日出踏上旅途了。

  唉，她安安稳稳睡觉，没有想到永远不会再和我相见了。我难分难舍，谈了两小时的话，硬着心肠没有把计划泄漏。上帝呀，这是一次什么样的谈话呀！

  阿尔贝特约了我，晚饭后和绿蒂一起在花园里叙叙。我站在地坪上，在几棵高耸的栗树底下，望着夕阳，这是我最后一次观看它落下秀丽的山谷，从平静的河流上缓缓下沉。我曾经多少次和她一起站在这里观赏这壮丽的景色，但是现在呢——我在林荫甬道上往还徘徊，这条林荫甬道，在我心中占有十分宝贵的地位；我还没有认识绿蒂时，一种神秘的同情的引力常常把我吸住在这里，我和她刚相识，便发现两人都喜爱这小小的地方，我们彼此多么高兴呀！它真是一个富有浪漫情调的场所，是我生平所见到的艺术珍品。

  开始你可以从栗树之间看到一片远景——哦，我记得，我想，我向你写过好多次了，在它的尽头，高高的山毛榉形成一垛垛树墙，林荫甬道在其中穿过，邻近小小的丛林把它遮得越发昏暗，它在这幽深的小地方突然终止，浮现着一派孤寂阴森的气氛。一天中午我初次走进这里时，心中便有一种异样的感觉，至今我能感到；我曾隐隐约约地预感到，对我来说，这儿总有一天将成为幸福和痛苦的舞台。

  我想到别离，想到再会，我在这焦急而甜蜜的思索里浮沉了约莫半个小时，听见他们走上地坪来了。我向他们奔去，战颤地握住她的手亲吻。我们刚走上地坪,月光从葱郁的小山背后升了起来;我们天南地北地闲谈着,不知不觉走近这昏暗的幽深场所。绿蒂走进去坐下,阿尔贝特坐在她身旁,我也一样;但是我焦急不安,坐不住了,站起来在她面前来回走动,然后又坐下,心神十分不宁。她使我们注意月光美丽的魅力,它在山毛榉的树墙那头照亮我们前面的整片地坪,因为我们自己包裹在朦胧的幽暗中,这个景色更显得绚烂。我们都不作声,隔了一会,她开口了,说道:"我在月光下散步,没有一次不想起我亡故的亲人,死亡和未来的感觉也没有一次不袭上我的心头。我们大家都难逃一死!"她的声音洋溢着极严肃的感情,继续说:"但是,维特,我们会再见面吗?会再相识吗?你怎么想?你怎么说呢?"

"绿蒂,"我说道,我伸手给她,泪水盈满了眼眶。"我们会再见的!会在这儿或别的地方再见的!"——我没法说下去了。——威廉呀,当可怕的离情别意正在我心中翻腾的时刻,她竟然向我问起这些话来!

她又说:"我们死去的亲人究竟知不知道我们的情况?他们会不会感觉到我们过得很幸福?知道我们怀着热烈的爱追忆他们?哦!在静悄悄的夜晚,我坐在妈妈的孩子们中间,坐在我的孩子们中间,孩子们团团围住我,就好像从前围绕在她身边一样,这时妈妈的形象总是在我的周围浮动。我噙着渴念的眼泪望着天,但愿她能够看我们一眼,看看我有没有遵守了她临终时向她作出的诺言:做她的孩子们的妈妈。我用何等样的激情喊道:'最亲爱的妈妈,如果我对待他们没有像你那样周到,原谅我吧。哦!我能够做的,我都尽力做了?给他们穿暖,吃饱,哦,还不止这些,教育他们,爱抚他们。你能看到我们多么和睦!亲爱的圣洁的母亲,你会用最热烈的感激心情颂扬上帝的,你曾用临终的、痛苦的眼泪向上帝祈祷,保佑你的孩子们幸福。"

她说出这番话来!唉,威廉,谁能够把她的话复述一遍呀!

冰冷僵死的文字怎么能够描绘出这圣洁的精神之花！阿尔贝特柔和地插嘴说："你太动感情了，亲爱的绿蒂！我知道你心中念念不忘这些往事，但是我求你……"——"哦，阿尔贝特，"她说，"我知道你不会忘记那一晚的，我们坐在一张小圆桌旁，当时爸爸出门去了，孩子们也被我们打发睡觉去了。你常常拿着一本好书，但是你很少读它。——和妈妈的英灵通神不是超过一切吗？我那美丽、温柔、快活、终日勤劳的妈妈呀！上帝熟悉我的眼泪，我常常在床上流着泪向他祈求：愿他让我也像妈妈一样！"

我喊了一声："绿蒂！"便扑倒在她面前，抓住她的手，成千行泪水把它润湿了。"绿蒂！愿上帝的祝福和你妈妈的灵魂保佑你！"——"如果你早认识她，该有多好，"她说，紧紧握住我的手，"她是值得你认识的呀！"——我想我要昏厥了。从未有人用如此高贵尊崇的字眼说我。——她又说："我妈妈是在她芳华正盛、她的最小孩子还不到半岁的时候去世的！她患病时间不长；她很镇静，听天由命，只是心疼她的孩子，尤其那最小的儿子。临终时她对我说：'把他们都叫上来，'我领他们进去，小的还不懂事，最大的弟妹发疯似的，他们在床边站定，她举起双手为他们祈祷，挨个儿亲吻他们，把他们打发走了，然后对我说：'做他们的妈妈吧！'——我把手伸给了她！——她说：'我的女儿，你答应的事不少呀，要有慈母的心和慈母的眼睛。我常常从你感激的眼泪中看出你懂得这些意味着什么。要像这样来待你的弟妹。对你的父亲要像妻子一样忠实、顺从，你会给他安慰的。'——她问起了爸爸，他为了想在我们面前隐藏自己心中难忍的悲痛，已经出去了，做丈夫的真是肝肠欲断呀。"

"阿尔贝特，你当时也在房里。她听见有人走动，便问是谁，要你走近她，她是用怎样一副欣慰安详的眼光望着你我的呀！她相信我们是幸福的，我们一起会过得很幸福！"——阿尔贝特一下子捧住她的脖子连连亲吻，高声嚷道："我们是很幸福！我们将来也会很幸福!"——冷静的阿尔贝特这时完全丧失了自制力,我自己也失魂落魄了。

她接着又说:"维特,这样的好妈妈就此离开了我们!我的上帝!我常常想,人们眼睁睁看到生活中最心爱的被夺走,没有人比孩子们感受得更痛切了,他们好久好久还在诉说,黑衣人把妈妈抬走了。"

她站了起来,我感动极了,浑身战栗,继续坐着,握住她的手。她说:"我们走吧,是时候了。"她想缩回她的手,我握得更紧了。我喊道:"我们会再见的,我们会重新相聚的,我们的容貌无论有多大变化,我们会彼此相识的。我走啦,"我接着又说,"我心甘情愿地走了!但是,如果我不得不说'永别'两字,叫我怎么受得了!再见吧,绿蒂!再见吧,阿尔贝特!我们会再见的。"——"我想是明天吧,"她开玩笑地插嘴说。——我怕的便是明天!唉,当她从我手里缩回她的手的时候,她还蒙在鼓里呢。——他们走出林荫甬道,我站起来,凝视着月光中他们的背影,我扑倒在地上失声痛哭,我又跳起身来,奔到地坪上,看见下面高耸的菩提树的阴影里闪动着她洁白的衣服,正向园门口移动,我伸出两臂,它已不见踪影了。

十一时后

周围万籁俱寂,我的心灵十分平静。上帝呀!我感谢你,在这最后时刻,你赐给了我温暖和力量。

我最亲爱的!我走到窗前,透过汹涌飞奔的乱云,还看见永恒的太空中有几点星星!不,你们是不会坠落的!"永恒"把你们,也把我,都挂在它的心上了。我看见了北斗星,它是一切星座中最最可爱的。往常夜间从你那儿回来,一跨出你家的大门,它高悬在天空迎着我。我常常向它凝视,像喝醉了酒一样!我常常高举双手:把它当作一个标记,当作当时感受到的幸福的神圣象征!并且……哦,绿蒂!无论什么东西都使我想起你来!你不是始终在我的周围吗?我像一个小孩,凡是你圣洁的双手接触过的种种小玩意儿,我无不贪婪地抓了过来!

心爱的剪影①呀!我把它遗赠给你,绿蒂!我请求你珍藏它。我曾经上千次地、上千次地在它上面印上我的亲吻,我每次出门或回家时,曾经上千次地向它挥手致意。

我给你的父亲留下一封短信,恳求他保护我的遗体。教堂的墓地上有两棵菩提树,在它们后面的角落里,面向着田野,我愿意在那儿长眠。他能够替他的朋友办这件事的,他会办的。请你也向他央求一声吧。我不会要求虔诚的基督徒让他们的遗体躺在一个可怜的不幸者的近旁②。唉,我倒愿意你们把我埋葬在路旁,或者埋在幽僻的山谷里,让祭司和利未人走过墓碑时在自己的身上画十字,让撒玛利亚人洒下一滴眼泪③。

绿蒂!我拿起这冰冷可怕的杯子时是决不会发抖的,我将从杯子里喝下死亡的佳酿!是你把它授给我的,我毫不畏缩。一切!一切!我生命中的一切心愿和希望就此完成!我将十分冷静、十分刚强地去叩冥界的铜门。

绿蒂呀!但愿我能够分享为你去死、为你牺牲的幸福!如果我能够重新给你带来安宁、带来生活的欢乐,我愿意勇敢地、愉快地迎接死亡。但是,哦!古往今来,只有少数高贵的人儿为他们的亲人流下自己的鲜血,由于他们的死亡,给他们亲友的生命增添百倍的光亮。

绿蒂呀!我愿意穿着这身衣服入葬,它们是你接触过的,是你使它们变得神圣了的;我也已经为此求了你的父亲。我的灵魂将在棺材上空飘荡。不要搜查我的口袋。这条浅红色的缎带,我第一次在你幼小的弟妹们中间见到你时,是你系在胸前的,——唉!代我上千次地吻他们,把他们不幸的朋友的命运告诉他们吧。亲爱的孩子们！他们是怎样围聚在我身旁的呀！哦！自从见到你最初一眼以后，我的心牢牢地系在你的身上，再也没法解脱了！——这条缎带应该和我同葬。这是你在我生日那天送给我的！这一切我是怎样领受的呀！——我没有想到，它们会引我走上这条路。——要镇静！我求你，要镇静！

　　弹药已经装上。——钟敲十二下！一切该了结了！——绿蒂！绿蒂！别了！别了！

*　　*　　*

　　一位邻居看见弹药的闪光，听到射击声；因为一切都归于沉寂，他也就不再留意了。

　　第二天早晨六点钟，仆人拿着蜡烛走进房间，发觉主人倒在地上，还看见了手枪和血。他呼唤起来，抱住他；没有回音，只是喉咙口还有咕咕声。仆人奔出去找医生，又去找阿尔贝特。绿蒂听见门铃响，全身都发抖了。她唤醒了丈夫，两人下了床，仆人一面啼哭，一面结结巴巴地把消息告诉他们，绿蒂顿时昏厥过去，跌倒在阿尔贝特的面前。

　　大夫来了，看见这不幸的人，躺在地上，已经没救了，脉搏虽然还在跳动，四肢已经完全不能动弹了。子弹从右眼上面的头部穿过，脑浆也迸出了。给他胳膊的一根血管放血，血流淌着，他还有呼吸。

　　从椅子扶手上的血迹看来，他一定是坐在写字台旁干出这件事来的，随后倒了下去，痉挛地在椅子周围蠕动着。他已经虚脱了，对着窗户，仰面朝天地躺在地上，他穿着全套服装，靴子，蓝色燕尾服，黄背心。

　　同屋，邻居，市镇，全都惊动了。阿尔贝特走了进来，维特已经被放在床上，额上已经包扎，脸容和死人一样，手脚一动不动。肺部仍发出可怕的咕咕声，时轻时重；大家等待他生命结束。

酒,他只喝掉了一杯。《爱米丽雅·迦洛蒂》摊开在写字台上④。

阿尔贝特的惊愕,绿蒂的悲痛,不用我多说了。

年迈的管事听到消息,策马疾驰而来,他流着热泪,吻着垂死的维特。他的几个最大的男孩紧跟着跑了来,他们扑倒在床边,流露着完全没法抑制的痛苦神情,吻着他的两手和嘴,其中最大的一个,维特一向最爱他,吻着维特的嘴唇不肯放松,直到他断了气,大家不得不用力把孩子拉开。他是在中午十二点死去的。因为有管事在场采取措施,防止了一场骚动。晚上十一点,把他安葬在自己选定的地方。老人跟着遗体,他的儿子们也一起送葬。阿尔贝特不能来。大家为绿蒂的生命担心。工人们抬着维特。没有一个牧师陪送他。

(歌德:《少年维特之烦恼》,侯浚吉译,上海:上海译文出版社,1982年)

【注释】

① 剪影:维特替绿蒂做的剪影。

② "我不"句:维特是自杀而死,根据基督教的教规,自杀者的遗体不能埋在教堂的坟地里和其他基督徒埋在一起。

③ "我倒"句:祭司、利未人和撒玛利亚人对待受难者的态度,出自《圣经》中的故事:有人被强盗剥掉衣服,打得半死,丢在路旁,一个祭司和一个利未人经过那儿,看见了他,冷漠地走过去了,只有一个撒玛利亚人经过时怜悯他,照应他。见《新约全书,路加福音》第10章。

④《爱米丽雅·迦洛蒂》:德国文艺理论家和剧作家莱辛所作的悲剧,揭露当时德国封建统治者的荒淫无耻,具有强烈的反抗精神。维特临死前还在看《爱米丽雅·迦洛蒂》,象征他的行为是对德国封建统治者的反抗。

【导读】

《少年维特之烦恼》是歌德在狂飙突进运动时期的代表作品。小说的主人公维特是个富裕市民的儿子,他在一次舞会上认识了聪明美丽的姑娘绿蒂,两人沉醉在爱情之中。但绿蒂已经订婚,不久他的未婚夫归来,维特烦恼、失望,他决定永远离开绿蒂。维特到外地去,试图通过实际工作得到充实的生活。但他在现实生活中处处碰壁,才能无法施展,理想无法实现。一年以后,他又回到绿蒂身边,但这时绿蒂已经结婚。她的丈夫是个四平八稳、事事知足的庸人,有可靠的职业和收入,绿蒂虽然仍然对维特有感情,但为了不引起丈夫的疑忌,她疏远了维特。绿蒂的态度使维特对生活失去了眷恋。他穿着与绿蒂第一次见面时穿的那套衣服,开枪自杀了。

维特的故事,虽然是以歌德自己的痛苦经历为基础的,但它不是一部狭隘的个人恋爱的悲剧。这部小说通过维特的不幸经历,对封建等级偏见,德国市民阶级的守旧性和自私性等,做了较为深刻的揭发与批判,集中展现了觉醒的一代德国青年的苦闷和强烈的反封建精神。当然,维特对社会的反抗,自始至终没有超越个人范畴,这就使他陷于孤立和软弱之中,最终因感伤和悲观走上了自杀的道路,这是我们需要结合维特所处的时代来理解和注意的。

这部小说成功地运用了第一人称的书信体体裁,全书由主人公致友人及致绿蒂的90封书信组成。这种文学形式将叙事、抒情、描写、议论自然地熔为一炉,便于直抒胸臆,使全书带有强烈的感情色彩,对读者有很大的感染力。

恰尔德·哈罗尔德游记（节选）

拜 伦

【解题】

乔治·戈登·拜伦（1788—1824）是英国最有代表性的浪漫主义诗人。他出身于英国一个古老的贵族家庭。他的腿从小有残疾，内心极敏感，自尊心很强，在学生时代已显示出他孤傲自负和慷慨正直的个性。1809年拜伦大学毕业后进入了上议院。但他的许多见解在保守的上议院遭到排斥。于是他怀着愤懑之情去国远游，旅途中写出了著名的长诗《恰尔德·哈罗尔德游记》。

旅行归来之后，拜伦又创作了《异教徒》《海盗》等6篇长诗，总称为"东方叙事诗"。这些长诗具有典型的浪漫主义特点，主人公都是专制压迫的反抗者，他们忧郁、孤傲，具有坚强的意志和毫不妥协的精神，在敌我悬殊的斗争中，宁可牺牲生命也要斗争到底，在这些主人公身上有拜伦本人思想性格的明显特征，因而他们被称为"拜伦式的英雄"。

1816年，因为上流社会利用拜伦的离婚对他进行了无耻的诽谤和中伤，拜伦永远地离开了祖国。他先后在瑞士和意大利居住。1823年意大利烧炭党运动失败后，他前往希腊参加希腊人民的独立斗争。拜伦后期最重要的作品是未完成的长诗《唐璜》。1824年4月29日拜伦在希腊民族解放斗争的前线不幸因病去世。

下面是选自拜伦的长诗《恰尔德·哈罗尔德游记》第二章中的一段。

七三

美的希腊!光荣的残迹,使人心伤!
逝去了,但是不朽;伟大,虽已消亡!
有谁来领导你一盘散沙似的后裔,
起来挣脱那久已习惯了的束缚呢?
在早先,你的儿子却并不如此,
他们是视死如归的勇敢的军人,
死守德摩比利隘道,哪怕堆满死尸[①]。
啊!有谁能恢复那英勇的精神,
在幼洛他斯河畔崛起,把你从坟墓里唤醒[②]!

七四

当年在伐埃尔岩上,自由之神呀[③]!
你曾经陪伴塞拉息布洛和他的部下,
在那时候,你预料得到的吗,
你雅典明媚的原野会弄得这么凄惨?
现在不是三十个暴君在蹂躏它,
却是无论哪一个都能把它作践;
但你的子孙还不奋起,只是空口咒骂,
他们在土耳其的皮鞭下呻吟得可怜,
只好做一辈子的奴隶;言行都一样卑贱。

七五

除了外表,真是什么都变了样!
谁看到他们的眼珠依旧发亮,
能不相信,在他们的心头,
你不灭的火焰复燃,失去的自由!

许多人还在睡梦中昏迷不醒,
虽然那光复祖国的时辰已近:
他们巴望外国的救助和军火,
却不敢独自去反抗异族的欺凌,
或者摆脱那可悲可耻的做奴隶的痛苦。

七六

世世代代做奴隶的人们!你们知否,
谁要获得解放,就必须自己动手,
必须举起自己的右手,才能战胜?
高卢人或莫斯科人岂会对你们公正?
不!他们固然会打败你们的暴君,
但你们仍然不会获得那神圣的自由。
希洛人的魂呀!战胜你们的仇人④!
希腊啊!你的主子变换,而你的山河依旧;
逝去的是光荣的日子,而不是耻辱的年头。

七七

从异教徒手中夺回给阿拉的城⑤,
又可能被异教徒从奥托曼族手里抢掉;
那苏丹的森严不可侵犯的紫禁城,
也许会迎接它的旧客,凶猛的西欧佬;
肆无忌惮的华海布派的叛民⑥,
掠夺了先知陵墓上神圣的战利物,
也许会浩浩荡荡地向着西方杀奔;
但自由永远不会光临这不幸的国土⑦,
世世代代做奴隶,年复一年地受折磨。

…………

八三

希腊的好子孙应有这种感觉,
如果希腊还有一个真正的爱国汉;
决不像这些说得勇敢,实际的脓包,
安分守己的奴才,只会长吁短叹,
而又能谄媚自己的暴君,满脸堆笑,
手里不拿弓剑,而拿奴隶的镰刀,
啊,希腊!蒙你的恩惠最深的人
却爱得你最浅;那生育之恩,
那光荣的祖先;但祖宗却在地下气忿!

八四

除非再出现斯巴达的勇士,
除非底比斯再生一个意巴密嫩达斯⑧,
除非雅典的儿女有了心肝,
除非希腊的母亲们生育出许多硬汉,
你才能够复兴,否则事情就烦难。
建设一个国家的时间需要有千年,
但要毁灭它,却只消一个钟点:
几时呵,才能恢复你失去的光彩,
战胜时间和命运,把往昔的荣誉召回?

八五

然而你又何其可爱,在患难之中;
神仙和神仙气的人们的故乡!
你常青的溪谷,积雪不化的山峰,
使你成了大自然的艳丽的宠儿;

你的神堂,你的庙宇都坍塌了,
渐渐地跟英雄的泥土相混淆,
被每一个农夫的犁头所碾碎:
人工的纪念碑就这般一一消亡,
而且一切都如此,除了历史上的威望。

八六

除了几根孤零零的圆柱显得悲伤,
还矗立在产自同山的倒下的兄弟身旁⑨;
除了那特里多尼亚的宝殿⑩,
在柯罗那海角上守望着海上的波浪;
除了在几处冷落的英雄的墓边,
那些灰色的墓碑和蔓生的杂草,
吃力地抵御无情的时光,却抵不住遗忘,
旅人几乎会把它们忽略掉,
也许像我般驻足一看,叹道"好不悲伤!"

八七

然而你的天空还跟古时一般清澈,
那峰峦、树林和田野也不逊色,
橄榄树跟密涅娃在时一般生长果实,
海美德斯然出产甘美的蜜汁⑪,
快乐的蜜蜂还在那儿造芳香的房,
它们在你的山间自由地游浪;
阿波罗还把你长长的夏日涂成金黄⑫,
曼德里的大理石在它的照耀下闪光:
艺术、荣誉、自由都消亡,自然却仍旧健康。

八八

此地到处都是英灵萦绕的圣地；
你的土地没有一寸是凡庸的,
真是千里方圆之内都值得惊奇,
缪斯的故事都像是真的事迹；
只是两眼惊异地看得酸痛,
我们少年时的梦幻所系的胜景；
所有的溪谷、原野和山峰,
似乎在向那摧毁你庙堂的力量挑衅：
时光推倒了雅典娜的殿,却留下阴湿的马拉松⑬。

八九

人虽成了奴隶,太阳和大地还一样；
什么都没有变,只是多了异族的君王；
多少年前,有一个光荣的早晨,
波斯兵第一次跪倒在希腊的剑下⑭,
马拉松三字有了神奇的名声,
今天那战场并没有多大的变化,
保留着原来的界限和无限的威名；
说到这三个字,听者眼前就出现
那兵营、大军、战斗和征服者的功勋。

九〇

奔逃的米德人拿着没有箭的断弓⑮；
希腊人拿着长枪追赶得多凶；
三面是崇山环抱,一面沧海⑯：
往前是死,后退就被击溃！

当年的情景如此,但遗迹呢?
有没有神圣的碑碣树立在这圣地,
铭志着亚细亚的泪和自由的胜利[17]?
棺椁被挖走,坟冢被翻起,
还有你们,鲁莽的异乡人的马蹄扬起的沙泥!

(拜伦:《恰尔德·哈罗尔德游记》,杨熙龄译,上海:上海译文出版社,1990年)

【注释】

① 德摩比利隘道:北希腊和中希腊的交通要道。它是高山和海岸之间的险峻的羊肠小径。希波战争(公元前481年)中当波斯军从北希腊南下时,300名斯巴达人死守这个关口,全体壮烈牺牲。

② 幼洛他斯河:斯巴达的主要河流。这里表示希望再出现和斯巴达军人一样英勇的人物来拯救希腊。

③ 伐埃尔岩上:公元前403年,雅典的逃亡者在塞拉息布洛领导下进军雅典,推翻了三十寡头暴政。伐埃尔岩在雅典附近,塞拉息布洛率领的军队在进入雅典推翻三十寡头之前先占领这个地方。

④ 希洛人:斯巴达的奴隶,受斯巴达人(斯巴达的统治阶级)的残酷压迫;他们时常起义。

⑤ 夺回给阿拉的城:指君士坦丁堡。十字军时代曾一度为基督教徒(此处所谓异教徒)所占领,后被土耳其人(所谓奥托曼族)夺回。"夺回给阿拉",意思就是回到伊斯兰教徒手里。

⑥ 华海布派的叛民:华海布派即伊斯兰教中的清净派,因伊斯兰教改革家华海布得名。此处指的是阿拉伯清净派叛变事,时间不详,大概是在18世纪末或19世纪初。他们占领过圣城麦加和麦地那。先知指穆罕默德,他的陵墓上有和基督教军队作战时获得的战利品。

⑦ 不幸的国土:指希腊。

⑧ 底比斯:古希腊彼阿提亚的都城。意巴密嫩达斯:约生于公元前418年,死于公元前362年,著名的民主政治家和将领。

⑨ 倒下的兄弟:雅典的古代建筑所用的大理石都产自班蒂利古斯山,今名曼德里。倒下的兄弟指已经倒塌的一些圆柱,因其石从同一山上采来,故称"兄弟"。

⑩ 特里多尼亚的宝殿:即密涅娃庙,在雅典港口之东。

⑪ 海美德斯:亚狄加的山,近雅典,以产蜂蜜和大理石著名。

⑫ 阿波罗:此处指太阳。
⑬ 马拉松:古战场,离雅典不远。公元前490年,希腊人在该处大败入侵的波斯军。
⑭ 希腊的剑下:指马拉松之役。
⑮ 米德人:即波斯人。
⑯ 崇山环抱:马拉松的地势。
⑰ 亚细亚的泪:指波斯军大败。

【导读】

　　《恰尔德·哈罗尔德游记》是拜伦的代表作。长诗的主人公恰尔德·哈罗尔德是一个忧郁孤独的贵族青年,他厌倦了上流社会的生活,自我放逐外出漂泊。长诗的第一章中,主人公途经葡萄牙和西班牙。他赞美这两个国家美丽的自然风光,也揭示了他们受外族侵略的悲惨处境,以此形成鲜明的对比。他歌颂西班牙人民反抗异族侵略的历史,以此来激励西班牙人民的斗志。

　　长诗的第二章中,主人公来到希腊,凭吊了雅典古城。诗人回忆起希腊辉煌的过去,哀叹希腊现在的不幸,警告希腊人要团结起来,依靠自己的努力争取独立。

　　长诗的第三章中,主人公到了瑞士和比利时。诗人对美丽的莱茵河畔的自然风光做了诗意的描绘,其中穿插了许多历史回忆。主人公凭吊了滑铁卢,评说拿破仑的得失功过。主人公还游历了卢梭和伏尔泰长期居住过的日内瓦湖畔,表达了对启蒙思想的崇敬。

　　长诗的第四章中,主人公来到意大利。诗中颂扬意大利人民的光荣历史,支持烧炭党人的民族解放斗争,并激励意大利人民团结一致推翻奥地利侵略者的统治。

　　这部长诗的基本主题是反对侵略和暴政,歌颂民族解放运动。上面所选的这一段就是长诗第二章中恰尔德·哈罗尔德游历希腊时所发出的感叹和对希腊人民的希望。

致恰阿达耶夫　致凯恩

普希金

【解题】

亚历山大·谢尔盖耶维奇·普希金(1799—1837)是俄国浪漫主义文学的集大成者。普希金出身于名门贵族,父母都富有艺术修养。农奴出身的奶妈给了他民间文学的营养。1811年普希金进入皇村学校学习。1817年从皇村学校毕业后就职于外交部。

普希金青年时代就写过大量的抒情诗。除了歌颂爱情、友谊和大自然的抒情诗以外,他的政治抒情诗在当时很大的影响,在俄国进步的贵族青年中广为流传。这引起了沙皇亚历山大的震怒。1820年普希金被流放到南俄,后来又被囚禁于他父亲的乡村领地。在流放期间,普希金创作了浪漫主义叙事诗《茨冈》等。

1825年十二月党人起义失败以后,新的沙皇允许普希金回到首都。1830年,普希金完成了他的代表作诗体小说《叶甫盖尼·奥涅金》。普希金后期的重要作品还有反映小人物不幸命运的短篇小说《驿站长》,反映普加乔夫农民起义的中篇小说《上尉的女儿》等。

普希金的代表作《叶甫盖尼·奥涅金》描写了一个贵族青年奥涅金的生活。他厌倦了首都彼得堡上流社会的生活,到乡下去处理他伯父的遗产。在乡下,贵族地主的女儿达吉亚娜爱上了他,但他却冷冰冰地拒绝了她的爱。后来,他在一场决斗中打死了朋友连斯基,然后离开乡下去外面远游。等他重新回到首都,达吉亚娜已经按照父母的意愿嫁给了一位将军。奥涅金在上流社会的客厅里重新见到她,突然疯狂地爱上了她。但达吉亚娜对他说:"我爱你,何必要掩饰呢?但我已经嫁了别人,我就要对他永远忠诚。"

普希金在这部小说里塑造了俄国文学中第一个"多余人"奥涅金的形象。像奥涅金这样的"多余人",他们对俄国的现状和封建专制制度感到不满,但又远离人民和革命;他们对上流社会的庸俗腐朽感到不满,但又不能完全摆脱上流社会的传统习惯;他们对自己的生活状况感到不满,但又寻找不到有意义的生活,因而无所作为,成为多余的人。但总的说来,由于"多余人"对俄国封建专制社会的现状和上流社会的生活是感到不满的,所以应该把他们看成是在当时的历史条件下有进步倾向的一类贵族知识分子的形象。

1831年,普希金与莫斯科的美女冈察洛娃结婚,但婚后普希金的生活并不愉快。法国驻俄国公使馆的丹特士男爵追求普希金的妻子,上流社会为此散布了许多流言蜚语。普希金被迫与丹特士决斗,身负重伤于1837年2月8日逝世。

下面所选的是普希金的一首政治抒情诗和一首爱情诗。

致恰阿达耶夫

爱情、希望、平静的光荣
并不能长久地把我们欺诳,
就是青春的欢乐,
也已经像梦、像朝雾一样地消亡;
但我们的内心还燃烧着愿望,
在残暴的政权的重压之下,
我们正怀着焦急的心情
在倾听祖国的召唤。
我们忍受着期望的折磨
等候那神圣的自由时光,

正像一个年青的恋人
在等待那真诚的约会一样。
现在我们的内心还燃烧着自由之火,
现在我们为了荣誉献身的心还没有死亡,
我的朋友,我们要把我们心灵的
美好的激情,都呈献给我们的祖邦!
同志,相信吧:迷人的幸福的星辰
就要上升,射出光芒,
俄罗斯要从睡梦中苏醒,
在专制暴政的废墟上,
将会写上我们姓名的字样!

——1818 年

致 凯 恩

我记得那美妙的一瞬:
在我的面前出现了你,
有如昙花一现的幻影,
有如纯洁之美的天仙。

在那无望的忧愁的折磨中,
在那喧闹的浮华生活的困扰中,
我的耳边长久地响着你温柔的声音,
我还在睡梦中见到你可爱的倩影。

许多年代过去了。暴风骤雨般的激变
驱散了往日的梦想,
于是我忘却了你温柔的声音,

还有你那天仙似的倩影。
在穷乡僻壤,在囚禁的阴暗生活中,
我的日子就那样静静地消逝,
没有倾心的人,没有诗的灵感,
没有眼泪,没有生命,也没有爱情。

如今心灵已开始苏醒:
这时在我的面前又重新出现了你,
有如昙花一现的幻影,
有如纯洁之美的天仙。

我的心在狂喜中跳跃,
心中的一切又重新苏醒,
有了倾心的人,有了诗的灵感,
有了生命,有了眼泪,也有了爱情。

——1825年

(《普希金诗集》,戈宝权译,北京:北京出版社,1987年)

【导读】

  普希金一生共写了800多首抒情诗。这些抒情诗大体可以分为两种类型:政治抒情诗和歌颂爱情、友谊、大自然的抒情诗。普希金时代的俄国,沙皇的专制制度黑暗严酷,农奴制度腐朽落后,受到西欧资产阶级启蒙思想影响的先进的俄国贵族知识分子对这一切深感不满,他们渴望推翻俄国的专制制度,改革落后的农奴制度,使俄国像西欧一样获得进步。普希金也正是这样的进步的贵族知识分子中的一个。

  普希金的政治抒情诗充满革命的激情,其基本主题是反对专制暴政,反对农奴制度,歌颂自由,其中比较著名的有《自由颂》

《致恰阿达耶夫》《乡村》等。上面所选的《致恰阿达耶夫》一诗，是普希金在皇村学校读书时写给当时驻扎在皇村的近卫骑兵团的军官恰阿达耶夫的。恰阿达耶夫的自由思想对普希金有很深的影响。后来，恰阿达耶夫成为十二月党人和哲学家。1836年，因为发表了《哲学书简》，批判了俄国的农奴制度，发挥了反对沙皇暴政的思想，被沙皇尼古拉一世宣布为精神病患者，遭受到严厉的迫害。

普希金的《致恰阿达耶夫》一诗在当时的进步青年中广泛流传，特别是在十二月党人中间起了很大的鼓舞作用。1825年十二月党人起义失败以后，大批的十二月党人被流放到西伯利亚去服苦役，在他们身上藏着的秘密徽章上，都刻着这首诗中的"同志，相信吧，迷人的幸福的星辰就要上升，射出光芒"两句诗。

普希金一生还创作了大量以爱情为主题的抒情诗，其中较著名的有《致凯恩》《我曾经爱过你》等。上面所选的《致凯恩》这首诗是普希金写给他的女朋友安娜·彼得罗夫娜·凯恩的。当时，普希金正被囚禁在他父母的领地米哈依洛夫斯克村，过着孤寂的生活。凯恩来看望他，他非常高兴和感激，便写下了这首诗。

普希金在他的爱情诗中歌颂爱情的纯洁美好，在他的笔下，爱情能使人获得奋发向上的力量，即使爱情的痛苦也能使人的精神得到净化。他的爱情诗韵律优美，清新、质朴，具有永久的魅力。

巴黎圣母院(节选)

雨 果

【解题】

维克多·雨果(1802—1885)是法国浪漫主义运动的领袖,也是一位伟大的人道主义者。他一生共创作了26部诗集,20部小说,12部戏剧,21部哲学与理论著作。

雨果在少年时代就显露出出众的才华,15岁时写的诗就受到法兰西学士院的嘉奖。青年时代的雨果最重要的作品是浪漫主义戏剧《艾尔那尼》和浪漫主义历史小说《巴黎圣母院》。

1851年拿破仑三世发动政变,恢复帝制。雨果坚决反对拿破仑三世的政变,因而受到迫害,被迫流亡国外。在流亡国外的19年里,雨果创作了《悲惨世界》《海上劳工》《笑面人》等长篇小说。

《悲惨世界》是雨果的两部代表作品之一。它通过描写男主人公冉阿让的一生,以及不幸妇女芳汀和不幸儿童珂赛特的生活,反映了19世纪法国贫苦人民的悲惨遭遇,愤怒地揭露了社会的黑暗和不合理。但作为一个人道主义者,雨果又认为只有依靠道德感化才能消除社会的弊病。

1870年拿破仑三世垮台以后,雨果回到法国。晚年他的重要作品有反映法国大革命时期严酷的阶级斗争的长篇小说《九三年》等。

下面所选的是雨果的《巴黎圣母院》中的一段。

教堂里的歌声突然中断了,一个巨大的金十字架和一串蜡烛在黑暗中移动起来,穿着彩色服装的教堂侍卫手中的铁戟铿锵作响。过了一会,穿袈裟的神甫们和穿礼服的祭司们唱着赞美歌庄严地向囚犯走来,在那囚犯和群众的面前排成长队,可是她的眼光停在十字架后面带头的那个神甫身上。"啊,"她颤抖着低声说道,"又是他呀,那个神甫!"

那的确是副主教,他左边是副歌手,右边是拿指挥棍的歌手。他昂着头,睁着呆定定的眼睛,高声歌唱着往前行进:

> 我从阴间的深处呼求,你就俯听我的声音。

> 你将我投下深渊,就是海的深处,大水环绕我。

当身穿宽大的银色袈裟胸前绣着黑十字的神甫脸色非常苍白地出现在教堂高大的尖拱形大门廊里时,不止一人以为他是跪在唱诗室墓石上的大理石主教雕像里的一个,他站起身来为的是到阳光下来把那快死的人带往冥界去。

她也是如同石像一般苍白,有人把一支点燃的黄蜡烛递到她的手中,她也几乎没有觉察,她没有听见书记官尖声念诵要命的忏悔文,别人叫她回答"阿门",她便照样回答。可是看见那个神甫叫看守她的人站开去,独自向她走过来的时候,她却恢复了一点生气和力量。

她觉得血液在头脑里翻涌,她那已经冷却的无力的灵魂又重新燃起了愤怒之火。

副主教慢吞吞地走到她跟前,到了这种时刻,她看见他居然还用闪着淫欲妒忌和希望的眼光扫视她半裸的身体,随后他高声问道:"姑娘,你请求上帝宽恕你的错误和罪恶了吗?"随后他到她的耳边(旁观的人还以为那是在听取她最后的忏悔呢)说道:"你愿意要我吗?我还能够救你。"

她盯住他说道:"滚开,恶魔!要不然我就揭发你!"

他恶狠狠地笑了一笑:"别人不会相信你的话,那不过是在一个罪名之上再加一个诽谤的罪名罢了。快回答!你愿意要我吗?"

"你把我的弗比斯怎么样了?"

"他死掉了。"神甫说。

正在这时候,倒霉的副主教机械地抬起头来,望见在广场那一头贡德洛里耶府邸的阳台上,那个队长正挺立在孚勒尔·德·丽丝身边。他摇晃了一下,把手搭在额头上又望了一会,低声骂了一句,整个脸孔都皱缩成一团。

"得啦,你死吧!"他咬牙切齿地说,"谁也别想得到你。"于是他把手放在那埃及姑娘头上,用阴惨惨的声音大声说道:"现在来吧,罪恶的灵魂,上帝会怜悯你!"

这是通常用来结束这种凄惨的仪式的语句,这是神甫给刽子手的暗号。

人们都跪下来了。

"主啊,请宽恕我。"依旧站在大门道尖拱下的神甫们念道。

"主啊,请宽恕我。"人们跟着念了一遍,他们的声音升起在他们的头顶,好像骚动的大海在咆哮。

"阿门,"副主教说道。

他在犯人身旁背过身去,脑袋耷拉在胸前,双手合十,走进了神甫们的行列,过一会就同那个十字架、那些蜡烛和袈裟一齐消失在教堂里那些阴暗的拱顶下面了。他唱着下面这句悲伤的诗句,声音愈来愈听不清楚:

> 你的波浪洪涛,都漫过我身。

同时,教堂侍卫执着的铁戟柄的那种断断续续的响声也在本堂的柱廊间逐渐低了下去,好像钟锤一样,在给犯人敲着最后的丧钟。

这时圣母院的每道大门依旧开着,望得见教堂里空无一人;没有烛光也没有声音,教堂里充满了阴森的气息。

那个囚犯依旧待在原处不动,等候着人们来处置她。一个执事不得不跑去通知沙尔莫吕阁下,在刚才那整段时间里,他都在研究大门拱顶上的浮雕,它们有的刻着亚伯拉罕的牺牲,有的刻着炼金术的实验,天使代表太阳,柴捆代表火焰,亚伯拉罕代表做实验的人。

费了好大劲才把他从那专心致志的状态中唤醒,他终于回转身来,向刽子手的两个助手——两个穿黄衣服的家伙——做了个手势,要他们把埃及姑娘的双手重新绑上。

那不幸的姑娘重新去上车,当她向她的终点走去时,心头或许产生了对生命悲痛的惋惜吧。她抬起干涩发红的眼睛望着天空,望着太阳;望着到处把天空截成蓝色四边形或三角形的白云,随后她又低下眼睛向四周去,望着大地,人群,房屋……忽然,正当那穿黄衣的人来绑她双手的时候,她发出了一声可怕的呼喊,一声欢乐的呼喊。就在那边广场拐角的阳台上,她刚才发现了他,她的朋友,她的主宰,她的弗比斯,仍然好好地活着呢!法官们撒了谎!那个神甫撒了谎!那的确是他呀,她不能不相信,他在那里,那么漂亮,生气勃勃,穿着他那辉煌的军服,头上戴着翎毛,腰上佩着宝剑!

"弗比斯!"她喊道,"我的弗比斯!"

她想朝他伸出由于爱情和欢乐而战栗的手臂,可是手臂已经被绑上了。

这时她看见队长皱起眉头,一个漂亮姑娘倚在他身边,轻蔑地噘着嘴,眼睛激怒地盯着他。随后弗比斯说了几句她从远处无法听见的话,两人便飞快地一起躲进了阳台的大玻璃门里,把门关上了。

"弗比斯!"她疯狂地喊道,"难道连你也相信了吗?"

一个奇怪的念头出现在她的脑子里,她记起她是被认为谋杀了弗比斯·德·沙多倍尔才被判了刑的。

那时以前她一直都还勉强撑持着,可是这最后一个打击太厉害了,她倒在石板路上不动了。

"来呀,"沙尔莫吕说,"把她抬上囚车,了结这件事吧!"

还没有人注意到,在大门尖拱顶上那些历代君王的雕像之间,有一个奇怪的旁观者一直非常冷静地在那里观看,他脖子弯得很低,相貌很丑陋,要不是穿着半红半紫的衣服,人家很可能把他当作那些石刻的怪物里面的一个,六百年来,这座教堂的檐溜就是从那些怪物的嘴里流下来的。这个旁观者把圣母院大门前中午以来发生的一切全都看在眼里,从一开头,趁着人们没有注意,他就在楼廊的一根柱子上系了一条打结的大粗绳,一直垂到石阶上。做完这件事,他就安安静静地在那里观看,还时不时朝飞过他面前的乌鸦打一声呼哨。正当刽子手的两个助手去执行沙尔莫吕的冷酷的命令时,他忽然踏出楼廊的栏杆,用手脚和膝盖抓住绳子,随后人们看见他好像沿着玻璃滴下的水一般沿着前墙滑了下来,像从屋顶跳下的猫一般迅速地跑向那两个助手,用巨大的拳头把他们打倒,像儿童抱洋囡囡似的抱起埃及姑娘,一闪便跳进了教堂,把那姑娘高高地举在头顶,用可怕的声音喊道:"圣地!圣地!"

这一切都是如此迅速,假若是在黑夜,只要电光一闪便能全部看清楚了。

"圣地!圣地!"人们跟着叫喊起来,千万双手高兴地拍响,伽西莫多的独眼骄傲地闪着亮光。

这种震动使那个罪犯醒过来了,她睁开眼睛看了看伽西莫多,又急忙合上眼,好像被救她的人吓住了似的。

沙尔莫吕呆呆地站在那里,刽子手和押解的人也是一样。真的,只要一进入圣母院的垣墙内,那个罪犯就成了不可侵犯的了。教堂是一种避难的处所,人类的司法权是不许跨进它的门槛的。

伽西莫多在大门道下面停下来,他巨大的双脚站在教堂的石板地上,好像比那些罗曼式柱子还要牢固。他蓬乱的脑袋缩在两肩当中,好像一头只有鬃毛却没有脖子的雄狮。他粗糙的双手举着还在心跳的姑娘,好像举着一幅白布。为了怕把她弄伤或怕她受惊,他是非常小心地举着她的。他似乎觉得她是一件娇弱、精致、宝贵的东西,是为别人的手而不是为他那样的手生的,他好像不敢碰她一下,甚至不敢对着她呼吸。随后他忽然紧紧地把她抱在怀里,贴近他瘦骨嶙峋的胸膛,好像她是他的宝贝,好像他是那孩子的母亲。他低头看她的那只独眼,把温柔痛苦和怜悯的眼波流注到她的脸上,忽然他又抬起头来,眼睛里充满了光辉。于是妇女们又哭又笑,群众都热情地踏着脚,因为那时的伽西莫多的确十分漂亮。他是漂亮的,这个孤儿,这个捡来的孩子,这个被遗弃的人。他感到自己威武健壮,他面对面地望着那个曾经驱逐他而此刻显然被他征服了的社会,那被他把战利品夺过来了的人类司法制度,那些只好空着嘴咀嚼的老虎,那些警官、法官、刽子手和国王的全部权力,通通被他这个微不足道的人凭借上帝的力量粉碎了。

一个这么丑陋的人竟然去保护这么一个不幸的人,伽西莫多竟然搭救了一个判了死刑的姑娘,这是多么动人的事!这是自然界和人类社会中两个极其不幸的人在互相接触,互相帮助。

胜利的几分钟过去之后,伽西莫多便急忙举着那个姑娘走进教堂里面去了,喜欢一切大胆行为的群众用眼睛在阴暗的本堂里寻找他,惋惜他这样迅速地从他们的欢呼声中走掉。忽然人们看见他又出现在有法兰西历代君王雕像的楼廊的一头,像疯子一般穿过楼廊,双臂高举着埃及姑娘,喊着:"圣地!"人们又大声欢呼。他跑遍了楼廊,又钻到教堂里去了。过了一会,他又出现在最高的平台上,仍然双臂高举着埃及姑娘,仍然在疯狂地跑,仍然在喊:"圣地!"群众再一次欢呼起来。最后,他第三次出现在放大钟的那座钟塔顶上,仿佛是在那里骄傲地把他所救的人给全城看,他那别人极少听到而他自己也从未听见过的响亮的声音,狂热地喊了三遍:"圣地!圣地!圣地!"喊声直冲云霄。

"好极了!好极了!"群众也呐喊着。这巨大的欢呼声,传到河对岸格雷沃广场的群众那里,也传到仍然盯住绞刑架在等待着的隐修女的耳朵里,使他们都感到十分惊讶。

(雨果:《巴黎圣母院》,陈敬容译,北京:人民文学出版社,1982年)

【导读】

长篇小说《巴黎圣母院》是雨果的代表作品之一。小说的背景是15世纪路易十一统治时期的巴黎。故事开始的那天正是法国的愚人节。巴黎人民聚集在巴黎圣母院前的广场上狂欢。美丽的吉卜赛女郎爱斯美拉尔达和巴黎圣母院丑陋的敲钟人伽西莫多都在欢乐的人群中。道貌岸然的副主教克洛德·孚罗洛站在圣母院的楼上注意到了爱斯美拉尔达,于是疯狂的占有欲抓住了他的心。他让伽西莫多乘着黑夜去把爱斯美拉尔达抢来,结果正巧遇上宫廷卫队长弗比斯,伽西莫多被捕,爱斯美拉尔达爱上了弗比斯。弗比斯逢场作戏,与爱斯美拉尔达幽会,副主教跟踪他并暗中刺伤了他,结果爱斯美拉尔达被诬为女巫,判处绞刑。伽西莫多冒着生命危险将她从绞架上救下来藏进教堂。巴黎的贫苦流浪人攻打巴黎圣母院,要救出爱斯美拉尔达。副主教乘机把她骗出来,威逼利诱她。但她决不屈服,结果被副主教交给了国王的卫队,送上了绞架。小说的最后,伽西莫多把副主教从圣母院的顶楼上推下去,自己则抱着爱斯美拉尔达的尸体躺在墓窟里死去。

这部小说深刻地揭露了封建统治阶级与教会相勾结对劳动人民的欺压迫害,对受压迫的下层社会劳动人民表示了深切的同情,表现出鲜明的人道主义思想。

作品中的吉卜赛女郎爱斯美拉尔达美丽、善良,富有仁爱之心,宽宏大量,乐于助人。丑陋的伽西莫多伤害了她,她却毫不计较,在伽西莫多被拷打示众时,主动给他送水。面对副主教的淫威,她坚贞不屈,宁死也不愿玷辱自己的人格和心灵。

小说中伽西莫多是个弃儿,被副主教养大成为一名敲钟人。他独眼驼背,面目奇丑,但他的内心单纯善良。在爱斯美拉尔达的美与善面前,他体会了爱与感激,从此成为爱斯美拉尔达忠实的守护神,为她甘冒任何危险,甚至不惜牺牲自己的生命陪伴她的灵魂。

《巴黎圣母院》具有鲜明的浪漫主义特色。小说中的人物、场面和故事所发生的地点(神秘高大的教堂、流浪人居住的地方等)都是不同寻常的。上面所选的这一段描写爱斯美拉尔达在巴黎圣母院广场前正要被绞死的时候,伽西莫多突然从圣母院的楼顶上沿着一根绳子滑下来,把她救进了圣母院。这样的场面,这样的行为,都是不同寻常的,具有典型的浪漫主义特点。

高 老 头(节选)

巴尔扎克

解题

奥诺雷·德·巴尔扎克(1799—1850)是法国19世纪现实主义文学的代表。

巴尔扎克于1799年5月20日出身于法国图尔市的一个中产阶级家庭。1814年,巴尔扎克随全家来到巴黎。巴尔扎克大学毕业后决心专业从事文学创作。1819—1829年这十年是他的试笔时期。1829年,巴尔扎克发表了描写1799年法国大革命时期保王党叛乱的历史小说《朱安党人》,取得了成功。在以后的20余年的生活中,巴尔扎克孜孜不倦地创作出一部又一部的作品,使他成为世界文学史上的大作家。

巴尔扎克把他创作的90多部长、中、短篇小说总称为《人间喜剧》。其中比较重要的作品有《高老头》《欧也妮·葛朗台》《古物陈列室》《幻灭》《农民》等。

《人间喜剧》广泛、深入地反映了法国波旁王朝复辟时期资产阶级和贵族阶级的尖锐斗争,揭示了贵族阶级必然走向衰亡的历史趋势,写出了资产阶级血腥的发迹史,表现了在社会生活中金钱的统治地位和决定作用,暴露了人与人之间赤裸裸的金钱关系。

《人间喜剧》塑造了许多各具特点的典型人物。巴尔扎克还善于通过细致的环境描写来再现时代和社会风貌,烘托人物的个性。他在小说史上首次采用了人物再现的手法,把《人间喜剧》的几十部作品连成一个统一的整体。

巴尔扎克所创造的人物再现的手法,即小说中的一些重要人物在不同作品中反复出现,在不同的小说中反映他们不同的经历,最后构成这个人物的完整形象。这样,不仅作品中的主要人物的性格得到了充分发展,而且把许多原本各自独立的单部小说连成了一个互相关联的艺术上的有机整体。人物再现法大大丰富了人物典型的塑造方法,为后世不少作家所仿效。

下面选的是《高老头》中的一段。

初 见 世 面

....
"你很想知道我是谁,干过什么事,现在又干些什么。你太好奇了,孩子。哎,不用急。我的话长呢。我受过难。你先听着,等会再回答。我过去的身世,受过难三个字儿就可以说完了。我是谁?伏脱冷。我做些什么?做我爱做的事。完啦。你要知道我的性格吗?只要是对我好的或是我觉得投机的,我对他们和气得很。这种人可以百无禁忌,尽管在我小腿上踢几脚,我也不会说一声哼,当心!可是,小乖乖!那些跟我找麻烦的,或是我觉得不对劲的,我会凶得像魔鬼。还得告诉你,我把杀人当作——呸……这样的玩意儿!"说着他唾了一道口水,"不过我的杀人杀的很得体,倘使非杀不可的话。我是你们所说的艺术家。别小看我,我念过裴凡诺多·塞里尼的《回忆录》[①],还是念的意大利原文!他真是一个会作乐的好汉,我跟他学会了模仿天意,所谓天意,就是不分青红皂白把我们乱杀一阵。我也学会了到处爱美。你说:单枪匹马跟所有的人作对,把他们一齐打倒,不是挺美吗?对你们这个混乱的社会组织,我也仔细想过。告诉你吧,孩子,决斗是小娃娃的玩意儿,简直胡闹。两个人中间有一个多余的时候,只有糊涂蛋才会听凭偶然去决定。决斗吗?就像猜铜板!呃!我一口气在黑桃A的中心打进五颗子弹[②],一颗钉着一颗,还是在三十五步之外!有了这些小本领,总以为打中个把人是毫无问题的了。唉!哪知我隔开二十步打一个人竟没有中。对面那混蛋,一辈子没有拿过手枪,可是你瞧!"他说着解开背心,露出像熊背一样多毛的胸脯,生着一簇教人又恶心又害怕的黄毛,"那乳臭未干的小子竟然把我的毛烧焦了"。他把拉斯蒂涅的手指按在他乳房的一个窟窿上。"那时我还是一个孩子,像你这个年纪,二十一岁。我还相信一些东西,譬如说,相信一个女人的爱情,相信那些把你搅得莫名其妙的荒唐事儿。我们要交手不是?你可能把我打死。假定我躺在地下了,你怎么办?得逃走罗,上瑞士去,白吃爸爸的,而爸爸也没有几文。你现在的情形,让我来替你说说明罢。我的看法是高人一等的,因为我阅历过人生,知道只有两条路好走:不是糊里糊涂的服从,就是反抗。我,还用说吗?我对什么都不服从。照你现在这个派头,你知道你需要什么?一百万家财,而且要快;不然的话,你尽管胡思乱想,一切都是水中捞月,白费!这一百万,我来给你罢。"他停了一下,望着欧也纳,"啊!啊!现在你对伏脱冷老头的神气好一些了。一听我那句话,你就像小姑娘听见人家说了声:晚上见,便理理毛,舔舔嘴唇,有如喝过牛奶的猫咪。这才对啦。来,来。咱们合作吧。先算一算你那笔账,小朋友。家乡,咱们有爸爸,妈妈,祖姑母,两个妹妹(一个十八一个十七),两个兄弟(一个十五一个十岁),这是咱们的花名册。祖姑母管带两个姊妹,神甫教两个兄弟拉丁文。家里总是多喝栗子汤,少吃白面包;爸爸非常爱惜他的裤子,妈妈难得添一件冬衣和夏衣,姊妹们能将就便将就了。我什么都知道,我住过南方。要是家里每年给你一千二,田里的收入统共只有三千,那么你们的情形就是这样的。咱们有一个厨娘,一个当差,面子总要顾到,爸爸还是男爵呢。至于咱们自己,咱们有野心,有鲍赛昂家撑腰,咱们拼着两条腿走得去,心里想发财,袋里却是空空如也;嘴里嚼着伏盖妈妈的起码红煨牛肉,心里爱着圣·日耳曼区的山珍海味;睡的是破床,想的是高堂大厦! 我不责备你的欲望,我的小心肝,野心不是个个人有的。你去问问娘儿们,她们追求的是什么样的男人,还不是野心家? 野心家比旁的男子腰粗臂胖,血中铁质更多,心也更热。女人强壮的时候是那样快乐,那样好看,所以她在男人中专挑有力气的爱,便是给他压坏了也不管。我把你的欲望一项一项的举出来,好向你提出问题。问题是这样:咱们肚子饿得像狼,牙齿又尖又快,怎么办才能搅到大鱼大肉? 第一要把《法典》吞下去,那可不是好玩的事,也学不到什么;可是这一关非过不可。好,就算过了关,咱们去当律师,预备在什么重罪法庭当一个庭长,把一些英雄好汉,肩膀上刺了字打发出去③,好让财主们太太平平的睡觉。这可不是味儿,而且时间很长。先得在巴黎熬两年,对咱们馋涎欲滴的美果只许看,不许碰。老想要而要不到,才磨人呢。倘若你面无血色,性格软绵绵的像条虫,那还不成问题;不幸咱们的血像狮子的一样滚烫,胃口奇好,一天可以胡闹二十次。这样你就受罪啦,受老天爷地狱里最凶的刑罚啦。就算你安分守己,只喝牛奶,做些哀伤的诗;可是熬尽了千辛万苦,憋着一肚子怨气之后,你总得,不管你怎样的胸襟高旷,去替补一个混蛋的位置,在什么破落的小城里:政府丢给你一千法郎薪水,好像把残羹冷饭扔给一条肉铺里的狗。你的职司是钉在小偷儿背后狂吠,替有钱的人辩护,把有心肝的送上断头台。要没有后台,你就在这内地法院里发霉。到三十岁,你可以当一名年俸一千二的推事,倘若你捧住饭碗的话。熬到四十岁,你娶一个什么磨坊主人的女儿,带来六千上下的陪嫁。得啦,谢谢罢。要是有后台,三十岁上你便是检察官,五千法郎薪水,娶的是区长的女儿。倘使再玩一下卑鄙的政治手段,譬如读选举票,把自由党的玛虞哀念做保王党的维莱(既然是押韵的,用不着良心不安),你可以在四十岁上升做首席检察官,还能当议员。你要注意,亲爱的孩子,这么做是要咱们昧一下良心,吃二十年苦,无声无臭的受二十年难,咱们的姊妹只能当老姑娘终身。还得奉告一句:首席检察官的缺份,全法国统共只有二十个,候补的却有两万,其中尽有些不要脸的。为了升官发财,不惜出卖妻儿子女的。如果这一行你觉得倒胃口,那么再来瞧瞧旁的。特·拉斯蒂涅男爵有意当律师吗?噢!好极了!先得熬两年,每月一千法郎开销,要一套藏书,一间事务所,出去应酬,卑躬屈膝的巴结诉讼代理人,才能招揽案子,到法院去吃灰。要是这一行能够使你出头,那也罢了;可是你去问一问,五十岁左右每年挣五万法郎以上的律师,巴黎满不满五个?吓!与其受这样的委屈,还不如去当海盗。再说,哪儿来的本钱?这一套都泄气得很。不错,还有一条出路是女人的陪嫁。哦,你愿意结婚吗?那等于把一块石头挂上了自己的脖子。何况为了金钱而结婚,咱们的荣誉感,咱们的志气,又放到哪儿去?还不如现在就来反抗社会!像一条蛇似的躺在女人面前,舔着丈母的脚,做出叫母猪也害臊的卑鄙事情,呸!这样要能换到幸福,那还不去管它。但这种情形之下娶来的老婆,会教你倒楣得像阴沟盖。跟自己的女人斗还不如同旁的男人打架。这是人生的三岔口,朋友,你挑罢。你是已经挑定了:你去过表亲鲍赛昂家,嗅到了富贵气。你也去过高老头的女儿雷斯多太太家,闻到了巴黎妇女的味道。那天你回来,脸上明明白白写着几个字:往上爬!不顾一切的要往上爬。我暗中叫好,心里想这倒是一个配我脾胃的汉子。你要用钱,哪儿去找呢?你就抽了姊妹的血。凡是做兄弟的,多少骗过姊妹的钱。你家乡多的是栗子,少的是洋钱,天知道怎么弄来的一千五百法郎,往外溜的时候,跟大兵上街抢劫一样快,溜完了怎么办?用功吗?用功的结果,你现在该明白了,是给波阿莱那等角色老来在伏盖妈妈家租间屋子。跟你情形相仿的四五万青年,此刻都有一个问题要解决:赶快挣一笔财产。你是其中的一个。你先想:你们要怎样的拼命,怎样的斗争:势必是你吞我,我吞你,像一个瓶里的许多蜘蛛,因为根本没有四五万个好缺份。你知道巴黎的人怎么打出路来的?不是靠天才,就是靠腐败。在这个人堆里,不像炮弹一般轰进去,就得像瘟疫一般钻进去。清白诚实是一无用处的。在天才的威力之下,大家会屈服;先是恨他,毁谤他,因为他一口独吞,不肯分肥;可是他要坚持的话,人们便服帖了;总而言之,没法把你埋在土里的时候,就向你磕头。雄才大略是少有的,遍地风行的是腐败。社会上多的是饭桶,而腐败便是饭桶的武器,你到处觉得有它的刀尖。有些男人,全部家私不过六千法郎薪水,老婆的衣着却花到一万以上。收入只有一千二的小职员,也会买田买地。你可以看到一些女人出卖身体,为的要跟贵族院议员的公子,坐了车到长野跑马场的中央大道上去奔驰。女儿有了五万法郎的进款,可怜的脓包高老头还不得不替女儿还债:那是你亲眼目睹的。你试着瞧罢,在巴黎走两三步路要不碰到这一类的鬼玩意才怪。我敢把脑袋打赌,你要碰到什么心爱的女人,不管是谁,不管怎样有钱,美丽,年青,你马上会掉在黄蜂窠里。她们都给法律缚在那儿,什么事都得跟丈夫明争暗斗。为了情人、衣着、孩子、家务、虚荣所玩的手段,我简直说不完,反正不是为了高尚的动机。所以正人君子是大众的公敌。你知道什么叫做正人君子吗?在巴黎,正人君子便是不声不响,不愿分赃的人。至于那批可怜的公共奴隶,到处做苦工而没有报酬的,还没有包括在内;我管他们叫做相信上帝的傻瓜。当然这是德行的最高峰,愚不可及的好榜样,同时也便是苦海。倘若上帝开个玩笑,在最后审判时缺席一下,那些好人包你都要愁眉苦脸!因此,你要想快快发财,必须现在已经有钱,或装做有钱。要搅大钱,就该大刀阔斧的干,要不就完事大吉。三百六十行中,倘使有十几个人成功得快,大家便管他们叫做贼。你自己去找结论罢。人生就是这么回事。跟厨房一样的腥臭。可是要作乐,就不能怕弄脏手,只消你事后洗干净:今日所谓的道德,就是这一点。我这样的议论社会是有权利的,因为我认识社会。你以为我在责备它吗？绝对不是。世界一向是这样的。道德家永远改变不了它。人是不完全的,不过他的作假,有时多有时少,一般傻子便跟着说风俗淳朴了,或是浇薄了。我并不替没钱的去骂有钱的:上、中、下三等的人都是一样的人。这些高等野兽,每一百万中间总有十来个爱寻快活的,高高地坐在一切之上,甚至坐在法律之上:我便是其中之一。你要有种,你就扬着脸一直线往前冲。可是你得跟妒忌、毁谤、庸俗斗争,跟所有的人斗争。拿破仑也碰到一个叫做奥勃里的陆军部长,差一点把他送往殖民地④。你自己忖一忖罢！看你是否能每天早上起来,比隔夜更有勇气。倘然是的话,我可以给你提出一个谁也不会拒绝的计划。喂,你听明白。我有个主意在这儿。我想过一种长老生活,在美国南部弄一大块田地,就算十万阿尔邦⑤罢。我要在那边种植,买奴隶,靠了卖牛、卖烟草、卖林木的生意来挣他几百万,把日子过得像小皇帝一样;那种随心所欲的生活,蹲在这儿破窑里的人连做梦也做不到的。我是一个大诗人。我的诗不是写下来的,而是在行动跟感情上表现的。此刻我有五万法郎,只够买四十名黑人。我需要二十万法郎,因为我要两百个黑人,才能满足我长老生活的瘾。黑人,你懂不懂？那是一些自生自发的孩子,你爱把他们怎么办就怎么办,决没有一个好奇的检察官来顾问。有了这笔黑资本,十年之内我可以挣到三四百万。我要成功了,就没有人盘问我出身。我就是四百万先生,合众国公民。那时我才五十岁,不至于发霉,我爱怎么玩儿就怎么玩儿。总而言之,倘若我替你弄到一百万陪嫁,你肯不肯给我二十万？两成佣金,不算太多吧？你可以教小媳妇儿爱你。一朝结了婚,你得表示不安,懊恼,半个月工夫装做闷闷不乐。然后,某一天夜里,先来一番装腔作势,再在两次亲吻之间,对你老婆说出有二十万的债,当然那时要把她叫做心肝宝贝咯！这种文明戏天天都有一批最优秀的青年在搬演。一个少女把心给了你,还怕不肯打开钱袋吗?你以为你损失了吗?不。一桩买卖就能把二十万挣回来。凭你的资本,凭你的头脑,挣多大的家财都不成问题。如此这般,你在六个月中就能造成你的幸福,造成一个小娇娘的幸福,还有伏脱冷老头的幸福,还有你父母姊妹的幸福,他们此刻不是缺少木柴,手指冻得发疼吗?我的提议跟要求,你不用大惊小怪!巴黎六十件美满的婚姻,总有四十七件是这一类的交易。公证人公会曾经强逼某先生……"

"要我怎么办呢?"拉斯蒂涅迫不及待的打断了伏脱冷的话。

"噢,用不着你多费心的,"伏脱冷回答的时候那种高兴,好比一个渔翁觉得鱼儿上了钩,"你听我说!凡是可怜的、遭难的女子,她的心等于一块极需要爱情的海绵,只消一滴感情它立刻会膨胀。追求一个孤独、绝望、贫穷,想不到将来有大家私的姑娘,呃!那简直是拿了一手同花顺子[6],或是知道了头奖的号码去买奖券,或是得了消息而去做公债。你的亲事就像在三合土上打了根基。一朝有几百万家财落在这姑娘头上,她会当做泥土一般扔在你的脚下,说道:'拿吧,我的心肝!拿吧。阿陶夫!阿弗莱!拿吧,欧也纳!'只消阿陶夫,阿弗莱,或欧也纳有那聪明的头脑肯为她牺牲。所谓牺牲,不过是卖掉一套旧衣服,换几个钱一同上蓝钟饭铺吃一顿香菌包子;晚上再到滑稽剧院看一场戏;或者把表送往当铺,买一条披肩送她。那些爱情的小玩意儿,也无须跟你细说;多少女人都喜欢那一套,譬如写情书的时候,在信笺上洒几滴水冒充眼泪等等:我看你似乎完全懂得调情的把戏。你瞧,巴黎仿佛新大陆上的一座森林,有无数野蛮民族在活动,什么伊林诺人,许龙人,都是在社会上打猎过活的。你是个追求百万家财的猎人,得用陷阱,用鸟笛,用哨子去猎取。打猎的种类很多:有的猎取陪嫁;有的猎取破产后的清算;有的收买良心;有的把他们的定户缚了手脚出卖[7]。凡是满载而归的人就被敬重,庆贺,受上流社会招待。说句公平话,巴黎的确是世界上最好客的城市了。如果欧洲各大京城高傲的贵族,不许一个声名狼藉的百万富翁跟他们称兄道弟,巴黎是会对他张开臂抱,赴他的宴会,吃他的饭,跟他碰杯,祝贺他的丑事的。"

"可是哪儿去找这样一个姑娘呢?"欧也纳问。

"就在眼前,听你摆布!"

"维多莉小姐吗?"

"对啦!"

"怎么?"

"她已经爱上你了,你那个特·拉斯蒂涅男爵夫人!"

"她一个子儿都没有呢,"欧也纳很诧异地说。

"噢!这个吗?再补上两句,一切都明白了。泰伊番老头在大革命时代暗杀过他的一个朋友;他是个跟咱们一派的老油子,思想上也是独往独来的。他是银行家,弗莱特烈—泰伊番公司的大股东;他想把全部家产传给独养儿子,把维多莉一脚踢开。咱家我,可不喜欢这种不平事儿。我好似堂吉诃德,专爱锄强扶弱。如果上帝的意志要把他的儿子召回去,泰伊番自会承认女儿;他好歹总要一个承继人——又是人类天生的傻脾气,——但,他不能再生孩子,那我知道。维多莉温柔可爱,很快会把老子哄得回心转意,用感情弄得他团团转,像个德国陀螺似的。你对她的爱情,她感激万分,决不会忘掉,她会嫁给你。我么,我来替天行道,教上帝发愿。我有个生死之交的朋友,洛阿军团的上校⑧,最近调进王家卫队。他听我的话,加入极端派的保王党;可是他并非固执成见的糊涂蛋。顺便我得忠告你一句,好朋友,你不能拿自己的话当真,也不能拿自己的主张当真。有人要收买你的主张,不妨出卖。一个自命为从不改变主张的人,是一个永远走直线的人,相信教皇无误的大傻瓜⑨。世界上没有原则,只有事变;没有定律,只有时势;高明的人抓住事变跟时势,加以控制。倘真有什么固定的原则跟定律,大家也不能随时更换,像咱们换衬衫一样容易了。一个人何必比整个民族更智慧？替法国出力最少的倒是受人膜拜的偶像，因为他老走激进的路；其实这等人至多只能放在博物院中跟机器一块儿，挂上一条标签，叫他做拉斐德⑩，至于给每个人丢石子的那位亲王，根本瞧不起人类，所以人家要他发多少誓便发多少誓；他却在维也纳会议中使法国免于瓜分；他替人挣了王冠，人家却把污泥丢在他脸上⑪。噢！什么事的底细我都明白；我知道多少人的秘密！不用多说了。只消有一天能碰到三个人对一条原则的运用能意见一致，我就佩服，我马上可以采取一个坚决的主张；可是不知何年何月才有这么一天呢！对同一条法律的解释，法庭上就没有三个推事意见相同。言归正传，说我那个朋友罢。只消我开声口，他会把耶稣基督重新钉上十字架。凭我伏脱冷老头一句话，他便会跟那个小子寻事，他——对妹子连一个子儿都不给，哼！——……然后哪……"

伏脱冷站起身子，摆着姿势，好似一个剑术教师准备开步的功架：

"然后哪，请他回老家！"

"可怕可怕！"欧也纳道，"你不过是开开玩笑吧，伏脱冷先生？"

"呦！呦！呦！得了吧，"他回答，"别那么孩子气。你要是愿意，尽管去生气，去冒火！说我是恶棍，坏蛋，无赖，强盗，都行，只别叫我骗子，也别叫我奸细！来罢，开口罢，把你的连珠炮放出来吧！我原谅你，在你的年纪上那是挺自然的！我就是过来人！不过得仔细想一想。也许有一天你干的事比这个更要不得。你会去拍漂亮女人的马屁，受她的钱。你已经在这么想了。因为你要不在爱情上预支，你的梦想怎么能成功？亲爱的大学生，德行是不可分割的：是则是，非则非，一点没有含糊。有人说罪过是可以补赎的，可以用忏悔来抵销的！哼，真是笑话了！为要爬到社会上的某一级而去勾引一个女人，离间一家的弟兄。

总之为了个人的快活跟利益,明里暗里所干的一切卑鄙勾当,你以为合乎信仰、希望、慈悲三大原则吗?一个纨绔子弟引诱未成年的孩子一夜之间丢了一半家产,凭什么只判两个月徒刑?一个可怜的穷鬼在加重刑罚的情节中偷了一千法郎[12],凭什么就要判终身苦役?这是你们的法律。没有一条不荒谬。戴了黄手套说漂亮话的人物,是杀人不见血的,永远躲在背后的;普通的杀人犯,却在黑夜里用铁棍撬门进去:那明明是犯了加重刑罚的条款了。我现在向你提议的,跟你将来所要做的,差别只在于见血不见血。你还相信这个世界上真有什么固定不易的东西吗?嗳!千万别把人放在眼里,倒应该研究一下法网上哪儿有漏洞。只要不是彰明较著发的大财,骨子里都是大家遗忘了的罪案,就是案子做得干净罢了。"

"别说了,先生,我不能再听下去,你要教我对自己都怀疑了,这时我只能听感情指导。"

"随你罢,孩子。我原来以为你是个硬汉;我再不跟你说什么了。不过,最后交代你一句,"他目不转睛的瞪着大学生,"我的秘密交给你了。"

"不接受你的计划,当然会把它忘掉的。"

"说得好,我听了很高兴。不是么,换了别人,就不会这么周到了。别忘了我这番心意。等你半个月。要就办,不就算了。"

眼看伏脱冷挟着手杖,悠闲地走了,拉斯蒂涅不禁想道:"好一个死心眼儿的家伙!鲍赛昂太太文文雅雅对我说的,他赤裸裸的说了出来。他拿钢铁般的利爪把我的心撕得粉碎。干么我要上纽沁根太太家去?我刚转好念头,他就猜着了。关于德行,这强盗坯三言两语告诉我的,远过于多少人物多少书本所说的。如果德行不允许妥协,我岂不是偷盗了我的姊妹?"

(巴尔扎克:《高老头》,傅雷译,北京:人民文学出版社,1957年)

【注释】

① 裴凡诺多·塞里尼：16世纪意大利版画家、雕塑家，以生活放浪冒险著名于世。

② 黑桃A：黑桃为扑克牌的一种花色，A为每种花色中最大的牌。此处作为打枪的靶子。

③ "肩膀"句：苦役犯肩上黥印T.F.两个字母（为苦役二字缩写），然后流配。

④ "拿破仑"句：拿破仑微时，奥勃里认为他不能胜任炮兵军官。

⑤ 阿尔邦：古量度名，约等于30~51亩，因地域而异。每亩合100平方米。

⑥ 同花顺子：纸牌中最高级的大牌。

⑦ "有的"句：此系指报馆主人利用报纸做虚伪宣传，骗取读者金钱。

⑧ 洛阿军团：指帝政时代的军队，拿破仑的旧部。

⑨ 教皇无误：罗马教会谓教皇发施之号令永无错误，故世称为教皇无误。

⑩ 拉斐德：一生并无重大贡献而声名不衰，政制屡变，仍无影响。

⑪ "至于"句：指泰勒朗，拿破仑时代以功封为亲王，王政时代仍居显职，可谓三朝元老。

⑫ 加重刑罚的情节：法律术语，例如手持武器，夜入人家，在刑事上即为加重刑罚的情节。

【导读】

《高老头》是巴尔扎克的代表作。小说以1819年年底和1820年年初为时代背景，以伏盖公寓和鲍赛昂夫人的沙龙为舞台，围绕拉斯蒂涅在向上爬的过程中所接受的一系列"社会教育"，塑造了拉斯蒂涅、高老头、鲍赛昂夫人、伏脱冷等一系列鲜明生动、富有典型意义的人物形象，暴露了金钱的罪恶作用，真实地勾画出波旁王朝复辟时期法国社会的风貌。

小说中的青年主人公拉斯蒂涅是法国王政复辟时期被资产阶级所腐蚀的破落贵族子弟的典型。作为外省破落贵族家庭的长子的拉斯蒂涅来到巴黎攻读法律，立志寒窗苦读，有朝一日登上法官的宝座，以报答父母和妹妹们为他做出的牺牲。然而，花花世界的巴黎强烈地刺激了他寻找捷径往上爬的欲望。他遍寻家谱，找到了远房表姐鲍赛昂夫人作为跻身上流社会的敲门砖。然而高贵的鲍赛昂夫人在金钱的威力面前，也被资产阶级妇女打败。她绝望之余,向不谙世事而又野心勃勃的表弟点破了卑鄙而又残忍的社会的真谛。鲍赛昂夫人的命运和教诲,给年轻的大学生上了人生教育的第一课。回到伏盖公寓,潜伏的苦役犯伏脱冷又赤裸裸地向他宣传"要作乐就不能怕弄脏手"的理论。伏脱冷的邪恶说教在拉斯蒂涅心中留下难以磨灭的印象,涉世未深的拉斯蒂涅经过伏脱冷的引诱,又向上流社会这个名利场的泥坑中深陷了一步。最后,出现高老头被女儿无耻盘剥而致中风惨死的事件,完成了拉斯蒂涅的人生教育。他在埋葬了高老头的同时,也埋葬了自己残存的一丝天良,纵身跳入了巴黎上流社会的欲海,踏上了不择手段往上爬的罪恶道路。

拉斯蒂涅的变化过程揭示了金钱对人性的巨大腐蚀作用,同时也反映了贵族阶级的日益败落和资产阶级的日益得势。

上面所选的是伏脱冷对拉斯蒂涅的一段说教。这段说教是伏脱冷那种"要作乐就不能怕弄脏手"的邪恶理论的集中表现,但同时,巴尔扎克也借伏脱冷之口深刻地揭示了资本主义社会人与人之间的关系是赤裸裸的金钱关系的冷酷事实。

德伯家的苔丝(节选)

哈　代

【解题】

　　托马斯·哈代(1840—1928)是19世纪后期英国杰出的现实主义作家。哈代于1840年6月2日出生于英国西南部的多塞特郡。在哈代的青少年时代,他的家乡还保留了相当浓厚的宗法社会的传统。

　　哈代起先在家乡和伦敦学习建筑,并当过一段时期的建筑师。后来他回到家乡,专业从事写作。

　　哈代以诗歌开始其文学生涯,后转向创作小说,晚年又转向诗歌创作。他一生创作了长篇小说14部,短篇小说集4部,诗集8部,还有史诗剧《列王》(3部),成就最高的是小说。

　　哈代的大部分小说都以英国西南部农村的一个地区(古称威塞克斯)为背景,因而又称为"威塞克斯小说"。这些小说反映了19世纪末资本主义工业文明侵入农村以后所引起的社会、经济、文化和习俗等方面的变化,以及由于宗法式农村经济的衰败而导致的各种社会悲剧。其中比较重要的长篇小说有《远离尘嚣》《还乡》《卡斯特桥市长》《德伯家的苔丝》《无名的裘德》等。

　　下面所选的是哈代的小说《德伯家的苔丝》中的一段。

　　那位女老板巴着门上的钥匙孔儿,往屋里看去。屋里能够看得见的地方,只有很小的一部分。但是早餐桌子的一个角儿,还有桌子旁边一把椅子,却正伸到那一小部分上。那时候,桌子上已经把饭都开好了。苔丝跪在椅子前面,把脸趴在椅子座儿上,两只手紧紧握在头上,她那晨间便服的长下摆,和她那睡衣的绣花边,全拖在她身后的地上,她那两只脚伸在地毯上,脚上没穿袜子,便鞋也掉下来了。那种没法形容、表示绝望的呻吟,就是从她嘴里嘟哝着发出来的。

于是隔壁卧室里一个男子的声音问——

"你怎么啦?"

苔丝并没回答,只自己继续念叨,这种念叨的腔调,说是呼痛,还不如说是自语,说是自语,还不如说是哀鸣。卜露太太只能听见一部分:

"可是我那亲爱、亲爱的丈夫又回来找我来啦……我还一点儿都不知道!……都是你毫无心肝、花言巧语,把我愚弄的……你老不肯罢休,老来愚弄我!老来愚弄我!你老口口声声,说我妈要什么,我妹妹要什么,我弟弟要什么,老用这些话来打动我的心!……你又说,我丈夫不会回来了,一辈子也不会回来了;你又嘲笑我,说我不该那么傻,不该还盼望他来!……后来你到底把我弄得没主意啦,信了你的话啦,由着你的意啦!……但是他可又回来啦!回来又走啦。第二次又走啦,这回真是一去不回啦!……他永远也不会再爱我啦,连一丁点儿,一丁点儿都不会再爱我啦,他只有恨我啦……哎,是啊,这一次他又把我撇下啦,又为的是——你!"她的头本来伏在椅子上,在她辗转痛诉的时候,脸就转到房门那面,就让卜露太太看见了,只见她脸上痛苦万状,嘴唇都让牙咬得流血;她闭着眼睛,细长的眼毛都湿成一绺一绺,贴在脸上。只听见她继续说,"他又病得那个样子,要活不长了、看样子我恐怕他要活不长了!……我这番罪孽非要了他的命不可,我自己可死不了!……哦,我这一辈子算是让你毁完了,……我本来哀告过你,求你千万别再毁我,可是你到底还是又把我毁啦!……。我自己的亲丈夫永远也不——也不能——哎哟,老天哪——我受不了啦!我受不了啦!"

卧室里那个男人又说了几句更令人难听的话。于是忽然一阵衣裳窸窣的声音。原来苔丝已经一跳而起了。露太太以为她要开门冲出来,就急忙退到楼下去了。

他所走的那条大道,空旷显敞,往前不远,就通到一个山谷里,老远就能清清楚楚地看见它从山谷这一边穿到山谷那一边。他走了一会儿,把这段谷道走了有一大半,就在山谷西边弯着腰上了山坡了,正在那时,他站住了脚喘气,不知不觉地回头看去。至于他为什么回头,他也说不出来,不过好像有什么东西逼着他这么做似的。那条好像带子的大道,在他身后越来越细,一直到他目力望不到的地方;他回头看去的时候,只见有一个小斑点,闯上了空旷灰白的大路,往前移动。

那个小点,原是一个正跑来的人。克莱忽忽悠悠地觉得,这个人仿佛追他似的,就站住等候。

那个人现在跑下山谷的斜坡了,是一个女人的模样。但是克莱既是一点儿也没想到,他自己的太太会跟着追来。因此虽然后来苔丝走得更近,克莱还是没认出来是她,因为她穿的衣服,完全跟从前不同。等到她离他十分相近,他才敢信那是苔丝。

"我刚到车站——你就走啦——我看见你走啦——我跟着就一直追你追到这儿!"

他只见她脸上非常惨白,呼吸非常急促,全身的筋肉都颤抖,因此他就一句话都没问她,只把她的手握住了,掖到自己的胳膊底下,领着她往前走去。他想躲开任何可能遇到的其他旅人,就离开了大路,取道几株杉树下面一条僻静的小路。他们深入了枝叶呜咽的杉树林子以后,他才站住了脚,带着探问的神气,往苔丝脸上看去。

"安玑,"苔丝好像早就等待他这一看,所以就开口说,"你知道我一路这样追你,为的是什么?为的是来报告你,我已经把他杀了!"她说这句话的时候,脸上浮起一种动人痛怜的惨笑。

"什么?"安玑看她那种怪样子,以为她有些精神错乱,所以问。

"真的。我真那么办啦——我也不知道我怎么办的,"她接着说,"不过,安玑,对你,对我,全都该这么办。我从前有一次,曾拿皮手套打过他的嘴,那时候,我已经就恐怕,以后总有一天,我非把他在我年少无知的时候用奸计坑害我的仇,把他由于我也间接地把你害了的仇,一齐都报一报不可。他把咱们两个人离间了,把咱们两个人毁了,现在我看他还能再离间别人不能啦;还能再毁别人不能啦。安玑,我从来就没像爱你那样爱过他,你知道不知道,你相信不相信?我跟着他去,都是因为你老不回来,我没有法子才去的。我当日那样爱你,你为什么可把我撂了哪?你怎么把我撂了哪?我真想不出你撂我的道理来。不过我一点儿也不怪你;我只求你,看着我现在已经把他杀了的情分上,原谅我对不起你的地方就得啦。你能不能原谅我哪?我跑来追你的时候,我一心相信,你一定会因为我已经把他打发了而原谅我的。我原先想,我要你再回心转意,就非采取那种办法不可,我想到那种办法的时候,我心里就豁亮起来。我是因为你把我撂了,没法再忍受了——你不知道我得不到你的爱那种痛苦吧?现在你可得说你知道啦吧,亲爱、亲爱的丈夫啊;现在我已经把他打发了,你可得说你知道啦吧!"

"苔丝,我实在爱你——一点儿不错,我爱你——从前的爱全都回来了!"他说,一面热热烈烈地用胳膊紧紧搂着她,"不过你说你把他杀了那句话——究竟怎么讲?"

"我是说我真把他杀啦。"在梦中一般,嘟哝着说。

"怎么,真杀啦?那么他已经死啦吗?"

"不错,死啦。他听见我因为你哭,就拿话来挖苦我,来呵斥我;并且还用脏话骂你;我受不住啦,就把他杀啦,我心里真忍不下去了。他从前已经拿你挖苦过我多少回了。我把他杀了,穿戴好了,跑出来找你。"

克莱慢慢地才肯相信，即便苔丝没真办这件事，她至少曾动过杀机，他想到这里，不觉一面对于她的冲动大大地害怕，一面对于她对他这样浓烈的爱情，她这样奇特的爱情，显然能够让她完全消灭了道德意识的爱情，大大地惊异。但是苔丝自己，因为没能看出这件事的严重性，却好像觉得到底趁了心愿似的；因此她伏在他的肩头上，乐得哭起来的时候，他就打量她，同时心里纳闷儿，不知道德伯氏的血统里，究竟有什么令人不懂的特性，才会让苔丝做出这种离经反常的事来——如果那真能说是一件离经反常的事。他心里有一瞬的工夫，曾经想到，德伯氏马车跟杀人的传说，所以会发生，也许就是因为人家都知道德伯家常干这种事儿吧。在他当时心思混乱、精神兴奋的情况下，他便假定，一定是苔丝在她刚才所说的那一阵悲伤如狂的时间里，她的思想错乱失常，才使她陷入了这样的深渊。

这件事情，如果实有其事，那太令人可怕了；如果只是暂时的幻觉，那太令人凄惨了。不过无论如何，他从前遗弃了的那位太太，那个感情热烈的女人，现在却在他面前，紧紧靠着他，毫无疑心，认为他是她的保护者。他看出来，她一定认为，他决不会不作她的保护者的。于是克莱终究让柔情克服了。他用他那惨白的嘴唇，没完没结地去吻她，同时握着她的手说——

"我永远也不能把你撂了！不论你做了什么，也不论你没做什么，反正我都要老用我的全力来保护你！最亲爱的爱人！"

（哈代：《德伯家的苔丝》，张谷若译，北京：人民文学出版社，1996年）

【导读】

《德伯家的苔丝》是哈代长篇小说的代表作。小说的副标题是"一个纯洁的女人"。它描写威塞克斯的农村少女苔丝不幸的一生。

苔丝的父亲是个懒散无能且好酒贪杯的小贩，母亲则是个浅薄庸俗的女人。作为长女的苔丝过早地承担起家庭的重担,来到一个暴发户的庄园做工,不幸遭到浮浪的少爷亚雷的玷污。她愤而返乡,生下了私生子,受到舆论的冷眼和打击。孩子病死后,她来到一家牛奶场做工。牧师的儿子安玑·克莱对善良、美丽的苔丝一见钟情并苦苦追求。新婚之夜,苔丝出于对丈夫的忠诚和热爱坦陈了往事,但不为丈夫所谅解。克莱只身前往巴西,遭到遗弃的苔丝只好在一家农场从事繁重的体力劳动以赡养家庭。她苦苦等待克莱回心转意,但他杳无信息,亚雷又来纠缠。在父亲病故、母亲患病、全家老小被迫迁出老屋的严重情况下,绝望的苔丝只好接受亚雷的条件,换来了家人的暂时温饱。远游的克莱归来寻妻,悔恨交集的苔丝愤怒地杀死了亚雷。她和克莱在逃亡中过了五天幸福的生活,最终她被送上绞架。

苔丝是一个勤劳、善良、纯朴、富于自我牺牲精神的农村姑娘,她的性格中还有着强烈的反抗精神。亚雷想长期占有她,但她憎恨亚雷,毫不犹豫地离开了亚雷的家。生下私生子后,她不顾舆论和习俗的压力,带着孩子到田头去劳动。她的孩子生病快要死了,但还没受洗,她就自己给孩子行了洗礼,并且大胆地想,如果上帝不承认她行的洗礼,那这个上帝就对谁也不稀罕了。在克莱追求她的时候,她一方面内心有着负疚感和自卑感,另一方面又对传统的贞操观念产生了大胆的怀疑。当亚雷再次来纠缠她的时候,她痛斥亚雷的无耻和虚伪。最后,她终于亲手杀死了亚雷,表现出她的最强烈的反抗精神。

上面所选的是小说的最后一部分中的一段。从巴西回来后,克莱到一个海滨小城找到了苔丝,但这时苔丝已经又落入亚雷的手中。苔丝见到自己的丈夫重新回来找她,心中升起了对亚雷的无比愤怒和仇恨。于是,她杀死了亚雷,追上克莱,与他一起逃走。

安娜·卡列尼娜(节选)

列夫·托尔斯泰

【解题】

列夫·尼古拉耶维奇·托尔斯泰(1828—1910)是19世纪俄国最伟大的现实主义作家。

托尔斯泰出身于俄国图拉省一个名门贵族之家,后来继承了伯爵爵位。他从小父母双亡,由姑母监护成人。他曾入喀山大学学习,后因对学校教育不满而主动退学。1851年,他以志愿兵的身份赴高加索服役,1856年退役回家。托尔斯泰一生的大半时间是在他的家乡雅斯纳雅·波良纳庄园度过的。

托尔斯泰早期创作的主要作品有自传体三部曲《童年》《少年》《青年》、短篇小说《一个地主的早晨》、中篇小说《哥萨克》等。

托尔斯泰中期创作的主要作品有长篇小说《战争与和平》和《安娜·卡列尼娜》等。《战争与和平》表现了1812年卫国战争是一场人民战争的思想,歌颂了俄国进步的贵族阶级知识分子在历史上所起的作用。

托尔斯泰晚期创作的主要作品有长篇小说《复活》等。《复活》集中地体现了托尔斯泰晚年世界观转变以后的思想,它激烈地批判了俄国现存的各种制度的腐朽,反映了人民所遭受的苦难,同时也反复地宣传以"仁慈、博爱、宽恕""道德自我完善""不以暴力抗恶"为核心的托尔斯泰主义。

下面所选的是托尔斯泰的《安娜·卡列尼娜》中的一段。

"有两封电报,"跟班回来,走进房间说,"请您原谅,大人,我刚才出去了一下。"

卡列宁拿起电报,拆开来看。第一封电报是宣布斯特列莫夫担任卡列宁所渴望的那个职位。卡列宁把电报一扔,涨红了脸,在屋里踱起步来。"上帝要毁灭谁,就使谁发疯。"[1]他想起了这句拉丁文谚语。这里的"谁",他现在指的是那些促成这项任命的人。他恼恨的不是他没有得到这个位置,不是人家故意忽视他,而是他弄不懂他们怎么会看不出,夸夸其谈的斯特列莫夫担任这个职位比谁都不合适。他们怎么会看不出,提出这项任命是怎样毁了他们自己,怎样损害他们的威信哪!

"又是这一类事吧。"他一边拆开第二封电报,一边恼怒地自言自语。电报是妻子打来的。蓝铅笔写的"安娜"这个名字首先映入他的眼帘。"我要死了,求你务必回来。如能得到饶恕,我死也瞑目。"他看完电文,冷笑了一声,扔下电报。最初一刹那,他认为这无疑是个骗局,是个诡计。

"她什么欺骗的事做不出来呀!多半她要生孩子了。也许是生产上的什么病吧。但他们要我去的目的是什么呢?使生下来的孩子取得合法身份,破坏我的名誉,还是阻碍离婚?"他心里捉摸着。"可是电报里明明写着:我要死了……"他重新读了一遍,电文里的字句突然使他吃惊。"万一真是这样怎么办?"他自言自语。"万一她真的在临终前的痛苦中忏悔了,我却看作她又在欺骗,拒绝回去,那又怎么样?这样不仅太不近人情,会叫人家都说我的不是,从我这方面来说,这样做也未免太愚蠢了。"

"彼得,去叫一辆马车来,我要到彼得堡去。"他吩咐跟班说。

卡列宁决定到彼得堡去看看妻子。如果她的病是假的,那他就一言不发走掉。如果她真的病危,临终前想看他一面,那他就饶恕她,只要她还活着;要是去晚了,那就最后一次尽他做丈夫的责任,给她料理后事。

一路上,他不再考虑他应该做些什么。

卡列宁带着乘一夜火车所产生的疲劳和风尘,在彼得堡的朝雾中,坐马车经过空荡荡的涅瓦大街,眼睛望着前方,头脑不去思考有什么事在等着他。他不能思考这事,因为一想到将要出现的局面,他无法排除一个念头,就是只要她一死,就会立刻解除他的困境。面包房、关着门的铺子、夜间的马车、打扫人行道的工人在他眼前掠过。他观察着这一切,竭力不去想那将要出现的局面。他不敢希望有那样的局面,但毕竟抱着很大的希望。他的马车驶近大门口。大门口停着一辆出租马车和一辆轿车,轿车上坐着的马车夫在打瞌睡。卡列宁走进门去,仿佛从头脑底里掏出了主意,镇定下来。这主意就是:"如果是骗局,那就泰然置之,加以蔑视,返身就走。如果是真的,那就遵守礼节,照章办事。"

不等卡列宁打铃,门房早就把门打开了。门房彼得罗夫,又名卡比东诺奇,穿一件旧礼服,不打领带,脚上套着一双便鞋,模样十分古怪。

"太太怎么样?"

"昨天平平安安生了个孩子。"

卡列宁站住了,脸色发白。现在他才明白,他是多么希望她死阿。

"她身体好吗?"

柯尔尼系着早晨惯系的围裙,跑下楼来。

"很不好,"他回答,"昨天会诊过了,此刻医生还在。"

"把行李拿进来,"卡列宁听到还有死的可能,松了一口气,就一面吩咐仆人,一面走进前厅。

衣帽架上挂着一件军大衣。卡列宁注意到了,就问:

"有谁在?"

"医生,接生婆,还有伏伦斯基伯爵。"

卡列宁走到里屋。

客厅里一个人也没有;接生婆头戴紫色绸带的软帽,听到他的脚步声,从安娜的起居室里走出来。

她走到卡列宁面前,由于产妇病危而不拘礼节,抓住他的手臂,把他拉到卧室里。

"感谢上帝,您回来了!一直在问起您,一直在问起您呢!"她说。

"快拿冰来!"医生在卧室里用命令的口气说。

卡列宁走进安娜的起居室。伏伦斯基侧身坐在桌旁一把矮椅上,两手捂住脸哭着。他一听见医生的声音便霍地跳起来,放下手,这样就看见了卡列宁。他一看见她的丈夫,尴尬极了,又坐下来,头缩到肩膀里,仿佛想躲到什么地方去,但他还是竭力振作精神,站起来说:

"她快死了。医生都说没有希望了。我完全听凭您的处置,但请您让我留在这里……不过我听从您的吩咐,我……"

卡列宁看见伏伦斯基的眼泪,心慌意乱——他看见别人的痛苦总是这样的,——立即转过脸去,不等他把话说完,就急忙向门里走去。卧室里传出安娜的说话声。她的声音是愉快的,富有生气,音调非常清楚。卡列宁走进卧室,走到床跟前。她脸朝他的方向躺着。她的双颊绯红,眼睛闪闪发亮,一双雪白的小手从上衣袖口里露出来,玩弄着毯子的一角,把它扭来扭去。她看上去不仅容光焕发,身体健康,而且情绪极好。她说话很快,很响,音调十分清楚,充满感情。

"因为阿历克赛,我是指阿历克赛·阿历山德罗维奇(两人的名字一样,都叫阿历克赛,命运真是太奇怪太捉弄人了,是吗?)阿历克赛不会拒绝我。我可以忘记过去,他也会饶恕的……他怎么还不来?他这人真好,他自己也不知道他这人有多好。唉!我的上帝,我烦死啦!快给我一点水!嗐,我这样对待小女儿可不好哇!好,那就把她交给奶妈吧。是的,我同意了,还是这样好。他一回来,看见她会难受的。把她抱去吧!"

"安娜,阿尔卡迪耶夫娜,他来了。您看,他来了!"接生婆说,竭力把她的注意力引到卡列宁身上。

"啥，胡说八道！"安娜没有看见丈夫，继续说，"把她给我，把小女儿给我！他还没有来。您说他不会来，那是因为您不了解他。谁也不了解他。只有我了解，所以我觉得难受。他的眼睛，说真的，谢辽查的眼睛同他一模一样，所以我不敢看谢辽查的眼睛……给谢辽查吃过饭没有？我知道大家全会把他忘记的。他可不会忘记。得让谢辽查搬到角房里去，叫玛丽爱特陪他睡。"

突然她身子缩成一团，住了口，恐惧地把双手举到脸上，仿佛在等待打击，实行自卫。她看见了丈夫。

"不，不，"她开口了，"我不怕他，我怕死。阿历克赛，你过来。我急死了，我没有时间了，我活不了多久，马上又要发烧，又要什么都不知道了。现在我还明白，什么都明白，什么都看得见。"

卡列宁皱着眉头，现出痛苦的神色。他拉住她的手，想说些什么，却怎么也说不出来。他的下唇打着哆嗦，他一直在克制自己的激动，只偶尔对她望望。每次他对她望的时候，总看见她那双盯住他的眼睛流露出那么温柔而狂喜的神色，这是他从来没有见过的。

"等一下，你不知道……等一等，等一等……"她停住了，仿佛在拼命集中思想。"对了，"她又说，"对了，对了，对了。我就是要说这个。你别以为我怪。我还是同原来一样……可是另外一个女人附在我身上，我怕她，因为她爱上了那个男人，所以我恨你，可是我忘不了原来那个女人。那个女人不是我。现在的我才是真正的我，才完完全全是我。我要死了，我知道我快要死了，你问问他吧。我现在觉得很沉，我的手，我的脚，我的手指都很沉。你瞧，我的手指有多大！不过这一切都快完了……我只有一个要求：你饶恕我，完完全全饶恕我吧！我这人坏，但奶妈告诉过我，那个殉难的圣人——她叫什么呀？——她还要坏。我要到罗马去,那里是一片荒野,这样我就不会碍着谁了,我带谢辽查去,还有小女儿……不,你不会饶恕我!我知道这是不可能饶恕的!不,不,走吧,你这人太好了!"她用一只火热的手抓住他的手,另一只手把他推开。

卡列宁的心越来越慌乱,此刻已经慌乱得不再去克制它了。他忽然觉得,他所谓心慌意乱其实是一种愉快的精神状态,使他体会到一种从未体会过的幸福。他没有想到,他终生竭力遵循的基督教教义要求他饶恕和爱他的仇敌,不过他的心里充满了饶恕和爱仇敌的快乐。他在床前,头伏在她的臂肘上,她火热的手臂透过上衣烧灼着他的脸,他像孩子般痛哭起来。她搂住他那半秃的头,身子挨近他,挑战似地傲然抬起眼睛。

"他来了,我知道!现在你饶恕我吧,饶恕我的一切吧!……他们又来了,他们为什么不走哇?……把这些个皮外套拿掉!"

医生拿开她的手,小心翼翼地让她躺到枕头上,用毯子盖住她的肩膀。她顺从地仰天躺着,目光炯炯地望着前面。

"记住一点,我只要求饶恕,别的什么也不要……他,怎么还不来?"她接着对门外的伏伦斯基说,"来吧,来吧!把手给他。"伏伦斯基走到床边,一看见她,又用双手捂住脸。

"把脸露出来,瞧瞧他。他是个圣人,"她说,"把脸露出来,露出来!"她怒气冲冲地说,"阿历克赛·阿历山德罗维奇,让他把脸露出来!我要看看他。"

卡列宁捉住伏伦斯基的双手,把它们从脸上拉开。伏伦斯基的脸由于痛苦和羞愧显得十分难看。

"把手给他!你饶恕他吧!"

卡列宁把手伸给他,眼泪忍不住滚滚而下。

"赞美上帝,赞美上帝,"她说,"现在一切都舒齐了。只要把我的腿稍微拉拉直就好了。对了,好极了。这些花画得多难看,一点也不像紫罗兰,"她指着糊墙的花纸说,"我的上帝!我的上帝！几时才完结呀？给我点吗啡。医生！给我点吗啡。啊,我的上帝,我的上帝！"

她在床上翻来覆去。

医生们说这是产褥热,死亡率达百分之九十九。她整天发高烧,说胡话,处于昏迷状态。半夜里,病人躺在床上,失去知觉,几乎连脉搏都停止了。

每分钟都有死亡的可能。

伏伦斯基回家去了,但一早又跑来探问病情。卡列宁在前厅遇见他说:

"您留着,她也许会问到您。"说着亲自把他领到妻子的起居室里。

到早晨,病人又兴奋起来,思潮翻腾,胡言乱语,接着又昏迷了。第三天还是这样,但医生说有希望了。那天,卡列宁走进伏伦斯基坐着的房间,关上门,在他对面坐下来。

"阿历克赛·阿历山德罗维奇,"伏伦斯基感到是表态的时候了,说,"我没有什么话好说,我什么也不明白。您饶恕我吧！不论您多么痛苦,我还是请您相信,我比您更难受。"

他想站起身来,但卡列宁拉住他的手说:

"我请求您听我说,这是必要的。我应当向您说明我的感情,那以前支配我、今后还将支配我的感情,免得您误解我。您知道,我决定离婚,甚至已开始办手续了。不瞒您说,开头我拿不定主意,我很痛苦;我老实对您说,我有过对您和对她进行报复的欲望。收到电报的时候,我是抱着这样的心情到这里来的,说得更明白些:我但愿她死。可是……"他沉默了一下,考虑着要不要向他坦白自己的感情。"可是一看见了她,我就饶恕她了。饶恕的幸福向我启示了我的责任。我完全饶恕了她。我要把另一边脸也给人打;有人夺我的外衣,我连里衣也由他拿去。我恳求上帝,但愿不要从我身上夺去饶恕的幸福！"他的眼睛里饱含着泪水,他那明亮、安详的目光使伏伦斯基感动。"这就是我的态度。您可以把我踩在污泥里,使人家都取笑我,我可不会把她抛弃,也不会说一句责备您的话。"他说下去。"我的责任给我明白规定:我应当同她在一起,我将同她在一起。要是她想见您,我会通知您的,但现在,我想您还是离开的好。"

卡列宁站起身来,失声痛哭,再也说不下去。伏伦斯基也站起来,弯着身子,皱着眉头,仰望着他。他不理解卡列宁的感情,但他觉得这是一种崇高的、具有像他这种世界观的人所无法理解的感情。

(列夫·托尔斯泰:《安娜·卡列尼娜》,草婴译,上海:上海译文出版社,1982年)

【注释】
① 这一句原文为拉丁语。

【导读】
《安娜·卡列尼娜》是托尔斯泰的长篇小说代表作之一。小说中有两条交错展开的线索。一条线索是安娜的悲剧,另一条线索是列文的探索。

小说的女主人公安娜17岁时就由姑母作主嫁给了比她年长20岁的省长卡列宁。结婚8年,安娜从来没有感受到爱情的幸福。当她与青年军官伏伦斯基相遇后,伏伦斯基的追求唤醒了她内心沉睡的爱情。但卡列宁不肯离婚,也不肯把儿子给安娜。安娜离开家庭与伏伦斯基同居。但他们受到上流社会的排斥。后来伏伦斯基对她渐渐冷淡,她终于绝望而卧轨自杀。

列文的线索主要写庄园贵族列文和公爵小姐吉提的爱情波折和幸福婚姻,以及列文对宗法式庄园经济的出路和人生意义的探索。

安娜的婚姻是家长包办的婚姻,是不相称的婚姻。当她与伏伦斯基相遇后,她发出了"我知道了我不能再欺骗自己,我是活人……我要爱情,我要生活"的呼声。安娜的反抗,具有追求个性自由、反抗贵族社会虚伪礼教的进步意义。

　　安娜的爱情悲剧从本质上说,是贵族上流社会的冷酷与伪善造成的。安娜诚实善良,光明磊落,她要求解除不合理的婚姻,正当地与所爱的人结合,但卡列宁怕影响自己的名声和仕途不愿离婚,安娜才与伏伦斯基私奔。她的大胆行为触犯了整个上流社会的虚伪道德,动摇了贵族阶级"合法"婚姻的基石,于是,对安娜的非难从上流社会劈头盖脸而来,使她承受着巨大的压力。

　　安娜的悲剧与伏伦斯基也有直接的关系。他固然爱安娜,但也不无满足虚荣心和征服欲的动机。他并不能真正理解安娜的痛苦和处境,在他的虚荣心和征服欲得到满足之后,在他的仕宦前程及社交生活与他和安娜的关系发生冲突时,他对安娜变得冷淡了,终于导致安娜走上轻生的绝路。

　　另一方面,安娜毕竟是在贵族社会中接受教育长大的,她不可能完全挣脱旧的道德观念,因此,她在离经叛道的同时,又为深刻的负罪感所缠绕,背负着沉重的精神枷锁,终至在失去最后的精神支柱后精神崩溃。

　　安娜的爱情悲剧反映了农奴制改革以后俄国社会的历史性变化,反映了资产阶级个性解放思潮对俄国的冲击,反映了俄国妇女争取婚姻自由、追求新生活的愿望和要求。

　　托尔斯泰小说的心理描写有独特的风格——"心灵的辩证法"(车尔尼雪夫斯基语),即他的小说常常非常细致地描写一个人的心理变化的详细过程和复杂矛盾的状态。

　　上面所选的是《安娜·卡列尼娜》中安娜与伏伦斯基生下一个女儿后得了产褥热,处于病危状态,卡列宁来看望她的一段。在这个片段中,充分地表现了卡列宁心理变化的复杂过程。卡列宁接到安娜病危的电报,起先他认为这是诡计和欺骗,后来又考虑到如果安娜真的病危,不去看望她,将会影响到自己的名誉。

在途中,他想到,如果安娜死了,他就能摆脱自己的窘境。他意识到这种想法的残酷,却驱逐不掉这个想法。在安娜的病床前,面对濒临死亡、恳求得到宽恕的安娜,卡列宁的内心又发生了剧烈的变化,同情取代了仇恨,他宽恕了安娜和伏伦斯基。

哈克贝利·芬历险记(节选)

马克·吐温

【解题】

马克·吐温(1835—1910)是19世纪后期美国现实主义文学的杰出代表。他出生于密苏里州的佛罗里达村。马克·吐温12岁时,父亲去世,他便开始独立谋生,先后当过印刷所学徒、领港员和报社记者。后来,通过刻苦努力,他成为美国著名的作家。

马克·吐温早期创作过大量的短篇小说,反映美国社会的各种面貌和形形色色的人情世态,其中的名篇《竞选州长》漫画式地勾勒出美国西部新闻界粗野无礼、钩心斗角、造谣诬蔑的状况。

70年代至80年代是马克·吐温创作的高潮时期,他和查·沃纳合作完成了长篇小说《镀金时代》,揭露西部投机商、东部企业家和政府官吏三位一体,共同剥夺人民财富的社会黑幕,书名具有强烈的讽刺意味。

长篇小说《汤姆·索亚历险记》和《哈克贝利·芬历险记》是马克·吐温的两部重要作品,作家通过两位小主人公的故事,揭露了美国内地生活的庸俗停滞,教会和学校教育的陈腐呆板,以及黑奴制度的残酷和不合理。

马克·吐温后期的著名作品中篇小说《败坏了赫德莱堡的人》构思奇巧,它通过赫德莱堡镇上19位自命清高、有身份、有地位的"首要公民"为争夺一份飞来横财,所展开的激烈的明争暗斗,不仅将矛头指向了人的贪欲,还犀利地揭露了人的伪善心理。

下面所选的是马克·吐温的代表作《哈克贝利·芬历险记》中的一段。

我一点儿烟叶子也没有,所以他就走了。我又回到筏子上,坐在窝棚里,想了又想,可是什么办法也想不出来。我把脑袋都想痛了,还是没法过这一关。我们在一块儿走了这么远的路,替那两个流氓干了那么多的事,结果是白白辛苦一场,什么打算都失败了,都是因为他们那么狠心,对吉木下了这样的毒手,为了那四十块臭钱,叫他从此以后流落他乡,再过奴隶的生活。

我也曾这样想过:吉木要是不得不当奴隶的话,那么他回到家乡去当奴隶,守着老婆孩子过日子,要比在外面瞎混强上千百倍,所以我顶好给汤姆·莎耶写封信,叫他把吉木的下落告诉瓦岑小姐。可是过后我又打消了这个念头,原因一共有两个:她会因为吉木由她那儿逃跑,觉得他卑鄙无耻,忘恩负义,对他又气又恨,索性再把他卖到下游去。即便她不至于那么做,别人对一个忘恩负义的黑人,也自然而然会瞧不起,那样一来,他们会整天价给吉木脸色看,叫他觉得难堪、丢脸。然后再反过来想想我自己!人家都会知道我哈克·芬帮过一个黑人去找自由;那么我要是再遇见那个镇上的人,恐怕我马上就要羞得趴在地下求饶了。正是这样;一个人做了不名誉的事,可是又没勇气担当起来。他老以为只要不叫旁人知道,那就不算是丢人现眼。这正是叫我为难的地方。我对这件事越是前思后想,我的良心对我越是不依不饶,我也就越觉得我自己又坏、又下流、又没有出息。到了后来,我忽然觉得上帝明明是打了我一个耳光,让我知道我所干的坏事,一直逃不了上帝的耳目,这就是说,当我把和我无冤无仇的一个可怜的老姑娘的黑人拐出来的时候,上帝的眼睛一直在盯着我,并且他叫我到此为止,不许我再接着干这件坏事——这个念头在我的脑筋里一转,我差一点儿当场就倒下去了。我实在是害怕得要死。于是我就尽力想法子安慰安慰我自己,我想我从小所受的教育不良,所以这也不能完全怪我;可是我心里有个声音,总是不断地对我说:"主日学校就摆在那儿,你本来可以上学去;你要是上学校去,人家会讲给你听:像你这样帮着黑人逃跑,一定得下十八层地狱。"

我这么想了一想,就打了一个冷战。我差不多下决心要祷告一下,看看我能不能改邪归正,变成一个好点儿的孩子。我就跪下身去,可是我祷告不出来。这是什么缘故呢?我根本不必瞒上帝,也不必瞒我自己。我知道我为什么没话可说。那都是因为我心术不正,因为我怀着私心,因为我一直在两面倒。我假装着要悔罪改过,可是心里还藏着顶坏的主意。我总想让我的嘴说我愿意做那种又规矩、又清白的事情,赶快写信给那个黑奴的主人,告诉她他现在的下落;可是我心里明明知道这是瞎话——这一点上帝也知道。你决不能对上帝说瞎话吧——我把这一点算是弄清楚了。

我实在觉得左右为难,为难到了极点,不知怎么办才好。最后我想出来一个主意;我就说:我先写完那封信,然后再看看能不能祷告。啊,这可真是妙不可言,我刚刚这么一想,马上就轻松得像根鸡毛似的,我所有的心病都没有了。于是我拿了一张白纸、一支铅笔,高高兴兴地坐下来写:

瓦岑小组:您那个跑掉的黑奴吉木现在在派克斯卫下游2哩的地方。有一位菲力浦先生把他抓住了。您要是派人带着奖赏到这儿来,他愿意把黑人交给来人领回去。

哈克·芬

我觉得很痛快,好像罪恶都已经洗清了,我生平第一次感到这么轻松,我知道现在我能够祷告了。可是我并没有马上就做,我放下了那张纸,坐在那儿想了一下——我想幸亏这样地转变了一下,差一点儿我就弄错了方向,走进了地狱。我就这么想下去。接着又想到我们顺着大河漂下来的情形:我看见吉木,无论是白天黑夜,有时在月光之下,有时在暴风雨里,总是在我的眼前:我们一边向前漂流,一边谈笑歌唱。可是,不知道什么缘故,在他身上我总排不出什么毛病,能够叫我硬起心肠来对付他,反而老是想到他的好处。我看见他才值完了班,也不过来叫我,就替我值班,让我能够接着睡下去;我又看见他那种高兴的样子——他看见我由大雾里逃回来时那种高兴的样子。还有,在上游那个闹打对头的地方,我在泥水滩里又来到他跟前的时候,他又是多么高兴,还有许多这类的事情;他总是管我叫做老弟,总是爱护我,凡是他想得到的事,样样都替我做到了,他实在是太好了。最后我又想起那回我告诉人家船上有人出天花,结果把他救下了,他当时对我感恩不尽,说全世界上只有我是老吉木顶好的朋友,还说他现在只有我这么一个朋友。这时候我偶然一回头,一眼看见了那封信。

这实在是叫人为难。我抄起它来,拿在手里,全身直发颤,因为在两条路当中,我得下决心挑选一条,永远也不能反悔,这我是深深知道的。我又平心静气地琢磨了一下,然后就对我自己说:"那么,好吧,下地狱就下地狱吧。"——我一下子就把它扯掉了。

这是要不得的念头,要不得的说法,可是我已经说出口了。而且既然说出口,我决不收回,也决不再想改邪归正做好人。我把整个这桩事丢开不想;打定主意再走邪道,走邪道是我的本行,因为我从小就学会了这么一套,做好事我反倒不内行。我打算先想办法把吉木偷出来,不让他再给人家当奴隶;我要是还能想出更坏的事情,我也打算干它一下,反正是一不做、二不休,既然干就干到底。

然后我就仔细地盘算,究竟应当怎么下手;我心里翻来覆去想了许许多多的主意,最后决定了一个合意的办法。我就观察了一下下游一个长满大树的小岛的形势,等到天刚一黑,我偷偷地把筏子划过去,找了个地方藏起来,然后就钻进窝棚去。我睡了整整一夜,天还没亮就爬起来了;我吃完了早饭,穿上了我那套现成的新衣服,找了些别的衣服和零碎的东西,打成一捆,坐上小船,就划到对岸去了。我看见那边有一所房子,我想那一定是菲力浦住的地方,我就在这房子下头不远的地方上了岸,把那一捆东西藏在树林里,又把小船装上水和石头沉到水里去,打算等到用的时候再捞上来。那个沉船的地方离上游岸上一家小机器锯木厂大约只有四五百码。

然后我就顺着大道走过去,我走过那个木厂的时候,看见门口挂着一块招牌,上面写着:"菲力浦锯木厂。"我又往前走了二三百码,来到那些庄院前面,就睁着大眼到处看,可是一个人也看不见,虽然现在已经是天光大亮了。可是我并不在乎,因为这时候我还不想遇见什么人——只想看看这个地方的形势。按照我的计划,我要假装着打那个村子走过来,不让人家看出我是由河下边上来的。我只看了一看,就直对着村子奔过去。

(马克·吐温:《哈克贝利·芬历险记》,张万里译,上海:上海译文出版社,1984年)

【导读】

《哈克贝利·芬历险记》是马克·吐温长篇小说的代表作。小说以南北战争之前美国南方小镇生活为背景,描写哈克与黑奴吉木在密西西比河上的逃亡及其友谊。

哈克是个穷白人的孩子,他受不了收养他的道格拉斯寡妇要将他培养成模范儿童的清规戒律,受不了学校里僵化乏味的教育方式,更害怕他醉鬼父亲的毒打,就悄悄地乘上木筏逃了出来。半途中他遇到不愿被主人卖掉而逃亡的黑奴吉木,两人沿密西西比河漂流而下,一路有许多历险与奇遇。

小说成功地塑造了白人孩子哈克的生动形象。哈克出身于流浪汉的家庭,热爱大自然,是个不能忍受枯燥乏味的生活方式、追求自由有趣的生活的儿童。作家将漂流在密西西比河的木筏上自由而富诗意的生活和小城镇窒息、庸俗的生活相对照,哈克只有在木筏上才感到自由、轻松和舒畅,宁可一辈子流浪,也不愿做"体面"的上等人。通过这个形象,马克·吐温对传统教育方式和道德观念提出了挑战。

　　作家在小说中还真实地再现了哈克与吉木的友谊及他思想转变的过程。哈克本性善良,富有同情心,但他开始尚不能完全摆脱种族歧视的偏见。他一边帮助吉木逃跑,一边展开了激烈的思想斗争。当吉木被两个骗子卖掉后,他给吉木的主人瓦岑小姐写了一封信,想叫她派人带钱来赎回吉木。但他想起吉木忠厚善良的品格及对自由的渴望,终于完全摆脱了种族歧视的偏见,撕掉了那封信,决心亲自营救吉木,不再让他当奴隶。上面所选的这一段就生动地表现了哈克思想转变的历程,反映了马克·吐温渴望白人与黑人平等的民主理想。

老人与海(节选)

海明威

【解题】

　　海明威(1899—1961)是20世纪美国著名的作家。他从小受父亲的影响,喜爱钓鱼和打猎。海明威中学毕业后,进入堪萨斯城的一家报社担任见习记者,受到初步的文学训练。第一次世界大战爆发之后,海明威参加志愿救护队来到意大利。他曾在前线被炮弹片击中,受过重伤。

　　战后,海明威开始写作。20年代,海明威写了不少短篇小说,以及两部长篇小说《太阳照样升起》和《永别了,武器》。这两部小说反映参加过一次大战的一代欧美青年对战争的厌恶和战后对生活和前途所感到的迷惘,取得了很大的成功,确立了海明威在文坛上的地位。

　　1936年西班牙发生内战,海明威出于对法西斯势力的仇恨,奔赴马德里,支持民主政府。剧本《第五纵队》(1937)和长篇小说《丧钟为谁而鸣》(1940)就是他参加这场反法西斯战争的产物。

　　第二次世界大战结束之后,海明威侨居古巴。40年代他几乎没有什么作品问世。但是,1952年,他出人意料地写出了一个无与伦比的中篇小说《老人与海》。1953年,海明威到非洲打猎,途中飞机失事,受了重伤。这以后,他几乎丧失了创作能力。1953年,他获得诺贝尔文学奖。1961年,他把猎枪放进自己嘴里开枪自杀而死。

　　下面所选的是《老人与海》中的一段。

　　他们在海里走得很顺当,老头儿把手泡在咸咸的海水里,想让脑子清醒。头上有高高的积云,还有很多的卷云,所以老头儿知道还要刮一整夜的小风。老头儿不断地望着鱼,想弄明白是不是真有这回事。这时候是第一条鲨鱼朝它扑来的前一个钟头。

鲨鱼的出现不是偶然的。当一大股暗黑色的血沉在一英里深的海里然后又散开的时候,它就从下面水深的地方蹿上来。它游得那么快,什么也不放在它眼里,一冲出蓝色的水面就涌现在太阳光下。然后它又钻进水里去,嗅出了踪迹,开始顺着船和鱼所走的航线游来。

有时候它也迷失了臭迹。但它很快就嗅出来,或者嗅出一点儿影子,于是它就紧紧地顺着这条航线游。这是一条巨大的鲭鲨,生来就游得跟海里速度最快的鱼一般快。它周身的一切都美,只除了上下颚。它的脊背蓝蓝的像是旗鱼的脊背,肚子是银白色的,皮是光滑的,漂亮的。它生得跟旗鱼一样,不同的是它那巨大的两颚,游得快的时候它的两颚是紧闭起来的。它在水面下游,高耸的脊鳍像刀子似地一动也不动地插在水里。在它紧闭的双嘴唇里,它的八排牙齿全部向内倾斜着。跟寻常大多数鲨鱼不同,它的牙齿不是角锥形的,像爪子一样缩在一起的时候,形状就如同人的手指头。那些牙齿几乎跟老头儿的手指头一般长,两边都有剃刀似的锋利的口子。这种鱼天生地要吃海里一切的鱼,尽管那些鱼游得那么快,身子那么强,战斗的武器那么好,以至于没有别的任何敌手。现在,当它嗅出了新的臭迹的时候,它就加快游起来,它的蓝色的脊鳍划开了水面。

老头儿看见它来到,知道这是一条毫无畏惧而且为所欲为的鲨鱼。他把鱼叉准备好,用绳子系住,眼也不眨地望着鲨鱼向前游来。绳子短了,少去了它割掉用来绑鱼的那一段。

老头儿现在的头脑是清醒的,正常的,他有坚强的决心,但是希望不大。他想:能够撑下去就太好啦。看见鲨鱼越来越近的时候,他向那条死了的大鱼望上一眼。他想:这也许是一场梦。我不能够阻止它来害我,但是也许我可以捉住它。"Dentuso①",他想。去你妈的吧。

鲨鱼飞快地逼近船后边。它去咬那条死鱼的时候,老头儿看见它的嘴大张着,看见它在猛力朝鱼尾巴上的肉咬的当儿它那双使人惊奇的眼睛和咬得格崩格崩响的牙齿。鲨鱼的头伸在水面上,它的脊背也正在露出来,老头儿用鱼叉攮到鲨鱼头上的时候,他听得出那条大鱼身上皮开肉绽的声音。他攮进的地方,是两只眼睛之间的那条线和从鼻子一直往上伸的那条线交叉的一点。事实上并没有这两条线。有的只是那又粗大又尖长的蓝色的头,两只大眼,和那咬得格嘣嘣的、伸得长长的、吞噬一切的两颚。但那儿正是脑子的所在,老头儿就朝那一个地方扎进去了。他鼓起全身的气力,用他染了血的手把一杆锋利无比的鱼叉扎了进去。他向它扎去的时候并没有抱着什么希望,但他抱有坚决的意志和狠毒无比的心肠。

鲨鱼在海里翻滚过来。老头儿看见它的眼珠已经没有生气了,但是它又翻滚了一下,滚得自己给绳子缠了两道。老头儿知道它是死定了,鲨鱼却不肯承认。接着,它肚皮朝上,尾巴猛烈地扑打着水面,两颚格崩格崩响,像一只快艇一样在水面上破浪而去。海水给它的尾巴扑打得白浪滔天,绳一拉紧,它的身子四分之三都脱出了水面,那绳不住地抖动,然后突然折断了。老头儿望着鲨鱼在水面上静静地躺了一会儿,后来它就慢慢地沉了下去。

"它咬去了大约四十磅。"老头儿高声说。他想:它把我的鱼叉连绳子都带去啦,现在我的鱼又淌了血,恐怕还有别的鲨鱼会窜来呢。

他不忍朝死鱼多看一眼,因为它已经给咬得残缺不全了。鱼给咬住的时候,他真觉得跟他自个儿身受的一样。

他想:但是我已经把那条咬我的鱼的鲨鱼给扎死啦。我从来没看过这么大的"Dentuso"。谁晓得,大鱼我可也看过不少呢。

他想:能够撑下去就太好啦。这要是一场梦多好,但愿我没有钓到这条鱼,独自躺在床上的报纸上面。

"可是一个人并不是生来要给打败的,"他说,"你尽可把他消灭掉,可就是打不败他。"他想:不过这条鱼给我弄死了,我倒是过意不去。现在倒霉的时刻就要来到,我连鱼叉也给丢啦。"Dentuso"这个东西,既残忍,又能干,既强壮,又聪明。可我比它更聪明。也许不吧,他想。也许我只是比它多了个武器吧。

"别想啦,老家伙,"他又放开嗓子说,"还要把船朝这条航线开去,有了事儿就担当下来。"

他想,可是我一定要想。因为我剩下的只有想想了。除了那个,我还要想垒球。我不晓得老狄马吉奥乐意不乐意我把鱼叉扎在它脑子上的那个办法呢?这不是一桩了不起的事儿。什么人都能办得到。但是,你是不是认为我的手给我招来的麻烦就跟鸡眼一样呢?我可没法知道。我的脚后跟从来没有出过毛病,只有一次,我在游泳的时候一脚踩在一条海鳐鱼上面,脚后跟给它刺了一下,当时我的小腿就麻木了,痛得简直忍不住。

"想点开心的事吧,老家伙,"他说,"一分钟一分钟过去,离家越来越近了。丢掉了四十磅鱼肉,船走起来更轻快些。"

另一条鲨鱼原是忽隐忽现的,这时又张开了大嘴扑上来。当它咬住了死鱼、闭紧了嘴的时候,老头儿看得见从它嘴角上漏出的一块块白花花的鱼肉。他用棍子对准了它打去,只是打中了它的头,鲨鱼朝他望了一望,然后把它咬住的那块肉撕去。当它衔着鱼肉逃走的时候,老头儿又揍了它一棍,但是打中的只是橡皮似的又粗又结实的地方。

"来吧,星鲨,"老头儿说,"再来吧。"

鲨鱼一冲又冲上来,一闭住嘴就给老头儿揍了一棍。他把那根棍子举到不能再高的地方,结结实实地揍了它一下。这一回他觉得他已经打中了脑盖骨,于是又朝同一个部位打去,鲨鱼慢慢吞吞地把一块鱼肉撕掉,然后从死鱼身上滑下去了。

老头儿留意望着那条鲨鱼会不会再回来,可是看不见一条鲨鱼。一会儿他看见一条在水面上打着转儿游来游去。他却没有看到另一条的鳍。

他想:我没指望再把它们弄死了。当年年轻力壮的时候,我会把它们弄死的。可是我已经叫它们受到重伤,两条鲨鱼没有一条会觉得好过。要是我能用一根垒球棒,两只手抱住去打它们,保险会把第一条鲨鱼打死。甚至现在也还是可以的。

他不愿再朝那条死鱼看一眼。他知道它的半个身子都给咬烂了。在他跟鲨鱼格斗的时候,太阳已经落下去。

"马上就要天黑,"他说,"一会儿我要看见哈瓦那的灯火了。如果我往东走得更远,我会看见从新海滩上射出来的灯光。"

他想:现在离港口不会太远了。我希望没有人替我担心。只有那孩子,当然,他一定会替我担心的。可是我相信他有信心。好多打鱼的老头儿也会替我担心的。还有好多别的人。我真是住在一个好地方呀。

他不能再跟那条大鱼讲话,因为它给毁坏得太惨啦。这时他的脑子里突然想起了一件事。

"你这半条鱼啊,"他说,"你原来是条整鱼。我过意不去的是我走得太远,这把你和我都给毁啦。可是我们已经弄死了许多鲨鱼,你和我,还打伤好多条。老鱼,你究竟弄死过多少鱼啊?你嘴上不是白白地生了那个长吻的。"

他总喜欢想到这条死去的鱼,想到要是它能够随意地游来游去,它会怎么样去对付一条鲨鱼。他想:我应该把它的长吻儿砍掉,用它去跟鲨鱼斗。可是船上没有斧头,后来又丢掉了刀子。

话又说回来,当时要是我能够把它的长吻儿砍掉,绑在桨把上的话,那该是多好的武器呀。那样一来,我俩就会一同跟它们斗啦。要是它们在夜里窜来,你该怎么办呢?你有什么办法呢?

"跟它们斗,"他说,"我要跟它们斗到死。"

现在已经天黑,可是天边还没有红光,也看不见灯火,有的只是风,只是扯得紧紧的帆,他觉得大概自己已经死了。他合上两只手,摸一摸手掌心。两只手没有死,只要把两只手一张一合,他还觉得活活地痛哩。他把脊背靠在船艄上,才知道自己没有死。这是他的肩膀告诉他的。

他想:我许过愿,要是我捉到了这条鱼,我一定把所有的那些祷告都说一遍。但是我现在累得说不出了。倒不如把麻袋拿过来盖在我的肩膀上。

他躺在船艄,一面掌舵,一面留意着天边红光的出现。他想:我还有半条鱼。也许我有运气把前面半条鱼带回去。我应该有点儿运气的。可是没有呀,他说。你走得太远,把运气给败坏啦。

"别胡说八道啦,"他又嚷起来,"醒着,掌好舵。也许你的运气还不小呢。"

"我倒想买点儿运气,要是有地方买的话,"他说。

我拿什么去买运气呢?他自己问自己。我买运气,能够用一把丢掉的鱼叉,一把折断的刀子,一双受了伤的手去买吗?

"可以的,"他说,"你曾经想用海上的八十四天去买它。它们也几乎把它卖给了你。"

他想:别再胡思乱想吧。运气是各式各样的,谁认得出呢?可是不管什么样的运气我都要点儿,要什么报酬我给什么。他想:我希望我能见到灯光。我想要的事儿太多,但灯光正是我现在想要的。他想靠得舒服些,好好地去掌舵;因为觉得疼痛,他知道他并没有死。

大约在夜里十点钟的时候,他看见了城里的灯火映在天上的红光。最初只是辨认得出,如同月亮初升以前天上的光亮。然后,当渐渐猛烈的海风掀得波涛汹涌的时候,才能从海上把灯光看得清楚。他已经驶进红光里面,他想,现在他马上就要撞到海流的边上了。

他想:现在一切都过去了。不过,也许它们还要向我扑来吧。可是,在黑夜里,没有一件武器,一个人怎么去对付它们呢?

他现在身体又痛又发僵,他的伤口和身上一切用力过度的部分都由于夜里的寒冷而痛得厉害。他想:我希望我不必再去跟它们斗啦。我多么希望我不必再跟它们斗呀。

可是到了半夜的时候,他又跟它们斗起来,这一回他知道斗也不会赢了。它们是成群结队来的,他只看到它们的鳍在水里划出的纹路,看到它们扑到死鱼身上去时所放出的磷光。他用棍棒朝它们的头上打去,听到上下颚裂开和它们钻到船下面去咬鱼时把船晃动的声音。凡是他能够感觉到的,听见的,他就不顾一切地用棍棒劈去。他觉得有什么东西抓住了他的那根棍,随着棍就丢掉了。

他把舵把从舵上曳掉,用它去打,去砍,两只手抱住它,一次又一次地劈下去,但是它们已经窜到船头跟前去咬那条死鱼,一忽儿一个接着一个地扑上来,一忽儿一拥而上,当它们再一次折转身扑来的时候,它们把水面下发亮的鱼肉一块一块地撕去了。

最后,一条鲨鱼朝死鱼的头上扑来,他知道一切都完了。于是他用舵把对准鲨鱼的头上打去,鲨鱼的两颚正卡在又粗又重的死鱼头上,不能把它咬碎。他又迎面劈去,一次,两次,又一次。他听到舵把折断的声音,再用那裂开了的桨把往鲨鱼身上戳去。他觉得桨把已经戳进去,他也知道把子很尖,因此他再把它往里面戳。鲨鱼放开鱼头就翻滚着沉下去。那是来到的一大群里最后的一条鲨鱼。它们再也没有什么东西可吃了。

老头儿现在简直喘不过气来,同时他觉得嘴里有一股奇怪的味道。这种味道带铜味,又甜。他担心了一会儿。不过那种味道并不多。

他往海里啐了一口唾沫,说:"吃吧,星鲨。做你们的梦去,梦见你们弄死了一个人吧。"

他知道他终于给打败了,而且一点补救的办法也没有,于是他走回船艄,发现舵把的断成有缺口的一头还可以安在舱的榫头上,让他凑合着掌舵。他又把麻袋围在肩膀上,然后按照原来的路线把船驶回去。现在他在轻松地驶着船了,他的脑子里不再去想什么,也没有感觉到什么。什么事都已过去,现在只要把船尽可能好好地、灵巧地开往他自己的港口去。夜里,鲨鱼又来咬死鱼的残骸,像一个人从饭桌子上捡面包屑似的。老头儿睬也不睬它们,除了掌舵,什么事儿都不睬。他只注意到他的船走得多么轻快,多么顺当,没有其重无比的东西在旁边拖累它了。

(海明威:《老人与海》,海观译,上海:上海译文出版社,1979 年)

【注释】

① 一种最凶猛的鲨鱼的名字。

【导读】

《老人与海》写一个古巴老渔夫桑提亚哥,他已经有 84 天没有打到鱼了。头 40 天有一个孩子跟他一起出海。可是孩子的爸爸妈妈说这老头儿背了运,叫孩子跟别的渔船去打鱼。孩子就上了别人的船。这孩子是跟着老头儿学打鱼的,很佩服老头儿的本领。那一天,老头儿又划着空船回来。孩子帮他收拾船上的东西,还给他端了饭来。老头儿吃完饭,就睡了,他梦见了他儿童时代看到的非洲、海滩和海滩上的狮子。

第二天早晨,海上风平浪静,老头儿把船划到大海的远处,放下钓大鱼的钩子,耐心地等待着。这回终于有一条鱼上钩了。老头儿拉了拉钓鱼的绳子,他立刻感觉到,那是一条大鱼。这条大鱼在海水下面很深的地方,它拖着钓鱼的绳子,拖着拉住绳子的老头儿,拖着老头儿坐的小船,在大海上游。

老头儿一会儿拉紧绳子,一会儿放松绳子,和大鱼搏斗着。有时候,老头儿觉得累极了,希望大鱼能睡着了,他自己也能睡一觉,再梦见狮子。老头儿和大鱼一直搏斗到第三天,大鱼才露出了水面。老头儿使出全身力气,把鱼叉扎进鱼身上,鱼的肚皮翻到水面上来,终于死了。他把鱼捆在船旁边,开始往岸边划。

死鱼的血腥气招来了鲨鱼。它们顺着小船所走的航线游来,大口大口地咬掉大鱼的肉。老头儿用鱼叉扎鲨鱼,把刀子绑在桨上去打鲨鱼,但鲨鱼来了一批又一批,来不及打退它们。老头儿先用棍子打,棍子丢了,他把船舵的把手卸下来,两手抱住,一次又一次劈下去,但鲨鱼还是把鱼肉一块一块地咬走了。最后,一条鲨鱼朝死鱼的头上扑过来,他知道一切都完了,他终于失败了,一点办法也没有。

他把小船划进港口的时候,已经是半夜了。他回到茅棚里,躺下睡觉。第二天,好多打鱼的人站在小船周围,望着死鱼的骨架,足足有80尺长。

孩子给他送来了热咖啡。他表示要跟老头儿一起出去打鱼。在茅棚里,老头儿又睡着了,孩子坐在一旁守着他。老头儿正在梦见狮子。

《老人与海》实际上只写了一个人物,他就是老渔民桑提亚哥,这个人物又只有一个突出的性格特点,这就是海明威一生所提倡的"硬汉子性格"。

桑提亚哥年迈、孤独、晚景十分凄凉。他以捕鱼为生。他的生活基础,他的全部尊严和光荣,都在于捕到更多的鱼,然而他却接连84天没有捕到一条鱼,别人都躲避他、嘲笑他,唯一与他待在一起的小男孩也被父母送到另一条船上去赚钱。他只好孤零零地一个人划着小船出去,又划着空荡荡的小船回来,面对这样的厄运应该怎么办?小说描写老人的坚定态度,不灰心,不认输。他要拼命掐住厄运的咽喉,决不向厄运屈服。老人热爱大海,甘心忍受大海的折磨,准备接受苦难和考验,决心比往常走得更远。所以他在第85天独自一人驾小船扬帆远航,坚信自己一定会在远海捕到大鱼。通过这一层一层的描写,突出地表现了老人充满自信,决不向命运屈服的"硬汉子性格"。

正是由于强烈的自信和不懈的追求,他终于交了"好运"——在远海钓到了一条比他的船还要长的马林鱼。因为鱼太大了,无法很快地把它杀死。小说详细地描写了老人与那条大鱼在海上搏斗的情景。老人面对的实际上是一个力量比他强大的对手,老人忍受着各种难以忍受的痛苦,老人只要放开手上钩鱼的绳子,让大鱼跑掉,痛苦就能马上结束,但老人没有这样做,他认为"痛苦在男子汉不算一回事儿"。他咬紧牙关挺住,终于制服了大鱼。老人的男子汉气概和坚韧不拔的"硬汉子性格"也在这场斗争中得到了更充分的表现。

小说的作者为了使主人公的"硬汉子性格"放射出更加灿烂的光彩,又给他的人物设置了新的厄运。就在老人杀死大鱼返航的途中,意外地遇到了更大的灾难。成群的鲨鱼疯狂扑来,要抢夺他的劳动果实。在强大得多的敌人面前,老人不是束手无策,而是毫无畏惧地向鲨鱼宣战。他用鱼叉、用船桨、用木棍,直到卸下船舵的把手,与鲨鱼搏斗,可是鲨鱼太多了,老人却是独自一人。老人深知这是一场打不赢的战斗,但他仍然没有丢弃自己的对手逃跑,而是抖擞精神,继续坚持斗争。在这场注定要失败的险恶搏斗中,老人自始至终坚定沉着,不屈不挠,明知不可为而为之,显示了他的人格力量,从而使"硬汉子性格"得到了最完美的体现。

《老人与海》情节简单,寓意深刻。主人公实际上是一个抽象化的人,他与大鱼和鲨鱼的搏斗实际上是人生搏斗的象征。桑提亚哥不仅是和鱼搏斗的英雄,而且是人生搏斗场上的英雄。他虽然失败了,但不失英雄本色。小说描写这位失败的英雄那种斗争到最后一分钟的风度,其目的在于说明厄运和失败并不可怕,可怕的是被厄运和失败所吓倒。一个人面对厄运,只要毫无畏惧,不怕失败,保持自己的人格尊严,他就是不可战胜的人。正如老人与鲨鱼搏斗最艰苦的时候所说的:"人不是生来要给打败的,你尽可以把他消灭掉,但就是打不败他。"他肉体上可以被打垮,可精神上永远是强者。老人那"烈士暮年,壮心不已"的精神,激发人们不断进取,给人一种巨大的精神鼓舞。

　　上面所选的就是小说中描写老人与鲨鱼进行顽强搏斗的一段。这一段充分地表现了老人的"硬汉子性格"。

变形记(节选)

卡夫卡

【解题】

奥地利作家卡夫卡(1883—1924)是表现主义小说的代表作家。他出身于当时属于奥匈帝国的城市布拉格一个犹太人的家庭。他的父亲是个百货批发商,为人性情暴躁,对子女实行家长式的统治,使卡夫卡从小就对父亲十分畏惧,并且养成了他内向、孤僻、满怀忧郁、优柔寡断的性格。

卡夫卡从小接受德语教育,高中毕业后,进入布拉格大学学习德国文学,后来服从父亲的命令改学法律,获得法学博士学位。大学毕业以后,他在法律事务所和保险公司工作。但是他得了肺结核,不得不提前退职。1924年卡夫卡的病情急剧恶化,在维也纳附近的一个疗养院去世,只活了41岁。

卡夫卡一共写过70多部短篇小说。其中有一些是没有完成的。卡夫卡的短篇小说,有的揭示社会现实的荒诞、非理性,以及人的自我存在的痛苦和原罪感,如《判决》和《乡村医生》等;有的揭露资本主义社会中的人在重重压迫下掌握不了自己的命运以至"异化"的现象,如《变形记》等;有的描写资本主义社会里,小人物找不到出路的孤独、苦闷情绪和无能为力的恐惧感,如《地洞》等;有的揭露统治阶级的残酷,如《在流放地》等。

卡夫卡除了写过70多部短篇小说以外,还写了《审判》《城堡》等3部长篇小说,深刻地揭露了奥匈帝国庞大的官僚机构和腐败的司法制度,表现了小人物们在官僚体制下的困境。

卡夫卡的小说在艺术上有自己鲜明的特征。他常常用抽象的荒诞的手法表现他所感受到的事物的本质,他的小说中,时间、空间、人物都是不确定的;他的小说富有象征性,如《审判》中的法庭根本不是现实中的法庭,而象征一种压迫人的社会力量,《城堡》中的城堡则是官僚制度的象征;他的小说还有一种冷漠的笔调,但正是在这种冷漠的笔调中包含着震撼人心的力量。

　　下面所选的是他的著名的短篇小说《变形记》中的一段。

　　一天早晨,格里高尔·萨姆沙从不安的睡梦中醒来,发现自己躺在床上变成了一只巨大的甲虫。他仰卧着,那坚硬得像铁甲一般的背贴着床,他稍稍一抬头,便看见自己那穹顶似的棕色肚子分成了好多块弧形的硬片,被子在肚子尖上几乎待不住了,眼看就要完全滑落下来。比起偌大的身躯来,他那许多只腿真是细得可怜,都在他眼前无可奈何地舞动着。

　　"我出了什么事啦?"他想。这可不是梦。他的房间,一间略嫌小了些、地地道道的人住的房间静卧在四堵熟悉的墙壁之间。在摊放着衣料样品的桌子上方——萨姆沙是旅行推销员——挂着那幅画。这是他最近从一本画报上剪下来并装在了一只漂亮的镀金镜框里的。画上画的是一位戴毛皮帽子围毛皮围巾的贵妇人,她挺直身子坐着,把一只套没了她的整个前臂的厚重的皮手筒递给看画的人。

　　格里高尔接着又朝窗口望去,那阴暗的天气——人们听得见雨点敲打在窗格子铁皮上的声音——使他的心情变得十分忧郁。"还是再睡一会儿,把这一切晦气事统统忘掉吧。"他想,但是这件事却完全办不到,因为他习惯侧向右边睡。可是在目前这种状况下竟无法使自己摆出这个姿势来。不管他怎么使劲扑向右边,他总是又摆荡回复到仰卧姿势。他试了大约一百次,闭上眼睛,好不必看见那些拼命挣扎的腿,后来他开始在腰部感觉到一种还从未感受过的隐痛,这时他才不得不罢休。

　　"啊,天哪,"他想,"我挑上了一个多么累人的差事!长年累月到处奔波。在外面跑买卖比坐办公室做生意辛苦多了。再加上还有经常出门的那种烦恼,担心各次火车的倒换,不定时的、劣质的饮食,而萍水相逢的人也总是些泛泛之交,不可能有深厚的交情,永远不会变成知己朋友。让这一切都见鬼去吧!"他觉得肚子上有点痒痒;便仰卧着慢慢向床头挪近过去,好让自己头抬起来更容易些;看清了发痒的地方,那儿布满了白色小斑点,他不明白这是怎么回事,想用一条腿去搔一搔,可是立刻又把腿缩了回来,因为这一碰引起他浑身一阵寒颤。

他又滑下来回复到原来的姿势。"这么早起床,"他想,"简直把人弄得痴痴呆呆的了。人必须要有足够的睡眠。别的推销员生活得像后宫里的贵妇。譬如每逢我上午回旅店领取已到达的定货单时,这帮老爷们才在吃早饭。我若是对老板来这一手,我立刻就会被解雇。不过话说回来,谁知道被解雇对我来说是否就不是一件很好的事呢。我若不是为了我父母亲的缘故而克制自己的话,我早就辞职不干了,我就会走到老板面前,把我的意见一古脑儿全告诉他。他非从斜面桌上掉下来不可!坐到那张斜面桌上并居高临下同职员说话,而由于他重听人家就不得不走到他跟前来,这也真可以说是一种奇特的工作方式了。嗯,希望还没有完全破灭;只要等我积攒好了钱,还清父母欠他的债——也许还要五六年吧——,我就一定把这件事办了。那时候我就会时来运转。不过眼下我必须起床,因为火车五点钟开。"

他看了看那边柜子上滴滴嗒嗒响着的闹钟。"天哪!"他想。六点半,指针正在悠悠然向前移动,甚至过了六点半了,都快六点三刻了。闹钟难道没有响过吗?从床上可以看到闹钟明明是拨到四点钟的;它一定已经闹过了。是闹过了,可是这可能吗,睡得那么安稳竟没听见这使家具受到震动的响声?嗯,安稳,他睡得可并不安稳,但是也许睡得更沉。可是现在他该怎么办?下一班车七点钟开,要搭这一班车他就得拼命赶,可是货样还没包装好,他自己则觉得精神甚是不佳。而且即使他赶上这班车,他也是免不了要受到老板的一顿训斥,因为公司听差曾等候他上那班五点钟开的火车并早已就他的误车作过汇报了。他是老板的一条走狗,没有骨气和理智。那么请病假如何呢?这可是令人极其难堪、极其可疑的,因为他工作五年了还从来没有病过。老板一定会带着医疗保险组织的医生来,会责备父母养了这么一个懒儿子并凭借着那位医生断然驳回一切抗辩,在这位医生看来他压根儿就是个完全健康、却好吃懒做的人。再说,在今天这种情况下医生的话就那么完全没有道理吗?除了有一种在长时间的睡眠之后确实是不必要的困倦之外,格里高尔觉得自己身体很健康,甚至有一种特别强烈的饥饿感。

他飞快地考虑着这一切,还是未能下定决心离开这张床——闹钟恰好打响六点三刻——,这时有人小心翼翼敲他床头的房门。"格里高尔,"有人喊——是母亲在喊——,"现在六点三刻。你不想出门了?"好和蔼的声音!格里高尔听到自己的回答声时大吃一惊,这分明是他从前的声音,但这个声音中却掺和着一种从下面发出来的、无法压制下去的痛苦的叽喳声,这叽喳声简直是只在最初一瞬间让那句话保持清晰可听,随后便彻底毁坏了那句话的余音,以至人们竟不知道,人们是否听真切了。格里高尔本想回答得详细些并把一切解释清楚,可是在这样的情形下他只得简单地说:"是,是,谢谢母亲,我这就起床。"隔着木头门外面大概觉察不出格里高尔声音中的变化,因为一听到这句话母亲便放下心来,踢踢嗒嗒地走了。但是这场简短的谈话却使其余的家里人都注意到格里高尔令人失望地现在还在家里,而这时父亲则已经敲响了侧边的一扇门,敲得很轻,不过用的却是拳头。"格里高尔!格里高尔!"他喊,"你怎么啦?"过了一小会儿他又用更低沉的声音催促道:"格里高尔!格里高尔!"而在另一扇侧门旁边妹妹却轻声责怪道:"格里高尔?你不舒服吗?你需要什么东西吗?"格里高尔向两边回答说:"我马上就好了。"并努力以小心翼翼的发音及在各个词儿之间加上长长的休止来使他的声音失去一切异乎寻常的色彩。父亲也走回去吃他的早饭去了,妹妹却悄声说:"格里高尔,开开门,我求你了。"可是他却根本不想去开门。而是暗自庆幸自己由于经常旅行而养成的这种小心谨慎的习惯,即便在家里他晚上也是要锁上门睡觉的。

首先他想静悄悄地、不受打扰地起床、穿衣并且最要紧的是吃早饭,然后才考虑下一步的行动,因为他分明觉察到,躺在床上他是不会考虑出什么名堂来的。他记得在床上曾经常感受过某种也许是由于睡姿不好而造成的轻微的疼痛,及至起床时才知道这种疼痛纯属子虚乌有,现在他急于想知道,他今天的幻觉将会怎样渐渐消逝。声音的变化无非是一种重感冒、一种推销员职业病的前兆而已,对此他没有丝毫的怀疑。

要掀掉被子很容易;他只需把身上稍稍一抬,它自己就掉下来了。可是下一步就难了,特别是因为他的身子宽得出奇。他本来用胳臂和手就可以坐起来;可是他现在没有胳臂和手,却只有这众多的小腿,它们一刻不停地向四面八方挥动,而且他竟无法控制住它们。他想屈起其中的一条腿,这条腿总是先伸得笔直;他终于如愿以偿把这条腿屈起来了,这时所有其余的小腿便散了架,痛苦不堪地乱颤乱动。"可别无所事事地待在床上。"格里高尔暗自思忖。

他想先让下身离床,可是他尚未见过、也想象不出是什么模样的这个下身却实在太笨重;挪动起来十分迟缓;当他最后几乎发了狂,用尽全力、不顾一切向前冲去时,他却选择错了方向,重重地撞在床腿的下端,一阵彻骨的痛楚使他明白,眼下他身上最敏感的部位也许恰好正是他的下身。

所以他便试图先让上身离床,小心翼翼地把头转向床沿。这也轻易地做到了,尽管他身宽体重,他的躯体却终于慢慢地跟着头部转动起来。可是等到他终于将头部悬在床沿外边时,他又害怕起来,不敢再以这样的方式继续向前移动,因为如果他终于让自己这样掉下去,他的脑袋不摔破那才叫怪呢。正是现在他千万不可以失去知觉;他还是待在床上吧。

但是,当他付出同样的辛劳后又气喘吁吁像先前那样这般躺着,并且又看到自己的细腿也许更厉害地在相互挣扎,想不出有什么办法可以平息这种乱颤乱动时,他又心想,他不能老是在床上待着,即便希望微乎其微,也要不惜一切代价使自己脱离这张床,这才是最明智的做法。可是他同时也没有忘记提醒自己,三思而后行比一味蛮干强得多。这当儿,他竭力凝神把目光投向那扇窗户,但是遗憾的是,甚至连这条狭街的对面也都裹在浓雾中,这一片晨雾实在难以让人产生信心和乐观的情绪。"已经七点了,"方才闹钟响时他暗自思忖,"已经七点了,可是雾一直还这么重。"他带着轻微的呼吸静静地躺了片刻,仿佛他也许期盼着这充分的寂静会使那种真实的、理所当然的境况回归似的。

但是随后他便心想:"七点一刻以前我无论如何也要完全离开这张床。到那时候公司里也会有人来询问我的情况的,因为公司七点前开门。"于是他开始设法完全有节奏地将自己的整个身子从床上摆荡出去。倘若他以这样的方式让自己从床上掉下去,着地时他将尽量昂起脑袋,估计脑袋还不至于会受伤。后背似乎坚硬;跌在地毯上后背大概不会出什么事。他最担心的还是那必然会引起的巨大响声,这响声一定会在一扇扇门后即使不引起恐惧也会引起焦虑。可是这件事做起来得有点胆量。

当格里高尔已经将半个身子探到床外的时候——这种新方法与其说是一种艰苦的劳动,还不如说是一种游戏,他永远只需要一阵一阵地摆荡——他忽然想起,如果有人来帮他一把,这一切将是何等的简单方便。两个身强力壮的人——他想到了他的父亲和那个使女——就足够了;他们只需要把胳臂伸到他那拱起的背下,这么一托把他从床上托起来,托着这个重物弯下腰去,然后只需小心翼翼耐心等待着他在地板上翻过身来,但愿细腿们一触到地便能发挥其作用。那么,姑且不管所有的门都是锁着的。他是否真的应该叫人来帮忙呢?尽管处境非常困难,想到这一层,他禁不住透出一丝微笑。

  他已经到了使出更大的力气摆荡便几乎要保持不了平衡的地步,很快他就要不得不最终采取决定性的步骤了,因为再过五分钟便是七点一刻——正在这时候,寓所大门的门铃响了起来。"是公司里派什么人来了。"他暗自思忖,几乎惊呆了,而他的细腿们却一个劲儿舞动得更猛烈了。四周保持着片刻的寂静。"他们不开门。"格里高尔心里在想,怀抱着某种无谓的希望。但是随后使女自然就一如既往踏着坚定的步子到门口开门去了。格里高尔只需听见来访者的第一声招呼便立刻知道这是谁——是秘书主任亲自出马了。为什么只有格里高尔生就这个命,要给这样一家公司当差,只要有一点小小的差池,马上就会招来最大的怀疑?难道所有员工统统都是无赖,难道他们当中没有一个忠诚、顺从的人,这个人即便只是在早晨占用公司两三个小时就于心不安得滑稽可笑,简直都下不了床了?若是派个学徒来问真的不顶事——假若压根儿有必要这么刨根问底问个不休的话——,秘书主任就非得亲自出马,就非得由此而向无辜的全家人表示,这件可疑的事情只能委托秘书主任这样的行家来调查吗?与其说是由于做出了一个正确的决断,还不如说是由于格里高尔想到这些事内心十分激动,他用尽全力一跃下了床。响起了一声响亮的撞击声,但并不是什么了不起的闹声。地毯把跌落的声音减弱了几分,后背也比他想象的更富有弹性,这声并不十分惊动人的闷响便是这么产生出来的。只有那脑袋他没有足够小心地将其翘起,撞在地板上了;他扭动脑袋,痛苦而忿懑地将它在地毯上蹭了蹭。

  (《卡夫卡全集》第2卷,张荣昌译,石家庄:河北教育出版社,1996年)

【导读】

《变形记》是卡夫卡的代表作品之一。小说的主人公格里高尔是一家公司的旅行推销员,长年累月地到处奔波,挣钱养活家人。一天早晨,他从睡梦中醒来,发现自己变成了一只大甲虫。他感到十分惊慌,担心失去工作,也无法见人。事实上,他不可能再去工作了,因为他已经失去了人的模样,变成了一只大甲虫。父亲讨厌他,母亲很悲伤,妹妹开始时怜悯他,给他送食物和打扫卫生,但后来她也感到厌倦了。格里高尔的饮食就没有了保证,房间也越来越脏。

格里高尔变形之后,生理上完全变成了甲虫。他厌恶人类的食物而喜欢吃腐败的东西,他总是躲在阴暗的角落里或者倒挂在天花板上。然而他仍然保持着人类的心理,能够感觉、观察、判断和思考。他看到他的变形给家庭带来了巨大灾难,感到非常痛苦。因此,生理上和精神上的双重痛苦日夜折磨着他。

由于他不能去工作,因此,全家收入的主要来源没有了。父亲、母亲、妹妹都不得不去干活挣钱,为了尽量增加点收入,家里人还挤在一起,让出房间来租给房客。

变了形的格里高尔成了家庭的累赘。有一次,母亲和妹妹来为他收拾房间,母亲看到了变形的儿子倒挂在墙上的镜框上,吓得晕了过去,结果搞得全家不得安宁。还有一次,他听到妹妹在拉小提琴,不由自主地爬出房门,刚巧被房客们看见了,房客们非常害怕,要搬走。发生了这两件事情之后,格里高尔被家里的人认为是"一切不幸的根源",连一直怜悯他的妹妹都下决心"一定要把他弄走"。他也自惭形秽,消灭自己的决心比妹妹还要强烈。从此,他不再吃东西,被反锁在房中,直到有一天他悄悄地死去,全家人才如释重负,开始新的生活。

这篇小说描写的是资本主义社会的异化现象。格里高尔在生活重担的压迫下从一个人变成了一只大甲虫,表面上看,似乎是荒诞无稽的,但是,作家通过变形这个象征的手法,揭示了一个普遍的真理:在现代资本主义社会中,人所创造的物,例如金钱、机器、生产方式等,作为异己的、统治人的力量与人相对立,它们操纵着人,把人变成了奴隶,并最终把人变成了"非人"。

  上面所选的是《变形记》的开头的一部分。小说一开始就写格里高尔变成了一只大甲虫,作者是有他的意图的,其目的是用强烈的刺激一下子抓住读者。如果格里高尔完全变成了甲虫,那么,读者的惊奇感马上就会松弛下去,因为甲虫是不值得同情的。作者的高明之处是让他的主人公外形变成了甲虫,但却还保持人的心理,这样便赢得了读者对主人公命运的关切和同情。当然,一个有理性的读者是不会相信人会变成甲虫的。但是,作者既然把读者引进了这个假定性的境界,读者也完全会适应这种假定性,暂时忘掉这种假定性,而去获得真切的艺术体验。人被束缚在虫的甲壳里,是何等的残酷!人已经变成了虫的外形,还牵挂着人世间的一切,担心他的工作,害怕他的上司,担忧他的家庭,这又是何等的凄凉!读者能够从这里面体验到一种灵魂的震撼。

雪　　国（节选）

　　　　　　川端康成

【解题】

　　川端康成(1899—1972)是日本现代著名小说家。川端康成的父母早逝,他童年时期依靠祖父母的照料。7岁时,他的祖母去世;10岁时,他唯一的姐姐又死了;15岁时,他的祖父去世,他成了真正的孤儿。这种不幸的遭遇和孤独的生活,对于他的孤僻性格和他的文学作品的悲凉风格的形成有着很大的影响。

　　1924年,川端康成从东京大学文学院毕业后,没有找到工作,决心做一个专业作家。他与横光利一等人创办同人杂志《文艺时代》,陆续创作了《伊豆的舞女》《雪国》《千只鹤》《古都》等中短篇小说,成为"新感觉派"的代表作家。1968年,川端康成获诺贝尔文学奖。

　　下面所选的是川端康成的中篇小说《雪国》的开头一段和末尾一段。

　　穿过县界长长的隧道,便是雪国。夜空下一片白茫茫。火车在信号所前停了下来。

　　一位姑娘从对面座位上站起身子,把岛村座位前的玻璃窗打开。一股冷空气卷袭进来。姑娘将身子探出窗外,仿佛向远方呼唤似地喊道:

　　"站长先生,站长先生!"

　　一个把围巾缠到鼻子上、帽耳耷拉在耳朵边的男子,手拎提灯,踏着雪缓步走了过来。

　　岛村心想:已经这么冷了吗? 他向窗外望去,只见铁路人员当作临时宿舍的木板房,星星点点地散落在山脚下,给人一种冷寂的感觉。那边的白雪,早已被黑暗吞噬了。

"站长先生,是我。您好啊!"

"哟,这不是叶子姑娘吗!回家呀?又是大冷天了。"

"听说我弟弟到这里来工作,我要谢谢您的照顾。"

"在这种地方,早晚会寂寞得难受的。年纪轻轻,怪可怜的!"

"他还是个孩子,请站长先生常指点他,拜托您了。"

"行啊。他干得很带劲,往后会忙起来的。去年也下了大雪,常常闹雪崩,火车一抛锚,村里人就忙着给旅客送水送饭。"

"站长先生好像穿得很多,我弟弟来信说,他还没穿西服背心呢。"

"我都穿四件啦!小伙子们遇上大冷天就一个劲儿地喝酒,现在一个个都得了感冒,东歪西倒地躺在那儿啦。"

站长向宿舍那边晃了晃手上的提灯。

"我弟弟也喝酒了吗?"

"这倒没有。"

"站长先生这就回家了?"

"我受了伤,每天都去看医生。"

"啊,这可太糟糕了。"

和服上罩着外套的站长,在大冷天里,仿佛想赶快结束闲谈似地转过身来说:

"好吧,路上请多保重。"

"站长先生,我弟弟还没出来吗?"叶子用目光在雪地上搜索,"请您多多照顾我弟弟,拜托啦。"

她的话声优美而又近乎悲戚。那嘹亮的声音久久地在雪夜里回荡。

火车开动了,她还没把上身从窗口缩回来。一直等火车追上走在铁路边上的站长,她又喊道:

"站长先生,请您告诉我弟弟,叫他下次休假时回家一趟!"

"行啊!"站长大声答应。

叶子关上车窗,用双手捂住冻红了的脸颊。

这是县界的山,山下备有三辆扫雪车,供下雪天使用。隧道南北,架设了电力控制的雪崩报警线。部署了五千名扫雪工和二千名消防队的青年队员。

这个叶子姑娘的弟弟,从今冬起就在这个将要被大雪覆盖的铁路信号所工作。岛村知道这一情况以后,对她越发感兴趣了。

但是,这里说的"姑娘",只是岛村这么认为罢了。她身边那个男人究竟是她的什么人,岛村自然不晓得。两人的举动很像夫妻,男的显然有病。陪伴病人,无形中就容易忽略男女间的界限,侍候得越殷勤,看起来就越像夫妻。一个女人像慈母般地照拂比自己岁数大的男子,老远看去,免不了会被人看作是夫妻。

岛村是把她一个人单独来看的,凭她那种举止就推断她可能是个姑娘。也许是因为他用过分好奇的目光盯住这个姑娘,所以增添了自己不少的感伤。

已经是三个钟头以前的事了。岛村感到百无聊赖,发呆地凝望着不停活动的左手的食指。因为只有这个手指,才能使他清楚地感到就要去会见的那个女人。奇怪的是,越是急于想把她清楚地回忆起来,印象就越模糊。在这扑朔迷离的记忆中,也只有这手指所留下的几许感触,把他带到远方的女人身边。他想着想着,不由地把手指送到鼻子边闻了闻。当他无意识地用这个手指在窗玻璃上划道时,不知怎的,上面竟清晰地映出一只女人的眼睛。他大吃一惊,几乎喊出声来。大概是他的心飞向了远方的缘故。他定神看时,什么也没有。映在玻璃窗上的,是对座那个女人的形象。外面昏暗下来,车厢里的灯亮了。这样,窗玻璃就成了一面镜子。然而,由于放了暖气,玻璃上蒙了一层水蒸气,在他用手指揩亮玻璃之前,那面镜子其实并不存在。

玻璃上只映出姑娘一只眼睛,她反而显得更加美了。

岛村把脸贴近车窗,装出一副带着旅愁观赏黄昏景色的模样,用手掌揩了揩窗玻璃。

姑娘上身微倾,全神贯注地俯视着躺在面前的男人。她那小心翼翼的动作,一眨也不眨的严肃目光,都表现出她的真挚感情。男人头靠窗边躺着,把弯着的腿搁在姑娘身边。这是三等车厢。他们的座位不是在岛村的正对面,而是在斜对面。所以在窗玻璃上只映出侧身躺着的那个男人的半边脸。

姑娘正好坐在斜对面,岛村本是可以直接看到她的,可是他们刚上车时,她那种迷人的美,使他感到吃惊,不由得垂下了目光。就在这一瞬间,岛村看见那个男人蜡黄的手紧紧攥住姑娘的手,也就不好意思再向对面望去了。

镜中的男人,只有望着姑娘胸脯的时候,脸上才显得安详而平静。瘦弱的身体,尽管很衰弱,却带着一种安乐的和谐气氛。男人把围巾枕在头下,绕过鼻子,严严实实地盖住了嘴巴,然后再往上包住脸颊。这像是一种保护脸部的方法。但围巾有时会松落下来,有时又会盖住鼻子。就在男人眼睛要动而未动的瞬间,姑娘就用温柔的动作,把围巾重新围好。两人天真地重复着同样的动作,使岛村看着都有些焦灼。另外,裹着男人双脚的外套下摆,不时松开耷拉下来。姑娘也马上发现了这一点,给他重新裹好。这一切都显得非常自然。那种姿态几乎使人认为他俩就这样忘记了所谓距离,走向了漫无边际的远方。正因为这样,岛村看见这种悲愁,没有觉得辛酸,就像是在梦中看见了幻影一样。大概这些都是在虚幻的镜中幻化出来的缘故。

黄昏的景色在镜后移动着。也就是说,镜面映现的虚像与镜后的实物好像电影里的叠影一样在晃动。出场人物和背景没有任何联系。而且人物是一种透明的幻象,景物则是在夜霭中的朦胧暗流,两者消融在一起,描绘出一个超脱人世的象征的世界。

特别是当山野里的灯火映照在姑娘的脸上时,那种无法形容的美,使岛村的心都几乎为之颤动。

在遥远的山巅上空,还淡淡地残留着晚霞的余晖。透过车窗玻璃看见的景物轮廓,退到远方,却没有消逝,但已经黯然失色了。尽管火车继续往前奔驰,在他看来,山野那平凡的姿态越是显得更加平凡了。由于什么东西都不十分惹他注目,他内心反而好像隐隐地存在着一股巨大的感情激流。这自然是由于镜中浮现出姑娘的脸的缘故。只有身影映在窗玻璃上的部分,遮住了窗外的暮景。然而,景色却在姑娘的轮廓周围不断地移动,使人觉得姑娘的脸也像是透明的。是不是真的透明呢?这是一种错觉。因为从姑娘面影后面不停地掠过的暮景,仿佛是从她脸的前面流过。定睛一看,却又扑朔迷离。车厢里也不太明亮。窗玻璃上的映像不像真的镜子那样清晰了。反光没有了。这使岛村看入了神,他渐渐地忘却了镜子的存在,只觉得姑娘好像漂浮在流逝的暮景之中。

这当儿,姑娘的脸上闪现着灯光。镜中映像的清晰度并没有减弱窗外的灯火。灯火也没有把映像抹去。灯火就这样从她的脸上闪过,但并没有把她的脸照亮。这是一束从远方投来的寒光,模模糊糊地照亮了她眼睛的周围。她的眼睛同灯火重叠的那一瞬间,就像在夕阳的余晖里飞舞的妖艳而美丽的夜光虫。

叶子自然没留意别人这样观察她。她的心全用在病人身上,就是把脸转向岛村那边,她也不会看见自己映在窗玻璃上的身影,更不会去注意那个眺望着窗外的男人。

岛村长时间地偷看叶子,却没有想到这样做会对她有什么不礼貌,他大概是被镜中暮景那种虚幻的力量吸引住了。也许岛村在看到她呼唤站长时表现出有点过分严肃,从那时候起就对她产生了一种不寻常的兴趣。

火车通过信号所时,窗外已经黑沉沉的了。在窗玻璃上流动的景色一消失,镜子也就完全失去了吸引力,尽管叶子那张美丽的脸依然映在窗上,而且表情还是那么温柔,但岛村在她身上却发现她对别人似乎特别冷漠,他也就不想去揩拭那面变得模糊不清的镜子了。

约莫过了半小时,没想到叶子他们也和岛村在同一个车站下了车,这使他觉得好像还会发生什么同自己有关的事似的,所以他把头转了过去。从站台上迎面扑来一阵寒气,他立即对自己在火车上那种非礼行为感到羞愧,就头也不回地从火车头前面走了过去。

男人攥住叶子的肩膀,正要越过路轨的时候,站务员从对面扬手加以制止。

转眼间从黑暗中出现一列长长的货车,挡住了他俩的身影。

…………

* * *

在石磴下面,火场被房子挡住,只能看见火舌、火警声响彻云霄,令人越发惶恐,四处乱跑。

"结冰了,请留神,滑啊!"驹子停住了脚步,回头看了看岛村,趁机说,"对了,你就算了,何必一块去呢。我是担心村里的人。"

她这么说,倒也是的。岛村感到失望。这时才发现脚底下就是铁轨,他们已经来到铁路岔口跟前了。

"银河,多美啊!"

驹子喃喃自语。她仰望着太空,又跑了起来。

啊,银河! 岛村也仰头叹了一声,仿佛自己的身体悠然飘上了银河当中。银河的亮光显得很近,像是要把岛村托起来似的。当年漫游各地的芭蕉①,在波涛汹涌的海上所看见的银河,也许就像这样一条明亮的大河吧。茫茫的银河悬在眼前,仿佛要以它那赤裸裸的身体拥抱夜色苍茫的大地。真是美得令人惊叹不已。

岛村觉得自己那小小的身影,反而从地面上映入了银河。缀满银河的星辰,耀光点点,清晰可见,连一朵朵光亮的云彩,看起来也像粒粒银砂子,明澈极了。而且,银河那无底的深邃,把岛村的视线吸引过去了。

"喂,喂。"岛村呼唤着驹子,"喂,来呀!"

驹子正朝银河下昏暗的山峦那边跑去。

她提着衣襟往前跑,每次挥动臂膀,红色的下摆时而露出,时而又藏起来,在洒满星光的雪地上,显得更加殷红了。

岛村飞快地追了上去。

驹子放慢了脚步,松开衣襟,抓住岛村的手。

"你也要去?"

"嗯。"

"真好管闲事啊!"驹子提起拖在雪地上的下摆,"人家会取笑我的,你快回去吧!"

"唔,我就要到前边去。"

"这多不好,连到火场去也要带着你,在村里人面前怪难为情的。"

岛村点点头,停了下来。驹子却轻轻地抓住岛村的袖子,慢慢地起步走了。

"你找个地方等着我,我马上就回来。找什么地方好呢?"

"什么地方都行啊。"

"是啊。再过去一点吧。"驹子直勾勾地望着岛村的脸,突然摇摇头说,"我不干,我再也不理你了。"

驹子抽冷子用身子碰了碰岛村。岛村晃悠了一下。在路旁薄薄的积雪里,立着一排排大葱。

"真无情啊!"驹子挑逗说,"喏,你说过我是个好女人的嘛。一个说走就走的人,干吗还说这些话呢,难道是向我表白?"

岛村想起驹子用发簪哧哧地扎铺席的事来。

"我哭了。回家以后还哭了一场。就害怕离开你。不过,你还是早点走吧。你把我说哭了,我是不会忘记这件事的。"

岛村一想起那句虽然引起了驹子的误会、然而却深深印在她的心坎上的话,就油然生起一股依恋之情。瞬时间,传来了火场那边杂沓的人声。新的火舌又喷出了火星。

"你瞧,还烧得那么厉害,火苗又蹿上来了。"

两人得救似地松了一口气,又跑了起来。

驹子跑得很快。她穿着木屐,飞也似地擦过冰面跑着。两条胳膊与其说前后摆动,不如说是向两边伸展,把力量全集中在胸前了。岛村觉得她格外小巧玲珑。发胖的岛村一边瞧着驹子一边跑,早就感到疲惫不堪了。而驹子突然喘着粗气,打了个趔趄倒向岛村。

"眼睛冻得快要流出泪水来啦。"

她脸颊发热,只有眼睛感到冰冷。岛村的眼睛也湿润了。他眨了眨眼,眸子里映满了银河。他控制住晶莹欲滴的泪珠。

"每晚都出现这样的银河吗?"

"银河?美极了。可并不是每晚都这样吧。多明朗啊。"

他们两人跑过来了。银河好像从他们的后面倾泻到前面。驹子的脸仿佛映在银河上。

但是,她那玲珑而悬直的鼻梁轮廓模糊,小巧的芳唇也失去了色泽。岛村无法相信成弧状横跨太空的明亮的光带竟会如此昏暗。大概是星光比朦胧的月夜更加暗淡的缘故吧。可是,银河比任何满月的夜空都要澄澈明亮。地面没有什么投影。奇怪的是,驹子的脸活像一副旧面具,淡淡地浮现出来,散发出一股女人的芳香。

岛村抬头仰望,觉得银河仿佛要把这个大地拥抱过去似的。

犹如一条大光带的银河,使人觉得好像浸泡着岛村的身体,漂漂浮浮,然后伫立在天涯海角上。这虽是一种冷冽的孤寂,但也给人以某种神奇的媚惑之感。

"你走后,我要正经过日子了。"驹子说罢,用手拢了拢松散的发髻,迈步就走。走了五六步,又回头说:"你怎么啦?别这样嘛。"

岛村原地站着不动。

"啊?等我一会儿,回头一起到你房间去。"

驹子扬了扬左手就走了。她的背影好像被黑暗的山坳吞噬了。银河向那山脉尽头伸张,再返过来从那儿迅速地向太空远处扩展开去。山峦更加深沉了。

岛村走了不一会儿,驹子的身影就在路旁那户人家的背后消失了。

传来了"嘿嗬,嘿嗬,嘿嗬嗬"的吆喝声,可以看见消防队拖着水泵在街上走过。人们前呼后拥地在马路上奔跑。岛村也急匆匆地走到马路上。他们两人来时走的那条路的尽头,和大马路连成了丁字形。

消防队又拖来了水泵。岛村让路,然后跟随在他们后头。

这是老式手压木制水泵。一个消防队员在前头拉着长长的绳索,另一些消防队员则围在水泵周围。这水泵小得可怜。

驹子也躲闪一旁,让这些水泵过去。她找到岛村,两人又一块走起来。站在路旁躲闪水泵的人,仿佛被水泵所吸引,跟在后面追赶着。如今,他们两人也不过是奔向火场的人群当中的成员罢了。

"你也来了?真好奇。"

"嗯。这水泵老掉牙了,怕是明治以前的家伙了。"

"是啊。别绊倒罗。"

"真滑啊。"

"是啊。往后要是刮上一夜大风雪,你再来瞧瞧,恐怕你来不了了吧?那种时候,野鸡和兔子都逃到人家家里哩。"驹子虽然这么说,然而声音却显得快活、响亮,也许是消防队员的吆喝声和人们的脚步声使她振奋吧。岛村也觉得浑身轻松了。

火焰爆发出一阵阵声音,火舌就在眼前蹿起。驹子抓住岛村的胳膊肘。马路上低矮的黑色屋顶,在火光中有节奏地浮现出来,尔后渐渐淡去。水泵的水,向脚底下的马路流淌过来。岛村和驹子也自然被人墙挡住,停住了脚步。火场的焦糊气味里,夹杂着一股像是煮蚕蛹的腥气。

起先人们到处高声谈论:火灾是因为电影胶片着火引起的啦,把看电影的小孩一个个从二楼扔下来啦,没人受伤啦,幸亏现在没把村里的蚕蛹和大米放进去啦,如此等等。然而,如今大家面对大火,却默然无言。失火现场无论远近,都统一在一片寂静的气氛之中。只听见燃烧声和水泵声。

不时有些来晚了的村民,到处呼唤着亲人的名字。若有人答应,就欢欣若狂,互相呼唤。只有这种声音才显出一点生机。警钟已经不响了。

岛村顾虑有旁人看见,就悄悄地离开了驹子,站在一群孩子的后面。火光灼人,孩子们向后倒退了几步。脚底下的积雪也有点松软了。人墙前面的雪被水和火融化,雪地上踏着杂乱的脚印,变得泥泞不堪了。

这里是挨着蚕房的旱田。同岛村他们一起赶来的村民,大都闯到这里来了。

火苗是从安放电影机的入口处冒出来的,几乎大半个蚕房的房顶和墙壁都烧坍了,而柱子和房梁的骨架仍然冒着烟。木板屋顶、木板墙和木板地都荡然无存。屋内不见怎么冒烟了。屋顶被喷上大量的水,看样子再燃烧不起来了。可是火苗仍在蔓延不止,有时还从意想不到的地方冒出火焰来。三台水泵的水连忙喷射过去,那火苗就扑地喷出火星子,冒起黑烟来。

这些火星子迸散到银河中,然后扩展开去,岛村觉得自己仿佛又被托起漂到银河中去。黑烟冲上银河,相反地,银河倏然倾泻下来。喷射在屋顶以外的水柱,摇摇曳曳,变成了蒙蒙的水雾,也映着银河的亮光。

不知什么时候,驹子靠了过来,握住岛村的手。岛村回过头来,但没有作声。驹子仍旧望着失火的方向,火光在她那张有点发烫的一本正经的脸上,有节奏地摇曳。一股激情涌上了岛村的心头。驹子的发髻松散了,她伸长了脖颈。岛村正想出其不意地将手伸过去,可是指头颤抖起来。岛村的手也暖和了。驹子的手更加发烫。不知怎的,岛村感到离别已经迫近。

入口处的柱子什么的,又冒出火舌,燃烧起来。水泵的水柱直射过去,栋梁吱吱地冒出热气,眼看着要倾坍下来。

人群"啊"地一声倒抽了一口气,只见有个女人从上面掉落下来。

由于蚕房兼作戏棚,所以二楼设有不怎么样的观众席。虽说是二楼,但很低矮。从这二楼掉落到地面只是一瞬间的事,可是却让人有足够的时间可以用肉眼清楚地捕捉到她落下时的样子。也许这落下时的奇怪样子,就像个玩偶的缘故吧,一看就晓得她已经不省人事了。落下来没有发出声响。这地方净是水,没有扬起尘埃。正好落在刚蔓延开的火苗和死灰复燃的火苗中间。

消防队员把一台水泵向着死灰复燃的火苗,喷射出弧形的水柱。在那水柱前面突然出现一个女人的身体。她就是这样掉下来的。女人的身体,在空中挺成水平的姿势。岛村心头猛然一震,他似乎没有立刻感到危险和恐惧,就好像那是非现实世界的幻影一般。僵直了的身体在半空中落下,变得柔软了。然而,她那副样子却像玩偶似地毫无反抗,由于失去生命而显得自由了。在这瞬间,生与死仿佛都停歇了。如果说岛村脑中也闪过什么不安的念头,那就是他曾担心那副挺直了的女人的身躯,头部会不会朝下,腰身或膝头会不会折曲。看上去好像有那种动作,但是她终究还是直挺挺的掉落下来了。

"啊!"

驹子尖叫一声,用手掩住了两只眼睛。岛村的眼睛却一眨不眨地凝望着。

岛村什么时候才知道掉落下来的女人就是叶子呢?

实际上,人们"啊"地一声倒抽一口冷气和驹子"啊"地一声惊叫,都是在同一瞬间发生的。叶子的腿肚子在地上痉挛,似乎也是在这同一刹那。

驹子的惊叫声传遍了岛村全身。叶子的腿肚子在抽搐。与此同时,岛村酹脚尖也冰凉得痉挛起来。一种无以名状的痛苦和悲哀向他袭来,使得他的心房激烈地跳动着。

叶子的痉挛轻微得几乎看不出来,而且很快就停止了。

在叶子痉挛之前,岛村首先看见的是她的脸和她的红色箭翎花纹布和服。叶子是仰脸掉落下来的。衣服的下摆掀到一只膝头上。落到地面时,只有腿肚子痉挛,整个人仍然处在昏迷状态。不知为什么,岛村总觉得叶子并没有死。她内在的生命在变形,变成另一种东西。

叶子落下来的二楼临时看台上,斜着掉下来两三根架子上的木头,打在叶子的脸上,燃烧起来。叶子紧闭着那双迷人的美丽眼睛,突出下巴颏儿,伸长了脖颈。火光在她那张惨白的脸上摇曳着。

岛村忽然想起了几年前自己到这个温泉浴场同驹子相会、在火车上山野的灯火映在叶子脸上时的情景,心房又扑扑地跳动起来。仿佛在这一瞬间,火光也照亮了他同驹子共同度过的岁月。这当中也充满一种说不出的苦痛和悲哀。

驹子从岛村身旁飞奔出来。这与她捂住眼睛惊叫差不多在同一瞬间。也正是人们"啊"地一声倒抽一口冷气的时候。

驹子拖着艺妓那长长的衣服下摆,在被水冲过的瓦砾堆上,跟跟跄跄地走过去,把叶子抱回来。叶子露出拼命挣扎的神情,耷拉着她那临终时呆滞的脸。驹子仿佛抱着自己的牺牲和罪孽一样。

人群的喧嚣声渐渐消失,他们蜂拥上来,包围住驹子她们两人。

"让开,请让开!"

岛村听见了驹子的喊声。

"这孩子疯了,她疯了!"

驹子发出疯狂的叫喊,岛村企图靠近她,不料被一群汉子连推带揉地撞到一边去。这些汉子是想从驹子手里接过叶子抱走。待岛村站稳了脚跟,抬头望去,银河好像哗啦一声,向他的心坎上倾泻了下来。

(1935—1948)

(《川端康成文集》,叶渭渠译,北京:中国社会科学出版社,1996年)

【注释】

① 芭蕉:即松尾芭蕉(1644—1694)。日本著名俳句诗人。他一生在旅行中度过,写了许多游记和俳句。

【导读】

《雪国》是川端康成的代表作。这部小说写岛村三次从东京到北方的雪国与艺妓驹子交往的故事。岛村是个中年男子,住在东京,依靠父母的遗产生活,无所事事,有时写一点研究舞蹈的文章。

他来到北方的雪国,与驹子来往,但在回忆和幻觉中又时时出现雪国的另一个姑娘叶子的身影。

小说侧重描写的人物是驹子。驹子出生在雪国农村,由于生活所迫,被人卖到东京当过陪酒侍女。后来被一个男人赎了出来,她打算将来当个舞蹈师傅生活下去。可是,不久那个男人又死了。驹子无路可走,终于当了一名艺妓。

驹子虽然是个艺妓,但她的生活态度是比较认真的。她长期坚持记日记,刻苦地学习弹三弦的技术,还喜欢读小说。她在与岛村交往的过程中,发现岛村与一般单纯来寻欢作乐的游客有所不同,渐渐地不由自主地爱上了岛村。她明知岛村是个有家室的男人,这种爱情不会有结果,也不可能长久,但不能自拔。

总的说来,《雪国》以同情的笔调描写了驹子这个生活在社会底层的艺妓的不幸命运,表现了她的进取精神和对爱情幸福的追求。

《雪国》的风格特点是充满淡淡的哀愁,人物的心理活动和感情表露都十分细腻。《雪国》充分调动日本文学传统中"四季感"的艺术手段,以景托情,创造出一种特殊的气氛,将人物的感情突现出来。小说中对雪国初夏、晚秋、初冬的季节转换和景物变化,对车窗玻璃中映出的景物在岛村心中产生的虚幻感觉,对岛村和驹子的内心感情,对驹子在爱情与痛苦里挣扎煎熬的矛盾心理,都做了非常细腻的描写。

《雪国》还成功地采用了"意识流"的手法。如上面所选的开头一段描写岛村坐在开往雪国的火车上,凭窗眺望车外的景色。这时由于暮色降临,车外一片苍茫,车里亮起电灯,所以车窗玻璃变成了一个似透明非透明的镜面。在这个镜面上,车外的暮色和车内叶子姑娘美丽的面容奇妙地重合在一起,构成一幅美妙无比的图画,引起岛村无边无际的自由联想。

上面所选的结尾一段描写一场火灾,叶子在这场火灾里被烧死。这当然是个悲惨的结局,但在岛村的眼里,在作家的笔下,这场火灾又是充满诗意的,地上洁白的雪景,天上灿烂的银河,衬托着火花的飞舞,构成一幅美丽的图画,这正是"新感觉派"的作品的特点——寻求以瞬间的主观感觉来把握事物。

摩诃摩耶

泰戈尔

【解题】

泰戈尔(1861—1941)是印度近代文学的代表作家。他是亚洲第一位诺贝尔文学奖的得主。

泰戈尔出身于一个上层的地主资产阶级家庭。他从七八岁时便开始写诗。年轻时曾到英国学习法律和英国文学。回国后他写作并出版了他的第一本诗集,得到前辈作家的充分肯定。泰戈尔曾长期住在他父亲的乡下庄园里,因此,他对农民的苦难生活,对妇女地位的低下和婚姻的不幸,对殖民统治下的社会黑暗有深切的了解。

泰戈尔一生创作了50多部抒情诗集、100多部短篇小说、12部长篇小说、20出戏剧。泰戈尔的作品,有的表现了对残酷的古老习俗如寡妇殉葬制度、童婚制度的批判,这方面的代表作品有短篇小说《摩诃摩耶》等;有的反映爱国知识青年的成长道路,表达印度人民摆脱教派偏见、要求民族独立的愿望,这方面的代表作品有长篇小说《戈拉》等;泰戈尔还写有《吉檀迦利》《新月集》《园丁集》等许多优美的哲理抒情诗集。

下面所选的是泰戈尔著名的短篇小说《摩诃摩耶》的全文。

一

摩诃摩耶和罗耆波在河边的一所破庙里相见了。

她默默地用她那天生就的庄重的目光望着罗耆波,目光中含有责备之意,意思是:"今天你怎么敢在这样一个异乎寻常的时刻叫我上这儿来?你敢于这样做,不过是因为我一直对你百依百顺罢了!"

　　罗耆波一向就有点儿怕摩诃摩耶,现在,她的目光使他完全心慌意乱了。他原来想好的要对她说一大篇话的计划只好放弃了。然而他总得马上说出为什么要约她来这儿啊。于是他匆匆忙忙地说道:"我说,我们离开这儿,去结婚吧。"不错,罗耆波这样一口道出了自己的心事;可是他私下里编出来的开场白没有了。他的言语显得非常乏味、唐突——甚至荒谬可笑。他说过以后,自己也感到着慌,可是没有力量再说几句加以补救了。这傻瓜!他约了摩诃摩耶中午到河边这座破庙里来,却只能对她说"我们结婚吧"。

　　摩诃摩耶是名门之女,今年二十四岁,正当青春美貌的年华,像一座带有早秋阳光色彩的纯金塑像,像阳光那样宁静而光芒四射,还有着一副像白昼光辉一样的自由无畏的眼神。

　　她是一个孤儿。由她的哥哥帕凡尼查兰·查托巴迪雅照管。兄妹俩同一个类型——沉默寡言,可是有一种内在的精神的力量像正午的太阳那样在静静地燃烧。人们不知为什么都害怕帕凡尼查兰。

　　罗耆波是跟着这儿丝厂的菩罗先生从远处来的。他的父亲曾为这位先生工作;他死后,菩罗就担负起抚养这个孤儿的责任,带他到巴曼哈第厂来。当年,这些大人先生们倒是常做些这类善事的。这孩子和喜爱他的姑母住在帕凡尼查兰家的附近。摩诃摩耶是罗耆波幼年的伴侣,很得他的姑母的欢心。

　　罗耆波长到十六岁、十七岁、十八岁,甚至十九岁了;然而,尽管他姑母不断催促,他依然拒绝结婚。菩罗先生听到这个孟加拉青年竟有这种不寻常的见识,大为高兴,认为罗耆波是拿他作为生活的典范的。(我不妨在这儿附带说明,这位先生是一个独身汉。)罗耆波的姑母不久就死了。

　　摩诃摩耶呢,除非她有一份丰厚的嫁妆,否则就得不到一个门当户对的人做她的新郎。她长大成人了,可是还待字闺中。

不必明说,读者也能知道,虽然系红线的神长久忽略了这一对青年,但爱神在这一段时间内并未闲着。当主管宇宙的老神打瞌睡的时候,年轻的爱神却是异常清醒的。

爱神的影响在不同的人身上有着不同的表现。罗耆波在他的鼓舞之下一直在寻找机会吐露自己的心曲。摩诃摩耶却从不给他这样一个机会。她的沉默的庄重的目光使怀着狂热的心的罗耆波感到胆寒。

今天,他郑重地千恳万求,她才应允到这座破庙里来。他曾经计划过要在今天毫无拘束地将所有要说的话都讲给她听;这以后,对他来说不是终身幸福,就是虽生犹死。可是,在这决定命运的紧要关头,罗耆波却只能说"我们离开这儿,去结婚吧",说完便站在那里惶惑不安,像一个背不出书的孩子一样一声不响了。

她很久未作答复,好像从来没有想到过罗耆波会向她求婚。

正午有它独特的许多不可名状的哀音;此刻,一片静寂,这些声音清晰可辨了。破了的庙门,一半已经脱离门枢,在风中时开时闭,低低地发出吱吱的悲鸣。栖息在窗棂上的鸽子开始了咕咕的呻吟。在户外木棉树上的啄木鸟不停地送来单调的啄木声。一只蜥蜴从一堆一堆的枯叶上急爬过去,发出沙沙的响声。忽然间,一阵热风从田野吹来,穿过树林,使得叶子都簌簌地响了起来。河水猛然苏醒了,泛起涟漪,掠向岸边,淹没了河边上的破石台阶。在这些零零乱乱懒懒散散的声音里还传来远处树荫中牧童吹奏乡下小调的笛声。罗耆波靠着神庙的破柱子站着像一个疲倦的做着梦的人。他凝视着河流,不敢正眼看摩诃摩耶。

过了一会,他回过头来向摩诃摩耶又投出恳求的眼光。她摇了摇头,回答说:"不,不可能。"

立刻,他的希望的殿堂倒塌了。他知道,摩诃摩耶一摇头,便是主意已定,人间谁也无法扭过她来了。摩诃摩耶家多少代以来就以名门望族的血统自豪——她怎么能同意下嫁给罗耆波这样一个家世低微的婆罗门呢？恋爱是一回事，婚姻又是另外一回事啊。她现在终于明白了，是自己过去轻率的行动使得罗耆波怀有这样大胆的希望；她立刻准备离开这所破庙。

罗耆波了解她的心意，赶紧说：“我明天就离开这里。”

最初她想对这个消息表示毫不在乎；可是她做不到。她想离开，她的脚不肯动。她平静地问道：“为什么？”罗耆波说：“我的东家从这儿调到梭那普尔的工厂去了。他要带我一起去。”她又默默地站了好半天，沉思着："我们不是一条路上的人。我也不能希望一个男子在我眼前终身做囚犯。"她于是略略张开紧闭的嘴唇说："好吧。"这两个字听来简直是一声深沉的叹息。

说了这两个字，她转身则要走。罗耆波猛然一惊，低声说："你哥哥来了！"

她往外一看，看见她哥哥朝着神庙走来，知道他已经发觉他们的密约了。罗耆波怕摩诃摩耶被人误解，想从墙上破洞钻出去逃走；可是摩诃摩耶拉住他的手臂，用力拉他回来。帕凡尼查兰进了庙，只默默地平静地看了他俩一眼。

摩诃摩耶看着罗耆波泰然自若地说："好吧，罗耆波，我会到你家去的。你等着我吧。"

帕凡尼查兰一声不响地离开了神庙，摩诃摩耶也一声不响地跟着他走了。罗耆波呢？他茫然站着，好像被判处了死刑。

二

当天夜里，帕凡尼查兰给了摩诃摩耶一件深红色的绸纱丽，要她马上披上。接着他说："跟我走。"谁也不曾违抗过帕凡尼查兰的命令，哪怕只是一个暗示；摩诃摩耶也不例外。

这一天夜里，兄妹二人走到离家不远的河边的火葬场。那儿有一间小屋，收容将要送去圣河边火葬的垂死的人，小屋里正躺着一个老婆罗门,在那里等待着死神降临。两人走近床边,屋子的一角有一个婆罗门祭司。帕凡尼查兰对他打了个招呼。祭司急忙收拾好举行婚礼要用的东西。摩诃摩耶明白自己要嫁给这个垂死的人了,可是她没有一丝儿反抗的表示。在这间被附近的两个火葬堆的微弱的闪光照亮着的半明半暗的屋子里,在喃喃地念诵经文的声音和垂死的人的呻吟声中。他们为摩诃摩耶举行了婚礼。

婚后第二天她就成了寡妇。她并不为此过于悲伤。罗耆波也是这样,她的成为孀妇的消息并不像出人意料的结婚消息那样沉重地打击他。他反而有点儿高兴。然而高兴的心情并没有维持多久。第二个可怕的打击完全把他打垮了;他听说那天火葬场要举行一场隆重的典礼,摩诃摩耶要和她丈夫的尸体一起火葬。

最初他想报告他的东家,求他阻止这残酷的殉葬。可是他随即记起了,就在这一天,东家已经离职到梭那普尔去了。东家本想带他同去,可是他请了一个月的假,要暂时留在这里。

摩诃摩耶曾叮嘱他"等着我"。他决不能忽略这个要求。他请了一个月的假,可是如果需要的话,他可以请假两个月、三个月,甚至抛弃职业去讨饭,也要终身等待着她。

黄昏时分,正当罗耆波要疯狂地冲出去自杀或者干些别的可怕的事情的时候,忽然雷电交加,大雨倾盆。暴风雨几乎把他的屋子震塌了。他见到外在世界正和他内心一致,同样在激变在翻腾,多少获得了一点平静。他觉得大自然已经在支持他,要给他一些补偿。他自己所没有的力量现在布满天地之间了。

就在这样一个时候,外面有人猛力推门。罗耆波忙把门打开。一个女人进来了,她裹着湿透了的衣裳,一幅长长的面幕遮住了整个脸庞。罗耆波一眼就认出她是摩诃摩耶。

他十分激动地问道:"摩诃摩耶,你是从火葬堆中逃出来的么?"

她回答道:"是的,我答应要来你家。我守信,我来了。可是,罗耆波,我不是从前的我了;我完全变了。只有我的心还是旧日的心。只要你提出,我还能回到火葬堆去。但是,你如果发誓永不拉开面幕,永不看我的脸,我就会在你家住下来。"

从死神手掌中夺回了她,这已经够了;此外一切考虑都不在话下了。罗耆波立刻回答:"在这儿住下吧。你爱怎么样都行。如果你离开我,我就会死了。"

摩诃摩耶说:"那末立刻走。我们到你的东家那儿去。"

罗耆波放弃了家中所有的财物,和摩诃摩耶一起在暴风雨中出发了。风吹得他们直不起腰,被风卷起的砂砾像流弹一样打疼他们的身体。两人避开大路,在旷野里走着,因为恐怕路旁的大树会倒下来压着他们。狂风在后面赶打着他们,好像要把这一对青年赶离人间,推向毁灭。

三

读者千万不要不相信我的故事,不要认为这是虚构的,脱离现实的。在流行寡妇殉葬的年代里,据说的确发生过这一类的事。

摩诃摩耶被绑住手脚搁在火葬堆上,在指定的时刻点上了火。火焰蹿上来的时候,正好起了狂风暴雨。那些来主持大典的人连忙逃进停放垂死的人的小屋,关上了门。大雨顷刻之间便把火葬堆扑灭了。这时摩诃摩耶腕上的绳索已经烧成灰烬,她双手能活动了。她忍受烧伤的剧痛,一声不哼地坐起来解开脚上的绳索。然后她裹着那已烧去了一部分的衣裳,半裸着身子从火葬堆上站了起来,先走回家去。家中谁也不在,都去火葬场了。她点亮了灯,换上一件新衣,对着镜子看一下自己的脸。她把镜子掷在地上,沉思了片刻。然后她取出一幅长长的面幕遮住了脸,走到邻近的罗耆波家。这以后发生的事,读者已经知道了。

不错,摩河摩耶现在的确住在罗耆波家里了,可是罗耆波并不快乐。其实不过是一层薄薄的面幕隔开了他们。但这面幕却是永恒的,像死亡一样,甚至比死亡更令人痛苦;因为死亡造成的隔离的苦痛,在年深日久之后,由于绝望,还可以逐渐消失;而面幕造成的隔离,却时时刻刻在粉碎活生生的希望。

摩诃摩耶原来就有一个沉静的性格;而现在面幕里的那份沉静显得加倍令人难以忍受。她好像是生活在一幅死亡的幕后面。这沉寂的死亡,缠住罗耆波的生命,似乎每天都在使他的生命萎缩下去。他失去了从前认识的那个摩诃摩耶,同时这个披着面幕的人永远默默地坐在他身旁,不让他把少女时代的她给予他的甜蜜回忆珍藏供养。他默默思量:"自然在人与人之间安置的栅栏已经够多了。摩诃摩耶更像古代的英雄迦尔纳①,一出生就带着辟邪的护身符。她身子周围本来就有一道无形的围墙。现在她仿佛是再生了一次,来到我的身边,周围又加上了一重围墙。她虽然总是在我身旁,可是又遥远得使我永远不能接近。我坐在她那不可侵犯的魔力圈外,以一种不满足的如饥如渴的心情,企图穿透这薄薄的而又深不可测的奥秘;恰如天上的星星一夜又一夜地消磨时光,想以永不闪动的低垂的目光看透黑夜的奥秘而终不可得。"

这两个没有伴侣的孤独的人便这样在一起过了很久。

一夜,正是新月出现后的第十天,是雨季以来第一次云开月朗。静寂的月夜像是坐守在入睡的世界旁边。那一夜,罗耆波也离开了床,坐着瞭望窗外。闷热的森林把一种特殊的香气和蟋蟀的懒洋洋的低鸣一同送进了他的房屋。他了望着,见到一行行黝黑的树木旁边,已经入睡的小池塘在闪闪发光,好像一个擦亮了的银盘。很难说一个人在这样的时候会不会有清晰的思想。只有他的心朝着某一个方向奔驰——像森林一样送出一阵阵香气,像黑夜一样发出一声声蟋蟀的低鸣。罗耆波在想什么,我不知道。不过在他看来：这一夜，一切古老律法都被抛在一边了；这一夜，雨季之夜已经拉开了自己的云幕；这一夜显得静寂、美丽、庄严，正像昔日的摩诃摩耶一样。他全身的热血奔腾汇合，涌向那一个摩诃摩耶了。

罗耆波像一个梦游人似的走进了摩诃摩耶的卧室。她已经睡了。

他站在她旁边俯身看着她。月光恰好照在她脸上。可是，多可怕啊！昔日熟悉的脸庞哪里去了？火葬堆的烈焰用它无情的贪馋的舌头舐净了摩诃摩耶左颊的美丽，留下的只有贪馋的残迹。

罗耆波吃惊得动了一下么？一声含糊的叫声从他唇边溜了出来么？也许是这样。摩诃摩耶惊醒了——她看见罗耆波站在自己面前。她立刻把面幕遮上，昂然起立，离开了床。罗耆波知道霹雷要响了。他伏在她脚前，抱住她的脚，喊道："饶恕我！"

她没有回答一个字，她走出房间时头也不回一下。她再也没有回来。哪儿也找不到她的踪迹。她的沉默的怒火，在那毫不留情的永别的时刻，给罗耆波的余生烙上了一道长长的瘢痕。

1892 年

（《泰戈尔作品集》第 3 卷，北京：人民文学出版社，1988 年）

【注释】

① 迦尔纳：《摩诃婆罗多》史诗里的人物，他是他的母亲与日神所生的，相传他一生下来就是身穿铠甲，手持兵器的。

【导读】

《摩诃摩耶》是泰戈尔早期创作的名篇。这篇小说描写一个年轻美丽的女子的不幸生涯。摩诃摩耶与同村的青年罗耆波从小一起长大，两人真诚相爱。但她被哥哥强行嫁给一个行将就木的婆罗门。举行婚礼的第二天，她就成了寡妇。按照当时印度落后的风俗,摩诃摩耶必须陪葬。火点着以后,突然下起了大雨,摩诃摩耶才幸免于死,可是她美丽的面容已被严重烧伤了。她逃出火葬场,蒙上面幕,来到罗耆波家里。她要求罗耆波发誓永远不拉开她的面幕。她就同罗耆波一同生活下去了。但后来有一天,罗耆波偶然地看到了她没戴面幕的、被烧伤的脸,她便不顾罗耆波的恳求,毅然离去,从此就再也见不到她的踪影了。

这篇小说描写了印度农村落后的现状,尖锐地揭露和批判了封建包办婚姻、种姓制度及寡妇殉葬的陋习,表现出强烈的反封建精神。

第五编 儿童文学

第九章 儿童文学概述

第一节 儿童文学的含义和特点

一、儿童文学的含义

儿童文学是一个和成人文学相对应的概念,它和成人文学有联系又有区别。从属性讲,它隶属文学,具有文学的共同特征,但它又是一种特殊的文学,有一些和成人文学相区别的东西,所以研究儿童文学首先必须对儿童文学的含义进行界定。

儿童文学,是专为儿童创作和编写,有益于儿童的身心健康,并能为他们所理解和接受的文学作品。首先,这种文学作品应该是专门为孩子们而创作和编写的,有些文学作品虽然是以儿童作为写作对象,或者在作品中大量涉及儿童少年,但它的阅读对象不是儿童,如我国著名的长篇小说《红楼梦》,主要人物贾宝玉、林黛玉等都是十三四岁的孩子,可它绝对不是为孩子们写的书,不能算儿童文学。其次,它还必须是有益于儿童身心健康的,能够为他们所理解和接受的。中国古代那些《神童诗》《幼学琼林》等,虽然是为孩子们写的,可是由于这些作品在写作的时候就没有考虑孩子们的心理和接受能力,所以它们与儿童的心理距离比较远,不仅佶屈聱牙难以理解,在内容上也不能引起孩子们的兴趣,有的还灌输了一些不利于儿童身心健康的东西,所以我们也不将它们看作儿童文学。

二、儿童文学的特点

儿童文学的特点是由特定的阅读对象决定的,不同年龄段的儿童有不同的理解能力和不同的兴趣爱好,为他们服务的文学也就相应地分出不同层次。这些层次间既有区别又有衔接和交叉,共同的特点还是很明显。

(一)文学性

儿童文学是文学,所以具有文学的共性,必须遵循文学的一般规律。文学是以语言文字塑造形象的,是用文学的形象来打动人、感染人的,儿童文学也是一样,必须有自己独特的形象塑造,必须有想象与创造的成分,必须通过艺术的形象来达到陶冶情操的目的。在这方面,要将儿童读物和儿童文学区别开来,儿童读物是为孩子们编写的知识性、说明性的文章,只注重通俗易懂,不注重艺术形象的塑造,这一点与儿童文学有根本的区别。儿童文学的文学性决定了它必须在构思和塑造形象方面下功夫,既考虑儿童的年龄特点和接受心理,又注重开发他们的审美潜能,通过审美的途径,发挥儿童文学认识、娱乐、教育的诸多功能,让孩子们的思想感情在潜移默化中得到陶冶,灵魂得到净化。

(二)层次性

这里的层次是指儿童年龄的层次,儿童文学是为儿童服务的,就必须考虑不同年龄层次儿童的不同特点和不同需求。儿童文学的特殊性是由特定的阅读对象的年龄特征决定的,所以儿童文学内部的层次性就成了它区别于成人文学的一个特点。总的说来,儿童文学相对于成人文学,在题材选择上应该更接近孩子们的生活,在形象的塑造上应该更容易得到孩子们的认同,在表达的方法上也应该更加通俗、更加有趣、更加有吸引力。但儿童是一个生理心理发展很快的阶段,越是小的孩子,身心发展的速度就越快,一两岁的孩子每一个月生理心理都会有变化,而五六岁孩子和七八岁的孩子对儿童文学的需求又有很多不同,所以儿童文学的创作往往有很强的针对性,针对不同年龄阶段的儿童,创作出不同层次的作品来。

一般说来,人们把儿童的年龄分为低幼期(3—6岁)、儿童期(6—11岁)、青少年期(11—17岁)三个层次,但这只是一个大体的划分,实际的情况要复杂得多。处于不同年龄段的儿童,他们在感知、记忆、语言、思维、情感等方面都有很大的不同,所以针对不同年龄段的儿童所写作品也有很大的不同。人们一般把儿童文学分为"低幼文学""儿童文学(狭义)""青少年文学"三个层次。要使儿童文学受到孩子们的喜爱,不仅要明确是为孩子们而写,而且要考虑是为哪一个年龄段的孩子们写的,否则就不能达到预想的效果。

(三)超前性

儿童文学服务于儿童,目的是促使孩子们身心得到健康成长,因此,儿童文学的创作在深度和广度上要略高于阅读对象的实际水平,这就是儿童文学的超前性的特点。我们强调儿童文学的针对性、层次性,是为了让孩子们能够接受和理解,在接受和理解的前提下,通过文学的审美、认识、教育、娱乐等功能,提高他们的认知能力,使他们能够健康成长,这才是儿童文学的根本目的。所以儿童文学在主题和题材方面既考虑孩子们的世界,又不能局限于孩子们的世界,在设置矛盾的时候,既考虑孩子们理解能力和承受能力,又要着眼于培养和锻炼这种能力,使孩子们通过文学的途径,把认识、理解社会和人生的水平提高到一个新的高度。苏联作家、教育家马卡连柯说过,儿童文学"不严格地依据一定年龄的心理综合,它应该一直在这综合的前面,将孩子带向前进,到他还没有到达的那些目的"。这是对儿童文学超前性的最好说明。

儿童文学的超前性特点,不仅符合社会、时代的文学的功利观念,也符合少年儿童读者的心理趋向。他们不希望自己老是成人眼里的孩子,而是喜欢模仿大人,这就是儿童的反儿童化倾向。这种"反儿童化心理倾向"正好与儿童文学的超前性特点相一致。

(四)娱乐性

儿童文学是快乐的文学,它所展开的世界,是一个让孩子们流连忘返的世界。在这里,一个起决定作用的因素就是"儿童情趣"。儿童情趣是儿童文学作品艺术魅力的重要源泉,它是少年儿童思维方式、行为心态、语言动作在文学作品中的艺术表现。具体地说,就是用风趣幽默的笔调,用富于儿童特色的语言,将儿童生活中的种种有意思的东西表现出来,使孩子们产生一种亲切感,不仅愿意阅读、喜欢阅读,而且能够沉浸其中,不知不觉受到感染。儿童情趣是每一个儿童文学作家所追求的东西,但不是每一个儿童文学作家都追求得到的,因为这个不仅需要对儿童真正的关心和爱护,更需要对他们了解和尊重,只有将孩子们看成是有思想有感情有尊严有个性的人,对儿童们不同于成人的个性意志给予尊重,才能用孩子的目光,注意到孩子们身上那些有意思的东西,发现他们生活中有情有趣的地方。

三、儿童文学的分类

儿童文学可以从不同的角度进行分类,如果从接受对象来分,可以分为针对3岁至6岁幼儿的低幼文学,针对6岁到11岁左右孩子的儿童文学(狭义)和针对11岁以上青少年的少年文学;如果从写作的题材和风格来分,可以分为描写儿童生活的写实类、借助幻想塑造形象、构思故事的幻想类,还有以文学的方式讲述科学知识的儿童科学文艺类,等等。一般常见的分法是参照文学的体裁来分,可以分为儿歌、儿童诗、童话、寓言、儿童故事、儿童小说、儿童散文、儿童报告文学、儿童传记文学、儿童戏剧、儿童影视、儿童科学文艺等。下面我们将对其中的主要品种进行比较详细的介绍。

第二节 儿歌和儿童诗

一、儿歌的特点

儿歌是供儿童口头吟唱的歌谣。它一部分是儿童自己口头创作的,一部分是流传于民间,由后人搜集、整理的,还有一部分是由成人根据儿童的接受能力和兴趣特点而创作的。在农耕时代和传媒不够发达的时代,儿歌是许多人一生中最早接触到的文学作品。这些儿歌在一代一代的口耳相传中不断丰富和发展,成为民族文化中的重要内容,也是对孩子们人生经验的最早启蒙。在如今媒体特别发达的时代,这种以口传儿歌进行的启蒙方式已经开始走向衰落,但有意识地教给幼儿一些健康有趣的儿歌,仍然有益于培养他们良好的思想品德和生活习惯。儿歌具有以下一些特点。

(一)内容浅显,主题单一

儿歌是供比较小的孩子们吟唱的,它的内容必须非常浅,让孩子们一听就能懂,听懂了,他们才有兴趣去念,去说。由于儿童的理解能力限制,儿歌描写的事件、刻画的形象和表达的思想感情都不能复杂。同时,由于孩子们的生活经验有限,对周围世界的了解也还不多,所以儿歌的内容最好是孩子们自己熟悉和可以理解的生活,这样他们一听就会感兴趣。例如有一首儿歌说:"有个孩子李小雷,会搬凳子会浇水,会帮老师擦黑板,不像七岁像九岁!奶奶来接李小雷,小雷却要奶奶背,长着小腿不会走,不像七岁像三岁!"内容很简单,通过这个叫李小雷的孩子在学校和在家里的不同表现，把应该懂得的道理寓于他们的日常生活当中，使他们听起来很亲切，很有趣，对里面的道理也就很自然地领会了。

（二）形象生动，想象丰富

年纪小的孩子还不具备抽象思维的能力，对于他们来说，只有形象的东西才是能够理解的东西，所以儿歌里出现的东西一定是具体形象的东西。那些他们每天见到的熟悉的东西才容易引起他们的注意。同时，孩子们的天性又是喜欢幻想的，他们喜欢从他们熟悉的东西引发出许多奇妙的联想。例如有一首儿歌叫《小水壶》："小水壶，吹口哨，水一开，呜呜叫，客人来了它知道，乐得吐噜吐噜冒水泡。"这首儿歌说的东西是孩子们熟悉的，可是又是很奇妙的，儿歌里的水壶既是他们平常看到的水壶，又比他们平常看到的水壶更加有趣，因为它是一只会唱歌的水壶。其实，这正是作者运用了拟人化的手法，把一只小水壶写活了。这样的想象正好符合孩子们的心理，这只小水壶就成了孩子们喜欢的一个特别的形象，这样的儿歌也就很容易得到孩子们的喜爱。

（三）篇幅短小，好记易唱

为了让年龄比较小的孩子容易接受，儿歌总是比较短，常常采用明白如话的语言，写得朗朗上口，说起来顺口，听起来好听，记起来容易。一般的儿歌只有几句，长的十几句，押一样的韵，音调有起伏，有一定的音乐感。例如儿歌《送报》："隔壁住着张大妈，上街买菜没在家。报纸来了我去拿，塞在大妈门底下。"这首儿歌只有四句，但语言流畅，韵律自然，读过以后很自然就能记住。有人以为儿歌内容简单，写起来很容易，其实，要将简单的东西写得自然顺口、好记易唱，是一件很不容易的事，不光要有比较强的文字功底，还要对音韵有所了解。

（四）形式多样，娱乐性强

儿歌是儿童文学中最具有娱乐和休息功能的样式。对于孩子们来说，娱乐和游戏是他们最重要的事，孩子们的天性和创造力就是在游戏和娱乐当中得到充分发展的,一个不会游戏的孩子一定是一个缺少创造力的孩子。儿歌中有许多就是和游戏紧紧联系在一起的。如跳皮筋的时候有跳皮筋的儿歌,丢手绢的时候有丢手绢的儿歌,这些儿歌和儿童的活动相联系,形式也各有特点,三字一句,四字一句,五字一句,都是常见的句式,六字七字的句式也很多。在分段上,有两句、三句、四句分段的,也有不分段的,形式多样,不拘一格。根据儿歌的内容,大体又可以分为三种,一种是母亲唱给摇篮中的孩子听的;一种是孩子们自己唱和念的,不需要配合动作;还有一种是孩子们边玩边唱或念的。

二、儿歌的类型

儿歌的类型很多,常见的有以下几种。

(一)摇篮曲

这是人生中最初听到的美妙声音,是以母亲或长者的口吻唱给婴儿听的。它有优美的韵律和悦耳动听的曲调,但并不一定有完整的歌词。母亲一面轻轻晃动着摇篮,一面动情地吟唱,使小小的婴儿在充满爱心的歌声中入睡。

(二)数数歌

这是一种用整齐押韵的文字对儿童进行数数或简单数学运算教育的歌谣,但它不是抽象地让孩子背诵,而是将孩子们熟悉的事物编进儿歌,让孩子们在轻松的游戏中获得数的概念。

(三)绕口令

利用发音相同或相近的词语,编成简单有趣容易说错的儿歌,用来提高语言能力,锻炼记忆和发展思维的能力,并可以提高他们学习语言的兴趣。

(四)谜语

这是用韵文的形式说的谜,儿歌是谜面,把事物的特点和猜谜的线索巧妙地说出来,要求听谜语的人猜出谜底。这种形式也是孩子们十分喜欢的,不仅锻炼了他们的思维能力,也培养了积极思考钻研的习惯。儿歌中的谜语一般说的是孩子们熟悉的东西,绕的弯子也不太大,孩子们用点心思就可以猜出来。

（五）问答歌

这是一种以问答的形式出现的歌谣,可以自问自答,也可以两方对答。常常在儿童游戏的时候采用,可以激发孩子们的想象力。

（六）游戏歌

这是孩子们在游戏的时候边玩边念或唱的儿歌,和活动紧密联系在一起,可以培养孩子们户外活动的习惯和集体意识。

三、儿童诗的特点

和儿歌一样,儿童诗也是为孩子们写的韵文,不同的是,儿歌更适合于口头吟唱,而儿童诗可以朗诵也可以阅读;儿歌有口头流传的也有人们创作的,儿童诗基本上都是人们创作的;儿歌内容一般比较简单,适应的对象年龄比较小,儿童诗的内容有时比较复杂,阅读的对象也是年龄稍大一些的孩子。

儿童诗有以下几个特点。

（一）内容健康,感情充沛

儿童诗是给孩子们读的,应该有益于孩子们的身心健康,要给孩子们美好思想和美好感情的陶冶,让他们有明确的是非观念,知道辨别对错,养成良好习惯。当然这些健康有益的内容不是直接以教育的方式来表达的,而是借助于充满激情的想象,用独特而美好的诗的语言表达出来。

（二）意境优美,趣味性强

意境是指文学作品中美好的感情借助独特的形象来表现,感情和形象融为一体,达到主观和客观的完美结合,形成供人想象、回味的艺术空间。优秀的儿童诗,在反映现实生活时深深地融进了作者儿童化的情感体验,造成一种浓郁的艺术氛围,使小读者沉浸其中,受到感染,领略到一种诗意的美。同时,儿童诗还有和成人诗不一样的地方,那就是它特别讲究趣味,用童心童趣吸引孩子们,使他们喜爱看。

(三)构思新颖,想象丰富

其实孩子的想象是极丰富的,写作儿童诗的作家,都愿意做孩子们的朋友,向孩子们学习,从孩子们的生活中得到启发。儿童的天性向往有趣和新奇的事物,喜欢听情节生动曲折的故事,儿童诗应该满足他们这方面的要求。在一个生活节奏越来越快而媒体信息越来越多的社会里,孩子们得到的新鲜的东西也越来越多,在这种状况下,儿童诗要用新奇有趣的东西吸引他们,难度也越来越大了。但现代社会和现代科技也给我们提供了更大的想象空间,儿童诗应该在孩子们心目中得到一席之地。

(四)讲究韵律和节奏,有音乐美

和歌谣或格律诗一样,儿童诗也要求押韵,这不但是为了读起来好听、上口,也是为了把分散的诗行凝成一个整体,吸引住小读者的注意,所以儿童诗都要押相同或大体相近的韵。除了押韵外,儿童诗必须有规律地按语音高低、长短、强弱的变化来安排字、句,韵律和节奏可以形成音乐的美感,使小读者读起来流畅、顺口、好听。

四、儿童诗的种类

根据内容的不同,儿童诗可以分成以下几种。

(一)叙事诗

用比较长的篇幅讲述一个有情节的故事,在诗里可以进行人物描写、情节推进、环境刻画等,有时还有比较详细的细节描绘。有的叙事诗带有纪实的意味,写的是生活中的人和事,如歌颂一些优秀少年的儿童诗。随着生活节奏的加快,这些纪实的内容成为电视等现代媒体表现的对象,儿童诗在这方面的用武之地就少了。

（二）抒情诗

诗本身就是情感的产物,儿童诗也是一样。在抒情的儿童诗中,情感一般借助于形象而抒发,在具体的情境中,表达出孩子们健康积极的感情。

（三）讽刺诗

孩子们身上有时可能出现一些缺点和错误,儿童诗用善意、委婉而巧妙的方式对他们进行批评,这样的诗被称为讽刺诗。讽刺诗通过幽默、夸张的手法,形象有趣地进行批评,让孩子们在笑声中与自己身上的缺点、错误告别。

此外,还有用诗的方式来写童话、寓言,可以看成童话诗、寓言诗。

第三节　寓言和童话

一、寓言的含义

寓言的"寓",是寄托的意思。借一个简短的故事,寄托一种道理,人们在读完故事以后对其中的道理有所领悟,这就是寓言。寓言所说的故事是虚拟的,可寓言所说的道理是真切可信的。法国著名寓言诗人拉·封丹说:"一个寓言可分为身体和灵魂两部——所述的故事好比是身体,所给予人们的教训好比是灵魂。"这是对寓言的一个十分形象的解释。它告诉我们,寓言是由两部分构成的,一部分是简短的故事,这是寓言外在的东西,另一部分是这个简短故事所寄托的一个道理,这个道理有时在寓言的结尾之处用结论性的语言进行提示,有的时候不一定做十分明确的结论,只有一些暗示,需要接受者自己去体会,但这一部分是寓言的灵魂,是一则寓言不可缺少的东西。

我国是一个有着悠久文化传统的国家,在漫长的历史长河中,留下了无数优秀的寓言故事。古代的《列子》《庄子》《韩非子》等书中就记录了许多有意思的寓言。这些寓言中有不少先是产生和流传于民间,后来才被文人发现和记录下来的。寓言的阅读对象本来不一定是孩子,可是由于它简短明白,故事有趣,道理也很容易被接受,所以这种形式也是孩子所喜爱的。后来,人们看中了寓言的这些特点,有意识地为孩子们创作寓言,就有了专门的儿童寓言。

在国外,也有很多流传于民间的寓言故事,它们被翻译成各种文字,受到各国孩子们的喜爱,比较有名的寓言集有古希腊的《伊索寓言》,还有不少作家、艺术家专门为孩子们写作的寓言,如俄国的《克雷洛夫寓言》等。

二、寓言的特点

（一）故事简单,语言精练

寓言一般都很简洁、短小,故事没有很多曲折,没有复杂的环境和人物关系,清楚明白地将事情的过程说出来就结束了。创作寓言的目的是要人们接受故事中的道理,就必须使寓言的篇幅尽可能地紧凑,以免分散读者的注意力,削弱了教训或讽喻的力量。即使是比较长一些的寓言,结构也总是比较简单,故事的线索比较单一,人物关系也不复杂。寓言的语言也比较精练,总是力图将故事所蕴含的道理清晰地表达出来,这种概括力很强的语言已经成了寓言的一个特点。

（二）强烈的讽喻性

寓言如果没有讽喻意义,就没有了自身存在的价值。在所有的儿童文学作品中寓言的讽喻性是最强烈的。讽刺和嘲笑是寓言显著的特征,或针对现实劝善惩恶,或批评嘲笑一些人的不良行为。对于儿童来说,只有那些他们能够理解并对他们有意义的寓言才是合适的。

(三) 明显的象征性

作者在创作寓言的时候,往往通过夸张、拟人等手法,把许多平常的事、物赋予象征的意义,由于这些事、物的特征和作者希望说明的道理之间有许多共同的东西,所以在阅读的时候很容易产生联想,使读者发现这些形象的象征意义,从而将孩子们的思路引向既定的轨道,一直通向寓言的讽喻含义。

(四) 高度的典型性

在寓言中出现的形象,要基本上概括这种形象在人们心目中的典型特点,使人很容易理解故事的意图,也很容易记住。这对于孩子们接受寓言中的道理是十分有利的。如以动物为故事主人公的寓言,对这些动物的特点都要把握得十分准确。寓言选取典型的形象来构思作品,不仅使孩子们理解起来比较容易,也可以使寓言的讽喻作用发挥得更好。

三、童话的产生及童话概念的界定

(一) 中国古代童话

在我国古代,没有"童话"这个词,童话融在神话、民间传说等口头文学中,没有被分离出来。那时候,童话除了口头流传以外,也有时在各种文章和典籍中出现。我国古代保存神话最多的一部书是《山海经》。这部书共 18 卷,其中有很多篇目被后人称为古代神话。其实在古代,神话和童话之间很难明确区分,如《山海经》中关于"女娲补天"的故事,关于"精卫填海"的故事,后来都被改编成优秀的童话,深受孩子们的喜爱。在古籍中,有时会援引一些故事,这些故事也就是很好的童话。在这种情况下,有时童话和寓言、民间传说之间就很难有明确的分界,我们只能说,在古代,人们并不是有了明确的文体概念以后再来创作的,那些文体的划分,是后人整理时所做的归类。所以要将古代的寓言、童话、神话、传说完全区分清楚是一件很不容易的事。

(二)外国童话

在世界范围里,古代的各类带有幻想性质的说给孩子们听的故事也有很多,至今保存在各国典籍中的这类作品,也是和神话、寓言、传说等融合在一起的。19世纪以后,作家们专门为孩子们写的童话作品多了起来,有很多是有意识地用"童话"这种文体来写作的。1811年德国的格林兄弟整理的民间童话集《儿童和家庭的童话集》问世,他们整理的这些童话,十分忠实于民间流传的本来面目。

1805年,丹麦的童话大师安徒生诞生了,他一生写作了168篇童话,人们熟悉的《拇指姑娘》《皇帝的新装》《丑小鸭》等被翻译成各国的文字,在全世界的孩子们当中流传。1883年,意大利作家科洛迪的童话作品《木偶奇遇记》问世,这篇童话以一个拟人化的木偶为主人公,幻想神奇,极尽夸张,是一个很有影响的童话,流传全世界,我国在1934年就有译本了。1888年,英国作家王尔德的童话《快乐王子》问世,他是一位唯美主义的作家,他的作品文采绚丽,富有浪漫色调。这些外国童话翻译介绍到中国来,使我国的现代童话得到更多借鉴,迅速发展起来。

(三)我国的现代童话

我国现代第一篇创作的童话是茅盾写于1918年的《寻快乐》,这篇作品已具备现代童话的初步规模了。后来,有更多的作家参与到童话的写作和翻译介绍中来,其中比较有影响的是郑振铎、叶圣陶等人。叶圣陶童话作品中影响最大的是《稻草人》。

(四)童话的定义

在刚有童话这个概念的时候,童话是和民俗学紧紧联系在一起的,因为那时候人们把童话看作是历史上的东西。后来,随着对童话这个概念的认识不断变化,人们从国外的童话和现代作家所创作的童话中得到启示,才将童话定义为一种带有浓厚幻想色彩的为孩子们而创作的虚构故事。

四、童话的特点

（一）夸张性

夸张是童话不可缺少的手法。童话是运用幻想来表现生活的,童话中的幻想是通过夸张的方式表现出来的。童话的夸张多种多样,对形象、环境、情节都可以进行非常大胆的夸张。童话中的夸张还可以增强作品的幽默感和趣味性,使孩子们读起来感到兴味盎然。

（二）象征性

童话的象征性是幻想和现实结合的一种重要方式,也是童话创造典型的一种独特方法。象征就是用比拟、比喻的方法借助某一具体事物的形象,以表现某种抽象的概念、思想或感情。运用象征手法要巧妙地利用象征物和被象征物之间的某种类似,将比较复杂、比较不容易理解的东西用形象的、浅显的东西表现出来。

（三）逻辑性

童话虽然可以尽量展开幻想的翅膀,但这些幻想仍必须遵循一定的逻辑,没有逻辑的幻想就不能叫作幻想了,只是一种乱想。童话的逻辑性建立在一种假定的前提之上,即作者应该为作品中幻想的所有内容设计一个假定的环境,这个环境中的事物是有自己的逻辑的,尽管这种逻辑可能和我们生活中的逻辑有所不同,但童话中的人和事都不得违反这个逻辑。童话设计的形象可以带有很多幻想的成分,但他们也必须遵循一些基本的常识和基本的规律。不能在没有设定前提的情况下,让一条鱼到陆地上来和一头狮子战斗,也不能在同样的情况下叫一棵树走来走去。

五、童话的基本类型

（一）拟人体

这是现代童话中运用最多的一种类型。童话中的主人公多数是非人类的、各种人格化了的有生命或无生命的事物，作者运用拟人法，将它们赋予生命，使它们像人一样说话行动，有人的思想、感情、个性，借助他们演绎出生动有趣的故事，说出作者想要告诉孩子们的东西，如《木偶奇遇记》《稻草人》等。

（二）超人体

这类童话中的形象一般具有超越自然的力量。它们与古代的神话有一种渊源关系，在这些童话中常常出现的有仙境奇迹、神仙妖魔及有神力的物品等，故事常常借助于魔法或主人公的神奇本领来展开，如民间童话《渔童》等。

（三）常人体

这类童话中的主人公虽然是正常人、普通人，可他们的遭遇、行为乃至他们的个性都有和常人不一样的地方。他们生活的环境和他们的性格都是经过作者夸张的，是只有在童话中才能发生的。作者运用这些夸张手法的目的是使他们具有某种讽刺性或象征性，所以他们既是正常人，又不同于儿童故事或儿童小说中的正常人，如《皇帝的新衣》等。

六、童话和寓言的异同

童话和寓言有不少相似之处，他们的故事都是虚构的、幻想的，在故事中充当主人公的也都是一些充满想象的形象，它们可以是人物、动物、植物和一切有生命无生命的东西，讲述这些故事的目的也都是为了说明某种道理。特别值得一提的是，在古代，这两种文体本来没有太多的区别，只是到了后来，在人们有意识地创作儿童文学作品的时候，才逐渐将两种体裁区别开来。

严格地说,现在童话和寓言之间的区别还是很明显的。从内容来看,寓言一般故事单纯,人物和情节不复杂,而童话的内容一般要比寓言复杂,故事可能有不止一条线索,人物或其他主人公之间的关系也要复杂一些。从结构看,寓言的结构比较简单,童话则由于情节曲折起伏,常常有意料之外的情况出现,所以结构多变。从篇幅看,寓言一般比较短,而童话则有短有长,有些长篇童话的篇幅可能有几万字到几十万字。从接受的对象来看,童话的主要对象是儿童,在写作的时候就充分考虑到儿童的心理特点,强调趣味性,所说的道理也比较浅显,寓言的对象不一定是孩子,有些简单的寓言是孩子们也能接受的,但有些寓言所说的道理比较深,是为成年人写作的。

第四节 儿童小说

儿童小说是以少年儿童为主要读者的小说。这些小说针对少年儿童的心理特征和兴趣爱好来进行创作,并为少年儿童所能够理解和接受。一般说来,儿童小说的读者是具有基本阅读能力的少年儿童,包括小学中高年级和初中的学生,有些描写青少年生活的小说也为高中的学生所喜爱。

少年儿童时期是人生一个十分重要的时期,在这个时期,他们开始思考许多问题,他们的价值观、道德观和世界观开始形成。他们对社会、对人生、对这个世界充满了好奇,对许多问题都想问一个为什么。这时,有许多小读者就会从书中寻找答案,而他们接触最多的课外读物,就是小说。在现代社会,传播渠道急速增加,生活在都市的孩子几乎被媒体包围,这使他们每天得到的信息量相当大,对拓展他们的知识面有一定的好处,但他们成天处于媒体所营造的快餐文化当中,一种浮躁的文化环境也不可避免地给孩子们带来负面的影响。在这种情况下,阅读可以使孩子们沉下心来,进入一种真正感动和思考的状态。实践证明,儿童小说作为儿童文学中一个重要的体裁,对具有阅读能力的少年儿童是最有吸引力的。小读者从儿童小说中接受关于社会人生的许多认识和见解,他们从小说中感受到的那些美好的感情和美好的心灵,有可能对他们的一生产生影响。

一、儿童小说的特点

(一)特定的视角

儿童小说是写给儿童看的。它和其他小说的区别就在于对象的不同。一切儿童小说的特点都是由这一区别派生出来的。

写给儿童看的小说必须建立在对儿童充分了解的基础上。儿童小说和成人小说的最根本的区别就在于,儿童小说的作者是在科学地掌握儿童的心理特征和年龄特点的情况下进行创作的,他们心中有儿童,善于从儿童的角度出发,用儿童的眼睛去看,用儿童的耳朵去听,特别是用儿童的心灵去感受,去思考,也就是要有一颗"童心"。作家只有向孩子学习才能得到"童心";只有处处体察孩子,了解孩子,尊重孩子,从孩子的角度去思考一切问题,方能写好儿童小说。张天翼的《罗文应的故事》、任大霖的《小茶碗变成大脸盆》、程玮的《我的足球》等优秀儿童小说之所以受到孩子们的欢迎,根本原因就在这里。

(二)内容的针对性

生活中,不同年龄的孩子,不同时代的孩子,不同生活背景下的孩子,他们遇到的问题和困惑是不一样的,他们心理成熟的程度、他们的快乐和烦恼、他们向往和追求的东西都是不一样的。儿童小说的作家要创作能使孩子们接受和喜欢的东西,要使他们在阅读的时候被吸引、被感动,就必须对自己的读者有充分的了解,针对他们的问题来进行创作,通过小说中的形象,给孩子们一些有益的启示。

当然,对儿童小说的针对性不能理解得过于直接、过于简单,小说不是课本,读小说也不是上课,小说的作用是通过艺术形象打动读者才能实现的,这种作用的特点是在不知不觉地潜移默化中达到目的,这一过程有时读者自己都可能意识不到。不可能要求小说解决十分具体的问题,小说的针对性是指小说的创作要从孩子们的实际出发,要求作家深入地了解自己的读者对象,要求他们看到孩子们的特殊心理需求和情感需求,为孩子们做认识社会、理解人生的正确引导,帮助他们树立理想、陶冶情操、塑造美好心灵,从根本上为他们解决一些困惑,使他们更加健康地成长。

(三) 形象真实生动,个性鲜明突出

儿童小说中的人物以孩子为多,写给孩子们看的孩子形象,一定不能有虚假的成分。特别是以当代儿童为描写对象的,如果形象本身不真实,就会遭到孩子们的拒绝。过去有一些作家出于善良的愿望,在他们的作品中塑造了孩子们学习的榜样,这些榜样思想好,心灵美,对自己要求严格,基本上不犯错误,他们希望读了小说的孩子也成为这样优秀的人。这种愿望自然很好,可是,他们笔下的孩子已经不再是一些活生生的孩子了,这些老师和家长喜欢的乖孩子丝毫不能打动小读者,他们觉得作品中的人是假的,不真实的,是生活当中不可能出现的。一旦小读者产生了这种念头,小说就很难感动他们了。

儿童小说中的形象应该和小读者们身边的孩子一样,有自己的特点和个性,有独特的处理问题的方法,有时也有失误,有时也有毛病,有时也会犯傻,但一切的缺点掩盖不了他们的生动和纯真美好。这样的孩子真实生动,一下子就能成为孩子们的好朋友,就像《罗文应的故事》里的罗文应一样。

(四) 情节曲折,故事性强

当代小说创作已经有很多的流派,有很多创新的尝试,有的

注重人物内心世界的刻画,有的采用意识流手法、散文手法,有的采用独特的多角度展示,有的将时间处理得颠颠倒倒,这些新手法引起许多争议,对推动小说的发展起了积极作用。但是,这些新手法在儿童小说创作中的使用应该十分谨慎,因为对于儿童读者来说,最感兴趣的还是情节,如果没有清晰的情节线索,没有曲折和悬念,没有很强的故事性,要吸引小读者是一件不容易的事。所以,儿童小说一定要有很强的故事性,情节的链条一环也不能断。要善于在平常的生活当中发现差别、摩擦和矛盾,利用这些故事的元素来结构小说,推进情节。

二、儿童小说的分类

从不同的角度,可以把儿童小说分成不同的类别。按篇幅分,可以分为长篇小说、中篇小说、短篇小说和微型小说等;按年龄段分,可以分为儿童小说、少年小说等;按题材分,可以分为校园小说、家庭小说、风俗小说、历史小说、动物小说、惊险小说等。

(一)校园小说

这是以孩子们在学校的生活为主要表现对象的小说。对于有一定阅读能力的儿童来说,校园生活是他们生活的主要内容,这类小说将校园生活中的矛盾、故事作为写作的源泉,使小读者感到熟悉亲切。一切好像就发生在他们身边,但发生的时候自己却没有这样看仔细,现在通过小说,可以更加清醒地认识自己身边的这些事了。校园生活看起来有刻板枯燥的一面,但在这些看似平淡的生活当中,却有许多个性鲜明的人。优秀的校园小说总是能够抓住这些鲜明的个性,让他们在平凡的校园生活中焕发出不寻常的光彩。

(二)家庭小说

这里所说的家庭小说,是指主要以家庭为背景,以家庭中的父子、母子、父女、母女、兄弟、姐妹之间的矛盾为主要情节的小说。这类小说通过少年儿童家庭生活状况的描写及家庭成员之间关系的展示,向孩子们进行家庭伦理道德教育。作品的伦理色彩和社会意蕴熔于一炉,从家庭这个小小的角度,看出社会的变化和人们观念的进步。

(三)风俗小说

这一类小说比较注重对独特人文环境的描写。我国是一个多民族的国家,在广阔的土地上,生活着许多文化背景不同的人群,他们的生活习惯不同,谋生手段不同,生活的自然环境也不同,在这些不同的环境中,形成了各自的文化品格和各自的个性特征。北方人的豪爽强悍,南方人的细腻柔情,京味津味海味辣味,各地有各地的风俗人情,各地有各地的文化精髓。风俗小说将自己的故事和人物放在独特的人文背景中,写出让孩子们感到耳目一新的生活,这对于开阔他们的视野,丰富他们的知识,培养他们对祖国和人民的爱,更深地了解他们生活和成长的这块土地有着十分重要的作用。

(四)历史小说

历史小说将历史知识、道德情感教育和艺术形象融会在一起,既重视历史的真实,强调按历史的本来面目来构思情节、刻画人物,又不过于拘泥于真实。在艺术表现手法上可以进行必要的虚构,通过人物的言行和细节,将历史上的一些重要事件和重要人物演绎得栩栩如生,不仅丰富了孩子们的历史知识,还可以让他们悉心体会我国优秀的民族文化传统,从历史上的优秀人物身上学到许多好的品质和好的精神。

历史小说也包括那些以中国近现代历史为背景的小说,那些描写革命战争年代的小说展示了革命年代的艰苦和革命者无私无畏的战斗生活,对于培养孩子们的意志和品格也是很有益处的。

（五）动物小说

这是以动物作为主人公创作的小说。这一类小说不仅向小读者描绘各种动物的生活,展示它们不为一般人所知的生活习性和有趣的生存状态,还常常以动物为主人公展开曲折动人的故事。这一类小说有时使用拟人的手法,将动物的情感、爱憎、思维表现得惟妙惟肖,使孩子们对大自然的生命增加了解,对生命所承受的艰难困苦和生命的顽强不屈有所体会。这类小说有时将人和动物的关系作为构思的中心,写出不同的人对待动物的不同方式,告诉孩子们动物是人类的朋友,是和人类一样的大自然的组成部分,谴责那些不爱护动物的行为,教育孩子们要保护环境。这类小说还为孩子们打开通向未知世界的大门,激发他们探索大自然的热情和兴趣。写这一类作品,一定要对动物的习性有非常深入的了解,对动物性情的刻画和对动物行为的描写都必须有足够的依据,不能凭想当然来写作,否则对孩子们就是一种误导了。

（六）惊险小说

这类小说通过富有惊险色彩的情节带领小读者进入人与自然搏斗的神秘而刺激的境界,带领他们进入和犯罪分子斗争的紧张且生死难卜的境界。在这些充满刺激的斗争中,小说里的人物运用智慧和大自然周旋、和敌人周旋,表现出非凡的勇敢精神和冷静的科学头脑。那些有勇有谋的小英雄成为孩子们心中仰慕的对象,在不知不觉中,他们得到了一种英雄主义的教育,他们在紧张激烈的情节中飞快地思考,迅速地判断,这对于加强他们的是非观念和爱憎感情都是有积极意义的。有些小说以公安部门破案的故事作为创作的素材,主要人物可能是成人,但整个过程有孩子的参与和配合,许多事情通过孩子的眼睛来看,也是很受小读者喜爱的。他们借助于小说,获得一种间接的人生经验,眼光变得更加锐利,是非观念更加明确。这些小说还使小读者增强了许多知识:如何在大自然的恶劣环境中求生存,如何在突发的灾难面前保持冷静并做出正确的抉择,这些正是这一类小说要告诉小读者的。

第五节 儿童散文和儿童纪实文学

严格地讲,儿童散文应该是儿童纪实文学中的一种,但是习惯上,人们还是将散文和纪实文学分开来。那些以片段生活、主体心灵作为写作对象,重在表现写作者思想感情的作品,我们将其归入散文;那些重在展开比较丰富的真实生活图画,对有特点的人和事进行艺术记录的作品,我们将其归入纪实文学。

一、儿童散文的特点和分类

(一)儿童散文的特点

和所有的散文一样,儿童散文的最大特点也是有强烈的自我表现色彩。在其他文学作品中出现的"我"不一定是作者本人,可在散文作品中出现的"我",却一定是作者自己。不仅如此,散文中的"我"还常常是作品着意描写的主体形象,通过一定的真实经历,作者把自己真实的思想感情和体会感悟描写出来,那些曾经感动了作者的东西就融化在他所描写的经历和场景中,对读者产生影响。有时候作品只是对一些风光景物进行描写,但那些风光景物中,已经倾注了作者的感情,所谓"万物皆著我之色彩",景和物也成了作者表现自我、表现心灵的东西,所以读散文,这一点不能不注意。

散文的另一个重要特点是有意境。意境是一个具有中国特色的美学范畴。"意",是指作者主观内在的思想、感情;境,是指客观外物,即那些被作者著上了主观色彩的社会生活片段和自然景物。出于作者思想感情的灌注,散文作品的内意和外物两相交融,你中有我,我中有你,意和境之间再难区分。这样出现的一个具有艺术之美的境界就是意境。在创造意境时,人们常常运用托物言志、寄情于景等方法,使外物和"我"的内心世界达到一种深层次的契合,这样读者在领略作者描写的景与物时,就同时被蕴涵其中的思想感情所打动。

散文的又一个特征是它的灵活性。散文所描写的东西几乎没有什么限制,可以说生活中出现的点点滴滴,一个场景,一段对话,一个物件,一件小事,都可以进入散文作家的视野,成为写作的对象。散文中有的偏重抒情,有的偏重叙事,有的知识性比较强,有的感情比较充沛。写作的题材不拘,写作的方法也十分自由,篇幅可长可短,内容可隐可显,思想可深可浅,结构的方法多种多样,语言也可以朴素可以华丽,全看作者的运用。儿童散文除了应该具备散文的这些特点,还必须以孩子们熟悉的内容作为写作对象,用孩子们能够理解并能够产生兴趣的方法来写作。从这些散文中,孩子们不仅可以领略世间万物的精彩,更受到一种美好感情的陶冶。

(二) 儿童散文的分类

根据表达方式和写作目的,儿童散文和成人散文一样可以分为写人叙事散文、抒情散文、说理散文和游记散文四种。但这种分法不是绝对的,如果看问题的角度不同,分类的方法也有可能不同,所以有时我们会看到知识散文、心灵散文等的提法。

二、儿童纪实文学的种类和特点

儿童纪实文学分为儿童报告文学和儿童传记文学两大类,它们的共同特点是以真实的生活作为写作对象,进入作品的人一定是实有其人,进入作品的事也一定要真有其事。传记文学在我国有很长的历史,可是在长期的封建社会里,为儿童所写的传记几乎没有,适合儿童阅读的传记也很少。报告文学作为一种独立的体裁,在我国出现得比较晚,但在五六十年代和改革开放以后,都有过一个繁荣期,五六十年代的《和爸爸一起坐牢的日子》《雷锋的故事》等,80年代后肖复兴的《和当代中学生通信》、孙云晓的《相信自己的眼睛》及90年代陈丹燕的《独生子女宣言》等,都是有较大影响的报告文学作品。

(一)儿童报告文学的特点

儿童报告文学是写给孩子们看的,不管所写的对象是不是儿童,都应该考虑到孩子们的接受心理,使他们在阅读的时候感到有趣,愿意在一种充满兴趣的阅读过程中认识社会和人生,得到美好感情的陶冶。儿童报告文学的特点如下:

1. 新闻性和教育性的结合

儿童报告文学和成人报告文学一样,要求有比较强的新闻性,必须迅速及时地反映现实生活中那些激动人心的新事物、新事件、新问题,表现出一种时代精神。但儿童报告文学又有和成人报告文学不同的地方,它所写的那些人和事,不仅有比较强的新闻性,还应该和孩子们的生活有关。当然这种相关是多方面的,有时表现为所写的人就是孩子们自己,所写的事也都是孩子们自己经历的事,这样的人和事当然很容易激起孩子们的兴趣,也容易引起他们拿作品中的人物跟自己比较,从而很自然地领会了其中的教育意义。比如以获得某一方面突出成绩的孩子——小运动员、小演员、小发明家、见义勇为的孩子等作为写作对象。这些孩子和小读者年龄相仿,他们身上所具有的一些特殊品格在他们的成功中起了决定的作用,儿童报告文学将这些特殊的品格和特殊的精神揭示出来,可以激发孩子们积极向上的热情,激发他们用自己的努力去争取人生路上最初的成功。还有一些作品是以困境中的孩子为写作对象的,他们经历了不幸,有的身患绝症,有的遭遇灾难,有的亲人过早离去,有的小小年纪就必须挑起家庭的担子,可这些身处逆境的孩子用顽强的毅力克服了困难,他们生活得很艰难,可是他们的心灵十分丰富,他们在心理上的成熟也比同龄的孩子早。报告文学将他们面对的严酷现实和他们勇敢抗争的精神告诉更多的孩子,使他们更加珍惜自己平静美好的生活环境,用顽强的毅力和加倍的勇敢去面对生活中的困难。也有些时候,儿童报告文学的写作面对的是一个时期的孩子,由于时代的特点,这些孩子有许多共同的特点和许多共同的问题,作家深入他们的内心世界,对他们的问题进行细致的分析,这不仅使孩子们得到启发,也帮助对当代的孩子不够了解的家长们揭开了许多困惑和疑团。这些作品的教育意义就不仅是对孩子们而言了。

2. 真实性与文学性的结合

儿童报告文学既然是报告文学,就必须遵循报告文学的基本原则,所写的一切必须是生活中真实发生过的。有人曾经认为儿童报告文学既然是给孩子们看的,不妨编一点故事,增加几个虚构的人物,改变一下事情发生的顺序,这种想法显然不正确。首先,生活中存在大量感人的东西,那些找不到写作材料的人,只是下的功夫还不够。其次,报告文学是以真实的品格来打动读者的,读者一旦发现你写的东西有假,就会对作品中所有的内容产生怀疑,报告文学用真实的生活来打动人的魅力就不存在了。最后,报告文学以真实的人和事作为写作对象,如果在大部分真实的素材基础上又做添加和改动,有可能给写作对象带来不必要的麻烦。所以,儿童报告文学尽管以孩子们为阅读对象,也必须坚持报告文学的真实性原则。但报告文学的真实性和它的文学性并不矛盾。和成人报告文学一样,儿童报告文学的文学性也体现在对生活素材的必要提炼和加工。这种加工排斥虚构,但不反对选择和提炼。针对小读者的阅读特点,儿童报告文学往往在故事的曲折和细节的丰富等方面更为注意,但这些情节和细节只能来自深入细致的采访,决不能虚构。儿童报告文学的文学性还在于用文学的方法刻画人物的个性,作家运用集中、提炼、概括等手段,对所写人物的某一个主要的个性侧面加以重点刻画,使人物的形象活生生地出现在读者的面前。此外,在表现手法上,儿童报告文学和其他文学作品一样,可以综合运用记叙、描写、抒情、议论等方法,使作品呈现独特的表达风格。

3. 议论和抒情的结合

儿童报告文学注重情节的曲折,注重人物个性的刻画,这些写作上的特点使它有点接近小说。当然,和小说相比,它们在内容的真实性上有很大的不同。此外,和小说相比,儿童报告文学在写作上还有一个重要的不同之处,即报告文学不是完全依靠读者自己去领会作品的意图,它常常用带有抒情味的议论,将作者对人物和事件的评价和从中得到的启发直接表达出来,这种评价和启发带着强烈的感情色彩,对读者来说,同时作用于感情和理智,有很强的感染力和说服力。当然,儿童报告文学中的评说和议论绝对不能枯燥乏味,绝对不能是一些空洞的说教。只有从作者心底激发出的诗情和作者真正感悟的道理才能感动读者,只有将精辟的议论融化在深厚的感情中,才能使作品具有动人心弦、感人肺腑的力量。陈丹燕的儿童报告文学《独生子女宣言》是以孩子们自己的来信作为重要素材的,在整理这些来信的时候,作者十分尊重事实,只是用孩子们自己的语言去表达他们心里的困惑和思考,由于这些困惑和思考和当代孩子们十分贴近,所以很能打动同龄的孩子。但在整理这些故事的时候,作者心里萌发很多属于一个作家的感慨和对一代独生子女的新的认识,这些感慨和认识是她迫切想告诉读者的,所以在作品结束的地方,作者用整整一章的篇幅,把自己的工作过程介绍给大家,在这样的介绍中,融进了许多感慨、认识和评价,甚至引用了许多著名理论和专家的见解来论证她认为十分重要的观点,使这部儿童报告文学不仅具有高度的典型性,也具备了相当的理论深度,成为研究我国独生子女现象的一部重要著作。

(二) 儿童传记文学的特点

儿童传记文学是传记文学的一个分支,它的特点表现在以下几个方面:

1. 真实性

历史的真实性是传记文学的生命。传记文学所写的,是生活中确实发生过、存在过的事实,写作时应充分尊重这些事实,不允许进行随意的虚构和涂饰,更不允许胡编乱造。儿童传记文学不管是以儿童为写作对象还是以成人作为写作对象,都必须依靠确凿可靠的资料和文献,掌握传主的生平事迹、思想感情的特点及习惯爱好等。要尽可能多地采集第一手资料,在掌握大量第一手资料的基础上进行选择和提炼,决不能用合理想象代替艰苦的收集资料的工作。

2. 教育性

儿童传记文学的写作目的是对孩子们进行积极的思想感情熏陶,是为了激励孩子们成为有成就的、为人们热爱和崇敬的人。那些在传记中出现的人物,用自己的毕生奋斗为人民建功立业,成为孩子们学习的榜样,这就是儿童传记文学的教育作用。我国历史上有许多广为人们传颂的英雄人物,他们身上凝聚了中华民族几千年形成的优秀品质,包括爱祖国、爱好和平、追求真理、崇尚气节、勤奋刻苦、勇敢顽强、富于智慧、疾恶如仇、同情弱者等。在人物传记中,这些优秀品质通过人物的言行表现出来,成为少年儿童仰慕和学习的目标。这些人物有可能影响他们的一生,对他们世界观人生观的形成起积极的作用。

3. 文学性

传记文学既是忠实于生活的历史的记录,又是经过作者加工的注重形象刻画的文学作品。儿童传记文学作品相对于成人文学,要求具备更加强烈的感染力,而这种感染力离不开文学的手段。如何在不影响真实性的基础上使用文学的手段呢？第一，是在选择上下功夫。传记文学不是要对人物做全盘的历史记录，在全面了解人物生平的基础上，作者可以选取那些最有表现力、最富戏剧性、最具有本质意义的生活片段来进行描写，在这些片段中，又可以抓住那些细节丰富、人物思想感情变化剧烈的场面来进行刻画。这对于突出人物个性，增强作品的故事性和可读性有显著作用。第二，要努力写出非凡人物身上普通人的一面。传记文学的写作对象一般都是英雄人物或有成就的人物，在写这些人的时候，作者因为对人物怀着崇敬心理，往往容易将人物"神化"，好像他天生就是一个先知先觉、与众不同的人。这样的写法无形中将人物和读者的距离拉开了，人物虽然高大，却是十分概念化的存在。只有写出人物作为普通人的一面，他才可能成为一个丰满的人，一个可以亲近和学习的人。第三，在基本情节和主要事实符合历史真实的情况下，不排斥对某些细节和人物心理做有节制的想象。这些想象应该符合事情发展的逻辑，符合人物性格发展的逻辑，其目的只能是为了使人物的言行更加可信，更加具有感染力。如果在想象中露出破绽，效果就适得其反了。

第六节　儿童科学文艺

儿童科学文艺是产生于近代的一种儿童文学体裁。它用文艺的方法讲述科学的内容，包括科学知识、科学原理、科学发明史、科学幻想等。科学文艺将科学和文艺融为一体，寓科学的内容于文学艺术的形式之中，既给人以科学的启迪，又给人以艺术的享受。

一、儿童科学文艺的特点

艺术地、准确地表达各种科学知识和科学原理,使科学的内容和尽可能完美的文艺形式结合起来,使作品具有高度的科学性、思想性和艺术性,这是对科学文艺的基本要求,也是科学文艺的基本特征。

(一)科学性

科学文艺所涉及的科学知识、科学原理、科学发明及它们的应用范围和发展方向等,都应以正确的科学理论和科学实验作为依据,不允许有丝毫歪曲。即使运用幻想和夸张的手法,也必须建立在一定的科学理论之上。只有这样,严谨的科学性和形象化的艺术手法才不会产生矛盾,科学性和艺术性才能达到和谐和统一。由于人类对科学的认识有一个过程,不同历史时期人们对科学奥秘的掌握和揭示不可能在同一个水平上。特别是进入工业社会以后,科学的发展日新月异,过去的知识很快老化,新知识层出不穷。在这种情况下,新创作的科学文艺作品,应该要求反映最新的科学成果,不能把已经过时的或已经被证明不准确不科学的知识写进儿童科学文艺。

(二)思想性

儿童科学文艺不仅担负着传播科学知识的使命,而且也负有用先进的思想教育下一代的任务。因此,儿童科学文艺不能单纯地介绍科学知识,而应该有鲜明的主题,把符合人类和社会进步的思想寓于科学的内容之中。儿童科学文艺中的思想性不是简单的政治说教,也不是额外地附加什么思想教育的内容。儿童科学文艺的思想性最根本地体现在用辩证唯物主义的观点和方法深入地分析所描写的题材,使孩子们在获得科学知识的同时受到正确的思想方法的影响,产生热爱生命、热爱科学、热爱地球、保护环境等自觉意识,使他们攀登科学高峰的勇气和决心受到鼓舞和激励。

(三) 文学性

在儿童科学文艺作品中,科学和文艺的结合不是表面的、机械的,而是有机的、水乳交融的。科学和文艺本来有许多不同之处,科学是理性的严谨的,是用逻辑思维的,文学却是充满感性和想象的,是浪漫的,以形象思维和灵感思维为主的。可是在科学文艺中,作者要同时用科学的眼光和艺术的眼光来观察世界。作品中出现的科学知识来不得半点随便,而作品表现科学知识时所借助的事件、人物和情节,却可以和其他文学作品一样生动灵活,充满感情。所以,科学文艺作者不光凭科学的逻辑思维来创作,还必须具备良好的文学修养,能够像文学家一样善于用形象来进行思维。好的儿童科学文艺作品应该具有丰富的感情和出色的想象力,善于通过巧妙的构思,把科学概念和原理化为生动的形象,用形象化的语言、生动的故事情节、富有感染力的人物形象来表现科学,用深厚的感情来感染和打动读者。

二、儿童科学文艺的分类

儿童科学文艺大致可以分为以下几类。

(一) 科学童话

科学童话具有一般童话的特点,只是它的内容是介绍科学知识的。科学童话的主要任务是借助童话特有的艺术手法,向孩子们展示他们周围的自然界,使他们获得关于自然的初步的认识。由于科学童话的主要读者是学龄前和小学低年级的儿童,所以它的内容比较浅显,情节也比较单纯明了。科学童话的内容虽然比较浅,但所涉及的科学知识必须准确无误。科学童话中所塑造的形象、安排的情节、使用的语言都必须具体而精确地表现出被反映事物的特征。在运用拟人化的手法时,特别要注意那些被拟人化的动物、植物和无生命的东西,必须符合它们原来的习性和特征,不能因为童话的幻想成分损害科学知识的正确性。

(二) 科学故事

科学故事是以简短的故事形式来介绍、传播各种科学知识的文艺体裁。它借助生动的故事把科学技术上的新发现、新发明,把常见的自然现象中的科学道理介绍给孩子们。那些故事本身就具有强烈的吸引力,情节曲折,悬念迭起,孩子们在被故事情节吸引的同时,也接触了许多他们原来不知道的科学知识。这样科学故事不仅满足了孩子们喜欢听故事的天性,还激发了他们探求科学奥秘的兴趣和热情。值得注意的是,编织有趣的故事不是科学故事的目的,只是阐述科学知识的手段,所以如何将精确的科学知识巧妙地渗透在故事之中,才是科学故事创作的真正难点所在。

(三) 科学小品

科学小品是一种随笔式的科学文艺体裁,有写给成人看的,也有写给孩子们看的。那些为孩子写作的科学小品,内容浅显明白,形式生动有趣,篇幅一般比较短小,题材十分广泛,形式灵活多样,不拘一格。我国的科学小品创作在中华人民共和国成立以后有过一个比较繁荣的时期,主要的作者有高士其、叶永烈等。科学小品没有曲折动人的故事,也不一定要刻画人物形象,但优秀的科学小品往往有新颖的立意、巧妙的构思、优美的语言文字,同样具有引人入胜的力量。

(四) 科学幻想小说

科学幻想小说是小说、科学、幻想三者的有机结合。它用小说的形式来描绘有关科学的幻想,表现人类在大自然面前永不停步的期望和改变现状的决心,也是人类与生俱来的幻想天性在新科技成果激发下的产物。

科学幻想小说首先是小说,它具有小说的特点,即和其他小说一样,科幻小说必须遵循小说的创作规律,凭借巧妙的艺术构思,设计精彩的故事情节,刻画有个性的人物形象,展开丰富的人物活动的环境,使巧妙的文学构思和严谨的科学道理熔为一炉。其次,科幻小说又不是一般的小说。它区别于其他小说的一个主要特征就是它的幻想性。科学幻想小说的幻想向度主要有两个方面,一是过去,一是未来。或展开幻想的翅膀,飞向遥远的古代,从一些现存的迹象猜测过去可能发生的事情。或根据最新的科学动态,让幻想的飞船驶向无边的未来。两类幻想中,还是以预测未来的为多,人类总是对未来更感兴趣。总之,科学幻想小说不是描写现实,而是把过去未来可能发生的事当作现实来写。因此,幻想是科学幻想小说构思的必不可少的艺术手段。科学幻想小说中的科学是幻想中的科学,它既有现实生活中的科学道理和最新的科研成果作为依据,又不拘泥于这些成果,而是尽情展开幻想的翅膀,把读者带领到一个充满新鲜、充满刺激的奇妙天地之中。最后,科学幻想小说还必须是尊重科学的小说。科学幻想小说中的幻想,决不是毫无根据地想入非非,也不同于一般文学小说中的想象。科学幻想是要以科学为前提的,作品所描述的一切奇妙景象应该符合科学的原理和科学发展的规律。正因为如此,优秀的科学幻想小说常常成为未来科学的预言。只有具备科学、幻想、小说三个要素的小说,才是科学幻想小说。

第十章　儿童文学作品与导读

太阳神之子

古代罗马神话

【解题】

　　这个故事选自罗马神话。罗马神话脱胎于希腊神话,具有保存得很完整的体系和丰富多彩的内容。太阳神阿波罗是罗马神话中一位重要的大神。他的儿子名叫法厄同,是风流倜傥的太阳神和地面上的一位美丽女子克吕墨涅结合所生。这篇神话记述了法厄同上天寻亲闹出的一系列乱子。

　　太阳神阿波罗(福玻斯,也称辛西厄斯)的宫殿,是用华丽的圆柱支撑的,镶着闪亮的黄金和璀璨的宝石。飞檐嵌着雪白的象牙,两扇银质的大门上雕着美丽的花纹和人像,编织着一个个美丽的神奇故事。一天,太阳神阿波罗的儿子法厄同跨进宫殿,想跟爸爸阿波罗聊天。他不敢走得太近,因为父亲身上散发着一股炙人的热光,靠得太近他会受不了。

　　太阳神阿波罗穿着古铜色的衣裳,坐在饰着耀眼的宝石的宝座上,他的两侧排列着文武百官。左侧是日神、月神、年神、世纪神等。右侧是四季神:春神年轻娇艳,戴着花项链;夏神目光炯炯有神,披着金黄的麦穗衣裳;秋神仪态万千,手上捧着芬芳诱人的葡萄;冬神寒气逼人,雪花般的白发隐藏着无穷无尽的谋略。有着一双慧眼的太阳神阿波罗当中稳坐,正要发话,突然看到儿子法厄同来了。

"什么风把你吹到父亲的宫殿来了,我的孩子?"他亲切地问道。

"尊敬的父亲,"儿子法厄同回答说,"因为大地上有人嘲笑我,谩骂我的妈妈克吕墨涅。他们说我冒认天国皇亲,看来是一个狗杂种,说我父亲是不知姓名的野男人。所以我来请求父亲为我作证,向全世界证明我真是你的儿子。"

法厄同讲完话,太阳神阿波罗收敛围绕头颅的万丈光芒,吩咐年轻的儿子走近一步,他拥抱着儿子,说:"我的孩子,你的母亲克吕墨涅说的没错,我怎能不认我的儿子呢?不管在什么地方。为了让你相信爸爸的真话,你说你要什么东西吧。我指着冥河发誓,一定答应你的要求。"

法厄同没有等到父亲说完,立即说:"好吧,你就答应我,让我有一天独自驾驶你的那辆带翅的太阳车吧!"

太阳神阿波罗一阵惊恐,似乎有点不情愿的样子。太阳神阿波罗一连摇了三四次头,最后忍不住地大声说:"哦,我的孩子,我如果能够收回诺言,那该多好啊!太不可思议了,这是你根本就办不到的事。你还年轻,而且又是人类!没有一个神敢像你一样提出如此狂妄的要求。除了我以外,他们中间还没有一个人能够站在喷射火焰的车轴上。我的车必须经过陡峻的路。即使在早晨,马匹精力充沛,但是行走还是坎坎坷坷的。旅程的中点是在高高的天上。当我站在车上到达天之绝顶时,也感到头晕目眩。只要我俯视下面,看到辽阔的大地和海洋在我的眼前无边无际地展开,我吓得双腿都发颤。过了中点以后,道路又急转直下,需要牢牢地抓住缰绳,小心地驾驶。甚至在下面高兴地等待我的海洋女神西蒂斯也往往为我担惊受怕,怕我一不注意从天上掉入万丈海底。你只要想一下,天在不断地旋转。因此,即使我把车借给你,你又如何能驾驶住太阳车呢?好孩子,趁现在还来得及,你就别想了。你可以重提一个要求,从天地间的一切财富中挑选一样。我指着冥河起过誓,你要什么都行!"

然而这位年轻人很固执,宁愿死也不回头,他心中有一股激情在涌动。可是父亲已经立过神圣的誓言,怎么办呢?太阳神阿波罗只好让步,由儿子代任。车轴、车辕和车轮都是金的。车轮上的辐条是银的,辔头上嵌着闪亮的宝石。法厄同对太阳车精美的工艺赞叹不已。不知不觉中,天已破晓,东方朝霞渐渐变得越来越红。星星一颗颗隐没了,新月的弯角也消失在西方的天边上。太阳神阿波罗命令时光女神赫耳赶快套马。女神赫耳从豪华的马槽旁把喷吐火焰的马牵了出来,忙碌地套上漂亮的辔具。这些马匹都喂饱了可以长生不老的饲料。接着,太阳神阿波罗用圣膏涂抹儿子法厄同的面颊,使他可以抵御熊熊燃烧的火焰。太阳神阿波罗把光芒万丈的太阳帽戴到儿子的头上,并对儿子说:"孩子,千万不要使用鞭子,但要紧紧地抓住缰绳。马会自己飞奔,你要控制它们,使它们跑慢些。你不能过分地弯下腰去,不然,地面会烈焰腾腾,甚至会火光冲天。然而你也不能站得太高,当心别把天空烧焦了。上去吧,黎明前的黑暗已经过去,抓住缰绳吧!或者——可爱的儿子,眼下,你还可以有返回的余地,把车子交给我,让我把光明送给大地,而你留在这里等着我回来吧!"

法厄同根本不把爸爸的安排当回事,只作耳旁风,一个耳进,一个耳出,早已抛到脑后。他"嗖"的一声跳上车子,兴冲冲地抓住缰绳,朝着忧心忡忡的父亲点点头,表示由衷的感谢。

四匹有翼的马嘶鸣着,它们灼热的呼吸在空中喷出火花。马蹄踩动,法厄同让马儿拉着太阳车,挥鞭要走了。外祖母忒提斯走上前来,她不知道外孙法厄同的命运,亲自给他打开两扇大门。

世界广阔的空间展现在他的眼前。马匹登上路程,急速腾奔,霎时,一轮红日,打破了拂晓的朝霞,喷薄而出。

马匹似乎想到今天驾驶它们的是另一个人,因为套在颈间轭具比平日里轻了许多,就像喝醉的醉鬼,头重脚轻。太阳车在空中左歪右倒,像是一辆空车。最后,马匹发现没有走老路轨道,觉得奇异,于是纵横驰骋,突奔而飞。

法厄同在左歪右倒、上下翻转中,毫无办法,无计可施,不知道朝哪一边拉绳,也找不到原来的道路,更没有办法控制撒野奔驰的马匹。当他偶尔朝下张望时,看见一望无际的大地展现在眼前,他紧张得脸色发白,双腿发酸,一阵抽搐。他回过头去,看到自己已经走了很长的一段路程,望望前面,路途更远。法厄同无可奈何,不知道怎么办才好,只是呆呆看看远方,双手抓住缰绳,既不敢放松,也不敢过分拉紧。他想吆喝马匹,但又不知道它们的名字。在忙乱中,他看到星星散布在空中,奇异而又可怕的形状如同魔鬼。他不禁倒抽一口冷气,不由自主地松掉了手中的缰绳。马匹拉着太阳车超过了天空的最高点,渐渐下滑。它们高兴得索性离开了原有的道路,漫无边际地在空中乱跑,一会儿高,一会儿低,有时几乎触到高空的恒星,有时几乎坠入邻近的半空。它们掠过云层,云彩被烧烤得直冒白烟。后来,马儿漫不经心地拉着车,太阳车紧挨着高山顶,几乎被撞翻。

大地受尽炙烤,因灼热而龟裂,水分全蒸发了。田里几乎冒出了火花,草原干枯,森林起火。大火蔓延到广阔的平原。庄稼烧毁,耕地成了一片沙漠,无数城市滚滚热浪,农村被烧成残垣断壁,山丘和树林是一片红红的火海。也许,黑人的皮肤就是那时变成黑色的。河川翻滚着热水,可怕地溯流而上,直到源头,河川都干涸了。大海在急剧地凝缩,从前是湖泊的地方,现在成了干巴巴的沙砾。这真是一片红红的火的海洋、火的世界。从此,旱灾肆虐,沙漠扩大,火山爆发,一系列不良现象产生了。

法厄同看到世界各地都在冒火,热浪滚滚,他自己也感到炎热难忍。他的每一次呼吸好像是从滚热的大烟囱里冒出来的。他感到脚下的车子真是一座火焰山。浓烟、热气把他包围住了,从地面上爆裂开来的灰石从四面八方朝他袭来。结果他支持不住了,马和车完全失灵。乱窜的烈焰烧着了他的头发,他一头扑倒,从豪华的太阳车里跌落下去,可怜的法厄同如同燃烧着的一团火球,在空中激旋而下。结果,法厄同远离了他的家园,广阔的埃利达努斯河接受了他,埋葬了他的遗体。

太阳神阿波罗触物生情,十分伤感,他抱住头,陷于深深的悲哀之中。

水泉女神那伊阿得斯同情这位遭难的年轻人,埋葬了他。但法厄同已是焦头烂额。绝望的母亲克吕墨涅与她的女儿赫利阿得斯(又叫法同尼腾)抱头痛哭。她们一连哭了四个月,后来,妹妹变成白杨树。她们的眼泪成了晶莹的琥珀。

(王新良编:《罗马神话故事》,北京:宗教文化出版社,1998年)

【导读】

这篇神话充分地体现了神话这一体裁以人性模拟神性,以想象解释自然奥秘的特点。相关的研究证明,神话展开想象的起点一定是地球上发生的重大自然变故。而这则神话极有可能诞生于一场可怕的旱灾之后。古人面对受尽炙烤的大地,不明白何以如此,便想象出太阳神驾驶太阳车的职司在某一天被其子法厄同替代,以及法厄同上天寻亲、阿波罗对子允诺、法厄同越职驾车最终闯下大祸丧生失命等情节。

这个故事叙述过程中瑰奇的想象令人叹为观止,使人领略到人类的想象力真如"天马行空",无拘无束。太阳神之子的故事与中国古代神话中"后羿射日"的传说有异曲同工之妙。它们想象的起点都是大地上的旱灾。不同的是罗马神话看重于解释旱灾的发生,而中国神话偏重于解释灾难的缓解、撤离。《太阳神之子》把"神"当作"人"来写,使神具有和凡人一样的性格和思维方式;而《后羿射日》则把古代为人民造福的英雄人物描述成具备神的力量和勇武,把"人"上升为"神"。这种体现在文学中的有趣现象反映了东西方思维方式的差异。

人类之母女娲

中国古代神话

【解题】

女娲是中国古代神话传说中一位神通广大的女神,她创造出人类,教会他们繁衍生息;又在天崩地陷的自然灾难之后,修复了天地,使人类的种族得以绵绵不绝地延续下去。因此,她是中国人心目中当之无愧的人类之母,自古至今,一直受着人类的景仰和崇拜。女娲的名字,最早出现在浪漫主义诗人屈原的《楚辞·天问》里。《淮南子·览冥篇》详细地记述了女娲补天的故事。鲁迅先生的《故事新编·补天》则用白话文对它做了浪漫主义的改写。本篇则进一步把它改写成供儿童阅读的神话。

天地开辟之后,天上有了太阳、月亮和星星,地上有了江河山川、树木花草,可是却没有会跑会跳、会说会笑的生物,不免显得荒凉寂寞。

不知什么时候,大地上又出现了一个神通广大的女神,名字叫"女娲",据说她一天当中能够变化七十次。有一天,女娲独自行走在莽莽苍苍的原野上,周围一片死气沉沉,她感到孤独,心想,应该造点什么放到大地上,让大地充满生气才好。

她蹲下身子,从地上掘了一团黄泥,在手中揉呀,捏呀,渐渐地,一个小东西在她手中成型了。这个小东西有一个圆圆的头,头的一面有两只圆圆的眼睛,一个挺拔的鼻子和一个扁扁的嘴巴。小东西还有两条长长的手臂,两条挺拔的长腿。

女娲把这个小东西放到地上。说也奇怪,这个泥捏的小家伙刚一接触到地面,马上就活了起来,开口对女娲喊道:

"妈妈!"

女娲看着她亲手创造的这个聪明美丽的生物,又听见"妈妈"的喊声,不由得满心喜欢、眉开眼笑了。

她给她心爱的孩子取了一个名字,叫做"人"。

女娲对于自己的优美作品,感到很满意。于是,她又继续动手做她的工作。她用黄泥做了许多能说会跑的可爱的小人儿,这些小人儿在她周围跳跃欢呼,嘴里喊着:"妈妈!妈妈!"大地上顿时充满了生气。女娲从此不再感到孤独和寂寞。

为了造出更多的人,女娲不停地工作着。常常一直工作到晚霞布满了天空,星星和月亮射出了幽光。夜深了,她也实在太累了,才把头枕在山崖上,略睡一睡。第二天,晨曦微露,她又赶紧起来继续做她的工作。

她一心想使这些灵敏的小生物遍布大地,可是大地实在太大了,什么时候才能捏出足够的人来呢?而且她自己已经疲惫不堪了。

她想呀想呀,终于想出了一个绝妙的主意。她采来一些长草,搓成绳子,然后把绳子伸入泥浆中,将饱蘸稀泥的绳子向地面这么一挥洒,泥点溅落的地方,就出现了许多叫着跳着的小人儿,和先前用黄泥捏成的小人一模一样。"妈妈,妈妈"的喊声在周围震响。

用这种方法来进行工作,果然简单省事。绳子一挥,就有好些小人出现,大地上不久就布满了人类的踪迹。

大地上虽然有了人类,女娲的工作却没有终止。她又考虑到:人类是要死亡的,死亡了一批再创造一批么?未免太麻烦了。怎么能使他们继续生存下去呢?这却是一个难题。

后来她终于想出了一个办法:就是把那些小人儿分成男女,让男人和女人配合起来,叫他们自己去创造后代。这样人类就世世代代绵延不绝,并且一天比一天多了。

女娲创造了人类以后,许多年来,平静无事,人类一直过着快乐幸福的日子。

不料有一年,不知道为了什么缘故,也许神国出了什么乱子,宇宙忽然发生了一场大变动。

看哪,半边天空坍塌下来,天上露出些丑陋的大窟窿,地面上也破裂成了纵横交错的深沟,山林燃起了熊熊烈火,洪水从地底喷涌而出,狂风大作,波浪滔天。猛兽从山林中窜出,吞噬善良的人民。鸷鸟翱翔于蓝天,专攫食老人和孩子。人类既遭洪水之灾,又遇恶禽野兽之害,处境十分危险。

女娲看见她创造出来的人类遭受这么可怕的大灾难,痛心极了。她要把她的孩子从水深火热中拯救出来,决定独自担当起修补天地、平息祸患的重任。

她先在江河山川里拣了许多五色的石子,架起了大火,把这些石子放在鼎锅里熬炼。经过几天几夜的熬炼,石子熔成了胶糊状的液体。女娲舀起五色的岩浆抛向天空中的窟窿,一勺又一勺,终于把天上的窟窿都填补好了。她怕补好的天空再坍塌,便又杀了一只大乌龟,砍下它的四只脚,用来竖立在大地的四方,代替天柱,把天空像帐篷似地撑起来。柱子很结实,天空再也没有坍塌的危险了。

那时,中原一带有一条凶恶的黑龙残害人民,女娲补好天后又去将黑龙杀了,并将各种恶禽猛兽重新赶回森林,使人类不再受到它们的伤害。

剩下来的只有洪水的祸患还未平息。女娲便把河边的芦草烧成灰,堆积起来,阻塞住了滔天的洪水。

女娲终于平息了灾祸,人类获得重生,大地上又呈现出欣欣向荣的景象。春夏秋冬四个季节依着顺序循环,去而复来,一点不出乱子,恶禽猛兽也渐渐变得性情驯善,和人类友好相处。人们快乐地生活着,天真烂漫,无忧无虑。

女娲看见她的孩子们生活得很好,心里很高兴。她又造了一种叫"笙簧"的乐器——这乐器是用葫芦做成的,里面插了十三只管子,形似凤尾,能吹出清扬悦耳的乐声。女娲教会了人类怎样吹奏笙簧,人类从此有了音乐,生活更加快乐。

(《世界神话传说选》,南京:江苏少年儿童出版社,1991年)

【导读】

这是一篇讲述女娲造人和补天的神话,在古书记载的基础上添加了些人情味,使之成为一篇适合儿童阅读的文学作品。

神话是一种很古老的文学体裁,基于现实生活,也掺和了人类瑰奇的想象,它的一个主要功能是解释人类对于自身存在的迷惑。人类到底是如何产生的?几乎每个民族流传下来的神话传说中,都有解释这一问题的神话,即所谓创世纪神话。在中国的创世纪神话中,女娲补天是很精彩的一页。

女娲是一个女性神祇,为了给美丽却寂寞的大地带来生气,她用黄土捏成了"人",为了让人类生生不息,代代相继,她把人分成了男人和女人,并教会人类繁衍生息,绵延不绝。当宇宙发生天崩地陷的大灾难时,女娲以她"母性"的胸怀和胆魄,勇敢地担起了补天、平祸的重任。她不辞劳苦,历尽千难万险炼出五色的岩浆,把天上的窟窿补好,又用乌龟的大脚代替天柱支撑起天幕。杀了残害人民的黑龙,赶走了恶禽猛兽,给人类一个祥和、美好的生存环境,并且创造了乐器,给人类带来了音乐,使人类的生活变得更加丰富多彩。这个童话通过女娲造人、补天等故事,告诉孩子们母亲是一个崇高而伟大的名字。每一个可能成为母亲的女性都要像女娲那样为了孩子、为了未来,不畏任何艰难险阻,无私地奉献出自己的一切智慧和力量。

两边不讨好的蝙蝠

伊索寓言

【解题】

《伊索寓言》是古希腊寓言作家伊索创作、流传很广的寓言著作,有各种文字的译本。人们熟悉的《农夫和蛇》《狼和小羊》等寓言故事最初就出自《伊索寓言》。

伊索生活的时代是约公元前六世纪。传说他原来是一个奴隶,后来才获得自由。他很善于讲寓言故事,用他自己创作的寓言故事来讽刺当时的权贵,告诫人们提防恶人的侵害。他的故事让当时的统治者害怕,最后统治者找个借口将他杀害了。

伊索死后,他的寓言经后人加工发表,得到广泛流传,其中的许多精彩的作品,至今常常被人们引用。这些寓言作品不仅仅以少年儿童为读者,也给成年人带来启迪和思考。

鸟类和兽类曾经发生过一次大战,蝙蝠避开战斗而旁观。当认为兽类将要胜利的时候,才参加了兽群。

众兽看见他时,说:"你是鸟啊。"

"不,实在不是,"蝙蝠说,"你们看看我身上长着毛,嘴里长着尖锐的牙齿哩。"

过了不久战斗继续进行,鸟类转入胜利的形势。这时,蝙蝠又飞到鸟的一边。

"兽为什么来到这里呀?"众鸟说。

"我不是兽,"蝙蝠说,"我是鸟哇,看看我的翅膀。"

后来,鸟类和兽类停战了,哪一边都不愿和蝙蝠在一起。直到今天,蝙蝠在白天还羞惭得不敢露面,仅在鸟兽都睡定了的时候于黑暗中飞来飞去。

(《世界寓言故事选》,南京:江苏少年儿童出版社,1994年)

【导读】

  寓言总是借一个故事来说明道理的。这篇《两边不讨好的蝙蝠》借一只投机取巧的蝙蝠,讽刺那些既不想出力流汗,又不想承担风险,却妄想利用自己两面派的嘴脸,得到庇护和好处的人。寓言巧妙地利用了蝙蝠的特点来讲故事说道理,蝙蝠既有像鸟的一面,又有像兽的一面,用它来比喻那些在矛盾斗争中见风使舵的人是再妥当不过了。故事运用拟人手法,让这只蝙蝠用自己的语言把自己的丑陋之处描绘出来,十分生动。最后,这个自以为聪明的家伙得到了应有的惩罚,它一辈子再也见不到阳光了。这个寓言告诫人们,投机取巧的人,最终只会落得两边不讨好。

  伊索寓言一般都具有明显的象征性和讽喻性,篇幅短小,故事简单,所要说明的道理也比较直接,比较浅显。这些特点对后来的寓言创作有比较大的影响。

核桃和钟楼

达·芬奇

【解题】

《核桃和钟楼》是一篇短小、精练、寓意深刻的寓言故事。达·芬奇(1452—1519)是文艺复兴时期意大利杰出的绘画大师。他不仅是一个伟大的现实主义画家,还涉猎其他许多学科,在艺术、科学、哲学、美学等领域都有所建树。他不仅为后世留下了《蒙娜丽莎》《最后的晚餐》等著名的美术作品,还留下了大量的为孩子们写的寓言作品,《核桃和钟楼》就是其中的一篇。

一只鸟在钟楼上反反复复地啄着一棵核桃。哎呀!狡猾的核桃突然逃掉了。他滚了一阵,最后掉进墙缝里,不见了。

"墙,好墙!"核桃说,"感谢上帝,你如此结实和高大,厚厚的;又有多么漂亮的钟,全世界都能听见!您救救我吧!"

鸟在上面焦急地叫,墙沉默不语。

"墙,好墙!"核桃用一副可怜的声音说,"您知道,我注定要从我老父亲——核桃树上掉下来,落进铺满黄叶、肥沃的土壤里……啊,请您不要抛弃我,我求求您!"

核桃接着又说:"当我在野蛮的鸟嘴里时,我曾发誓:如果上帝保佑我逃出来,不管我流落到多么艰苦的地方,我也决心在那里度过我的余生。"

钟轻声嘀咕着,告诫墙壁:"你可要当心,小心点啊……注意,核桃可是个危险分子。"

"危险?他是多么弱小啊!"最后,墙说话了。

墙决定客客气气让核桃留下来,他掉在那儿,就让他在那儿待着吧!

过了些日子,核桃裂开了嘴,接着,根须长出来;根须四处延伸,枝叶也从墙缝中探出脑袋。核桃长成了一棵树,长得那么迅速,枝叶那么繁茂,不久就长到钟楼上喽。现在,他变得那么粗壮有力,悄悄地毁坏了墙壁,把旧墙弄倒了。

墙壁意识到核桃的祸害时,为时已晚。他长叹一声,说:"我真后悔,没有听钟的劝告啊!"

对那些不值得信任的人不要抱有幻想。

(《世界寓言故事选》,南京:江苏少年儿童出版社,1994年)

【导读】

拟人化是寓言故事最常见的手法,《核桃与钟楼》运用这种手法设置了核桃、墙、钟三个"人物"。核桃为了逃避被鸟啄食的厄运,而躲到了墙缝里,为了得到墙的庇护,他向墙乞怜、献媚、承诺,作为"旁观者"的钟看出了核桃对墙的潜在威胁,轻声地对墙告诫。可是善良而轻信的墙被核桃一时的可怜相和看似真诚的承诺打动了,让核桃留了下来。不久核桃在墙缝里生根发芽,终于把墙弄倒了。墙悔之晚矣。这个故事告诉我们一个简单而深刻的道理:对那些不值得信任的人不要抱有幻想,否则会遭到墙一样的命运。这个故事和我们所熟悉的中国古代寓言故事《东郭先生和狼》有着异曲同工之妙。

海 的 女 儿

安徒生

【解题】

《海的女儿》是丹麦童话大师安徒生的作品。安徒生是世界上最有成就的童话作家,也是世界上最有影响的童话作家。我国现代童话的开拓和发展,受他和他的作品影响很深。

1805年,安徒生出身于一个鞋匠家庭,早期也写过一些诗歌和散文。1835年,安徒生30岁的时候,开始了他的童话创作,一直写到1875年他去世为止。一生中,他总共写了168篇童话,这些童话想象丰富,富于激情,情节也十分有趣,被翻译成许多国家的文字,受到各国儿童的喜爱。特别是他三十岁到四十岁这十年中,他的童话创作达到高峰,许多著名童话如《小克劳斯和大克劳斯》《豌豆上的公主》《拇指姑娘》《皇帝的新装》《丑小鸭》等都是这一时期的作品。这篇《海的女儿》也写于这一时期,与他这一时期的其他作品一样,《海的女儿》是专为孩子们写的童话,故事优美动人,充满幻想,是他的代表作之一。四十岁以后,安徒生的创作有了明显的变化。他自己称这一时期的作品为"新童话"。其实,从这一阶段开始,他的创作中幻想的成分越来越少,很多作品更接近现实生活的描述。《卖火柴的小女孩》《母亲的故事》等就是他后期的作品。

在蓝色的大海下面,有一座美丽的宫殿,那是海王和他的老母亲以及六个女儿居住的地方。六位公主都没有腿,身子下面只长着一条鱼的尾巴。她们当中,要算顶小的那个最漂亮,她不大爱说话,最大的快乐就是听老祖母讲述人类的故事。她是多么渴望能浮到海面上去看一看啊,可是老祖母却说:"我的孩子,等你满十五岁的那一天,你的愿望就会实现的。"

小人鱼足足等了五年,才把这一天盼来。当她头戴花环升到海面的时候,正是黄昏,海天相连的地方铺满了玫瑰色的云霞,海水在夕阳下泛着粼粼波光,一艘大帆船就静静地卧在海面上,从那里传来很好听的音乐。

小人鱼一直游过去,透过明亮的窗玻璃,她看见船舱里有许多穿着华丽衣服的男子,其中最英俊的是一位生着一双黑眼睛的王子,今天刚好是他的十六岁生日。

水手们在甲板上跳着舞,当王子走出来的时候,一百多发火箭一齐射向天空。小人鱼吓坏了,赶紧沉入水下。可是不一会儿,她又忍不住把头伸出来。这时她觉得满天的"星星"都在向她落下,她还从来没有见过这么绚烂夺目的焰火哩。借着焰火的光亮,她看见那位年轻的王子正在同水手们握手、谈笑……

夜深的时候,船起航了。可随即而来的大风暴把船一会儿抛上浪尖,一会儿又摔下浪谷,折断了桅杆,撞散了板壁,船上的人一个个全被掀进了水里。小人鱼一直在注意着王子。因此,她马上不顾一切地向王子游去,用力托起他的头,任凭波涛载着他俩向前飘去……

鲜红的太阳升起来了,小人鱼的眼前一片光明。她轻轻地吻了吻王子,又轻轻地吻了吻,然后就一直把他带到了沙滩上。她把他放在柔软的沙上,让他的身子沐浴在温暖的阳光里。

远远地,有许多人走来了。小人鱼赶紧跳进海水里,躲在一块大礁石后面,想看一看谁会来到可怜的王子身边。

不一会儿,走过来一位年轻的女子,她似乎非常吃惊,赶快又找来一些人。小人鱼看到王子渐渐苏醒过来,友好地向大家微笑,却一点不知道救他的人究竟是谁,她悲伤地沉入海底,回到她父王的宫殿。

她本来就沉默寡言,现在更是终日闷闷不乐,谁问她都不开口。有好多个早晨和夜晚,她都浮出水面,向最后放下王子的那片沙滩游去,可是每次又总是失望而归。她的痛苦一天天加深,终于再也承受不了啦。当她的五个姐姐得知她的心事后,就一齐陪着她游到了王子住的地方,那是一座金碧辉煌的宫殿。

后来她就常常在夜晚独自游近王子的宫殿,坐在一个伸进海水中的大理石台阶上,远远地注视着年轻的王子,或者倾听渔民们对王子的赞美。

她渐渐地爱起人类来,热切地渴望成为他们当中的一员。于是她跑去向她的祖母吐露了心事。老祖母忙劝阻道:"你决不能有这种念头,孩子。我们能活三百年,可人的生命比我们短多啦!"小人鱼固执地说:"只要能变成人,我宁愿放弃在这儿活几百年的生命!"

"这是不可能的!"老祖母肯定地说,"在他们那儿,一个人要显得漂亮,必须生有两根木棍子似的腿。而你的那条鱼尾,将要被他们耻笑成十分丑陋的东西。"

小人鱼深深地叹了口气,悲哀地看了一眼自己的尾巴。她决定去向海里的巫婆请教:怎样才可以变作一个真正的人。

小人鱼走出宫殿,走过急转的漩涡和冒着热气的泥沼,来到一座可怕的森林跟前。这里满是珊瑚虫,它们看起很像一条条多头蛇。小人鱼害怕极了,几乎想转回去,可一想起那位王子和自己的心愿,她就又有了勇气,她在珊瑚虫中间穿梭前进,最后来到一片空地上。

"哦,我的小傻瓜,我知道你为什么而来。"巫婆说,"我可以给你一帖药,你带着它游向海滩,然后把它吃掉。那时你的鱼尾就会裂成两半,变成人的腿。可是,这是件很痛苦的事,就好像有一把锋利的刀子捅进你的身体里。你的脚步将比任何人都轻盈、优美,可是,你每迈出一步,都会像是在刀尖上行走。假如你能忍受

701

这一切的话,我就可以帮助你实现愿望。"

"是的,我可以忍受。"小人鱼回答道。

"不过——"巫婆又接着说,"你一旦变成了人形,你就再也不能变回人鱼了;并且,假如你不能获得王子的爱,不能同他结为夫妻,那么,在他与别的女子举行婚礼后的第一个早晨,你的心就会破裂,你的身体就会化作海上的泡沫。"

"我不怕。"说这话时,小人鱼的声音是颤颤的,脸色是惨白的。

"慢着,我们还要谈个条件。"巫婆又说,"你必须拿你最好的东西作为交换——我要你悦耳动听的声音。"

于是,巫婆给了小人鱼一罐子药,然后割下小人鱼的舌头作为回报。现在,小人鱼成了一个哑巴,既不能说话,也不能唱歌了。

她悄悄地离开了大海,一直游到王子的宫殿跟前。在那个她常坐的大理石台阶上,她服下了巫婆给的药。立刻,她感到有一把锋利的尖刀劈开了她的身子,随后,就昏死了过去。当她睁开眼时,正看见那位年轻的王子站在她面前,她羞涩地低下头,欣喜地发现自己拥有了一双修长白皙的腿。

王子和蔼地问她是谁,从哪里来,到这儿做什么,可她不能回答,只是用那美丽而忧郁的眼睛深情地望着王子。王子把她领进宫里,每走一步,剧烈的疼痛便会传遍全身,可她勇敢地忍受着。

她成了王宫里最美丽的人,整天陪伴在王子身旁。她跳舞给王子看。那舞步轻盈极了,优雅极了。只是谁也不知道,为了这样的舞,她付出了多么巨大的痛苦。不过,她一点也不觉得苦,因为她甘愿为王子献出自己的一切。

夜晚,当大家都睡熟了以后,她就来到那个大理石台阶上,把双腿伸进水里,好让它们感到舒服。

王子一天比一天爱她,但只是像爱一个孩子那样,从来没有产生过同她结婚的念头。可是她必须成为他的妻子,否则,巫婆的预言就会应验。于是,她就常用她那双会说话的眼睛问他:"你最爱的是我吗?"每次,王子总是这样回答:"是的,是的,因为你有一颗最善良的心。你像极了那位在海上救过我一命的年轻女子,可是我再也见不到她了。不过,我还要感谢命运把你送给了我,使我不再因思念而痛苦万分!"

"哦,他竟然不知道是我救了他的命!"小人鱼伤心地想。尽管这样,她仍然甘愿为他做出任何牺牲。

不久,王子装备好了一艘华丽的大船,说要到邻国去观光访问,而实际上他是订婚。小人鱼随船一同前往,一路上她被王子爱的表白弄得心醉神迷。

第二天,船开进了邻国的港口,王子一行受到了热烈的欢迎。小人鱼正在对邻国公主的美貌暗暗赞叹,忽听王子狂喜地喊起来:"啊!我的救命恩人,我终于找到了你!我是多么幸福哇!"然后他又转向小人鱼,说,"我真不敢相信这是真的。我最亲爱的朋友,为我的幸福而高兴吧!"

小人鱼吻了吻王子的手,悲哀地感到自己的心正慢慢破碎。

这天晚上,一对新人在船上举行了隆重的庆祝活动。小人鱼跳起了美丽的舞蹈,她像一只轻捷的燕子,在甲板上飞过来飞过去,丝毫也没有感觉到那利刀子割着双脚的疼痛,因为她的心不知要比这疼痛多少倍。

晚会一直到午夜以后,王子和他的新娘相偎着回帐篷休息了,船上变得很安静。小人鱼凝视着东方,恐怖地等候着第一道阳光的降临。这时,她的姐姐们从波涛中走出来,她们飘逸的长发都被剪掉,其中一个手上拿着一把雪亮的尖刀。

她们说:"我们用长发向巫婆换来了这把刀子,拿去吧,在太阳升起之前刺进那个王子的心里,当他的血流到你的双脚上时,它们便重新黏合在一起,变成鱼尾。记住:不是他死,就是你死。

不要再犹豫了,赶快动手吧!"随着一声怪异的叹息,她们顷刻间又消失在苍茫的大海上。

　　小人鱼轻手轻脚走进帐篷,正看见新娘熟睡在王子的怀中,正听见王子在梦中呼唤着新娘的名字。她握刀的手不由得哆嗦起来,突然间,她就把刀扔进了大海里。在刀子沉下去的地方,浪花发出耀眼的红光,仿佛有许多血滴在四下飞溅。她最后看了一眼王子,就纵身跳进海里,化作了白色的泡沫。

　　当金色的阳光投在蓝色的大海上时,小人鱼看到王子和他的新娘正在急切地寻找着。她对他们微微一笑,然后就坐上玫瑰色的云彩升入到天空里去了。

　　　　　　　　(《安徒生童话》,南京:江苏少年儿童出版社,1994年)

【导读】

　　这是一个美丽而神奇的故事,又是一个带着浓郁的悲怆意味的故事。可爱的小人鱼所向往的,与其说是她所不熟悉的人类的生活,不如说是一种只属于人类的美妙爱情。为了和自己所爱的人生活在一起,为了追求这本来不属于她却又充满神奇诱惑的东西,小人鱼毅然放弃了自己安逸平静的生活,走上了一条布满荆棘的不归路。

　　也许肉体上的痛苦不是最难以承受的痛苦,也许付出不能说话的代价也不是最难以承受的痛苦,最难以承受的痛苦是自己呕心沥血付出的一切得不到理解和回报,是眼看着自己最心爱的人将爱情奉献给了另一个姑娘。当小人鱼的心思一次次被王子忽略,当王子亲口要求小人鱼为他和公主的爱情祝福时,她的心碎了。

　　安徒生为孩子们塑造的美丽可爱的小人鱼,是善良、真诚和勇敢的化身。她和她的五个姐姐不一样,她看准了自己追求的目标,便义无反顾地冲向前去,不惜一切代价和牺牲。对自己所爱的人,她从来没有要求,只有默默地付出。在面对王子的幸福和自己的生命这个最残酷的选择时,小人鱼还是默默选择了牺牲自己,尽管这时沉浸在幸福中的王子早已将小人鱼忘了。

　　安徒生为孩子们讲的这个故事和许多童话的结局不一样。在常见的许多童话里,相爱的人历尽千难万苦,总有享受幸福的一天。最后,"王子和公主终于过上了幸福的生活"。可在《海的女儿》中,小人鱼经历了许多痛苦,承受了许多委屈,却没有得到回报。她最终化作了白色的泡沫,不仅没有得到她用生命追求的东西,也再不能像她的姐姐们一样过安逸平静的日子了。当人们满怀惋惜和深深的敬意看着那一朵玫瑰色的云彩慢慢升上天空的时候,感受到的是小人鱼超越人间美丽爱情的一种更为崇高、更为伟大的献身精神。

大 拇 指

《格林童话》

【解题】

《大拇指》是世界童话名著《格林童话》中的一篇。《格林童话》的著作权属于格林兄弟,但它们真正的作者是德国人民。格林兄弟是19世纪德国的两个语言学家,他们收集了一篇篇在民间流传的童话故事,本意是用作语言学研究的资料。而这一篇篇透溢着劳动人民的智慧、闪烁着民间语言灵光的童话以自然天成的魅力进入了世界文学的殿堂,成为一代又一代孩子案头和枕边的宝贝。

从前有一个穷苦的农民,每天晚上他坐在灶旁拨火,他的妻子坐着纺线。他说:"我们没有孩子,这是一件很伤心的事情!我们家里这样冷清,别人家里那样热闹,那样生气勃勃。"

妻子叹一口气,回答说:"是的,只要有一个孩子,即使他生得很小,只有拇指那般大,我也很满意了,我们照样要全心全意地爱他。"

想不到后来妻子生病了,过了七个月,她生下了一个小孩子。这孩子虽然四肢都完全,但是全身只有一个拇指那么长。他们说:"这正像我们所希望的一样,他应该是我们亲爱的孩子。"他们就按照他的大小叫他做大拇指。虽然他们给他吃得很多,但是他并不长高,永远像生下来的时候一样大小。不过他眼睛里有一股灵活的神气,不久就表现出来。他是一个聪明伶俐的孩子,他能做的事情总是做得很成功。

有一天,那农民准备到森林里去砍柴,他自言自语说:"我希望有一个人帮助我把车子送去。"

大拇指叫道:"爸爸,我会给你送车子去,你放心,车子一定在指定的时间送到森林里。"

父亲笑道:"那怎么行呢,你太小了,不能够拉马缰绳赶车子。"

"爸爸,不要紧,只要妈妈把马具套好,我就坐在马耳朵里向它叫喊,指挥它怎样走。"

父亲回答说:"好的,我们试一试吧。"

时候到了,母亲套好车子,把大拇指放在马耳朵里,然后小家伙就叫喊:"嘘哟!霍特,哈尔!"他这样指挥着马,马走得很好,像一个车夫赶的一样。车子从大路上向森林走去。当车子正要转弯,小人在喊"哈尔,哈尔!"的时候,有两个陌生人朝着马车走来。

其中一个人说:"你看,这是怎么一回事?马车在走,车夫在叫喊,但是看不见人。"

另外一个人说:"一定有妖怪,我们要跟着马车走,看它停在哪里。"

车子一直走到森林里,正好停在砍柴的地方。大拇指看见了父亲,道:"爸爸,你看,我把车子赶来了,现在你把我拿下来吧。"

父亲左手牵住马,右手从马耳朵里拿出他的小儿子。大拇指非常高兴,坐在一根麦秆上。那两个陌生人看见了大拇指,惊奇得不知道说什么才好。其中一个把另外一个拉到旁边,说:"你听我说,如果我们把那小人带到大城市里去展览。叫人出一些钱,我们可以得到很多钱。我们把他买下来吧。"于是他们走到农民面前,说:"把这个小人卖给我们吧,我们要叫他过幸福的生活。"

父亲回答说:"不行,那是我的心肝,把世界上所有的金子给我,我都不卖。"大拇指听到了他们要买他,就沿着父亲衣服上的折裥爬上去,站在他的肩头,悄悄地向他说:"爸爸,只管把我卖给他们吧,我一定会回来的!"父亲就把他卖给那两个陌生人,得了一大笔钱。

他们问他:"你要坐在哪里?"

"哦,把我放在你们帽子边上吧,在那里可以散散步,望望风景,不会跌下来。"

他们照着他的话做,大拇指向他父亲告别以后,他们就带着他走了。他们走着走着,在黄昏的时候,小家伙说:"把我拿下来吧,我要小便了。"

帽子上坐着小家伙的那个人说:"就在上面小便吧,我不在乎。有时候鸟也在我身上落下一点东西呢。"

大拇指说:"不行,这是没有礼貌的事,赶快把我拿下来。"

那人就拿下帽子,把小家伙放到路旁的地上。他在土块中间跳来跳去、爬来爬去,找到了一个老鼠洞,突然逃了进去。他喊他们说:"先生们,晚安,你们回家去吧,不必带着我了。"然后他又嘲笑了他们一阵。他们跑过来用棍子去戳老鼠洞,但是一点没有用。大拇指早已爬到洞的深处了。不久,天完全黑了,那两个人很生气,只得带着空钱包回家去。

大拇指晓得他们走了,从洞里爬出来。

他想:"黑夜里在田野上走很危险,容易碰断手脚。"幸亏他找到一个空的蜗牛壳,他说:"谢天谢地,我可以在这里安安全全地过夜了。"于是他就蹲在里面。

过了不久,他正要睡着的时候,他听见有两个人走过,其中一个人说:"我们想个什么方法,去拿那个富教士的金子和银子呢?"

大拇指插嘴说:"我可以告诉你们怎么办。"

一个小偷很惊慌,说:"这是什么?我听见一个人在说话。"

他们站着仔细听,大拇指接着说:"你们带我一道去,我可以帮助你们。"

"你在哪里?"

他回答说:"你们只管在地上找,注意声音是从哪里来的,便知道了。"

小偷们终于找到了他,把他抱了起来。他们说:"你这个小家伙,你怎么能够帮助我们呢!"

他回答说:"你们听着,我将从铁栅中爬到教士的房间里去,把你们所要的东西递给你们。"

他们说:"好的,我们看看你的本领。"

他们到了教士的房屋前,大拇指爬进房间里,马上就用尽气力叫喊:"这里所有的东西,你们都要吗?"

两个小偷很慌,说:"说话轻一些,不要惊醒了人。"但是大拇指假装不懂得他们的话,又重新喊道:"你们说什么?这里所有的东西,你们都要吗?"

睡在隔壁房间里的保姆听见了这些话,就起身坐在床上,仔细听着。那两个小偷吓得朝后跑了一段路,方才鼓起了勇气,想道:"那小家伙在和我们开玩笑。"他们走回来,悄悄地向他说:"现在老老实实地递点东西给我们吧。"大拇指又尽力地喊:"我要把所有的东西递给你们,只管把手伸进来好了。"正在倾听的保姆把这句话听得清清楚楚,就跳下床来,跌跌撞撞地冲到门旁。两个小偷连忙逃走,好像在暴风骤雨的夜里,打猎的魔王带着大批人马在追他们一样。保姆因为看不见,去点了一盏灯。等到她拿着灯回来,大拇指已经逃到谷仓里去了,没有被她看见。保姆把所有的角落都察看过了,没有找到什么东西,就回到床上去睡觉,她以为刚才不过是睁着眼睛、竖着耳朵做了一个梦。

大拇指爬到稻草里,找了一个很好的睡觉地方;他预备在这里休息到天亮,然后回家去。但是他还要遇到一些事情呢!真的,在世界上有的是灾难和困苦!天刚刚亮,保姆已经起床喂牲口。她第一件事是到谷仓里去拿一满抱稻草,她拿起了稻草,恰巧大拇指躺在里面。他睡得很熟,没有觉得,一直到母牛把他连稻草一起吞到嘴里的时候,才醒过来。他喊道:"啊,天啊,我怎么落到碾米厂里来了!"但是他马上就发现自己是在哪里。他很当心,不让自己滚到牙齿中间被母牛咬碎。但是他终于跟着稻草一起被滑到牛胃里去。他说:"这两个小房间里人们忘记造窗子,没有太阳光晒进来,我也没有带灯来。"总之,他认为这个住所很坏。最糟糕的是,稻草不断地从门里进来,越来越多,弄得地方越来越窄了。到后来,他吓得拼命地叫喊:"不要再给我送饲料来了,不要再给我送饲料来了!"保姆正在挤牛奶,听见说话,没有看见人,而且说话的声音同她夜里听见的声音一样,她吓得从坐着的小椅子上滑了下来,把牛奶泼翻了。她急忙跑到主人那里,叫道:"啊,天啊。教士先生,母牛说起话来了。"

教士回答说:"你疯了。"他亲自到牛栏里去看发生了什么事情。他刚刚伸进一只脚去,大拇指又在叫喊:"不要再给我送饲料来了,不要再给我送饲料来了!"教士自己也吓慌了,以为有妖怪跑到了母牛肚子里,就叫人把它杀掉。母牛杀死了,藏着大拇指的牛胃被丢到垃圾堆上。大拇指费了很大气力,才弄出一条小路来,但是当他正要伸出头来的时候,又遇到了一个新灾难。一只饿狼跑过来,把整个牛胃一口吞下。大拇指没有失去勇气,他想:"也许狼还肯听我的话。"于是他在狼肚子里喊道:"亲爱的狼,我晓得一个地方,那儿有你很爱吃的东西。"

狼说:"到哪里去拿吃的东西呢?"

"在某处一所屋子里,你从厨房的阴沟里爬进去,可以找到饼子、猪油和香肠,你要吃多少有多少。"大拇指把他父亲的房子仔细讲给它听,狼不等他说第二遍,一到晚上,就从厨房的阴沟里挤进去,在储藏室里大吃特吃。它吃饱了想走出去,但是它的身体变粗了,没法从进来的地方出去。大拇指早已预料到这一着,他在狼肚子里大声吵起来,尽力狂叫大喊。狼说:"你静一些吧,不要把人们吵醒了。"

小家伙回答说:"唉,什么话,你已经吃饱了,我也要快乐快乐啊。"他又尽力叫喊,终于吵醒了他的父母。他们就跑到储藏室前,从门缝里朝里面张望。他们看见一只狼在里面,就跑回去,父亲去拿斧头,母亲去拿长镰刀。

他们进储藏室的时候,父亲说:"你留在后面,我先打狼一斧头,如果狼没有死,你就一镰刀,把狼肚子割破。"

大拇指听见他父亲的声音,叫道:"好爸爸,我在这里,我藏在狼的肚子里。"

父亲非常高兴,说:"谢天谢地,我们亲爱的孩子回来了。"他叫妻子扔掉长镰刀,免得碰伤了大拇指。他举起斧头,照准狼的头上打去,狼倒下死了。他们找来了刀子和剪子,割开狼的肚皮,把小家伙拖了出来。

父亲说:"啊,我们为你操了多少心哟!"

"是的,爸爸,我在外面跑了许多地方,谢谢上天!我现在又吸到新鲜空气了!"

"你究竟到过哪些地方?"

"啊,爸爸,我到过老鼠洞里、母牛肚子里和狼肚子里,现在我跟你们在一起了。"

父亲和母亲说:"把世界上所有的财宝拿来,我们再也不卖掉你了。"他们就拥抱着亲爱的大拇指,给他吃,给他喝,还叫人给他做新衣服,因为他原来的衣服已经在旅行中弄得破破烂烂了。

(《格林童话》,魏以新、张威廉译,北京:少年儿童出版社,1985年)

【导读】

这是一篇充满谐趣的童话。主人公是一个只有大拇指那么大的小孩子。可这个小孩子接二连三奇迹般地战胜了比他强大许多的势力。在他流浪兼历险的旅程中,他不但依靠自己的智慧摆脱了坏人的控制,还把他们狠狠地嘲弄了一通。在困难艰险甚至生死的考验面前,这个小小的大拇指总能临阵不乱,调动起自己的智慧来解救自己,最后终于从种种困厄中脱身,回到了父母的怀抱。

　　童话用"超人体"的方法,将故事的主人公设计成一个只有拇指般大小的孩子,可以使这个孩子处于跟正常人完全不同的环境中,一会儿在马耳朵里,一会儿在牛肚子里,他看到听到感受到的是孩子们绝对无法看到、听到和感受到的东西,这不但大大激发了小读者们的好奇心,也使他们的想象力得到开发,在阅读或听故事的时候,仿佛置身于一个奇妙无比的环境中,增添了作品的谐趣效果。更重要的是,将大拇指身量的弱小和邪恶势力、艰难险阻的强大形成对比,通过一连串的较量证明,智慧、勇气和乐观精神的力量是无穷无尽的,足以战胜任何貌似强大的敌人。从大拇指屡战屡胜的历险记里,我们分明可以读出这些来自德国下层人民洒脱、聪慧、果敢、自信和乐观主义的优良品质。

木偶奇遇记

卡洛·科洛迪

【解题】

卡洛·科洛迪是19世纪意大利著名儿童文学作家,也是世界著名的儿童文学大师。他一生创作了许多儿童文学作品。《木偶奇遇记》是他的代表作,问世一个多世纪以来,不但被译为多国文字,而且被画成多种版本的连环画、制成电影卡通片、电视动画片,以各种形式介绍给一代又一代的少年朋友。其主人公皮诺曹已经成为全世界少年读者的朋友。他用自己奇妙的经历和充满魅力的个性告诉孩子们怎样克服自身缺点做一个好孩子。

从前有一个老木匠。有一天,他拿起一把锋利的斧子,动手做一条桌子腿。他第一斧正要砍下去,忽然听到一个很细的声音央求说:"别砍得太重了!"老木匠吓傻了,他到处找说话的人,但没找到,他以为自己听错了,重新拿起斧子,狠狠一斧下去。

"唉哟,你把我砍痛了!"很细的声音叫起来。老木匠吓得脸都变了色。正在这时,来了一个老头儿,他的名字叫杰佩托。

杰佩托想做一个木偶,他来向老木匠要一根木头。老木匠马上拿起那段把他吓得半死的木头,送给了杰佩托。

杰佩托回到家里,马上拿起工具,动手刻他的木偶,很快刻好头发、脑门,又刻出了眼睛,木偶的眼睛刚刻好,便骨碌碌动了起来。鼻子刚做好,就长啊长啊,变成了一个长长的鼻子。嘴巴还没做完,就马上张开笑了。

木偶做好了,杰佩托给木偶起了个名字叫皮诺曹。杰佩托扶着皮诺曹,一步一步地教他走路。可是等皮诺曹一学会走路,就开始满屋乱跑,最后跑出了大门。可怜的杰佩托追了出去,大声喊:"抓住他!抓住他!"但皮诺曹跑得像匹小马驹。他拼命跑啊跑啊,穿田野,抄近路,跑回了家。

皮诺曹得意洋洋地坐在地上,忽然看见一只大蟋蟀在墙上,他问:"告诉我,你是谁?"

"我是会说话的蟋蟀,在这屋里一百多年了。我告诉你一个道理。"

"什么,快说吧!"

"孩子不听父母的话,任意离开家,是决不会有好结果的。他们会倒霉,迟早会后悔的。"

"你爱说什么就说什么,蟋蟀。可我明天早晨一定要离开家,不然会把我送去上学,逼我读书。跟你说心里话,我一点儿也不爱读书,我爱捉蝴蝶、爬树掏鸟窝什么的。"皮诺曹说。

蟋蟀耐心地说:"你要是不爱上学,就学点本领,也可以养活自己。"

皮诺曹不耐烦地说:"合我心意的事情就是玩儿,从早逛到晚。"

这时候,杰佩托回来了,他打算送皮诺曹去上学,但他很穷,口袋里一分钱也没有。杰佩托只好用花纸给皮诺曹做了一套衣服,用树皮做了一双鞋,但皮诺曹还没有课本。杰佩托想了想,穿上打满补丁的外衣冒着风雪出去了,一会他回来了,手里拿着识字课本,可身上只穿了一件衬衫。看到爸爸卖掉外衣给自己买课本,皮诺曹那颗良心一阵冲动,他决心好好上学报答爸爸。

雪一停,皮诺曹就带着课本去上学了。他一边走一边想:"我一定要好好学习,以后凭我的本领挣许多钱,给爸爸买一件漂亮的外衣。为了给我买书,这么冷的天他把外衣都卖了,只有爸爸才肯做出这种牺牲……"

这时,忽然听见远处有音乐声,皮诺曹停住脚听了听,最后耸耸肩膀说:"今天去听音乐,明天再去上学吧,上学的日子长着哪。"于是他撒腿就跑,来到一个大棚外。原来这里正在演木偶戏。皮诺曹非常想看,但门票四毛钱一张,皮诺曹没有钱;他便把崭新的识字课本卖了,买了一张票。

皮诺曹一进戏院,台上正在演出的花衣小丑就停止了表演,木偶们都拥上来大声喊叫:"皮诺曹,皮诺曹,上来,到我们这儿来!"皮诺曹受到男女木偶的狂热欢迎。观众非常生气,也喊叫起来:"我们要看戏,我们要看戏!"

正在热闹的时候,木偶剧团的老板来了,大伙吓得连气都不敢透。

"你干吗到我的戏院里来搞乱?"老板大声问。

"请您相信,先生,这不怪我……"皮诺曹害怕地说。

"够了够了!晚上咱们再算账!"

晚上,戏演完以后,老板走进厨房,厨房里正在烤一只羊,还没有熟。老板把花衣小丑和驼背小丑叫来,对他们说:"把那个木偶带来,我看他的木头很干,扔到火里,就能把羊烤熟了。"

皮诺曹被架来了,他拼命挣扎,大叫:"爸爸,快救救我!我不要死,我不要死……"

老板看皮诺曹这副样子,心也软了,不过羊还得烤熟,于是他就命令把花衣小丑捆起来,扔到火里去。

可怜的花衣小丑吓得瘫倒在地上,皮诺曹看到这种凄惨场面,号啕大哭起来。老板对皮诺曹说:"我不烧你就得烧他,因为我要把这只羊烤得香香的。"

"那么,你就把我捆起来扔到火里去,让可怜的花衣小丑替我去死,是不公道的!"皮诺曹大叫一声,站起来喊道。这番话说得豪迈激昂,老板那冷得像冰似的心也慢慢地感动了,终于疼爱地张开双臂,对皮诺曹说:"你是好小子,过来,给我一个吻。"

第二天早晨,老板把皮诺曹叫来,问他说:"你父亲有钱吗?"

"他很穷。"

"这里有五个金币。你拿回去给他,并且替我问候他。"

皮诺曹谢过老板,与木偶们一一告别,就欢天喜地地回家了。没走多远,就遇到一只瘸腿狐狸和一只瞎猫,狐狸上前问道:"早上好,皮诺曹。"

"你怎么知道我的名字?"

"我看见你爸爸了,他穿着一件衬衫,冻得直打哆嗦。"

"可怜的爸爸,以后我可以让他过上好日子了,我有五个金币。"说着,皮诺曹掏出了老板送给他的钱。

一看见金币,狐狸不由自主地伸出他的瘸爪,猫也张大了两只眼睛:"你想买什么呢?"

"我要给爸爸买一件漂亮的外衣,再给我买一本识字课本。"

狐狸眨眨眼说:"你只有五个金币,你想让它们变成一百个,一千个,两千个吗?"

"那当然好,可怎么变呢?"

"简单极了,你别回家,跟我们到傻瓜城去。傻瓜城有块'奇迹宝地',你在这块地上挖个小窟窿,把金币放进去,一夜功夫,就能长出一棵漂亮的树,树上长满金币。"

"那多好呀!"皮诺曹高兴得跳起来,"等我把这些金币都摘下来,我拿两千,其余的送给你们。"

皮诺曹高兴地跟着狐狸和猫走了。走到天黑,他们来到"红虾旅馆"。狐狸饿了,他们坐在餐桌旁,猫要了35条番茄鱼,4份奶酪。狐狸要了1只野兔,6只童子鸡,还要了鸡杂炒蛋、田鸡、甜葡萄。吃得最少的是皮诺曹,他只要了点核桃和一块面包。

吃完饭,狐狸要了两个最好的房间,一间住皮诺曹,一间住他和猫。狐狸嘱咐旅店老板半夜12点叫他们起床。

皮诺曹一上床就睡着了。他梦见自己在一块地当中,地里满是挂满金币的树。这时,他被敲门声惊醒了。他问敲门的老板:

"我的两位朋友起床了吗?"

"他们已经走了,说是在'奇迹宝地'等你,请你付饭钱和房钱吧。"

皮诺曹只好付了一个金币。外面很黑,皮诺曹摸索着往前走,忽然,他看见黑地里有两个黑影,全身都用口袋套着,向他扑来。皮诺曹赶紧把四个金币藏在舌头底下,正想逃走,已经被抓住了。

"要钱还是要命?"

皮诺曹摇摇头。

"不把钱拿出来就杀了你,还要你爸爸的命!"

"别别别,别要我可怜爸爸的命!"皮诺曹一叫,嘴里的金币就叮叮当当响起来了。

"哈哈,原来你把钱藏在舌头底下!马上吐出来!"

皮诺曹闭住嘴不动。两个强盗一个抓住他的鼻尖,一个撅他的下巴,粗暴地用手又扳又弄,可是没用,皮诺曹的嘴像粘住了。

皮诺曹拼命反抗,他挣脱了两个强盗的厮打,跳过路旁的树丛,在田野里飞跑。远远的看见一座白色的小房子,他上气不接下气地跑到那座小房子门口,嘭嘭嘭地敲起门来。这时强盗追过来了,皮诺曹一下昏了过去。

这时小房子里出来一位天蓝色头发的仙女,她轻轻拍了两下手掌,来了一只很漂亮的卷毛狗。它像人那样用后腿直立行走。卷毛狗身穿车夫的礼服,头戴金边小三角帽,白色假卷发垂到脖子上,巧克力色的上衣钉着宝石纽扣,两边有两个大口袋,放着主人吃饭时赏它的肉骨头。仙女对卷毛狗说:"把我的车赶来,把可怜的木偶放到车上。"

一转眼工夫,就来了一辆天蓝色的漂亮小轿车,外面装饰着金丝雀羽毛,里面裱糊得像奶油蛋糕。一百对白老鼠拉车,卷毛狗赶车。

仙女请来三位大夫，一个是乌鸦，一个是猫头鹰，还有一个是会说话的蟋蟀。仙女对他们说："我想请诸位看看，这不幸的木偶是活着还是死了。"

乌鸦检查了一番说："我认为木偶完全死了。"

猫头鹰看了看说："我认为，木偶完全活着。"

"您说呢？"仙女问蟋蟀。

"这个木偶我认识，他是个二流子，是个不听话的坏孩子，他简直要把他可怜的爸爸气死了。"蟋蟀说到这里，听到被单下有呜呜的哭声。

乌鸦严肃地说："会哭，证明他正在好起来。"

仙女走过去问皮诺曹说："现在你过来，告诉我你是怎么落到那些杀人强盗手里的？"

皮诺曹给仙女讲了出去上学，直到被强盗追赶的经过。

"你的金币呢？放在哪儿了？"仙女问他。

"我丢了。"皮诺曹撒谎说，这时金币正在他的口袋里。他这一说谎，本来就长的鼻子又长了两指。

"你在哪儿丢了？"

"就在这儿附近的树林里。"这第二句谎话一说，鼻子更长了。

仙女说："要在附近树林里，咱们可以把它找回来。"

皮诺曹心里一慌，回答说："这四个金币我没丢，是吞下肚子里去了。"这第三句谎话一说，鼻子呼地一下又长出许多，可怜的皮诺曹都没法转头了。

仙女看着他笑起来。

"您干吗笑？"

"我笑你说谎。"

"您怎么知道我说谎了？"

"我的孩子，因为说了谎话有两种变化，一种是腿变短，一种是鼻子变长。你的鼻子就变长了。"皮诺曹听了仙女的话，羞得无地自容,想溜出房间,可是办不到,他那个鼻子已经长得连门都出不去了。

仙女让皮诺曹哭了半个钟头,不去理他,为的是好好给他一个教训,让他改掉撒谎的坏毛病。后来皮诺曹承认了错误,鼻子又恢复了原样。

皮诺曹非常想念爸爸,他告别了仙女,往家走去。在树林里他又遇到了狐狸和猫。

"是我们的好朋友皮诺曹!"狐狸叫着,抱住皮诺曹亲了又亲。

皮诺曹决定继续跟着它们去"奇迹宝地"种金币。他们出城来到一块僻静的田地,这块地与其他田地没什么两样。皮诺曹照着狐狸教给他的办法,先挖一个洞,把四个金币放进去,然后加点土,把洞埋平,又浇了一些水。

"现在我们可以走开了,过 20 分钟再来,就可以看见挂满金币的小树。"狐狸一本正经地对皮诺曹说。

皮诺曹和狐狸他们分了手,一个人回到城里,他一分钟一分钟地数着,等他觉得时候到了,就急忙往回走。他一边走一边想:"树上也许挂的不是两千金币,是五千呢!或是一万个。那时,我会有许多糖果、蛋糕、葡萄干、杏仁饼……"

他来到那块地,停下来一看。什么树也没有,于是他又往种金币的地方浇了点水。这时有只鹦鹉落到一边哈哈大笑。

"你笑什么?"

"我笑傻瓜,什么糊涂话都相信,上骗子的当。"

"你说的是我?"

"对,你是个大傻瓜,金币怎么能像种南瓜一样种出来呢?钱是靠劳动挣来的。你知道吗?当你回城的时候,狐狸和猫回到地里,挖走了金币,然后溜掉了。"

皮诺曹张大了嘴,睁大了眼睛,他不愿意相信鹦鹉的话。但是他用手去挖金币,挖啊,挖啊,挖啊,挖了很深很大一个坑,一个金币也没找到。他终于绝望了,决定回城去,请警察来捉这两个贼。

在路上,一只鸽子从空中飞过,它在高空对皮诺曹喊:"告诉我,孩子,你知道皮诺曹在哪儿吗?"

"我就是皮诺曹。"

"你爸爸杰佩托到处找你,整整找了四个多月,现在他又造了一条小船,要漂洋过海去找你。"鸽子说。

"你能带我去见他吗?"皮诺曹焦急地问。

"你坐到我背上来吧。"皮诺曹一下子跳到鸽子的背上,鸽子飞起来,几分钟就飞入云霄。

鸽子把皮诺曹带到海边以后,就飞走了。这时海上风浪很大,海里有条小船,被急浪拍打着,一会儿在汹涌的波浪中消失,一会儿又浮上来。皮诺曹看清船上的人就是爸爸,他拼命挥着帽子,向爸爸呼喊。这时忽然一个大浪打来,小船不见了。皮诺曹从礁石上跳进大海,向爸爸游去。

皮诺曹在大海中游了整整一夜。这一夜真是可怕极了,天上下着瓢泼大雨,下着冰雹,打着可怕的响雷,电光闪闪如同白昼。天亮的时候,他游到一个小岛上。这时海中游来一条大鱼,大鱼告诉皮诺曹,他爸爸被一条大鲨鱼吃掉了。

皮诺曹听了这个消息,不知如何是好。这时仙女来到他面前。皮诺曹抱住仙女的膝盖放声大哭,泪如泉涌。他想痛改前非,请仙女帮助他变成一个真正的孩子。

仙女说:"你的伤心是真诚的,你有一颗善良的心。一个孩子有善良的心,即使有点顽皮,有些不好的习惯,也还是有希望的。从明天开始,你必须上学去。"

"我觉得学习太累了。"皮诺曹低声咕噜着说。

"我的孩子,每个人在这个世界上都要做点事,都要劳动。懒惰没有好结果,懒惰是一种最坏的毛病,必须从小治好,要不,大了就再也治不好了。"仙女说。

这番话打动了皮诺曹的心,他抬起头来说:"我要学习,我要干活,你怎么说我就怎么做。木偶的生活我过腻了,我无论如何要变成一个真正的孩子。你答应我了,不是吗?"

"我答应你了,现在全看你自己了。"

一年过去了,皮诺曹信守他的诺言,考试获全校第一名,品行也不错。仙女十分高兴,对他说:"你的愿望明天就要实现了!"

皮诺曹听说明天他就能变成一个真孩子,高兴得简直无法形容。为了庆祝这件大喜事,仙女准备把皮诺曹的朋友和同学都请来吃饭。

皮诺曹高兴地去请他的朋友们,临走时,仙女对他说:"一定记住,天黑前就得回家。"

皮诺曹告别了仙女,一蹦一跳地走了。他邀请了许多同学和朋友,又去找最知己最要好的"蜡烛心"。蜡烛心的名字叫罗梅奥,因为他长得又干又瘦,活像蜡烛心,所以大家给他取了这么个绰号。蜡烛心在全校学生中最懒惰最捣蛋。

皮诺曹在蜡烛心家里没有找到他,回来的路上,看到他正躲在一间廊里。

"你在这儿干什么?"皮诺曹问。

"我今天夜里12点要离开这里,去一个全世界最美,最快乐的国家!"蜡烛心悄悄对皮诺曹说。

"什么国家?"

"玩具国。那儿没有学校,没有老师,没有书本。在这个国家里永远不用学习。每天从早玩到晚,晚上睡一觉,第二天早晨起来又开始玩。你想跟我一起去吗?你拿主意吧。"

"多美的国家呀!"皮诺曹心里想着,但他嘴里却又说,"你引不动我,我已答应过仙女,做一个有头脑的孩子,我不想说话不算数。"

这时,天已经黑了,忽然远处有一点灯光在移动,还能听到铃铛声。

"接我的车子来了。好,你去还是不去?"蜡烛心跳起来说。

"不要,不要,不要!"

车子到了,拉车的是12对大小一样的驴子,这24头驴不是打着铁掌,而是像人一样穿着皮靴。赶车的是个小个子。车上挤满了8岁到12岁的孩子,蜡烛心一下子跳上车,因为车里实在没地方,他坐在车辕上。

"那你呢?小宝贝。"赶车的十分客气地问皮诺曹。

"我留下,我要和所有好孩子一起学习,做个好学生。"皮诺曹回答说。

"皮诺曹!"蜡烛心说,"听我的话,跟我们去吧,咱们会快活的!"

"跟我们去吧!""跟我们去吧!"车上的孩子都招呼皮诺曹。

皮诺曹叹了两口气,最后说:"给我腾点地方,我也去……"

赶车的说:"都挤满了,你坐到赶车的座上来吧。"

"不,我还是骑驴吧。"皮诺曹走近一头小驴,小驴转过身狠狠踢了他一脚。皮诺曹从地上爬起来又骑了上去。车子出发了,皮诺曹听到驴子用很小很小的声音对他说:

"可怜的傻瓜,你由着自己的性子做,你后会悔的。你要记住,孩子不肯学习,只想玩儿,结果只会倒大霉。这个我有教训,总有一天你也会哭,可到那时,就来不及啦!"

木偶听到这番话十分害怕,他从驴身上跳下来,一下子又惊住了,因为他看到驴子在哭,哭得像个孩子似的。于是他冲赶车人说:

"喂,赶车的先生,你这头驴在哭!"

"别浪费时间看驴了,咱们走吧,路很远呢。"

皮诺曹没再说什么,重新爬上驴子。天亮的时候,他们来到了"玩具国"。

这个国家跟世界上任何国家都不一样,全国都是孩子,最大的14岁,最小的才8岁。满街都是嘻嘻哈哈的吵闹声,到处都是孩子,有的打弹弓,有的扔石头,有的打球,有的翻跟头。孩子们笑着、叫着、拍手、吹口哨,各种马戏棚里,都被他们挤满了。墙上写着许多满是错别字的标语,什么"完具万水!"(应是"玩具万岁!")、"我们不在要学小!"(应该是"我们不再要学校!")、"打倒算树!"(应该是:"打倒算术!")等等。

皮诺曹、蜡烛心一下车就进入这种大混乱之中,他们感到没有谁比他们更幸福、更快活。

在没完没了的种种玩乐中,时间一个钟头又一个钟头,一天又一天,一个星期又一个星期,飞也似地过去了。他们书也不读,学校也不上,无忧无虑,一下子在玩具国玩了五个月。

有一天皮诺曹早晨醒来,遇到一个晴天霹雳。

这是怎么回事呢?

皮诺曹早晨醒来伸手去抓头,一抓发现他的两只耳朵变得比手掌还大。他马上去找镜子,他看见自己的头上添了一对驴子的大耳朵。可怜的皮诺曹是多么苦恼、害臊和绝望啊。他开始又哭又叫,用脑袋撞墙。可是耳朵越长越长,耳朵尖还长出毛来。

这时他的邻居土拨鼠走进来。

"我的小土拨鼠,你看看,我病了。"

"我来给你解释吧,"土拨鼠说,"你要知道,在两三个钟头之内,你就不再是一个木偶,你就要变成一头驴子,跟拉车的驴子一模一样。"

"噢,我真命苦啊!我真命苦啊!"皮诺曹哭叫着,用手抓住两只耳朵,拼命又拉又拔。

"亲爱的,"土拨鼠安慰他,"没有办法,懒孩子不读书,不爱上学,不爱老师,整天玩乐,早晚都要变成这种小驴子。"

"那蜡烛心呢?蜡烛心怎么样了?都是他害了我。"皮诺曹决定去找蜡烛心算账。

到了蜡烛心家,蜡烛心也长了一对大耳朵。他们两个开始互相嘲笑,蜡烛心正笑得起劲,忽然住了笑,摇摇摆摆,脸色大变,大叫起来:"救命啊,救命啊,皮诺曹!"

"你怎么啦?"

"啊,我再也站不住了。"

"我也站不住了。"皮诺曹也开始摇晃起来。

一会儿,他们两个都在地上趴下来,用两手和两脚爬着走,胳膊变成腿,脸也变长了,浑身长满了毛。最糟糕的是屁股后边长出了尾巴。

他们开始哇哇大哭,这哭声是驴子的叫声:伊—呀,伊—呀,伊—呀。

这时候外面有人敲门:"开门,开门,我是带你们到这儿来的赶车人。"

那人见门不开,就狠狠一脚把门踢开;走进屋来,他还是那么笑嘻嘻地对皮诺曹他们说:"能干的孩子,你们学驴叫学的不坏。"

两头驴十分生气,耷拉着头,垂下耳朵。那人拿出一把刷子,使劲刷呀刷呀,把他们的毛刷得光光的,然后又给他们套上辔头、缰绳,牵到市场上去卖。

蜡烛心被一个农民买走了。一个马戏班老板买了皮诺曹。他买皮诺曹是为了训练他,让他同马戏班的其他动物一起跳舞。

皮诺曹被牵进畜栏,新主人给他在槽里撒了些麦秸,皮诺曹尝了一口,便吐了出来。主人又给他撒上干草,可他还是不爱吃。

"啊,干草你还不爱吃?"主人生气地叫起来,"好吧,看我怎样制服你!"他说着往皮诺曹腿上抽了一鞭。皮诺曹疼得大哭大叫,于是又挨了第二鞭,这下他学乖了,马上住口。

主人走了,他在槽里找不到别的可吃的东西,最后只好嚼点干草,闭上眼睛硬咽下去。干草吃完了,便一小口一小口吃切碎的麦秸。

"忍耐一点吧!"主人走进来,"我的宝贝小驴子,你以为我把你买来,只是为了给你吃给你喝吗?我把你买来是为了让你干活,让你挣钱的,你跟我到马戏场去,我教你跳圈,跳圆舞,教你怎样用后腿直立起来。"

可怜的皮诺曹只好学这些玩意儿,为了学会这些,他学了三个月,身上挨了无数下皮鞭。

终于有一天皮诺曹上台演出了,他套着闪闪发亮的皮缰绳,两只耳朵上各插一朵白茶花,鬃毛编成许多辫子,用红绸带扎着,整条尾巴编了起来,装饰着紫红色和天蓝色的天鹅绒带子,看上去,倒是很讨人喜欢。

老板对皮诺曹说:"表演以前,先对诸位尊贵的观众,骑士们,女士们,小朋友们行个礼吧!"皮诺曹听话地马上把两个前膝跪在地上,一直跪到老板把鞭子一抽,对他叫道:"开步走!"

于是驴子站起来开始绕马戏场走。

过了一会老板又叫:"小步跑!"

皮诺曹听从命令,从走改为小步跑。

"大步跑!"

皮诺曹改为大步跑。

"飞跑!"

皮诺曹又飞跑起来,这时老板朝天开了一枪,皮诺曹连忙倒在地上装死。

这时皮诺曹看见观众中有个美丽的妇人,脖子上挂着一个木偶的像。他仔细一看,这位妇人就是仙女。于是他叫起来,可是他叫出来的不是人话,而是驴子又响又长的叫声。观众们哈哈大笑。老板非常生气,他狠狠地用鞭子抽打皮诺曹,并且让皮诺曹再做跳圈。

皮诺曹试了两三次,每次到了圈之前,不是跳不过去,就是从下面钻过去。最后一下,虽然跳过去了,但后腿勾住了圈圈,扑通一下跌倒在地。等他站起来,脚已经瘸了。

第二天早晨,来了一位兽医,给皮诺曹看过之后说,他的腿治不好了。

老板说:"一头瘸驴有什么用?把他带到市场上卖了吧。"

在市场上,有一个老头儿买了皮诺曹,他要这张驴皮,去做一面大鼓。老头把驴子带到海边,在驴脖子上捆了一块大石头,用一根绳子绑住他一条腿,拉住绳子的另一头,猛地从悬崖上一推,把皮诺曹推到海里。老头抓紧绳子,坐在悬崖上,等着驴子淹死了,好剥他的皮。

50分钟以后,老头儿想,这头可怜的瘸驴一定淹死了,我把他拉上来吧。他拉啊,拉啊,拉上来的不是一头死驴,而是一个活木偶。他惊讶极了,结结巴巴地问:"我的驴哪儿去了?"

"我就是那头驴。"木偶笑着说。

"你当心点,木偶,你当心点,别跟我开玩笑。"

"您想知道是怎么回事吗?您先解开我脚上的绳子,我就告诉您。"

老头儿马上解开了拴住皮诺曹的绳结。皮诺曹把先前的事说了一遍,并告诉老头儿,是一大群鱼吃掉了驴的皮和肉。

老头气得发狂,大叫道:"我才不要听你的故事呢,我花了钱把你买来,我还要重新把你牵到市场卖掉!"

"您要卖就卖。"说着皮诺曹猛地跳进水里,飞快地游离海岸,对可怜的买主叫道:"再见了,主人!再买张皮做大鼓吧!"

一眨眼工夫,皮诺曹游出很远,忽然从水中钻出一个可怕的脑袋,冲着他游过来。它的嘴张得老大,活像一个深渊,还露出三排长牙齿,叫人一见就心惊胆战。

你知道这是什么吗?是一条大鲨鱼,它贪吃无厌,外号叫"鱼的魔王"。皮诺曹想躲开它,可这鲨鱼张开大嘴像箭一样直冲他游过来。鲨鱼追上来,深深一吸,就把可怜的皮诺曹吸到了嘴里,并且吞了下去。皮诺曹一下子到了肚子里,狠狠撞了一下,整整有一刻钟昏迷不醒。

等他从昏迷中醒来,连自己也弄不清是在哪一个世界上。四周漆黑一片,什么声音也听不到。当皮诺曹弄清自己正在鲨鱼肚子里时,吓得大哭大叫起来。哭着哭着,他发现远处好像有一点微弱的亮光。他摸着黑,向亮光一步步走去。越往前走越亮,等他走到跟前,看到一张小桌子,上面摆着吃的,还有一支点着的蜡烛。桌旁坐着一个小老头儿,头发胡子都是白的,老头正在吃生鱼。

皮诺曹一看见老头儿,高兴极了,他想哭,想笑,想说许多话。最后他好容易迸发出一阵欢呼,张开胳膊,扑过去按住老头儿的脖子,叫起来:"噢,爸爸,我终于找到您了!从今以后,我永远、永远不再离开您了!"

老头儿擦着眼睛说:"真的是你吗?亲爱的皮诺曹?"

"是我,我是皮诺曹!"于是,皮诺曹原原本本地向爸爸讲述了他的经历。

"我的爸爸,咱们不能再耽搁,必须马上逃走。"

"怎么逃走呢?"

"咱们溜出鲨鱼的嘴,跳到海里游走。"

"可我不会游泳啊!"

"那有什么,我是个游泳好手,可以平平安安把您带到岸上。"皮诺曹不再说什么,拿起蜡烛,走在前面照路,他们穿过鲨鱼的肚子,来到喉咙口。从鲨鱼张着的嘴巴往外看,可以看到外面一大片星空和美丽的月光。

他们顺着喉咙往上爬,来到奇大无比的嘴巴里,踮起脚尖走过又大又长的舌头,狠狠一下跳进水里。

皮诺曹背着爸爸往岸上游,杰佩托一个劲地哆嗦,皮诺曹只好装出满有把握的样子来安慰他。

到了岸边,皮诺曹跳上岸,把爸爸扶上来,他们慢慢走回了家。回到家里,什么吃的都没有,皮诺曹打算去给可怜的爸爸找一杯牛奶。他来到一个菜园,主人有几头奶牛,但皮诺曹没有钱买牛奶。

"我给你干活换一杯牛奶行吗?"皮诺曹问。

"可以,你摇辘轳,从井里抽上一百桶水,我就给你一杯牛奶。"菜园主人说。

"好吧。"

皮诺曹马上动手干活,没干多一会儿,已经从头到脚都是汗了,他从来没干过这么重的活儿。

"摇辘轳是重活,一向是我的驴干,今天这头牲口要死了。"

"我能去看看它吗?"

"行。"

皮诺曹走进驴棚,看见一头驴躺在干草上,又饿又累,已经没有一点力气了。皮诺曹仔细一看,心慌意乱地说:"这头驴我认识,它的脸我很熟悉。驴子,你告诉我你是谁?"

驴子听了,睁开垂死的眼睛,低声说:"我是蜡烛心。"

"噢,可怜的蜡烛心。"皮诺曹眼看蜡烛心闭上眼睛死了。

从这天起,皮诺曹每天天不亮就去干活,换回一杯牛奶。牛奶使他爸爸的身体渐渐好起来。他又学会编草篮,卖来钱供父子俩生活。晚上他读书写字,用干树枝代笔。

皮诺曹这样努力学习、劳动,不仅使他体弱的爸爸十分高兴,而且给自己攒下了点钱。一天,他决定给自己买一身体面的衣服。

他兴高采烈地跑出门,正遇上一只蜗牛,蜗牛慢吞吞地告诉皮诺曹,仙女生病了。皮诺曹听了,非常难过,他把自己的钱拿出来交给蜗牛,请它带给仙女。

　　这天晚上,皮诺曹编了16个篮子,一直工作到半夜12点。他一上床就睡着了,好像梦见仙女走来,微微笑着,吻了吻他,对他说:"好孩子,为了报答你的好心,我原谅你以前所做的一切淘气的事。孩子充满爱心帮助不幸的父母,应当受到称赞。以后一直这样做个好人吧,你会幸福的。"

　　皮诺曹醒来,他发现自己已经不是一个木偶,而是一个孩子,一个真正的孩子。他连忙跳下床,看见椅子上放着一套漂亮的衣服、一顶新帽子和一双皮靴。

　　皮诺曹穿戴好去照镜子,他再看不见原来的木偶,却看见一个聪明伶俐的漂亮孩子,栗色的头发,蓝色的眼睛。

　　"爸爸呢?我的爸爸呢?"他看见老杰佩托身体健康,精神抖擞,兴高采烈地正在设计一个很漂亮的画框。

　　"木偶在哪儿?"

　　"在那儿。"杰佩托说。这木偶靠在一把椅子上,头歪向一边,两条胳膊耷拉下来,两条腿屈着。皮诺曹看了它半天,心满意足地说:"当我是个木偶的时候,我的样子是多可笑啊。如今我变成了个真正的孩子,我是多么高兴啊!"

(卢僖、刘肖、张矩编:《世界儿童名著精粹》,北京:中国城市经济社会出版社,1990年)

【导读】

　　皮诺曹是杰佩托老人做出的一个木偶,他一"出世"就和所有孩子一样贪玩又调皮,可是杰佩托还是像爱一个真正的儿子一样爱他,并且决心送他上学读书,让他成为一个真正的人。可是天性贪玩的皮诺曹一方面为善良的父亲在风雪天卖掉自己唯一的外套换钱给自己上学而良心发现,另一方面又经不起外界的诱惑,终于逃学出去经历了一番充满艰难与危险的"奇遇",在这番经历中,他被强盗追杀,幸遇仙女搭救,可是他对仙女说了谎话,受到了特殊的惩罚,每说一次谎,他的鼻子就长长一点,直到他改正了错误,鼻子才恢复原样。就这样,这个拟人化的可爱小木偶带着他独特的鼻子,成为世界儿童文学宝库中影响最大的形象之一。皮诺曹的理想是"成为一个真正的孩子",一个真正的孩子应该具备什么品质呢?在经历了许多艰难曲折,遭到许多磨难欺骗,尝试了种种投机取巧的失败以后,皮诺曹决心以自己诚实的劳动来养活父亲,最后终于实现了自己的愿望,变成了真正的孩子。他不再是个木偶了。

  皮诺曹由一个木偶变成真孩子的经历告诉孩子们做一个"真正的人"是多么不容易。整个故事用充满幻想、极尽夸张的情节,生动地叙述了实现"做真正的人"的理想必须历经的苦难和考验,同时也向我们展现了只要有善良的心和真诚的愿望,就一定能争取理想的光明前景。主人公皮诺曹虽是一个木偶,但他身上存在的缺点和优点在生活中的孩子身上都很常见。故事通过讲述皮诺曹转变的过程,实现了在潜移默化中教育小读者的目的。皮诺曹每说一次谎,鼻子就会长长一截的情节,总是会使一代又一代的读者忍俊不禁,同时心中又会产生一些实实在在的感悟。

红酋长的赎金

欧·亨利

【解题】

　　欧·亨利是20世纪初美国著名短篇小说家,他年轻的时候当过学徒,坐过牢,接触过许多生活在社会的底层、处处不如意的小人物。后来,这些人物就成了他小说中的角色。在小说中,他对这些人物寄予无限的同情,而对造成他们苦难的恶势力表现出强烈的憎恨。他的小说,有一种独特的幽默,由于这种幽默深刻地揭示了社会现实的荒谬和乖戾,所以引发的是含有复杂内容的笑,所以有人说,他的作品给人的是一种"含泪的笑"。

　　这桩买卖看来好像是有利可图的;不过请听我慢慢道来。我们——比尔·德里斯科尔和我——来南方的阿拉巴马州,忽然想起了绑架这个勾当。后来比尔把这说成是"一时鬼迷心窍";但我们当时却没有料到。

　　那里有一个小镇,像烙饼一般平坦,名字居然是叫做顶峰镇。镇里的居民多半务农,并且像所有簇拥在五月柱周围的农民一样,安分守己,自得其乐。

　　比尔和我一共有六百来块钱资本,我们还需要两千块钱,以便在西部伊利诺斯州做一笔骗人的地产生意。我们坐在旅店门前的台阶上讨论了一番,决定靠绑架来弄钱。

　　我们选中了本镇有名望的居民埃比尼泽·多塞特的独子做牺牲品。父亲很有地位,但手面相当紧,喜欢做抵押借款,遇有募捐毫不通融,一毛不拔。孩子有十岁,满脸浅浮雕似的雀斑,头发的颜色同你赶火车时在报摊上买的杂志封面的颜色一样。比尔和我合计,埃比尼泽会乖乖地拿出两千元赎金,一分也不少。但是听我慢慢道来。

离顶峰镇两英里光景有一座杉树丛生的小山。山后高处有一个洞。我们把食物和应用物品贮藏在那里。

一天傍晚,我们驾了一辆马车经过老多塞特家门口。那孩子在街上,正用石子投掷对面篱笆上的一只小猫。

"嗨,小孩!"比尔说,"你要不要一袋糖,再乘车兜个圈子?"

小孩扔出一块碎砖,把比尔的眼睛打个正着。

"这下老头儿就得多付五百元。"比尔说着,爬下车来。

那小孩打斗起来好像重量级的棕熊;但我们终于制服了他,把他按在车厢底,赶车跑了。我们把他架进山洞,我把马拴在杉树上。天黑之后,我把车子赶到三英里外租车的小镇,然后步行回到镇上。

比尔正在往脸上被抓破砸伤的地方贴橡皮膏。山洞口的大岩石后面生着火,孩子守着一壶煮开的咖啡,他的红头发上插着两支秃鹰的尾羽。我走近时,他用一根树枝指着我,说道:

"哈!该死的白脸,你竟敢走进平原魔王红酋长的营地?"

"他现在没问题了。"比尔说道,同时卷起裤管看着脚胫上的伤痕。"我们刚才在扮印第安人玩儿。我是猎人老汉克,红酋长的俘虏,明天一早要被剥掉头皮。天哪!那小子真能踹人。"

是啊,先生,那孩子似乎生平没有这么快活过。在山洞露宿的乐趣使他忘记自己是个俘虏了。他马上替我起个名字,叫做奸细蛇眼,并且宣布说,等他手下出征的战士们回来后,要在太阳升起时把我绑在柱子上烧死。

后来,我们吃晚饭了;他嘴里塞满了熏肉、面包和肉汁,开始说话了。他的席上演说大致是这样的:

"我真喜欢这样。以前我从没有露宿过;可是我有过一只小袋鼠,我九岁的生日已经过了。我最恨上学。吉米·塔尔博特的姑妈的花斑鸡下的蛋被耗子吃掉了十六个。这些树林里有没有真的印第安人?我再要一点肉汁。是不是树动了才刮风?我家有五只小狗。你的鼻子怎么会这样红,汉克?我爸爸有很多很多的钱。星星是不是烫的?星期六我揍了埃德·沃克两顿。我不喜欢小姑娘。你不用绳子是捉不到蛤蟆的。牛会不会叫?橘子为什么是圆的?这个洞里有没有床可以睡觉?阿莫斯·默里有六个脚趾。八哥会说话,猴子和鱼就不会。几乘几等于十二?"每隔几分钟,他就想起自己是个凶恶的印第安人,便拿起他的树枝来复枪,蹑手蹑脚地走到洞口去看看有没有可恨的白人来侦察。他不时发出一声作战的呐喊,吓得猎人老汉克直打哆嗦。那孩子一开头就把比尔吓坏了。

"红酋长,"我对孩子说,"你想回家吗?"

"噢,回家干吗?"他说,"家里一点儿没劲。我最恨上学。我喜欢露宿。你不会把我送回家吧,蛇眼,是吗?"

"不,马上送。"我说,"我们要在洞里住一阵子。"

"好!"他说,"那太好啦。我生平从没有碰到过这么有趣的事情。"

我们十一点钟光景睡觉了。我们铺开几条阔毯子和被子,把红酋长安排在中间。我们不怕他会逃跑。他折腾了三个小时使我们无法入睡,他不时跳起来,抓起来复枪在我和比尔的耳边叫道:"嘘!伙计。"因为他在稚气的想象中听到那帮不法之徒偷偷掩来,踩响树枝或者碰动树叶。最后我不踏实地睡着了,梦见自己被一个凶恶的红头发的海盗绑架去捆在树上。

天刚亮,比尔的一连串可怕的尖叫惊醒了我。那声音不像是男人发声器官里发出来的叫、嚷、呼、喊或者狂嗥,而像是女人见到鬼或者毛毛虫时发出的粗鄙、可怕而丢脸的尖叫。天蒙蒙亮的时候,听到一个粗壮结实的不法之徒在山洞里这样没命地叫个不停,真是件倒胃口的事。

我跳起来看看究竟出了什么事。红酋长骑在比尔的胸口上,一手揪住比尔的头发,一手握着我们切熏肉的快刀;他根据昨天晚上对比尔宣布的判决,起劲而认真地想剥比尔的头皮。

我夺下孩子手里的刀,吩咐他再躺着。但是,从那时候开始,比尔可吓破了胆。他躺在地铺原来的位置上,不过,只要那孩子跟我们在一起,他就再也不敢合眼了。我迷迷糊糊地睡了一会儿,太阳快出来时,我想起红酋长说过要把我绑在柱子上烧死。我倒不是神经过敏或者胆怯;但还是坐起来,靠着一块岩石,点起烟斗。

"你这么早起来干吗,山姆?"比尔问道。

"我吗?"我说,"哦,我的肩膀有点痛,我想坐着可能会好些。"

"你撒谎!"比尔说,"你是害怕。日出时你要被烧死,你怕他真干得出来。他如果找得到火柴,确实也干得出来。真伤脑筋,是不是,山姆?你认为有谁愿意花钱把这样一个小鬼赎回家去吗?"

"当然有。"我说,"这种淘气的孩子正是父母溺爱的。现在你同酋长起来做早饭,我要到山顶上去侦察一下。"

我爬到小山顶上,向附近的地方巡视了一下。以为在顶峰镇方向可以看到健壮的庄稼汉拿着镰刀和草叉,到处在搜寻绑匪。但是我只看到一片宁静的景象,只有一个人赶着一匹暗褐色的骡子在耕地。没有人在小河里打捞;也没有人来回奔跑向悲痛的父母报告说没有任何消息。我所看到的阿拉巴马的这一地区,外表上是一派昏昏欲睡的田园风光。我暗忖道:"也许他们还没有发现围栏里的羔羊被狼叼走了。上天保佑狼吧!"我说着便下山去吃早饭。

我进山洞时,只见比尔背贴着洞壁,直喘大气,那孩子气势汹汹地要拿一块有半个椰子那么大的石头砸他。

"他把一个滚烫的熟土豆塞进我脖领里,"比尔解释说,"接着又用脚把它踩烂;我就打他耳刮子。你身边带着枪吗,山姆?"

我把孩子手里的石头拿掉,好歹劝住了他们的争吵。"我会收拾你的。"孩子对比尔说,"打了红酋长的人休想逃过他的报复。你就留神吧!"

早饭后,孩子从口袋里掏出一片有绳索绕着的皮革,走到山洞外面去解开。

"他现在要干什么?"比尔焦急地说,"你想他不会逃跑吧,山姆?"

"那倒不必担心。"我说,"他不像是恋家的孩子。不过我们得定出勒索赎金的计划。今晚我们得送个信给他爸爸,要他拿两千块钱来把他赎回去。"

这时,我们听到一声呼喊,正如大卫打倒歌利亚时可能会发出的呼喊[①]。红酋长手握着一个投石器,正在头顶上挥旋。

我赶快闪开,只听见沉重的噗的一声,比尔发出一阵呻吟,活像是马被卸鞍后的叹息。一块鹅卵大的黑色石头正好打在比尔的左耳后面。他仿佛浑身散了架似的,倒在火上。我把他拖出来,往他头上浇凉水,足足折腾了半小时。

我走出去,抓住那孩子直摇撼,摇得他的雀斑都格格发响。

"假如你再不老实,"我说,"我马上送你回家。喂,你还要捣蛋吗?"

"我只不过开开玩笑罢了。"他不高兴地说,"我不是存心害老汉克的。可是他干吗要揍我呀?我答应不捣蛋了,蛇眼,只要你不把我送回家,并且今天让我玩'黑侦察'。"

"我不会玩这个游戏。"我说,"那得由你和比尔先生去商量。今天由他陪你玩。我有事要出去一会儿。现在你进来向他说说好话,打了他要向他赔个不是,不然立刻送你回家。"

我让他同比尔握握手,然后把比尔拉过一边,告诉他我要去离山洞三英里的白杨村,探听探听绑架的事在顶峰镇引起了什么反应。我还想当天给老多塞特送一封信,斩钉截铁地向他要赎金,并且指示他用什么方式付款。

"你明白,山姆,"比尔说,"不论山崩地陷,赴汤蹈火,我总是和你同甘苦,共患难,眼睛都不会眨一眨。在我们绑架那个两条腿的流星焰火之前,我从没有泄过气。他却叫我胆战心惊。你不会让我同他一起待很久吧,山姆?"

"我今天下午回来。"我说,"在我回来之前,你要把这孩子哄得又高兴又安静。现在我们给老多塞特写信吧。"

比尔和我找了纸笔开始写信。红酋长身上裹着一条毯子,昂首阔步地踱来踱去,守卫山洞口。比尔声泪俱下地恳求我把赎金从两千元减到一千五。他说:"我并不想从道德方面来贬低父母的感情,但是我们是在跟人打交道,要任何一个人拿出两千块钱来赎回这个四十磅的满脸雀斑的野猫是不近人情的。我宁愿要一千五。差额在我名下扣除好了。"

为了使比尔安心,我同意了。我们合作写了下面这样一封信:

埃比尼泽·多塞特先生:
  我们把你的孩子藏在某个离顶峰镇很远的地点。你,或是最干练的侦探要想找到他都是枉费心机的。你想让他回到你身边唯有履行如下条件:我们要一千五百元(大额现钞)作为他的赎金;这笔钱务必在今天午夜放在放回信的那同一地点和同一个盒子里——细节下面将有所说明。如果你同意我们的条件,今晚八时半派人送信答复。在去白杨村的路上,走过猫头鹰河以后,右面麦田的篱笆附近有三株相距一百码左右的大树。第三株树对面的篱笆桩子底下有一个小纸盒。

  送信人把回信搁进盒子以后,必须立即回顶峰镇。

假如你打算玩什么花样,或者不答应我们的要求,你将永远见不到你的孩子了。

假如你按照我们的条件付了钱,孩子可以在三小时之内平安回到府上。对这些条件没有磋商余地,如不同意,以后不再联系。

两个亡命徒启。

我开了一个给多塞特的信封,揣在口袋里。我正要动身时,孩子跑来说:

"喂,蛇眼,你说你走了之后,我可以玩黑侦察,是吗?"

"当然可以玩。"我说,"比尔先生陪你玩。这游戏是怎么个玩法?"

"我当黑侦察,"红酋长说,"我要骑马赶到寨子里去警告居民们说印第安人来犯了。我扮印第安人扮腻了。我要做黑侦察。"

"好吧。"我说,"我看这没有什么害处。比尔先生会帮你打退那些找麻烦的野人的。"

"我做什么?"比尔猜疑地瞅着孩子问道。

"你做马。"黑侦察说,"你趴在地上爬。没有马我怎么赶到寨子去呢?"

"你还是哄哄他吧,"我说,"等我们的计划实现了就好了。"

比尔趴了下去,眼睛里露出一种像是掉进陷阱里的兔子的神情。

"到寨子有多远,孩子?"他嘶哑地问道。

"九十英里。"黑侦察说,"你得卖点儿力气,及时赶到那里。嘀,走吧!"

黑侦察跳到比尔背上,用脚跟踹他的腰。

"看在老天份上,"比尔说,"山姆,尽可能快点儿回来。早知如此,我们索取的赎金不超出一千元就好了。喂,你别踢我啦,要不我就站起来狠狠揍你一顿。"

我步行到白杨村,偷偷地投了信,便走了。邮政局长说过,一小时内邮差会来取走邮件,送到顶峰镇。

我回到山洞时,比尔和孩子都不见了。我在山洞附近搜索了一番,并且冒险呼喊了一两声,但是没有人答应。

我只好燃起烟斗,坐在长着苔藓的岸边等待事态发展。

过了半小时左右,我听到一阵树枝响,比尔摇摇摆摆地走到洞前的一块小空地上。那孩子跟在他背后,像侦察员那样蹑手蹑脚,眉开眼笑。比尔站住,脱掉帽子,用一方红手帕擦擦脸。孩子停在他背后八英尺远。

"山姆,"比尔说,"我想你也许要说我坑人,但我实在没有办法。我是个顶天立地的汉子,有男人的脾气和自卫的习惯,但是,自尊和优越也有彻底垮台的时候。孩子走啦。我把他打发回家了。全结束了。古代有些殉道者宁死也不肯放弃他们喜爱的某一件事。可是他们之中谁都没有忍受过我所经历的这种非人的折磨。我很想遵守我们掠夺的准则,但是总有个限度。"

"出了什么事呀,比尔?"我问他。

"我被骑着,"比尔说,"跑了九十英里路去寨子,一寸也不能少。之后,居民们获救了,便给我吃燕麦。沙子可不是好吃的代用品。接着,我又给纠缠了一个小时,向他解释为什么空洞是空的,为什么路上可以来回走,为什么草是绿的。我对你说,山姆,人只能忍受这些。我揪住他的衣领,把他拖下山去。一路上他把我的小腿踢得乌一块青一块的;我的大拇指和手掌还被他咬了两三口。"

"但是他终究走了,"——比尔接着说——"回家了。我把去顶峰镇的路指点给他,一脚把他朝那方向踢了八尺远。赎金弄不到手了,我很抱歉;不过不这样做的话,比尔·德里斯科尔可要进疯人院了。"

比尔还是气喘吁吁的,但他那红润的脸上却有着一种说不出的安逸和越来越得意的神情。

"比尔,"我说,"你亲属中有没有害心脏病的?"

"没有,"比尔说,"除了疟疾和横死以外,没有慢性病。你干吗问我?"

"那你不妨回过头去,"我说,"看看你背后是什么。"

比尔回过头,看到了那孩子;大惊失色,一屁股坐在地上。我对他说,我的计划立刻可以解决这件事。如果老多塞特答应我们的条件,午夜时我们拿到赎金就远走高飞。比尔总算打起精神,勉强向孩子笑了笑,答应等他觉得好一些后,就同他玩俄罗斯人和日本人打仗的游戏。

八点钟,我就爬到约定放信的篱笆对面的树上,像树蛙那么躲得好好的,等待送信人来。

到了约定时候,一个半大不小的孩子骑着自行车来了,他找到篱笆桩子底下的纸盒,放进一张折好的纸,然后又朝顶峰镇的方向骑车回去。

我等了一小时,断定不会有什么意外了,就溜下树来,取了那张纸,沿着篱笆一直跑到树林子里,再过半小时便回到了山洞。我打开那张便条,凑近灯光,念给比尔听。便条是用铅笔写的,字迹很潦草,内容是这样的:

两个亡命徒:

先生们:今天收到你们寄来的有关赎回我儿子的信。我认为你们的要求偏高了些,因此我在此提个反建议,相信你们很可能接受。你们把约翰尼送回家来,再付我两百五十元,我便可以同意从你们手里接收他。你们来的话最好是在夜里,因为邻居们都以为他走失了。如果他们看见有谁把他送了回来,将会采取什么手段来对付你们,我可不能负责了。

埃比尼泽·多塞特谨启。

"彭赞斯的大海盗,"我说,"真他妈的岂有此理——"

但是我瞟了比尔一眼,迟疑起来。他眼睛里那种苦苦哀求的神情,不论在哑口畜生或者在会说话的动物的脸上,我都从没有看见过。

"山姆,"他说,"两百五十元又算得上什么呢?我们手头有这笔钱。再同这个孩子待一晚准会把我送进疯人院。我认为多塞特先生提出这么大方的条件,不但是个彻头彻尾的君子,还是仗义轻财的人。你不打算放过这个机会吧,是吗?"

"老实告诉你,比尔,"我说,"这头小公羊叫我也觉得棘手。我们把他送回家,付掉赎金,赶快脱身。"

我们当晚便送他回去。我们对他说,他爸爸已经替他买了一支银把的来复枪和一双鹿皮靴,并且说明天带他一起去打熊,总算把他骗走了。

我们敲埃比尼泽的前门时,正好是十二点,根据原先的条件,本来我们应该从树下的盒子里取一千五百元,现在却由比尔数出二百五十元来给多塞特。

孩子发现我们要把他留在家里,便像火车头似地吼了起来,像水蛭一样死缠住比尔的腿。他爸爸像撕膏药似地慢慢地把他揭了下来。

"你能把他抓住多久?"比尔问道。

"我身体不如以前那么强壮了,"老多塞特说,"但是我想我可以给你们十分钟的时间。"

"够了。"比尔说,"十分钟之内,我可以穿过中部、南部和中西部各州,直奔加拿大边境。"

尽管天色这么黑,尽管比尔这么胖,尽管我跑得很快,等我赶上他时,他已经把顶峰镇抛在背后,有一英里半远。

(《欧·亨利小说选》,王仲年译,北京:人民文学出版社,1961年)

【注释】

① 歌利亚是《圣经》中的非利士勇士,身躯高大,但被矮小的大卫用投石器所击杀。

【导读】

　　这篇《红酋长的赎金》写的是两个"暴徒"和一个顽童之间的故事。"暴徒"绑架了孩子,孩子居然迫使两个"暴徒"乖乖地倒贴钱财把他送了回去。事情看起来很荒唐,但欧·亨利将这荒唐的故事演绎得合情合理、有声有色,令人惊讶、令人叹息、令人佩服、令人回味不尽。

　　关键在于对人物性格的把握。欧·亨利笔下的孩子实在不是一个普通的孩子,他笔下的暴徒也不是普通的暴徒。由于人物的独特性格,这幕荒唐剧才能演出成功。被绑架的十岁男孩是一个在乡村小镇长大的无拘无束的孩子。他任性、胆大、聪明而顽劣,从不知道什么叫害怕。他喜欢无人管束的日子,喜欢沉浸在用幻想编织的故事中,绑架给了他一个机会,他可以在这些故事中威风凛凛地当着红酋长、黑探子。于是,被绑架的日子变得像节日一样快乐,他当然不想结束这一切。再说"暴徒",这两个手头只有600元钱的家伙梦想着弄一块地皮,于是一度鬼迷心窍,设计了一个绑架的计划。他们选择吝啬、贪心的父亲做对象,却没有料到会碰上这个天不怕地不怕的充满野性的顽童。与10岁的孩子相比,两个大人在智力、体力上肯定占有绝对的优势,但他们却在红酋长的威胁和捣乱面前变得惶恐不安,在红酋长的调度下乖乖地俯首听令。这一切只有一个解释,那就是他们并不想真正地伤害孩子,他们在自己制造的局面中感到心虚慌乱,无法把自己的优势用在这样的一个孩子身上。他们的心里还有一些属于人的东西,他们还没有资格当歹徒。可怜的比尔被孩子缠得实在受不了,不惜代价要求结束这一切,于是事情就发生了戏剧性的变化,绑架的人迫不及待地要把被绑架者送回去,倒贴钱财也在所不惜。

欧·亨利的笔锋十分犀利,他对两个绑架者的嘲弄和奚落是无情的,但在嘲弄和奚落后又流露出十分复杂的情感。他用由衷欣赏的目光注视着这个自由自在、无所畏惧的率真的孩子,也用充满同情的目光注视着这两个倒霉的绑架者。他喟叹人心的复杂,喟叹那些心底里还有着善良和同情的人,想做恶人也做不成。《红酋长的赎金》确实是一个充满幽默的故事,但这个看似轻松的幽默里,有着多少沉重的东西啊。

逃　学

　　　　金　近

【解题】

　　金近是著名的儿童文学作家,一生为少年朋友创作了大量的小说和童话故事,他的名字为几代小读者所熟悉。《逃学》这篇短篇小说,讲述的是20世纪三四十年代上海的一个小男孩在生活中失意的故事。

　　冬天的太阳光,懒洋洋地从圣美堂修道院的大院子里溜走了。代替它的,是寂寞的黄昏时候的灰暗。整个修道院更变得冷清清的缺乏生气了。院子里几株光剩了树枝的桃树,在寒风中微微地发抖。一群找寻野食的麻雀,吱吱喳喳地叫嚷了一阵之后,也飞得一只都不见了。
　　钟楼上传来修道院里每个人都熟悉的钟声,是放学的时候了。立刻,在楼下院子左边的一个大厅里,一班小孩子唱歌不像唱歌,念经不像念经的声音涌了起来:

　　　爱乎玛利亚,
　　　满被圣宠者,
　　　主与尔偕焉。
　　　女中尔为赞美,
　　　尔胎子耶稣并为赞美,
　　　……

　　歌声是急促的,杂乱的,坐在大厅里的孩子们,不知道这些字句的意义是什么,他们只知道:早上念一遍,就由一个嬷嬷给他们上课。傍晚念一遍,就可以挟着一本《圣经》回家去。当然罗,他们最高兴在傍晚时候念。

十多个孩子念完最后的一句"阿门",就像关在牢监里的犯人,匆忙地跨出了门槛,毫无拘束地跑着跳着回家去了。他们身上穿的都很破旧,有的穿了褪色的蓝布衫,上面缀着一些颜色新鲜的补丁。有的穿了他们哥哥姐姐的旧衣服。

"余长寿又关夜学了!"

"喂,余长寿又立壁角了。"

走在最后的两个小孩子嚷着。他们亲眼看到余长寿跨出门槛,把"阿门"喊做"要命",而且喊得特别响,就给嬷嬷抓回去,叫他站在壁角落里了。

"他怎么又关夜学啦?"

"他又扮了滑稽呀,他喊了一声'要命',嬷嬷就把他关起来啦。"

"哈哈!他老不听话,嬷嬷叫我们唱'满被圣宠者',他偏要唱'棉被送错哉'。现在……"跟余长寿同桌的李小娃,指手画脚地说。

"他婆婆是帮人家洗衣服的呀,所以他就老是这么唱,怪不得他婆婆叫他小疯子,他婆婆还说他爷爷是个老疯子。"

"嗳!我们告诉他的婆婆去。"

于是他们一起跑到余长寿的家里去了。

余长寿的家就是至美堂修道院的传达室,是那个大厕所对面没有窗子的一个狭小的房间。房门上了锁,余长寿的婆婆该是送洗好的衣服去了。孩子们找不到她,就一哄而散了。

等余长寿从教室里放出来的时候,修道院走廊上的路灯已经放光了。他挟着《圣经》,慢慢地走进自己的家里。他婆婆蹲着身子在风炉前面煮稀饭,锅子里的稀饭浦吐浦吐地滚得像唱歌——

稀饭就可以吃了。

他婆婆看到余长寿进来,很不高兴地说:

"孙儿!你放了学,又上哪儿去玩啦?"

"我没有啊!"余长寿噘着嘴,把《圣经》放在桌子上,用手背对准书背重重地一扫,让它滑到靠墙壁的桌边上。

"那末你上哪里去啦?"

余长寿不作声,他的眼睛直望着菜油灯。

"你又关夜学了?我猜得出的,你一点都不用功。"婆婆用火钳从风炉的肚子里挟出几块烧红的炭,丢进风炉旁的水坛子里,发出嘶嘶的声音。她拍拍身上的灰,走向余长寿身边来,"你一点也不听话,我们住在这里,要嬷嬷她们看得起才好啊。你不肯用功,她们还看得起我们吗?"

"嬷嬷天天教我读《圣经》,我不要读,我要到莲花街的那个小学校里去读书。"

"又说疯话了,你这个小疯子。人家有钱出得起学费,你呢?你爷爷替人家记账,光吃饭不拿钱,我洗衣服的钱也得买柴米油盐。有地方读书已经很好了,莲花街的小学校又有哪样好呢?"

"他们小学校里画人画马,还上体操,"余长寿看了婆婆一眼,婆婆从挂在墙壁上的肥皂箱里端出一碗咸泡菜和一碗红乳腐来,放在桌子上,又掀开锅盖。在平时,余长寿马上拿了两只空饭碗让婆婆盛稀饭,今天他只顾说着话,"铜匠铺子里的五宝也在那里读,他家不是也很穷吗?"

婆婆掀起锅盖等着:

"孙儿!拿碗来。你怎么啦?咦?孙儿!"

余长寿慢吞吞地捧着两只饭碗走过去。"五宝不是也在那里读吗?"他又重说了一遍。

"人家有爸爸挣钱,你只怪你的爸爸妈妈死得太早了。"婆婆提起拿着锅铲的手,用手背擦一擦眼睛。

祖孙俩吃过了这顿晚饭,余长寿想溜出修道院的大门,跟街上的小孩子去玩,却给婆婆叫住了:
　　"你还要到哪里去?快进来!外边冷冰冰的。"
　　"婆婆,那末明天我要到小学校里去读书。"余长寿要求着。
　　"明天?明天哪里来的学费?孙儿,你要乖些,婆婆的背脊又在发酸了,快给婆婆敲背。"婆婆坐到一把矮竹椅上,弓着背等待着。
　　"让我到莲花街那边的小学校里去读书,好不好?"余长寿扭动着身子,要婆婆答应。
　　"好,你给婆婆敲背,让婆婆明天多洗几件衣服,凑够了学费,你就可以到小学校去读书了。"
　　余长寿笑了,拉开了嘴巴。露出掉了两颗门牙的缺口。
　　临睡的时候,余长寿还不放心,他问:
　　"婆婆,那末明天我不到嬷嬷那里去上课了?"
　　"明天?明天怎么行呢?婆婆起码要洗几个月的衣服,才会凑得齐学费啊。"
　　"嗯!你骗我,我明天再也不读《圣经》了,我要画图画,跟五宝一样地上体操。"
　　"你这个小孩子,真是一点也不听话的,"婆婆说着,转了一个身,看样子像是生气了。
　　不管怎样,余长寿自己的心里已经有了个主意。他明天一定不到嬷嬷那里去上课了,他要到莲花街的那个小学校里去,他要读喜欢读的书。
　　他梦见婆婆领着他走进莲花街的那个小学校里。他跟五宝在同一个课堂间里,五宝教他画圣美堂修道院的房子。教他画嬷嬷,有一个嬷嬷跑来了,也要到这个小学校来读书。他不答应,五宝也不答应,嬷嬷就呜呜地哭起来了,哭得很伤心……
　　第二天,太阳却不爬起来,她也怕冷,钻在灰色的云堆里了。

余长寿也钻在暖和的被窝里,可是婆婆不答应,婆婆煮好了早饭,就来揭他的被头了:

"孙儿!你还要睡懒觉?快些起来!"

给婆婆一揭,被窝里的热气都跑掉了。余长寿不想再睡了,一转身就爬了起来,自己忙着穿衣服,婆婆在给他倒洗脸水。

"婆婆,今天要到莲花街的那个学校里去读书了。"余长寿端起饭碗,又说。

"你看你看,又不听话了,婆婆昨夜对你怎么说的?"

"你说洗衣服的钱给我做学费。"

"对啦!洗衣服起码要洗几个月,才凑得够学费,今天怎么成呢?"

"我帮你洗!婆婆。"余长寿一只手死劲地拉着婆婆的袖口。

"你会洗衣服?还是把书多读几遍吧。"

"我不要读《圣经》,懂也不懂的。"

"你再等几个月,等钱够了再说。今天你还得去读你的《圣经》。"

"我不读,嬷嬷要骂我的,要关我夜学的。"

"你肯听话,她还会关你吗?"

"我要嬷嬷教我画图画,我就去读。"

"嬷嬷叫你读《圣经》,你就读《圣经》。快去上课吧,我要出去打扫嬷嬷的房间了。"婆婆出了房间,就走向嬷嬷她们住的楼上去。那楼梯脚根有一道木栅门,上面挂着一块"俗人免进"的牌子。婆婆有一个钥匙,可以开那扇木栅门上的锁。

余长寿坐在矮竹椅上想:《圣经》无论如何不读了。他要想出一个办法来,到莲花街的那个小学校里去读书。婆婆付不出学费,嬷嬷又不肯教图画,那末找谁帮忙呢?他想起修道院的女院长,不行,女院长她是个没有笑容的老姑娘,走路抬起了眼睛,只会往上看。那个王神父好不好?嗳!王神父很好,那天还到他们家里来坐过的,抚摸着他的头,笑嘻嘻地说:"你敬重天主,天主会保佑你的。小弟弟,知道吗?"婆婆说,王神父是专门做好事的,有人请他帮忙,他都答应。

余长寿立刻站了起来,关上房门,走出圣美堂修道院,到使馆巷去了。他走进一个绿油油的墙门,小拳头呼呼地敲门。

"哪一个?"

"我!"

门呀的一声打开来,看门的老许是认得余长寿的。他说:

"你婆婆今天没有来啊。"

"不是的,我要看王神父。"余长寿抬头望着老许的脸。

"有什么事吗?"

"他那天到我们家里来,叫我有空来看他,我就来看他啦。"

"好,那末你跟我来。"老许关上大门,领着余长寿走过一个院子。院子里的几株树也是光秃秃的,只有靠墙脚根种的一排冬青树还穿着深绿色的衣服。

这小洋房三面有玻璃窗,挂着绿色的窗帘。只有两层,没有另外一幢三层楼的大洋房那么高大,不过样子比大洋房漂亮。

"王神父,"余长寿看到王神父穿着一件黑袍子,坐在写字桌前面看书。

"哦,过来,"王神父摘下银边眼镜,乌黑的大眼睛更加变大了。

余长寿很胆怯地一步一步移过去。

"小弟弟,你来看我,很好。有什么事?"王神父稍微带了一点笑容。

余长寿站在王神父的面前,眼珠骨溜溜地打转,他想了想,才说出来:

"我要请王神父帮我的忙。"

"好啊,你叫什么名字呢?"

"叫余长寿。"

"今年几岁啦?"

"九岁。"

"唔,"王神父点了点头,"住在哪里?"

"那天你到我们的家里来过的。我和婆婆是住在圣美堂大门边的一个房间里,我的婆婆就是余婆婆。"

"哦哦,我知道了。你说要我帮忙,是帮些什么忙?"

"我不要在嬷嬷那里读《圣经》,我要到莲花街的那个小学校里去读书。"

"喔,为了这件事,"王神父上上下下地打量着余长寿,像要给余长寿做一套新衣服。

余长寿却怕难为情地抬起头,就看到挂在墙壁上的装在大镜框里的圣母像。靠左边还挂着一幅耶稣钉死在十字架上的像。耶稣赤着膊,只穿了一条短裤,摊开了两只手,垂着头,样子很可怜。右边挂着的一幅是耶稣穿了一件长袍,在看守一群绵羊。余长寿正在数着那里面的绵羊有几只,王神父就叫他了:

"小弟弟,你相信天主吗?"

"相信的,"余长寿很正经地点点头。

"你知道天主住在哪里?"

"嬷嬷说,住在天上。"

"哎,对啦。因为世界上只有天是最高的,只有主人是最有地位的,所以就叫天主。"

王神父停住了嘴,余长寿很小心地瞧着王神父。

静默了一会,王神父又开口了:

"我再问你,天主是谁?"

"天主是嬷嬷的爷爷。"

"胡说!谁教你的?"

"李小娃教我的,他说嬷嬷和天主是一家人。"

"你错了,天主是造天地,造人,造万物的真主宰。你懂吗?"

余长寿用摇头来回答。

"你不懂,就要记住。我还要问你,天主创造了这个世界以后,他管事不管事的?"

"他不管事的。"

"你又错了。天主一直在管着我们这个世界,保护我们这个世界。"

余长寿这一回没有摇头,也没有点头。他觉得这个道理想不通,眨眨眼睛想了一想,就毫无顾忌地说:

"那末日本兵打我们中国,天主怎么不管的呢?"

"这是灾难呀,"王神父带着厌恶的神气,皱了一下眉头,"世界上的大灾难,是没法避免的,这个你不懂。你会懂吗?"

余长寿又是摇摇头。

"所以说,你要好好地研究天主的道理,不要怕难。你读通了《圣经》,这些道理就都会明白。"

"王神父,我不要读《圣经》,"余长寿把头摇得更快,"《圣经》我读不来,我要读五宝读的书,五宝会画图画,我也要画图画。"

"画图画有什么好呢!你还是跟着嬷嬷读《圣经》好。"

"王神父,我真的不要读《圣经》了。王神父,你帮帮我,我要到莲花街的那个小学校里去读书。"余长寿扁着嘴几乎要哭出来了。他把王神父看作他的最后一个希望,现在这个希望落空了。

王神父站了起来,伸出手摸摸余长寿的头顶:

"你还是回去吧,再到嬷嬷那里去读《圣经》。嗯?快别胡思乱想。"

王神父不等余长寿开步,就扶着余长寿的肩膀连拥带拖地陪到门口,让余长寿走出去,点了一点头,就把一扇花玻璃门不轻不重地推上了。

余长寿没有马上走开去,他像一座雕像似的站在门外面,他没有哭。

(《开明少年》第四十五期)

【导读】

  这个故事的主人公余长寿,很早就死了爹妈,"婆婆"拉扯着他,靠给人家洗衣服艰难地度日。婆婆的几个可怜的工钱解决了柴米油盐等基本费用后,再无盈余。得以在厕所对面狭小的传达室栖身,还是婆婆给"嬷嬷"们打扫房间换来的恩赐。本来,一个像余长寿这样出身寒贱的小男孩能被容纳在圣美堂修道院,有书可读,已经不该再有什么非分之想了。可余长寿偏偏还是个有点个性、不太安分的孩子。他无法忍受修道院刻板枯燥的气氛,爱玩的天性驱使他想逃离眼下的处境,去"莲花街的小学校",享受一种更丰富、有趣的童年生活。从他跟婆婆的对话中,可以看出他对那种"上体操课、画图画"的生活是多么向往!甚至睡觉时都梦见自己走进了莲花街的小学校。可是婆婆供不起他上学。他的小脑瓜便转动着想请人帮忙。想来想去,他把希望寄托在那个面目慈善的王神父身上。王神父气质好、有学问,且善名远扬,然而在余长寿天真地登门拜访,向他求助时,他的善良显得如此空洞。他并没有把余长寿提出的请求当一回事,他只是漫不经心地讲一些天主教的玄虚道理打发他,当余长寿提出疑问时,他对这个不安分、不乖巧的小男孩就失去了耐心和兴趣。余长寿的希望落空了。对读者来说,这是意料之中的事;但作者就是要不动声色地把余长寿从不满现实、怀抱希望至希望落空的过程一步一步加以展示。作者的笔调非常冷静,但冷静的叙述中处处都富含着对小人物的悲悯。

  可以试想一下,当王神父的门在余长寿的面前不轻不重地关上时,没有流泪的余长寿有着什么样的心情?这时对这个9岁男孩关上的不仅仅是一扇具体的玻璃门,同时生活也对他关上了梦想之门。

我和足球

程 玮

【解题】

《我和足球》是儿童文学作家程玮为少年朋友创作的一篇短篇小说。它讲述了一个小学毕业班的男孩和他心爱的足球从分手到重聚的曲折故事,富有启迪性。

一

唉,说起来真伤心,开学第一天,爸爸就把我的足球没收了。虽说他是爸爸,是大人,可办事也得讲理呀!整整一个早上,我脖子上套着书包,像尾巴似的跟在他后面走来走去,大声抗议着:"为什么要没收足球呢?你把理由讲出来,你讲出来嘛!"

他在房间里转来转去,大概是想找一个合适的地方放足球,听我嗓子越来越高,就不耐烦地开口了:"理由?你以为我讲不出理由吗?告诉你,我可以讲出一百条呢!"接着,他像个七十岁的老太婆一样,唠唠叨叨地开始讲起来了。

第一,他说我为了踢球,从来没有认真做过一次作业。嘿,难道我不想让老师在我的作业本上批个"优秀"吗?放学后,我和小灵通他们踢球前,总是讲的好好的,踢一会儿就做作业。可不知怎的,一只球在脚下三盘两转,还没踢痛快,太阳就呼啦一下子钻到地里去了,连招呼也不打一声。回到家,天早黑了。吃完晚饭,刚想做作业,眼皮又开始打架了。你们说,这还能认认真真地做作业吗?

第二,他说我在考试期间,还到小灵通家看电视。其实这也不全是我的责任呀。小灵通家的电视机,在开嘛。小灵通的爸爸见我们丢下功课去看电视,虽咬牙切齿地说非把电视机砸碎不可,可他舍得吗?再说,谁叫那个球王早不来,晚不来,偏偏在我们考试期间,到中国来访问呢?……

总之,爸爸说的一条都不算理由。他要真的说上个一百条。我也没耐心一一讲给你们听。其实他也没说满一百条,因为才说到第三条,他就找到了存放足球的地方。

他在衣柜前停住嘴,拉开衣柜门,把球往里头一丢,门一关,钥匙插到锁眼里狠狠地转了几下,怕没锁好,还用力拉拉。

我直着嗓子喊:"世界上也没规定,小学五年级学生不能踢足球……"

"好了好了,"爸爸伸手在我鼻子上刮了一下,和解似地说,"等你功课门门都达到九十分以上时,我一定把球还给你。快上学去吧!"

你们听,说得倒轻巧,门门功课都九十分以上,他去考考还不知怎么样呢!

就这样,我跟我的"好朋友"分手了。我带着一肚子不高兴走出家门,它呢,可怜巴巴地在黑咕隆咚的衣柜里被关禁闭了。

二

走出家门刚一抬腿,脚下轱辘辘地响起来。我低下头一看,是一块石头。一见这石头,我的脚就痒了。这石头有我的拳头那么大,圆溜溜的,活像只球。要是换了别人,准怕踢痛脚趾头。可我不怕,我是有名的铁脚头嘛。今天穿的又是一双新球鞋,鞋头上的橡胶厚厚的。我飞起一脚,它就滚了好一段路。我于是作出决定:把它踢到学校去!

我一路走,一路左右开弓地踢着。这块石头真狡猾,有时我轻轻一脚,它就像个大资本家似的,大模大样地在路中间滚上好一阵;有时,不管我怎么踢,它就像个小偷一样,躲在小坑坑里怎么也不肯出来。我费了好大劲,才把它踢到校门口。我正在盘算要不要把它踢到教室里去,小灵通像被人踢了一脚的足球一样,从里头飞出来,一见我,就往校门口一蹲,两手一张,冲着我说:"等了你好久了,来,你射门,我守球门!"

小灵通和我一样,也是球迷。我是铁脚头,他是把门铁将军。我朝他看看,说声:"注意了!"一脚就把那块石头踢了过去。

把门铁将军眼睁睁地看着"球"滚进"球门",还像傻瓜似的冲着我嚷:"来呀,来呀!"

我又好气又好笑地说:"去你的吧,早进去啦!"

他弯腰看看石头,做了个鬼脸:"呸,这算什么! 你的足球没带来吗?"

"唉,关禁闭啦!"我没好气地把那件伤心事情告诉了他。

他十二万分痛心地叹了口气,说:"唉,完啦,足球踢不成了,别管它,我们就拿这个球过过瘾!"

我们两个肩挨肩,他一脚、我一脚地踢着那块石头。踢到学校的画廊前,小灵通脚头一歪,正好把石头踢到了一个看画片的老师脚上。

那老师马上转过身来,这个老师我从没见过。他大概跟我爸爸差不多年纪,个头不高,但很结实,要是穿上一套运动衣,谁都会把他当成运动员。他的眼睛很亮,但很和气,笑眯眯地看着我们,说:"怎么,想叫我也练练脚头吗?"

小灵通拉了我一把,把嘴紧凑到我耳朵上,神秘地说:"新调来教我们班数学的,姓罗!"

小灵通就是有这号本事,不管学校发生了什么新鲜事,他总是第一个知道。他不光耳朵灵,嘴巴也特别灵,你们瞧,他走过去道歉了:"对不起,罗老师,我把你的脚砸痛了吧?"

罗老师笑着说:"没什么,练练脚头嘛。要是我没猜错的话,你们俩准是五(3)班的一对球迷。"

他真有趣,不知怎的,他一开口,我就喜欢上他了,我连忙点点头:"是的。"

"那么,"罗老师把我们上上下下看了一阵,说:"你们中的一个人应该背个小足球才对呀。你们班主任老师告诉我,背足球的是刘小翔。哪个是刘小翔,为什么不带足球了?"

没办法,我又把我的伤心事讲了一遍。

罗老师听完我的话,转过身很快地走了几步,一回头,很干脆地说:"这样吧,以后每天下午放了学,你们到办公室来找我,我帮你们把功课补上去,好不好?"

虽说我一点也不喜欢到老师那儿坐板凳,可当他征求我意见时,我却一口答应了。我也不知这是为什么,也许因为他说话和气有趣;也许,因为他样子像个运动员吧。

他一走,小灵通就对我嘟起嘴巴说:"你真愿意到他那儿去补课吗?自找苦吃!"他低下头,找到那块圆石头,气哼哼地说:"全是它,要不是它砸到了罗老师,才没这样的麻烦事呢!"说完,他把圆石头一脚踢开了。

那块倒霉的石头像受了天大的委屈,在水泥地上"咕噜咕噜"地发了一阵牢骚后,终于带着一肚子的不高兴,躲到角落里去了。

小灵通的气还没出够,叽叽咕咕地说:"这下可好了,球踢不成,连玩也玩不痛快了,真没意思!"

这回小灵通说错了。上罗老师身边补课可有意思哪!当然,对我和小灵通来说,做数学题暂时还不是一件很快活的差使。可是一个小时以后,你们猜怎么着?罗老师把书和本子往抽屉里一放,三下两下脱掉身上的外套,露出了一件绿色的运动衣,没等我们脑瓜转过弯来,他像变魔术一样从办公桌的小柜子里拿出一个足球,使劲往上一抛,又用头一顶,高声说:"踢球半小时!"

哈,我和小灵通当时的高兴样儿,以及后来怎么约了很多小球迷上他那儿补课的情景,你们大概也能想象出来吧!

三

时间过得真快呀,一眨眼工夫,教室门前的梧桐树叶,就从米粒那么大的绿芽变成巴掌大的叶子了。这一阵,大大小小的足球迷都在传着一个消息:全国足球赛进入决赛了!

我和小灵通多想去看一场啊,哪怕没有座位,站在最最边上也行,可就是买不到票,真气人!

那天下午,我早早就到学校去了,因为我还有一点作业没做好。

我正趴在桌上削铅笔,小灵通鬼头鬼脑走进来,拉拉我的耳朵:"喂,你听说没有,第一场决赛今天下午开始!"

嘿,这还用得到他来告诉我吗!我使劲把铅笔灰一吹:"废话,你有票吗?"

小灵通用手捂住我的眼睛,得意地喊:"一、二、三!"

等他把手松开时,哈,两张粉红色的入场券端端正正放在桌子了。我一高兴,把才削好的铅笔芯也折断了:"真有水平!"我使劲捶了他一拳头。

他把我的作业本往抽屉里一塞,拉着我就要走:"一点半开始,我们现在走正好!"

"那么,"我拍拍头说,"上课呢?"

"我早计划好了!"小灵通得意地说,"第一节是数学课,罗老师跟我们那么好,他自己也是个球迷,听说我们是去看足球赛,又是难得的一次,准没问题。第二节是体育课,更没有问题,走!"

我耳朵在听着小灵通讲"没问题",心呢,早被那两张粉红色的小纸片勾到体育场去了。甚至连比赛的哨子声、叫喊声,还有那特别好听的"砰砰砰"的足球声都听到了。所以小灵通一拉我的手,我的脚就不知不觉地朝外走了。

一路上,小灵通神气活现地介绍他买票的经过:他是怎么叫人家"大哥哥",又怎么叫人家"好叔叔",人家怎么笑眯眯地把票让给他的。他越讲越得意,我越听越佩服他的"灵通"。直到一辆自行车响着铃从我们身后赶上来,又绕了半个圈,横在我们面前,挡住我们的路时,我们才闭上嘴巴。抬头一看推自行车的人,差点叫出声来。你们一定猜到了,是罗老师!

他双手扶着车把,一动不动地站在那里,两只很亮的眼睛紧紧地盯着我们。

那是怎样的一种目光哟,老实告诉你们,我长这么大,还是头一回看见。我可没有作家伯伯的本事,一点也形容不出来。只觉得,他的眼睛看到哪里,我那里就不自在,好像被火烫着了一样。

"你们看球赛去吗?"他压低声音问。

"是,是的。"我心里有点虚,讲话也结巴起来。

他按了下车铃,说:"要是运动员在比赛前干他自个儿喜欢干的事去了,足球赛不成,怎么办?"

"哈,那怎么会呢?"小灵通一本正经地讲起来,"一个足球运动员,怎么能丢下比赛不管呢?参加比赛是人民交给他的任务呀,就好比,就好比,就好比……"他一时说不下去了,翻着眼睛一个劲儿地想着。

这个小灵通,别看他平时那么灵,到这会儿倒成了双料傻瓜,他一点听不出罗老师问话的意思,还在"就好比,就好比"的,我偷偷地踢了他一脚。

谁知他"哎呀"叫起来:"你踢我干什么,人家已经想出来了嘛,就好比我们以前丢下作业去踢球,把自己主要的任务忘啦!"

嘿,他还很得意哩!我刚想再踢他一脚,罗老师开口了:"对,你说得很对,那么你们现在丢下学习去看球,好比什么呢?"

小灵通像短了半截舌头似的,再也"好比"不起来了。他苦着脸求救似地看着我,我给了他一个白眼,活该!

罗老师严肃地看着我们,有点难过地说:"你们这么大一个人,被一只足球勾了就跑,难道你们不能有一点毅力吗?"他又按一下车铃,用不可违抗的口气命令道:"回去!"然后,他连看都不看我们一眼,推着自行车走了。

我跟小灵通相互看了一眼,慢慢地跟在他后面。不知怎的,罗老师说最后几句话的神气使我心里很难过,我觉得我很对不起他,我使他失望了。

一堂数学课到底讲了些什么,我一点也不知道。开始,我只觉得我脑瓜里轰轰直响,像有几十架飞机在同时起飞。后来,我又觉得脑瓜像装了架风车,滴溜溜地直转。我想起我的学习成绩,想起爸爸列举的理由,想起罗老师刚才难过的样子,这一切转呀转呀,转成了一个圆圆的东西,那是什么?呵,是足球!我第一次感到足球是那么讨厌,又是那么可怕。真的,以前不管什么时候,它一出现,就毫不费力地把我拉着走了。可现在,不,我要做个有毅力的人,我,我永远不再踢球,也不去看球了!我相信我一定能做到。那么,小灵通呢?

我偷眼看看小灵通,他正在把他叫了好几声"大哥哥""好叔叔"买来的票,一点一点地撕着。

放学铃刚响,小灵通就急匆匆地跑到我身边,满脸通红地说:"小翔,我想好了,我以后再也不踢球,也不去看球,我要做个有毅力的人!"

我高兴得一把抓住他的手,连连说:"我也是,我也是,我们马上去告诉罗老师,他一定会高兴的!"

我们俩走进办公室,罗老师像平时一样招呼我们坐下,他温和地看看我们,说:"我把下午的内容重新讲一遍,我知道你们都没有听进去。"

我心里有一股说不出的味道,我很想把我和小灵通的决定告诉他。于是,他翻开书就讲起课来。

一个小时很快过去了,当罗老师把书和备课笔记放进抽屉时,我一把抓住他的手,宣誓一样地说:"罗老师,我们以后再也不踢足球了!"

可是,在他脸上,并没有找到我们期待的笑容,他很严肃,甚至很严厉地看着我们,大声说:"错了!"

我们吃了一惊。

"你们这不是有毅力,这是软弱!"罗老师站起来,在我们面前来回走了几步,继续说:"认真学习是好事,踢球同样是好事。正确处理好它们的关系,需要有毅力。学习的时候,就见球在你们脚下转,你们的脚也决不应该动一动;活动的时候,你们就应该像个铁脚头,把门铁将军! 只有从小培养这种毅力,将来才能真正成为一个有用的人,懂吗?"

说完这些话,他拉开抽屉,拿出什么东西在我们面前一扬——

黄色的小纸片,哈哈,今天晚上的足球票! 一共有三张哩,一张是我的,一张是小灵通的,还有一张是谁的呢? 你们猜猜看。

四

学期结束,当我把成绩单送到爸爸手里时,他眯着眼睛乐开了。

我提醒他:"球呢,大人说话可得当话呀!"

他有点不情愿地打开衣柜,说:"幸亏我把球藏起来,你一个学期不踢球,学习成绩就上去了。"

我找了好一会儿,才找到我的足球,它已经成了扁扁的、皮帽子似的形状了。我把它戴到头上,冲着爸爸鞠了一躬,说:"你错了,爸爸!"

"怎么回事啊?"爸爸莫名其妙地问。

于是,我就把刚才跟你们说的那些话,从头到尾又讲了一遍。

亲爱的同学们,要是你们的爸爸妈妈为了你们的学习,也像我爸爸一样,把你们心爱的小足球啦、小篮球啦、乒乓板啦,还有各种各样正当的活动用具没收时,你们赶快把罗老师的话讲给他们听,甚至也可以讲到我和小灵通,我想,他们也一定会学着罗老师的样儿来帮助你们的。

(江苏《少年文艺》1979年第3期)

【导读】

爱玩、好动是男孩的天性,足球比赛是一项风靡全球、魅力四射的运动,所以在我们的小学、中学里的男孩子中间,有着大批足球迷,围绕一个足球,发生了许多故事。小说的作者十分了解这些校园小球迷的生活和心理,才写出这个关于男孩和足球的生动有趣的故事。

"我"上到了小学五年级,面临毕业,却因沉迷于足球耽误了功课,因此"我"的宝贝足球不幸关了"禁闭"。"我"无法否认足球牵扯了精力、影响了学习的事实,又觉得踢足球是天经地义的事,不甘心与心爱的足球分手。在这个故事里,作者通过罗老师这个人物,在功课和足球之间进行了一次成功的斡旋,最后让"我"和"小灵通"这一对"资深"球迷终于心悦诚服地接受了学习和踢球两不误的道理。

对于生性活泼好动的男孩子们来说,罗老师是一个颇具亲和力的形象。他对学生极其负责,但他的教育方式又毫不刻板,而是有针对性、有智慧、有独创性。他在洞察了学生的兴趣爱好、性格特点之后,用他们能够接受的方式,逐步地改变他们对足球偏颇的看法,使他们看到了足球以外的天地,意识到世界上还有很多比足球重要的东西。

当"我"因为迷恋足球而耽误功课时,"我"的爸爸虽然不满,但这位爸爸还算民主,"我"也可以大声抗辩。这又让我们不由得想起今天的孩子,在沉重的升学压力下,沉迷于足球的情况很少能被容忍。要是到了毕业班还沉迷于足球,家长的反应恐怕比小说中要激烈得多。其实,在每个孩子都拥有的童年生活中,"玩"也是一项天赋人权,正如小说中所说,学和玩理当并行不悖。在"玩"中,孩子们才能体会许多生活的滋味,在生理与心理上健康成长,一步步走向成熟。

秃 鹤

曹文轩

【解题】

《秃鹤》选自当代作家、学者曹文轩创作的长篇儿童小说《草房子》。曹文轩是北京大学的教授,专注于现当代文学研究,同时也从事儿童文学创作。他的主要作品有文集《忧郁的田园》《暮色笼罩下的祠堂》,长篇小说《山羊不吃天堂草》及学术著作《曹文轩儿童文学论集》等。《草房子》是作者继《山羊不吃天堂草》之后的又一部力作。这部小说是为少年朋友而写的,丝毫不把读者当作"小孩子",而是把他们看作一个个有思想、有感情的独立个体,与之进行真诚而平等的沟通,用人心灵中永恒的追求和信仰——道义的力量、情感的力量、智慧的力量和美的力量去感动今天的孩子。作者娓娓叙述了男孩桑桑刻骨铭心、终生难忘的六年小学生活,在这六年中,桑桑目睹或经历了一个个看似寻常却又撼动人心的故事。作品语言明白晓畅、格调高雅,有一定的深度。小说曾被拍成电影并获奖。由于篇幅限制,这里所选的仅仅是小说中的一章,这一章的主人公是陆鹤(外号"秃鹤"),这个男孩由于天生秃顶而招致别人异样的目光,并由此引发一连串的感人故事。

一

秃鹤与桑桑从一年级一开始,一直到六年级,都是同班同学。

秃鹤应该叫陆鹤,但因为他是一个十足的小秃子,油麻地的孩子,就都叫他为秃鹤。秃鹤所在的那个小村子,是个种了许多枫树的小村子。每到秋后,那枫树一树一树地红起来,红得很耐看。但这个村子里,却有许多秃子。他们一个一个地光着头,从那么好看的枫树下走,就吸引了油麻地小学的老师们停住脚步,在一旁静静地看。那些秃顶在枫树下,微微泛着红光。在枫叶密集处偶尔有些空隙,那边有人走过时,就会一闪一闪地亮,像沙里的瓷片。那些把手插在裤兜里或双臂交叉着放在胸前的老师们,看着看着,就笑了起来,也不知道是什么意思。

秃鹤已许多次看到这种笑了。

但在桑桑的记忆里,秃鹤在读三年级之前,似乎一直不在意他的秃头。这或许是因为他们村也不光就他一个人是秃子,又或许是因为秃鹤还太小,想不起来自己该在意自己是个秃子。秃鹤一直生活得很快活。有人叫他秃鹤,他会很高兴地答应的,仿佛他本来就秃鹤,而不叫陆鹤。

秃鹤的秃,是很地道的。他用长长的好看的脖子,支撑起那么一颗光溜溜的脑袋。这颗脑袋绝无一丝瘢痕,光滑得竟然那么均匀。阳光下,这颗脑袋像打了蜡一般亮,让他的同学们无端地想起,夜里它也会亮的。由于秃成这样,孩子们就会常常出神地去看,并会在心里生出要用手指头蘸一点唾沫去轻轻摩挲它一下的欲望。事实上,秃鹤的头,是经常被人抚摸的。后来,秃鹤发现了孩子们喜欢摸他的头,就把自己的头看得珍贵了,不再由着他们想摸就摸了。如果有人偷偷摸了他的头,他就会立即掉过头去判断。见是一个比他弱小的,他就会追过去让那个人在后背上吃一拳;见是一个比他有力的,他就会骂一声。有人一定要摸,那也可以,但得付秃鹤一点东西:要么是一块糖,要么是将橡皮或铅笔借他用半天。桑桑用一根断了的格尺,就换得了两次抚摸。那时,秃鹤将头很乖巧地低下来,放了桑桑的眼前。桑桑伸出手去摸着,秃鹤就会数道:"一回了……"桑桑觉得秃鹤的头很光滑,跟他在河边摸一块被水冲洗了无数年的鹅卵石时的感觉差不多。

秃鹤读三年级时,偶然地,好像是在一个早晨,他对自己的秃头在意起来了。秃鹤的头现在碰不得了。谁碰,他就跟谁急眼,就跟谁玩命。人再喊他秃鹤,他就不再答应了。并且,谁也不能再用东西换得一摸。油麻地的屠夫丁四见秃鹤眼馋地看他肉案上的肉,就用刀切下足有两斤重的一块,用刀尖戳了一个洞,穿了一截草绳,然后高高地举在秃鹤眼前:"让我摸一下你的头,这块肉就归你。"说着,就要伸出油腻的手来。秃鹤说:"你先把肉给我。"丁四说:"先让我摸,然后再把肉给你。"秃鹤说:"不,先把肉给我。"丁四等到将门口几个正在闲聊的人招呼过来后,就将肉给了秃鹤。秃鹤看了看那块肉——那真是一块好肉!但秃鹤用力向门外一甩,将那块肉甩到满是灰土的路上,然后拔腿就跑。丁四抓了杀猪刀追出来。秃鹤跑了一阵却不再跑了。他从地上抓起一块砖头,转过身来,咬牙切齿地面对着抓着锋利刀子的丁四。丁四竟不敢再向前一步,将刀子在空中挥舞了两下,说了一声"小秃子",转身走了。

秃鹤不再快活了。

那天下大雨,秃鹤没打雨伞就上学来了。天虽下雨,但天色并不暗。因此,在银色的雨幕里,秃鹤的头就分外亮。同打一把红油纸伞的纸月与香椿,就闪在了道旁,让秃鹤走过去。秃鹤感觉到了,这两个女孩的眼睛正在那把红油纸伞下注视着他的头。他从她们身边走了过去。当他转过身来看她们时,他所见到的情景是两个女孩正用手捂住嘴,遮掩着笑。秃鹤低着头往学校走去。但他没有走进教室,而是走到了河边那片竹林里。

雨沙沙沙地打在竹叶上,然后从缝隙中滴落到他的秃头上。他用手摸了摸头,一脸沮丧地朝河上望着。水面上,两三只羽毛丰满的鸭子,正在雨中游着,一副很快乐的样子。

秃鹤捡起一块瓦片,砸了过去,惊得那几只鸭子拍着翅膀往远处游去。秃鹤又接二连三地砸出去六七块瓦片,直到他的瓦片再也惊动不了那几只鸭子,他才罢手。他感到有点凉了,但直到上完一节课,他才走向教室。

晚上回到家,他对父亲说:"我不上学了。"

"有人欺负你了?"

"没有人欺负我。"

"那为什么说不上学?"

"我就是不想上学。"

"胡说!"父亲一巴掌打在秃鹤的头上。

秃鹤看了父亲一眼,低下头哭了。

父亲似乎突然明白了什么。他转身坐到灯光照不到的阴影里的一张凳子上。随即,秃鹤的秃头就映出了父亲手中烟卷忽明忽暗的亮光。

第二天,父亲没有逼秃鹤上学去。他去镇上买回几斤生姜:有人教了他一个秘方,说是用生姜擦头皮,七七四十九天,就能长出头发来。他把这一点告诉了秃鹤。秃鹤就坐在凳子上,一声不吭地让父亲用切开的姜片,在他的头上来回擦着。父亲擦得很认真,像一个想要让顾客动心的铜匠在擦他的一件青铜器。秃鹤很快就感到了一种火辣辣的刺痛。但秃鹤一动不动地坐着,任由父亲用姜片去擦着。

桑桑他们再见到秃鹤时,秃鹤依然还是个秃子,只不过那秃头有了血色,像刚喝了酒一样。

不知是纸月还是香椿,当秃鹤走进教室时,闻到了一股好闻的生姜味,便轻轻说出声来:"教室里有生姜味。"

当时全班的同学都在,大家就一齐嗅鼻子,只听见一片吸气声。随即都说确实有生姜味。于是又互相地闻来闻去,结果是好像谁身上都有生姜味,谁又都没有生姜味。

秃鹤坐在那儿不动。当他感觉到马上可能就有一个或几个鼻子顺着气味的来路嗅呀嗅的要嗅到他,并要嗅到他的头上时,

765

说了一声"我要上厕所",赶紧装出憋不住的样子跑出了教室。他跑到河边上,用手抠了一把烂泥,涂在头上,然后再用清水洗去。这样反复地进行了几次,直到自己认为已经完全洗去生姜味之后,才走回教室。

七七四十九天过去了,秃鹤的头上依然毫无动静。

夏天到了,当人们尽量从身上、脑袋上去掉一些什么时,秃鹤却戴着一顶父亲特地从城里买回的薄帽,出现在油麻地人的眼里。

二

桑桑是校长桑乔的儿子。桑桑的家就在油麻地小学的校园里,也是一幢草房子。

油麻地小学是一色的草房子。十几幢草房子,似乎是有规则,又似乎是没有规则地连成一片。它们分别用作教室、办公室、老师的宿舍,或活动室、仓库什么的。在这些草房子的前后或在这些草房子之间,总有一些安排,或一丛两丛竹子,或三株两株蔷薇,或一片花开得五颜六色的美人蕉,或干脆就是一小片夹杂着小花的草丛。这些安排,没有一丝刻意的痕迹,仿佛是这个校园里原本就有的,原本就是这个样子。这一幢一幢草房子,看上去并不高大,但屋顶大大的,里面很宽敞。这种草房子实际上是很贵重的。它不是用一般稻草或麦秸盖成的,而是从三百里外的海滩上打来的茅草盖成的。那茅草旺盛地长在海滩上,受着海风的吹拂与毫无遮挡的阳光的曝晒,一根一根地都长得很有韧性。阳光一照,闪闪发亮如铜丝,海风一吹,竟然能发出金属般的声响。用这种草盖成的房子,是经久不朽的。这里的富庶人家,都攒下钱来去盖这种房子。油麻地小学的草房子,那上面的草又用得很考究,很铺张,比这里的任何一个人家的选草都严格,房顶都厚。因此,油麻地小学的草房子里,冬天是温暖的,夏天却又是凉爽的。这一幢幢房子,在乡野纯净的天空下,透出一派古朴来。而当太阳凌空而照时,那房顶上金泽闪闪,又显出一派华贵来。

桑桑喜欢这些草房子,这既是因为他是草房子里的学生,又是因为他的家也在这草房子里。

桑桑就是在这些草房子里、草房子的前后及四面八方来显示自己的,来告诉人们"我就是桑桑"的。

桑桑就是桑桑,桑桑与别的孩子不大一样,这倒不是因为桑桑是校长的儿子,而仅仅只是因为桑桑就是桑桑。

桑桑的异想天开或者做出一些出人意料的古怪的行为,是一贯的。桑桑想到自己有个好住处,他的鸽子却没有——他的许多鸽子还只能钻墙洞过夜或孵小鸽子,心里就起了怜悯,决心要改善鸽子们的住处。当那天父亲与母亲都不在家时,他叫来了阿恕与朱小鼓他们几个,将家中碗柜里的碗碟之类的东西统统收拾出来扔在墙角里,然后将这个碗柜抬了出来,根据他想象中的一个高级鸽笼的样子,让阿恕与朱小鼓他们一起动手,用锯子与斧头对它大加改造。四条腿没有必要,锯了。玻璃门没有必要,敲了。那碗柜本来有四层,但每一层都没有隔板。桑桑就让阿恕从家里偷来几块板子,将每一层分成了三档。桑桑算了一下,一层三户"人家",四层共能安排十二户"人家",觉得自己为鸽子们做了一件大好事,心里觉得很高尚,自己被自己感动了。当太阳落下,霞光染红草房子时,这个大鸽笼已在他和阿恕他们的数次努力之后,稳稳地挂在了墙上。晚上,母亲望着一个残废的碗柜,高高地挂在西墙上成了鸽子们的新家时,她将桑桑拖到家中,关起门来一顿结结实实地揍。但桑桑不长记性,仅仅相隔十几天,他又旧病复发。那天,他在河边玩耍,见有渔船在河上用网打鱼,每一网都能打出鱼虾来,就在心里希望自己也有一张网。但家里并无一张网。桑桑心里痒痒的,觉得自己非有一张网不可。他在屋里屋外转来转去,一眼看到了支在父母大床上的蚊帐。这明明是蚊帐,但在桑桑的眼中,它分明是一张很不错的网。他三下两下就将蚊帐扯了下来,然后找来一把剪子,三下五除二地将蚊帐改制成了一张网,然后又叫来阿恕他们,用竹竿做成网架,撑了一条放鸭的小船,到河上打鱼去了。河两岸的人都到河边上来看,问:"桑桑,那网是用什么做成的?"桑桑回答:"用蚊帐。"桑桑心里想:我不用蚊帐又能用什么呢?两岸的人乐了。女教师温幼菊担忧地说:"桑桑,你又要挨打了。"桑桑突然意识到了问题的严重性,但在两岸那么多感兴趣的目光的注视下,他还是很兴奋地沉浸在打鱼的快乐与冲动里。中午,母亲见到竹篮里有两三斤鱼虾,问:"哪来的鱼虾?"桑桑说:"是我打的。""你打的?""我打的。""你用什么打的?""我就这么打的呗。"母亲忙着要做饭,没心思去仔细考查。中午,一家人高高兴兴地吃着鱼虾。吃着吃着,母亲又起了疑心:"桑桑,你用什么打来的鱼虾?"桑桑借着嘴里正吃着一只大红虾,故意支支吾吾地不说清。但母亲放下筷子不吃,等他将那只虾吃完了,又问:"到底用什么打来的鱼虾?"桑桑一手托着饭碗,一手抓着筷子,想离开桌子,但母亲用不可违抗的口气说:"你先别离开。你说,你用什么打的鱼虾?"桑桑退到了墙角里。小妹妹柳柳坐在椅子上,一边有滋有味地嚼着虾,一边高兴得不住地摆动着双腿,一边朝桑桑看着:"哥哥用网打的鱼。"母亲问:"他哪来的网?"柳柳说:"用蚊帐做的呗。"母亲放下手中的碗筷,走到房间里去。过不多一会儿,母亲又走了出来,对着拔腿就跑的桑桑的后背骂了一声。但母亲并没有追打,晚上,桑桑回来后,母亲也没有打他。母亲对他的惩罚是:将他的蚊帐摘掉了。而摘掉蚊帐的结果是:他被蚊子叮得浑身上下到处是红包,左眼红肿得发亮。

　　眼下的夏天,是地地道道的夏天。太阳才一露脸,天地间便弥漫开无形的热气。而当太阳如金色的轮子,轰隆隆滚动过来,直滚到人的头顶上时,天地间就仿佛变得火光闪闪了。河边的芦苇叶晒成了卷,一切植物都无法抵抗这种热浪的袭击,而昏昏欲睡地低下了头。大路上,偶尔有人走过,都是匆匆的样子,仿佛在这种阳光下一旦呆久了,就会被烧着似的。会游泳与不会游泳的孩子,都被这难忍的炎热逼进了河里。因此,河上到处是喧闹声。

桑桑已在水中泡了好几个钟头了,现在他先到岸上来吃个香瓜,打算吃完了再接着下河去。他坐在门槛上一边吃着,一边看着母亲拿了根藤条抽打挂了一院子的棉被与棉衣。他知道,这叫"曝伏",就是在最炎热的伏天里将棉被棉衣拿到太阳光下来晒,只要晒上那么一天,就可以一直到冬天也不会发霉。母亲回屋去了。桑桑吃完瓜,正想再回到河里去,但被突发的奇想留住了。他想:在这样的天气里,我将棉衣棉裤都穿上,人会怎样?他记得那回进城,看到卖冰棍的都将冰棍捂在棉套里。他一直搞不清楚为什么破棉套死死捂着,冰棍反而不溶化。这个念头缠住了他。桑桑这个人,很容易被一些念头缠住。

不远处,纸月正穿过玉米丛中的田埂,上学来了。纸月戴了一顶很好看的凉帽,一路走,一路轻轻地用手抚摸着路边的玉米叶子。那时,玉米正吐着红艳艳的或绿晶晶的穗子。纸月不太像乡下的小女孩,在这样的夏天,居然还是那么白。她的脸以及被短袖衫和短裤留在外面的胳膊与腿,在玉米丛里一晃一晃地闪着白光。

桑桑往屋里瞥了一眼,知道母亲已在竹床上午睡了,就走到了院子里。他汗淋淋的,却挑了一条最厚的棉裤穿上,又将父亲的一件肥大的厚棉袄也穿上了身。转眼看到大木箱里还有一顶父亲的大棉帽子,自己一笑,走过去,将它拿出,也戴到了汗淋淋的头上。桑桑的感觉很奇妙,他前后左右地看了一下,立即跑出院子,跑到教室中间的那片空地上。

那时,纸月也已走进校园。

但桑桑装着没有看见她,顺手操了一根竹竿,大模大样地在空地上走。

　　首先发现桑桑的是蒋一轮老师。那时,他正在树阴下的一张竹椅上打盹,觉得空地上似乎有个人在走动,一侧脸,就看见了那样一副打扮的桑桑。他先是不出声地看,终于忍俊不禁,扑哧一声笑出来。随即起来,把老师们一个一个地叫了出来:"你们快来看桑桑。"

　　过一会儿就要上课了,各年级的学生正陆续走进校园。

　　桑桑为他们制造了一道风景。桑桑经常为人们制造风景。

　　纸月将身子藏在一棵粗壮的梧桐后,探出脸来看着桑桑。

　　桑桑似乎看到了那一对乌溜溜的眼睛,又似乎没有看见。

　　空地周围站了许多人,大家都兴高采烈地看着。不知是谁"嗷"了一声,随即得到响应,"嗷嗷"声就在这七月的天空下面回响不止,并且愈来愈响。桑桑好像受到一种鼓舞,拖着竹竿,在这块空地上,小疯子一样走起圆场来。

　　过不一会儿,"嗷嗷"声又转换成很有节奏的"桑桑!桑桑……"

　　桑桑就越发起劲地走动,还做出一些莫名其妙的动作来。

　　桑桑将这块空地当做了舞台,沉浸在一种贯穿全身的快感里。汗珠爬满了他的脸。汗水流进了他的眼睛,使他睁不开眼睛。睁不开眼睛就睁不开眼睛,他就半闭着双眼打着圆场。或许是因为双眼半闭,或许是因为无休止地走圆场,桑桑就有了一种陶醉感,和那回偷喝了父亲的酒之后的感觉一模一样。

　　四周是无数赤着的上身,而中间,却是隆冬季节中一个被棉衣棉裤紧紧包裹的形象。有几个老师一边看,一边在喉咙里咯咯地笑,还有几个老师笑得弯下腰去,然后跑进屋里喝口水,润了润笑干了的嗓子。

　　桑桑这回是出尽了风头。

　　正当大家看得如痴如醉时,油麻地小学又出现了一道好风景:秃鹤第一回戴着他父亲给他买的帽子上学来了。

不知是谁第一个看到了秃鹤:"你们快看呀,那是谁?"

"秃鹤!""秃鹤!""是秃鹤!"

那时,秃鹤正沿着正对校门的那条路,很有派头地走过来。

秃鹤瘦而高,两条长腿好看倒也好看,但稍微细了一点。现在,这两条长腿因穿了短裤,暴露在阳光下。他迈动着这样的腿,像风一般,从田野上荡进了校园。秃鹤光着上身,赤着脚,却戴了一顶帽子——这个形象很生动,又很滑稽。或许是因为人们看桑桑这道风景已看了好一阵,也快接近尾声了;或许是因为秃鹤这个形象更加绝妙,人们的视线仿佛听到了一个口令,齐刷刷地从桑桑的身上移开,转而来看秃鹤,就把桑桑冷落了。

秃鹤一直走了过来。他见到这么多人在看他,先是有点小小的不自然,但很快就换到了另一样的感觉里。他挺着瘦巴巴的胸脯,有节奏地迈着长腿,直朝人群走来。现在最吸引人的就是那顶帽子:雪白的一顶帽子,这样的白,在夏天就显得很稀罕、格外显眼;很精致的一顶帽子,有优雅的帽舌,有细密而均匀的网眼。它就这样戴在秃鹤的头上,使秃鹤陡增了几分俊气与光彩。

仿佛来了一位贵人,人群自动地闪开。

没有一个人再看桑桑。桑桑看到,梧桐树后的纸月也转过身子看秃鹤去了。桑桑仿佛是一枚枣子,被人有滋有味地吃了肉,现在成了一枚无用的枣核被人唾弃在地上。他只好拖着竹竿,尴尬地站到了场外,而现在走进场里来的是潇洒的秃鹤。

三

当时,那纯洁的白色将孩子们全都镇住了。加上秃鹤一副自信的样子,孩子们别无心思,只是一味默默地注视着。但仅仅过了两天,他们就不再愿意恭敬地看秃鹤了,心里老有将那顶帽子摘下来再看一看秃鹤的脑袋的欲望。几天看不见秃鹤的脑袋,他们还有点不习惯,觉得那是他们日子里的一个不可缺少的点缀。

桑桑还不仅仅有那些孩子的一般欲望,他还有他自己的念头。那天,是秃鹤的出现,使他被大家冷落了,他心里一直在生气。

这天下午,秃鹤的同桌在上完下午的第一节课后,终于克制不住地一把将那顶帽子从秃鹤的头上摘了下来。

"哇!"先是一个女孩看到了,叫了起来。

于是无数对目光,像夜间投火的飞蛾,一齐聚到那颗已几日不见的秃头上。大家就像第一次见到这颗脑袋一样感到新奇。

秃鹤连忙一边用一只手挡住脑袋,一边伸手向同桌叫着:"给我帽子!"

同桌不给,拿着帽子跑了。

秃鹤追过去:"给我!给我!给我帽子!"

同桌等秃鹤快要追上时,将帽子一甩,就见那帽子像只展翅的白鸽飞在空中。未等秃鹤抢住,早有一个同学爬上课桌先抓住了。秃鹤又去追那个同学,等秃鹤快要追上了,那个同学如法炮制,又一次将那顶白帽甩到空中。然后是秃鹤四处追赶,白帽就在空中不停地飞翔。这只"白鸽"就成了一只被许多人攥着、失去落脚之地而不得不停一下就立即飞上天空的"白鸽"。

秃鹤苦苦地叫着:"我的帽子!我的帽子!"

帽子又一次飞到了桑桑的手里。桑桑往自己的头上一戴,在课桌中间东挪西闪地躲避紧追不舍的秃鹤。桑桑很机灵,秃鹤追不上。等有了一段距离,桑桑就掉过头来,将身子站得笔直,做一个立正举手敬礼的样子,眼看秃鹤一伸手就要夺过帽子了,才又转身跑掉。

后来,桑桑将帽子交给了阿恕,并示意阿恕快一点跑掉。阿恕抓了帽子就跑,秃鹤要追,却正好被桑桑堵在走道里。等秃鹤另寻空隙追出门时,阿恕已不知藏到什么鬼地方去了。

秃鹤在校园里东一头西一头地找着阿恕:"我的帽子,我的帽子……"脚步越来越慢,越来越小,眼睛里已有了眼泪。

阿恕却早已穿过一片竹林,重新回到了教室。

桑桑对阿恕耳语了几句,阿恕点点头,抓了帽子,从后窗又跑了出去。而这时,桑桑将自己的书包倒空,揉成一团,塞到了背心里,从教室里跑出去,见了秃鹤,拍拍鼓鼓的胸前:"帽子在这儿!"转身往田野跑去。

秃鹤虽然已没有什么力气了,但还是追了过去。

桑桑将秃鹤引出很远。这时,他再回头往校园看,只见阿恕正在爬旗杆,都爬上去一半了。

秃鹤揪住了桑桑:"我的帽子!"

桑桑说:"我没有拿你的帽子。"

秃鹤依然叫着:"我的帽子!"

"我真的没有拿你的帽子。"

秃鹤就将桑桑扑倒在田埂上:"我的帽子!"他掀起桑桑的背心,见是一个皱巴巴的书包,打了桑桑一拳,哭了。

桑桑"哎哟"叫唤了一声,却笑了,因为,他看见那顶白色的帽子,已被阿恕戴在旗杆顶那个圆溜溜的木疙瘩上。

等秃鹤与桑桑一前一后回到校园时,全校的学生几乎都已到了旗杆下,正用手遮住阳光仰头看那高高的旗杆顶上的白帽子。当时天空十分蓝,衬得那顶白帽子异常耀眼。

秃鹤发现了自己的帽子。他推开人群,走到旗杆下,想爬上去将帽子摘下,可是连着试了几次,都只是爬了两三米,就滑跌在地上,倒引得许多人大笑。

秃鹤倚着旗杆,瘫坐着不动了。他脑袋歪着,咬着牙,噙着泪。

没有人再笑了,并有人开始离开旗杆。

有风。风吹得那顶白帽子在旗杆顶上微微旋转摆动,好像是一个人在感觉自己的帽子是否已经戴正。

蒋一轮老师来了,仰头望了望旗杆顶上的帽子,问秃鹤:"是谁干的?"

孩子们都散去了,只剩下阿恕站在那里。

"你干的?"蒋一轮问。

阿恕说:"是。"

秃鹤大声叫起来:"不,是桑桑让人干的!"

秃鹤站起来,打算将桑桑指给蒋一轮看,桑桑却一矮身子,躲到树丛里去了。

蒋一轮命令阿恕将帽子摘下还给秃鹤,秃鹤却一把将阿恕摘下的帽子打落在地:"我不要了!"说罢,脖子一梗,直奔桑桑家,仰面朝天,将自己平摆在院子里。

桑桑的母亲出来问秃鹤怎么了,秃鹤不答。桑桑的母亲只好出来找桑桑。没有找到桑桑,但她从其他孩子嘴里问明了情况,就又回到院子里哄秃鹤:"好陆鹤,你起来,我饶不了他!"

秃鹤不肯起来,泪水分别从两眼的眼角流下来,流到耳根,又一滴一滴落在泥土上,把泥土湿了一片。

后来,还是刚从外面回来的桑乔将秃鹤劝走。

桑桑从学校的树丛里钻出去,又钻到校外的玉米地里,直到天黑也没敢回家。母亲也不去呼唤他回家,还对柳柳说:"不准去喊他回家,就让他死在外面!"

起风了,四周除了玉米叶子的沙沙声与水田里的蛙鸣,就再也没有其他声响。

桑桑害怕了,从玉米地里走到田埂上。他遥望着他家那幢草房子里的灯光,知道母亲没有让他回家的意思,很伤心,有点想哭。但没哭,转身朝阿恕家走去。

母亲等了半夜,见桑桑真的不回家,反而在心里急了。嘴里说着不让人去唤桑桑回家,却走到院门口四处张望。

阿恕的母亲怕桑桑的母亲着急,摸黑来到了桑桑家,说:"桑桑在我家,已吃了饭,和阿恕一起上床睡觉了。"

桑桑的母亲知道桑桑有了下落,心里的火顿时又起来了。对阿恕的母亲说是让桑桑回来睡觉,但当她将桑桑从阿恕的床上叫醒,让他与她一起走出阿恕家,仅仅才走了两块地远,就用手死死揪住了桑桑的耳朵,直揪得桑桑龇牙咧嘴地乱叫。

桑乔早等在路口,说:"现在就去陆鹤家向人家道歉。"

当天夜里,熟睡的秃鹤被父亲叫醒,朦朦胧胧地见到了看上去可怜巴巴的桑桑,并听见桑桑吭哧吭哧地说:"我以后再也不摘你的帽子了……"

四

秃鹤没有再戴那顶帽子。秃鹤与大家的对立情绪日益强烈。秃鹤换了念头:我就是个秃子,怎么样!因为有了这个念头,即使冬天来了,他本来是可以顺理成章地与别人一样戴顶棉帽子的,他也不戴。大冬天里,露着一颗一毛不存的光脑袋,谁看了谁都觉得冷。他就这样在寒风里,在雨雪里,顶着光脑袋。他就是要向众人强调他的秃头:我本来就是个秃子,我没有必要瞒人!

这个星期的星期三上午,这一带的五所小学(为一个片),要在一起会操,并要评出个名次来。这次汇操就在油麻地小学举行。

油麻地小学从星期一开始,就每天上午拿出两节课的时间来练习方阵、列队、做操。一向重视名誉的桑乔,盯得很紧,并不时地大声吼叫着发脾气。这个形象与平素那个头发梳理得一丝不苟、浑身上下竟无一丝灰尘、裤线折得锋利如刀的斯文形象似乎有点格格不入。但只要遇到与学校荣誉相关的事情,他就会一改那副斯文的样子,整天在校园里跳上跳下,一见了不满意的地方,就会朝老师与学生大声地叫喊。他常弄得大家无所适从,要么就弄得大家很不愉快,一个个消极怠工。这时候,他就独自一人去做那件事,直累得让众人实在过意不去了,又一个个参加进来。

桑乔是全区有名的校长。

"这次会操,油麻地小学必须拿第一,哪个班出了问题,哪个班的班主任负责!"桑乔把老师们召集在一起,很严肃地说。

会操的头一天,桑桑他们班的班主任蒋一轮,将秃鹤叫到办公室,说:"你明天上午就在教室里呆着。"

秃鹤问:"明天上午不是会操吗?"

蒋一轮说:"你就把地好好扫一扫,地太脏了。"

"不,我要参加会操。"

"会操人够了。"

"会操不是每个人都要参加的吗?"

"说了,你明天就在教室里呆着。"

"为什么?"

蒋一轮用眼睛瞥了一下秃鹤的头。

秃鹤低下头朝办公室外边走。在将要走出办公室时,他用脚将门"咚"的一声狠踢了一下。

第二天早上,其他四所小学的学生,在老师们的严厉监督下,从不同的方向朝油麻地小学的操场走来。歌声此起彼伏,在寒冷的冬天,硬是渲染出一番热气腾腾的景象。

蒋一轮走到教室里,并没有看到秃鹤,就问班上同学:"见到陆鹤没有?"

有同学说:"他在操场的台子上。"

蒋一轮听罢,立即奔到操场,果然见到秃鹤正坐在本是给那些学校的校长们预备的椅子上。他立即走上那个土台,叫道:"陆鹤。"

秃鹤不回头。

蒋一轮提高了嗓门:"陆鹤。"

秃鹤勉强转过头去,但看了一眼蒋一轮,又把脸转过去看台下那些来自外校的学生。

台下的学生正朝秃鹤指指点点,并在嘻嘻嘻地笑。

蒋一轮拍了一下秃鹤的肩膀:"走,跟我回教室。"

秃鹤坚决不让步:"我要参加会操。"

"你也要参加会操?"蒋一轮不自觉地在喉咙里笑了一声。

这一声笑刺痛了秃鹤,使秃鹤变得很怪,他站起来,走到台口去,朝下面的同学龇着牙傻笑。

蒋一轮连忙追到台口:"跟我回教室,你听到没有?"

"我要参加会操!"

蒋一轮只好说:"好好好,但你现在跟我回教室!"说着,连拖带拉地将他扯下了台。

"我要参加会操!"

蒋一轮说:"那你必须戴上帽子。"

"我没有帽子。"

"我去给你找帽子。你先站在这里别动。"蒋一轮急忙跑回宿舍,将自己的一顶闲置的棉帽子从箱子里找出来,又匆匆忙忙跑回来给秃鹤戴上了。

秃鹤将棉帽摘下,摸了摸自己的脑袋,又将棉帽戴上,然后讥讽而又古怪地一笑,站到已经集合好的队伍里去了。

会操开始了,各学校的校长"一"字坐到了台上,露出一对对自得与挑剔的目光。

各学校都是精心准备好了到油麻地小学来一决雌雄的,一家一家地进行,一家一家都显得纪律严明,一丝不苟。虽说那些孩子限于条件,衣服难免七长八短,或过于肥大或过于短小,但还是整洁的。低年级的孩子,十有八九裤子下垂,仿佛随时都有可能当众滑落,在寒冬腊月里露出光腚,但眼睛却是瞪得溜圆,一副认真到家的样子。各家水平相近,外行人不大看得出差异。但那些校长们很快就在心里写出了分数。

油麻地小学是东道主,最后一家出场。

第四所小学进行到一半时,桑乔脸上就已露出一丝让人觉察的笑容。因为就他见到的前四家的水平来看,油麻地小学在这一次的会操中拿第一,几乎已是囊中取物。桑乔早把油麻地小学吃透了,很清楚地知道它在什么水平上。他不再打算看人家的表演,而是把目光转移开去,望着场外正准备入场、跃跃欲试的油麻地小学的大队伍。桑乔对荣誉是吝啬的,哪怕是一点点小荣誉,他也绝不肯轻易放过。

第四所小学表演一结束,油麻地小学的队伍风风火火、迅捷地占领了偌大一个操场。

操场四周种植的都是白杨树。它们在青灰色的天空下,笔直地挺立着。落尽叶子而只剩下褐色树干之后的白杨,显得更为挺拔。

油麻地小学的表演开始了。一切正常,甚至是超水平发挥。桑乔的笑容已抑制不住地流露出来。他有点坐不住了,想站起来为油麻地小学的学生鼓掌。

当表演进行了大约三分之二,整个过程已进入最后一个高潮时,一直面孔庄严的秃鹤,突然将头上的帽子摘掉,扔向远处。那是一顶黑帽子,当它飞过人头时,让人联想到那是一只遭到枪击的黑乌鸦从空中跌落下来。这使队伍出现了一阵小小的骚动。紧接着,是场外的人,如久闭黑暗之中忽然一下子看见了一盏放光明的灯火,顿时被秃鹤那颗秃头吸引住了。那时候的孩子上学,年龄参差不齐,秃鹤十岁才进小学门,本就比一般孩子高出一头,此时,那颗秃头就显得格外突出。其他孩子都戴着帽子,并且都有一头好头发。而他是寸毛不长,却大光其头。这种戏剧性的效果,很快产生。场外的哄笑,立即淹没了站在台子上喊口令的那个女孩的口令声,油麻地小学的学生一下子失去了指挥,动作变得凌乱不堪。场外的笑声又很快感染了场内的人,他们也一边做着动作,一边看着秃鹤的头,完全忘记了自己为油麻地小学争得荣誉的重任。先是几个女生笑得四肢发软,把本应做得很结实的动作,做得像檐口飘下来的水一样不成形状。紧接着是几个平素就很不老实的男生趁机将动作做得横七竖八,完全走样。其中的一个男生甚至像打醉拳一般东摇西晃,把几个女生撞得连连躲闪。

桑乔一脸尴尬。

只有秃鹤一人像什么事情也没有发生似的,全神贯注地做着应该做的动作,简直是无可挑剔。做到跳跃动作时,只见他像装了弹簧一样,在地上轻盈地弹跳。那颗秃头,便在空中一耸一落。当时,正是明亮的阳光从云罅中斜射下来,犹如一个大舞台上的追光灯正追着那个演员,秃鹤的秃头便在空中闪闪发亮。

桑乔也克制不住地笑了,但他很快把笑凝在脸上。

就这样,秃鹤以他特有的方式,报复了他人对他的轻慢与侮辱。

五

但秃鹤换得的是众人对他的冷淡,因为他使大家失去了荣誉,使油麻地小学蒙受了"耻辱"。孩子们忘不了那天会操结束之后,一个个灰溜溜地从人家眼皮底下退到场外、退回教室的情景,忘不了事后桑乔的勃然大怒与劈头盖脸的训斥。

秃鹤想讨好人家。比如朱淼淼的纸飞机飞到房顶上去够不着了,秃鹤就"吭哧吭哧"地搬了两张课桌再加上一张长凳,爬到了房顶上,将纸飞机取了下来。但朱淼淼并未接过秃鹤双手递过来的纸飞机,看也不看地说:"这架飞机,我本来就不要了。"秃鹤说:"挺好的一架飞机,就不要了。"他做出很惋惜的样子,然后拿了纸飞机,到草地上去放飞。本来就是一架不错的纸飞机,飞得又高又飘,在空中忽高忽低地打旋,迟迟不落。他做出玩得很快活的样子,还"嗷嗷嗷"他叫,但他很快发现,别人并没有去注意他。他又放飞了几次,然后呆呆地看着那架纸飞机慢慢地飞到水塘里去了。

这天,秃鹤独自一人走在上学的路上,被一条从后面悄悄地追上来的野狗狠咬了一口。他"哎哟"叫唤了一声,低头一看,小腿肚已鲜血如注。等他抓起一块砖头,那野狗早已逃之夭夭了。他坐在地上,歪着嘴,忍着疼痛,从路边掐了一枚麻叶,轻轻地贴在伤口上。然后,他找了一根木棍拄着,一瘸一拐地往学校走。等快走到学校时,他把一瘸一拐的动作做得很大。他要夸张夸张。但,他看到,并没有人来注意他。他又不能变回到应有的动作上,就把这种夸大了的动作一直坚持着做到教室。终于,有一个女生问他:"你怎么啦?"他大声地说:"我被狗咬了。"于是,他也不管那个女生是否想听这个被狗咬的故事,就绘声绘色地说起来:"那么一条大狗,我从没有见到的一条大狗,有那么长。好家伙!我心里正想着事呢,它悄悄地、悄悄地就过来了,刷的一大口,就咬在了我的后腿肚上……"他坐了下来,跷起那条伤腿,将麻叶剥去了:"你们来看看这伤口……"真是个不小的伤口,还清晰地显出狗的牙印。此刻,他把那伤口看成一朵迷人的花。有几个人过来看了看,转身就走了。他还在硬着头皮说这个故事,但,并没有太多的人理会他。这时,蒋一轮夹着课本上课来了,见了秃鹤说:"你坐在那里干什么?"秃鹤说:"我被狗咬了。"蒋一轮转过身去一边擦黑板一边说:"被狗咬了就咬了呗。"秃鹤很无趣,一瘸一拐地回到了自己的座位上。

又是一个新学年。一些孩子蹿个儿了,而另一些孩子却原封不动;一些孩子的成绩突飞猛进,而另一些孩子的成绩却直线下降;一些孩子本来是合穿一条裤子都嫌肥的好朋友,现在却见面不说话了,甚至想抓破对方的脸皮……因为这些原因,新学年开始时,照例要打乱全班,重新编组。

秃鹤想:"我会编在哪个小组呢?会与桑桑编在一个小组吗?"他不太喜欢桑桑,常在心里说:"你不就是校长家的儿子吗?"但他又觉得桑桑并不坏,与桑桑一个小组也行。"会与香椿编在一个小组吗?"他觉得香椿不错,香椿是班上最通人情的女孩,但香椿的姐姐脑子出了问题,常离家出走,搞得香椿心情也不好,常没心思搭理人。"不过,这又有什么关系呢?就与香椿一个小组吧,或许我还能帮她出去找她的姐姐呢。"

但,谁也没有想到要和秃鹤编在一组。秃鹤多少有点属于自作多情。

等各小组的初步名单已在同学间传来传去时,那些得知秃鹤就在他们小组的同学,就一起找到蒋一轮:"我们不要秃鹤。"

蒋一轮纠正道:"陆鹤。"

一个女生说;"叫陆鹤也好,叫秃鹤也好,这都无所谓,反正我们不要他。"

蒋一轮说:"谁告诉你们,他与你们就是一个小组的呢?瞎传什么!"

蒋一轮等把这几个孩子打发走之后,用铅笔把秃鹤的名字一圈,然后又划了一道杠,将他插进了另一个小组。那道杠,就像一根绳子拽着秃鹤,硬要把他拽到另一个地方去。这个小组的同学又知道了秃鹤被分给他们了,就学上面的那个小组的办法,也都来找蒋一轮。就这么搞来搞去的,秃鹤成了谁也不要的人。其实,大多数人对秃鹤与他们分在一个小组,倒也觉得无所谓,但既然有人不要了,他们再要,就觉得是捡了人家不稀罕要的,于是也不想要了。

蒋一轮将秃鹤叫到办公室:"你自己打算分在哪一个组?"

秃鹤用手指抠着办公桌。

"你别抠办公桌。"

秃鹤就把手放下了。

"愿意在哪一个组呢？"

秃鹤又去抠办公桌了。

"让你别抠办公桌就别抠办公桌。"

秃鹤就又把手放下了。

"你自己选择吧。"

秃鹤没有抬头："我随便。"说完，就走出了办公室。

秃鹤没有回教室。他走出校园，然后沿着河边，漫无目标地往前走，一直走到那个大砖窑。当时，砖窑顶上还在灌水。一窑的砖烧了三七二十一天，现在大都已烧熟了。再从顶上慢慢地灌上七天的水，就会落得一窑的好青砖。熟坯经了水，就往外散浓烈的热气，整个窑顶如同被大雾弥漫了。从西边吹来的风，又把这乳白色的热气往东刮来。秃鹤迎着这热气，一步一步地走过去。后来，他爬到离窑不远的一堆砖坯上。他完全被笼罩在热气里。偶尔吹来一阵大风，吹开热气，才隐隐约约地露出他的身体。谁也看不到他，他也看不到别人。秃鹤觉得这样挺好。他就这么坐着，让那湿润的热气包裹着他，抚摸着他……

六

春节即将来临，油麻地小学接到上头的通知：春节期间，将举行全乡四十三所中小学的文艺汇演。这种汇演，基本上每年一次。

油麻地小学自从由桑乔担任校长以来，在每年的大汇演中都能取得好名次。如今，作为办公室的那幢最大的草房子里，已挂满了在大汇演中获得的奖状。每逢遇到汇演，油麻地小学就不得安宁了。各班级有演出才能的孩子，都被抽调出来，在临时当作排练场地的又一幢草房子里，经常成日成夜地排练。那些孩子有时累得睁不开眼睛，桑乔就用鼓槌猛烈地敲打鼓边，大声叫着："醒醒！醒醒！"于是那些孩子就一边揉着惺忪的眼睛，一边又迷迷糊糊地走上场,想不起台词或说错台词的事常有。说得牛头不对马嘴时,众人就爆笑,而在爆笑声中,那个还未清醒过来的孩子就会清醒过来。桑乔除了大声吼叫之外,在大多数情况之下,都是小心翼翼地呵护着这些能够为油麻地小学争得荣誉的孩子们。其他同学要经常参加学校的劳动,而这些孩子可以不参加。每学期评奖,这些孩子总会因为参加了油麻地小学的文艺宣传队而讨一些便宜。夜里排练结束后,他会让老师们统统出动,将这些孩子一一护送回家。他本人背着孩子走过泥泞的乡村小道或走过被冰雪覆盖的独木小桥,也是常有的事情。

桑桑和纸月都是文艺宣传队的。

因为是年年争得好名次,所以对油麻地小学来说,再争得好名次,难度就越来越大了。

"今年得必须争得小学组第一名!"桑乔把蒋一轮等几个负责文艺宣传队的老师召到他的办公室,不容商量地说。

"没有好本子。"蒋一轮说。

"没有好本子,去找好本子。找不到好本子,就自己写出好本子。"桑乔说。

蒋一轮去了一趟县城,找到县文化馆,从老同学那里取回来一些本子。油麻地小学的策略是:大人的戏,小孩来演,会收到意想不到的效果。桑乔说:"你想想,一个八九岁的小男孩,戴顶老头帽,叼着一支烟袋,躬着个身子在台上走;一个八九岁的小女孩,穿一件老大妈的蓝布褂儿,挎着个竹篮子,双手扣着在台上走,这本身就是戏。"他让蒋一轮他们今年还是坚持这一策略。因此,蒋一轮从县文化馆取回来的,全是大人的戏。他把这些本子看过之后,又交给桑乔看。桑乔看后,又与蒋一轮商量,从中选了两个小戏。其中一个,是桑乔最看得上的,叫《屠桥》。屠桥是个地名。剧情实际上很一般:屠桥这个地方有一天来了一个连的伪军,他们在这里无恶不作,欺压百姓。那天夜里来了新四军,将他们全都堵在被窝里。桑乔看上这个本子的原因是因为里头有许多让人不得不笑的场面。几个主要角色很快分配好了,新四军队长由杜小康扮演,十八岁的姑娘由纸月扮演,伪军连长由柳三下扮演。

蒋一轮刻钢板,将本子印了十几份,都分了下去。下面的环节,无非是背台词、对台词、排练、彩排,直至正式演出。

一切都很顺利。杜小康是男孩里头最潇洒又长得最英俊的,演一身英气的新四军队长,正合适。纸月演那个秀美的有点让人怜爱的小姑娘,让人无话可说,仿佛这个纸月日后真的长成一个十八岁的姑娘时,也就是那样一个姑娘。柳三下演得也不错,一副下流坯子的样子,也演出来了。

等到彩排了,蒋一轮才发现一件事没有考虑到:那个伪军连长,在剧本里头是个大秃子。连长必须是个秃子,因为里头许多唱词与道白,都要涉及到秃子,甚至剧情都与秃子有关。如果他不是一个秃子,这个剧本也就不成立了。反过来说,这个剧本之所以成立,也正是因为这个连长不是一般的连长,而是一个秃子连长。

桑乔这才发现,他当时所看好的这个本子具有令人发笑的效果,原来全在于这个连长是个大秃子。

"这怎么办?"蒋一轮问。

"不好办。"

"就当柳三下是个秃子吧。"

"你拉倒吧,他那一头好头发,长得像杂草似的茂盛。他一上台,别人不看他的脸,就光看他的头发了。"桑乔想象着说,"他往台上这么一站,然后把大盖帽一甩,道:'我杨大秃瓢,走马到屠桥……'"

蒋一轮扑哧笑了。

桑乔说:"老办法,去找个猪尿泡套上。"

"哪儿去找猪尿泡?"

"找屠夫丁四。"

"丁四不好说话。"

"我去跟他说。"

第二天,桑乔就从丁四那里弄来一个猪尿泡。

柳三下闻了闻,眉头皱成一团:"骚!"

桑乔说:"不骚,就不叫猪尿泡了。"他拿过猪尿泡来,像一位长官给一位立功的下属戴一顶军帽那样,将那个猪尿泡慢慢地套在柳三下的头上。

柳三下顿时成了一个秃子。

于是,大家忽然觉得,《屠桥》这个本子在那里熠熠生辉。

彩排开始,正演到节骨眼上,猪尿泡爆了,柳三下的黑头发露出一绺来。那形象,笑倒了一片人。

桑乔又从丁四那里求得一个猪尿泡,但用了两次,又爆了。

"跟丁四再要一个。"蒋一轮说。

桑乔说:"好好跟丁四求,他倒也会给的。但,我们不能用猪尿泡了,万一汇演那天,正演到一半,它又爆了呢?"

"你是想让柳三下剃个大光头?"

"也只有这样了。"

蒋一轮对柳三下一说,柳三下立即用双手捂住自己的头:"那不行,我不能做秃鹤。"仿佛不是要剃他的发,而是要割他的头。

"校长说的。"

"校长说的也不行。他怎么不让桑桑剃个秃子呢?"

"桑桑拉胡琴,他又不是演员。"

"反正,我不能剃个秃子。"

桑乔来做了半天工作,才将柳三下说通了。但下午上学时,柳三下又反口了:"我爸死活也不干。他说再过几天要过年了,我怎么能是个秃头呢?"

桑乔只好去找柳三下的父亲。柳三下的父亲是这个地方有名的一个固执人,任你桑乔说得口干舌燥,他也只是一句话:"我家三下,谁也不能动他一根汗毛!"

眼看着就要汇演了,油麻地小学上上下下就为这么一个必需的秃头而苦恼不堪。

"只好不演这个本子了。"桑乔说。

"不演,恐怕拿不了第一名,就数这个本子好。"蒋一轮说。

"没办法,也只能这样了。"

很快,油麻地小学的学生都传开了:《屠桥》不演了。大家都很遗憾。

秃鹤在一旁静静地听着,不说话。

傍晚,孩子们都放学回去了,秃鹤却不走,在校园门口转悠。看到桑桑从家里走出来,他连忙过去:"桑桑。"

"你还没有回家?"

"我马上就回去。你给我送个纸条给蒋老师好吗?"

"有什么事吗?"

"你先别管。你就把这个纸条送给他。"

"好吧。"桑桑接过纸条。

秃鹤转身离开了校园,不一会工夫就消失在苍茫的暮色里。

蒋一轮打开秃鹤的纸条,那上面工工整整地写着:

蒋老师:

我可以试一试吗?

陆鹤

蒋一轮先是觉得有点好笑,但抓纸条的双手立即微微颤抖起来。

桑乔看到这个纸条时,也半天没有说话,然后说:"一定让他试一试。"

秃鹤从未演过戏,但秃鹤决心演好这个戏。他用出人意料的速度,将所有台词背得滚瓜烂熟。

不知是因为秃鹤天生就有演出的才能,还是这个戏在排练时秃鹤也看过,他居然只花一个上午就承担起了角色。

在参加汇演的前两天,所有参加汇演的节目,先给油麻地小学的全体师生演了一遍。当秃鹤上场时,全场掌声雷动,孩子们全无一丝恶意。

秃鹤要把戏演得更好。他把这个角色要用的服装与道具全都带回家中。晚上,他把自己打扮成那个伪军连长,到院子里,借着月光,反反复复地练着:

  小姑娘,快快长,
  长大了,跟连长,
  有得吃有得穿,还有花不完的现大洋……

他将大盖帽提在手里,露着光头,就当纸月在场,驴拉磨似的旋转着,数着板。那个连长出现时,是在夏日。秃鹤就是按夏日来打扮自己的。但眼下却是隆冬季节,寒气侵入肌骨。秃鹤不在意这个天气,就这么不停地走,不停地做动作,额头竟然出汗了。

到灯光明亮的大舞台演出那天,秃鹤已胸有成竹。《屠桥》从演出一开始,就得到了台下的掌声;接下来,掌声不断。当秃鹤将大盖帽甩给他的勤务兵,秃头在灯光下锃光发亮时,评委们就已经感觉到,桑乔又要夺得一个好名次了。

秃鹤演得一丝不苟。他脚蹬大皮靴,一只脚踩在凳子上,从桌上操起一把茶壶,喝得水往脖子里乱流,然后脑袋一歪,眼珠子瞪得鼓鼓的:"我杨大秃瓢,走马到屠桥……"

在与纸月周旋时,一个凶恶,一个善良;一个丑陋,一个美丽,对比十分强烈。可以说,秃鹤把那个角色演绝了。

演出结束后,油麻地小学的师生只管沉浸在胜利的喜悦之中,而当他们忽然想到秃鹤时,秃鹤早已不见了。

问谁,谁也不知道秃鹤的去向。

"大家立即分头去找。"桑乔说。

是桑桑第一个找到了秃鹤。那时,秃鹤正坐在小镇水码头最低的石阶上,望着被月光照得波光粼粼的河水。

桑桑一直走到他跟前,在他身边蹲下:"我是来找你的,大家都在找你。"

桑桑听到了秃鹤的啜泣声。

油麻地小学的许多师生都找来了。他们沿着石阶走了下来,对秃鹤说:"我们回家吧。"

桑乔拍了拍他的肩:"走,回家了。"

秃鹤用嘴咬住指头,想不让自己哭出声来,但哭声还是抑制不住地从喉咙里奔涌而出,几乎变成了号啕大哭。

纸月哭了,许多孩子也都哭了。

纯净的月光照着大河,照着油麻地小学的师生们,也照着世界上一个最英俊的少年……

(曹文轩:《草房子》,南京:江苏少年儿童出版社,1997年)

【导读】

一个男孩天生一颗光溜溜的秃头,无意中成了一道风景,在生活中处处制造着幽默的喜剧效果。

一帮刚刚上小学的孩子将秃鹤那颗绝无仅有的光头视为生活中的一个有趣的点缀,忍不住要拿他的光头开开玩笑,这本来并没有什么歧视的成分在内。而由于"秃顶"总归和"残疾""丑陋"联系在一起,随着年龄的增长,秃鹤渐渐把这种注意和赏玩看成冒犯。这个男孩开始意识到有必要通过各种手段来维护自己的自尊,而孩子们的顽皮和不带恶意的促狭是不肯轻易放弃的。

随着情节步步推进,终于发生了帽子被抢事件,秃鹤觉得自己的秃头受到了一次狠狠的奚落,彻底地挫伤了他努力维护的自尊心。这激起了秃鹤的坚决的报复。在全片五所小学的会操比赛上,秃鹤蓄意展示了自己的秃头,并在关键时刻用自己的秃头制造了骚乱,使油麻地小学由于他一个人的缘故失去了唾手可得的荣誉,落下笑柄。当秃鹤在荣誉即将到手的最后关头突然摘下帽子扔向远处时,我们分明看到了积蓄在他心头的屈辱和挽回尊严的决心在那一瞬间有力地爆发了出来!在校方眼里,这显然是一项蓄意破坏集体荣誉的反叛举动,但其中折射出的个性光彩还是令我们心头为之一震:谁说孩子就只是孩子?一个孩子也拥有自己的个性和尊严,拥有为了维护这种尊严而果断行动的力量。

但人总是需要有归属感才会感到安全,当秃鹤发现自己成了被大家一致排斥的人之后,他又以一次果敢的举动让自己回到整个集体之中,他主动出演"杨大秃瓢"这一无人能替代的角色,竭尽全力地挽回了油麻地小学在文艺汇演中的风头,成就了集体的荣誉。这次秃鹤利用的还是自己的秃头,但跟上次相比,行为的动机和引发的效果却是截然相反的。如果说上次的行动使我们在感受到这个少年坚决的报复心之余,微感一丝寒意,这次的行动却让我们为这个孩子回归集体的渴望和真诚果敢的行动感到心头阵阵热浪翻涌。

孩子是透明的,也许有的孩子过于敏感,有的孩子易走极端,但他们都一样真诚地渴望新生、渴望尊重、渴望得到集体和他人的肯定,为此甚至可以付出沉重的代价。因为秃头,秃鹤和周围的同学从抵牾发展到坚决的对立,而同样是因为秃头,又奇迹般弥合了秃鹤和集体的裂痕,小说情节跌宕起伏,人物的关系也激烈地变动,然而无论是对立还是亲和都显得光明磊落、清新可爱,全然没有成人世界中时常存在的诡谲、奸诈。通过事态的起伏变幻,我们看到的是秃鹤鲜明的个性和纯真的心灵。

送阿宝出黄金时代

丰子恺

【解题】

在现代文学作家中,有很多人为孩子们写过散文,冰心、巴金、许地山、叶圣陶都是大家熟悉的作家,他们都为孩子们写过散文。著名的漫画家、散文家丰子恺也是他们中的一员。丰子恺先生十分喜欢孩子,曾经为孩子们作了许多画,写了许多美丽感人的散文。生活在一个纷乱污浊的社会里,先生对孩子的由衷喜爱其实是一种人生理想的曲折反映。这篇《送阿宝出黄金时代》收在他的散文集《缘缘堂随笔集》中。

阿宝,我你在世间相聚,至今已十四年了,在这五千多天内,我们差不多天天在一处,难得有分别的日子。我看着你呱呱坠地,嘤嘤学语,看你由吃奶改为吃饭,由匍匐学成跨步。你的变态微微地逐渐地展进,没有痕迹,使我全然不知不觉,以为你始终是我家的一个孩子,始终是我们这家庭里的一种点缀,始终可做我和你母亲的生活的慰安者。然而近年来,你态度行为的变化,渐渐证明其不然。你已在我们的不知不觉之间长成了一个少女,快将变为成人了。古人谓"父母之年不可不知也,一则以喜,一则以俱"。我现在反行了古人的话,在送你出黄金时代的时候,也觉得悲喜交集。

所喜者,近年来你的态度行为的变化,都是你将由孩子变成成人的表示。我的辛苦和你母亲的劬劳似乎有了成绩,私心庆慰。所悲者,你的黄金时代快要度尽,现实渐渐暴露,你将停止你的美丽的梦,而开始生活的奋斗了,我们仿佛丧失了一个从小依傍在身边的孩子,而另得了一个新交的知友。"乐莫乐于新相知",然而旧日天真烂漫的阿宝,从此永远不得再见了!

记得去春有一天,我拉了你的手在路上走。落花的风把一阵柳絮吹在你的头发上,脸孔上,和嘴唇上,使你好像冒了雪,生了白胡须。我笑着搂住了你的肩,用手帕为你拂拭。你也笑着,仰起了头依在我的身旁。这在我们原是极寻常的事:以前每天你吃过饭,是我同你洗脸的。然而路上的人向我们注视,对我们窃笑,其意思仿佛在说:"这样大的姑娘儿,还在路上教父亲搂住了拭脸孔!"我忽然看见你的身体似乎高大了,完全发育了,已由中性似的孩子变成十足的女性了。我忽然觉得,我与你之间似乎筑起一堵很高、很坚、很厚的无影的墙。你在我的怀抱中长起来,在我的提携中大起来;但从今以后,我和你将永远分居于两个世界了。一刹那间我心中感到深痛的悲哀。我怪怨你何不永远做一个孩子而定要长大起来,我怪怨人类中何必有男女之分。然而怪怨之后立刻破悲为笑。恍悟这不是当然的事,可喜的事么?

记得有一天,我从上海回来。你们兄弟姊妹照例拥在我身旁,等候我从提箱中取出"好东西"来分。我欣然地取出一束巧格力来,分给你们每人一包。你的弟妹们到手了这五色金银的巧格力,照例欢喜得大闹一场,雀跃地拿去尝新了。你受持了这赠品也表示欢喜,跟着弟妹们去了。然而过了几天,我偶然在楼窗中望下来,看见花台旁边,你拿着一包新开的巧格力,正在分给弟妹三人。他们各自争多嫌少,你忙着为他们均分。在一块缺角的巧格力上添了一张五色金银的色纸派给小妹妹了,方才三面公平。他们欢喜地吃糖了,你也欢喜地看他们吃。这使我觉得惊奇。吃巧格力,向来是我家儿童们的一大乐事。因为乡村里只有箬叶包的糖塌饼,草纸包的状元糕,没有这种五色金银的糖果;只有甜煞的粽子糖,咸煞的盐青果,没有这种异香异味的糖果。所以我每次到上海,一定要买些回来分给儿童,藉添家庭的乐趣。儿童们切望我回家的目的,大半就在这"好东西"上。你向来也是这"好东西"的切望者之一人。你曾经和弟妹们赌赛谁是最后吃完;你曾经把五色金银的锡纸积受起来制成华丽的手工品,使弟妹们艳羡。这回你怎么一想,肯把自己的一包藏起来,如数分给弟妹们吃呢?我看你为他们分均匀了之后表示非常的欢喜,同从前赌得了最后吃完时一样,不觉倚在楼上独笑起来。因为我忆起了你小时候的事:十来年之前,你是我家里的一个捣乱分子,每天为了要求的不满足而哭几场,挨母亲打几顿。你吃蛋只要吃蛋黄,不要吃蛋白,母亲偶然夹一筷蛋白在你的饭碗里,你便把饭粒和蛋白乱拨在桌子上,同时大喊:"要黄!要黄!"你以为凡物较好者就叫做"黄"。所以有一次你要小椅子玩耍,母亲搬一个小凳子给你,你也大喊"要黄!要黄!"你要长竹竿玩,母亲拿一根"史的克"①给你,你也大喊"要黄!要黄!"你看不起那时候还只一二岁而不会活动的软软,吃东西时,把不好吃的东西留着给软软吃;讲故事时,把不幸的角色派给软软当。向母亲有所要求而不得允许的时候,你就高声地问:当错软软么?当错软软么?你的意思以为:软软这个人要不得,其要求可以不允许;而阿宝是一个重要不过的人,其要求岂有不允许之理?今所以不允许者,大概是当错了软软的原故。所以每次高声地提醒你母亲,务要她证明阿宝正身,允许一切要求而后已。这个一味"要黄"而专门欺侮弱小的捣乱分子,今天在那里牺牲自己的幸福来增殖弟妹们的幸福,使我看了觉得可笑,又觉得可悲。你往日的一切雄心和梦想已经宣告失败,开始在遏制自己的要求,忍耐自己的欲望,而谋他人的幸福了;你已将走出惟我独尊的黄金时代,开始在尝人类之爱的辛味了。

记得去年有一天,我为了必要的事,将离家远行。在以前,每逢我出门了,你们一定不高兴,要阻住我,或者约我早归。在更早的以前,我出门须得瞒过你们。你弟弟后来寻我不着,须得哭几场。我回来了,倘预知时期,你们常到门口或半路上来迎候。我所描的那幅题目《爸爸还不来》的画,便是以你和你的弟弟的等我归家为题材的。因为我在过去的十来年中,以你们为我的生活慰安者,天天晚上和你们谈故事,作游戏,吃东西,使你们都觉得家庭生活的温暖,少不来一个爸爸,所以不肯放我离家。去年这一天我要出门了,你的弟妹们照旧为我惜别,约我早归。我以为你也如此,正在约你何时回家和买些什么东西来,不意你却劝我早去,又劝我迟归,说你有种种玩意可以骗住弟妹们的阻止和盼待。原来你已在我和你母亲谈话中闻知了我此行有早去迟归的必要,决意为我分担生活的辛苦了。我此行感觉轻快,但又感觉悲哀。因为我家将少却了一个黄金时代的幸福儿。

以上原都是过去的事,但是常常切在我的心头,使我不能忘却。现在,你已做中学生,不久就要完全脱离黄金时代而走向成人的世间去了。我觉得你此行比出嫁更重大。古人送女儿出嫁诗云:"幼为长所育,两别泣不休。对此结中肠,义往难复留。"你出黄金时代的"义往",实比出嫁更"难复留",我对此安得不"结中肠"?所以现在追述我所感,写这篇文章来送你。你此后的去处,就是我这册画集里所描写的世间。我对于你此行很不放心。因为这好比把你从慈爱的父母身旁遭嫁到恶姑的家里去,正如前诗中说:"自小闺内训,事姑贻我忧。"事姑取甚样的态度,我难于代你决定。但希望你努力自爱,勿贻我忧而已。

约十年前,我曾作一册描写你们的黄金时代的画集(《子恺画集》)。其序文(《给我的孩子们》)中曾经有这样的话:"我的孩子们!我憧憬于你们的生活,每天不止一次!我想委曲地说出来,使你们自己晓得。可惜到你们懂得我的话的时候,你们将不复是可以使我憧憬的人了。这是何等可悲可哀的事啊!""但是你们的黄金时代有限,现实终于要暴露的。这是我经验过来的情形,也是大人们谁也经验过来的情形。我眼看见儿时伴侣中的英雄,好汉,一个个退缩,顺从,妥协,屈服起来,到像绵羊的地步。我自己也是如此,后之视今,亦犹今之视昔,你们不久也要走这条路呢!"写这些话时的情景还历历在目,而现在你果然已经"懂得我的话了"!果然也要"走这条路"了!无常迅速,念此又安得不"结中肠"啊!

(丰子恺:《缘缘堂随笔集》,杭州:浙江文艺出版社,1983年)

【注释】
① 史的克:英文"stick"的音译,木棍、手杖。

【导读】

丰子恺先生在《送阿宝出黄金时代》中表述的,是他对儿童少年时代的珍惜和向往。先生所向往的,是孩子们那种天真纯洁和真诚任性,是那种率意为人、互不设防的天然境界。不幸这境界在成人的世界里是不存在的。人学会了在社会上生存的本领,就多少失去了儿时的天真和勇气,丰子恺先生对这一点感慨良多,他的这篇散文不仅是为自己的女儿阿宝所写,更是为这一种感慨而写。

一个人从孩子慢慢长成少年、青年,外在的形象的变化是有迹可循的,而心灵的变化、心理的成熟是难以捉摸的。作者巧妙地抓住了几个镜头,把女儿阿宝心灵深处的变化用形象表现了出来。如果说"拂拭柳絮"还只是从路人的眼光来表现女儿的长大,那么"分巧格力"和"送别"则写了更为内在的东西。这种内在的、心灵深处的变化使作者亦悲亦喜,这变化的客观必然性更使作者感慨万分。生活在黄金时代的人无法理解这时代的美好,而理解了这种美好的时候,他已无法重返黄金时代了。也许这就是丰子恺先生想告诉他的儿女们,告诉他的读者们的最重要的东西。

几十年过去了,今天的社会已经有了很大的变化。今天的许多孩子已经有着完全不同的经历。但不管怎么说,童年、少年时代仍然是我们感受真诚纯洁、任性率意的黄金时代。今天的许多孩子家长也许不能像丰子恺先生那样把自己的感受和期望细腻曲折地传达出来,但他们对孩子们的拳拳爱心、殷殷期盼是和丰子恺先生一样的。只有珍惜黄金时代,在走出它的时候,多保留一份真诚和纯洁,这才是对父辈最好的回答。

守望的天使

三 毛

【解题】

三毛是大家熟悉的作家,她原名陈平,一生浪迹天涯,走过很多地方,留下了很多率真任性而又新鲜有趣的文字,其中有一些是适合少年朋友阅读的。这一篇《守望的天使》,收在她的散文集《稻草人手记》中。

圣诞节前几日,邻居的孩子拿了一个硬纸做成的天使来送我。

"这是假的,世界上没有天使,只好用纸做。"汤米把手臂扳住我的短木门,在花园外跟我谈话。

"其实,天使这种东西是有的,我就有两个。"我对孩子眨眨眼睛认真地说。

"在哪里?"汤米疑惑好奇地仰起头来问我。

"现在是看不见了,如果你早认识我几年,我还跟他们住在一起呢!"我拉拉孩子的头发。

"在哪里? 他们现在在哪里?"汤米热烈地追问着。

"在那边,那颗星的下面住着他们。"

"真的,你没骗我?"

"真的。"

"如果是天使,你怎么会离开他们呢? 我看还是骗人的。"

"那时候我不知道,不明白,不觉得这两个天使在守护着我,连夜间也不合眼的守护着呢!"

"哪有跟天使在一起过日子还不知不觉的人?"

"太多了,大部分都像我一样的不晓得哪!"

"都是小孩子吗? 天使为什么要守着小孩呢?"

"因为上帝分小孩子给天使们之前,先悄悄的把天使的心装到孩子身上去了,孩子还没分到,天使们一听到他们孩子心跳的声音,都感动得哭了起来。"

"天使是悲伤的吗? 你说他们哭着?"

"他们常常流泪的,因为太爱他们守护着的孩子,所以往往流了一生的眼泪,流着泪还不能擦啊,因为翅膀要护着孩子,即使是一秒钟也舍不得放下去找手帕,怕孩子吹了风淋了雨要生病。"

"你胡说的,哪有那么笨的天使。"汤米听得笑了起来,很开心地把自己挂在木栅上晃来晃去。

"有一天,被守护着的孩子总算长大了,孩子对天使说——要走了。又对天使们说——请你们不要跟着来,这是很讨人嫌的。"

"天使怎么说?"汤米问着。

"天使吗? 彼此对望了一眼,什么都不说,他们把身边最好最珍贵的东西都给了要走的孩子,这孩子把包袱一背,头也不回地走了。"

"天使关上门哭着是吧?"

"天使们哪里来得及哭,他们连忙飞到高一点的地方去看孩子,孩子越走越快,越走越远,天使们都老了,还是挣扎着拼命向上飞,想再看孩子最后一眼。孩子变成了一个小黑点,渐渐的小黑点也看不到了,这时候,两个天使才慢慢地飞回家去,关上门,熄了灯,在黑暗中静静地流下泪来。"

"小孩到哪里去了?"汤米问。

"去哪里都不要紧,可怜的是两个老天使,他们失去了孩子,也失去了心,翅膀下没有了要他们庇护的东西,终于可以休息休息了。可是撑了那么久的翅膀,已经僵了,硬了,再也放不下来了。"

"走掉的孩子呢?难道真不想念守护他的天使吗?"

"啊!刮风、下雨的时候,他自然会想到有翅膀的好处,也会想念得哭一阵呢!"

"你是说,那个孩子只想念翅膀的好处,并不真想念那两个天使本身啊?"

为着汤米的这句问话,我呆住了好久好久,捏着他做的纸天使,望着黄昏的海面说不出话来。

"后来也会真想天使的。"我慢慢地说。

"什么时候?"

"当孩子知道。他永远回不去了的那一天开始,他会日日夜夜的想念着老天使们了啊。"

"为什么回不去了?"

"因为离家的孩子,突然在一个早晨醒来,发现自己也长了翅膀,自己也正在变成天使了。"

"有了翅膀还不好,可以飞回去了!"

"这种守望的天使是不会飞的,他们的翅膀是用来遮风避雨的,不会飞了。"

"翅膀下面是什么?新天使的工作是不是不一样啊?"

"一样的,翅膀下面是一个小房子,是家,是新来的小孩子。是爱,也是眼泪。"

"做这种天使很苦!"汤米严肃的下了结论。

"是很苦,可是他们以为这是最最幸福的工作。"

汤米动也不动地盯住我,又问:"你说,你真的有两个这样的天使?"

"真的。"我对他肯定的点点头。

"你为什么不去跟他们在一起?"

"我以前说过,这种天使们,要回不去了,一个人的眼睛才亮了,发觉原来他们是天使,以前是不知道的啊!"

"不懂你在说什么!"汤米耸耸肩。

"你有一天大了就会懂,现在不可能让你知道的。有一天,你爸爸,妈妈——"

汤米突然打断了我的话,他大声地说:"我爸爸白天在银行上班,晚上在学校教书,从来不在家,不跟我们玩;我妈妈一天到晚在洗衣煮饭扫地,又总是在骂我们这些小孩,我的爸爸妈妈一点意思也没有。"

说到这儿,汤米的母亲站在远远的家门,高呼着"汤米,回来吃晚饭,你在哪里?"

"你看,噜不噜苏,一天到晚找我吃饭,吃饭,讨厌透了。"

汤米从木栅门上跳下来,对我点点头,往家的方向跑去,嘴里说着:"如果我也有你所说的那两个天使就好了,我是不会有这种好运气的。"

汤米,你现在不知道,你将来知道的时候,已经太晚了。

(三毛:《稻草人手记》,长沙:湖南文艺出版社,1993年)

【导读】

这是一篇对话。一边是"我",有着相当阅历、远离父母独自闯荡多年、正深深怀念父母的呵护、对父母之爱的博大无私有了刻骨铭心的认识的"我",一边是汤米,一个时时生活在父母的翅膀下却混沌未凿、天真懵懂的孩子,于是,这一篇对话就变得很有意味。

在"我"的讲述中"天使"只是一个象征物,是父母之爱的象征物。"我"描绘的"天使"特点,正可一一与父母之爱相印证,他们为孩子们感动,他们守护着孩子连一秒钟的空隙也没有,他们把自己最珍贵的东西都给了孩子,可孩子们对这样的爱懵然不觉,甚至心生嫌恶。后来孩子飞走了,就把父母的心也带走了。而孩子只有在自己也当了父母之后,才蓦然回首,想起自己曾经受到的关爱和呵护,懂得了理解珍惜和回报,但这时由于时空阻隔,许多的心意已经难以传递了。应该说,这是一个古往今来永远存在的悖论,永远存在的遗憾。但三毛用这样的方式表达,有一种特别的震撼力。"我"并不把"天使"的象征意义点破,就使天使的故事与真实生活拉开了距离,获得了一种客观性。当小小的汤米在听这个仿佛离自己很遥远的故事时,他小小心灵里的正义感、判断力就起作用了,他发现了矛盾,他甚至发现了故事中冷酷无情的东西:"你是说,那个孩子只想念翅膀的好处,并不真想念那两个天使本身吗?"这一句问话使"我"呆住了好久好久,也使读者深深为之震撼。生活中那些不讲理的矛盾抵牾相悖之处,只要置身事外,就连小孩也能看得十分清楚。但我们一代一代在父母之爱的沐浴中长大的孩子,一定要经过许多的岁月和许多的磨炼,才能真正看到这一点。三毛让一个故事具有了表层含义和深层含义,奇怪的是只领会了表层含义的汤米反而得出了正确的结论,这真够我们好好思索一番的。

文章结束处,三毛仿佛不经意地写了汤米在生活中的表现,这个能公正地下结论说"做天使很苦"的孩子,生活中却指责父母"讨厌透了",可见,聪明的汤米、听过了天使故事的汤米也仍然必须沿袭一代代人认识事物的规律。

汤米其实没有真正听懂天使的故事,那么听懂了故事的你呢?会不会有一些比汤米高明的地方?

为什么我成了一个麻木的人

陈丹燕

【解题】

这是一篇用第一人称记录真实事件的报告文学作品。陈丹燕曾经在一家广播电台做青少年节目的主持人,在那段时间里,她收到了许多少年朋友的来信。这些来信中说的是孩子们自己的故事,他们不为人知的隐秘的内心世界,他们细腻的感情和动人的文笔深深打动了她,于是她产生了将这些信件编写出来的愿望。在整理信件的过程中,她进一步了解了这些孩子,了解了这整整一代我们所不熟悉,甚至存在许多误解的孩子。他们是即将成为中国社会主流的一代人,是空前绝后的一代独生子女,可是我们对他们的了解停留在一个十分浅表的层次。出于一种强烈的责任感,陈丹燕用了整整三年的时间,从上万封的来信中选出一千多封,从这一千多封信中再选择两百封,加上采访,整理成了一百多个孩子的七十个故事。《为什么我成了一个麻木的人》就是其中的一个故事。

我在一所住宿的重点中学读书,已高三了,一个人在外面,烦恼的事不愿意向别人说,只是一个人把它们放在心里,直到它们化了。

上礼拜学校出了一件事,对我触动太大,我一直在想它,我想我必须要说出来了,在我的心里已经不能把它默默地化成水了,我不是一个多愁善感的人,严重点说,应该说我已经有些麻木了。

学校的一位女同学死了,她是在晨跑的时候突然死的。

星期一的清晨,我们照常排队跑步,她是高一的,排在最前面。跑到半圈时,前面一阵乱,等我们跑过的时候,看到那个女同学昏倒在地上,从前她也昏倒过一次,几个女生正拉着她的手,急着喊老师。我们这一个个人,都默默地从她身边跑过去了。

等我们跑完,她已经被抬到门口,躺在一块石板上。体育老师来了,又跑到办公室去打电话,后来,又跑到校门口去拦车子;可这么早,马路上没有看到车。我越过那个躺着的同学,到食堂去买我的早饭。等我买了早饭回来,她还躺在那里。到中午下课,我们听说她死了。

室友们都很难过。她是一个很好看的女孩,我们寝室里的人有一次立她为"校花"之一。可她就这样死了,大好的青春年华!她再也不会在我们刻板的校园里出现,像一道阳光一样了!要是抢救及时的话,可能就不是这样了。有一个同学在说她去世的消息的时候说,要是那时候马上挂一瓶盐水就好了。可她其实是被耽误了整整半个小时。

后来她们班的女同学说,她们那么急地喊,可没有一个男同学站出来帮一把,都自顾自跑过去了。我心里一震,口里却说:"我是想停下来的,可想到老师会来解决的。"其实真的是这样吗?我当时没有停下来的想法,我只是想怎么这时候老师还不来。我是男同学,从来没有想到可以帮女同学什么,因为我是男的,她是女的。

还有,我想我们是被管惯了。那时候,后面哨子吹来,夹着体育老师的吆喝声,他从来以为我们跑得慢一点点,就是又在偷懒。我们只犹豫了一下,就跑开了。所有这些,使一个本来很光华的生命走了。她真的死得冤。虽说大家都以为她会像上次那样,很快就好起来。那么长时间的昏迷却没有人觉得异样。

为什么没有一个同学自作主张,组织同学在老师到办公室去打电话的时候自己把她送到医院去,甚至她自己班上的同学也没有想到,就知道在那里哭?按理说,我们都已经很大了。

记得我小时候,有一次家里的电线烧起来了,那时房间里只有我一个人,我想起自然常识课老师说过,电要靠木头来隔,我就搬了木头凳子来把着火的电线压住,然后就出去叫人。可为什么现在成了这样,像一个木头算盘珠子,别人拨了,我才会动。

我们听到的忠告只有一句话:"你们的父母含辛茹苦,就是要你们上大学,所以你们管管好自己,只要读好书就行了。"

我们有多少同学到很大了,还是父母给系鞋带的,还是星期五把衣服拿回去洗的,还是从来没有想过自己以后想做什么的,好像我们只是一架读书机器,而不是一个人,不要有自己的思想。所以当同学倒下去的时候,我们就一个一个可耻地从同学的身边跑过去了!

学校老师不让我们大家都去开她的追悼会,说怕影响我们学习,特别是高三同学,一个班只可以去一个班长。现在学校里又一切平静如常了,没有人再多说一句话,大家背英文的背英文,补课的补课,每天还是在清晨里跑过她去世的地方,体育老师大声的吆喝声,还是像赶鸭子人的一样在我们头上响。

今天早上的语文课,我们学《纪念刘和珍君》,我们已经开始高考复习了。那件事又突然使我的心一缩,读着鲁迅先生的这篇文章,好像我的心在刀上走路:我们不是也开始淡忘了?!

有时我后悔读这所中学,这是一个军事化的学校,我们能做的只有两件事,一是说"是",二是考上大学。我们像一群猪猡,早上在尖利的哨声中起床,被赶着去操场,赶着去读书,又跑着去食堂,又赶着去睡觉。时间一到,整个宿舍一片黑暗,大家一句话也不许说,因为舍监的脚步声就在外面的走廊里响着。三点一线,被子要折出角来,鞋子要放整齐,床上不能放任何东西。我们都麻木了。

读书的时候,我很拼命,一天中二分之一的时间是在板凳上度过的,这是为了十二年自己付出的非人的努力得到一个社会公认的正果:考上大学,而且要考一个大家都说好的、体面的专业,将来可以挣大钱,有大前途。如果说初中时候我还敢寄出一封给教育局长的信,去告老师罚全班写英文单词,那么现在我是绝不敢的了。我变了!

可是我不想变成这样子。我想知道将来我在社会上怎么做人,我很怕走错路,渐渐就变成一个自私自利的、冷酷的家伙,只想着自己的将来。要是社会上将来都是这样的人,也许有一天,我倒下来,也不会有人拉我一把。可是现实又常常使我不得不改变。

写下同学的事来,其实心里也并不是很悲伤,到底不是熟的同学,但心里总有一种阴影和郁闷。

我其实不高尚,不想做个坚定的卫道者。有的人在文章里赞叹他人为真理而奋斗,赞美他们的"出头鸟"精神,但写文章的人自己是不会去做的,做一个与社会不合拍的人是痛苦的。可我也不愿意做一个没有心肝和血气的人,我还年轻,我的心里就是在这样的时刻,这样的学校里,还有一点点英雄的梦想。

(陈丹燕:《独生子女宣言》,海口:南海出版公司,1997年)

【导读】

这里记录的是一个中学生对自己心灵深处某些变化的发现,是一个正在走向成熟的少年看到自己将被塑造成一个麻木的人以后发出的呼喊。作品中的"我"所经历的事无疑具有相当强烈的震撼力。那位曾经被称为"校花"的可爱女生就这样倒在许多男女同学的面前,再也没有站起来。可是"我们这一个个人,都默然地从她身边跑过去了"。这一件事像电闪雷鸣般在中学生心里炸响,使他看到了许多原来没有注意到的东西,他惊讶地发现,他已经从小时候一个有热情有能力有主张的孩子变成了现在这样只关心自己、只关心自己能否考上大学的人,一个在他人的生死面前麻木不仁的人。在惊讶和震撼之后,中学生认真回顾了自己变化的过程。这是一个纯真敏锐的少年被一步一步纳入社会既定模式的过程,是一个在外力的逼迫下一步一步遗忘激情、失落爱心、远离敏锐同情和善良的过程。这个过程一旦被这件事照亮,就使所有读者同样震惊地意识到,这个孩子所经历的过程,其实在许多孩子的身上同样存在。在同样的外力作用下,我们的孩子们正在变成"自私自利的冷酷的家伙"。这些外力是家长、学校、社会所共同造成的。我们的社会只承认考上大学这一种成功,我们的家长只看到考上大学这一种出路,我们的学校也只有逼孩子们读书,然后考上大学这一个目标。在一代独生子女中,这已经是一个无法回避的正在发生的过程,这个过程的结果是十分可怕的。假如我们听任这个过程继续,我们民族的希望在哪里?作品就这样从发生在校园里的一个具体事件入手,引发了我们对于一代独生子女生存状态的思考。

和《独生子女宣言》中的所有篇幅一样,这篇报告文学作品采用了第一人称的写法。这种写法有利于正面展开主人公的内心世界,写出他真诚的回顾与思考。在《独生子女宣言》中,绝大部分的议论评价和思考都是通过孩子们自己的笔写出来的,正因为如此,这部报告文学作品才具备了一种独特的认识价值,让许多人看到了孩子们身上常常被成人忽略的另一面。

巨人和铁马

陈伯吹

【解题】

《巨人和铁马》发表于中华人民共和国成立前夕,距今有半个多世纪了。作者是我国著名儿童文学家陈伯吹先生。陈伯吹先生一生致力于儿童文学创作,用他那浅显生动的笔触,朴实、准确的语言,丰富的想象和逼真的形象为广大少年朋友创作了许许多多健康有益的少儿读物。陈伯吹先生也因此而成为中国几代孩子的大朋友。

你看见过巨人的长臂吗?

他的臂有四五十尺长,能够举起几吨重的东西来。你知道,一吨就等于二千二百四十磅的重量,你算一算,四吨就快要有一万多磅了。几百个人抬不起来的东西,他一只手就能举起来,真是世界上少有的大力士。

或者你不肯相信这事实,以为是说笑话,那么,请到码头上去瞧瞧,就看见一架机器,他就是巨人,伸着一只钢铁的长臂。当机器开动时,发出轧轧轧的声音来,那长臂的钢爪,抓住了一大包的货物,高高举起,再在空中画了一个弧形,伸到另一边去,放低长臂,放开钢爪,把货物放到人们所要放的地方去。

你不须听到"巨人"两个字而害怕,他是人类的最有能力的工人,名叫起重机,为码头服务,搬运货物。

巨人的弟兄们很多:有的做筑路工人,叫做开路机,他的长臂上,挂着一把铁铲,开山掘路,力大无穷,工作非常着力。还有做挖泥的工人,叫做挖泥机,他的长臂上,装着铁的漏斗或吊桶,也有装着钢齿的,整天在江面上,把水底的淤泥,一大斗,一大桶,一大块地挖起来,便利吃水很深的,三四万吨重的大轮船航行。

这些工作,如果人们亲自去做,必然事倍功半,并且竟有力不能胜任呢。但是人类有一个脑子会运行思想,有一双手臂,会做出巧妙的机器,来替我们做工,做我们最忠实的仆役,所以人为"万物之灵"啊!

广大的田野,闪出一片黄金色的光来,和蔚蓝的天空相映照,显得自然界的景色,非常的美丽。

云雀在高空里自由地飞翔,不时发出高兴的叫声,赞美这世界,赞美这农场的进步。

听呀!远处传来一阵轧轧轧的声音,不久,一群铁马,在广大的麦田里出现了。

看呀!他们有时一字式的并行,成为横卧;有时直线式的进行,成为纵队。

奇怪!这广大的麦田,在几小时以内,全给这些铁马们吃得精光。不,全给他们割下来了。原来这些铁马,就是割麦机啊!在机后有一个巨大的旋转挡板,把麦秆压住在刀口上,这些阔大的刀,一前一后地很快地转动着,麦就这样被割了下来。

云雀的赞美是不错的,世界是进步了,农场也和从前大不相同:播种的时候用播种机,收割的时候用收割机,灌溉的时候用打水机,施肥的时候用喷洒机,其他除虫、去草等,都用机器,一个人用机器工作的成绩,要等于一百个人用手所做的工作,这不是进步是什么呢?

(《一九四八年儿童文学创作选集》,上海:中华书局,1949年)

【导读】

《巨人和铁马》从题目开始就运用了两个形象的比喻:用"巨人"比喻起重机,用"铁马"比喻割麦机。也许这在已经进入电子信息时代的今天,看不出有什么值得大惊小怪的地方,但在半个多世纪前,中国还处于贫穷落后的状况,生产力水平十分低下,机械化还是遥不可及的天方夜谭,本文以朴素明白的语言,运用浅显生动的比喻向当时的少年朋友介绍了起重机和割麦机两样机械,同时还介绍了"巨人"兄弟家族:挖泥机、开路机和"铁马"家族的播种机、收割机、打水机、喷洒机等的工作效率,运用"算账"的方法告诉当时对机械一无所知的少年朋友,机械的力量跟人的力量是一个怎么样的对比。同时指出人类有一个会思想的头脑,有一双会创造机器的双手,是人类发明了机器,发展了生产。人才是"万物之灵",作者通过云雀的赞美向少年朋友们展示了生产力发展以后,人类摆脱沉重的体力劳动的美好前景,最后得出了"世界是进步了"的结论。

菌儿自传(节选)

高士其

【解题】

《菌儿自传》是我国著名生物学家、儿童文学作家高士其于1936年所写的中篇科学童话。距今已有六十多年的历史,读来却仍然使人受益匪浅。高士其早年不幸瘫痪,但他凭着坚韧的毅力和对生活的一腔热情克服了巨大的困难,在轮椅上写出了许多优秀作品。

我的名称

这一篇文章,是我老老实实的自述,请一位曾直接和我见过几面的人笔记出来的。

我自己不会写字,写出来,就是蚂蚁也看不见。

我也不会说话,就有一点声音,恐怕连苍蝇也听不到。

那么,这位记笔记的人,怎样接收我心里所要说的话呢?

那是暂时的一种秘密,恕我不公开吧。

闲话少讲,且说我为什么自称作菌儿。

我原想取名为"微子",可惜中国的古人,已经用过了这名字,而且我嫌"子"字有点大人气,不如"儿"字谦卑。

我的身躯是那么小。人家由一粒"细胞"出身,能积成几千、几万、几万万细胞,变成一根青草、一棵白菜、一株挂满绿叶的大树,或变成一条蚯蚓、一只蜜蜂、一条大狗、大牛,乃至于大象、大鲸,看得见,摸得着。我呢,也是由一粒细胞出身,虽然分得格外快,格外多;但只恨它们不争气,不合群,所以变来变去,总是像一盘散沙似的,孤单单的,一颗一颗,又短又细又寒酸。惭愧惭愧,因此,今日自命作"菌儿"。

至于"菌"字的来历,实在很复杂,很渺茫。中国古代的诗人屈原所作《离骚》中,有这么一句:"杂申椒与菌桂兮,岂维纫夫蕙茝。"这里的"菌",是指一种香木。屈原拿它来比喻贤者,以讽谏楚王。我的老祖宗,有没有那样清高,那样香气熏人,已无从查考。

不过,现代科学家都已承认,菌是生物中的一大类,菌族菌种,很多很杂,菌子菌孙,布满人间。你们人类所最熟识的,就是煮菜、煮面所用的蘑菇、草蕈之类,那些像小纸伞似的东西,黑圆圆的盖,硬短短的柄,实是我们菌族里的大汉。当心呀!勿因味美而忘毒,那大菌,有的很不好惹,会毒死你们贪吃的人呀!

至于我,是菌族里最小最小,最轻最轻的一种。小得使你们肉眼虽看得见灰尘的纷飞,却看不见我也夹在里面飘游;轻得我们好几十万挂在苍蝇脚下,它也不觉着重。真的,我比苍蝇的眼睛还小千百倍,比很小的一粒灰尘还轻百倍多哩。

因此,自我的始祖一直传到现在,在生物界中混了这几千万年,没有人知道我。大的生物都没有看见过我,都不知道我的存在。

不知道也罢,我也乐得过着逍逍遥遥的生活,没有人来干扰。天晓得,后来,偏有一位异想天开的人,把我发现了。我的秘密就渐渐地泄露出来,从此多事了。

这消息一传到众人的耳朵里,大家都惊慌起来。然而他们始终没有和我对面会见过,仍然是莫名其妙,在恐怖中,总怀着半信半疑的态度。

有的说:"什么'微生虫'?没有这回事,自己受了风,所以肚子痛了。"

有的说:"哪里有什么病虫?这都是心火上冲,所以头上脸上生出疖子疗疮来了。"

有的说："寄生虫就说有,也没有那么凑巧,就爬到人身上来,我看,你的病总是湿气太重的缘故。"

我在旁听了暗暗地好笑。

过去传统观念,病不是风生,就是火起,不是火起,就是水涌上来的,而不知冥冥之中还有我在把持、活动。

因为他们没能看见我,所以又疑云疑雨地叫道:

"有鬼,有鬼！有狐狸精,有妖怪！"

其实,哪里来的这些魔鬼啊！他们所指的就是我,而我却不是鬼,也不是狐狸精,也不是妖怪。我是真真正正、活活现现、明明白白的一种生物,一种很小很小的生物。

既然也是生物,为什么和人类结下这样深仇大恨,天天害人生病,时时暗杀人命呢？

说起来也话长,真是我有冤难伸,在这篇自述里面,当然要分辩个明白。那是后文,暂且搁下不提。

因为一般人,没有亲见过我,关于我的身世,都是出于道听途说,传闻失真,对于我未免作胡乱的称呼。

虫,虫,虫——寄生虫,病虫,微生虫,都有一个字不对。我根本就不是动物的分支,当不起虫字这尊号。

称我为寄生物,为微生物,好吗？太笼统了。配得起这两个名称的,又不止我这一种。

唤我做病毒吗,太没有生气了。我虽小,仍是有生命的啊。

病菌,对不对？那只是给我加上罪名,病并不是我的出身。只算是我的一种特殊行动而已。

是了,是了,微菌是了,细菌是了。那固然是我的正名,却有点科学绅士气,不合于大众的口头语,而且还有点西洋气,把姓名都颠倒了。

菌是我的姓。我是菌中的一族,菌是植物中的一类。

菌字,口之上有草,口之内有禾,十足地表现出植物中的植物。这是寄生植物的本色。

我是寄生植物中最小的儿子,所以自愿称做菌儿。以后你们如果有机缘和我见面,请不必大惊小怪,从容地和我打一个招呼,叫声"菌儿"好吧。

我 的 籍 贯

我们姓菌的这一族,多少总不能和植物脱离关系吧。

植物是有地方性的。这也是为着气候的不齐。你们一见了芭蕉、椰子,就知道是从南方来的。荔枝、龙眼的籍贯是广东与福建,谁也不否认。虽然,人们已逐渐能够改造大自然,南方的植物也可以移植到北方去。

我菌儿却是地球通,不论是地球上哪一个角落里,只要有一些儿水气和"有机物",我就能生存。

我本是一个流浪者。

我又是大地上的清洁工,替大自然清除腐物烂尸,全地球都是我活动的区域。

我随着空气的动荡而上升。有一回,我正在四千米之上的高空飘游,忽而遇见一位满面胡子的科学家,驾着氢气球上来追寻我的踪迹。那时我身轻不能自主,被他收入一只玻璃瓶子里,带到他的试验室里去受罪了。

我又随着雨水的浸润而深入土中。但时时被大水所冲洗,洗到江河湖沼里面去了。那里的水,我真嫌太淡,不够味。往往不能得一饱。

侥幸我还抱着一个很大的希望:希望有些人把我连水挑上岸去淘米洗菜,洗碗洗锅,有些人把我连水一口气喝尽了。希望由各种不同的途径,到你们人类的肚肠里去。

人类的肚肠,是我的天堂。

在那儿，没有干焦冻饿的恐慌，
那儿只有吃不尽的食粮。

然而事情往往不如意料的美满，这也只好怪我自己不大识相了，不安分守己，饱暖之后，又肆意捣毁人家肚肠的墙壁，于是乱子就闹大了。那个人的肚子，觉着一阵阵的痛，就要吞服了蓖麻油之类的泻药，或用灌肠的办法，不是油滑，便是拉稀，使我立足不定，这么一泻，就泻出肛门之外了。

从此我又颠沛流离，找不到安身之地，幸而不至于饿死，辗转又归到土壤里了。

初回到土壤的时候，一时寻不到食物，就吸收一些空气里的氮气，暂时饱饱肚子。有时又把这些氮气，化成了硝酸盐，直接和豆科之类的植物换取别的营养料。有时遇到了鸟兽或人的尸体，那是我的大造化，够我几个月的乃至几年的享用了。

天晓得，20 世纪以来，微生物学者渐渐注意了伏在土壤中的我。有一次，被他们掘起来，拿去化验了。

我在化验室里听他们谈论我的来历。

有些人就说，土壤是我的家乡。

有的以为我是水国里的居民。

有的认为我是空气中的浪子。

又有的称我是他们肚子里的老主顾。

各依各人的实验所得而报告。

其实，不但人类的肚子是我的菜馆，人身上哪一块不干净，哪一块有裂痕伤口，那一块便是我的酒楼茶店。一切动物的身体，不论是热血或冷血，也都是我求食借宿的地方。只要环境不太干，不太热，我都可以生存下去。

干莫过于沙漠，那里我是不愿去的。埃及金字塔里古代帝王的尸体，所以能保藏至今而不坏，也就是因为我不能进去的缘故。干之外再加以防腐剂，我就万万不敢来临了。

热到了摄氏60度以上,我就渐渐没有生气,一到了100度的沸点,我们菌众中的大部分子孙就没有生望了。我最喜欢是热血动物的体温,那是在37度左右吧。

热带的区域,既潮湿,又温暖,所以我在那里最惬意,最恰当。因此又有人认为我的籍贯,大约是在热带吧。

最后,有一位欧洲的科学家站起来说,说我是应属于荷兰籍。

说这话的人的意见以为,在17世纪以前,人类始终没有看见过我,而后来发现我的地方,是在荷兰国德尔夫市政府的一位看门老人的家里。

这事情是发生于公元1675年。

这位看门老人是制显微镜的能手。他所制的显微镜,都是单用一片镜头磨成,并不像现代的复式显微镜那么笨重而复杂,而他那些镜头的放大能力,却也并不弱。我是亲自尝过这些镜头的滋味的,所以知道得很清楚。

这老人,在空闲的时候,就找些小东西,如蚊子的眼睛,苍蝇的脑袋,臭虫的刺,跳蚤的脚,植物的种子,乃至于自己身上的皮屑之类,放在镜头下聚精会神地看,那时我也杂在里面,有好几番都险些儿被他看出来。

不久,我终于被他发现了。

有一天,是下雨吧,我就在一小滴雨水里面游泳,谁想到这一滴雨水,就被他拿来放在显微镜下仔细地观看了。

他看见了我在水中活动的影子,就惊奇起来,以为我是从天而降的小动物,他看了又看,简直入了迷。

又有一次,他异想天开,把自己的齿垢也刮下一点点来细看。这一看非同小可,我的原形都现于他的眼前了。原来我时时都躲在人们的齿缝里面,想分吃一点"入口货",这一次是我的大不幸,竟被他捉住了,使我族几千万年以来的秘密,一朝泄漏于人间。

我在显微镜下,东奔西跳,无处藏身,他的眼睛红了,我的身体也疲乏了,一层大大厚厚的水晶上,映出他那灼灼如火如电的目光,着实可怕。

后来他还将我画形图影,写了一封长长的信,报告给伦敦"英国皇家学会",不久消息就传遍了全欧洲。所以至今欧洲的人,还都以为我是荷兰籍。这是错把发现我的地点认为是我的发祥地。

老实说,我既是这边住住,那边逛逛,飘飘然而来,渺渺然而去,到处是家,行踪无定,因此籍贯也就不能定了。

然而我也不以此为憾。鲁迅先生笔下的阿Q,那个大模大样的人物,籍贯尚且有些渺茫;何况我这小小的生物,素来不大为人们所注意,又哪里有记载可寻呢!

不过,我既是自然界的作品之一,生物中的小玲珑,自然也有个根源,不是无中生有,半空中跳出来的。那么,我的籍贯,也许可以从生物的起源这问题上,找出头绪来吧。但这问题并不是一时所能解决的。

最近,科学家利用电子显微镜和其他科学装备,发现了原始生物化石。他们在南非洲一带距今31亿年前的太古代地层中,找到一种长约0.5微米的杆状细菌的遗迹,据说这是最古老的细菌化石。那么,我们菌儿的祖先的确是生物界的原始宗亲之一了。这样,我的原籍就有证据可查了。

我的家庭生活

我正在水中浮沉,空中飘零,
听着欢腾腾一片生命的呼声,
欢腾腾赞美自然的歌声;
忽然飞起了一阵尘埃,
携着枪箭的人类骤然而来,
生物都如惊弓之鸟四散了!
我于是也落荒而走。

我因为短小精悍,容易逃过人眼,就悄悄地度过了好几万年。虽然在17世纪的末叶,被发觉过一次,幸而当时欧洲的学者,都当我是科学的小玩意,只在显微镜上瞪瞪眼,不认真追究我的行踪,也就没有什么过不去的事了。

又挨过了两个世纪的辰光,法国出了一位怪学究,毫不客气地怀疑我是疾病的元凶,要彻底查清我的罪状。

无奈呀,我终于被囚了!被囚入那无情的玻璃小塔。

我看他那满面又粗又长的胡子,真是又惊又恨,自忖,这是我的末日到了。

也许因为我的种子繁多,不易杀尽;也许因为杀尽了我,断了线索,扫不清我的余党;于是他就把我暂养在试验室的玻璃小塔里。

在玻璃小塔里,气候是和暖的,食物是源源供给的,有这样的便利,一向流浪惯的我,也顿时觉着安定了。从初进塔门到如今,足足混了近百年的光阴,因此这一段的生活,从好处着想,就说是我的家庭生活吧。

然而,这玻璃小塔,对我来说,仿佛笼之于鸟,瓶之于花,真是上了科学先生的当。

虽然上当,毕竟还有一线光明在前面,也许人类和我的误会,就由这里而进于谅解了。

这玻璃小塔,是亮晶晶、透明明的,一尘不染,强酸不化,烈火不改,水泄不通,薄薄的玻璃造成的。只有塔顶那圆圆的天窗,可以通气,又塞满了一口的棉花。

说也奇怪,这塔口的棉花塞,虽有无数细孔,气体可以来往自如,却像《封神演义》里的天罗地网,《三国演义》里的八阵图,任凭我有何等通天的本领,一冲进里面,就绊倒了,迷了路逃不出去,所以看守我的人,是很放心的。

过惯了户外生活的我,对于试验室中的气温本来觉着很舒适,但有时刚从人畜的身内游历一番,回来就嫌太冷了。

于是试验室里的人,又特别为我盖了一间暖房,那房中的温度和人的体温一样,门口装有一支按时计温的电表,表针一离了摄氏 37 度的常轨,看守的人,或自动控制装置,就来拨动拨动,调理调理,总怕我受冷。

记得有一回,科学家的一个学生,带我下乡去考察,还要将这玻璃小塔,密密地包了,存入内衣的小袋袋,用他的体温温暖我的身体,总怕我受冷。

科学家给我预备的食粮,色样众多。大概他们试探我爱吃什么,就配了什么汤,什么膏,如牛心汤、羊脑汤、糖膏、血膏之类。还有一种海草做成冻胶,叫做"琼脂",是常用做拼盘的,那我是吃不动,摆着做样子,好看一些罢了。

他们又怕不合我的胃口,加了盐又加了酸,煮了又滤,滤了又煮,消毒了又消毒,有时还渗入或红或蓝的色料,真是处处周到。

我是著名的吃血的小魔王,但我嫌那生血的气焰太旺,死血的质地太硬,我最爱那半生半熟的血。于是试验室里的试验员又将那鲜红的血液加入到不大热的肉汤里去,荡成美丽的巧克力色,这是我最精美的食品。

然而,不料,有一回,他们竟送来了一种又苦又辣的药汤给我吃了。这据说是为了要检查我身体的化学结构而预备的。那汤药是由各种单纯的、无机和有机的化合物配制而成的,它含有我的细胞所必需喝的十大元素。

那十大元素是一切生物细胞的共有物。

碳为主;

氢、氧、氮次之;

钾、钙、镁、铁又其次;

磷和硫居后。

我的无数菌众里面,各有癖好,有的爱吃有机的碳,如淀粉之类；有的爱吃无机的碳，如二氧化碳、碳酸盐之类；有的爱吃蛋白质的氮；有的爱吃阿摩尼亚的氮；有的爱吃亚硝酸盐的氮；有的爱吃硫；有的爱吃铁。于是科学家各依所好，而酌量增加或减少各元素的成分，因此那药汤也就不大难吃了。

我的呼吸也有些特别。在平时固然尽量地吸收空气中的氧。有时却嫌它的刺激性太大，氧化力太强了，常常躲在低气压的角落里，暂避它的锋芒。在黑暗潮湿的地方我繁殖得最旺盛。所以一件东西将要腐烂，都从底下烂起。又有时我竟完全拒绝氧的输入了，原因是我自己的细胞会从食料中抽取氧的成分，而且来的简便，在外面氧的压力下，反而不能活。生物中不需氧气而能自力生存的，恐怕只有我那一群"厌氧"的孩子们吧！

不幸，这又给饲养我的人，添上一件麻烦了。我的食量无限大，一见了可吃的东西，就吃个不停，吃完了才罢休。一头大象或大鲸的尸身，若任我吃，不怕花去五年十载的工夫，也要吃得精光。大地上一切动植物的尸体，都被我这小小的菌儿给收拾干干净净了。

何况这小小玻璃之塔里的食粮，是极有限的。于是又忙了亲爱的科学家，用白金丝挑了我，搬来搬去，又费去了不少的亮晶晶的玻璃小塔，不少的棉花，不少的汤和膏，三天一换，五天一移，只怕我绝食。

最后，他们想了一条妙计，请我到冰箱里去住了。受摄氏4度到冰点以下更冷的寒气的包围，我的细胞有时就缩成了一小丸，没有消耗，也无须饮食，可经数年而不饿死，这秘密，不知何时被他们探出了。

在冰箱里，像是我的冬眠。但这不是按四时季节的冬眠，随着他们看守者的高兴，又不是出于我的自愿。他们省了财力，累我受了冻饿，我觉得有点冤屈。

我对于气候寒冷的感觉，和我的年纪也有关系，年纪越轻越怕冷,越老越不怕,这和人类的体质恰恰相反。

从前科学家和他的学生们,都以为我有不老的精神,永生的力量。说我每 20 分钟,就变成两个,8 小时之后,就变成亿万个,24 小时之后,那子子孙孙就难以形容了,岂不是不久就要占满了全地球吗?

现在那位科学家已不在人世,他的后辈们对于我的观感,有些不同了。

他们说:我的生活,也可以分作少、壮、老三期,这是根据营养的盛衰,生殖的迟速,身体的大小,结构的繁简而定的。

最近,有人提出我的婚姻问题了。我这小小家庭里面,也有夫妻之别,男女之分吧?这问题,难倒了科学家了。有的说,我在无性的分裂生殖以外,还有有性的交合生殖。他们眼都看花了,意见还不一致。我也不便直说了。

科学家的苦心如此,我在他们的娇养之下,无忧无虑,不愁衣食,也"乐不思蜀"了。

但是,他们一翻了脸,要提我去审问。这家庭就宣告破产,而变成牢狱了,唉!

……………

(高士其:《菌儿自传》,选自《中国科学童话选》,南京:江苏儿童出版社,1991 年)

【导读】

"菌儿"是一粒微生物为自己起的名字,"菌儿"以自传的形式向小读者介绍了关于"细菌"的名称、来历、家族成员,它在自然界生存、繁衍的方式,以及它的存在价值、危害等有关科学知识。作者以拟人化的手法,第一人称的叙述角度,小朋友喜欢并易于接受的通俗、诙谐、活泼流畅的语言风格写出的这篇科学童话,具有很强的科普性与可读性。

细菌是庞大的菌类家族中最小的一种。它小得肉眼看不见,好几十万个"菌儿"挂在一只苍蝇脚上,苍蝇也不会嫌重。然而就是这样小的一种微生物,已在这世界上存在了几千万年,细菌的活动能使人生病、害疮,能使物体腐朽直至消失。可见细菌虽小,能量却很大。

菌儿属于植物一类,可是它不像那些看得见的植物那样有地方性,菌儿是个"全球通",不论是在地球的哪个角落,只要有水和有机物,它就能生存。它可以随大气的动荡而升到几千米的高空,也可以随雨水而浸入土壤。而它最喜欢居住的地方则是人的肚腹。

由于它使人生病,所以人就服药。人服药之后把它排出体外,它又颠沛流离到土壤之中,在那里吸收氮气,化成硝酸盐给庄稼提供营养,或是以动物尸体为食物生存下去,自20世纪以来,它又被微生物学者请到了化验室里接受各种试验。人类渐渐了解了"菌儿"的习性,干燥和高温是它们生存环境的大敌,而温暖、潮湿则是菌儿自下而上的最佳环境。菌儿第一次被图形画影是在17世纪,一位善制显微镜的老人把它在显微镜下放大了几千万倍而终于看清了它的形状,到20世纪科学家发现了约13亿年前的细菌化石,这是最古老的细菌化石。由此可见,菌儿虽小,却是生物界的原始宗亲之一呢!

菌儿的自然生存状态是漂泊无定的,但是它自从被科学家"请"进了试验室里的玻璃小塔里,它就过上了"家庭生活",它在这儿过着舒适的日子,除了缺少"自由"之外,可以说应有尽有。在这里人们进一步了解了"菌儿"的习性特点,了解了菌儿生存所必需的十大元素,了解菌儿可以在无氧的环境中生存,了解菌儿可以"冬眠"及"菌儿"一生的少、壮、老三个时期……同时,人类对于"菌儿"还有许许多多的不了解,对菌儿的研究还有许多不同意见。

失去的记忆

童恩正

【解题】
　　这是一部以成人为叙述对象，用成人的口吻，却是为儿童写的科幻小说。科幻小说是一种引人入胜的文学样式，对孩子们来说尤其如此。也有不少科幻小说在成人和儿童中同样受欢迎，像法国的著名科幻作家儒勒·凡尔纳的《海底两万里》等作品。美国好莱坞拍过一些由科幻小说改编的电影，如有名的 E.J 就是根据英国诗人雪莱的夫人玛丽所写的同名科幻小说改编的。科幻小说顾名思义有幻想的成分，但它与神话或童话迥然有别，一般来说，科幻小说是在已有科学发现的基础上，对人类生存条件在未来发展的可能性进行合理的想象和推测。由于科幻作家一般具有扎实的自然科学功底，他们在小说中的幻想也可能被后来的科学所证实，像儒勒·凡尔纳作品中的一些在几十年前还属于幻想的内容，在今天已成为事实。

一

　　电话铃响了，我从梦中惊醒。在这寂静的深夜里，紧张的、连续的铃声给人带来一种不祥的预感。我抓起了电话听筒，里面响起了一个低沉的男子的声音：
　　"张杰同志吗？我是第三人民医院的值班医生。钱达明教授今晚的情况很不好，请你马上来一趟。"
　　睡意马上消逝。我最近日夜担心的事情终于发生了。我跳起身来，用抓着听筒的手就便拨了直升机出租站的号码。订好飞机以后,才手忙脚乱地穿衣服。

十分钟以后,一架小巧的喷气直升机无声无息地停在门外。我跨进座舱,向司机说了地名,飞机立刻垂直飞起,径直向第三人民医院飞去。

一轮皎洁的明月高悬天际,夜航的同温层火箭飞机像拖着长长火舌的彗星似的一闪而过,使星空变得更加绚丽多彩。在我下面,城市红绿的灯光闪闪烁烁,高大的建筑物耸入云霄,光华四射,使人想起神话传说中的仙宫。然而现在我却无心欣赏这种人工和自然交织而成的美景,在这短暂的几分钟航程里,往事如同潮水一般涌上了我的心头。

我认识钱达明教授,还是在十年以前读大学的时候。当时他已经是一个国内知名的学者,一个原子物理研究机关的领导人。有一次我听了他的一个精彩的学术报告(学校邀请他为我们低年级同学作的一次报告),他讲得十分激动人心,特别是他那种对待科学的崇高热情,曾经使我十分感动,这在很大程度上促使我后来选择了原子物理学的专业。大学毕业以后,我进入了他主持的研究所,在他的指导下工作了五年。

最近三年以来,钱教授领导我们在设计一种新型的原子反应堆。其中最关键的几个项目是由他自己担任的。然而就在全部工作快要结束的时候,他因为高血压病发作不得不进入医院。一个多月以来,病情不见好转,今天晚上我突然接到了医院的电话,心中就格外忐忑不安了。

直升机在医院的屋顶平台上降落了。我快步跑到钱教授的病房里,从医生的严肃的脸色上,我看出钱教授的病情是不轻的。

"你来得正好,钱老焦急地要看看你。"一个医生对我说,"他是一小时以前发的病,经过急救才醒过来,但是他的手足已经麻痹了。你不要和他多说话。"

我走到钱教授的病床前。不,这不像一张病床。在床边的书架上堆满了参考书和新到的期刊,茶几上放着计算尺、铅笔和散乱的稿纸,这一切辛勤工作的迹象,告诉人们,这里的主人是怎样顽强地在和病魔作斗争。

钱教授虽然脸色苍白,精神疲惫不堪,但是看到我以后,仍然慈祥地笑了。

"你来了,小张。今天所里工作怎么样?"

看到他病得这样严重还惦记着所里的工作,我心中很难过。我说:

"钱老,您应该好好休息。我们的工作都进行得很好,请您暂时不要操心吧。"

"呵,谈不上操心。我已经休息得够多了。"他说。

站在旁边的一个胖胖的护士不满地插嘴了:

"您哪儿休息得多?昨天夜里您还工作到十一点呢。"

教授负疚地笑了一笑:"几十年的习惯了,睡觉之前总要做点事,一下子改不掉。唉,小张,这种闲躺着的日子真难受。有人说人类生活的要素是空气、阳光和水,照我看来,似乎还应当加上一项,那就是为人民工作。"

"钱老,您要安心养病,将来工作的机会还多得很,您何必着急呢?"尽管这些话已经说过不止一次了,可是我仍然忍不住要劝他。

"我非要抓紧一点不行了。小张,"他说,"现在我的手足已经瘫痪了,医生说我随时都有再次发病的危险。可是我不愿太早去见阎王爷,我还要设计我的原子反应堆……"

钱教授生性是幽默的。可是现在看到这个坚强的人在死亡面前还满不在乎地开玩笑,我的心里感到特别辛酸。

"昨天晚上,我把所有的资料又考虑了一遍,最后解决了反应堆设计中存在的问题。可惜我还来不及把它们写下来,病就发作了。我念给你听,你记住吧,小张。"

一个医生走上来,打断了他的话:

"钱老,您现在不能考虑这些,您休息吧。"

"医生同志,您不要像对待一般的老人那样来对待我。我知道,我的病是很少有痊愈的可能了,只要它再发作一次,就可能全部剥夺去我的工作能力;我得抓紧时间啦!"钱教授说着,他的面容逐渐严肃起来,"三十年前,党把一个普通的工人培养成了一个科学家,当我领得自己的学位证书时,我感动得流了眼泪,并且发誓要把自己最后一分精力贡献给祖国的科学事业。现在我的心脏还在跳动,我怎么能放弃工作呢?好了,小张,你坐过来吧。"

于是钱教授闭上了眼睛,用他罕见的记忆力,念出了一连串的公式和计算数字。在我的眼中,这些计算是很富有创造性的,它是钱教授几十年经验的结晶。

钱教授的声音越来越低了,我不得不把头俯下去,以便听清楚他所说的话。在这几分钟里,钱教授剪得短短的白发,眼角边细长的皱纹,说话时上下跳动的喉结我都看得很清楚,并且在我的心中留下了一些不连贯的印象。

他终于说完了。可是他也意识到说得太快了一点,以致使我来不及记录下来,因此又补充道:

"我把几个公式再念一遍,你写下来吧。"

我刚刚摸出笔来,钱教授的身体突然抽搐了一下,就失去了知觉。医生们立刻围了上来。为了不妨碍他们的工作,我自觉地退出了病房。

我在走廊中来往徘徊,经历了我生命中最难受的几十分钟。最后,病房门开了,走出来一个医生。神情严肃地对我说:

"他的生命是没有危险了,但是他的全身已经瘫痪,不能出声说话了。"

"啊!……"

二

  研究所里的设计工作将近结束的时候,钱教授的丰富经验却是我们格外需要的。当同志们要我尽快地把钱教授说的那些公式叙述出来的时候,我发觉我仅仅能够想得起一个梗概;而细节,特别是其中最关键的几个公式,我已经记不起来了。虽然没有人责备我。因为要听一遍就记住这样复杂的计算,那是任何人也做不到的,而在当时匆忙的情况下,我没有笔录,也是可以原谅的。但是我感到十分难受,因为这一切都是钱教授的劳动成果,在自己丧失健康的最后一刹那间,怀着对工作的无比热忱传留给了我,而我却没有办法来实现它了。

  研究所重新组织了人力,继续对钱达明教授所开始的工作进行研究。不久以后,已经没有人再对我提到那些被遗忘的公式。

  然而我却没有绝望,我想我也许还有最后的一线希望,能把它们回忆起来。因此,一有闲暇,我就苦苦地思索着,体验着俗话所说的"绞尽脑汁"的痛苦。

  我时常到钱达明教授家里去看望他,这个一贯朝气勃勃的老人,现在的景况十分凄惨。他已经被无情的疾病束缚在床上,完全不能动弹,也不能出声。只有那一双依然明亮的眼睛,还闪动着旧日热情的光芒。看到一个这样渴望生活的人被病魔折磨成这个样子,那是任何人也不能不感到辛酸的。可能是我的出现很容易使他回忆起实验室的工作吧,每当他看到我的时候,他的双眼就要流露出一种无法形容的痛苦。在这种时候,想起我是怎样的辜负了他的期望,我就特别感到内疚,而要求重新回忆起那些公式的愿望也就更加强烈了。

  在这个时候,我是多么需要使自己脑力健康起来。我对于记忆的生理情况是毫不了解的,我简单地认为只要脑力加强,记忆力也就会加强,因此,我就在同志们中间征求各种补脑的方法。

我们机关的资料员老王向我提出一个新建议,说蒸一只乌龟吃可以补脑。我下了决心要去试一试。

第二天,我到了生物研究所。他们正养了一批乌龟,愿意让一只给我。正当我用绳子在捆拿的时候,从里面走出一个身材瘦小的老人来。他有着一副十分严肃的面容,一双小眼睛在紧皱的浓眉下显得十分锐利。他看见我笨手笨脚地在捆乌龟,盯了我一眼,突然问道:

"你要乌龟干什么?"

"做补脑的药。增强记忆!"在他的逼视下,我就像中学生上了考场一样,突然慌乱起来了。

"增强记忆?你的记忆力差么?"

"不是,我需要回忆一桩事情,可是却怎样也想不起来了。"

"你需要回忆什么事呢?"他又问道。

我以为这个陌生人噜噜嗦嗦问下去仅仅是为了满足一下好奇心,因此也不愿意多说下去。这时,帮助我找乌龟的一个年轻同志却附在我耳边说:"详细和他谈谈吧。他是陈昆大夫,大脑生理专家。"于是我把事情的经过说了一遍。

陈大夫歪着头,毫不经心地听我说话。最后,他微微眯起了眼睛,脸上出现了一种嘲弄的神情。

"吃乌龟来增强记忆,十八世纪的作风!"他毫不留情地讽刺道,"你最好不要吃这只乌龟,而用它的壳来卜卦,做一个现代化的巫师吧。"

我受了他的一顿奚落,不由得有些胸中充火。因此回答说:

"只要我能搞好工作,就是用乌龟壳来卜卦也可以。"

"哟,你这小伙子责任心倒挺强罗!"他从衣袋里摸出一个笔记本,撕下一页来,很快地写了一下递给我,"这是我的工作单位,明天请来一趟吧,看看我们有没有比乌龟更好的办法。"

他说完以后,头也不回地走了。那个一直在听我们谈话的青

年同志看见我惶惑的脸色,便说道:

"你别看陈大夫火气挺足,这是他的脾气。其实他心肠挺好的。他要主动帮助你,准有办法,你放心去吧。"

我看了看他留给我的地址,这是生物研究所附属的一个脑生理研究室。关于这个实验室奇迹似的工作,我曾经听到过很多难以置信的传说。因此,我就放掉了那只倒楣的乌龟,决定第二天去拜访陈大夫了。

三

这个神秘的实验室设在市郊一条僻静的街道上,道旁的房屋全被高高的砖墙围着。法国梧桐的浓荫给人带来一种住宅区所特有的安宁恬静的气氛。由于实验室外面没有什么显著的标志,我浪费了点时间才找到那个门牌号码。

当我见到陈昆大夫的时候,他正在动物饲养室里,凝神地望着一只关在铁笼里的猴子。那只猴子正在无忧无虑地玩一条蛇,这使我非常惊奇。因为谁都知道,猴子是最怕蛇的。

"陈大夫!"我在他身后轻轻喊道。

"嘘!等一等。"他头也不回,伸出两个指头警告地挥动一下,然后极快地在纸上记录起来。一直等到他写完了,才蓦地转过身来。

"巫师,你来了。"他说,"咱们到实验室去吧。"

我们穿过一座小巧精致的花园,向着一栋隐藏在绿荫深处的白色房屋走去。陈大夫一面走一面说:

"我们想用一种最近才发明的方法帮助你恢复记忆。你不要紧张,要和我们密切合作,才能取得良好的效果。你不会受了一点点刺激就昏过去吧?"

"那要看什么样的刺激。"我说。

"精神方面的。"陈大夫怀疑地盯着我。

"我的神经很坚强。"我回答。

"我想你的神经也应该是很坚强的,因为你能够吃下一只乌龟。"这个老人似乎不放过任何一个讽刺人的机会,"你平日不多嘴吧?"他又担心地问。

"我想我是能够沉默的。"我坦白地说。

"那就好了。我做实验的时候,不喜欢人家东问西问的。"陈大夫说。

我们走进了实验室。照我看来,这里与其说是一间生理研究室,倒不如说是一间电子研究室。在挤满了一间大屋子的仪器中,我看到了我所熟悉的电子计算机、阴极射线示波器、超声波发生器以及某些带有磁带记录器或墨水描记器的电子接收机器。在房间的一角里,几个年轻人正围着一台电视显微镜在观察着什么。

"请准备好025号实验设备。"陈大夫简短地命令道,"我们为这位同志进行一次反馈刺激。"

我不知道陈大夫打算怎样帮我的忙,也不明白什么叫作"反馈刺激"。尽管脑子里疑团很多,但是一想到陈大夫嘲弄的声调,我就知道在这种时候去发问是不会讨好的。因此我只好把好奇心压下,默默地看着他们做准备。

陈大夫把我带到一把深深的皮椅子上坐下来,用几个金属电极紧贴在我的头部。这些电极是用导线与一座复杂的机器连接起来的。当一切都准备妥当以后,他做了一个手势。一个助手按了电钮,遮光窗帘无声无息地滑了下来,实验室里变得一片昏暗。

"巫师,当你听到电铃声音的时候,你要集中注意力,回忆起那天晚上你刚刚踏进钱教授病房的情况。你能做到这一点吗?"黑暗中响起了陈大夫的声音。

"可以。"我简单地回答。

我听见有人拨动开关的声音,一部什么机器发出了轻微的嗡嗡的声响。这种单调的声音和黑暗的环境、舒适的座位加在一起,使我感到了一种慵倦。我似乎有了睡意,眼睛也不自觉地闭上了。事后我才知道,这是一种催眠的电流在起作用。

虽然在朦胧中,我还是警惕着铃声。我清楚地听到陈大夫在问他的助手:

"电压多少?"

"5伏特。"

"频率?"

"20。"

"刺激波宽?"

"1毫秒。"

"发信号!"

电铃响了,我把全部注意力集中回忆那天的情景。

"开始!"又是陈大夫的声音。

一个什么开关啪的一响,金属电极在我头上微微跳动了一下。在这一瞬间,我进入了生平最难忘怀的一种境界。我甚至无法形容这种奇妙的、不可想象的感受。亲爱的读者,如果不是我本人亲历了这种神话中才能出现的事情,那么无论谁在这里用笔描述这一切(即使他比我描述得更生动),我也不会相信的。

就在开关作响的同时,我亲身回到了一个月以前的那个夜晚,回到了钱达明教授的病房里。这不是回忆、做梦、催眠术之类的幻象,而是一种"真实"的境界。我的视觉、听觉、感觉神经都能得出这样一个结论。

……我推开房门,跑进病房,由于过于匆忙,一块没有钉牢的镶花地板在我的脚下轻轻地响了一声。在柔和的日光灯下,我看见了病床,堆满了书的书架、茶几,还有在微风中飘动的蓝色窗帘。我看见钱教授无力地躺在床上,他的头垫得很高。医生们忧心忡忡地站在他的身旁。其中一个医生对我说:

"你来得正好,钱老焦急地要看看你。他是一小时以前发的病,经过急救才醒过来,但是他的手足已经麻痹了。你不要和他多说话。"

从他那低沉的声音,我听出了这就是给我打电话的那个人。接着,钱教授埋怨病耽误了他的工作,而旁边那个胖胖的护士却批评他工作太多。最后,我坐到了他床前,听他为我背诵那些计算结果。

这是多么清晰!不但他的声音在我的耳边回响,就是他周围的环境也历历如在目前。瞧,钱教授睡在白色的钢丝床上,床栏上有着"人医135"的红漆字样。茶几边沿放着一把小茶壶,上面有四个写得龙蛇飞舞的草字"可以清心"。

钱教授叙述的声音愈来愈小了,我俯下身去,这时我清楚地看到了他的面容。这是一个疲惫的、老年人的面容。尽管是在病中,他那剪得短短的白发仍然梳得十分整齐,眼角细长的鱼尾纹在他脸上刻下了几十年勤劳的痕迹,但同时也使这位老人看起来十分慈祥。医院的睡衣是没有领子的,因此在他说话的时候,我看见他的喉结上下跳动着,好像他正在吃力地吞咽着什么东西……

这一切就好像钱教授再一次为我叙述了他的计算。由于以前我曾经听过一次,而在以后我又多次思索过它们,所以不需要再作记录,现在我已经可以牢固地记住了。

当教授的声音停息的时候,我眼前的景象跟着模糊起来,耳边的人声也成了一片逐渐远去的嘤嘤的声音。我的意识昏乱了,我在哪里?我究竟发生了什么事情?我就像一个大梦初醒的人一样,意识到了自己的存在,然而却没有控制自己思维的能力。

机器的开关又"啪"的响了一声,奇迹也跟着结束了。我睁开眼睛,发觉我还是坐在那张皮椅上,哪儿也没去。一个工作人员按了电钮,实验室的窗帘慢慢地升了上去,耀眼的阳光从外面倾泻进来。

陈昆大夫微笑着站在我的面前,用一种镇静的目光看着我惶惑的神色。

四

"你全都想出来了么?"陈大夫问我。

"全都想出来了。"

"有什么地方感觉不舒服没有?"

"没有。"

"那么你可以走了。"陈大夫挥挥手说。

我说:"陈大夫,请您原谅。在实验进行的过程中,我没有用问题来打搅您,现在我实在忍不住啦!您一直把我叫做'巫师',可是照我看来,您才是一个最神秘的有魔法的巫师。您究竟是采用什么方法使我超越了时间和空间,回到那天晚上,回到那间病房里去的呢?"

陈大夫不耐烦地皱起了眉头:"这是科学,没有什么魔法。"

"如果您不向我解释一下,我怎么知道它是科学呢?"我说。

"你真会缠人。今天我要为你浪费三个小时了。"陈大夫说,"简单说来,这是一种生物电流的'反馈刺激'。不过要把这一切解释清楚,我却要先从人类大脑的功能之———记忆谈起。"

"所谓记忆,广义地说,应该是高等动物的神经系统在清醒状态下重复过去的反应痕迹的活动过程。我们知道,人类接触各种事物以后,由神经系统将种种感觉传送到大脑中,并且在脑细胞上留下痕迹。如果某种事物反复出现,那么就会在脑细胞上留下很深的痕迹,造成'稳定记忆',在很长时间以后,我们还可以回忆起这些印象;相反,如果事物出现的次数不多,那么在脑细胞上留下的痕迹就很浅,这个叫做'新近记忆'。'新近记忆'是不能持久的,事过境迁以后,我们就会忘记这些事物。现在你可以明白,记忆和乌龟是不相干的两回事了吧?"

"大脑的哪一部分对于记忆有关系呢?"

我实在怕他旧事重提,因此不好意思地转移了一个话题。

陈大夫说:"从试验结果来看,大脑皮质层颞叶部分对记忆功能是有特殊影响的。举例来说,猿猴被切除这一部分以后,就全部丧失了记忆,施行手术以后的猿猴甚至不能分辨食物和不能吃的东西。呵,对了! 你刚来时看见的那只猴子,就是动过这种手术的。猴子原来是怕蛇的,但是现在它却丧失了恐怖的感觉。因此,用生物电流来刺激颞叶部分,就能使人增强记忆力,这种方式,叫做'诱发回忆'。"

我又问道:"陈大夫,什么叫做生物电流呢?"

"这是生物的细胞在活动时所产生的一种微弱电流。各个器官在工作时所放出的电流都是不同的。"陈大夫回答说,"人类的大脑细胞在记忆和回忆,也就是在储存讯号和放出讯号的过程中,都要产生一种放电现象。相反,如果我们用一种类似的,但是经过人工放大的电流去刺激这些细胞,也就会大大加强它的活动能力,我们把这种方法叫做:'反馈刺激'。在电流的刺激下,脑神经所保留的微弱的讯号被放大了,人们就能重新回忆起那些已经被忘怀了的事物。"

"可是刚才我并不仅仅是回忆呀!"我说,"我确定是看到、听到和感觉到了我所接触的东西,这又是怎么一回事呢?"

"如果仅仅是用电流来诱发回忆,那事情是比较简单的。早在几十年以前,就有人局部地进行过这种实验。"陈大夫回答说,"我们装置的这部机器构造要复杂得多。当你的回忆活动开始时,你的大脑中所产生的电流就被传导出来,机器自动地根据回忆的内容将它分成视觉神经电流、听觉神经电流、嗅觉神经电流、感触神经电流等。这些微弱的电流被放大以后,又被输送到你的大脑中,相应地刺激你的视区、听区、嗅区和感触神经,这样,就能在你的头脑中造成一种复合的真实印象。"

我又问道:"陈大夫,这种机器的实际用途在什么地方呢?像我这样的情况是非常少的呀!"

陈大夫说:"这是一部帮助人类进行脑力劳动的机器。我们知道,人类的大脑皮层至少有一百五十亿个细胞,它的记忆容量远远超过现代最完善的电子计算机,因此,它的工作潜力是非常巨大的。在这种机器的帮助下,我们能够使每个人做到'过目不忘',这对于提高人们工作效率的意义是无可估量的。随便举个例来说吧,一个人从小学到大学,要花费二十多年的时间去学习,而它的主要内容不过是理解和记忆前人已经掌握了的经验和学识。在这种机器广泛使用以后,我们至少可以将人类受教育的时间缩短三分之二,你简单地计算一下吧,单是这一项就可以为人们节约出多少个劳动日?"

"陈大夫,刚才您说人类的每一种器官都能放出生物电流,根据同一原理,是不是可以用电流刺激来加强其他器官的活动呢?"我问。

陈大夫看了看表,毫不客气地说:"你的问题可真不少!我希望这是最后一个了。关于生物电流对其他器官的刺激,主要是用在医疗方面。譬如说,我们用一种电流刺激心脏,可以治疗好几种心脏病。最近我们还发现,只要从健康人的肢体上导出的生物电流加以放大,再去刺激某些瘫痪患者的肢体,就可以使这些已经麻痹的细胞重新获得生命力……"

我兴奋地从椅子上跳起来,忘记了礼貌,紧紧地握住了陈大夫的手:

"瘫痪?您可以医治瘫痪?钱达明教授恰恰就是全身瘫痪呀!"

陈大夫生气地皱起了眉头:

"你放开我,别这样激动,昨天你已经说得够清楚了。我原来是准备今天下午就给钱教授诊断的。可是你老要缠着我问……"

五

半年以后,正是秋高气爽的时节,虽然人行道旁的树木已经开始落叶,可是阳光仍然温暖宜人。街心花园里丛菊盛开,使空气中飘荡着一片清香;白杨树的黄叶在太阳照耀下金光闪闪,显得格外美丽。黄昏临近了,街道上充满了放学回家的孩子们嬉戏的笑声。

一个脸色红润、神采奕奕的老人挂着一根手杖,缓缓地沿着街道走来。他不停地四处张望,脸上有着一种难以抑制的喜悦的神色。似乎周围的一切都是久别重逢,都能引起他莫大的兴趣。

当他走到街心花园旁边的时候,忽然做出了一种与他的年岁不大相称的动作。他猛地一下把手杖扔在道旁万年青的树丛里,然后像孩子干了什么淘气的事情又怕别人发觉一样,担心地向四处张望了一下。当他确定周围没有人注意到他以后,他就握紧拳头,慢慢地小跑起来。一面跑,一面活动着手臂,似乎不大相信自己的肌肉的灵活性似的。

"钱教授,您要参加下一届世界运动会么?"从他的身后,传来了一声愉快的问候。

跑步的老人回头一看,尴尬地笑了:"陈大夫,您刚下班吗?"

陈大夫欣喜地打量着钱教授,这个不久以前的瘫痪病人。

"进步真快,不但扔掉了手杖,还跑步呢。"他说,"他们都喜欢叫您'钱老',我看您一点儿也不老呀!"

"这都得感谢你们。这是你们的生物电流创造的奇迹。我真没想到我这一辈子还能看到太阳。"钱教授真挚地说。

陈大夫皱起了浓眉:

"别噜噜嗦嗦谢个不停了。主要是您的意志坚强,才恢复得这样成功。其实,今天我倒是来谢您的。我们已经用你们反应堆里生产出来的放射性同位素做了几次试验,效果很好。以后你们能够按我们的需要生产放射性同位素,这对我们的工作是一个有力的支援呢。"

"这也算是科学界的大协作吧。"钱教授说。

两个老人都笑了,他们并肩向前走去。落叶在他们脚下簌簌作响。虽然时间已近黄昏了,可是在这种晴朗的日子里,阳光依然像朝霞一样的灿烂。

(童恩正:《失去的记忆》,选自《儿童科学文艺选》,南京:江苏人民出版社,1979年)

【导读】

这篇小说很好地遵守了科幻小说的写作规范:在已得到证实的科学知识的基础上展开合理想象。作者在故事情节的推进中自然而然地向我们介绍了关于大脑记忆功能的专业知识,据此推测脑科学研究领域在将来可能到达的境界。小说中所写的关于利用"生物电流"去"诱发回忆"的情节是有根有据、合情合理的。人类的科学在未来有可能达到这一步。而小说之所以为"小说",就在于它将未来可能的情形假定成了现实的、已经发生或正在发生的事。

小说塑造了钱达明教授和陈昆大夫这两位科学家的形象,幻想人类科学具备使人绝处逢生的力量,为读者展开了一幅光明美好的前景。涉及的生物学知识十分令人信服,因而小说本身也具备了一种力量:就是激起少年读者对自然科学的研究兴趣和探索雄心。

附:《中外文学作品导读》自学考试大纲

Ⅰ 课程性质与设置的目的要求

本课程包括中国古代文学(上、下)、中国现当代文学、外国文学及儿童文学五个部分,每个部分又分为概述和作品导读。概述部分主要勾勒出文学史基本发展线索,并介绍重要作家、文学思潮和文学流派,是文学史基础知识;作品导读重在分析作品的思想和艺术特色,兼及对作家作品产生的背景和文学思潮影响的分析。考生要通过对优秀作品的阅读,参考导读对作品的分析,深入理解每篇作品的思想内容和艺术特点,从而提高阅读欣赏能力和分析能力,进而使自己的审美鉴赏水平和文学修养提高一个层次,并陶冶性情,加强整体素质,培养高尚的思想品格和道德情操。

本课程要求考生一定要认真阅读文学作品,不要将概述与导读拿来死记硬背。要在通读作品的基础上,掌握中外文学史的发展线索及有关优秀作家作品产生的背景,理解文学史上重要文学思潮和文学流派对具体作家所产生的影响,从而深刻理解每一篇作品的思想与艺术。要加强自己分析问题能力的培养,不断提高分析问题和解决问题的能力。

Ⅱ 课程内容与考核目标

● 第一编 中国古代文学(上) ●

◉ 第一章 中国古代文学概述(上)

甲、学习目的与要求

通过本章的学习,了解先秦、两汉、魏晋南北朝时期文学发展的概况,掌握这一时期的重要作家、作品及文学现象、文学流派的内容和特点,深刻理解当时的社会背景、文学思潮与文学发展的内在联系。

乙、课程内容

第一节 先秦文学概述

一、歌谣:是人民的口头创作,最贴近社会生活,直接表达了人民的思想感情和意志愿望。其中原始歌谣标志着我国诗歌的起源。歌谣的文学价值。

二、《诗经》:是我国第一部诗歌总集。它收集了从西周初至春秋中叶的诗歌305首。先秦时通称为"诗"或"诗三百",到了汉代被儒家奉为经典,始称作《诗经》。《诗经》根据音乐的不同分为风、雅、颂三部分。赋、比、兴是《诗经》的三种艺术表现手法。

三、楚辞:产生于江汉一带。其主要特点是具有浓厚的地方色彩。既是一种诗歌体裁,又是一部诗集的名称。代表作家是屈原,他是我国文学史上第一位浪漫主义的伟大诗人。楚辞在艺术上有鲜明的特色。

四、历史散文：我国最早的历史散文集是《尚书》。今、古文《尚书》。第一部编年体史书是《春秋》。"春秋笔法"。《国语》是我国第一部国别体史书。历史散文的代表作是《左传》和《战国策》。《左传》长于记事，有很突出的特点。《战国策》有较高的文学成就。先秦历史散文的发展可分为三个时期。

五、诸子散文：诸子散文出现在春秋末到战国的百家争鸣时期。先秦诸子散文的发展可分为三个阶段。《论语》《墨子》是语录体。《孟子》《庄子》是对话体。《荀子》《韩非子》《吕氏春秋》是专论体。先秦诸子散文文学成就最高的是《孟子》和《庄子》。

六、神话传说：大约产生于传说中的三皇五帝时代。保存上古神话传说的典籍主要有《山海经》《庄子》《楚辞》《淮南子》《列子》等。上古神话按内容分为四大类。神话传说的基本特征。

第二节　两汉文学概述

一、汉初政论散文：汉初是政论散文繁荣的时期，代表作家是贾谊和晁错，著名的作品有《过秦论》《陈政事疏》《论积贮疏》《论贵粟疏》等。

二、《史记》与《汉书》：《史记》的史学价值和文学价值。《汉书》与《史记》的比较。

三、汉赋：汉赋发展的三个阶段。三个阶段的代表作家、作品。散体大赋的主要特征。

四、乐府：乐府与乐府诗。乐府民歌的主要特点、重要作品。乐府诗对后世的影响。

五、文人五言诗：文人五言诗的产生与发展。《古诗十九首》的内容与艺术成就。

第三节　魏晋南北朝文学

一、建安文学："三曹""七子"和蔡琰是建安文学的代表作家。曹操在文学发展史上的贡献。曹植文学创作的两个时期。

二、正始文学:"竹林七贤"是正始文学的代表作家。阮籍《咏怀》的特点。

三、两晋文学:"三张二陆两潘一左"是太康诗人的代表。左思与《咏史》。永嘉时期刘琨的爱国诗与郭璞的游仙诗。

四、陶渊明:玄言诗的兴盛与衰微。陶渊明的田园诗和咏怀诗。陶诗的总体风格。陶渊明的《桃花源记》。

五、谢灵运的山水诗。鲍照的七言、杂言乐府。"永明体"与谢朓。"宫体诗"的出现。庾信和王褒后期诗歌创作的价值。南北朝乐府民歌的比较。

六、南北朝的骈文与散文:骈文的基本特征。与代表作品。赋的演变与代表作品。郦道元的《水经注》与杨衒之的《洛阳伽蓝记》。

七、魏晋南北朝小说:志怪小说与轶事小说。干宝的《搜神记》与刘义庆的《世说新语》的文学价值。

丙、考核知识点

一、歌谣

二、《诗经》

三、历史散文

四、诸子散文

五、楚辞

六、贾谊与晁错的政论散文

七、《史记》

八、汉赋

九、乐府民歌

十、《古诗十九首》

十一、建安文学

十二、阮籍的《咏怀诗》

十三、左思的《咏史》

十四、陶渊明

十五、谢灵运的山水诗

十六、"永明体"诗歌

十七、庾信后期的诗歌

十八、南北朝乐府民歌

十九、南北朝的骈文与散文

二十、干宝的《搜神记》与刘义庆的《世说新语》

丁、考核要求

一、歌谣

（一）识记：歌谣的性质。

（二）领会：歌谣的文学价值。

二、《诗经》

（一）识记：《诗经》是我国第一部诗歌总集。305篇作品。《诗经》六义：风、雅、颂、赋、比、兴。

（二）领会：《诗经》的思想内容和艺术成就。

（三）应用：赋、比、兴手法在具体作品中的体现。

三、历史散文

（一）识记：历史散文以记言记事为主。我国第一部历史散文集《尚书》。《左传》为编年体史书，长于记事。《国语》《战国策》为国别体史书。"春秋三传"。

（二）领会：《左传》的记事艺术。《战国策》的文学成就。

（三）简单应用："微言大义"的"春秋笔法"。

四、诸子散文

（一）识记：《论语》《墨子》为语录体散文。《孟子》《庄子》为对话体散文。《荀子》《韩非子》为专论体散文。

（二）领会：诸子散文发展的三个阶段。

（三）简单应用：诸子散文的思想内容和文学价值。

五、楚辞

（一）识记：楚辞的主要特点。屈原是我国文学史上第一位浪漫主义的伟大诗人。

（二）领会：楚辞的浪漫主义手法。

六、贾谊与晁错的政论散文

（一）识记：贾谊的代表作品《过秦论》《陈政事疏》《论积贮疏》，晁错的代表作品《论贵粟疏》。

（二）领会：贾谊政论散文的主要特点。

七、《史记》

（一）识记：原名《太史公书》。《史记》的五种体例（12本纪、10表、8书、30世家、70列传）。我国第一部纪传体通史。

（二）领会：本纪、表、书、世家、列传的含义。

（三）简单应用：《史记》的史学价值和文学价值。

八、汉赋

（一）识记：汉赋发展的三个阶段。骚体赋的代表作品是贾谊的《吊屈原赋》《鵩鸟赋》。散体大赋的代表作品是枚乘的《七发》、司马相如的《子虚赋》《上林赋》、扬雄的《甘泉赋》、班固的《两都赋》、张衡的《二京赋》。抒情小赋的代表作品是张衡的《归田赋》、赵壹的《刺世疾邪赋》。

（二）领会：散体大赋的基本特征。

（三）简单应用：司马相如对后世的影响。

九、乐府民歌

（一）识记：郭茂倩的《乐府诗集》。乐府原为音乐机关，后成为一种诗体的名称。

（二）领会：乐府民歌的特色。

（三）简单应用：乐府诗对后世诗歌发展的影响。

十、《古诗十九首》

（一）识记：五言诗的发展。《文选》。

（二）领会：《古诗十九首》的艺术成就。

（三）简单应用：《古诗十九首》产生的时代背景。

十一、建安文学

（一）识记："三曹""七子"。

（二）领会：曹操与曹植的文学成就。

（三）简单应用：曹操怎样利用乐府旧题进行诗歌创作的。

（四）综合应用：建安时期的时代特征对建安文学的影响。

十二、阮籍的《咏怀》

（一）识记：阮籍。《咏怀》82首。

（二）领会：《咏怀》的艺术特点。

（三）简单应用：正始时期的时代特点对阮籍文学创作的影响。

十三、左思的《咏史》

（一）识记：《咏史》诗的特点。

（二）领会：《咏史》诗的艺术成就。

十四、陶渊明

（一）识记：玄言诗。陶渊明是中国文学史上第一位田园诗人。

（二）领会：陶渊明诗歌的艺术风格。

（三）应用：陶渊明对后世的影响。

十五、谢灵运的山水诗

（一）识记：谢灵运是中国文学史上第一位全力写山水诗的诗人。

（二）领会：谢灵运山水诗的艺术特点。

（三）简单应用：山水诗与玄言诗的关系。

十六、"永明体"诗歌

(一)识记:"永明体"的基本特征。

(二)领会:谢朓"永明体"诗的成就。

十七、庾信后期的诗歌

(一)识记:庾信的生平经历。

(二)领会:庾信后期诗歌的贡献。

(三)简单应用:庾信生平经历与诗歌创作的关系。

十八、南北朝乐府民歌

(一)识记:南朝乐府民歌分为三类。南北朝乐府民歌的代表作品。

(二)领会:南北朝乐府民歌的异同。

十九、南北朝的骈文与散文

(一)识记:骈文的基本特征。骈文的代表作品是孔稚珪的《北山移文》、丘迟的《与陈伯之书》。赋的代表作品是鲍照的《芜城赋》、谢庄的《月赋》、江淹的《别赋》和《恨赋》、庾信的《哀江南赋》。散文的代表作品是郦道元的《水经注》和杨衒之的《洛阳伽蓝记》。

(二)领会:《水经注》的文学价值。

二十、魏晋南北朝小说

(一)识记:志怪小说,代表作是干宝的《搜神记》。轶事小说,代表作是刘义庆的《世说新语》。

(二)领会:《搜神记》《世说新语》的文学成就。

(三)简单应用:《搜神记》对后世文学创作的影响。

第二章 中国古代文学作品与导读(上)

甲、学习目的与要求

通过对先秦、两汉、魏晋南北朝这三个时期文学作品的学习,掌握作家作品及文体的有关知识,提高阅读、鉴赏能力和文化修养。

乙、课程内容

要求对所选的33篇作品的作者、写作背景有所了解,深入领会作品的思想内容和艺术特色,并能熟练地掌握常见的文言实词和虚词的用法,了解各类文体的基本特征。

丙、考核知识点

一、《弹歌》

二、《芣苢》

三、《氓》

四、《硕鼠》

五、《蒹葭》

六、《无衣》

七、《秦晋殽之战》

八、《叔向贺贫》

九、《冯谖客孟尝君》

十、《侍坐章》

十一、《齐桓晋文之事章》

十二、《逍遥游》(节选)

十三、《湘夫人》

十四、《国殇》

十五、《哀郢》

十六、《过秦论》(上)

十七、《乌江自刎》

十八、《苏武传》(节选)

十九、《上邪》

二十、《陌上桑》

二十一、《迢迢牵牛星》

二十二、《短歌行》

二十三、《出师表》

二十四、《咏怀》(其一)

二十五、《咏史》(其二)

二十六、《饮酒》(其五)

二十七、《桃花源记》

二十八、《晚登三山还望京邑》

二十九、《与朱元思书》

三十、《寄王琳》

三十一、《西洲曲》

三十二、《敕勒歌》

三十三、《王子猷居山阴》

丁、考核要求

一、《弹歌》

(一)识记:选自《吴越春秋》。背诵全诗。

(二)领会:上古歌谣的特点。

二、《芣苢》

(一)识记:选自《诗经·周南》。背诵全诗。

(二)领会:叠章复沓形式的妙处。

三、《氓》

(一)识记:选自《诗经·卫风》。

(二)领会:概括段意。归纳主题。

(三)简单应用:分析诗中起兴句的寓意及作用。

(四)综合应用:分析赋、比、兴三种艺术手法的运用。

四、《硕鼠》

(一)识记:选自《诗经·魏风》。背诵全诗。

（二）领会：概括诗歌的主旨。

（三）简单应用：分析比喻的作用。

五、《蒹葭》

（一）识记：选自《诗经·秦风》。背诵全诗。

（二）领会：叠章复沓形式的作用。

（三）综合应用：分析作品的意境。

六、《无衣》

（一）识记：选自《诗经·秦风》。背诵全诗。

（二）领会：同仇敌忾的爱国主义精神。

七、《秦晋殽之战》

（一）识记：选自《左传》。熟记常用实词的用法。

（二）领会：三段外交辞令的特点。

八、《叔向贺贫》

（一）识记：选自《国语·晋语八》。

（二）领会：叔向的说理技巧。

（三）综合应用：分析作品的思想意义。

九、《冯谖客孟尝君》

（一）识记：选自《战国策·齐策四》。

（二）领会：情节安排上的特点。

（三）简单应用：分析冯谖这个人物的形象。

十、《侍坐章》

（一）识记：选自《论语·先进》。语录体。

（二）领会：概括孔子四个学生的性格特征。

（三）简单应用：简析《论语》的语言特色。

十一、《齐桓晋文之事章》

（一）识记：选自《孟子·梁惠王上》。

（二）领会：孟子仁政思想的具体内容。

（三）简单应用：分析比喻句的寓意。

（四）综合应用:分析作品的逻辑结构。

十二、《逍遥游》(节选)

（一）识记:选自《庄子·逍遥游》。背诵"大鹏"一段。

（二）领会:"逍遥游"的真正含义。

（三）简单应用:评价作品的思想意义。

（四）综合应用:分析庄子散文的浪漫主义特色。

十三、《湘夫人》

（一）识记:选自《楚辞·九歌》,背诵第一段。

（二）领会:楚辞的浪漫主义风格。

（三）简单应用:分析第一段的作用。

十四、《国殇》

（一）识记:选自《楚辞·九歌》。背诵全诗。

（二）领会:概括段落大意。

十五、《哀郢》

（一）识记:选自《楚辞·九章》。

（二）领会:作者的忠君爱国思想。

十六、《过秦论》(上)

（一）识记:选自《新书》。熟记常用词的用法。

（二）领会:作品的思想意义。

（三）综合应用:分析铺排、对照的艺术手法。

十七、《乌江自刎》

（一）识记:节选自《史记·项羽本纪》。

（二）领会:分析项羽的性格特征。

（三）综合应用:分析被围、突围、自刎三个部分在刻画人物形象中的作用。

十八、《苏武传》(节选)

（一）识记:选自《汉书·李广苏建传》。熟记常用实词和虚词的用法。

（二）领会：正气凛然、不辱使命的民族气节和爱国主义精神。

（三）综合应用：分析作品在刻画人物形象方面的特点。

十九、《上邪》

（一）识记：背诵全诗。

（二）领会：作品是怎样表现纯真炽热的爱情的。

二十、《陌上桑》

（一）识记：选自《乐府诗集》。背诵第一段。

（二）领会：分析罗敷的形象。

（三）综合应用：分析作者是怎样写罗敷的容貌的。

二十一、《迢迢牵牛星》

（一）识记：选自萧统编的《文选》。背诵全诗。

（二）领会：艺术构思方面的特点。

（三）简单应用：分析作品的语言特色。

二十二、《短歌行》

（一）识记：背诵全诗。

（二）领会：概括作品所表达的思想感情。

（三）简单应用：分析作品的艺术特点。

二十三、《出师表》

（一）识记：选自萧统编的《文选》。

（二）领会：概括诸葛亮劝谏的主要内容。

（三）简单应用：分析"亲贤臣远小人,此先汉所以兴隆也；亲小人远贤士,此后汉所以倾颓也"数句的意义。

二十四、《咏怀》(其一)

（一）识记：《咏怀》82首。背诵全诗。

（二）领会：作品所表达的思想感情。

（三）简单应用：分析作品的艺术特点。

二十五、《咏史》(其二)

(一)识记:《咏史》8首。背诵全诗。

(二)领会:概括作品的主旨。

二十六、《饮酒》(其五)

(一)识记:背诵全诗。

(二)领会:作品所表达的思想感情。

(三)简单应用:分析"采菊东篱下,悠然见南山"二句的妙处。

二十七、《桃花源记》

(一)识记:背诵全文。

(二)领会:概述作品的主要内容。

(三)综合应用:评价"桃花源"式的理想社会。

二十八、《晚登三山还望京邑》

(一)识记:背诵全诗。

(二)领会:划分层次并概括大意。

(三)简单应用:分析"余霞散成绮,澄江静如练"二句。

二十九、《与朱元思书》

(一)识记:背诵全文。

(二)领会:作品的艺术特色。

三十、《寄王琳》

(一)识记:背诵全诗。

(二)领会:作品所表达的思想感情。

三十一、《西洲曲》

(一)识记:背诵全诗。

(二)领会:在结构上的特点。

(三)简单应用:分析作品所采用的修辞手法。

三十二、《敕勒歌》

(一)识记:背诵全诗。

(二)领会:分析作品的意境。
三十三、《王子猷居山阴》
(一)识记:选自刘义庆《世说新语》。翻译全文。
(二)领会:笔记小说的艺术特征。

●第二编　中国古代文学(下)●

◉第三章　中国古代文学概述(下)

甲、学习目的与要求

通过本编学习,了解中国古代各历史时期各体文学(特别是唐诗、宋词、元曲和明清戏曲小说)的名家名篇。在此基础上,进一步认识与理解唐诗、宋词、元曲和明清戏曲小说等的基本特点,以及它们产生和繁荣的历史文化背景。

乙、课程内容

第一节　隋唐五代文学

一、隋代南北文学合流的趋势。

二、唐代文学繁荣的原因:国力的强大。南北文化的融合及与域外文化的交流。科举取士制度使文学从宫廷贵族长期垄断中挣脱出来。统治者重视与提倡文学艺术。在思想文化方面的开放政策。从文学艺术自身发展规律来看,唐代是中国古典艺术进入全面成熟的时期。

三、唐代诗歌的四个时期:初、盛、中、晚。初唐诗歌:上官体、初唐四杰、陈子昂;盛唐诗歌:李白、杜甫,王维、孟浩然为代表的山水田园诗派,高适、岑参为代表的边塞诗派;中唐诗歌:白居易的新乐府运动,韩孟诗派,刘禹锡、柳宗元、李贺;晚唐诗歌:李商隐、杜牧、皮日休、杜荀鹤、聂夷中等。

四、唐代散文:韩愈、柳宗元所倡导的古文运动。晚唐小品文(罗隐、皮日休与陆龟蒙)。

五、唐五代词:词的概念与其产生的情况。花间派词人与《花间集》。冯延巳、李煜的词。

六、唐传奇:唐传奇对六朝志怪志人小说的继承与发展。唐传奇的思想内容和艺术成就。

第二节　宋金文学

一、宋代文学的基本特点。

二、宋词:柳永的慢词,苏轼的豪放词,李清照的婉约词,辛弃疾和辛派词人,姜夔、吴文英,宋末爱国词人。

三、宋诗:宋初三大诗派(白体、晚唐体和西昆体)。欧阳修、梅尧臣、苏舜钦、王安石、苏轼、黄庭坚与江西诗派。中兴四大诗人(尤、杨、范、陆)。

四、宋代散文:欧阳修与诗文革新。王安石、苏轼等。宋代散文的基本特征。

五、宋话本:话本的概念及其产生的社会基础。宋代说话四家(四大分类)。有代表性的宋元话本作品。

六、金代文学:元好问及其丧乱诗。董解元的《西厢记诸宫调》。

第三节　元代文学

一、元代社会的基本情况与文学创作的主要成就。

二、元代杂剧:元杂剧的产生及其基本形态。关汉卿、王实甫、白朴、马致远、纪君祥、郑光祖等及其代表作品。元曲四大家。

元代四大爱情剧。

三、元代散曲:散曲文学的形态与分类。马致远、张养浩、张可久、乔吉及其散曲集。元前期散曲与后期散曲的不同情调。

四、元代诗文:刘因的《白沟》诗。元诗四大家。王冕、萨都剌、杨维桢等后期诗人。

五、宋元南戏:南戏的概念。永乐大典戏文三种。元末明初四大传奇。高明及其《琵琶记》。

第四节　明代文学

一、明代社会的基本情况。

二、明代小说:《三国演义》的成书及主要版本。《水浒传》的成书及主要版本。神魔小说《西游记》和《封神演义》。长篇世情小说《金瓶梅》。拟话本(短篇白话小说)的代表作是冯梦龙的"三言"(《喻世明言》《警世通言》《醒世恒言》)和凌濛初的"二拍"(《初刻拍案惊奇》《二刻拍案惊奇》)。文言小说的代表作品"剪灯"三话。

三、明代戏曲:徐渭的《四声猿》杂剧。重要的三大传奇有李开先的《宝剑记》、梁辰鱼的《浣纱记》和无名氏的《鸣凤记》。汤显祖的杰作《牡丹亭》。晚明较重要的传奇有孙仁孺的《东郭记》、周朝俊的《红梅记》、高濂的《玉簪记》及孟称舜的《娇红记》。明代戏曲流派有以沈璟为首的吴江派和以汤显祖为首的临川派。

四、明代诗文:明初诗文作家宋濂、刘基与高启。以"三杨"(杨士奇、杨溥、杨荣)为代表的"台阁体"。围绕纠正"台阁体"流弊而出现的"前后七子""唐宋派""公安派""竟陵派"等流派。较重要的作品有宋濂的《送东阳马生序》、宗臣的《报刘一丈书》、归有光的《项脊轩志》、张岱的《西湖七月半》、袁宏道的《满井游记》和张溥的《五人墓碑记》等。

五、明代的散曲与民歌:王磐、陈铎、冯惟敏及施绍莘等散曲家。冯梦龙选辑的民歌《挂枝儿》和《山歌》。

第五节　清及近代文学

一、清及近代社会概况。

二、清代小说：清代小说的成就是多方面的，它代表了清代文学的最高成就。长篇章回体小说的最高峰是曹雪芹的《红楼梦》，最成熟的古典讽刺小说是吴敬梓的《儒林外史》，文言短篇小说的高峰是《聊斋志异》。清代的历史演义小说和英雄传奇小说以《水浒后传》和《说岳全传》较有代表性。清前期才子佳人小说较有名的有《好逑传》《玉娇梨》《平山冷燕》。清中叶受考据学影响的小说，有李汝珍的《镜花缘》。晚清狭邪小说与侠义公案小说。晚清四大谴责小说。

三、清代戏曲：清初苏州派剧作家与《清忠谱》。洪昇的《长生殿》与孔尚任的《桃花扇》。花雅之争。

四、清代诗文：神韵说、格调说、性灵说、肌理说。桐城派散文。龚自珍的诗文创作。诗界革命。

五、清代的词：清初三大家（陈维崧、朱彝尊和纳兰性德）、阳羡派与浙西派。清中叶以张惠言、周济为代表的常州词派。

丙、考核知识点

一、隋唐间南北文学之合流

二、初唐诗歌

三、盛唐诗歌

四、中唐诗歌

五、晚唐诗歌

六、古文运动的基本内容

七、晚唐五代词与"花间"、南唐词人

八、唐代传奇的特点与其在小说史上的地位

九、宋词的兴盛与婉约、豪放两大流派

十、北宋主要词家

十一、南宋主要词家

十二、宋诗各流派及主要诗人

十三、欧阳修的诗文革新与宋代散文重要作家

十四、宋代话本的分类与有代表性的作品

十五、元好问的诗歌创作与董解元《西厢记诸宫调》

十六、元杂剧的繁盛

十七、元杂剧主要作家作品

十八、元散曲的特点与主要作家作品

十九、元代诗文的特点

二十、宋元南戏概况

二十一、明代小说的繁荣及其艺术成就

二十二、明代戏曲的思想和艺术成就

二十三、明代诗文诸流派

二十四、明散曲与民歌概况

二十五、清代小说的全面繁荣及有代表性的作家作品

二十六、清代戏曲的重要作家作品

二十七、清代诗文诸流派

二十八、清词概况

丁、考核要求

一、唐代文学的繁荣
（一）识记：唐诗发展的四个时期。

（二）领会：唐诗繁盛的原因。

（三）简单应用：从文学艺术自身发展的角度，分析"盛唐之音"。

二、初唐诗歌
（一）识记：上官体、初唐四杰。

（二）领会：初唐文学融合南北文学的过渡意义与创新特点。

（三）简单应用：分析陈子昂诗歌复古主张的积极意义。

三、盛唐诗歌

（一）识记：李白与杜甫诗歌创作的基本风格。山水田园诗派与边塞诗派。

（二）领会：盛唐诗歌所表现出来的"盛唐之音"气象，山水田园诗派与边塞诗派的特点。

（三）简单应用：简析李、杜不同的诗风。简要说明王维诗"诗中有画，画中有诗"的特点。

四、中唐诗歌

（一）识记：白居易新乐府运动。韩孟诗派。

（二）领会：解释新乐府运动与韩孟诗派。

（三）简单应用：中唐诗歌与盛唐诗歌的不同特点。

五、晚唐诗歌

（一）识记：李商隐与杜牧。皮日休、杜荀鹤、聂夷中。

（二）领会：晚唐诗歌特点。

（三）简单应用：简析晚唐诗歌的爱情主题与艺术特色。

六、唐代散文

（一）识记：古文运动的基本精神与主要内容。韩、柳散文的代表作品及主要特色。晚唐小品文的代表作家和代表作品。

（二）领会：解释古文运动。

（三）简单应用：说明古文运动的成就及对后世的影响。

七、唐五代词和"花间派"

（一）识记：词的概念。花间派。温庭筠、韦庄、李煜、冯延巳。

（二）领会：解释"词"和"花间派"。

（三）简单应用：简析"花间词"的总体艺术特色。简要比较温、韦词风的不同。简析李煜词特色并说明前后的转变。

八、唐传奇的艺术特点

（一）识记：传奇的概念与传奇名篇。

（二）领会：解释"传奇"。唐传奇与六朝志怪相比较有什么根本性的变化。

（三）简单应用：简析唐传奇艺术成就的三个主要方面。

九、宋词的繁荣与婉约、豪放两大流派

（一）识记：柳永与慢词。苏轼词的"别为一宗"。李清照南渡前后词风之不同。辛弃疾与辛派词人。

（二）领会：婉约词、豪放词及代表词人。

（三）简单应用：简析苏、辛对宋词发展的贡献。

十、宋诗诸流派

（一）识记：白体（王禹偁）、晚唐体（林逋）、西昆体（杨亿《西昆酬唱集》）、黄庭坚（江西诗派）。欧阳修、梅尧臣、苏舜钦、苏轼、王安石。

（二）领会：解释白体、晚唐体、西昆体、梅苏、江西诗派、中兴四大诗人。

（三）简单应用：分析宋代诗歌发展的总趋势及其与唐诗不同韵味的特点。

十一、宋代散文及其艺术特色

（一）识记：欧阳修的诗文革新与其散文特色（《五代史伶官传序》《秋声赋》）。王安石（《答司马谏议书》）、苏轼（《前赤壁赋》《石钟山记》）。

（二）领会：宋代散文对古文的继承和发展。

（三）简单应用：欧阳修和苏轼对宋代散文发展的贡献。

十二、宋话本概况

（一）识记：宋说话四家。话本的艺术表现力。宋话本最有代表性的作品。

（二）领会：解释"话本"。话本小说的价值与意义。

（三）简单应用：讲史话本对后世长篇演义小说的影响。

十三、金代文学概要

（一）识记：元好问及其"丧乱诗"。董解元《西厢记诸宫调》。

（二）领会：元好问对杜甫诗的继承与发展。"董西厢"对后世元杂剧的影响。

十四、元杂剧的兴起与繁盛

（一）识记：元曲的概念。杂剧的形式体例。元曲四大家（关汉卿、郑光祖、白朴、马致远）。关汉卿杂剧的艺术成就。元杂剧四大爱情戏。王实甫《西厢记》的主题及曲词风格。

（二）领会："元曲"与"元杂剧"的不同含义。

（三）简单应用：简要说明元杂剧繁盛的原因。

十五、元散曲的形式及特点

（一）识记：散曲的分类（小令、带过曲、套数）。有散曲专集流传的散曲家（马致远《东篱乐府》、张养浩《云庄休居自适小乐府》、乔吉《梦符散曲》、张可久《小山乐府》）。马致远散曲的基本内容。[双调·夜行船]《秋思》套和[越调·天净沙]《秋思》小令（后者被称为"秋思之祖"）。

（二）领会：散曲、小令、套数的概念。元散曲题材内容的主要方面。

（三）简单应用：简述散曲作为一种新的诗体与传统诗词的主要区别。

十六、元代诗文概况

（一）识记：刘因的《白沟》诗。元诗四大家（虞集、杨载、范梈、揭傒斯）。王冕的《墨梅》和《悲苦行》。萨都刺的《过嘉兴》和《念奴娇·登石头城次东坡韵》。杨维桢的"铁崖体"。

（二）领会：元人诗文成就虽不如曲，但继轨唐人，自有特色。

十七、宋元南戏概况

（一）识记：南戏的概念。"南戏之首"。永乐大典戏文三种。

元末明初四大传奇。"南戏之祖"。

(二)领会:简析高明《琵琶记》的思想倾向。

十八、明代小说的繁荣

(一)识记:明代长篇章回体小说的类型(《三国演义》《水浒传》之外,神魔小说有《西游记》和《封神演义》;《北宋志传》和《新列国志》则分别代表了英雄传奇和历史演义两类作品;《金瓶梅》是以家庭生活为题材的长篇世情小说)。短篇白话小说(拟话本)的代表作"三言"与"二拍"。文言小说的代表作品"剪灯"三话系列。

(二)领会:名词解释(章回体演义小说、拟话本、"三言二拍""剪灯三话"系列)、《三国演义》和《水浒传》的影响。

(三)简单应用:简述从讲史话本到长篇章回体历史演义小说的发展过程。

十九、明代戏曲主要流派与名作

(一)识记:徐渭《四声猿》。三大传奇:李开先《宝剑记》、梁辰鱼《浣纱记》、无名氏《鸣凤记》。吴江派(沈璟)与临川派(汤显祖)。汤显祖《牡丹亭》。晚明重要传奇作品(孙仁孺《东郭记》、周朝俊《红梅记》、高濂《玉簪记》、孟称舜《娇红记》)。

(二)领会:简析吴江派与临川派文学主张的不同。

(三)简单应用:汤显祖《牡丹亭》"以情对理"的思想对当时和后世的影响。

二十、明代诗文概况

(一)识记:明初诗文作家宋濂、刘基、高启。以"三杨"为代表的"台阁体"。围绕纠正"台阁体"流弊而出现的诸流派。较重要的作品(宋濂《送东阳马生序》、宗臣《报刘一丈书》、归有光《项脊轩志》、张岱《西湖七月半》、袁宏道《满井游记》、张溥《五人墓碑记》等)。

(二)领会:解释名词(前后七子、唐宋派、公安派、竟陵派、晚明小品文)。

(三)简单应用:简析归有光散文对古代散文发展史的贡献。

二十一、明代散曲与民歌

识记:明代影响较大的散曲家王磐(《西楼乐府》)、陈铎(《滑稽余韵》)、冯惟敏(《海浮山堂词稿》)、施绍莘(《花影集》)。冯梦龙选辑的民歌《挂枝儿》《山歌》。散曲有名的作品:王磐的[北中吕·朝天子]《咏喇叭》。

二十二、清及近代小说

(一)识记:蒲松龄的《聊斋志异》为古代文言小说的高峰。吴敬梓的《儒林外史》是最为成熟的古典讽刺小说。曹雪芹的《红楼梦》是中国古典长篇章回体小说的顶峰之作。清代的历史演义小说和英雄传奇小说以《水浒后传》和《说岳全传》为较有代表性。清前期才子佳人小说较有名的有《好逑传》《玉娇梨》《平山冷燕》。清中叶受考据之风影响的小说是李汝珍的《镜花缘》。晚清狭邪小说的代表作品有《品花宝鉴》《花月痕》《海上花列传》等;侠义公案小说的代表作有《施公案》《儿女英雄传》《三侠五义》等。晚清四大谴责小说(李宝嘉的《官场现形记》、吴趼人的《二十年目睹之怪现状》、刘鹗的《老残游记》和曾朴的《孽海花》)。

(二)领会:《红楼梦》中的主要人物和基本内容。清代小说在整个清代文学中的地位。

(三)简单应用:简单说明《聊斋志异》的思想和艺术成就。简析《儒林外史》的讽刺意义。

二十三、清代戏曲

(一)识记:清初苏州派剧作家与《清忠谱》。洪昇的《长生殿》。孔尚任的《桃花扇》。

(二)领会:解释名词(苏州派剧作家、南洪北孔、花部与雅部)。

(三)简单应用:简析《长生殿》与《桃花扇》表达主题的不同方式。

二十四、清代诗文概况

(一)识记:清初遗民诗人有代表性的有顾炎武、黄宗羲、归庄和屈大均等。顾炎武的《精卫》《海上》等诗,抒发了坚持民族气节的决心。清初的钱谦益、吴伟业影响较大,吴伟业诗被称为"梅村体",《圆圆曲》是他有代表性的作品。王士禛的神韵说。沈德潜的格调说。袁枚的性灵说。翁方纲的肌理说。桐城派散文家。龚自珍的《己亥杂诗》。诗界革命。南社诗人。

(二)领会:解释名词(神韵说、格调说、性灵说、肌理说)。桐城派,诗界革命。

(三)简单应用:简述桐城派散文在散文史上的地位及影响。

二十五、清词

(一)识记:清初三大家(陈维崧、朱彝尊、纳兰性德)。阳羡派与浙西派。清中叶以张惠言、周济为代表的常州词派。晚清四大词人王鹏运、郑文焯、朱孝臧和况周颐。

(二)领会:常州词派的基本文学主张。纳兰性德词的基本风格。

第四章 中国古代文学作品与导读(下)

甲、学习目的与要求

考生通过对作品与导读的学习,了解每篇作品的作者及其所处的时代,对其传世作品集和文学主张也要有明确了解和认识。要把握每篇作品所蕴含的思想意义和艺术价值,并能将作品置于其所由产生的社会背景与文学思潮之中加以分析,从而明确作家作品在文学史上的地位及其对后世的影响。

乙、课程内容

本章共35篇,包括解题、作品、注释、导读在内,都要认真阅读。其中作者生平含在"解题"之中。要重点把握作品思想内容和艺术特色,以及该作品在文学史上的地位和影响。

丙、考核知识点

一、《人日思归》

二、《在狱咏蝉》

三、《滕王阁序并诗》

四、《春江花月夜》

五、《临洞庭湖赠张丞相》

六、《冬晚对雪忆胡处士家》

七、《将进酒》

八、《宣州谢朓楼饯别校书叔云》

九、《春望》

十、《登高》

十一、《张中丞传后序》

十二、《始得西山宴游记》

十三、《登柳州城楼寄漳汀封连四州》

十四、《琵琶行并序》

十五、《梦天》

十六、《泊秦淮》

十七、《无题》

十八、《菩萨蛮》

十九、《思帝乡》

二十、《虞美人》

二十一、《秋声赋》

二十二、《雨霖铃》

二十三、《江城子·密州出猎》

二十四、《前赤壁赋》

二十五、《声声慢》
二十六、《永遇乐·京口北固亭怀古》
二十七、《单刀会》(第四折)
二十八、[南吕·四块玉]《别情》
二十九、[双调·夜行船]《秋思》(节选)
三十、《西厢记·长亭送别》
三十一、《牡丹亭·惊梦》
三十二、《满井游记》
三十三、《桃花扇·骂筵》
三十四、《蝶恋花》
三十五、《秋心三首》(选一)

丁、考核要求

一、《人日思归》

(一)识记:背诵此诗。

(二)领会:体会与理解诗中的反衬手法。

(三)简单应用:简析此诗短而精妙的特色,并将其与唐人绝句比较,说明其已开风气之意义。

二、《在狱咏蝉》

(一)识记:作者生平与创作。背诵这首诗。

(二)领会:认识和深入理解此诗多用比喻的特点。

(三)简单应用:思考为什么说此诗已"完全是正格的唐音了"?

三、《滕王阁序并诗》

(一)识记:作者生平与创作。此文写作原委和主要内容。背诵全文。

(二)领会:结合作品分析此文艺术特色。

(三)简单应用:说明此文虽为骈文旧体,却在文体与风气方面有创新意义。

四、《春江花月夜》

（一）识记：背诵全诗。此诗为乐府旧题，属《清商曲辞·吴声歌曲》。吴中四士。

（二）领会：全诗内容与艺术特色。概括作品的哲理化主题。前人对此诗的高度评价。

（三）简单应用：简析作品是如何按题目所示五个字来展开景物描写的。

（四）综合运用：作者是怎样在美丽的景物描写中展开对宇宙人生的哲理思考的？

五、《临洞庭湖赠张丞相》

（一）识记：作者生平与创作。张丞相指诗人张九龄，因其官至中书令，故称。背诵此诗。

（二）领会：结合作品说明此诗的基本风貌。说明此诗与作者其他山水田园题材作品的不同之处。

（三）简单应用：作者的一贯作风是"静"与"淡"，此诗是否改变了风格？

六、《冬晚对雪忆胡处士家》

（一）识记：作者生平与创作。背诵此诗。作品为雪中怀人之作，采取明不扣题暗合事的写法，写雪得其神髓。此诗动静互寓，颇能代表作者一贯作风。

（二）领会：掌握此诗起承转合及各句意境。体会此诗有余不尽，给人无限联想的韵致。

（三）简单应用：体会颔联一动一静，颈联一"静"一"闲"，且均具有鲜明的画面感。以此为例简析王维"诗中有画，画中有诗"的特色。

七、《将进酒》

（一）识记：《将进酒》为乐府旧题，属《鼓吹曲辞·汉铙歌》。作者生平思想与创作。本篇基本内容与总体情调。背诵此诗。

（二）领会:掌握全诗内容和思想,明确其主要艺术特色。

（三）简单应用:或谓此诗在抒发豪气的同时也流露出及时行乐的消极思想。这种看法对否？结合作品进行分析。

八、《宣州谢朓楼饯别校书叔云》

（一）谢朓楼又称谢公楼或北楼,为南齐诗人谢朓任宣州太守时所建。校书叔云:指李云,因其为李白族叔,曾任秘书省校书郎。背诵此诗。

（二）领会:诗题为饯别,实则吟咏怀抱。全诗的主要思想内容与艺术特色。

（三）简单应用:结合作品简析李白综合运用想象、夸张、拟人等修辞手段的作用。

九、《春望》

（一）识记:作者生平思想与创作。此诗的写作背景。背诵此诗。

（二）领会:深入理解"感时花溅泪,恨别鸟惊心"一联,简析其所用手法及其艺术感染力。

（三）简单应用:结合此诗分析杜诗"诗史"的特点。

十、《登高》

（一）识记:此诗的写作背景。背诵此诗。概括每联内容,注意起承转合及全篇章法。

（二）领会:"艰难苦恨"四字的内涵。颈联一向被视为杜诗"沉郁顿挫"风格的范例,须仔细体会。

（三）简单应用:结合此诗分析杜诗"沉郁顿挫"的基本风格。

十一、《张中丞传后序》

（一）识记:作者生平思想与创作。此文写作背景。"序"体文的概念。此文主要艺术特色。

（二）领会:体会作者以精练的语言突出细节,从而凸显人物个性的写法。

（三）简单应用：结合作品概述简谈韩愈文对古文的继承与发展。

十二、《始得西山宴游记》

（一）识记：作者生平思想与创作。本篇为"永州八记"之首。文章的写作背景。将诗情画意与阐发哲理相结合的写作特点。

（二）领会：体会前半造成蓄势，后半具体描写的艺术手法。阐发哲理自然贴切。

（三）简单应用：柳宗元山水游记散文对前人的继承发展及在散文史上的地位和影响。

十三、《登柳州城楼寄漳汀封连四州》

（一）识记：本文的写作背景。巧妙运用比喻与象征手法。"惊风""密雨"和"芙蓉""薜荔"之所指。

（二）领会：体会全诗激愤忧郁的基调，以及作者将主观意绪投注于周遭景物的写法。

十四、《琵琶行并序》

（一）识记：作者生平思想与创作。《琵琶行》的写作背景和思想内容。背诵"大弦嘈嘈如急雨"至"唯见江心秋月白"一段。白居易将自己的诗分为讽喻、闲适、感伤与杂律四类。

（二）领会：概括全诗三部分段落大意。深入理解"同是天涯沦落人，相逢何必曾相识"两句的含义。把握这首叙事诗艺术成就的三个主要方面。

（三）简单应用：简析诗中关于音乐描写所采取的各种修辞手法。

（四）综合应用：关于此诗叙事的真实性问题历来有不同看法，请谈谈你的看法。

十五、《梦天》

（一）识记：作者生平思想与创作。李贺诗想象奇崛、恣纵浪漫的特色。背诵此诗。

（二）领会：体会此诗奇与豪的特点。

（三）简单应用：将"遥望齐州九点烟，一泓海水杯中泻"的意象与李白"我欲因之梦吴越，一夜飞度镜湖月"的意象加以比较分析，以把握二人风格特色。

十六、《泊秦淮》

（一）识记：作者生平思想与创作。背诵此诗。

（二）领会：概括此诗主题思想。

（三）简单应用：简析首句两个"笼"字的用法并概括出全诗突出的艺术特色。

十七、《无题》

（一）识记："无题"的含义。背诵此诗。

（二）领会：理解诗中比喻、用典、双关及对偶等修辞手法的综合运用。

（三）简单应用：简析"春蚕到死丝方尽，蜡炬成灰泪始干"两句。

十八、《菩萨蛮》

（一）识记："温李"。背诵此词。

（二）领会：体会此词将丰富的颜色与物件组合起来形成谐调画面的写法。

（三）结合此词简析温词"香而软"的词风。

十九、《思帝乡》

（一）识记："温韦"。背诵此词。

（二）领会：体会小词类于民歌，纯用白描写法的特色。

二十、《虞美人》

（一）识记：作者生平与创作。背诵这首词。

（二）领会：理解李煜词洗练流畅、真切自然的作风。体会此词艺术特色的三个方面。

（三）简单应用：结合作品分析李煜在词的表现力方面的独

特贡献及他在词史上的地位。

二十一、《秋声赋》

（一）识记：作者生平思想与创作。试翻译这篇文章的第一、二两个自然段。

（二）领会：归纳段落层次大意，明确全文主题思想。理解此文艺术特色的四个方面。

（三）简单应用：作者是如何借对"秋声"的描摹来抒发内心抑郁与愤懑的？

二十二、《雨霖铃》

（一）作者生平创作。背诵此词。

（二）领会：概括此词的内容。结合作品体会柳词擅于慢词，层层铺叙、委婉曲折、虚实相间、情景交融的艺术特色。

（三）简单应用：简析柳词风格及其在词史上的地位。

二十三、《江城子·密州出猎》

（一）识记：作者生平思想与创作。背诵此词。

（二）领会：此词为苏轼最早创作的豪放词。体会其"自是一家"的意味。

（三）简单应用：简析词中"狂"的深刻含义。

（四）综合应用：将此词与柳永《雨霖铃》加以比较，深入体会"豪放"与"婉约"的不同韵味。

二十四、《前赤壁赋》

（一）识记：此文的写作背景。背诵第一、第二两个自然段。

（二）领会：体会此文艺术特色的三个方面。理解此文写景、抒情与哲理阐发水乳交融的艺术技巧。

（三）简单应用：简析作者的仕途遭遇与人生理想之间的矛盾。

二十五、《声声慢》

（一）识记：作者生平创作。此词写作背景。背诵此词。

（二）领会：体会此词情真意切、语新句工的特点。

（三）简单应用：简析14个叠字的独特艺术表现力。

二十六、《永遇乐·京口北固亭怀古》

（一）识记：作者生平思想与创作。背诵此词。

（二）领会：体会辛词的爱国情感与"老骥伏枥，志在千里"的情怀。理解通篇以史实为借鉴的独特写法。

（三）简单应用：结合这首词简析辛词用典的得失。

二十七、《单刀会》(第四折)

（一）识记：作者生平创作。背诵这折戏中的开首二曲，[双调·新水令]和[驻马听]。

（二）识记：体会关汉卿熔铸古典诗词入曲的特色。理解层层铺垫，制造蓄势以凸显英雄形象的塑造人物手法。

（三）简单应用：将此折首二曲与苏轼《念奴娇·赤壁怀古》对读比较，体会词与曲的不同韵味。

二十八、[南吕·四块玉]《别情》

（一）识记：背诵这首令曲。

（二）领会：体会小令写别情从回忆切入的独特写法。

（三）简单应用：将此令曲与韦庄《思帝乡》加以比较，试区别令曲与令词的不同韵致。

二十九、[双调·夜行船]《秋思》(节选)

（一）识记：作者生平创作。"秋思之祖"。背诵[离亭宴煞]曲。

（二）领会：体会此套曲消极表现背后的积极因素。概括套曲的艺术特色。

（三）简单应用：如何理解前人对此套曲"襟期高远，寄托遥深，亦系深于故国之思也"的评价？

三十、《西厢记·长亭送别》

（一）识记：作者生平创作。此杂剧的题材来源。背诵这折戏的首二曲,[正宫·端正好]和[滚绣球]。

（二）领会:简析曲词中多种修辞手法的综合运用。概括崔莺莺叛逆性格的表现。

（三）简单应用:简析这折戏情景交融手法的运用。概括这折戏的总体艺术成就。

（四）综合应用:分析作者是如何在这折戏中调动多种艺术手段来塑造崔莺莺这一艺术形象的。

三十一、《牡丹亭·惊梦》

（一）识记:作者生平思想与创作。临川（玉茗堂）四梦。背诵[步步娇][皂罗袍]二曲。

（二）领会:理解《惊梦》中杜丽娘形象的意义和全剧的思想内容。

（三）简单应用:理解[步步娇]曲是如何通过人物的外部动作来表现心理活动的。

（四）综合应用:汤显祖的人生态度、文学观念对《牡丹亭》创作的影响。

三十二、《满井游记》

（一）识记:作者生平思想与创作。"三袁"。公安派。

（二）领会:理解此文中用比新奇和名词动用的特色。

（三）简单应用:从作品分析中概括作者的人生态度和文学观念。

三十三、《桃花扇·骂筵》

（一）识记:作者生平思想与创作。南洪北孔。

（二）领会:李香君的斗争精神在这出戏中得到了充分体现。理解《桃花扇》"借离合之情,写兴亡之感"的主题。

（三）简单应用:结合作品简析这出戏的艺术特色。

三十四、《蝶恋花》

（一）识记:作者生平创作。背诵此词。

（二）领会：理解此词将月色人格化的写作方法。把握其构思奇绝和通篇的浪漫情调。

（三）简单应用：试将此词与苏轼《江城子》（十年生死两茫茫）对读并比较其异同。

三十五、《秋心三首》(选一)

（一）识记：作者生平思想与创作。背诵此诗。

（二）领会：体会与理解龚自珍"剑气箫心"的意象。

（三）简单应用：简析龚自珍的人材观。

●第三编　中国现当代文学●

◉第五章　中国现当代文学概述

甲、学习目的与要求

通过本章的学习，了解中国现当代文学发展过程及其特点；了解中国现当代文学发展史上重要的文艺思潮、文学社团与流派；能运用马克思主义的观点和方法，从历史的和审美的角度去认识和评价各个时期有代表性的作家作品（包括基本创作情况，所取得的思想艺术成就，在文学史上的地位、影响）。

乙、课程内容

第一节　中国现代文学概述

一、"五四"文学革命

（一）《新青年》创刊。陈独秀、胡适、钱玄同、刘半农、鲁迅、周作人、李大钊等人的文章与观点。

（二）新文学运动与旧文学势力的斗争。
（三）新文学社团与流派。
（四）"五四"文学革命的伟大意义。

二、20年代文学创作
（一）初期白话诗、小诗，格律诗派、象征诗派。
（二）郭沫若及其《女神》的思想内容。
（三）问题小说与浪漫抒情小说。
（四）鲁迅创作概要。
（五）周作人、朱自清的散文。
（六）"文明戏"与郭沫若、田汉的剧作概要。

三、30年代的文学
（一）"左联"的成立，开展的思想论争。
（二）30年代文学创作概要。
（三）茅盾创作概要。《子夜》的创作特色。
（四）巴金创作概要。《家》的思想艺术成就。
（五）老舍创作概要。祥子悲剧形成的原因。
（六）曹禺创作概要。《雷雨》与《日出》。

四、40年代的文学创作
（一）本时期的文艺论争。
（二）"孤岛文学"。
（三）"文协"的成立。
（四）本时期创作概要。
（五）艾青、钱锺书、路翎、赵树理创作概要。

第二节　中国当代文学概述

一、十七年时期的文学创作
（一）中华人民共和国成立初三次大规模的文艺思想批判及其所导致的美学局限。

（二）十七年时期小说创作概要。

（三）十七时期戏剧创作概要。老舍的《茶馆》。

（四）50年代散文题材的特点，60年代前后散文创作的特点。

（五）闻捷、郭小川的诗歌。

（六）"干预生活"思潮及其作家作品。

二、新时期以来的文学

（一）70年代末期恢复现实主义精神的诗歌，朦胧诗，后朦胧诗群。

（二）1976年至1999年散文创作的四个阶段，每一阶段的代表作家作品、创作特点。

（三）新时期小说的主要潮流，每一潮流的代表作家作品、特点。

（四）戏剧创作第一、第二阶段概要。《秦王李世民》的思想内容。《小井胡同》的主题。

三、当代台港澳文学

台、港、澳主要作家和作品。

丙、考核知识点

一、"五四"文学革命的基本情况。

二、20年代的诗歌、小说流派。鲁迅、郭沫若、周作人、朱自清、田汉的创作。

三、茅盾、巴金、老舍、曹禺在30年代的创作。

四、艾青、钱钟书、路翎、赵树理在40年代的创作。

五、十七年时期的文学创作概况。

六、新时期文学创作概况。

丁、考核要求

一、识记

《新青年》创刊与陈独秀、胡适、鲁迅、周作人、钱玄同、刘半农、李大钊的文章与观点。与林纾、"学衡派""甲寅派"的斗争。"问题小说"与浪漫抒情小说。鲁迅、周作人、郭沫若"五四"时期的创作。30年代的文艺论争。40年代的文艺论争。40年代的小说创作。毛泽东的"延安讲话"。十七年时期三次文艺思想批判。十七年时期小说、戏剧创作概况。"后朦胧诗群"。新时期戏剧创作概况。

二、领会

文学研究会、创造社、语丝社、莽原社、新月派、浅草—沉钟社、湖畔诗社。初期白话诗、小诗、格律诗派、象征诗派。"孤岛文学"。"文协"。"干预生活"。70年代末期恢复现实主义精神的诗歌、"朦胧诗"。伤痕小说、反思小说、改革小说、寻根小说、现代派小说、新写实小说。探索性戏剧。

三、简单应用

《女神》的思想艺术成就。《呐喊》与《彷徨》的思想艺术特点。鲁迅前期杂文的特色。田汉"五四"时期剧作的特色。曹禺的《雷雨》与《日出》。艾青、路翎、赵树理创作概要。老舍的《茶馆》。《秦王李世民》的思想内容。《小井胡同》的主题。

四、综合应用

"五四"文学革命的意义。《子夜》的创作特色。《家》的思想艺术特色。祥子悲剧形成的原因。艾青诗歌的思想内容。《围城》的主题。50年代前期散文的题材分类。60年代前后散文创作的特点。略述1976—1999年散文创作的四个阶段。略述新时期小说思潮的演变。话剧《车站》的思想艺术容量。

第六章　中国现当代作品与导读

甲、学习目的与要求

通过本章的学习,了解所选篇目的写作背景、思想内容、艺术特色,进而了解该作家的主要创作成就、贡献与影响,并掌握分析文学作品的方法。

乙、课程内容

一、《秋夜》

（一）解题。

（二）《秋夜》的写作背景与主要倾向。

（三）《秋夜》的艺术特色。

二、《苦雨》

（一）解题。

（二）周作人的生平与创作。

（三）《苦雨》的主题。

（四）《苦雨》的艺术特点。

三、《萧萧》

（一）解题。

（二）沈从文的生平与创作。

（三）《萧萧》的写作背景与主题。

（四）《萧萧》的艺术特色。

四、《春阳》

（一）解题。

（二）施蛰存的创作。

（三）婵阿姨形象特点。

（四）《春阳》的艺术特色。

五、《手推车》

（一）解题。

（二）《手推车》的写作背景、艺术特点。

（三）《手推车》的思想意蕴。

六、《五月》

（一）解题。

（二）穆旦与"九叶诗派"。

（三）《五月》的写作背景。

（四）《五月》的艺术成就。

七、《屈原》（节选）

（一）解题。

（二）《屈原》的写作背景与创作意图。

（三）《屈原》的艺术成就。

八、《苹果树下》

（一）解题。

（二）《苹果树下》的写作背景。

（三）《苹果树下》的艺术特点。

九、《养花》

（一）解题。

（二）《养花》的主题及意义。

十、《关汉卿》（节选）

（一）解题。

（二）《关汉卿》的艺术成就。

十一、《致橡树》

（一）解题。

（二）《致橡树》的主题。

（三）《致橡树》的艺术特点。

十二、《陈奂生上城》

（一）解题。

（二）高晓声的生平与创作。

（三）《陈奂生上城》的写作背景。

（四）陈奂生形象的意义。

（五）《陈奂生上城》的艺术特色。

十三、《白发苏州》

（一）解题。

（二）余秋雨的创作与散文意蕴。

（三）余秋雨散文对传统散文艺术的突破。

十四、《桑树坪纪事》（节选）

（一）解题。

（二）《桑树坪纪事》的主题。

（三）《桑树坪纪事》在戏剧表现形式上的探索。

丙、考核知识点

一、与所选篇目相关的作者、写作背景情况。

二、所选篇目或相关作家的思想艺术特点。

三、有关人物形象构成与意义分析。

丁、考核要求

一、识记：所选篇目的解题。作家的生平与创作情况。

二、领会：作品的写作背景。

三、简单应用：所选作品的主题思想、艺术特色。人物形象构成与意义分析。

四、综合应用：余秋雨对传统散文艺术的突破。《桑树坪纪事》在戏剧表现形式上的探索。

第四编 外国文学

第七章 外国文学概述

甲、学习目的和要求

通过本章的学习,基本上了解欧美及亚非的文学发展过程,了解各个时期的主要文学流派及其特点和重要的作家作品。

乙、课程内容

第一节 古代欧洲文学概述

一、古希腊文学发展的四个时期及其主要成就。神话、史诗、戏剧的代表作品和主要内容。

三、古罗马神话对古希腊神话的继承。古罗马最著名的三大诗人及其主要作品。

第二节 中世纪欧洲文学概述

一、中世纪四种主要的文学类别:教会文学、英雄史诗、骑士文学、城市文学。

二、但丁的《神曲》。

第三节 近代欧美文学概述

一、文艺复兴时期的欧洲文学

(一)文艺复兴运动和人文主义。

(二)意大利的人文主义文学。彼特拉克的《歌集》。薄伽丘的《十日谈》。

(三)法国的人文主义文学。拉伯雷的《巨人传》。蒙田的

《随笔集》。

（四）西班牙的人文主义文学。流浪汉小说和《小癞子》。塞万提斯的《堂吉诃德》。

（五）英国的人文主义文学。乔叟的《坎特伯雷故事集》。托马斯·莫尔的《乌托邦》。大学才子。莎士比亚的戏剧创作。

二、17世纪的欧洲文学

（一）古典主义文学。

（二）英国文学。弥尔顿的《失乐园》。

（三）法国文学。拉辛和高乃依的古典主义悲剧。莫里哀的喜剧。

三、18世纪的欧洲文学

（一）启蒙运动和启蒙文学。

（二）英国文学。笛福的《鲁滨孙漂流记》。斯威夫特的《格列佛游记》。菲尔丁的《汤姆·琼斯》。

（三）法国的启蒙文学。孟德斯鸠的《波斯人信札》。伏尔泰的《老实人》。狄德罗的《拉摩的侄儿》。卢梭的《新爱洛伊丝》。

（四）德国文学。德国民族文学的奠基人莱辛。狂飙突进运动。歌德的创作。席勒的创作。

四、19世纪初期的欧洲文学

（一）浪漫主义文学。

（二）德国文学。诺瓦利斯的《夜的颂歌》。格林兄弟的童话。海涅的诗歌创作。

（三）英国文学。湖畔派诗人。华兹华斯创作的诗歌。拜伦的创作。雪莱的《解放了的普罗米修斯》。济慈的诗歌创作。

（三）法国文学。夏多布里昂的《阿达拉》。乔治·桑的浪漫主义小说。雨果的创作。

（四）俄国文学。普希金的创作。

五、19世纪中期的欧美文学

（一）现实主义文学。

（二）法国文学：斯丹达尔的《红与黑》。巴尔扎克的创作。福楼拜的《包法利夫人》。

（三）英国文学：狄更斯的创作。夏洛蒂·勃朗特的《简·爱》。

（四）美国文学：霍桑的《红字》。惠特曼的《草叶集》。废奴文学。

（五）俄国文学：莱蒙托夫的《当代英雄》。果戈理的《钦差大臣》和《死魂灵》。屠格涅夫的《父与子》。

（六）东北欧文学：密茨凯维奇的《先人祭》。裴多菲的《使徒》。安徒生的童话。

六、19世纪后期的欧美文学

（一）现实主义文学：莫泊桑的短篇小说和长篇小说《漂亮朋友》。易卜生的社会问题剧。陀思妥耶夫斯基的小说创作。托尔斯泰的创作。契诃夫的短篇小说创作。马克·吐温的创作。欧·亨利的短篇小说。杰克·伦敦的短篇小说和长篇小说《马丁·伊登》。

（二）自然主义文学：左拉的自然主义理论和他的创作。

（三）唯美主义文学：戈蒂耶的《珐琅和宝石》。王尔德的《道林·格雷的画像》。

第四节　20世纪欧美现实主义文学

一、英国文学：萧伯纳的戏剧创作。高尔斯华绥的《福尔赛世家》。劳伦斯的《儿子与情人》和《虹》。

二、法国文学：罗曼·罗兰的《约翰·克利斯朵夫》。

三、德国文学：亨利希·曼的《臣仆》。托马斯·曼的《布登勃洛克一家》。

四、美国文学：德莱塞的《美国的悲剧》。"迷惘的一代"。海明威的创作。肖尔·贝娄的《洪堡的礼物》。塞林格的《麦田里的守望者》。

五、俄国文学：高尔基的创作。肖洛霍夫的《静静的顿河》。20世纪后半期俄国文学的新局面。

第五节 20世纪欧美现代主义文学

一、现代主义文学的各个流派。

二、象征主义文学。前期象征主义诗人。后期象征主义诗人。艾略特的《荒原》。

三、表现主义文学。卡夫卡的小说创作。奥尼尔的《琼斯皇》和《毛猿》。

四、意识流小说。普鲁斯特的《追忆逝水年华》。乔伊斯的《尤利西斯》。福克纳的《喧哗与骚动》。

五、存在主义文学。加缪的《局外人》和《鼠疫》。萨特的《自由之路》。

六、荒诞派戏剧。贝克特的《等待戈多》。

七、魔幻现实主义文学。马尔克斯的《百年孤独》。

第六节 亚非文学概述

一、古代文学

（一）古代埃及文学。《亡灵书》。

（二）巴比伦文学。史诗《吉尔伽美什》。

（三）希伯来文学。《旧约》。

（四）印度文学。《吠陀》。两大史诗《摩诃婆罗多》和《罗摩衍那》。

二、中古文学

（一）印度文学。迦梨陀娑的《沙恭达罗》。

（二）波斯文学。菲尔多西的《王书》。

（三）阿拉伯文学。《古兰经》。《一千零一夜》。

（四）中古日本文学的四个时期。《古事记》和《万叶集》。紫式部的《源氏物语》。

三、近现代文学

（一）近现代日本文学。现实主义文学。二叶亭四迷的《浮云》。浪漫主义文学。森鸥外的《舞姬》。自然主义文学。岛崎藤村的《破戒》。田山花袋的《棉被》。"新感觉派"。

（二）印度文学。泰戈尔的创作。普列姆昌德的《戈丹》。

丙、考核知识点

一、古代欧洲文学

二、中世纪欧洲文学

三、近代欧美文学

四、20世纪欧美现实主义文学

五、20世纪欧美现代主义文学

六、亚非文学

丁、考核要求

一、古代欧洲文学

（一）记识：古希腊文学发展的四个时期及其主要成就。希腊神话的两大类内容。古希腊神话中一些主要的神的名字。两部荷马史诗的名字。赫希奥德的《工作与时日》。《伊索寓言》中的著名故事。古希腊三大悲剧家的代表作品。柏拉图和亚里士多德及其文艺理论的代表著作。

罗马神话中主要的神的名字。罗马最著名的三大诗人。维吉尔的主要作品。

（二）领会：古希腊神话的特点。

二、中世纪欧洲文学

（一）识记：中世纪欧洲文学的四种主要类型。英雄史诗和城市文学的代表作品。

（二）领会：但丁的《神曲》的主题思想。

三、近代欧美文学

（一）识记：彼特拉克、薄伽丘、拉伯雷、蒙田、维加、乔叟、托马斯·莫尔、高乃依、拉辛、笛福、斯威夫特、菲尔丁、伏尔泰、狄德罗、卢梭、博马舍、莱辛、席勒、诺瓦利斯、格林、海涅、华兹华斯、拜伦、雪莱、济慈、夏多布里昂、乔治·桑、斯丹达尔、狄更斯、夏洛蒂·勃朗特、霍桑、惠特曼、斯托夫人、莱蒙托夫、果戈理、屠格涅夫、奥斯特洛夫斯基、涅克拉索夫、安徒生、莫泊桑、易卜生、陀思妥耶夫斯基、契诃夫、马克·吐温、欧·亨利、杰克·伦敦、左拉、戈蒂耶、王尔德的代表作品。

（二）领会：流浪汉小说，古典主义文学，启蒙文学，狂飙突进运动，浪漫主义文学，湖畔派诗人，现实主义文学，社会问题剧，自然主义文学。

四、20世纪欧美现实主义文学

（一）识记：萧伯纳、高尔斯华绥、劳伦斯、罗曼·罗兰、亨利希·曼、托马斯·曼、德莱塞、索尔·贝娄、塞林格、高尔基、肖洛霍夫等的代表作品。

（二）领会：劳伦斯小说的基本主题。"迷惘的一代"。

五、20世纪欧美现代主义文学

（一）识记：现代主义文学的主要流派的名称，波德莱尔、艾略特、奥尼尔、普鲁斯特、乔伊斯、福克纳、加缪、萨特、巴克特、马尔克斯等作家的代表作的名字。

（二）领会：象征主义文学。表现主义文学。意识流小说。存在主义文学的特点。荒诞派戏剧的特点。魔幻现实主义文学的特点。

六、亚非文学

（一）识记：《亡灵书》《吉尔伽美什》《旧约》《吠陀》《摩诃婆罗多》《罗摩衍那》《云使》《沙恭达罗》《王书》《古兰经》《一千零一夜》《古事记》《万叶集》《源氏物语》《浮云》《舞姬》《破戒》《我是猫》《伊豆的舞女》《雪国》《戈丹》。

（二）领会：《旧约》《吠陀》《古兰经》《源氏物语》，新感觉派。

●第八章 外国文学作品导读

甲、学习目的与要求

通过本章的学习，学生能了解所选作家的创作概况、文学成就及其在文学史上的地位，能对所选作品的思想内容、人物形象和艺术特点进行分析。

乙、课程内容

一、所选作家的创作概况，在文学史上的地位。
二、所选作品的情节梗概、思想内容、人物形象、艺术特点。

丙、考核知识点

一、《伊利亚特》（节选）
二、《俄狄浦斯王》（节选）
三、《堂吉诃德》（节选）
四、《哈姆莱特》（节选）
五、《伪君子》（节选）
六、《少年维特之烦恼》（节选）
七、《恰尔德·哈罗尔德游记》（节选）
八、《致恰阿达耶夫》《致凯恩》
九、《巴黎圣母院》（节选）

十、《高老头》(节选)

十一、《德伯家的苔丝》(节选)

十二、《安娜·卡列尼娜》(节选)

十三、《哈克贝利·芬历险记》(节选)

十四、《老人与海》(节选)

十五、《变形记》(节选)

十六、《雪国》(节选)

十七、《摩诃摩耶》

丁、考核要求

一、《伊利亚特》(节选)

识记:诗中的两位主要英雄人物的名字。

二、《俄狄浦斯王》(节选)

(一)识记:索福克勒斯的主要作品。

(二)领会:《俄狄浦斯王》的主题、结构艺术。

三、《堂吉诃德》(节选)

(一)识记:堂吉诃德及其仆人的名字。

(二)综合应用:分析堂吉诃德的形象。

四、《哈姆莱特》(节选)

(一)识记:莎士比亚的代表作品。

(二)领会:莎士比亚创作的三个时期及其主要作品。

(三)综合应用:分析哈姆莱特的形象。

五、《伪君子》(节选)

(一)识记:莫里哀的主要作品。

(二)综合应用:莫里哀是怎样揭露伪君子答尔丢夫的真面目?

六、《少年维特之烦恼》(节选)

(一)识记:歌德的代表作品。

（二）领会：《浮士德》的主题。《少年维特之烦恼》的主题和书信体体裁的特点。

七、《恰尔德·哈罗尔德游记》（节选）

（一）识记：拜伦的主要作品。

（二）领会："拜伦式的英雄"。长诗的基本主题。

八、《致恰阿达耶夫》《致凯恩》

（一）识记：普希金的主要作品。

（二）领会："多余人"。普希金政治抒情的基本主题。

九、《巴黎圣母院》（节选）

（一）识记：雨果的主要作品。《悲惨世界》的主人公冉阿让。《巴黎圣母院》中的伽西莫多和爱斯美拉尔达。

（二）领会：《巴黎圣母院》的艺术特色。

十、《高老头》（节选）

（一）识记：巴尔扎克的主要作品。

（二）简单应用：解释《人间喜剧》。解释"人物再现"。

（三）综合应用：分析拉斯蒂涅的形象。

十一、《德伯家的苔丝》（节选）

（一）识记：哈代的主要作品。

（二）简单应用：解释"威塞克斯小说"。

（三）综合应用：分析苔丝的形象。

十二、《安娜·卡列尼娜》（节选）

（一）识记：托尔斯泰的主要作品。

（二）领会：《安娜·卡列尼娜》的两条线索。

（三）综合应用：分析安娜悲剧的原因。

十三、《哈克贝利·芬历险记》（节选）

（一）识记：马克·吐温的主要作品。

（二）领会：哈克的性格特点。

十四、《老人与海》(节选)

（一）识记：海明威的主要作品。

（二）综合应用：分析桑提亚哥的性格特征。

十五、《变形记》(节选)

（一）识记：卡夫卡的主要作品。

（二）简单应用：卡夫卡小说的艺术特点。《变形记》的思想内容。

十六、《雪国》(节选)

（一）识记：川端康成的主要作品。

（二）综合应用：《雪国》的艺术特点。

十七、《摩诃摩耶》

（一）识记：泰戈尔的主要作品。

（二）领会：《摩诃摩耶》的思想内容。

第五编 儿童文学

第九章 儿童文学概述

甲、学习目的要求

学习儿童文学的目的，不仅是为了熟悉儿童文学作品，掌握为幼儿讲故事的本领，更重要的是，通过学习儿童文学的基础理论，了解各类儿童文学作品的不同特点和不同的针对性，使考生对儿童文学的认识进入更为理性的层面，在此基础上，获得对不同的儿童文学作品的认识、选择和评价、创作的能力。

这一章所述均为儿童文学的基本知识，学习这一章，首先必须对儿童文学的含义和特点有整体认识，对儿童文学的大体分类有所了解。在对不同类别的儿童文学进行探讨时，考生可将本章内容和第十章作品相对照，切实掌握各种儿童文学类别在内容形式和针对性方面的不同特点。

乙、课程内容

分六节。第一节是对儿童文学的含义和特点进行整体研究。综合各家所说,对儿童文学的含义进行界定。对儿童文学的文学性、层次性、超前性、娱乐性等特点进行阐述。第二节开始,对儿童文学中的主要体裁进行分别研究。其中第二节为儿歌和儿童诗,第三节为寓言和童话,第四节为儿童小说,第五节为儿童散文和儿童纪实文学,第六节为儿童科学文艺。在每一种儿童文学体裁的论述中,都涉及对其特点的分析和对其详细分类情况的介绍,考生对此应十分熟悉。

第一节 儿童文学的含义和特点

一、儿童文学的含义

儿童文学是一个和成人文学相对应的概念,它和成人文学有联系又有区别。从属性讲,它隶属文学,具有文学的共同特征,但它又是一种特殊的文学,具有一些和成人文学相区别的东西,所以研究儿童文学首先必须对儿童文学的含义进行界定。

儿童文学,是专为儿童创作和编写,有益于儿童的身心健康,并能为他们所理解和接受的文学作品。

二、儿童文学的特点

(一)文学性

儿童文学是文学,必须遵循文学的一般规律。文学是以语言文字塑造形象的,是用文学的形象来打动人、感染人的,儿童文学必须有自己独特的形象塑造,必须有想象与创造的成分,必须通过艺术的形象来达到陶冶情操的目的。

(二)层次性

儿童文学必须考虑不同年龄层次的儿童的不同特点和不同

需求。儿童文学的特殊性是由特定的阅读对象的年龄特征决定的,所以儿童文学内部的层次性就成了它区别于成人文学的一个特点。

人们把儿童的年龄分为低幼期(3—6岁)、儿童期(6—11岁)、青少年期(11—17岁)三个层次,一般把儿童文学分为"低幼文学""儿童文学(狭义)""青少年文学"三个层次。

(三) 超前性

儿童文学的创作在深度和广度上要略高于阅读对象的实际水平,这就是儿童文学的超前性的特点。儿童文学的超前性特点,符合少年儿童读者的心理趋向。他们不希望自己老是成人眼里的孩子,喜欢模仿大人,这就是儿童的反儿童化倾向。这种"反儿童化心理倾向"正好与儿童文学的超前性特点相一致。

(四) 娱乐性

儿童文学的娱乐性和它们的儿童情趣紧密相关。儿童情趣是儿童文学作品艺术魅力的重要源泉。只有将孩子们看成是有思想有感情有尊严有个性的人,对儿童们不同于成人的个性意志给予尊重,才能发现他们生活中有情有趣的地方。

三、儿童文学的分类

儿童文学可以参照文学的题材来分,即分为儿歌、儿童诗、童话、寓言、儿童故事、儿童小说、儿童散文、儿童报告文学、儿童传记文学、儿童戏剧、儿童影视、儿童科学文艺等。下面,我们将对其中的主要品种进行概括介绍。

第二节 儿歌和儿童诗

一、儿歌的特点

(一) 内容浅显,主题单一

儿歌是供比较小的孩子们吟唱的,由于儿童的理解能力限制,儿歌描写的事件、刻画的形象和表达的思想感情都不能复杂。

表现的主题也很单一。

（二）形象生动，想象丰富

对于还不具备抽象思维能力的孩子来说，只有形象的东西才是能够理解的东西。同时，孩子们的天性又是喜欢幻想的，他们喜欢从他们熟悉的东西中引发出许多奇妙的联想。所以儿歌常常使用比喻、拟人等手法展开想象。

（三）篇幅短小，好记易唱

儿歌总是比较短，朗朗上口，说起来顺口，听起来好听，记起来容易。押一样的韵，音调有起伏，有一定的音乐感。

（四）形式多样，娱乐性强

儿歌是儿童文学中最具有娱乐和休息功能的样式。许多儿歌和儿童的活动相联系，所以形式也各有特点。根据儿歌的内容，大体上又可以分为三种：一种是母亲唱给摇篮中的孩子听的；一种是孩子们自己唱和念的，不需要配合动作；还有一种是孩子们边玩边唱或念的。

二、儿歌的类型

儿歌的类型很多，常见的有以下几种：

（一）摇篮曲

这是以母亲或长者的口吻唱给婴儿听的。它有优美的韵律和悦耳动听的曲调，但并不一定有完整的歌词。

（二）数数歌

这是一种用整齐押韵的文字对儿童进行数数或简单数学运算教育的歌谣。

（三）绕口令

利用发音相同或相近的词语，编成简单有趣容易说错的儿歌，用来锻炼语言能力，锻炼记忆和思维的敏捷。

（四）谜语

是用韵文的形式说的谜，儿歌是谜面，把事物的特点和猜谜的线索巧妙地说出来,要求听谜语的人猜出谜底。

(五)问答歌

这是一种以问答的形式出现的歌谣,可以自问自答,也可以两方对答。常常在儿童游戏的时候采用,可以激发孩子们的想象力。

(六)游戏歌

是孩子们在游戏的时候边玩边说或唱的儿歌。是和活动紧密联系在一起的。

三、儿童诗的特点

(一)内容健康,感情充沛

儿童诗是给孩子们读的,应该有益于孩子们的身心健康,所以儿童诗的内容一定要健康有益,要给孩子们美好思想和美好感情的陶冶,让他们有明确的是非观念,知道辨别对错,养成良好习惯。

(二)意境优美,趣味性强

意境是指文学作品中美好的感情借助独特的形象来表现,在那个独特的形象中,感情和形象融为一体,达到主观和客观的完美结合,情感和形象的浑然一体。儿童诗还特别讲究趣味,用童心童趣吸引孩子们。

(三)构思新颖,想象丰富

儿童的天性是向往有趣和新奇的事物,儿童诗要用新奇有趣的东西吸引孩子们。现代社会和现代科技给我们提供了更大的想象空间,儿童诗应该用新颖的构思和丰富的想象在孩子们心目中得到一席之地。

(四)讲究韵律和节奏,有音乐美

儿童诗都要押相同或大体相近的韵。除了押韵,儿童诗的节奏也是很有讲究的,有规律地按高低、长短、强弱的变化来进行安排。韵律和节奏形成了音乐的美感,使小读者读起来流畅顺口好听。

四、儿童诗的种类

（一）叙事诗

用比较长的篇幅讲述一个有情节的故事,有的叙事诗带有纪实的意味,写的是生活中的人和事,如歌颂一些优秀少年的儿童诗等。

（二）抒情诗

诗本身就是情感的产物,儿童诗也是一样,在儿童诗中,抒情一般借助于形象,在具体的环境中,表达出孩子们健康积极的感情。

（三）讽刺诗

针对孩子们身上有时可能出现的一些缺点和错误,儿童诗用善意委婉而巧妙的方式对他们进行批评,这样的诗被称为讽刺诗。

第三节　寓言和童话

一、寓言的含义

（一）寓言的"寓",是寄托的意思,借一个简短的故事,寄托一种道理,让人们在读完故事以后对其中的道理有所领悟,这就是寓言。寓言是由两部分构成的,一部分是简短的故事,另一部分是这个简短故事所寄托的一个道理。

（二）我国古代的《庄子》《韩非子》《列子》等书中就记录了许多有意思的寓言。

（三）国外比较有名的寓言集有古希腊的《伊索寓言》、俄国的《克雷洛夫寓言》等。

二、寓言的特点

（一）故事简单,语言精练

寓言一般都很简洁、短小,结构也总是比较简单,故事的线索比较单一,人物关系也不复杂。语言也比较精练,概括力很强。

(二)强烈的讽喻性

寓言的教训一般是讽喻性的教训。讽刺和嘲笑是寓言显著的特征,或对社会劝善惩恶,或批评嘲笑一些人的不良行为。

(三)明显的象征性

寓言往往通过夸张、拟人等手法,把许多平常的事、物赋予象征的意义。

(四)高度的典型性

寓言中出现的形象,都具有典型性,使人很容易理解故事的意图,也很容易记住。这对于孩子们接受寓言中的道理是十分有利的。

三、童话的产生、发展及童话概念的界定

(一)中国古代神话与童话的关系

神话是反映古代人们对世界起源、自然现象及社会生活的原始理解的故事和传说。

在我国古代,没有"童话"这个词,童话融在神话、民间传说等口头文学形式中。神话和童话之间很难明确区分,如《山海经》中关于"女娲补天"的故事,关于"精卫填海"的故事,后来都被改编成优秀的童话,深受孩子们的喜爱。

(二)外国童话

1811年,德国的格林兄弟整理的民间童话集《儿童和家庭的童话集》问世,他们整理的这些童话,十分忠实于民间流传的本来面目。

1805年,丹麦的童话大师安徒生诞生了,他一生写作了168篇童话,人们熟悉的《拇指姑娘》《皇帝的新装》《丑小鸭》等被翻译成各国的文字,在全世界的孩子们当中流传。

1883年,意大利作家科洛迪的童话作品《木偶奇遇记》问世,这篇童话以一个拟人化的木偶为主人公,幻想神奇,极尽夸张,是一个很有影响的童话。

1888年,英国作家王尔德的童话《快乐王子》问世,他是一位唯美主义的作家,他的作品文采绚丽,富有浪漫色调。

(三)我国的现代童话

我国现代第一篇创作的童话是茅盾写于1918年的《寻快乐》,现代童话创作比较有影响的是郑振铎、叶圣陶等人。叶圣陶作品中影响最大的是《稻草人》。

(四)童话的定义

童话是一种带有浓厚幻想色彩的为孩子们而创作的虚构故事。

四、童话的特点

(一)夸张性

夸张是童话不可缺少的手法。童话是运用幻想来表现生活的,童话中的幻想是通过夸张的方式表现出来的。童话的夸张使平凡的东西带上了神奇的色彩,在整个作品中创造出了一种浓郁的童话氛围。童话中的夸张还可以增强作品的幽默感和趣味性,使孩子们读起来兴味盎然。

(二)象征性

童话的象征就是用比拟、比喻的方法借助某一具体事物的形象,以表现某种抽象的概念、思想或感情。运用象征手法要巧妙地利用象征物和被象征物之间的某种类似,将比较复杂比较不容易理解的东西用形象的浅显的东西表现出来。

(三)逻辑性

童话虽然可以尽量展开幻想的翅膀,可这些幻想必须遵循一定的逻辑,童话的逻辑性建立在一种假定的前提之上,即作者应该为作品中幻想的所有内容设计一个假定的环境,这个环境中的事物是有自己的逻辑的,尽管这种逻辑可能和我们生活中的逻辑有所不同,但童话中的人和事都不得违反这个逻辑。

五、童话的基本类型

（一）拟人体

这是现代童话中运用最多的一种类型。童话中的主人公多数是人类以外的各种人格化了的有生命或无生命的事物,作者运用拟人法,借助他们演绎出生动有趣的故事,说出作者想要告诉孩子们的东西,如《木偶奇遇记》《稻草人》等。

（二）超人体

这类童话中的形象一般具有超越自然的力量,他们与古代的神话有一种渊源关系,在这些童话中常常出现的有仙境奇迹、神仙妖魔、有神力的物品等,故事常常借助于魔法或主人公的神奇本领来展开,如民间童话《渔童》等。

（三）常人体

这类童话中的主人公虽然是正常人、普通人,可他们的遭遇、行为乃至他们的个性都有和常人不一样的地方。他们生活的环境和他们的性格都是经过作者夸张表现的,如《皇帝的新衣》等。

六、童话和寓言的异同

（一）童话和寓言的故事都是虚构的、幻想的,在故事中充当主人公的也都是一些充满想象的形象,它们可以是人物、动物、植物和一切有生命无生命的东西,讲述这些故事的目的也都是说明某种道理。

（二）童话和寓言之间区别很明显。从内容来看,寓言一般故事单纯,人物和情节不复杂,而童话的内容一般要比寓言复杂。从结构看,寓言的结构比较简单,童话则情节曲折起伏,结构多变。从篇幅看,寓言一般比较短,而童话则有短有长。从接受的对象来看,童话的主要对象是儿童,寓言的对象不一定是孩子,有些寓言所说的道理比较深,是为成年人写作的。

第四节　儿童小说

一、儿童小说的特点

（一）特定的视角

儿童小说从儿童的角度出发，用儿童的眼睛去看，用儿童的耳朵去听，特别是用儿童的心灵去体会，去感受，去思考。这就是在儿童小说的创作中特别值得重视的"独特的视角"。

（二）内容的针对性

儿童小说的针对性是指小说的创作要从孩子们的实际出发，要求作家深入地了解自己的读者对象，要求他们看到孩子们的特殊心理需求和情感需求，为孩子们做认识社会、理解人生的正确引导。

（三）形象真实生动，个性鲜明突出

儿童小说中的形象应该有自己的特点和个性，有独特的处理问题的方法，有时也有失误，有时也有毛病，有时也会犯傻，但所有的缺点掩盖不了他们生动的个性和纯真美好的心灵，这样的孩子真实生动，一下子就能成为孩子们的好朋友。

（四）情节曲折，故事性强

儿童小说一定要有很强的故事性，情节的链条一环也不能断。要善于在平常的生活当中发现差别、摩擦和矛盾，利用这些故事的元素来结构小说，推进情节。

二、儿童小说的分类

（一）校园小说

这是以孩子们在学校的生活为主要表现对象的小说。

（二）家庭小说

家庭小说，是指主要以家庭为背景，以家庭中的父子、母子、父女、母女、兄弟、姐妹之间的矛盾为主要情节的小说。

(三)风俗小说

这一类小说比较注重对独特人文环境的描写。将自己的故事和人物放在独特的人文背景中,写出让孩子们感到耳目一新的生活。

(四)历史小说

历史小说讲的是历史上的故事,作品将历史知识、道德情感教育和艺术形象融会在一起,在艺术表现手法上可以进行必要的虚构。

历史小说也包括那些以中国近现代历史为背景的小说。

(五)动物小说

这是以动物作为主人公创作的小说。常常以动物为主人公展开曲折动人的故事。

(六)惊险小说

这类小说通过富有惊险色彩的情节描写与大自然搏斗或和犯罪分子斗争的少儿形象。有些小说以公安部门破案的故事作为创作的素材,主要人物可能是成人,但整个过程有孩子的参与和配合。

第五节 儿童散文和儿童纪实文学

一、儿童散文的特点

(一)强烈的自我表现色彩

作者通过一定的真实经历,把自己真实的思想感情和体会感悟描写出来,对读者产生影响。

(二)优美的意境

"意",是指作者主观内在的思想、感情,"境",是指客观外物,即那些被作者著上了主观色彩的社会生活片段和自然景物。由于作者思想感情的灌注,散文作品的内意和外物两相交融,这样出现的一个具有艺术之美的境界就是意境。

（三）题材和风格的灵活性

散文所描写的东西几乎没有什么限制,在写作的题材上十分自由,在写作的方法上也十分自由,篇幅可长可短,内容可隐可显,思想可深可浅,结构的方法多种多样,语言可以朴素,也可以华丽,全看作者的运用。

儿童散文,除了应该具备散文的一些特点之外,还必须以孩子们熟悉的内容作为写作对象,用孩子们能够理解并能够产生兴趣的方法来写作。

二、儿童散文的分类

根据表达方式和写作目的,儿童散文和成人散文一样可以分为写人叙事散文、抒情散文、说理散文和游记散文四种。

三、儿童纪实文学的种类和特点

（一）儿童报告文学的特点

1. 新闻性和教育性的结合

儿童报告文学要求有比较强的新闻性,表现出一种时代精神。但儿童报告文学还应该和孩子们的生活有关。有时,儿童报告文学的写作面对的是一个时期的孩子,由于时代的特点,这些孩子有许多共同的特点和许多共同的问题,作家深入他们的内心世界,对他们的问题进行正确的分析,使孩子们得到启发和教育。

2. 真实性与文学性的结合

儿童报告文学是以真实的品格来打动读者的,一旦发现你写的东西有假,读者就会对作品中所有的内容产生怀疑,报告文学真实的魅力就不存在了。儿童报告文学的文学性体现在对生活素材的必要的提炼和加工。这种加工排斥虚构,但不反对选择和提炼。此外,用文学的方法突出人物的个性,也是文学性的体现。

3. 议论和抒情的结合

儿童报告文学常常用带有抒情味的议论,将作者的见解直接表达出来,但这种评说和议论绝对不能枯燥乏味。只有将精辟的议论融化在深厚的感情中,才能使作品具有动人心弦、感人肺腑的力量。

(二)儿童传记文学的特点

1. 真实性

历史的真实性是传记文学的生命。传记文学所写的,是生活中确实发生过、存在过的事实,写作时应充分尊重这些事实,不允许进行随意的虚构和涂饰,更不允许胡编乱造。

2. 教育性

儿童传记文学的写作目的是对孩子们进行积极的思想感情熏陶,让那些在传记中出现的人物成为孩子们学习的榜样,这就是儿童传记文学的教育作用。

3. 文学性

儿童传记文学应具备强烈的感染力,而这种感染力只有运用文学的手段才能达到。第一,是在选择上下功夫,选取那些最有表现力、最富戏剧性、最具有本质意义的生活片段来进行描写。第二,要努力写出非凡人物身上普通人的一面。第三,在基本情节和主要事实符合历史真实的情况下,不排斥对某些细节和人物心理做有节制的想象。

第六节　儿童科学文艺

一、儿童科学文艺的特点

(一)科学性

科学文艺所涉及的科学知识、科学原理、科学发明,以及它们的应用范围、发展方向等,都应以正确的科学理论和科学实验作为依据,不允许有丝毫歪曲。即使在运用幻想和夸张的手法时,幻想必须建立在一定的科学理论之上。

(二)思想性

科学文艺不能单纯地介绍科学知识,而应该有鲜明的主题,把符合人类和社会进步的思想寓于科学的内容之中。儿童科学文艺的思想性最根本的体现是要用辩证唯物主义的观点和方法处理题材。

（三）文学性

在儿童科学文艺作品中,作者要同时用科学的眼光和艺术的眼光来观察世界。表现科学知识时所借助的事件、人物和情节,可以和其他文学作品一样生动灵活充满感情。好的科学文艺作品应该具有丰富的感情和出色的想象力,用形象化的语言、生动的故事情节、富有感染力的人物形象来表现科学内容,用深厚的感情来感染和打动读者。

二、儿童科学文艺的分类

儿童科学文艺大致可以分为以下几类：

（一）科学童话

科学童话具有一般童话的特点。只是它的内容是介绍科学知识的。科学童话的主要任务是借助于童话特有的艺术手法,向孩子们展示出他们周围的自然景象,使他们获得关于自然的初步的认识。

（二）科学故事

科学故事是以简短的故事形式来介绍、传授各种科学知识的常见科学文艺体裁。它借助生动的故事把科学技术上的新发展、新发明,把常见的自然现象中的科学道理介绍给孩子们。

（三）科学小品

科学小品是一种随笔式的科学文艺作品,有写给成人看的,也有写给孩子们看的。那些为孩子们写作的科学小品,内容浅显明白,形式生动有趣,篇幅一般比较短小,题材十分广泛,形式灵活多样,不拘一格。

（四）科学幻想小说

科学幻想小说是小说、科学、幻想三者的有机结合。它用小说的形式来描绘有关科学的幻想,表现人类在大自然面前永不停步和改变现状的决心,也是人类与生俱来的幻想天性在新科技成果激发下的产物。

丙、考核知识点

一、儿童文学的含义和特点。

二、儿歌的特点,儿歌的类型。儿童诗的特点,儿童诗的种类。

三、寓言的定义,寓言的特点。童话的产生,童话和神话的关系,中国古代童话代表作,外国童话代表作,童话的定义,童话的特点,童话的基本类型。

四、儿童小说的特点,儿童小说的分类。

五、儿童散文的特点,儿童报告文学的特点,儿童传记文学的特点。

六、儿童科学文艺的特点,儿童科学文艺的分类。

丁、考核要求

一、掌握儿童文学的整体特点和分类特点。

二、了解儿童文学的基本分类,对每种体裁中的具体种类有所了解。

三、能区别相近的种类。

四、对各节提到的儿童文学作家有所了解。

● 第十章 儿童文学作品与导读

甲、学习目的和要求

本章根据第一章所介绍的理论知识,有针对性地选择了相关的作品。要求考生在认真阅读解题和导读的基础上,对作品如何体现儿童文学特点,如何体现特定体裁特点等方面有所领会。提高认识、选择、评价儿童文学作品的能力。

乙、课程内容

本章共选了各类儿童文学作品17篇,基本上与第一章的内容相对应。由于儿歌与儿童诗篇幅较短,已经在第一章介绍相关理论知识的时候顺带提及,不再另做介绍。在选择儿童文学作品时考虑到有些篇目大家都相当熟悉,为了使所选作品有一定的新鲜感,使考生有足够的阅读兴趣,本章所选的篇目既注意了作品的典型性,又考虑了一定的新鲜感。每篇所附解题,对必要的背景材料做简单介绍,所附导读,则从帮助考生理解和欣赏作品的角度,做必要的提示和分析。

丙、考核知识点

一、《太阳神之子》
二、《人类之母女娲》
三、《两边不讨好的蝙蝠》
四、《核桃和钟楼》
五、《海的女儿》
六、《大拇指》
七、《木偶奇遇记》
八、《红酋长的赎金》

九、《逃学》

十、《我和足球》

十一、《秃鹤》

十二、《送阿宝出黄金时代》

十三、《守望的天使》

十四、《为什么我成了一个麻木的人》

十五、《巨人和铁马》

十六、《菌儿自传》

十七、《失去的记忆》

丁、考核要求

总的要求是：(1) 了解每一篇作品的体裁；(2) 了解每一篇作品的作家和作家的国籍；(3) 对如何分析作品有所体会；(4) 能够举一反三，对尚未接触的文学作品进行简单分析。

一、《太阳神之子》

对人类展开神话想象的基础有所了解。了解作品中的故事情节和人物形象，知道太阳神和他儿子的名字、个性，了解这个神话故事中所蕴含的道理。

二、《人类之母女娲》

熟读故事，熟悉主要情节。知道这篇神话故事的最初出处。对载有中国神话故事的典籍有所了解。

三、《两边不讨好的蝙蝠》

对《伊索寓言》的作者和时代、特点和影响有所了解。熟悉这篇寓言的故事，理解故事所说明的道理。

四、《核桃和钟楼》

了解作者及其国籍。熟悉寓言的故事、理解故事所蕴含的道理。

五、《海的女儿》

对安徒生生平和童话创作的风格有简单了解。知道他的一些代表作。对《海的女儿》的故事情节和人物个性要十分熟悉,知道这篇童话在写作上的特点。

六、《大拇指》

知道这篇童话的出处、作者、国籍,了解这篇童话创作使用了"超人体"的方法,并能说出运用这种方法的目的和效果。

七、《木偶奇遇记》

知道作者和作者的国籍,对作品独特的人物个性和人物转变的过程有所了解,能找出"皮诺曹"这个小木偶能打动了许多孩子的原因。

八、《红酋长的赎金》

知道作者及其国籍,对作品的内容要十分熟悉,对小说如何刻画人物,如何处理情节有正确的认识。

九、《逃学》

了解小说的作者及写作的时代背景,熟悉作品中的人物和主要情节,对作品的写作特点有正确的认识。

十、《我和足球》

知道作者姓名,熟悉故事情节和人物特点。对儿童小说中如何体现儿童情趣有所体会。

十一、《秃鹤》

对小说的作者要了解,知道《草房子》的大体内容。对《秃鹤》的内容和写作特点有正确的认识。

十二、《送阿宝出黄金时代》

知道作者姓名,对照散文特点,能用自己的语言分析这篇作品的内容和写作特点。

十三、《守望的天使》

知道作者姓名,对照散文特点,能用自己的语言分析这篇作品的内容和写作特点。

十四、《为什么我成了一个麻木的人》

了解作者和她写作的经过,对照纪实文学的特点,对报告文学集《独生子女宣言》有整体认识。对所选的部分所说明的道理和揭示的问题有全面的认识。

十五、《巨人和铁马》

知道作者和写作时代,了解作品内容。

十六、《菌儿自传》

知道作者和写作时代,熟悉作品内容,掌握科学童话的特点。

十七、《失去的记忆》

知道作者和写作时代,熟悉作品内容,掌握科学幻想小说的特点。

后 记

参加本教材编写工作的人员是南京师范大学文学院的部分教师。编写分工如下：

第一编，中国古代文学（上）：张采民；第二编，中国古代文学（下）：王星琦；第三编，中国现当代文学：沈义贞；第四编，外国文学：许海燕；第五编，儿童文学：许永。附在书后的《〈中外文学作品导读〉自学考试大纲》，亦按上述各编分工写成。全书由主编王星琦总体策划并通读定稿。

在编写本书的过程中，我们参考了全国高等教育自学考试指定教材《中外文学作品导读》[小学教育专业（专科），叶鹏主编，中国人民大学出版社，1998]、《中国古代文学基础》[江苏省高等教育自学考试文秘专业（专科），王星琦主编，南京师范大学出版社，1998]等多种相关教材，恕不一一列举。我们力求做到简洁、明晰。总的原则是便于自学，易于把握消化。由于时间紧、任务重，参编教师教学、科研任务都很重，本书编写过于仓促，疏漏与不足之处在所难免，尚祈同行专家与广大读者批评指正，以便我们再版修订时加以完善。

本书编写过程中，得到江苏省教委自考办，南京师范大学教务处及文学院等有关方面的大力支持；苏州大学出版社的领导和编辑同志也为本书的出版做了许多努力，缩短了出书的周期。谨在此书付印之际，对上述单位和部门一并致以真挚的谢忱。

《中外文学作品导读》编写组
2000 年 7 月 15 日

江苏省中小学教师自学考试小学教育专业专升本教材

中外文学作品导读

上 册

王星琦 主编

苏州大学出版社

江苏省中小学教师自学考试小学教育专业专升本教材编写组成员名单

主　任　周德藩
副主任　朱小蔓　杨九俊　笪佐领　鞠　勤
　　　　刘明远
成　员　（以姓氏笔画为序）
　　　　丁家永　王星琦　王晓柳　叶惟寅
　　　　李学农　李星云　陈敬朴　林德宏
　　　　周兴和　胡金平　姚烺强　耿曙生
　　　　高小康　高荣林　唐厚元

前　言

江苏省教育委员会决定自2000年起举办小学教师小学教育专业专升本自学考试,以南京师范大学为主考单位。

本科小学教育专业自学考试,既是我国自学考试的一种全新形式,也是江苏省21世纪推进小学教师继续教育,提升学历,以适应江苏省教育现代化需要的重要举措。

南京师范大学于1998年率先在全国创办本科小学教育专业并招生,为江苏省小学教师小学教育专业专升本自学考试奠定了基础。江苏省自1993年起组织并实施专科小学教育专业自学考试,迄今已有数万名考生顺利通过考试,进一步提高了江苏省小学教师队伍的素质。1999年,江苏省教育委员会组织专家进行了小学教师小学教育专业专升本自学考试方法与课程计划的论证,制订了《江苏省小学教师自学考试小学教育专业专升本课程考试计划》,同时组织了一批专家根据课程计划编写教材。为保证教材的质量,江苏省教育委员会两次组织教材编写会议进行研讨,明确了教材编写的指导思想和编写原则,并拟订了教材编写计划,正式下发了《关于组织编写小学教师自学考试小学教育专业专升本课程教材的通知》。

这套教材的基本特点主要有三个。(1)突出21世纪小学素质教育的要求,旨在培养小学教师现代素质教育素养。(2)基础性与应用性相结合。基础性为自考教师可持续发展提供条件,应用性为直接指导小学教师的实践服务。(3)自考课程与课外学习相结合。以往自学考试的一个主要缺点是"应试"的倾向,不能实现学历与素质同步提高的目标,本套教材则注重小学教师能力的提高。

  本科小学教育专业自学考试作为全新的事业，需要不断发展和完善，希望广大自学考试辅导教师和自学考试者在教材的使用与学习中，提出宝贵意见，为这一事业的发展做出贡献。

江苏省中小学教师自学考试办公室
2000年2月24日

目 录

●上 册●

第一编 中国古代文学(上)

第一章 中国古代文学概述(上) …………………………（3）
 第一节 先秦文学概述 ………………………………（3）
 第二节 两汉文学概述 ………………………………（15）
 第三节 魏晋南北朝文学概述 ………………………（24）
第二章 中国古代文学作品与导读(上) ………………（33）
 弹歌…………………………………………《吴越春秋》（33）
 芣苢…………………………………………《诗经》（35）
 氓……………………………………………《诗经》（37）
 硕鼠…………………………………………《诗经》（42）
 蒹葭…………………………………………《诗经》（44）
 无衣…………………………………………《诗经》（47）
 秦晋殽之战…………………………………《左传》（49）
 叔向贺贫……………………………………《国语》（54）
 冯谖客孟尝君………………………………《战国策》（57）

1

侍坐章	《论语》	(62)
齐桓晋文之事章	《孟子》	(66)
逍遥游(节选)	《庄子》	(73)
湘夫人	屈　原	(79)
国殇	屈　原	(83)
哀郢	屈　原	(86)
过秦论(上)	贾　谊	(91)
乌江自刎	司马迁	(98)
苏武传(节选)	班　固	(103)
上邪	《乐府诗集》	(111)
陌上桑	《乐府诗集》	(113)
迢迢牵牛星	《文选》	(117)
短歌行	曹　操	(119)
出师表	诸葛亮	(122)
咏怀(其一)	阮　籍	(127)
咏史(其二)	左　思	(129)
饮酒(其五)	陶渊明	(131)
桃花源记	陶渊明	(133)
晚登三山还望京邑	谢　朓	(136)
与朱元思书	吴　钧	(139)
寄王琳	庾　信	(141)
西洲曲	《乐府诗集》	(143)
敕勒歌	《乐府诗集》	(145)
王子猷居山阴	刘义庆	(147)

第二编　中国古代文学(下)

第三章　中国古代文学概述(下) ……………………(151)
　　第一节　隋唐五代文学概述 ………………………(151)

第二节　宋金文学概述 …………………………………（161）
第三节　元代文学概述 …………………………………（168）
第四节　明代文学概述 …………………………………（176）
第五节　清及近代文学概述 ……………………………（186）

第四章　中国古代文学作品与导读（下） ……………（199）

人日思归 ……………………………………薛道衡（199）
在狱咏蝉 ……………………………………骆宾王（201）
滕王阁序并诗 ………………………………王　勃（204）
春江花月夜 …………………………………张若虚（214）
临洞庭湖赠张丞相 …………………………孟浩然（219）
冬晚对雪忆胡处士家 ………………………王　维（221）
将进酒 ………………………………………李　白（223）
宣州谢朓楼饯别校书叔云 …………………李　白（226）
春望 …………………………………………杜　甫（229）
登高 …………………………………………杜　甫（232）
张中丞传后序 ………………………………韩　愈（234）
始得西山宴游记 ……………………………柳宗元（242）
登柳州城楼寄漳汀封连四州 ………………柳宗元（246）
琵琶行并序 …………………………………白居易（248）
梦天 …………………………………………李　贺（256）
泊秦淮 ………………………………………杜　牧（259）
无题 …………………………………………李商隐（261）
菩萨蛮 ………………………………………温庭筠（264）
思帝乡 ………………………………………韦　庄（266）
虞美人 ………………………………………李　煜（268）
秋声赋 ………………………………………欧阳修（271）
雨霖铃 ………………………………………柳　永（276）
江城子·密州出猎 …………………………苏　轼（279）

3

前赤壁赋	苏　轼(283)
声声慢	李清照(289)
永遇乐·京口北固亭怀古	辛弃疾(292)
单刀会(第四折)	关汉卿(295)
[南吕·四块玉]别情	关汉卿(305)
[双调·夜行船]秋思(节选)	马致远(307)
西厢记·长亭送别	王实甫(310)
牡丹亭·惊梦	汤显祖(318)
满井游记	袁宏道(324)
桃花扇·骂筵	孔尚任(327)
蝶恋花	纳兰性德(338)
秋心三首(选一)	龚自珍(341)

第三编　中国现当代文学

第五章　中国现当代文学概述 …………………(347)
第一节　中国现代文学概述 …………………(347)
第二节　中国当代文学概述 …………………(366)

第六章　中国现当代文学作品与导读 …………(379)

秋夜	鲁　迅(379)
苦雨	周作人(383)
萧萧	沈从文(387)
春阳	施蛰存(403)
手推车	艾　青(413)
五月	穆　旦(415)
屈原(节选)	郭沫若(419)
苹果树下	闻　捷(425)
养花	老　舍(428)
关汉卿(节选)	田　汉(431)

| 致橡树 ………………………………… 舒　婷(438)
| 陈奂生上城 ……………………………… 高晓声(441)
| 白发苏州 ………………………………… 余秋雨(454)
| 桑树坪纪事(节选) ………… 陈子度　杨健　朱晓平(462)

●下　册●

第四编　外国文学

第七章　外国文学概述 ……………………………… (471)
　第一节　古代欧洲文学概述 ………………………… (471)
　第二节　中世纪欧洲文学概述 ……………………… (474)
　第三节　近代欧美文学概述 ………………………… (475)
　第四节　20世纪欧美现实主义文学概述 …………… (489)
　第五节　20世纪欧美现代主义文学概述 …………… (492)
　第六节　亚非文学概述 ……………………………… (495)

第八章　外国文学作品与导读 ……………………… (501)
　伊利亚特(节选) ………………………… 荷　马(501)
　俄狄浦斯王(节选) …………………… 索福克勒斯(512)
　堂吉诃德(节选) ……………………… 塞万提斯(523)
　哈姆莱特(节选) ……………………… 莎士比亚(529)
　伪君子(节选) ………………………… 莫里哀(535)
　少年维特之烦恼(节选) ………………… 歌　德(543)
　恰尔德·哈罗尔德游记(节选) ………… 拜　伦(552)
　致恰阿达耶夫　致凯恩 ………………… 普希金(560)
　巴黎圣母院(节选) ……………………… 雨　果(565)
　高老头(节选) ………………………… 巴尔扎克(573)
　德伯家的苔丝(节选) …………………… 哈　代(586)

安娜·卡列尼娜(节选)	列夫·托尔斯泰	(592)
哈克贝利·芬历险记(节选)	马克·吐温	(602)
老人与海(节选)	海明威	(608)
变形记(节选)	卡夫卡	(619)
雪国(节选)	川端康成	(628)
摩诃摩耶	泰戈尔	(642)

第五编　儿童文学

第九章　儿童文学概述 (653)
　第一节　儿童文学的含义和特点 (653)
　第二节　儿歌和儿童诗 (657)
　第三节　寓言和童话 (662)
　第四节　儿童小说 (668)
　第五节　儿童散文和儿童纪实文学 (674)
　第六节　儿童科学文艺 (680)

第十章　儿童文学作品与导读 (685)

太阳神之子	古代罗马神话	(685)
人类之母女娲	中国古代神话	(691)
两边不讨好的蝙蝠	伊索寓言	(695)
核桃和钟楼	达·芬奇	(697)
海的女儿	安徒生	(699)
大拇指	《格林童话》	(706)
木偶奇遇记	卡洛·科洛迪	(713)
红酋长的赎金	欧·亨利	(731)
逃学	金　近	(743)
我和足球	程　玮	(752)
秃鹤	曹文轩	(762)
送阿宝出黄金时代	丰子恺	(790)

守望的天使	三 毛（796）
为什么我成了一个麻木的人	陈丹燕（801）
巨人和铁马	陈伯吹（806）
菌儿自传（节选）	高士其（809）
失去的记忆	童恩正（821）

附:《中外文学作品导读》自学考试大纲 …………（837）
后记 ………………………………………………（907）

● 上 册

第一编 中国古代文学（上）

第一章　中国古代文学概述(上)

第一节　先秦文学概述

先秦,是指秦统一中国以前的历史时期,先后经历了传说中的三皇五帝,直到夏、商、周、春秋、战国时代,中国社会形态也跨越了原始社会、奴隶社会、封建社会初期三个历史阶段。这一时期虽然极为漫长,但由于中国文学正处在萌芽、奠基阶段,再加上年代久远,资料大量散佚,因此,流传保存下来的文学作品并不太多。主要包括三个部分:诗歌、散文和神话传说。

一、诗歌

先秦文学中成就最高的是诗歌。先秦诗歌的发展经历了一个从口头到书面、从民间到宫廷、从集体歌唱到诗人创作的漫长过程。

(一) 歌谣

歌谣是人民的口头创作,最贴近社会生活,直接表达了人民的思想感情和意志愿望。其中原始歌谣标志着我国诗歌的起源,在文学史上有重要的意义。春秋战国时期的歌谣极富创造性,对文人的诗歌创作产生了重要的影响。先秦时期歌谣的数量应该是很多的,可惜的是,歌谣是靠口头流传的,大多没有文字记录,再加上年代久远,因此大多失传了。只有那些散见于古代文献之中、被有意识地记载或偶尔征引的歌谣,才得以流传下来,而且有些歌谣还被文人删改,已很难看出它们的原貌。后人曾经做过钩沉辑佚的工作,诸如宋郭茂倩《乐府诗集》、明冯惟讷《古诗纪》都广为搜罗辑集。清沈德潜《古诗源》、杜文澜《古谣谚》,在前人所辑佚诗的基础上,又做了补充、辨伪、筛选工作。不过,其中仍有一些歌谣是后人的伪作,由于资料的匮乏,今天已经很难一一辨明了。现存的、比较可靠的先秦歌谣广泛而真实地反映了当时的社会生活,表达了人民喜怒哀乐的感情。在艺术表现上,也是丰富多彩的,如铺陈、比兴、对比、夸张、谐音双关、对答等形式和手法的运用,都体现了人民的创造性。可以说,歌谣是先秦诗歌中非常有价值的一个部分,它对以后诗歌的发展产生了极为重大的影响。

(二)诗经

《诗经》是中国最早的诗歌总集,共收入西周初至春秋中期的诗歌305首。书成于春秋时期,先秦时通称为"诗"或"诗三百",到了汉代被儒家奉为经典,始称作《诗经》。周代有所谓行人采诗及公卿、列士献诗的制度,此书当为周王朝乐官在此基础上搜集、整理、选编而成。这些诗歌在当时都是可以合乐歌唱的,根据音乐的不同,全书分为"风""雅""颂"三部分。[但据后来发现的战国竹简却将《诗经》概括为《讼》(颂)、《大夏》(夏、雅通)和《邦风》(汉儒为避刘邦讳而将"邦"改为"国")。]"风"是带有各诸侯国地方色彩的乐歌,计十五国风,其中大部分是民歌,是《诗经》中的精华。"雅"是朝廷正声,即周朝京畿地区的乐歌,分为大雅、小雅。大雅多为朝廷燕享时的乐歌,其中五篇周民族的史诗,有较高的史料价值和文学价值。而小雅则多为下层官吏的怨刺之作,其中也有一部分民歌。"颂"是王室宗庙祭祀用的舞曲乐歌,分为周、鲁、商三颂,内容多褒美失实,可以说是庙堂文学之祖。《诗经》,尤其是"风""雅"两部分,真实、具体、深刻地反映了当时广阔的社会生活,是中国诗歌创作的光辉典范。特别是"饥者歌其食,劳者歌其事"(《公羊传·宣公十五年》何休注)的现实主义精神及讽喻手法,培养了后来一代代的进步诗人。同时,《诗经》也为后代的诗歌创作提供了丰富的艺术经验,诸如复叠的章句,巧妙熟练的修辞,对比、烘托、反衬等手法的运用,丰富多彩的诗歌意象的创造,等等,都给后代诗歌以艺术上的营养。尤其是"赋、比、兴"三种艺术表现方法,更给后代以巨大的影响,是形成中国诗歌特色的要素之一。另外,《诗经》的基本句式是四言体。四言句式音节和谐,多用双声叠韵词,优美动人,节奏明快。同时,也有少部分杂言多节奏句式,显示诗在向更复杂的语言结构发展,后来终于演变为以五言、七言为主的中国古典诗歌的语言形式。由此可见,《诗经》是四言诗的一个高峰,是中国诗歌体制发展的一个里程碑。

(三) 楚辞

继《诗经》之后,楚辞这一新诗体又在江汉一带的南方产生。它的主要特点是具有浓厚的地方色彩,即后人所说"书楚语,作楚声,纪楚地,名楚物"(黄伯思《东观余论·校定楚词序》)。其代表作家是中国第一位伟大的诗人屈原。他在楚国传统文化的基础上,创造出楚辞这一新诗体,这对以《诗经》为代表的四言诗体是一次解放,对后代产生了深远的影响。"楚辞"之称,始见于西汉。刘向收集编辑屈原、宋玉诸作及后人模拟之作为一书,题为《楚辞》,东汉王逸又继作《楚辞章句》,于是《楚辞》又作为这一诗歌总集的书名流传于世。《楚辞》是我国历史上第一部个人专著诗集。屈原(约前340—前278),名平,字原,战国后期楚国人。他是楚王同姓贵族,"博闻强识,明于治乱,娴于辞令"(《史记·屈贾列传》),因此深得楚王信任,曾任左徒、三闾大夫之要职。他怀有远大的政治理想,主张举贤授能,修明法度,联齐抗秦,统一六国。他的政治革新触犯了贵族保守势力的利益,因而遭到他们的诬陷和排斥,先后被楚怀王、楚顷襄王疏远和放逐。公元前278年,楚国郢都被秦兵攻破,屈原满怀悲愤,自投汨罗江而死,以身殉国。他的长篇政治抒情诗《离骚》及《九章》等作品,充满了强烈的爱国主义激情,表现了对理想的执着追求和不与世俗同流合污的高洁情操。他十分重视民间乐歌,其重要作品《九歌》就是根据民间祭祀之礼、歌舞之乐再创作的。屈原是我国文学史上第一位伟大的浪漫主义诗人,他的作品想象丰富,感情强烈,辞采瑰丽,具有浓郁的浪漫主义气息。正如鲁迅先生所说:"较之于《诗》,则其言甚长,其思甚幻,其文甚丽,其旨甚明,凭心而言,不遵矩度。"(《汉文学史纲要》)他的作品可与日月争辉,理所当然地应在文学史上占有崇高的地位。他光辉的品格和不朽的杰作对后世产生了极其深远的影响。从汉代的贾谊、司马迁,到唐代的李白、杜甫,直至现代的鲁迅、郭沫若,我国文学史上有成就的进步作家没有不受到屈原精神的激励及其作品的哺育的,正如刘勰所指出的:"其衣被词人,非一代也!"(《文心雕龙·辨骚》)

先秦诗歌是中国诗歌的源头,以其丰富的内容和杰出的艺术成就,为中国诗歌的发展打下了坚实的基础,对中国诗歌的发展产生了极其深远的影响。如果说《诗经》、歌谣是中国文学中现实主义传统的光辉起点,那么《楚辞》就是浪漫主义精神的最早典范。先秦诗歌的这两大主流,正同黄河、长江一样,奔腾南北,源远流长;犹如南箕北斗,相互辉映,永恒照耀。

二、散文

据考古发掘证明,河南舞阳贾湖新石器遗址出土的距今约八千年之甲骨上所显示的锲刻符号,其个别形体与安阳殷墟甲骨卜辞的字形已十分近似,这可能就是中国最原始的文字。也就是说,夏代可能已有成形的原始文字了。现存最早可识并用于文献记录的是三千多年前殷商时期的甲骨文。这些甲骨文是1899年起陆续在河南安阳西北小屯村的殷墟发现的,大多是刻在龟甲和兽骨上的占卜记录。卜辞可以说是我国最早的散文,其特点是内容简单、形式朴拙、文字简略、不成篇章。与此类似的还有《易经》中的卦辞、爻辞和彝器铭文。《易经》即《周易》本经,原为卜筮之书,以卦、爻辞指告人事吉凶祸福。铸器勒铭原本是为了颂扬祖先功德,昭示子孙,永保政权代代相传。总之,殷商甲骨卜辞,《易经》卦、爻辞和商、周彝器铭文,都是散文萌芽时期的作品。而篇章完整、文学性比较强的散文作品是在周代以后才开始出现的,主要有两类,一是历史散文,二是诸子散文。

(一)历史散文

中国一向有重视"史"的传统,历代都设有史官,或记言,或记事,总结概括丰富复杂的社会现象和兴衰治乱的经验教训,这就推动了历史散文的发展和繁荣。大体而言,记载历史兴废之迹的称为历史散文。先秦历史散文的发展大体可分为三个时期。

初期的历史散文,以《尚书》和《春秋》为代表。《尚书》是我国最早的历史散文集,先秦时称"书",后被儒家奉为经典,故又称为"书经"。西汉初年被伏生加一个"尚"字,古代"尚""上"相通,意即"上古之书"。此书由《虞书》《夏书》《商书》《周书》四部分组成。其中《虞书》《夏书》并非虞、夏时代的作品,而是后世的人根据传闻编写的。《商书》《周书》则较为可靠。据《汉书·艺文志》载,原有100篇,上起于尧,下至于秦。后被秦始皇焚毁。汉文帝时,由伏生传授《尚书》29篇,因用当时通行的隶书写成,故又称《今文尚书》。汉武帝时,又在孔壁中发现用古文字写成的《尚书》45篇,称为《古文尚书》。后来《今文尚书》《古文尚书》皆亡佚。今本《古文尚书》58篇乃东晋人梅赜所伪造。《尚书》是一部文献资料的汇编,以记言为主,大多是天子对臣下的演讲、训词、命令、誓言及大臣的谋议、告诫之词。语言简古,富于文学色彩。

《春秋》是我国第一部编年体史书,记载了自鲁隐公元年(前722)至鲁哀公十四年(前481)间发生的历史事件,为我国史书创立了基本形式。《春秋》是鲁国史官撰写的,后经孔子修订。孔子修订《春秋》时,从儒家思想出发,以定名分等级为标准,尊王攘夷,维护周王朝的大一统,因此往往以曲笔表明自己的爱憎,通过遣词造句,寓褒贬于叙事之中,这就是所谓的"微言大义""春秋笔法"。语言简练含蓄,但叙事过于简约,类似于大事记。

成熟期的历史散文,以《左传》《国语》为代表。《左传》是继《春秋》之后一部记事较详尽的编年体史书。记事始于鲁隐公元年(前722),讫于鲁悼公四年(前464),比《春秋》多十七年。传说此书是鲁国史官左丘明所作,故名为《左氏春秋》。又有人认为此书是左丘明为《春秋》作的传,因此称之为《春秋左氏传》,简称为《左传》。后人把《左传》与另外两部传《春秋》的书《公羊传》《谷梁传》合称为"春秋三传"。《左传》虽然是历史著作,却有很强的文学性。这首先表现在高超的记事艺术上,叙事详密完整,情节曲折生动,善于安排冲突,使叙事中充满戏剧性。《左传》尤其长于记叙战争。一是对战争的起因、经过、结果,特别是战争各方的复杂关系都交代得清清楚楚,有条不紊。二是不仅着眼于激烈的战斗场面的描写,更将笔锋推向战争各方政治背景的描写上,从而揭示出双方胜负的根本原因。三是在记叙战争时常常穿插一些饶有兴味的细节,有时寥寥几笔,便能勾画出一些生动难忘的镜头。其次表现在对人物的刻画上,善于在激烈的矛盾冲突中展现人物的内在品质,还善于通过人物的语言和行动表现他们不同的性格特征。如郑庄公的深沉毒辣,秦穆公的勇于改过,先轸的忠直多谋,子产的雍容大度,烛之武的善于辞令,骊姬的奸诈,费无极的阴险,伯嚭的贪婪,等等,都跃然于纸上,栩栩如生。更难得的是还能写出人物性格的发展变化,如写晋文公经过十九年流亡生活的磨炼,从一个不谙世事、贪图享受的贵公子,逐步成长为一位有远见卓识、善于用人、稳重老练的贤君。再次表现在语言的运用上。语言生动流畅,词语丰富多彩,如"末大必折,尾大不掉""困兽犹斗""从善如流""唇亡齿寒"等词语,至今还活跃在我们的语言中。尤其是那些典雅优美、委婉含蓄、极富人物个性的外交辞令,更是为后人称道。

《国语》是我国第一部国别体史书,分别记载西周末年至春秋末年周、鲁、齐、晋、郑、楚、吴、越八国的史事。司马迁说:"左丘失明,厥有国语。"(《报任少卿书》)于是有人说《国语》也是左丘明所撰。《国语》重在记言,笔录各国君臣谋议的得失。虽然也有一些出色的篇章脍炙人口,但就整体而言,记叙较零碎,抽象说教多,具体描写少,语言又较平直,所以文学价值不如《左传》。

高峰期的历史散文以《战国策》为代表。《战国策》也是一部国别体史书,主要收入了战国时期策士们的言辞及其活动,记载了东周、秦、齐、楚、赵、魏、韩、燕、宋、卫、中山等各国政治、军事、外交方面的史实。原本零散,名称不一,有《国策》《国事》《事语》《短长》等称呼。西汉刘向将其系统整理,并定名为《战国策》。作为史书,《战国策》的价值并不高。与1973年长沙马王堆汉墓出土的《战国纵横家书》相较,可知《战国策》中掺入了若干后人杜撰伪记的游说之辞。但从文学的角度看,《战国策》取得了很高的成就。《战国策》长于记人,能根据不同人物的处境、身份、修养,通过对比、反衬、铺叙、细节描写等多种手法刻画人物的性格面貌,使人物形象显得生动丰满。全书写了六百多个不同类型的人物,其中大多性格鲜明,给读者留下了深刻的印象,如朝秦暮楚、追逐名利的苏秦,反复无常、狡黠无赖的张仪,不畏强暴、不辱使命的唐雎(jū),勇于进谏、善于进谏的触龙,有胆有识、贪得无厌的冯谖,为人排难解困而功成不受赏的鲁仲连,义无反顾刺杀秦王的荆轲,等等,都是成功的艺术形象。《战国策》的语言极富特色,辩丽横肆,敷张扬厉,多用夸张、排比、比喻、对偶等修辞手法,不仅使文章的语言生动形象,而且富于气势和力量。尤其是那些睿智机敏、富于感染力的说辞,说理论事,纵横驰骋,极富雄辩性。《战国策》还善于用寓言故事来增强语言的生动性和说服力,如"狡兔三窟""鹬蚌相争""狐假虎威""画蛇添足""亡羊补牢"等词语,生动形象,至今仍具有很强的生命力。

(二)诸子散文

诸子散文兴起于春秋战国时期。春秋末至战国初,是奴隶制崩溃、封建制代之而起的大变革时期。由于奴隶制宗法社会的衰落,当时的教育制度也发生了重大变化,由"学在官府"变成了"天子失官,学在四夷"(《左传·昭公十七年》),私学代替了官学。这样,本来只有少数贵族子弟才能享受的受教育的权利,已普及到民间,这就为"士"阶层的出现创造了条件。"士"阶层具有较高的文化修养,也有较丰富的政治、经济、军事、外交方面的知识。战国时各国统治者为了壮大自己的势力,解决内政外交中的各种问题,尊士、养士、争士之风极为盛行。《史记·田敬仲完世家》称齐宣王喜文学游说之士,"是以齐稷下学士复盛,且数百千人"。所谓战国四公子门下也都有食客数千人。这些"士"是当时社会政治生活中最活跃的一部分人。他们从各自所代表的阶级利益出发,提出不同的政治主张和要求,纷纷著书立说,描绘自己心目中理想社会的蓝图,于是就出现了许多代表不同阶级、阶层和社会集团利益的学术派别,从而形成了一个百家争鸣的局面。这也促使诸子散文形成十分繁荣的局面。大体而言,诸子散文是指阐述哲学思想或宣传政治主张的文章。《汉书·艺文志》把先秦诸子划分为儒、墨、道、法、阴阳、名、纵横、农、杂、小说十家,其中影响较大的是儒、墨、道、法、纵横数家。先秦诸子散文的发展大体可分为三个阶段:

第一阶段是"语录体",以《论语》《墨子》为代表。两者均以语录为基本形式,篇章简短,质朴无华,蕴含醒世警人的深刻哲理。但《墨子》中已开始出现对话式的辩论。

第二阶段是"对话体",以《孟子》《庄子》为代表。两者在形式上虽然还有语录体的痕迹,但主要的已是对话式的论辩。同时《庄子》一书已开始向专题论文过渡。

第三阶段是"专论体",以《荀子》《韩非子》为代表。两者皆已成为有论点、有论据、逻辑严密的说理散文,标志着诸子散文在文体上已经成熟。

《论语》是一部记录孔子及其弟子言行的书,共20篇。此书比较全面地反映出孔子的政治思想、伦理思想、教育思想和生活面貌,是了解孔子的可靠材料。它以语录的形式写成,多问答和谈话,篇幅很短,有的甚至只有三言两语,未能构成完整的文章。但也有少数篇章结构比较完整,有一定的文学意味。这些篇章大多记言与叙事相结合,也简单地勾勒了人物的行动,刻画了孔子及其弟子的性格特征,如《侍坐》《季氏将伐颛臾》《阳货欲见孔子》等篇。《论语》的语言简洁浅近,凝练含蓄,富有哲理。如"人无远虑,必有近忧""岁寒,然后知松柏之后凋也""知之为知之,不知为不知,是知也""欲速则不达""任重而道远""温故而知新""学而不厌,诲人不倦",等等,皆成为启人心智的格言警句。

《墨子》为墨家的代表作。作者墨子,名翟,战国初鲁国人,是墨家学派的创始人,其思想核心是"兼爱"。此书语言质朴,缺少文采,但论点明确,论据充足,逻辑性很强。如《公输》《非攻》两篇,运用具体事理来说理,由此及彼,层层深入,明白易懂,有很强的说服力。

《孟子》成书于战国中期,主要记载孟子及其弟子万章、公孙丑等人的言行。孟子是战国中期儒家的代表人物,此书集中地反映了孟子的思想主张。他首先提出了"性善"论,并由此出发,把孔子的"仁"的思想发展为"仁政"与"王道"思想。主张"制民之产"和"谨庠序之教,申之以孝悌之义"(《孟子·梁惠王上》),即给予人民生存权和受教育权,从物质和精神两个方面,阐明了自己的社会理想。他还明确地提出了民本思想:"民为贵,社稷次之,君为轻。"(《孟子·尽心下》)反对暴君及聚敛之臣,反对不义的战争。孟子以"好辩"著称,故《孟子》散文极富论辩性,其最大的特点是感情强烈,气势充沛,观点鲜明,词锋犀利,具有一泻千里的气势和力量。孟子很注意论辩的技巧,善于揣摩对方的心理,因势利导,引人入彀。还特别善于抓住所论问题的要害,步步进逼,不给对方以喘息的机会,使对方陷入窘境,"顾左右而言他"(《孟子·梁惠王上》)。此外,孟子的散文形象生动,善用寓言,多用比喻和排比,增强了论辞的感染力和说服力。如"月攘一鸡"的调侃,"五十步笑百步"的揶揄,"齐人有一妻一妾"的辛辣,"缘木求鱼"的精妙,"一羽之不举,为不用力焉;舆薪之不见,为不用明焉;百姓之不见保,为不用恩焉"的毋庸置疑,等等,都是论辩中的精彩之笔。《孟子》的语言明白晓畅,不事雕琢,罕有艰深之辞、生涩之句。其语言艺术,历来为人所称道,说它"近而远,浅而深,疏畅条达而详允精密"(郝敬《读孟子》)。后世散文家崇奉《孟子》为典范之作,实不为过。

《庄子》是先秦道家学派的代表著作,据《汉书·艺文志》载,原有52篇。今本《庄子》33篇,分为"内篇""外篇""杂篇",乃庄子及其后学所作。就学术渊源来说,庄子的学说与老子一脉相承,但也有所发展和变化。"道"是庄子哲学中最重要的范畴,他认为"道"是天地万物的本源,是万物的自然之性,也是人最高的精神境界。因而他崇尚自然,宣扬天道无为,否定人对自然界的作用,认为"知其不可奈何而安之若命,德之至也"(《庄子·人间世》)。他认为从"道"的高度上看,事物之间的差别都是相对的,进而否定判断是非有客观的标准,这就从相对主义走向了虚无主义。在政治上,庄子则从"无为"而入于虚无。但他并不能真正忘怀政治,在《庄子》一书中仍然有许多愤激之辞。所谓"方今之时,仅免刑焉"(《庄子·人间世》),"彼窃钩者诛,窃国者为诸侯;诸侯之门,而仁义存焉"(《庄子·胠箧》)之类的愤慨和议论,正是对黑暗现实的揭露和批判。庄子的人生理想是追求绝对的精神自由和对现实社会的彻底超脱,臆造出所谓"至人无己,神人无功,圣人无名"(《庄子·逍遥游》)的理想人格典型,其实质就是要摆脱一切束缚,尤其是要摆脱统治者的束缚,使自己的身心获得彻底的自由与解放。《庄子》文辞美富,汪洋恣肆,仪态万方,风格独具,在诸子散文中文学成就最高。它的突出特点是想象奇特而丰富,构思奇妙而新颖,具有浓郁的浪漫主义色彩。运用寓言之丰富和比喻之多样,亦为诸子散文之冠。庄子自称其文"寓言十九、重言十七,卮言日出,和以天倪"(《庄子·寓言》),即以生动的故事、具体的形象来说明抽象的道理。绝大部分的篇章是由寓言故事组成的,作者很少发表议论,而是寓说理于形象之中。其中的许多寓言故事,往往给人以很大的启示,如"庖丁解牛""望洋兴叹""东施效颦""井底之蛙"等,至今仍广为传诵。《庄子》语言华丽,辞藻丰富,描写生动,声韵和谐,优美动人。鲁迅论《庄子》,说"晚周诸子之作,莫能先也"(《汉文学史纲要》),其实,在中国文学史上也可以说罕有其匹。

《荀子》32篇,大部分为荀子所作,少部分由他的学生整理而成。荀子是战国中后期赵国人,曾在齐国稷下学宫讲学,并三为"祭酒",晚年仕于楚,为兰陵令,是继孔、孟之后又一位学术成就卓著的儒学大师。荀子具有朴素的唯物主义思想,提出了"制天命而用之"(《荀子·天论》)的天道观。在人性的探索方面,提出了著名的"性恶论"。在政治方面,主张"法后王"和礼法兼用。荀子继承了孔、孟的儒家思想,同时也吸收了各家各派的学说,可以说是战国后期各家学说的集大成者。《荀子》之文,立论严正,行文缜密,文辞富丽,内涵丰富,有浓厚的学者之风。在语言上,善比喻,广铺陈,多排比。此外,还值得一提的是《荀子》中的《赋篇》和《成相篇》。这是两篇纯文学作品,对后代的赋和民间文学的发展都有一定的影响。

《韩非子》是先秦法家思想的集大成之作,55篇,基本上是韩非自著。韩非(约前280—前233),战国末期韩国的公子,曾师事荀子,有书十余万言,谏韩王而不用,后受到秦始皇的赏识。韩非继承、总结了前辈法家慎到、商鞅、申不害等的理论和实践,加上自己的创造和发展,形成了一套颇为完整的法家思想体系,为建立专制主义的封建政权提供了理论根据。韩非的法家思想主要包括两个方面:一是以"法"为中心,综合"术"与"势"的政治观;二是反对复古、主张革新的社会历史观。韩非的文章大多议论透辟,言辞冷峻,分析细密,或用历史事实,或用现实实例,或托之寓言故事,指陈利弊得失,驳难论敌,锋芒毕露,形成一种犀利峻刻的风格。

《吕氏春秋》分为12纪,8览,6论,共160篇,是吕不韦与门客的集体创作。此书兼收儒、墨、道、法思想,故又称杂家。《吕氏春秋》体制宏大、新颖。立论平稳,现实针对性很强,富于批判精神。书中多寓言,如"掩耳盗铃""刻舟求剑""网开三面"等,都是脍炙人口的佳作。

三、神话传说

神话传说是古代人民以不自觉的艺术方式口头创作的神异故事,是对自然现象及社会生活的曲折反映和超现实的形象描绘,表现了初民的原始理解力,是借助想象以征服自然力并使之形象化的艺术结晶。中国的神话传说大约产生在传说中的三皇五帝时代。在我国古代的典籍中,没有一部完整的神话传说著作,只是散见在《山海经》《穆天子传》《庄子》《列子》《楚辞》《淮南子》等著作中,断简残篇,只言片语,既不完整,也不系统。中国古代神话传说大体上可分为四种类型:一是自然神话,如"雷神"

"海神""飞廉"等;二是创世神话,如"盘古开天""女娲造人"等;三是英雄神话,如"鲧禹治水""后羿射日""黄帝战蚩尤""共工怒触不周山"等;四是传奇神话,如"羽民国""吐丝女""长臂国"等。这些神话传说的共同特征是:在内容上反映了上古初民同自然斗争的业绩,歌颂了人民战胜自然的英雄气概和不屈不挠的坚强意志。在艺术上,想象力丰富,极富浪漫主义精神。中国古代的神话传说虽然经历了历史的演变,被后人改造过和篡改过,许多作品已失去了原始的面貌,显得人性多而神性少,但它依然具有很高的认识价值、文学价值和审美价值,对后代的文学创作产生了深远的影响。

总之,先秦文学处于中国文学发展的肇始阶段,已取得了巨大的成就,为建构中国数千年文学的辉煌殿堂,奠定了坚实的基础。它所开创的现实主义传统和浪漫主义精神沾溉千秋万代,它所建造的文学殿堂是后世文学创作取之不尽的艺术宝藏。杜甫在谈到自己诗歌创作的艺术渊源时说:"别裁伪体亲风雅,转益多师是汝师","窃攀屈宋宜方驾,恐与齐梁作后尘。"(《戏为六绝句》)柳宗元在谈到先秦文学对自己的影响时也说:"参之《孟》《荀》以畅其支,参之《庄》《老》以肆其端,参之《国语》以博其趣,参之《离骚》以致其幽。"(《答韦中立论师道书》)可以毫不夸张地说,后世凡是有成就的作家,没有哪一个不受先秦文学的影响,也没有哪一个不在先秦文学中汲取营养的。

第二节 两汉文学概述

汉初的统治者汲取了秦二世而亡的教训,采取与民休息的政策。随着经济的恢复与发展及思想钳制的放松,学术文化活动也逐步兴盛。到了武帝时,汉王朝进入了空前统一和强盛的时期。

为适应时代的需要,扩充了乐府机构,大量的民间诗歌得以收集和流传;总结历史发展的经验教训的史学名著出现了;以歌功颂德为目的的大赋也应运而生了。与此同时,为了巩固集权统治,进一步强化思想专制,秦王朝采取了"罢黜百家,独尊儒术"的政策,确立了集权政治与经学的独尊地位。自此以后,汉代的文学便沦为经学的附庸,限制了文学的发展。西汉后期社会矛盾尖锐,政治危机加剧,新莽代之而立,但这并没有解决社会的根本矛盾,王莽的新朝很快便在农民起义中结束。刘秀建立的东汉政权,为重建封建集权思想而大力提倡谶纬之学,东汉的经学开始走向神学,神学迷信思想大肆泛滥,从而扼杀了文学发展中的创新精神。东汉中后期政治十分黑暗,再加上大规模的农民起义的冲击,神学观念和儒家正统思想崩溃了,而崇尚自然、尊重个体自由的老庄之学开始抬头。反映在文学上,便是作家在注重外在事功的同时,又热衷于表现个人的生活和情志,抒情文学因此得以复苏,预示着思想解放和文学觉醒的时代即将到来。

两汉四百年间的文学创作大体包括五个部分:汉初政论散文、《史记》与《汉书》、汉赋、乐府、文人五言诗。

一、汉初政论散文

汉初是政论散文比较繁荣的时期。当时,汉王朝刚刚建立,政权还很不稳固。再加上中央集权的封建国家的出现才经历了短短的二三十年的时间,国家的政治制度还不完备,各种经济措施不完善。因此,如何正确总结秦王朝二世而亡的教训,如何解决汉王朝面临的各种矛盾,为汉王朝的长治久安出谋划策,就成了摆在头脑清醒的政治家面前的首要任务。汉初政论散文的勃兴,就是在这样的时代土壤和现实政治需要下出现的。较为著名的有贾谊的《过秦论》《陈政事疏》《论积贮疏》,晁错的《言兵事疏》《守边劝农疏》《论贵粟疏》,枚乘的《上书谏吴王》,邹阳的《谏吴王书》《狱中上梁王书》，司马相如的《上书谏猎》《难蜀父老》，司马迁的《报任少卿书》等。其中以贾、晁两人的文章影响最大。他们的文章都能针砭时政，关心汉王朝的长治久安，提出自己的改革主张。他们以秦历二世而亡的历史教训为鉴，痛陈诸侯分封之弊，对国事表现出深深的忧虑，提出守边、备战、贵粟等一系列具体措施。他们以饱满的政治热情陈述己见，用历史上兴衰之迹对照现状，颇有战国策士铺张扬厉、议论纵横的余风，也有韩非言辞激烈、笔锋犀利的特点。因此鲁迅称赞他们"为文皆疏直激切，尽所欲言"，"皆为西汉鸿文"（《汉文学史纲要》）。比较而言，贾文富于文采，晁文注重实用，两人各有自己的特色。

二、《史记》与《汉书》

汉代经过了八九十年的努力，到武帝时，已走向了鼎盛时期。这时，总结历史上各代兴衰存亡的经验教训，以供最高统治者借鉴的任务便落到了史学家的肩上，司马迁的《史记》和班固的《汉书》就是其中的代表。

《史记》原名《太史公书》，东汉末始称《史记》，共130篇。全书记载了自传说中的三皇五帝至汉武帝太初年间三千多年的历史。书中所记多以人物为中心，是我国第一部纪传体通史，同时也开创了我国传记文学的先河，因此，《史记》的成书，在史学上和文学上都具有划时代的意义。

鲁迅称赞《史记》是"史家之绝唱，无韵之《离骚》"（《汉文学史纲要》）。其史学价值主要表现在，一是发凡起例，开创了"纪传体"这一史书体裁。全书包括十二本纪、十表、八书、三十世家、七十列传五个部分。本纪，是以编年的方式记叙历代天子皇帝的事迹。表，是用表格的方式分列各个时期的大事。书，是分别叙述天文、历法、水利、经济、文化、艺术等方面的发展历史与现状。世家，是记叙诸侯王及重要历史人物的事迹。列传，是记叙历史上有影响的人物的事迹。这种以历史人物为纲,以历史事件为纬的"纪传体"对后代史书的写作产生了极大的影响,后代的正史基本沿袭了这种体例。二是"不虚美,不隐恶"的实录精神。真实,是史书的灵魂和最高的准则。司马迁能够如实地记叙历史人物的功过和事迹,决不因个人的好恶而歪曲历史。即使是对最高统治者,也决不夸大他的功绩,掩饰他的罪恶。如写汉高祖刘邦,在肯定他开国功绩的前提下,也毫不留情地揭露了他自私、虚伪的无赖嘴脸。三是以强烈的批判精神无情地揭露统治者内部的权力倾轧,贪官酷吏草菅人命的罪恶。如《吕后本纪》中写吕雉杀赵王如意,并"断戚夫人手足,去眼,煇耳,饮喑药,使居厕中,命曰'人彘'",手段残忍,令人发指。《酷吏列传》中写襄阳太守义纵,一日竟连杀四百余人。另一方面对社会上各种邪恶、腐败、庸俗的现象也做了深刻的揭露和批判。四是尊重历史,反映历史发展的规律,表现了司马迁进步的历史观。班固在《汉书·司马迁传赞》中的一段话就很好地说明了这一点,他说《史记》"是非颇谬于圣人,论大道则先黄老而后六经,序游侠则退处士而进奸雄,述货殖则崇势力而羞贫贱"。在《货殖列传》中还生动具体地概述了经济活动的发展历史。

《史记》不仅是一部伟大的史学著作,同时也是一部杰出的传记文学名著。其文学成就主要表现在四个方面。一是发愤抒情。全书饱含着作者强烈的爱憎感情。作者把对英雄行为的赞美景仰之情,对邪恶行为的愤恨鄙视之情,凝聚于笔端,渗透在字里行间,使作品具有了震撼心灵的艺术感染力。尤其是将英雄人物的悲剧命运,写得十分壮美动人。项羽的乌江自刎,李广的横刀不辱,屈原的抱石投江,荆轲的慷慨赴难,都表现得淋漓尽致,令人感叹流涕。二是塑造了一批性格鲜明的人物形象,从帝王将相到下层人民,个个栩栩如生,如信陵君、蔺相如、吕不韦、李斯、项羽、刘邦、韩信、李广等,不胜枚举。三是运用各种文学手段叙事记人。在记叙历史事件方面,结构完整,条理清楚,剪裁得当,故事情节生动曲折,矛盾冲突高潮迭起,颇具小说、戏剧意味。在刻画人物方面,善于运用各种艺术手法,多侧面地展示人物的性格特征,如在激烈的矛盾冲突中刻画人物,运用对比、烘托、反衬、细节描写、个性化的语言、气氛渲染等手法突出人物性格。四是语言生动传神,简洁明快,富于表现力。既注意吸收先秦以来散文中有生命力的书面语言,又能提炼和运用当时的口头语言。因此,叙述性的语言简练流畅,而人物的对话,则能契合人物的身份、性格和处境,生动形象地表现出人物的音容笑貌,使人如闻其声,如见其人。同时还大量引用民谣谚语,使作品增色不少。

《汉书》是记载西汉一代史实的断代史。它仿照《史记》的体例而略有改变。全书由帝纪、表、志、传四个部分组成,共100篇。由于班固受到的思想局限较多,因而《汉书》缺乏《史记》那样强烈的人民性和批判精神。但是,班固作为一个严肃的史学家,还是能够比较客观地反映西汉一代的历史,在一些传记中暴露了统治者的专横残暴,也触及人民的疾苦,表现出自己的爱憎感情。同时,由于他十分仰慕司马迁,以信实的态度著史,因此,武帝以前的人物,凡是《史记》有传的,《汉书》基本照录,间或加以剪裁取舍,有时也能补《史记》之不足;作为传记文学,从整体上看虽不如《史记》那样生动传神,形象鲜明,但有些人物的传也写得十分出色,并不比《史记》逊色。如《苏武传》《霍光传》等,材料翔实,结构严密,人物形象也比较鲜明。在语言上,《汉书》受辞赋的影响较深,讲究藻饰,富丽典雅,有自己的特色。

三、汉赋

汉赋是汉代最兴盛的一种文学样式,兼具诗歌与散文的性质。在两汉时期,汉赋经历了骚体赋、散体大赋和抒情小赋三个发展阶段。

第一阶段是汉初的骚体赋。这时的赋以抒情为主,在形式上带有明显的楚辞的痕迹。这一阶段最有代表性的汉赋作家是贾谊。他的《吊屈原赋》,借凭吊屈原,抒写自己遭谗被逐的苦闷心情和抱负不能施展的不平,感情真挚动人。他的《鵩鸟赋》,写自己被贬长沙后的郁闷心情。形式上采用问答式,句式有散文化的趋向,已接近后来的散体大赋。

　　第二阶段是西汉中期至东汉中期的散体大赋。内容大多描写帝王的狩猎游乐生活之盛、京都宫苑建筑之精、山川林木之美等。其主要特征:一是采用主客问答的形式;二是铺张扬厉,极尽排比、夸张之能事;三是辞藻华美;四是体制宏大;五是歌功颂德,劝百而讽一。著名的赋作有枚乘的《七发》、司马相如的《子虚赋》《上林赋》、扬雄的《长杨赋》《甘泉赋》、班固的《两都赋》、张衡的《二京赋》等。其中枚乘的《七发》具备了汉代大赋的基本特征,司马相如的赋作代表了大赋的最高成就,其后的大赋多为模拟之作,少有创新。

　　第三阶段是东汉后期的抒情小赋。东汉后期由于政治腐败,社会动荡,文人内心充满了迷茫与痛苦,对前途丧失了信心,致使以歌功颂德、润色鸿业为目的的大赋,转为抒情写愤、借物咏怀的小赋。张衡的《归田赋》是赋风转变的标志,著名的抒情小赋还有赵壹的《刺世疾邪赋》、祢衡的《鹦鹉赋》等。

四、乐府

　　乐府,原是掌管音乐的官署。汉武帝时,为了制礼作乐的需要,对乐府机构大加扩充,于是有了采集民间歌曲的职能。《汉书·艺文志》说:"自孝武立乐府而采歌谣,于是有赵代之讴,秦楚之风,皆感于哀乐,缘事而发,亦可以观风俗,知薄厚云。"乐府诗中最有价值的就是这些"感于哀乐,缘事而发"的民歌,具有强烈的现实主义精神。六朝以后人们把乐府机构收集的可以合乐演唱的诗,也叫"乐府"。于是"乐府"一词,便由音乐机关的名称,变为一种诗体的名称。宋人郭茂倩的《乐府诗集》是收集乐府歌辞最完备的一部总集。郭氏将自汉至唐的乐府诗分为十二类,汉乐府民歌主要保存在其中的"相和歌辞""鼓吹曲辞""杂曲歌辞"三类中。据《汉书·艺文志》载,当时采集的西汉民歌即有138首,但现存的两汉乐府民歌不过34首,可见大部分已散失了。这些乐府民歌真实地反映了当时的社会生活和人民的思想感情。

两汉乐府民歌主要有以下特色:

第一,强烈的现实主义精神。今存乐府民歌多反映社会问题、政治问题,可以看作汉代人民生活的真实记录。控诉战争罪恶,抒写行役之苦,是乐府民歌的一个重要内容。西汉中期国势渐强,刺激了最高统治者好大喜功的私欲,为了拓展疆域,不断对外用兵。穷兵黩武不仅耗费了大量的人力、财力,而且给人民带来了深重的灾难。《十五从军征》就是写一个老兵的苦难经历。战争葬送了他的青春,也使他家破人亡,打碎了他几十年来一直期待着与家人团聚之梦。《战城南》则表现出强烈的反战情绪。作品里对战场凄凉恐怖景象的描绘和人鸟间的一段对话,不仅是对战争的诅咒,更是对统治者的严重警告。反映人民的苦难与反抗,是汉乐府民歌的另一个重要内容。两汉数百年间,社会矛盾日趋尖锐,下层人民日益贫困,一直在死亡线上挣扎。《饮马长城窟行》写夫妻不能相保,《妇病行》写父子不能相保,《上留田行》《孤儿行》则写兄弟不能相保。人民无法忍受这种悲惨的景况,便不能不起而抗争。《东门行》就描述了一贫苦老汉,因不堪困苦拔剑而起的故事。爱情、婚姻与家庭问题更是民歌永恒的主题。两汉乐府民歌中既有像《上邪》《有所思》这样表达纯真炽热的爱情的作品,也有像《怨歌行》《上山采蘼芜》这样抒写弃妇哀怨不平的感情的作品。由于古代社会妇女的地位非常低下,封建礼教十分森严,因此,在汉乐府民歌中,弃妇诗的比例很大。当然,在反映妇女问题、爱情婚姻方面最成功的作品是《陌上桑》和《孔雀东南飞》。《陌上桑》叙述采桑女拒绝使君调戏的故事,歌颂劳动妇女不慕权势、不畏强暴的高尚情操和斗争精神。《孔雀东南飞》则是一出震撼人心的爱情悲剧。作品通过刘兰芝、焦仲卿夫妇双双以身殉情的故事,深刻地揭露了封建礼教的吃人本质和封建家长制的罪恶,表达了人民追求爱情自由的强烈愿望。

第二,叙事诗的成熟。汉乐府民歌中出现了大量的叙事性作品,表现出高超的叙事才能。这首先表现在情节的剪裁与安排方面。不仅有第三人称的叙述,而且有完整的故事情节和激烈复杂的矛盾冲突,从而使诗歌的故事性、戏剧性大大加强。标志着叙事诗进入成熟阶段的是《陌上桑》和《孔雀东南飞》。以人物关系构建故事情节,以人物冲突推动情节的发展,并以此为挖掘人物性格、揭示人物命运提供一个典型环境,是两诗共有的特点。所不同的是,《陌上桑》截取事件发展最富于戏剧性的一段情节做横向展开,在此截面上,以罗敷为中心,设置矛盾冲突。而《孔雀东南飞》则把情节的展开和人物的性格、命运建立在更广泛、更复杂的社会关系上。在诗歌的前半部分,作者把刘兰芝与焦仲卿的深情厚爱,交织在恶化了的婆媳关系和已不甚和谐的母子关系之中,从而形成了维护爱情尊严与显示家长权威的矛盾。诗歌的下半部分,通过典型的社会环境的描绘,凸显出对婚姻自由的追求与宗法社会及庸俗的社会意识的矛盾。所以,《孔雀东南飞》在情节上的曲折跌宕,结构上的复线交叉,不仅前所未有,也是后世叙事诗罕能企及的。其次表现在善于刻画人物方面。汉乐府民歌中的叙事性作品于人物的形貌神态,或正面着色,或侧面烘托,无不毕肖,尤其善于捕捉人物的语言、动态,揭示其情感和个性。《陌上桑》和《孔雀东南飞》在这方面也是最成功的。例如《陌上桑》中写罗敷之美,运用了虚实相间的手法。尤其是写观者因罗敷之美而心醉神迷忘其所事,极富魅力。采用这种虚写的手法,较之直接地画像图貌,更能给人以想象空间。在汉乐府叙事诗中,最成功的人物形象是《孔雀东南飞》中的刘兰芝和焦仲卿。作者始终把他们放在激烈的矛盾冲突中展现其性格特征。从刘兰芝自求遣归,直到两人双双殉情而死,在一系列的矛盾冲突中,揭示出刘兰芝和焦仲卿性格的底蕴和发展。此外,作者还通过个性化的语言和细节描写刻画人物的性格。刘兰芝与焦仲卿的对话,在刻画人物性格上的作用,自不待说;即便是次要人物的三言两语,亦颇能传神。细节的描写也很精彩,如"严妆"一节,在揭示人物性格、心理方面,有很深的意蕴。

第三,汉乐府民歌形式自由多样,语言朴素自然。汉乐府民歌在句式上突破了《诗经》的四言格式,长短随意,自由灵活,从而增强了诗歌的容量和表现力。尤其是已出现了成熟的五言诗,在五言诗的发展中有重要意义。对汉乐府民歌的语言,胡应麟称赞说:"汉乐府歌谣,采摭闾阎,非由润色;然而,质而不俚,浅而能深,近而能远,天下至文,靡以过之!"(《诗薮》)胡氏所言,实不为过。

汉乐府民歌以其深广的社会内容和巨大的艺术成就,对后世的诗歌创作产生了深远的影响。从曹操的借乐府古题写时事,鲍照的拟乐府,杜甫的记事名篇,到元、白的新题乐府,都是学习汉乐府民歌现实主义精神的结晶。

五、文人五言诗

与汉乐府民歌的成就相比较,汉代文人诗歌不免黯然失色。今存汉代文人四言诗和骚体诗数量甚少,质量不高,而文人五言诗却有很大的发展。所谓枚乘的五言诗和"苏(武)李(陵)"诗,一般认为是后人的伪托,第一首真正的文人五言诗是班固的《咏史》,不过质木无文,当属尝试之作。从张衡的《同声歌》开始,到赵壹的《刺世疾邪诗》、郦炎的《见志诗》、秦嘉的《赠妇诗》和辛延年的《羽林郎》、宋子侯的《董娇娆》,文人五言诗才渐趋成熟。而真正代表了汉代文人五言诗最高成就的是《古诗十九首》。《古诗十九首》最早见于南朝萧统编的《文选》。这些五言诗产生于东汉后期,作者多是中下层文人,他们身处乱世,在游宦或游学中,饱尝艰辛,痛感前途渺茫,惋惜时光流逝,慨叹人生无常,生命苦短。因此,游子怀乡、思妇闺怨、及时行乐就成为这些诗歌共同的主题,它反映了东汉后期社会生活的一个侧面。《古诗十九首》在艺术上取得了很高的成就,是文人五言诗成熟的标志。这些诗歌长于抒情,善于比兴,融情于景,寄情于事,往往达到水乳交融的境界。其语言平淡自然,清新流丽,具有言近旨远、语短情长的艺术魅力。

第三节　魏晋南北朝文学概述

文学史上的魏晋南北朝时期,是指汉献帝建安年间到隋建国之前的四百余年的时间。这是中国历史上大分裂、大动荡的时期,也是思想文化与文学艺术极活跃、极富创新精神的时期。魏晋南北朝文学有着鲜明的时代特色。一是文学的觉醒与独立。这首先表现在文学的社会地位有了极大的提高。曹丕在《典论·论文》中说:"盖文章,经国之大业,不朽之盛事。"文学已不再是政治的工具、经学的附庸,已经取得了与政治、经济、军事、学术等一样的独立地位。其次表现在文学已成为一种自觉的现象。继曹丕的《典论·论文》之后,陆机的《文赋》、刘勰的《文心雕龙》、钟嵘的《诗品》等文学理论著作,以及《文选》《玉台新咏》等诗文集的不断出现,表明人们的文学意识的增强。再次表现在作家群体的不断出现,如建安时的"邺下文人集团"、正始时的"竹林七贤"、西晋时的"二十四友"、刘宋时的"竟陵八友"、梁陈时的"宫体诗人群"等。最后表现在文学远离了政治教化功能。文人潜心于文学美的创造,开创了新的艺术个性。例如,陶渊明的田园诗、谢灵运的山水诗、萧纲等人的宫体诗、沈约等人的"永明体"诗等,都开辟了新的诗歌领域,创立了新的美学个性。二是文学的士族化倾向。自从魏晋时期确立了"九品中正"的取士制度以后,士族拥有了世袭的政治特权和经济特权。有此双重特权,士族的门阀利益自然远在国家命运之上。因而当时的文人不再有建安文人的慷慨进取和正始文人的忧愤交集。文学创作中饰文采以润色鸿业,博奥典雅的文风渐起,颂扬与应酬文学再度复兴。由于士族之间权力斗争频繁,故而一些文人为全身远祸而远离政治斗争的旋涡。在文学创作中,则祖尚虚浮,向往声色,追求文辞的华美,形式的精致,拟古之风大盛。此外,玄学的兴起也影响到文学创作。玄言诗的出现,也是文学士族化倾向的一个重要表现。三是文学的宫廷化特征。南北朝时期,南朝的君主大多不思进取,贪图享乐。而他们周围的一批宫廷文人由于生活圈子狭小,再加上对前途丧失了信心,于是放纵感官于世俗的享乐,又陶醉于家庭门第的光环之下,自傲于脱略事务的清高,迷恋于个人情感的玩味,沉溺于贵族文化的雕琢,其气质变得愈益敏感、细腻、纤弱,终于造就出贵族型与宫廷型的病态文化人格。虽然南朝文人极多,文学修养也极高,但诗风日益卑下。他们的作品往往题材单调,内容贫乏,浮靡纤弱,专事雕琢。虽然南朝宫廷文学在提高文学的形式美和艺术技巧方面做出了一定的贡献,但它毕竟背离了文学健康发展的道路。

一、建安文学

建安是汉献帝的年号。这一时期的文学是魏晋南北朝文学中最光彩夺目的一章。当时一些著名的作家,都云集在曹操的周围,形成了以他的封地邺为中心的邺下文人集团。邺下文人集团以"三曹"(曹操、曹丕、曹植)、"七子"(孔融、陈琳、王粲、徐干、阮瑀、刘桢、应场)和蔡琰为代表。他们无不亲身经历了当时的社会动乱,目睹了军阀混战给国家造成的巨大破坏,以及给人民带来的深重灾难。因此,他们的作品都真实地反映了当时动乱的社会现实,抒写了拯世救民、建功立业的强烈愿望,形成了"慷慨悲凉"的时代特色,这就是后世称道的"建安风骨"。他们在诗歌创作方面成就最高,内容上直接继承了汉乐府民歌的现实主义传统,在形式上多采用五言句式,形成了"五言腾涌"的局面。在赋的写作方面,大量创作抒情、咏物的小赋,曹植的《洛神赋》、王粲的《登楼赋》就是其中的名篇。在散文写作方面,形成了清峻通脱的特点。在建安作家中,曹操和曹植最为杰出。曹操的诗歌广泛而真实地反映了汉末军阀混战的社会现实,诗境开阔,诗风刚健,语言质朴,展现的是一幅厚重广阔的历史画卷,被后人称为"汉末诗史"。用乐府旧题写时事,是他的创造,对后世影响极大。此外,沉寂已久的四言诗,在他的笔下大放异彩,像《短歌行》《观沧海》《龟虽寿》等就是历代传诵的名篇。他写文章也很有特色,清峻通脱,被鲁迅称为改造文章的祖师。曹植的诗与其父曹操有明显的不同,带有浓厚的文人化的特色,讲究形式的精致,重视语言的提炼雕琢,因此,钟嵘在《诗品》中称赞他的诗"骨气奇高,辞采华茂",是"建安之杰"。他的文学创作以其兄曹丕称帝为界,可分为前后两个时期。前期多写社会的动乱和建功立业的抱负,如《送应氏》《白马篇》等。后期主要表达屡遭迫害、报国无门的忧愤感情,如《赠白马王彪》《杂诗》等。他的文和赋也十分出色。除了曹操、曹植外,其余的人也都各有所长。曹丕的诗多写游子、思妇之情,其中《燕歌行》为七言体,在七言诗的发展中有重要地位。"七子"中,孔融、陈琳、阮瑀工于文,王粲、刘桢、应场、徐干长于诗,其中王粲较为突出,被后人称为"七子之冠冕"(刘勰《文心雕龙·明诗》)。特别值得一提的是女诗人蔡琰,字文姬,在汉末战乱中,流落匈奴十二年,后被曹操赎回。现存诗作三篇,其中骚体《悲愤诗》和《胡笳十八拍》的真伪尚无定论。五言《悲愤诗》是一篇杰作,自叙苦难经历,叙事兼抒情,具有震撼人心的艺术力量。

二、正始文学

正始是魏废帝曹芳的年号。魏末晋初,一方面,统治者大肆铲除异己,名士多遭杀戮,政治环境十分险恶。另一方面,玄学兴起,文人崇尚老庄,高谈玄理,遗落世事。其代表人物即以阮籍、嵇康为首的"竹林七贤"。政治、思想的变化,促进了诗风的转变。建安诗人那种迫切希望建功立业的进取精神和感时伤乱的现实主义精神,在正始作家的作品中已不复存在。他们对黑暗的政治满怀愤恨,但又不能直接吐露,内心的痛苦是可想而知的。为了免遭不测,他们的作品多采用比兴象征的手法,委婉曲折地表达自己忧愤的感情。特别是阮籍的《咏怀》82首,以隐晦曲折的手法,集中抒写其嗟生忧时的思想感情,对后代诗人颇有影响。嵇康以文著称,个性刚直,为司马氏所害。刘伶的《酒德颂》与向秀的《思旧赋》在文学史上也有一定的影响。

三、两晋文学

晋初太康年间,是晋代少有的安定与繁荣的时期。这一时期文人的文学意识有所增强,但是也出现了文学逐渐脱离社会生活的倾向,形式主义的文风开始蔓延。太康时期作家与作品的数量都超过了前代,重要的作家有三张(张载、张协、张亢),二陆(陆机、陆云),两潘(潘岳、潘尼),一左(左思)。其中陆机在当时最负盛名,但他的诗内容不够充实,重在雕章琢句。他们的诗歌模拟前人的痕迹很重,缺少创造性,只有左思独树一帜。他的《咏史》8首,有一个共同的主题,就是抨击门阀制度的不合理,感情高亢,笔力矫健。

西晋末年,中原沦入外族之手,民族斗争异常激烈。永嘉年间的诗人,或写家园之痛,如爱国诗人刘琨的《扶风歌》《重赠卢谌》,感情激越,清拔悲壮,使晋代诗风为之一振;或抒愤世之情,如郭璞的《游仙诗》,诗境玄虚,名为游仙,实为抒愤,表现了英才难容于世的愤慨与不平。

四、陶渊明

晋室南渡之后,文人崇尚清谈,玄言诗风靡一时。其中的代表作家是孙绰、许询。以阐释老庄哲理为内容的诗,称为"玄言诗"。这样的诗枯燥乏味,绝少生活情趣。东晋后期,玄言诗中融入了山水的内容,从而使诗歌创作开始走向对自然的体悟。诗歌开始摆脱玄风,另觅新途。直到陶渊明等人出现,将恬淡自然、清新流丽的山水田园之作带入诗坛,才真正打破了玄言诗的一统局面。陶渊明的诗可分为田园诗和咏怀诗两类。他以平淡朴素而又富有情趣的笔墨,多角度地描绘田园风光,抒写他对田园生活的真切感受。以前诗人所忽视的田园景物第一次被他描绘得那样优美隽永,所以后人称他为"田园诗人"。陶渊明的另一类诗是咏怀诗,表现了他对污浊的世俗社会的不满,说明他并不能完全忘怀现实社会。可见,他既有"静穆"的一面,也有"金刚怒目"的一面。陶诗的总体风格是平淡自然,在朴素、简约的形式中,包孕着丰厚的情韵。意境醇厚,正是陶诗的艺术魅力之所在。陶诗在当时的诗坛可谓独树一帜,与玄言诗风格格不入,所以不被当时人所重视,但对后代的文学创作产生了极深远的影响。陶渊明的散文和辞赋也取得了很高的成就。《桃花源记》是一篇在中国散文史上有重要地位的佳作,以朴素自然的语言,描绘了一个乌托邦式的理想社会。《归去来兮辞》也写得优美自然,情趣高远,富有哲理。

五、南北朝诗歌

刘宋时期诗坛的最大变化是山水诗逐渐代替了东晋以来的玄言诗。在东晋末年的诗歌中,对山水景物的描写已逐渐增多,但成就不高。直到谢灵运的出现,才完成了玄言诗向山水诗的转变。谢灵运是中国诗歌史上第一个全力写山水诗的诗人。他的诗对景物描写细致逼真,诗境清丽,造语精工,在当时获得了很高的声誉。与谢灵运同时代的鲍照则继承和发扬了汉乐府民歌的现实主义传统,或描写边塞战争,或抒写怀才不遇的忧愤,或批判门阀制度的不合理,具有深广的社会内容。他擅长七言和杂言乐府诗,节奏错综多变,感情热烈奔放,笔力雄健遒劲,具有独特的风格,代表作是《拟行路难》18首。他的七言数量多,质量高,为七言诗的发展做出了重要的贡献。

齐武帝永明年间,音韵学有了进一步的发展,著名诗人沈约等人根据汉语的四声和双声叠韵来研究诗句中声、韵、调的配合,自觉地运用声律来写诗,再加上晋宋以来诗歌中对偶的形式,便形成了所谓"永明体"的新体诗。新体诗的出现是中国诗歌发展史上的一件大事,它对近体诗的产生有重要的影响。然而新体诗的规则过于烦琐,缺少可操作性,因此,当时新体诗的创作成就不高。只有谢朓等少数人尚能运用这些规则写出内容和形式结合得比较好的作品。谢朓善于写山水景物,常能从普通景物中发现美的因子。他的诗意境清丽,语言清新自然。另外,他的五言小诗也很出色,秀美深婉,言简意丰。

梁陈时期诗风日益卑下,由梁简文帝萧纲倡导的"宫体"诗风,风靡诗坛。宫,即太子东宫。萧纲做太子时,提倡新体,好作艳诗。宫廷诗人庾肩吾、徐摛等人气味相投,朝夕献诗,于是产生了所谓的"宫体诗"。宫体诗专写女人的容貌、举止、情态、衣饰、器物等,甚至还涉及性的描写。其主要特征是:内容轻艳,辞藻浮华,风格纤弱,声律和谐。从客观上讲,宫体诗的产生,是梁陈时期文学新变意识的产物,是对儒家正统诗论的一种反动。

北朝文人多崇尚南朝诗风,专事模仿南朝著名诗人的作品,很少创造,因此成就不高。只有由南入北的庾信和王褒成就突出。庾信原为梁朝著名宫廷诗人,王褒原为梁朝重臣,他们都具有很高的文学修养。进入北方之后,由于特殊的经历和生活环境的影响,诗风发生了很大的变化。他们入北以后的作品,既有南方诗歌的精致华美,又有北方诗歌的刚健厚重,体现了南北诗风融合这一诗歌发展的总趋势。庾信后期的作品多抒写对故国的深切怀念和屈身事敌的羞愧心情。其代表作《拟咏怀》27首,多方面地反映了他的亡国之恨和身世之痛,内容充实,感情真挚,风格沉郁苍凉。还有不少五言绝句,也十分出色。王褒后期的作品与庾信相似,代表作为《关山篇》《从军行》《出塞》一类的边塞诗,能脱尽六朝脂粉,开启唐音。

除了文人的诗歌以外,南北朝乐府民歌也取得了很大的成就。南北朝乐府虽产生于同一时期,但"艳曲生于南朝,胡音生于北俗",由于地域与社会环境的不同,两者表现出迥然不同的艺术风貌。南朝乐府民歌大部分保存在宋人郭茂倩编集的《乐府诗集·清商曲辞》中,分为"吴声歌曲""西曲歌""神弦曲"三类。南朝民歌几乎是清一色的情歌,体制短小,多用谐音、双关、顶真、比喻等修辞手法,语言清新自然,情调宛转缠绵,代表作有《西洲曲》《子夜歌》等。北朝乐府民歌大部分收入在《乐府诗集·梁鼓角横吹曲》中。北朝民歌的题材较南朝民歌广泛,诸如大漠风光、尚武精神、爱情、战乱、征戍徭役、贫富悬殊等都涉及了,感情真率,语言质朴,风格刚健。代表作有《木兰诗》《敕勒歌》等。

六、南北朝的骈文与散文

南北朝时期的文包括赋、骈文和散文。其中骈文是南北朝时期最兴盛的一种文体。其基本特征是讲究对偶、声韵、用典、藻饰,句式多为四字句和六字句,因此,骈文也被称为"四六文",代表作有孔稚珪的《北山移文》、丘迟的《与陈伯之书》等。孔文讽刺先隐后仕的假隐士,虽属调笑之作,但揭露世态颇为辛辣,嬉笑怒骂,亦有气势。丘文立论宏大,情理兼胜,感人至深,特别是描绘故旧风物、故旧感情,更催人泪下。还有一些骈文小品,在骈体的运用上,更见圆熟。如吴均的《与宋元思书》、陶弘景的《答谢中书书》等,文字简洁省净,清新明快,篇末尤多隽语,令人味之无穷。这类作品虽属骈文,实有散文诗的韵味。这时的辞赋,在骈文的影响下,发展成俳赋,俳赋与骈文已难以区别。著名的有鲍照的《芜城赋》、谢庄的《月赋》、江淹的《别赋》和《恨赋》、庾信的《哀江南赋》等。南北朝时期的散文以北朝郦道元的《水经注》和杨衒之的《洛阳伽蓝记》最为出名。前者是郦道元为《水经》作的注,不仅记录了1 389条水道的源头、流向和变迁,还对沿河的山川景物、风俗人情、民间传说、神话故事、历史事件等一一做了生动的描述,故此书实际上是一部出色的游记散文集。后者则记述了北魏时洛阳佛寺的繁盛壮丽景象,同时还涉及北魏建都洛阳四十年间的朝廷大事、中外交通、人物传记、市井景象、民间风俗、传说异文等,犹如一部历史笔记,有一定的文学价值。

七、魏晋南北朝小说

小说发展到魏晋南北朝时期开始繁盛,按内容可分为两类:一类是志怪小说,一类是逸事小说。

志怪小说,以记述鬼神怪异故事为内容。当时由于道教、佛教的广泛传播,侈谈鬼神、称道灵异的社会风气很盛行,因此便孕育产生了众多的志怪小说,其中干宝的《搜神记》最为有名。书中的一些故事,如"李寄斩蛇""韩凭夫妇""东海孝妇""干将莫邪""董永",或叙至死不变的忠贞爱情,或颂以死抗暴的反抗精神,情节完整,形象生动,富有浓郁的浪漫主义色彩,有较高的文学性。志怪小说对后世文学有很大的影响。唐代传奇、宋人平话、清代的《聊斋志异》等,都与它一脉相承。后代的戏曲、小说也从中吸取了丰富的素材。

逸事小说,以记录人物的逸闻琐事为内容。魏晋以后,在士大夫中盛行的清淡和品评人物的风气,为逸事小说的创作提供了丰富的素材。刘义庆的《世说新语》,就是这类小说的代表作。《世说新语》分为"德行""言语""政事""文学"四类,记载了东汉至东晋文人名士的言行,而重点在晋,以反映人物性格、精神面貌为主,是魏晋人的人性、人格、社会心态的记录。从中可见高尚的品性,超逸的气度,豁达的胸襟,机智的谈吐。这些人物,或志在魏阙,或忘情山水;或豪迈旷达,严谨庄重,或狡诈奸谲,冷酷残暴。媸妍皆备,极尽世态。文字简洁隽永,含蓄委婉,寥寥数言,可使人物须眉皆动,富有神韵,是后世笔记小说、小品文的先驱。

魏晋南北朝文学无论是在内容还是形式上都呈现出多姿多彩的特色,在中国文学发展史中是一个承前启后的重要阶段。

第二章　中国古代文学作品与导读（上）

弹　歌

《吴越春秋》

【解题】

本篇选自赵晔编的《吴越春秋》。弹（dàn）：一种利用弹（tán）力发射的狩猎工具。这是一首远古时代的歌谣，真实地反映了上古时代人民的狩猎生活，体现了他们卓越的创造力。

> 断竹①，续竹②。
> 飞土③，逐宍④。

（《四库全书》影印本）

【注释】

① 断竹：砍伐竹竿。
② 续竹：指用弦线连接竹竿两头，做成弹弓。
③ 飞：射出。土：指弹丸。
④ 宍：古"肉"字，代指禽兽。

【导读】

这是一首狩猎歌，相传是远古时代的作品。我们从作品语言的古朴、音节的短促来看，这种说法应当是可信的。它充分地表现了远古时代人民的聪明才智。这首诗生动地再现了从取竹制作狩猎工具到用弹弓猎获禽兽的全过程。它以四组动宾结构的短语,极为精练而概括地反映了远古时代狩猎生活的真实情景,同时也表现了远古人民初次用弹弓狩猎的喜悦心情。

芣 苢

《诗经》

【解题】

　　这首诗选自《诗经·周南》。这是一首描写妇女采摘芣苢的劳动之歌,全诗洋溢着欢愉之情。作品采用了叠章复沓的形式,在反复的咏唱中,准确地传达出那欢快的劳动节奏。语言质朴无华,自然天成。

　　采采芣苢①,薄言采之②。　采采芣苢,薄言有之③。
　　采采芣苢,薄言掇之④。　采采芣苢,薄言捋之⑤。
　　采采芣苢,薄言袺之⑥。　采采芣苢,薄言襭之⑦。

(阮刻《十三经注疏》本《毛诗正义》卷一)

【注释】

　　① 采采:鲜润茂盛的样子。芣苢(fú yǐ):植物名,即车前子。古人认为车前子可以治妇女不孕或难产之症。
　　② 薄、言:皆语助词。采:摘取。
　　③ 有:收取。
　　④ 掇(duō):拾取。
　　⑤ 捋(luō):用手从茎上抹取。
　　⑥ 袺(jié):用手拉着衣襟兜东西。
　　⑦ 襭(xié):把衣襟掖在腰带间兜东西。

【导读】

　　本诗艺术地再现了采集车前子的姑娘们的劳动生活,是一首优美、明快的劳动之歌。全诗共三章,虽然中间只更换了六个动词,却生动地描绘出一群姑娘采集车前子的劳动场面和全过程:

始则相呼而采之,中间掇捋而采之,最后袺襭而归之。这首诗所写的内容,本来只用一句话就可以说明白,如若不采用重章叠唱的形式,反复咏唱,必然会索然无味。正因为采用了复沓的形式,再加上语助词的反复出现,才准确地传达出那种欢快的劳动节奏。随着反复咏唱,读者也就逐步体味和感受到诗的优美意境。正如清人方玉润说的那样:"读者试平心静气,涵咏此诗,恍听田家妇女,三三五五,于平原绣野,风和日丽中,群歌互答,余音袅袅,若远若近,忽断忽续,不知其情之何以移,而神之何以旷,则此诗可不必细绎而自得其妙焉。"(《诗经原始》)这首诗质朴无华,自然天成,语言似平而奇,意境似浅而深,韵味似淡而浓。它之所以能达到这样高的艺术水准,正在于诗人成功地运用了重章叠唱的形式,艺术地再现了那种欢快的劳动节奏,给人以美的享受。

氓

《诗经》

【解题】

这首诗选自《诗经·卫风》。古代学者多以封建正统观点对此诗加以曲解,如朱熹《诗集传》说:"此淫妇为人所弃,而自叙其事以道其悔恨之意也。"其实,这是一首被喜新厌旧的丈夫无端抛弃的女子的自伤之诗。全诗通过回忆倒叙的手法,叙述了女主人公婚姻悲剧的全过程。全诗运用赋、比、兴三种艺术手法,成功地塑造了一个忠于爱情、吃苦耐劳、性格刚强的中国古代妇女形象。另外,在叙述过程中,有时插入女主人公的议论与抒情,因而成为一首抒情色彩很浓的叙事诗。《氓》是一首早期的叙事诗,开了后世叙事诗的先河;同时也是古代以婚姻爱情为题材的文学作品中的优秀篇章,无论是在思想上还是在艺术上,都达到了当时的最高水平。

氓之蚩蚩①,抱布贸丝②。匪来贸丝③,来即我谋④。送子涉淇⑤,至于顿丘⑥。匪我愆期⑦,子无良媒。将子无怒⑧,秋以为期。乘彼垝垣⑨,以望复关⑩。不见复关,泣涕涟涟。既见复关,载笑载言⑪;尔卜尔筮⑫,体无咎言⑬。以尔车来,以我贿迁⑭。

桑之未落,其叶沃若⑮。于嗟鸠兮⑯,无食桑葚⑰!于嗟女兮,无与士耽⑱!士之耽兮,犹可说也⑲;女之耽兮,不可说也。

桑之落矣,其黄而陨⑳。自我徂尔㉑,三岁食贫㉒。淇水汤汤㉓,渐车帷裳㉔。女也不爽㉕,士贰其行㉖。士也罔极㉗,二三其德㉘。

三岁为妇,靡室劳矣㉙。夙兴夜寐㉚,靡有朝矣㉛。言既遂矣㉜,至于暴矣㉝;兄弟不知,咥其笑矣㉞。静言思之㉟,躬自悼矣㊱。

及尔偕老,老使我怨。淇则有岸,隰则有泮㊲。总角之宴㊳,言笑晏晏㊴。信誓旦旦㊵,不思其反㊶。反是不思㊷,亦已焉哉㊸。

(阮刻《十三经注疏》本《毛诗正义》卷三)

【注释】

① 氓(méng):民,弃妇对她丈夫的称呼。一说,同"甿"。《广雅》:"甿,痴也。"犹言傻小子。蚩(chī)蚩:憨厚的样子。一说,同"嗤嗤",笑嘻嘻的样子。《韩诗》作"嗤嗤"。

② 布:古代的货币。《毛传》:"布,币也。"一说,布匹。《盐铁论·错币》:"古者市朝而无刀币,各以其所有易所无,抱布贸丝而已。"

③ 匪:同"非",不是。

④ 即:就。"匪来"二句是说,氓的真意并不是来买丝,而是来找我商量婚事。

⑤ 子:指氓。淇:卫国水名。

⑥ 顿丘:卫国邑名,在今河南浚县西。《嘉庆一统志·卫辉府》:"顿丘故城在浚县西,本卫邑,《诗》:'送子涉淇,至于顿丘。'"

⑦ 愆(qiān):拖延。期:指婚期。

⑧ 将(qiāng):愿,请。

⑨ 乘:登上。垝(guǐ):高(于省吾《泽螺居诗经新证》)。垣(yuán):墙。

⑩ 复关:氓住的地方。朱熹《诗集传》:"复关,男子之所居也。"此处借以称氓。

⑪ 载:又。

⑫ 尔:你,指男方。卜:用火灼龟甲占卦。筮(shì):用筮草占卦。古人遇婚嫁等大事,都要占卜以判断吉凶。

⑬ 体:指卦体。咎言:不吉利的话。

⑭ 贿:财物,此处指嫁妆。

⑮ 沃若:鲜艳润泽的样子。"桑之未落"二句是起兴的句子,喻女子年轻貌美。一说,喻男女情意浓厚。

⑯ 于(xū)嗟:同"吁嗟",感叹词。鸠:鸟名,即斑鸠。

⑰ 桑葚(shèn):桑果。古人认为斑鸠吃多了桑果就会昏醉。

⑱ 耽(dān):过分迷恋欢乐。《尚书·无逸》:"惟耽乐之从。"孔安国传:"过乐谓之耽。"此句是说,千万不要过分沉溺在与男子的爱情之中!

⑲ 说:"脱"的假借字,摆脱。一说,解说,解释。

⑳ 陨：落。“桑之落矣”二句是起兴的句子，喻女子年老色衰。一说，喻男女情意已衰。

㉑ 徂(cú)：往。尔：你，指男方家。

㉒ 三岁：多年。食贫：犹吃苦。“自我”二句是说，自从我嫁到你家，多年来一直过着苦日子。

㉓ 汤(shāng)汤：河水弥漫的样子。

㉔ 渐：浸湿。帷裳：车上的帐幔。

㉕ 爽：过错。

㉖ 贰：不专一。

㉗ 罔：无。极：准则。

㉘ 二三其德：犹言“三心二意”。

㉙ 靡：无，不。室：指家务劳作。劳：劳苦，辛苦。“三岁为妇”二句是说，多年来做你家的媳妇，从不以操持家务为苦。一说，多年来做你家的媳妇，不光是家室的劳苦操持。

㉚ 夙：早。兴：起。夜：指深夜。寐：睡。

㉛ 朝：指朝夕，一整天。朱熹《诗集传》：“无有朝旦之暇。”“夙兴”二句是说，早起晚睡，从早到晚没有一点空闲。一说，早起晚睡，不是一天如此。

㉜ 言：语助词。遂：满足了心愿。一说，成，指家业有成(高亨《诗经今注》)。一说，久。《郑笺》：“遂，犹久也。”

㉝ 暴：暴虐。

㉞ 咥(xì)：讥笑的样子。其：同“然”。“兄弟”二句是说，兄弟也不体谅我，反而讥笑我被休回家。

㉟ 言：语助词。

㊱ 躬自：犹“独自”。悼：悲伤。

㊲ 隰(xí)：低湿之地。一说，当作“湿”，水名，即漯河(闻一多《诗经通义》)。黄河支流，流经卫地。泮(pàn)：同“畔”，边。“淇则”二句含比喻义，以水流之有岸畔，反喻自己的痛苦无穷无尽，或自己以后的生活失去了依靠，或氓什么坏事都做得出来。

㊳ 总角：古人未成年时将头发束成对称的两个髻，形似牛羊角，故称总角。此处是孩童的代称。宴：欢乐。

㊴ 晏晏：和悦的样子。

㊵ 信誓：真诚的誓言。旦旦：明明白白。朱熹《诗集传》：“旦旦，明也。”一说，同“怛怛”，诚恳的样子。

㊶ 反：反复。一说，本。于省吾《泽螺居诗经新证》：“不思其反，即上‘总角之宴，

言笑晏晏'之谓也。""信誓"二句是说,真诚的誓言犹在耳,没想到他竟变了心。

㊷ 反:指违反誓言的事。一说,指过去的事。是:则。

㊸ 已:止。焉哉:两个语气助词连用,表示加重语气。此句是说,从此就算了吧!

【导读】

《氓》是一首带有叙事性的诗。它以第一人称的口吻,叙述了女主人公爱情悲剧的全过程,倾诉了被弃后悔恨交加的痛苦、怨愤的心情。赋、比、兴三种艺术手法的配合使用,是这首诗的一个突出特点。全诗共六章,一、二、五章是以赋的手法叙述了女主人公与诗中被称为"氓"的男子从相爱、结合到遭虐待、被抛弃的过程。为了使叙事被打断而不显得突兀,同时也为了更好地配合直接抒发悔恨交加的怨愤感情,三、四两章开头均用了起兴的句子。用桑叶未落时肥硕润泽的形象,暗喻当初女主人公年轻貌美、两人情深意浓的情形;用桑叶零落时枯黄衰败的形象,暗喻眼下女主人公容颜憔悴、男子情意衰减的情形。两相照应,形成鲜明对比,形象地展示出女主人公命运的前后变化,并为这两章后半部分直接抒发怨愤之情做了必要的铺垫。第六章是表现女主人公的决绝的态度,为了与此相配合,诗人采用了比的手法。"淇则有岸,隰则有泮",连淇水都有岸,低湿之地都有边,可是"氓"放荡无拘。这是反比。正因为"氓"这样坏,所以女主人公才"反是不思,亦已焉哉",决心跟他一刀两断。可见,赋、比、兴三种艺术手法的配合使用,完全是根据作品叙事、抒情的需要来安排的。

成功地展示了男女主人公的鲜明形象,是这首诗的另一个突出特点。女主人公对爱情是忠贞专一的。她天天盼着意中人的到来,"不见复关,泣涕涟涟","既见复关,载笑载言",是那样的一往情深。结婚以后"三岁食贫","至于暴矣",受尽贫苦和虐待,但始终对丈夫一片痴情。她"三岁为妇,靡室劳矣。夙兴夜寐,靡有朝矣",克勤克俭,吃苦耐劳。在被丈夫抛弃后,她丢掉幻想,与丈夫一刀两断,表现了刚强的性格。她的形象体现了中国古代劳动妇女的美德。然而这样一个贤惠的女子,命运却很悲惨,不仅被丈夫抛弃,而且无人同情。美好的形象被无情地毁灭了,因此产生了强烈的悲剧效果,引起了读者深切的同情。另外,通过婚前婚后的对比,也生动地展示了男主人公虚伪、狡狯、卑鄙、自私、粗暴、无情无义的性格特征。"氓"的形象也有一定的社会意义和认识价值。《氓》是古代以婚姻爱情为题材的文学作品中的优秀篇章,它无论是在思想上还是在艺术上,都达到了当时的最高水平。

硕　鼠

《诗经》

【解题】

这首诗选自《诗经·魏风》。《毛诗序》云:"《硕鼠》刺重敛也。国人刺其君重敛,蚕食于民,不修其政,贪而畏人,若大鼠也。"这首怨刺诗表达了人民对统治者重敛盘剥的怨恨情绪和对美好生活的向往。形象生动的比喻,是讽刺的重要手段之一。诗人把统治者比作贪婪凶残、人人厌憎的大老鼠,不仅生动、形象,而且深刻地揭示出统治者贪得无厌的本质特征。

硕鼠硕鼠①,无食我黍②! 三岁贯女③,莫我肯顾④。逝将去女⑤,适彼乐土⑥。乐土乐土,爰得我所⑦!

硕鼠硕鼠,无食我麦! 三岁贯女,莫我肯德⑧。逝将去女,适彼乐国。乐国乐国,爰得我直⑨!

硕鼠硕鼠,无食我苗! 三岁贯女,莫我肯劳⑩。逝将去女,适彼乐郊。乐郊乐郊,谁之永号⑪!

(阮刻《十三经注疏》本《毛诗正义》卷五)

【注释】

① 硕鼠:大老鼠。一说,即鼫鼠,好食田中粟豆,俗名田鼠(马瑞辰《毛诗传笺通释》)。

② 黍(shǔ):谷物名,又称"黍子"。

③ 三岁:多年。贯:侍奉。女:同"汝",指统治者。

④ 莫我肯顾:即"莫肯顾我"。顾,顾念、照顾。

⑤ 逝:"誓"的假借字,发誓。一说,句首语助词。去:离开。

⑥ 适:到,往。乐土:与下面两章中的"乐国""乐郊"一样,都是诗人幻想中的没

有剥削、没有压迫的理想国度。

⑦ 爰：乃。此句是说，这才获得了我们安居乐业的处所。

⑧ 德：恩惠。

⑨ 直：与"所"同义（王引之《经传释词》卷五）。一说，同"值"，价值。一说，指直道，正道。

⑩ 劳：慰问，犒劳。

⑪ 之：这里与"其"同义。永号：犹"长叹"。

【导读】

　　形象的比喻，是讽刺的重要手段之一。把剥削者比作贪婪凶残、人人厌憎的大老鼠，确实极为形象、生动。全诗共三章，重章叠唱。每章可分为两层，第一层写老鼠的外貌和本性，"硕鼠硕鼠"一句，采用叠词重言的形式，形象地刻画出老鼠硕大肥胖的丑陋相貌，蕴含着对危害人的大老鼠的厌憎之情。接着，写硕鼠由性贪而食黍，食黍不足而食麦，食麦不足而食苗，层层逼近，突出其贪得无厌、凶残之极的本性。尽管多年来人们用自己的血汗养活了它们，但它们不顾人的死活，仍然那么贪婪凶残，冷酷无情。字里行间充满着对剥削者的愤恨之情。人们忍受不了这种残酷的剥削，便产生了逃亡的念头，准备逃到那些没有硕鼠的地方去。每章的后四句都抒写劳动者的这种愿望。"逝将去女，适彼乐土（国、郊）"，劳动者希冀有个没有剥削和压迫的理想之地。当然，这种没有剥削没有压迫的"乐土"，在当时是不存在的，这只能是劳动者的一种空想。但它包含着对不合理的社会制度的否定，显示了劳动人民的反抗精神。千百年来，它给了劳动人民以斗争的勇气。

蒹 葭

《诗经》

【解题】

　　这首诗选自《诗经·秦风》。这是一首怀人诗。诗中的"伊人"是诗人爱慕、怀念和追求的对象,至于与诗人是什么关系,很难确定。现代学者一般认为是诗人的恋人。诗人善于捕捉艺术氛围,创造出纯美的意境。诗中的景物描写十分出色,景中含情,情景浑融一体,有力地烘托出主人公凄婉惆怅的情感,表现出一种凄迷而朦胧的美。另外,重章叠句、一咏三叹的结构形式,不仅使感情的抒写不断加深,而且造成一种回环往复之美。

　　蒹葭苍苍①,白露为霜。所谓伊人②,在水一方。溯洄从之③,道阻且长。溯游从之④,宛在水中央⑤。
　　蒹葭凄凄⑥,白露未晞⑦。所谓伊人,在水之湄⑧。溯洄从之,道阻且跻⑨。溯游从之,宛在水中坻⑩。
　　蒹葭采采⑪,白露未已⑫。所谓伊人,在水之涘⑬。溯洄从之,道阻且右⑭。溯游从之,宛在水中沚⑮。

(阮刻《十三经注疏》本《毛诗正义》卷六)

【注释】

① 蒹(jiān):荻,芦苇一类的植物,生长在水边。葭(jiā):芦苇。苍苍:茂盛的样子。一说,深青色。
② 伊人:那个人,指诗人所怀之人。
③ 溯(sù)洄:沿着曲折的河岸往上游走。从:追寻。
④ 溯游:沿着笔直的河岸往下游走。
⑤ 宛:好像,仿佛。

⑥ 凄凄:"萋萋"的假借字,茂盛的样子。一说,淡青色。
⑦ 晞(xī):干。
⑧ 湄:水边。
⑨ 跻(jī):登高。这里指地势高。
⑩ 坻(chí):水中小沙滩。
⑪ 采采:茂盛的样子。一说,润泽鲜亮的颜色。
⑫ 已:尽。
⑬ 涘(sì):水边。
⑭ 右:道路弯曲。
⑮ 沚(zhǐ):水中小洲。

【导读】

　　《蒹葭》是一首优美动人的恋歌。首先,这首诗最大的特点是善于营造艺术氛围,创造出纯美的意境。诗中的主人公清晨伫立河畔,所见景物很多,但诗人只写了笼罩在晨雾中的芦荻、霜露、秋水,展示的是一幅清新淡雅的画面,犹如一幅淡淡的水墨画。而那清秋萧瑟景物特有的色彩,则为全诗渲染出一种凄清的气氛。这种气氛与主人公处于离情别绪中的特定心境是一致的,从而有力地烘托出人物凄婉惆怅的情感。同时人物的情感,似乎也已投射到眼前的景物之上,使得这蒹葭白露、茫茫秋水都染上了主人公淡淡的忧愁、绵绵的情思。总之,客观景物与主观感情浑然一体,构成了情景交融的优美意境,而那些与此无关的景物和具体的细节则被删汰了。这不仅给读者留下了驰骋想象的空间,而且使诗歌具有了一种凄迷而朦胧的美。

　　其次,重章叠句、一咏三叹的结构形式,使感情的抒写不断深化。全诗共三章,每章前半部分写景,后半部分抒情。但这三章并不是机械地重复,而是层层递进,富于变化。首章的"白露为霜",是写清晨白露凝结为霜的情景;次章的"白露未晞",则表示日出时霜露未干的状态;末章的"白露未已",则是太阳升起而露水尚未完全消散的情形。这都暗示着时间的推移,表现了主人公焦灼的心情。首章的"蒹葭苍苍"、次章的"蒹葭凄凄"、末章的"蒹葭采采",写出了芦荻不同的状态。首章的"道阻且长"、次章的"道阻且跻"、末章的"道阻且右"三句互为补充,分别从漫长、崎岖、曲折三个角度表现道路之艰难阻隔。首章的"宛在水中央"、次章的"宛在水中坻"、末章的"宛在水中沚"是写地点位置的变化。而"溯洄从之""溯游从之"两句在三章中的重复,则表现出主人公不可阻遏的渴慕和锲而不舍的追求。三章虽只变换数字,但经过反复咏唱,不仅使感情的抒写不断加深,而且造成一种回环往复之美。

无 衣

《诗经》

【解题】

这首诗选自《诗经·秦风》。据《汉书·地理志》记载:"(秦)安定北地,上郡西河,直迫近戎地,修习战备,高尚气力,以射猎为先。故秦诗曰:'其在板屋。'又曰:'王与兴师,修我甲兵,与子俱行。'"由此可以推知,此诗当是公元前8世纪前后秦襄公父子征西戎时军中的战歌,表现了秦国军民面对强敌的侵扰,共同对敌的大无畏气概,充满着慷慨激昂、同仇敌忾的爱国精神。全诗三章,采用重章叠唱的形式,在反复咏唱中层层递进,极有层次地展现了出征将士同心同德、共同杀敌的高昂战斗情绪。

岂曰无衣①?与子同袍②。王于兴师③,修我戈矛④,与子同仇!
岂曰无衣?与子同泽⑤。王于兴师,修我矛戟⑥,与子偕作⑦!
岂曰无衣?与子同裳。王于兴师,修我甲兵⑧,与子偕行!

(阮刻《十三经注疏本》本《毛诗正义》卷六)

【注释】

① 衣:古时上曰衣,下曰裳。
② 袍:指战袍。
③ 王:周王。公元前771年,西戎攻陷镐京,杀死幽王,次年平王东迁,秦襄公护送平王有功,被封为诸侯,奉命征伐西戎。于:语助词。兴师:出兵征伐。
④ 戈:一种长柄兵器,平头带横刃。
⑤ 泽:"襗"的假借字,贴身的内衣。
⑥ 戟:一种长柄兵器,横、直都有锋刃,故既能直刺,又能横击。

⑦作:起。此指军队出发。
⑧甲:盔甲。兵:兵器的总称。

【导读】

全诗共三章,采用重章叠唱的形式,在反复咏唱中层层递进,极有层次地展现了出征将士同心同德、共同杀敌的高昂战斗情绪。如"与子同袍""与子同泽""与子同裳"三句,"袍"系外衣,"泽"系内衣,"裳"系下衣,从外到内,从上到下,一层深似一层地表现出将士之间同心同德、团结战斗的亲密关系。又如"修我戈矛""修我矛戟""修我甲兵"三句,戈、矛、戟是单个的兵器,"甲兵"则是武器装备的总称,由个体到整体,表现出全军将士摩拳擦掌、情绪饱满的战斗热情。再如"与子同仇""与子偕作""与子偕行"三句,"同仇"指思想统一,"偕作"指共同行动,"偕行"指一同奔赴战场,一层紧似一层地烘托出战斗的气氛。我们可以想象得到:一支军队高唱着这支军歌奔赴战场,将有怎样的压倒敌人的气势和力量。作为一首军歌,只有反复地咏唱,才能体会出其中的意蕴,才能感受到它那动人的魅力。

秦晋殽之战

《左传》

【解题】

本文选自《左传·僖公三十二年、三十三年》。殽(xiáo),一作"崤",山名,又名嵚崟山,在今河南洛宁北。本文叙述在晋文公死后,秦穆公举兵袭郑,结果袭郑不成,反被晋军败。本文叙写了晋、秦两国作战于殽的过程。

冬,晋文公卒。庚辰,将殡于曲沃①;出绛②,柩有声如牛③。卜偃使大夫拜④,曰:"君命大事⑤:将有西师过轶我⑥;击之,必大捷焉。"

杞子自郑使告于秦⑦,曰:"郑人使我掌其北门之管,若潜师以来,国可得也。"穆公访诸蹇叔⑧,蹇叔曰:"劳师以袭远,非所闻也。师劳力竭,远主备之,无乃不可乎?师之所为,郑必知之;勤而无所,必有悖心⑨,且行千里,其谁不知!"公辞焉。召孟明、西乞、白乙⑩,使出师于东门之外。蹇叔哭之曰:"孟子,吾见师之出,而不见其入也!"公使谓之曰:"尔何知?中寿,尔墓之木拱矣⑪!"

蹇叔之子与师,哭而送之,曰:"晋人御师必于殽⑫,殽有二陵焉:其南陵,夏后皋之墓也⑬;其北陵,文王之所辟风雨也⑭。必死是间,余收尔骨焉。"

秦师遂东。

三十三年春,秦师过周北门⑮,左右免胄而下,超乘者三百乘⑯。王孙满尚幼⑰,观之,言与王曰:"秦师轻而无礼,必败。轻则寡谋,无礼则脱⑱,入险而脱,又不能谋,能无败乎?"

及滑⑲,郑商人弦高将市于周⑳,遇之。以乘韦先㉑,牛十二,

49

犒师。曰："寡君闻吾子将步师出于敝邑㉒,敢犒从者。不腆敝邑,为从者之淹㉓,居则具一日之积,行则备一夕之卫。"且使遽告于郑㉔。

郑穆公使视客馆,则束载厉兵秣马矣。使皇武子辞焉㉕,曰:"吾子淹久于敝邑,唯是脯资饩牵竭矣㉖,为吾子之将行也。郑之有原圃,犹秦之有具囿也㉗。吾子取其麋鹿,以闲敝邑,若何?"杞子奔齐,逢孙、杨孙奔宋。

孟明曰:"郑有备矣,不可冀也。攻之不克,围之不继,吾其还也。"灭滑而还。……

晋原轸曰:"秦违蹇叔,而以贪勤民㉘,天奉我也。奉不可失,敌不可纵。纵敌患生,违天不祥,必伐秦师。"栾枝曰:"未报秦施,而伐其师,其为死君乎?"先轸曰:"秦不哀吾丧,而伐吾同姓㉙,秦则无礼,何施之为?吾闻之,一日纵敌,数世之患也。谋及子孙,可谓死君乎!"遂发命,遽兴姜戎㉚。子墨衰绖,梁弘御戎,莱驹为右㉛。夏四月辛巳,败秦师于殽,获百里孟明视、西乞术、白乙丙以归。遂墨以葬文公㉜。晋于是始墨。

文嬴请三帅㉝,曰:"彼实构吾二君,寡君若得而食之不厌,君何辱讨焉㉞!使归就戮于秦,以逞寡君之志,若何?"公许之㉟。

先轸朝,问秦囚。公曰:"夫人请之,吾舍之矣。"先轸怒曰:"武夫力而拘诸原㊱,妇人暂而免诸国。堕军实而长寇仇㊲,亡无日矣!"不顾而唾。

公使阳处父追之㊳,及诸河,则在舟中矣。释左骖,以公命赠孟明。孟明稽首曰:"君之惠,不以累臣衅鼓㊴,使归就戮于秦;寡君之以为戮,死且不朽。若从君惠而免之,三年,将拜君赐㊵。"

秦伯素服郊次,乡师而哭㊶,曰:"孤违蹇叔,以辱二三子,孤之罪也。"不替孟明㊷。"孤之过也,大夫何罪?且吾不以一眚掩大德㊸。"

(阮刻《十三经注疏》本《左传》卷十七,据杜预《春秋经传集解》校补)

【注释】

① 殡(bìn)：埋葬，此处指埋棺木于墓穴以前的停柩受吊仪式。曲沃：今山西闻喜，晋祖坟所在之地。

② 绛：晋国的都城，在今山西翼城东南。

③ 柩：棺木。此句指棺木里发出的声音像牛鸣一样。

④ 卜偃：即晋国卜筮之官郭偃。

⑤ 君命大事：晋文公有军机大事命令我们。

⑥ 西师：指秦国的军队。过轶(yì)：超越边境而过。轶，超前。这句话的意思是，秦国的军队将要越境而过。

⑦ 杞子：秦大夫，僖公三十年(前 630)被派驻郑国，以监视郑国的活动。

⑧ 蹇叔：秦国的元老。这句话的意思是，访问此事于蹇叔。

⑨ 勤而无所：劳苦而无所得。悖心：叛离怨恨之心。这两句话的意思是，劳苦而无所得，秦国的士兵必生怨恨之心。

⑩ 孟明：秦将孟明视，下文称"百里孟明视"，故一说谓秦贤相百里奚之子。西乞：秦将西乞术。白乙：秦将白乙丙。

⑪ 中寿：中等的寿命。蹇叔此时已超过中寿，大约七八十岁。

⑫ 御师：抵抗秦国的军队。

⑬ 二陵：指殽南北两山，相距 35 里。夏后皋：夏代的君主名皋，"后"是对夏代君主的称呼。

⑭ 辟：同"避"。

⑮ 周北门：指周朝都城洛邑的北门。

⑯ 左右：指在战车上御者左右两旁的武士。免胄：摘下头盔。下：下车步行，表示对周王的敬礼。超乘：一跃上车。免胄而下是有礼，超乘是无礼的行为。

⑰ 王孙满：周大夫，周襄王之孙。

⑱ 轻：轻狂。脱：轻率，放肆。

⑲ 滑：姬姓小国，后沦为县邑。在今河南偃师南。

⑳ 将市于周：将要到周的都城去做买卖。市，买卖。

㉑ 乘(shèng)：一辆车为一乘，古时一车四马，所以以"乘"代"四"。韦：熟牛皮。这句话的意思是，用四张熟牛皮作为先行的礼物。

㉒ 寡君：谦称自己的国君，指郑国国君。吾子：对对方的尊称，指秦国将帅。敝邑：本国的谦称。这句话的意思是，我们的君主听说你们行军来到敝国。

㉓ 腆(tiǎn)：丰厚。淹：停留。这句话的意思是，敝国虽贫穷，但愿为你们的部下留在郑地效劳。

51

㉔ 遽：驿车。这句话的意思是，弦高让人用接力的快马驾车到郑国报信。

㉕ 皇武子：郑大夫。辞：辞谢戍郑的秦大夫，要他们离开。

㉖ 淹久：久住。脯：熟肉。资：粮食。饩(xì)：已经宰杀的牲畜。牵：尚未宰杀的牲畜。竭：尽。这句话的意思是，你们久住郑国，但是那些可供食用的物资都用完了。这句话其实是婉转地下逐客令。

㉗ 原圃：郑国的兽苑。具囿：秦国的兽苑。

㉘ 原轸：即先轸，其采邑在原(今河南)。以贪勤民：因为贪心而劳累了人民。

㉙ 吾丧：指晋文公的丧事。伐吾同姓：指秦伐灭滑，而郑、滑、晋皆为姬姓。这句话的意思是，你们秦国不哀悼我国的丧事而进攻和晋同姓的郑国和滑国。

㉚ 遽：急。姜戎：秦晋之间的一个部落，和晋国友好。这句话的意思是，立即调动姜戎的军队。

㉛ 子：指晋襄公，因文公尚未安葬，故仍称"子"。衰(cuī)：麻布丧服。绖(dié)：穿孝服时束的麻腰带。衰与绖都是白色的，古代以白色为不利，故用墨染之。梁弘：晋国将领。莱驹：晋国将领。这句话的意思是，晋襄公把丧服染成黑色，梁弘驾御兵车，莱驹为车右武士。

㉜ 墨：穿黑色的丧服。后一句话的意思是，晋国从此开始以黑衣为丧服。

㉝ 文嬴：秦穆公之女，晋文公的夫人，晋襄公的母亲。请三帅：指请求释放秦之孟明、西乞、白乙等三人。

㉞ 构：结，结怨，此指挑拨离间。厌：满足。讨：处罚。这句话的意思是，他们的确挑拨了秦晋两国国君的关系，秦君若能得到他们三人，食其肉不足以解恨，何必屈尊你去处罚他们呢？

㉟ 公：指晋襄公。

㊱ 拘：拘捕。原：战场。这句话的意思是，战士们在战场上费了很大的力气才擒住了他们。

㊲ 堕：同"隳"，毁坏。军实：军队的战果。

㊳ 阳处父：晋国大夫。

㊴ 累臣：囚臣。孟明自称累臣。衅鼓：以血祭鼓。这句话的意思是，蒙晋君开恩，没有把他杀掉。

㊵ 若从君惠：倘使尊重晋君的好意。三年，将拜君赐：三年后将来拜答晋君的恩赏。言外之意是三年后将来复仇。

㊶ 郊次：在郊外等候。乡：同"向"。

㊷ 替：废弃。这句话的意思是，不撤孟明的职务。

㊸ 眚(shěng)：目病，引申为行为中的过失。这句话的意思是，不因小的过失而抹

52

杀了大的成就。

【导读】

　　《秦晋殽之战》记述了秦国与晋国在殽山展开的一场战争。晋文公死后，秦穆公不听老臣蹇叔的劝告，一意孤行，举兵伐郑。结果伐郑不成，在殽山反遭晋军的截击，几乎全军覆没。大国争霸，战争频繁。僖公三十年（前630），秦晋曾联合攻打郑国，郑大夫烛之武充分利用秦晋之间的矛盾，与秦单方面订立盟约，从而激起了秦晋之间的矛盾，这也是这场殽之战的诱因之一。秦国在这场战争中失败的原因，可以归纳为"以贪勤民""劳师以袭远""骄兵必败"及秦穆公的刚愎自用。

　　这篇文章的特色之一是善于用对话和行动展开情节，刻画人物的形象。秦穆公准备对郑国发动战争，却假惺惺地去征求蹇叔的意见，孰料遭到激烈的反对，于是恼羞成怒，咒骂蹇叔"尔何知？中寿，尔墓之木拱矣！"这表现了秦穆公利令智昏、刚愎自用的性格特点。而战争失败后，秦穆公向师而哭，责备自己，这又表现了他性格的另一面：知错能改，善于用人。晋国大将先轸对敌我双方的正确分析，善于鼓舞将士的士气，当机立断，无不体现出一个杰出统帅的素质。其后，得知俘获的秦将被放走，盛怒之下不顾君臣之礼"而唾"，又反映出他粗野无礼的性格。另外，如蹇叔的老谋深算、王孙满的聪颖过人、弦高的机智在文中都有生动的表现。

　　本文写秦晋之战，没有正面写战场交锋，而把主要笔墨着重写这场战争的前因后果，双方的战前准备，对战争形势的分析，外交方面的活动，足以揭示这场战争胜负的必然性。这也是《左传》写战争的高明之处。

叔向贺贫

《国语》

【解题】

本文选自《国语·晋语八》。叔向,春秋时晋大夫,羊舌氏,名肸(xī),食邑在杨(今山西洪洞东南),又称杨肸。本文写的是叔向祝贺韩宣子家贫的事。

叔向见韩宣子①,宣子忧贫,叔向贺之。

宣子曰:"吾有卿之名,而无其实②,无以从二三子③,吾是以忧。子贺我,何故?"

对曰:"昔栾武子无一卒之田④,其宫不备其宗器⑤。宣其德行,顺其宪则⑥,使越于诸侯⑦,诸侯亲之,戎狄怀⑧之,以正晋国,行刑不疚,以免于难⑨。及桓子⑩,骄泰奢侈,贪欲无艺⑪,略则行志⑫,假贷居贿⑬,宜及于难;而赖武之德,以没其身。及怀子⑭,改桓之行,而修武之德,可以免于难;而离桓之罪,以亡于楚⑮。"

"夫郤昭子⑯,其富半公室⑰,其家半三军,恃其富宠,以泰于国⑱。其身尸于朝,其宗灭于绛⑲。不然,夫八郤:五大夫,三卿,其宠大矣;一朝而灭,莫之哀也,唯无德也!"

"今吾子有栾武子之贫,吾以为能其德矣⑳,是以贺。若不忧德之不建,而患货之不足,将吊不暇㉑,何贺之有?"

宣子拜,稽首焉,曰:"起也将亡,赖子存之。非起也敢专承之㉒,其自桓叔以下㉓,嘉吾子之赐㉔。"

(上海古籍出版社标点本《国语》)

【注释】

① 韩宣子:韩起,晋国的正卿。
② 卿:天子、诸侯所属的高级官员。实:财。这句话的意思是,我虽有正卿之名,却没有正卿的经济收入。
③ 二三子:指卿大夫。从:交往。这句话的意思是,因为钱财不足,不能和卿大夫们经常交往。
④ 栾武子:栾书,晋国的上卿。一卒之田:一百顷,这是上大夫的待遇。上卿应有一旅之田,即五百顷,上大夫应有一卒之田,而栾武子之田不足百顷。
⑤ 其宫不备其宗器:因为其俸禄微薄,置办不起这些宗庙祭器。
⑥ 宪则:准则,法令。
⑦ 越:超越。意思是(使晋国的地位)超越一般的诸侯。
⑧ 怀:归。
⑨ 刑:国家的法律。疚:病。这句话的意思是,栾书能依法而行,没有偏差,因而得免于"弑君"之责难。
⑩ 桓子:栾书的儿子黡(yǎn)。
⑪ 艺:极。
⑫ 略:违反。则:法。这句话的意思是,目无法纪,一意孤行以满足贪欲。
⑬ 假:借。居:蓄。贿:财物。这句话的意思是,放债取利,囤货蓄财。
⑭ 怀子:桓子的儿子盈。
⑮ 离:同"罹",遭受。
⑯ 郤(xì)昭子:郤至,晋国的正卿。
⑰ 公室:国家。
⑱ 泰:骄恣。这句话的意思是,比国君还奢侈。
⑲ 尸于朝:陈尸于朝廷。宗:宗族。绛:晋国的都城,在今山西翼城东南。
⑳ 能其德:能行栾武子之德。
㉑ 吊:忧虑。暇:空闲。
㉒ 专承:独自承受。这句话的意思是,不是我韩起敢独自承受您的好意劝勉。
㉓ 桓叔:韩宣子的祖先。
㉔ 嘉:赞许。这句话的意思是,赞许您赠予的劝勉之言。

【导读】

本篇通过叔向贺韩宣子家贫这件事,说明了一个深刻的道理:廉洁奉公,于国家、于自己都有利。相反,贪赃枉法,不但祸及

55

己身,而且祸害国家。作者的本意固然在于为卿大夫的长远利益着想,希望他们能永保其位,但其倡导为政清廉,批评"骄泰奢侈,贪欲无艺"的腐败风气,不仅在当时有重要的作用,而且至今也有积极的意义。

　　这是一篇典型的记言文字,全文基本上是由叔向和韩宣子的对话构成。叔向的说理,并不是空洞的说教,而是举晋国历史上的人物的实例,从正反两个方面加以比较,以不可辩驳的事实总结历史教训,因此有很强的说服力。其语言质朴无华,而又委婉尽情。尤其是叔向最后的几句话,既委婉得体,又鲜明有力,使对方心悦诚服,乐于接受。本文主要是记言,叙事极少,但十分重要。文章开头点出韩宣子忧贫,叔向贺贫,出人意料。文章由此生出矛盾,制造悬念。随着韩宣子的疑惑不解,叔向说明祝贺之由,韩宣子释疑拜谢,转忧为喜,读者也顿释疑窦,受到教益。这种用极少的笔墨说清事情的原委、掀起文章波澜的手法,确实十分高明。

冯谖客孟尝君

《战国策》

【解题】

本文选自《战国策·齐策四》。冯谖(xuān),齐国孟尝君的门客。孟尝君,姓田名文,齐国的贵族,孟尝君是他的封号。本文写冯谖如何帮助孟尝君在齐国权力交替的局势中保住地位。

齐人有冯谖者,贫乏不能自存。使人属孟尝君①,愿寄食门下②。孟尝君曰:"客何好③?"曰:"客无好也。"曰:"客何能?"曰:"客无能也。"孟尝君笑而受之,曰:"诺。"左右以君贱之也,食以草具④。

居有顷⑤,倚柱弹其剑,歌曰:"长铗归来乎⑥,食无鱼!"左右以告。孟尝君曰:"食之,比门下之客⑦。"居有顷,复弹其铗,歌曰:"长铗归来乎,出无车!"左右皆笑之,以告。孟尝君曰:"为之驾,比门下之车客⑧。"于是乘其车,揭其剑⑨,过其友曰:"孟尝君客我⑩。"后有顷,复弹其剑铗,歌曰:"长铗归来乎,无以为家⑪!"左右皆恶之,以为贪而不知足。孟尝君问:"冯公有亲乎?"对曰:"有老母。"孟尝君使人给其食用,无使乏。于是冯谖不复歌。

后孟尝君出记⑫,问门下诸客:"谁习计会⑬,能为文收责于薛者乎⑭?"冯谖署曰:"能。"孟尝君怪之,曰:"此谁也?"左右曰:"乃歌夫'长铗归来'者也。"孟尝君笑曰:"客果有能也,吾负之⑮,未尝见也。"请而见之,谢曰:"文倦于事,愦于忧,而性惇愚,沉于国家之事,开罪于先生⑯。先生不羞⑰,乃有意欲为收责于薛乎?"冯谖曰:"愿之。"于是约车治装⑱,载券契而行⑲。辞曰:"责毕收,以何市而反⑳?"孟尝君曰:"视吾家所寡有者。"

驱而之薛,使吏召诸民当偿者悉来合券㉑。券遍合,起,矫命以券赐诸民㉒,因烧其券。民称万岁。

长驱到齐㉓,晨而求见。孟尝君怪其疾也,衣冠而见之,曰:"责毕收乎?来何疾也!"曰:"收毕矣。""以何市而反?"冯谖曰:"君云'视吾家所寡有者'。臣窃计,君宫中积珍宝,狗马实外厩,美人充下陈㉔;君家所寡有者,以义耳。窃以为君市义㉕。"孟尝君曰:"市义奈何?"曰:"今君有区区之薛,不拊爱子其民㉖,因而贾利之㉗。臣窃矫君命,以责赐诸民,因烧其券,民称万岁。乃臣所以为君市义也。"孟尝君不说,曰:"诺,先生休矣㉘。"

后期年㉙,齐王谓孟尝君曰:"寡人不敢以先王之臣为臣。"孟尝君就国于薛㉚。未至百里㉛,民扶老携幼,迎君道中。孟尝君顾谓冯谖曰:"先生所为文市义者,乃今日见之。"冯谖曰:"狡兔有三窟,仅得免其死耳。今君有一窟,未得高枕而卧也。请为君复凿二窟。"

孟尝君子车五十乘,金五百斤,西游于梁㉜,谓惠王曰㉝:"齐放其大臣孟尝君于诸侯㉞,诸侯先迎之者,富而兵强。"于是梁王虚上位㉟,以故相为上将军,遣使者,黄金千斤,车百乘,往聘孟尝君。冯谖先驱㊱,诫孟尝君曰:"千金,重币也㊲,百乘,显使也㊳,齐其闻之矣。"梁使三反㊴,孟尝君固辞不往也。

齐王闻之,君臣恐惧,遣太傅赍黄金千斤㊵,文车二驷㊶,服剑一㊷,封书谢孟尝君曰:"寡人不祥,被于宗庙之祟㊸,沉于谄谀之臣㊹,开罪于君。寡人不足为也,愿君顾先王之宗庙,姑反国统万人乎㊺!"冯谖诫孟尝君曰:"愿请先王之祭器,立宗庙于薛㊻。"庙成,还报孟尝君曰:"三窟已就,君姑高枕为乐矣。"

孟尝君为相数十年,无纤介之祸者㊼:冯谖之计也。

(上海古籍出版社汇校本《战国策》)

【注释】

① 属：同"嘱"，请托。

② 愿寄食门下：愿意在孟尝君门下做食客。

③ 好：爱好。

④ 食(sì)以草具：给他吃粗劣的食物。草具，装粗糙食物的食具。

⑤ 居有顷：不久以后。

⑥ 铗(jiā)：剑把，指代剑。这句话的意思是，长剑呵，我们还是回去吧！

⑦ 一本作"比门下之鱼客"，意思是像门下的食鱼客一样看待。吴师道注引《列士传》："孟尝君厨有三列。上客食肉，中客食鱼，下客食菜。"

⑧ "为之驾"两句：给他准备车马，照门下有车坐的客人一样看待。

⑨ 揭其剑：高举他的剑。揭，高举。

⑩ 客我：以我为客。

⑪ 无以为家：没有什么可以养家糊口。

⑫ 出记：出了一张文告。记，文告、文件之类。

⑬ 计会：会计。

⑭ 责：同"债"。

⑮ 负之：亏待了他。

⑯ 倦于事：为国事繁忙。愦(kuì)于忧：谓因于思虑，而致心中昏乱。愦，昏乱。忄宁：同"懧"。沉：沉溺。开罪：得罪。

⑰ 不羞：不以自己所受的简慢待遇为羞耻。

⑱ 约车治装：约期准备车子，并置办行装。

⑲ 券契：关于债务的契约。

⑳ 以何市而反：用收回的钱买些什么回来？市，买。反，同"返"。

㉑ 合券：指验对债券。古时候债券写在竹简或木简上，分为两半，双方各持一半，对证时，合起来看。

㉒ 矫：假托，指假托孟尝君的命令。

㉓ 长驱：驱车直前，不在途中停留。

㉔ 下陈：后列。旧时妇女地位低下，处于后列。

㉕ 市义：收买人心。

㉖ 拊爱：抚爱。子其民：谓以民为子。

㉗ 贾利之：以商贾的手段向人民榨取利益。

㉘ 休矣：算了。

㉙ 后期(jī)年：一周年之后。据《史记·孟尝君列传》，"后期年"下有孟尝君被罢

59

免之事。

㉚ 就国于薛：回到自己的食邑薛地去。

㉛ 未至百里：距薛还有一百里。

㉜ 梁：即魏国，魏都城大梁。

㉝ 惠王：梁惠王。

㉞ 放：弃。这句的意思是，齐罢免孟尝君的相位，正给诸侯们重用他的机会。

㉟ 虚上位：空出最高的职位。

㊱ 先驱：先赶车回去。

㊲ 重币：贵重的财物。

㊳ 显使：地位尊贵的使臣。

㊴ 三反：往返三次。

㊵ 赍(jī)：这里指携带赠礼。

㊶ 文车：文饰华美的车。驷：四马拉的车。

㊷ 服剑：王的佩剑。

㊸ 被：遭受。宗庙之祟：宗庙神灵的祸祟。

㊹ 沉：沉溺。

㊺ "寡人"三句：我是不值得顾念的，但希望你念在祖宗宗庙的份上，姑且回国来治理全国的百姓吧！

㊻ 立宗庙于薛：在薛地立先王的宗庙，这样就巩固了孟尝君的地位。

㊼ 纤介：细微。介，同"芥"，草芥。

【导读】

　　本篇通过冯谖为孟尝君营造"三窟"这一事件的描写，突出了策士们在政治斗争中的重要作用。但所写的事件，不一定都是历史事实。作者为了夸大策士的历史作用，便编造了经营"三窟"的故事。《史记》中采用了这个故事，并有孟尝君得以恢复相位的记载。清代史学家梁玉绳在《史记志疑》中认为，"所谓复其相位者，恐非其实"，"为相数十年，尤不足信"。《战国策》本非信史，杜撰故事的可能性很大。

　　本文在写法上很有特色，颇有后世小说的意味。这首先表现在情节的安排上。作者善于设置矛盾和悬念，情节的发展常常出人意料，富于戏剧性。特别是"市义"一节，在众门客都不敢出头的情况下,冯谖却自告奋勇去薛地收债。读到这里,读者的精神为之一振,认为冯谖到底是个有本事的人。可是,冯谖却空手而归,读者的心情与孟尝君一样,感到非常失望。当孟尝君被罢相后回薛地,受到薛地百姓的热烈欢迎时,读者才明白"市义"的重要性,并由衷地赞叹冯谖的远见卓识。其次表现在人物的刻画上。作者善于通过对人物的行动描写来展示人物的性格。冯谖的远见卓识、老谋深算,就是在营造"三窟"中充分展示出来的。最后,作者还善于运用对比的手法突出人物的性格特征。冯谖的政治才干,就是在与孟尝君及其众门客的对比中凸显出来的。相比之下,孟尝君显得目光短浅,只不过是一介贵公子而已。

侍 坐 章

《论语》

【解题】

　　本篇选自《论语·先进》,记录了孔子和四位弟子关于各人志向抱负的一次讨论,是论语中最富于文学色彩的篇章之一。文章通过对人物语言及动作神态的描述,生动地表现了孔子和几位弟子不同的个性风采,如孔子的循循善诱、和蔼亲切,子路的鲁莽直率,曾点的淡泊洒脱,冉有、公西华的谨慎谦逊,等等,都给人以很深的印象。

　　子路、曾晳、冉有、公西华侍坐①。
　　子曰:"以吾一日长乎尔,毋吾以也②。居则曰③:'不吾知也!'如或知尔,则何以哉④?"
　　子路率尔而对曰⑤:"千乘之国⑥,摄乎大国之间⑦,加之以师旅⑧,因之以饥馑⑨。由也为之,比及一年⑩,可使有勇,且知方也⑪。"
　　夫子哂之⑫。
　　"求,尔何如?⑬"
　　对曰:"方六七十,如五六十⑭,求也为之,比及三年,可使足民。如其礼乐⑮:以俟君子⑯。"
　　"赤,尔何如?"
　　对曰:"非曰能之,愿学焉。宗庙之事⑰,如会同⑱,端章甫⑲,愿为小相焉⑳。"
　　"点,尔何如?"
　　鼓瑟希㉑,铿尔㉒,舍瑟而作㉓,对曰:"异乎三子者之撰㉔。"

子曰:"何伤乎,亦各言其志也。"

曰:"莫春者㉕,春服既成㉖,冠者五六人㉗,童子六七人,浴乎沂㉘,风乎舞雩㉙,咏而归。"

夫子喟然叹曰:"吾与点也!㉚"

三子者出。曾晳后。曾晳曰:"夫三子者之言何如?"

子曰:"亦各言其志也已矣。"

曰:"夫子何哂由也?"

曰:"为国以礼,其言不让㉛,是故哂之。唯求则非邦也与㉜?安见方六七十,如五六十,而非邦也者?唯赤则非邦也与?宗庙会同,非诸侯而何?赤也为之小,孰能为之大?"

(世界书局《诸子集成》本《论语正义》卷十四)

【注释】

① 子路(前542—前480):姓仲,名由,字子路,又字季路。曾晳(xī)(前545—?):姓曾,名点,字子晳,曾参之父。冉有(前522—?):姓冉,名求,字子有。公西华(前509—?):姓公西,名赤,字子华。四人都是孔子的弟子。侍坐:指陪伴孔子而坐。

② "以吾"二句:后一"以"通"已",意为停止。此二句大意是,不要因为我比你们年长一些,你们就停下来不说话。一说"毋吾以"的"以"通"用",则此二句意为,因为我比你们年纪大,故没有人用我了。

③ 居:平日,平时。则:辄,总是。

④ 何以:即"以何"。此二句意为,如果有人了解你们,你们将以什么去从政。

⑤ 率尔:轻率而急遽的样子。

⑥ 千乘之国:指能出一千辆军车的中等诸侯国。

⑦ 摄:作"夹"解。此句意为,夹在大国之间。

⑧ 师旅:军队。此处代指战争。

⑨ 因之:犹言"继之"。饥馑:饥荒之灾。《尔雅·释天》:"谷不熟为饥,蔬不熟为馑。"

⑩ 比及:等到。

⑪ 方:义,指"礼义"。

⑫ 夫子:对孔子的尊称。哂(shěn):微笑。

⑬尔何如：此句为孔子提问，意为"求，你（的志向）怎么样？"。下文"赤，尔何如？""点，尔何如？"义同。

⑭如：或。"方六七十"二句，指六七十平方里或五六十平方里的小国。一说指纵横各长六七十里或五六十里的国家。（1里＝0.5千米）

⑮如其：至于。

⑯俟(sì)：等待。

⑰宗庙之事：指祭祀。宗庙，国君祭祀祖先的地方。

⑱如：或。会同：诸侯会盟。

⑲端章甫：这里指穿戴礼服礼冠。端，玄端，一种礼服。《周礼·春官·司服》："其斋服有玄端素端。"章甫，一种黑色的礼冠。

⑳相：诸侯祭祀、会盟时主持赞礼的人。《周礼·春官·大宗伯》："朝觐、会同，则为上相。"郑玄注："相，诏王礼也。出接宾曰摈，入诏礼曰相，相者五人。"称"小相"，表示谦逊。

㉑鼓：弹奏。瑟：一种弦乐器。希：同"稀"，指瑟声逐渐稀疏。

㉒铿尔：象声词，形容瑟声。

㉓舍：放下。作：站起来。

㉔异乎：不同于。撰：述。"三子者之撰"，指前面三人所述的志向。

㉕莫春：暮春。

㉖春服既成：指天气转暖，春天的衣服已经穿定。成，定。

㉗冠者：二十岁以上的成年男子。古代男子二十而冠，成为成人。

㉘浴：古代的一种祭祀活动。沂：水名，在今山东曲阜南，据说水中有温泉。

㉙风：指吹风乘凉。舞雩："雩"是古代求雨的祭礼，因配有乐舞，故称舞雩。这里是指举行舞雩的坛。《水经注》："沂水北对稷门……亦曰雩门……门南隔水，有雩坛，坛高三丈，曾点所欲风舞处也。"

㉚与：赞许，同意。

㉛让：谦让。

㉜邦：国，指国家政事。此句意为，难道冉求讲的不是治国之事吗？

【导读】

这是孔子和弟子们谈论各自的志向的一段记载。孔子主张以礼乐治国，一生都在为此积极奔走。子路、冉有、公西华的志向正好与他的人生态度和政治理想相吻合，因此他给予肯定。至于他赞同曾皙的志趣，则是因为曾皙所描绘的生活图景，正是儒家理想中的太平盛世,并非提倡去过隐居的生活。

  这段文字是《论语》中最具文学色彩的篇章之一,在融洽的气氛中,展示了人物的不同性格。孔子采用启发式,解除弟子们的思想顾虑,引导他们畅所欲言,态度亲切,平等待人。篇末的评论表现出他对弟子们的个性和才能的了解。本文成功地描写了孔子和蔼可亲、循循善诱、诲人不倦的形象。孔子四位高足的性格也给人以很深的印象。文章仅用"率尔而对"四个字就已写出子路直率豪爽的性格特征。其中对曾皙的描写尤为具体,鼓瑟、舍瑟的动作及他对自由自在的悠游生活的向往,都很自然地表现了他潇洒恬淡的性格和高尚淡泊的情怀。只须寥寥数笔,就能勾勒出人物的形象,正是《论语》语言上的高超之处。

齐桓晋文之事章

《孟子》

【解题】

本文选自《孟子·梁惠王上》。在与齐宣王的对话中,孟子比较全面地阐述了他的"仁政"理论和具体主张。孟子一开始就标举"保民而王"的旗号,将齐桓、晋文的霸业撇在一边。然后通过对"以羊易牛"事例的分析,又运用一些生动的比喻,劝导齐宣王,使他懂得只要善于"推恩",将人所固有的"不忍"之心推广到国家政事,就可以实现"保民而王"的仁政。随后又以"缘木求鱼"一喻,打消齐宣王企图通过武力征服天下的念头。最后水到渠成地托出一套施行"仁政"的具体方案。在整个对话过程中,孟子始终占据主动地位,针对对方的心理,巧妙地找准突破口,步步深入,层层推进。文章说理透彻,气势充沛,比喻生动,是《孟子》论辩散文的杰出代表。

齐宣王问曰[①]:"齐桓、晋文之事[②],可得闻乎?"

孟子对曰:"仲尼之徒,无道桓、文之事者,是以后世无传焉;臣未之闻也。无以[③],则王乎[④]?"

曰:"德何如,则可以王矣?"

曰:"保民而王,莫之能御也[⑤]。"

曰:"若寡人者,可以保民乎哉?"

曰:"可。"

曰:"何由知吾可也?"

曰:"臣闻之胡龁曰[⑥]:'王坐于堂上,有牵牛而过堂下者,王见之,曰:'牛何之[⑦]?'对曰:'将以衅钟[⑧]。'王曰:'舍之!吾不忍其觳觫⑨,若无罪而就死地⑩。'对曰:'然则废衅钟与?'曰:'何可废也,以羊易⑪之。'不识有诸?"

曰:"有之。"

曰:"是心足以王矣!百姓皆以王为爱也⑫,臣固知王之不忍也。"

王曰:"然,诚有百姓者⑬。齐国虽褊小⑭。吾何爱一牛!即不忍其觳觫,若无罪而就死地,故以羊易之也。"

曰:"王无异于百姓之以王为爱也⑮。以小易大,彼恶知之!王若隐其无罪而就死地⑯,则牛羊何择焉?⑰"

王笑曰:"是诚何心哉!我非爱其财而易之以羊也,宜乎百姓之谓我爱也⑱。"

曰:"无伤也⑲,是乃仁术也⑳!见牛未见羊也。君子之于禽兽也:见其生,不忍见其死;闻其声,不忍食其肉,是以君子远庖厨也㉑。"

王说㉒,曰:"《诗》云:'他人有心,予忖度之㉓。'夫子之谓也。夫我乃行之:反而求之,不得吾心;夫子言之,于我心有戚戚焉㉔。此心之所以合于王者,何也?"

曰:"有复于王者曰㉕:'吾力足以举百钧㉖,而不足以举一羽;明足以察秋毫之末㉗,而不见舆薪㉘。'则王许之乎㉙?"

曰:"否!"

"今恩足以及禽兽㉚,而功不至于百姓者,独何与?然则一羽之不举,为不用力焉;舆薪之不见,为不用明焉;百姓之不见保㉛,为不用恩焉。故王之不王㉜,不为也,非不能也。"

曰:"不为者与不能者之形㉝,何以异?"

曰:"挟太山以超北海㉞,语人曰:'我不能。'是诚不能也。为长者折枝㉟,语人曰:'我不能。'是不为也,非不能也。故王之不王,非挟太山以超北海之类也;王之不王,是折枝之类也。"

"老吾老㊱,以及人之老;幼吾幼㊲,以及人之幼:天下可运于掌㊳。《诗》云：'刑于寡妻,至于兄弟,以御于家邦㊴。'言举斯心加诸彼而已㊵。故推恩足以保四海,不推恩无以保妻子。古之人所以过人者,无他焉。善推其所为而已矣！今恩足以及禽兽,而功不至于百姓者,独何与？权㊶,然后知轻重;度㊷,然后知长短。物皆然,心为甚。王请度之。抑王兴甲兵㊸,危士臣,构怨于诸侯㊹,然后快于心与？"

王曰："否,吾何快于是！将以求吾所大欲也。"

曰："王之所大欲,可得闻与？"

王笑而不言。

曰："为肥甘不足于口与㊺？轻暖不足于体与㊻？抑为采色不足视于目与㊼？声音不足听于耳与㊽？便嬖不足使令于前㊾与？王之诸臣,皆足以供之,而王岂为是哉！"

曰："否。吾不为是也。"

曰："然则王之所大欲可知已：欲辟土地㊿,朝秦、楚[51],莅中国[52],而抚四夷也。以若所为,求若所欲,犹缘木而求鱼也[53]。"

王曰："若是其甚与[54]？"

曰："殆有甚焉[55],缘木求鱼,虽不得鱼,无后灾;以若所为,求若所欲,尽心力而为之,后必有灾。"

曰："可得闻与？"

曰："邹人与楚人战[56],则王以为孰胜？"

曰："楚人胜。"

曰："然则小固不可以敌大,寡固不可以敌众,弱固不可以敌强。海内之地,方千里者九[57],齐集有其一[58];以一服八,何以异于邹敌楚哉！盖亦反其本矣[59]！今王发政施仁[60],使天下仕者皆欲立于王之朝,耕者皆欲耕于王之野,商贾皆欲藏于王之市[61],行旅皆欲出于王之涂[62],天下之欲疾其君者[63],皆欲赴愬于王[64];其若是,孰能御之？"

王曰："吾惛[65],不能进于是矣[66]！愿夫子辅吾志,明以教我。

我虽不敏,请尝试之!"

曰:"无恒产而有恒心者⑰,惟士为能。若民,则无恒产,因无恒心。苟无恒心,放辟邪侈⑱,无不为已。及陷于罪,然后从而刑之,是罔民也⑲。焉有仁人在位,罔民而可为也!是故明君制民之产⑳,必使仰足以事父母,俯足以畜妻子㉑,乐岁终身饱㉒,凶年免于死亡;然后驱而之善,故民之从之也轻㉓。今也制民之产,仰不足以事父母,俯不足以畜妻子,乐岁终身苦,凶年不免于死亡;此惟救死而恐不赡㉔,奚暇治礼义哉!王欲行之,则盍反其本矣!五亩之宅㉕,树之以桑,五十者可以衣帛矣;鸡豚狗彘之畜㉖,无失其时,七十者可以食肉矣;百亩之田,勿夺其时㉗,八口之家,可以无饥矣;谨庠序之教㉘,申之以孝悌之义㉙,颁白者不负戴于道路矣㉚。老者衣帛食肉,黎民不饥不寒㉛,然而不王者,未之有也。"

(世界书局《诸子集成》本《孟子正义》卷一)

【注释】

① 齐宣王:名辟疆,战国田齐第四代国君,公元前319年至前300年在位。
② 齐桓、晋文之事:指春秋时齐桓公、晋文公称霸于诸侯的业绩。
③ 以:同"已",作"止"解。
④ 王(wàng):实行王道。
⑤ "保民"二句:只要保护民众、施行王道,就没有人能抗御,从而无敌于天下。
⑥ 胡龁(hé):人名,齐宣王近臣。
⑦ 之:往。
⑧ 衅钟:新钟铸成,杀牲取血以涂其缝隙。这是古代的一种祭仪。
⑨ 觳觫(hú sù):恐惧战栗的样子。
⑩ 若:像这样。就:近。此句意为,就这样没有罪而走向死地。
⑪ 易:调换。
⑫ 爱:吝惜,舍不得。
⑬ 诚:确实。此句意为,确实有这样的百姓。
⑭ 褊(biǎn):狭窄。
⑮ 无异:莫怪。

69

⑯ 隐:怜悯。
⑰ 择:分别。
⑱ 宜:适宜,应当。此句意为,百姓认为我吝惜财物倒也是应当的。
⑲ 无伤:不妨,没有关系。
⑳ 仁术:行仁道的巧妙方法。
㉑ 庖厨:厨房。
㉒ 说:通"悦"。
㉓ 忖度(cǔn duó):揣想,推测。诗句见《诗经·小雅·巧言》。
㉔ 戚戚:心动的样子。
㉕ 复:告,报告。
㉖ 钧:古代重量单位,三十斤为一钧。
㉗ 秋毫:动物秋季新生的毫毛,很细。
㉘ 舆薪:整车的柴草。
㉙ 许:听信。
㉚ 恩:恩德,恩惠。
㉛ 见:被。
㉜ 故王之不王:第一个"王"指齐宣王。第二个"王"用作动词,指行王道。
㉝ 形:情状。
㉞ 挟(xié):夹在腋下。太山:泰山。超:越过。北海:渤海。
㉟ 为长者折枝:向年长者弯腰行礼。一说为年长者按摩肢体,或为年长者折取树枝。
㊱ 老吾老:第一个"老"字用作动词,意为尊敬爱戴。第二个"老"字为名词,老人。
㊲ 幼吾幼:第一个"幼"字用作动词,意为爱护。第二个"幼"字为名词,孩子。
㊳ 运于掌:运转于手掌之中,形容十分容易。
㊴ 刑:同"型",示范,做榜样。寡妻:指国君的正妻。御:治理。家邦:家族与邦国。诗句见《诗经·大雅·思齐》。
㊵ 斯心:此心,指仁爱之心。
㊶ 权:用秤来称。
㊷ 度(duó):用尺来量。
㊸ 抑:或是。兴甲兵:发动战争。
㊹ 构怨:结怨。
㊺ 肥甘:指肥美香甜的食品。

㊻ 轻暖：指又轻便又暖和的衣服。

㊼ 采色：即彩色，指悦目的色彩。

㊽ 声音：指美妙的音乐。

㊾ 便嬖(pián pì)：国君身边受宠幸的人。

㊿ 辟土地：拓展疆土。

(51) 朝秦、楚：使秦、楚来朝贡。

(52) 莅：君临，统治。中国：指中原地区。

(53) 缘：攀登。木：树。

(54) 甚：厉害。此句意为，如此厉害吗？

(55) 殆：恐怕。

(56) 邹：国名，即邾国，又名邾娄，国土很小。其地在今山东邹县东南。楚：当时的大国。

(57) 方千里者九：这里泛指海内有九倍于方圆千里的土地。《礼记·王制》："凡四海之内九州，州方千里。"

(58) 集：加起来，一共。

(59) 盍(hé)：何不。反其本：回过头来寻求根本办法，即实行仁政。

(60) 发政施仁：发布政令，施行仁政。

(61) 商：来往贩卖的叫"商"。贾(gǔ)：定居销售的叫"贾"。藏：指储藏货物供出售。

(62) 行旅：外出旅行的人。涂：同"途"，道路。

(63) 疾：痛恨。

(64) 赴愬：前来申诉。愬，同"诉"。

(65) 惛：同"昏"，指头脑昏愦不明。

(66) 进于是：达到这个程度。

(67) 恒产：指赖以生活的固定产业。恒心：处于常态的本心，即善心。恒，常。

(68) 放辟邪侈：指放荡歪邪的行为。

(69) 罔民：设下罗网使民众陷入。罔，通"网"。

(70) 制民之产：规定民众的产业。

(71) 畜：养活。妻子：妻子与儿女。

(72) 乐岁：丰收的年成。

(73) 轻：容易。

(74) 赡(shàn)：足。

(75) 五亩之宅：指住宅及其周围土地。

⑯ 豚(tún)：小猪。彘(zhì)：猪。
⑰ 勿夺其时：不要耽误他们的农时。
⑱ 谨：重视。庠(xiáng)序：古学校名。周代叫庠，殷代叫序。
⑲ 申：再三强调。
⑳ 颁白者：指头发花白的老年人。颁白，斑白。负戴：背负重物。戴，同"载"。
㉑ 黎民：黑头发的百姓，指少壮者，与上文"颁白者"对举。

【导读】

　　本文集中阐述了孟子的仁政主张。孟子反对用武力征服天下的"霸道"，提倡"保民而王"的王道。他提出，统治者应"制民之产"，使人民得到生活保障，进而进行教化，使之懂得礼义，只有这样才不会犯上作乱。他希望统治者能以仁爱待人。实行仁政的关键在于"推恩"。文中还具体描绘了仁政理想的蓝图。仁政的理想表明孟子重视人民的作用，反映人民要求摆脱贫困、向往安定生活的愿望，这是值得肯定的。但同时也应看到孟子仁政思想的局限性。一是他的主张也有其不合潮流、脱离社会实际的一面。二是他的仁政主张是以"性善论"为基础的，但国君与人民之间是统治与被统治的关系，不可能有共同的"善性"。孟子在当时是不可能认识到这一点的，我们今天对此应有清醒的认识。

　　孟子散文的主要特点是感情强烈，气势充沛，有很强的说服力。本文就很好地体现了这一特点。孟子首先提出"保民而王"的仁政主张；接着指出齐宣王有施行仁政的条件，即有善心；然后说明齐宣王没有能够施行仁政，不是"不能"，而是"不为"；再进一步从正反两个方面说明施行"霸道"的危害，施行仁政的好处；最后提出施行仁政的具体办法。全文结构严谨，环环紧扣，步步紧逼，富于气势和力量。此外，多用比喻、排比和反诘句式。运用生动而浅显的比喻，使道理易为人所接受，而且形象性强。运用排比和反诘句式，富于感情色彩，能增强文章的气势和力量。

逍　遥　游（节选）

《庄子》

【题解】

　　本文节选自《庄子·内篇》。所谓"逍遥游"，就是放浪不拘、怡然自得、遨游于天地之间，也就是一种绝对的精神自由。文章主要讲人怎样才能摆脱世俗的功名利禄的束缚，使自己的精神生活提升到"乘天地之正，而御六气之辩，以游无穷"的"逍遥游"境界。文章想象丰富而奇特，文笔夸张而活泼，运用大量的寓言、比喻和传说故事，生动形象地阐发其玄奥的哲理，极富文学色彩和艺术感染力。

　　北冥有鱼①，其名为鲲②。鲲之大，不知其几千里也；化而为鸟，其名为鹏③。鹏之背，不知其几千里也；怒而飞④，其翼若垂天之云⑤。是鸟也，海运则将徙于南冥⑥；南冥者，天池也⑦。《齐谐》者⑧，志怪者也⑨；《谐》之言曰："鹏之徙于南冥也，水击三千里⑩，抟扶摇而上者九万里⑪，去以六月息者也⑫。"野马也，尘埃也⑬，生物之以息相吹也⑭。天之苍苍⑮，其正色邪⑯？其远而无所至极邪⑰？其视下也，亦若是则已矣⑱。

　　且夫水之积也不厚，则其负大舟也无力⑲。覆杯水于坳堂之上⑳，则芥为之舟㉑，置杯焉则胶㉒，水浅而舟大也。风之积也不厚，则其负大翼也无力。故九万里则风斯在下矣㉓，而后乃今培风㉔；背负青天而莫之夭阏者㉕，而后乃今将图南㉖。蜩与学鸠笑之曰㉗："我决起而飞㉘，抢榆枋㉙，时则不至㉚，而控于地而已矣㉛；奚以之九万里而南为㉜！"适莽苍者㉝，三餐而反㉞，腹犹果然㉟；适百里者，宿舂粮㊱；适千里者，三月聚粮。之二虫㊲，又何知！小知不及大知㊳,小年不及大年㊴。奚以知其然也?朝菌不知晦朔㊵,惠蛄不知春秋㊶,此小年也。楚之南有冥灵者㊷,以五百岁为春,五百岁为秋;上古有大椿者㊸,以八千岁为春,八千岁为秋,此大年也㊹。而彭祖乃今以久特闻㊺,众人匹之㊻,不亦悲乎?

汤之间棘也是已㊼:"穷发之北㊽,有冥海者,天池也。有鱼焉,其广数千里,未有知其修者㊾,其名为鲲。有鸟焉,其名为鹏,背若泰山,翼若垂天之云;抟扶摇羊角而上者九万里㊿,绝云气(51),负青天,然后图南,且适南冥也。斥鴳笑之曰(52):'彼且奚适也!我腾跃而上,不过数仞而下(53),翱翔蓬蒿之间,此亦飞之至也。而彼且奚适也!'"此小大之辨也(54)。

故夫知效一官(55),行比一乡(56),德合一君,而征一国者(57),其自视也,亦若此矣(58)。而宋荣子犹然笑之(59)。且举世誉之而不加劝(60),举世非之而不加沮(61),定乎内外之分(62),辨乎荣辱之境,斯已矣(63);彼其于世,未数数然也(64)。虽然,犹有未树也(65)。夫列子御风而行(66),泠然善也(67),旬有五日而后反;彼于致福者,未数数然也(68)。此虽免乎行,犹有所待者也(69)。若夫乘天地之正(70),而御六气之辩(71),以游无穷者(72),彼且恶乎待哉!故曰:至人无己(73),神人无功(74),圣人无名(75)。

(世界书局《诸子集成》本《庄子集释》)

【注释】

① 北冥:北海。冥,通"溟"。

② 鲲:原指鱼卵,这里借作大鱼名。

③ 鹏:古"凤"字,这里借作大鸟名。

④ 怒而飞:振翅奋飞。

⑤ 垂天之云:天边的云彩。垂,同"陲",边。

⑥ 海运:即海动,指海风鼓动,海涛涌起。

⑦ 天池:天然大池。

⑧ 齐谐:书名。一说是人名。

⑨ 志怪：记载怪异之事。
⑩ 水击：指鹏开始起飞的阶段，用翅膀拍击水面而行，逐渐加速升空。
⑪ 抟（tuán）：盘旋上升。一说"抟"乃"搏"之讹。搏，拍打。扶摇：即"飙"，指借着风势向上升腾。
⑫ 去以六月息：指鹏离去时，借助六月里的大风。息，气息，这里指风。一说"息"指栖息，意思是说鹏一旦飞起，六个月以后才停下来休息。
⑬ 野马：指野外蒸腾浮动的雾气，状如奔马，故称"野马"。
⑭ 息：气息。此句连前意为，野马、尘埃，都是生物的气息吹荡的结果。
⑮ 苍苍：深蓝色。
⑯ 正色：犹言"本色"，本然之色。
⑰ 无所至极：没有尽头。此句连上两句意为，天的深蓝色，是它本来的颜色呢，还是由于极远没有穷尽才使人看上去是这种颜色？
⑱ "其视下"二句：鹏从天上往下看，也像这个样子。
⑲ "且夫"二句：水如果聚积得不深厚，就没有力量浮起大舟。
⑳ 坳堂之上：堂上的凹陷处。坳，地面上的凹陷处。
㉑ 芥为之舟：意为只能浮起一棵小草而已。芥，小草。
㉒ 胶：粘在地上，浮不起来。
㉓ 斯：于是。此句意为，大鹏飞上九万里之高空，风于是就在下面托起它了。
㉔ 而后乃今：犹言"然后才"。培风：凭借风力。培，凭。
㉕ 莫之夭阏：没有什么能阻拦它。夭阏，阻拦。
㉖ 图南：图谋到南方去。图，图谋。
㉗ 蜩（tiáo）：蝉，知了。学鸠：小鸟名，即今之斑鸠。
㉘ 决起：迅速飞起。
㉙ 抢：冲，撞。"抢"一本作"枪"。榆枋：两种树名。
㉚ 时则：犹言"时或"。
㉛ 控：投，落下。
㉜ 奚以：何用。为：疑问语气助词。此句意为，何必要飞到九万里高空又向南飞呢？
㉝ 适：往，至。莽苍：指郊野。
㉞ 反：同"返"。
㉟ 果然：饱足的样子。此句连上两句意为，到郊外去的人，只须备三餐饭，一天就回来，肚子还是饱饱的。
㊱ 宿舂粮：花一宿的时间舂米准备路上所需的粮食。

75

㊲ 之：这。二虫：指蜩与学鸠。

㊳ 知：同“智”。

㊴ 年：寿命。

㊵ 朝菌：一种生长期很短、朝生暮死的菌类。晦朔：指一天的时光。晦，夜。朔，旦。

㊶ 惠蛄：蝉的别名。蝉春生夏死，夏生秋死，故曰不知春秋。

㊷ 冥灵：溟海灵龟。一说指大木。

㊸ 椿：椿树。

㊹ “此大年也”四字通行本无，据宋人陈景元《庄子阙误》所考补。

㊺ 彭祖：古代传说中长寿的人，据说活了八百岁。以久特闻：因为活得长久而特别闻名。特，独。

㊻ 匹之：与之相比较。匹，比。

㊼ 汤：商汤。棘：汤时的大夫。是已：犹言“是也”。

㊽ 穷发：古代传说中的北极地带，所谓“不毛之地”。

㊾ 修：长。

㊿ 羊角：即龙卷风，因向上回旋像羊角，故名。

(51) 绝云气：超越了云层。绝，超越。

(52) 斥鴳（yàn）：指小雀。

(53) 仞：八尺为一仞。下：降下。（1 尺＝0.33 米）

(54) 小大之辨：此处指斥鴳与大鹏的区别。辨，分辨，区别。

(55) 知：同“智”。效：功效，此处作胜任解。官：官职。

(56) 行：品行。比：合。

(57) 而：读为“能”，能力。征：信，此处作“取信”解。此句意为，能力可以取信于一国之人。

(58) 其：指上述四种人。此：指斥鴳。

(59) 宋荣子：即宋钘，战国时思想家，与尹文并称“宋、尹”。其学说主张略见于《庄子·天下篇》。犹然：微笑自得之貌。

(60) 誉：赞赏。此句意为，举世的人都赞誉他，他也不会因受到鼓励而更加努力。

(61) 沮：沮丧。此句意为，举世的人都诽毁他，他也不因此而变得沮丧。

(62) 内：指自我内心世界。外：指外在的荣辱得失。

(63) 斯已矣：如此而已。

(64) 数数：犹言“频频”，形容常见。“彼其”二句意为，他（宋荣子）这种人在世上是不常见的。

(65) 树：指道德上的建树。此句意为，宋荣子在道德建树方面仍有欠缺。

(66) 列子：即列御寇，战国郑人，据传曾得风仙之道，会乘风而行。御风：驾着风。

(67) 泠然：轻妙的样子。

(68) 致福：得福。此二句意为，像列子这样得到乘风而行之福的，也是不常见的。

(69)“此虽”二句：这样虽然免于步行，还是要有所依凭（凭借风）。

(70) 天地之正：天地万物的自然本性。

(71) 六气：阴、阳、风、雨、晦、明。辩：同“变”，与上文“正”相对。

(72) 无穷：指超时空限制的境界。

(73) 无己：忘我，亦即《齐物论》中南郭子綦所谓的“今者吾丧我”。

(74) 无功：无意于建立功业。

(75) 无名：无意于追求名声。

【导读】

本文描述了庄子的人生理想，即追求一种不受时空限制的绝对自由的精神境界。庄子认为，从斥鴳、学鸠到大鹏都没能达到逍遥游，因为它们都不能做到“无所待”，即不受任何限制的绝对自由。只有做到“无己”“无功”“无名”，摒弃一切欲念和追求，才能真正达到逍遥游。这种思想表达了庄子要求摆脱世俗社会的束缚，追求个性解放的愿望。同时，他对功名利禄的鄙弃也反映了他对现实社会的批判态度和不与统治阶级合作的叛逆精神。应该说，这在当时是有积极意义的。但是，他所追求的逍遥游的境界，不但虚无缥缈，也是行不通的，容易引导人们脱离实际，自我陶醉。

庄子散文有很高的文学价值。本文想象奇特，运用神话般的寓言和出人意表的比喻，创造了奇幻瑰丽的艺术境界，具有浓郁的浪漫主义色彩。大鹏的神奇不凡、学鸠和斥鴳的自适其乐、冥灵和大椿的高寿、列子的御风而行等，丰富的想象、极度的夸张、奇幻的比喻，使人神思飞越。“篇中忽而叙事，忽而引证，忽而譬喻，忽而议论。以为断而非断，以为续而非续，以为复而非复。只见云气空濛，往返纸上，顷刻之间，顿成异观。”（清林云铭《庄子因》)文章还采用欲抑先扬、层层铺垫的写法,推导出"至人无己,神人无功,圣人无名"的结论。笔法灵活,变幻莫测,体现了庄子散文纵横跌宕的特点。

湘 夫 人

屈 原

【解题】

本篇选自《楚辞·九歌》。《九歌》是组诗,包括《东皇太一》《云中君》《湘君》《湘夫人》《大司命》《少司命》《东君》《河伯》《山鬼》《国殇》《礼魂》十一首诗。《九歌》是古曲名,相传始于夏朝初,后一直流传于南方的荆襄一带,成为楚地的祭神乐歌。王逸《楚辞章句》:"昔楚国南郢之邑,沅湘之间,其俗信鬼而好祠。其祠必作歌乐鼓舞以乐诸神。屈原放逐,窜伏其域,怀忧苦毒,愁思沸郁,出见俗人祭祀之礼,歌舞之乐,其词鄙陋,因为作《九歌》之曲。上陈事神之敬,下见己之冤结,托之以风谏。故其文意不同,章句杂错而广异义焉。"可知《九歌》乃屈原晚年放逐沅湘时所作。但其中是否有寄托,尚有异议。或认为《九歌》只是屈原在民间祭歌的基础上加工而成,不一定有什么寄托。《湘君》《湘夫人》是姊妹篇,所祀均为湘水之神。《湘夫人》是写湘君等待湘夫人不至而产生的思慕哀怨之情。作者通过对人物微妙心理的刻画和环境气氛的渲染,表现其炽热而复杂的情感。想象丰富,语言瑰丽,富有浓郁的浪漫主义气息。

帝子降兮北渚①,目眇眇兮愁予②。袅袅兮秋风③,洞庭波兮木叶下④。登白薠兮骋望⑤,与佳期兮夕张⑥。鸟何萃兮蘋中⑦,罾何为兮木上⑧?

沅有茝兮醴有兰⑨,思公子兮未敢言⑩。荒忽兮远望⑪,观流水兮潺湲⑫。

麋何食兮庭中⑬,蛟何为兮水裔⑭?朝驰余马兮江皋⑮,夕济兮西澨⑯。闻佳人兮召予,将腾驾兮偕逝⑰。筑室兮水中,葺之兮荷盖⑱。荪壁兮紫坛⑲,播芳椒兮成堂⑳。桂栋兮兰橑㉑,辛夷楣兮药房㉒。罔薜荔兮为帷㉓,擗蕙櫋兮既张㉔。白玉兮为镇㉕,疏石兰兮为芳㉖。芷葺兮荷屋㉗,缭之兮杜衡㉘。合百草兮实庭㉙,建芳馨兮庑门㉚。九嶷缤兮并迎㉛,灵之来兮如云㉜。

捐余袂兮江中㉝,遗余褋兮醴浦㉞。搴汀洲兮杜若㉟,将以遗兮远者㊱。时不可兮骤得㊲,聊逍遥兮容与㊳。

(四部丛刊影印明缙宋本《楚辞》)

【注释】

① 帝子:指湘夫人。相传帝尧之二女娥皇、女英为帝舜之二妃。舜巡视南方,死于苍梧。二妃追至洞庭,投湘水而死,楚人为之立祠,以湘水之神祭之。渚:水中高地。

② 眇眇(miǎo miǎo):极目远望的样子。愁予:使我忧愁。

③ 袅袅(niǎo niǎo):微风吹拂的样子。

④ 波:作动词用,生波。

⑤ 白蘋(fán):水草名,这里指长满白蘋的湖岸。

⑥ 佳:佳人,指湘夫人。一本"佳"下有"人"字。期:约会。张:陈设,指陈设帷帐、祭品等。

⑦ 何:原无,现据明夫容馆本补。萃:聚集。蘋(pín):水草名。

⑧ 罾(zēng):渔网。木上:挂在树上。"鸟何"二句都是颠倒错乱、违背常理之事,暗喻所求不得,事与愿违。

⑨ 沅:水名。茝(chǎi):白芷。醴:澧水。

⑩ 公子:"帝子",指湘夫人。

⑪ 荒忽:"恍惚",神志迷乱的样子。一说,看不分明的样子。

⑫ 潺湲(chán yuán):水流缓慢而不间断的样子。

⑬ 麋(mí):兽名,似鹿而大。

⑭ 蛟:古人认为是龙一类的动物。水裔(yì):水边。"麋何"二句与上文"鸟何"二句用意相同,也是暗喻追求湘夫人而不得,事与愿违。

⑮ 江皋:江边高地。

⑯ 澨(shì):水边。

⑰ 腾驾：驾车奔驰。偕逝：同往，指与使者同往。
⑱ 葺（qì）：修补，这里指用茅草盖屋。荷盖：用荷叶作房顶。
⑲ 荪（sūn）壁：用荪编制的墙壁。荪，香草名。紫坛：用紫贝壳铺砌的庭院。紫，紫贝，一种贝类动物。坛，楚地方言，即中庭。
⑳ 播：散布。成：饰。这句话是说，把芳香的花椒和到泥里，用来涂饰堂壁。详见闻一多《楚辞校补》。
㉑ 橑（liǎo）：房椽。
㉒ 辛夷：香木名。楣：门上横木，代指门。药房：用白芷装饰卧室。药，香草名，即白芷。
㉓ 罔：同"网"，作动词用，编织。薜荔：香草名。帷：帐幔。
㉔ 擗（pǐ）：剖。櫋（mián）：一本作"櫋"。"櫋"当作"幎"，帐顶。见高亨《楚辞注》。一说，指隔扇，犹今之屏风。一说，指屋檐板。这句话是说，用剖开的蕙草制成的帐顶（或隔扇、屋檐板）已陈设好了。
㉕ 镇：指镇席，压席子之物。
㉖ 疏：散布。石兰：兰草之一种。
㉗ 芷：香草名。葺：覆盖。
㉘ 缭：缠绕。杜蘅：香草名。
㉙ 合：聚集。百草：指众香草。实：充实。
㉚ 馨：散布很远的香气。庑：走廊。
㉛ 九嶷：山名，又名苍梧，在今湖南宁远一带。这里指九嶷山之众神。缤：形容众多。
㉜ 灵：神。如云：形容众多。
㉝ 袂（mèi）：衣袖，这里代指上衣。一说，当为"袟（zhì）"之误，则指小香囊，妇女所佩。
㉞ 褋（dié）：单衣。一说，当为"鲽"之误。鲽，环之古名。醴浦：即澧浦，澧水之滨。"捐余"二句大概是说，"袂""褋"皆女子之所赠，因湘夫人失约，湘君失望、气愤，故将湘夫人所赠定情物抛到水里，以示决绝之意。详见游国恩《楚辞论文集》。
㉟ 搴（qiān）：摘。汀：水中或水边平地。杜若：香草名。
㊱ 遗（wèi）：赠。远者：指湘夫人。
㊲ 骤：屡次。一说，疾。
㊳ 聊：姑且。容与：悠闲自得的样子。"时不"二句是说，相会的机会不会屡次得到，姑且悠游自得以遣愁思。

81

【导读】

　　《湘夫人》与《湘君》是姊妹篇，表现了湘君对爱情的渴望和因久候恋人不至所产生的惆怅落寞心情。本诗开头写湘夫人降临洲渚，这对于湘君来说本应是最幸福的事了，为何第二句又说"目眇眇兮愁予"？"目眇眇"暗示那只不过是一种幻想而已，湘夫人并未真的降临。真实的景象乃是"袅袅兮秋风，洞庭波兮木叶下"，正是这萧瑟的秋景增加了湘君的悲愁。从"登白薠兮骋望""思公子兮未敢言""荒忽兮远望"等句可以见出湘君对湘夫人的一往情深。由于湘夫人没来，湘君便以美丽无比的幻想来安慰自己，"闻佳人兮召予，将腾驾兮偕逝"，并构想出他们共同的居所。对居所进行描述时，作者追求华美的风格，运用比喻、象征的手法，大量地使用芳草入诗，使湘君与湘夫人这神与神的爱恋得以在芳馨漫溢的圣坛上进行，使他们之间的爱情进入一种至高无上、纯洁无比的境界，从而充分地展示了屈原的艺术个性及其高贵的品格。

国　殇

屈　原

【解题】

本篇选自《楚辞·九歌》。国殇，指为国捐躯者。戴震《屈原赋注》："殇之二义：男女未冠笄而死者，谓之殇；在外而死者，谓之殇。殇之言伤也。国殇，死国事，则所以别于二者之殇也。歌此以吊之，通篇直赋其事。"《国殇》是一首祭祀为国牺牲者的祭歌，从内容看，祭祀的对象应是在战争中为国捐躯的将领。祭祀"国殇"当是楚国所特有的礼仪，近人或认为是西南民族的一种古老的习俗——人祭。本篇可分为两部分，前一部分是扮饰受祭者的主巫的独唱，自述战场上激烈战斗的场面；后一部分是群巫的合唱，是对为国牺牲者的赞颂，充分体现了楚国人民同仇敌忾的坚定决心和强烈的爱国主义精神。在表现手法上，此诗与《九歌》中其他作品的浪漫主义风格不同，而是"通篇直赋其事"，具体描述了一次战争的全过程，场面宏大，气氛浓烈，感情深挚，形成一种慷慨悲壮、质朴刚健的风格特色。

　　操吴戈兮被犀甲①，车错毂兮短兵接②。旌蔽日兮敌若云③，矢交坠兮士争先④。凌余阵兮躐余行⑤，左骖殪兮右刃伤⑥。霾两轮兮絷四马⑦，援玉枹兮击鸣鼓⑧。天时坠兮威灵怒⑨，严杀尽兮弃原野⑩。

　　出不入兮往不反⑪，平原忽兮路超远⑫。带长剑兮挟秦弓⑬，首身离兮心不惩⑭。诚既勇兮又以武⑮，终刚强兮不可凌⑯。身既死兮神以灵⑰，子魂魄兮为鬼雄⑱。

（四部丛刊影印缪宋本《楚辞》）

【注释】

① 操：持。吴戈：吴地所产的戈，以锋利著称。被：同"披"。犀甲：犀牛皮制成的铠甲。

② 错毂（gǔ）：古代的车子车轴的两端都露出毂外，所以双方战车十分接近时，就会出现车毂交错的现象。毂，车轮中心安插车轴的部分，相当于现在的轴承。短兵：短兵器。

③ 旌：用五色羽毛装饰的旗子，此指军旗。蔽日：形容旌旗极多。若云：形容敌人数量众多。

④ 矢：箭。交坠：两军对射，流矢交相坠落。士：将士。

⑤ 凌：侵犯。躐（liè）：践踏。行（háng）：行列。

⑥ 骖（cān）：边马。古时一车驾四马，中间两马叫"服"，两边的马称"骖"。殪（yì）：倒地而死。

⑦ 霾（mái）：通"埋"。絷（zhí）：绊住。

⑧ 援：持，抢起。枹（fú）：鼓槌。鸣鼓：声音特别响亮的鼓。

⑨ 天时坠：犹言天时不利。灵：指阵亡将士的魂灵。威灵怒：阵亡将士的威武灵魂仍然愤怒不屈。见金开诚等《屈原集校注》。一说，坠，通"憝"（duì），怨恨。威灵，指神灵。"天憝""神怒"，是形容战斗之惨烈。

⑩ 严杀尽：残酷地杀死了全部将士。一说，严，壮，指壮士。这句话是说，经过一场惨烈的战斗，楚军将士全部牺牲，尸弃遍野，无人收葬。

⑪ 反：同"返"。

⑫ 平原：指战场。忽：荒忽渺茫的样子。超：远。"出不入"二句是说，将士离家出征，一去不归，全部牺牲在遥远的战场上。

⑬ 挟（xié）：夹在腋下。秦弓：秦地制造的弓，指好弓。

⑭ 首身离：头与身体分离，即牺牲。惩：戒惧，悔恨。

⑮ 诚：确实。勇：勇气。武：武艺高强。

⑯ 终：自始至终。不可凌：不可侵犯，不可夺其志。

⑰ 神以灵：是说将士虽死，但神灵犹显，精神永存。以，而。

⑱ 子：指为国捐躯者。鬼雄：鬼中之英雄豪杰。子魂魄，一本作"魂魄毅"，可从。

【导读】

《国殇》与《九歌》其他诸篇的"情思绵邈"有所不同，它表现的是金戈铁马、激战鏖兵的壮烈场面及慷慨赴死、宁死不屈的英雄主义气概。诗的前半部分以白描的手法实写战争的激烈场面。

以一系列名词"吴戈""犀甲""车""短兵"、蔽日之旌、如云之敌等构成一幅战场的立体透视图。"操""被""错毂""接"等动词则使整幅画面处于动态之中。箭的"交坠",士的"争先",马的"殪"与"伤",车轮的被"埋"及天"坠"、灵"怒"等,无不显示出这场战争已达到了白热化的程度。正是在这种悲壮的背景下,作者着力表现了战士们"争先"赴敌、视死如归的精神状态。后半部分则对英雄们的高贵品质进行了热烈的歌颂,身死神灵、为国捐躯的勇士们是永垂不朽的。

哀　郢

屈　原

【解题】

本篇选自《楚辞·九章》。《九章》包括《惜诵》《涉江》《哀郢》《抽思》《怀沙》《思美人》《惜往日》《橘颂》《悲回风》九首诗。王逸《楚辞章句》："屈原放于江南之野，思君念国，忧心周极，故复作《九章》。章者，明也，言己所陈忠信之道甚著明也。"朱熹《楚辞集注》则认为系后人所辑，"得其九章，合为一卷，非必出于一时之言也"。近人多从未说。郢（yǐng），在今湖北江陵西北之郢县故城，楚国都城。哀郢，即哀念楚国。《哀郢》的写作年代，历来众说纷纭。近人多认为屈原离开郢都、被放逐陵阳九年之后，即楚顷襄王二十一年（前278），在流放之地听到秦将白起攻破郢都的消息，于是回忆起九年前自己离开郢都时的情景，感叹自己的不幸遭遇，写下了这首诗。诗中记叙了诗人离开郢都的行程，想象着郢都被秦兵所毁，人民离散的惨状，激起了对群小误国的愤恨，充分地表达了对故都的眷恋与思念，抒发了诗人对楚国及楚国人民的热爱。这是一首纪行诗，全诗线索清晰，层次分明。它熔叙事、写景、抒情、议论于一炉，把诗人缠绵而复杂的感情抒发得真切而又畅达，读后令人回肠荡气。

皇天之不纯命兮①，何百姓之震愆②！民离散而相失兮，方仲春而东迁③。去故乡而就远兮④，遵江夏以流亡⑤。出国门而轸怀兮⑥，甲之鼌吾以行⑦。发郢都而去闾兮⑧，荒忽其焉极⑨？楫齐扬以容与兮⑩，哀见君而不再得。望长楸而太息兮⑪，涕淫淫其若霰⑫。过夏首而西浮兮⑬，顾龙门而不见⑭。心婵媛而伤怀兮⑮，眇不知其所蹠⑯。顺风波以从流兮,焉洋洋而为客⑰。凌阳侯之泛滥兮⑱,忽翱翔之焉薄⑲?心絓结而不解兮⑳,思蹇产而不释㉑。

将运舟而下浮兮㉒,上洞庭而下江㉓。去终古之所居兮,今逍遥而来东。羌灵魂之欲归兮,何须臾而忘反㉔!背夏浦而西思兮㉕,哀故都之日远。登大坟以远望兮㉖,聊以舒吾忧心㉗。哀州土之平乐兮㉘,悲江介之遗风㉙。

当陵阳之焉至兮㉚,淼南渡之焉如㉛?曾不知夏之为丘兮㉜,孰两东门之可芜㉝!心不怡之长久兮㉞,忧与愁其相接。惟郢路之辽远兮,江与夏之不可涉。忽若去不信兮,至今九年而不复㉟。惨郁郁而不通兮㊱,蹇侘傺而含戚㊲。

外承欢之汋约兮㊳,谌荏弱而难持㊴。忠湛湛而愿进兮㊵,妒被离而鄣之㊶。尧舜之抗行兮㊷,瞭杳杳而薄天㊸。众谗人之嫉妒兮,被以不慈之伪名㊹。憎愠惀之修美兮㊺,好夫人之忼慨㊻。众踥蹀而日进兮㊼,美超远而逾迈㊽。

乱曰㊾:曼余目以流观兮㊿,冀壹反之何时?�51鸟飞反故乡兮,狐死必首丘�52。信非吾罪而弃逐兮,何日夜而忘之?

(四部丛刊影印明繙宋本《楚辞》卷四)

【注释】

① 皇天:上天,老天爷。不纯命:天命无常。
② 愆(qiān):过错,罪过。一说,"失其生理也"(王夫之《楚辞通释》)。"皇天"二句是说,老天爷呀,你为什么喜怒无常,使老百姓动荡不安,频遭祸殃!
③ 方:当。迁:迁徙,这里指逃难。
④ 去:离开。就远:去远方。
⑤ 遵:沿着。江夏:长江与夏水。
⑥ 国门:郢都之城门。轸(zhěn)怀:痛心。轸,痛。
⑦ 甲:甲日,古代以干支纪日。鼂(zhāo):通"朝",早上。
⑧ 闾:故里,故乡。
⑨ 荒忽:即"恍惚",神志不清的样子。焉:哪里。极:终点。这句话是说,神志

恍惚,不知何处是尽头。

⑩ 楫(jí):船桨。容与:缓慢行进。

⑪ 楸:树名,即梓,指代乡里。

⑫ 涕:泪。淫淫:流而不止的样子。霰(xiàn):雪珠,喻泪珠。

⑬ 夏首:夏水的起点,即与长江的分流处,在郢都附近。西浮:向西漂流。林云铭《楚辞灯》:"西浮,舟行之曲处,路有西向者。"夏水起源于长江而流经郢都东南。诗人出郢都后,先由夏水西行入江,然后才顺江东下,所以这里说"西浮"。

⑭ 龙门:郢都之东门。

⑮ 婵媛(chán yuán):眷恋、牵挂的样子。

⑯ 眇(miǎo):通"渺",辽远。蹠(zhí):践,踏。

⑰ 洋洋:漂泊无所归止。"顺风波"二句是说,船儿顺风波随流而下,我从此成了那漂泊无归的孤客。

⑱ 凌:乘。阳侯:古代传说中的波神,这里指波浪。泛滥:大水横流漫溢。

⑲ 忽:迅疾。薄(bó):停止,迫近。"凌阳侯"二句是说,船在汹涌的波涛中行进,上下颠簸,就像鸟儿在空中飞翔,却不知应在何处靠岸。

⑳ 絓(guà)结:牵挂,郁结。

㉑ 蹇(qiǎn)产:屈曲纠缠。

㉒ 运舟:驾着船。下浮:顺流而下。

㉓ 上洞庭:右边是洞庭湖。下江:左边是长江。古人以右为上,以左为下。诗人乘船行至洞庭湖入江处,则右边是洞庭湖,左边是长江。见姜亮夫《屈原赋校注》。

㉔ 羌:楚方言,发语词。反:同"返"。

㉕ 背:背向。夏浦:即夏首。

㉖ 大坟:高地,堤岸。

㉗ 聊:姑且。

㉘ 州土:指楚国的土地。平乐:安定而康乐。

㉙ 江介:江边,指长江两岸地区。遗风:古代遗留下来的淳朴的民风。"哀州土"二句是说,看到这里安定康乐,民风淳朴,可是一想到楚国濒临危亡,便感到无限悲伤。

㉚ 当:抵,面对。陵阳:地名,在今安徽东南部之青阳与石埭之间。蒋骥《山带阁注楚辞》:"至陵阳,则东至迁所也。"一说,即"陵阳侯",指波涛。

㉛ 淼(miǎo):同"渺",大水茫无边际的样子。如:往。

㉜ 曾不知:简直料想不到。曾,竟,简直。夏:同"厦",此代指楚国宫室。丘:丘墟,废墟。

㉝ 两东门:郢都的两个东城门,代指郢城。这句话是说,是谁使郢都变为荒芜之

地呢？暗指楚君昏聩无能，不能抵御外患。

㉞ 怡：快乐。

㉟ “忽若”二句：一本“忽若”下有“去”字，当从，补“去”字。这两句是说，时间快得令人难以置信，至今九年了仍然不能返回。一说，忽若，忽然。去，指离开郢都。不信，指不被楚王信任。

㊱ 惨：通“懆(cǎo)”，忧愁的样子。郁郁：忧闷的样子。

㊲ 蹇：困顿。侘傺(chà chì)：失意彷徨的样子。戚(qī)：悲伤。

㊳ 外：外表。承欢：讨人喜欢。此指群小。一说对秦谄媚讨好。汋(zhuó)约：犹“绰约”，姿态美好，指阿谀谄媚之态。

㊴ 谌(chén)：的确。荏(rěn)：懦弱。持：把持。“外承欢”二句是说，群小表面上做出种种媚态，以讨君王欢心，其实内心怯懦，根本靠不住。

㊵ 湛湛(zhàn zhàn)：厚重的样子。进：进用，为君王效力。

㊶ 被离：即“披离”，多而杂乱的样子。鄣：同“障”，阻碍。“忠湛湛”二句是说，忠贞之士忠心耿耿，想为国效力，而那些嫉妒的小人却多方设置障碍加以阻止。

㊷ 抗行：高尚的德行。抗，通“亢”，高。

㊸ 瞭杳杳：目光远大。瞭，眼光明亮。杳杳，高远的样子。

㊹ 被：加上。不慈之伪名：相传尧认为自己的儿子丹朱不贤而传位于舜，舜认为自己的儿子商均不贤而传位于禹，有人认为这是不慈爱自己的儿子。

㊺ 愠惀(wěn lǔn)：忠诚的样子，这里指忠贞之士。修美：美好的品德。

㊻ 好(hào)：喜欢。夫人：指那些奸佞的小人。夫，彼。忼慨：同“慷慨”，情绪激昂的样子。“憎愠惀”二句是说，国君憎恶那些品德高尚的忠贞之士，却喜欢那些夸夸其谈的奸佞小人。

㊼ 踥蹀(qiè dié)：小步快走的样子，引申为奔走钻营之意。

㊽ 美：指贤人。超远：疏远。逾：同“愈”。迈：远。“众踥蹀”二句是说，群小奔走钻营，越来越受到重用；贤人却一天天被疏远。

㊾ 乱：乐曲的末章，也有总括全诗主旨之义。

㊿ 曼：展开。流观：四面观望。

(51) 冀：希望。壹反：即“一返”，指一返郢都。

(52) 首丘：相传狐狸死时头向着自己的窟穴，以示不忘本。首，用作动词，头向着。“鸟飞”二句暗喻自己对故国深深的眷恋之情。

【导读】

《哀郢》以深沉、真挚的感情详细地记述了诗人离开郢都时的情景:"民离散而相失兮,方仲春而东迁";诗人出国门时伤心已极,"望长楸而太息兮,涕淫淫其若霰";过夏首后,诗人再一次"顾龙门而不见"。此时诗人离郢已有数百里之遥,绝对不可能望见郢都的影子,因此这一望只不过是聊以舒其忧心罢了。诗人自己蒙冤遭贬,人民离散逃亡,国家将灭,此时此刻他的似霰之涕决非为一己而流。诗人已将自己的命运紧紧地和人民、国家的命运联系在一起了。一唱三叹,一步三回首,表现了诗人对郢都深深的眷恋,对祖国无限的热爱。诗的结尾部分对国破家亡的原因做了深层次的剖析,指出之所以出现这样的结果,完全是由于楚王好坏不分、忠奸莫辨、近小人而远贤臣,同时对"众谗人"也进行了无情的揭露。最后的"乱"词以"鸟飞反故乡""狐死必首丘"作喻,表明自己对祖国至死不渝的忠贞。全诗在娓娓的倾诉中披露了诗人眷恋故国的沉痛惆怅心情,在直言斥责中表达了诗人对群小误国的愤恨之情,具有震撼人心的艺术感染力。

过 秦 论(上)

贾 谊

【解题】

本篇选自贾谊《新书》。《过秦论》原称《过秦》,《三国志·吴书·阚泽传》始称它为《过秦论》。"过秦"即言秦之过,旨在给汉王朝借鉴。上篇总论秦由兴盛到灭亡的原因,中、下两篇剖析秦统一后政策失误,二世因袭不改,子婴不能救亡扶倾。文章熔政论性与文学性于一炉,而上篇气势豪迈,最富文采,是贾谊政论文中最具有代表性的一篇。这里选的是上篇。

秦孝公据崤函之固①,拥雍州之地②,君臣固守,以窥周室③。有席卷天下、包举宇内、囊括四海之意,并吞八荒之心④。当是时也,商君佐之⑤,内立法度,务耕织,修守战之具⑥;外连衡而斗诸侯⑦。于是秦人拱手而取西河之外⑧。

孝公既没,惠文、武、昭襄王蒙故业⑨,因遗策,南取汉中,西举巴蜀⑩,东割膏腴之地,北收要害之郡⑪。诸侯恐惧,同盟而谋弱秦⑫,不爱珍器重宝肥饶之地,以致天下之士,合从缔交,相与为一⑬。当此之时⑭,齐有孟尝,赵有平原,楚有春申,魏有信陵⑮。此四君者,皆明智而忠信,宽厚而爱人,尊贤重士,约从离衡⑯,兼韩、魏、燕、赵、宋、卫、中山之众⑰。于是六国之士,有宁越、徐尚、苏秦、杜赫之属为之谋主,齐明、周最、陈轸、召滑、楼缓、翟景、苏厉、乐毅之徒通其意,吴起、孙膑、带佗、倪良、王廖、田忌、廉颇、赵奢之朋制其兵⑱。尝以什倍之地、百万之众,仰关而攻秦⑲。秦人开关延敌,九国之师逡巡而不敢进⑳。秦无亡矢遗镞之费㉑,而天下诸侯已困矣。于是从散约解,争割地而赂秦㉒。秦有余力而制

91

其弊,追亡逐北,伏尸百万,流血漂橹㉓。因利乘便,宰割天下,分裂山河。强国请伏,弱国人朝㉔。施及孝文王、庄襄王,享国日浅,国家无事㉕。

及至始皇㉖,奋六世之余烈㉗,振长策而御宇内㉘,吞二周而亡诸侯㉙,履至尊而制六合㉚,执槁朴以鞭笞天下㉛,威振四海。南取百粤之地,以为桂林、象郡㉜。百粤之君,俯首系颈,委命下吏㉝。乃使蒙恬北筑长城而守藩篱㉞,却匈奴七百余里。胡人不敢南下而牧马㉟,士不敢弯弓而报怨。于是废先王之道,燔百家之言,以愚黔首㊱。堕名城㊲,杀豪俊,收天下之兵聚之咸阳,销锋镝,铸以为金人十二㊳,以弱天下之民。然后践华为城,因河为池㊴,据亿丈之高,临百尺之渊以为固㊵。良将劲弩,守要害之处;信臣精卒,陈利兵而谁何㊶!天下已定,始皇之心,自以为关中之固,金城千里,子孙帝王万世之业也㊷。

始皇既没,余威振于殊俗㊸。然而陈涉,瓮牖绳枢之子㊹,氓隶之人,而迁徙之徒也㊺。材能不及中人,非有仲尼、墨翟之贤,陶朱、猗顿之富㊻;蹑足行伍之间,俯起阡陌之中㊼,率疲弊之卒,将数百之众,转而攻秦,斩木为兵,揭竿为旗,天下云合响应,赢粮而景从,山东豪杰并起而亡秦族矣㊽。

且夫天下非小弱也,雍州之地、崤函之固,自若也㊾。陈涉之位,非尊于齐、楚、燕、赵、韩、魏、宋、卫、中山之君也㊿,钼耰棘矜,不敌于钩戟长铩也㉛;谪戍之众,非抗九国之师也㉜;深谋远虑,行军用兵之道,非及曩时之士也。然而成败异变,功业相反也。试使山东之国与陈涉度长絜大㉝,比权量力,则不可同年而语矣。然秦以区区之地致万乘之势㉞,序八州而朝同列㉟,百有余年矣。然后以六合为家,崤函为宫㊱。一夫作难而七庙堕㊲,身死人手,为天下笑者,何也? 仁心不施,而攻守之势异也㊳。

(抱经堂印本贾谊《新书》)

【注释】

① 秦孝公：姓嬴，名渠梁，公元前361年至前338年在位。他任用商鞅，变法改制，以至国富强。崤函：崤山函谷，位于今河南灵宝。函谷关在崤山之谷，深险如函（匣子），故名崤函。固：四塞险要为固。

② 雍州：《禹贡》所分九州之一，在今陕西、甘肃、青海一带，四面有河山之阻，地势险要。

③ 窥：伺机而取。周室：东周王朝。

④ 席卷、包举、囊括：皆为名词用作状语，如卷席尽卷之、打包袱尽裹之、装口袋尽装之。宇内、四海、八荒：泛指天下。古人称四方最边远处为四荒，四正方加上四隅方，故称"八荒"。

⑤ 商君：即商鞅。原名公孙鞅，卫国人，又称卫鞅。后辅佐秦孝公，封以商於（今陕西商县）之地，号商君。

⑥ 具：一作"备"。

⑦ 连衡：也作"连横"。位处西方的秦国与东方齐、楚等国联合攻打其他国家叫连衡。

⑧ 拱手：两手合抱，此处形容轻而易举。西河之外：指魏国在黄河以西的广大土地，在今陕西大荔、宜川一带。

⑨ 惠文、武、昭襄：《史记·秦始皇本纪》所载《过秦论》作"惠王武王"，应系约举。惠文：秦惠文王，姓嬴，名驷。秦孝公之子。公元前337年至前311年在位。武：秦武王，姓嬴，名荡。惠文王之子。公元前310年至前307年在位。昭襄：秦昭襄王，姓嬴，名则，一名稷。武王异母弟。公元前306年至前251年在位。蒙故业：继承已有的基业。

⑩ 遗策：遗留下来的简策，指秦孝公制定的政治规划。策，一作"册"。汉中：今陕西南部、湖北西北部一带。巴蜀：古国名。巴国在今四川阆中及川东一带。蜀国在今四川成都及川北一带。

⑪ 膏腴之地：肥美的土地。要害之郡：政治、经济和军事都处于重要地位的城市和地区。昭襄王二十年（前287），魏献其河东之故都安邑，韩、赵也曾割地求和；即所谓膏腴之地与要害之郡。

⑫ 同：一作"会"。弱秦：使秦国势力削弱。

⑬ 合从：即"合纵"。函谷关以东诸侯六国从北方燕国到南方楚国联合抗秦，叫作合从。参见注⑦"连衡"。缔交：缔约联合。相与为一：互相援助，联合成一体。

⑭ 当此之时：一作"当是时"。

⑮ 孟尝：孟尝君田文，任齐相多年。平原：平原君赵胜，赵武灵王之子。春申：春

93

申君黄歇,相楚二十余年。信陵:信陵君魏无忌,魏昭王之少子。四公子皆以招致宾客著称。

⑯ 约从离衡:相互结盟合纵以破坏秦国连衡。

⑰ 兼:一作"并"。燕、赵:一作"燕楚齐赵",与下文"九国之师"相应,当从。

⑱ 宁越:赵国人,周威公曾召聘为师。徐尚:宋国人,事迹不详。苏秦:洛阳人,纵横家。先说秦惠王而不用,后以合纵之策游说关东诸侯,为"合纵长",佩六国相印。杜赫:周人,以安天下之论游说周昭文君。齐明:东周臣,后出仕秦、楚、韩三国,与周最、楼缓等人合纵缔交。周最:东周成君之子。曾任魏相,后任齐相。陈轸:楚人,仕于秦,又仕于楚。召滑:一作"昭滑"。任过楚相。楼缓:魏文侯之弟,曾任魏相。翟景:魏人,事迹不详。苏厉:苏秦之弟。曾仕齐。乐毅:本为齐臣,后入燕,燕昭王任为亚卿。吴起:卫国人,事魏文侯为将。孙膑:齐国著名的军事家。带佗:楚将。倪良:越将。"倪",一作"兒"。王廖、田忌:皆为齐国名将。廉颇、赵奢:皆为赵国名将。朋:辈。

⑲ 仰关:仰攻函谷关。仰,一作"叩"。

⑳ 延:引进。九国:韩、魏、燕、楚、齐、赵、宋、卫、中山。逡遁:义同"逡巡",疑惧不前貌。一作"逡巡遁逃",一作"遁逃"。

㉑ 镞:箭头。亡、遗:指丧失、损失。费:消耗。

㉒ 解:一作"败"。赂秦:指讨好秦国。赂,一作"奉"。赠送物品为赂。

㉓ 制其弊:乘对方疲困时制服他们。弊,通"敝",疲困。亡、北:指败逃的军队。橹:一作"卤",同"橹",大盾牌。

㉔ 因利乘便:因、乘同义,利、便同义;指乘着有利的形势。据《史记·秦本纪》记载,至秦昭襄王五十二年(前254)后,各国皆朝于秦。

㉕ 施(yì):一作"延",义同。孝文王:昭襄王之子,姓嬴,名柱。庄襄王:孝文王之子,姓嬴,名子楚。享国日浅:孝文王于公元前250年即位,后三日死。庄襄王于公元前249年至前247年在位,仅三年而死。

㉖ 始皇:《史记·秦始皇本纪》载《过秦论》作"秦王",下皆同。秦始皇姓嬴名政,公元前221年统一天下,建立了中国历史上第一个中央集权制的封建王朝,在位十一年。

㉗ 奋:发扬。一作"续"。余烈:遗留下来的功业。

㉘ 振:举起。长策:长鞭。御:驾驭。宇内:指天下。上下四方为宇。

㉙ 二周:西周、东周。西周建都于洛(今河南洛阳),灭于昭襄王五十一年(前256);东周建都于巩(今河南巩县),灭于庄襄王元年(前249)。诸侯:指六国。

㉚ 履:足登其位。至尊:最高之位,指天子之位。六合:天地四方。

㉛ 槁朴：木杖之类的刑具。短曰槁，长曰朴。一作"敲朴"，亦作"棰拊"。鞭笞：鞭子和竹板。此处用作动词，鞭打。

㉜ 百粤：一作"百越"。对南方少数民族的统称。散居在今浙江、福建、广东、广西等地。桂林、象郡：秦在夺取南越、骆越（今广东、广西一带地区）之后设置的两个新郡名。

㉝ 俯首：低头听命，表示屈服。系颈：古代表示向人降服时，自以组带系颈。委命下吏：把自己的性命交给秦朝的下级官吏。委，交付。

㉞ 蒙恬：秦朝大将，曾领兵三十万北逐匈奴，筑长城。藩篱：篱笆，此喻边疆屏障。

㉟ 胡人：匈奴人。牧马：比喻骚扰、侵略。

㊱ 燔：烧毁。一作"焚"。黔首：黎民，百姓。秦始皇二十六年（前221），改称民为黔首。黔，黑色。

㊲ 堕：通"隳"（huī），毁坏。名城：指原六国的一些重要城池。

㊳ 销锋镝：一作销锋铸鐻。销，毁。锋，兵器锋刃，指兵器。镝，通"镝"，箭头。金人：铜人。《史记·秦始皇本纪》："收天下兵，聚之咸阳，销以为钟鐻，金人十二，重各千石。"《史记正义》引《三辅旧事》云："聚天下兵器，铸铜人十二，各重二十四万斤。汉世在长乐宫门。"

㊴ 践：一作"斩"，登也（采《文选》六臣注张济说）。华：华山，在今陕西华阴东南。河：黄河。池：护城河。

㊵ 高：山陵。一作"城"。渊：一作"溪"，唐人避讳改。

㊶ 信臣：忠诚可靠之臣。谁何：喝问过往之人。

㊷ 关中：自函谷关以西，秦岭以北，总称关中。因其地位于函谷关、崤关、武关、萧关、散关之中，故名。金城：形容固如钢铁般的都城。帝王：称帝称王，用作动词。万世之业：《史记·秦始皇本纪》："朕为始皇帝，后世以计数，二世、三世至于万世，传之无穷。"

㊸ 殊俗：不同的风俗。此指边远的部落。

㊹ 陈涉：又名陈胜，阳城（今河南登封）人，秦末农民大起义的领袖。瓮牖：破瓮砌的窗户。绳枢：绳索拴系的门板。枢，门扇开关的枢轴。

㊺ 氓隶：低贱的种田人。氓，种田人。隶，差役。迁徙之徒：被谪罚去守边的人。

㊻ 仲尼：孔子的字。墨翟：墨子。陶朱：即范蠡，助越王勾践灭吴后，经商于陶（今山东定陶），号陶朱公。猗（yī）顿：春秋时鲁国人。在猗氏（今山西临猗）经营畜牧致富。

㊼ 蹑（niè）：踩。行（háng）伍：军队下层组织名称。泛指军队。俯：一作"倔"。

阡陌：田间小路。一作"什伯"。

㊽ 斩木为兵：砍削树木作兵器。揭竿为旗：高举竹竿作旗帜。揭，举。云合响应：如云聚合，如回声应和。响，回声。嬴（yíng）：担。景：后写作"影"。山东：指崤山、函谷山以东。

㊾ 自若：依然如故。

㊿ 尊：高贵。韩、魏：一本无此二字。

㊶ 钼：同"锄"。耰（yōu）：锄柄（采《文选》李善注引孟康说）。一作"櫌"，古代一种打土块的农具。棘矜（jí jīn）：棘木做的杖。钩戟：一名"钩釨"，带钩之戟。铩（shā）：一种长刃的矛。

㊷ 谪戍：被征调去守边。抗：同"亢"，高。

㊸ 度（duó）长絜（xié）大：衡量长短比较大小。絜，度量物的粗细。

㊹ 区区：小貌。万乘之势：指帝王的权势。势，一作"权"。

㊺ 序：排列。一作"招"，一作"抑"。八州：秦所据雍州以外的冀州、豫州、荆州、扬州、兖州、徐州、幽州、营州。参见注②。朝同列：使同列朝见。同列，指原与秦地位相等的诸侯各国。

㊻ 家：指私产。宫：宫室。

㊼ 一夫：指陈涉。七庙：指天子的宗庙。《礼记·王制》："天子七庙：三昭三穆，与太祖之庙而七。"堕：通"隳"（huī），毁。

㊽ 身死人手：指秦二世（胡亥）为赵高所杀，子婴为项羽所杀。"仁心不施"两句意为，不施行仁义，夺取天下和守住天下的形势大不相同。

【导读】

　　文章分为三段。第一段写秦的兴盛，即七代君王的励精图治。孝公有"商君佐之"，"内立法度，务耕织，修守战之具，外连衡而斗诸侯"。惠文、武、昭襄王蒙故业，与人才、物资、军力备的六国周旋，"秦无亡矢遗镞之费，而天下诸侯已困矣"。到秦始皇时"奋六世之余烈，振长策而御宇内"，灭六国，强盛至极点。但"废先王之道，燔百家之言，以愚黔首"，这是以暴力而非仁术治天下，为后面的灭亡埋下祸根。

　　第二段写秦朝暴戾，不得民心，攻守之势异也，陈涉"率疲弊之卒，将数百之众，转而攻秦"，很快把秦灭掉了。与前一段相比照，使读者对于一攻一守的变化有了更深的认识。

第三段,罗列事实,自然而然地引出结论,可谓水到渠成。

文章气势磅礴,一泻千里。大量排比和对照铺陈的运用是文章艺术上的一大特色。例如第一段中极力渲染六国的实力之强:地大物博,兵多将广,谋士如云。而相对应的在第二段中又极力写出陈涉的才能拙劣,地位低下,势单力薄。这样进行比较,可以起到振聋发聩的作用。

这篇散文被鲁迅先生誉为"沾溉后人,其泽甚远",开创了中国散文"史论"之先河。左思曾自诩其文说"著论准《过秦》,作赋拟《子虚》",而宋代散文大家欧阳修的《伶官传序》更有刻意模仿《过秦论》的痕迹,足见《过秦论》对后世影响之大。

乌江自刎

司马迁

【解题】
　　这段文字选自司马迁的《史记·项羽本纪》(题目是编者加的)，叙述了项羽英雄末路、自刎乌江的情景。乌江，今安徽和县东北四十里的乌江浦。司马迁(约前145或前135—前91)，字子长，左冯翊夏阳(今陕西韩城)人。先后任太史令、中书令。汉武帝天汉三年(前98)，因李陵事件下狱受腐刑，后发愤著书，完成了《史记》的创作。本文着力于刻画项羽的性格，生动形象。

　　项王军壁垓下①，兵少食尽，汉军及诸侯兵围之数重。夜闻汉军四面皆楚歌②，项王乃大惊曰："汉皆已得楚乎？是何楚人之多也！"项王则夜起③，饮帐中。有美人名虞，常幸从④；骏马名骓⑤，常骑之。于是项王乃悲歌慷慨，自为诗曰："力拔山兮气盖世，时不利兮骓不逝⑥。骓不逝兮可奈何⑦！虞兮虞兮奈若何⑧！"歌数阕⑨，美人和之⑩。项王泣数行下。左右皆泣，莫能仰视。

　　于是项王乃上马骑，麾下壮士骑从者八百余人，直夜溃围南出⑪，驰走。平明，汉军乃觉之，令骑将灌婴以五千骑追之⑫。

　　项王渡淮，骑能属者百余人耳⑬。项王至阴陵⑭，迷失道，问一田父，田父绐曰⑮："左。"左，乃陷大泽中。以故汉追及之。

　　项王乃复引兵而东，至东城⑯，乃有二十八骑。汉骑追者数千人。项王自度不得脱⑰，谓其骑曰："吾起兵至今八岁矣，身七十余战，所当者破⑱，所击者服，未尝败北，遂霸有天下；然今卒困于此⑲，此天之亡我，非战之罪也。今日固决死，愿为诸君快战⑳，必三胜之，为诸君溃围、斩将、刈旗㉑，令诸君知天亡我，非战之罪也。"

乃分其骑以为四队,四向。汉军围之数重。项王谓其骑曰:"吾为公取彼一将。"令四面骑驰下,期山东为三处㉒。

于是项王大呼驰下,汉军皆披靡㉓,遂斩汉一将。是时,赤泉侯为骑将㉔,追项王,项王瞋目而叱之,赤泉侯人马俱惊,辟易数里㉕。与其骑会为三处。汉军不知项王所在,乃分军为三,复围之。项王乃驰,复斩汉一都尉,杀数十百人。复聚其骑,亡其两骑耳。乃谓其骑曰:"何如?"骑皆伏曰㉖:"如大王言!"

于是项王乃欲东渡乌江。乌江亭长枻船待㉗,谓项王曰:"江东虽小,地方千里,众数十万人,亦足王也。愿大王急渡。今独臣有船,汉军至,无以渡。"项王笑曰:"天之亡我,我何渡为!且籍与江东子弟八千人渡江而西,今无一人还,纵江东父兄怜而王我,我何面目见之!纵彼不言,籍独不愧于心乎!"乃谓亭长曰:"吾知公长者㉘。吾骑此马五岁,所当无敌,尝一日行千里,不忍杀之,以赐公!"

乃令骑皆下马步行,持短兵接战,独籍所杀汉军数百人。项王身亦被十余创。顾见汉骑司马吕马童㉙,曰:"若非吾故人乎?"马童面之,指王翳曰㉚:"此项王也!"项王乃曰:"吾闻汉购我头千金,邑万户。吾为若德㉛!"乃自刎而死。

王翳取其头,余骑相蹂践,争项王,相杀者数十人。最其后,郎中骑杨喜、骑司马吕马童、郎中吕胜、杨武各得其一体。五人共会其体㉜,皆是。故分其地为五:封吕马童为中水侯㉝,封王翳为杜衍侯㉞,封杨喜为赤泉侯,封杨武为吴防侯㉟,封吕胜为涅阳侯㊱。……

(涵芬楼影印本黄善夫《史记》)

【注释】

① 壁：军营。此处是扎营的意思。垓下：地名，在今安徽灵璧东南。
② 楚歌：楚国人用方言土语所唱的歌。
③ 则：乃。
④ "有美人"句：美人姓虞，为项羽所宠幸。
⑤ 骓(zhuī)：毛色黑白相间的马。
⑥ 逝：向前行进。
⑦ 可奈何：怎么办呢？
⑧ "虞兮"句：虞啊，虞啊，我将把你怎么安排呢？若，你。
⑨ 阕：乐曲的一遍。
⑩ 和(hè)：唱和，应和着一齐唱。
⑪ 直夜：趁着夜色。直，当。
⑫ 灌婴：刘邦部将，后封颍阴侯。
⑬ 属(zhǔ)：跟随。这句话的意思是，能跟随项羽的骑士不过百余人。
⑭ 阴陵：秦县名，在今安徽定远西北。
⑮ 绐(dài)：欺骗。
⑯ 东城：秦县名，在今安徽定远东南五十里。
⑰ 度：揣测，估计。
⑱ 所当者：所遇到的敌人。当，敌。
⑲ 卒：结束，完毕。
⑳ 快战：痛快地打一仗。
㉑ 刈(yì)旗：砍倒对方的军旗。刈，割。
㉒ "期山东"句：约定冲过山的东面，分三处集合。
㉓ 披靡：本指草遇风而倒伏，这里形容败军的溃散。
㉔ 赤泉侯：指汉将杨喜，因斩项羽有功，被封赤泉侯。
㉕ 辟：同"避"。易：变更。
㉖ 伏：同"服"，敬佩的意思。
㉗ 亭长：乡官。秦汉时制度，十里一亭，设一亭长。《史记正义》："《国语》有'寓室'，即今之亭也。亭长，盖今里长也。民有讼诤，吏留平辨，得成其政。"枻船：拢船靠岸。枻，同"舣"(yǐ)。
㉘ 长者：谨厚有德之人。
㉙ 骑司马：骑兵将领的官名。吕马童：人名，项羽原旧部，后改投汉军。
㉚ 指王翳：指给王翳看。王翳，汉将。

㉛ 为若德：为你做件好事。
㉜ 共会其体：指杨喜等人把各人所夺项王的残骸拼合到一处，以证明他们所得确为项羽的残骸。
㉝ 中水：汉县名，其地在今河北献县西北三十里。
㉞ 杜衍：汉县名，其地在今河南南阳西南二十三里。
㉟ 吴防：汉县名，今河南遂平。
㊱ 涅阳：汉县名，其地在今河南镇平南。

【导读】

　　《项羽本纪》乃是《史记》中的名篇。项羽戎马一生，虽然自立为王，却未能成就一番帝王的事业，然而司马迁抛开成见，为他撰写了本纪，可见司马迁本人对他的肯定和钦佩。全篇以项羽的一生遭际为主线，其间写了许多重要的历史人物和历史事件，向我们展示了一幅波澜壮阔的秦末历史画卷。

　　本文为《项羽本纪》中精彩的一段。这一片段大致可以分为被围、突围、自刎三个部分。写历史传记，重在写出在特定的历史氛围中人物的个性。司马迁笔下的项羽，力拔山兮气盖世，威武、雄壮、豪迈，怀有毁灭暴秦、一统天下的壮志，无所忌惮，俨然一副英雄气概。然而英雄也有被困、气短之时。对着美人，项王一句"虞兮虞兮奈若何"，实为铁汉之柔情。《史记正义》引《楚汉春秋》载美人所和歌辞："汉兵已略地，四面楚歌声。大王意气尽，贱妾何聊生！"如此，项王怎能不"泣数行下"呢？

　　项王率八百骑突出重围，却迷了路，问一田父，被骗而陷入大泽，遂为汉军所追及。这一细节实为项羽后来一句"此天之亡我，非战之罪也"的注脚。更有野史材料说有蚂蚁排成字，预示项羽的灭亡。司马迁虽然佩服项羽是个大英雄，对此却不以为然。他在《项羽本纪》的最后说："及羽背关怀楚，放逐义帝而自立，怨王侯叛己，难矣。自矜功伐，奋其私智而不师古，谓霸王之业，欲以力征，经营天下，五年卒亡其国，身死东城，尚不觉悟，而不自责，过矣。乃引'天亡我，非用兵之罪也'，岂不谬哉！"宋代的欧阳修在《伶官传序》中也说:"盛衰之理,虽曰天命,岂非人事哉?"盛衰兴亡,本是众多因素综合作用而成,而项王把它归结于天命并不高明。然其突围时作困兽斗,则颇有气势,逞一时英雄,却也豪壮无比。

项羽自刎乌江为这一片段的尾声。项羽本来可以乘船出围,可以不死,可以王江东千里之地。但他并没有这样做,他认为:"天之亡我,我何渡为!"这里是天命论在起作用。我们对他认识上的局限,只能表示叹息。而项羽表示愧对江东父老,宁身死以谢其罪,这是颇有英雄气概的举动。他把心爱的坐骑赠予亭长,和前面与虞姬的唱和一样,表现了他性格的另一侧面:刚中有柔,颇重感情。

班固在《汉书·司马迁传赞》中说:"辨而不华,质而不俚,其文直,其事核,不虚美,不隐恶,故谓之实录。"班固生活的时代与司马迁离得很近,他说《史记》是"实录",我们无须怀疑。而与《资治通鉴》相比,《史记》则更具有文学色彩,其间有大量生动的人物语言、出色的动作刻画,人物个性极为鲜明,具有很高的审美价值。

苏 武 传(节选)

班 固

【解题】

本文节选自《汉书·李广苏建传》,记叙苏武出使匈奴十九年艰苦卓绝的经历,生动地刻画了一位不辱使命、维护国家利益和民族尊严的忠诚义士的感人形象。班固(32—92),字孟坚,扶风安陵(今陕西咸阳)人,东汉著名的史学家和文学家。

单于使卫律治其事①。张胜闻之,恐前语发②,以状语武。武曰:"事如此,此必及我。见犯乃死③,重负国④。"欲自杀,胜、惠共止之。虞常果引张胜⑤。单于怒,召诸贵人议,欲杀汉使者。左伊秩訾曰⑥:"即谋单于⑦,何以复加?宜皆降之。"单于使卫律召武受辞⑧,武谓惠等:"屈节辱命⑨,虽生,何面目以归汉!"引佩刀自刺⑩。卫律惊,自抱持武,驰召医,凿地为坎⑪,置煴火⑫,覆武其上,蹈其背以出血⑬。武气绝,半日复息⑭。惠等哭,舆归营⑮。单于壮其节⑯,朝夕遣人候问武⑰,而收系张胜。

武益愈,单于使使晓武。会论虞常⑱,欲因此时降武。剑斩虞常已⑲,律曰:"汉使张胜谋杀单于近臣,当死,单于募降者赦罪。"举剑欲击之,胜请降。律谓武曰:"副有罪,当相坐⑳。"武曰:"本无谋,又非亲属,何谓相坐?"复举剑拟之㉑,武不动。律曰:"苏君,律前负汉归匈奴,幸蒙大恩,赐号称王,拥众数万,马畜弥山㉒,富贵如此。苏君今日降,明日复然。空以身膏草野㉓,谁复知之!"武不应。律曰:"君因我降,与君为兄弟,今不听吾计,后虽欲复见我,尚可得乎?"武骂律曰:"女为人臣子,不顾恩义,畔主背亲㉔,为降虏于蛮夷,何以女为见㉕?且单于信女,使决人死生,不平心持正,反欲斗两主㉖,观祸败。南越杀汉使者,屠为九郡㉗;宛王杀汉使者,头县北阙㉘;朝鲜杀汉使者,即时诛灭㉙。独匈奴未耳。若知我不降明,欲令两国相攻,匈奴之祸从我始矣。"

律知武终不可胁,白单于㉚。单于愈益欲降之㉛,乃幽武置大窖中㉜,绝不饮食㉝。天雨雪,武卧啮雪,与旃毛并咽之㉞,数日不死,匈奴以为神。乃徙武北海上无人处㉟,使牧羝㊱,羝乳乃得归㊲。别其官属常惠等,各置他所。

武既至海上,廪食不至㊳,掘野鼠去草实而食之㊴。杖汉节牧羊,卧起操持,节旄尽落。积五六年,单于弟於靬王弋射海上㊵。武能网纺缴㊶,檠弓弩㊷,於靬王爱之,给其衣食。三岁余,王病,赐武马畜、服匿、穹庐㊸。王死后,人众徙去。其冬,丁令盗武牛羊㊹,武复穷厄㊺。

初,武与李陵俱为侍中㊻。武使匈奴明年,陵降,不敢求武㊼。久之,单于使陵至海上,为武置酒设乐,因谓武曰:"单于闻陵与子卿素厚㊽,故使陵来说足下㊾,虚心欲相待㊿。终不得归汉,空自苦亡人之地,信义安所见乎?前长君为奉车㊅,从至雍棫阳宫㊆,扶辇下除㊇,触柱折辕,劾大不敬㊈,伏剑自刎,赐钱二百万以葬。孺卿从祠河东后土㊉,宦骑与黄门驸马争船㊊,推堕驸马河中溺死,宦骑亡,诏使孺卿逐捕不得,惶恐饮药而死。来时,大夫人已不幸㊋,陵送葬至阳陵㊌。子卿妇年少,闻已更嫁矣。独有女弟二人㊍,两女一男㊎,今复十余年,存亡不可知。人生如朝露㊏,何久自苦如此!陵始降时,忽忽如狂㊐,自痛负汉㊑,加以老母系保宫㊒,子卿不欲降,何以过陵?且陛下春秋高㊓,法令亡常,大臣亡罪夷灭者数十家㊔,安危不可知,子卿尚复谁为乎?愿听陵计,勿复有云。"武曰:"武父子亡功德,皆为陛下所成就㊕,位列将,爵通侯㊖,兄弟亲近,常愿肝脑涂地。今得杀身自效,虽蒙斧钺汤镬㊗,诚甘乐之。臣事君,犹子事父也,子为父死,亡所恨。愿勿复再言。"陵与武饮数日,复曰:"子卿壹听陵言㊘。"武曰:"自分已死久矣㊙!王必欲降武㊂,请毕今日之欢,效死于前㊃!"陵见其至诚,喟然叹曰:"嗟乎,义士!陵与卫律之罪上通于天。"因泣下沾衿㊄,与武决去㊅。

陵恶自赐武㊆,使其妻赐武牛羊数十头。后陵复至北海上,语武:"区脱捕得云中生口㊇,言太守以下吏民皆白服,曰上崩。"武闻之,南乡号哭㊈,欧血㊉,旦夕临㊊。

数月,昭帝即位㉛。匈奴与汉和亲。汉求武等,匈奴诡言武死㉜。后汉使复至匈奴,常惠请其守者与俱㉝,得夜见汉使,具自陈道㉞。教使者谓单于,言天子射上林中㉟,得雁,足有系帛书㊱,言武等在某泽中。使者大喜,如惠语以让单于㊲。单于视左右而惊,谢汉使曰㊳:"武等实在。"于是李陵置酒贺武曰:"今足下还归,扬名于匈奴,功显于汉室,虽古竹帛所载㊴,丹青所画㊵,何以过子卿!陵虽驽怯㊶,令汉且贳陵罪㊷,全其老母,使得奋大辱之积志,庶几乎曹柯之盟㊸,此陵宿昔之所不忘也㊹。收族陵家,为世大戮㊺,陵尚复何顾乎㊻?已矣!令子卿知吾心耳。异域之人,壹别长绝㊼!"陵起舞,歌曰:"径万里兮度沙幕㊽,为君将兮奋匈奴。路穷绝兮矢刃摧,士众灭兮名已隤㊾。老母已死,虽欲报恩将安归!"陵泣下数行,因与武决。单于召会武官属㊿,前以降及物故㊿,凡随武还者九人。

(涵芬楼影印北宋景祐刻《汉书》)

【注释】

① 单(chán)于:匈奴称其君主为单于。卫律:其父为胡人,卫律生长于汉,后叛汉归匈奴,被封为丁零王。治其事:审理这件事。指苏武出使匈奴后,副使张胜参与匈奴缑(gōu)王及虞常谋反,事发,牵连到苏武这件事。

② 发:发觉。

③ 见犯:指受到侵侮。

④ 重:更加。

⑤ 引:牵连。

⑥ 左伊秩訾(zǐ):匈奴王号。

⑦ 即：假使，如果。
⑧ 受辞：接受审讯。
⑨ 屈节辱命：失去气节，有辱使命。
⑩ 引：抽。
⑪ 坎：坑。
⑫ 煴（yūn）火：无焰之火。
⑬ 蹈：同"搯（tāo）"，叩击。
⑭ 复息：苏醒。息，呼吸。
⑮ 舆：指用车载。
⑯ 壮其节：认为苏武气节壮烈。
⑰ 候问：问候。问、候二字同义。
⑱ 会论：会同判决虞常之罪。
⑲ 已：毕。
⑳ 相坐：相连坐。古代法律，一人犯大罪，其亲属或有直接关系的人（如保举者）也要治罪，称为连坐。
㉑ 拟：比画，即做出要杀他的样子。
㉒ 弥：满。
㉓ 膏：肥。
㉔ 畔：同"叛"。
㉕ "何以"句：即"何以见女为"，为什么要见你。为，语气助词。
㉖ 斗：使……斗。
㉗ "南越"二句：元鼎五年（前112），南越王欲内附，其相吕嘉杀王与太后及汉使者，武帝发兵征讨，次年，南越降。汉以南越之地设置儋耳、珠厓、南海、苍梧、郁林、合浦、交阯、九真、日南九郡。
㉘ "宛王"二句：武帝曾派使者往大宛求良马，大宛不予，又因汉使不满而攻杀之，取其财物。太初元年（前104），武帝派贰师将军李广利率军征伐。太初四年（前101），大宛贵人共杀宛王毋寡，派使者持其首见贰师，贰师等立宛贵人亲汉者昧蔡为王。县，同"悬"。北阙，指汉宫之北阙。阙为皇宫门前两边的楼。
㉙ "朝鲜"二句：元封二年（前109），武帝派涉何出使朝鲜，涉何杀死送他回国的朝鲜人，诈称杀死朝鲜将领。武帝封他为辽东东部都尉。朝鲜发兵袭杀涉何。武帝发兵击朝鲜。元封三年（前108）夏，尼溪相参使人杀朝鲜王右渠来降。
㉚ 白：禀告。
㉛ 愈益：更加。

㉜ 幽：囚禁。

㉝ 绝不饮食：断绝其生活供给。

㉞ 啮（niè）：咬，指吞食。旃：同“毡”，毛织的毡毯。

㉟ 北海：在匈奴的北境，即今苏联境内的贝加尔湖一带。

㊱ 羝（dī）：公羊。

㊲ 乳：产子。

㊳ 廪食：原指官府供给的粮食。此泛指食物。

㊴ 去：通“弆（jǔ）”，藏。此句意为，掘取野鼠所藏草实而食之。

㊵ 於靬（wū jiān）王：且鞮侯单于的弟弟。弋（yì）射：以绳系箭而射。

㊶ 网：结网。纺缴（zhuó）：纺制系在箭尾的丝绳。

㊷ 檠（qíng）：本指矫正弓的器具。这里用作动词，用檠矫正弓弩。

㊸ 服匿：盛酒酪的瓦器。穹（qióng）庐：圆顶帐篷。

㊹ 丁令：也作“丁灵”“丁零”，匈奴族的一支。

㊺ 穷厄（è）：陷于困境。厄，困。

㊻ 李陵：字少卿，西汉名将李广的孙子，武帝时为骑都尉。天汉二年（前99），率兵五千与匈奴作战，杀伤敌兵甚多，因遭遇单于主力，军无后援，力竭而降。侍中：官名，为皇帝侍从。

㊼ 求：访求。

㊽ 素厚：一向交情很深。

㊾ 足下：对人的敬称。

㊿ 虚心欲相待：想要真心善待你。虚心，心无成见。

(51) 长君：指苏武的哥哥苏嘉。奉车：奉车都尉，皇帝侍卫官。主要负责车乘的安全。

(52) 雍：汉县名，在今陕西凤翔南。棫（yù）阳宫：本为秦宫，在雍地之东，今陕西扶风东北。

(53) 除：指殿阶。

(54) 劾：弹劾。大不敬：对皇帝不敬的罪名。

(55) 孺卿：指苏武的弟弟苏贤。祠：祭祀。河东：汉郡名，治所在今山西夏县西北。境内有土地神祠。后土：土神。

(56) 宦骑：侍卫皇帝的宦官骑士。黄门：掌管皇宫事务的官署。驸马：驸马都尉（掌皇帝出行时副车之马）的属官。

(57) 大夫人：即太夫人，指苏武母亲。不幸：死的讳称。

(58) 阳陵：汉县名，为孝景帝陵墓所在地，在今陕西咸阳东。

(59) 女弟：妹妹。

(60) 两女一男：指苏武的两个女儿和一个儿子。

(61) "人生"句：人生短促。朝露，早晨的露水。

(62) 忽忽：恍惚。

(63) 负：对不起。

(64) 系：囚禁。保宫：汉代囚禁犯罪大臣及其眷属的地方。

(65) 春秋高：谓年老。

(66) 夷灭：指灭族。

(67) 成就：指提拔任用。

(68) "位列"两句：苏武的父亲苏建为右将军，赐爵平陵侯。列侯，二十级爵中最高的一等。

(69) 蒙：冒。斧钺：斩人的刑具。汤镬：汤锅，烹人的刑具。

(70) 壹：一定。

(71) 分(fèn)：料想，断定。

(72) 王：指李陵。李陵投降后，匈奴封他为右校王。

(73) 效死：犹言"毕命"。

(74) 衿：襟。

(75) 决：同"诀"，辞别。

(76) 恶(wù)：指不好意思。

(77) 区(ōu)脱：边境。此为匈奴语。生口：指俘虏。

(78) 乡：通"向"。

(79) 欧(ǒu)：呕吐。

(80) 临(lìn)：哭吊。

(81) 昭帝：名弗陵，武帝少子，公元前86年至前74年在位。

(82) 诡言：诈称。

(83) 守者：看守(苏武)的人。

(84) 陈道：陈说，陈述。

(85) 上林：上林苑，在今西安西南。

(86) 帛书：写在帛(丝织品)上的信。

(87) 让：责备。

(88) 谢：道歉。

(89) 竹帛：指史书。

(90) 丹青：本指绘图所用的颜料。此处指图画。

⑨ 驽怯:无能胆小。
⑩ 令:假使。贳(shì):宽恕。
⑪ 曹柯之盟:指曹沫劫齐桓公事。春秋时,曹沫为鲁庄公将,三战皆败。齐、鲁盟于柯,曹沫以匕首劫齐桓公,使他归还所侵占鲁国的土地。
⑫ 宿昔:即夙夜,早晚。
⑬ 大戮:大耻。
⑭ 顾:留恋。
⑮ 长绝:永诀。
⑯ 径:经过。沙幕:沙漠。
⑰ 隤(tuí):败坏。
⑱ 召会:召集。
⑲ 以:同"已"。物故:死亡。

【导读】

　　本文生动地刻画了苏武的崇高形象。苏武的一生大致经过了三个阶段:一是苏武奉命出使匈奴,谋求两国的和好;二是苏武在匈奴遇到意外情况而被扣留,他坚贞不屈,顽强地生活下来,最后被释放回国;三是苏武返回汉朝,荣耀一生。本文集中写苏武一生中第二阶段的情况。

　　可以说,苏武是爱国主义精神的化身。他时时刻刻以国家民族的利益为重,性格坚毅顽强,有坚贞不屈的民族气节。他是班固在《汉书》中极力称誉的,也是后人世世代代所传颂的人物。本文在刻画苏武的形象时,主要有两大特点。

　　首先,在生死存亡的紧要关头集中刻画人物性格。苏武出使的时候本是匈奴与汉朝的关系比较缓和的时候,孰料匈奴内部发生叛乱,而苏的副使张胜又卷入其中。在这生死关头,苏武没有退缩,"事如此,此必及我。见犯乃死,重负国",他首先想到"重负国",而把个人的生死置之度外。面对卫律的审讯,苏武一方面申述张胜卷入谋反是他个人的行为,与苏武乃至汉廷无关;另一方面又表明自己将舍生取义,维护汉朝的尊严。他的作为赢得了匈奴的尊敬,同时最大限度地缓和了两国的危机。

109

其次,运用两组对比以突出苏武的形象。其一是苏武与张胜的对比。苏武临危不惧,对国家利益负责;而张胜遇事不冷静,对国家不负责。其二是苏武与李陵的对比。李陵计较于个人恩怨,患得患失,置国家的利益于不顾;而苏武不计较个人得失,处处从国家利益着想。通过这两组对比,苏武的崇高形象便耸立在读者眼前了。

上 邪

《乐府诗集》

【解题】

本篇为主人公对爱情的坚定的誓言。主人公以凝重坚贞的口气,奔放不羁的节律,向对方倾诉地老天荒此情不渝的爱情。由于本诗与《有所思》所叙情事存在一定的连贯性,故有人推测它即是《有所思》的下续部分(清人庄述祖《汉铙歌句解》开始提出"《上邪》与《有所思》当为一篇,……叙男女相谓之言")。此说可以参考。

上邪①!我欲与君相知②,长命无绝衰③。山无陵④,江水为竭,冬雷震震,夏雨雪⑤,天地合,乃敢与君绝⑥。

(文学古籍刊行社影宋本《乐府诗集》)

【注释】

① 上邪:天啊。上,指天。邪,通"耶"。
② 相知:相亲相爱。
③ 命:使,令。此句意为,使爱情永远不断绝、不衰减。
④ 陵:指山峰。
⑤ 雨(yù)雪:降雪。
⑥ 乃敢与君绝:上面五句皆为假设句,列举世上必无之事以申盟誓,意思是除非发生了上述不可能发生的事情,我才会与你绝情。

【导读】

这是一篇爱情誓词,主人公自言海枯石烂,爱情仍然坚贞不渝。首三句,从正面申说爱情的忠贞,指天为誓,端重坚决。其意已明,其情却犹未尽,继而又从反面来加以强调,举出五件非常之事,"山无陵,江水为竭,冬雷震震,夏雨雪,天地合",说只有出现这些非常之事,"乃敢与君绝"。而这些非常之事是绝对不可能发生的,这就更可见不能断绝的决心。诗中选用的五件事,两说山水发生巨变,两说自然界规律发生巨变,直说到"天地合",整个宇宙发生了巨变。一语紧追一语,一层更进一层,"一气赶落,不见堆垛,局奇笔横"(张玉谷《古诗赏析》卷五)。诗句参差交错,一句一顿,语势跌宕,成高歌一曲。

陌 上 桑

《乐府诗集》

【解题】

这篇喜剧色彩浓厚的民间文学佳作,属于《相和歌辞·相和曲》。最早著录于《宋书·乐志》,题为《艳歌何尝行》;收入《玉台新咏》时,题为《日出东南隅行》。此用《乐府诗集》题名。诗篇歌咏采桑女罗敷严词拒绝太守调戏的故事,通过主人公巧妙机智的斗争,突出表现了她的美丽、坚贞与智慧。除了铺张描述而外,作品在塑造形象时还成功地运用侧面烘托的手法,虚摹传神,达到了令人难忘的艺术效果。

日出东南隅[①],照我秦氏楼[②]。秦氏有好女[③],自名为罗敷[④]。罗敷喜蚕桑[⑤],采桑城南隅。青丝为笼系[⑥],桂枝为笼钩。头上倭堕髻[⑦],耳中明月珠[⑧]。缃绮为下裙[⑨],紫绮为上襦[⑩]。行者见罗敷,下担捋髭须[⑪]。少年见罗敷,脱帽著帩头[⑫]。耕者忘其犁,锄者忘其锄。来归相怨怒,但坐观罗敷[⑬]。

使君从南来[⑭],五马立踟蹰[⑮]。使君遣吏往,问是谁家姝[⑯]?"秦氏有好女,自名为罗敷。""罗敷年几何?""二十尚不足,十五颇有余。""使君谢罗敷[⑰],宁可共载不[⑱]?"罗敷前置辞[⑲]:"使君一何愚[⑳]!使君自有妇,罗敷自有夫。"

"东方千余骑,夫婿居上头[㉑]。何用识夫婿[㉒]?白马从骊驹[㉓];青丝系马尾,黄金络马头;腰中鹿卢剑[㉔],可直千万余[㉕]。十五府小史[㉖],二十朝大夫[㉗]。三十侍中郎[㉘],四十专城居[㉙]。为人洁白晰[㉚],鬑鬑颇有须[㉛]。盈盈公府步[㉜],冉冉府中趋[㉝]。坐中千余人,皆言夫婿殊[㉞]。"

(文学古籍刊行社影宋本《乐府诗集》)

【注释】

① 东南隅:东南方。
② 我:我们。此为民间歌谣作者的习用口吻。
③ 好女:美女。
④ 自名:本名。自,本自。
⑤ 喜:一作"善"。
⑥ 笼:装桑叶的竹篮。系:系篮子的丝绳。
⑦ 倭堕髻:又称"堕马髻",发髻偏于一边,呈欲堕之状,是当时流行的发型。
⑧ 明月珠:宝珠名。
⑨ 缃:浅黄色。绮:有细密花纹的绫。
⑩ 襦:短袄。
⑪ 下担:放下担子。捋(lǔ):抚摩。髭(zī)须:唇上的胡须。
⑫ 帩(qiào)头:男子包头发的纱巾。古人先以头巾束发,然后著帽。
⑬ 但:只。坐:因为。
⑭ 使君:汉代对太守或刺史的称呼。
⑮ 五马:指太守所乘车。汉代太守驾车用五匹马。踟蹰:徘徊不前。
⑯ 姝:美女。
⑰ 谢:问,告。
⑱ 宁可:可不可以。宁,询问词,犹"其""岂"。共载:与使君共乘,跟着使君回去。不:同"否"。
⑲ 置辞:犹"致辞",答话。
⑳ 一何愚:怎么这样蠢!一何,犹"何其"。
㉑ 上头:前列。
㉒ 何用:用什么。识:辨认。
㉓ 骊驹:深黑色的小马。此句意为,骑白马后边跟着骑小黑马的那位官员就是自己的丈夫。
㉔ 鹿卢:通"辘轳",原为井上汲水用的滑轮,此指剑柄以玉雕成辘轳形状。
㉕ 直:通"值"。
㉖ 府小史:太守府衙当差的小官吏。
㉗ 朝大夫:朝廷中的大夫。
㉘ 侍中郎:官名。汉代侍中郎为加官,是在原官上特加的荣衔,兼任这种官职的多在皇帝左右侍奉。
㉙ 专城居:治理一城的长官,如太守、刺史之类。

㉚ 洁白晰：指肤色洁白。晰，白。

㉛ 鬑（lián）鬑：须发稀疏貌。颇有须：略微有一点胡须。颇，略。

㉜ 盈盈：舒缓貌。公府步：犹言“官步”。

㉝ 冉冉：亦为缓步貌。府中趋：即上文“公府步”之意。趋，行走。

㉞ 殊：非凡，出众。

【导读】

这首诗叙述了一个太守之类的官员调戏采桑女子而遭到严词拒绝的故事，赞美了女主人公的坚贞和智慧，暴露了官员的丑恶和愚蠢，表达了人们善必胜恶的美好愿望。

全诗共三段，亦称“三解”，“解”是乐歌的段落。第一段从“日出东南隅”到“但坐观罗敷”，极写罗敷的美貌动人，分四层写。起句以朝日起兴，将读者的视线引导到“日出东南”照耀着的女郎身上。其中“我”是作者或歌者的代称，在第三人称的叙述中不着痕迹地融入第一人称的视觉，使读者（听者）自然而然地感染了对女主人公的赞赏喜爱。第二层“罗敷喜蚕桑”句，交代罗敷身份，由“喜蚕桑”自然地过渡到点明“采桑”的地点。第三层以工笔手法写罗敷的桑篮、服饰，于细微处渲染，秾丽而不嫌烦琐。极美的器物、极美的服饰，正是为了衬出人物的美丽形象，亦可见乐府民歌在描写理想人物形象时，并不吝用铺张渲染的手法。第四层“行者见罗敷”等八句，分别写了“行者”“少年”“耕者”“锄者”四种人看到罗敷的不同反应，不从正面着笔，而以侧面烘托来表达罗敷的美丽，比之于《诗经·硕人》“手如柔荑，肤如凝脂，领如蝤蛴，齿如瓠犀”的美人，自有一番风韵。《陌上桑》对美的这种独创性的描写，也因其摄人的魅力而具有了先导意义，后来文学作品中的一些人物描写也许可以说明这一点，如元稹《会真记》写莺莺的美便是通过张生一见莺莺便颠倒“几不自持”来表现的。

第二段从“使君从南来”到“罗敷自有夫”，直接写罗敷敢于反抗恶势力的可贵性格和气概，表现了诗歌的道德主题。“五马”

渲染了使君的盛气凌人,"遣吏往"的一问一答,为旋即而来的矛盾冲突设置了酝酿过程,亦使文章有舒有缓,蓄跌宕起伏之势。"使君一何愚"的当头棒喝,把矛盾冲突推上了高潮,罗敷的勇敢、坚贞与使君的贪婪、荒淫在对比中愈加鲜明。

  第三段从"东方千余骑"到末尾,均出自罗敷之口,是对前段末句"罗敷自有夫"的进一步张扬。"东方千余骑"四句针对使君的"五马",盛赞丈夫的威势和富贵。"十五府小史"四句针对使君的官位,盛赞丈夫的权位和才华,"为人洁白晰"四句是盛赞丈夫的相貌和风度。"坐中数千人,皆言夫婿殊"是对以上夸耀的总结,全诗就此戛然而止,不写使君的反应,不写最后的结局,却似乎让我们看到使君狼狈而去的丑态,全诗以喜剧的方式在我们对罗敷的赞赏叹服中落幕。

迢迢牵牛星

《文选》

【解题】

　　这首诗写织女隔着银河遥望牵牛的愁苦心情,实际上是比喻思妇游子相思之苦。本诗选自梁代萧统所编的《文选》中的《古诗十九首》。牵牛星即"河鼓二",在银河东;织女星又称"天孙",在银河西,与牵牛星遥相呼应。这首诗本于牵牛与织女的民间故事。

> 迢迢牵牛星[①],皎皎河汉女[②]。
> 纤纤擢素手[③],札札弄机杼[④]。
> 终日不成章[⑤],泣涕零如雨[⑥]。
> 河汉清且浅,相去复几许[⑦]?
> 盈盈一水间[⑧],脉脉不得语[⑨]。

(胡刻本《文选》)

【注释】

① 迢迢:远貌。
② 皎皎:明貌。河汉:即银河。河汉女即指织女星。
③ 纤纤:柔长貌。擢:摆动。
④ 札札:机织声。杼:旧时织布机上的梭子。
⑤ 章:布帛上的纹理。此句意思是,织女无心织布。
⑥ 零:落。
⑦ "河汉"两句:牵牛、织女两星彼此只隔一道清浅的银河,相距又有多远呢?
⑧ 盈盈:水清浅貌。
⑨ 脉脉:当作"眽眽",含情相视貌。

【导读】

关于牵牛与织女的民间传说起源得很早。《诗经·小雅·大东》:"跂彼织女,终日七襄。虽则七襄,不成报章。"该诗指责织女星根本不会织布,只是徒有虚名。这一故事后代逐渐演化。曹植《九咏》中织女星与牵牛星已成为一对夫妇了。《迢迢牵牛星》估计作于东汉后期,牵牛织女的故事大体已成形。诗人借这样的民间传说,描述了织女隔着银河遥思牵牛的愁苦心情,表现了爱情饱受折磨时的痛苦。

该诗首句即从第三者的视角描述牵牛、织女遥相对应。一说"迢迢"与"皎皎"互文见义,但从后面的诗句看,诗人想象的视角似乎在离织女不远的地方,从对织女形态、动作的细致描摹来看,第三者近观织女、远眺牵牛应是无疑的。下一句写织女织布时的情景。人在不停地劳作,织机也在发出"札札"的声音,然而"终日不成章,泣涕零如雨"。织女虽然素手频举,却无心于织布,看来只是反复地抚弄织机,心在何处呢?想必是思念牵牛而伤心不已。最后两句,诗人从写境转为抒情。那阻隔牵牛与织女的银河既清且浅,牵牛、织女二星相距也并非十分遥远,只隔一水却无法交谈,只能默默对视。

这首诗在艺术上最大的特色是叠音词的运用。此诗一共用了六个叠词:"迢迢""皎皎""纤纤""札札""盈盈""脉脉"。"迢迢"是从距离上描述,"皎皎"是从色泽上描述,而"纤纤"是从形态来描述,"札札"是从声音方面来摹写,显得质朴,自然,优美隽永。"盈盈""脉脉"用得更妙。"盈盈"一词,将织女美好的形象与清且浅的银河相比照,人与物浑然一体。"脉脉"一词,把那种相视无语的情景生动地表现了出来。

短 歌 行

曹 操

【解题】

　　《短歌行》是"汉旧歌,属相和歌平调曲"。曹操(155—220),字孟德,沛国谯(今安徽亳县)人,汉代杰出的政治家、文学家。他统一北方,位至丞相及大将军,封魏王。有《魏武帝集》。本篇写时光流逝、功业未成的苦闷,以及作者广招贤人、建功立业的雄心。

　　　　对酒当歌,人生几何?
　　　　譬如朝露,去日苦多①。
　　　　慨当以慷②,忧思难忘。
　　　　何以解忧?唯有杜康③。
　　　　青青子衿④,悠悠我心⑤,
　　　　但为君故,沉吟至今⑥。
　　　　呦呦鹿鸣⑦,食野之苹⑧。
　　　　我有嘉宾,鼓瑟吹笙。
　　　　明明如月,何时可掇⑨?
　　　　忧从中来,不可断绝。
　　　　越陌度阡⑩,枉用相存⑪。
　　　　契阔谈䜩⑫,心念旧恩⑬。
　　　　月明星稀,乌鹊⑭南飞。
　　　　绕树三匝⑮,何枝可依?
　　　　山不厌高,水不厌深。
　　　　周公吐哺⑯,天下归心。

　　　　(文学古籍刊行社影印宋本《乐府诗集》卷三十)

【注释】

① 去日:逝去的岁月。苦:患。
② 慨当以慷:同"慷慨",即激昂不平的感情。
③ 杜康:相传古代最早的造酒人,这里指代酒。
④ 衿:衣领。周代学子所穿的服装叫子衿。
⑤ 悠悠:长远的样子。以上两句是《诗经·郑风·子衿》中成句,用以表达对贤才的思念。
⑥ 沉吟:低声吟咏。此句意思是,整日在心头回旋。
⑦ 呦呦:鹿鸣声。
⑧ 苹:艾蒿。
⑨ "明明"句:明月是永远无法摘取的,借以指人才难得。掇,停止。
⑩ 陌、阡:都是指田间小路。此句意思是,客人远道而来。
⑪ 枉:屈驾。用:以。存:问候。
⑫ 契:聚。阔:离散。谈䜩:谈心宴饮。
⑬ 旧恩:旧时的情谊。
⑭ 乌鹊:乌鸦。此处比喻贤才。
⑮ 匝:周围。
⑯ 周公:周文王的儿子。哺:口中咀嚼的食物。相传周公"一饭三吐哺,犹恐失天下之士"。此句意思是,周公忙于接待天下贤士,吃饭的时间都没有。

【导读】

曹操《短歌行》有两首,这是第一首。本篇通过宴会的歌唱来表达诗人求贤若渴的思想和统一天下的雄心壮志。全诗分为四节,首八句为第一节,写人生有限,诗人苦于得不到众多贤才来同他合作,一道抓紧时间建立功业。次八句为第二节,诗人两次引用《诗经》成句来表现求贤思想:一则求之不得而沉吟忧思,一则求之既得而笙瑟酒宴。再次八句为第三节,前四句表现愁苦,后四句设想贤才到来,分别照应前两节。最后八句为第四节,先以情景启发贤才,要他们择善而栖;后则披肝沥胆,表白自己能容纳贤才,使天下归心统一。

"对酒当歌,人生几何?譬如朝露,去日苦多。"情调悲凉,并非表现及时行乐的思想,而与诗人求贤未得、功业未就有密切关系。建安时期的作家,常常感到人生短暂,不能建功立业,曹操如此,他的儿子曹植也如此。曹植《求自试表》云:"常恐先朝露,填沟壑,坟土未干,而身名并灭。"就是一例。此诗三次写到忧,诗人《秋胡行》云:"不戚年往,忧世不治。"年岁的流逝本不足惜,令人担忧的是天下不太平。所以,此诗的情调苍茫悲凉,但诗人的情绪并不低沉,表现的仍然是奋发进取的精神。

  这首诗艺术上的特色主要是感情深挚,婉曲动人。风格则苍茫悲凉,是继《诗经》之后的四言名篇。

出 师 表

诸葛亮

【解题】

《出师表》有前、后两篇,此为前篇。后篇一般认为是后人伪托之作。三国蜀后主刘禅建兴五年(227),诸葛亮驻军汉中(今陕西汉中),准备出师北伐,临出发前上此奏疏给刘禅。文中追思先帝遗德,劝诫刘禅尊贤纳谏,并推荐在朝的忠信之臣,陈述自己的心志。文章感情自然真诚,畅所欲言,对刘禅谆谆嘱咐,又不失忠诚恳切,突破了奏疏多谀美恭谨的风格,为历代所推重。

臣亮言①:先帝创业未半,而中道崩殂②。今天下三分③,益州罢弊④,此诚危急存亡之秋也⑤。然侍卫之臣不懈于内,忠志之士亡身于外者,盖追先帝之遇,欲报之于陛下也⑥。诚宜开张圣听⑦,以光先帝遗德⑧,恢志士之气⑨,不宜妄自菲薄⑩,引喻失义⑪,以塞忠谏之路也。

宫中府中⑫,俱为一体,陟罚臧否,不宜异同⑬。若有作奸犯科及为忠善者⑭,宜付有司论其刑赏⑮,以昭陛下平明之理⑯,不宜偏私,使内外异法也。侍中、侍郎郭攸之、费祎、董允等⑰,此皆良实⑱,志虑忠纯,是以先帝简拔以遗陛下⑲。愚以为宫中之事,事无大小,悉以咨之⑳,然后施行,必能裨补阙漏㉑,有所广益也。将军向宠㉒,性行淑均㉓,晓畅军事,试用于昔日,先帝称之曰能,是以众议举宠为督。愚以为营中之事,悉以咨之,必能使行阵和穆,优劣得所也㉔。亲贤臣,远小人,此先汉所以兴隆也㉕。亲小人,远贤士,此后汉所以倾颓也㉖。先帝在时,每与臣论此事,未尝不叹息痛恨于桓、灵也㉗。侍中、尚书、长史、参军㉘,此悉贞亮死节之臣也[29],愿陛下亲之信之,则汉室之隆,可计日而待也。

臣本布衣[30],躬耕于南阳[31],苟全性命于乱世,不求闻达于诸侯[32]。先帝不以臣卑鄙[33],猥自枉屈[34],三顾臣于草庐之中[35]。咨臣以当世之事,由是感激[36],遂许先帝以驱驰[37]。后值倾覆[38],受任于败军之际,奉命于危难之间,尔来二十有一年矣[39]!先帝知臣谨慎,故临崩寄臣以大事也[40]。受命以来,夙夜忧叹[41],恐托付不效,以伤先帝之明。故五月度泸,深入不毛[42]。今南方已定,兵甲已足,当奖率三军[43],北定中原,庶竭驽钝[44],攘除奸凶[45],兴复汉室,还于旧都[46]。此臣所以报先帝而忠陛下之职分也。至于斟酌损益[47],进尽忠言,则攸之、祎、允之任也。

愿陛下托臣以讨贼兴复之效,不效则治臣之罪,以告先帝之灵。若无兴德之言,则责攸之、祎、允等咎,以章其慢[48]。陛下亦宜自课[49],以咨诹善道[50],察纳雅言(51),深追先帝遗诏。臣不胜受恩感激(52)。今当远离,临表涕泣(53),不知所云。

(胡刻本《文选》)

【注释】

① 臣亮言:涵芬楼影印宋绍熙刊本《三国志》(以下简称"宋刊本《三国志》")无此三字。

② 先帝:指刘备。崩徂(cú):指天子死。徂,宋刊本《三国志》作"殂"。

③ 三分:指魏、蜀、吴三国鼎立。

④ 益州:蜀所据地,在今四川和陕西、云南的部分地区。罢:宋刊本《三国志》作"疲",二字通。

⑤ 存亡:偏义复词,义偏在"亡"。秋:指时候。

⑥ 亡:宋刊本《三国志》作"忘"。遇:宋刊本《三国志》作"殊遇"。

⑦ 开张圣听:指扩大皇帝的听闻。这是规劝刘禅要广泛听取意见。

⑧ 光:发扬。

⑨ 恢:扩大。宋刊本《三国志》作"恢弘"。

⑩ 菲薄:同义连用。这里用作动词,指看轻。

⑪ 引喻失义:指言谈失去道理。

⑫ 宫中：指皇帝宫禁中的侍臣。府中：指丞相府中的官吏。

⑬ 陟：指升迁官职。罚：指降职。臧：善，指表扬。否(pǐ)：恶,指批评。异同：偏义复词,义偏在"异"。

⑭ 科：科条,法令。

⑮ 有司：专门主管某一方面事务的官府和官吏。古代设官分职,各有专司。

⑯ 昭：显示。平明：公平清明。理：治理。

⑰ 侍中、侍郎：皆皇帝的侍从。侍中,列侯以下至郎中的加官。侍郎,郎官的一种,宫廷的近侍。郭攸之：字演长,南阳人,当时任侍中。费祎(yī)：字文伟,江夏人,当时任侍中。董允：字休昭,南郡人,当时任黄门侍郎。

⑱ 良实：善良诚实。

⑲ 简拔：选拔。

⑳ 咨：询问。

㉑ 裨(bì)补：同义连用,弥补。阙：通"缺"。

㉒ 向宠：字巨违,襄阳人。刘备时为牙门将,刘禅即位,封都亭侯,后任中都督,掌管宿卫兵。

㉓ 淑：贤善。均：公正。

㉔ 行(háng)阵：军队行列。穆：宋刊本《三国志》作"睦"。优劣得所：指将领和士兵按才能的高低安置得当。

㉕ 先汉：指西汉。

㉖ 贤士：宋刊本《三国志》作"贤臣"。后汉：指东汉。倾颓(tuí)：倒塌,比喻灭亡。

㉗ 痛恨：痛心和遗憾。桓、灵：汉桓帝和汉灵帝,二帝宠信宦官,政治腐败,酿成汉末大乱。

㉘ 侍中：指郭攸之、费祎。尚书：官职名,这里指陈震。长史：官职名,这里指张裔。参军：官职名,这里指蒋琬。

㉙ 贞亮：坚贞忠直。死节：为气节而死,指以死报国。

㉚ 布衣：指平民。

㉛ 南阳：地名,在今湖北襄阳西二十里,诸葛亮曾避乱隐居于南阳的邓县。

㉜ 闻达：扬名显达。

㉝ 卑鄙：指身世卑微、见识浅陋。

㉞ 猥(wěi)：谦词。枉屈：委屈,指屈尊就卑。

㉟ 草庐：茅草屋。

㊱ 感激：受到感动而激励振奋。

㊲ 驱驰：指奔走效劳。

㊳ 倾覆：指汉献帝建安十三年（208），刘备为曹操所败。

㊴ 二十有一年：指建安十二年（207）刘备三顾草庐请诸葛亮出山至此上表之时共二十一年。

㊵ 大事：指辅佐刘禅复兴汉室之事。

㊶ 夙夜：日日夜夜。夙，早。

㊷ 度：宋刊本《三国志》作"渡"。泸：泸水，即金沙江。不毛：指不长粮食未曾开发的地方。

㊸ 奖率：鼓励，率领。三军：泛指军队。

㊹ 庶：或许。竭：尽。驽钝：劣马钝刀，比喻才能平庸低下。

㊺ 攘除：排除，铲除。奸凶：指曹操那班篡夺汉室的人。

㊻ 旧都：指东汉的都城洛阳，当时为曹魏的京都。

㊼ 斟酌：指考虑事情的得失可否。

㊽ "则责攸之"二句：原无"若无兴德之言"一句，宋刊本《三国志》作"若无兴德之言，则责攸之、祎、允等之慢，以彰其咎"。现据宋本补上该句。咎，过错。慢，怠慢。

㊾ 课：督促。宋刊本《三国志》作"谋"。

㊿ 咨诹（zōu）：询问。善道：好的主张和办法。

㉛ 雅言：指正确的意见。

㉜ 胜（shēng）：尽。

㉝ 临：面对着。

【导读】

"出师表"是主帅在出征前向君主呈上的奏章。诸葛亮写这篇奏章的目的主要是向后主刘禅进谏。他深感刘禅无能，心中忧虑，因此上表劝诫。自刘备"白帝托孤"以后，诸葛亮励精图治，南征北战，以图振兴汉室，完成先帝遗愿。可是刘禅让他放心不下，于是从分析当前的局势着手，指出要"亲贤臣，远小人"，不要"妄自菲薄"，"塞忠谏之路"，要奋发向上，完成先帝未竟的事业。

文章由"先帝创业未半，而中道崩殂"起笔，能立刻打动刘禅的心，让他可以比较投入地阅读这份奏章。表末有"今当远离，临表涕泣，不知所云"，其感情真切，又一次打动了刘禅的心。此表不仅有情，还有理。诸葛亮向刘禅提出三条建议："开张圣听"、执法公平和亲贤远佞,条条都合情合理。诸葛亮虽为相父,但毕竟是人臣,所以在口吻上只能是建议式的,是劝诫,而非命令。另一方面,从语气上又不能过于卑下,这样不仅不符合自己的身份地位,也不足以震慑刘禅。

　　"诸葛一生惟谨慎",从表的细微处无不体现出这种谨慎的精神,但又凛然大气,感动上苍。难怪陆游在《书愤》中说:"《出师》一表真名世,千载谁堪伯仲间。"

咏　　怀(其一)

阮　籍

【解题】

　　《咏怀》,是阮籍平生诗作的总题,共有82首,非一时一地所作,这首是其中的第一首。阮籍(210—263),字嗣宗,陈留尉氏(今河南尉氏)人。"竹林七贤"之一。他的主要作品是《咏怀》,另有一篇散文《大人先生传》也很有名。他的许多用比兴、象征的手法,辞旨隐晦。本篇写夜深人静时自己的苦闷心情。

　　　　　　夜中不能寐,起坐弹鸣琴。
　　　　　　薄帷鉴明月①,清风吹我衿。
　　　　　　孤鸿号外野②,翔鸟鸣北林③。
　　　　　　徘徊将何见?忧思独伤心。

　　　　　　　　　　　　(上海古籍出版社《阮籍集》卷下)

【注释】

　① 鉴:照。此句意思是,月光照在薄帷上。
　② 号:鸣叫。
　③ 翔鸟:飞翔着的鸟。因为月明,鸟在夜里飞翔。

【导读】

　　阮籍生活在魏晋之际,他有建功立业的雄心壮志,无奈"天下多故,名士少有全者"。因此,他只得逃世酣饮,并借《咏怀》诗抒发其忧愁与苦闷。

　　本诗首二句发语警峭,写夜不能寐,起坐弹琴,暗点"忧思伤心"。"薄帷"四句写景,写夜中所见所闻,前二句写见,后二句写闻。四句分写四种景致,造成一种清冷孤寂的气氛,暗伏末句的"独"和"伤心"。末二句是本诗的收束语,照应前两句,点醒中间四句,点明本诗的主旨是"忧思"。至于是什么样的"忧思",诗中并未明言,或者是"忧生",或者是忧世,或者兼而有之。古人慨叹阮诗"文多隐蔽","归趣难求",实在是因为避祸而不得不如此。

  诗的特点是写景如画,抒情隐约,刻画诗人自我形象鲜明,语言冲淡,情趣悠远,犹如隔着薄帷而望明月,其境界优美而朦胧,令读者悠然神往。方东树评曰:"情景融会,含蓄不尽,意味无穷。"(《昭昧詹言》)

咏 史(其二)

左 思

【解题】

《咏史》共8首,大多通过对古人古事的歌咏来抒发个人的情怀。这首诗是其中第二首。左思,字太冲,齐国临淄(今山东淄博)人。生卒年不详。他的诗风格雄浑,语言遒劲,高出于当时其他诗人。

郁郁涧底松①,离离山上苗②。
以彼径寸茎③,荫此百尺条④。
世胄蹑高位⑤,英俊沉下僚⑥。
地势使之然,由来非一朝。
金张藉旧业⑦,七叶珥汉貂⑧。
冯公岂不伟⑨,白首不见招。

(胡刻本《文选》卷二十一)

【注释】

① 郁郁:茂盛繁密的样子。

② 离离:下垂的样子。苗:初生的草木。

③ 径寸茎:直径仅一寸的茎干。

④ 荫:遮盖。此:指涧底松。百尺:形容其高大。条:树枝。

⑤ 世胄:世家子弟。蹑:登。

⑥ 英俊:指具有真才实学而出身低微的人。下僚:低下的官职。

⑦ 金张:指金日磾和张汤两大家族。他们都是汉宣帝时的权贵。旧业:先人的遗业。

⑧ 七叶:七世。珥(ěr):插。汉貂:汉代侍中和中常侍等官帽两旁插着貂鼠的尾巴作为装饰。

⑨ 冯公:指冯唐。生于汉文帝时,武帝时仍居郎官小职。伟:指才能出众。

【导读】

　　这首诗托物言志,以古讽今,揭示门阀制度贤愚不分、黑白颠倒的不合理现象,抒发了诗人愤激不平之情。

　　前四句托物起兴,并兼作"世胄"四句的比喻,兴起自然,比喻贴切,对比鲜明。中间四句写士族制度的弊端。"世胄"二句揭示了贤愚倒置的现象;"地势"二句是对上六句所写现象的理性总结,并自然转入后四句的咏史,是承上启下的关键。最后四句咏古人古事以自抒胸怀。金张与冯唐的高低贵贱又成对比,揭露更深刻。沈德潜《古诗源》说:"太冲咏史,不必专咏一人,专咏一事,咏古人而己之性情俱见。"此诗正是如此。

饮　　酒(其五)

陶渊明

【解题】

《饮酒》共20首,非一时之作,本篇是《饮酒》的第五首。陶渊明(365—427),字元亮,一说,名潜,字渊明。浔阳柴桑(今江西九江)人。陶渊明诗自然朴素,而又韵味隽永,对后代诗人的创作产生很大的影响。这首诗描述了悠然自得的隐居生活。

> 结庐在人境①,而无车马喧。
> 问君何能尔②?心远地自偏③。
> 采菊东篱下,悠然见南山④。
> 山气日夕佳⑤,飞鸟相与还⑥。
> 此中有真意,欲辩已忘言⑦。

(四部丛刊影印本《笺注陶渊明集》)

【注释】

① 结庐:建造住宅。人境:人世间。
② 君:作者自谓。尔:如此。
③ "心远"句:只要存心远离尘嚣,便觉得所住的地方也很偏僻了。
④ 南山:庐山。
⑤ 日夕:傍晚。
⑥ 相与:结伴。还:回到林中鸟巢。
⑦ "此中"二句:从大自然中得到启发,领悟到人生的真谛,无法也无须用言语表达。《庄子·外物》有"言者所以在意也,得意而忘言"。

【导读】

这首诗作于诗人归隐田园之后,诗人在悠然自得的田园生活和自然美景中领悟了人生的真谛。

诗人虽处在人世的喧杂之中,但因心境的悠远而不感车马的喧闹。"采菊"四句写自然景物,在采菊的悠闲之中,南山自见于远方,山岚的佳妙,飞鸟的悠然,一切妙处的领会,全在于诗人心境的自得悠闲。猝然之间情与景会,情景交融无间。诗人在这中间领悟到了人生的真谛。这真谛诗人没有明说,也不必明说,这正是《庄子》"大辩不言"的意思。

陶渊明的诗自然淡远,但诗情浓郁,诗人把自己的感情自然而又均匀地注入全诗每句每字之中,初读似觉淡,反复味之又觉浓。苏轼说陶诗"质而实绮,癯而实腴",所言不虚。

桃花源记

陶渊明

【解题】

本篇是杰出的散文作品。作者虚拟了一个没有压迫、没有剥削、人人劳动、平等自由的理想社会。作者借此表达了对当时社会的不满和否定,也在一定程度上表达了广大人民对于美好生活的向往。

晋太元中①,武陵人捕鱼为业②,缘溪行,忘路之远近。忽逢桃花林,夹岸数百步③,中无杂树,芳香鲜美,落英缤纷④;渔人甚异之。复前行,欲穷其林。林尽水源⑤,便得一山。山有小口,仿佛若有光;便舍船从口入。初极狭,才通人⑥;复行数十步,豁然开朗。土地平旷,屋舍俨然⑦,有良田美池桑竹之属⑧;阡陌交通,鸡犬相闻。其中往来种作,男女衣着,悉如外人;黄发垂髫,并怡然自乐。见渔人,乃大惊;问所从来,具答之。便要还家⑨,设酒杀鸡作食。村中闻有此人,咸来问讯。自云先世避秦时乱,率妻子邑人来此绝境⑩,不复出焉;遂与外人间隔。问今是何世,乃不知有汉,无论魏、晋,此人一一为具言所闻,皆叹惋。余人各复延至其家,皆出酒食。停数日,辞去。此中人语云:"不足为外人道也。"既出,得其船,便扶向路⑪,处处志之⑫。及郡下⑬,诣太守说如此⑭。太守即遣人随其往,寻向所志,遂迷⑮,不复得路。南阳刘子骥⑯,高尚士也;闻之,欣然规往⑰。未果,寻病终⑱。后遂无问津者。

(四部丛刊影印本《笺注陶渊明集》)

【注释】

① 太元：晋孝武帝年号。
② 武陵：郡名，在今湖南常德一带。
③ 夹岸：指溪的两岸。
④ 落英：落花。缤纷：盛多貌。
⑤ 林尽水源：桃花林的尽头，就是溪流的尽头。
⑥ 才通人：仅能一个人通过。
⑦ 俨然：端庄矜持的样子，这里指整齐划一。
⑧ 属：类。
⑨ 要：同"邀"，约请。
⑩ 绝境：与外界隔绝的地方。
⑪ 扶：沿着。向路：前时来路。
⑫ 志：标记。
⑬ 郡下：指武陵郡。
⑭ 诣：往见。
⑮ 遂迷：竟然迷路。
⑯ 刘子骥：名骥之，字子骥，隐士，好游山泽。
⑰ 规：计划。
⑱ 寻：不久。

【导读】

　　本文是陶渊明为《桃花源诗》所作的小序，是陶渊明的代表作之一。年轻时陶渊明也有兼济天下的大志，无奈东晋政治黑暗，门阀制度保护世家大族的特权，而限制中下层士子的仕途。义熙元年(405)，陶渊明不为"五斗米而折腰"，毅然归隐田园，从此他借创作寄托自己美好的理想，抨击黑暗的社会现实。正是在这种情况下，陶渊明写出了这篇著名的《桃花源记》。

　　《桃花源记》是一篇全凭虚构的作品，它描绘了一幅没有压迫、没有剥削、人人劳动、平等自由的社会图景，这在当时当然是不可能实现的空想。然而，这篇文章在虚幻的情景中曲折地反映着现实的内容。桃花源中人是"避秦时乱"，才隐居于此。几百年之后,司马氏政权的残酷压榨,刘裕的篡权阴谋,使人们依然需要避乱隐居。这篇文章在一定程度上反映了当时人民的愿望。文体省净,叙述曲折委婉,语言清新自然。

晚登三山还望京邑

谢　朓

【解题】

"三山"在今南京西南长江南岸。"京邑"指金陵。谢朓(464—499),字玄晖,陈郡阳夏(今河南太康附近)人。他的诗擅长描绘风景,风格自然秀逸。本诗写登三山时所见美景和遥望京邑所引起的思乡之情。

灞涘望长安①,河阳视京县②。
白日丽飞甍③,参差皆可见④。
余霞散成绮⑤,澄江静如练⑥。
喧鸟覆春洲⑦,杂英满芳甸⑧。
去矣方滞淫⑨,怀哉罢欢宴。
佳期怅何许⑩,泪下如流霰⑪。
有情知望乡,谁能鬒不变⑫。

(四部丛刊影印明依宋钞本《谢宣城诗集》)

【注释】

① 灞:指灞水。涘:岸。
② 河阳:县名,今河南孟县西。京县:指洛阳。
③ 丽:作动词,指日光照耀京都建筑。甍(méng):屋脊。
④ 参差:上下不齐的样子。
⑤ 绮:锦缎。
⑥ 澄江:清澈的江水。练:白绸子。
⑦ 覆:盖。此句言鸟之多。
⑧ 甸:郊野。
⑨ 滞淫:淹留。意思是要离开这里了,但是依恋不舍,暂且稍作停留。

⑩ 佳期：指还京邑之期。怅：恨。
⑪ 霰：冰粒。
⑫ 鬒(zhěn)：黑发。这句话的意思是，谁能不忧伤得黑发变白呢？

【导读】

诗写于齐明帝建武二年(495)暮春，时谢朓由中书要职出为宣城(今属安徽)太守。三山，在建康西南长江南岸，上有三峰，南北相接，是前往宣城的必经处。诗人在一个傍晚登上三山，回头远眺京城，感怀而作此诗。诗题"还望京邑"四字，揭示诗人已离京但尚未远去，不能不去，又不忍去的复杂矛盾心情。

谢朓诗善发端，首二句以偶句起，又分别用王粲、潘岳诗意，属对工整又含义深远。明帝即位前后，三次杀害高帝、武帝子孙，很赏识谢朓的随王萧子隆也惨遭毒手，竟陵王萧子良则忧死。当他出都回望京邑，不能不感慨万千，想起王粲避乱的诗句也是自然的事。

"白日"以下六句写景。诗人笔下，是水流天际的长江及暮春江南都会的巨幅画卷。放眼望去，京城屋宇接堞，沐浴在夕阳余晖之中。仰视天空，余霞似锦；俯视江流，澄静如练。成群的鸟儿在歌唱，各种各样的鲜花盛开郊野，诗人把江南都会的山水景物写得出神入化。"余霞"两句，更是千古传诵的名句。诗人巧妙地将"余霞"和"绮"、"澄江"和"练"联系在一起。霞，本是静物，暮然用一"散"字，即变幻出满天云锦，满天绮罗，真可谓巧夺天工；江，本是动景，因其澄，又因其阔，更因是诗人远眺所见，反觉其静，看去像是一幅又长又柔软的白绢。李白《金陵城西楼月下吟》："月下沉吟久不归，古来相接眼中稀；解道'澄江静如练'，令人长忆谢玄晖。"他还将此联采入《江上赠窦长史》等诗，倾倒如此。清王士禛也说："余霞散绮澄江练，满眼青山小谢诗。"(《江上看晚霞》)今天我们读它，仍然有一种"千古如新"的感受。

诗歌还用一种以乐景写哀情的写法，加倍写出诗人之哀。诗人竭力描绘京城京郊迷人的山水景物,而"去矣"一转,正写哀情。正因为京邑的风物如此迷人,所以一旦离去,还乡无期,不觉惆怅万分,泪下如霰,仿佛一夜之间黑发马上就要变白似的。

与朱元思书

吴 钧

【解题】

朱元思,一作宋元思,字玉山。吴钧(469—520),字叔庠,吴兴故鄣(今浙江安吉)人。长于诗歌、散文,风格清新挺拔,号为"吴钧体"。本篇描绘了浙西一带秀丽的山水。

风烟俱净,天山共色,从流飘荡,任意东西。自富阳至桐庐①,一百许里,奇山异水,天下独绝。水皆缥碧②,千丈见底;游鱼细石,直视无碍。急湍甚箭③,猛浪若奔。夹嶂高山,皆生寒树,负势竞上④,互相轩邈,争高直指,千百成峰。泉水激石,泠泠作响;好鸟相鸣,嘤嘤成韵。蝉则千转不穷⑤,猿则百叫无绝。鸢飞唳天者,望峰息心⑥;经纶世务者⑦,窥谷忘反。横柯上蔽⑧,在昼犹昏;疏条交映,有时见日。

(明刻《汉魏六朝百三名家集》本《吴朝请集》)

【注释】

① 富阳:今浙江富阳。桐庐:今浙江桐庐。
② 缥碧:青苍色。
③ 甚箭:比箭还要快。
④ 负:依恃。势:山水的气势。
⑤ 转:同"啭",鸣。
⑥ 鸢飞:比喻飞黄腾达之辈。这句话的意思是,青云直上、追求高官厚禄者望见此等峰峦定能息进之心。
⑦ 经纶世务:指从政做官。
⑧ 柯:树枝。

【导读】

本文是吴钧写给朋友的一封书信。书信已不全,但其中描绘浙西富春江的秀丽景色的文字保存了下来,成为后人称绝的山水佳作。

全篇一百四十四字,不可谓长,然而山山水水的灵气尽收眼底,故有人称之"尺幅千里"。本文在描写山水时有如下几个特点。首先是山水相伴而生。作者坐船沿江而下,四周山峰迭现,山下有水,舟旁有山,山水相互辉映。山和水倘若失去任何一个,则另一个也失去了神采。其次是有声有色。"水皆缥碧,千丈见底"是写色;"泠泠作响""嘤嘤成韵"是写声。再次是动与静的结合。"游鱼细石"就是以石的静衬托鱼的动。高山寒树也是静态,而"负势竞上,互相轩邈"则呈动势。最后是虚实相生。全篇几乎都写实景,而"鸢飞戾天者,望峰息心;经纶世务者,窥谷忘反"则是虚写。这一句看似旁出,其实是文章中点睛之笔。山可以傲然于世俗,水可以涤荡心灵,这里点出了作者寄情于山水的用意。

全文结构精巧,语言清新流畅。

寄 王 琳

庾 信

【解题】

王琳,字子珩,平侯景有功。庾信(513—581),字子山,南阳新野(今河南新野)人。他的诗歌风格,前期华艳,后期则显苍劲沉郁。这首诗表达了诗人对故国的思念和与王琳之间深厚的友谊。

玉关道路远①,金陵信使疏②。
独下千行泪,开君万里书③。

(四部丛刊影印明屠隆合刻评点本《庾子山集》)

【注释】

① 玉关:玉门关,在今甘肃敦煌西。
② 信使:使者。这句话的意思是,身在异国,金陵来的使者很少。
③ 君:指王琳。万里书:来自万里以外的信。

【导读】

当时南北政权对峙,道路阻隔,要通一次信,的确很不容易。被强迫留仕于北方的庾信,时常期盼南方的信使的到来,一则信使稀疏,二则信使即使到来,也未必有自己的信件。"道路远""信使疏""万里书"反复强调书信的不易得,因此也更见得到故人书信的珍贵。"千行泪"包含着丰富的意蕴:它是郁积多时的痛苦情感的奔泻,此是一层;平常虽然盼信使、盼书信,如今信使来了,故人的书信到了,无疑把思念故国故人的情感推向一个高潮,也就愈显得滞留北方的孤独寂寞了,此是又一层。

面对王琳的书信,庾信还可能有一种羞愧之感。倪璠《庾子山集注》云:"王琳方志雪耻,故子山有是寄焉。"王琳,梁将。元帝被杀后,西魏立萧詧为傀儡帝。陈霸先又在建康立敬帝,王琳拒不受征。陈霸先废敬帝建立陈朝,王琳又与之抗拒,最后被杀。比较王琳对梁朝的忠诚不二,庾信内心更是痛苦难言,这也许是"千行泪"更深入一层的含义。

西 洲 曲

《乐府诗集》

【解题】

本篇选自《乐府诗集·杂曲歌辞》,全诗通过季节变换的描写,表达了一个女子对所爱的男子的思念之情。

忆梅下西洲①,折梅寄江北。单衫杏子红②,双鬓鸦雏色③。西洲在何处?两桨桥头渡。日暮伯劳飞④,风吹乌臼树⑤。树下即门前,门中露翠钿⑥。开门郎不至,出门采红莲。采莲南塘秋,莲花过人头。低头弄莲子,莲子清如水。置莲怀袖中,莲心彻底红⑦。忆郎郎不至,仰首望飞鸿⑧。鸿飞满西洲,望郎上青楼⑨。楼高望不见,尽日栏杆头。栏杆十二曲,垂手明如玉。卷帘天自高,海水摇空绿⑩。海水梦悠悠,君愁我亦愁⑪。南风知我意,吹梦到西洲⑫。

(文学古籍刊行社影印宋本《乐府诗集》卷七十二)

【注释】

① 梅:指在西洲与情人话别时的景物。
② 红:一作"黄"。
③ "双鬓"句:女子的双鬓黑得像小乌鸦的颜色一样。
④ 伯劳:鸣禽,亦称"博劳"。
⑤ 乌臼:亦作"乌桕"。
⑥ 翠钿:用翠玉镶嵌而成的首饰。
⑦ 莲:双关语,谐"怜"。
⑧ 望飞鸿:双关,望书信的意思。古代有鸿雁传书的故事。
⑨ 青楼:以青色涂饰的楼,为古代女子居处的通称。
⑩ "卷帘"二句:承上面"楼高望不见,尽日栏杆头"而来,意思是卷帘所见,惟有碧天自高,江水空白摇绿而已。
⑪ 君:指女子的爱人。我:女子自称。

⑫"南风"二句:女子曾与情人话别于西洲,所以梦魂亦常萦绕西洲。

[导读]

《西洲曲》代表南朝乐府民歌最高成就。有人认为是江淹所作,也有人认为是梁武帝萧衍所作,但都无充分证据。从风格和情调看,当是经过文人加工的民歌,可能产生于齐梁。《乐府诗集》收入《杂曲歌辞》,题作"古辞"。

全诗用的是女子的口吻,从开头到"海水摇空绿"是记梦之辞。为什么说是记梦之辞呢?首先,诗歌末尾三、四两句说:"海水梦悠悠,君愁我亦愁。"海水悠悠,渺渺茫茫,如同梦境;而梦境也是悠悠不定,渺渺茫茫,如同海水。其次,梦中忆郎寻郎而郎终不至,"南风知我意,吹梦到西洲"。梦醒了无路可走,不如仍然待在梦中,所以希望再回到梦中。最后,诗四句一节,语意似不十分连贯;内容所写,由春而夏,由夏而秋,以不同时序为背景的镜头不断闪现而过,很符合梦境的跳跃性。

由于诗所写是梦中情景,所以时空不断变化。时间上,写了春、夏、秋三季。就空间而言,则时而西洲,时而江北;时而桥头,时而树下门前;时而南塘,时而高楼;时而高空,时而绿水。随着时空的不断变换,主人公也有不同的行为动作:下西洲,折梅,寄梅,划桨,开门,采莲,置莲,仰头,上楼,依栏,垂手,卷帘。总之,全诗不断变换镜头,富有动感。

修辞上,此诗最大的特色是采用"顶真(针)"(或称联珠)的手法,造成回环反复、情韵不尽的艺术效果。沈德潜以为"续续相生,连跗接萼,摇曳无穷,情味愈出"(《古诗源》卷十二)。此外,"双关"的运用也是此诗修辞上的特色,颇耐人回味。

《西洲曲》以长江中游(武昌一带)明丽风光为背景,细腻地表现了诗中女主人欲言难言、一往情深的心理活动,婉约缠绵,很能体现南朝民歌的特色。

敕 勒 歌

《乐府诗集》

【解题】

　　本篇收入《乐府诗集·杂歌谣辞》,是北齐时敕勒族的民歌。敕勒是我国古代北方一个少数民族的名称,初号狄历,是匈奴族的后裔。全诗苍茫悲凉,展现了异域风情。

　　敕勒川①,阴山下②。天似穹庐③,笼盖四野。天苍苍,野茫茫,风吹草低见牛羊④。

(文学古籍刊行社影印宋本《乐府诗集》卷八十六)

【注释】

　　① 敕勒川:指当时敕勒族居住的某片草原。
　　② 阴山:起于河套西北,东西向绵延于今内蒙古自治区南境一带,与内兴安岭相连接。
　　③ 穹庐:圆顶帐篷。
　　④ 见:同"现"。

【导读】

　　这是一首大家都非常熟悉的歌谣,也许你儿时便能诵记吟唱。诗中那北国草原的浓郁色彩,敕勒人民那种特有的生活情调,不知曾令多少人神往。
　　诗的一开头便点出辽阔的草原,气势磅礴的阴山,为我们展示了一幅浩瀚无垠、雄伟无比的北方风景画。这是运用了写意笔法,初步勾勒放眼所望到的印象,也引出进一步所见的"天似穹庐,笼盖四野"。以"穹庐"比天,多么粗犷而又质朴真实。短短四句,令我们仿佛已经置身于坦荡寥廓的大自然之中,心神不禁为之激荡不已。

"天苍苍,野茫茫",连用两个叠音词,状写蓝天与草原的无边无际,自然而逼真,同时在体验这种开阔之景时也不禁有心旷神怡的悠然之感。诗眼却是末句"风吹草低见牛羊",于天地的静态描写之中突然逆转,以风的吹拂、草的低头赋予这首诗跳脱的动感,更能自然地写出"见牛羊"。正因为有了这一句,才使苍茫的草原之景充满了生命力,水草丰茂而牛羊蕃盛,展现了敕勒族人民淳朴富足的劳动生活,使我们感受到浓郁的草原生活气息!

这首民歌形式豪放自由,短短长长,节奏参差错落又刚劲有力。在内容上开阔充实,具有壮丽的美感。尽管时光不断流逝,但这支歌谣依然传唱至今,深受人们喜爱。这不能不使我们叹服我国古代劳动人民丰富的生活体验和高度的艺术概括力。应该说,《敕勒歌》是我国敕勒人民集体智慧的结晶,是我国文学史上的一颗明珠。

王子猷居山阴

刘义庆

【解题】

本篇选自《世说新语·任诞》。《世说新语》是中国古代著名笔记小说集,记载汉末到东晋士族的轶事和言谈,比较全面地反映了这个时期士族的放诞生活和清淡风气。刘义庆(403—444),彭城(今江苏徐州)人。本篇描述王子猷之流士族知识分子的放达任性的生活。

王子猷居山阴①,夜大雪,眠觉,开室,命酌酒,四望皎然。因起彷徨,咏左思《招隐诗》②,忽忆戴安道③。时戴在剡④,即便夜乘小船就之,经宿方至,造门不前而返⑤。人问其故。王曰:"吾本乘兴而行,兴尽而返,何必见戴?"

(文学古籍刊行社影宋本《世说新语》)

【注释】

① 王子猷:即王徽之,字子猷,王羲之之子。山阴:今浙江绍兴。
②《招隐诗》:主要描写隐居田园的乐趣。
③ 戴安道:即戴逵,字安道。
④ 剡(shàn):今浙江嵊县。
⑤ 造:到。这句话的意思是,到了门口不进去就回头了。

【导读】

本文描写王子猷任性放达的名士风度。

《世说新语》在艺术上突出的特点,是善于用简洁含蓄、精练传神的笔墨,生动地刻画人物的性格和精神面貌。正如明人胡应麟所说:"读其语言,晋人面目气韵,恍然生动,而简约玄淡,真致不穷。"(《少室山房笔丛》)在作者笔下,无数人物栩栩如生。如本文先写雪夜王子猷一连串的行动:"眠觉,开室,命酌酒,四望皎然。因起彷徨,咏左思《招隐诗》。"笔墨十分省净简洁,但一位旷达任性的名士已生动可见。后面写王子猷夜访戴安道,造门不前,已非常人所能想象的;而王子猷回答说:"吾本乘兴而行,兴尽而返,何必见戴?"则更淋漓尽致地表现了他任性放达的个性,令人倾倒。这则故事,正如鲁迅所说:"记言则玄远冷峻,记行则高简瑰奇。"这确能代表《世说新语》的基本特色。

第二编　中国古代文学（下）

第三章　中国古代文学概述(下)

第一节　隋唐五代文学概述

公元581年,隋文帝统一中国,从而结束了南北朝长期对峙的局面。然而隋朝时间很短(只有37年),文学上没有多大的建树,在文学史上值得一提的是,隋初在诗风上开始显示出南北文学合流的趋向。此外,在诗歌音韵与格律方面,也有明显的发展,表现在形式上与南北朝诗歌有明显不同,似更近于唐人。一般认为,这对于近体诗的形成与确立,起到了推波助澜的作用。唐王朝前后经历290年(618—907),是中国封建社会的鼎盛时期,也是中国古代文学史上最辉煌的时期。公元907年,唐亡后,藩镇割据的局面愈演愈烈,出现了五代十国分裂与战乱的时期。当时北方经历了后梁、后唐、后晋、后汉、后周五朝,战乱频仍,经济上破坏很严重,故文学上无甚突出成就。南方十国(吴、南唐、吴越、楚、南汉、闽、前蜀、后蜀、荆南与北汉)之间虽也有战争,相对说来较北方要稳定得多,特别是定都金陵的南唐与定都成都的后蜀二国,国势较强,经济也较为发达,文化自是繁荣。这一时期,在传统诗歌递嬗演进过程中,在民间曲子词基础上发展起来的文人词悄然兴起,展现出蓬勃的生命力。后蜀出现了"花间派"词人,代表人物是温庭筠和韦庄,文学史上称"温韦"。他们的作品多写闺情与离愁,大多是所谓绮罗香泽之词。其中有些作品写得清丽流转,细腻真切,风格上也多有变化,极富艺术特色。五代时后蜀的赵崇祚选录温庭筠、韦庄等18家词,汇为一集,名之曰《花间集》,"花间词人"由是得名。南唐词人的代表人物是冯延巳和李煜。他们的词虽题材狭窄,但艺术上造诣极高,也较少脂粉气。李煜(李后主)词往往直抒胸臆,多用白描手法,颇富艺术感染力。特别是写个人在国破家亡之后痛切感受的作品,自然真率,绝弃刻镂,艺术魅力尤为强烈。晚唐五代词开了宋词繁荣之先河。

隋唐五代文学,重在唐代文学。唐代文学是文学史上的黄金时代,更是诗歌史上的顶峰时代。唐代文学呈现出百花齐放、多姿多彩的局面,诗歌、散文、小说都较前代有了很大的发展,同时词与变文这两种新兴的文体也崭露头角并充满活力。传奇文可与唐诗并称为一代之奇,它的出现,标志着中国小说已进入成熟阶段。敦煌变文的发现,填补了我国文学史上的一个空白。这种散韵结合、诗文相间以铺叙故事的形式,实际上是一种通俗的说唱,它对后世的戏曲文学、说唱艺术乃至白话小说的影响深刻而又久远。

那么,唐代文学何以会如此繁荣昌盛呢?

第一,是唐王朝国力强大,增强了人们的民族自信心与自豪感,激发了诗人与作家的创作才情。唐王朝统治者总结了历史教训,开国之初,采取了一系列开明措施,以缓和诸种矛盾,发展社会经济,使人民安居乐业。唐王朝时期,国家的统一,经济的繁荣发展,国家成为当时世界上最强大的帝国。唐代在文化上又是开放型的。南北文化的融合,与域外文化的交流,都极大地扩展了文人的视野,丰富了人们的精神生活,这些都是产生"盛唐之音"必要的物质与精神条件。第二,科举取士制度打破了宫廷贵族与世族地主的权力集中,也使文学从宫廷贵族的长期垄断中挣脱出来,逐渐转入中下层地主阶级知识分子之中。庶族文人接近普通民众,了解社会现实与民间疾苦,他们具有建功立业的积极进取精神,因而成为文学创作领域一支锐意革新的劲旅,如"初唐四杰"王(勃)、杨(炯)、卢(照邻)、骆(宾王),以及王(维)、孟(浩然)、高(适)、岑(参)、李(白)、杜(甫)、韩(愈)、柳(宗元)等诗人,均属此类,中晚唐的白居易、李商隐等,亦不例外。他们是唐代文学的中流砥柱。第三,统治者重视与提倡文学艺术。唐王朝帝王中有的是诗人与书法家(如唐太宗),有的是诗人兼音乐家(如唐玄宗),他们的所好,有上行而下效的作用,客观上推动了文学艺术的普及化。唐初的以声律取士,也形成了文人们重视文学创作的风气。第四,唐代在思想文化方面,对内对外都相当开放,呈现出多元并存的局面。儒、释、道各种思想都广泛流传并互相汲取、促进,而不是像汉代那样罢黜百家,独尊儒术。对域外的思想文化成果,则采取吸纳、融会的态度。这是文学艺术得以繁荣的思想文化基础。第五,从文学艺术自身发展的规律角度来看,唐代处在中国古典文学艺术的成熟期。以诗歌为例,此前已经历了长期积累,无论是《诗经》与汉乐府的现实主义传统,还是以《楚辞》为代表的浪漫主义传统,都不断递嬗并逐渐丰富。从形式上看,六朝以来运用声律、对偶等艺术技巧也日趋完善,为新诗体的产生提供了充分的条件。总之,唐代文学的繁荣,既是时代的产儿,又是文学艺术自身发展的结果。随着"开元盛世"的到来,文学终于彻底走出六朝浮靡,奏响了高昂激越的"盛唐之音",进入了空前繁盛的时期;"安史之乱"所造成的社会动荡,标志着唐王朝的由盛转衰,文学则表现出对现实社会的极大关切,巨变的社会刺激着诗人们的灵感;中唐时期,与唐宪宗的政治中兴相一致,相继出现了新乐府运动与古文运动,在诗、文两方面进行变革;晚唐社会江河日下,在回光返照之中,文人们感慨叹喟,文学也转而以忧患、沉滞为基调,开始走入低潮。

在整个唐代文学中,诗歌创作的成就尤为突出。

一、唐代诗歌

唐诗的发展阶段,一般分为初、盛、中、晚四个时期。这一分法起于南宋严羽的《沧浪诗话》,成说于明人高棅的《唐诗品汇》。

初唐诗歌,约略指从唐高祖开国至玄宗先天间(618—712)的诗歌创作。最初四五十年间,仍是六朝诗风余绪。除个别诗人(如王绩)外,多数诗人仍因袭南朝风流余韵,在写宫体诗,代表作家便是上官仪。他力倡所谓"以绮错婉媚为本",讲究对仗,刻意追求形式美,时人效之,谓之"上官体"。稍后的诗坛上,"初唐四杰"起而矫弊,将诗歌的题材扩展到社会现实生活,诗风转向清新明快,开了诗歌革新的先声。这一时期的沈佺期、宋之问虽长于应制,未出御用文人染习宫廷诗风的矩矱,然被贬官之后,流露出失意与抑郁的牢骚,感情也较为真实。特别是在继承南朝声律诗与各种技巧方法方面,对格律诗的走向成熟,做出了不可磨灭的贡献。陈子昂则以复古旗号呼唤革新,标举"汉魏风骨""风雅兴寄",批判齐梁以来"采丽意繁,兴寄都绝"的诗风,不仅有力地扭转了风气,也昭示了盛唐诗歌高潮的到来。他的诗歌古朴刚健,内容充实,感情激越,或叹喟怀才不遇,或描写社会动乱,咏史、咏物、怀古、抒情,质朴清新,流泻奔放。初唐诗歌,既是必然的过渡,又是创新的起点。

盛唐诗歌,起于玄宗开元间(开元元年为713年),至于"安史之乱"之后十余年,即唐代宗大历初(大历元年为766年),约五十余年。这是大唐帝国全盛的时代,也是唐代文学发展的高峰期。绚丽多彩的盛唐文学,正是这一时期社会生活和精神面貌的反映。诗人如群星灿烂,多姿多彩,风格纷呈。他们或以浪漫主义的奇思妙想来曲折反映盛唐气象,或以现实主义的深刻笔触真实地描绘丰富多彩的社会生活。王孟山水田园诗派与高岑边塞诗派双峰对峙,将目光投向了不同的视野;最具光彩的两颗星斗当推李白与杜甫,瑰奇飘逸和沉郁顿挫两种判然有别的诗风,成为"盛唐之音"中两个最突出也最富有魅力的旋律,李杜被视为诗史上最耀眼的双子星座。他们的诗篇万古不朽,是"盛唐之音"中的最强音。这是一个名家辈出、佳作林立的时代。山水田园诗派以王维与孟浩然为代表。其中王维能诗善画,精通音律与禅机,故常常将描摹山光水色与阐发禅理相结合,意境幽深,缥缈朦胧,于清空灵透之中含无限意趣。苏轼曾说:"味摩诘之诗,诗中有画;味摩诘之画,画中有诗。"(《书摩诘蓝田烟雨图》)这可以看作王维诗最重要的艺术特色。孟浩然生活经历比较简单,一生基本上过着隐居生活,这决定了其作品内容不够丰富。但他长于五古、五律,艺术上非常精致。在盛唐气象中,孟诗以冲淡清淳与简朴浑厚见长,贡献自是不小。李白才高放旷,突出于侪辈。他一生大半过着浪游生活,其酷爱自由、追求精神解脱的独特个性,往往借助游历名山大川的诗篇表现出来。他的诗神奇莫测,极富浪漫色彩,且感情充沛,气势雄浑。夸张、幻想为其喜爱的艺术手段。在继承前代浪漫精神的同时,更以叛逆的精神、豪放的风格,丰富和发展了中国文学的浪漫传统,对后世产生了深刻而久远的影响。"安史之乱"前后,社会的动荡给文学发展带来了不小的影响,诗歌终于彻底脱掉了绮丽浮靡的外衣,一归于悲慨沉郁,伟大的现实主义诗人杜甫的出现,为其最突出的标志。杜诗以深沉执着的忧国忧民之情与博大深厚的艺术才力,真实而又深刻地反映了社会现实生活。因而,尽管他的诗风格多样,人们历来却公认其以"沉郁顿挫"为主。杜诗又有"诗史"之称,足见其反映现实的深度与广度。杜甫诗对后世的影响是巨大的、深远的,同时也是多方面的。其中的现实主义精神和爱国主义精神更是深入人心,光照千秋万代。总之,盛唐诗歌是我国古代文学史上的一座丰碑,也是我们引以为傲的文学遗产中的瑰宝。

然而,唐诗发展并非一直保持着盛唐的繁荣气象,在中唐的大历初至贞元中,出现了短暂的中衰。代表当时主导诗风的是"大历十才子",他们诗风秀婉,气势不足,成就不高。但长于山水诗的韦应物、刘长卿,善于边塞诗的李益,提倡复古的元结、顾况,都有自己的特色。到了贞元中至太和末年(835),唐诗出现了中兴。以元稹、白居易为代表的新乐府运动,突出继承了杜甫的现实主义精神,以反映民间疾苦为诗歌的主要内容,以浅显平易的语言和乐府精神作为艺术追求,是中唐现实主义诗歌的代表。在整个中唐八十年间,诗人约有570人,诗歌数量近两万首,流派也很多,不可谓不繁荣。然盛唐时那种奋发进取的积极浪漫主义精神淡薄了,代之以对现实社会的冷静观察与深刻思考,诗风也随之处于不断的变化之中。除元、白的新乐府诗之外,韩(愈)、孟(郊)诗派以奇险古拗见长,通过个人的生活遭遇来曲折反映社会现实;刘禹锡、柳宗元的成就也很高,刘诗雄奇精警,柳诗峻峭幽深;中唐浪漫派诗人以李贺为代表,其诗波谲云诡,富于奇异的想象。总起来看,这一时期以流派纷呈与追求艺术上的独创性为最重要的特点,这便是所谓的"诗到元和体变新"。

晚唐诗歌,从文宗开成初(开成元年为836年)至唐亡(907),约七十年。随着国势的倾颓,诗歌创作日趋衰微。从太和初至大中初(827—847),李商隐与杜牧异军突起,别开生面,可视为唐诗殿军式人物。他们的诗具有浓重的忧患意识和感伤情调。面对大唐帝国的盛世不再,诗人的内心失落而又悲凉,一种黄昏迟暮之感悄然透出。晚唐诗多写爱情,艺术上追求华丽与纤秾,有时又陷入晦涩,这反映了诗人的目光缩回到个人生活的圈子,丝毫看不到所谓盛唐气象。这一时期皮日休、杜荀鹤、聂夷中等诗人继承了元白新乐府传统,写出了一些反映民生疾苦的作品,感时愤世,针砭现实,取得了一定成就。然而艺术上学步于盛唐、中唐诸家,缺乏独创性,只可视为唐诗之"余响"了。

二、唐代散文

唐代散文是在与流于形式主义的骈文反复斗争之中,同时也是在古文自身不断革新求变的运动中发展起来的。唐以前无所谓古文的概念。古文的提出,始于韩愈。他将自己写的那些继承三代两汉文体的散文称为古文。古文是与俗下文字,即六朝以来流行已久且逐渐模式化的骈文相对立的。由于韩愈在贞元间大力提倡古文,一时韩门弟子群起效法,其中成就较高的有李翱、皇甫湜等。及待唐宪宗元和间,又得到柳宗元的有力支持,韩、柳所倡导的古文运动全面展开。从贞元至元和末二三十年间,古文运动影响甚广,终于逐渐压倒骈文,占据了文坛的主导地位。古文运动是一次深刻的文体革命,其指导思想是文以载道。韩愈从当时的社会现实出发,借助于儒学复古思潮的旗帜,实际上是要摆脱骈偶文体的束缚,使文章的文体形式更好地为内容服务。古文运动的基本内容无非两个方面。一是文道合一。道是内容,文是形式,文应为道服务。二是革新文体,创立新的文学语言体系。实际上是在语言表现方面矫正骈体文的流弊。苏轼称赞韩愈是"文起八代之衰",这既是对韩文的评价,也是肯定韩柳古文运动在散文史上的重要地位。韩、柳散文各有特色。韩文感情真挚,气势宏阔。从内容上看,相当丰富,形式上则多样化,长于变化。往往开阖自如,纵横恣肆,用笔或直或曲,张弛有致。语言则明快流畅,善于创造性地使用古代词汇,同时吸收当时口语,丰富了散文语言。韩文时而严正,时而诡谲,不拘一格,变化多端。《师说》《祭十二郎文》等为其代表作。韩愈的记叙性散文,往往着力于人物形象塑造,叙事完整,形象鲜明,感情色彩非常强烈。《张中丞传后叙》与《柳子厚墓志铭》是最有代表性的。柳文构思奇特,寄寓幽深,注重语言精练而富于变化。他长于寓言小品与山水游记,传记散文则立意高远,思想深刻。前者如《三戒》《小石潭记》;后者则以《捕蛇者说》为最负盛名。

晚唐古文运动衰落,小品文却放射出异彩,代表作家有罗隐、皮日休与陆龟蒙。罗隐小品多是"不平之言,不遇于当世而所以泄其怒之所作"(方回《谗书跋》)。他的《英雄之言》揭露了刘邦、项羽盗国,以为与强盗盖无二致。其文字活泼、犀利,很有特色。皮日休的《皮子文薮》、陆龟蒙的《笠泽丛书》中,亦多讽刺小品。鲁迅先生对晚唐小品文评价颇高,称其为"一塌糊涂的泥塘里的光彩和锋芒"(《小品文的危机》)。

三、唐五代词

词是曲子词的简称,即歌词之意。词的产生,来自民间歌谣,初为一种能配合音乐演唱的歌词,因而有人也称其为乐府。但词与汉魏六朝的乐府又有很大不同,其中最主要的是词所配合的音乐是"燕乐",而燕乐的主要成分是北周、隋以来从西域传入的西北少数民族的音乐,即所谓"胡夷、里巷之曲"(《旧唐书·音乐志》)。燕乐又称宴乐,最初是供宴会演奏的,乐器乃以琵琶为主。汉魏以来乐府所配音乐却是雅乐(汉以前之古乐)和清乐(清商曲,汉魏六朝以来的"街陌歌谣")。因此,词与诗的主要区别并不在于诗是齐言,词是长短句,而在于配乐之不同。

词究竟产生于何时,学术界并无定论。宋王灼《碧鸡漫志》卷一说:"盖隋以来,今之所谓曲子者渐兴。"这是说词最早在隋代就有了雏形,指的是民间曲子词。在敦煌发现的曲子词有一百六十多首,绝大多数是民间作品,这是现存最早的唐代民间词,其中有些可以确认是唐玄宗时代的作品。中唐时文人学习民间曲子词,创作出一些优秀的作品,如张志和的《渔歌子》就非常有名。白居易、刘禹锡也都染指于词的创作。至于说李太白也写过《忆秦娥》《菩萨蛮》等,恐怕不可靠,一般认为很有可能是出于晚唐人之手。

词至晚唐,作者猥兴,甚至出现了写有专集的词人,如温庭筠的词集名《金荃集》(已佚)。温词香艳华丽,往往有细微的情感波澜,在"花间"词人中很有代表性。五代后蜀的赵崇祚辑录了晚唐至五代时期温庭筠、皇甫松、韦庄等十八家词五百首,编为《花间集》十卷,这是文学史上最早的一部多人词集。花间派词人由是而得名。花间虽题材不出闺情相思,辞藻华丽,但讲求含蓄凝练,婉约典丽,在艺术上有很高的价值,对后世影响也很深远。温庭筠被视为花间同派鼻祖,在其后约半个世纪出现在五代西蜀的一大批词人,如韦庄、欧阳炯等,则被视为"花间派"词人,因为他们在精神上有许多一致之处。其实韦庄词的风格与温庭筠还是判然有别的。温词浓艳,韦词清丽,从语言上看,韦词较温词疏朗明快得多,也自然得多。如果说温词是"香而软"(孙光宪《北梦琐言》),那么韦词是清而艳。其他花间词人亦各有风格,将他们视为一派,一因词集名,二因题材论,只是相对而言。

与花间词一样,南唐词初亦应酣歌醉舞之需兴盛起来,这与南唐一朝相对安宁,经济比较繁荣有直接关系。冯延巳于中主时官至宰辅,其词起初不过是宫廷娱宾、唱歌侑觞,然他写得似较花间词人更深一层,更多在词中抒发了内心的郁闷与哀愁,并且能将抒情与写景状物融为一体,构成鲜明生动的意象,他的词对宋初词人影响深刻,其在词史上的地位正在于此。正如王国维所说的那样:"冯正中词,虽不失五代风格,而堂庑特大,开北宋一代风气。"(《人间词话》)南唐后主李煜个人天资突出,艺术感受敏锐,加之亡国之后个人生活的反差,激发了他真实而浓重的感伤意绪,因而创作上成就很高。李煜词突破了"词为艳科"的藩篱,沿着抒写个人情怀的道路开拓,为题材狭隘的词争得了类于抒情诗的地位。王国维说:"词至李后主而眼界始大,感慨遂深,遂变伶工之词而为士大夫之词。"(《人间词话》)他集唐五代词之大成,开创了文人词的新局面,在词史上占有一席重要的地位。

四、唐传奇

唐传奇是在六朝志怪、志人小说基础上发展起来的成熟的文言小说。但较之六朝小说,已发生了根本性的变化。这表现在以下三个方面:其一,唐传奇是作家有意为之的,即有意识地自觉进行小说创作,艺术虚构、艺术想象及集中塑造鲜明生动的艺术形象等小说艺术的方法已大量运用,而六朝志怪小说只是搜奇剔怪,所记简约而单纯,只能视为早期的小说雏形;其二,六朝志怪所记鬼神怪异之事,离现实生活很远,唐传奇的内容则扩展到现实社会生活的许多方面;其三,六朝志怪小说的出发点是实录式的,尽管多有"传录舛讹",故总体上叙写粗略,往往是谈片式的。唐传奇则描写细致,神情毕肖,文学性大大加强了。如鲁迅先生所言:"小说亦如诗,至唐代而一变,虽尚不离于搜奇记逸,然叙述宛转,文辞华艳,与六朝之粗陈梗概者较,演进之迹甚明,而尤显者乃在是时则始有意为小说。"(《中国小说史略》)这就将唐传奇在小说史上的地位与意义说得非常透彻了。

传奇作为文体的名称,是来源于晚唐裴铏的一部小说集——《传奇》,后来就将这一类文言小说统称为"传奇"。元人陶宗仪在他的《辍耕录》中,就将传奇与"院本""杂剧"并列,明确了其文体意义。唐传奇的兴起首先与封建经济的迅速发展有关。当时的长安、洛阳、扬州等城市,经济繁荣,人口稠密,各阶层人物中都流传着许多奇闻逸事,为小说创作提供了丰富的素材。其次是"行卷"与"温卷"风气的作用。科考士子为了能得到考官的赏识,往往于正式考试前先递上自己的文章,初次递叫"行卷",再次递谓之"温卷"。此风刺激了文人们的小说创作热情。最后是与其他文体的繁荣息息相关。诗歌、散文的发展,变文等通俗文学的发展,都促进了传奇创作。

唐传奇内容非常丰富,一般按题材划分,大体可分为爱情故事、豪侠故事、神异故事与历史故事四大类。其中第一类最具思想深度与艺术魅力，佳作如白行简的《李娃传》、蒋防的《霍小玉传》及元稹的《莺莺传》等，都属于此类。唐传奇在艺术上所取得的成就主要有三个方面：一是结构严谨，情节曲折；二是塑造了一系列鲜明生动的艺术形象；三是虽为文言，却凝练流畅，无论描摹人物还是记叙事件，特别是环境气氛的渲染，都达到了生动传神的境地。所有这些，对后世的戏曲、小说影响至为深刻。

第二节　宋金文学概述

公元960年，后周的殿前都检点赵匡胤发动陈桥兵变，取代后周政权，建立了北宋王朝。从太祖赵匡胤到太宗赵光义两代经营，历时近20年，终于统一中原，结束了晚唐五代以来长期分裂混乱的局面。1127年，北宋亡于金，宋室南渡，移都临安（今杭州）。1279年，南宋亡于元。两宋历时320年。

宋王朝不复有汉唐帝国那样一种国力强盛旺健、大力进取开拓的势头。中央集权的专制统治的强化及采取许多恢复、发展措施，虽然使得宋初一百年经济上有所发展，社会比较安定，但阶级矛盾与民族矛盾的错综复杂，加之政治、军事政策的失当，导致宋王朝从一开始就埋下了"积贫积弱"的危机，到了南宋的偏安小朝廷时，就更加孱弱不堪了。朝廷在军事上采取的"守内虚外"政策，在用人制度上的重文轻武，使中原大国一直受到边患的困扰，对外防御力量严重削弱。同时，"冗官""冗兵"的积弊也使内忧外患不断加剧。这就使得宋代文学具有四个明显的特点。（1）由于内忧外患频繁，激发了爱国主义文学，这一点在宋代文学史上贯穿始终，非常强烈。（2）"积贫积弱"的局势，使得宋代文学不再具有汉赋唐诗的恢宏气象，而是形成了具有自身特色的忧患意识,文人们关心民瘼,痛切、激愤之中饱含着冷静而又深刻的思考。(3)在改革与保守、主战与主和错综复杂的斗争中,文学被赋予了强烈的斗争性与现实针对性,现实主义文学个性张扬,并以凝重与悲愤为其主旋律。同时,文学作品的政治色彩与论辩锋芒得到了明显强化。(4)宋代都市的日趋繁荣,市民阶层的不断壮大,为适应市民需要的俗文学的发展提供了条件,话本小说与说唱文学乃至戏曲艺术逐渐产生并日趋繁盛。

一、宋词

词是宋代成就最高、也最有代表性的文体。北宋初还被视为"新声"的词,由于统治阶级上层的提倡,名家的染指,歌舞筵宴、酒肆茶坊的需要,一时竞唱不衰。这时的词坛上还沿袭着晚唐五代的绮丽秾艳之风,以晏殊、欧阳修为代表。从柳永开始,敢于汲取民间曲子词的营养,以通俗的语言描写市井民情风俗,并大量制作漫词长调,对宋词的发展有开拓之功。范仲淹则用词调写边塞生活,慷慨苍凉,可视为后来苏轼、辛弃疾等豪放词创作的先声。北宋中期是宋词发展的重要时期,婉约词走向成熟,晏几道工于小令,极尽细腻曲折之能事,或以为在艺术上胜过其父晏殊。贺铸兼婉约豪放之长,善于融情于景。秦观则情韵兼胜,淡雅含蓄,幽邃深微,出其类而拔其萃。这一时期,豪放词占据词坛,苏轼一洗香泽旖旎之风,别为一宗,"以诗为词",在题材内容、意境风格及形式音律等方面为宋词发展做出贡献。稍后,以周邦彦为首的大晟词人,着意于意境的浑厚、语言的富丽和音律的精严,对后来词人颇有影响。至南北宋之交,著名女词人李清照在艺术上独树一帜,她的词清新工巧,感情真挚深沉。特别是在饱经忧患离乱、国破家亡之痛后,其词思想、艺术上都更为精进。南宋前期,出现了张元干、张孝祥等一批爱国词人,他们上承苏轼,下启辛弃疾,浩歌慷慨,壮怀激烈。辛弃疾较苏轼又有新的发展,不仅

"以诗为词",更"以文为词",这就更进一步拓展了词的题材内容领域,而且丰富了词的表现手法,将宋词的思想和艺术提高到新的高度。受辛词影响,还有被后人称为"辛派词人"的陈亮、刘过、刘辰翁、刘克庄等。南宋中后期,姜夔、吴文英等婉约词人是颇具特色的。姜词讲求格律,善用曲笔,以劲健的笔调写柔情,讲求意境清新空蒙;吴词意象空灵,笔调深曲,风格绵密清丽。南宋末,周密、张炎、王沂孙等词人感慨悲凉,多用曲笔,寄托遥深,所抒发的亦多兴亡意绪。文天祥的词激愤凄楚,沉痛悲怆,与其诗同调,成为宋词爱国主义的最后歌声。

二、宋诗

宋代诗歌自成面目,取得了独到的成就,与唐诗相较,艺术个性非常鲜明。宋人以文字为诗,以议论为诗,以才学为诗,其长处在"理趣"。自然,这是就总体而言。不同时期,不同流派,思想、艺术上还是有很大差异的。宋初,出现了三个相继流行的诗派,这就是"白体"(以王禹偁为代表,因其学习白居易与元和体而得名)、"晚唐体"(以林逋为代表,因其学晚唐的贾岛、姚合而得名)和"西昆体"(以杨亿为代表,因杨编《西昆酬唱集》而得名)。他们共同的特征是刻意学唐,缺乏独创性,更未能形成宋诗的独特个性。其中王禹偁较好地继承了杜甫、白居易的现实主义精神与传统,关心现实社会生活,语言也较为通俗平易。北宋中期,宋诗开始气象一新。欧阳修、梅尧臣、苏舜钦出,倡导诗文革新运动。这其实可以看作唐代古文运动的发展与继续。他们针对西昆体的流弊,标举风格古朴、意境清新的诗风,宋诗自己的面目,自此露出端倪。欧阳修的文学成就主要在文,但他的确是宋诗特色的奠基者。其诗蕴藉空灵,意味深长。特别是生活感受的真切与细微,使其诗作耐人寻味,且往往有清丽秀美的佳句,一洗西昆末流之陈腐。梅、苏二家,风格不尽相同。欧阳修概括为:"子美(苏舜钦)笔力豪隽,以超迈横绝为奇;圣俞(梅尧臣)覃思精微,以深远闲淡为意。"(《六一诗话》)苏舜钦诗风,已开苏轼、陆游之渐;而梅尧臣关心民生疾苦的一些作品,对南宋陈与义等人也不无影响。

宋诗的高潮是由王安石、苏轼、黄庭坚、陈师道等人掀起的。王安石、苏轼继承欧、梅而加以拓展。王安石是一位政治家,其散文的成就也很高。王安石诗早期议论纵横,但能将叙述、描写与议论融为一体,是真正意义上的宋人格调。他退居江宁后,诗风一变,表现在构思上往往新奇而别致,字句千锤百炼。这些抒情写景的小诗被称为"半山体",艺术上炉火纯青,非常精到。苏轼个人天赋极高,文化根基又特别深厚,其文学成就是多方面的。其诗随意挥写,自由奔放,富于浪漫色彩。清人赵翼评苏轼诗说:"才思横溢,触处生春,胸中书卷繁富,又足以供其左旋右抽,无不如志。"(《瓯北诗话》)苏轼诗题材广泛,手法多变,尤长于比喻,又能于奇比妙喻中蕴藏深刻的哲理,当视其为两宋第一大诗家。北宋后期,宋诗开始蜕变。苏门弟子中成就最高的黄庭坚开创"江西诗派"。这是宋代影响最大的诗歌流派。"江西诗派"作诗标榜"无一字无来处""夺胎换骨""点铁成金",目的是"以俗为雅,以故为新"。"江西诗派"的得名乃因黄庭坚是江西人,但诗派中则未必都是江西人。"江西诗派"最初是北宋末、南宋初的吕本中提出的。后宋末元初人方回又提出"一祖三宗"说,"一祖"指杜甫,"三宗"之首为黄庭坚,包括陈师道和陈与义。于是黄庭坚就被抬到很高的地位,刘克庄甚至称黄庭坚为"本朝诗家宗祖"(《江西诗派·黄山谷》),这就明显不适当了。"江西诗派"走向极端,不能不陷入形式主义泥潭,为诗歌创作带来负面作用。后南宋许多诗人纷纷改弦易辙,摆脱其束缚。南宋初,陈与义、曾几等因为逐渐走出"江西诗派"藩篱,才不同程度地创作出了具有社会现实意义的优秀作品,为南宋中期诗歌创作的再度繁荣打下基础。此后,在号称"中兴四大诗人"的尤(袤)、杨(万里)、范(成大)、陆(游)等的共同努力下,宋诗又出现了一个高潮,其中陆游的成就最高。陆游诗贯穿着一条爱国主义的红线,具体内容又十分丰富,不仅是多言征伐与恢复,而且反对投降,力主抗战。特别是诗人常常借幻想与梦境寄托报国理想,尤为动人。陆游诗的爱国情怀与英雄气概,不仅在当时十分突出,在整个文学史上也是成就卓著的,其影响很是深远。如与他约略同时而稍后的江湖诗派,就继承了陆诗的爱国主义和现实主义精神,其中成就较为突出的有戴复古与刘克庄。再后,宋诗在文天祥、谢翱、郑思肖及汪元量等一大批遗民诗人或悲壮或哀婉的合唱声中落下帷幕。

三、宋代散文

宋代散文是我国古代散文发展史上的重要阶段,无论是内容、形式,还是语言、风格,都较唐代散文有新的开拓。"唐宋八大家"中除了韩(愈)、柳(宗元)之外,其余六大家都是宋人,即欧阳修、王安石、苏洵、苏轼、苏辙、曾巩。宋初,欧阳修等倡导诗文革新运动,针对当时文坛上沿袭晚唐五代骈体文盛行、文风浮艳柔弱的弊端,标举韩、柳古文,声势浩大,实绩显著,从而奠定了一代文风的基础。有宋一代三百余年,不仅散文名家辈出,而且优秀作品数量也相当惊人。欧阳修的文学成就,突出地表现在散文创作方面。他的议论文笔力雄健,既有史家风范,亦不乏文学色彩,气势宏阔,波澜迭起,如他的名文《五代史伶官传序》,就被明人茅坤称作"千年绝调"。其记叙、抒情的散文往往字整句严,畅达精练,寓刚健于舒展之中。例如《秋声赋》一变古赋为清新活泼的文赋,挥写自如,灵动爽畅。苏轼的散文不拘一格,诸体兼擅。他为文腾挪变化,无碍无滞,"文理自然,姿态横生"。他的《前赤壁赋》《后赤壁赋》,借景抒情,情景之中又藏理趣,天风海雨般自然,朝暾夕照样瑰丽,向为人们所赞赏。苏轼的抒情小品也写得瑰丽新奇,优美清秀,如《石钟山记》等。欧、苏之外,王安石的散文也极富个性,成就很高。特别是他的议论文,立意超卓,犀利透辟,言简而意深,论辩性极强。语言上则表现为凝练、峭厉,富于逻辑性与表现力,如《答司马谏议书》就很有代表性。总之,宋文的基本特征是简易而厚重,委婉却畅达;长于说理,但曲尽其趣;可以说是各种艺术风格异彩纷呈。在辞章技巧方面,丰富而多变,如语言上的善用虚字,单行之中夹杂骈句,声调优美和谐,艺术表现力极强。所有这些,都对后世散文发展产生了巨大而深刻的影响。

四、宋话本

除诗、词、文以外,宋代通俗文学的发展进入了一个新的阶段。其中一个重要的标志是话本小说的兴起与繁盛。所谓"话本",就是民间"说话"艺人讲故事所用的底本。"说话"即后世的说书,早在唐代已经流行。到了宋代,城市生活日趋繁荣,市民阶层不断壮大,为适应市民阶层文化娱乐的需要,说话艺术迅速发展,并在勾栏瓦肆中日益活跃起来。宋代的说话技艺分为四家(家是"家数"之意),即四个流派:讲史、说经、小说、合生。其中讲史类与小说类影响最大,也最为下层人民群众所喜爱。讲史,就是演说历史故事,后来发展为我国古代通俗长篇章回小说。小说,一般是指短篇白话小说,多取材于市井间的现实生活,其中又以爱情与公案两类故事数量居多。由于话本小说中的人物多是下层市井民众,贴近社会现实生活,或歌颂纯真的发情,或反映现实生活中的矛盾冲突,有积极的思想意义,因此,大受普通民众的欢迎。在艺术表现上,话本小说故事性强,情节曲折,人物形象鲜明生动,语言通俗活泼,极富艺术感染力。这些都为后世白话小说的发展奠定了良好的基础。话本小说一般是"说话"艺人师徒相传,不断对底本和演出过程做修改补充。也有一些穷困潦倒的知识分子为了生计,参与创作,这就是"书会才人"。他们的参与,提高了话本小说的思想性和艺术性。由于话本小说在封建时代不受重视,大量亡佚,流传下来的数量不多,而且时间上难以确切断定,因此,人们往往笼统地称之为宋元话本。话本小说的代表性作品有《快嘴李翠莲记》《碾玉观音》《错斩崔宁》等。著名的讲史话本则有《新编五代史平话》《大宋宣和遗事》《全相平话五种》等。

五、金代文学

12世纪初,栖息于黑龙江流域和长白山一带的女真族强盛起来。完颜阿骨打统一女真各部之后,于宋徽宗政和五年(1115)建立金王朝。直到南宋理宗端平元年(1234),金朝为蒙古所灭,宋金对峙了119年。

金代文学,主要是诗歌与说唱文学成就较高。初期,金诗沿着辽代作家的风格轨迹发展,并无明显特色。到了中期,由于宋金议和,社会生活相对稳定,金朝文人更多地接受了汉族文化影响,学习苏轼的作风。后期,由于蒙古与女真之间连年征伐,诗人们的笔触转向了内忧外患,作品多伤乱之感叹;在艺术表现方面,他们从学苏轼进而师法杜甫。元好问便是这种诗风转变过程中出现的最有代表性的诗人。他写下大量的"丧乱诗",感情真挚郁勃,悲慨痛楚,具有强烈的艺术感染力。他的诗风格多样,不拘泥于古人,能视题材内容而变化多端。他的写景诗及论诗诗方面也有佳作,其《论诗绝句三十首》,乃是受杜甫《戏为六绝句》启发而作,可视为元氏的文学主张的集中体现。元好问所编《中州集》,也使金朝诗作大部分得以保存。

金代的戏曲(院本)和说唱文学(以"诸宫调"为最有名)流传下来的不多,其中说唱诸宫调作品只有董解元的《西厢记诸宫调》可以确认为金代作品。诸宫调是一种说唱艺术,唱的部分是韵文,以同一宫调的若干曲牌联缀成套,再以不同宫调的套曲组成长篇以演唱故事。说的部分是散文,主要用以叙述。它继承了唐代变文散韵结合以演说故事的体制,又在宋代以同一词调重复多遍、间以散文叙述的鼓子词基础上,加以丰富和发展,可以看作从说唱文学向戏曲艺术的过渡形态,因诸宫调的伴奏乐器为琵琶、三弦等弦乐器,故人们又将董解元的《西厢记诸宫调》称为《弦索西厢》或《西厢挡弹词》。文学史上又称其为"董西厢",以区别于元代王实甫的《西厢记》杂剧("王西厢")。"董西厢"是根据唐人元稹的传奇文《莺莺传》(又称《会真记》)改编、创作的。它是我国说唱文学中的杰作之一,对后来元代杂剧艺术有直接的影响。

第三节　元代文学概述

从12世纪后半期至13世纪初,栖息于漠南漠北的蒙古族各部落,由于畜牧业生产发展很快,逐渐强盛起来。南宋开禧二年(1206),铁木真(成吉思汗)于斡难河(在今蒙古人民共和国境内)召开各部首领会议,成吉思汗被尊为大汗,从而结束了蒙古各部长期分裂的局面。成吉思汗开始建立分封制度与护卫军制度,并通过古北口向河北、山东一带侵扰。在当时的黄河流域,蒙古人与女真人所建立的金王朝不断发生冲突,战乱连绵。南宋理宗端平元年(1234),成吉思汗的儿子窝阔台灭金,占据了黄河流域。从此,宋金对峙了百余年(1115—1234)的局面结束,又形成了南宋与蒙古的对峙。宋度宗咸淳七年(1271),成吉思汗的孙子忽必烈取《易经》中"大哉乾元"之义,改国号为大元,是为元世祖。南宋与蒙古相持45年,南宋帝昺祥兴二年,元世祖至元十六年(1279),元蒙灭南宋,统一了全中国。这是中国历史上第一个由少数民族统一全国的封建王朝。直到公元元顺帝至正二十八年

(1368),朱元璋领导的农民起义推翻元朝统治,建立朱明王朝,元蒙统治凡90年。

元朝的统一结束了长期以来几个政权对抗割据的状态,在政治、经济及文化等方面都表现出一些新的特点,它是中国古代文学发展史上一个新的转折时期。一方面,蒙古帝国落后的游牧经济破坏了中原和江南地区的农业经济,在文化方面也发生了激烈的碰撞;同时,战争一度破坏了汉族地区的农业生产,带来很重的创伤。另一方面,元朝的统一标志着蒙古贵族的奴隶制国家已转化为封建制国家。忽必烈主张用汉法,重视文治,恢复、发展农业和手工业生产,使得元前期的政治、经济、文化等方面呈现出一些新的气象。特别是文化上的碰撞与交融,为汉唐以来逐渐衰老的汉族封建帝国的躯体,注入了新鲜血液。表现在文学艺术创作上,则是一种朝气蓬勃的俗文学的空前繁荣。

随着农业和手工业生产的恢复与发展,商品经济日趋繁荣,加之漕运的沟通,纸币交钞的发行,城市经济的活跃,市民文艺的果实成熟起来了。同时,疆域的扩大和交通的发达,促进了各民族之间文化上的交流与融合,特别是音乐的相互影响、渗透,这就促进了戏曲艺术的勃兴与繁荣。

在思想领域,由于忽必烈标榜文治,元蒙统治者在原来崇尚喇嘛教的情况下,也逐渐开始崇尚儒学,提倡程朱理学。与此同时,元蒙又利用各种宗教来加强统治,呈现出各种宗教思想同时并存和多元文化交织的状态。当然,中原地区仍以佛教和道教的影响为主,汉族地区的知识分子也以儒家思想的承续与改造为己任,三教合一的趋势十分明显。这些情况在元代的文学作品中都有具体的反映。

元代士子们所处的境遇,与其他封建王朝相比较,差异甚大。科举制度的中断及对故国家园的追怀,乃至文化上的选择与重构的艰难历程,都使他们的心境显得极为特殊。失落与执着、彷徨与坚忍、出世与入世等,所有这些都表现为内心深处无法解脱的矛盾与痛苦,即所谓的"两难情结"。元代文学各种体裁,无不充分体现了在艰难竭蹶中挣扎的士人心态,因此,思想倾向十分复杂。

一、元代杂剧

元代在作为正统的诗文方面似无法与前代比肩,但俗文学取代了古文诗词的统领地位,成就很高。元曲成了有元一代大放异彩的文体,成为元代文学之主流。王国维曾指出:"凡一代有一代之文学:楚之骚,汉之赋,六代之骈语,唐之诗,宋之词,元之曲,皆所谓一代之文学,而后世莫能继焉者也。"(《宋元戏曲考·序》)

元曲就一般所指包括两个部分:杂剧和散曲。两者虽在音乐和文字表现的性质上属同源,但从文学体裁来说完全不同,杂剧是戏剧,散曲属于诗歌。元杂剧是在说唱诸宫调和金院本的基础上,融合诸种表演技艺而形成的新的戏曲形式。它不仅是一种代言体,而且有歌唱(曲词)、有念白(宾白)、有表演(科范)、有舞蹈和音乐伴奏,它的剧本通过一个完整的故事,将综合性的舞台艺术展现给观众。这是我国古代民族戏曲成熟的标志。元杂剧的勃兴与繁盛,是中国戏曲史上第一个黄金时代。

元代前期是杂剧艺术的鼎盛时期,又以元成宗元贞、大德时期为最高峰。元前期杂剧的中心在大都(今北京),著名作家有关汉卿、王实甫、白朴、马致远等。其中关、白、马三家再加上后期的郑光祖,合称"元曲四大家"。四大家的说法是元人周德清在《中原音韵》中提出的。关汉卿是最具代表性的前期杂剧作家,他的一生,是元代知识分子在特殊的历史环境中,走向与民间艺人相结合的典型,即过着"书会才人"式的生活。"书会",指从事创作通俗文学的行会组织,"书会"中的知识分子被称为"才人"。关汉卿是一位高产的剧作家。他一生写有杂剧六十余种,现存十八种(其中个别作品是否关作,学术界尚有争议)。从思想内容方面看,关汉卿剧作大致可分为三类。第一类是揭露社会现实的黑暗和统治阶级的残暴,歌颂人民群众反抗与斗争的作品,如《窦娥冤》《蝴蝶梦》等。第二类是描写下层妇女的生活及她们的斗争与反抗,最终靠她们的勇敢和机智,战胜恶势力。与第一类作品具有震撼人心的悲剧力量不同,这类作品往往带有浓厚的喜剧意味和浪漫的理想色彩。《救风尘》便是此类作品中最有代表性的一种。第三类是歌颂历史英雄的杂剧,以《单刀会》为最有代表性。关汉卿剧作的艺术成就是多方面的,他是元前期本色派作家中最有代表性的泰斗式人物。关汉卿剧作的艺术特色主要有四点。第一,现实主义的描绘与浪漫主义理想的有机结合,使作品具有强烈的时代感与现实主义精神。第二,关剧矛盾冲突集中而尖锐,情节紧凑,结构严谨,线索分明,主线突出。同时排场当行,戏剧性很强。第三,关汉卿善于塑造人物,他笔下的人物形象极富个性特征,栩栩如生,给人留下极深刻的印象。第四,关汉卿驾驭戏曲语言的能力是惊人的,其作品语言通俗明畅,口语、方言、市井俗语俚谚,也不排斥向古代诗词去汲取有用的营养,从而形成了自己的独特风格。王国维说:"关汉卿一空依傍,自铸伟词,而其言曲尽人情,字字本色,故当为元人第一。"(《宋元戏曲考·元剧之文章》)对关汉卿锤炼语言,创造个人风格的艺术追求推崇备至,赞誉有加。

　　元前期另一位杂剧创作大家是王实甫。他的《西厢记》杂剧是中国戏曲史上不可多得的杰作。在"董西厢"基础上,王实甫以五本二十折的篇幅,喊出了"愿天下有情的都成了眷属"的理想,这径可视为《西厢记》杂剧的主题。王实甫通过自己的天才创造,将西厢故事推向了最高境界。"王西厢"对后世爱情题材的戏曲、小说创作,影响至为深远。王实甫戏曲语言风格被喻为"花间美人",以既华美又自然而擅长。白朴和马致远的杂剧有共同处,那就是在杂剧中饱含着浓厚的主观抒情色彩,白的《梧桐雨》、马的《汉宫秋》都富于抒情诗意味。白朴还有《墙头马上》杂剧,塑造了敢于冲破礼教樊笼的李千金形象,也是元前期杂剧的重要作品。此外,纪君祥的《赵氏孤儿》,也是元前期重要杂剧作品,被王国维视为经典悲剧。

元代后期,杂剧创作的中心移向杭州。重要的作家有郑光祖、乔吉、宫天挺、秦简夫等,其中郑光祖的《倩女离魂》成就较高。人们将它与前期王实甫的《西厢记》、白朴的《墙头马上》及关汉卿的《拜月亭》,合起来称为元代"四大爱情剧"。

二、元散曲

散曲是元代一种新兴的诗体。它来源于民间,与音乐关系密切,与词相较,字句更为参差错落,更加自由,语言也更通俗。元人称散曲为乐府,足见其与民间歌谣的渊源。与传统的诗、词比较而言,散曲以活泼生动、浑朴自然见长,它寓庄于谐,嬉笑怒骂,往往说尽道透,淋漓痛快,故与传统的诗词歌赋大异其趣。从语言构成的角度视之,散曲语言也与传统诗词的语言大相径庭。它不避俚俗,甚至吸收口语、方言乃至市井语言入曲,化俗为雅,格调独特。散曲包括小令与套数两种基本形式。小令即一支独立的小曲,其前身应该是民间流行的小调,所谓时新小令,当时又称"叶儿"。小令是散曲最基本的形式。它短小精悍,句子长短错杂,而依一定的腔格。两支小令组合在一起的叫"带过曲"。它是由同一宫调里经常连唱的两支小令组成的,并非随意两个调牌都可联缀在一起,如[中吕·十二月]带[尧民歌]。也有用三支曲子组合的带过曲,一般都注明"带"或"过"字,如[南吕·骂玉郎]带[感皇恩][采茶歌]。套数又叫散套、套曲,也有人将其与小令相对,称其为"大令"。它是由同一宫调中两首以上小令相联而成的组曲,各曲必须押同一韵脚,一般都有尾声。

元曲家中有不少人既写杂剧又写散曲,如关汉卿、白朴、马致远等。也有只写散曲的作家,如前期的卢挚、后期的张可久等。现存元代散曲家的集子,主要有马致远的《东篱乐府》、张养浩的《云庄乐府》、乔吉的《梦符散曲》、张可久的《小山乐府》等。前期散曲家中关汉卿的散曲质朴自然,时而泼辣豪放,时而细腻真切,与他的剧曲风格不尽相同。他的小令多写离别相思之情,也有闲适恬淡的写景之作。其套曲[南吕·一枝花]《不伏老》,可看作作者的自述,从中可以约略看到"书会才人"们的生活状况。其中大量运用比喻,思想上的叛逆性格及作风上的放旷不拘,都给人留下深刻印象。马致远是前期散曲家中传世作品最多的一位。他的散曲从内容上看主要有三个方面:一是描写幽栖生活和闲适情调,这也是整个元散曲的主要题材之一,即避世、出世思想;二是吊古叹世,抒发怀才不遇的愤懑与牢骚,在愤世嫉俗的情绪之中,流露出超然物外的潇散情怀——其实骨子里又是矛盾与痛苦的;三是描写自然景物和表现游子漂泊生涯的作品。他有[双调·夜行船]《秋思》套曲,又有[越调·天净沙]《秋思》小令。题目相同的一套一令,都很著名。特别是后者,被称为"秋思之祖"。王国维曾赞之云:"深得唐人绝句妙境。"(《人间词话》)马致远是前期成就最高的散曲大家,他不仅扩大了散曲文学的题材领域,也极大地提高了这种新诗体的品位,在技巧方法方面也深得散曲艺术的堂奥。以往的论者对马致远往往有微词,认为他的作品有浓重的消极厌世思想,其实,这正是元代社会现实作用于元代士人心理的必然结果,而不必苛求于曲家。前期曲家中还有一位张养浩,有散曲集传世,名为《云庄休居自适小乐府》(简称《云庄乐府》)。云庄是他的号。他的散曲多写隐居生活,是罢官归隐后所作。他在60岁时又被朝廷征召,赴陕西赈济灾民,因劳瘁过度,死于任所。关中民众对张养浩十分崇敬,哀恸不已。张养浩在陕西赈灾时写了一组怀古曲,其中的[山坡羊]《潼关怀古》非常有名。曲中的结句"兴,百姓苦,亡,百姓苦",警拔而深刻,是一首关心民生疾苦的佳作。

元代后期散曲,语言趋于典雅工丽,最有代表性的作家是张可久。他长于小令,今存小令有七百余首,是元散曲家中传世作品最多的一位。张可久散曲注重形式格律,追求诗词的含蓄典丽,与前期曲家的格调情趣完全不同。他善于描摹江南的佳山胜水,对秀美的江南风物非常熟悉。张可久在散曲史上的意义在于:当散曲文学本色当行与清丽流转等各种风格都精熟到了极致之后,他勇于探索自己的风格,另辟蹊径,向传统诗词去汲取营养,并丰富了散曲的艺术表现力。后期的乔吉风格近于张可久,后人往往"乔张"并称。

三、元代诗文

元代诗歌自有其特色,但其成就远不如杂剧与散曲。或以为元诗宗唐而不宗宋,清人沈钧德云:"欲救宋诗流弊,舍元曷以哉?"并指出:"循元诗盛轨,弗坠唐音,而溯源于《风》、《骚》、汉、魏。"(《元诗别裁集·序》)以元初的刘因为例,他的七古、七律学元好问,五古则学陶渊明,可见元人并不拘泥一朝一代或一家一派,转益多师,还是有自己的追求的。刘因是一位理学家,其文章颇有理学气味,然也有些文章揭露了蒙古兵在河朔残酷杀戮的真实情况。他的一首《白沟》诗很有名,在总结历史教训的同时,流露出对南宋故国的追怀。元仁宗朝后,虞集、杨载、范梈、揭傒斯等四位诗人,相继有诗名,合起来被称为"元诗四大家",其中虞集成就较为突出,他的作品风格典雅,却不拘泥,间或夹杂一种哀伤、沉郁的韵致。

元代后期诗文,以王冕为最有代表性。萨都剌、杨维桢诗风也各有特色。王冕诗多有反映民生疾苦,揭露社会黑暗之作,有些叙事性作品明显可见杜甫的影响。他的一些抒情咏物的短作,颇见其孤傲狂狷个性,诗风又近于李白。在艺术上,王冕擅用比兴,时而质朴自然,时而文采飞扬。且善于多方面学习古人,并不限于一家一派,从而形成个人风格,艺术成就较高。他的《墨梅》《悲苦行》,较为有名。萨都剌长于山水诗,格调清新而富有情趣,如他的《过嘉兴》就是一篇有名的作品。他亦能词,其《念奴娇·登石头城次东坡韵》和《满江红·金陵怀古》也都很有名,前者受苏轼《赤壁怀古》词的影响,后者则熔铸刘禹锡诗句,能出之以新,写得大气磅礴。杨维桢诗名重于当时,被称为"铁崖体"(铁崖为杨维桢号)。他长于乐府诗,有少量具有现实意义的作品。其歌行体多半是咏史、拟古之作,好用奇辞,驰骋异想,可见出受李贺的影响。

四、宋元南戏

南戏是南曲戏文的省称。它最初流行于浙东沿海一带,因此又称"温州杂剧"或"永嘉杂剧"。南曲戏文是与北曲杂剧相对的称谓,最初它大约只称戏文。关于南戏产生的时代,或云在南渡之际,或云始于宋光宗朝,可能从滥觞到形成有一个过程,两说并不矛盾。据记载,南戏早期剧目有《赵贞女》《王魁》,此两种被称为"南戏之首"。

南戏之所以在东南沿海流行,一方面是因为这一带文化比较发达,另一方面是由于对外贸易的港口商业繁荣,城市人口也很集中,这些条件构成了商业性演出活动的温床。加上文人开始染指,如在杭州就有从事编写南戏的书会组织,为演出提供剧本。有了剧本南戏才有可能进一步发展。南戏剧本留传下来的不多。据钱南扬先生统计,宋元南戏的存目有238本,但传下来的连十分之一也不到(《戏文概论》)。其中基本保持本来面目的只有《张协状元》《宦门子弟错立身》《小孙屠》(以上三种存于《永乐大典》中,故称"永乐大典戏文三种"),此外,还有《白兔记》和《琵琶记》。经明人修改过的有12本,其中又以《荆钗记》《拜月亭》(又称《幽闺记》)、《杀狗记》为最著名,此三种加上《白兔记》(全名为《刘知远白兔记》),合称元末明初"四大传奇",简称"荆、刘、拜、杀"。

高明的《琵琶记》大约完成于元末,是根据早期南戏《赵贞女》改编的。据徐渭《南词叙录·宋元旧篇》著录《赵贞女蔡二郎》注云:"即旧伯喈弃亲背妇,为暴雷震死,里俗妄作也。实为戏文之首。"高明改编后,将蔡伯喈描写成全忠全孝,赵五娘则有贞有烈,使作品的思想倾向变得极为复杂。但作品暴露了封建社会的一些黑暗现象,蔡伯喈的矛盾痛苦与进退两难,似也曲折反映了元代知识分子苦闷的心理负荷,特别是剧中对陈留灾荒的描写,使我们隐约看到元代后期农村中的破败及农民的苦难生活。赵五娘形象改变不大,且对她的塑造较早期南戏更有所强化,真实而动人。作品在艺术上也有值得称道之处,如鲜明对比手法的运用,增强了作品的感染力。总之,《琵琶记》的出现,为南戏的振兴和明清传奇的发展奠定了基础,被称为"南戏之祖",在戏曲史和文学史上影响很大。明清以来,曲论家对《琵琶记》褒贬不一,争论不休,这除了说明这个作品思想内容复杂之外,也说明了它的影响相当深远。

第四节 明代文学概述

公元1368年,朱元璋建立了明王朝,一直到1644年李自成攻占北京,明王朝共经历了二百七十多年。朱元璋强化中央集权统治,废除中书省和丞相制度,将原丞相的权力分散给六部,六部尚书都要绝对执行皇帝的命令。同时明初还采取了一系列恢复生产的措施,使农业、手工业生产迅速发展起来,城市商业也随之繁盛起来。然而这种繁荣和安定并没有带来文学创作的兴盛和发展,反而掩盖了社会阶级矛盾,使文坛充斥大量点缀升平和粉饰现实之作,多歌功颂德、劝善惩恶的说教,这与明初统治者实行专制主义的思想钳制政策有直接关系。这种沉寂状况一直持续到明中叶。

从明中叶开始,明王朝由盛转衰,各种社会矛盾也愈显突出。这时,东南沿海和长江中下游地区,以手工业为主的商品经济继续发展,城市经济空前活跃,资本主义经济因素开始萌芽。新的生产关系使得人们的观念形态发生了很大变化,手工业者和商人的生活、思想在当时的小说、戏曲特别是"拟话本"小说中得到了充分的展示和生动真实的描写。这一时期,思想领域也异常活跃。王守仁的心学思想、"王学左派"富于叛逆精神的锋芒,都对文学创作产生了很大影响。特别是"王学左派"后期代表人物李贽的进步思想,对当时的思想界和文学界震动极大。李贽等进步的思想家十分推崇小说、戏曲等通俗文学。因此,明中叶以后,戏曲、小说创作空前繁荣。明代较重要的社会状况有下列五点:

第一,明王朝从一开始就在政治上加强专制统治,思想上大力提倡程朱理学,实行八股取士制度。在文化上,则加紧对知识分子的控制,大兴文字狱,鼓吹"士大夫不为君用,罪该抄杀"。与此同时,文坛上充斥点缀升平及礼教说教的作品。

第二,皇室贵胄和豪绅地主凭借特权,大量兼并土地,对农民的压迫、盘剥日益加重,使流民遍布全国,成为严重的社会问题。从"英宗失政"开始,明王朝开始由盛转衰。

第三,手工业生产由于流民进入城市而更加发达,手工业生产工具进一步改造,生产技术得到提高。手工业作坊和工场的出现,标志着资本主义生产关系萌芽的出现,这就使得市民阶层在政治上、经济上的势力不断增强。

第四,由于宦官专权和统治阶级内部矛盾的激化,党争剧烈。

东林党人代表着中小地主和市民阶层的利益,与魏忠贤为首的阉党及大官僚地主进行了不懈的斗争。

第五,明中叶以后出现了以王守仁为代表的主观唯心主义哲学体系,即"王学"。"王学"在反对程朱理学、启发民主思想方面起到了积极的作用,特别是"王学左派",对明代进步文学产生了极大的影响。

一、明代小说

明代是古代小说史上的黄金时代。这表现在由"讲史"发展而来的长篇章回小说已高度成熟,产生了以《三国演义》为代表的一批长篇章回体演义小说。章回体小说于是成为我国古典长篇小说的唯一形式。《三国演义》问世之后,历史演义小说大量出现。而到明中叶以后,又出现了《西游记》《金瓶梅》等长篇小说作品,这标志着章回小说已不再局限于历史故事,内容上开始面向日益丰富的现实社会生活。这一类章回小说故事情节更趋复杂,描写也更细致真切,在内容上已非"讲史",只是形式上还隐约保留着"讲史"的痕迹罢了。

罗贯中《三国演义》的最早刊本是明嘉靖本,二十四卷二百四十则,尚未分回,全名为《三国志通俗演义》。清康熙年间,毛纶、毛宗岗父子对嘉靖本做了修订加工,在回目、辨正史事及文字等方面有所增删润饰,这就是人们习惯上所称的"毛本",清代以来,是最为流行的本子。

与《三国演义》差不多同时出现的《水浒传》,来源不单纯是"讲史",南宋说话艺人所说故事,就有《石头孙立》《青面兽》《花和尚》《武行者》等名目,虽然这些话本今已不传,但我们还是可以推知,《水浒传》是集合了许多英雄人物故事而成书的。实际上施耐庵、罗贯中是在广泛流传的"水浒"英雄故事基础上,进行了综合性再创作。明人高儒《百川书志》将《忠义水浒传》署名为:"钱塘施耐庵的本,后学罗贯中编次。"《水浒传》的版本很多,也很复杂。一般可分为"简本"和"繁本"两个系统。从回目上划分,则主要有100回本、120回本和70回本。其中120回本即所谓"全传"本,70回本是指明末清初人金人瑞(圣叹)的删削本。金圣叹的腰斩本由于保存了"水浒"故事中文学性较强的部分,文字也洗练统一,因而成为清代以来最为流行的本子。

明代长篇小说除《三国演义》《水浒传》之外,神魔小说《西游记》影响最大。《北宋志传》《新列国志》则分别代表了英雄传奇和历史演义两类作品。此外,神魔小说中《封神演义》也有较大影响。公案小说则有李春芳的《海公案》和安遥石的《龙图公案》等。

一般认为《金瓶梅》是第一部文人创作的以家庭生活为题材的长篇世情小说。它的出现标志着长篇小说由英雄传奇和历史演义向日常社会生活描写的转变,它对后来《红楼梦》的影响是极为明显的。

明代在话本小说的整理与拟作方面所取得的成就也是非常可观的。由于话本小说受到广泛注意与喜爱,书商便大量刊行,同时引起了文人们的兴趣。起初只是染指于对话本的编辑、整理和加工润饰,进而开始模仿宋元话本进行创作,于是便出现了主要供案头阅读的"拟话本"。天启年间,冯梦龙在广泛搜集宋元话本和明人拟话本的基础上,经过加工整理编成了《喻世明言》(《古今小说》)、《警世通言》和《醒世恒言》三部短篇白话小说集,简称"三言"。后来凌濛初受"三言"的影响,加上书商的怂恿,编写了《初刻拍案惊奇》和《二刻拍案惊奇》两本拟话本集子,简称"二拍"。"三言""二拍"集中代表了明代拟话本的成就。

一般认为,"二拍"中的作品良莠不齐,总体成就不如"三言"。但其中也有好的和较好的作品,对明末清初拟话本小说创作,还是产生了较大影响。此后,一大批拟话本小说相继出现,其中以抱瓮老人从"三言""二拍"中选编辑成的《今古奇观》影响较为广泛,在"三言""二拍"一度失传的情况下,它对拟话本小说的流传起到了不小的作用。

明代的文言小说以瞿佑的《剪灯新话》、李昌祺的《剪灯余话》和邵景詹的《觅灯因话》为代表。

二、明代戏曲

明前期一百年左右,在戏曲创作方面,由于一味粉饰太平和干巴巴地宣扬封建礼教,既没有出现大家,也没有成就很高的作品。明中叶以后,情况发生了巨变。杂剧创作方面,出现了优秀作家徐渭,他的《四声猿》在当时和后世影响都非常大。徐渭的叛逆精神和初步的民主意识在他的剧作中得到了淋漓尽致的宣泄。他的浪漫精神猛烈冲击了当时骈俪堆砌、陈陈相因的沉闷剧坛。传奇是明代戏曲的主要形式。在传奇创作方面,标志着风气转变的三大传奇是李开先的《宝剑记》(写林冲故事)、梁辰鱼的《浣纱记》(写范蠡、西施故事)及传为王世贞门人所作的《鸣凤记》(写夏言、杨继盛等与严嵩父子斗争故事)等。其中《浣纱记》是首先用魏良辅改革过的昆山腔(昆曲)演唱的传奇剧本;《鸣凤记》则被称作描写现实政治斗争的时事剧。这在戏曲史上有特殊意义。在传奇创作方面成就更为辉煌的是杰出的剧作家汤显祖。他的代表作《牡丹亭》(又称《还魂记》),是古代戏曲史上最为优秀的作品之一。这部杰作的出现,标志着继元杂剧的繁盛之后,戏曲史上出现了又一个高潮。《牡丹亭》强烈的反封建礼教精神及追求个性解放的叛逆意识,在当时的剧坛上和人民群众中产生了极大的震撼。汤显祖张扬"至情",以"情"对"理",通过杜丽娘形象的塑造,向人们昭示了"情"必战胜"理"的坚定信念。《牡丹亭》的出现,为剧坛吹来爽新的空气。明人沈德符曾说,《牡丹亭》一经流传,便"家传户诵,几令《西厢》减价"(《顾曲杂言》)。

在徐渭和汤显祖的影响下,晚明戏曲创作的浪漫主义倾向比较明显。孙仁孺的《东郭记》、周朝俊的《红梅记》,以及高濂的《玉簪记》、孟称舜的《娇红记》等相继问世,一时呈现出繁荣的局面。其中《红梅记》中的李慧娘故事,《玉簪记》中的《琴挑》《秋江》等折子戏,至今仍被各戏曲剧种改编演出。《娇红记》中女主人公王娇娘认定申纯是能和自己白头相守的"同心子",毅然"全不顾礼法相差",将身相许。后又全然不顾世俗成见,无怨无悔,与申纯双双殉情,抗议礼教扼杀青年人美好愿望的严酷现实。孟称舜的曲词也悲切动人,凄婉流利,不仅富于文采,而且诗意浓厚。《娇红记》所提出的"同心子"婚姻观,是《牡丹亭》到《红楼梦》之间一个新的转折——向现实主义方向的发展。

明中叶以后由于戏曲创作的繁荣,出现了不同的戏曲流派。其中影响较大的是以汤显祖为代表的临川派(又称"文采派")和以沈璟为代表的吴江派(又称"格律派")。他们之间围绕着戏曲创作中文采与格律孰重孰轻等技巧方法问题,展开了争论,戏曲史上称为"汤沈之争"。这场争论是由吴江派剧作家吕天成父子改编汤显祖的《牡丹亭》而引起的。王骥德在《曲律》中说:"临川之于吴江,故自冰炭。吴江守法,斤斤三尺,不欲令一字乖律,而锋毫殊拙;临川尚趣,直是横行,组织之工,直与天孙争巧,而屈曲聱牙,多令歌者咋舌。吴江尝谓:'宁协律而词不工,读之不成句,而讴之始协,是曲中之工巧。'曾为临川改易《还魂》字句之不协者,吕吏部玉绳以致临川,临川不怿,复书吏部曰:'彼恶知曲意哉!余意所至,不妨拗折天下人嗓子。'其志趣不同如此。"这番话道出了汤沈之争的焦点与实质。其实,双方着眼点不同,汤显祖才力过人,讲求变通,并非全然不讲格律;反之,沈璟恪守音律,为歌者着想,也不是完全不讲内容。然任何一方绝对化了,就未免偏颇。沈璟的主要贡献在研究曲谱,考订音律,曾订定《南九宫十三调曲谱》。在戏曲创作方面,则无法与汤显祖比肩。他的《义侠记》曲词尚本色;又有包括十个故事的短剧一组,题为《博笑记》,较有特色。

晚明在戏曲作品的整理与刊刻方面成绩显著。臧懋循的《元曲选》、毛晋的《六十种曲》、沈泰的《盛明杂剧》等戏曲选本,以及《词林一枝》《摘锦奇音》等通俗戏曲选段的刊刻与流传,对后世的戏曲创作与演出,都有很大的影响。

三、明代诗文

明初诗文作家以宋濂、刘基和高启为代表。宋濂由元入明,曾从学于元代古文家柳贯、黄溍等,有文名。后被朱元璋征召到南京,称为"开国文臣之首"。宋濂长于散文,尤擅传记文。其文笔墨精简,富于变化,在刻画人物时往往进行具体的细节描绘,写对话也很有个性色彩。他的一篇《送东阳马生序》就很有代表性。刘基与宋濂同时为朱元璋所征召,并深受器重,是所谓的开国忠臣。其文灵动明畅,尤长于寓言。他的《郁离子》就是写于元末的一部寓言体散文集。刘基亦能诗,风格近于韩愈。明人沈德潜说刘基诗"独标一格"(《明诗别裁集》)。高启于明初被征召纂修《元史》,坚辞不就,后被朱元璋杀害。高启诗能兼容诸家诸体之长,才华横溢,清新超拔。最能表现他个性的还是七言歌行和七言律诗,其《登金陵雨花台望大江》,豪肆不羁,气势浑雄,为其最有代表性的作品。惜壮年丧生,尚未能熔铸精纯,自成一家,内容也不够广阔深厚,然其诗歌方面的才华在明代可以说是首屈一指的。

从明成祖到明英宗五十多年间,诗文创作死气沉沉,一直是"台阁体"的天下。所谓"台阁体",是指一些台阁重臣所作的诗文,以杨士奇、杨荣、杨溥为代表,即"三杨"。他们以"太平宰相"、太平阁僚身份,写一些浮泛空洞的应制作品,陈陈相因,流弊很深,以致诗文创作很长时间毫无生气。在"台阁体"风行时期,只有极少数人不为所囿,如于谦就是个例外。他的诗大多兴到随手,不计工拙,却往往"风格遒劲,兴象深远",如《石灰吟》《咏煤炭》等就是明例。

在"台阁体"日益引起人们不满的情况下,终于在明中叶产生了以前后七子为代表的反对"台阁体"的文学复古运动。"前七子"以李梦阳和何景明为领袖,他们的主要活动是在弘治、正德间,故又称"弘正七子"。他们的口号是"文必秦汉,诗必盛唐",提醒人们在"台阁体"和八股文之外,还有传统的、优秀的古代文学遗产。这对荡涤"台阁体"文风,扫除八股文影响,起到了积极作用。然而,他们一味模拟,失去了时代特点与个人面目,不能不跌进形式主义的渊薮。

嘉靖、万历间,又有"后七子"继起推行文学复古。"后七子"以李攀龙、王世贞为代表,标举"文必西汉,诗必盛唐"。王世贞在李攀龙死后,独主文坛达二十年之久。他其实并不主张泥古不化,认为"代不能废人,人不能废篇","心之精神发而声者也",反对诗文"失却性情之真"。在"后七子"活动的后期,复古主义已遭到普遍反对,而社会状况、文学思潮也都发生了很大变化。事实上"后七子"中的谢榛、宗臣都不是持简单复古观点的。谢榛主张"文随世变","有意于古,而终非古也";宗臣的《报刘一丈书》,则是一篇有深刻现实意义的淋漓痛快的名文。

与前后七子的文学主张不同,唐宋派散文家反对将文章写得佶屈聱牙,推崇韩、柳、欧、苏古文的传统,这就是以王慎中、唐顺之、茅坤及归有光等为代表的唐宋派。他们推崇"唐宋八大家",王慎中以为学"六经史汉最得旨趣根源者,莫如韩、欧、曾、苏诸名家",唐顺之则进一步明确提出"诗文一事,只是直写胸臆"。稍晚的茅坤编选了《唐宋八大家文抄》,在韩、柳、欧、苏之外,再加上苏洵、苏辙、王安石与曾巩,定为八大家,这就完全站到了前后七子的对立面。唐宋派散文家中以归有光的创作成就为最高。他长于叙写眼前生活,以平淡自然的笔调为之,面目清新,情感细腻。如《项脊轩志》等作品,深情款款,随事曲折,娓娓道来,得自然动人之趣。这在古代散文史上,可以说是一大创造。王世贞称赞归有光散文"不事雕琢,而自有风味"。归有光在古代散文史上是卓然独立,贡献良多的。

万历年间,继起反对前后七子的还有"公安派"。其代表人物是袁宗道、袁宏道、袁中道三兄弟,因他们是湖广公安(今湖北公安)人,故称。三袁中以袁宏道的创作成就为高。公安派受到明后期哲学思潮和文字思潮的影响,打破了创作中的各种清规戒律,因而更富革新意义,影响也更深远。他们的文学主张,概括起来主要有三条:第一,反对今不如昔的文学退化论,主张不同时代应有不同的文学;第二,反对复古与模拟,主张创新;第三,提出性灵说,这是公安派文学主张的核心。袁宏道在《小修诗叙》中明确提出了"独抒性灵,不拘格套"的主张。他把性灵解释为"童子""赤子",显然是受到了李贽"童心说"的启发与影响。公安派的主要创作成就在散文方面,袁宏道的小品散文佳作颇多,如《满井游记》。

由于公安派影响很大,人们群起而效法,因而诗文创作领域"陋"与"俚"的弊端日趋明显,于是又有竟陵派起来企图加以矫正。这一派以其首领钟惺和谭元春都是湖广竟陵(今湖北天门)人而得名。竟陵派也讲"性灵",追求"真""趣",见解与公安派大体一致。但他们看到了公安派的缺陷,想寻求补救之法,从而提出了"引古人之精神,以接后人之心目",就是要到古人作品中去寻求"性灵",这就更偏狭了。在创作上,竟陵派也以小品文见长,刻意追求所谓"幽深孤峭",结果路子越走越窄。受"公安""竟陵"小品文影响,明末出现了一批小品文作家。其中成就最高的是张岱。他的小品文集《陶庵梦忆》《西湖寻梦》写于清兵入关之后,在追述故乡山水名胜与世情习俗之中,抒发了国破家亡的感慨,寄托了故国家园的情思。艺术上乃兼取"公安""竟陵"之长,而能弃其短,结构精巧,文笔简净,尤擅在写景中插入人物活动,使人景俱活,如在目前。他的《湖心亭看雪》《西湖七月半》等,都是脍炙人口的名篇。

明末诸种矛盾更趋尖锐,统治阶级内部的分化和党争也显得白热化,以"娄东二张"(张溥、张采)为首的复社文人,是东林党的继承者。他们与阉党的斗争更加严峻与残酷。张溥的《五人墓碑记》,便是歌颂苏州市民与阉党斗争的一篇名文。该文文字朴茂、雄健,充满政治激情,是一篇政治性很强的散文。在抗清斗争中,复社文人大多壮烈殉国,表现了崇高的民族气节,也留下了许多爱国诗篇。如陈子龙、夏完淳及瞿式耜、张煌言等,都是这样的爱国诗人。

四、明代散曲与民歌

明前期散曲沿袭元人"啸傲烟霞,嘲风弄月"之余绪,成就不高。明中叶以后,民间小曲影响了作家创作,曲坛才开始有了生气。稍晚有康海、王九思、王磐、陈铎等的创作,对现实的感受较为真切。其中北方曲家康、王承袭元人衣钵,以豪纵朴实为尚,出于元人,韵味却薄于元人。比较而言,南方的王磐、陈铎的成就要高得多。王磐的一首讥刺宦官的[北中吕·朝天子]《咏喇叭》很有名。正德间,宦竖门经常假冒皇帝之名,往东南一带搜刮,中饱私囊,《咏喇叭》之作,"斥阉宦也"。王磐有散曲集《西楼乐府》传世。陈铎散曲技巧极高,虽有较浓重的文人味,却不乏描写现实生活的佳作,他的《滑稽余韵》继承了散曲文学的精神实质,将笔触深入市井间,写了形形色色的底层人物和个体劳动者,是大俗大雅融合无间的精彩之作。

冯惟敏可视为明代成就最高的散曲家,这不仅在于他的创作数量很大(现存散曲小令400余首,套数50套),更在于其散曲作品中有丰富深刻的现实内容,反映了当时社会的种种矛盾。他有过长时间任地方官吏的经历,了解社会现实,同情人民疾苦,并在散曲作品中有所反映。在艺术表现上,冯惟敏散曲以豪放恣肆为主,不尚浮华,自然本色,语言也浅近通俗,有散曲集《海浮山堂词稿》传世。晚明至明末,曲坛上出现了一个足称元明散曲文学优秀殿军的曲家——施绍莘。他诸格均擅,尤工于长套,才气纵横,天赋很高,对散曲文学发展有所创造,特别是在以套数抒情这一点上。他出现于晚明曲坛,为明代散曲文学画上了一个精彩的惊叹号,有散曲集《花影集》传世。

明代的民歌曾繁荣一时,并且吸引了不少文人作家。现存有成化年间刊行的《新编四季五更驻云飞》等四种。后又有冯梦龙选辑的《挂枝儿》《山歌》等。民歌中大量是情歌,突出反映了当时的青年男女挣脱礼教束缚,要求自主婚姻,争取个性解放的强烈愿望,同时也表现了新兴市民阶层的一些新观念、新思想,具有鲜明的时代特色。直接反映阶级压迫、歌颂农民起义的民歌流传下来的不多。在阶级压迫使得下层人民无法生活时,大规模的农民起义风起云涌,这时的民歌谣谚总是起到号角的作用,可惜流传下来的仅是零星短小的篇什,而大量精彩的作品则湮没、失传了。

第五节　清及近代文学概述

清代是中国封建社会最后一个朝代,也是中国古代文化全面整理与总结的时期。

从 1644 年至 1911 年,清王朝历时二百六十余年。自 1840 年鸦片战争前后至 1919 年五四运动时期,史称近代。从文学史上看,这一时期是古代文学向 19—20 世纪现代文学的过渡。

清代前期和中期,经济上呈现出发展的趋势。经历了连年的战争之后,人心思治,清统治者采取了一系列恢复和发展生产的政策,如农业方面的"摊丁入亩"等,使得江南和北方部分地区逐渐富庶起来。与此同时,手工业和商业也发展起来,城市经济获得了进一步发展。特别是康、雍、乾三朝,号称盛世。政治上,清统治者实行高压政策。入关之初,运用武力,大肆杀戮。骇人听闻的"扬州十日""嘉定三屠"即是名例。后又大兴文字狱,禁锢人们的思想。但同时也大力笼络汉族官僚地主,对一部分有名望的知识分子优礼有加,以此来巩固和扩大其统治的基础。所有这些,都对文化产生了深刻的影响,使有清一代的文学呈现出特异的色彩。

　　清朝在哲学思想、文化教育、天文历法及农学、医药、建筑等诸多方面,都取得了可观的成就,文学方面,也不例外。无论是诗词、散文等传统文学样式,还是小说、戏曲和民间说唱文学,都呈现出全面繁荣的局面,其中小说创作代表着清代文学的最高成就。

一、清代小说

　　清代小说无论是长篇、短篇,还是文言、白话,都取得了巨大的成就。蒲松龄的《聊斋志异》,继承了六朝志怪和唐宋传奇的传统,在体裁形式上又有所创新。作者广泛搜集民间流传的奇闻逸事,一反简单记录的志怪体写法,而是精心进行再创造,熔铸自己丰富的生活经验于其中,并自然流露出爱憎立场。这种体裁形式概括起来,就是鲁迅所说的"用传奇法,而以志怪"(《中国小说史略》)。此外,蒲松龄还广泛汲取了史传文学、唐宋古文及话本小说等多方面的精髓,将我国古代文言短篇小说提高到一个崭新的境界。从思想内容来看,《聊斋志异》主要可分为三类:一是揭露、抨击封建社会政治的黑暗,如《促织》《席方平》等;二是描写爱情婚姻,表现人民对美好生活的憧憬,具有强烈的反抗封建礼教精神,如《婴宁》《红玉》等;三是揭露科举制度的虚伪与腐朽,如《司文郎》《王子安》等。《聊斋志异》的艺术成就则主要表现在以下三个方面:一是现实与幻想自由地交替变幻,创造了种种独特的艺术空间;二是想象丰富而奇特,故事情节曲曲折折,变幻莫测,境界神异惝恍,艺术魅力极强;三是塑造了一系列生动活泼的人物形象。诚如鲁迅先生所指出的那样:"花妖狐魅,多具人情,和易可亲,忘为异类,而又偶见鹘突,知复非人。"(《中国小说史略》)此外,作品在语言艺术方面也富于创造性,运用文言,却又生动活泼,亲切自如。同时也吸收了民间口语,在继承古代散文语言传统的基础上而有所创造。《聊斋志异》问世之后,文言短篇小说创作出现了一个小高潮,其中成就较高的还有袁枚的《子不语》和纪昀的《阅微草堂笔记》等。

在中国古代小说中,《儒林外史》是唯一的全面描写一个时代知识分子精神面貌与生活追求的作品。吴敬梓将讽刺的矛头首先指向了封建科举制度,同时也无情地揭露了封建社会形形色色的无行文人。此外,作品中也描写了儒林之外的一些所谓市井"奇人",作者歌颂了他们的纯朴与善良,以与儒林士子作对照。作品的基调是讽刺与揭露,但也塑造了杜少卿等一批正面人物,描写了他们的叛逆精神,寄托了作者的理想。在艺术表现上,这部批判现实主义的杰作主要采取了深刻的写实手法,但也不无夸饰之笔。鲁迅先生说:"迨《儒林外史》出,乃秉持公心,指擿时弊,机锋所向,尤在士林;其文又戚而能谐,婉而多讽;于是说部中乃始有足称讽刺之书。"(《中国小说史略》)这就将《儒林外史》在讽刺艺术方面的成就说得十分透彻了。在艺术结构方面,《儒林外史》是独特的,即所谓"虽云长篇,颇同短制"。小说中无贯穿人物与中心事件,常以一回或几回自成一段,段与段间情节互相转移,人物各有起落。这种结构自有其优点,然局限也是显然的。总之,《儒林外史》奠定了我国古典讽刺小说的基础,对晚清的谴责小说产生了明显的影响。

《红楼梦》是我国古代文学中现实主义创作的顶峰之作,代表了古代小说创作的最高成就。作品将18世纪广阔的社会现实浓缩于一个庞大的封建世家的种种矛盾纠葛之中,以贾宝玉、林黛玉和薛宝钗等封建贵族青年的爱情、婚姻为线索,又以贾、史、王、薛四大家族的兴衰为背景,揭示出封建制度的腐朽与衰败,热情歌颂了贵族青年中具有反抗意识的叛逆者,同时也对美的幻灭和理想的不能实现,发出了沉重而凄婉的感叹。贾宝玉是中国封建社会末期的一个"新人"形象。所谓新人,就是"觉醒"了的人,追求个性解放的人。他不仅厌恶功名利禄、科举仕宦,而且对一整套封建礼教的伦常秩序深恶痛绝,他的叛逆精神还集中表现在对儒家经典的指斥,对女性的同情与尊重等方面。他的一系列"乖张"与"偏僻"行为,无疑是对封建统治阶级思想的背离与挑战。林黛玉是贾宝玉的同情者与支持者,是《红楼梦》中另一个叛逆者形象。她鄙视"仕途经济",喜看"杂书",才华横溢,愤世嫉俗,因而受到宝玉的格外尊重,引为同调。她的"孤高"与"刻薄",往往正是她不随波逐流、有主见、具有强烈叛逆精神的表现。宝、黛爱情也与历代"郎才女貌""金榜题名"的爱情俗套完全不同,是建立在反封建思想一致的基础之上的。这种以叛逆精神之一致为基础的爱情,必然与封建家族的根本利益与礼教制度发生尖锐的、不可调和的冲突,从而注定了其结局必然是悲剧性的。《红楼梦》还暴露了封建统治阶级穷奢极欲、腐朽荒淫的种种罪恶,歌颂了奴婢们不屈的反抗精神,其所反映的社会生活之丰富,人物形象之鲜活,思想内容之深刻,在古代文学作品中几乎是无与伦比的。《红楼梦》在艺术表现上以写实为主。曹雪芹以其前所未有的艺术创造性,突破了传统,达到了思想与艺术的完美结合。作品能于日常生活的生动细致描写中,将众多的矛盾冲突,在贾府走向衰亡的背景上,再围绕着宝黛爱情悲剧的中心事件,有机地展开,于细微之中见出深厚,充分体现出生活本身的丰富性和复杂性。作品塑造了众多性格鲜明生动的艺术形象。作者写人物,往往采取多层次多角度的手法,力避人物形象的单一化和平面化。脂砚斋评论对贾宝玉的描写时说得好:"说不得贤,说不得愚;说不得善,说不得恶;说不得正大光明,说不得混帐无赖。"这一系列"说不得",便是对《红楼梦》人物描写重视性格复杂性和多面性的准确概括。这也就是鲁迅先生所说的:"其要点在敢于如实描写,并无讳饰,和从前的小说叙好人完全是好的,坏人完全是坏的,大不相同,所以其中所叙的人物,都是真的人物。总之自有《红楼梦》出来以后,传统的思想和写法都打破了。"(《中国小说的历史的变迁》)《红楼梦》的语言艺术达到了高度纯熟、准确生动的境界。它以北京话为基础,吸收了不少古语、谣谚、成语及当时口语,使得作品既生活化又文学化。即便是书中的一些诗、词与文章,也各肖其人,不可挪移借用。《红楼梦》的艺术结构虽庞大而不失其严谨,既复杂又非常精致。它突破了中国古代小说固有的单线结构,开创了一种纵横交错、脉络贯通、有条不紊、次序井然的网状结构,使全书成为一个有机的艺术整体,组织之工巧,令人叹为观止。总而言之,《红楼梦》是我国古代小说艺术的顶峰,对后世影响巨大而深远。两百多年来,对《红楼梦》的评论和研究已成为专门的学问,即号称"显学"的"红学"。研究之盛,成为文学史上罕见的现象。

清代的历史演义和英雄传奇小说数量很多,其中清初的《水浒后传》和清中叶的《说岳全传》较为著名。清前期,才子佳人小说大量涌现,较著名的有《好逑传》《玉娇梨》《平山冷燕》等。此外,随着清中叶考据学的兴盛,出现了不少炫耀学问的文人小说,李汝珍的《镜花缘》是这类小说的代表作。鸦片战争之后,小说创作数量很大,主要可分为狭邪小说和侠义公案小说两大类。前者如《品花宝鉴》《花月痕》《海上花列传》等;后者有《施公案》《儿女英雄传》《荡寇志》(又名《结水浒传》)、《三侠五义》等。从甲午战争到五四运动时期(1894—1919),资产阶级改良派和革命派都从理论上高度评价通俗小说的宣传作用,梁启超主张利用小说改造政治与社会。进入20世纪初,谴责小说大量出现。其中比较重要的有李宝嘉的《官场现形记》、吴研人的《二十年目睹之怪现状》、刘鹗的《老残游记》和曾朴的《孽海花》,合称为晚清四大谴责小说。

二、清代戏曲

明末清初,苏州地区集中了一批剧作家,他们的思想倾向和艺术风格很相近,经常合作编创戏曲作品,形成了一个艺术流派,这就是苏州派剧作家,其中最有代表性的是李玉。《清忠谱》是他的代表作。此剧歌颂了东林党人周顺昌的高尚气节,揭露并谴责了魏忠贤及其爪牙的罪恶行径,并真实地展现了苏州市民群众支持东林党人反对阉党的斗争场面,是古代戏曲创作中正面描写现实社会政治斗争的一部作品。

康熙年间,清代传奇创作出现了两部号称双璧的重要作品,这就是洪昇的《长生殿》和孔尚任的《桃花扇》。洪昇是钱塘(今浙江杭州)人,孔尚任是山东曲阜人,故文学史上称他们为"南洪北孔"。《长生殿》写唐玄宗与杨贵妃的爱情故事,但历来人们对其思想倾向争论不休,说法不一。综观全剧,爱情确是全剧的中心线索,也是作者有意要突出的内容。然而,洪昇歌颂爱情,并未止于爱情。在《长生殿》中,"情"的内涵扩大到了社会人伦的一切方面。第一出《传概》中的《满江红》词下阕云:"感金石,回天地。昭白日,垂青史。看臣忠子孝,总由情至。先圣不曾删郑卫,吾侪取义翻宫徵。借太真外传谱新词,情而已。"可见这个"情"是包罗很广的,剧中的郭子仪、雷海清、郭从谨、李龟年等人,也可以看作"情至"。清初,地主阶级知识分子在经历了天翻地覆的社会大变动之后,沉浸于冷静的思考之中,他们探求明亡的原因,要引出历史的教训,这是《长生殿》和《桃花扇》产生的思想背景,故其感叹兴亡的意绪也很浓重。与此同时,作者在张扬"情"的过程中,一方面歌颂"情至"的忠臣义士,一方面也谴责了杨国忠、安禄山等乱臣贼子。可以说,洪昇力图把李、杨爱情与"安史之乱"前后的社会状况、国家兴亡结合起来,从而达到"垂戒来世"之目的。不消说,作品中的感伤意绪是非常浓重的。《长生殿》的艺术成就主要表现在三个方面。其一,具有浓厚的抒情诗色彩。如《密誓》《惊变》等出中的一些曲词清新优美,有浓郁的诗情画意,而《骂贼》《弹词》等出的曲词则悲凉慷慨,富于激情。其二,艺术结构很出色。全剧五十出,分上下两卷,上卷以现实主义描写为主,下卷则以浪漫手法为主,可以看出《牡丹亭》的影响。后人评曰:"离合悲欢,错综参伍,搬演者无劳逸不均之虑,观听者觉层出不穷之妙,自来传奇排场之胜,无过于此。"(王季烈《螾庐曲谈》)对其结构艺术做了充分肯定。其三,描写人物能根据不同身份和具体处境,突出个性,如《絮阁》《闻铃》等出,写李、杨特定场合的心理情态,细腻真切。由于《长生殿》力图将爱情故事与国家兴亡合成一剧,一些矛盾终究无法克服,全剧难免有难以弥合之处。它毕竟只是一个在国家兴亡背景中写成的爱情剧,而不是通过个人命运抒写国家兴亡的历史剧。

《桃花扇》则相反。它是以侯方域和李香君的爱情故事为线索,敷演南明王朝兴亡的历史剧,即"借离合之情,写兴亡之感"。爱情在剧中只是线索,而总结历史教训,"惩创人心,为末世之一救",才是作者的意旨之所在。相较之下,它比《长生殿》的思想倾向明确得多。孔尚任将四种类型的历史人物穿插描写于剧作之中,其中侯、李分别代表两类人物。侯方域原是著名的复社领袖,在剧中,他既有进步的一面,又有软弱的一面,复杂而又真实。李香君原为秦淮名妓,她与说书的柳敬亭、唱曲的苏昆生同属社会的下层人物。然而出身微贱的下层人物却关心国事,深明大义。在《却奁》《骂筵》等出中,李香君不畏强暴,宁折不屈,表现出高尚的节操。在文学史上,这个风尘女子光彩夺目,是最成功的女性形象之一。剧中还描写了以史可法为代表的爱国将领形象,作者对他的殉国,既怀着崇敬之情,也不无唏嘘感叹。南明统治集团中的福王和马士英、阮大铖等一类的阉党余孽,作者对他们的荒淫无耻和苟且偷安,做了无情的揭露和有力的鞭挞。《桃花扇》艺术成就中最突出的是结构的精巧。以一把诗扇作为绾结全剧之物,从"赠扇""溅扇"到"画扇""寄扇""撕扇",南明王朝头绪纷繁的历史事件,尽在其中,这便是所谓"桃花扇底看南朝"。作者这种构织,不能不说是一种巧思。作者自己说得好:"剧名《桃花扇》,则桃花扇譬则珠也,作《桃花扇》之笔譬则龙也。穿云入雾,或正或侧,而龙睛龙爪,总不离乎珠。"(《桃花扇凡例》)《桃花扇》的曲词典雅工致,一向为人们所赞赏。《余韵》中的[哀江南]套,更是凄楚苍凉,长歌当哭,尤为人所称颂。

清中叶后,昆曲趋于衰落,梆子腔、皮黄腔等地方戏曲蓬勃兴起,并开始广泛流传,涌入北京。昆曲被称为"雅部",地方戏则被称为"花部"。雅即正的意思,因昆曲长期以来被奉为正宗大戏、雅乐正声;花,是杂的意思,言其声腔花杂不纯,多为俗曲野调。故花部诸腔又有"乱弹"的称谓。起初,文人士大夫多歧视花部戏,以为难登大雅之堂。然而,雅俗之别介在微茫,花部戏的流传并受到人民群众的喜爱,也逐渐改变了文人士大夫的观念。嘉庆间扬州焦循著《花部农谭》,记载了当时演出的一批花部戏,并指出:"彼谓花部不如昆腔者,鄙夫之见也。"花部戏后来也传入宫禁,日趋繁盛。后来的京剧,正是徽调戏、汉剧、昆曲、梆子腔等互相交流、融会之后所产生的新剧种。

三、清代诗文

清初民族矛盾很尖锐,由明入清的顾炎武、黄宗羲、归庄及屈大均等,都是著名的遗民诗人。他们的作品具有强烈的民族意识和爱国热情。其中顾炎武不仅是著名的诗人,也是清初著名的学者与思想家。其诗风格遒劲,沉郁悲壮,多托物咏言、吊古伤今之作,如《精卫》《海上》等作品,均抒发了坚持民族气节的决心。清初还有一些曾在明代为官,后降清的文人诗人,其中以钱谦益和吴伟业最为有名。钱为诗标举宋、元,推崇苏轼与元好问。其降清以后的诗歌流露出浓重的痛悔之情。吴伟业于清初曾一度出任国子监祭酒,但精神上很痛苦。其诗才高词艳,尤擅七言歌行,艺术成就较高。又因其诗反映现实较为深刻,多激楚苍凉之调,艺术表现力很强,人称"梅村体"。《圆圆曲》乃其有代表性之名篇。清初诗坛对后世影响较大的还有王士禛。他论诗倡"神韵说",以司空图的"不着一字,尽得风流"和严羽的"妙悟"刀宗,追求所谓冲淡闲远的韵致。其作品中不乏清新自然,妙趣横生之作,如《真州绝句》等。

清初至清中叶的散文大致沿着明代"唐宋派"的路数。顾炎武、黄宗羲、王夫之等学者主要以写经世致用之文为主,侯方域则吸收了史传文学及小说的表现手法,以人物传记见长。此外,魏禧、汪琬及稍后的全祖望等也各有特色。"桐城派"是清代著名的散文流派。康熙时由方苞开创,经刘大櫆至乾隆间姚鼐而形成。因三人皆安徽桐城人,故名。此派论文形成了一个完整的体系。方苞论文最重"义法",主张"义即《易》之所谓'言有序'也,义以为径,而法纬之,然后为成体之文"。其实"义"就是指文章的内容,"法",指的是技巧方法,即形式。方苞又要求为文语言要"雅洁",并以"阳刚"和"阴柔"来区别文章风格。他的《狱中杂记》等文章,深刻地反映了历史与现实,成就较高。刘大櫆对"义"和

"法"的关系及掌握"法"的途径,做了比较具体的分析,着重探讨了"神气""音节"与"字句"的关系。至姚鼐则对方、刘的理论有所补充和发展,进一步提出"义理、考据、辞章"三者并重的观点,在创作实践中成就也较高。他的散文朴茂简洁、清新可诵,如《登泰山记》,就颇为后人所称道。桐城派影响颇为久远,直至近现代。乾隆后期至嘉庆间,恽敬、张惠言等所创"阳湖派",实可视为桐城派的一个旁枝。而乾嘉时期汪中、洪亮吉等考据学家,为文主张骈散并重,喜作骈文,或有称其为汉魏派者。

清代中期,随着经济、政治的发展,文学艺术也呈现出繁荣局面。其时在诗歌创作领域流派纷呈,但总起来看,复古主义与形式主义倾向都比较严重,只有少数作家具有革新精神,在创作实践中表现出了鲜明个性和真切感受。这个时期著名的诗人有沈德潜、郑燮、袁枚、赵翼、翁方纲等。沈德潜是一位诗论家,论诗主张从盛唐追溯到汉魏、风、骚,又特别重视格律声调,讲求含蓄蕴藉,"温柔敦厚","怨而不怒",基本上持儒家正统派诗论观念。他论诗标举"格调",创"格调派"。他的主要成就在诗论方面,著有《说诗晬语》等,还选编过《古诗源》《唐诗别裁》等。袁枚也是一位兼为诗论家的诗人,他的《随园诗话》,比较系统地阐发了其诗歌理论。他上承公安派文人的主张,标举"性灵",主张任性而发,反对模拟与复古,创"性灵派"。他对格调说的"温柔敦厚"不以为然,崇尚新鲜活泼、有真实感受的作品。故其创作中有不少作品颇有韵味,写景抒情,清新自然;咏史怀古,往往也别出心裁,颇有见解。翁方纲本以治经学与金石学名世,故其论诗主"肌理"说,认为"为学必以考据为准,为诗必以'肌理'为准"。这种经学家的诗论主张,实际上又走回了江西诗派的老路,后来的"宋诗派"和"同光体"诗人都是受其影响的。郑燮以书画名重当时,为诗则自成一家。自由挥洒,明白如话,关心民间疾苦,有真切的生活体验。但《郑板桥集》中有些诗失于粗糙,真率有余,锤炼不足。

这一时期还有一位英年早逝的诗人黄景仁,其诗多抒发怀才不遇的牢骚愤懑,以清丽的词句写凄楚感伤之情,感人肺腑,成就较高。

鸦片战争前后,随着诸种社会矛盾的加深,诗风一变再变。龚自珍是这一时期成就最高的诗人。他的诗文创作既可以看作对古典文学的总结,同时也是近代文学的开风气者。龚自珍处在封建社会解体和半封建半殖民地社会开端这一历史转折时期,他敏锐地感受到封建社会的腐朽与衰败,也清醒地意识到整个民族所面临的危机,积极倡导"经世致用"的思想,渴望进行社会变革。在文学上,他极力反对形式主义与复古主义,强调诗文要有补于世,成为批判现实与表达改革要求的载体。他以自己的创作实践,打破了清中叶以来诗歌模山范水的沉寂局面。他写于道光十九年(1839)的《己亥杂诗》,意蕴深刻,思想敏锐,是其最有代表性的作品。艺术上,龚诗喜用意象化的手法,如他常用的"剑"与"箫"的意象,内涵极为丰富,以至于人们以"剑气箫心"来称喻他的诗。实际上这两种意象就是两种风格:"剑"是斗争与反抗,"箫"是苦闷与哀怨,结合起来,就使得龚诗风格变化无穷,亦剑亦箫,美不胜收,从而构成了龚诗独特的艺术世界。龚自珍散文创作也取得了很大的成就。他的《病梅馆记》,采取寓言式的隐喻手法,表面上是抨击病态的审美观,骨子里却包孕着深刻而尖锐的社会政治内容,暗寓着时代的先行者清醒而坚定的救世之心。与龚自珍同一时期的著名诗人还有魏源、林则徐等。他们的诗歌气势奔放,朴实厚重,多反映民生疾苦,揭露社会的黑暗,表现抗敌救国的爱国主义精神。

19世纪末叶,随着资产阶级改良派的兴起,"新派诗"大量出现。1899年梁启超提出"诗界革命"的口号,认为新派诗"第一要新意境,第二要新语句,而又须以古人之风格人之"(《夏威夷游记》)。后又称之为"新体诗"。康有为、严复、夏曾佑等均是"诗界革命"的重要人物,而黄遵宪则是"诗界革命"的一面旗帜。黄遵宪诗多写外国的奇异风物,资本主义社会的物质文明,如火车、轮船、电报、照相等,皆能入诗。而他的"纪写时事"的作品,更是洋溢着深沉的爱国热情。"诗界革命"实质上是对旧体诗做了一些改良,并未开辟出"诗界的新国",因此,进入20世纪之后不久就消歇了。但在中国诗歌发展史上,这可以看作由旧体诗向白话新诗过渡的一座桥梁。

辛亥革命前后,出现了一批著名的革命作家,以章炳麟、秋瑾和邹容等为代表。此外,还有一大批南社诗人。章炳麟被鲁迅先生称为"有学问的革命家",精通经学与文字学。其为文思想敏锐,感情充沛,文笔犀利,自成一家。其诗语言浅近通俗,平易亲切,在当时影响很大。秋瑾是爱国女诗人,其诗豪迈慷慨,富于浪漫情怀,亦充满了爱国主义思想感情。后人将她的作品汇集为《秋瑾集》,集中以诗歌数量为多。南社诗人代表人物有陈去病、柳亚子、苏曼殊等。柳亚子是南社的领导者,也是南社诗人中成就最高、始终坚持革命的一位诗人。他的诗格律工整,语言流转自如,风格悲壮苍凉。其诗明显受到龚自珍影响,自称"我亦当年龚定庵"(《海上赠刘季平》)。苏曼殊精通英、法、日语及梵文,著译颇多。其诗多七绝,融入一定外国诗的韵味,这与他翻译外国诗有关。

四、清代的词

清词有所谓"中兴"之说。重要词派有阳羡派、浙西派与常州派。

清初词人以陈维崧、朱彝尊、纳兰性德为代表。陈维崧词宗苏、辛一路,以豪放词风创"阳羡(即今江苏宜兴)派"。其词内容多抒写身世,抒发郁结抑塞情怀,亦多托物咏志、感旧怀古之作。朱彝尊与陈维崧齐名,为词宗南宋姜白石、张炎诸家,重字句声律,创"浙西派"。在他的影响下,"浙西填词者,家白石而户玉田"。其词作多咏物言情,字句精工。纳兰性德个人天赋很高,词宗南唐二主,内容方面则以离愁别绪为主,尤工小令。纳兰词自然流畅,语言妥帖浑朴,情深意切,极富魅力。王国维对其评价甚高,以为"北宋以来,一人而已"(《人间词话》)。

清代中叶,出现了以张惠言、周济为代表的"常州词派"。张惠言论词重比兴寄托,然其词作则因过于强调寄托而显得词意晦涩。后起之周济虽与张惠言论词大体一致,但有所匡正,提出所谓"非寄托不入,专寄托不出"的主张。又编有《宋四家词选》,标举周(邦彦)、辛(弃疾)、吴(文英)、王(沂孙)四家,对后世有较大影响。

进入晚清,词的创作又出现了一时繁荣的局面,著名的有被称为"晚清四大词人"的王鹏运、郑文焯、朱孝臧和况周颐。

第四章 中国古代文学作品与导读(下)

人 日 思 归

薛道衡

【解题】

此诗为薛道衡聘陈时思乡之作。人日,旧俗以农历正月七日为人日。薛道衡(540—609),字玄卿,河东汾阳(今山西万荣)人。曾仕北周、北齐,入隋官至司隶大夫。后因忤逆炀帝而被杀害。其诗颇受南朝诗影响,清丽委婉,含蓄不尽。

入春才七日,离家已二年①。
人归落雁后,思发在花前②。

(中华局书校刊本《全隋诗》卷)

【注释】

① "离家"句:指在客居中度岁,辞别旧岁而进入了新的一年。
② "人归"二句:秋天北雁南飞,春天又飞回北方,雁归而人未还,故云"落雁后";人日春花尚未萌发,而人思归之情已生,因谓"在花前"。

【导读】

这是一首著名的小诗。作者是北人,却于乱时因仕途而南下,聘于陈朝(据《隋唐佳话》)。只身客江南,作者思归心切,犹如脱口而出,吟出了这首脍炙人口的小诗。

"人日"的风俗见于《荆楚岁时记》。《北齐书·魏收传》中载魏收答魏帝问,曰:"正月一日为鸡,二日为狗,三日为猪,四日为羊,五日为牛,六日为马,七日为人。"可知此民俗南北朝时已广为流行了。作者客江南,时日并不多,因跨了年,虚指就是两年了。前二句的巧思恰在于此。"才七日"与"已二年"构成了令人猛然回首的惊诧,短与长的反差极大,这就反衬出作者浓重的思家之情,大有"逝者如斯""人生易老"之慨叹。二句确为在人意料之中,却又出于寻常意想之外的妙笔,成似容易,实则艰辛。若无切实的体会,无论如何是写不出的。

后二句一后一前,又形成了一种强烈对比。人而有知有情,归去却落于雁后;非是不想归去,无奈时光易逝,转瞬间又是一春。作者抓住新春这一特定的佳节时令,又扣紧羁旅客中的特殊情境,将细微的心理活动写得格外动人。作者以雁归来反衬人之未归,以花发之迟反衬人的归心似箭,妙在兴中有比,比中有情,婉曲而含蓄,读之令人击节。

小诗巧用反衬手法,以平易亲切的笔调写人所共有的情思,无意弄巧而情味盎然。四句均为骈语,但又构成流水对,字少而意多,不愧为古诗中之精品。作者还有另一首名作《昔昔盐》,其中"暗牖悬蛛网,空梁落雁泥"二句,向来为人们所称赏,据说到诗人临死时隋炀帝还妒忌不已。值得我们注意的是,此诗已明显具有唐人绝句的意味,可视为首开风气之作。

在狱咏蝉

骆宾王

【解题】

  此诗作于唐高宗仪凤三年(678)秋。时作者为侍御史,因多次上书言天下大计,武则天怒,将其逮捕,押进大狱。作者在诗中以蝉自喻,曲折表达了自己被诬陷囚禁的悲愤之情。骆宾王(约640—约684),婺州义乌(今浙江义乌)人。曾任武功、长安两县主簿,武后时迁侍御史。因上书言事而得罪被囚,贬为临海丞。后弃官而去。武后光宅元年(684),随徐敬业在扬州起兵反武则天,兵败后不知所终。其诗悲怆深沉,语言古朴雅洁,长于七言歌行。有《骆临海集》十卷行世。

  西陆蝉声唱①,南冠客思侵②。
  那堪玄鬓影③,来对白头吟④。
  露重飞难进,风多响易沉。
  无人信高洁,谁为表予心?

(中华书局校刊本《骆临海集笺注》卷四)

【注释】

  ① 西陆:指秋天。《隋书·天文志》:"日循黄道东行……行西陆谓之秋。"
  ② 南冠:指囚徒。《左传·成公九年》:"晋侯观于军府,见钟仪,问之曰:'南冠而挚者谁也?'有司对曰:'郑人所献楚囚也。'"侵:侵袭。一本作"深"。
  ③ 玄鬓影:指蝉。《古今注》:"魏文帝宫人莫琼树始制蝉鬓,缥渺如蝉。"
  ④ 白头吟:本为古乐府《楚调》曲名,曲调哀怨。这里语意双关,既指秋蝉对着自己的白头悲鸣,又是作者以蝉自况,表达因正直而遭构陷的愤慨。

【导读】

　　此诗以蝉鸣起兴,将蝉与人巧妙联系起来,含蓄蕴藉,寄托遥深。全诗物我对照,意在言外,虽不着一字言悲说愁,却哀怨凄婉,伤感之极。首二句用对偶句,以蝉声而引发出客思。三、四句是流水对,与一、二句一样,一句说蝉,一句言自我,而且寄寓了抱负不得施展,老大伤悲之情怀。《白头吟》本是乐府曲名,《西京杂记》中说,司马相如对卓文君用情不专,颇有移情别恋之意,卓文君遂作《白头吟》,倾吐怨艾之情:"凄凄重凄凄,嫁娶不须啼。愿得一心人,白头不相离。"司马相如乃罢另娶之念。诗人巧用此典,曲折表达了自己忠于江山社稷的赤诚。同时由蝉的乌玄,抚视自己霜染之两鬓,悲从中来,这一强烈对比,令诗人"不堪"。用典之不着痕迹,物我比并之自然贴切,是这首杰作的突出特点。五、六两句,纯用比喻。仿佛字字说蝉,实则全是言己。"露重""风多"都是此喻政治环境的严酷,而"飞难进"与"响易沉"则是比喻自己所遭受到的排挤与重压。诗人几次上疏言事,都招来谗言与构陷,终至以莫须有的罪名被囚下狱。"响易沉"三字尤为生动形象,诗人的政治见解在谗言与诋毁中被湮没了,万般无奈之中,诗人只有浩叹不止了。此二句物我混一,大有庄生蝴蝶之况。然仔细寻味,却又庄生是庄生,蝴蝶是蝴蝶,甚至只见庄生不见蝴蝶。咏物诗写至如此境界,岂能不令人赞叹。七、八两句仍指蝉说人,还是比喻。表面上说蝉之高洁被人怀疑,实际上继续自喻自况,是反诘的语气,颇类屈原在《离骚》中"世混浊而不分兮"之牢骚叹喟。在武则天的颐指气使之下,满朝文武如履薄冰,有谁肯站出来为诗人辩诬雪冤呢!至此,物我又归于浑然。后四句突出之特色在于寓意深刻,且贴切自然,诗人命意尽在其中了。以蝉的高洁,来喻自己的不肯同流合污,咏蝉即咏自己。原诗有序,其中言蝉"声以动容,德以像贤,故洁其身也"。又言蝉"饮高秋之坠露,清畏人知"。总之,诗人"失路艰虞,不哀自伤",

"非为文墨,取代幽忧云尔"。这就将诗的题旨、命意说得再清楚不过了。

由于作者有感而发,又是作于忧患之时,故读之格外动人。前人评曰:"中联云:露重飞难进,风多响易沉,尤肖才人失路之悲,读之涕洟欲下。"(《载酒园诗话·又编》)从形式上看,其"音律和谐,抒情真实,托意深厚,脱尽了六朝的风味",已"完全是正格的唐音了"(刘大杰《中国文学发展史》)。

滕王阁序 并诗

王 勃

【解题】

本文原题作《秋日登洪府滕王阁饯别序》(《全唐文》卷一八一《王子安集》卷八)。后人简称《滕王阁序》,或又作《滕王阁诗序》。滕王阁故址在今江西南昌,前临赣江,本是唐高祖李渊第二十二子李元婴(被封为滕王)任洪州府都督时所建,故称洪府滕王阁。唐高宗上元二年(675)秋天,洪州府都督阎某重修此阁,大宴宾客,恰值王勃探亲路过其间,参加了宴会,并即席写成此文。王勃(650—676),字子安,绛州龙门(今山西河津)人。隋末唐初著名学者王通之孙。少颖悟,六岁即能诗,十四岁即为沛王李贤所赏识,召为王府修撰。因作文讥诸王斗鸡,为高宗所怒,出王府。后补虢州参军,因杀官奴,犯死罪,遇赦革职。其父也受牵连贬谪边地。勃省亲时渡海溺水而卒。王勃与杨炯、卢照邻、骆宾王齐名,并称为"初唐四杰"。此文描绘了南昌处形胜之地及鄱阳湖一带美景,因景生情,抒发了怀才不遇之感叹。然细味全文,作者并非一味消极失望,却有奋发向上、热情进取之志。这就突破了一般宴饮酬酢文章的框框,成为一篇熔写景抒情于一炉的名文。

南昌故郡,洪都新府①。星分翼轸,地接衡庐②。襟三江而带五湖,控蛮荆而引瓯越③。物华天宝,龙光射牛斗之墟④;人杰地灵,徐孺下陈蕃之榻⑤。雄州雾列,俊采星驰,台隍枕夷夏之交,宾主尽东南之美⑥。都督阎公之雅望,棨戟遥临⑦;宇文新州之懿范,襜帷暂驻⑧。十旬休假,胜友如云⑨;千里逢迎,高朋满座。腾蛟起凤,孟学士之词宗⑩;紫电青霜,王将军之武库⑪。家君作宰,路出名区;童子何知,躬逢胜饯⑫。

时维九月,序属三秋⑬。潦水尽而寒潭清,烟光凝而暮山紫⑭。俨骖𬴂于上路,访风景于崇阿⑮。临帝子之长州,得仙人之旧馆⑯。层台耸翠,上出重霄;飞阁流丹,下临无地⑰。鹤汀凫渚,穷岛屿之萦回⑱;桂殿兰宫,列冈峦之体势⑲。

披绣闼,俯雕甍⑳,山原旷其盈视,川泽盱其骇瞩㉑。闾阎扑地,钟鸣鼎食之家㉒;舸舰迷津,青雀黄龙之舳㉓。云销雨霁,彩彻区明㉔。落霞与孤鹜齐飞,秋水共长天一色㉕。渔舟唱晚,响穷彭蠡之滨㉖;雁阵惊寒,声断衡阳之浦㉗。遥襟俯畅,逸兴遄飞㉘。爽籁发而清风生,纤歌凝而白云遏㉙。睢园绿竹,气凌彭泽之樽㉚;邺水朱华,光照临川之笔㉛。四美具,二难并㉜。

穷睇眄于中天㉝,极娱游于暇日。天高地迥㉞,觉宇宙之无穷;兴尽悲来,识盈虚之有数㉟。望长安于日下,目吴会于云间㊱。地势极而南溟深,天柱高而北辰远㊲。关山难越,谁悲失路之人㊳?萍水相逢,尽是他乡之客㊴。怀帝阍而不见,奉宣室以何年㊵?

嗟乎!时运不齐,命途多舛㊶。冯唐易老,李广难封㊷。屈贾谊于长沙,非无圣主㊸;窜梁鸿于海曲,岂乏明时㊹?所赖君子安贫,达人知命㊺。老当益壮,宁移白首之心㊻?穷且益坚,不坠青云之志㊼。酌贪泉而觉爽,处涸辙以犹欢㊽。北海虽赊,扶摇可接㊾;东隅已逝,桑榆非晚㊿。孟尝高洁,空怀报国之情㉛;阮籍猖狂,岂效穷途之哭㉜?

勃三尺微命,一介书生㊾。无路请缨,等终军之弱冠㉔;有怀投笔,慕宗悫之长风㉕。舍簪笏于百龄,奉晨昏于万里㉖。非谢家之宝树,接孟氏之芳邻㉗。他日趋庭,叨陪鲤对㉘;今晨捧袂,喜托龙门㉙。杨意不逢,抚凌云而自惜㉚;钟期既遇,奏流水以何惭㉛?

呜呼!胜地不常,盛筵难再㉒。兰亭已矣,梓泽丘墟㉓。临别赠言,幸承恩于伟饯㉔;登高作赋,是所望于群公㉕。敢竭鄙诚,恭疏短引㉖;一言均赋,四韵俱成㉗。请洒潘江,各倾陆海云尔㉘:

滕王高阁临江渚，　佩玉鸣鸾罢歌舞[69]。
画栋朝飞南浦云[70]，珠帘暮卷西山雨。
闲云潭影日悠悠，　物换星移几度秋[71]。
阁中帝子今何在[72]，槛外长江空自流。

（四部丛刊影明本《王子安集》卷五）

【注释】

① "南昌故郡"二句：滕王阁地处南昌，既是汉豫章郡治所，也是县名，五代南唐时始改为郡名。南昌，一作"豫章"。豫章郡至唐改为洪州，故称洪州都督府为新府。

② "星分翼轸(zhěn)"二句：意谓洪州正当翼宿与轸宿的分野之处，与衡山、庐山地脉相连。古代天文学把二十八星宿的位置和地上州国相对应。唐代的洪州、江州和衡州并属江南西道，这里的衡，指衡州的衡山（在今湖南境内）；庐，指江州的庐山。

③ "襟三江而带五湖"二句：是说洪州以三江为襟，五湖为带，西控两湖，东扼浙江。三江五湖旧说不一，泛指长江中下游一带。蛮荆，指今湖南湖北和四川、贵州部分地区，因其地属荆州，乃蛮族（南方少数民族）所居之地。瓯越，指今浙江和福建一带，因其地春秋时为越国，西南有瓯江。

④ "物华天宝"二句：洪州物产的精华，堪为上天之珍宝，古代丰城（属洪州）宝剑的光芒直射天空，闪现在牛宿与斗宿之间。《晋书·张华传》中说，豫章人雷焕在丰城得双剑，名之曰龙泉与太阿。后双剑入水化为龙，故这里称龙光。墟，本指处居之地，这里指星座的位置。

⑤ "人杰地灵"二句：灵异之地产生杰出人物。徐孺，名穉(zhì)，字孺子，后汉豫章南昌人。《后汉书·徐穉传》中说，陈蕃为豫章太守时，不在郡中接待宾客，唯对徐孺子例外，特设一榻接待，徐离去就将榻悬置起来。

⑥ "雄州雾列"四句：许多雄踞的州郡像云一样分布于洪州周围，杰出的人才有如奔驰的星宿；城郭正当蛮夷与中原交会之处，席间宾主皆东南一带俊杰之士。俊采，有才能的人物。星驰，极言人才众多。台隍，指亭台与城堑，这里指南昌城。枕，此为当、据之意。夷，指南方少数民族所在之地。夏，泛指中原地区。东南之美，语出《世说新语·言语》："会稽贺生……不徒东南之美，实为海内之秀。"

⑦ "都督阎公"二句：阎都督声望很高，远来洪州任职。阎公，名不详，或以为是任过洪州都督的阎伯玙。雅望，有好的声望。棨(qǐ)戟，带外套的一种类于长枪的兵器，这里指都督之仪仗。遥临，远道而来。

⑧ "宇文新州"二句：新州（治所在今广东新兴）刺史宇文公有美好的风范，他的

车乘暂留这里,参加了宴集盛会。襜(chān)帷,车上帷幔,代指车。这个姓宇文的新州刺史与下文的孟学士、王将军,都是当时座中贵宾。

⑨"十旬休假"二句:此次盛会,正值十天一旬例假之时,才使友朋济济一堂。唐制,每逢旬日,百官退值休沐,称旬休或旬假。

⑩"腾蛟起凤"二句:意谓孟学士那样的辞章能手,其作气势雄伟如蛟龙腾空,辞藻之美如凤凰起舞。孟学士,与下文的王将军,名未详,均为宴会上贵宾。词宗,辞章魁首,一代宗师。

⑪"紫电青霜"二句:像王将军那样威武的军事要员,其兵器库中有许多宝贵的利剑。紫电、青霜,均为宝剑名。

⑫"家君作宰"四句:大意是说,我为省亲路过名胜之地,正赶上如此盛大的宴会。家君,即家父。宰,指邑宰,即县令。王勃父亲王福畤时在南方居官。童子,王勃自谦之词。躬逢,亲身赶上。胜饯,盛大的饯别宴会。当时阎某设此盛宴或为宇文刺史饯行。

⑬"时维九月"二句:时值九月,正是三秋之时。维,在。序,时序。三秋,指季秋。秋天七、八、九三个月,分别称为孟秋、仲秋、季秋。

⑭"潦水尽而寒潭清"二句:雨后积水使潭水清洌,天空雾霭凝结不动,傍晚山色显得一片青紫。潦水,雨后积水。

⑮"俨骖(cān)騑(fēi)于上路"二句:整顿车马行在大路之上,一路观看山峦起伏的景色。俨,指马昂首前行的样子。骖騑,泛指驾车之马。驾辕之马在中间,两侧的马,左称骖,右称騑。崇阿,高峻的山峦。

⑯"临帝子之长洲"二句:来到滕王阁,如入仙人之境。帝子、仙人均指滕王李元婴。长洲,指阁前沙洲。旧馆,指滕王阁。仙人,一本作"天人"。

⑰"层台耸翠"四句:绿色琉璃瓦的阁顶,高耸入云;阁檐上的红漆闪闪发光,居高俯瞰,深不见底。流丹,一本作"翔丹"。此四句化用《文选·头陀寺碑》中的"层轩延袤,上出云霓;飞阁透迤,下临无地"。

⑱"鹤汀凫渚"二句:鹤集沙汀之上,凫栖水渚,无数岛屿萦绕眼前。渚,水中小洲。凫,即俗称之野鸭。

⑲"桂殿兰宫"二句:阁旁的宫殿随山峦之走势而建,非常自然。

⑳"披绣闼"二句:推开华丽的阁门,俯视雕镂精美的屋脊。披,推。甍(méng),屋脊。

㉑"山原旷其盈视"二句:放眼远望,峰峦连绵,原野辽阔;川泽迂曲,使人惊骇。盱,或作"吁"。

㉒"闾(lú)阎扑地"二句:(望见)人烟稠密,其中多数是士族显贵之家。闾阎,里

巷的门,此代指人家的房屋。扑地,即遍地。钟鸣鼎食,古代贵族之家用餐,以鼎盛食物,鸣钟而列座就食。

㉓ "舸舰迷津"二句:船只密集渡口,船身雕龙刻凤。舸,大船。迷津,是说舟船很多,布满渡口,几乎看不见码头了。舳(zhú),船后掌舵处,借代船只。

㉔ "云销雨霁"二句:雨过天晴,彩虹刚刚消散,彩霞缤纷,空间一片明朗。销,同"消"。彻,遍。区,区宇,空间。

㉕ "落霞与孤鹜齐飞"二句:落日的余晖好像与孤独的水鸟一起在飞动,秋天的江水与长空浑然一体,融成一色。鹜,俗称野鸭子。

㉖ "渔舟唱晚"二句:天色向晚,渔船归航时传来阵阵渔歌,直到靠岸才停下来。彭蠡,鄱阳湖(今属江西)的别称。

㉗ "雁阵惊寒"二句:气候转寒,成群的大雁排着整齐的行列向南飞去,鸣叫声直到衡山以南的水边才止歇。衡阳,即今湖南衡阳,其他有南岳衡山。相传雁南飞至此而止。

㉘ "遥襟俯畅"二句:怀着远大的抱负而极目远眺,感到很舒畅;飘逸的兴致迅速从心中升起。遥襟,一本作"遥吟"。

㉙ "爽籁发而清风生"二句:参差错落的箫管声激起阵阵清风,轻柔的歌声好像凝结了一样,经久不散。爽籁,箫管类乐器。《文选》殷仲文《南州桓公九井作》诗:"爽籁警幽律。"李善注:"《尔雅》曰:'爽,差也。'箫管非一,故言爽焉。"白云遏,是说白云被歌声所止。《列子·汤问》:"抚节悲歌,声振林木,响遏行云。"

㉚ "睢园绿竹"二句:是说滕王阁下有片片竹林,胜似梁王的睢园;座中客人们饮酒的豪气,几令陶潜伏低。睢园,西汉时梁孝王园林,因其地处睢阳(今属河南)而得名,亦称菟园,以其多竹而著称。彭泽:指陶渊明,因其曾为彭泽令。他性喜饮酒,其《归去来今辞》中有"携幼入室,有酒盈樽"之句。

㉛ "邺水朱华"二句:滕王阁下有红花盛开,宛如曹操的芙蓉池,美丽的水光花色,可以激发客人们的诗兴,从而写出可与谢灵运媲美的诗篇。《文选》曹植《公宴诗》:"朱华冒绿池。"李善注:"朱华,芙蓉也。"而曹操则有《芙蓉池》诗,故曹植笔下的绿池,当指芙蓉池。这里可以理解为泛指邺下风流,建安文采。临川,指谢灵运,因其曾为临川(今属江西)内史。

㉜ "四美具"二句:四美指良辰、美景、赏心、乐事,语出谢灵运《拟魏太子邺中集序》:"天下良辰、美景、赏心、乐事,四者难并。"二难指贤主、嘉宾聚合。这里是赞美宴会盛况空前,气氛融洽。

㉝ 穷睇眄(dì miǎn):极目而视。睇眄,斜视,此泛指遥望。中天:天之中心,此泛指天宇。

㉞ 天高地迥：天无限高远，地无穷辽阔。

㉟ 识盈虚之有数：意识到万物盈虚消长，都有其规律。

㊱ "望长安于日下"二句：向西北方向遥望长安，远在日边；向东南方向眺望古吴会稽，也在渺茫的远方。前句用《世说新语·夙惠》中"举目见日，不见长安"之意；后句则隐用曹丕"吹我东南行，行行至吴会"(《杂诗》)句。或以为这里是作者就其父被贬谪的遭遇而言。

㊲ "地势极而南溟深"二句：东南地区地势低深，西北一带则地势高远。南溟，即南海。语出《庄子·逍遥游》。天柱，指昆仑山。《艺文类聚》卷七引《神异经》："昆仑有铜柱焉，其高入天，所谓天柱也。"北辰，北极。《尔雅·释天》："北极谓之北辰。"

㊳ 失路之人：王勃自指。《旧唐书·王勃传》中说，王勃曾入沛王府为修撰，后因戏作《为檄英王鸡文》，触怒唐高宗，"即日斥勃，不令入府"。

㊴ "萍水相逢"二句：承上文，是说人事流离聚散，漂泊天涯无故人，是作者远离长安去南方省亲，所谓"失路"的感叹。"失路"乃双关语，既指仕途，也指旅途。

㊵ "怀帝阍而不见"二句：是说怀念朝廷却又远离长安，不知何时才能像贾谊那样被皇帝召见。帝阍，帝京的宫门。宣室，西汉未央宫正殿。汉文帝曾于此召见贾谊。事见《史记·屈原贾生列传》。

㊶ "时运不齐"二句：言自己背时悖运，仕路不顺遂。齐，读作"jì"。舛（chuǎn），不顺利。

㊷ "冯唐易老"二句：承上文，谓人生短暂，抱负不得施展。冯唐，西汉人，《史记》有传。文帝时宫中郎署长，因敢于直谏而遭谴，景帝时被罢官。到了武帝时召求贤良，冯唐被荐，但这时他已90多岁了。李广，西汉名将，《史记》亦有传。自文帝至武帝时，李广多次抗击匈奴，屡建战功，却终未被封侯。

㊸ "屈贾谊于长沙"二句：贾谊受屈被贬为长沙王太傅，并非他未遇圣明之君主。按贾谊曾多次提出治国方略，均未被采纳。后被排挤出为长沙王太傅。意为非昧于明君，而是朝中有人谗言、排斥他。

㊹ "窜梁鸿于海曲"二句：梁鸿被迫逃到齐鲁间的海边，难道是时政不清明吗？梁鸿曾在山中隐居，后过京师而作《五噫歌》发牢骚，触怒汉章帝，汉章帝到处通缉他。海曲，即海边。以上数句皆怨个人命运不好。

㊺ "所赖君子安贫"二句：可依赖的是君子能安贫乐道，达人自然懂得如何安守自己的命运。安贫，一本作"见几"。达人，通达事理者。

㊻ 宁移白首之心：即使头发白了也不改变初衷。宁，岂。宁移，一本作"宁知"。

㊼ "穷且益坚"二句：越是贫穷困顿，将越意志坚强，不稍减高尚的志趣。

㊽ "酌贪泉而觉爽"二句：即便是饮了贪泉之水也不生贪欲，即使像处于干涸之

中的鱼一样仍然很乐观。贪泉,据载在广州北二十里的石门。《晋书·吴隐之传》中说,吴为广州刺史,曾饮于贪泉,并作诗言:"试使夷齐饮,经当不易心。"在任期间,操守更加严厉。爽,清爽。涸辙之鱼事见于《庄子·外物》,这里比喻处于极端困难的环境。

㊾ "北海虽赊"二句:北海虽然遥远,乘风而飞终可到达。赊,远。扶摇,风名。语本《庄子·逍遥游》:"北冥有鱼,其名为鲲。……抟扶摇而上者九万里。"

㊿ "东隅已逝"二句:意谓早年虽失意,晚年也还可以做一番事业,有所作为。语本《后汉书·冯异传》:"可谓失之东隅,收之桑榆。"东隅,日出东方之处。桑榆,日落之处。

㉛ "孟尝高洁"二句:是说自己虽像孟尝那样有报国之心,却不被所用。孟尝,字伯周,后汉会稽上虞(今属浙江)人。《后汉书》有传。一生高洁,却终一生不为时所用。

㉜ "阮籍猖狂"二句:岂能如阮籍一般疯疯癫癫,途穷而痛哭。阮籍,字嗣宗。著名文学家,"竹林七贤"之一。《晋书》本传上说他常驾车出游,随马所行,走到无路之处就失声痛哭。以上两段,由宴会高朋满座写到个人怀才不遇的身世之感,并抒发了穷且益坚的高尚志趣与进取精神。

㉝ "勃三尺微命"二句:是自叹个人身世低微。三尺微命,一说古人衣带下垂部分长三尺,一说自谓曾为沛王府修撰。微,低微。一介,一个。介为谦词,乃微、纤之意。

㉞ "无路请缨"二句:自己的年纪与弱冠请缨的终军差不多,也一样有济世报国之心,但无伸展抱负的机遇。终军,字子云,西汉济南人。二十岁时出使南越,请受长缨,誓羁南越王而致之阙下。等,等于。弱冠,古男子二十岁而行冠礼,故称二十岁为弱冠。按总章元年(668)王勃十九岁,故有此言。

㉟ "有怀投笔"二句:自己有班超那样投笔从戎的壮志,也仰慕宗悫(què),有愿乘长风破万里浪的胸襟。投笔,东汉班超投笔从戎,通西域有功,封定远侯。事见《后汉书·班超传》。宗悫,字元干,南朝宋人。年少时,叔父问他有什么志向,他答曰:"愿乘长风破万里浪。"事见《宋书·宗悫传》。

㊱ "舍簪笏于百龄"二句:自己愿舍弃一生仕途,不辞万里之劳去侍奉父母。簪笏,代指仕途生涯。簪是系冠之首饰,笏为朝臣上朝手执之记事板(一说上朝以笏遮颜以示恭敬)。奉晨昏,早晚在父母面前请安、侍候。

㊲ "非谢家之宝树"二句:自己虽非谢玄那样的子弟楷模,却也如孟母三迁般受到过良好的家庭教育。《世说新语·言语》中说,谢安问子侄们:"为什么人们总希望自己的小孩子学好?"谢玄回答说:"譬如芝兰玉树,欲使其生于庭阶耳。"宝树即芝兰

玉树,用以比喻好的孩子。《列女传》中说孟子的母亲曾三次搬家择邻,最后定居在学舍旁。这是说环境对小孩子的成长影响很大。

(58)“他日趋庭”二句:是说不久将见到父亲,也要像孔鲤那样接受父亲的庭训。趋庭,快步走到庭前。叨陪,侍奉。叨为谦词。鲤对,指孔鲤趋庭应对。《论语·季氏》记孔子问其子孔鲤学《诗》学《礼》事,这里借以指到父亲身边受父亲的训导。

(59)“今晨捧袂”二句:今天能参加盛宴,受到主人的接待,犹如昔人受到李膺接待一样荣幸。捧袂(mèi),举起双袖作揖,表示对长者的尊敬。晨,一本作“兹”。龙门,在山西河津西北,相传为大禹所凿,旧称鱼跃过龙门可化为龙。东汉李膺,声名甚高,受到他接待的士人都引以为荣耀,称登龙门。事见《后汉书·李膺传》。这里王勃将阎都督比作李膺。

(60)“杨意不逢”二句:如果碰不上杨意那样善于荐才的人,那么司马相如纵使写出绝妙的词赋,也只能自怜其才罢了。杨意,即杨得意,西汉武帝时人。《史记·司马相如列传》中说,杨意曾推荐司马相如作赋。凌云,司马相如作《大人赋》,汉武帝读了“飘飘然有凌云之气”。此代指好的文章。抚,抚弄。

(61)“钟期既遇”二句:既然遇上了钟子期一样的知音,自己如同俞伯牙奏高山流水一样,为其作文赋诗,又有何可惭愧的呢?钟期,即钟子期。《列子·汤问》中说,伯牙鼓琴,志在流水,而钟子期则听得出“洋洋兮若江河”之意。这里将阎都督比作钟子期,王勃则以伯牙自喻。

(62)“胜地不常”二句:洪州这样的名胜之地,难以常游,像今天这样的盛筵也难得再有。

(63)“兰亭已矣”二句:兰亭之宴已成过去,金谷园也变成一片废墟。兰亭,故址在今浙江绍兴西南,晋王羲之宴集宾客之处,并作有《兰亭集序》,文、书并佳,对后世影响极大。梓泽,即金谷园所在地。晋大富豪石崇的别业,故址在今河南洛阳西北。

(64)“临别赠言”二句:分别在即,以此文相赠,很荣幸受到主人的恩惠,参加了如此盛大的饯别宴会。赠言,即指此序(赠序)。一说希望宴会上互相赠言。

(65)“登高作赋”二句:既登高阁,便须作赋,望在座宾主都能有作品问世。《汉书·艺文志》:“登高能赋,可以为大夫。”群公,指座中宾主。

(66)“敢竭鄙诚”二句:(我)斗胆尽情地抒发了自己真诚的情感,恭敬地写出这篇小序。竭,尽力。恭疏,恭敬写出。短引,犹言小文。

(67)“一言均赋”二句:写好这篇文章的同时,也写成了一首八句的诗歌。一言,指《滕王阁序》。均赋,每人都赋诗一首。四韵,指序文后的《滕王阁诗》。古诗两句一韵,四韵即八句诗。

(68)“请洒潘江”二句:请各位尽情写诗作赋,逞潘岳、陆机般的才华吧!潘江与陆海相对,前者指潘岳,后者指陆机。语本钟嵘《诗品》:"陆才如海,潘才如江。"

⑥ 佩玉鸣鸾:代指舞女。佩玉、鸣鸾均为舞女身上之饰物。

⑦ 画栋朝飞南浦云:透过雕梁画栋可见南浦上空朝霞飞彩。南浦,地名,在今江西南昌西南。与下句"西山"对举,故西山亦应为当时地名。

⑦ 物换星移:指四季交替运行,景物变幻不尽。

⑦ 阁中帝子:当指滕王李元婴,他是唐高祖李渊的第二十二子。

【导读】

这是一篇骈体文。全文属对严整,平仄协调,辞藻华丽,多用典故。虽形式上仍沿用骈文旧体,内容却相当充实,感情也真挚、自然,跃动着不甘沉寂、渴望建功立业的积极进取精神。其基调还是健康向上的。

文章内容分两个方面,前半部分(至"四美具,二难并")主要是写景。作者以铺叙的手法,生动细致地展现出滕王阁及周围壮丽秀美的景色。作者就阁所在的地理形胜、宴会上的气氛及季节、时令等,从容写来,有条不紊,既章法井然,又笔调洒脱。后半部分触景生情,反复抒写怀才不遇的感慨,曲折委婉地表达了对所谓"圣君""明主"的不满,同时也流露出一丝无可奈何的悲观情绪,但并不绝望,也不消沉,而是在感叹年华易逝的同时,有振奋、昂扬的精神在其中,故其基调仍是积极的。这是要细细加以品味的。

此文艺术成就极高。第一,作者在充分发挥了骈体文长处的基础上,又运散文之气于骈偶之中,创造性地将两种文体熔为一炉。全文结构严整,层次清晰,承转自如,前后呼应。全文虽对仗工整却并不呆板;多用典故,却如信手拈来,不显晦涩。总体上具有气势磅礴、意境开阔、感情充沛、一气呵成的特色。第二,作者善于运用铺叙手法,对景色的描绘层层推移,辗转生发,有点染,有勾勒,有反复渲染。全文主要篇幅写阁、宴会和周遭景色,三者之中又有所侧重。详写阁,略写洪州地貌,插写宴会。描写中有正面、有侧面,有动态、有静态,有远景、有近景,有白描、有用典,极尽变化之能事,如"层峦耸翠"至"川泽盱其骇瞩"一段,就是如此。第三,作者善于将写景、抒情、叙事和议论糅合起来。例如描写秋景时,巧妙插入自己途经洪州原委的叙述;在描写良辰美景与贤主佳宾之后,以"睇眄中天,娱游暇日",巧妙过渡到"兴尽悲来"的抒情,浑然天成。由抒情转入议论也是一样,情绪之转悲,自然引出宇宙意识的感叹与生命意义的探求。于是,顾影自怜,惊叹年华流逝,感喟现实处境之困顿。文心缜密,无过于此。第四,文章声律和谐,极富音乐感与节奏感,读起来韵味十足,故千百年来受到人们的激赏。其中许多佳句已被看作成语,广为流传,至今仍脍炙人口,令人诵读不已,如"落霞与孤鹜齐飞,秋水共长天一色";"画栋朝飞南浦云,珠帘暮卷西山雨"等。后者被汤显祖在《牡丹亭》中点化为"朝飞暮卷,云霞翠轩……"《惊梦》中的[皂罗袍]名曲,明显受到王勃此文影响。

关于王勃作此文,有种种传说。最早的记录见于五代王定保的《唐摭言》,其中说王勃写此文时是十四岁,这与文中"等终军之弱冠"句明显不符。又说都督阎公不相信十四岁少年能写好此序,私下令子婿事先拟好腹稿,而表面上仍在席间传递纸笔,请座中宾客自荐属文。纸笔传至王勃,"勃不辞让"。阎公怒而拂袖而去。同时又令专人伺候王勃动笔写作。"第一报云:'南昌故郡,洪都新府。'公曰:'亦是老生常谈。'又报云:'星分翼轸,地接衡庐。'公闻之,沉吟不言。又云:'落霞与孤鹜齐飞,秋水共长天一色。'公矍然而起曰:'此真天才,当垂不朽矣!'遂亟请宴听,极欢而罢。"这虽系传闻,《新唐书·文艺传》却略有采用,后人也传为佳话。至少我们可从中看出此文影响之深远,从某种意义上说明了此文成就之高。唐初,骈体文还残留着齐梁余风,而此文推陈出新,不愧为一篇内容充实、形式精美的优秀骈文,对文体及风气的转变,无疑是有着里程碑意义的。

春江花月夜

张若虚

【解题】

《春江花月夜》为乐府旧题，属《清商曲辞·吴声歌曲》，相传为陈后主所制。此诗以春江花月夜为背景，抒写了游子思妇的离别相思之情，同时交织着人生感悟和宇宙意识，从而突破了六朝宫体诗的樊篱，初步洗涤了梁陈宫体的脂粉气。全诗语言清丽婉转，意境静谧幽深，韵调循环往复，一向为人们所传诵。其中虽有较浓重的感伤意绪，基调却是清新流畅的。张若虚(生卒年不详)，扬州(今属江苏)人。曾任兖州兵曹。唐中宗神龙间，与贺知章等以吴越之士称名京师。开元初又与贺知章、张旭、包融并称为"吴中四士"。其生平事迹，已难详考。《全唐诗》仅录存其诗二首，另一首为《代答闺梦还》。

　　春江潮水连海平，海上明月共潮生①。滟滟随波千万里②，何处春江无月明。江流宛转绕芳甸③，月照花林皆似霰④。空里流霜不觉飞，汀上白沙看不见⑤。江天一色无纤尘，皎皎空中孤月轮。江畔何人初见月？江月何年初照人？人生代代无穷已⑥，江月年年只相似。不知江月待何人，但见长江送流水。白云一片去悠悠，青枫浦上不胜愁⑦。谁家今夜扁舟子？何处相思明月楼⑧？可怜楼上月徘徊，应照离人妆镜台⑨。玉户帘中卷不去，捣衣砧上拂还来⑩。此时相望不相闻，愿逐月华流照君⑪。鸿雁长飞光不度，鱼龙潜跃水成文⑫。昨夜闲潭梦落花，可怜春半不还家⑬。江水流春去欲尽，江潭落月复西斜⑭。斜月沉沉藏海雾，碣石潇湘无限路⑮。不知乘月几人归，落月摇情满江树⑯。

(中华书局校点本《全唐诗》卷一一七)

【注释】

① "春江"二句：意谓长江到了下游地区水面宽阔，春潮涌起，江海连成一片。明月升起，仿佛是从浪潮中涌出，故用"生"而不用"升"。

② 滟(yàn)滟：指水面上月光闪烁动荡的样子。里：一本作"顷"。

③ 宛转：曲折。芳甸：花草丛生的原野。

④ 霰(xiàn)：雪珠。这里用来形容月光映照下的花朵。

⑤ "空里"二句：如霜一样的月光从空中流泻而下，沙滩上月色笼罩，连白沙也分辨不清了。古人以为霜和雪一样，都是从空中飘落的，故有"空里流霜不觉飞"句。汀(tīng)，江边的沙滩。

⑥ 穷已：穷尽。

⑦ 青枫浦：一名双枫浦，在今湖南浏阳浏水之中。此泛指遥远荒凉的水边。

⑧ "谁家"二句：不知哪家漂泊在外的游子在小舟上颠簸，也不知何处月夜楼中的思妇正在思念丈夫。扁舟，小船。明月楼，代指月夜楼中的思妇。

⑨ "可怜"二句：最令人伤情的是月影移动，辉光洒满思妇的梳妆台。离人，指楼中思妇。

⑩ "玉户"二句：月光照进思妇的卧室，放下帘也无法卷去；月光洒在捣衣砧(zhēn)上，拂也拂不去。二句表面上写月光，实际是指思妇心中的离愁与相思无法排遣，卷不去，拂还来。捣衣砧，捣衣所用砧石。旧时缝制或浆洗衣服为使衣料平展，要在平滑的石上捣过。

⑪ "此时"二句：是说思妇游子都在望月，却不能聚首，思妇恨不能追随月光飞去与良人相见。逐，追随。月华，月光。君，指游子。

⑫ "鸿雁"二句：上句仰望长空，下句俯视江南。是说大雁高飞也不能将这儿的月光带到游子那里；鱼龙搅起波纹，却无法传递思妇对游子的苦苦思念。古人一向有鱼雁能传书之说，故寄意于鱼雁。龙在这里不过是连类所及，装点文面。文，通"纹"。

⑬ "昨夜"二句：犹言昨夜梦见闲潭落花，暗示春将逝去，人未归来。闲潭，幽静的潭水。

⑭ "江水"二句：春光随江水流逝，落月西斜夜将尽。二句仍承上文言春将尽，昼即临，梦醒时分愁绪转转浓。

⑮ "斜月"二句：明月西斜朦朦胧胧渐被海上雾气所遮蔽；从北到南离人漂泊，怕是离自己越来越远了。碣石，山名，在今河北昌黎北。或谓古代碣石山六朝时已浸入渤海之中。这里以碣石泛指北方。潇湘，二水名。潇水出于湖南蓝山的九嶷山，湘水出于广西壮族自治区灵川县的海阳山，这里以二水泛指南方。

⑯"落月"句:难以排遣的离愁,伴随着落月的余晖,散落于江边的树林里。

【导读】

张若虚的这篇《春江花月夜》,凡三十六句,四句一转韵,共九韵,每韵又构成一小节,每小节似一首绝句。总起来看,全诗笼罩在朦胧的月色之中,亦幻亦真,如情似梦,还带着淡淡的感伤与忧愁,清悠婉转,迷离惝恍,像一首舒缓迷人的月光曲,又像一幅恬淡、静谧的夜月图,美极了。

乐府诗中的《清商曲辞·吴声歌曲》,显然是在江南民歌基础上发展起来的歌曲形式。《春江花月夜》这一乐府旧题,后来传入宫禁,渐渐演变成一种宫体诗。有人说是陈后主所作,有人说是隋炀帝所作,其实根子上还是来源于民间的。只是成了宫体之后,它不复再有那种活泼泼的民间生活气息了。这从隋炀帝所作二首及诸葛颖、张子容、温庭筠同题作品中不难看出。张若虚此篇则不同,它挣脱了宫体的樊笼,从形式到内容都与宫体划开了界限。隋炀帝所作或一节、或二节,温庭筠所作也不过五节,而张若虚则铺排成九节之多。从内容上看,张作写的是平民夫妇之相思,与宫廷无涉,笔调上清隽空灵,全无镂金错彩和脂粉香泽之气,全诗有如一位出生在民间的美丽少妇,令人顿觉有一种清新健康之美,而非病态的矫情与无病呻吟。因此,前人对张若虚此作评价甚高。清人毛先舒谓其"不著粉泽,自有艳姿,而缠绵蕴藉,一意萦纡。调法出没,令人不测,殆化工之笔哉"(《诗辩坻》卷三)。沈德潜在《唐诗别裁集》卷五中评曰:"前半见人有变易,明月常在,江月不必待人,惟江流与月同无尽也。后半写思妇怅望之情,曲折三致。题中五字,安放自然,犹是王杨卢骆之体。"王闿运更认为此作"孤篇横绝,竟为大家"(陈兆奎辑《五志》卷二)。闻一多先生在他的那篇《宫体诗的自赎》中,对张若虚此诗有系统而完整的评价,称其是"诗中的诗,顶峰上的顶峰",又称其"是抒情诗最好的标本"(郑临川《闻一多论古典文学》)。林庚则在《中国文学简史》中说此诗"表现了文学语言获得解放的愉快","带着最年青活泼的调子","这里语言的朴素,想象的丰富,正说明着诗坛前途无限的展望"。以上诸家评论,涉及了张若虚《春江花月夜》思想艺术成就的诸多方面,可供我们在阅读欣赏中参考。然而别人的感受不能代替我们自己的感受,我们仍须仔细阅读,反复品味,从中读出独特而新鲜的体会。

从具体写法上看,全诗是围绕春、江、花、月、夜五种意象而不断拓展的,其中又以月的意象为中心。从开头至"但见长江送流水"为第一部分,写明月笼罩下的春江、花林、沙汀景色,以及诗人的感受与联想,前八句扣紧题面,即沈德潜所说的"安放自然"。后八句由月光中的自然美景而联想到宇宙人生,从写景转入抒情。自然界是如此美好,而人生却常有缺憾,这不免使人惆怅。从"白云一片去悠悠"到全篇结束为第二部分,写月夜春宵游子思妇的离愁别恨,特别侧重对闺中思妇心理情态的描绘,写得细微真切,婉曲动人。"玉户帘中卷不去,捣衣砧上拂还来"二句,将愁绪融化到了月光之中,使人无法排解,情浓得化也化不开。作者善于捕捉瞬间的感受,又巧妙地运用通感,将离愁、相思与清冷的月色搅在一起,产生了极为强烈的艺术感染力。结尾四句将一个"情"字拓展到无限。海雾笼月,迢递南北,缥缥缈缈,无际无涯;落月摇情,江树婆娑,愁寄何处,只除问天。至此,言尽意幽,回观篇首,但觉月移影动,怎能不令人低回再三,沉吟不已!

游子思妇,本是中国诗歌史上屡见不鲜的传统题材,历代不乏巧思佳构。张若虚此篇的独到之处,在于它的思想意义与艺术表现已超越了一般意义上的离愁别绪和景致描写,所有一切自然界的美和人类情感在作品中获得了一种纯诗意化的、哲理化的升华。作者几乎是不着痕迹地将人生感受和宇宙意识融化于诗情画意之中。《春江花月夜》中的景、物、人及人的追寻与思考,都蒙在一层轻纱之中。它不以强烈的刺激与震撼见长,却以静谧、恬淡、婉美、徐纡为美,连感伤都令人觉其含着无限的温柔。总之,游子思妇的内心世界与自然界融成了一体,被月光化了、音乐化了、哲理化了,或者说高度诗意化了。这种物我合一、情景交融、蕴藉含蓄的诗歌意境的诞生,表现的正是中国艺术精神的本质。故,这篇作品是达到了极高境界的旷世杰作,这是读此作要特别加以反复体味的重要精神。至于艺术语言方面的朴素与活泼,以及丰富的想象和结构层次上的承转自如,前人多有论述,在作品中也都不难找到例证。且这些技巧方法层面的东西,已属第二义了。

临洞庭湖赠张丞相

孟浩然

【解题】

　　这是一首观湖兴寄,抒发济世之志的赠诗。张丞相,即诗人张九龄。唐玄宗时,张九龄官至同中书门下平章事、中书令,故称。张镇荆州时,作者曾被召致幕府。此诗为孟诗中气象较宏阔之作。其中"气蒸云梦泽,波撼岳阳城"与杜甫的"吴楚东南坼,乾坤日夜浮",同为咏洞庭湖的名联。元人方回《瀛奎律髓》云:"予登岳阳楼,此诗大书左序毬门壁间,右书杜诗,后人自不敢复题也。"孟浩然(689—740),名不详,以字行。(一说名浩,字浩然。)襄州襄阳(今湖北襄樊)人。少时曾隐居鹿门山读书,四十岁时赴长安应举,失意而返。曾被张九龄召致幕府,后病卒。其诗意境清新淡远,饶自然朴茂之趣,一向与王维并称,被视为盛唐山水田园诗派代表人物之一。

　　　　八月湖水平,涵虚混太清[①]。
　　　　气蒸云梦泽,波撼岳阳城[②]。
　　　　欲济无舟楫,端居耻圣明[③]。
　　　　坐观垂钓者,徒有羡鱼情[④]。

(四部丛刊影明本《孟浩然集》卷三)

【注释】

　　[①] "八月"二句:意谓八月秋水涨满洞庭湖,涵容天宇,水天一色。虚、太清均指天空。

　　[②] "气蒸"二句:言洞庭周遭皆在水气笼罩之中,湖水汹涌,岳阳城仿佛处于飘摇

之中。云梦泽,古地名,范围很广,大致指今湖北东南部及湖南北部低湿地区。岳阳城:在洞庭湖东岸。

③"欲济"二句:想涉洞庭而无舟船,犹如想要报效国家却无人引荐。是比也是兴,以上句兴起下句。端居,犹言隐居、独处。圣明,圣明之时的省语。指政治清明时,犹言太平盛世。是说生逢太平盛世却不能有所作为、施展抱负,感到很羞愧。

④"坐观"二句:承上文,表示自己愿意出仕。《淮南子·说林训》:"临河而羡鱼,不若归家织网。"这里的言外之意是希望对方的援引与帮助。徒,一本作"空"。

【导读】

孟浩然长于五言,尤擅五律。他的诗有一个突出的特点——淡。沈德潜谓孟诗"从静悟得之,语淡而味终不薄"(《唐诗别裁集》);诗人闻一多则说孟诗"淡到看不见诗"的地步,即是说,这是一种很高的境界。此首也同样具有浑厚、自然、朴实、简淡的特点。首联意境极为开阔,几乎是毫不费力,就写出了洞庭湖的烟波浩渺,水天只在一线间。"气蒸"一联则与孟诗一向的格调略有不同,极富想象力,气象也恢宏、扩大,于苍茫辽阔之中见出水的动势,无怪方回说有了孟诗此一联,再加上杜甫"吴楚东南坼"一联,别人再写洞庭湖,真的要搁笔了。诗是赠张九龄的,孟浩然此时很想济世报国,做一番大事。于是他近乎直白地表达了自己的出仕之意,希望能得到张的引荐,孟夫子的朴素与坦白,溢于言表。尾二句似又有几分踌躇,或觉得自己的想法有些唐突与冒昧,着一"徒"字,使诗的意味复杂起来了。我们知道,孟浩然一生布衣,害痈疽而病卒,真的应了这个"徒"字。如此看来,孟浩然此诗中隐约传达出他的一种矛盾与痛苦的心绪,甚至掺杂着一丝怀才不遇的孤独与悲凉。

与他的最有代表性的《过故人庄》不同,这首诗情调比较复杂,写法上也大开大合,内心比较激动,这使我们看到了这位著名的山水田园诗人的另一面。然他的真诚与坦率,以及表面上虽省净简淡,骨子里还是关心现实、热爱生活的情愫,却是一致的。诗的基本风格仍是出语洒落、韵味隽永的。

冬晚对雪忆胡处士家

王 维

【解题】

　　此为雪夜怀人的诗。胡处士,生平未详。处士乃指未曾入仕之士人。处士,一本作"居士"。王维(701—761),字摩诘,祖籍太原祁州(今属山西)人,从其父辈起寄籍蒲州(今山西永济)。二十一岁中进士,为大乐丞。因伶人舞狮子受牵连,贬济州司仓参军。张九龄为相,擢为右拾遗,转监察御史。张九龄受李林甫排挤,王维去凉州为河西节度使幕判官。唐玄宗天宝初,在长安过着亦官亦隐的闲适生活。"安史之乱"中被俘,曾受伪职。乱平后以从贼论罪,降为太子中允。后官至尚书右丞,故世称王右丞。他工诗善画,兼通音律。李白、杜甫之外,王维是盛唐诗中另一大宗,其山水田园诗往往着墨无多,意境高远,将晋、宋以来的山水诗推向一个新的高度。苏轼曾以"画中有诗、诗中有画"概括王维诗的特点。

　　　　寒更传晓箭①,清镜览衰颜。
　　　　隔牖风惊竹②,开门雪满山。
　　　　洒空深巷静,积素广庭闲。
　　　　借问袁安舍,翛然尚闭关③。

　　　　　　　　　(中华书局校刊本《王右丞集笺注》卷七)

【注释】

　　① 晓箭:即"漏箭",亦称"漏刻",古代计时器具。以壶中插箭,滴水人壶,视刻度报时。

　　② 牖(yǒu):窗户。风惊竹:风掠起雪打在竹上,沙沙作响。

③"借问"二句：化用袁安事以喻雪之大，并将胡处士比作袁安。《后汉书·袁安传》李贤注引《汝南先生传》中说，洛阳令大雪中出门案行，见人家皆出扫雪，唯袁安僵卧不出，问之，则曰："大雪天皆饿，不宜干人。"令闻言甚钦佩，举其为孝廉。翛（xiāo）然，无拘无束、自由自在的样子。闭关，尚未开门。

【导读】

此诗为历代咏雪名篇。清人张谦宜在其《絸斋诗话》卷五中称誉说："得瞥见之神，却又不费造作。"所谓"瞥见之神"，便是"惊鸿一瞥"，捕捉物象之神髓，且有余不尽，令人浮想联翩。作者怀念朋友，对雪遥想，或曾与胡处士一同赏过雪，如今一人对雪，怎能不念及故友旧事？全诗除却首二句，句句都在写雪，并未言及朋友与旧事，可谓明不扣题暗合事，令人悬想无尽，猜详不已。这就与一般意义上就雪写雪情趣大异了。中间两联恰是妙语连珠之处，当细细咀嚼，慢慢体味。雪扫竹林的沙沙声响，透过窗子使诗人心惊。及待开门一看，满世界都是白茫茫一片。雪还在继续下，深巷人空，晓来奇寒，庭院中显得宽阔而安闲(有的本子闲作"宽")。王维诗确有不可捉摸、难以挖揣之处，如此处的"闲"字与上句的"静"字，就很值得再三玩味。竹之"惊风"，雪之"洒空"，皆为大动。果然是动静相依，诗画并蓄。中间四句可看作四幅画，令人神思情往。问题在于这雪究竟与老朋友有什么关系？或胡处士与袁安一样，是一位贤人高士，抑或什么都不因为，只是晨起对雪，览颜觉衰，油然想起了故友。总之，诗中含无尽的弦外之音有待读者去联想思索，这正是它不即不离、有余不尽的魅力所在。至于"不费造作"，想来是指顺情遂兴，任诗思奔涌之谓。倘若苦心去布置经营，真的把回忆老友的具体内容都写出来，诗味反会淡薄。

王维长于五言，亦长于写自然景物，故此诗颇能代表其诗风。其中，语言的精练，节奏的协调，声律的工稳，意境的幽远，都是非常明显的。"洒空深巷静，积素广庭闲"一联，似又藏有禅机，诚为咏雪名句。

将 进 酒

李 白

【解题】

　　《将进酒》为乐府旧题,属《鼓吹曲辞·汉铙歌》,内容每写饮酒放歌、旷达不羁的情感。此诗则表现出一种愤世嫉俗、蔑视权贵、睥睨万物、卓然独立的狷狂个性。李白(701—762),字太白,号青莲居士。祖籍陇西成纪(今甘肃秦安附近),生于碎叶城(唐代属安西都护府,今吉尔吉斯斯坦托克马克城),幼随父至绵州彰明县(今四川江油)之青莲乡。从青年时代起,就漫游各地名山大川。天宝初,曾因吴筠与贺知章推荐,供奉翰林,不久即遭谗去职。"安史之乱"起,因参与永王李璘幕府受牵连,被贬流夜郎,中途遇赦,辗转于东南一带,最终病殁于当涂。李白性情洒脱豪迈,早年向往建功立业,对唐玄宗后期权显弄权,政治腐败,痛心疾首,其诗亦多抨击时政之作。他热爱祖国山川自然,同情下层人民,鄙视权贵,深切关心时局政治。他善于向民间文学汲取营养,作品想象丰富奇特,色调瑰玮绚烂,语言清新自然,总体风格雄健奔放,极富浪漫色彩,是继屈原之后诗坛上又一伟大的浪漫主义诗人。

　　本篇应作于天宝三年(744)长安失意之后。诗的语言豪迈奔放,气势雄浑飘逸,充分表现出作者傲岸不拘的个性,以及充满信心、自强不息的精神。总体格调还是昂扬向上的。

　　君不见,黄河之水天上来,奔流到海不复回①。君不见,高堂明镜悲白发②,朝如青丝暮成雪。人生得意须尽欢,莫使金樽空对月③。天生我材必有用,千金散尽还复来④。烹羊宰牛且为乐,会须一饮三百杯⑤。岑夫子,丹丘生⑥,将进酒,杯莫停。与君歌一曲,请君为我倾耳听⑦。钟鼓馔玉不足贵⑧,但愿长醉不用醒⑨。古来圣贤皆寂寞,惟有饮者留其名。陈王昔时宴平乐,斗酒十千恣欢谑⑩。主人何为言少钱,径须沽取对君酌⑪。五花马,千金裘⑫,呼儿将出换美酒⑬。与尔同销万古愁⑭。

(中华书局校点本《李太白全集》卷三)

【注释】

① "黄河"二句:极言黄河上游地势之高,大河奔腾而下,犹如从天际直泻而下。不复回,形容黄河一泻千里之势。二句隐含时光流逝迅疾,以兴起下文。

② 悲白发:指对镜时因看见白发而悲伤。下句雪亦指白发。

③ "人生"二句:有兴致时就要充分享受人生之乐,在美丽的月光下怎能不饮酒而令酒杯空着呢。

④ 千金散尽:李白一向轻财好施,他曾在《上安州裴长史书》中说:"曩昔时东游维扬,不逾一年,散金三十余万,有落魄公子,悉皆济之。"此乃有感而发。

⑤ 会须:应该,正须。

⑥ 岑夫子,丹邱生:即岑勋和元丹邱,均为李白好友。李白诗集中有《酬岑勋见寻就元丹邱对酒相待以诗见招》及《元丹邱歌》等诗。

⑦ 与君:为你。指岑夫子、丹丘生。倾耳:一作"侧耳"。

⑧ 钟鼓馔(zhuàn)玉:形容富贵人家的豪奢生活。钟鼓,指鸣钟击鼓而食。馔玉,形容饮食精美,享受豪奢。

⑨ 用:一作"愿",又作"复"。

⑩ "陈王"二句:曹植曾被封陈王,其《名都篇》中有云:"归来宴平乐,美酒斗十千。"平乐,宫观名。斗十千,极言酒美价高,一斗须十千钱。恣欢谑,尽情欢娱戏谑。

⑪ 径须沽取:应毫不吝惜地去买酒。径须,直须、只要。

⑫ 五花马,千金裘:均指价值很高之物。五花马,名贵之马。唐人讲究马的装饰,常将马的鬃毛剪成花瓣形,剪成三瓣者叫三花马,剪成五瓣的叫五花马。千金裘,价值为千金的裘皮衣。

⑬ 将出:取出,拿来。

⑭ 尔:你。

【导读】

　　此诗最见李白豪气。读罢全诗,我们也不难感受到,抒情主人公的个性最为鲜明突出。杜甫《饮中八仙歌》云:"李白一斗诗百篇,长安市上酒家眠。天子呼来不上船,自称臣是酒中仙。"斗酒百篇,所言恰是李白豪放不羁且又才思敏捷。此篇劈头就是一句"君不见黄河之水天上来,奔流到海不复回",细读后面几句,方知此乃兴起下文之语,以流水易逝,岁月不再而引发对人生易老的感叹。与孔夫子"逝者如斯夫"的喟叹相较,李白此语似气势更大,看似突兀之中却饱含沧桑之感。李白对人生短暂也更事夸张:"朝如青丝暮成雪。"岂止是"年年岁岁花相似,岁岁年年人不同"(刘希夷《代悲白头吟》),简直就是朝暮之间,须臾之时!读之不能不令人心悸。或以为此诗在纵酒高歌的同时,也流露出及时行乐的消极思想。这种看法虽不无道理,却多少有些简单化甚至望文生义之嫌。从"钟鼓馔玉不足贵,但愿长醉不用醒"中,我们读出了李白蔑视权贵、孤高独立的品格,他于诗酒放达之中,流露出来的正是不愿攀附权贵的人格操守。从"古来圣贤皆寂寞,惟有饮者留其名"中,我们又读出了诗人的愤世嫉俗与狷狂傲岸,个性是非常鲜明的。

　　从写法上看,此诗略无滞碍,恣纵奔放,不容间阻,一吐为快,首先,以气势胜场。其次,歌行体的句式错落,也为全诗平添不少意趣,使节奏感更强,读起来铿锵悦耳,朗朗上口。如两处"君不见",以及"岑夫子,丹丘生",还有"五花马,千金裘"等短句的运用,既划开了段落,又使韵律上富于变化。此外,巧妙地吸收民歌营养,口语化语言的运用,也值得我们注意。

宣州谢朓楼饯别校书叔云

李 白

【解题】

　　此诗为天宝末年李白游宣城时所作。谢朓楼是南齐诗人谢朓做宣城太守时所建,又称谢公楼或北楼,遗址在今安徽宣城县城内。饯别,指设宴送别。校书叔云,指李云,曾任秘书省校书郎,是负责校勘典籍的官职。此诗题又作《陪侍御叔华登楼歌》。侍御,即监察御史。李华于天宝十一载(752)官监察御史(《新唐书·文艺志》)。诗中流露出对朝政腐败与现实昏暗的深切忧虑,并结合自身遭遇,表达了诗人的无限愤慨,题虽为饯别,实则意在吟咏怀抱。

　　弃我去者,昨日之日不可留;乱我心者,今日之日多烦忧。长风万里送秋雁,对此可以酣高楼①。蓬莱文章建安骨,中间小谢又清发②。俱怀逸兴壮思飞,欲上青天览明月③。抽刀断水水更流,举杯消愁愁更愁④。人生在世不称意,明朝散发弄扁舟⑤。

(中华书局校点本《李太白全集》卷十八)

【注释】

　　① 酣高楼:在高楼上尽情酣饮。
　　②"蓬莱"二句:上句言李云文章得建安风骨,下句乃谓自己的诗歌有如小谢诗一样清新。蓬莱,相传为海中仙山。汉代著述与藏书的处所东观,就被称为道家蓬莱山。此借指任职于秘书省的李云。建安骨,指建安风骨,指建安时期刚健遒劲之文风。小谢,世称南朝宋的谢灵运为大谢,谢朓为小谢。这里是作者借以自比。
　　③"俱怀"二句:是说自己与谢朓都胸怀豪放飘逸的意兴和宏伟的抱负,愿飞上天空饱赏明月星空。壮思,壮志与理想。览,一本作"揽"。两俱可通。览是观看,揽

则有把持之义。

④ "抽刀"二句：极言愁之无法排解,想象奇特,为李白名句。愁更愁,一作"愁复愁"。

⑤ 散发弄扁舟：指隐居避世。暗用范蠡"乘扁舟浮于江湖"之义。散发,拔掉总发的簪缨,披散开头发。表示不受世俗礼法的拘系。扁舟,小船。

【导读】

李华是李白的族叔,是当时的著名散文家。文章泰斗与诗坛巨星高楼饯别,二人均逸兴遄飞。酒酣兴豪之际,李白写下此诗,故其为有感而发、自然真率之作。诗人既有感时伤怀、壮志难酬之慨叹,又有报国无路、忧虑国家前途的矛盾、痛苦,感情是相当复杂的。其艺术特色主要有三个方面。其一,是艺术构思新颖独特。题为饯别,实则意既不在酒,也不在别,而在愁。作者既不写楼与周遭风景,也不叙离别之情,而是尽情倾诉自己满腔愤激之情。虽无只字片语言及惜别,主客情谊与各自性情却清晰可见。试想,作者能与对方剖明心迹,岂有不是知交之理？其二,是结构不落俗套。全诗起结无迹。承转似并无必然联系,腾挪跌宕,有如神龙游于雾中,奇兵突出重围。诗的发语可谓凭空起势,兀然壁立,细想乃回肠九转,长叹悲慨之语。接着突然插入议论诗文的二句,可谓出于寻常意想之外,又在情理之中。因为主客是诗人与文章家。及至从酣饮兴浓转入奇特想象,青天览月,遨游太空,更是奇中之奇。这才是李太白！霎时间,又从九霄云外跌入愁苦深渊,即末二句的"抽刀""举杯",终于又回到题面的饯别(饮)。这种大开大合,急切跳跃的诗思,正是李白诗一个突出的特点,狂放而浪漫,却又不忘人间世。其三,是诗的表现手法灵活多变,不可端倪。时间本无知觉与情感,而作者笔下的"昨日"和"今日"竟"弃我去","乱我心",时间被人格化了。"抽刀"二句极富独创性,是联想(楼前有宛溪流水)也是想象(还有几分天真)。这种拈眼前景比心中情的写法,是夸张的,却又是贴切自然的,耐人寻味不已。至于逸兴壮思飞荡,九天览月,则是李白的一贯作风——想象、夸张、拟人等手法的综合运用。李白一生喜爱月亮,将其视为高洁、纯真的人格精神的象征。这在李白其他作品中也经常出现。

春　　望

杜　甫

【解题】

　　唐肃宗至德二年(757)春,杜甫被安史叛军掳至长安。诗人身陷危城,又与家人离别已久,举目远望,百感交集,便写得此诗。它生动具体地表达了诗人睹物伤怀、忧国忧民的沉痛情感。杜甫(712—770),字子美,原籍襄阳(今湖北襄樊),寄居巩县(今河南巩县),是我国文学史上伟大的现实主义诗人。"安史之乱"以前,为其读书、漫游、求仕时期。他曾到长安求仕,由于朝廷中权臣把持朝政,他始终得不到重用。自"安史之乱"起,杜甫流离于兵荒马乱之中,一度被乱军掳至长安。肃宗朝,官左拾遗,因上疏直言,触忤肃宗,被贬为华州司功参军。不久,弃官入蜀,寓成都、夔州近十年,其间一度因西川节度使严武推荐出任检校工部员外郎,故后世往往称其杜工部。后又携家出蜀,漂泊在荆湘一带,59岁时病死舟中。杜甫出身于奉儒守官的士大夫之家,但仕途失意,一生坎坷,又经历战乱,颠沛流离,使他能亲身体验民间疾苦,因而对当时社会种种矛盾,有深刻的观察和切身的感受。其诗抒写个人情怀,往往密切结合时事,思想深厚,境界开阔,有强烈的社会现实意义,深刻反映了当时时代,被后世称为"诗史"。在艺术上,杜诗能汲取前人成就,融众家之长,并形成了自己沉郁顿挫的风格。杜甫兼擅诸体,富于变化,把诗歌艺术推进到极为成熟的阶段,长期以来一直为人们所推崇,对后代产生了巨大影响。有《杜少陵集》。

国破山河在,城春草木深①。
感时花溅泪,恨别鸟惊心②。
烽火连三月,家书抵万金③。
白头搔更短,浑欲不胜簪④。

(中华书局校点本《杜诗详注》卷四)

【注释】

① "国破"二句:言长安城为安史乱军所陷,一片荒凉。草木深,草木丛生,喻人烟稀少,满眼荒芜。国,指京都长安。

② "感时"二句:感伤时局,对花朵而洒泪;思念亲人,闻鸟鸣而惊心。

③ "烽火"二句:战事连续很久,一封家信比万金还贵重。烽火,战火。三月,言时间之长,非为确指。

④ "白头"二句:头上白发本已稀疏,再不断抓搔,就更少了,简直无法插簪子了。浑欲,简直,就要。

【导读】

唐肃宗至德元年(756)六月,安史叛军攻陷长安。七月间,杜甫得知肃宗在灵武即位,遂将家人安顿于鄜州,只身往灵武。不料他在途中被叛军所俘,押至长安。第二年(757)三月,杜甫眺望沦陷后的长安城破败的景象,无限伤感,又思念寄居在鄜州的妻子儿女,更是悲痛不已。这就是《春望》诗的写作背景。

首联着一"破"字,令人触目惊心;又对以"深"字,使人无限凄凉。同时,点明题面的"春"与"望"。两句极写长安周围破败与荒芜。仇兆鳌《杜诗详注》引司马光评《春望》语云:"'国破山河在',明无馀物矣;'城春草木深',明无人迹矣。"

颔联承首联,乃由远而及近,由泛写而转入具体描写。以往人们对这两句的理解颇有分歧,即"溅泪"与"惊心"究竟是诗人还是花、鸟?司马光以为是诗人对花而溅泪,闻鸟鸣而惊心。他说:"花鸟,平时可娱之物,见之而泣,闻之而悲,则时可知矣。"后人也有认为这两句是倒装句,用的是拟人手法,即花草和鸟儿均有知,为国家残破与亲人别离而落泪、而动心。两说均能讲得通,可以并存。

　　颈联承上文恨别之意,写战火连绵,诗人与家人中断联系很久,故"家书"无价,格外贵重。战争给人民带来的苦难并不限于诗人,因此,这里实际上是一种泛指。诗人对家、国的忧虑原本就是绾结在一起的。由家国之忧再一转,诗人将"望"的目光收回,顾影自怜,觉得自己憔悴了、老迈了,一下子将感时与恨别的愁苦形象化、具体化了,一位忧国忧民、悲慨浩叹的诗人形象于是就站立在我们面前了。

　　这首诗基调沉郁,感情凝重,以望领起,情景交融,最终由写望中景物引出望者,达到了情与景浑然一体,高度统一。全诗音韵和谐,对仗工巧,首联为律诗中的"对起格",却不为格律碍意,自然真率,令人不觉是对。其余各联亦复如是,足见杜诗于锤炼字句达到了精纯、浑化的境界。

登　高

杜　甫

【解题】

　　唐代宗大历二年(767),杜甫流寓夔州,此诗为重九登高时所作,我国古代有重阳节(农历九月九日)登高饮酒赋诗的习俗。诗的前半部写江边秋色,意境雄浑开阔;后半部抒写悲秋情怀,苍凉感慨。全诗一气呵成,略无雕饰,可概见杜甫沉郁顿挫之诗风。

　　　　风急天高猿啸哀,渚清沙白鸟飞回①。
　　　　无边落木萧萧下②,不尽长江滚滚来。
　　　　万里悲秋常作客,百年多病独登台③。
　　　　艰难苦恨繁霜鬓,潦倒新亭浊酒杯④。

　　　　　　　　(中华书局校点本《杜诗详注》卷二十)

【注释】

　　① 渚:水中小洲。鸟飞回:鸟因风急而打旋。回,回旋。
　　② 落木:即落叶。萧萧:落叶声。
　　③ 万里:极言离家之远。悲秋:秋天万木凋零,景气萧瑟,令人伤悲。常作客:指一直漂泊在外,流落他乡。百年:一生。所谓人生百年,乃虚指。
　　④ 艰难苦恨:指时局艰难,岁月催人,恨未能建功立业,报效国家。繁霜鬓:白发增多。新亭浊酒杯:是说因病而刚刚戒了酒。亭,通"停"。

【导读】

　　诗的前四句写闻见之景,后四句写感触之情。妙在转承无迹,自然而然。明人胡应麟说:"此章五十六字,如海底珊瑚,瘦劲难名,沉深莫测,而精光万丈,力量万钧。通章章法、句法、字法,前无昔人,后无来学。"又说:"此当为古今七言律第一,不必为唐

人七言律第一也。"(《诗薮·内篇》)

前两联突兀而来,气势宏阔。"风急天高"四字又起总领作用。因"风急",故鸟儿飞难进,只能盘旋,便是"回"。同样,因"风急",树叶才纷纷飘落。由于"天高",才能看到"渚清沙白""不尽长江"等,这是视野开阔。诗人先从大处着眼,从远处、高处入手,又由视角而听觉,勾画出一幅丰富多彩的秋色图。故前人说此诗"一篇之中句句皆奇,一句之中字字皆奇"(《杜诗详注》引元人语)。前两联每联首句为仰视,次句是俯视。章法自在,一丝不乱。

后两联由秋景萧瑟而生悲,着重抒发忧愤郁勃的情怀。颈联一向被视为杜诗沉郁顿挫风格的范例。宋人罗大经说:"万里,地辽远也。秋,时惨凄也。作客,羁旅也。常作客,久旅也。百年,暮齿也。多病,衰疾也。台,高迥处也。独登台,无亲朋也。十四字之间,含有八意,而对偶又极精确。"(《鹤林玉露》乙编)"艰难苦恨"四字,乃兼及国与家,可知杜甫的悲秋不同流俗,具有广阔而深刻的社会内容。读罢全诗,我们面前仿佛站立着一位忧国忧民、多愁多病的老人,他就是"诗圣"杜甫。

总之,全诗音韵铿锵,对仗精美,意境深厚,沉雄寥廓,于一唱三叹之中,充分展示了杜诗沉郁顿挫之美。该诗是杜甫七律中代表性的名篇之一。

张中丞传后序

韩 愈

【解题】

　　此文为作者就李翰的《张巡传》所作的一篇后序,选自《昌黎先生集》卷十三。张中丞,即张巡(709—757),邓州南阳(今河南巩县)人。一说为蒲州河东(今山西永济)人。开元末年进士。天宝中曾任真源(今河南鹿邑东)县令。安禄山反,巡起兵讨贼,常以少胜多,以弱制强,颇著声名。后因饷路断绝,转保宁陵,至睢阳(今河南商丘),与太守许远、城父令姚誾会合,坚守危城,与敌周旋。诏拜御史中丞。他以微弱之兵力,抗击十余万叛军,对保住江淮及保证朝廷军队的给养,起到了重大作用。巡、远坚守睢阳城近一年,终因粮尽援绝而陷落。巡、远部将三十六人不屈遇难。事后,有人诬蔑张巡固守睢阳为愚,粮尽援绝食人为罪,李翰遂作《张巡传》上肃宗,为张巡辩诬,诽议始息。唐宪宗元和二年(807),韩愈撰此文,进一步赞扬巡、远之忠贞,论述了固守睢阳对扭转整个时局的重大意义。李翰,字子羽,赵州赞皇(今河北元氏)人。新旧《唐书》均有传。他曾客宋州(睢阳),亲见固守睢阳战事。其文宋时犹存,今佚。叙,古文体名,亦作"序"。《尔雅》:"序,绪也。"徐师曾《文体明辩》云:序(叙)"言其善叙事理,次第有序,若丝之绪也"。又云:"其为体有二,一曰议论,二曰叙事。"韩愈此文议叙结合,既带着鲜明的思想倾向,又富于感情色彩。韩愈(768—824),字退之,南阳(今河南孟县)人。郡望昌黎,故世称韩昌黎。唐德宗贞元八年(792)进士。贞元末任监察御史时,因上书请免徭役赋税,被贬为阳山(今广东阳山)令。宪宗时,累官至太子右庶子,曾随裴度平定淮西藩镇之乱。在刑部侍郎任上,因上疏谏迎佛骨事,触怒了当权者,被贬为潮州刺史。穆宗时被召为国子监祭酒,历京兆尹及兵部、吏部侍郎,故又有"韩吏部"之称。又谥文,后世亦称"韩文公"。韩愈的思想极为复杂,"合儒墨,兼名法",排斥佛老,而以推崇儒学为主。他关心时政,反对藩镇,主张中央集权。但又企图改变社会现状,力倡任人唯贤。他是唐代杰出的散文家与诗人。他所倡导的古文运动,在我国古代散文史上占有重要地位。其文各体兼擅,遒劲有力,条理畅达,语言精练。他反对六朝以来骈偶文风,主张"文从字顺",语言要有独创性。他的散文在继承秦汉古文的基础上,有开拓,有发展,被誉为"唐宋八大家"之首。他的诗笔力雄奇,气势壮阔,亦自成一家。他首开"以文为诗"的风气,对宋诗影响很大。有《韩昌黎集》行世。

  元和二年四月十三日夜[①],愈与吴郡张籍阅家中旧书[②],得李翰所为《张巡传》[③]。翰以文章自名[④],为此传颇详密,然尚恨有阙者:不为许远立传[⑤],又不载雷万春事首尾[⑥]。
  远虽材若不及巡者,开门纳巡,位本在巡上,授之柄而处其下[⑦],无所疑忌,竟与巡俱守死,成功名。城陷而虏,与巡死先后异耳[⑧]。两家子弟材智下,不能通知二父志[⑨],以为巡死而远就虏,疑畏死而辞服于贼[⑩]。远诚畏死,何苦守尺寸之地,食其所爱之肉[⑪],以与贼抗而不降乎?当其围守时,外无蚍蜉蚁子之援[⑫],所欲忠者,国与主耳。而贼语以国亡主灭[⑬]。远见救援不至,而贼来益众,必以其言为信,外无待而犹死守[⑭],人相食且尽,虽愚人亦能数日而知死处矣[⑮]。远之不畏死亦明矣。乌有城坏、其徒俱死,独蒙愧耻求活?虽至愚者不忍为。呜呼!而谓远之贤而为之邪!
  说者又谓远与巡分城而守,城之陷,自远所分始[⑯]。以此诟远[⑰],此又与儿童之见无异。人之将死,其脏腑必有先受其病者;引绳而绝之,其绝必有处[⑱]。观者见其然,从而尤之[⑲],其亦不达于理矣。小人之好议论,不乐成人之美㉒,如是哉!如巡、远之所成就,如此卓卓㉑,犹不得免,其他则又何说!

当二公之初守也,宁能知人之卒不救,弃城而逆遁㉒?苟此不能守,虽避之他处何益?及其无救而穷也,将其创残饿羸之余㉓,虽欲去,必不达。二公之贤,其讲之精矣㉔。守一城,捍天下㉕,以千百就尽之卒,战百万日滋之师,蔽遮江淮,沮遏其势㉖,天下之不亡,其谁之功也?当是时,弃城而图存者,不可一二数㉗;擅强兵,坐而观者,相环也。不追议此,而责二公以死守,亦见其自比于逆乱㉘,设淫辞而助之攻也㉙。愈尝从事于汴、徐二府㉚,屡道于两府间㉛,亲祭于其所谓双庙者㉜。其老人往往说巡、远时事云。

南霁云之乞救于贺兰也㉝,贺兰嫉巡、远之声威、功绩出己上,不肯出师救。爱霁云之勇且壮,不听其语,强留之。具食与乐,延霁云坐㉞。霁云慷慨语曰:"云来时,睢阳之人不食月余日矣。云虽欲独食,义不忍。虽食,且不下咽。"因拔所佩刀,断一指,血淋漓以示贺兰。一座大惊,皆感激为云泣下。云知贺兰终无为云出师意,即驰去。将出城,抽矢射佛寺浮图㉟,矢著其上砖半箭㊱,曰:"吾归破贼,必灭贺兰,此矢所以志也㊲。"愈贞元中过泗州㊳,船上人犹指以相语。城陷,贼以刃胁降巡㊴,巡不屈,即牵去,将斩之,又降霁云,云未应,巡呼云曰:"南八㊵,男儿死耳,不可为不义屈!"云笑曰:"欲将以有为也,公有言,云敢不死㊶!"即不屈。

张籍曰:"有于嵩者,少依于巡。及巡起事㊷,嵩常在围中㊸。籍大历中于和州乌江县见嵩㊹,嵩时年六十余矣。以巡初尝得临涣县尉㊺,好学,无所不读。籍时尚小,粗问巡、远事,不能细也。云巡长七尺余,须髯若神㊻,尝见嵩读《汉书》,谓嵩曰:'何为久读此?'嵩曰:'未熟也。'巡曰:'吾于书,读不过三遍,终身不忘也。'因诵嵩所读书,尽卷不错一字。嵩惊,以为巡偶熟此卷,因乱抽他帙以试㊼,无不尽然。嵩又取架上诸书,试以问巡,巡应口诵无疑。嵩从巡久,亦不见巡常读书也。为文章操纸笔立书,未尝起草。初守睢阳时，士卒仅万人㊽，城中居人户，亦且数万，巡因一见问姓名，其后无不识者。巡怒，须髯辄张。及城陷，贼缚巡等十人坐，且将戮。巡起旋㊾，其众见巡起，或起或泣，巡曰：'汝勿怖，死，命也。'众泣不能仰视。巡就戮时，颜色不乱，阳阳如平常㊿。远宽厚长者，貌如其心(51)，与巡同年生，月日后于巡，呼巡为兄，死时年四十九。嵩贞元初死于亳、宋间(52)。或传嵩有田在亳、宋间，武人夺而有之，嵩将诣州讼理(53)，为所杀。嵩无子。"张籍云。

（古典文学出版社马通伯《韩昌黎文集校注》卷二）

【注释】

① 元和二年：公元807年。元和，唐宪宗李纯年号。

② 张籍：韩愈的学生。唐宪宗元和间著名诗人。张籍原籍吴郡（郡治在今江苏苏州），故言"吴郡张籍"。

③ 李翰：字子羽，赵州赞皇（今河北元氏）人。《旧唐书·文苑传》称其"为文精密，用思苦涩"。李翰《张巡传》宋时犹存（欧阳修《集古录》中有《跋唐张中丞传》），今已佚。

④ 自名：自负，自许。

⑤ 许远：杭州盐官（今浙江海宁）人。"安史之乱"时，官睢阳太守，与张巡固城不降，在粮尽援绝时，城陷被俘，宁死不屈，后被害。旧、新《唐书》均有传。

⑥ 雷万春：为张巡部下骁将，与张巡一起遇害。一说此处"雷万春"三字，应为"南霁云"。因韩愈此文前半篇写张巡、许远，后半篇则主要写南霁云，未涉及雷万春事迹。

⑦ 授之柄而处其下：指许远授权于张巡。柄，权柄。据《资治通鉴》卷二一九载，唐肃宗至德二年（757）正月，安庆绪属将尹子奇拥兵十三万趋睢阳，许远向张巡告急，巡立即引兵自宁陵入睢阳。许远对张巡说："远懦，不习兵，公智勇兼济，远请为公守，公请为远战。"此后，战事之筹划与指挥，一出于巡。

⑧ 与巡死先后异耳：唐肃宗至德二年（757）十月，睢阳城陷，张巡、许远等被虏，尹子奇杀张巡等三十六人，解送许远去洛阳报功，至偃师，许远不屈被害。巡、远遇难在同一个月，只是略有先后罢了。

⑨ "两家子弟"二句：是说张、许两家子弟不明事理，不完全理解父辈心志。大历中，张巡之子去疾曾上书，言城陷时，其父张巡及将校三十余人皆割心剖肌，惨毒备至，

而许远独生。巡死前恨远心不可测,误国家事云云,请追夺许远官爵,以洗冤耻。诏下尚书省,使张去疾与许远之子许岘(xiàn)及百官议。实则巡死时,去疾尚幼,所言亦皆传闻。"不能通知二父志",即指此。材智下,本指才能智力低下,此指不明事理。通知,通晓。

⑩ 辞服:请降。

⑪ 食其所爱之肉:睢阳被围困时城中粮绝,张巡曾杀自己的爱妾,许远杀自己的奴仆,以其肉充军粮。事见《资治通鉴》卷二二〇。

⑫ 外无蚍蜉蚁子之援:是说无一点儿哪怕是极微小的援助。蚍蜉,黑色大蚁。比喻微小。

⑬ 贼语以国亡主灭:"安史之乱"后,唐玄宗逃往蜀中,两京沦陷。当时叛军可能以"国亡主灭"为词,说降巡、远。

⑭ 外无待而犹死守:从至德二年(757)正月至九月,睢阳被围,朝廷官军未尝出一兵卒援救。当时的御史大夫、河南节度使贺兰进明屯兵于临淮(今安徽境内),观望莫救。

⑮ 数(shǔ)日:计算日子。数作动词。这句是说城破身死,已是不可免。

⑯ "说者又谓"三句:当时远、巡分城把守,巡守东北,远守西南,叛军是从许远的守区攻入城的。故有此说。

⑰ 诟(gòu):诽谤,诬陷。

⑱ "人之将死"四句:这里用了两个比喻,以说明城陷乃由于粮尽援绝,兵力不支,而不能只看表面现象,以为是防守上的疏忽。脏,原作"藏"。引,拉。绝,断。

⑲ 尤之:即以之(指受病之脏腑和绳的断处)为尤,意即归咎于许远。尤,过失。

⑳ 不乐成人之美:语出《论语·颜渊》:"子曰:'君子成人之美,不成人之恶,小人反是。'"

㉑ 卓卓:特异,杰出。

㉒ 弃城而逆遁:当时确有弃城他去之议。《新唐书·张巡传》:"众议东奔,巡、远议,以睢阳江淮保障也,若弃之,贼乘胜鼓而南,江淮必亡,且帅饥众行,必不达。"逆遁,事先转移。

㉓ 创残饿羸之余:指伤残饥弱之余部。创,受伤。残,残废。饿,饥饿。羸,瘦弱。

㉔ 讲之精矣:考虑得很周密。指否定弃城东奔之议,谓分析得透彻、精当。

㉕ 守一城,捍天下:意谓守住一个睢阳,等于捍卫了国家。李翰《进张中丞传表》:"巡退军睢阳,扼其咽领,前后拒守。自春徂冬,大战数十,小战数百,以少击众,以弱击强,出奇无穷,制胜如神,杀其凶丑凡十余万。贼所以不敢越睢阳而取江淮,江淮所以保全者,巡之力也。"

㉖沮(jǔ)遏:即阻遏。沮,同"阻"。

㉗"弃城而图存者"二句:是说安禄山反时,地方官吏弃城而奔者,不止一两个。如谯郡太守杨万石、雍丘县令令狐潮先后降贼。山南东道节度使鲁炅南阳奔襄阳,灵昌太守许叔冀奔彭城等。可参阅《新唐书·张巡传》及《资治通鉴》卷二一九。

㉘自比于逆乱:将自己列于逆乱者之中。比,比并、比附。

㉙淫辞:指歪曲事实的言辞。这句是说那些自附于逆乱的人,制造谣言诬诟巡、远,是助逆贼攻击忠贞将领。

㉚愈尝从事于汴、徐二府:贞元十二年(796),董晋任宣武节度使,镇汴州(今河南开封),韩愈为推官;贞元十五年(799),宁武军节度使张建封驻徐州(今江苏徐州),亦召韩愈为推官。推官为幕僚之属,唐时统称从事。此处从事用作动词,犹任职。

㉛屡道:多次经过。

㉜双庙:张巡、许远死后,唐肃宗追赠巡为扬州大都督,远为荆州大都督,立庙于睢阳,岁时祭祀,号为双庙。见《新唐书·张巡传》。

㉝南霁云之乞救于贺兰也:睢阳被围困时,南霁云曾求助于临淮节度使贺兰进明,贺兰拥兵观望,拒绝发兵救援。南霁云,魏州顿丘(今河南清丰西南)人。少微贱,为人操舟度日。安禄山反,钜野尉张沼起兵讨贼,拔其为将。后至睢阳与张巡计事,遂为张巡部将。《新唐书》有传。

㉞延:请。

㉟浮图:佛塔。

㊱矢著其上砖半箭:箭射塔上,入砖有半箭深。

㊲志:通"识"。此为作标记之意。

㊳贞元:唐德宗李适年号(785—805)。泗州:故治在今江苏盱眙。唐时属河南道,为贺兰进明驻扎之处。

㊴胁降巡:犹言威胁使巡降。降,用作动词。下文"降霁云"用法同此。

㊵南八:即南霁云,因其在兄弟中行八。

㊶敢不死:犹言岂敢不死。

㊷起事:指起兵讨安史叛军。

㊸围中:围困之中,指睢阳城被围。

㊹大历:唐代宗李豫的年号(766—779)。和州乌江县:即今安徽和县东北之乌江镇。

㊺以巡初尝得临涣县尉:因张巡的举荐,曾做过临涣县尉。临涣县故城在今安徽宿县西南的临涣集。于嵩为张巡幕中故旧,曾随巡参加睢阳城守。

㊻须髯(rán):泛指男子的胡须。在颐为须,在颊为髯。

239

㊼ 帙(zhì)：书套。此代指书。

㊽ 仅万人：即近万人。《说文》段玉裁注："唐人文字，仅，多训庶几之几。如杜诗：'山城仅百层。'韩文：'初守睢阳时，士卒仅万人。'又：'家累仅三十口。'"

㊾ 起旋：起身来回走动。一说指起来小便。《左传·定公三年》："夷射姑旋焉。"杜预注："旋，小便。"

㊿ 阳阳：若无其事，安详的样子。《诗经·王风·君子阳阳》毛传："阳阳，无所用其心也。"

㉛ 貌如其心：意谓外貌与其性格一样宽厚善良。

㉜ 亳(bó)、宋间：亳州与宋州之间。亳州州治在谯县(今安徽亳县)，宋州州治在睢阳。

㉝ 诣(yì)：往。讼理：即诉讼。这句是说要到州衙门去诉讼。

【导读】

张巡、许远固守睢阳之事发生在唐肃宗至德二年(757)，城陷是在十月间，张巡及其部下三十六人不屈遇难，接着许远也在押解洛阳途中为叛将尹子奇杀害。张巡的好友李翰曾亲见战守实况，针对某些人的不实之词，他写了《张巡传》(《张中丞传》)，呈给唐肃宗，为张巡辩诬。整整五十年后，即唐宪宗元和二年(807)，国子监博士韩愈读了《张巡传》，深有感触，写下了这篇名文。文章一方面对《张巡传》做了若干事实上的补充，另一方面进一步阐明了在"安史之乱"中张巡、许远等死守睢阳的战略意义，便是所谓"守一城，捍天下"，"蔽遮江淮，沮遏其势"。更重要的是歌颂了巡、远等忠贞为国、英勇抗敌的高尚气节，驳斥了诬蔑巡、远的不实之词。这与韩愈主张建立统一的中央集权，反对藩镇割据的政治立场息息相关。韩愈的这篇文章不仅是有感而发，而且文中的议论在当时具有深刻的现实意义和积极作用。因为藩镇问题一直是唐王朝统一国家政策实施中的一个隐患。

本文采取夹叙夹议的写法，是韩愈散文中继承和发扬《史记》现实主义传统，从而形成自己独特风格的一篇有代表性的作品。其主要艺术成就表现在以下三个方面：

第一,将叙事、议论、抒情熔为一炉,叙事生动逼真,议论雄辩透彻,抒情慷慨激昂。上半篇侧重议论,在议论中穿插叙事;下半篇侧重叙事,于叙事中随机议论。通篇夹叙夹议,抒情则贯穿始终。

第二,成功地塑造了张巡等英雄形象,他们都有忠贞为国、宁死不屈的共性,又各具不同的个性。南霁云断指斥贺兰、箭入砖塔,张巡从容就义、凛然不可犯等片段描写,尤为动人,给人留下的印象也极为深刻。作者善于以精练的语言进行细节描绘,同时又善于以人物对话来刻画人物。

第三,驳论与反衬的运用,增强了文章的力度。如以"擅强兵,坐而观者"来反衬巡、远死守城池;又如谓指责二公死守者,"亦见其自比于逆乱,设淫辞而助之攻也",这是雄辩的驳论。

此外,作者行文中有时也置身其境,穿插旁证。如写南霁云射塔,插入了"愈贞元中过泗州,船上人犹指以相语",使人倍觉真实。作者补叙时,讲明材料来源和依据,如于嵩之转述,即是。亦使读者信服。至于语言的洗练、准确,行文的舒卷自如,谋篇布局的看似随意,实则成竹在胸,均须细细体会。

始得西山宴游记

柳宗元

【解题】

　　本篇为作者"永州八记"之首,作于元和四年(809)。全文看意于"始得"二字,极写西山的怪异之处和始游时的心情,于叙事写景之中,流露出对被贬谪于偏僻荒远之处的不满情绪,抒发了改革现实政治的理想及受挫之后的苦闷、抑郁之情。西山在今湖南零陵西,俗称粮子岭。柳宗元(773—819),字子厚,河东(今山西永济)人。唐代著名思想家和文学家。唐德宗贞元九年(793)进士。贞元十四年(798)中博学鸿词科,授集贤殿正字,后担任过蓝田尉,拜监察御史。曾参与以王叔文为首的政治革新活动,改任礼部员外郎。革新失败后,被贬为永州(治所在今湖南零陵)司马,十年后调柳州(治所在今广西柳州)刺史。唐宪宗元和十四年(819),病死于柳州。世称柳柳州或柳河东。柳宗元是中唐时古文运动的倡导者之一,其散文与韩愈齐名,号为"韩柳"。长期的贬谪生活,使他有机会接触社会,了解下层人民疾苦,他的一些优秀的作品,多写于此时。柳文各体兼擅,无论是政论、寓言,还是山水游记,都有独到的成就。韩愈评其文,以"雄深雅健,似司马子长"来概括。"永州八记"颇能见出柳文风致,说理透辟,文笔犀利,寓意深刻,刻画入微,语言也洗练明净,生动传神。他的诗幽峭清隽,自成一家。苏轼曾用"发纤秾于简古,寄至味于淡泊"(《书黄子思诗集后》)来概括其诗风。有《柳河东集》。

　　自余为僇人①,居是州②,恒惴慄③。其隙也④,则施施而行⑤,漫漫而游,日与其徒上高山,入深林,穷回溪⑥,幽泉怪石,无远不到。到则披草而坐⑦,倾壶而醉,醉则更相枕以卧,卧而梦。意有所极,梦亦同趣⑧。觉而起,起而归。以为凡是州之山水有异态者,皆我有也,而未始知西山之怪特。

今年九月二十八日,因坐法华西亭⑨,望西山,始指异之⑩。遂命仆人,过湘江,缘染溪⑪,斫榛莽⑫,焚茅茷⑬,穷山之高而止。攀援而登,箕踞而遨⑭,则凡数州之土壤,皆在衽席之下⑮。其高下之势,岈然⑯,洼然⑰,若垤⑱,若穴。尺寸千里⑲,攒蹙累积⑳,莫得遁隐㉑。萦青缭白,外与天际㉒,四望如一。然后知是山之特立,不与培塿为类㉓。悠悠乎与颢气俱,而莫得其涯;洋洋乎与造物者游,而不知其所穷㉔。引觞满酌,颓然就醉,不知日之入。苍然暮色,自远而至,至无所见,而犹不欲归。心凝形释,与万化冥合㉕。然后知吾向之未始游,游于是乎始。

故为之文以志。是岁,元和四年也。

(江苏古籍出版社《唐代文选》上)

【注释】

① 僇(lù)人:犹言罪人。此指遭贬谪之人。作者自指。僇,同"戮",刑辱之意。
② 是州:这个州,指永州,今湖南零陵。
③ 恒惴(zhuì)慄:常感到忧惧不安。
④ 隙:闲暇,空闲。
⑤ 施(yí)施:缓慢行走的样子。与下句"慢慢"对举,谓潇散无拘,信步徐行。
⑥ 穷回溪:尽游萦回曲折的溪涧。穷,尽。此为行遍之意。
⑦ 披草而坐:犹言席地而坐。披,在此是略事整理的意思。
⑧ "意有所极"二句:是说意有所至,梦也同往。极,至。趣,同"趋",往,赴。
⑨ 法华西亭:作者曾于元和四年建亭于法华寺之西,故称。法华,寺名,在今零陵东山上。
⑩ 指异:指点着而称其奇特。
⑪ 缘染溪:沿着染溪。染溪,一名冉溪,在零陵西南,为潇水支流。
⑫ 斫(zhuó)榛莽:砍伐灌木丛草。
⑬ 茅茷(fèi):茅草之类。茷,草叶茂盛的样子。

⑭ 箕踞而遨：席地而坐并纵目观赏。古以两腿伸直叉开，形同簸箕，为箕踞。踞，坐。遨，游览。此指放眼远观。
⑮ 衽(rèn)席之下：谓景观皆在脚下，形容登高望远的感觉。衽，席子。
⑯ 岈(xiā)然：山谷空阔的样子。
⑰ 洼(wā)然：溪涧低下的样子。
⑱ 垤(dié)：蚁穴外的积土。
⑲ 尺寸千里：谓登高望远，尺寸之间，途程遥遥。
⑳ 攒蹙(cuán cù)：簇聚，密集。
㉑ 莫得遁隐：意思是尽收眼底。遁隐，隐藏不见。
㉒ 际：接，合。
㉓ 培塿(pǒu lóu)：小的土堆。为类，相同。
㉔ "悠悠乎与颢气俱"四句：写登临西山时物我两忘、心神怡淡的感受。悠悠乎，渺远神往的样子。颢气，即浩气，天地间正大之气。洋洋乎，广阔无际的样子。造物者，即天地、自然。
㉕ "心凝形释"二句：极写物我融合为一的忘我境界。万化，万物大化。冥合，浑然为一体。

【导读】

　　这篇山水游记写登临游览的种种感受，体察细微，富于诗情画意于含蓄蕴藉之中，引发出哲理之思。作者将山水之美与人生体验相映衬，折射出人格之美，从而使文章的思想内涵丰富而深邃。

　　全文分为两个部分，前半部分泛写在永州的游览，即登临西山之前的感受，可以看作兴起下文的一个引子，意在于造成蓄势，以更好地突出西山之"怪特"；后半部分具体描写西山景物及作者的独特感觉，在极为细致地描摹之后，引发带有浓重主观感情色彩的宇宙意识与人生思考，最后以"心凝形释，与万化冥合"的境界收束，这就是"游"的最高境界。值得注意的是，作者居永州之始情绪之消沉，所谓"恒惴慄"，抑郁与苦闷之情无以排遣是不言而喻的。于是便以"游"来排遣。及待于西山登高望远，忽有所悟之后，作者发现以往之游算不上真正的游，只有通达宇宙人生，与万物融为一体乃至物我两忘之时,游的意义始展现出来,故有"吾向未始游,游于是始"的说法。作为"永州八记"之开篇,本篇有引领意义,其"心凝形释,与万化冥合"的思想,也贯穿于"八记"之中。这个思想对后来苏轼的《前赤壁赋》,明显有着深刻的影响。

柳宗元的山水游记散文,继承和发扬了郦道元、陶渊明等山水田园诗文的传统,并有所创新,在古代散文史上具有重要的地位。柳宗元的创造性主要表现在描写山水不仅限于模山范水,更在于传山水之神。此文"攀援而登,箕踞而遨"以下描写,就很有代表性。特别是哲理性思考的自然而然,水到渠成,尤当引起我们的注意。且柳文议论往往简练精警,仿佛只是偶一点染,实则恰是着意之处。"悠悠乎"以下四句,增一分则嫌累赘,减一分则又不到位,个中妙处,要用心揣摩。

此外,在具体写法上还有两个显著的特点,值得玩味。一是文中写西山并不做正面描写,而是用衬托的手法状其高峻,突出其气势非凡。二是铺垫与蓄势手法的运用,恰到好处。如开头一段只是写平日游览,并不急于去写西山之特异,至"望西山,始指异之",西山才千呼万唤始出来。这种制造蓄势的手法,不仅给读者一种期待感,而且在比较中突出了西山之异,增强了文章的表现力。

登柳州城楼寄漳汀封连四州

柳宗元

【解题】

　　此诗写于元和十年(815),为作者初任柳州刺史时寄给同时被贬的四位友人的。漳州刺史韩泰、汀州刺史韩晔、封州刺史陈谏、连州刺史刘禹锡,与作者同是王叔文集团中的重要人物,自永贞元年(805)被贬谪南方,十年后才奉诏进京。他们仍被分派到边远的州郡做刺史。诗中写登楼远望,遥寄情怀,并借雨骤风狂的景物描写,抒发了贬谪荒僻之地的孤苦情怀,以及与友人聚会无期、愁思无限的情感。

　　　　城上高楼接大荒,海天愁思正茫茫①。
　　　　惊风乱飐芙蓉水,密雨斜侵薜荔墙②。
　　　　岭树重遮千里目,江流曲似九回肠③。
　　　　共来百越文身地,犹自音书滞一乡④。

　　　　　　　　　　(中华书局校点本《柳宗元集》卷四十二)

【注释】

　　①"城上高楼"二句:登高远望,郁结的愁绪无际无涯。接,目接,此指远眺。大荒,泛指荒僻广大的边远地区。海天愁思,指愁思像海与天空一样茫茫无际。
　　②"惊风乱飐(zhǎn)"二句:极写暴雨景象,暗寓仕途风波险恶。惊风、密雨均影射朝廷中的敌对势力。纪昀云:"赋中之比,不露痕迹。"极是。飐,吹动,掠过。芙蓉,即荷花。薜(bì)荔,一种蔓生的香草。
　　③"岭树重遮"二句:写对友人无限思念之情,前句写难以相聚,后句写思念情深。岭树,泛指山头茂林。江流,指柳江。柳州城在柳江与龙江汇合之处。曲,江流曲折蜿蜒,百转千回。九回肠,九曲回肠,形容愁思缠绕。司马迁《报任安书》:"肠一日而九回。"

④"共来百越"二句：谓同被贬谪蛮荒之地，音问阻隔。百越，即"百粤"，泛指南方少数民族聚居之地。文身，即纹身，在身上刺花纹；古时南少数民族的一种习俗。犹自，仍然，依旧。滞，阻隔不通。

【导读】

  这首诗寓情于景，意在言外，是柳宗元具有代表性的一首诗作。

  首联写登临时的心境，对景抒情。在作者眼中，极目所见，苍苍莽莽，一派荒凉。这就奠定了全诗激愤忧郁的基调。作者将周遭景物主观意绪化了，特别是"海天愁思正茫茫"一句，是典型的所谓移情作用。中间两联写具体景物，颔联写近景，颈联写远景。前者描写骤雨狂风，赋中有比。清人沈德潜说："惊风、密雨，言在此而意不在此。"(《唐诗别裁集》)，联系作者身世，可知风、雨乃影射朝廷中的黑暗势力，而"芙蓉""薜荔"则是诗人高洁、芬芳人格精神的象征。后者写山重水曲，在一俯一仰的凝眸之中，两句视野不同。诗人以曲折蜿蜒的柳江比喻愁思百结，新奇而又形象，且与丛岭层林重重遮蔽，思友而不能聚首相对，形成颈联的"工对"。此联上虚下实，前因后果，以骈偶之辞运单行之中，又具有"流水对"的特点。尾联点题。先以"共来"唤起，再以"犹自"一转，读之令人黯然伤神。出句的"共来"二字统摄作者与漳、汀、封、连四州，寄思念深情于登临纵目之中。对句的"犹自"二字，转折之中含无尽伤感，直欲令人涕下，艺术效果十分强烈。

  巧妙运用比喻，是这首诗艺术上的一个突出特点。"惊风""密雨"是暗喻，"江流曲似九回肠"则是明喻。"芙蓉""薜荔"是自喻自况，说到底也还是比。有趣的是，诗中的比又仿佛是实景，因此，是将比藏在"赋"中的。将客观景物主观化，是这首诗的又一特点，这样的写法我们在杜甫的《春望》诗中已经接触到了，可对读比较。至于此诗用语新奇、对仗工稳及语少意多、承转自如等，是再明显不过的，亦须用心去琢磨。

琵 琶 行 并序

白居易

【解题】

　　这首诗作于元和十一年（816）秋，时白居易被贬为江州司马。诗中所写琵琶女沦落天涯的凄凉身世，正是为了映衬自己的迁谪漂泊，抒发自己政治上的感慨。诗人将两者巧妙地糅合起来，用优美明快、富于音乐性的语言，将共同的凄凉幽怨，抒写得淋漓尽致。特别是其中描写琵琶女的演奏技巧，运用多种形象生动的比喻，以及其他一些修辞手法，再现了音乐的无限美妙，一向为人们所称道。白居易（772—846），学乐天，晚年号香山居士，原籍为太原，后迁居为下邽（今陕西渭南）人。唐宪宗元和年间，曾任翰林学士、左拾遗、左赞善大夫。曾因上表请严缉刺杀宰相武元衡的凶手，得罪权贵，被贬为江州司马。后任忠州、杭州、苏州刺史，以刑部尚书致仕。面对中唐国势日衰的现实，白居易主张改革弊政，巩固唐王朝的政权。在文学思想上，他提出了"文章合为时而著，歌诗合为事而作"的主张，强调继承古典诗歌的现实主义优秀传统。他创作了许多政治"讽谕诗"，如《新乐府》五十首和《秦中吟》十首等，其中尤以"因事立题"的新乐府最为著名。以《长恨歌》《琵琶行》为代表的长篇叙事诗，也是他创作成就的一个重要方面。白居易诗歌语言通俗易懂，明白晓畅，相传老妪能解，从而履践了他"欲见之者易谕也"的主张。晚年，在连续受到政治上的打击之后，他退居洛下，以诗酒自娱，并崇奉佛教，所谓"独善其身""乐天知命"，闲适、感伤类的作品占了其创作的绝大部分。有《白氏长庆集》七十一卷。

元和十年,予左迁九江郡司马①。明年秋,送客湓浦口②,闻舟中夜弹琵琶者,听其音,铮铮然有京都声③。问其人,本长安倡女,尝学琵琶于穆、曹二善才④。年长色衰,委身为贾人妇⑤。遂命酒,使快弹数曲,曲罢悯默⑥。自叙其少小时欢乐事,今漂沦憔悴,转徙于江湖间。予出官二年,恬然自安,感斯人言,是夕始觉有迁谪意⑦。因为长句,歌以赠之,凡六百一十二言⑧,命曰《琵琶行》⑨。

浔阳江头夜送客⑩,枫叶荻花秋瑟瑟⑪。
主人下马客在船,举酒欲饮无管弦。
醉不成欢惨将别,别时茫茫江浸月。
忽闻水上琵琶声,主人忘归客不发。
寻声暗问弹者谁,琵琶声停欲语迟。
移船相近邀相见,添酒回灯重开宴⑫。
千呼万唤始出来,犹抱琵琶半遮面⑬。
转轴拨弦三两声⑭,未成曲调先有情。
弦弦掩抑声声思⑮,似诉平生不得意。
低眉信手续续弹⑯,说尽心中无限事。
轻拢慢捻抹复挑⑰,初为《霓裳》后《绿腰》⑱。
大弦嘈嘈如急雨,小弦切切如私语⑲。
嘈嘈切切错杂弹,大珠小珠落玉盘。
间关莺语花底滑,幽咽泉流水下滩⑳。
冰泉冷涩弦凝绝㉑,凝绝不通声暂歇。
别有幽愁暗恨生,此时无声胜有声。
银瓶乍破水浆迸,铁骑突出刀枪鸣㉒。
曲终收拨当心划,四弦一声如裂帛㉓。
东船西舫悄无言,唯见江心秋月白。
沉吟放拨插弦中,整顿衣裳起敛容㉔。
自言本是京城女,家在虾蟆陵下住㉕。
十三学得琵琶成,名属教坊第一部㉖。

曲罢曾教善才伏,妆成每被秋娘妒㉗。
五陵年少争缠头㉘,一曲红绡不知数㉙。
钿头云篦击节碎㉚,血色罗裙翻酒污㉛。
今年欢笑复明年,秋月春风等闲度㉜。
弟走从军阿姨死,暮去朝来颜色故㉝。
门前冷落车马稀,老大嫁作商人妇。
商人重利轻别离,前月浮梁买茶去㉞。
去来江口守空船㉟,绕船月明江水寒。
夜深忽梦少年事,梦啼妆泪红阑干㊱。
我闻琵琶已叹息,又闻此语重唧唧㊲。
同是天涯沦落人,相逢何必曾相识!
我从去年辞帝京,谪居卧病浔阳城。
浔阳地僻无音乐㊳,终岁不闻丝竹声。
住近湓江地低湿,黄芦苦竹绕宅生。
其间旦暮闻何物,杜鹃啼血猿哀鸣㊴。
春江花朝秋月夜㊵,往往取酒还独倾。
岂无山歌与村笛,呕哑嘲哳难为听㊶。
今夜闻君琵琶语,如听仙乐耳暂明。
莫辞更坐弹一曲,为君翻作琵琶行㊷。
感我此言良久立,却坐促弦弦转急㊸。
凄凄不似向前声㊹,满座重闻皆掩泣。
座中泣下谁最多?江州司马青衫湿㊺。

(文学古籍刊行社影宋本《白氏长庆集》卷十二)

【注释】

① 左迁:即降职。九江郡:隋郡名,唐因之。天宝元年(742)改称浔阳郡,乾元元年(758)又改称江州,州治在今江西九江。司马:官名,州刺史的副职,佐刺史执掌一州军事,唐时已成闲职官。

② 湓浦口：即湓口，是湓水入江处，在今九江西面。

③ 京都声：指京城长安流行之曲调。此处是说与京城教坊中演奏琵琶声调、韵味如出一辙。

④ 穆、曹二善才：唐教坊琵琶师称善才。穆、曹二姓琵琶师是当时很著名的琵琶演奏家。

⑤ 委身：封建时代妇女无独立地位，必须依附于男子，故称出嫁为委身。贾人：商人。

⑥ 悯默：忧伤不语。别本一作"悯然"。

⑦ 迁谪：降职外调，又称贬谪。

⑧ 六百一十二言：全诗实为六百一十六字，"二"，当是传写之误。

⑨ 命曰：命题为。

⑩ 浔阳江：九江以北一段长江的别名。

⑪ 荻花：即芦花。瑟瑟：风吹枫荻之声。一作"索索"。

⑫ 回灯：把灯烛重新拨亮，或重新张灯。

⑬ 抱：一作"把"。

⑭ 转轴拨弦：演奏前调弦校音。轴，琵琶上缠绕丝弦的小柱。三两声：试音时的声音。

⑮ "弦弦"句：是说弹奏时用掩按抑遏的手法，发出低回幽咽的声音，仿佛声声都饱含着哀怨的情思。

⑯ 低眉信手：是说演奏技巧高超。低眉，是凝神沉浸在乐曲中。信手，随手，意谓熟练。

⑰ 拢：扣弦时的动作。捻(niǎn)：揉弦的动作。抹：顺手下拨。挑：反手回拨。四者均为弹琵琶的基本指法。前二者用左手，后二者用右手。

⑱《霓裳》：即《霓裳羽衣曲》，舞曲名。本为西域乐舞，唐玄宗开元年间，由西凉节度使杨敬述依曲创声，始流入中原。《绿腰》：大曲名，本为乐工向朝廷所进曲调，皇帝命录要成谱，因名"录要"，后讹名为"绿腰""六幺"。

⑲ "大弦"二句：琵琶上粗的弦为大弦，细的为小弦。一般是四弦或五弦，从粗到细依次为大小。嘈嘈，声音沉重而舒长。切切，声音急促而细碎。

⑳ "间关"二句：如黄莺鸣叫般宛转，似冰下流水那样滞缓。间关，鸟鸣声。花底滑，在花间穿梭般飞来飞去。水，《全唐诗》本注，一作"冰"。难，原作"滩"，据《全唐诗》本改。"幽咽"一句理解上向有歧义。段玉裁《经韵楼集》卷八《与阮芸台书》："'泉流水下滩'不成语，且何以与上句属对？昔年曾谓当作'泉流冰下难'，故下文接以'冰泉冷涩'，难与滑对，难者，滑之反也。莺语花底，泉流水下，形容涩滑二境，可谓

251

工绝。"或以为泉水在冰下流,泉声为冰层所隔,故云幽咽。日本那波本作"冰下滩"。《广韵》去声二十八翰:"滩,水奔。"水奔即水流,故"冰下滩"可通。

㉑ 凝绝:凝滞。指声音的顿挫。

㉒ "银瓶"二句:形容短暂沉寂之后,猛然又发出激越而雄壮的声音。

㉓ "曲终"二句:写弹将结束,戛然而止。拨,弹弦的工具。当心划,用"拨"在琵琶中心的四弦上猛然一划。如裂帛,像用力撕扯布帛的声音。形容声音清脆而强烈。

㉔ 敛容:收敛起面部表情。指演奏者从沉浸在音乐之中回到现实中来,客气而矜持地面对客人。

㉕ 虾蟆陵:在长安城东南郊,为当时歌姬舞女聚居之处。相传此处为汉代董仲舒墓地之所在,董的门人过此,此下马致敬,遂名"下马陵",当地人音近传讹,呼为"虾蟆陵"(唐李肇《国史补》卷下)。

㉖ 教坊第一部:在宫廷教习乐舞的机构中是演奏水平最高的坐部伎。唐教坊分坐立二部:堂下立奏,称立部伎;堂上坐奏,为坐部伎。第一部即坐部。见唐崔令钦《教坊记》。

㉗ 秋娘:唐时以歌舞为业的女子,多以秋娘为名,故以秋娘代指歌伎舞女。

㉘ 五陵年少:泛指贵族公子、纨绔子弟。五陵在今陕西渭水北岸咸阳附近,以汉代五个皇帝陵墓在此而得名。缠头:当时风俗,歌舞伎演奏完毕,观听者中多有人以绫帛之类相赠,叫"缠头彩"。

㉙ 绡:精细而轻薄的丝织品。

㉚ 钿头云篦(bì):镶嵌着金属和珠宝的发篦,当是一种珍贵的发饰,而非实用的梳篦。击节:歌唱时以器物打拍子。这句是说取了贵重首饰击节歌唱,即便是打碎了也毫不吝惜,乃极写生活之豪奢。

㉛ "血色"句:承上句亦写生活奢华,谓与五陵年少戏谑,酒洒红裙。

㉜ 等闲度:随随便便度时光。

㉝ 颜色故:容颜衰老。故,旧,此处引申为衰老。

㉞ 浮梁:古代县名,即今江西景德镇,唐时属饶州。

㉟ 去来:去了以后。"来",为语助词,无义。

㊱ 阑干:纵横貌,此指泪痕满面。

㊲ 唧唧:叹息声。

㊳ 地僻:一本作"小处"。

㊴ 杜鹃啼血:相传杜鹃鸟啼叫时嘴里会啼出血来。血,一本作"哭"。

㊵ "春江"句:为"春江花朝,秋江月夜"之略文。

㊶ 呕哑(ōu yā)嘲哳(zhāo zhā):均指嘈杂混乱的声音。故下接"难为听",即听

不下去之意。

㊷ 翻：按乐谱填写歌词。

㊸ 却坐：退回原处重新坐下。

㊹ 向前声：指前面所弹奏的曲调。

㊺ 青衫：唐制，文官品级最低（八、九品）者着青衫。白居易被贬为江州司马，官阶是"将仕郎"，从九品，故言。

【导读】

唐宪宗元和十年（815），平卢节度使李师道公然派人在京城刺杀了朝廷主持平定藩镇叛乱的宰相武元衡，朝野一片震惊。当时任左赞善大夫的白居易，愤而上书，强烈要求"急请捕贼，以雪国耻"（《旧唐书》本传），因而得罪权贵。他们指责白居易越职奏事，并罗织罪名诬陷白居易。在一片谗言声中，白居易被贬为江州司马。这首诗写于被贬谪江州的次年（816）。诗前小序清楚地交代了创作时间、地点及自己的处境，交代了人物和故事梗概，同时点明用意和题旨："感斯人言，是夕始觉有迁谪意。"

全诗共616字，可分为三个部分。从开篇至"唯见江心秋月白"为第一部分。写诗人送客江滨，邀请琵琶女演奏琵琶的过程，特别突出了琵琶女精湛的演奏技艺。从"沉吟放拨插弦中"至"梦啼妆泪红阑干"为第二部分。琵琶女自述身世、遭遇，昔日欢畅与眼下沦落形成了鲜明对照。余为第三部分。诗人抒发感慨，突出的是"同是天涯沦落人，相逢何必曾相识"这样一种内心深处的强烈共鸣。于是诗人将自己的失意和郁闷之情与琵琶女老大伤悲的失落之感绾结在一起，诗旨一下子豁然开朗。作为一个封建时代的士大夫，能将自己的处境与一个处于社会底层的歌妓的命运联系在一起，这样的一种沟通，在古代诗歌史上并不多见。

《琵琶行》的艺术成就主要表现在以下三个方面：

第一，全诗叙事完整，结构严密，层次清楚，详略得当，虚实结合，通篇布局极为合理。诗人因送客而闻琵琶声，缘声而邀演奏者，听弹奏而问其身世，由知身世而生感慨，整个过程自然而然，层层相扣,前后呼应。总之,将叙事、抒情融为一体,相得益彰。

第二,是精妙绝伦的音乐描写。这也是白居易的独特贡献。诗中关于音乐的描写细腻真切,几乎调动了一切修辞手法,如比喻、夸张、正衬、反衬、对比、通感等。诗人不仅善于描摹音乐片段,更在于真实、细致、完整地表现出一段甚至整曲的弹奏过程。以文学语言表现音乐美之精到和传神,在中外文学史上亦属罕见。从手法上看,诗中既运用了准确的摹音,恰当的比喻,也运用了侧面的烘托,正反面的对比。诗人还将弹奏动作、演奏环境、弹奏者的情感、观听者的感受等各个侧面,糅合起来描写,使音乐本身具有了立体感。此外,诗中不仅写了有声之境,也写了无声之境。如"别有幽愁暗恨生,此时无声胜有声";"东船西舫悄无言,唯见江心秋月白"。这都是以无声来反衬有声。用乐曲休止时的余韵来突现音乐的效果与魅力,实际上是一种以虚映实的写法。"间关莺语花底滑,幽咽泉流水下滩。冰泉冷涩弦凝绝,凝绝不通声暂歇。"这四句是比喻也是通感,从声音中感受到冰泉之冷涩,既出人意表,又在情理之中。

第三,巧妙自然的环境与气氛渲染。最突出的例子是诗中对江月的刻画,称得上是神来之笔。第一次出现是在送客至江边之时:"别时茫茫江浸月。"烘托出诗人与友人离别在即时的茫然情绪。第二次是反衬琵琶演奏效果之强烈,观听者沉醉于音乐中的感受:"唯见江心秋月白。"第三次是渲染琵琶女的沦落之感、抑郁之情:"绕船月明江水寒。"至于"千呼万唤始出来,犹抱琵琶半遮面"等数句,则意在渲染弹奏之前主客对音乐的期待,为后面精彩弹奏作张本,都是极具匠心之处。除了以上三点之外,诗人还成功地塑造了琵琶女形象,将她的音乐才能与她的身世变迁结合起来描写,使人物呼之欲出,栩栩如生。诗中语言的明白晓畅、生动形象,也是非常明显的。它集中反映了白居易诗歌语言的特色,即所谓"用常得奇"的语言风格。这是在阅读欣赏中要用心去体味的。

  关于这首诗中记叙的琵琶女有无其人，叙事的真实性问题，历来说法不一。多数认为是借题抒写胸中郁闷，便是作者自己所说的在于"迁谪意"。宋人洪迈说："乐天之意，直欲摅写天涯沦落之恨尔。"(《容斋随笔》)清人赵翼则说："香山借以为题，发抒其才思耳。"(《瓯北诗话》)实际上有无其事并不重要，白居易贬江州之后，心境和意绪确如诗中所描写的那样，叙事诗至少是符合艺术真实的，这就足够了。或有可能事情有一些影子，部分是真实的；或有可能诗人偶然受到音乐的启发，虚构了故事；甚或也完全有可能整个故事大体上是真实的。但我们将其作为文学作品来读，是不必拘泥的。

  白居易曾将自己的诗歌作品分为四大类：讽谕诗、闲适诗、感伤诗与杂律诗。《琵琶行》这首叙事诗中的杰作显然是属于感伤诗一类的，即作者在著名的《与元九书》中所说的那种"事物牵于外，情理动于内，随感遇而形于叹咏"的一类。

梦 天

李 贺

【解题】

　　这是一首写梦游月宫的诗,通篇是幻想境界。前四句写迷离缥缈的天上幻境,后四句写俯瞰大地,瞬间沧桑巨变。全诗想象奇诡,意境开阔,形象鲜明,极富浪漫色彩,颇能代表李贺诗的独特艺术风格。李贺(790—816),字长吉,河南府福昌县(今河南宜阳)人。中唐时期著名诗人。他是唐宗室远支,但家道早已中落,一生困顿,仅做过三年职位卑微的奉礼郎。因避父亲晋肃讳,不得应进士考试,仕路闭塞,又倍受排挤和打击,忧愤抑郁,死时年仅二十七岁。李贺诗继承了屈原和李白的浪漫主义精神,艺术上大胆创造,想象丰富奇特,语言幽峭凝练,具有独特的艺术风格。在题材上,除了抒写个人怀才不遇、愤懑不平的作品之外,也有一些作品揭露并抨击了统治集团的腐败政治和荒淫生活,还有一些关心民瘼、反映劳动人民疾苦的篇什。但其诗由于过于标新立异,往往流于晦涩险怪。有《李长吉歌诗》。

　　　　老兔寒蟾泣天色①,云楼半开壁斜白②。
　　　　玉轮轧露湿团光③,鸾佩相逢桂香陌④。
　　　　黄尘清水三山下,更变千年如走马⑤。
　　　　遥望齐州九点烟,一泓海水杯中泻⑥。

(上海古籍出版社《李贺诗歌集注》卷一)

【注释】

　　① 老兔寒蟾:古代神话传说,月中有玉兔和蟾蜍。泣天色:谓秋月凄清,有如(兔

蟾)用泪水洗过似的。或以为兔、蟾皆代指月,月色凄凉,直如兔蟾在哭泣。

② 云楼:想象中的月宫楼阁。壁斜白:月光斜照,楼阁壁上清辉耀眼。或以为云楼为云层幻化的空中楼阁。

③ "玉轮"句:是说所乘车子的车轮为冷露所沾湿,已是夜深时候了。玉轮,轮的美称。轧,辗。因玉轮沾露,故云湿团光。或谓玉轮即指月,明月如轮辗着露珠,使月光如水,仿佛湿润了似的。

④ 鸾佩:雕有鸾形之玉佩,女子饰物。此指佩戴玉佩的月宫仙女。桂香陌:桂子飘香的路。这里指月宫中的道路。传说月中有桂树。或谓"鸾佩"指嫦娥。

⑤ "黄尘清水"二句:是说俯瞰人间陆地、海洋变迁无穷,地下千载,自天上观之,不过一瞬间。清王琦注云:"蓬莱、方丈、瀛洲三仙山俱在海中,今视其下,有时变为黄尘,有时变为清水。千年之间,时复更换,而自天上观之,则犹走马之速也。"黄尘与清水,分别指陆地与海洋,此言沧海桑田变迁之速,如白驹过隙。

⑥ "遥望齐州"二句:是说从天上望人间,九州大陆小似九点烟尘,大海也不过像倒进杯子中的一注水罢了。齐州,指中国。古谓中国有九州,九州之外,都是大海。

【导读】

这首诗突出的特点是想象的奇崛独特。诗人梦中到了天上,俯瞰人间,或许真的有过这样的梦,抑或完全是出于奇思妙想。这倒是用上了"异想天开"这个词,只要驰骋想象,插上诗的翅膀,对于诗人来说,便无境不可往。清人王琦注李贺诗,认为此诗不仅奇,而且豪。他说:"九州辽阔,四海广大,而自天上视之,不过点烟杯水。梦中之游真豪矣!"以现代人的观点看,李贺此诗是登上太空的一种幻想,除了月宫楼台与仙女鸾佩是源于神话传说外,老兔寒蟾哭泣使天空变色之奇想,非李贺几再无第二人。兔冠以"老",蟾蜍冠以"寒",也是耐人寻味的。传说了几千年,兔岂能不老?人间有秋冬,月宫也应有寒,不然何以月宫又称"广寒宫"呢?自天上看人间的想象,应是从人们登高远望的感觉加以发挥的。柳宗元登上永州西山,就有"尺寸千里"之感,月宫自是高于西山不知凡几,如此看来,"点烟杯水"之想象并非无端。

诗的前三句,写诗人梦游天上之所见景色。其中"玉轮轧露湿团光"一句,各家注释说法不一。或以为诗人游天上是乘车子的,像羲和那样御六龙所驾之车。果若如此,玉轮就是轮的美称了。一种说法是玉轮就是月亮。玉轮似的月亮在湿云上碾过,潮湿之气把月亮都打湿了,成了湿月亮。这个意象其实美极了,人们不是常说月光如水吗?第四句写诗人进入月宫,看到了一群仙子走在桂子飘香的路上。五、六两句其实是议论,也可以视为作者置身月宫时所思所想。说白了,就是沧海桑田,人间多变,而且世上千年,在神仙居所不过瞬间而已。按王琦的说法,这里暗用了一个典故:葛洪的《神仙传》记载,有一次仙女麻姑告诉王方平:"接待以来,已见东海三为桑田;向到蓬莱,水又浅于往日会时略半耳,岂将复为陵陆乎?"即是说,人间沧桑巨变,在天上视之,快得很,故有"更变千年如走马"一句。深入探究,李贺的这番想象,似乎是对兴亡沉浮'世事难料的一种曲折的态度,言外之意在于淡化兴亡之感、沉浮之思。诗人内心深处的矛盾与痛苦于此可以窥见。末两句是回首下顾人间世,气魄宏阔,意象雄奇,浪漫色彩极为浓厚。

  总之,诗人通过一种超乎寻常的想象,以排遣个人失意的苦闷,寄寓了对人世沧桑的深沉感慨,表现出冷眼对待现实的处世态度。艺术上主要是构思奇崛独特,比喻诡谲怪异,诚如诗人母亲所说的那样:"是儿要当呕出心乃已尔!"细绎之,此诗确为成如容易却艰辛的作品。

泊 秦 淮

杜 牧

【解题】

　　这首小诗为诗人客中夜泊秦淮河畔所作。诗人闻听商女唱《后庭花》曲,感慨万端,实则借南朝陈后主沉耽声色、终至亡国的史实,抨击晚唐统治阶级的腐朽,流露出诗人对国家命运前途的深切忧虑。杜牧(803—853),字牧之,京兆万年(今陕西西安)人。唐文宗大和二年(828)进士,历任监察御史、刺史,后入朝为司勋员外郎,官至中书舍人。杜牧受祖父杜佑影响,对研究古今治乱得失及财赋经济、兵学极有兴趣。然其所处的时代,恰值唐王朝危机四伏、江河日下之际,故有时便表现为纵情诗酒,情绪比较消沉。在他的作品中,深广的忧愤与寄情声色错杂其间,思想倾向比较复杂。但也有不少感慨时事、抒写性情的好作品。他长于近体,尤工绝句。一些咏史与写景的短诗,清新俊逸,峭拔爽畅,富于独创性。他在晚唐与李商隐齐名,号称"小李杜"。有《樊川文集》。

烟笼寒水月笼沙[1],夜泊秦淮近酒家[2]。
商女不知亡国恨[3],隔江犹唱后庭花[4]。

(上海古籍出版社《樊川诗集注》卷四)

【注释】

　　[1] 烟:指水上雾气。笼:笼罩。沙:水边之沙滩。此指河两岸。
　　[2] 秦淮:河名。源于江苏溧水东北,西流经金陵(今江苏南京)入长江。相传为秦始皇南巡时所开凿,以疏浚淮水,故名。秦淮河一带自六朝以来一直是权贵富豪们游冶宴乐之所处。

③ 商女：歌女。或谓指富商之女眷。

④ 江：指秦淮河。江南一带口语中，无论水之大小，皆呼为江。后庭花：即《玉树后庭花》，曲名，传为陈后主（陈叔宝）所作。曲词内容系赞美嫔妃们的美丽姿色，中有"玉树后庭花，花开不复久"之语，时人以为歌谶。后人遂视为亡国之音。见《隋书·五行志》及《旧唐书·音乐志》。

【导读】

杜牧长于绝句，这首诗又是他绝句中的精品。首先这首小诗字字不闲，语语相关，构思细密而精巧，于简洁凝练之中，藏深沉、厚重的意蕴。前两句写夜泊所见景物：先渲染环境景色——"烟笼寒水月笼沙"；再点明时间地点——"夜泊秦淮近酒家"。两个"笼"字下得极巧，雾霭笼罩水面，月光洒满两岸。水寒月白，当是秋夜。两句将"烟""水""月""沙"融合成一幅迷离、清冷的秦淮秋夜图。作者淡淡写来，带着一种淡淡的哀伤。"近酒家"三字是一篇枢纽。因"近酒家"，方能闻听到"商女"之歌声，由它而引起下文。看来一字也易不得。"近"字使诗人与达官贵人拉开了距离，也与歌声拉开了距离。船泊河边，人在船上，两岸酒楼中的歌声传来均隔着水，故下文有"隔江"二字。"近"与"隔"之呼应，亦是匠心所在。后两句用的是赋法，然赋中有比，叙事中有议论，将现实与历史贯穿起来，透露出作者对社会现实的关切，同时通过将晚唐社会与陈隋陵替一段历史的比附，寄寓了诗人无限的悲慨。表面上看是讽刺"商女"，骨子里却别有所指。这是因为商女们是为人驱使的，唱什么内容的歌，是要由客人（达官贵人）来做主的。这也可以称作婉讽吧。

小诗语言明白如话，意蕴却悠远而绵长，可知字、句是经过一番锤炼的。"不知"与"犹唱"也是耐人寻味的，这不仅是遣词造句的技巧问题，而且关系开合承转，关系全诗的结构。

无　题

李商隐

【解题】

　　这是一首以爱情为题材的抒情诗。诗作极写相思之苦。颔联以象征手法表白了刻骨铭心的情思,一向为人们所称道。作者在其集子中将这类作品,大多数标作"无题",有时也取首二字为题。其"无题"诗,少数可能另有寄托,绝大多数是抒写爱情,描摹离别相思之愁苦的。李商隐(813—858),字义山,号玉谿生,怀州河内(今河南沁阳)人。晚唐著名诗人。文宗开成二年(837)进士,授秘书省校书郎,补弘农县尉。当时唐王朝已日趋没落,朝廷中党争剧烈。他卷入了牛、李党争漩涡,政治上受到排挤,长期过着幕僚生活,一生困顿失意,年仅四十五岁便客死荥阳。李商隐的诗歌,多抒写离乱的感慨,个人失意的愤懑。也有一些作品抨击了当时腐朽黑暗的政治,他的不少咏史诗,借古讽今,指摘现实。他的"无题"诗,多以象征隐喻的手法,表达缠绵深挚的爱情。他善于广泛学习前人,构思缜密,想象丰富,对仗工巧,多清丽婉转的佳句。但喜多用典故,诗意也嫌过于隐晦。其诗以近体见称,尤工七律、七绝。有《李义山诗集》。

　　　　相见时难别亦难,东风无力百花残[①]。
　　　　春蚕到死丝方尽,蜡炬成灰泪始干[②]。
　　　　晓镜但愁云鬓改,夜吟应觉月光寒[③]。
　　　　蓬山此去无多路,青鸟殷勤为探看[④]。

　　　　　　　　(上海古籍出版社校点本《玉谿生诗集笺注》卷三)

【注释】

①"相见时难"二句：出句的见难，是说机会难得；别难，言珍惜一见，不忍分离。对句谓别离之际正值暮春时节，更使离人伤感。

②"春蚕到死"二句：用象征手法极写相思之苦痛。上句以蚕丝象征情丝（思）；下句以烛泪象征眼泪。蜡炬，即蜡烛。蜡烛燃烧时油脂流溢，俗称烛泪。

③"晓镜但愁"二句：是设想着从相思双方着笔的。但愁，与下句"应觉"互文同义，想必之意。云鬓改，意为青春年华逐渐流逝。云鬓，指年轻女子的发鬓。"夜吟"一句转回写设想者。月光，怀人思乡常以月光为载体。

④"蓬山此去"二句：蓬山即蓬莱山，海上三仙山之一，多用以指神仙居所。这里借指对方的住处。青鸟，神话传说中的神异之鸟，是西王母的使者（《汉武故事》）。这里借指传书递简、沟通相恋双方情愫者。

【导读】

　　此诗写离别、写相思，感受独特。谚云：别易会难。作者则翻进一层，谓会难别也难。首联写尽离别之苦。离人伤感，又值暮春时节。"无力"与"残"字的妙处在于将人的情绪外化了，使客观景物蒙上了浓重的主观感情色彩，这也是古代诗词中常用的手法。颔联匠心独运，以"丝"与"思"的谐音，烛泪与眼泪意象上相似，运用象征中含比喻的手法，强化了相思之情。自然，这一联既可以视为相思双方的山盟海誓，也可以理解为一方誓死忠于爱情的决心，不必过于拘泥。"丝""思"谐音借用，源出于民歌，亦见出李商隐善于向民间文学汲取营养的精神。颈联陡然一转，笔分两面，写双方为感情所苦，彼此的深切思念。虽是想象之辞，却突出了各自的孤独与寂寞——这又是极为真实的写照。故虽是虚写，却又是实情。"但愁""应觉"四字，也写出了对对方的体贴之情。尾联是承也是转，因为朝思暮想，神情自然恍惚，遂坠入幻境。主人公梦中寻路，求仙续缘，以为与对方相隔未远，可以请"青鸟"传递信息。这样的幻想使极度伤感的情调，透出一线光明，同时也为全诗蒙上了一层美丽神奇、扑朔迷离的色彩，于顿宕之中，意境更加深化。清人冯浩笺注说："首言相晤为难，光阴易过。次言已之愁思,毕生以之,终不忍绝。五言惟愁岁不我与,六谓长此孤冷之态。末句则谓未审其意旨究何如也。"可见此诗句句转折,层层深入,文心缜密,情思细腻。这可以看作此诗的一大特色,要仔细体会。

象征手法的巧妙运用主要体现在颔联,前面已言及。以美丽神话传说来渲染迷幻的意境,又为全诗平添了一层朦胧之美。至于对仗之工稳,格律之和谐,情调之高雅,以及哀伤而又绝丽的韵致等,也都是构成李商隐诗风格的要素,在这首诗中均有所体现。

菩萨蛮

温庭筠

【解题】

词写贵族女子晨起梳妆的慵懒姿态。作品刻画人物精微细致,在富丽工巧之中,层次分明地展现出人物孤独寂寞、百无聊赖的内心世界,是温词中最有代表性的作品。《菩萨蛮》,词调名,又名《子夜歌》《重叠金》,唐代教坊曲名,后用为词调名。温庭筠(约812—约870),本名岐,字飞卿,太原祁(今山西祁县)人。唐宣宗大中初试进士第,屡试而不中,曾为方城(今河南方城附近)尉,官终国子助教。世称温助教。他诗词并擅,词的成就尤高。由于他精通音律,在词的格律形式规范化方面有开风气之功。其词作内容偏重写闺情,辞藻艳丽,《花间集》将其列为首,对后世词风有巨大影响。他是唐代文人中第一个着力填词的人。《花间集》收温词66首,近人辑得《金荃词》一卷。他的诗在晚唐与李商隐齐名,号称"温李"。

小山重叠金明灭①,鬓云欲度香腮雪②。懒起画蛾眉③,弄妆梳洗迟。　照花前后镜④,花面交相映⑤。新帖绣罗襦⑥,双双金鹧鸪⑦。

(上海古籍出版社《全唐五代词》)

【注释】

① 小山:指画屏上之山。许昂霄《词综偶评》:"小山,盖指屏山而言。"金明灭:指朝晖映照在折叠的屏风上,光彩夺目。一说"小山"指"眉山",温词《菩萨蛮》第十三首有"眉黛远山绿"句。若指眉,全句意谓宿妆已残,画眉重叠,有明有暗。金,指画眉时描金色。此说亦可通。

② "鬓云欲度"句：是说乌黑茂密的头发直欲掩住香泽白皙的面容。《词综偶评》："犹言鬓丝撩乱也。"云，即乌云，喻头发。

③ 蛾眉：形容女子细长而弯曲的眉毛。《诗经·卫风·硕人》："螓首蛾眉。"

④ 照花前后镜：对镜簪花，须瞻前顾后。故用两面镜子对照，以看清后面。

⑤ 花面交相映：花与面容相互映衬，更见其美。面，面容，脸庞。

⑥ 帖：通"贴"。此用作动词。这句是说在刺绣罗衫上用金箔贴饰。一说"帖"就是盘绣。

⑦ 金鹧鸪：即将金箔制成的一对鹧鸪鸟贴在罗衫上。古代以双鹧鸪象征姻缘，一如以鸳鸯象征成双成对。

【导读】

这首《菩萨蛮》是供奉之作。据说唐宣宗喜欢听此调，温庭筠就创作了一组十数首呈上，这是其中一首。词写的是传统的"闺怨"题材，却是贵妇的怨怅，因而情调属秾艳软媚一路，体现的正是温庭筠"香而软"的词风。若论思想倾向，可取处实不多。但在艺术技巧上，颇有可资借鉴的地方。

首先，此词将丰富的颜色和物件组合起来，形成一个谐调的画面。词人以屏山镂金错彩，鬓云乌黑、香腮凝脂，又衬以簪花、明镜、罗襦、鹧鸪，渲染得富丽堂皇，构成了一幅形同工笔画似的美人春睡图。其次是动静结合，以形传神。首二句写的是静态，然乍明乍暗，光彩闪烁不定，乃是静中寓动。"懒起"二句写的是动态，然"懒"与"迟"字又似乎给人一种动而不动、将欲静止的感觉，这是动中寓静。词人以女主人公的慵懒、迟缓为形，以贴鹧鸪为情，将一个幽怨孤寂的贵族妇女形象刻画得形神兼备，而且用笔精简，传神入化。最后是音韵优美，格律妥帖，富有音乐美。作者精通音律，熟悉教坊演唱情况，故使用平仄四声、双声叠韵相当严格，如"照花前后镜"二句，连用了五个去声字，又处在词的换头之处，歌唱时就显得抑扬顿宕，美声美听。而文字上的拈来自如、形象生动则是至为明显的，如"度"字、"弄"字、"懒"字与"迟"字等，都下得极巧，几乎完全无法更易。

思 帝 乡

韦 庄

【解题】

《思帝乡》为唐玄宗时教坊曲名,后用为词调。韦庄此词坦率得近乎泼辣,极富民歌作风。词以女子自述口吻,表达了她对爱情的热切渴望。小词一反以委婉含蓄为词之旨归的戒律,一味爽快。贺裳《皱水轩词筌》云:"小词以含蓄为佳,亦有作决绝语而妙者。"所举实例即此词。韦庄(836—910),字端己,京兆杜陵(今陕西西安东南)人。黄巢起义时,避乱南方,晚年入蜀,依附王建。唐亡后,王建称帝前蜀国,韦庄官至门下侍郎同平章事(宰相),他工诗能词,未第前曾因一首长诗《秦妇吟》而有文名,被称为"秦妇吟秀才"。其词与温庭筠齐名,号称"温韦",为"花间"词人中最有代表性的作家之一。与温词不同,韦词寓浓于淡,善于白描,以清丽隽秀见长。有《浣花集》。

春日游,杏花吹满头。陌上谁家年少①,足风流。妾拟将身嫁与②,一生休。纵被无情弃,不能羞③。

(上海古籍出版社《全唐五代词》)

【注释】

① 陌上:路上。谁家:犹言哪家。年少:少年人,小伙子。
② 妾拟将身嫁与:是说决心将自己许配于他。妾,古代女子自称。拟,打算,心里想。
③ 不能羞:不后悔,不觉得是一种耻辱。羞,耻辱。

【导读】

小词之美在于天真、率直、泼辣,甚至还有几分朴野与直露,其情调类于民歌。全篇是写一个到了恋爱时节的少女的内心自白。所表述的内容似乎非常简单,其实也很复杂,因为这些话只能自己对自己说,是无法向别人倾诉的。构思之巧妙,关窍全在于此。

首二句是叙述。少女踏青游春,暖风吹拂,杏花落在她乌黑的发际鬓边,意境很美。"杏花吹满头"五个字,笔墨虽精洁,意蕴却丰富极了。春天是万物复苏的季节,也是希望的季节,自然,更是人感情萌动的季节,恋爱的季节。作者继承了《诗经》以来"春思"文学的传统,仅用短短两句,就写出了春之勃勃生机。杏花飘零,偏偏落在少女的头发上。粉红的花瓣,乌黑的头发,有如电影中的特写镜头,强烈的色彩对比,给人的印象深刻之至。同时少女未脱天真的形象也很鲜明。她在花间嬉戏,和煦的春风,飞舞的花瓣,撩动起她的情思。

接下来我们的目光随少女移动,看到路上一个漂亮的小伙子,她从内心深处发出了赞叹:"足风流。"译成语体,便是:"好漂亮呵!"她眼睛一亮,激情燃烧起来了。于是,她在心里暗自盘算:如能嫁给这样的小伙子,一辈子心满意足了。末了,又转念一想,倘若他变心了呢?她终于下定了决心,并做了退一步打算:即使成了弃妇,也绝不后悔。你看,她爱得多么热烈,多么执着,又多么天真无邪!尽管是一见钟情,爱得有些盲目,甚至太轻率,但她是赤诚的、天真绝俗的。作者就是这样,抓住了几乎是稍纵即逝的生活中可能发生的少女的心理情态,将其写得波澜起伏,细微真切。一个天真活泼、妩媚多情的少女形象,活脱脱站立在我们面前。她单纯得像一涧活泼跳跃的、清冽明净的溪水,琮琮流过,歌唱着人性中的美好情愫。

小词清新自然,不假雕饰;层层转折,愈转愈深。实为词中之精品。它的语言也朴素浅显,明白如话,深得民间文学之精髓,于短章之中,传达出微妙细腻的情趣。全篇只有34个字,所传达出的情感却是如此美丽,如此真诚,如此强烈。

虞 美 人

李 煜

【解题】

　　此词为李煜最有代表性的作品之一。《虞美人》为唐玄宗时教坊曲名,后用为词调。它源出古琴曲,本意为咏虞姬事(《乐府诗集》卷五十八)。词为南唐亡国之后所作,写李煜"故国不堪回首",愁苦不已的悲慨之情。全词不事雕琢,不用典故,纯以白描手法直抒胸臆,集中体现了李煜词的艺术特色。李煜(937—978),初名从嘉,字重光,号钟隐、莲峰居士等。南唐最后的国君,世称"李后主"。在位十五年(961—975),不修政事,耽于享乐。亡国后为宋所俘,过了三年囚徒般的屈辱生活。其前期词以写宫廷生活为主,题材偏狭;后期词抒写被俘后的遭遇,虽不出对昔日繁华的追怀眷恋和破家失国的哀怨,但毕竟是有感而发,突破了狭窄的宫廷生活小圈子。从艺术技巧上看,李煜词洗练、流畅,生动传神,形象鲜明,自然真切,为晚唐五代其他词人所不及。他以自己的创作实践,提高了词在抒情方面的表现力,在词史上自有一定的地位。今传《南唐二主词》,是后人所辑李煜与其父亲李璟的合集。

　　春花秋月何时了?往事知多少①!小楼昨夜又东风,故国不堪回首月明中②。　　雕栏玉砌依犹在,只是朱颜改③。问君能有几多愁④,恰似一江春水向东流。

(人民文学出版社王仲闻《南唐二主词校订》)

【注释】

　　①"春花秋月"二句:意思是面对春花秋月,便会自然而然地加快起以前的欢乐

时光,因而怕见到它,故云"何时了"。了,终了,完结。知,此处是记起、存留在记忆中之意。

② 不堪:不忍。此句为倒装,意思是又是一个明月之夜,但故国旧事已不堪回首了。

③ "雕栏玉砌"二句:指宫殿犹在,而人事已非。雕栏玉砌,雕花的栏杆和玉石的台阶。指代南唐昔日宫殿。依,一本作"应"。朱颜改,作者自伤容颜憔悴。

④ "问君能有"句:是设问语气。君,作者自指。能,原本作"都",据别本改。

【导读】

李煜的这首《虞美人》,据说写于被俘将死之前,很可能为其绝命词。人之将死,其言也哀。他站在人生末路,回溯一生从繁华享乐到成为阶下囚的经历,和泪凝血而写成这样曲悲歌。《历代诗余·词话》引《乐府纪闻》:"后主归宋后,与故官人书云:'此中日夕只以眼泪洗面。'每怀故国,词调愈工。……其赋《虞美人》有云:'问君能有几多愁,恰似一江春水向东流。'旧臣闻之,有泣下者。七夕,在赐第作乐。太宗闻之,怒。更得其词,故有赐牵机药之事。"如果这一记载可靠的话,李煜正是因此词之作,触怒宋太宗赵光义,连身家性命也不保了。牵机药是宫廷中的一种毒药,皇帝以此药赐死犯上被罪者。如此看来,说此词为李煜之绝命词,还是有些根据的。前人谓李煜词"一字一珠",是"血泪之歌",也并非过誉之辞。

李煜此词艺术上值得注意处有以下三点。第一,有真情实感灌注其间,故其动人。悲秋之作,古来汗牛充栋;文人写愁,亦是司空见惯。但李煜破家失国,又处在被囚禁之中,其愁便格外阔大。一句"不堪回首",隐含无限伤悲。可以说,李煜词的基本情调是感伤的意绪和痛苦的追忆所组合起来的交响。这种情调在此词中有集中的表现。第二,词中用比生动贴切,从而将抽象的感情形象化、具体化了。"一江春水向东流"是以水喻愁的名句。这种以水喻愁的写法并不始于李煜,但李煜用得自如妥帖,又以设问句式出之,分外动人。第三,李煜善用虚字传神,使语言表达非常有力度,同时可见出汉语虚字的可塑性极强,如"只是朱颜改"句中的"只是"二字,大有唏嘘叹喟、传声传情之妙。物是人非的怅恨情状一下子被渲染得淋漓尽致。末尾的"问君"与"恰是",一问一答,情况亦相仿佛。一气盘旋,短叹长吁,终将一个"愁"字突出来,也使全篇显得一气贯注,流走自如。因为李煜愁思哀绪过浓,所以其不必用典,也无须藻饰,其词便自然动人,其语言的明白如话,精简凝练自不必说。

王国维说:"词自李后主而眼界始大,感慨遂深,遂变伶工之词而为士大夫之词。"(《人间词话》)读此词,可见出词由艳科之樊篱中挣脱了出来,成为文人士大夫抒怀寄情的新体,因此,李煜词对宋代文人词影响很大,其在词史上自当占有一席重要的位置。

秋声赋

欧阳修

【解题】

这篇赋作于嘉祐四年(1059),作者时年53岁。此赋通篇借助于层叠的比喻,将难以捉摸的秋声秋气写得如闻如见,同时又以秋的肃杀和草木的零落引发出作者对自然和人生的种种感叹,曲折地透露出作者对在政治上不能有所作为的郁闷和伤感情绪。赋体发展到宋代已渐趋散文化,但古赋的一些基本特点还有所保留。这篇赋正可视为宋代文赋中极具特色的代表作。欧阳修(1007—1072),字永叔,号六一居士,庐陵(今江西吉安)人。宋仁宗天圣八年(1030)进士,官至枢密副使、参知政事。他在政治上支持范仲淹改革时弊的主张。在文学上,他领导和推动了宋初的诗文革新运动。他奖掖后进不遗余力,三苏、曾巩及王安石等均得到他的荐拔。欧阳修的文学成就主要在散文方面。一些政论性散文具有鲜明的政治态度,直接为现实斗争服务。其抒情散文往往情理并重,有厚重的思想内容。他师法韩、柳,无论是议论抒情还是写景状物,都写得纡徐婉转,明白晓畅,具有强烈的艺术感染力,富于创新精神。他的诗学韩愈,散文化、议论化倾向很明显。但有些诗能比较深刻地反映现实矛盾,比之于文似更具现实精神。他也写词,多数描写艳情。部分词作写景抒怀,清丽流转。有《欧阳文忠公文集》。

欧阳子方夜读书[①],闻有声自西南来者,悚然而听之[②]。曰:"异哉!"初淅沥以萧飒[③],忽奔腾而砰湃[④],如波涛夜惊,风雨骤至。其触于物也,鏦鏦铮铮[⑤],金铁皆鸣,又如赴敌之兵,衔枚疾走⑥,不闻号令,但闻人马之行声。余谓童子:"此何声也?汝出视之!"童子曰:"星月皎洁,明河在天⑦,四无人声,声在树间。"

余曰:"噫嘻悲哉⑧!此秋声也,胡为而来哉⑨?盖夫秋之为状也⑩:其色惨淡⑪,烟霏云敛⑫;其容清明,天高日晶⑬;其气栗冽⑭,砭人肌骨⑮;其意萧条,山川寂寥。故其为声也,凄凄切切,呼号愤发。丰草绿缛而争茂⑯,佳木葱茏而可悦;草拂之而色变,木遭之而叶脱,其所以摧败零落者⑰,乃其一气之余烈⑱。

"夫秋,刑官也⑲,于时为阴⑳;又兵象也㉑,于行用金㉒;是谓天地之义气㉓,常以肃杀而为心㉔。天之于物,春生秋实㉕。故其在乐也,商声主西方之音,夷则为七月之律㉖。商,伤也,物既老而悲伤㉗;夷,戮也,物过盛而当杀㉘。"

"嗟夫!草木无情,有时飘零,人为动物,惟物之灵㉙,百忧感其心,万事劳其形,有动于中,必摇其精㉚。而况思其力之所不及,忧其智之所不能,宜其渥然丹者为槁木㉛,黟然黑者为星星㉜;奈何以非金石之质,欲与草木而争荣㉝?念谁为之戕贼,亦何恨乎秋声㉞!"

童子莫对,垂头而睡。但闻四壁虫声唧唧㉟,如助余之叹息。

(四部丛刊影元本《欧阳文忠公文集》卷一十五)

【注释】

① 欧阳子:作者自称。方:正在。
② 悚(sǒng)然:惊惧的样子。
③ 淅沥(xī lì):雨声。萧飒:风声。
④ 砰湃(pēng pài):同"澎湃",波涛声。
⑤ 锵(cōng)锵铮(zhēng)铮:金属器物相撞击声。
⑥ 衔枚:古代行军途中,兵士口中衔一筷子般的小棍,防止出声,以保障出没的秘密。
⑦ 明河:即银河,俗称天河。
⑧ 噫嘻:感叹词,常用于句子发端。

⑨ 胡为：何以。
⑩ 盖夫(fú)：发语词。状：形状，面貌。
⑪ 其色惨淡：指秋天草木枯萎，黯然无色。
⑫ 烟霏云敛：烟气飘散，云雾消失。
⑬ 日晶：太阳光特别明亮。
⑭ 慄冽：同"凛冽"，寒冷之意。
⑮ 砭(biān)：本指古代以针灸治病的石针，这里是刺的意思。
⑯ 绿缛(rù)：碧绿而繁茂。
⑰ 摧败零落：指秋气使丰草佳木枯萎凋零。
⑱ 一气：指秋气。余烈：余威。
⑲ 刑官：秋官。古代用天、地、四时之名命官，如天官冢宰、地官司徒、春官宗伯、夏官司马、秋官司寇、冬官司空，谓之六官。司寇执掌刑法，故称刑官。
⑳ 于时为阴：秋于四时之中属于阴。古以阴阳二气配合四时，春夏属阳，秋冬属阴。
㉑ 兵象：战争之象。
㉒ 于行用金：古代将五行(金、木、水、火、土)分属四时，秋天属金。故称秋风为金风，称秋天为金秋或金天。
㉓ 天地之义气：指天地严凝之气。《礼记·乡饮酒义》："天地严凝之气，始于西南，而盛于西北，此天地之尊严气也，此天地之义气也。"义，为五常(仁、义、礼、智、信)之一。《汉书·天文志》："太白曰西方秋金，义也。"五常与五行相配，义配金，故指秋季。由西南方至西北方属秋的位置。
㉔ 肃杀：严酷摧败。心：本也，犹性也。《礼记·月令》中说，孟秋之月，命有司修法制，戮有罪，严断刑，天地始肃。
㉕ 春生秋实：春天生长，秋天结果实。
㉖ "商声主西方之音"二句：古代将乐音分为五声，即宫、商、角、徵(zhǐ)、羽。又以五音配四时：角音东方属春，徵音南方属夏，商音西方属秋，羽音北方属冬，宫音中央属季夏。《礼记·月令》中谓三秋之月"其音商"。西方是秋天的方位。夷则，十二律之一。所谓十二律，是我国传统乐理中定音阶高下的称谓。十二律依次为黄钟、大吕、太簇、夹钟、姑洗、仲吕、蕤宾、林钟、夷则、南吕、无射、应钟。古代又将十二律分配十二月，七月为夷则。《史记·律书》："七月也，律中夷则。夷则，言阴气以贼万物也。"《正义》引《白虎通》："夷，伤也；则，法也。言万物始伤被刑法也。"
㉗ 商：伤也。商、伤同音，以声为训。
㉘ 夷：戮也，夷、戮同义，以义为训。杀：衰，减。

㉙ 惟物之灵：为万物中最有灵性者。《尚书·泰誓上》："惟人，万物之灵。"

㉚ "有动于中"二句：心中有所触动，精神上必有所反映。中，心里。摇，摇落，消耗。精，精力，精神。《庄子·在宥》："必静必清，勿劳女（汝）形，无摇女（汝）精，乃可以长生。"

㉛ 渥（wò）然：润泽。丹：红色。渥然丹者乃形容红润的面貌，喻年轻。《诗经·秦风·终南》："颜如渥丹。"槁木：枯木，喻衰老。

㉜ 黟（yī）然黑者为星星：是说乌黑的头发变白，由健壮而走向衰老。黟然，黑黝黝的样子。星星，指点点白发。左思《白发赋》："星星白发生于鬓垂。"

㉝ "奈何"二句：人既没有金石般坚硬的资质，如何能像草木一样去争得常青的繁荣呢？奈何，如何，怎么。

㉞ "念谁"二句：草木凋零，不免要怨恨秋声，而人的忧劳衰老又怨恨谁呢？戕（qiāng）贼，伤害，摧残。

㉟ 唧唧：虫鸣声。

【导读】

　　这篇赋名为《秋声赋》，主要是从"声"入手，处处扣紧声音，虽然也写到了秋色、秋气，但主要是在"声"字上发挥。一直到结尾的虫声唧唧，几乎无时不照应"声"字。《古文观止》评本篇结尾说："结尾处虫声唧唧，亦是从声上发挥，绝妙点缀。"

　　此赋作于嘉祐四年（1059）春天。时欧阳修辞去开封府尹之职，复官翰林学士兼龙图阁学士提举在京诸司库务。官职虽在不断升迁，他思想上却更加苦闷。现实政治的矛盾深不可解，他常常在诗文中流露出自己衰病无能的情绪。其实他四十岁写《醉翁亭记》时，就已自称为"翁"了。十多年之后，他对人生许多的无奈体会更深，故借对秋声的描绘，寄寓了深刻而又复杂的意绪，其中固然有对政治生涯的深沉感慨，但也有对人的生命意义总体上的思考。第二段最后的"念谁为之戕贼，亦何恨乎秋声"两句，特别值得深味。欧阳修分明是在告诫世人（也是在自警自戒）：不必去自寻烦扰，无端伤害自己，要顺其自然，修身养性，自我珍重；物尽天年。这其实是要人们以老庄清静无为思想来化解现实世界的纷争与烦恼。其中既有消极的一面，也有积极的意义，即在挫折面前要保持旷达的人生态度。这是"庆历新政"失败以来,他长期在苦闷中求得解脱的一种努力,也是他晚年的一种解脱。这可以视为全篇的命意题旨。

　　此文艺术特色主要有四点。一是独辟蹊径,开拓出新。作者摒弃了悲秋从写景入手的套路,而是从"秋声"去体悟人生,故令人耳目一新。二是动静互寓,虚实相间。"闻有声自西南来,悚然而听之",是以动写静;"四无人声,声在树间",是以静写动。写"秋之为状",为想象之辞,乃是虚笔;"草木无情"以下一段,是议论之语,虚中有实;开头结尾写声,则俱为实笔。三是文气跌宕有致,于平易缓畅之中含无限曲折。其中"异哉""噫嘻悲哉""嗟夫"等领起处,皆是转折之处,又都是思路逻辑的承接之处,由是段落之间,文气一以贯之,读来令人荡气回肠。四是汲取古赋精华,创为新体散文。此文对赋体的发展,主要表现在散文化方面。它不注重对偶排比,句子长短不一,错落参差,故读起来活泼灵动,毫不板滞。说欧阳修改造了古赋,创为新赋体散文,是当之无愧的。

雨霖铃

柳 永

【解题】

《雨霖铃》，唐玄宗时教坊大曲名，后用作词调。"霖"，亦作"淋"。据宋王灼《碧鸡漫志》卷五《雨淋铃》条听说，唐玄宗幸蜀时，雨天栈道中闻铃，思念杨妃，遂谱为此调。此词写别情，是柳永的代表作。作者在倾诉离愁别绪的同时，也抒发了个人不遇于时、前途黯淡的苦闷，全词层层铺叙，委婉曲折，虚实相间，情景交融，集中体现了柳词"细密而妥溜，明白而家常"（刘熙载《艺概》）的艺术特色。柳永（约987—约1053），初名三变，字耆卿，崇安（今福建崇安）人。为举子时多流连坊曲，为乐工妓女撰作歌词，屡试而不第。直至晚年才考取进士。官至屯田员外郎，世称"柳七""柳屯田"。他一生仕途坎坷，抑郁不得志，独以词名世。其词流传广泛，有的词作颇为时人所推重。他制作了大量慢词，开拓了词的题材范围。其词善于铺叙，长于白描手法，并能巧妙运用俚俗语言，在词史上产生了较大影响。有《乐章集》。

寒蝉凄切，对长亭晚①，骤雨初歇。都门帐饮无绪②，留恋处，兰舟催发③。执手相看泪眼，竟无语凝噎④。念去去千里烟波⑤，暮霭沉沉楚天阔⑥。　　多情自古伤离别，更那堪冷落清秋节⑦！今宵酒醒何处？杨柳岸、晓风残月。此去经年⑧，应是良辰好景虚设。便纵有、千种风情，更与何人说⑨！

（人民文学出版社俞平伯《唐宋词选释》）

【注释】

① 寒蝉：蝉的一种。又称寒蜩、寒蛩。《礼记·月令》："孟秋之月,寒蝉鸣。"据说它叫至深秋。长亭：古时设在大路边供行人休歇的亭舍,也是送别之处。庾信《哀江南赋》："十里五里,长亭短亭。"

② 都门：京城,此指汴京(今河南开封)。帐饮：在郊外设帐宴饮饯别。无绪：没有心绪,情绪不好。

③ 兰舟：船的美称。相传鲁班曾刻木兰树为舟。见《述异记》。

④ 凝噎：悲痛得说不出话来。一本作"凝咽"。

⑤ 念去去：想到将去很远很远的地方。去去,声复为义,表示路途遥远。孟浩然《送吴悦游韶阳》："去去日千里,茫茫天一隅。"

⑥ "暮霭"句：是说南方夜雾弥天,望去空阔无边。古时长江中下游一带地区属楚国,故称江南一带为楚天。

⑦ 清秋节：凄凉冷落的秋季。节,季节,节气。

⑧ 经年：一年以上,或年复一年。

⑨ "便纵有"二句：风情再冠以千种,便是深情蜜意之了。明李攀龙《草堂诗余隽》："'千里烟波',惜别之情已骋;'千种风情',相期之愿又赊。真所谓善传神者。"风情,情意。

【导读】

这首词是柳永写离情的名篇,可以看作柳永(甚至婉约词家)婉约词风的代表作。据说是作者任屯田员外郎离开汴京之前,与其恋人的话别之作。虽不一定可信,却也说明此词确为柳词中写得非常动人的篇什。柳词的主要特点在此词中都有比较充分的体现。

词的上片,以凄清景色的渲染,为离别的情绪作衬托,寥寥数语,点明节令与场景。"留恋处"以下,写离愁别绪。妙在"执手"二句,一个细节,将双方的愁苦与悲痛写得真真切切而感人。因为人在最悲痛的时候,往往就无话可说了。语言在这个特定的场合,显得特别的无力。因此,"无语凝噎",完全是从生活中提炼出来的、非有实际感受难为此语的佳构妙想。"念去去",尤妙。重复为义、叠加言之,去与离意更浓,再冠以"念"字,就格外动人。

同时,"念去去"二句承上启下,想象别后行程的景物,一气贯注到下阕。下片以兴叹领起,承上片别后之想象。其中"今宵酒醒何处,杨柳岸晓风残月"二句,是上文"伤离别"的具体描写,历来为人们广为传诵。俞平伯先生认为这两句"措语实佳,虽似过艳,在柳词中犹为近雅音者"(《唐宋词选释》)。此外,上片的"无语凝噎"与下片的"更与谁人说",上片的"千里烟波"与下片的"千种风情",以及上片的"念去去"与下片的"此去经年",等等,均是呼应的,文心之缜密,谋篇布局之精巧,都是令人赞叹不已的。

柳永以白描手法见长,此词中用例颇多。如"执手"二句、"相顾"二句等。其实"今宵"二句情景交融之中,也是白描勾勒法,它将清秋冷落与别后孤寂浑成一体,因而成为脍炙人口的千古佳句。俞文豹《吹剑续录》云:"柳郎中词,只合十七八女郎,执红牙板,歌'杨柳岸晓风残月'。"于是,"晓风残月",便几乎成了柳词风格的同义语,亦即婉约词风之同义语了。因为俞文豹是将苏轼之"大江东去"与柳词之"晓风残月"相比并的:(苏)学士词须关西大汉,执铁绰板,唱大江东去。"苏、柳二词由是成了两种词风最有代表性的作品。

江城子·密州出猎

苏 轼

【解题】

此词作于宋神宗熙宁八年(1075)冬,时苏轼知密州。作者通过记述一次冬猎的盛况,表达了他加强国防的一贯主张。全篇以激越的音调,豪迈的气势,抒发了词人反击辽和西夏侵扰的强烈愿望和雄心壮志。它是苏轼写得最早的一首豪放词,具有尝试性质,故其在词史上有特殊、重要的意义。《江城子》,词调名。此调首见于《花间集》韦庄所作,宋人增为双调,又名《江神子》。苏轼(1037—1101),字子瞻,号东坡居士,眉山(今四川眉山)人。中国文学史上杰出的作家与诗人。其父苏洵和其弟苏辙都是当时著名散文家,连同苏轼,合起来号称"三苏"。苏轼为宋神宗嘉祐二年(1057)进士。神宗熙宁间通判杭州,历知密州、徐州、湖州。神宗元丰二年(1079),被诬入狱。出狱后被贬为黄州团练副使。哲宗元祐间,累迁翰林学士,出知杭州、颍州。绍圣初又以为文讪谤朝廷的罪名,远谪惠州(治所在今广东惠州)、儋州(今广东儋县)。徽宗朝遇赦北归。不久病卒常州,谥文忠。苏轼在政治上表现为稳健与持重,反对王安石变法。但在为地方官时,关心民间疾苦,政绩颇著。其思想比较复杂,儒、道、释三教都给了他一定的影响。他学识渊博,勤于创作,在文学上成就很高,在诗、文、词等方面均有杰出的成就。其作品往往视野开阔,风格豪迈,具有浓厚的个性特征和独特的艺术风格。其散文与欧阳修并称"欧苏",诗与黄庭坚并称"苏黄",词与辛弃疾并称"苏辛",均为开一代风气的名家。此外,他在绘画、书法艺术方面也均称大家。其词一扫绮靡浮艳之风,为豪放词派的创始人,对后世影响极深。有《苏东坡集》《东坡乐府》等。

老夫聊发少年狂,左牵黄,右擎苍①。锦帽貂裘②,千骑卷平冈③。为报倾城随太守④,亲射虎,看孙郎⑤。　　酒酣胸胆尚开张⑥,鬓微霜⑦,又何妨!持节云中,何日遣冯唐⑧?会挽雕弓如满月⑨,西北望,射天狼⑩。

(人民文学出版社俞平伯《唐宋词选释》)

【注释】

① "左牵黄"二句:左手牵着黄犬,右臂扛着苍鹰。犬、鹰都是古代打猎时用来追捕猎物的。《梁书·张充传》:"值充出猎,左手臂鹰,右手牵狗。"

② 锦帽貂裘:本指汉代羽林军所服衣装,此指随从打猎之军士的服装。

③ "千骑"句:是说打猎的兵马之众,有席卷之势。宋代州郡长官兼知州军事,故以千骑为言。

④ "为报"句:是说为了报答这么多人追随我打猎。倾城:是指全城军士都出动了。太守:一州的行政长官,宋代称知州。这里是作者自谓。

⑤ "亲射虎"二句:《三国志·吴书·孙权传》载,孙权骑马射虎,马为猛虎所伤,"权投以双戟",将虎击退。此是作者以孙权自况。

⑥ "酒酣"句:意思是畅饮之后,更激发出豪情壮志。尚,这里是更的意思。

⑦ 鬓微霜:是说鬓发略有些花白了。

⑧ "持节"二句:意谓朝廷何日派遣冯唐往云中去赦免魏尚的罪呢?《史记·冯唐列传》载:汉文帝时,魏尚为云中太守,一次匈奴进犯,魏尚亲自率军阻击,杀敌甚众。因向朝廷报功的文书上所杀敌数与实际不符(多报六人),被削职。后经冯唐辩白,文帝便派冯唐到云中去赦免魏尚,仍任魏尚为云中太守,并升任冯唐为车骑都尉。持节,带着皇帝的符节命令。云中,秦汉时郡名,在今内蒙古托克托县一带。

⑨ "会挽"句:承上句,是定要挽弓边塞,为国立功之意。会,会当,定将。雕弓,弓背上雕有花纹,故称。如满月,弓形为半月,拉满了便近于圆形。

⑩ 天狼:星名,亦称犬星,古人以天狼星主侵掠。此用以喻指侵犯北宋的辽国与西夏。

【导读】

这首词作是苏轼最早尝试作豪放词的作品。他在密州《与鲜于子骏书》中曾说:"近却颇作小词,虽无柳七郎风味,亦自是一家。呵呵。数日前,猎于郊外,所获颇多。作得一阙,令东州壮士抵掌顿足而歌之,吹笛击鼓以为节,颇壮观也。"(《东坡续集》卷五)书中说的正是这首《江城子》。苏轼显然不满意词调只有一种情调,所谓"颇为壮观"云云,也隐约透露出与"柳七郎风味"分庭抗礼之意,而"自是一家",指的当是豪放一路词风。因此,这首词在词史上的特殊重要地位,是不言而喻的。

词中的"狂",实际上是精神苦闷至极的一种反激。词由猎之"狂"入手,终以肃清边患的"射天狼"之壮志,通篇贯穿的是作者在政治上不得意的情况下,仍然时刻关心国家和民族的安危,强烈的济世报国热情溢于字里行间。首句出"狂"字,且以老夫自居,其实苏轼当时也只有40岁,作者恨不得回到少年,燃起青春的热情。上片以迅疾的速度、信心和力量来展现作者的豪情,节奏急促,不容间阻,如汹涌的潮水,似呼啸的飓风。下片先由"酒酣"一句翻进一层,着力写"狂"的内在依据,点明为国安宁而志在肃边的愿望。同时,"冯唐易老"之叹,也正是作者特别关注边疆问题的注脚,这种近乎焦灼的强国肃边情结尤其令人感动。关于"持节云中,何日遣冯唐"句的理解,历来有不同说法。究竟苏轼是自比魏尚还是自比冯唐似颇费揣详。我们认为,俞平伯先生的说法较为可取:"以冯唐自比,兼采左思《咏史》'冯公岂不伟,白首不见招'及王勃《滕王阁序》所谓'冯唐易老'等意,承'鬓微霜,又何妨'来,亦即上文所谓'老夫'。"(《唐宋词选释》)总之,小词写足了"狂",英雄意气,壮怀激烈。狂,说到底是一种激情,因了这"狂",词中主人公形象才更为鲜明生动。从此词起,豪放一路词风既立。其对后世影响深刻而又久远。

小词艺术上最突出的特点是节奏之美。短促的音节,急骤的场景变幻,密集的韵脚,都围绕着一个"狂"字。情既真,意必切,故其给人留下的印象极为深刻。口语化的特点也增强了其表现力。如"左牵黄,右擎苍","鬓微霜,又何妨"等一系列三字句,均如脱口而出,本色自然。

前赤壁赋

苏 轼

【解题】

本文与《后赤壁赋》均为宋神宗元丰五年(1082)作者被贬黄州时所作。赤壁,实际上并非三国时周瑜击败曹操大军之赤壁,真正赤壁故址在湖北省埔圻县西之长江南岸。苏轼所游赤壁在湖北黄冈城外,一名赤鼻矶。朱彧《萍州可谈》卷二有云:"东坡词有'人道是周郎赤壁'之句,指赤鼻矶也。坡非不知自有赤壁,故言'人道是'者,以明俗记尔。"可知苏轼乃借俗说将误就误以寄兴。作品通过对黄州赤壁江山水月的描写,通过歌辞唱和及主客的问答,展示了自己由追求而失望,终以旷达、超脱来抚慰心灵的过程。实际上是以老庄和佛家的玄理,以求达到自我解脱和自我解嘲的目的。联系作者此时政治上的失意,不难看出作者内心的矛盾与痛苦。这篇赋采用了优美的散文笔法,融写景、抒情、议论于一体,使诗情、画意和理趣相互映衬,极富艺术感染力。作者另有词调《念奴娇·赤壁怀古》,作于同年,内容上亦有可互为印证之处,可对读参酌。

　　壬戌之秋[①],七月既望[②],苏子与客泛舟游于赤壁之下[③]。清风徐来,水波不兴。举酒属客[④],诵明月之诗,歌窈窕之章[⑤]。少焉,月出于东山之上,徘徊于斗、牛之间[⑥]。白露横江[⑦],水光接天[⑧],纵一苇之所如,凌万顷之茫然[⑨]。浩浩乎如冯虚御风[⑩],而不知其所止。飘飘乎如遗世独立,羽化而登仙[⑪]。

　　于是饮酒乐甚,扣舷[⑫]而歌之。歌曰:"桂棹兮兰桨,击空明兮溯流光[⑬]。渺渺兮予怀,望美人兮天一方[⑭]。"客有吹洞箫者曲[⑮],

倚歌而和之⑯,其声呜呜然,如怨如慕,如泣如诉,余音袅袅,不绝如缕⑰。舞幽壑之潜蛟⑱,泣孤舟之嫠妇⑲。

苏子愀然⑳,正襟危坐㉑,而问客曰:"何为其然也㉒?"客曰:"月明星稀,乌鹊南飞㉓",此非曹孟德之诗乎㉔?西望夏口㉕,东望武昌㉖,山川相缪㉗,郁乎苍苍㉘,此非孟德之困于周郎者乎㉙?方其破荆州、下江陵,顺流而东出㉚,舳舻千里㉛,旌旗蔽空,酾酒临江㉜,横槊赋诗㉝,固一世之雄也㉞,而今安在哉㉟?况吾与子渔樵于江渚之上㊱,侣鱼虾而友麋鹿㊲;驾一叶之扁舟㊳,举匏樽以相属㊴;寄蜉蝣于天地㊵,渺沧海之一粟;哀吾生之须臾㊷,羡长江之无穷。挟飞仙以遨游,抱明月而长终㊸。知不可乎骤得,托遗响于悲风㊹。"

苏子曰:"客亦知夫水与月乎?逝者如斯,而未尝往也㊺;盈虚者如彼,而卒莫消长也㊻。盖将自其变者而观之,则天地曾不能以一瞬㊼;自其不变者而观之,则物与我皆无尽也,而又何羡乎㊽!且夫天地之间㊾,物各有主;苟非吾之所有,虽一毫而莫取。惟江上之清风,与山间之明月,耳得之而为声,目遇之而成色,取之无禁㊿,用之不竭,是造物者之无尽藏也[51],而吾与子之所共适[52]。"

客喜而笑,洗盏更酌[53]。肴核既尽[54],杯盘狼藉[55]。相与枕藉乎舟中,不知东方之既白[56]。

(四部丛刊影宋本《经进东坡文集事略》卷一)

【注释】

① 壬戌:宋神宗元丰五年(1082)。
② 既望:望日的后一日,即农历的每月十六日。
③ 苏子:苏轼自称。泛舟:荡舟。
④ 举酒属客:斟酒举杯劝客饮酒。属,通"注"。《仪礼·士昏礼》:"酌玄酒三属于尊。"或以为属通"嘱",此为劝的意思。
⑤ "诵明月之诗"二句:朗诵《诗经·陈风·月出》的诗句,唱《月出》第一章:"月出皎兮,佼(或作姣)人僚(美好的样子)兮。舒窈纠兮,劳心悄兮。"窈窕与窈纠声近而

义同。

⑥ 斗、牛：指斗宿和牛宿二星宿。

⑦ 露：水气。

⑧ 水光接天：水面因月光照射与天空连成一气。

⑨ "纵一苇之所如"二句：放纵像一片苇叶般的小船随波漂荡，穿梭于茫茫的万顷波涛之中。纵，放任。如，往。凌，越过。

⑩ 冯虚：凭空，凌空。冯，同"凭"。御风：驾风而行。《庄子·逍遥游》："列子御风而行。"

⑪ "飘飘乎"二句：飘飘忽忽好似脱离了人世间而升腾，如入神仙境界。遗世，脱离人世间。羽化，道教称成仙为羽化。

⑫ 扣舷：敲击船边而打拍子。

⑬ "桂棹兮兰桨"二句：是说用桨划船，击打着洒满月光的水面，逆水而上，追逐着随水波而浮动的月光。桂棹、兰桨，指丹桂制成的棹，兰木制成的桨，为棹、桨之美称。棹，船上拨水的工具。空明，指水波与月光相辉映的江面。溯，逆水而行。流光，月光。

⑭ "渺渺兮予怀"二句：缥缈之中我怀念着远方所思慕的人。美人，借指作者思念的人。天一方，天各一方之省，指遥远的地方。

⑮ 洞箫：即箫。箫上有孔，故称。

⑯ 倚歌：依歌。依照歌的声调与节拍(伴和)。

⑰ 不绝如缕：形容余音徐徐不歇。缕，丝缕，此喻箫声纤徐而绵长。

⑱ 舞幽壑之潜蛟：使蛟龙在水的深处起舞。

⑲ 泣孤舟之嫠(lí)妇：令寡妇在孤舟上哭泣。嫠妇，寡妇。

⑳ 愀(qiǎo)然：忧愁的样子。

㉑ 正襟危坐：端正衣襟，严肃地坐着。

㉒ 何为其然也：(洞箫的曲调)为什么这般(凄凉而动人)呢？

㉓ "月明星稀"二句：曹操《短歌行》中的诗句。

㉔ 曹孟德：曹操字孟德。

㉕ 夏口：即今汉口，一说在今湖北武昌境内。

㉖ 武昌：今湖北鄂城。

㉗ 缪：通"缭"，缭绕缠结。此指连接、环绕。

㉘ 郁乎苍苍：形容山上树木茂密苍翠，蓊茏葱郁。

㉙ 曹孟德之困于周郎：指曹操在赤壁之战中被周瑜困在江上。

㉚ "方其破荆州"二句：据《三国志·魏书·武帝纪》所载，曹操于建安十三年克

江陵。这里的荆州为东汉州名,指今湖北襄樊一带。江陵:县名,当时为荆州州治所在。

㉛ 舳(zhú)舻(lú)千里:指战船首尾相接,绵延千里。舳,船尾。舻,船头。

㉜ 酾(shī)酒:原意为滤酒,这里是把酒、斟酒的意思。

㉝ 横槊(shuò)赋诗:唐元稹《唐故工部员外郎杜子美墓系铭并序》:"曹氏父子鞍马间为文,往往横槊赋诗。"槊,长矛。

㉞ 固:原本是。

㉟ 安在:在哪里。

㊱ 子:你。渔樵:捕鱼,打柴。渚:江中小洲。

㊲ 侣鱼虾而友麋(mí)鹿:与鱼虾为伴,同麋鹿为友。麋:鹿的一种。

㊳ 一叶:形容船小。扁(piān)舟:小船。

㊴ 匏(páo)樽:用葫芦做的酒杯。匏,葫芦的一种。《本草纲目》云:"瓠之无柄而圆大形扁者为匏。"其外壳剖开可做瓢。

㊵ 寄蜉蝣(fú yóu)于天地:像蜉蝣一样寄身于世界上。蜉蝣,夏秋之交生长于水边的一种小昆虫,只能活几个小时。

㊶ 渺沧海之一粟:(人在宇宙间)渺小得如同大海中的一颗谷粒。

㊷ 须臾:片刻。

㊸ "挟(xié)飞仙以遨游"二句:愿与飞行空中的仙人一起遨游,与月亮一道长存。挟,挚领。此处是追随之意。长终,永远存在。

㊹ "知不可乎骤得"二句:明知这是不可轻易得到的,故而在悲凉的秋风中吹出这样的曲调。遗响,余音,此处指箫声。悲风,秋风。

㊺ "逝者如斯"二句:江水这样不断地流去,可实际上它并没有消失。逝,往。斯,指水。《论语·子罕》:"子在川上曰:'逝者如斯夫,不舍昼夜。'"未尝往,没有流去。

㊻ "盈虚者如彼"二句:月亮有圆有缺,但它本身并没有减小或增大。盈虚,指(月亮的)满亏、圆缺。彼,指月亮。卒莫消长,终究没有减少或增长。

㊼ "盖将自其变者而观之"二句:从变化的角度来看,天地无时无刻不在变化着。盖,发语词。曾,竟。一瞬,一眨眼间。

㊽ "自其不变者而观之"三句:从不变的意义上来看,物与我又都是没有穷尽的,那么,何必要去羡慕"长江之无穷"呢!

㊾ 且夫:承接连词。

㊿ 无禁:无人禁止与干涉。

㈤ 造物者:指天地,亦即大自然。藏(zàng):宝藏。

㊾ 共适:共同享受。
㊿ 更酌:重新斟酒。
㊾ 肴(yáo):荤菜。核:果品。
㊾ 狼藉:杂乱的样子。
㊾ "相与枕藉"二句:在船上互相枕叠着入睡,不知不觉中天已大亮。枕藉,互相枕着。藉,同"借"。既白,已显出曙色。

【导读】

  这是一篇赋体散文,也可视为一篇优美的散文诗。它通过对黄州赤壁江山水月的描写,歌辞与唱和,以及主客问答,展现了作者的心路历程。主人之"乐",是作者思想感情的外化表现;客人之"悲",揭示的是作者思想感情的内在蕴含。所体现的是一种灵魂深处深不可解的矛盾与痛苦。除了政治上的失意之外,也有明显的宇宙意识与人生思考。要化解这种矛盾,主人提出了"变"与"不变"和"物各有主"的命题,其中既包含有朴素辩证法的因素,又杂有浓重的老庄思想与佛家玄理,这不能不导致了作者虚无寂灭的观点。苏轼想以此来弥合理想与现实的矛盾,以求得自我解脱,实际上不过是一种回避矛盾的鸵鸟哲学。不过,在挫折面前,能表现出一种豁达的乐观态度,在看似消极的思想之中藏着不屈服的进取精神,却是值得肯定的。这正是千百年来人们赞赏和喜爱苏轼这篇赋体散文的深层原因。山间明月与江上清风为大自然赐予人类无尽藏的观点,以及"苟非吾之所有,虽一毫而莫取"的操守,也都包含有积极的因素,值得我们深入思考。

  本文的艺术成就主要体现在三个方面。第一,写景、抒情、议论巧妙而自然地融为一体。先由写景入情,又因情而写景,再借景来说理。可谓景中有情,情中寓理。而且,无论写景、抒情还是说理,都是在黄州赤壁"就地取材",不离乎清风明月和大江流水,从而使诗情、画意与理趣互相映衬,水乳交融。第二,文章在修辞技巧方面采用了多种手法。或用拟人手法写明月徘徊,或用比喻状泛舟之快意和洞箫之悲戚,或着意渲染,突出曹操横槊赋诗的雄姿,周瑜挥师破曹的气概。其中关于洞箫声的比喻,奇特而诡谲,一向为人们所击节赞叹。苏轼通过多种修辞手法的运用,将某些难以传达的情景、感觉和氛围,描写得自然真切,生动传神。同时凭借这种综合运用修辞手法,调动起读者丰富的艺术想象力,将读者带到妙趣横生的意境之中。第三,在欧阳修改造赋体的基础上,进一步发挥创造性。文中既保留了赋体的一些特点又有意突破赋体的束缚。如主客问答形式和骈偶排比、适当押韵等,是有所保留;而大量运用散句,挥洒自如,章法变幻莫测,一任感情的潮水放纵奔流等,是意在创新。从而使全文在内容与形式上达到了多样统一,面貌一新。

此外,苏轼在此文句法上多用倒装句,增强了表达的力度,同时也丰富了汉语的表现力。如"侣鱼虾而友麋鹿""寄蜉蝣于天地""舞幽壑之潜蛟,泣孤舟之嫠妇"等。

声 声 慢

李清照

【解题】

《声声慢》调首见于北宋晁补之词。有平、仄韵二体,此为仄韵体。毛先舒《填词名解》卷三云:"词以慢名者,慢曲也。拖音袅娜,不欲辄尽。"这首词是李清照晚年的作品,为其最有代表性的名篇。词作通过暮秋景色的衬托,倾诉了作者饱经忧患和离乱之后,孤苦寂寥的痛苦。全词以铺叙的手法,将作者内心深处的苦闷表现得特别真切。词中大量用叠字,以加强感情的渲染,可视为作者的独创。尽管词中的情调过于消沉,却能折射出动乱的时代给人们造成的心灵创痛。李清照(1084—约1151),号易安居士,济南(今山东济南)人。其父李格非为当时著名学者,丈夫赵明诚为宰相赵挺之之子,著名金石学家。南渡不久,赵明诚病卒,李清照精神上受到沉重打击。宋高宗建炎三年(1129),金兵南下,她又在浙江亲历战乱之苦,颠沛流离,晚年孤寂困苦。她是文学史上杰出的女作家,工诗能文,尤擅词调,为宋朝婉约词派一大家。其早年的作品,限于闺情春思,题材较为狭窄。南渡之后,故土之思,家国之痛,一并抒发在作品之中,风格突变,社会意义也扩大了。她善于在词中以自然清新、凝练精洁的语言塑造鲜明生动的形象,工于造语,擅为创意,艺术成就很高。有《漱玉词》(后人辑本)。今人辑有《李清照集》。

寻寻觅觅[①],冷冷清清,凄凄惨惨戚戚。乍暖还寒时候[②],最难将息[③]。三杯两盏淡酒,怎敌他、晚来风急!雁过也,正伤心,却是旧时相识[④]。　　满地黄花堆积,憔悴损[⑤],如今有谁堪摘[⑥]?守着窗儿,独自怎生得黑⑦!梧桐更兼细雨,到黄昏、点点滴滴。这次第⑧,怎一个愁字了得!

(人民文学出版社王学初《李清照集校注》)

【注释】

① 寻寻觅觅:是说心神不定,茫然若有所失却又遍寻不得的样子。
② 乍暖还寒:天气忽然回暖,一下子又冷起来。
③ 将息:保养,休息。
④ "雁过也"三句:曲折地表示悼亡与怀旧。作者此时流寓江南,丈夫已亡故,书信无可寄。因见雁南飞而倍觉伤情。旧时相识,当指作者早年寄《一剪梅》词给丈夫,中有句云:"云中谁寄锦书来,雁字回时,月满西楼。"可参读。又俞平伯先生注此句谓:"雁未必相识,却云'旧时相识'者,寄怀乡之意。"(《唐宋词选释》)传说中雁能传书,细味之,亦有怀人之意。
⑤ 憔悴损:指花枝枯萎凋谢。同时也影射人的容颜衰老。
⑥ 堪:原本作"忺"(xiān),据别本改。
⑦ 怎生得黑:犹言如何熬到天黑。
⑧ 这次第:犹言这情形,这光景。这里有总括上文之意,等于说这种况味。

【导读】

此词纯用赋体,满纸呜咽,长歌当哭,读之令人黯然伤神。虽说它流露出了作者在残酷的现实面前显得未免过于悲观与消沉,但也反映了离乱之世人们所遭遇的种种苦难,因而具有一定的社会意义。

词作突出的艺术特色是情真意切,语新句工。特别是叠字的巧用,极大地增强了作品的艺术感染力。劈头的十四个叠字,向为人们所击节赞赏。张端义《贵耳集》有云:"此乃公孙大娘舞剑手。本朝非无能词之士,未曾有一下十四叠字者。……后叠又云:'梧桐更兼细雨,到黄昏点点滴滴。'又使叠字,俱无斧凿痕。"说来连用叠字未必就难,难在下得准,用得巧,丝丝入扣,使人不觉。后世学此者,往往流于造作,岂止上下床之别!从语音的角度来说,这首词除用许多叠字之外,还有意多用齿声字和舌声字,与忧郁孤寂、愁肠百结的内容珠联璧合。齿声字如寻寻、清清、凄凄、戚戚及正伤心、憔悴损、怎生得等;舌声字如敌、他、地、堆、摘、桐、到、黑、点点滴滴等。完全切合曲调"拖音袅娜,不欲辄尽"的要求。《贵耳集》中还说:"'黑'字不许第二人押。"黑,当读若 hè,入声。这个"黑"字,险韵天成,琢磨不来。它使语气一下子显得焦灼、难堪,无奈乃至绝望之声神情毕肖。是至沉至痛之语,耐人反复嚼味。万树评此词则说:"此遒逸之气,如生龙活虎,非描塑可得。其用字奇横而不妨音律,故卓绝千古。人若不见才而故学其笔,则未免类狗矣。"(《词律》)说到底问题有两面:一方面是才能,包括技巧方法的娴熟等;另一方面是真情实感,言为心声。假若易安未经南渡后离乱之苦,足不出深闺,衣食不愁,怕是写不出《声声慢》来的。国家不幸诗家幸,岂非又一绝好注脚?许多词评家都注意到了此词下片对上片的照应问题,以为此词大妙之处在"点点滴滴"与前长叠句照应有法,故愈到后面愈精彩。如陈廷焯就说:"后幅一片神行,愈唱愈妙。"(《白雨斋词话》)所谓"一片神行",说穿了就是一气贯注,时有胜处,直至收束还辞收意不收,给人留下无尽联想。

  总之,此词佳胜高妙主要并不在技巧(技巧自不可少),而在作者是用血泪为词,情真意切,直抒胸臆。便是吴灏所谓"本色当行第一人也"(《七颂堂随笔》)。这才是这首词成为千古绝唱最根本的原因。

永遇乐·京口北固亭怀古

辛弃疾

【解题】

《永遇乐》调有平仄韵两体,仄韵者首见于柳永《乐章集》,平韵者始于南宋,为陈允平所首创。此词是宋宁宗开禧元年(1205)辛弃疾在镇江知府任上所作,为其晚年有代表性的作品。京口,即今江苏镇江。北固亭,在镇江东北北固山上,北面长江。又名北顾楼。词作通过怀古抚今,表现出作者坚决抗金的一贯主张,同时借史实隐约透露出对急于北伐的冒进误国行动深为忧虑。词的结尾处,还抒发了老当益壮、豪情不减当年的感慨。格调苍凉劲健,大气磅礴,读之令人荡气回肠。辛弃疾(1140—1207),字幼安,号稼轩,济南历城(今山东历城)人。他20岁以前是在金统治区度过的。22岁时曾组织两千多人参加耿京领导的抗金农民起义军,为耿京掌书记。失败后南归,先后任南宋建康府通判及湖北转运副使和湖南安抚使等职。由于朝廷中主和派的排斥与打击,他从43岁时起,被免职闲居于信州上饶(今属江西上饶)近两年(其间曾一度知福州兼福建安抚使)。直到他64岁时,朝廷主战派占了上风,重新起用他为浙东安抚使,又调镇江知府。这期间他积极从事北伐准备,可是不久又遭弹劾,回到铅山家中,忧愤而卒。辛弃疾为南宋伟大的爱国词人。他创造性地运用词的形式,熔冶诗词文赋,驱使经史、俚语,自如地抒写怀抱。其词作题材广阔,手法多变,气势纵横,不拘一格。辛词以豪放为主,在词的内容和意境上较苏轼有了进一步的发展与提高,在词的发展史上产生了重大的影响。有《稼轩长短句》。

千古江山,英雄无觅,孙仲谋处①。舞榭歌台,风流总被、雨打风吹去②。斜阳草树,寻常巷陌,人道寄奴曾住③。想当年:金戈铁马,气吞万里如虎④。　　元嘉草草,封狼居胥,赢得仓皇北顾⑤。四十三年,望中犹记,烽火扬州路⑥。可堪回首,佛狸祠下,一片神鸦社鼓⑦!凭谁问:廉颇老矣,尚能饭否⑧?

(上海古籍出版社邓广铭《稼轩词编年笺注》卷六)

【注释】

①"英雄无觅"二句:为"无觅英雄孙仲谋处"的倒装句。孙仲谋,三国时吴主孙权,字仲谋。孙吴政权曾在镇江建都。

②"风流总被"二句:意为英雄事业之流风余韵,已被时间的风雨冲淡了。

③寄奴:南朝宋武帝的小名。他的先世为彭城人,后迁居京口。刘裕生长于京口。

④"想当年"三句:晋安帝义熙五年(409)、十二年(416),刘裕曾两次统率晋军北伐,先后灭南燕、北秦,收复洛阳、长安等地。此处是回顾历史,与上文相联系,视刘裕为英雄。"金戈铁马"二句均是形容刘裕当年统率晋军威震中原,横扫强敌的气势。

⑤"元嘉草草"三句:以刘裕的儿子刘义隆(宋文帝)不能继承父业,好大喜功,贸然北伐,以致惨败的史实,前后对比,隐约流露出作者对当时朝廷中一些人急于对金用兵的担心。元嘉,宋文帝刘义隆的年号(424—453)。草草,草率,马虎。狼居胥,一名狼山,在今内蒙古自治区中部。《史记·霍去病传》载:汉武帝时骠骑将军霍去病追击匈奴至狼居胥,在山上筑坛祭神,凯旋还朝。这里是指急于北伐封功。《宋书·王玄谟传》载:王玄谟屡向朝廷陈述北伐之事,宋文帝说:"闻玄谟陈说,使人有封狼居胥意。"宋文帝于元嘉二十七年(450),派王玄谟率军北伐,结果惨败。魏太武帝率军至瓜步,刘宋朝廷一片惶恐。赢得,落得。仓皇北顾,指拓跋焘兵临长江边,危及刘宋国本。

⑥"四十三年"三句:辛弃疾于宋高宗绍兴三十二年(1162)南归,至写此词时,恰好四十三年。而四十三年前金兵大举南侵,掠江淮,陷扬州的情景,如今记忆犹新。

⑦可堪:哪堪、怎堪,即如何承受得了之意。佛狸祠:北魏太武帝拓跋焘小名叫佛狸。当年他南犯时,曾在瓜步山(今江苏六合东南二十里处)上建行宫,后改称佛狸祠。神鸦:即乌鸦,因其啄食祭祀用的食品,故称。社鼓:社日祭神的鼓声。

⑧"凭谁问"三句:作者以廉颇自比,表示自己老当益壮,还能为抗金救国出力。凭谁问,是说朝廷无人关怀年老的有经验的抗敌将领。廉颇为战国时赵国大将,后因遭谗去魏:赵国为秦国所困,赵王才又想起廉颇,廉也因在魏久不被信用而复思为赵国效力,于是赵王便派使者去探视廉颇,看还能否担当重任。"赵使者既见廉颇,

廉颇为之一饭斗米、肉十斤,被甲上马,以示尚可用。赵使者还报王曰:'廉将军虽老,尚善饭;然与臣坐,顷之,三遗矢矣。'赵王以为老,遂不召。"(《史记·廉颇蔺相如列传》)

【导读】

辛弃疾作此词时,已66岁高龄。从他奉表归宋以来,43年过去了,岁月蹉跎,蹭蹬挫折,"平生志愿百无一酬"。他感慨万端,心潮涌动。晚年的辛弃疾,虽被起用,但他的职位只是知府,并无军权。且与朝廷中的当权者在北伐策略上每多不合。他既对时局忧心忡忡,又对抗金救国无能为力,内心的矛盾与痛苦是完全可以想见的。据《宋会要·职官·黜降官十一》记载,辛弃疾在作这首词前夕,"坐谬举,降两官",其处境与心情也是可想而知的。"坐谬举",就是被人谗言、诬告。一位饱经风霜、历遍忧患的老人,曾是壮怀激烈、沙场征战的抗金斗士,面对南宋小朝廷时而软弱时而冒进的对金政策,他忧愤、悲慨,情绪不能不近乎黯淡。故在此词中,沉郁之语多,激昂之言亦多,他是何等矛盾与无奈。朝廷中的互相掣肘,韩侂胄等的好大喜功,都令辛弃疾感到不安,他忧虑重重却又并无良策,只能以词来抒发郁闷。而所有这些心迹,在词作中都有曲折的表现。尤其难得的是,辛弃疾的恢复中原情结愈老弥坚,词中以廉颇自况,实际上仍在等待朝廷给予他实现夙愿的机会,这种"老骥伏枥,志在千里"的精神,使全词显得虽伤感却不绝望。

这首词最重要的特点是多用史实以作借鉴,增强了作品的历史感,使通篇意味深长,厚重而警拔。它用典贴切,感受深邃,巧妙而自然地将怀古与写实融合在一起。京口登临,所联想的俱是与京口有关的史实。孙权、刘裕及刘义隆等历史人物,包括拓跋焘,都与京口有关,故其用典丝丝入扣,十分贴切。篇末之以廉颇自况,实为熟典,且作者亦在晚年,也是顺理成章的。

单　刀　会（第四折）

关汉卿

【解题】

　　《单刀会》是关汉卿著名的历史剧,其全称为《关大王独赴单刀会》。剧本突出了大义凛然的孤胆英雄关羽形象,曲折地寄托了剧作家的民族意识。剧写鲁肃为索回荆州,定计约关羽过江赴会,在席间暗设埋伏,欲加害于关羽。关羽单刀赴会,据理相争,凛然不可犯,在宴会上震慑住对方,使鲁肃的阴谋无法得逞。在关平接应下,关羽不辱使命,顺利渡江,回到自己的驻地。下面所选是杂剧的第四折,即"刀会"。关汉卿,号已斋叟,元大都(今北京)人,我国古代伟大的戏曲作家,元杂剧的奠基人。约生于蒙古灭金(1234)之前,即1220年左右,卒年当在元成宗大德(1297—1307)末年,即13世纪末14世纪初。关汉卿一生过着典型的"书会才人"生活,长期接触社会底层,对人民的疾苦,寄予极大的同情,故其杂剧多数能深刻反映当时的民族矛盾与阶级矛盾,敢于揭露社会政治的黑暗与吏治的腐败。他对妇女社会地位的卑微与命运的不幸尤为关注,创作了不少以下层女子为主人公的杂剧,并在剧作中赋予她们勇敢与智慧,让卑贱者战胜高贵者,从而使剧作具有浓厚的浪漫主义和理想主义色彩。关汉卿是元前期剧坛的领袖人物,所作杂剧见于著录的有六十余种,为诸家之冠。在现存可以确定为关作的十四种杂剧中,以《窦娥冤》《救风尘》《单刀会》为最有代表性。关剧情节生动,排场活泼,结构精巧,人物形象鲜明;曲词浑朴精练,本色当行,被王国维誉为元曲家之最。

（鲁肃①上，云）欢来不似今朝，喜来那逢今日。小官鲁子敬是也。我使黄文②持书去请关公，欣喜许今日赴会，荆襄地合归还俺江东③。英雄甲士已暗藏壁衣之后，令人江上相候，见船到便来报我知道。

（正末关公引周仓④上，云）周仓，将到那里也？（周云）来到大江中流也。

（正云）看了这大江，是一派好水也呵！（唱）

【双调新水令】大江东去浪千叠⑤，引着这数十人驾着这小舟一叶。又不比九重龙凤阙⑥，可正是千丈虎狼穴。大丈夫心别，我觑这单刀会似赛村社⑦。

（云）好一派江景也呵！（唱）

【驻马听】水涌山叠，年少周郎何处也⑧？不觉的灰飞烟灭，可怜黄盖转伤嗟⑨。破曹的樯橹一时绝⑩，鏖兵的江水犹然热，好教我情惨切！（云）这也不是江水，（唱）二十年流不尽的英雄血！

（云）却早来到也，报复去。（卒报科）（做相见科）（鲁云）江下小会，酒非洞里之长春⑪，乐乃尘中之菲艺⑫，猥劳君侯⑬屈高就下，降尊临卑，实乃鲁肃之万幸也。（正云）量某有何德能，着大夫置酒张筵，既请必至。（鲁云）黄文，将酒来。二公子满饮一杯⑭。（正云）大夫饮此杯。（把盏科）（正云）想古今咱这人过日月好疾也呵！（鲁云）过日月是好疾也。光阴似骏马加鞭，浮世似落花流水。（正唱）

【胡十八】想古今立勋业，那里也舜五人⑮、汉三杰⑯？两朝相隔数年别，不付能见者⑰，却又早老也。开怀的饮数杯，（云）将酒来。（唱）尽心儿待醉一夜。

（把盏科）（正云）你知"以德报德，以直报怨"⑱么？（鲁云）既然将军言"以德报德，以直报怨"，借物不还者谓之怨。想君侯文武全材，通练兵书，习《春秋》《左传》，济拔颠危，匡扶社稷，可不谓之仁乎?待玄德如骨肉⑲,觑曹操若仇雠⑳,可不谓之义乎?辞曹归汉,弃印封金㉑,可不谓之礼乎?坐服于禁㉒,水淹七军㉓,可不谓之智乎?且将军仁义礼智俱足,惜乎止少个信字,欠缺未完。再若得全个信字,无出君侯之右也。(正云)我怎生失信?(鲁云)非将军失信,皆因令兄玄德公失信。(正云)我哥哥怎生失信来?(鲁云)想昔日玄德公败于当阳㉔之上,身无所归,因鲁肃之故,屯军三江夏口㉕。鲁肃又与孔明同见我主公㉖,即日兴师拜将,破曹兵于赤壁之间㉗。江东所费巨万,又折了首将黄盖㉘。因将军贤昆玉无尺寸地㉙,暂借荆州以为养军之资;数年不还。今日鲁肃低情曲意,暂取荆州,以为救民之急;待仓廪丰盈,然后再献与将军掌领。鲁肃不敢自专,君侯台鉴㉚不错。(正云)你请我吃筵席来那,是索荆州来?(鲁云)没、没、没,我则这般道㉛。孙、刘结亲㉜,以为唇齿,两国正好和谐。(正唱)

【庆东原】你把我真心儿待,将筵宴设,你这般攀今览古,分甚枝叶?我根前使不着你"之乎者也""诗云子曰",早该豁口截舌㉝!有意说孙刘,你休目下番成吴越㉞!

　　(鲁云)将军原来傲物轻信㉟!(正云)我怎么傲物轻信?(鲁云)当日孔明亲言:破曹之后,荆州即还江东。鲁肃亲为代保。不思旧日之恩,今日恩变为仇,犹自说"以德报德,以直报怨"。圣人道:"信近于义㊱,言可复也。"去食去兵,不可去信㊲。"大车无輗,小车无軏,其何以行之哉?"㊳今将军全无仁义之心,枉作英雄之辈。荆州久借不还,却不道"人无信不立"㊴!(正云)鲁子敬,你听的这剑戛㊵么?(鲁云)剑戛怎么?(正云)我这剑戛,头一遭诛了文丑㊶,第二遭斩了蔡阳㊷,鲁肃呵,莫不第三遭到你也?(鲁云)没、没,我则这般道来。(正云)这荆州是谁的?(鲁云)这荆州是俺的。(正云)你不知,听我说。(唱)

【沉醉东风】想着俺汉高皇图王霸业㊸,汉光武秉正除邪㊹,汉王允将董卓诛㊺,汉皇叔把温侯灭㊻,俺哥哥合承受汉家基业。则你这东吴国的孙权，和俺刘家却是甚枝叶？请你个不克己先生㊼自说！

(鲁云)那里甚么响？(正云)这剑戛二次也。(鲁云)却怎么说？(正云)这剑按天地之灵㊽，金火之精，阴阳之气，日月之形；藏之则鬼神遁迹，出之则魑魅潜踪；喜则恋鞘沉沉而不动，怒则跃匣铮铮而有声。今朝席上，倘有争锋，恐君不信，拔剑施呈。吾当摄剑㊾，鲁肃休惊。这剑果有神威不可当，庙堂之器㊿岂寻常；今朝索取荆州事，一剑先交鲁肃亡。(唱)

【雁儿落】则为你三寸不烂舌，恼犯我三尺无情铁。这剑饥餐上将头(51)，渴饮仇人血。

【得胜令】则是条龙向鞘中蛰(52)，唬得人向坐间呆(53)，今日故友每才相见，休着俺弟兄每相间别(54)。鲁子敬听者，你心内休乔怯(55)，畅好是随邪”(56)，休怪我十分酒醉也。

(鲁云)臧宫(57)动乐。(臧宫上，云)天有五星，地攒(58)五岳，人有五德，乐按五音。五星者：金、木、水、火、土。五岳者：常、恒、泰、华、嵩。五德者：温、良、恭、俭、让。五音者：宫、商、角、徵、羽(59)。(甲士拥上科)(鲁云)埋伏了者。(正击案，怒云)有埋伏也无埋伏？(鲁云)并无埋伏。(正云)若有埋伏，一剑挥之两段！(做击案科)(鲁云)你击碎菱花(60)。(正云)我特来破镜(61)！(唱)

【搅筝琶】却怎生闹炒炒(62)军兵列，上来的休遮挡，莫拦截(63)！(云)当着我的，呵呵！(唱)我着他剑下身亡，目前流血。便有那张仪口、蒯通舌(64)，休那里躲闪藏遮。好生的(65)送我到船上者，我和你慢慢的相别。

(鲁云)你去了倒是一场伶俐(66)。(黄文云)将军，有埋伏哩。(鲁云)迟了我的也。(关平领众将上(67)，云)请父亲上船，孩儿每来迎接哩。(正云)鲁肃，休惜殿后(68)。(唱)

【离亭宴带歇指煞】我则见紫袍银带公人列，晚天凉风冷芦花谢，我心中喜悦。昏惨惨晚霞收，冷飕飕江风起，急飐飐云帆扯(69)。承管待、承管待，多承谢、多承谢。唤艄公慢者，缆解开岸边龙，船分开波中浪,棹搅碎江中月⑦。正欢娱有甚进退,且谈笑不分明夜㉑。说与你两件事先生记者:百忙里称不了老兄心㉒,急切里倒不了俺汉家节㉓。(并下)

  题目:孙仲谋独占江东地
     请乔公言定三条计
  正名㉔:鲁子敬设宴索荆州
     关大王独赴单刀会

(人民文学出版社王起主编《中国戏曲选》上)

【注释】

  ① 鲁肃(172—217):三国时吴国名将,字子敬,临淮东城(今安徽定远东南)人。自周瑜起兵时投吴,曾力主与刘备联合抗曹,是孙权政权中的重要谋略者之一。周瑜死后,代瑜统兵,官为偏将军、横江将军等。《三国志·吴书》有传。

  ② 黄文:杂剧中虚构的人物。

  ③ 荆襄:指荆州、襄阳一带,今属湖北省。合:该。江东:指今安徽芜湖,江苏南京以东的长江南岸地区。三国时期为孙权东吴政权的根据地。

  ④ 周仓:民间传说中关羽的部下。

  ⑤ 大江东去浪千叠:此曲与下面的【驻马听】曲历来为人所击节赞赏,二曲从苏轼的词《念奴娇·赤壁怀古》脱化而出,然更加铺排,更觉激越,既发挥了曲的长处,又点化自然,浑如己出。

  ⑥ 九重龙凤阙:极言皇宫之深,宫墙之密。九重,多重,九为概数。龙凤阙,指皇宫中皇帝居所。

  ⑦ 赛村社:古代农村于"社日"举行迎神赛会,闹热异常。社,即社日,农村中祭祀土地神的节日,分春社和秋社。汉以后一般用立春和立秋后第五个戊日为社日。

  ⑧ 周郎:即周瑜(175—210),字公谨,庐江舒县(今安徽舒城)人。三国时吴国名将。他协助孙策、孙权建立了东吴政权,在孙刘联合拒曹的赤壁之战中,他是主要谋略者和指挥者。因其24岁时即被授予建威中郎将。故"吴中皆呼为周郎"。又因其年轻而美姿容,故谓之年少。《三国志·吴书》有传。

  ⑨ 可怜黄盖转伤嗟:黄盖为三国时吴国将领,字公覆,零陵泉陵(今湖南零陵北)人。他从孙坚起兵,又佐孙策、孙权为事,官为中郎将、偏将军等。《三国志·吴书》有传。转伤嗟,盖指民间传说中的周瑜打黄盖的故事,所谓"苦肉计"。

⑩ 破曹的樯橹一时绝：曹即曹操(155—220)，字孟德，沛国谯县(今安徽亳县)人。三国时期的政治家、军事家、著名诗人。他出身于官宦家庭，东汉末以镇压黄巾起义起家，后挟天子以令诸侯，削平各地割据势力，逐渐统一了北方，成了汉献帝的丞相。后封为魏王。其子曹丕做魏文帝后又追尊为武帝。《三国志·魏书》有《武帝纪》。樯，船桅。橹，桨。合起来指战船。一时绝，指赤壁鏖战已经过去，江上又恢复平静。

⑪ 酒非洞里之长春：是说酒非神仙饮的好酒。长春为酒名，乃神仙所饮。道教把神仙居所称为洞天。

⑫ 乐乃尘中之菲艺：是说无甚仙乐伴奏，只有人间的普通技艺。以上两句皆为自谦的客套话。

⑬ 猥劳君侯：犹言劳驾你辛苦渡江过来。猥劳，在这里作使动词，猥同"乃"。君侯，指关羽，因曾被封为汉寿亭侯。

⑭ 二公子：指关羽。刘备、关羽、张飞曾结拜为兄弟，关羽行二，故鲁肃如此称呼对方。

⑮ 舜五人：亦称舜五臣。指上古帝王虞舜的贤臣禹、稷、契、皋陶、伯益。见《论语·泰伯》孔颖达注。

⑯ 汉三杰：指辅佐汉高祖刘邦的张良、萧何与韩信。

⑰ 不付能：刚刚，适才。又作"不甫能"，即甫能。"不"字为发语助词，无义。

⑱ "以德报德，以直报怨"：语出《论语·宪问》，意为对有恩德于自己的人，要以德去报答；对于与自己有怨恨的人，也要以诚正的态度去对待。

⑲ 玄德：刘备(161—223)，字玄德，涿郡涿县(今河北涿县)人。以镇压黄巾起义起家，后得诸葛亮的辅佐，逐渐强大起来。赤壁之战后，刘备以荆州为根据地，西取川蜀，建立了蜀汉政权。死后谥昭烈帝。《三国志·蜀书》有传。

⑳ 仇雠(chóu)：仇敌。雠，同"仇"。

㉑ 弃印封金：指关羽拒绝曹操的重任，放弃重礼，而念兄弟之谊归于刘备。

㉒ 坐服于禁：指关羽击败于禁统领的七路兵马，保住了樊城。坐服，是说不费力气就降服了于禁。于禁，三国时魏名将，字文则，泰山钜平(今山东泰安西南)人。曾做过王郎的部属，后得曹操的赏识与重用，封为益寿亭侯，屡建战功，官至左将军。《三国志·魏书》有传。

㉓ 水淹七军：曹操命于禁为统领，庞德为先锋，攻樊城，关羽决襄江之水淹没七路兵马，生擒庞德。按于禁投降，关羽斩庞德事见于《三国志·蜀书·关羽传》，后经民间传说增饰，到宋元时逐渐演化成富于传奇色彩的"水淹七军"故事。

㉔ 当阳：县名，在湖北省西部。玄德公败于当阳之上，事见《三国志·蜀书·先主传》。

㉕ 夏口：又称沔口、汉口，位于汉水入长江口处。

㉖ 孔明：即诸葛亮(181—234)，孔明为其字，琅琊阳都(今山东沂水)人。三国时有名的政治家、军事家。初隐于南阳之隆中，后辅佐刘备建立并巩固蜀汉政权，官至丞相，封武乡侯，世称诸葛武侯。《三国志·蜀书》有传。

㉗ 赤壁：在今湖北嘉鱼东北的长江南岸。建安十三年(208)，刘备与孙权合力会战曹操，大破曹军于此，三足鼎立局面于此后形成。

㉘ 折了首将黄盖：损失了大将黄盖。指赤壁之战中，东吴施苦肉计，周瑜打黄盖又以阚泽到曹营下诈降书事。此处所指事疑与后来小说有异(据王季思主编《中国戏曲选》)。

㉙ 昆玉：兄弟。

㉚ 台鉴：谦语。台，是尊敬对方的称呼。鉴，是明察、判断之意。

㉛ 我则这般道：我不过是这样说说罢了。

㉜ 孙、刘结亲：孙指孙权(182—252)，字仲谋，吴郡富春(今浙江富阳)人。继承父孙坚基业，巩固吴国政权，与曹魏、蜀刘形成三分之势。《三国志·吴书》有传。刘指刘备。《三国志·蜀书·先主传》："先主为荆州牧，治公安。权稍畏之，进妹固好。"事经民间增饰，演绎成"刘备招亲"故事。

㉝ 豁口截舌：意为多嘴讨嫌，应割其嘴，拔其舌。

㉞ 番成吴越：吴越是春秋时两个毗邻而又敌对的国家。番，伺"翻"。全句是说由亲和转为敌对。

㉟ 傲物轻信：盛气凌人而不讲信义。

㊱ "信近于义"二句：语出《论语·学而》。意为信义一见于言，一见于行动，后者可验证前者。

㊲ "去食去兵"二句：语出《论语·颜渊》。意为即使无粮草无武器，也不可言而无信。

㊳ "大车无輗(ní)"三句：语出《论语·为政》。意为人无信便是枉活。輗，軏(yuè)都是车辕与车衡衔接的关键，没有它们，车就无法套牲口行走。古时以牛车为大车，以马车为小车。

㊴ 人无信不立：语出《论语·颜渊》。原文为："自古皆有死，民无信不立。"以上都是鲁肃引经据典，为东吴索回荆州说词。

㊵ 剑戛：剑鸣响、"戛"原误作"界"。

㊶ 文丑：三国时袁绍的部将。

㊷ 蔡阳：三国时曹操的部将。

㊸ 汉高皇图王霸业：指汉高祖刘邦灭秦降楚建立汉朝。

㊹ 汉光武秉正除邪：指东汉光武帝刘秀翦除玉莽，复兴汉室。

㊺ 汉王允：《元刊杂剧三十种》本作“汉王帝”，误；明抄本作“汉献帝”，亦误。此从王季思主编《中国戏曲选》本。

㊻ 汉皇叔把温侯灭：汉皇叔指刘备，按刘氏宗谱，他是汉献帝的叔辈。温侯，即吕布，原为董卓部将，后为曹操和刘备擒杀。事见《三国志·魏书·吕布传》。

㊼ 不克己先生：语含讽刺。“克己复礼为仁”，本是《论语·颜渊》中的话。

㊽ 这剑按天地之灵：以下一段说白纯用浅近赋体，王季思主编《中国戏曲选》疑以为是民间说唱文学的痕迹，是有道理的。

㊾ 摄剑：拔剑。

㊿ 庙堂之器：皇室或朝廷的器用。关羽这里是极言自己剑器之高贵。

(51) “剑饥餐上将头”二句：化用岳飞《满江红》中“壮志饥餐胡虏肉，笑谈渴饮匈奴血”而来。上将，指高级将领。

(52) 龙向鞘中蛰：喻剑藏鞘中。龙，喻剑。蛰，冬眠类动物潜伏土中或洞穴中的状态。

(53) 唬得人向坐间呆：原本作“虎向坐间𧀉(xiē)”。据上下文，龙虎相对举，意可贯通。𧀉为干枯之意，引申为老虎静卧之态。兹从王季思主编《中国戏曲选本》。

(54) 相间别：指互相猜忌，产生隔阂。

(55) 乔怯：佯装恐惧。

(56) 畅好：即恰好。随邪：是随和之义，此有放松义。邪，通“耶”，语助词。

(57) 臧宫：杂剧中虚构的掌管乐队的人物。

(58) 地攒(zǎn)：地上积聚着。

(59) 宫、商、角、徵、羽：五音称谓。这里羽字又是关羽的名字，当是鲁肃招呼埋伏甲兵的暗语。

(60) 菱花：指镜。古铜镜上往往饰以菱花图案，故称。

(61) 破镜：双关语，既指打破真镜，又指蜀吴关系破裂。鲁肃字子敬，亦以“镜”谐音“敬”。

(62) 闹炒炒：即闹吵吵。

(63) “上来的休遮挡”二句：原作“休把我当拦者”，此据元刊本增改。

(64) 张仪口、蒯(kuǎi)通舌：张仪与蒯通均为历史上能言善辩者。张仪，战国魏人，曾说服当时六国以连横事秦。蒯通，秦汉之际范阳人，本叫蒯彻，因避汉室刘彻讳改名通。韩信曾用蒯之计平定齐地。

(65) 好生的：好好的。

(66) 一场伶俐：一次干净利落的行动。

⑰ 关平:关羽之子。
⑱ 殿后:又作殿军,处在大军的最后。此为关羽讥讽鲁肃,犹言难为你做我的殿军。
⑲ 急飐(zhǎn)飐云帆扯:风吹船帆急速抖动。"云帆扯"原作"帆招惹",此据元刊本。
⑳ 棹搅碎江中月:桨在水面划动,搅碎映在水中的月影。棹,桨。
㉑ 明夜:白天和晚上。
㉒ 称:原作"趁",同音假借。
㉓ 倒不了俺汉家节:以苏武"仗汉节牧羊,卧起操持"事言坚守汉家气节。蜀刘亦自称汉,故言。
㉔ 题目、正名:元杂剧编剧体例的组成部分,概括全剧内容,点出剧本名称,散场时由演员念出来。

【导读】

　　这折戏既向我们展示了关汉卿杰出戏剧家的盖世才华,同时也流露出诗人火一般的激情。特别是其中熔铸古典诗词入曲,贴切自然,了无痕迹,为剧作增色不少。

　　关汉卿塑造的关羽形象,气势非凡,浩气长存。在元蒙贵族统治之下,突出如此一个智勇双全、顶天立地的英雄形象,当是曲折地寄托了剧作家的民族意识。第三折[剔银灯]"我是三国英雄汉云长,端的是豪气有三千丈"中的"汉"字,语意双关,在特定的历史背景下,不能不引起人们的联想。关汉卿调动一切艺术手段,着意渲染关羽过人的胆识和大义凛然的英雄气概,显然不只是缅怀历史英雄,而在于唤起一种精神。应该说,成功的人物形象塑造,是《单刀会》杂剧最突出的艺术成就。为了使关羽形象光彩照人,关汉卿采取了一系列艺术手段。一、二两折戏是通过乔玄、司马徽及鲁肃之口,侧面写关羽的英姿和威风,一路制造蓄势,为关羽的出场做铺垫。第三折,在千呼万唤声中,关羽出场了。在接受赴宴的请柬时,关羽从容镇定,并立即识破了鲁肃的阴谋诡计。他没有丝毫的气馁,将一个"杀人的战场"看作"赛村社",视过江赴宴如同赶集市一般。正是俗语所说的那样:明知山有虎,偏向虎山行。

第四折正面写单刀赴会。剧作家将矛盾冲突的激化与诗意化的描写结合起来,使人物形象更加丰满,更具立体感。一路上,关羽不以身入险境为怀,而是欣赏万山环抱、大江汹涌的景色,并追怀二十年前赤壁之战的烽火岁月。这是怎样一种盖世英雄博大无比的胸襟啊!一曲"大江东去浪千叠",较苏轼词更雄阔、更豪迈,气冲斗牛,情贯大江。这里没有人生如梦的慨叹,有的只是"大丈夫心烈"的豪情。清人杨恩寿说:"所谓《单刀会》者,余固习见之也。第二支演帝(按指关帝,即关羽)登舟后,掀髯凭眺,声情激越,不减东坡《酹江月》。当场高唱,几欲裂铁笛而碎唾壶。"(《词余丛话》卷二)由此可知,此剧元代以来,久演而不衰。

关汉卿是驾驭戏曲语言的大师。在这折戏中,[新水令]和[驻马听]二曲,檃括苏词而来,但非常巧妙,二曲中间夹一句"好一派江景也呵",一下子激活了曲词,也写活了人物。融词入曲,至此种境界,可谓神奇入化。曲词与动作性的水乳交融,尤为戏曲艺术所重。如[雁儿落]以下三曲,动作性极强,曲词也本色自然,当行出色。剧中曲白相生,相得益彰,也是一个明显的特色。如在"二十年流不尽的英雄血"前有一句"这也不是江水"的白,迤逗得曲添色彩白增韵味。这说明关汉卿熟悉舞台,讲究排场,是写杂剧的行家里手,最是大家风采。

[南吕·四块玉]别情

关汉卿

【解题】

这是一支写别后相思的令曲。全曲不足三十字,却写得曲折有致,转承自如,真可谓字唯期少,意则期多。曲以描摹心理活动为主,自然真率,朴实无华。

自送别,心难舍,一点相思几时绝。凭阑袖拂杨花雪①。溪又斜,山又遮,人去也。

(人民文学出版社隋树森校点《全元散曲》)

【注释】

① 杨花雪:杨花的飞絮如雪花一般,故云。

【导读】

游子思妇,离愁别绪,是古代诗词中最常见的题材之一,要写出新意来,诚为不易。关汉卿撇开饯行话别或临歧分袂的一般写法,纯用微妙的心理刻画来传达情感。小令劈头便是别时的回忆,并点出相思之苦。曲中人为相思之情所苦苦缠绕,想摆脱愁苦,却又万般无法割舍。曲起以真率、直白,毫不掩饰,含几分泼辣,却也见无限痴情。关汉卿既不藻饰,也不雕琢,仿佛率性而起,随手而成。细细寻绎,乃是法极无迹,经营而不露刻削之痕。这正是曲之化境。与诗词的讲求含蓄蕴藉有所不同,曲有时就是要说尽道透,所谓尖新茜意,芒角峥嵘。既然一开始就将情写到了极致,相思永无消歇,再循此写下去似难以措手。蓦地,冒出一句:"凭阑袖拂杨花雪。"曲家转笔去勾勒人物的一个下意识动作。

乍看上去,好像意脉不接,实则此句至关重要。首先,它写尽了曲中人的无情无绪,被相思搅扰得憔悴慵懒,凭阑之际,闷无端,愁无尽,些许微妙的动作,盖见人之情绪。其次,点出了季节是在暮春。柳絮杨花是迤逗春思之物。"忽见陌头杨柳色,悔教夫婿觅封侯"(王昌龄《春怨》)。春光惹人,更增浓愁。最后,也是最重要的,乃是结构上的特殊作用。此句之前是遥想,此句之后仍是回忆:当时送别,翘首颙望,一直目送到看不见意中人的身影。便是"溪又斜,山又遮,人去也"。意境与《西厢记》"长亭"中的"四围山色中,一鞭残照里"差足近之。更妙在于这个细微的动作传神生动地揭示了曲中人的痴望。晏殊词曰:"春风不解禁杨花,蒙蒙乱扑行人面。"(《踏莎行》)可以印读比较。

小令整个情调是怨艾与愁苦的,故一切景致均被蒙上了凄凉的色调:柳絮杨花,溪水潺缓,山叠新绿,登高春望,这一切本应是极美的,但在曲中变得那么黯淡,这就是主观意念的移情作用。小令语言浑朴自然,明白如话,正是元前期本色派曲家的作风。因其自然本色,便得曲境之精义,故其也就当行。"曲上乘首曰当行",此曲可作范例。至于曲中人是思妇还是征人,似两俱可通。因此曲一说为关汉卿为赠别朱帘秀而作。

[双调·夜行船]秋思（节选）

马致远

【解题】

此套曲是马致远的代表作,被明清曲论家视为套曲之冠,向为人们所推重。乍看上去,作品似流露出浓重的虚无思想,甚至消极厌世,宣扬及时行乐。但结合元代特定的社会现实,我们也不难看出其中潜藏着的不与元蒙统治阶级合作,愤世嫉俗之中具有强烈的批判现实精神。在艺术上,作者善于运用鲜明的形象来表达强烈的思想感情,恣肆奔放,一泻无余。曲家对散套形式娴熟之极,音调和谐,对仗工巧,被周德清誉为"百中无一""万中无一"之作,并说"此方是乐府"(《中原音韵》)。我们这里所选的是套曲中的尾曲[离亭宴煞],基本上可以看出上述特点。马致远,号东篱,大都(今北京)人。生卒年未详,约略与关汉卿同时或稍迟,是元前期重要曲家之一,周德清将其与关汉卿、白朴及一般认为是后期曲家的郑光祖,并称为"元曲四大家"。他曾做过江浙省务提举。吏制的腐败与社会的黑暗,使他在牢骚愤懑的同时,走向消极避世。与关汉卿一样,马致远也是一个"书会才人"式曲家,元贞间曾与艺人合作创作杂剧作品。其杂剧作品今存目有十五种,《汉宫秋》为其代表作。散曲作品今传小令一百一十五首,套曲十六套,残套七篇。

【离亭宴煞】蛩吟罢一觉才宁贴[①],鸡鸣时万事无休歇,争名利何年是彻。看密匝匝蚁排兵,乱纷纷蜂酿蜜,急攘攘蝇争血[②]。裴公绿野堂[③],陶令白莲社[④]。爱秋来那些:和露摘黄花,带霜分紫蟹,煮酒烧红叶。想人生有限杯,浑几个重阳节[⑤]?人问我顽童记者⑥：便北海探吾来⑦，道东篱醉了也⑧。

（人民文学出版社隋树森校点《全元散曲》）

【注释】

① 蛩(qióng)：即蟋蟀。宁贴：安稳，妥帖。
② "看密匝(zā)蚁排兵"三句：喻世人争名逐利，人人争先恐后的情形。匝，环绕。攘(rǎng)攘，亦作"穰穰"，纷乱的样子。攘有掠夺、侵犯义。
③ 裴公绿野堂：裴公指唐宪宗朝宰相裴度，被封为晋国公。他因不满于宦官专权，退居洛阳，筑绿野草堂，不问政事。后遂以绿野堂喻退隐。
④ 陶令：东晋诗人陶渊明曾做过彭泽县令，后世称其为陶令。白莲社：为东晋庐山东林寺名僧慧远发起的佛社组织，邀陶渊明参加。后世因以喻指出世向佛。
⑤ 浑(hùn)：通"混"，有总共、加起来之意。此是说无多。重阳节：农历九月九日。
⑥ 人问我顽童记者：一本作"告诉我顽童记者"。是说若有人来问，童子你要记住了。者，元曲中常用语尾助词，无义。
⑦ 北海：指东汉末北海太守孔融。他喜酒好客，曾说"座中客常满，樽中酒不空，平生愿足"。这里借指好客者。
⑧ 东篱：作者的号。

【导读】

  马致远是散曲大家，贾仲明挽词中称其为"马神仙""曲状元"。神仙，是说他有出世思想，又喜作"神仙道化剧"；曲状元，是指他的曲作名声很大，几乎是独占鳌头。这套曲初看上去，好像作者在大倡及时行乐，放纵、旷达。其实骨子里是在发牢骚，曲折地表现出他对现实社会的不满，内心是极度痛苦与矛盾的。元代的知识分子断绝了仕进之路，又不愿与元蒙统治阶级合作，成了一个失落的群体，因而退隐与放达的背后，潜藏着愤怨和不平。马致远在这套曲中粪土王侯，蔑视富贵，对功名利禄也持鄙夷和否定态度。与此同时，他又虚构出了一个退隐的好去处："红尘不向门前惹，绿树偏宜屋角遮，青山正补墙头缺。更那堪竹篱茅舍。"见本套[拨不断]。这显然是美化了的、理想的隐居环境。透过超然物外的放旷与豁达,我们看清楚了津津乐道隐居生活的马致远,其灵魂深处何其痛苦,又是多么无奈。元人散曲,往往是在消极表现中崭露出铮铮棱角,隐含着积极的因素。

套曲艺术价值极高。豪纵不拘,挥洒自如,是其给我们最突出的印象。前人评此套以为"襟期高远,寄托遥深,亦系深于故国之思者"(王季烈《螾庐曲谈》)。即是说它表达思想的方式是曲折而隐晦的,耐人反复咀味。从技巧上看,周德清称其"不重韵,无衬字,韵险语俊"(《中原音韵》)。又说其中的许多入声字分别作平、上、去声用,"无一字不妥,足为后辈学法"。明代的著名文学家、批评家王世贞则说:"马致远'百岁光阴'(按即此套),放逸宏丽,而不离本色。押韵尤妙。长句如'红尘不向门前惹,绿树偏宜屋角遮,青山正补墙头缺',又如'和露摘黄花,带霜分紫蟹,煮酒烧红叶',俱入妙境。小语如'上床与鞋履别',大是名言。结尤疏俊可咏。元人称为第一,真不虚也。"(《曲藻》)这些评论,对于我们深入理解马致远此套曲,都是富于启发意义的。

西厢记·长亭送别

王实甫

【解题】

　　这折戏是《西厢记》杂剧的第四本第三折,俗称"长亭"或"长亭送别",也有称"哭宴"的。崔莺莺与张生冲破重重阻力,私下里结合之后,老夫人不得已而允婚,但逼令张生立即进京赶考,立下了中得状元方能成亲的苛刻婚约。这折戏写深秋的长亭之上,崔、张二人痛苦的离别。曲辞缠绵悱恻,华美自然,向为曲评家们所赞赏。王实甫,生卒年不详,约略与关汉卿同时或稍迟,大都(今北京)人。元代前期剧坛上最有才华的杰出作家之一。其主要活动时期,约在元成宗元贞、大德年间(1295—1307)。据贾仲明吊词《凌波仙》的介绍,王实甫也曾与关汉卿一样,是一个"书会才人"式的剧作家,在当时就享有盛名,并且经常流连于勾栏之中,与演员和歌妓多有往来。其作品多写"儿女风情",流露出初步的民主思想。他现存的爱情题材剧作,大胆揭露了封建礼教势力对青年一代的禁锢与压迫,歌颂青年男女争取婚姻自由和个性解放的斗争精神,对后世影响极为深远。他善于运用古典诗词融入曲中;烘托环境气氛,描摹人物情态,创造诗一般的意境,形成一种优雅的风格。《西厢记》在这些方面特别突出。王实甫所作杂剧见于著录的有十四种,现存除《西厢记》外,还有《丽春堂》《破窑记》,共三种;另有《芙蓉亭》《贩茶船》二剧的残折各一折。

　　(夫人长老上,云)今日送张生赴京,就十里长亭,安排下筵席。我和长老先行,不见张生小姐来到。(旦末红同上)(旦云)

今日送张生上朝取应。早是离人伤感,况值那暮秋天气,好烦恼人也呵!悲欢聚散一杯酒,南北东西万里程。(唱)

【正宫端正好】碧云天①,黄花地,西风紧,北雁南飞。晓来谁染霜林醉?总是离人泪。

【滚绣球】恨相见得迟,怨归去得疾。柳丝长玉骢难系,恨不得倩疏林挂住斜晖②。马儿迍迍的行③,车儿快快的随。却告了相思回避,破题儿又早别离④。听得道一声"去也",松了金钏;遥望见十里长亭,减了玉肌。此恨谁知!

(红云)姐姐今日怎么不打扮?(旦云)你那知我的心哩!(唱)

【叨叨令】见安排著车儿、马儿,不由人熬熬煎煎的气。有甚么心情将花儿、靥儿⑤,打扮的娇娇滴滴的媚。准备著被儿、枕儿,则索昏昏沉沉的睡。从今后衫儿、袖儿,都揾湿做重重叠叠的泪。兀的不闷杀人也么哥,兀的不闷杀人也么哥!久已后书儿、信儿,索与我恓恓惶惶的寄⑥。

(做到了科,见夫人了)(夫人云)张生和长老坐,小姐这壁坐,红娘将酒来。张生,你向前来,是自家亲眷,不要回避。俺今日将莺莺与你,到京师休辱没了俺孩儿⑦,挣揣一个状元回来者⑧。(末云)小生托夫人余荫,凭着胸中之才,视得官如拾芥耳⑨。(洁云)夫人主张不差。张生不是落后的人。(把酒了,坐)(旦长吁科)(唱)

【脱布衫】下西风黄叶纷飞,染寒烟衰草萋迷⑩。酒席上斜签著坐的⑪,蹙愁眉死临侵地⑫。

【小梁州】我见他阁泪汪汪不敢垂,恐怕人知。猛然见了把头低,长吁气,推整素罗衣。

【幺篇】虽然久后成佳配,奈时间怎不悲啼⑬。意似痴,心如醉,昨宵今日,清减了小腰围。

(夫人云)小姐把盏者!(红递酒了,旦把盏长吁科,云)请吃

酒！（唱）

【上小楼】合欢未已，离愁相继。想著俺前暮私情，昨夜成亲，今日别离。我谂知这几日相思滋味⑭，却原来比别离情更增十倍。

【幺篇】年少呵轻远别，情薄呵易弃掷。全不想腿儿相压，脸儿相偎，手儿相携。你与俺崔相国做女婿，妻荣夫贵⑮，但得个并头莲，煞强如状元及第。

（红云）姐姐不曾吃早饭，饮一口儿汤水。（旦云）红娘，什么汤水咽得下！（唱）

【满庭芳】供食太急，须臾对面，顷刻别离。若不是酒席间子母当回避，有心待与他举案齐眉⑯。虽然是厮守得一时半刻，也合著俺夫妻每共桌而食。眼底空留意，寻思起就里，险化做望夫石。

（夫人云）红娘把盏者！（红把酒科）（旦唱）

【快活三】将来的酒共食，尝著似土和泥；假若便是土和泥，也有些土气息，泥滋味。

【朝天子】暖溶溶玉醅，白泠泠似水，多半是相思泪。眼面前茶饭怕不待要吃，恨塞满愁肠胃。"蜗角虚名，蝇头微利"⑰，拆鸳鸯在两下里。一个这壁，一个那壁，一递一声长吁气⑱。

（夫人云）辆起车儿⑲，俺先回去，小姐随后和红娘来。（下）（末辞洁科）（洁云）此一行别无话说，贫僧准备买登科录⑳看，做亲的茶饭少不得贫僧的。先生在意，鞍马上保重者！"从今经忏无心礼，专听春雷第一声。"（下）（旦唱）

【四边静】霎时间杯盘狼藉，车儿投东，马儿向西。两意徘徊，落日山横翠。知他今宵宿在那里？有梦也难寻觅。

（旦云）张生，此一行得官不得官，疾早便回来。（末云）小生这一去，白夺一个状元，正是："青霄有路终须到，金榜无名誓不归。"（旦云）君行别无所赠，口占一绝，为君送行："弃掷今何道，当时且自亲。还将旧来意，怜取眼前人。"㉑（末云）小姐之意差矣，张珙更敢怜谁？谨赓㉒一绝，以剖寸心："人生长远别，孰与最

关亲？不遇知音者，谁怜长叹人？"（旦唱）

【耍孩儿】淋漓襟袖啼红泪[23]，比司马青衫更湿。伯劳东去燕西飞[24]，未登程先问归期。虽然眼底人千里，且尽樽前酒一杯。未饮心先醉，眼中流血，心内成灰。

【五煞】到京师服水土，趁程途节饮食，顺时自保揣身体[25]。荒村雨露宜眠早，野店风霜要起迟！鞍马秋风里，最难调护，最要扶持。

【四煞】这忧愁诉与谁？相思只自知，老天不管人憔悴。泪添九曲黄河溢，恨压三峰华岳低[26]。到晚来闷把西楼倚，见了些夕阳古道，衰柳长堤。

【三煞】笑吟吟一处来，哭啼啼独自归。归家若到罗帏里，昨宵个绣衾香暖留春住，今夜个翠被生寒有梦知。留恋你应无计，见据鞍上马，阁不住泪眼愁眉。

（末云）有什么言语嘱咐小生咱？（旦唱）

【二煞】你休忧"文齐福不齐"，我则怕你"停妻再娶妻"[27]。你休要"一春鱼雁无消息"！我这里青鸾有信频须寄[28]，你却休"金榜无名誓不归"。此一节君须记：若见了那异乡花草，再休似此处栖迟。

（末云）再谁似小姐？小生又生此念。小姐放心，小生就此拜辞。（旦唱）

【一煞】青山隔送行，疏林不作美，淡烟暮霭相遮蔽。夕阳古道无人语，禾黍秋风听马嘶。我为甚么懒上车儿内，来时甚急，去后何迟？

（红云）夫人去好一会，姐姐，咱家去！（旦唱）

【收尾】四围山色中，一鞭残照里。遍人间烦恼填胸臆，量这些大小车儿如何载得起[29]？

（旦红下）（末云）仆童赶早行一程儿，早寻个宿处。泪随流水急，愁逐野云飞。（下）

（人民文学出版社王起主编《中国戏曲选》上）

【注释】

① "碧云天"一曲：这是一支脍炙人口的名曲。全曲营造出一种情景交融的诗的意境。它与前面说白中的"早是离人伤感,况值那暮秋天气"相映衬,形成了浓重的离别氛围。

② "柳丝长"二句：莺莺的想象之辞。她恨不得令柳丝化为绳索,拴住张生的马；请求疏林高枝挂住夕阳,使时间静止。玉骢,马的代称。原指青白色的马。

③ 迍(tún)迍：行动迟缓的样子。犹言慢慢。

④ "却告了"二句：谓刚刚结束了苦苦的相思,转瞬间(又)开始别离。却,通"恰"。破题儿,开端,起始。唐宋文人称诗赋之起句为破题。

⑤ 靥(yè)儿：本指腮边的酒窝,这里当指妇女妆扮面部的一种饰物。《酉阳杂俎》："近代妆尚靥,如射月曰'黄星靥'。"

⑥ 袁：须。

⑦ 辱没了：玷污了。莺莺是相国家千金,出身高贵,故有此言。

⑧ 挣揣：方言,用力争取的意思。

⑨ 拾芥：谓轻而易举。芥,小草。

⑩ 萋迷：草茂盛且茫茫一片。此指枯草遍野。

⑪ 斜签著坐的：形容张生无精打采的样子。签,插。

⑫ 死临侵地：形容张生憔悴呆滞的神情。临侵,羸疲、憔悴的样子,冠以"死"字,言其极也。

⑬ 奈时间：无奈(离别)时间太久。

⑭ 谂(shěn)知：深知。谂,知道。

⑮ "你与俺"二句：这里是气话,有埋怨之意。俗话中有夫贵妻荣的话,此反其意而用之。

⑯ 举案齐眉：东汉时梁鸿、孟光夫妻相敬如宾,吃饭时孟光将食案(摆放食物的托盘)高举到眉头,敬与梁鸿,后世常用以比喻夫妻和美,妻子敬重丈夫。

⑰ "蜗角虚名"二句：《庄子·则阳》："有国于蜗之左角者,曰蛮氏；国于蜗之右角者,曰触氏,争地而战,伏尸百万。"此蜗角与蝇头相对举,作细微解。莺莺轻觑功名,看重爱情,故言。汉班固《难庄篇》云："世人竞争利,如蝇之追逐肉计,所沾无多。"

⑱ "一递一声"句：指莺莺与张生两人不断叹气,一声接一声。

⑲ 辆起车儿：指套上车子。辆,在此用作动词。

⑳ 登科录：科举考试的录取名册。

㉑ "弃掷今何道"四句：此为元稹《莺莺传》传奇中莺莺后来谢绝张生的一首诗。意为当时两人那样亲热,现在为什么抛弃我呢？你还是将原来对我的一片情,去爱你

眼前的人吧。

㉒ 赓(gēng)：续。此为和作一首诗之意。

㉓ "淋漓襟袖啼红泪"二句：《拾遗记》中说，薛灵芸被选入宫时，告别父母，登车上路时，以玉壶盛泪，壶即呈红色。到了京城，壶中泪水凝成血状。后多将女子的泪水称为红泪。比司马青衫更湿，化用白居易《琵琶行》中"座中泣下谁最多，江州司马青衫湿"句。

㉔ 伯劳东去燕西飞：指莺莺与张生分别后各奔东西。《玉台新咏·东飞伯劳歌》："东飞伯劳西飞燕，黄姑织女时相见。"伯劳，一种小鸟，也叫䳌。

㉕ 顺时自保揣身体：是嘱咐张生自量体力，依时保重自己。保揣，保重。揣在这里是度量之意。

㉖ "泪添九曲"二句：形容离别在即的莺莺悲痛伤怀，情不能已。《乐府诗集》唐高适《九曲词序》："《河图》曰：黄河出昆仑山东北，……河水九曲，长九千里，入于渤海。"三峰华岳，指西岳华山的三个主峰莲花峰、毛女峰、松桧峰。

㉗ 文齐福不齐：当时成语，意为文才好运气不佳，这里指科考不中。齐(jì)，通"济"。停妻再娶妻，指重婚。封建社会士人金榜题名后，多有与权贵之家再婚之事，故莺莺有此语。

㉘ 青鸾：古代传说中能报信的神鸟。相传汉武帝时，西王母降临，青鸟先来报信。这里指书信。

㉙ "量这些"句：想这小小车儿怎么能载得下？量，推测、估摸之意，通"谅"。大小车儿，即小车儿。大小为偏义复合词，指小。

【导读】

　　这折戏紧接《拷红》一折，写张生为老夫人所逼往京师求取功名，崔家一家人和普救寺长老送张生来到十里长亭，莺莺与张生痛苦离别的情景。元本题评曰："此折叙离合情绪，客路景物，可称词曲中赋。"细读全折，确是多用赋法，在铺排景物与叙述故事之中，突出了崔莺莺看重和珍惜爱情、轻视功名的叛逆性格。[端正好]一曲，写景抒情融为一体，以暮秋的萧瑟景象来衬托一对情侣的离愁别绪。王实甫善于渲染气氛，以景物描写来映衬人物的心理活动。碧云黄花、大雁南飞原本是很美的、富于诗意的。然结二句的一问一答，遂使景物染上了感伤色彩。正如金圣叹所批点的那样："滴泪滴血而抒是情。"一折之首曲，不仅点出了时、地与情境,色彩斑斓,秋色如绘,更在于曲词与戏剧的规定情境和人物心理相互映照,妙喻巧比、情景交融,堪称曲中绝唱。

[滚绣球]曲全是写莺莺的心理活动,其细微真切,更是令人叹为观止。金圣叹谓"通篇反反复复,曲曲折折,都只写此'迟''疾'二字也"。"恨相见得迟,怨归去得疾"句,实为一折戏之骨。后面作者又以莺莺自言"我为什么懒上车儿内,来时甚急,去后何迟"与之呼应,文心缜密可见。"马儿迍迍的行,车儿快快的随",更耐人寻味。还是金圣叹看得仔细、透彻,批评得也剀切:"必也马儿迍迍的行,车儿快快的随,车儿快快的随,马儿仍慢慢行,于是车在马右,马在车左,男左女右,比肩并坐,疏林挂日,更不复夜,千秋万岁,永在长亭。此真小儿女又稚小、又苦恼、又聪明、又憨痴一片的微细心地,不知作者如何写出来也。"张生骑马走在前,莺莺坐车跟在后,马快而车慢。若要相守相望,必得马行慢而车行快。此中意匠,不可不察。结句逼出"恨"字,悲戚沉郁,令人黯然。而"松了金钏""减了玉肌"句,又都是极度夸张的,读来令人惊心动魄。接下来的[叨叨令]曲,更加生动入微地揭示了莺莺的黯然伤神,将离愁别绪之苦写到了极致。

以上三曲,缠绵流转,形神肖物。与《惊艳》折之"临去秋波那一转"相较,又别是一种笔墨。但含蓄、深邃,不刻、不露,却是王实甫的一贯作风。此三曲,华美而又自然,很能代表王实甫的曲词风格。

特别值得我们注意的是,在"长亭送别"中,莺莺的叛逆性格得到了充分的展示。她将爱情置于功名之上,视功名富贵为"蜗角虚名""蝇头微利",这对于一个封建社会的贵族小姐来说,是难能可贵的。可以说,在《西厢记》中,莺莺的叛逆性格和反抗精神,至"长亭送别"才充分地呈现出来,并较此前有了很大的发展。

这折戏在艺术上集中体现了王实甫的才能及其风格特色。剧作家巧妙地运用了对比、映衬、照应、夸张等多种艺术手段,以突出人物思想、性格为主,着意于心理刻画,收到了极为强烈的艺术效果。全折戏排场布置严密妥帖,关目处理丝丝入扣。一折之中,曲曲折折,波澜起伏,跌宕有致。前面写了"斜晖",后面又有"残照"与之照应;前有"恨不倩疏林挂住斜晖",后又有"疏林不作美,淡烟雾霭相遮蔽"相与呼应等,处处对比,时时映带,一折之中,文势随人物心理情态变化莫测。[快活三][朝天子]二曲妙用比喻,随物巧设。王季思先生主编的《中国十大古典喜剧集》在此二曲眉端批道:"比喻精当,韵味无穷,是状写离愁别绪的当行至语。"这折戏是"旦本戏",按元杂剧形式体例,它是由扮莺莺的演员一人主唱,其他角色只有说白。如此,一切都从莺莺眼中看去,一切都从莺莺心底发出。然而,张生形象非常鲜明。[脱布衫][小梁州]二曲均写莺莺眼中的张生。前一曲以景况人,写张生像插在那里的木桩,神情木然,样子也如衰草般没精神,不能不使莺莺油然而生怜爱之情。因此,才有后一曲中的"阁泪汪汪不敢垂"。尤其是"猛然见了把头低"以下数句的细节描绘,更是惟妙惟肖。"长吁气,推整素罗衣",一笔神来,两个人物俱活脱而出。此外,王实甫善于用古典诗词,且用得巧妙自然,令人不觉。如[端正好]曲就是从范仲淹《苏幕遮》词变化而来,足见其功底之深厚。他还善于提炼民间生动活泼的口语入曲,并能消化殆尽,翻出新意。

总之,"长亭送别"一折戏对于深化"愿天下有情的都成了眷属"的主题,是至关重要的。《西厢记》的所有艺术特色也几乎都可以在这折戏中找到对应。李卓吾称赞《西厢记》是"化工"之作,陈继儒则谓:"其文反反复复,重重叠叠,见精神而不见文字,即所谓'千古第一神物',岂其然乎!"王骥德说得更玄:"实甫《西厢》,千古绝技,微词奥旨,未易窥破。"事实上只要细读作品,还是可以循到这部杰作艺术上的种种特点的。

牡丹亭·惊梦

汤显祖

【解题】

《惊梦》为《牡丹亭》的第十出,由[绕地游]和[山坡羊]两套曲组成。今昆曲演出时习惯上称前者为"游园",后者为"惊梦"。这里选的是前者。杜丽娘是南安太守杜宝的独生女儿,这出戏写的是她青春的觉醒。在丫鬟春香的鼓励下,杜丽娘大胆违背了封建时代的闺训,走出深闺,来到花园。她看到了大自然的美丽,痛惜自己年华虚掷,将青春埋没于狭小的闺阁之中,从而产生了强烈的生命意识和人性的觉醒。在这套曲子中,有对春色美好的欣美,也有对自然和青春的无限眷恋,更有对韶光易逝、青春无价的慨叹与伤感。从中我们可以看到在封建社会的深闺中,女子内心的苦闷及她们对自由的向往。汤显祖(1550—1616),字义仍,号若士,又号海若,别署清远道人,晚年自号茧翁。临川(今江西临川)人。明代杰出的戏曲作家。少有文名,二十岁中举,三十四岁中进士。四十二岁时他在南京礼部主事任上,给朝廷上了一道《论辅臣科臣疏》,揭露和抨击了最高统治集团的腐败无能、任用私人,遂被贬到广东徐闻去做典史。后调浙江遂昌任知县,又因抑制豪强,放囚徒回家过年而遭权贵谗言。万历二十六年(1598),四十九岁的汤显祖弃官归家,致力于戏曲创作,直至万历四十四年(1616)病卒。汤显祖政治上支持代表中小地主和工商业者利益的东林党人;哲学上受王学左派和李卓吾的影响,反对程朱理学;文学上反对前后七子的复古主义,提倡抒写性灵。在思想上是进步的。其成就主要在戏曲创作方面,除《牡丹亭》外,还有《紫钗记》《邯郸记》《南柯记》,合称"临川四梦"或"玉茗堂

(汤氏斋号)四梦"。诗文有《玉茗堂全集》。今人校点的有上海古籍出版社的《汤显祖戏曲集》和《汤显祖诗文集》。

　　(旦上,唱)
【绕地游】梦回莺啭,乱煞年光遍①。人立小庭深院。(贴)炷尽沉烟,抛残绣线②,恁今春关情似去年③。
【乌夜啼】(旦)"晓来望断梅关④,宿妆残。(贴)你侧着宜春髻子⑤,恰凭栏。(旦)剪不断,理还乱⑥,闷无端。(贴)已分付催花莺燕借春看。"(旦)春香,可曾叫人扫除花径?(贴)吩咐了。(旦)取镜台衣服来。(贴取镜台衣服上)云髻罢梳还对镜,罗衣欲换更添香⑦。镜台衣服在此。(旦唱)
【步步娇】袅晴丝吹来闲庭院⑧,摇漾春如线⑨。停半晌,整花钿⑩。没揣菱花,偷人半面,迤逗的彩云偏⑪。(行介)步香闺怎便把全身现⑫!(贴)今日穿插的好。(旦唱)
【醉扶归】你道翠生生出落的裙衫儿茜⑬,艳晶晶花簪八宝填⑭,可知我常一生儿爱好是天然⑮,恰三春好处无人见⑯。不提防沉鱼落雁鸟惊喧⑰,则怕的羞花闭月花愁颤⑱。

　　(贴)早茶时了,请行。(行介)你看:"画廊金粉半零星,池馆苍苔一片青。踏草怕泥新绣袜,惜花疼煞小金铃⑲。"(旦)不到园林,怎知春色如许!(唱)
【皂罗袍】原来姹紫嫣红开遍,似这般都付与断井颓垣⑳。良辰美景奈何天,赏心乐事谁家院㉑!恁般景致,我老爷和奶奶再不提起。(合)朝飞暮卷㉒,云霞翠轩;雨丝风片,烟波画船,——锦屏人忒看的这韶光贱㉓!

　　(贴)是花都放了㉔,那牡丹还早。(旦唱)
【好姐姐】遍青山啼红了杜鹃㉕,荼蘼外烟丝醉软㉖。春香呵,牡丹虽好,他春归怎占的先㉗?(贴)成对儿莺燕呵。(合)闲凝眄㉘,生生燕语明如翦㉙,呖呖莺歌溜的圆㉚。

319

（旦）去罢。（贴）这园子，委是观之不足也㉛。（旦）提他怎的！（行介，唱）

【隔尾】观之不足由他缱㉜，便赏遍了十二亭台是枉然㉝。到不如兴尽回家闲过遣。

（作到介）（贴）"开我西阁门，展我东阁床。瓶插映山紫㉞，炉添沉水香㉟。"小姐，你歇息片时，俺瞧老夫人去也。（下）

（人民文学出版社王起主编《中国戏曲选》）

【注释】

① 乱煞年光遍：缭乱的春光到处撒遍。年光，指春光、春色。
② "炷（zhù）尽沉烟"二句：是说薰香炉中的香料燃尽，收拾起针织女工。沉烟，即沉水香，一种熏用的香料。
③ "恁今春"句：为何今年的春情更浓于去年呢？恁，怎么之省文，就是为什么的意思。关情，耽情。情指春情，春思之情。似，这里有相比较的意思，即深似、浓于之义。
④ 梅关：在今江西大庾岭上，为宋代蔡挺所置。此为虚指。
⑤ 宜春髻子：古代风俗，妇女于立春日，剪彩为燕形，贴"宜春"二字，戴在头上。见《荆楚岁时记》。这里似指一种发髻的式样。
⑥ 剪不断，理还乱：为南唐后主李煜词《乌夜啼》中的句子。
⑦ "云髻罢梳"二句：为唐人薛逢《官词》中的句子。
⑧ 袅晴丝：飘飞的游丝。指春天晴空中絮状游丝，一般认为是虫类所吐，或以为是柳絮一类植物丝缕。袅，指飘忽不定。晴丝，与"情思"谐音。
⑨ 摇漾春如线：承上句，是说游丝飘摇荡漾，春天就这样来了。
⑩ 花钿：此泛指妇女头上饰物。
⑪ 没揣：为"没揣的"之省文，是没料到、不意间的意思。菱花：镜子的美称。古铜镜背面和边沿多有菱形图案装饰。迤逗：挑逗。这里是惹得、引惹的意思。彩云：喻指妆饰精美的发型。三句的意思是：不料镜子偷偷照见了她，害得她羞答答地将发髻弄歪了。
⑫ "步香闺"句：怎么能走出闺阁将自己暴露在庭院中呢？古代妇女有严格的闺训，是不能轻易走出闺房的。
⑬ 翠生生：形容色彩的艳丽。出落：显现出。茜：红色。

⑭艳晶晶:光彩照人,极言妆扮得精致。花簪:用珠宝嵌制成的簪子。八宝:泛指各种珍宝。填:嵌饰。

⑮爱好是天然:爱美是(人的)天性。好,美。

⑯三春好处:比喻自己的美丽。好,与上文一致,也是美的意思。

⑰沉鱼落雁:形容女子的美。《庄子·齐物论》:"毛嫱、丽姬,人之所美者人,鱼见之深入,鸟见之高飞。"

⑱羞花闭月:与沉鱼落雁对举,亦形容女子的美丽。李白《西施》:"秀色掩今古,荷花羞玉颜。"曹植《洛神赋》:"仿佛兮若轻云之蔽月,飘飘兮若流风之回雪。"

⑲惜花疼煞小金铃:《开元天宝遗事》载:"天宝初,宁王至春时,于后园中纫红丝为绳,密缀金铃,系于花梢之上;每有鸟鹊翔集,则令园吏掣铃索以惊之。盖惜花之故也。"

⑳"原来姹紫嫣红开遍"二句:谓万紫千红、美不胜收的春色令人赞叹,但陪伴春色的却是废井、断墙,未免令人遗憾。言外之意是美丽的春天应由青春的佳朋相伴,才构成一种协调。姹紫嫣红,形容花的娇艳、美丽。姹、嫣原本是用来形容女性娇艳的,这里有双关意味。

㉑"良辰美景"二句:意为大好春光无人欣赏,有负苍天;而真正面对赏心悦目的春景,尽情享受大自然之赐予的,是哪一家呢?言外之意是良辰美景等于虚设,赏心乐事没有哪一家可以真正拥有。奈何天,"奈何天"的倒装。谁家,哪一家。谢灵运《拟魏太子邺中集诗序》:"天下良辰美景,赏心乐事,四者难并。"

㉒朝飞暮卷:为王勃《滕王阁诗》中"画栋朝飞南浦云,珠帘暮卷西山雨"的省文。

㉓"锦屏人"句:是说闺阁中女子太辜负眼前这美丽的春光。锦屏人,泛指禁闭深闺、不能领略大自然美丽的女子。忒(tuī),太。韶光,即春光。

㉔是花都放了:所有的花都开了。是,凡是。

㉕啼红了杜鹃:开遍了红杜鹃。传说杜鹃鸟叫时,口中滴血,落在花瓣之上,花的颜色就红似血。寇准诗有云:"杜鹃啼处血成花。"

㉖荼蘼(tú mí):一种属蔷薇科的蔓生植物,羽状复叶,新枝及叶柄有刺,夏日开白色小花。此指荼蘼架。烟丝:仍指游丝。

㉗"牡丹虽好"二句:牡丹当春尽夏初始开花,故有此问。意谓牡丹虽很美丽,但它开花太迟,如何能领春花之先呢?这里暗寓杜丽娘虽出身名门,但美好的青春被虚掷了,就中隐含了怨怅与伤感。

㉘凝眄(miǎn):注视。眄,本义为斜视。

㉙生生燕语明如翦:生气活泼的燕子叫声清脆。翦,同"剪"。

㉚呖呖莺歌:黄莺叫声如歌。呖呖,象声词。溜的圆:唱得婉转圆润。溜,民间

321

唱歌也叫溜歌。
　㉛ 委是：确是。委，确定。
　㉜ 缱(qiǎn)：恋恋不舍。
　㉝ 十二亭台：犹言所有的亭台。十二，虚指，言其多。
　㉞ 映山紫：映山红的一种。杜鹃花又称映山红。
　㉟ 沉水香：又称沉香，薰香用香料。

【导读】

　　明神宗万历二十六年(1598)，四十九岁的汤显祖完成了他惊俗骇世的戏曲杰作《牡丹亭》(全称为《牡丹亭还魂记》)。这部传奇作品一问世，就轰动了当时的文坛和剧坛，并"家传户诵，几令《西厢》减价"(沈德符《顾曲杂言》)。它为明初以来沉寂的剧坛吹来爽新的空气，特别激起了在专制主义思想重压下窒闷得喘不过气来的广大妇女强烈的共鸣，赢得了当时许多遭遇到婚姻不幸的女子的泪水。

　　汤显祖笔下的杜丽娘形象，曲折地反映了晚明时期社会思想的本质特征。朱明王朝为了强化其封建统治，大力推行程朱理学，采取禁锢政策，专制主义思想压迫十分猖獗，特别是对妇女的压迫与摧残，尤为酷烈。作为进步思想家的汤显祖，以传奇创作为武器，以情对理，深刻揭示了情与理之间的矛盾与冲突，揭露和批判了所谓"天理"反人性的本质。《牡丹亭》正是这样一部闪烁着人性光辉的杰作。作品通过杜丽娘对爱情的渴望与追求，以及对她为情而死、因情复生的浪漫主义描绘，揭露了封建礼教的虚伪和腐朽。杜丽娘的执着追求，带有一定的"现代性爱"性质。这深刻反映了当时青年男女要求个性解放的强烈愿望，同时也寄托了剧作家的爱情理想。作品以超现实的手法，以幻寓真，以虚用实，取得了极高的艺术成就。全剧长达五十五出，《惊梦》是第十出。它无疑是最重要的出目。俞平伯先生说："《还魂》主峰则曰《惊梦》，《惊梦》之警策只有这八个字，'如花美眷，似水流年'，竟被他脱口说出，又立即被他说完了，使后之来者无以措词，文心之美至于此乎!"(《牡丹亭赞》)可见《惊梦》一出对于揭示与深化主题,是至关重要的。我们这里选的"游园",主要是写杜丽娘因春光美丽而青春觉醒,转而又因觉醒而怨怅,终于又无限伤感的过程。后面的"惊梦",是伤感至极而入梦,即现实生活中无法实现的,只能到梦中去追求,实为情感活动的自然延伸。这一套六支曲子也可看出细微的情感过渡与心理变化,很细腻,也很微妙。前三曲是兴致勃勃地游赏,名曲[皂罗袍]与[好姐姐]已逐渐流露出怨怅与伤感,而末曲则于流连不舍之中透出浓重的哀伤来。其思想感情的变化细微真切,生动传神。

《牡丹亭》在艺术上突出的成就在于其浪漫主义的奇情壮采,这在《惊梦》中比较集中地展现出来。用幻想的形式表达理想,以优美的文字美化理想,美化梦境,有激情,有文采,充满了诗意美,这是《惊梦》的基调。从曲词来看,基本风格是典雅而华美的,更近于古典诗词。但汤显祖毕竟是独步剧坛的大家,其曲词自有本色当行的一面。杜丽娘是贵族小姐,又有较高的文化修养,还是唐诗宋词的爱好者,故其典雅之致乃属正常。如他用了许多骈偶句,但穿插得很自然,几令人忘其为骈为偶。[皂罗袍]曲最为明显,文字的绚烂与春天的美丽谐调、吻合。几个四字句,一句一画境,令人赏心悦目。此外,[步步娇]曲写杜丽娘为自己的美丽而惊叹,怵怵怛怛,顾影自怜,也非常生动,精彩至极。

满井游记

袁宏道

【解题】

这是一篇短小精悍的游记,是万历二十七年(1599)作者在北京任顺天府儒学教授时所作。作者为文时心情怡悦,故写得轻松自如。作者抓住了北京郊区早春景色的特征,多用生动形象的比喻,渲染出一派春意盎然的景象,文字也清丽爽畅,很有生气。满井为当时北京东北郊的一个景点。明蒋一葵《长安客话》卷四《满井》:"出安定门循古濠而东三里许,有古井一,径五尺余。飞泉突出,冬夏不竭。好事者凿石栏以束之。水常浮起,散漫四溢,井傍苍藤丰草,掩映小亭。都人探为奇胜。"袁宏道(1568—1610),字中郎,号石公,湖广公安(今属湖北)人。万历二十年(1592)进士,历任吴县知县、顺天府教授、国子监助教和礼部主事等职。晚年定居沙市(今属湖北)。他与其兄宗道、弟中道并称"三袁",是"公安派"的代表人物。"三袁"中宏道成就最高。其思想受到李贽的影响,文学上反对前后七子的复古模拟之风,强调"独抒性灵,不拘格套",并付诸创作实践。其诗浅近明白,虽多有感而发,却题材比较狭窄,诗味亦不浓,成就不大。散文小品如游记、书信、随笔等,皆清新洒脱,不乏佳作。此外,他还重视民歌,提倡戏曲、小说等俗文学创作。有《袁中郎全集》行世。

燕地寒①,花朝节后②,余寒犹厉。冻风时作③,作则飞沙走砾,局促一室之内④,欲出不得。每冒风驰行,未百步,辄返。

廿二日,天稍和,偕数友出东直⑤,至满井。高柳夹堤,土膏微润⑥,一望空阔,若脱笼之鹄⑦。于时冰皮始解,波色乍明,鳞浪层层,清澈见底,晶晶然如镜之新开,而冷光乍出于匣也⑧。山峦为晴雪所洗⑨,娟然如拭,鲜妍明媚,如倩女之靧面,而髻鬟之始掠也⑩。柳条将舒未舒,柔梢披风,麦田浅鬣寸许⑪。游人虽未盛,泉而茗者⑫,罍而歌者⑬,红装而蹇者⑭,亦时时有。风力虽尚劲,然徒步则汗出浃背。凡曝沙之鸟⑮,呷浪之鳞⑯,悠然自得,毛羽鳞鬣之间⑰,皆有喜气。始知郊田之外,未始无春,而城居者未之知也。

夫能不以游堕事⑱,而潇然于山石草木之间者,惟此官也⑲。而此地适与余近,余之游将自此始,恶能无记⑳? 己亥之二月也㉑。

(上海古籍出版社《袁宏道集笺校》卷十七)

【注释】

① 燕(yān):古国名,在今河北北部一带。此指北京。

② 花朝节:就是所谓的百花生日。具体日期说法不一。如有说二月初二的,也有说二月十二日或十五日的。宋代以后一般以二月十二日为花朝节。

③ 冻风时作:寒风不时刮起来。

④ 局促一室之内:是说无法外出,只能闲守在家中。局促,拘束。这里有被困之意。

⑤ 东直:东直门。北京市城东的一个城门,与西直门遥相对应。

⑥ 土膏微润:春天的土地微微有些湿润。土膏,肥沃的土地。

⑦ 鹄(hú):天鹅。一说即黄鹄,其形似鹤,毛色苍黄。这句是说离开局促的居室来到郊外,有如出笼之鸟一样。

⑧ "晶晶然"二句:意谓清澈的泉水,如刚打开的明镜,清泠(líng)泠的光从镜匣中射出。泠光,清光。

⑨ 晴雪:指晴天融化了的雪水。

⑩ "如倩女之靧(huì)面"二句:将春天经融雪润泽的山峦比作少女的面孔与发髻,颇为新奇。倩女,美丽的少女。靧面,洗脸。髻鬟,环形的发结。掠,梳,或以手轻拂。

⑪ 浅鬣(liè):短短的鬃毛。此用以形容麦田里犹未长高的嫩苗。

⑫ 泉而茗者:汲取泉水烹茶的人。泉、茗均用作动词。

⑬ 罍(léi)而歌者:手持酒器而唱歌的人。罍,一种小口深腹的酒器,其形似壶,有盖。

⑭ 红装而蹇(jiǎn)者：穿着红衣服骑在驴子上的妇女。蹇，本指跛足，引申指蹇驴或驽马。
⑮ 曝(pù)沙：在沙滩上晒太阳。曝，晒。
⑯ 呷(xiā)浪之鳞：在波浪中嬉戏的鱼。呷，饮吸。
⑰ 毛羽鳞鬣：指上述鸟鱼，是以部分代整体。鬣，鱼类颔旁的鳍。
⑱ 堕：败坏，耽误。
⑲ 此官：作者自指。时他任顺天府儒学教授，是个闲职官。
⑳ "余之游"二句：作者曾于万历二十六年(1598)已写过《游满井》诗，此是说今年(万历二十七年)游满井自此始，作者寓所离满井较近，想来他是要常游的。恶(wù)能无记，如何能不写游记文章以作纪念呢！恶，怎能。
㉑ 己亥：万历二十七年(1599)。

【导读】

　　这篇小品游记写得轻快洒脱，通篇喜气洋洋。作者的心境应了春天的万物复苏，一切显得生机勃勃而豁然开朗，甚至喜形于色。袁中郎本就淡于功名，与山水林泉一接触，就更显现出其天性。你看他"局促一室之内，欲出不得"时，孩提般想跑出去。一旦到了郊外，便如脱笼之鸟，喜不自胜。他游得高兴了，便觉得自己做个闲职官很好，唯因闲，乃得暇出游。他津津乐道闲之好处，亦足见其性情。

　　文章最突出的特色是用比之新奇。"若脱笼之鹄"自不必说，写泉水之清澈，是"晶晶然如镜之新开，而冷光之乍出于匣也"。最妙还在写山峦初润，谓"如倩女之靧面，而髻鬟之始掠也"。他如写麦苗初长成，观察极细微，描摹颇生动，也是妙趣横生之笔。此外，用笔精简传神，造语险奇诡谲，亦是此文佳妙处。如"泉而茗者"以下三句，写游人姿态，生动传神，纯以白描手法，给人的印象非常深刻。特别是"红装而蹇者"一句，只用五个字，就将走亲戚的小媳妇活脱脱描绘出来。名词动用，既大胆又准确，足见其文字功力之深厚。总之，自然真率，小巧有味，是其长处。这正应了作者诗文应从"自己胸臆流出"的主张。

桃花扇·骂筵

乙酉正月

孔尚任

【解题】
　　《骂筵》是《桃花扇》传奇的第二十四出。写李香君被南明王朝征入内庭演戏歌舞,面对马士英、阮大铖等奸佞,尽情揭露了他们祸国殃民、骄奢淫逸的罪行,是一出痛快淋漓的戏。这出戏的情节是剧作家为了塑造李香君形象而虚构的,它明显受到《三国演义》中击鼓骂曹和明徐渭《四声猿·渔阳三弄》的影响。这出戏是李香君思想性格的一个飞跃,对于深化全剧"借离合之情,写兴亡之感"的主题,是不可或缺的重头戏。乙酉正月指公元1645年阴历一月,《桃花扇》每出戏都是编年的。孔尚任(1648—1718),字季重,号东塘,又别署岸堂,自称云亭山人,山东曲阜人,为孔子第六十四代孙。早年他在家乡石门山中读书时,就博采遗闻,开始构思《桃花扇》传奇。他三十七岁时,康熙到曲阜祭孔,他因御前讲经受到赏识,被破格任命为国子监博士。后奉命到淮、扬一带治水,历时三年,结识了许多明代遗老,凭吊了扬州、南京的一些南明遗迹,使创作《桃花扇》的素材丰富起来。康熙三十八年(1699),五十二岁的孔尚任倾毕生精力,三易其稿,终于完成了《桃花扇》的创作。次年,他因文字祸被罢官,回到家乡,直到七十一岁时辞世。他的作品除《桃花扇》之外,还有与顾彩合写的《小忽雷》传奇。诗文有《湖海集》《长留集》等。

【缕缕金】(副净扮阮大铖吉服上)风流代,又遭逢,六朝金粉样[①],

我偏通。管领烟花②,衔名供奉③。簇新新帽乌衬袍红,皂皮靴绿缝,皂皮靴绿缝。

（笑介）我阮大铖,亏了贵阳相公破格提挈④,又取在内庭供奉;今日到任回来,好不荣耀。且喜今上性喜文墨⑤,把王铎补了内阁大学士⑥,钱谦益补了礼部尚书⑦。区区不才,同在文学侍从之班;天颜日近,知无不言。前日进了四种传奇⑧,圣心大悦;立刻传旨,命礼部采选宫人,要将《燕子笺》被之声歌,为中兴一代之乐。我想这本传奇,精深奥妙,倘被俗手教坏,岂不损我文名。因而乘机启奏:"生口不如熟口,清客强似教手⑨。"圣上从谏如流,就命厂搜旧院⑩,大罗秦淮,拿了清客妓女数十余人,交与礼部拣选。前日验他色艺,都只平常;还有几个有名的,都是杨龙友旧交⑪,求情免选,下官只得勾去。昨见贵阳相公说道:"教演新戏是圣上心事,难道不选好的,倒选坏的不成?"只得又去传他,尚未到来。今乃乙酉新年人日佳节⑫,下官约同龙友,移樽赏心亭⑬;邀俺贵阳师相,饮酒看雪。早已吩咐把新选的妓女,带到席前验看。正是:花柳笙歌隋事业,谈谐裙屐晋风流⑭。（下）

【黄莺儿】（老旦扮卞玉京道妆背包急上⑮）家住蕊珠宫⑯,恨无端业海风⑰,把人轻向烟花送。喉尖唱肿,裙腰舞松,一生魂在巫山洞⑱。俺卞玉京,今日为何这般打扮?只因朝廷搜拿歌妓,逼俺断了尘心。昨夜别过姊妹,换上道妆,飘然出院,但不知那里好去投师。望城东,云山满眼,仙界路无穷。

（飘飘下）（副净、外、净扮丁继之、沈公宪、张燕筑三清客上⑲）

【皂罗袍】（副净）正把秦淮箫弄,看名花好月,乱上帘栊。凤纸签名唤乐工⑳,南朝天子春心动。我丁继之年过六旬,歌板久抛;前日托过杨老爷,免我前往,怎的今日又传起来了。（外净）俺两个也都是免过的,不知又传,有何话说。（副净拱介）两位老弟,大家商量,我们一班清客,感劝皇爷,召去教歌,也不是容易的。（外

（净）正是。（副净）二位青年上进，该去走走，我老汉多病年衰，也不望甚么际遇了。今日我要躲过，求二位遮盖一二。（外）这有何妨，太公钓鱼，愿者上钩㉑。（净）是是！难道你犯了王法，定要拿去审问不成。（副净）既然如此，我老汉就回去了。（回行介）急忙回首，青青远峰；逍遥寻路，森森乱松。（顿足介）若不离了尘埃，怎能免得牵绊。（袖出道巾、黄绦换介）（转头呼介）二位看俺打扮罢，道人醒了扬州梦㉒。

（摇摆下）（外）咦！他竟出家去了，好狠心也。（净）我们且坐廊下晒暖，待他姊妹到来，同去礼部过堂。（坐地介）（小旦扮寇白门，丑扮郑妥娘㉓，杂扮差役跟上）（小旦）桃片随风不结子。（丑）柳绵浮水又成萍㉔。（望介）你看老沈老张不约俺一声儿，先到廊下向暖，我们走去，打他个耳刮子。（相见，诨介）（外问杂介）又传我们到那里去？（杂）传你们到礼部过堂，送入内庭教戏。（外）前日免过俺们了。（杂）内阁大老爷不依，定要借重你们几个老清客哩。（净）是那几个？（杂）待我瞧瞧票子。（取票看介）丁继之、沈公宪、张燕筑。（问介）那姓丁的如何不见？（外）他出家去了。（杂）既出了家，没处寻他，待我回官罢！（向净、外介）你们到了的，竟往礼部过堂去。（净）等他姊妹到齐着。（杂）今日老爷们秦淮赏雪，吩咐带着女客，席上验看哩。（外、净）既然是这等，我们先去了。正是：传歌留乐府，挕笛傍宫墙㉕。（下）（杂看票问小旦介）你是寇白门么？（小旦）是。（杂问丑介）你是卞玉京么？（丑）不是，我是老妥。（杂）是郑妥娘了。（问介）那卞玉京呢？（丑）他出家去了。（杂）咦！怎么出家的都配成对儿。（问介）后边还有一个脚小走不上来的，想是李贞丽了㉖？（小旦）不是，李贞丽从良去了！（杂）我方才拉他下楼，他说是李贞丽，怎的又不是？（丑）想是他女儿顶名替来的。（杂）母子总是一般，只少不了数儿就好了。（望介）他早赶上来也。

【忒忒令】（旦）下红楼残腊雪浓，过紫陌早春泥冻；不惯行走，脚儿十分痛。传凤诏,选蛾眉㉗,把丝鞭,骑骄马;催花使乱拥。

奴家香君,被捉下楼,叫去学歌,是俺烟花本等,只有这点志气,就死不磨。(杂喊介)快些走动!(旦到介)(小旦)你也下楼了,屈尊,屈尊。(丑)我们造化,就得服侍皇帝了。(旦)情愿奉让罢。(同行介)(杂)前面是赏心亭了,内阁马老爷,光禄阮老爷,兵部杨老爷,少刻即到。你们各人整理伺候。(杂同小旦、丑下)(旦私语介)难得他们凑来一处,正好吐俺胸中之气。
【前腔】赵文华陪着严嵩㉘,抹粉脸席前趋奉;丑腔恶态,演出真鸣凤。俺做个女祢衡㉙,挝渔阳,声声骂;看他懂不懂。

(净扮马士英,副净扮阮大铖,末扮杨文骢,外、小生扮从人喝道上)(旦避下)(副净)琼瑶楼阁朱微抹。(末)金碧峰峦粉细勾㉚。(净)好一派雪景哩。(净)这座赏心亭,原是看雪之所。(副净)怎么原是看雪之所?(副净)宋真宗曾出周昉雪图,赐与丁谓㉛。说道:"卿到金陵,可选一绝景处张之。"因建此亭。(净看壁介)这壁上单条,想是周昉雪图了。(末)非也。这是画友蓝瑛新来见赠的㉜。(净)妙妙!你看雪压钟山,正对图画,赏心胜地,无过此亭矣。(末吩咐介)就把炉、槛、游具,摆设起来。(外、小生设席坐介)(副净向净介)荒亭草具,恃爱高攀,着实得罪了。(净)说那里话。可笑一班小人,奉承权贵,费千金盛设,十分丑态,一无所取,徒传笑柄。(副净)晚生今日扫雪烹茶,清谈攀教,显得老师相高怀雅量,晚生辈也免了几笔粉抹。(净)呵呀!那戏场粉笔㉝,最是利害,一抹上脸,再洗不掉;虽有孝子慈孙,都不肯认做祖父的。(末)虽然利害,却也公道,原以做戒无忌惮之小人,非为我辈而设。(净)据学生看来,都吃了奉承的亏。(末)为何?(净)你看前辈分宜相公严嵩,何尝不是一个文人,现今《鸣凤记》里抹了花脸㉞,着实丑看。岂非赵文华辈奉承坏了。(副净打恭介)是是!老师相是不喜奉承的,晚生惟有心悦诚服而已。(末)请酒!(同举杯介)(副净问外介)选的妓女,可曾叫到了么?(外禀介)叫到了。(杂领众妓叩头介)(净细看介)(吩咐介)今日雅集,用不着他们,叫他礼部过堂去罢。(副净)特令到此伺候酒席的。(净)留下那个年小的罢。(众下)(净问介)他唤什么名字?(杂禀介)李贞丽。(净笑介)丽而未必贞也。(笑问副净介)我们扮过陶学士了,再扮一折党太尉何如㉟?(副净)妙妙!(唤介)贞丽过来斟酒唱曲。(旦摇头介)(净)为何摇头?(旦)不会。(净)呵呀!样样不会,怎称名妓。(旦)原非名妓。(掩泪介)(净)你有甚心事,容你说来。

【江儿水】(旦)妾的心中事,乱似蓬,几番要向君王控。拆散夫妻惊魂迸,割开母子鲜血涌,比那流贼还猛㊱。做哑装聋,骂着不知惶恐。

　　(净)原来有这些心事。(副净)这个女子却也苦了。(末)今日老爷们在此行乐,不必只是诉冤了。(旦)杨老爷知道的,奴家的冤苦,也值当不的一诉。

【五供养】堂堂列公,半边南朝,望你峥嵘㊲。出身希贵宠,创业选声容,后庭花又添几种㊳。把俺胡撮弄㊴,对寒风雪海冰山,苦陪觞咏。

　　(净怒介)嗻!这妮子胡言乱道,该打嘴了。(副净)闻得李贞丽,原是张天如、夏彝仲辈品题之妓㊵,自然是放肆的。该打该打!(末)看他年纪甚小,未必是那个李贞丽。(旦恨介)便是他待怎的!

【玉交枝】东林伯仲㊶,俺青楼皆知敬重。干儿义子从新用,绝不了魏家种㊷。(副净)好大胆,骂的是那个,快快采去丢在雪中。(外采旦推倒介)(旦)冰肌雪肠原自同,铁心石腹何愁冻。(副净)这奴才,当着内阁大老爷,这般放肆,叫我们都开罪了。可恨可恨!(下席踢旦介)(末起拉介)(净)罢罢!这样奴才,何难处死,只怕妨了俺宰相之度。(末)是是!丞相之尊,娼女之贱,天地悬绝,何足介意。(副净)也罢!启过老师相,送入内庭,拣着极苦的脚色,叫他去当。(净)这也该的。(末)着人拉去罢!(杂拉旦介)(旦)奴家已拼一死。吐不尽鹃血满胸,吐不尽鹃血满胸。

(拉旦下)(净)好好一个雅集,被这奴才搞乱坏了。可笑,可笑!(副净、末连三揖介)得罪,得罪!望乞海涵,另日竭诚罢。(净)兴尽宜回春雪棹。(副净)客羞应斩美人头㊸。(净、副净从人喝道下)(末吊场介)可笑香君才下楼来,偏撞两个冤对,这场是非免不了的;若无下官遮盖,香君性命也有些不妥哩。罢罢!选入内庭,倒也省了几日悬挂;只是媚香楼无人看守,如何是好?(想介)有了,画友蓝瑛托俺寻寓,就接他暂住楼上;待香君出来,再作商量。

赏心亭上雪初融,煮鹤焚琴宴巨公㊹;
恼杀秦淮歌舞伴,不同西子入吴宫㊺。

(人民文学出版社王起主编《中国戏曲选》下)

【注释】

① 六朝金粉样:指南京六朝以来的繁华景象。六朝,指先后在建康(今江苏南京)建都的吴、东晋、宋、齐、梁、陈。金粉,本指铅粉,古代妇女敷面所用的化妆品。隋唐以来往往将南朝宫廷贵族的豪华生活概括为"六朝金粉"或"六代繁华"。

② 烟花:宋元以来文学作品中习称妓女为烟花。

③ 衔令供奉:指以文学与技艺供奉内庭的官。衔,官衔。这里有"打诨"意味,阮大铖在南明弘光朝的官职是兵部尚书。

④ 贵阳相公:指马士英。他因迎立福王而升任东阁大学士,为南明王朝的实权人物。他是贵阳人,故称。

⑤ 今上:当今皇上的省语。指南明弘光帝朱由崧。

⑥ 王铎:字觉斯,孟津(今河南孟县)人。南明弘光元年(1644)八月补大学士,后降清。

⑦ 钱谦益:字受之,号牧斋,常熟人。明万历间进士,崇祯时官至礼部侍郎。福王立,投靠马士英,弘光元年六月补礼部尚书。

⑧ 四种传奇:指阮大铖所写的《燕子笺》《春灯谜》《双金榜》《狮子赚》四种传奇。

⑨ "生口不如熟口"二句:指演过某种戏的演员比第一次接触剧本排练的演员容

易上手。前者为熟口,后者为生口。清客,本指寄食于达官贵族门下的文人,这里借指教习妓女的艺人和有名的演员,如后文所提到的丁继之等人。

⑩ 旧院:南京秦淮河畔歌妓聚居的地方。

⑪ 杨龙友:即杨文骢,贵阳人。明末曾任知县,后被劾罢官候审。弘光朝曾任常、镇二府巡抚。清兵南下,从明宗室唐王起兵援衢州,兵败被杀。《桃花扇》是一部比较严格的历史剧,剧中主要人物都是在真实历史人物基础上,经艺术加工而成。杨龙友这个人物比较复杂,是剧作家写得很成功的一个人物形象。

⑫ 乙酉新年人日:即弘光二年(1645)阴历正月初七日。

⑬ 赏心亭:在南京西面的下水门城上,临秦淮河,是当时的游览胜地。

⑭ "花柳笙歌隋事业"二句:意谓他们所作所为与隋末君臣的纵情声色毫无二致,所过的日子也与东晋士大夫一样,不过是清谈、冶游罢了。裾屐,指六朝贵族子弟的衣着。《北史·邢峦传》:"萧深藻是裾屐子弟,未洽政务。"

⑮ 卞玉京:秦淮名妓,后出家为女道士。《板桥杂记》有其小传,谓其艺名为卞赛,又作赛赛,自称玉京道人。知书,工小楷,善画兰,亦擅鼓琴云云。

⑯ 蕊珠宫:本指神仙居所,为上清宫阙名。这里意为她与神仙有缘,表现出她出家人道的心情。

⑰ 业海:也称"孽海"。佛家语,意为世人种种罪孽,无边无际,有如大海。

⑱ 一生魂在巫山洞:犹言一生过着娼妓生活。巫山,专说楚襄王到高唐游玩,梦与巫山神女欢会,后遂以巫山喻指男女幽欢。

⑲ 丁继之、沈公宪、张燕筑:均为当时的名演员。《板桥杂记》:"丁继之扮张驴儿张燕筑扮宾头卢,……","沈公宪以串戏擅长,当时推为第一"。

⑳ 凤纸:即凤诏,内庭的诏书。

㉑ "太公钓鱼"二句:当时成语。传姜太公曾在渭水边以无饵直钩垂钓,言"负命者上钩来"。(《武王伐纣平话》)

㉒ 道人醒了扬州梦:是说她已从笙歌舞筵的沉湎中清醒过来。唐杜牧《遣怀》:"十年一觉扬州梦,赢得青楼薄倖名。"

㉓ 寇白门、郑妥娘:均为秦淮名妓。《板桥杂记》:"寇湄字白门,……娟娟静美,跌荡风流,能度曲、善画兰,初知拈韵吟诗,然滑易不能竟学。"《香东漫笔》:"郑如英,字无美,小排字妥娘。工诗词,与卞赛、寇湄相颉颃也。"孔尚任以丑扮郑妥娘,乃出于突出主要人物的要求。

㉔ 柳绵浮水又成萍:古代传说,水上浮萍是柳絮入水所化成的。

㉕ 捩(yé)笛傍宫墙:唐乐师李暮曾傍着宫墙,按笛记谱,将唐玄宗宫里的曲调记下来。元稹《连昌宫词》:"李暮擫笛傍宫墙,偷得新翻数般曲。"这里仅用文面意思,借

指进入内庭教习戏曲。

㉖ 李贞丽：秦淮名妓，字淡如。与复社文人陈贞慧笃情。缪荃孙《秦淮广记》："李贞丽，字淡如，桃叶妓。有侠气，一夜博输千金略尽，所交接皆当世豪杰，尤与阳羡陈贞慧善。李香君之假母也。"

㉗ 蛾眉：借指美女。此指在秦淮河畔选招妓女供奉内庭。

㉘ 赵文华陪着严嵩：赵文华为明代权奸严嵩的私党亲信。此处以严、赵影射马、阮。明代传为王世贞所作传奇《鸣凤记》中，对严嵩结党营私，与赵文华狼狈为奸有细致生动的描写。

㉙ 俺做个女祢衡：李香君以祢衡自比，誓与马、阮做面对面的斗争。祢衡，字正平，东汉末文士。曹操要屈辱祢衡，命衡为鼓吏，祢衡边击鼓仍骂曹操。见《后汉书·祢衡传》。徐渭《四声猿·渔阳三弄》则写祢衡死后在阴间击鼓骂曹。

㉚ "琼瑶楼阁朱微抹"二句：形容雪后阳光下的景致如图画一般。

㉛ "宋真宗曾出周昉雪图"二句：周昉为唐代著名人物画家。《渑水燕谈录》中说，宋真宗曾将周昉所绘《袁安卧雪图》赐与丁谓，并说："付卿到金陵，选一绝景张之。"后丁谓将图画张于赏心亭。

㉜ 蓝瑛：字田叔，钱塘人。当时著名画家，善画山水，兼工人物、花鸟、兰竹，被称为"浙派殿军"。

㉝ 戏场粉笔：戏曲中的曹操、严嵩等奸佞人物，脸谱是用粉笔开大白脸，故马士英说它厉害。

㉞ "你看前辈分宜相公严嵩"三句：是说严嵩在《鸣凤记》中就是大白脸。严嵩为江西分宜人，官至少傅兼太子太师，故称其为"分宜相公"。

㉟ "我们扮过陶学士了"二句：陶学士即宋代大官僚陶谷，历任礼、刑、户三部尚书。他曾得到太尉党进的家姬。一日陶家以雪水烹茶，陶谷问家姬，你在党家时可曾见过此种风味？家姬回答：他（指党进）是粗人，只知在销金帐内浅斟低唱，饮羊羔美酒，并无此等雅兴。这里是以陶、党两家代表雅俗两种不同的格调。

㊱ 流贼：是对李自成农民起义军的蔑称。

㊲ 峥嵘：这里是强盛、中兴之意。

㊳ 后庭花：即《玉树后庭花》，歌舞乐曲名。传为陈后主（叔宝）所作，他沉湎声色以致亡国，后人往往以《后庭花》指亡国之音。

㊴ 胡撮弄：胡乱摆布。

㊵ 张天如、夏彝仲：即张溥（1642—1641）与夏允彝（？—1646）。张溥，初字乾度，后改天如，号西铭，太仓（今江苏太仓）人。明末文学家。他同情东林党人，曾撰《五人墓碑记》以彰其绩。夏允彝字一仲，亦作彝仲，松江华亭（今属上海市）人。曾与

同邑陈子龙结几社,与复社、东林相呼应。清兵入南京后,投水自杀。后二年,其子夏完淳也因抗清失败而殉难。品题:此指以诗词相赠。

㊶ 东林伯仲:指与东林党人相呼应的复社文人。伯仲,兄弟。此喻次第,是不相上下之意。

㊷ "干儿义子从新用"二句:阮大铖曾认宦官魏忠贤为干爹,因称其为"魏家种"。

㊸ "兴尽宜回春雪棹"二句:均以《世说新语》故事为典。东晋王子猷雪夜乘船到剡溪去访问戴安道,船将到时忽又令船夫折回,言"乘兴而来,兴尽而返"。见《世说新语·任诞》。晋石崇宴客时令美人劝酒,如客不饮,就立即杀了美人。见《世说新语·汰侈》。这两句是下场诗,只取文面意义。

㊹ 煮鹤烧琴宴巨公:比喻糟蹋美好的事物,即煞风景。巨公,指达官贵人。

㊺ 西子:即西施。

【导读】

　　《桃花扇》传奇主要通过复社文人侯朝宗(方域)和秦淮名妓李香君之间曲折的爱情描写,来反映南明王朝的兴亡。作品真实地描写了明末腐朽、动荡的社会现实,揭示了统治阶级内部的矛盾和斗争。作者借对民族英雄的歌颂及对时政的讥讽,寄寓了浓重的故国之思。此外,作品还揭露了福王政权的昏聩荒淫,马、阮集团的腐败堕落,以衬托出复社文人及下层市民对国家政治、民族命运的关心。一句话,即所谓"借离合之情,写兴亡之感"。这就是作品的主题思想,也是作者总体的艺术构思。在《桃花扇小引》中,作者写道:

　　《桃花扇》一剧,皆南朝新事,父老犹有存者。场上歌舞,局外指点,知三百年之基业,隳于何人?败于何事?消于何年?歇于何地?不独令观者感慨涕零,亦何惩创人心,为末世之一救矣。

　　即是说,侯李爱情只是一条线索,《桃花扇》主要不是为了言情,而在于抒发无限的兴亡意绪,总结历史教训,这对于清统治者而言,显然是异调,是不适宜的。因此,作者的被罢官,一定与撰《桃花扇》有关系。

李香君是作者着意塑造的人物。她艳如桃李,坚如松柏,是代表下层市民阶层最有光彩的一个人物形象。她对侯朝宗的感情固然有郎才女貌的因素,但主要还是爱憎分明的政治立场问题。市民阶层敬重东林、复社文人,因为从根本上说他们代表了市民阶层的利益。李香君痛恨阉党的专权误国,故在《却奁》一出中,当她得知是阉党余孽阮大铖出资为侯朝宗"梳栊"她时,遂怒火中烧,拒绝接受妆奁。这可以看作富贵不能淫。而《守楼》一出,她又以死拒绝嫁给南明王朝的官僚田仰,这是威武不能屈。后由于马、阮迫害,香君生活困顿,但她一心等候侯朝宗,将情与家国兴亡紧密联系在一起了,这是贫贱不能移。这样的形象,在此前的文学史上是未曾出现过的。李香君形象可以说是在市民阶层登上政治舞台之后,文学作品中的一个崭新的形象,她出现在明清之际,绝非偶然。李香君形象丰富了戏曲小说人物画廊。她与崔莺莺、杜丽娘是那样的不同,她是戏曲史上一个新型的、光彩照人的艺术形象。

　　在《骂筵》中,孔尚任调动一切艺术手段,来突出李香君形象。从[忒忒令]直至[玉交枝]数曲,突出的是香君的大义凛然,临危不惧。她骂得淋漓痛快,骂得群僚丧胆。在文学史上,似这等以"娼女之贱",当众痛骂"丞相之尊",也是绝无仅有的。《桃花扇》本是一部"以传奇为信史"的历史剧,而这一出戏是作者虚构的。想来在李香君形象的塑造中,特别是她的痛骂中,当有剧作家的态度。或者说孔尚任想说的话令李香君说了。因此,这出戏对深化全剧主题,是至关重要的。

　　《桃花扇》在艺术上成就很高,无论人物塑造、场面安排、背景渲染、矛盾冲突,还是曲词风格、宾白穿插、细节描写、关目处理,都有独到之处。全剧以扇为贯串道具,结构严谨,针线细密,也有许多巧思。在这出戏中,作者运用了强烈的对比,正衬、反衬,使李香君形象极具雕塑感。孔尚任不仅重曲文,也不轻宾白,曲白相生,浑然一体,是演之场上、列之案头,都耐人寻味的好戏。其中反面人物的自我剥露,以严嵩、赵文华的相影射,也巧妙自然,符合中国戏曲表现形式的要求,可见出作者的艺术匠心。

蝶恋花

纳兰性德

【解题】

这是一首悼亡词,然通篇写得深情款款,含蓄蕴藉,似又超越了一般意义上的悼亡。写法上也很独特,从月之圆缺入乎,结以化蝶的想象,浮想联翩,有余不尽。纳兰性德(1654—1685),初名凤德,因避皇太子允礽讳而改性德,字容若,满洲正黄旗人,大学士明珠之子。康熙十五年(1676)进士,选授三等侍卫,后晋一等侍卫。清初著名词家。其为词主情致,反对模仿。长于小令,朴素淡雅,不事雕琢,词风近于李煜。内容则多写离别相思和对亡妻的悼念,往往凄楚婉丽,清空淡远,有很强的艺术感染力。有《通志堂集》。词集有《饮水词》,后人编为《纳兰词》。

辛苦最怜天上月①,一昔如环,昔昔长如玦②。但是月轮终皎洁。不辞冰雪为卿热③。　　无奈尘缘容易绝④,燕子依然,软踏帘钩说⑤。唱罢秋坟愁未歇⑥,春丛认取双栖蝶⑦。

(上海古籍出版社张草纫《纳兰词笺注》)

【注释】

① 辛苦最怜天上月:为"最怜天上月辛苦"的倒文。

② "一昔如环"二句:是说月圆时少月缺时多。昔,通"夕",夜。环,圆形玉璧。玦(jué),环形而有缺口的玉佩。此以环、玦喻指满月和缺月,同时喻恋人的聚合离散。

③ "但是月轮终皎洁"二句:只要你像天上明月那样皎洁纯美,我甘愿不辞冰雪严寒为你消热。《世说新语·惑溺》:"荀奉倩(粲)与妇至笃,冬月妇病热,乃出中庭,自取冷还,以身熨之。"

④ 无奈尘缘容易绝:是叹对方夭折,恩爱夫妻中道断绝。尘缘,佛家认为色、声、

香、味、触、法为"六尘",是污染人心、生出嗜欲之念的根源。后引申为世俗姻缘。

⑤ "燕子依然"二句:是说人亡楼空,只有燕子呢喃,仿佛在诉说往事,令人倍觉伤感。李贺《贾公闾贵婿曲》:"燕语踏帘钩,日虹屏中碧。"

⑥ 唱罢秋坟愁未歇:意说对方虽不在人世,思念的感情却永不泯灭。李贺《秋来》:"秋坟鬼唱鲍家诗,恨血千年土中碧。"

⑦ 春丛认取双栖蝶:既然是真情生死不变,希望能化作双飞蝶,在春天的花丛中比翼颉颃。李商隐《偶题二首》之二:"春丛定是双栖夜,饮罢莫持红烛行。"

【导读】

一般都认为纳兰此词是悼念亡妻卢氏的。卢氏是纳兰的原配,其父卢兴祖为两广总督、兵部尚书、都察院右副都御史。婚后夫妻恩爱,感情深挚。可惜时间不长,康熙十六年(1677),纳兰二十三岁时,卢氏因难产亡故,这突然的打击令纳兰悲痛欲绝。纳兰词中不少描写爱情、思念和悼亡的作品,都是写给卢氏的。

这首词写法上很特殊,劈头就是咏月,而实际上是在怀人。月光是最容易引发人们联想的景物。《春江花月夜》中有句云:"此时相望不相闻,愿逐月华流照君。"古来因月怀人的诗篇不知凡几,然纳兰写月有其独到之处。他望月生情,遂发圆缺聚散之慨。最是上片结末二句,以月的高洁寒碧喻妻子的冰清玉洁,将月色人格化了。一轮皓月仿佛就是他日夜思念的爱人,于是奇想异思,飞越星汉,他竟不辞冰雪之寒冷,欲到爱人身边去"为卿热"。至此,感情的潮水沸腾至极,情调之曼妙令人称绝。据纳兰一首《沁园春》词的小序,我们知道,卢氏生前曾吟过两句诗:"衔恨愿为天上月,年年犹得向郎圆。"原来她曾以月自况,可见纳兰将月亮与妻子联系在一起不是无端的。下片陡转,从天上回到了人间。"无奈"二字领起下片,流露出无穷伤感。人去楼空,燕语依旧。那燕子在诉说些什么呢?往日情怀,顿上心头。燕子之说,给人无限联想。或许它是纳兰夫妻逝去的美好时光之见证者,夫妻相携相得、两情深笃,燕子都目睹过。这燕子的出现,所唤起的正是对往日的追怀,同时也映衬了眼前的孤寂。终于作者从旧梦与幻想中获得了一种更充沛、更热烈的激情,发誓对妻子的爱情长留永驻,愿随妻子双双化为彩蝶,在万花丛中永远相伴,或有人来认取这翩翩的双蝶,双蝶正是我与你。全词伤感而不绝望,色彩之明丽也与一般悼亡之作迥异,故不能将此词视为消极。

王国维对纳兰词评价极高。他在《人间词话》中说:"纳兰容若以自然之眼观物,以自然之舌言情,皆由初入中原,未染汉人风气,故能真切如此。北宋以来,一人而已。"况周颐在他的《蕙风词话》中也认为纳兰为"国初第一词人……其所为词纯任性灵,纤尘不染,甘受和,白受采,进于沉著浑至何难矣"。观此词,尤见纳兰真性灵。你看他滴泪合血,愈唱愈悲,凄婉缠绵,真可谓悼亡绝唱。直可与苏轼之《江城子》(十年生死两茫茫)并称其美。

此词下片化用了不少前人诗句,由于其情真,其调美,便是点化他人句子,也浑化无迹,如同己出。

秋心三首（选一）

龚自珍

【解题】

《秋心》一组三首，作于道光六年（1826）秋天，三十五岁的作者于这一年的春天到北京参加会试，他与好友魏源均名落孙山，这是他第五次来京会试，心情是沉重的。一两年间，作者志同道合的朋友相继去世，秋风萧瑟之中，作者既怀念友人，又为报国无门而伤感。组诗写得慷慨苍凉，大气磅礴，流露出对封建统治阶级压抑和埋没人才的强烈不满。这里所选的一首，还出现了作者常用的"剑"与"箫"的意象，是较有代表性的。龚自珍（1792—1841），字璱（sè）人，号定盦，一名易简，字伯定，更名巩祚，晚年又号羽琌山民，浙江仁和（今浙江杭州）人。龚自珍出身于官僚兼文士家庭，其祖父龚禔身，官至内阁中书、军机处行走；父龚丽正，官至江南苏松太兵备道，署江苏按察使；外祖父段玉裁是著名文字学家，为乾嘉学派的代表人物；母亲段驯则是诗人。在家庭环境的熏陶下，从青少年时开始，龚自珍就广泛涉猎，并打下了深厚的学识基础。他胸怀经世致用、改造社会的雄心大志，但在科举仕进道路上屡受挫折，直到三十七岁才中进士，曾任礼部主客司主事等职。他的进步思想不容于世，不断受到大官僚的排挤与诬陷，抑郁而不得志。四十八岁时，他毅然辞官南归，途中作大型组诗《己亥杂诗》315首。两年后，暴卒于江苏丹阳云阳书院，年仅五十岁。龚自珍是一位杰出的思想家与文学家。他处在中国封建社会全面解体，半封建半殖民地社会开端的历史转折时期，他清醒地意识到整个民族所面临的危机。他的思想带有明显的进步性，是近代启蒙运动的先驱。在文学上他反对复古主义和形式主义,要求诗文创作有补于世,成为批判现实和表达改革要求的载体。他以自己的创作实践,打破了清中叶以来诗文创作的沉寂局面,成为首开近代文学风气的人物。有《定盦全集》。

  秋心如海复如潮,但有秋魂不可招①。
  漠漠郁金香在臂,亭亭古玉佩当腰②。
  气寒西北何人剑?声满东南几处箫③。
  斗大明星烂无数,长天一月坠林梢④。

(上海人民出版社《龚自珍全集》第九辑)

【注释】

  ① 秋魂:指作者友人夏璜、陈沆、谢阶树等的亡魂。不可招:是说人世与泉台,生死茫茫,无法通情愫,再也不能在一起谈古论今,畅谈社会人生了。招魂本指古丧礼中的一种仪式,古俗谓人始死时可执其衣升屋招回其灵魂,"北面三号,卷衣投于前"(《礼记·丧大记》)。这里只是寄思念之情。

  ②"漠漠"二句:是说人亡而物存,芬芳的郁金气味仍留在我的臂弯,晶莹剔透的古玉还佩戴在我的腰间。郁金,草本植物,属百合科,黄花,香气幽微。亭亭:形容古玉之洁白明净。或认为郁金香与古玉佩在这里只是亡友美好品德的借喻,并非实指。二说俱通。

  ③"气寒"二句:气候严寒的西北边陲,靠谁去仗剑捍卫?繁华热闹的东南一带,又有几个人借箫声寄托忧患与怨怅?这里剑象征豪情壮志,箫象征报国无门的怨怅。

  ④"斗大"二句:昏庸无能的官员比比皆是,数也数不清,而才能卓越的有志之士,如长天一月般罕有。斗大明星,喻指朝廷中平庸无能之辈。烂,败坏,腐朽。此指多而无用。长天一月,喻指杰出的人才。或谓作者自喻。坠林梢,暗寓卓绝之士不被重用之意。因月在中天方始光亮遍被。

【导读】

  我们知道,大量使用意象化的表现手法,是龚自珍诗的一大特色。他最常使用的是"剑"与"箫"的意象,以至人们对他的诗有"剑气箫心"之誉。例如:"一箫一剑平生意,负尽狂名十五年。"(《漫感》)"来何汹涌须挥剑,去尚缠绵可付箫。"(《又忏心一首》)"少年剑气更吹箫,剑气箫心一例消。"(《己亥杂诗》之九)等等。剑气,在龚诗中是昂扬的斗志,即批判腐朽社会、冲决礼教桎梏的反抗精神;箫心,则象征着诗人卓尔不群的孤独与怨怅,其中更多的是先驱者的忧患意识及报国无门的愤怨情绪。两种情调融合在一起,形成了龚诗题材新颖多样、意境深远奇特的基本艺术风格,使其作品既有悲壮的剑气之魂魄,又有幽怨的箫心之灵动,从而构成了一个独特的艺术世界。此诗中的"剑""箫"意象,是作者早期所用,尚比较单纯。但毫无疑问,它们已为作者一生诗作中丰富的"剑气箫心"意象打下了基础。

此诗始于怀人思友,结于对社会本质的深刻认识,寄托遥深。真正的有为之士、卓越人才,在艰难困苦中陆续凋零,而尸位素餐的平庸之辈却一个个占据朝廷要津。对此,作者是痛心疾首的。这个认识,与作者在一首著名的《咏史》诗中所流露出来的看法是一致的,可以对读。龚自珍在《咏史》中写道:"牢盆狎客操全算,团扇才人踞上游。"牢盆狎客,代指无能官僚及其帮闲;团扇才人,则指惯于阿谀奉承、趋炎附势者之流。人才问题,一直是龚自珍要求改革过程中所关注的焦点问题之一。在《己亥杂诗》其一百二十五中,龚自珍喊出了"我劝天公重抖擞,不拘一格降人材"的迫切愿望。这是精警的断喝,也是强烈的呼吁,在愤世嫉俗的背后,有着深刻的社会思考。

此诗将比喻与象征结合起来使用,托事于物,寄情于物,不仅深化了主题,而且也使诗味更加浓郁。至于语言的质朴自然,用韵的险奇巧妙,则是显而易见的。

第三编　中国现当代文学

第五章　中国现当代文学概述

　　自1917年文学革命开始至1999年间的文学创作,理论界习惯于称为"中国现当代文学",并且,以1949年为界,在此之前的,称作"中国现代文学",在此之后的,称作"中国当代文学"。近年来也有学者鉴于现代文学的不断经典化,当代文学的当代性不断地推移,提出将这一时期内的文学统称为"20世纪中国文学"。我们这里仍根据当前高校教学大纲的规定,按照传统的划分方法介绍这一阶段的文学发展状况。

第一节　中国现代文学概述

一、"五四"文学革命

　　早在19世纪末期,由于维新运动的风起云涌,中国文学的观念与形式已经发生了相当明显的变化:诗歌领域的"我手写我口,古岂能拘牵"等主张的提出,引发了一场"诗界革命";小说领域的"欲新一国之民,必新一国之小说"等主张,则引发了一场"小说界革命";而在散文领域,则发生了以冲破桐城派古文藩篱、尝试平易畅达的"新文体"的"文界革命"。但是,由于当时的政治、经济、文化等历史条件均不成熟,这些进步因素还不能真正解构沿袭了两千多年的正统文学观念,仅仅显示了中国文学必然要革新的历史趋势。以1915年陈独秀主编的《新青年》(第一卷名《青年杂志》)的创刊为标志兴起的新文化运动,才从思想上为中国文学的质的飞跃准备了必要的条件。

"文学革命"的正式提出是在1917年。胡适1917年1月在《新青年》上发表的《文学改良刍议》,最早系统地提出了文学改良的主张。集中到一点上,就是以白话代替文言,以白话文学为"正宗"。胡适的主张虽然还大多局限于形式上的改良,没有触及文学内容的革新,但在促进"文艺的解放"上已产生了广泛的影响。紧接着,被视为当时激进民主派代表的陈独秀1917年2月在《新青年》上发表了《文学革命论》一文,大声疾呼推翻载封建之道、"代圣人立言"的旧文学,明确提出"三大主义":"曰推倒雕琢的阿谀的贵族文学,建设平易的抒情的国民文学;曰推倒陈腐的铺张的古典文学,建设新鲜的立诚的写实文学;曰推倒迂晦的艰涩的山林文学,建设明了的通俗的社会文学。"

《新青年》的文学革命主张提出后,得到了钱玄同、刘半农等人的热烈响应。钱玄同在写给该刊的一系列公开信中,将批判的锋芒指向了拟古的骈文与散文,斥之为"选学妖孽,桐城谬种",从语言文字的进化角度阐述了白话文取代文言文的必然性。刘半农发表的《我之文学改良观》,则主张打破对旧文体的迷信,提出破旧韵造新韵、改革散文、采用新式标点符号等建设性倡议。1918年之后,文学革命有了进一步深化与发展。1918年4月,胡适的《建设的文学革命论》发表,明确提出,"我的建设新文学论的唯一宗旨只有十个大字:'国语的文学,文学的国语'"。试图将文学革命与国语改革联系起来,扩大文学革命的影响。同年,鲁迅发表的《渡河与引路》,周作人相继发表的《人的文学》《思想革命》《平民文学》等,在许多方面对胡适、陈独秀的文学主张做了进一步的补充与发挥。鲁迅认为,白话文学应以"改良思想"为"第一事",而不能仅仅停留在形式的革新上;周作人则提出文学之本应为人道主义,认为"用这人道主义为本,对人生诸问题,加以记录研究的文字,便谓之人的文学"。这就将文学的思想革命提到了重要的地位。1920年,李大钊在《什么是新文学》中进一步强调必须以"宏深的思想、学理,坚信的主义,优美的文艺,博爱的精神"作为"土壤,根基",反对"含着科举的、商贾的旧毒新毒"的"广告文学",与为个人造名的文学,提出创造"为社会写实的文学"的主张;沈雁冰在《现在文学家的责任是什么》一文中则提出为人生、表现人生的新观点。这些主张都对新文学的创作与理论建设起了积极的推动作用。

"五四"时期新文学运动的展开并非一帆风顺,而是遭到了文化保守主义者的激烈抵抗。"五四"前后,旧文学势力与新文学运动发生的重大交锋主要有三次。(1)与林纾的斗争。曾经在清末用古文翻译过大量外国小说、影响与贡献均较大的古文家林纾(琴南),站在新文学运动的对立面,写了《论古文白话之消长》等文章,大肆宣扬封建伦理道德,恶毒攻击白话文运动,由于林纾的观点缺乏理论力度,大多是一些人身攻击的偏狭之辞,因此,很快就在新文学阵营的群起反击之下销声匿迹了。(2)与"学衡派"的论辩。1922年,南京东南大学的吴宓、梅光迪、胡先骕等几位教授创办了《学衡》杂志,鼓吹"昌明国粹,融化新知",在肯定与维护传统文化的同时,对新文化运动与新文学提出了系统有力的批评,其中虽不乏一些稳健有益的意见,但由于其主张毕竟代表的是一股时代的逆流,因此,在鲁迅等新文学运动闯将同样系统但却更扎实的批驳下,亦烟消云散了。(3)与"甲寅派"的论争。1925年,当时任北洋政府司法与教育总长的章士钊复刊了《甲寅》周刊,不仅反对白话、力主文言,断定"白话文学"已行将灭亡,而且提出了所谓"尊孔读经"的复古口号,对此,新文学的倡导者们从不同角度揭露了其反动本质,巩固与捍卫了文学革命的胜利成果。

经过数番新旧思想的较量,由白话取代文言、新文学取代旧文学已成必然之势。从 1918 年开始,《新青年》《每周评论》等进步报刊均采用白话,到 1920 年,在白话取代僵死文言已为既成事实的情况下,北洋政府教育部终于承认"白话"为国语,通令国民学校采用。

在 1921 年至 1925 年间,新文学的社团与流派如雨后春笋般相继涌现。文艺刊物也在各地纷纷创刊,这标志着"五四"文学革命已从理论的探讨转向创作实践。在众多的新文学社团中,成立最早、影响最大的是文学研究会与创造社。文学研究会 1921 年成立于北京,发起人有周作人、郑振铎、沈雁冰、叶绍钧、许地山、王统照、孙伏园等 12 人。主要刊物有革新过的《小说月报》《文学旬刊》《诗》《戏剧》等,并出版文学研究会丛书。文学研究会的宗旨是"研究介绍世界文学,整理中国旧文学,创造新文学",并鼓吹"为人生而艺术"。在创作上,该派的作家大多以反映社会和人生问题为主,尤其注重批判社会的黑暗与人生的灰色,并遵循写实主义的创作原则。创造社 1921 年成立于日本,主要成员有郭沫若、张资平、郁达夫、成仿吾、田汉、郑伯奇等人。创造社的文学活动以 1925 年为界分为前后两个时期。前期的创造社主要倾向于欧洲浪漫主义文学思潮,主张"为艺术而艺术""表现自我""尊重个性",刊物有《创造》季刊、《创造周报》《创造日》等;后期创造社则创办了《创造月刊》《文化批判》《流沙》等杂志,提倡"表同情于无产阶级"的革命文学,思想偏于"左"倾。

除上述两大社团和流派之外,当时比较活跃的文学社团还有好几个。语丝社,鲁迅是语丝社的主将,其他成员有周作人、林语堂、章川岛、孙伏园等。该社成立于 1924 年,刊行《语丝》周刊,多发表针对时弊的杂感小品,注重社会批评与文化批评,形成幽默泼辣,"任意而谈,无所顾忌"的"语丝文体"。莽原社、未名社是 20 年代中期成立于北京、得到鲁迅扶持的青年作家社团,办有《莽原》《未名》等刊物,主要作者有高长虹、台静农、李霁野、韦素园等,这两个团体致力于乡土文学的创作与翻译。南国社,这是由田汉领导创立的一个综合性艺术团体,1924年即有《南国半月刊》,1927年正式定名,其成就与影响主要在戏剧方面。新月社,1923年成立,主要成员有徐志摩、闻一多、陈源、梁实秋等,早期以徐志摩主编的《晨报》副刊为阵地,后相继办有《新月》月刊、《诗刊》季刊。这是一个自由主义作家的文学团体,受西方资产阶级绅士观念、唯美主义思潮影响较深,在创作上倡导新格律诗理论,对中国新诗实践发生过较大影响。浅草—沉钟社,浅草社成立于1922年,主要人物有林如稷、陈翔鹤、冯至、陈炜谟等,办有《浅草》季刊。其骨干成员又于1929年另组沉钟社,办有《沉钟》周刊,理论上主张表现自我,抒写心声,题材上多写青年人生活的苦闷与情感的忧郁。湖畔诗社,1922年成立于杭州,成员主要有应修人、潘漠华、汪静之、冯雪峰四人,曾经出版过四人合集《湖畔》,后潘漠华、应修人、冯雪峰三人又出版了诗歌合集《春的歌集》,汪静之则单独出了诗集《蕙的风》,他们的诗歌,以大胆、直率地歌唱男女情爱及表现反对封建世俗的精神而闻名。众多的"五四"文学社团以其丰富的翻译与创作,对整个现代文学的进程产生了巨大的影响。

"五四"文学革命发生于"五四"运动的前夕。它直接为我国现代历史上这场伟大的、促进中国近现代历史转换的反帝爱国运动提供了思想与舆论上的准备,除此以外,它还具有十分深刻而深远的历史意义。(1)全面否定了整个封建思想基础与文化体系,对中华民族从封建桎梏中挣脱出来产生了极大作用;(2)确立了现代"人"的观念,以及个性解放、民主、科学等现代意识;(3)宣告了古典文学的终结与新文学的诞生,旧文学中常见的主人公帝王将相、才子佳人为农民、工人、新型知识分子所取代,白话文取代了文言文,文学观念、文体形式经历了全面的革新;(4)密切了中国文学与世界文学的联系,它不仅自觉地借鉴、吸收外国文学与文化的优秀成果,而且以其自身的丰富探索汇入了世界文学的洪流。

二、20 年代文学创作(1917—1927)

在整个"五四"时期,首先显示文学革命的实绩的,是新诗。文学革命的最初倡导者与参与者们,几乎都曾致力于新诗的创作。从"五四"文学革命爆发到抗战前夕,中国新诗的发展大致经过了词曲化的新诗、自由诗、格律诗、象征诗、现代诗几个阶段。其中,自由诗又包括了初期白话诗、文学研究会的写实主义诗歌、创造社的浪漫主义诗歌、小诗、爱情诗、政治抒情诗等各派的诗歌。

初期白话诗。主要发表于《新青年》《新潮》《少年中国》《星期评论》《学灯》《觉悟》等报刊,胡适、刘半农、沈尹默、俞平伯、康白情、刘大白、周作人、朱自清等都是重要的白话诗人。胡适的《尝试集》是新文化运动中的第一部白话新诗集。这些初期白话诗的共同特点主要有三个。(1)在"劳工神圣"的社会思潮影响下,许多诗歌写到了下层劳动者的生活,有些诗歌甚至还表现了对劳动者命运的同情。如刘半农的《相隔一层纸》就反映了阶级对立,而胡适的《人力车夫》则表现了贫富差异。(2)在"五四"时代精神的感召下,不少诗歌传达了个性解放的要求。如周作人的《小河》,就洋溢着一股积极要求挣脱封建束缚的情绪。(3)虽然在初期白话诗中,个别诗人,如向古代和民间歌谣学习的刘半农,已经意识到对新诗形式的探索,但大多数创作呈现着直白浅露的弊病,或偏离了诗歌的艺术规范,流露出一种散文化倾向。如周作人的《小河》,完全忽略了诗歌的押韵、节奏等内在要求,实际上就是一种散文,只不过分行排列而已。

小诗。小诗的形成受到周作人译介的日本短歌、俳句和郑振铎译介的印度诗人泰戈尔《飞鸟集》的影响。这些诗歌往往比较凝练,在三五句之中,记下一些"小杂感"式的"零碎的思想",发表时被编辑分了行,形成一种较为自由的小诗形式。最早的小诗作者有朱自清、刘半农等人,1922年和1923年,冰心的两本小诗集《繁星》《春水》出版后,其对自然、母爱、童真等主题的歌颂,赢得了广大读者的喜爱,小诗形式一下子为很多人接受并模仿,终于形成了一个"小诗流行的时代"。稍后宗白华的小诗集《流云》出版,在题旨上更重哲理而艺术上更趋精致。

格律诗。主要指新月社的诗歌创作。由于当时诗歌创作反对古典的格律,趋向于毫无章法的"绝对自由",以至于诗歌创作失去了诗歌的本性,新月派的闻一多提出了著名的"三美"理论,即诗歌创作应具有绘画美、建筑美、音乐美,从而赋予新诗创作以一定的美学规范,因而人们将他们的创作称为格律诗。代表人物有闻一多、徐志摩、朱湘、陈梦家等。闻一多(1899—1946),原名闻家骅,湖北浠水人。1912年考入清华学校,"五四"运动后开始致力于诗歌创作。1922年赴美留学,专攻绘画,在此期间写了大量的爱国诗篇。1923年出版了第一部诗集《红烛》,1928年出版了第二部诗集《死水》。《红烛》的内容丰富广泛,既有当时青年知识分子不满现实的思想情绪,也有诗人希望献身艺术、报效祖国的理想;既反映了诗人对资本主义社会的痛恨与失望,又表现了诗人强烈的爱国思乡之情;同时还有对自然、爱情的赞美,对前途的渺茫、感伤等。《死水》的主旨依然是爱国主义。回国之后的闻一多深为当时社会现实的黑暗与腐朽感到震惊与悲哀,从而将艺术视角从个人转向社会,着力表达人民的苦难与民族的屈辱。在艺术上,《死水》虽不像《红烛》那样浪漫,而是显得深沉、凝练、成熟,但对"三美"艺术目标的追求则是一致的。徐志摩(1896—1931),浙江海宁人,著有诗集《志摩的诗》《翡冷翠的一夜》《猛虎集》等。徐志摩的诗受英国浪漫派和唯美派诗歌的极大影响,早期思想较积极,表达过爱祖国、反封建、讲"人道"等主题,后期思想则趋于消极颓唐,在艺术上追求诗的诗形美、情境美、音乐美、辞藻美。

象征诗。主要指20年代中后期以李金发为代表的诗歌创作。李金发(1900—1976)受法国象征主义诗歌影响,将象征手法引入中国诗歌创作之中,注重表现主体的内心感觉,突出强调"暗示"在诗歌表现中的重要性,以异乎寻常的联想、隐喻、幻觉、梦境等将远距离的事物中的某些联系勾连到一起,进而造成朦胧、神秘、怪异的诗境。早期象征派的诗人还有穆木天、冯乃超等人。

总的来说,"五四"新诗在各派诗人的努力下取得了相当丰硕的成果,而本时期郭沫若的诗歌创作则无疑构成了中国新诗史上的第一个高峰。

郭沫若(1892—1978),四川乐山人,少年时期受过良好的古典文学教育,青年时期赴日本留学,深受荷兰哲学家斯宾诺莎"泛神论"思想、印度诗人泰戈尔恬淡清新的诗风及海涅、歌德、惠特曼等诗人浪漫主义风格的影响,开始尝试创作新诗。1921年诗集《女神》的出版,不仅标志着我国的新诗进入了一个崭新的时代,而且确立了郭沫若在我国现代文学史上的卓越地位。《女神》的思想内容:(1)《女神》不仅充分表达了诗人对自我的崇尚、个性意识的觉醒,而且集中表达了诗人呼唤新世界诞生的民主理想,体现了个性主义与爱国主义的高度统一;(2)热情讴歌反抗和创造的"动"与"力",显示了彻底破坏与大胆创新的精神;(3)歌颂为劳动大众求解放的革命者,流露了热爱工农、尊重工农的感情;(4)礼赞自然与光明,强烈宣泄了一种昂扬向上、进取不息的情绪,充分反映了"五四"时期狂飙突进的时代精神。在艺术上,《女神》也取得了巨大的成就。首先,从中国新诗的发展进程看,《女神》的出现,标志着叛逆古典诗歌格律规范的白话诗体的成熟。其次,突破传统的中国诗学,创立了自由诗的形式。最后,为积极浪漫主义的新诗提供了最早的典范。

在"五四"时期的小说创作中,文学研究会所倡导的"为人生"的现实主义小说是其中重要的一支。早期有"问题小说"的出现,代表作家是冰心、叶绍钧、许地山、庐隐、王统照等人。他们的作品从不同的角度提出人生的问题,有一定的时代气息和社会针对性,但由于通常"只问病源,不开药方",或以抽象的"爱"与"美"来净化人生,很快式微。继之而起的,是1923年左右在鲁迅影响下由许杰、王鲁彦、王任叔、许钦文、台静农、彭家煌、废名、蹇先艾等人创作的乡土小说。乡土小说的作家,大多是来自乡村、寓居京沪等大都市的青年知识分子,目睹现代文明与宗法制农村的巨大差异,在鲁迅"改造国民性"思想的启迪下,用隐含着乡愁的笔触,展示了故乡农村或小市镇的特殊的生活风貌,揭示其在特定文化背景下形成的风土人情和习俗与破败、落后的乡村景象,其风格大多清新、刚健、质朴,洋溢着浓郁的地方色彩。与"为人生"的写实派同时发展的还有创造社和与之相近的其他社团的一批作家。他们另辟蹊径,开拓出现代小说新的园地:浪漫抒情小说。这类小说不注重对客观现实的真实再现,而注重对人物的心理展示;不注重外在的情节结构,而注重以人物心理演变的线索结构,具有强烈的主观情绪与浓郁的抒情色彩,显示出浪漫主义的主要特征。代表作家首推郁达夫。郁达夫(1896—1945),浙江富阳人,其1921年出版的小说集《沉沦》是中国现代文学史上第一部小说集。《沉沦》大胆倾吐了青年的时代苦闷,表现了"五四"时期个性解放的要求,并开创了现代小说的新体式:自叙小说。但其中若干性爱描写则无疑给作品烙上了一层颓废色彩。

20年代小说创作中最重要的作家无疑是鲁迅。他不仅是中国现代小说的奠基人,而且是整个20世纪最伟大的思想家与文学家。

鲁迅(1881—1936),浙江绍兴人,原名周树人,鲁迅是他1918年5月在《新青年》上发表《狂人日记》时用的笔名。他出身于没落的封建士大夫家庭,少年时期在南京求学期间阅读了严复翻译的《天演论》,接受了进化论思想,1902年赴日本学习医学,不久即弃医从文,1911年曾以辛亥革命为背景创作文言小说《怀旧》,1918年开始新文学创作。他的创作除了新诗、散文、杂文外,还有小说集《呐喊》《彷徨》《故事新编》。

《呐喊》《彷徨》是中国现代小说的艺术高峰。《呐喊》中的小说具有充沛的反封建的热情,从总的倾向到具体描写,均与"五四"时代精神一致,表现了文化革命和思想启蒙的特色。这些作品尖锐地揭露了宗法制度和封建文化传统的毒害,通过对人民命运,特别是农民命运的描写,揭示了旧民主主义革命失败的历史教训,并深刻刻画出一群老中国的儿女——沉默的国民的灵魂。"五四"退潮之后创作的《彷徨》,在反封建的主题上与《呐喊》一脉相承,艺术上则更加成熟。作者的爱憎更深地隐藏在对现实的客观冷静的描写之中。这些作品在对旧制度旧传统进行更加细致的揭露的同时,比较集中地描写了在时代变动中挣扎浮沉的知识分子的命运,以及他们性格的软弱与思想的弱点。在格式上,鲁迅更是"创造'新形式'的先锋",他的小说几乎每篇都有一个新形式,不仅影响了中国现代小说的发展,而且为中国新文学赢来了世界声誉。

在"五四"新文学创作中,散文是最有成就的门类。鲁迅曾说,"五四"之后,"散文小品的成功,几乎在小说戏曲和诗歌之上"。"五四"散文的兴起与其后的繁荣,与当时报刊业的发达是分不开的。"五四"初期的散文,主要是议论时政的杂感文,《新青年》"随感录"栏所发表的一些文艺短论和杂文,为现代散文开辟了道路。在杂感文创作中有代表性的作家是鲁迅。鲁迅前期杂文收在《坟》《热风》《华盖集》《华盖集续编》《而已集》中。广泛的社会批评和文化批评,是鲁迅这一阶段杂文的主要特色,民主与科学则是其指导思想,彻底的反帝反封建则是贯穿其杂文始终的灵魂。其艺术上的特点是:善于抓取典型,叙议结合,联想丰富,论证严密,语言幽默,篇幅短小,风格犀利。此外,他的散文集《野草》《朝花夕拾》也为中国现代抒情散文、叙事散文的发展做出了巨大的贡献。

周作人也是《新青年》"随感录"的主要作者。作为中国现代文学史上重要的散文家,他的成就主要在叙事与抒情相结合的言志小品上面。他的散文有"浮躁凌厉"与"冲淡平和"两种风格。前者收入《谈龙集》《谈虎集》中,思想意义与社会作用较为积极,后者更能代表周作人的创作个性,具有闲适、苦涩等特点,充满知识性、趣味性。在"五四"时期,散文方面取得突出成就的还有以朱自清、冰心为代表的,充满了诗情画意,具有"漂亮""缜密"风格的散文。1923年朱自清写成的《桨声灯影里的秦淮河》被誉为"白话散文的典范",他的《背影》《荷塘月色》亦被视为20世纪散文史上的经典作品。此外,这一时期在散文创作上取得实绩的,还有俞平伯、许地山、叶圣陶、林语堂、梁遇春、郁达夫、瞿秋白等人。

中国现代话剧早期曾被称作"文明戏",主要因其在内容和形式上都有别于旧戏。郭沫若是中国现代历史剧的开拓者,代表作有借历史人物表达"五四"时代精神、被合称为"三个叛逆的女性"的《卓文君》《王昭君》《聂嫈》。丁西林的喜剧创作也较有特色,代表作有《压迫》。在20年代戏剧创作中成绩最丰富的是田汉。田汉(1898—1968),湖南长沙人,1922—1929年,田汉共创作了《咖啡店之一夜》《获虎之夜》《苏州夜话》《名优之死》等优秀之作。这些剧作在思想上的共同特色是:感应那一时代思想解放、个性解放的节拍,批判社会与传统势力对个人自由与幸福的剥夺,关注社会问题,热烈地追寻光明。他将抒情性与戏剧性有机地结合起来,将现实主义与浪漫主义熔于一炉,显示出较高的艺术水准。

三、30年代的文学(1928—1937)

从1928年始,中国现代文学进程发生了重要的转折,其标志就是无产阶级革命文学的兴起。倡导无产阶级革命文学运动的主要社团是后期的创造社和太阳社。由于倡导者对中国社会的实际状况缺乏了解,对大革命失败后阶级关系的变动不能准确判断,因而对其他进步作家和文学曾给予过多否定,不仅否定了"五四"新文化运动,而且对鲁迅、茅盾、叶圣陶、郁达夫等人展开了激烈的批判。对此,鲁迅等也写了一系列文章,对革命文艺运动提出了自己的意见。这场论争对左翼文学运动的兴起具有理论建设的作用,并促成了中国左翼作家联盟(简称"左联")的成立。左联成立于1930年的上海,有四十多人出席,这次大会通过了理论纲领与行动纲领,宣称"文学的目的,在求阶级的解放"。鲁迅在会上发表了题为"对于左翼作家联盟的意见"的演说,号召左联在"目的为工农大众"的共同目标下扩大联合战线。左联的成立,是中国共产党对革命文艺运动从思想领导发展为组织领导的重要标志。左联主要从事过下列文学活动:广泛传播马克思主义文艺理论;自觉加强与世界无产阶级文学运动的联系;推进文艺大众化运动;提倡革命现实主义的创作方法。左联成立后,开展了一系列文艺战线上的思想论争,包括:(1)与"民族主义文艺运动"的斗争;(2)与"新月派"资产阶级文艺思想的论战;(3)与"自由人""第三种人"的论争;(4)1935年"华北事件"后左联解散,1936年,在革命作家内部发生了"国防文学"和"民族革命战争的大众文学"两个口号的论争。

30年代是中国现代文学创作的丰收期。在诗歌领域,由左联诗歌组发起组织的"中国诗歌会"继承和发展了20年代后期普罗诗派的斗争精神,反映时代和人民的要求,在实践诗歌大众化方面取得了值得称道的成绩。新月派、现代派诗人则强调回归自身精神世界,自觉与世界现代主义思潮结合,把现代派诗潮推向新的高度。在散文领域,何其芳、李广田等一批新新进步作家相继出现,以深厚的情感体验进行自我抒写和社会表现,他们与郁达夫、林语堂、丰子恺等作家一起,促进了小品散文的多元发展。30年代散文成就最突出的是议论性散文,尤其是以鲁迅为代表的杂文。1928年后鲁迅的杂文主要收入如下集子:《三闲集》《二心集》《南腔北调集》《伪自由书》《准风月谈》《花边文学》《且介亭杂文》等。这些杂文内容非常广泛:有政治评论,如揭露国民党的反动统治和文化围剿的罪行等;有对文艺界各种现象的评论;有各种思想评论,如对社会上各种错误思潮的批判等。在30年代的小说、戏剧领域,不仅涌现了各种较有影响的文学流派,如"东北作家群""新感觉派""京派"等,而且诞生了若干鸿篇巨制,出现了一批卓有风格、贡献巨大的文学大家,他们是茅盾、巴金、老舍、曹禺、沈从文、萧红、艾芜、施蛰存、李广田等。

　　茅盾(1896—1981),原名沈德鸿,字雁冰,浙江桐乡人,茅盾是他发表《幻灭》开始用的笔名。茅盾1916年从北京大学毕业后,进入上海商务印书馆编译所工作。他参加了"五四"前的思想启蒙运动和"五四"时期的新文化运动,1920年参加了中国共产党的建党工作,是中共上海发起组的成员。茅盾创作了各种体裁的作品,成就最为突出的是长篇小说,其次是短篇小说、散文和杂文。1927年至1928年,茅盾创作了"蚀"三部曲,即三个连续性中篇小说《幻灭》《动摇》《追求》,成功地塑造了一批时代女性的形象,表现了知识青年"在革命壮潮中所经过的三个时期"。1929年创作的《虹》则通过主人公梅行素从"五四"到"五卅"运动这一时期的思想经历,展示了中国知识分子从个人主义走向集体主义的艰难过程。1932年到1933年,茅盾创作了新文学史上最重要的长篇小说《子夜》和《春蚕》《林家铺子》等著名短篇小说。抗战以后,茅盾的代表作主要有《腐蚀》《霜叶红似二月花》等。

　　《子夜》最集中地体现了茅盾小说创作的主要特点。茅盾小说创作最鲜明的特色是社会分析,即通过对社会现象的细致描绘,以及对社会环境中人物的刻画,分析、研究社会问题,把小说创作与反帝反封建的经济革命、政治革命联系起来。《子夜》典型地体现了这一总的创作特色。具体地说,包括四个方面。(1)在主题方面,《子夜》正确地揭示了社会的本质特征与历史发展的趋势。(2)在题材方面,《子夜》追求"史诗性",即所选择的题材能反映社会全貌的现实性、系统性与重大性。(3)在人物塑造方面,《子夜》注意把人物放在整个社会的政治关系、经济关系中来表现,通过人物命运的沉浮展开对社会的分析。作品中吴荪甫形象的塑造最能说明这一点。吴荪甫是30年代中国民族资本家的典型,作者自觉地将他置于当时尖锐的社会矛盾的交叉点上,从不同侧面刻画了他充满矛盾的复杂性格。作品通过他与买办金融资本家赵伯韬、中小资本家朱吟秋等人的关系,一方面揭示了他作为民族资本家要发展民族工业的雄心与热情,一方面又揭示了他的唯利是图、心狠手辣及在强大的买办资产阶级面前的软弱、动摇;作品通过他与其亲属的关系,既写出了他对封建传统的憎恶,又写出了他仍保留的封建家长制的思想与作风;作品通过他与政府、工农的关系,既表现了他对政府、社会的不满,又表现了他对工农的敌视。作品深刻地揭示了中国民族资产阶级在当时严峻现实中的真实处境与悲剧命运。(4)在结构方面,作品显示了令人惊叹的驾驭全局的气魄与才能。作品采用的是多层次多线索的立体交叉结构,既紧扣着一个中心,又呈现出一种开放性。

巴金,原名李尧棠,字芾甘,1904年出身于四川成都一个封建大家庭。"五四"时期受到了民主主义新思潮和无政府主义学说的影响。1920年至1923年在成都外语学校读英语,1923年赴上海,不久又到南京东南大学附中读书。1927年赴法留学。1928年写成中篇小说《灭亡》,描写了一个青年无政府主义革命者的斗争、苦闷和失败,发表后在当时寻求进步的青年读者中激起巨大反响。1928年年底回国,居上海,相继创作了"爱情三部曲"(《雾》《雨》《电》)、长篇小说"激流三部曲"之一的《家》,以及一大批短篇小说。抗战以后出版了长篇小说《春》《秋》,完成了"激流三部曲",抗战后期写作了"抗战三部曲"《火》、中篇小说《憩园》和《第四病室》。1946年完成中篇小说《寒夜》。

巴金的代表作是"激流三部曲"(《家》《春》《秋》),其中《家》的成就最高、影响最大。《家》包含着深广的思想内容。首先,作品喊出了在民主主义新思潮下觉醒的青年一代的呼声,揭示了他们和封建传统决裂的必然性。其次,作品深刻地揭露了传统习惯势力的腐朽、愚昧和凶残,愤怒控诉了封建家族制度,并宣告了它的死亡。最后,作品为现代文学画廊提供了一系列出色的人物形象,其中高老太爷、高觉新、高觉慧的形象尤为典型。高老太爷是封建大家族的统治者,也是封建家长制的代表,他专横、虚伪、孤独,面对家族的衰败他深感绝望而又无可奈何,他临死前的"忏悔",真实地表现了人性的复杂。高觉新是一个在专制重压下的软弱者的形象,也是封建家庭和旧礼教毒害下的悲剧典型。高觉慧则是封建家族的叛逆者。在他身上寄托着作家对青春的赞美和对生活的信念,他的"出走",表现了"五四"新思潮的威力和新一代民主青年的成长。在艺术上,《家》的成就也相当杰出,主要体现在:(1)"家即社会"的情节典型化原则;(2)注重挖掘人情美并运用抒情化的方法塑造人物;(3)以事件为主线索,以场面串联故事,使结构既严谨周密又清晰单纯;(4)在风俗画描写中寄寓着作者强烈的道德判断,并揭示其背后所隐藏的阶级对立。

老舍(1899—1966),原名舒庆春,字舍予,满族,出身于北京一个贫民家庭。1918年师范学校毕业后,任中小学教师等。1924年赴英国伦敦大学任教,在此期间开始文学创作,相继发表了长篇小说《老张的哲学》《赵子曰》《二马》。1929年回国后至抗战爆发前,老舍执教于济南齐鲁大学与青岛山东大学,创作有长篇小说《小坡的生日》《猫城记》《离婚》《牛天赐传》《骆驼祥子》《文博士》,短篇小说集《赶集》《樱海集》《蛤藻集》等。从抗战全面爆发到中华人民共和国成立前夕,老舍创作的主要作品有长篇《四世同堂》、中篇《我这一辈子》、中短篇小说集《月牙集》《火车集》等。老舍的小说创作的总体特点是:(1)以独特的平民视角与文化视角批判了中国儿女的国民性,探索传统文化的优点与缺点等;(2)善于描写老北京的风土人情、习俗世相,开掘各个阶层的文化心理;(3)注重继承传统的小说艺术,擅长运用白描手法;(4)创立了一种独特的以北京文化为内核、以幽默俗白为特征的"京味语言"。

《骆驼祥子》是老舍的优秀代表作之一。作品通过对人力车夫祥子悲惨命运的描写,揭示了中国社会在半殖民地化的过程中,下层市民由人蜕化为"兽"的历史悲剧,批判了当时社会的罪恶。作品揭示了造成样子悲剧的原因。首先是客观原因,即黑暗的社会环境剥夺了普通劳动者的生存权利;其次是个人的原因,即其悲剧还源于祥子本身的小生产者个人奋斗的思想与性格的软弱性;最后畸形的婚姻关系是造成其悲剧的又一重要原因。

曹禺(1910—1996),原名万家宝,祖籍湖北潜江,生于天津。中学时代参加过话剧演出,1928年进南开大学,1930年转清华大学。1933年写出处女作《雷雨》,公演后引起轰动。1935年写成《日出》,未曾上演即引起文艺界的普遍关注。1937年发表第三部剧作《原野》。从抗战全面爆发至中华人民共和国成立前,曹禺还创作了多幕戏剧《蜕变》《北京人》等。

《雷雨》是一部四幕悲剧,作品在一天时间(一个夏天的早晨到午夜两点钟)、两个场景(周家客厅、鲁家住房)内集中展示了周、鲁两家前后30年复杂的矛盾冲突和由此形成的悲剧,抨击了具有强烈封建性的资产阶级家庭的罪恶,揭示了旧家庭制度必然崩溃的历史命运。在艺术上,《雷雨》的特色相当显著。首先,剧本在结构上采用了"回溯法";其次,戏剧语言充分个性化,且有丰富的潜台词;再次,作者把他对时代的感受、对现实的激情与自然界的雷雨形象交织起来,形成了一个完整的情景交融的诗意境界。

如果说《雷雨》主要揭示封建旧家庭中所演出的悲剧,那么《日出》则更多地把矛头指向了社会的罪恶。剧本的主题比较鲜明,即批判那"损不足以奉有余"的不合理的社会制度。陈白露是剧中一个具有多重复杂性格的悲剧角色。她曾是一个有着纯洁心灵的知识女性,聪明、美丽、骄傲、任性,家庭的变故将她抛入污浊、罪恶的社会,混迹于鬼的生活,但她身上尚残存着作为一个"人"对于美好事物的追求和向往。她热爱生活,渴望自由,同情弱小者,在她的内心深处有着深沉的悲哀。她的死,是尚存希望、追求的人最终被金钱社会的罪恶魔爪扼杀、泯灭的悲剧。《日出》采用的是"人像展览式"结构,具体的特点是:矛盾冲突的生活化,剧中的生活画面看似分散,实质具有内在的统一性。作者还采用暗场处理的方法增强剧中各个生活画面之间的联络性。

四、40年代的文学创作(1937—1949)

全面抗战和解放战争时期,因政治原因,全国主要分成国民党统治区(简称"国统区")和共产党领导的解放区。抗战时期除上述两地外还有沦陷区。由于历史的大变动、大转折与社会形势的复杂,这一时期的文艺论争也较激烈,重要的有:(1)抗战初期关于文艺与抗战关系及抗战文艺公式化、概念化问题的论争;(2)对"战国策"派的批判;(3)关于文艺"民族形式"问题的讨论;(4)关于现实主义与主观论的论争。

尽管这一时期整个社会环境由于战争、国民党统治的腐败而异常险恶,但文学创作仍然取得了巨大的成就。1937年上海沦陷后,一部分作家留在上海租界,在日寇势力的包围中,在地下党的领导下,坚持抗日文艺运动,取得了很大成就,史称"孤岛文学",直到1941年年底珍珠港事件爆发,日寇侵入租界为止,历时四年。坚持"孤岛文学"创作的作家有巴金、柯灵、郑振铎、唐弢等人。在沦陷区,还有一些较少政治色彩的作家也创作了较好的作品,如上海的张爱玲、苏青,北平的梅娘,台湾的杨逵、吴浊流、钟理和等。在国统区,1937年"七七"事变后,全国文艺界空前团结。1938年,中华全国文艺界抗敌协会(简称"文协")在汉口成立,提出了"文章下乡""文章入伍"的口号。文学创作有着共同的爱国主题和昂扬乐观的气息,但作家的个性减弱,作品流于肤浅,宣传性压倒了艺术性。抗战中期,因武汉失守与"皖南事变",形势急剧逆转,作家们开始转向清醒地面对现实,许多作品对传统文化、民族性格的探讨、分析倾向有所增强。萧红的《呼兰河传》、老舍的《四世同堂》、曹禺的《北京人》均体现了这一特点。戏剧领域出现了历史剧的创作热潮,郭沫若《屈原》的问世,标志着爱国主义主题的深化。此外,作家主体意识的强化,既使一批作家确立了相当显著的个性化风格,也使知识分子题材的创作得到恢复,艾青的诗歌、路翎的小说《财主底儿女们》代表了这一阶段创作的最高成就。抗战后期及解放战争时期,出于对国民党反动统治的诅咒、嘲讽与对光明的渴望,讽刺成为文学的主调,代表作有小说《围城》(钱钟书)、《八十一梦》(张恨水)、《在其香居茶馆里》(沙汀)、《华威先生》(张天翼)、戏剧《升官图》(陈白尘)等,这些作品丰富和发展了现代文学的喜剧品格。在解放区,1942年,毛泽东发表了著名的《在延安文艺座谈会上的讲话》,明确提出在通俗化、大众化、民族化的美学目标下文艺为政治服务、文艺为工农兵服务的方向。在这一思想的指导下,解放区的文艺蓬勃发展,赵树理、孙犁、丁玲等均创作了一批刚健清新,富有民族化、大众化特色的作品。

艾青(1910—1996),原名蒋海澄,浙江金华人。1928年考入杭州国立西湖艺术院绘画系,1929年赴法留学,1932年回到上海,因参加进步文艺活动被捕。在狱中,艾青写下了他的处女作也是成名作《大堰河——我的保姆》。抗战期间,艾青创作了大量优秀诗歌,这些诗歌大致上分为两组:一组是以北方生活为主,表现灾难深重的民族命运的作品,称为"北方组诗",包括《雪落在中国的土地上》《北方》《乞丐》《旷野》等;一组以诗人自己的激昂情绪为中心,以太阳和火为主要象征物,表现不屈不挠的民族精神,称为"太阳组诗",包括《太阳》《向太阳》《吹号者》《他死在第二次》等。艾青诗歌的思想内容有这样几个方面:(1)写出了人民的苦难与民族的悲哀;(2)弘扬了在苦难中顽强挣扎、坚韧奋斗的民族精神;(3)表达了对祖国、对人民的深沉的爱;(4)表现了对光明、理想、美好生活的不懈追求。

钱钟书(1910—1999),江苏无锡人,1933年毕业于清华大学外文系,1935年赴英、法留学,抗战开始不久回国。他的创作不多,除长篇小说《围城》外,仅有散文集《写在人生边上》,短篇小说集《人·兽·鬼》。《围城》的思想意蕴大致有三个层面。一是社会批判层面。作品围绕着主人公方鸿渐的人生轨迹,描写了战时上层知识分子灰色的众生相。二是文化批判层面。作品表现了对传统文化、西方文化,尤其是近代文明落到一个传统国度里所发生的种种畸形的反思。三是哲学反思层面。"围城"这一意象深刻地道出了现代文明的危机和现代人生的困境这个具有普遍意义的问题。《围城》在艺术上的成就主要体现在作者高超的讽刺艺术与充满知识性、想象性、清新传神的语言上。

路翎(1923—1994),原名徐嗣兴,江苏南京人。他的长篇杰作《财主底儿女们》分上、下两部,分别创作于1945年和1948年。小说以"一·二八"上海抗战以后十年间我国的社会生活为背景,描写了苏州的头等富户蒋捷三一家在内外多种力量冲击下分崩离析的过程,集中刻画了财主的儿女们,也就是出身于剥削阶级家庭的青年知识分子在大时代潮流激荡下的摸索、挣扎，并尽可能辐射到更为广阔的社会面，如编年史般地记录了我国抗战期间的重大历史变迁。作品以史诗式的结构，展现了一场旷古未有的伟大的民族解放战争，为认识我国一个重要的历史时期及一代知识分子的心路历程提供了极具价值的范本。在艺术上，作品力求把托尔斯泰般的史诗笔触与罗曼·罗兰式的"灵魂搏斗"的描写艺术熔为一炉，使中国现实主义小说在他手中与世界文学的潮流更为接近。

赵树理（1906—1970），山西沁水人。中华人民共和国成立前主要代表作有《小二黑结婚》《李有才板话》《李家庄的变迁》等。《小二黑结婚》是他的成名作，小说叙写了边区农村一对青年农民争取婚姻自由的故事，揭示了农村中新生进步的革命力量同落后愚昧的迷信思想及封建反动势力之间尖锐的斗争，以主人公美满姻缘的实现显示出民主政权的力量、新制度的优越和新思想的胜利。其艺术特点是：小说的形象体系和情节结构具有明显的对称性；在刻画人物时采用了分章立传的方法；语言明白晓畅，富有地方特色。

第二节　中国当代文学概述

1949 年中华人民共和国成立，中国的历史航程进入了社会主义时期。从 1949 年至 1999 年，理论界习惯上分为"十七年（1949—1966）""文革十年（1966—1976）""新时期十年（1976—1985）""世纪末十五年（1986—1999）"四个时期。这里，我们重点介绍"十七年时期"与"新时期以来（1976—1999）"这两个阶段的文学发展状况。

一、十七年时期的文学创作

中华人民共和国的成立,对于文学观念提出了相应的严格要求,这就是遵循毛泽东1942"延安讲话"的精神,强调党对文艺工作的领导与坚持文艺为工农兵服务的方向。同时,在中华人民共和国成立初期发动了三次较大规模的文艺思想批判,即对电影《武训传》的批判,对俞平伯《红楼梦研究》的批判,对胡风文艺思想的批判。

十七年时期的文学,从美学角度考察显然存在种种局限性。第一,它是一种颂歌文学,其中隐含了一种肤浅的乐观主义与片面的历史观念。第二,它是一种载道文学,并且由于十七年时期特殊的政治氛围,文学内容上的政治宣传色彩比较强烈。第三,它是一种初级的、一元化的现实主义文学。然而,尽管存在上述局限,这一时期的创作仍有相当一部分具备着不容忽视的美学特征与特有的艺术价值。

在小说领域,长篇小说的创作十分繁荣。50年代初,当短篇小说的创作尚处于较为幼稚的阶段时,长篇小说的创作即呈现出勃勃生机,在不同的题材领域,分别涌现了一大批优秀作品。在战争题材方面,有柳青的《铜墙铁壁》,陆柱国的《上甘岭》,杜鹏程的《保卫延安》,陈登科的《活人塘》,杨朔的《三千里江山》,孔厥、袁静的《新儿女英雄传》;在工业题材方面,有周立波的《铁水奔流》、萧军的《五月的矿山》、艾芜的《百炼成钢》;在农村题材方面则出现了赵树理的《三里湾》、孙犁的《铁木前传》这样出色的作品。从1957年到1966年,长篇小说创作取得了空前的丰收。代表作主要有:反映旧民主主义革命斗争的《大波》(李劼人)、《六十年的变迁》(李六如);反映新民主主义革命斗争的《红旗谱》(梁斌)、《青春之歌》(杨沫)、《红岩》(罗广斌、杨益言)、《林海雪原》(曲波)、《三家巷》(欧阳山)、《野火春风斗古城》(李英儒)、《苦菜花》(冯德英)、《烈火金刚》(刘流);反映社会主义革命和建设的《创业史》(柳青)、《山乡巨变》(周立波)、《上海的早晨》(周而复)、《艳阳天》(浩然)等。除长篇小说外,十七年时期的中、短篇小说也取得了突出的成绩,涌现了不少佳作和初具风格的文学新人,如李准、马烽、西戎、茹志鹃、峻青、王愿坚等。

十七年时期的戏剧创作从题材角度考察,视野较宽广,涉及历史与现实的方方面面。(1)农村题材的戏剧。代表作有王炼的《枯木逢春》、胡可的《槐树庄》等。《枯木逢春》是一曲充满激情的社会主义颂歌。剧本取材于江南农村防治血吸虫病的生活故事,通过晚期血吸虫病人苦妹子在中华人民共和国成立前后的生活遭遇和命运变化,热情歌颂了党和政府对人民生活的关怀,歌颂了社会主义制度的优越性。(2)军事题材的戏剧。代表作有白刃等执笔的《兵临城下》、沈西蒙执笔的《霓虹灯下的哨兵》等。《兵临城下》描写的是打入敌人内部、瓦解敌军的斗争。与本时期主要集中在正面描写解放军指战员的英勇事迹不同,作品选取的是整个革命斗争的另一个侧面,并将描写范围扩大到敌方,刻画了国民党阵营内部的人物性格与动态。在写法上,作品一反本时期常见的漫画化、丑化敌方人物的套路,而是逼真地再现出这些人物应有的性格特征与性格走向,显示了军事题材剧作的重大突破。《霓虹灯下的哨兵》写的是社会主义时期思想教育的问题。剧本描写了上海解放初期进行的一场新形式的错综复杂、惊心动魄的斗争,表现了人民解放军必须坚持和发扬战争年代光荣的革命传统,自觉抵制资产阶级思想的侵蚀,才能永远成为一支朝气蓬勃的战斗队伍的深刻主题。(3)工业题材的戏剧。出现过夏衍的《考验》等作品,这些作品在艺术上往往存在着局限于生活过程和工作过程、背景单调、情节冲突程式化等毛病。(4)历史题材的戏剧。十七年时期不少戏剧家出于对表现现实的顾虑与对新生活把握上的信心不足,不约而同地将艺术视角转向了历史领域,写出了《蔡文姬》《武则天》(郭沫若)、《胆剑篇》《王昭君》(曹禺)、《关汉卿》(田汉)、《海瑞罢官》(吴晗)等佳作。这些作品大多以阶级斗争观点和历史唯物主义眼光重新评价历史事实和安排人物关系,呼唤、褒扬一种贤明政治与清官意识,以古颂今、以古鉴今。除了上述几种戏剧类型外,本时期的优秀剧作还有取材于20世纪的现实,表现市民阶层生活的《龙须沟》《茶馆》(老舍),以及从传统剧目改编的戏曲剧本《梁山伯与祝英台》《十五贯》《杨门女将》《白蛇传》《天仙配》等。

老舍的《茶馆》是我国当代戏剧史上的一座丰碑。作品以1898年戊戌政变、民国初年军阀混战和抗日战争胜利后国民党统治时期为背景,通过旧北京"裕泰大茶馆"兴衰变迁的描写,表现了"埋葬旧时代"的主题。剧本成功地塑造了众多的艺术典型。常四爷是个爱国者形象,秦仲义是个民族资产阶级的代表,而王利发则是旧社会一个圆滑自私的小业主的典型。剧本在结构上采用的是"人像展览式结构",剧本的语言艺术尤为卓著,不仅幽默生动,富有浓郁的京味,而且担负着刻画人物、介绍情节、渲染环境等多方面的功能。

从创作实绩看,十七年时期的散文创作主要集中在两个阶段。其一是50年代前期(1949—1956),其二是60年代前后(1959—1961)。50年代前期散文从题材上看有四大类:(1)从不同战线歌颂社会主义建设进程,热情赞美年轻的祖国在党的领导下日新月异的飞速发展。代表作有老舍的《我热爱新北京》、柳青的《一九五五年秋天在皇甫村》等。(2)点染各种人物,为那些曾经在中国的革命和建设中起过巨大作用的若干平凡或不平凡的人物画像,摄下他们在历史进程中的某一阶段或某一瞬间特有的光彩与神韵。代表作有冯雪峰的《鲁迅先生的逝世》、丁玲的《一个真实人的一生》、胡洪霞的《吉鸿昌就义前后》、冰心的《小橘灯》、杜鹏程的《夜走灵官峡》、秦兆阳的《王永淮》等。(3)以喜悦的心情描写祖国的美好景物及其在新时代的新风貌。代表作有叶圣陶的《游了三个湖》、钦文的《鉴湖风景如画》、碧野的《天山景物记》等。(4)反映抗美援朝战争的作品,代表作有魏巍的《谁是最可爱的人》等。60年代前后,由于反右运动、"大跃进"运动,以及随之而来的"三年困难时期",作家们歌颂的热情有所降温,但总的思想精神并没有质的变化。这一阶段散文创作的特点主要有三个。(1)回忆新中国的创建过程,从革命传统中吸取力量的源泉,以激励人们在困难的历史条件下藐视困难,继续前进。代表作有吴伯箫的《记一辆纺车》《歌声》,方纪的《挥手之间》等。(2)注重描写典范性的英雄人物、理想化的社会关系,代表作有郁茹的《向秀丽》,王石、房树民的《为了六十一个阶级弟兄》,穆青等的《县委书记的好榜样——焦裕禄》等。(3)一些作者开始注意摆脱描写上的新闻性,而注重艺术的追求。被视作十七年时期著名的"三大家"秦牧、杨朔、刘白羽就出现于这一时期。

由于整个十七年时期一元化观念的束缚,这一阶段的诗歌创作一直强调颂歌性的主题,以及表达一种集体主义的精神与情绪,绝大部分诗人热情有余而个性消失,其中稍稍保留了自己的创作个性的作家只有闻捷、郭小川等少数几位。闻捷(1923—1971),原名赵文节。江苏丹阳人,代表作有诗集《天山牧歌》,叙事长诗《复仇的火焰》等。郭小川(1919—1976),河北丰宁人,代表作有诗歌《致青年公民》《林区三唱》《甘蔗林—青纱帐》《团泊洼的秋天》《秋歌》,叙事诗《白雪的赞歌》《深深的山谷》《一个和八个》《将军三部曲》等。

在整个十七年时期,有一批"干预生活"的作品值得注意。50年代中期,受揭批斯大林主义的苏共二十大的召开及苏联文学中的"干预生活"的作品的影响,我国文学界也掀起了一股以暴露生活的阴暗面、批判官僚主义、大胆表现主体自我的思潮,涌现了一批真正体现现实主义精神的优秀作品。在诗歌方面,出现了流沙河的《草木篇》、公木的《据说,开会就是工作,工作就是开会》《爬也是黑豆》、邵燕祥的《贾桂香》等;在戏剧方面,出现了张海默的《洞箫横吹》、杨履方的《布谷鸟又叫了》;在小说方面,则出现了王蒙的《组织部来了个年轻人》、李国文的《改选》、耿简的《爬在旗杆上的人》、宗璞的《红豆》、邓友梅的《在悬崖上》、陆文夫的《小巷深处》等。这些作品均在1957年爆发的反右运动中被定性为"毒草",直到"四人帮"被粉碎后才重新面世。

二、新时期以来的文学

1976年,"十年文革"结束。中国当代文学也以此为起点,开始了新的历程。从1976年到20世纪末,在这二十多年的发展过程中,虽然文学创作在一定程度上不时受到"左"的意识形态的影响、限制或干扰,但是,随着改革开放以来社会生活的不断发展,思想上的不断解放,以及艺术民主局面的趋于形成,这一阶段的文学创作在诗歌、散文、小说、戏剧等方面,仍然取得了令人瞩目的成就。

1976年4月5日爆发的天安门诗歌运动揭开了新时期文学的序幕。尽管在这场空前而伟大的运动中所诞生的诗歌在艺术上并没有重大的突破与创新,但其所表现的忧患意识、主体的责任感与使命感,则使诗歌很快与中国古典与现代诗歌中的现实主义传统衔接起来,并在70年代末期形成了一股恢复"五四"精神、恢复现实主义传统的诗歌浪潮,产生了一大批具有广泛社会影响的作品,如艾青的《在浪尖上》《光的赞歌》、黄永玉的《曾经有过那种时候》、雷抒雁的《小草在歌唱》、叶文福的《将军,不能这样做》、公刘的《读罗中立的油画〈父亲〉》、白桦的《阳光,谁也不能垄断》、张学梦的《现代化和我们自己》等。公刘的《读罗中立的油画〈父亲〉》在抨击极左的政治风云对民族命运拨弄的同时,还深刻地反思了中华民族性格中的种种弱点,从而使本篇的批判锋芒越出了政治层面而上升到文化层面,而象征、隐喻等手法的运用则使作者的感情表达趋于含蓄,艺术上也较为成熟。叶文福的

《将军,不能这样做》则以深刻的洞察力和不可遏止的悲愤情感,揭露、控诉了现实生活的阴暗面和官僚主义、封建特权思想,表达了人民正义的呼声与诗人对祖国命运深切的关注。本诗的"楼梯式"诗体与对比、反诘等手法的运用,更加深了情感的表达。

在"文革"时期处于地下状态、直到1979年开始公开面世的"朦胧诗",则打破了诗坛现实主义独领风骚的一元化局面,使诗歌从现实主义过渡到现代主义。朦胧诗在美学上呈现出两大特征,一是从"大我"走向"小我",即从传达集体主义的情绪转向诉说主体自我的情感;二是从再现转向表现,即从对外部现实的描绘转向抒写"生活融解在心灵之中的秘密"。其代表作有北岛的《回答》、舒婷的《致橡树》、顾城的《眨眼》《远和近》、江河的《纪念碑》、杨炼的《诺日朗》、梁小斌的《雪白的墙》《中国,我的钥匙丢了》、王小妮的《碾子沟里,蹲着一个石匠》等。在朦胧诗潮中成就最高的诗人无疑是舒婷。舒婷,原名龚佩瑜、龚舒婷,1952年出生,福建漳州人。1969年到闽西农村插队,1972年返回厦门后,先后做过泥水工、挡纱工、焊锡工、统计员等工作,1979年正式发表诗作,著有诗集《双桅船》等。舒婷的诗歌表现了在"文革"中起步的一代青年从狂热、迷茫到觉醒、奋起、追求的心灵历程,也表达了青年人友情的深厚,爱情的美丽、忧伤及对国家命运的关切和忧虑;不少诗歌散发着理想主义的光辉。在艺术上,舒婷善于运用想象、联想和意象的拼接、组合表达多层次的丰富意蕴,诗歌风格典雅、端丽,语言清新、优美。

80年代中期,诗坛上开始出现了一批更年轻的诗人,评论界一般称其为"第三代诗人""后朦胧诗群"或"新生代诗人"。他们比"朦胧诗人"更为年轻,大多在"文革"期间出生,缺少后者对社会历史的责任感与对人生挫折的深切沉重的心理体验,他们的诗作强调反崇高、反英雄、反理想,表现平民的灰色生活与兴趣,在诗体、语言等方面的艺术探索也更加前卫,更具实验性,口语化、语言还原、荒诞、反象征、反意象等方法经常地为其所运用。代表诗人有韩东、海子、骆一禾等。

从1976年至1999年,散文创作大致经历了以下四个阶段:

第一阶段(1976—1979),江青反革命集团垮台后,散文领域率先掀起了一股悼亡文学的思潮,其悼亡对象则大多集中在知识分子与老一辈无产阶级革命家两类人身上。这一点可从篇名中看出,比如袁鹰的《十里长安街》、冰心的《永远活在我们心中的周总理》、巴金的《望着总理的遗像》、刘白羽的《巍巍太行山》、顾寄南的《黄桥烧饼》、陶斯亮的《一封终于发出的信》、丁宁的《幽燕诗魂》、巴金的《怀念萧珊》、楼适夷的《痛悼傅雷》、丁玲的《牛棚小品》等。巴金的五集《随想录》代表了这一阶段散文创作的最高成就。这部被评论界誉为"讲真话的大书"不仅刻画了一代知识分子在那场民族疯狂之中的苦难命运,而且以艺术家可贵的坦诚,揭示了作家自我在那场动乱面前的恐惧与种种苟活的心态,为散文回到写真实及恢复现实主义传统起到了推动作用。

第二阶段(1980—1985),进入80年代后,散文创作没有像其他门类那样浪潮迭起,引发阵阵轰动效应,而是于寂寞中默默耕耘、求索,出现了冰心、萧乾、孙犁、陈白尘、杨绛、贾平凹等一批散文大家的优秀作品,其中萧乾的《未带地图的旅人》《北京城杂亿》《负笈剑桥》、陈白尘的《牛棚日记》、杨绛的《干校六记》、贾平凹的《商州三录》等力作不仅回顾历史,而且关注现实,不仅自觉地继承"五四"散文的优秀艺术传统,而且有意识地追求自己的独创风格,显示了当代散文从十七年时期僵硬观念中挣脱出来的可贵足迹。

第三阶段(1985—1989),80年代中期以后,一批具有现代意识与开放眼光的中青年散文家在艺术上逐渐呈现出新颖的发展态势,显示出散文朝着本体精神回归的可喜迹象,具体表现为,(1)叙事记人散文的小说化,即散文向小说靠拢,在意图呈示上趋于隐匿化。代表作有《打碗碗花》(李天芳)、《总是难忘》(苏叶)、《奶奶的小把戏》(蒋丽萍)、《星星在天上》(王小鹰)、《男人的感情》(赵翼如)、《童年的谜》(朱哂之)、《表舅母》(斯妤)等。(2)写景状物散文也一反传统散文的"托物言志""借景抒情"等单一、清晰的点题程式,转而追求主题的多义、含蓄与朦胧。代表作有萧乾的《鼓声》、王蒙的《苏州赋》、陆文夫的《酒话》、忆明珠的《鱼的闲话》、刘成章的《高跟鞋响过绥德街头》《临潼的光环》等。(3)借助画面与画面的对比、碰撞暗示主题。代表作有孙犁的《小贩》、张承志的《背影》、高红十的《旅伴》等。(4)为作品本体寻找新的支点,即突破主体的局限,以主体的厚重、奇异撑起作品的分量。代表人物有余秋雨、贾平凹、汪曾祺、张中行、周涛、史铁生、王英琦等。其中,余秋雨的《文化苦旅》系列不仅熔历史与现实、哲学与文化于一炉,显示了一种时时处处以一个典型的当代中国文化人的广博胸襟烛照一切的气势,而且以其独特的艺术探索丰富和发展了当代散文美学。

第四阶段(90年代),90年代散文领域的一个重要现象无疑是"散文热"。然而,作者、作品众多,堪称大作、力作的少。间或有一些"最强音"喊出,旋即淹没在一片大众化的喧嚣之中。对此,不少理论家、作家表示忧虑,开始关注散文的"热"与"冷",并提出了"走向大散文""散文精品化"等主张,在此思想的指导下,一些散文作者捧出了一些力作,如汪应果的《灵魂之门》等。

新时期的小说创作是新时期文学中最有成就的一个领域。在这二十多年中,新时期小说所走过的是一条不断探索之路。从1976年至今,每一时期都会出现一股新的小说潮流,有时同一时期还有不同的小说潮流共存,呈现出多元共生的文学景观。这些小说潮流主要有以下几种:

伤痕小说。"伤痕文学"是新时期文学涌现出来的第一个潮头。1977年刘心武的短篇小说《班主任》发表,立即引起轰动,随后卢新华发表了《伤痕》,"伤痕文学"的得名便源于此。此后,张洁的《从森林里来的孩子》、王蒙的《最宝贵的》、王亚平的《神圣的使命》、肖平的《墓场与鲜花》、陈国凯的《我应该怎么办》、韩少功的《月兰》、从维熙的《大墙下的红玉兰》、周克芹的《许茂和他的儿女们》相继问世,这些作品或者对江青反革命集团的罪行进行揭露和控诉,或者表现对人民遭遇的深切同情,或者歌颂对江青反革命集团的不屈斗争,或者提出发人深省的社会问题,及时地感应了时代的脉搏,表达了人民的心声。

反思小说。当揭批"文革"的愤怒之情宣泄之后,一批作家开始冷静地反思这场民族悲剧的根源,反思思潮继之而起。反思小说的代表作有茹志鹃的《剪辑错了的故事》、鲁彦周的《天云山传奇》、刘真的《黑旗》、高晓声的《李顺大造屋》、古华的《芙蓉镇》、礼平的《晚霞消失的时候》、张弦的《被爱情遗忘的角落》、张一弓的《犯人李铜钟的故事》、韩少功的《西望茅草地》、王蒙的《蝴蝶》、张贤亮的《灵与肉》等。

改革小说。党的十一届三中全会召开之后,小说界掀起了改革文学的思潮。代表作有蒋子龙的《乔厂长上任记》、陆文夫的《围墙》、高晓声的《陈奂生上城》、柯云路的《三千万》《新星》、张洁的《沉重的翅膀》、李国文的《花园街五号》、王润滋的《鲁班的子孙》、张炜的《秋天的愤怒》、贾平凹的《浮躁》《腊月·正月》、路遥的《平凡的世界》等。这些作品真实地记录了新旧体制转换之际的社会矛盾,展现了改革的艰难及由此而导致的伦理关系、道德观念的变化,并注重从民族灵魂的深处探求改革的动力与阻力。在创作方法上以现实主义为主,注重人物形象尤其是改革者形象的塑造。

寻根小说。寻根小说的前奏可上溯至 80 年代初期汪曾祺、邓友梅等所写的一些以展示风俗画面为特色的小说《受戒》《那五》《烟壶》等,但其真正繁盛则在 1985 年。出于对改革进程迟缓的关注,一批作家开始从民族文化的层面反思阻碍改革进程的原因。代表作有韩少功的《爸爸爸》《女女女》、王安忆的《小鲍庄》,阿城的《棋王》《孩子王》、冯骥才的《神鞭》、李杭育的《最后一个鱼佬儿》《沙灶遗风》、郑义的《老井》《远村》、郑万隆的《异乡导闻》、张承志的《黑骏马》、陆文夫的《美食家》等。寻根小说的显著特点是:(1)作品题材和文化反思的对象呈地域性特点;(2)以现代意识阐释现实和历史,反思传统文化,重铸民族灵魂,探索中国文化重建的可能性;(3)在表现手段上既继承中国文学的传统,又运用现代派的象征、暗示、抽象、意识流、魔幻现实主义等方法。

现代派小说。也有评论者称之为"先锋小说""实验小说"。现代派小说萌芽于1979年宗璞的《我是谁》、茹志鹃的《剪辑错了的故事》、王蒙的"意识流小说"等一批作品中。但这些作品一般只停留在对现代主义技巧的借鉴层面,缺乏现代派所应具备的精神内核。直到1985年刘索拉的《你别无选择》发表,中国当代小说才真正开始出现了一批观念与技巧基本融合的现代派小说,代表作除《你别无选择》外,还有徐星的《无主题变奏》、莫言的《红高粱》、残雪的《苍老的浮云》、洪峰的《奔丧》《极地之侧》、王朔的《玩主》《一半是海水,一半是火焰》、马原的《冈底斯的诱惑》、格非的《迷舟》《褐色鸟群》、苏童的《米》《妻妾成群》、余华的《鲜血梅花》《古典爱情》等。

新写实小说。新写实小说的思潮发端于80年代末期,其创作特点主要表现在:(1)创作方法虽仍以写实为主,但特别注重对现实生活"原生态"的还原,强调作品所呈现的现实生活应有一种毛茸茸的原生状态的感觉;(2)主题意蕴更多的是表现现实的荒诞、丑恶、灰暗与无奈;(3)大多采用客观化的叙述态度,提倡作家"退出小说""零度介入",即有意采取一种缺乏价值判断的冷漠叙述等。新写实小说的主要作家有刘震云、刘恒、池莉、方方等,此前的实验小说家苏童、叶兆言等也写了不少新写实小说。一般认为,刘震云的《一地鸡毛》《单位》《官场》、池莉的《烦恼人生》《不谈爱情》《太阳出世》、方方的《风景》等是新写实小说的代表作。

进入新时期之后的戏剧创作大致经历了这样两个阶段:

第一阶段(1976—1979),这一阶段的作品大多以揭批江青反革命集团、赞颂老一辈无产阶级革命家及反映新时期出现的社会问题为主。前者的代表作有苏叔阳的《丹心谱》、丁一山的《陈毅出山》、宗福先的《于无声处》、沙叶新的《陈毅市长》、所云平与史超的《东进!东进!》、邵逸飞等的《报童》、程志荣的《西安事变》等;后者的代表作有崔德志的《报春花》、邢益勋的《权与法》、赵国庆的《救救她》、沙叶新的《假如我是真的》《约会》等。

历史剧作《秦王李世民》(颜海平)无论是思想深度还是艺术表现来看均属70年代末期的力作。经过十七年时期对吴晗《海瑞罢官》的批判,"借古讽今"已成为历史剧创作的一个禁区。然而,颜海平的《秦王李世民》不仅借古代的历史事实直刺当代现实生活,而且以一个年轻艺术家的热诚与胆识,阐发了许多前瞻性的思考。剧作批判了君权神授观,矛头直指当时现实政治中盛行的"两个凡是"与反动的"血统论",剧作第一次冲破了十七年时期奠定的简单的以"阶级斗争二分法"衡量历史进步因素的做法,将上升的中小地主阶级知识分子也看作是历史进步因素,进而流露了历史的主要英雄或中心人物应该是帝王将相的观念,从而与"人民是历史的真正主人"的历史观尖锐对立;剧本还阐发了政府与人民的关系也应是一种舟水关系。这些见解无疑均有着强烈的现实针对性与现实意义。

1980年之后的戏剧创作可视为当代中国戏剧发展的第二阶段,在这个阶段,一方面是遵循着传统的现实主义戏剧观念的创作继续走向深化与开放,产生过像《小井胡同》(李龙云)与《天下第一楼》(何冀平)这样的里程碑式的杰作。另一方面是从对现实的再现到注重对现实的表现的"探索性戏剧"开始大量涌现,其最大的特点是把目光投向人的"内宇宙",表现人的灵魂、人的内心世界的复杂性,以全新的戏剧思维与对西方现代派观念与技巧的广泛吸收,开拓戏剧表现人类生活的多种可能性。代表作有马中骏、贾鸿源等的《屋外有热流》,马中骏、贾鸿源的《街上流行红裙子》,王培公的"青年戏剧"《WM(我们)》,陶峻、王哲东等的"马戏团晚会式"戏剧《魔方》,孙惠柱、张马力的"心理分析剧"《挂在墙上的老B》,沙叶新的"社会心理剧"《寻找男子汉》,刘树纲的《一个死者对生者的访问》,刘锦云的《狗儿爷涅槃》,朱晓平的"中国现代西部戏剧"《桑树坪纪事》,以及李龙云的《洒满月光的荒原》,等等。

《小井胡同》标志着这一阶段写实倾向的再现主义戏剧进入了新的拓展阶段。剧本通过北京一条胡同中一个大杂院里五户人家从中华人民共和国成立前夕一直到1980年夏三十年来的命运变迁,形象地评述了当代中国的历史。然而,这还仅仅是作品的表层主题,剧本更深刻的文化意义还在于塑造了"小媳妇"这样一个典型的"坏人"形象。他们这群人在物质上极端自私自利,在精神上气人有笑人无,总是企图奴役他人,因而极具进攻性;他们的力量源自脸厚心黑,嘴甜手辣,并且善于巧妙地借助各种政治风云清除异己。这些都是缺乏民主与法制的社会机体内部滋生的极富有"中国特色"的毒瘤。

三、当代台港澳文学

当代台湾文学界著名的作家有小说家林海音、聂华苓、於犁华、钟肇政、白先勇、陈映真、高阳、琼瑶,诗人余光中、痖弦、蒋勋,散文家李敖、徐钟佩、琦君、三毛等人。香港严肃文学的代表作家主要有刘以鬯,通俗小说家则有金庸、梁羽生等。相比之下,澳门的文学创作比较薄弱。

第六章 中国现当代文学作品与导读

秋 夜

鲁 迅

【解题】

"秋夜"原本是一个时间概念,在本文中它是鲁迅当时心境的一种象征。

鲁迅(1881—1936),浙江绍兴人,原名周树人。鲁迅是中国20世纪最伟大的思想家、作家,一生创作致力于表现"反封建"这一总的思想主题,其成就主要集中在小说、散文、杂文等领域。

在我的后园,可以看见墙外有两株树,一株是枣树,还有一株也是枣树。

这上面的夜的天空,奇怪而高,我生平没有见过这样的奇怪而高的天空。他仿佛要离开人间而去,使人们仰面不再看见。然而现在却非常之蓝,闪闪地映着几十个星星的眼,冷眼。他的口角上现出微笑,似乎自以为大有深意,而将繁霜洒在我的园里的野花草上。

我不知道那些花草真叫什么名字,人们叫他们什么名字。我记得有一种开过极细小的粉红花,现在还开着,但是更极细小了,她在冷的夜气中,瑟缩地做梦,梦见春的到来,梦见秋的到来,梦见瘦的诗人将眼泪擦在她最末的花瓣上,告诉她秋虽然来,冬虽然来,而此后接着还是春,蝴蝶乱飞,蜜蜂都唱起春词来了。她于是一笑,虽然颜色冻得红惨惨地,仍然瑟缩着。

枣树,他们简直落尽了叶子。先前,还有一两个孩子来打别人打剩的枣子,现在是一个也不剩了,连叶子也落尽了。他知道小粉红花的梦,秋后要有春;他也知道落叶的梦,春后还是秋。他简直落尽叶子,单剩干子,然而脱了当初满树是果实和叶子时候的弧形,欠伸得很舒服。但是,有几枝还低亚着,护定他从打枣的竿梢所得的皮伤,而最直最长的几枝,却已默默地铁似的直刺着奇怪而高的天空,使天空闪闪地鬼䀹眼;直刺着天空中圆满的月亮,使月亮窘得发白。

鬼䀹眼的天空越加非常之蓝,不安了,仿佛想离去人间,避开枣树,只将月亮剩下。然而月亮也暗暗地躲到东边去了。而一无所有的干子,却仍然默默地铁似的直刺着奇怪而高的天空,一意要制他的死命,不管他各式各样地䀹着许多蛊惑的眼睛。

哇的一声,夜游的恶鸟飞过了。

我忽而听到夜半的笑声,吃吃地,似乎不愿意惊动睡着的人,然而四围的空气都应和着笑。夜半,没有别的人,我即刻听出这声音就在我嘴里,我也即刻被这笑声所驱逐,回进自己的房。灯火的带子也即刻被我旋高了。

后窗的玻璃上丁丁地响,还有许多小飞虫乱撞。不多久,几个进来了,许是从窗纸的破孔进来的。他们一进来,又在玻璃的灯罩上撞得丁丁地响。一个从上面撞进去了,他于是遇到火,而且我以为这火是真的。两三个却休息在灯的纸罩上喘气。那罩是昨晚新换的罩,雪白的纸,折出波浪纹的叠痕,一角还画出一枝猩红色的栀子。

猩红的栀子开花时,枣树又要做小粉红花的梦,青葱地弯成弧形了……我又听到夜半的笑声;我赶紧砍断我的心绪,看那老在白纸罩上的小青虫,头大尾小,向日葵子似的,只有半粒小麦那么大,遍身的颜色苍翠得可爱,可怜。

我打一个呵欠,点起一支纸烟,喷出烟来,对着灯默默地敬奠这些苍翠精致的英雄们。

(《鲁迅全集》第2卷,北京:人民文学出版社,1989年)

【导读】

《秋夜》作于1924年9月。其时,由于新文学革命阵营的分化,一度高涨的新文化运动开始落潮。面对同伴们的纷纷离去,鲁迅深感自己是在"沙漠"里走来走去,成了"游勇","布不成阵",他虽然坚持"韧战",但也时常有"独战""苦战"的寂寞与苦闷,《秋夜》就是他当时思想上存在的一系列矛盾的反映。《秋夜》主要流露了这样两种倾向:其一,严肃而深刻地反思了自己的空虚和寂寞情绪,毫不留情地解剖、坦示了自己阴冷和灰暗的心理;其二,作品最为动人的思想力量还在于作家尽管绝望、苦闷却始终坚持着持续、韧性的战斗姿态,以及由此而表达的永不松懈、永不退却的斗争哲学。

《秋夜》的艺术特色十分鲜明。首先,作品整体运用了象征手法。作者抓住秋夜景物的特征,构成了一组象征性的意象。如以秋夜天空又高又蓝,且有星星、月亮点缀等特点来象征对人民高压、冷酷、阴险和狡猾的黑暗势力;以深秋枣树单剩干子而挺立直指天空的特点,来象征革命战士对黑暗势力做不屈不挠的战斗;以秋夜小粉红花在繁霜下瑟缩的特点,来象征在黑暗势力淫威下遭受摧残、尚未完全觉悟、一味耽于虚幻梦想的弱者;以小青虫夜撞灯火的特点,来象征积极追求光明但缺乏沉勇、自卫而轻于牺牲的进步青年。正是这样的艺术构思和象征手法的运用,使作者深刻的感受化为充满诗意和哲理的形象的散文诗篇,具有感人的艺术魅力。其次,在结构上,作者以"我"的视点为中心,从不同角度,依照一定的逻辑顺序,从秋夜室外的景物写到室内的景物,既层次分明,又强化、突现了主体。最后,创造性地运用了"散文诗"这一文体,作品篇幅虽短,但内容含蓄、凝练,充满了诗意。

苦　雨

周作人

【解题】

在"雨"前加"苦"字,并非说雨是苦的,而是指眼前的雨在作者的心中引起的苦涩的感受。

周作人(1885—1967),浙江绍兴人,鲁迅的弟弟。青年时代他与鲁迅受过同样的教育,但两人的人生观、价值观相距甚远。"五四"时期,周作人基本上与陈独秀、李大钊、鲁迅等站在同一阵营,积极译介外国进步文艺作品,提出过"人的文学""平民文学"等进步主张。1927年大革命失败后,周作人由"十字街头的塔"走进象牙塔,由"叛徒"趋于"隐士",由提倡"中庸""宽容"而倡导闲适小品,乃至攻击左翼文艺运动。这一时期他的散文,大多写苍蝇、虱子、品茶饮酒、谈狐说鬼、评古籍、玩古董等,流露的较多的是一种以逃避现实、耽于隐逸享乐为特征的、封建士大夫的没落颓废情绪。抗日战争爆发后,周作人变节事敌,沦为汉奸,违背了中国人的为人道德和丧失了最起码的民族气节。

伏园兄：

北京近日多雨,你在长安道上不知也遇到否,想必能增你旅行的许多佳趣。雨中旅行不一定是很愉快的,我以前在杭沪车上时常遇雨,每感困难,所以我于火车的雨不能感到什么兴味,但卧在乌篷船里,静听打篷的雨声,加上欸乃的橹声,以及"靠塘来,靠下去"的呼声,却是一种梦似的诗境。倘若更大胆一点,仰卧在脚划小船内,冒雨夜行,更显出水乡住民的风趣,虽然较为危险,一不小心,拙劣地转一个身,便要使船底朝天。二十多年前往东浦吊先父的保姆之丧,归途遇暴风雨,一叶扁舟在白鹅似的波浪中间滚过大树港,危险极也愉快极了。我大约还有好些"为鱼"时候——至少也是断发文身时候的脾气,对于水颇感到亲近,不过北京的泥塘似的许多"海"实在不很满意,这样的水没有也并不怎么可惜。你往"陕半天"去似乎要走好两天的准沙漠路,在那时候倘若遇见风雨,大约是很舒服的,遥想你胡坐骡车中,在大漠之上,大雨之下,喝着四打之内的汽水,悠然进行,可以算是"不亦快哉"之一。但这只是我的空想,如诗人的理想一样地靠不住,或者你在骡车中遇雨,很感困难,正在叫苦连天也未可知,这须等你回京后问你再说了。

我住在北京,遇见这几天的雨,却叫我十分难过。北京向来少雨,所以不但雨具不很完全,便是家屋构造,于防雨亦欠周密。除了真正富翁以外,很少用实垛砖墙,大抵只用泥墙抹灰敷衍了事。近来天气转变,南方酷寒而北方淫雨,因此两方面的建筑上都露出缺陷。一星期前的雨把后园的西墙淋坍,第二天就有"梁上君子"来摸索北房的铁丝窗,从次日起赶紧邀了七八位匠人,费两天工夫,从头改筑,已经成功十分八九,总算可以高枕而卧,前夜的雨却又将门口的南墙冲倒二三丈之谱。这回受惊的可不是我了,乃是川岛君"佢们"俩,因为"梁上君子"如再见光顾,一定是去躲在"佢们"的窗下窃听的了。为消除"佢们"的不安起见,一等天气晴正,急须大举地修筑,希望日子不至于很久,这几天只好暂时拜托川岛君的老弟费神代为警护罢了。

前天十足下了一夜的雨,使我夜里不知醒了几遍。北京除了偶然有人高兴放几个爆仗以外,夜里总还安静,那样哗喇哗喇的雨声在我的耳朵里已经不很听惯,所以时常被它惊醒,就是睡着也仿佛觉得耳边粘着面条似的东西。睡的很不痛快。还有一层,前天晚间据小孩们报告,前面院子里的积水已经离台阶不及一寸,夜里听着雨声,心里胡里胡涂地总是想水已上了台阶,浸入西边的书房里了。好容易到了早上五点钟,赤脚撑伞,跑到西屋一看,果然不出所料,水浸满了全屋,约有一寸深浅,这才叹了一口气,觉得放心了;倘若这样兴高采烈地跑去,一看却没有水,恐怕那时反觉得失望,没有现在那样的满足也说不定。幸而书籍都没有湿,虽然是没有什么价值的东西,但是湿成一饼一饼的纸糕,也很是不愉快。现今水虽已退,还留一种涨过大水后的普通的臭味,固然不能留客坐谈,就是自己也不能在那里写字,所以这封信是在里边炕桌上写的。

  这回的大雨,只有两种人最喜欢。第一种是小孩们。他们喜欢水,却极不容易得到,现在看见院子里成了河,便成群结队的去"淌河"去。赤了足伸到水里去,实在很有点冷,但是他们不怕,下到水里还不肯上来。大人们见小孩玩的很有趣,也一个两个地加入,但是成绩却不甚佳,那一天里滑倒了三个人,其中两个都是大人——其一为我的兄弟,其一是川岛君。第二种喜欢下雨的则为虾蟆。从前同小孩往高亮桥去钓鱼钓不着,只捉了好些虾蟆,有绿的,有花条的,拿回来都放在院子里,平常偶叫几声,在这几天里便整日叫唤,或者是荒年之兆吧,却极有田村的风味。有许多耳朵皮嫩的人,很恶喧嚣,如麻雀虾蟆或蝉的叫声,凡足以妨碍他们的甜睡者,无一不深恶而痛绝之,大有灭此而午睡之意,我觉得大可以不必如此,随便听听都是很有趣味的,不但是这些久成诗料的东西,一切鸣声其实都可以听。虾蟆在水田里群叫,深夜静听,往往变成一种金属音,很是特别,又有时仿佛是狗叫,古人常称蛙蛤为吠,大约也是从实验而来。我们院子里的虾蟆现在只见花条的一种,它的叫声更不漂亮,只是格格格这个叫法,可以说是革音,平常自一声至三声,不会更多。唯在下雨的早晨,听它一口气叫上十二三声,可见它是实在喜欢极了。

  这一场大雨恐怕在乡下的穷朋友是很大的一个不幸,但是我不曾亲见,单靠想象是不中用的,所以我不去虚伪地代为悲叹了。

倘若有人说这所记的只是个人的事情,于人生无益,我也承认,我本来只想说个人的私事,此外别无意思。今天太阳已经出来,傍晚可以出外去游嬉,这封信也就不再写下去了。

我本等着看你的秦游记,现在却由我先写给你看,这也可以算是"意表之外"的事罢。十三年七月十七日在京城书。

（周作人：《雨天的书》,北京:北京新潮社,1925年）

【导读】

《苦雨》写于1924年7月,作品介绍的是北京夏天的一场大雨给自己的生活、起居所带来的些微影响,以及自己在碰到麻烦时仍然保持的一种达观的态度。然而,这只是作品的表层意义,进一步深究下去,则会发现,作品表面上写的是面对大雨自己的达观甚至还有喜悦,而实际上这种达观或喜悦反衬的则是作者长期苦闷的心境,以及对国事民瘼的忧虑等。不难看出,这篇散文虽隐伏了作者后来趋于隐逸、逸乐的精神因子,但作为周作人的早期作品,其中仍包含着一定的积极、进步的因素。

《苦雨》在形式上采用的是书信体,作品的风格恬适、闲逸,作者侃侃而谈,如话家常,体现了一股"谈话风"。文中较多反语,明明心情郁闷,却偏偏以一种放达的语调出之;明明对下层人民怀有某种同情,却偏偏以一种漠不关心的态度出之,从而使作品在幽默、从容之中时时流溢着一种苦涩、焦灼,令人回味无穷。

萧　萧

沈从文

【解题】

"萧萧"是本文的主人公,作者以此为名,以唤起人们对这个人物命运的关注。

沈从文(1902—1988),原名沈岳焕,湖南凤凰人。现代著名作家。他善于以清淡的文字表达对健康世态、对富有人情美和人性美的人际关系的向往,着重描写下层人民和湘西民俗,赞美普通人民的淳厚心灵。他的作品在艺术上独树一帜,被认为是新文学中抒情体小说的典范。主要著作有小说集《边城》《长河》《八骏图》,散文集《从文自传》《湘行散记》《湘西》等。

乡下人吹唢呐接媳妇,到了十二月是成天有的事情。

唢呐后面一顶花轿,两个伕子平平稳稳的抬着,轿中人被铜锁锁在里面,虽穿了平时不上过身的体面红绿衣裳,也仍然得荷荷大哭。在这些小女人心中,做新娘子,从母亲身边离开,且准备作他人的母亲,从此必然将有许多新事情等待发生。像做梦一样,将同一个陌生男子汉在一个床上睡觉,做着承宗接祖的事情。这些事想起来,当然有些害怕,所以照例觉得要哭哭,就哭了。

也有做媳妇不哭的人。萧萧做媳妇就不哭。这女人没有母亲,从小寄养到伯父种田的庄子上,终日提个小竹兜箩,在路旁田坎捡狗屎。出嫁只是从这家转到那家。因此到那一天,这女人还只是笑。她又不害羞,又不怕。她是什么事也不知道,就做了人家的新媳妇了。

萧萧做媳妇的年纪十二岁,有一个小丈夫,年纪还不到三岁。

丈夫比她年少十来岁,断奶还不多久。地方有这么一个老规矩,过了门,她喊他做弟弟。她每天应作的事是抱弟弟到村前柳树下去玩,到溪边去玩,饿了,喂东西吃,哭了,就哄他,摘南瓜花或狗尾草戴到小丈夫头上,或者连连亲嘴,一面说:"弟弟,哦。再来,哦。"在那满是肮脏的小脸上亲了又亲,孩子于是便笑了。孩子一欢喜兴奋,行动粗野起来,会用短短的小手乱抓萧萧的头发。那是平时不大能收拾蓬蓬松松在头上的黄发。有时候,垂到脑后那条小辫儿被拉得太久,把红绒线结也弄松了,生了气,就挞那弟弟几下,弟弟自然嘈的哭出声来。萧萧于是也装成要哭的样子,用手指着弟弟的哭脸,说:"哪,人不讲理,可不行!"

天晴雨落日子混下去,每日抱抱丈夫,也帮同家中作点杂事,能动手的就动手。又时常到溪沟里去洗衣,搓尿片,一面还捡拾有花纹的田螺给坐在身边的小丈夫玩。到了夜里睡觉,便常常做这种年龄人所做过的梦,梦到后门角落或别的什么地方捡得大把大把铜钱,吃好东西,爬树,自己变成鱼到水中各处溜,或一时仿佛身子很小很轻,飞到天上众星中,没有一个人,只是一片白,一片金光,于是大喊"妈!"人就吓醒了。醒来心里还只是跳。吵了隔壁的人,不免骂着:"疯子,你想什么!白天玩得疯,晚上就做梦!"萧萧听着却不作声,只是咕咕的笑。也有很好很爽快的梦,为丈夫哭醒的事情。那丈夫本来晚上在自己母亲身边睡,吃奶方便,但是吃多了奶,或因另外情形,半夜大哭,起来放水拉稀是常有的事。丈夫哭到婆婆无可奈何,于是萧萧轻手轻脚爬起床来,眼屎蒙胧,走到床边,把人抱起,给他看灯光,看星光;或者仍然唗唗的亲嘴,互相觑着,孩子气的"嗨嗨,看猫呵!"那样喊着哄着,于是丈夫笑了。玩了一会会,困倦起来,慢慢的阖上眼。人睡定后,放上床,站在床边看看,听远处一传一递的鸡叫,知道天快到什么时候了,于是仍然蜷到小床上睡去。天亮后,虽不做梦,却可以无意中闭眼开眼,看一阵在面前空中变幻无端的黄边紫心葵花,那是一种真正的享受。

萧萧嫁过了门,做了拳头大的丈夫小媳妇,一切并不比先前受苦,这只看她一年来身体发育就可明白。风里雨里过日子,像一株长在园角落不为人注意的蓖麻,大叶大枝,日增茂盛。这小女人简直是全不为丈夫设想么似的,一天比一天长大起来。

夏夜光景说来如做梦。大家饭后坐到院中心歇凉,挥摇蒲扇,看天上的星同屋角的萤,听南瓜棚上纺织娘子咯咯咯拖长声音纺车,远近声音繁密如落雨,禾花风翛翛吹到脸上,正是让人在各种方便中说笑话的时候。

萧萧好高,一个人常常爬到草料堆上去,抱了已经熟睡的丈夫在怀里,轻轻的轻轻的随意唱着自编的四句头山歌。唱来唱去却把自己也催眠起来,快要睡去了。

在院坝中,公公婆婆、祖父祖母,另外还有帮工汉子两个,散乱的坐在小板凳上,摆龙门阵学古,轮流下去打发上半夜。

祖父身边有个烟包,在黑暗中放光。这用艾蒿作成的烟包,是驱逐长脚蚊得力东西,蜷在祖父脚边,犹如一条乌梢蛇。间或又拿起来晃那么几下。

想起白天场上的事情,祖父开口说话:

"我听三金说,前天又有女学生过身。"

大家就哄然笑了起来。

这笑的意义何在?只因为在大家印象中,都知道女学生没有辫子,留下个鹌鹑尾巴,像个尼姑,又不完全像。穿的衣服像洋人,又不是洋人。吃的,用的,……总而言之,事事不同,一想起来就觉得怪可笑!

萧萧不大明白,她不笑。所以老祖父又说话了。他说:

"萧萧,你长大了,将来也会做女学生!"

大家于是更哄然大笑起来。

萧萧为人并不愚蠢,觉得这一定是不利于己的一件事情,所以接口便说：

"爷爷，我不做女学生。"

"你像个女学生，不做可不行。"

"我一定不做。"

众人有意取笑，异口同声的说："萧萧，爷爷说得对，你非做女学生不行！"

萧萧急得无可如何，"做就做，我不怕。"其实做女学生有什么不好处，萧萧全不知道。

女学生这东西，在本乡的确永远是奇闻。每年一到六月天，据说放"水假"日子一到，照例便有三三五五女学生，由一个荒谬不经的热闹地方来，到另一个远地方去，取道从本地过身。从乡下人眼中看来，这些人都近于另一世界中活下的人，装扮奇奇怪怪，行为更不可思议。这种女学生过身时，使一村人都可以说一整天的笑话。

祖父是当地一个人物，因为想起所知道的女学生在大城中的生活情形，所以说笑话要萧萧也去做女学生。一面听到这话，就感觉一种打哈哈趣味，一面还有那被说的萧萧感觉一种惶恐，说这话的不为无意义了。

女学生由祖父方面所知道的是这样一种人：她们穿衣服不管天气冷暖，吃东西不问饥饱，晚上交到子时才睡觉，白天正经事全不作，只知唱歌打球，读洋书。她们都会花钱，一年用的钱可以买十六只水牛。她们在省里京里想往什么地方去时，不必走路，只要钻进一个大匣子中，那匣子就可以带她到地。城市中还有各种各样的大小不同匣子，都用机器开动。她们在学校，男女在一处上课读书，人熟了，就随意同那男子睡觉，也不要媒人，也不要财礼，名叫"自由"。她们也做做州县官，带家眷上任，男子仍然喊作"老爷"，小孩子叫"少爷"。她们自己不养牛，却吃牛奶羊奶，如小牛小羊；买那奶时是用铁罐子盛的。她们无事时到一个唱戏地方去,那地方完全像个大庙,从衣袋中取出一块洋钱来(那洋钱在乡下可买五只母鸡子)买了一小方纸片儿,拿了那纸片到里面去,就可以坐下看洋人扮演影子戏。她们被冤了,不赌咒,不哭。她们年纪有老到二十四岁还不肯嫁人的,有老到三十四十居然还好意思嫁人的。她们不怕男子,男子不能使她们受委屈,一受委屈就上衙门打官司,要官罚男子的款,这笔钱她有时独占自己花用,有时和官平分。她们不洗衣煮饭,也不养猪喂鸡;有了小孩子,也只花五块钱或十块钱一月,雇个人专管小孩,自己仍然整天看戏打牌,或者读那些没有用处的闲书。……

总而言之,说来事事都希奇古怪,和庄稼人不同,有的简直还可说岂有此理。这时经祖父一为说明,听过这话的萧萧,心中却忽然有了一种模模糊糊的愿望,以为倘若她也是个女学生,她是不是照祖父说的女学生一个样子去做那些事情?不管好歹,女学生并不可怕,因此一来,却已为这乡下姑娘初次体念到了。

因为听祖父说起女学生是怎样的人物,到后萧萧独自笑得特别久。笑够了时,她说:

"爷爷,明天有女学生过路,你喊我,我要看看。"

"你看,她们捉你去作丫头。"

"我不怕她们。"

"她们读洋书念经你也不怕?"

"念观音菩萨消灾经,念紧箍咒,我都不怕。"

"她们咬人,和做官的一样,专吃乡下人,吃人骨头渣渣也吐,你不怕?"

萧萧肯定的回答说:"也不怕。"

可是这时节萧萧手上所抱的丈夫,不知为什么在睡梦中哭了,媳妇于是用作母亲的声势,半哄半吓的说:

"弟弟,弟弟,不许哭,女学生咬人来了。"

丈夫还仍然哭着,得抱起各处走走。萧萧抱着丈夫离开了祖父,祖父同人说另外一样古话去了。

萧萧从此以后心中有个"女学生"。做梦也便常梦到女学生,且梦到同这些人并排走路。仿佛也坐过那种自己会走路的匣子,她又觉得这匣子并不比自己跑路更快。在梦中那匣子的形体同谷仓差不多,里面还有小小灰色老鼠,眼珠子红红的,各处乱跑,有时钻到门缝里去,把个小尾巴露在外边。

因为有这样一段经过,祖父从此喊萧萧不喊"小丫头",不喊"萧萧",却唤作"女学生"。在不经意中萧萧答应得很好。

乡下里日子也如世界上一般日子,时时不同。世界上人把日子糟蹋,和萧萧一类人家把日子吝惜是同样的,各有所得,各属分定。许多城市中文明人,把一个夏天完全消磨到软绸衣服、精美饮料以及种种好事情上面。萧萧的一家,因为一个夏天的劳作,却得了十多斤细麻,二三十担瓜。

作小媳妇的萧萧,一个夏天中,一面照料丈夫,一面还绩了细麻四斤。到秋八月工人摘瓜,在瓜间玩,看硕大如盆、上面满是灰粉的大南瓜,成排成堆摆到地上,很有趣味。时间到摘瓜,秋天真的已来了,院子中各处有从屋后林子里树上吹来的大红大黄木叶。萧萧在瓜旁站定,手拿木叶一束,为丈夫编小小笠帽玩。

工人中有个名叫花狗,年纪二十三岁,抱了萧萧的丈夫到枣树下去打枣子。小小竹竿打在枣树上,落枣满地。

"花狗大①,莫打了,太多了吃不完。"

虽这样喊,还不动身。到后,仿佛完全因为丈夫要枣子,花狗才不听话。萧萧于是又警告她那小丈夫:

"弟弟,弟弟,来,不许捡了。吃多了生东西肚子痛!"

丈夫听话,兜了大堆枣子向萧萧身边走来,请萧萧吃枣子。

"姊姊吃,这是大的。"

"我不吃。"

"要吃一颗!"

她两手那里有空!木叶帽正在制边,工夫要紧,还正要个人帮,忙!

"弟弟,把枣子喂我口里。"

丈夫照她的命令作事,作完了觉得有趣,哈哈大笑。

她要他放下枣子帮忙捏紧帽边,便于添加新木叶。

丈夫照她吩咐作事,但老是顽皮的摇动,口中唱歌。这孩子原来像一只猫,欢喜时就得捣乱。

"弟弟,你唱的是什么?"

"我唱花狗大告我的山歌。"

"好好的唱一个给我听。

丈夫于是帮忙拉着帽边,一面就唱下去,照所记到的歌唱:

天上起云云起花,

苞谷林里种豆荚,

豆荚缠坏苞谷树,

娇妹缠坏后生家。

天上起云云重云,

地下埋坟坟重坟,

娇妹洗碗碗重碗,

娇妹床上人重人。

歌中意义丈夫全不明白,唱完了就问萧萧好不好。萧萧说好,并且问从谁学来的,她知道是花狗教他的,却故意盘问他。

"花狗大告我,他说还有好多歌,长大了再教我唱。"

听说花狗会唱歌,萧萧说:

"花狗大,花狗大,你唱一个正经好听的歌我听听。"

那花狗,面如其心,生长得不很正气,知道萧萧要听歌,人也快到听歌的年龄了,就给她唱"十岁娘子一岁夫"。那故事说的是

393

妻年大,可以随便到外面作一点不规矩事情;夫年小,只知吃奶,让他吃奶。这歌丈夫完全不懂,懂到一点儿的是萧萧。把歌听过后,萧萧装成"我全明白"那种神气,她用生气的样子,对花狗说:

"花狗大,这个不行,这是骂人的歌!"

花狗分辩说:"不是骂人的歌。"

"我明白,是骂人的歌。"

花狗难得说多话,歌已经唱过了,错了赔礼,只有不再唱。他看她已经有点懂事了,怕她回头告祖父,会挨顿臭骂,就把话支吾开,扯到"女学生"上头去。他问萧萧,看不看过女学生习体操唱洋歌的事情。

若不是花狗提起,萧萧几乎已忘着了这事情。这时又提到女学生,她问花狗近来有没有女学生过路,她想看看。

花狗一面把南瓜从棚架边抱到墙角去,告她女学生唱歌的事情,这些事的来源还是萧萧的那个祖父。他在萧萧面前说了点大话,说他曾经到官路上见过四个女学生,她们都拿得有旗帜,走长路流汗喘气之中仍然唱歌,同军人所唱的一模一样。不消说,这自然完全是胡诌的笑话。可是那故事把萧萧可乐坏了。因为花狗说这个就叫做"自由"。

花狗是起眼动眉毛、一打两头翘、会说会笑的一个人。听萧萧带着歆羡口气说"花狗大,你膀子真大",他就说:"我不止膀子大。"

"你身子也大。"

"我全身无处不大。"

萧萧还不大懂得这个话的意思,只觉得憨而好笑。

到萧萧抱了她的丈夫走去以后,同花狗在一起摘瓜,取名字叫哑巴的,开了平时不常开的口。

"花狗,你少坏点。人家是十三岁黄花女,还要等十二年后才圆房!"

花狗不做声,打了那伙计一巴掌,走到枣树下捡落地枣去了。

到摘瓜的秋天,日子计算起来,萧萧过丈夫家有一年半了。

几次降霜落雪,几次清明谷雨,一家中人都说萧萧是大人了。无保佑,喝冷水,吃粗粝饭,四季无疾病,倒发育得这样快。婆婆虽生来像一把剪子,把凡是给萧萧暴长的机会都剪去了,但乡下的日头同空气都帮助人长大,却不是折磨可以阻拦得住。

萧萧十五岁时已高如成人,心却还是一颗糊糊涂涂的心。

人大了一点,家中做的事也多了一点。绩麻、纺车、洗衣、照料丈夫以外,打猪草推磨一些事情也要做,还有浆纱织布。凡事都学,学学就会了。乡下习惯凡是行有余力的都可从劳作中攒点本分私房,两三年来仅仅萧萧个人份上所聚集的粗细麻和纺就的棉纱,也够萧萧坐到土机上抛三个月的梭子了。

丈夫早断了奶。婆婆有了新儿子,这五岁儿子就像归萧萧独有了。不论做什么,走到什么地方去,丈夫总跟在身边。丈夫有些方面很怕她,当她如母亲,不敢多事。他们俩实在感情不坏。

地方稍稍进步,祖父的笑话转到"萧萧你也把辫子剪去好自由"那一类事上去了。听着这话的萧萧,某个夏天也看过了一次女学生,虽不把祖父笑话认真,可是每一次在祖父说过这笑话以后,她到水边去,必不自觉的用手捏着辫子末梢,设想没有辫子的人那种神气,那点趣味。

打猪草,带丈夫上螺蛳山的山阴是常有的事。

小孩子不知事故,听别人唱歌也唱歌。一开腔唱歌,就把花狗引来了。

花狗对萧萧生了另外一种心。萧萧有点明白了,常常觉得惶恐不安。但花狗是男子,凡是男子的美德恶德都不缺少,劳动力强,手脚勤快,又会玩会说,所以一面使萧萧的丈夫非常欢喜同他玩,一面一有机会即缠在萧萧身边,且总是想方设法把萧萧那点惶恐减去。

山大人小,到处是树林蒙茸,平时不知道萧萧所在,花狗就站在高处唱歌逗萧萧身边的丈夫;丈夫小口一开,花狗穿山越岭就来到萧萧面前了。

见了花狗,小孩子只有欢喜,不知其他。他原要花狗为他编草虫玩,做竹箫哨子玩,花狗想方法支使他到一个远处去找材料,便坐到萧萧身边来,要萧萧听他唱那使人开心红脸的歌。她有时觉得害怕,不许丈夫走开;有时又像有了花狗在身边,打发丈夫走去反倒好一点。终于有一天,萧萧就这样给花狗把心窍子唱开,变成个妇人了。

那时节,丈夫走到山下采刺莓去了,花狗唱了许多歌,到后却向萧萧唱:

娇家门前一重坡,
别人走少郎走多,
铁打草鞋穿烂了,
不是为你为那个?

末了却向萧萧说:"我为你睡不着觉。"他又说他赌咒不把这事情告给人。听了这些话仍然不懂什么的萧萧,眼睛只注意到他那一对粗粗的手膀子,耳朵只注意到他最后一句话。末了花狗大便又唱了许多歌给她听。她心里乱了。她要他当真对天赌咒,赌过了咒,一切好像有了保障,她就一切尽他了。到丈夫返身时,手被毛毛虫蜇伤,肿了一大片,走到萧萧身边。萧萧捏紧这一只小手,且用口去呵它,吮它,想起刚才的糊涂,才仿佛明白自己作了一点不大好的糊涂事。

花狗诱她做坏事情是麦黄四月,到六月,李子熟了,她欢喜吃生李子。她觉得身体有点特别,在山上碰到花狗,就将这事情告给他,问他怎么办。

讨论了多久,花狗全无主意。虽以前自己当天赌得有咒,也仍然无主意。原来这家伙个子大,胆量小。个子大容易做错事,胆量小做了错事就想不出办法。

到后,萧萧捏着自己那条乌梢蛇似的大辫子,想起城里了,她说:

"花狗大,我们到城里去自由,帮帮人过日子,不好么?"

"那怎么行?到城里去做什么?"

"我肚子大了,那不成。"

"我们找药去。场上有郎中卖药。"

"你赶快找药来,我想……"

"你想逃到城里去自由,不成的。人生面不熟,讨饭也有规矩,不能随便!"

"你这没有良心的,你害了我,我想死!"

"我赌咒不辜负你。"

"负不负我有什么用,帮我个忙,赶快拿去肚子里这块肉罢。我害怕!"

花狗不再做声,过了一会,便走开了。不久丈夫从他处拿了大把山里红果子回来,见萧萧一个人坐在草地上眼睛红红的,丈夫心中纳罕。看了一会,问萧萧:

"姊姊,为什么哭?"

"不为什么,毛毛虫落到眼睛窝里,痛。"

"我吹吹罢。"

"不要吹。"

"你瞧我,得这些这些。"

他把手中拿的和从溪中捡来放在衣口袋里的小蚌、小石头全部陈列到萧萧面前,萧萧泪眼婆娑看了一会,勉强笑着说:"弟弟,我们要好,我哭你莫告家中,告家中我可要生气!"到后这事情家中当真就无人知道。

过了半个月,花狗不辞而行,把自己所有的衣裤都拿去了。祖父问同住的长工哑巴,知不知道他为什么走路,走那儿去?是上山落草,还是作薛仁贵投军？哑巴只是摇头,说花狗还欠了他两百钱,临走时话都不留一句,为人少良心。哑巴说他自己的话,并没有把花狗走的理由说明。因此这一家希奇一整天,谈论一整天。不过这工人既不偷走物件,又不拐带别的,这事情过后不久,自然也就把他忘掉了。

萧萧仍然是往日的萧萧。她能够忘记花狗就好了,但是肚子真有些不同了,肚中东西总在动,使她常常一个人干发急,尽做些怪梦。

她脾气坏了一点,这坏处只有丈夫知道,因为她对丈夫似乎严厉苛刻了好些。

仍然每天同丈夫在一处,她的心,想到的事自己也不十分明白。她常想,我现在死了,什么都好了。可是为什么要死？她还很高兴活下去,愿意活下去。

家中人不拘谁在无意中提起关于丈夫弟弟的话,提起小孩子,提起花狗,都像使这话如拳头,在萧萧胸口上重重一击。

到九月,她担心人知道更多了,引丈夫庙里去玩,就私自许愿,吃了一大把香灰。吃香灰时被她丈夫看见,丈夫问这是做什么事,萧萧就说这是肚痛,应当吃这个。萧萧自然说谎。虽说求菩萨保佑,菩萨当然没有如她的希望,肚子中长大的东西依旧在慢慢的长大。

她又常常往溪里去喝冷水,给丈夫看见时,丈夫问她,她就说口渴。

一切她所想到的方法都没有能够使她与自己不欢喜的东西分开。大肚子只有丈夫一人知道,他却不敢告这件事情给父母晓得。因为时间长久,年龄不同,丈夫有些时候对于萧萧的怕同爱,比对于父母还深切。

她还记得那花狗赌咒那一天里的事情,如同记着其他事情一样。到秋天,屋前屋后毛毛虫都结茧,成了各种好看蝶蛾,丈夫像故意折磨她一样,常常提起几个月前被毛毛虫螫手的旧话,使萧萧心里难过。她因此极恨毛毛虫,见了那小虫就想用脚去踹。

有一天,又听人说有好些女学生过路,听过这话的萧萧,睁了眼做过一阵梦,愣愣的对日头出处痴了半天。

萧萧步花狗后尘,也想逃走,收拾一点东西预备跟了女学生走的那条路上城去自由。但没有动身,就被家里人发觉了。这种打算照乡下人说来是一件大事。于是把她两手捆了起来,丢在灶屋边,饿了一天。

家中追究这逃走的根源,才明白这个十年后预备给小丈夫生儿子继香火的萧萧肚子已被另一个抢先下了种。这在一家人生活中真是了不得的一件大事!一家人的平静生活,为这件新事全弄乱了。生气的生气,流泪的流泪,骂人的骂人,各按本分乱下去。悬梁,投水,吃毒药,被禁困着的萧萧,诸事漫无边际的全想到了,究竟是年纪太小,舍不得死,却不曾做。于是祖父从现实出发,想出个聪明主意,把萧萧关在房里。派两人好好看守着,请萧萧本族的人来说话,照规矩看,是"沉潭"还是"发卖"?萧萧家中人要面子,就沉潭淹死了她,舍不得死就发卖。萧萧只有一个伯父,在近处庄子里为人种田,去请他时先还以为是吃酒,到了才知是这样丢脸事情,弄得这老实忠厚的家长手足无措。

大肚子作证,什么也没有可说。照习惯,沉潭多是读过"子曰"的族长爱面子才作出的蠢事。伯父不读"子曰",不忍把萧萧当牺牲,萧萧当然应嫁人作二路亲了。

这也是一种处罚,好像极其自然,照习惯受损失的是丈夫家里,然而却可以在改嫁上收回一笔钱,当作赔偿损失的数目。那伯父把这事情告给了萧萧,就要走路。萧萧拉着伯父衣角不放,只是幽幽的哭。伯父摇了一会头,一句话不说,仍然走了。

一时没有相当的人家来要萧萧,送到远处去也得有人,因此暂时就仍然在丈夫家中住下。这件事情既经说明白,照乡下规矩，倒又像不什么要紧，只等待处分，大家反而释然了。先是小丈夫不能再同萧萧在一处，到后又仍然如月前情形，姊弟一般有说有笑的过日子了。

丈夫知道了萧萧肚子中有儿子的事情，又知道因为这样萧萧才应当嫁到远处去。但是丈夫并不愿意萧萧去，萧萧自己也不愿意去。大家全莫名其妙，只是照规矩像逼到要这样做，不得不做。究竟是谁定的规矩，是周公还是周婆，也没有人说得清楚。

在等候主顾来看人，等到十二月，还没有人来，萧萧只好在这人家过年。

萧萧次年二月间，十月满足；坐草生了一个儿子，团头大眼，声响宏壮。大家把母子二人照料得好好的，照规矩吃蒸鸡同江米酒补血，烧纸谢神。一家人都欢喜那儿子。

生下的既是儿子，萧萧不嫁别处了。

到萧萧正式同丈夫拜堂圆房时，儿子已经年纪十岁，有了半劳动力，能看牛割草，成为家中生产者一员了。平时喊萧萧丈夫做大叔，大叔也答应，从不生气。

这儿子名叫牛儿。牛儿十二岁时也接了亲，媳妇年长六岁。媳妇年纪大，方能诸事作帮手，对家中有帮助。唢呐到门前时，新娘在轿中呜呜的哭着，忙坏了那个祖父，曾祖父。

这一天，萧萧刚坐月子不久，孩子才满三月，抱了自己新生的毛毛，在屋前榆蜡树篱笆间看热闹，同十年前抱丈夫一个样子。小毛毛哭了，唱歌一般哄着他：

"哪，弟弟，看，花轿来了。看，新娘子穿花衣，好体面！嗅，嗅，嗅，不许闹，不讲道理不成的！不讲理我要生气的！看看，女学生也来了！明天长大了，我们讨个女学生媳妇！"

(《沈从文小说选集》，北京：人民文学出版社，1957年)

【注释】

① 花狗大：花狗大的"大"字，即大哥简称。

【导读】

《萧萧》是沈从文的一篇乡土题材小说。

小说的故事发生在湖南省的西部山村。这里地势偏僻，多高山峻岭，是一个少数民族聚居的区域。由于交通闭塞和特有的历史文化背景，现代文明之风较难也较少吹进这一地区，因而直至20世纪30年代，社会生活仍然呈现着野蛮与淳朴交织、原始文化与封建文化错综在一起的特殊形态。从表面上看，这里原始民风犹存，下层人民纯朴的品性犹在，但严酷的封建宗法关系已经剥夺了他们生命的自由，他们的人生命运无法摆脱环境的制约，像有一双看不见的大手在将他们推向悲惨的人生境地。主人公萧萧的人生悲剧就是在这样的背景之下展开的。

作品中的萧萧，是个无依无靠的孤儿。她天真、幼稚、单纯、勤劳，精神世界永远是一片荒原，理智一直被蒙蔽着，就像山里的芭茅地，原始、蒙昧，生命处于被动的自在状态。她从无人身自由，也不能自主地把握自己的人生命运。作品通过对萧萧这样的生命形式的描写，既揭示了封建宗法制度的悖谬与非人性，显示着原始蒙昧生活与现代文明社会的巨大反差，又着意唤醒在人生浪涛里颠簸着的湘西儿女，摆脱愚昧无知、信守天命和封建宗法关系的内外束缚，去争取生活的自由，自主自为地掌握自己的命运。

《萧萧》在艺术上显示着高度的真实性和特有的艺术风采。它一反二三十年代描写童养媳制度罪恶的小说的常见模式——她们被视作牛马，受尽折磨，乃至悲惨死去，而是从独特的角度揭示人物内部主观精神，与摆脱现存人生秩序、获得生命自由的历史要求的不相适应。它在严格的现实关系基础上再现人物的性格与命运,以人生外部的喜剧形式蕴含人生内在的悲剧内容,不刻意表现人物激烈的外部冲突和生活表层的血泪挣扎,而是集中以平常的生活事件揭示人物的灵魂,从而反映出中国社会处于自在状态的乡村下层人民的精神的特征,显示出独特的艺术风格。与这种艺术追求相适应,作品总是将情感渗透在人物、景物、场面的描写之中,在微笑里藏着哀痛,微凉中夹着忧郁,从娓娓而谈中自然透出,平淡而辽远,不烈却撩人。小说的语言深深植根于湘西乡村生活的土壤之中,朴纯清新,单纯厚实。《萧萧》里不仅直接引用了湘西民歌,还继承了湘西人说话就地取譬的传统,如"萧萧……风里雨里过日子,像一株长在园角落里不为人注意的蓖麻,大叶大枝,日增茂盛。……""婆婆虽生来像一把剪子,把凡是给萧萧暴长的机会都剪去了,但乡下的日头同空气都帮助人长大,都不是折磨可以阻拦得住",比喻新奇,朴实而传神,富有地方色彩和生活气息。即使在乡下人谈论城里女学生的场面中,乡言乡情也无不清晰可辨。

春　阳

施蛰存

【解题】

"春阳"即春天的阳光,在作品中它是诱导主人公婵阿姨心情变化的一个因素。

施蛰存,1905年出生于杭州,是20世纪30年代活跃在上海的著名小说流派"新感觉派"的代表性作家。著有小说集《上元灯》《将军的头》《李师师》《梅雨之夕》等。

　　婵阿姨把保管箱锁上了,走出库门,看见那个年轻的行员正在对着她瞧,她心里一动,不由的回过头去向那一排一排整整齐齐的保管箱看了一眼,可是她已经认不得哪一只是三○五号了。她望怀里一掏,刚才提出来的一百五十四元六角的息金好好地在内衣袋里。于是她走出了上海银行大门。

　　好天气,太阳那么大。这是她今天第一次感觉到的。不错,她一早从昆山趁火车来,一下火车,就跳上黄包车,到银行。她除了起床的时候曾经揭开窗帘看下不下雨之外,实在没有留心过天气。可是今天这天气着实好,近半个月来,老是那么样的风风雨雨的没看见过好天气,今天却满街满屋的暖太阳了。到底是春天了,一晴就暖和。她把围在衣领上的毛绒围巾放松了一下。

　　这二月半旬的,好久不照到上海来的太阳,你别忽略了,倒真有一些魅力呢。倘若是像前两日一样的阴沉天气,当她从玻璃的旋转门中出来,一阵冷风扑上脸,她准是把一角围巾掩着嘴,雇一辆黄包车直到北火车站,在待车室里老等下午三点钟开的列车回昆山去的。今天扑脸上的乃是一股热气,一片晃眼的亮,这使她平空添出许多兴致。她摸出十年前的爱尔琴金表来。十二点还差十分。这样早。还好在马路上走走呢。

于是,昆山的婵阿姨,一个儿走到了春阳和煦的上海的南京路上。来来往往的女人男人,都穿得那么样轻,那么样美丽又那么样小玲玲的,这使她感觉到自己底绒线围巾和驼绒旗袍的累赘。早知天会这么热,可就穿了那件雁翎绉衬绒旗袍来了。她心里划算着,手却把那绒线围巾除下来,折叠了搭在手腕上。

什么店铺都在大廉价。婵阿姨看看绸缎,看看瓷器,又看看各式各样的化妆品,丝袜,和糖果饼干。她想买一点吗?不会的,这一点点力她定是有的。没有必要,她不会买什么东西。要不然,假如她舍得随便化钱,她怎么会牺牲了一生的幸福,肯抱牌位做亲呢?

她一路走,一路看。从江西路口走到三友实业社,已经过午时了。她觉得热,额角上有些汗。袋里一摸,早上出来没带着手帕。这时,她觉得有必需了。她走进三友实业社去买了一条毛巾手帕,顺便在椅子上坐坐,歇歇力。

她隔着玻璃橱窗望出去,人真多,来来去去的不断。他们都不像觉得累,一两步就闪过了,走得快。愈看人家矫健,愈感觉到自己的孱弱了,她抹着汗,懒得立起来,她害怕走出门去,将怎样挤进这些人的狂流中去呢?

到这时,她才第一次奇怪起来:为什么,论年纪也还不过三十五岁,何以这样的不济呢?在昆山的时候,天天上大街,可并不觉得累,一到上海,走不了一条马路,立刻就像个老年人了。这是为什么?她这样想着,同时就埋怨着自己,应该高兴逛马路玩,那是毫无意思的。

于是她勉强起身,挨出门。她想到先施公司对面那家点心店里去吃一碗面,当中饭。吃了面就雇黄包车到北火车站。可是,你得明白,这是婵阿姨刚才挨出三友实业社的那扇玻璃门时候的主意。要是她真的累得走不动,她也真的会去吃了面上火车的。意料不到的却是,当她望永安公司那边走了几步路,忽然地让她觉得身上又恢复了一种好像是久已消失了的精力,让她混合在许多呈着喜悦的容颜的年轻人底狂流中,一样轻快地走……走。

什么东西让她得到这样重要的改变?这春日的太阳光,无疑的。它不仅改变了她底体质,简直还改变了她底思想。真的,一阵很骚动的对于自己的反抗心骤然在她胸中灼热起来。为什么到上海来不玩一玩呢?做人一世,没钱的人没办法,眼巴巴地要挨着到上海来玩一趟,现在,有的是钱,虽然还要做两个月家用,可是就使花完了,大不了再去提出一百块来。况且,算它住一夜的话,也用不了一二十块钱。人有的时候得看破些,天气这样好!

天气这样好,眼前一切都呈着明亮和活跃的气象。每一辆汽车刷过一道崭新的喷漆的光,每一扇玻璃橱上闪耀着各方面投射来的晶莹的光,远处摩天大厦底圆领形或方形的屋顶上辉煌着金碧的光,只有那先施公司对面的点心店,好像被阳光忘记了似的,呈现着一种抑郁的烟煤的颜色。

何必如此刻苦呢?舒舒服服地吃一顿饭。婵阿姨不想吃面了。但她想不出应当到什么地方去吃饭。她预备叫两个菜,两个上海菜,当然不要昆山吃惯了的东西,但价钱,至多两元,花两块钱吃一顿中饭,已经是很费的了,可是上海却说不来,也许两个菜得卖三块四块。这就是她不敢闯进任何一家没有经验的餐馆的理由。

她站在路角上,想,想。在西门的一个馆子里,她曾经吃过一顿饭,可是那太远了。其次,四马路,她记得也有一家;再有,不错,冠生园,就在大马路。她不记得有没有走过,但在她记忆中,似乎冠生园是最适宜的了,虽则稍微有点憎嫌那儿的饭太硬。她思索了一下,仿佛记得冠生园是已经走过了,她怪自己一路没有留心。

婵阿姨在冠生园楼上拣了个座位,垫子软软的,当然比坐在三友实业社舒服。侍者送上茶来,顺便递了张菜单给她。这使她稍微有一点窘;因为她虽然认得字,可并不会点菜。她费了十分钟,给自己斟酌了两个菜,一共一块钱。她很满意,因为她知道在这样华丽的菜馆里,是很不容易节省的。

她饮着茶,一个人占据了四个人底座位。她想趁这空暇打算一下,吃过饭到什么地方去呢?今天要不要回昆山去?倘若不回去的话,那么,今晚住到什么地方去?惠中旅馆,像前年有一天因为银行封关而不得不住一夜那情形一样吗?再说,玩,怎么玩?她都委决不下。

一溜眼,看见旁座的圆桌子上坐着一男一女,和一个孩子。似乎是一个小家庭呢?但女的好像比男的年长得多。她大概也有三十四五岁了吧?婵阿姨刚才感觉到一种获得了同僚似的欢喜,但差不多是同时的,一种常常沉潜在她心里而不敢升腾起来的烦闷又冲破了她底欢喜的面具。这是因为在她底餐桌上,除了她自己之外,更没有第二个人。丈夫?孩子?

十二三年前,婵阿姨底未婚夫忽然在吉期以前七十五天死了。他是一个拥有三千亩田的大地主底独子,他底死,也就是这许多地产失去了继承人。那时候,婵阿姨是个康健的小姐,她有着人家所称赞为"卓见"的美德,经过了二日二夜的考虑之后,她决定抱牌位做亲而获得了这大宗财产底合法的继承权。

她当时相信自己有这样大的牺牲精神,但现在,随着年岁底增长,她逐渐地愈加不相信她何以会有这样的勇气来了。翁姑故世了,一大注产业都归她掌管了,但这有什么用处呢?她忘记了当时牺牲一切幸福以获得这产业的时候,究竟有没有想到这份产业对于她将有多大的好处?族中人的虎视眈眈,去指望她死后好公分她底产业,她也不会有一个血统的继承人。算什么呢?她实在只是一宗巨产底暂时的经管人罢了。

虽则她有时很觉悟到这种情形,她却还不肯浪费她底财产,在她是以为既然牺牲了毕生的幸福以获得此产业,那么惟有刻意保持着这产业,才比较的是实惠的。否则,假如她自己花完了,她底牺牲岂不更是徒然的吗?这就是她始终吝啬着的缘故。

但是,对于那被牺牲了的幸福,在她现在的衡量中,却比以前的估价更高了。一年一年地阅历下来,所有的女伴都嫁了丈夫,有了儿女,成了家。即使有贫困的,但他们都另外有一种愉快足够抵偿经济生活底悲苦。而这种愉快,她是永远艳羡着,但永远没有尝味过,没有!

有时,当一种极罕有的勇气奔放起来,她会想:丢掉这些财富而去结婚罢。但她一揽起镜子来,看见了萎黄的一个容颜,或是想象出了族中人底诽笑和讽刺底投射,她也就沉郁下去了。

她感觉到寂寞,但她再没有更大的勇气,牺牲现有的一切,以冲破这寂寞的氛围。

她凝看着。旁边的座位上,一个年轻的漂亮的丈夫,一个兴高采烈的妻子,一个活泼的五六岁的孩子。他们商量吃什么菜肴。他们谈话。他们互相看着笑。他们好像是在自己家里,当然,他们并不怪婵阿姨这样沉醉地耽视着。

直等到侍者把菜肴端上来,才阻断了婵阿姨底视线。她看看对面,一个空的座位。玻璃的桌面上,陈列着一副碗箸,一副,不是三副。她觉得有点难堪。她怀疑那妻子是在看着她。她以为我是何等样人呢?她看得出我是个死了未婚夫底妻子吗?不仅是她看看,那丈夫也注目着我啊。他看得出我并不比他妻子年纪大吗?还有,那孩子,他那双小眼睛也在看着我吗?他看出来,以为我像一个母亲吗?假如我来抚养他,他会不会有这样活泼呢?

她呆看着坚硬的饭颗,不敢再溜眼到旁边去了。她怕接触那三双眼睛。她怕接触了那三双眼睛之后,它们会立刻给她一个否决的回答。

她于是看见一只文雅的手握着一束报纸。她抬起头来,看见一个人站在她桌子边。他好像找不到座位,想在她对面那空位上坐。但他迟疑着。终于,他没有坐,走了过去。

她目送着他走到里间去,不知道心里该怎么想。如果他终于坐下在她对面,和她同桌子吃饭呢?那也没有什么不可以。在上海,这是普通的事。就使他坐下,向她微笑着,点点头,似曾相识地攀谈起来,也未尝不是坦白的事。可是,假如他真的坐下来,假如他真的攀谈起来,会有怎样的结局啊,今天?

这里,她又沉思着,为什么他对了她看了一眼之后,才果决地不坐下来了呢?他是不是本想坐下来,因为对于她有什么不满意而翻然变计了吗?但愿他是简单地因为她是一个女客,觉得不大方便,所以不坐下来的。但愿他是一个腼腆的人!

婵阿姨找一面镜子,但没有如愿。她从盆子里捡起一块蒸气洗过的手巾,搭着脸,却又后悔早晨没有擦粉。到上海来,擦一点粉是需要的。倘若今天不回昆山去,就得在到惠中旅馆之前,先去买一盒粉,横竖家里的粉也快完了。

在旅馆里梳洗之后,出来,到哪里去呢?也许,也许他——她稍微侧转身去,远远地看见那有一双文雅的手的中年男子已经独坐在一只圆玻璃桌边,他正在看报。他为什么独自个呢?也许他会得高兴说:

——小姐,他会得这样称呼吗?我奉陪你去看影戏,好不好?

可是,不知道今天有什么好看的戏,停会儿还得买一份报。他现在在看什么?影戏广告?我可以去借过来看一看吗?假如他坐在这里,假如他坐在这里看……

——先生,借一张登载影戏广告的报纸,可以吗?

——哦,可以的,可以的,小姐预备去看影戏吗?

——小姐贵姓?

哦,敝姓张,我是在上海银行做事的。……

这样，一切都会很好地进行了。在上海。这样好的天气。没有遇到一个熟人。婵阿姨冥想有一位新交的男朋友陪着她在马路上走，手挽着手。和暖的太阳照在他们相并的肩上，让她觉得通身的轻快。

可是，为什么他在上海银行做事？婵阿姨再溜眼看他一下，不，他的确是那个管理保管库的行员。那行员是还要年轻，面相还要和气，风度也比较的洒落得多。他不是那人。

一想起那年轻的行员，婵阿姨就特别清晰地看见了他站在保管库门边凝看她的神情。那是一道好像要说出话来的眼光，一个跃跃欲动的嘴唇，一副充满着热情的脸。他老是在门边看着，这使她有点烦乱，她曾经觉得不好意思摸摸索索地多费时间，所以匆匆地锁了抽屉就出来了。她记得上一次来开保管箱的时候，那个年老的行员并不这样仔细地看着她的。

当她未出那狭窄的库门的时候，她记得她曾回过头去看一眼。但这并不单为了不放心那保管箱，好像这里边还有点避免他那注意的凝视的作用。她的确觉得，当她在他身边挨过的时候，他底下颔曾经碰着了她底头发。非但如此，她还疑心她底肩膀也曾碰着他底胸脯的。

但为什么当时没有勇气抬头看他一眼呢？

婵阿姨自己约束不住的遐想，使她憧憬于那上海银行底保管库了。为什么不多勾留一会呢？为什么那样匆急地锁了抽屉呢？那样地手忙脚乱，不错，究竟有没有把钥匙锁上呀？她不禁伸手到里衣袋去一摸，那小小的钥匙在着。但她恍惚觉得这是开了抽屉就放进袋里去的，没有再用它来锁上过。没有，绝对的没有锁上，不然，为什么她记忆中没有这动作啊？没有把保管箱锁上？真的？这是何等重要的事！

她立刻付了账。走出冠生园，在路角上，她招呼一辆黄包车：

——江西路，上海银行。

在管理保管库事情的行员办公的那柜台外,她招呼着:
——喂,我要开开保管箱。
那年轻的行员,他正在抽着纸烟和别一个行员说话,回转头来问:
——几号?
他立刻呈现了一种诧异的神气,这好像说:又是你,上午来开了一次,下午又要开了,多忙?可是这诧异的神气并不在他脸上停留得很长久,行长陈光甫常常告诫他底职员:对待主顾要客气,办事不怕麻烦。所以,当婵阿姨取出她底钥匙来,告诉了他三百零五号之后,他就检取了同号码的副钥匙,殷勤地伺候她到保管库里去。

三百零五号保管箱,她审察了一下,好好地锁着。她沉吟着,既然好好地锁着,似乎不必再开吧?
——怎么,要开吗?那行员拈弄着钥匙问。
——不用开了。我因为忘记了刚才有没有锁上,所以来看看。她觉得有点歉疚地回答。
于是他笑了。一个和气的、年轻的银行职员对她微笑着,并且对她看着。他是多么可亲啊!假如在冠生园的话,他一定会坐下在她对面的。但现在,在银行底保管库里,他会怎样呢?
她被他看着。她期待着。她有点窘,但是欢喜。他会怎样呢?他亲切地说:
——放心罢,即使不锁,也不要紧的,太太。
什么?太太?太太!他称她为太太?愤怒和被侮辱了的感情奔涌在她眼睛里,她要哭了。她装着苦笑。当然,他是不会发觉的,他也许以为她是羞赧。她一扭身,走了。
在库门外,她看见一个艳服的女人。
——啊,密司陈,开保管箱吗?钥匙拿了没有?
她听见他在背后问,更亲切地。

她正走在这女人身旁。她看了她一眼。密司陈,密司!

于是她走出了上海银行大门。一阵冷。眼前阴沉沉地,天色又变坏了。西北风,好像还要下雨。她迟疑了一下,终于披上了围巾:

——黄包车,北站!

在车上,她掏出时表来看。两点十分,还赶得上三点钟的快车。在藏起那时表的时候,她从衣袋里带出了冠生园的发票。她困难地,但是专心地核算着:菜、茶、白饭、堂彩,付两块钱,找出六角,还有几个铜元呢?

(原载《良友图画杂志》,选自良友图书印刷公司版《善女人行品》)

【导读】

这篇小说细致地描写了一个十二三年前抱着未婚夫的牌位成亲的35岁的富孀婵阿姨,暮春里的一天从昆山农村来到上海提取银行存款以后,在和煦明亮的阳光下内心的极微妙的活动。通篇对话很少,情节十分简单,更无人物之间的矛盾冲突,其结构线索便是婵阿姨的一段心潮起落。她的思绪忽东忽西,忽今忽昔,忽人忽己,忽财忽情,瞬息多变,跳动不已,但大致可分为四个段落。从开头到"一样轻快地走……走"是第一段,写她的心潮初起时的情形。年轻男行员的目光、催生万物的春阳、大都市的现代文明、穿着春装的少男少女身上的青春气息,使她心头古板的冰壳在很快地消融,"身上又恢复了一种像是久已消失了的精力"。从"什么东西让她得到这样重要的改变"到"它们会立刻给她一个否决的回答"为第二段,写她的重财、守财的观念在动摇,渴望过上有丈夫、有孩子的幸福正常的家庭生活。从"她于是看见一只文雅的手握着一束报纸"到"这是何等重要的事"是第三段,写多少年来紧紧捆绑着她的封建礼教的绳索开始松动,"冥想有一位新交的男朋友陪着她在马路上走,手挽着手"。从"她立刻付了账"到结束为第四段,写她在欲念的鼓动下开始了追求的动作:去接触那年轻的男行员。"她被他看着。她期待着",然而一声"太太"的称呼浇灭了一腔情焰,连天色都变坏了,她心灰意冷地离开了上海。小说通过对婵阿姨这一段心理的曲折而清晰、生动而深刻的描写,批判了封建宗法制度和封建礼教对人们心灵的戕害。

  婵阿姨是封建制度、封建思想和封建礼教的牺牲品。她虽然识字、有文化,却思想陈腐,为了得到夫家的一大笔产业竟然甘愿牺牲宝贵的青春和一辈子的欢乐。她在封建社会的残害下成了具有双重人格的人物,虽然有着三千亩田的家产,但感情荒芜,精神生活极其贫乏,在族中人虎视眈眈的窥视下只能谨小慎微地孤身生活下去;从外表看去,她虽然心如死灰,有着为人称赞的"美德",而灵魂深处女性的欲求不时地泛上心头,以致到了变态的程度,连年轻的男行员在公务中看她一眼、无意中碰着了她的头发,也面热心跳,会在心里涌起玫瑰色的云霞。她的本性吝啬而怯懦,最终核算着几个铜元,又回到她那冷冰冰的"活埋庵"中去了。

  小说在心理分析方面提供了一些成功经验。它在运用弗洛伊德的学说向人物潜意识的深层掘进的同时,又能正确地理解与挖掘心理现象背后的社会内容,从而使作品具有较强的思想意义和社会意义。它为了更好地表现人物心理,不少地方明显地采用了意识流手法,但易于把握,并不难懂。小说情节完整,结构亦较精致。

手　推　车

艾　青

【解题】

"手推车"是旧中国北方农民的运输工具,它作为一种意象出现在诗中,暗示的是北方农民的苦难的生存方式。

艾青(1910—1996),原名蒋海澄,浙江金华人。20世纪中国最杰出的诗人,其成就主要集中在三四十年代的创作。代表作有《大堰河——我的保姆》《黎明的通知》,以及"北方组诗""太阳组诗"等。

在黄河流过的地域
在无数的枯干了的河底
手推车
以唯一的轮子
发出使阴暗的天穹痉挛的尖音
穿过寒冷与静寂
从这一个山脚
到那一个山脚
彻响着
北国人民的悲哀

在冰雪凝冻的日子
在贫穷的小村与小村之间
手推车
以单独的轮子

刻画在灰黄土层上的深深的辙迹
穿过广阔与荒漠
从这一条路
到那一条路
交织着
北国人民的悲哀

1938年初

（艾青：《北方》，上海文化生活出版社，1942）

【导读】

　　1937年至1940年，艾青几经辗转，"从中国东部到中部，从中部到北部，从北部到南部到西北部"，这一段流浪，使他一方面感受到了全国普遍高涨的抗日情绪，另一方面也使他更多地接触到了中国苦难的现实。这首《手推车》，写于1938年，就是艾青对当时挣扎在死亡线上的中国农民生活苦况的真实反映。从意蕴上考察，这首诗包含了这样几个层面：其一，作品显示了艾青早期诗歌中所呈现的一种特有的、一贯的情调——一种浸透了诗人的灵魂、永远摆脱不掉的农民式的忧郁。其二，作品表现了中国传统的、爱国的知识分子特有的忧患意识。其三，诗歌表现了他对时代的现实生活的忠实与思索。具言之，抗战初期，当大多数诗人还沉湎于廉价的乐观主义，预言着轻而易举的胜利时，艾青却从对生活的深沉观察与思考中，很快从盲目乐观的情绪中冷却下来，在"全民抗战"的热闹场面中看见了阴影、危机、祖国大地的贫穷、人民的苦难等。

　　在艺术上，本诗注重诗歌意象的生活细节化；注重感觉印象与所投入的主观感情的有机融合；注重运用散文化的语言与追求自由体形式。

五 月

穆 旦

【解题】

　　"五月"是鲜花盛开的时节。它原本给人的感觉是轻盈、愉悦的,充满了活力。但在本诗中,活力依然存在,只不过,这种活力却是一种社会的动乱所搅起的一种令人烦躁、恐惧的活力。诗人以"五月"作为诗题,实际上暗示的是它原本所代表的"活力"的含义,它与正文部分所写的负面意义上的"活力"构成了鲜明的对照,从而拓展了诗歌的艺术空间。

　　穆旦(1918—1977),祖籍浙江海宁,出生于天津,原名查良铮。1940年毕业于西南联大,是我国20世纪40年代重要的诗歌流派"九叶诗派"的代表性诗人,著有诗集《探险队》等。《五月》写于1940年,正值二次世界大战、抗日战争处于极为艰难的战略相持阶段。

　　　　五月里来菜花香
　　　　布谷流连催人忙
　　　　万物滋长天明媚
　　　　浪子远游思家乡

　　勃朗宁,毛瑟,三号手提式,
　　或是爆进人肉去的左轮,
　　它们能给我绝望后的快乐,
　　对着漆黑的枪口,你就会看见
　　从历史的扭转的弹道里,

我是得到了二次的诞生。
无尽的阴谋;生产的痛楚是你们的,
是你们教了我鲁迅的杂文。

　　负心儿郎多情女
　　荷花池旁订誓盟
　　而今独自倚栏想
　　落花飞絮满天空

而五月的黄昏是那样的朦胧!
在火炬的行列叫喊过去以后,
谁也不会看见的
被恭维的街道就把他们倾出,
在报上登过救济民生的谈话后,
谁也不会看见的
愚蠢的人们就扑进泥沼里,
而谋害者,凯歌着五月的自由,
紧握一切无形电力的总枢纽。

　　春花秋月何时了
　　郊外墓草又一新
　　昔日前来痛哭者
　　已随轻风化灰尘

还有五月的黄昏轻网着银丝,
诱惑,溶化,捕捉多年的记忆,
挂在柳梢头,一串光明的联想……
浮在空气的小溪里,把热情拉长……

于是吹出些泡沫,我沉到底,
安心守住了你们古老的监狱,
一个封建社会搁浅在资本主义的历史里。

  一叶扁舟碧江上
  晚霞炊烟不分明
  良辰美景共饮酒
  你一杯来我一盅

而我是来飨宴五月的晚餐,
在炮火映出的影子里,
在我交换着敌视,大声谈笑,
我要在你们之上,做一个主人,
直到提审的钟声敲过了十二点。
因为你们知道的,在我的怀里
藏着一个黑色小东西,
流氓,骗子,匪棍,我们一起,
在混乱的街上走——

  他们梦见铁拐李
  丑陋乞丐是仙人
  游遍天下厌尘世
  一飞飞上九层云

1940 年 11 月

(《穆旦诗全集》,北京:人民文学出版社,1996 年)

【导读】

  《五月》在艺术上呈示给读者的首先是一种奇异的对照。一是形式的对照：仿古典诗的整齐诗行与自由体诗的杂乱诗行的对照；一是意象、画面及内在精神特质的对照：农业社会的男欢女爱、五谷丰登、行旅之思、文人雅兴、成仙梦想与工业社会的铁血、暴力、阴谋、骚乱、贫困的对照。正是在这种对照里，诗人流露了他对充满苦难与不幸的人类历史的深切的悲悯。

融会现实主义与现代主义，用浓厚的西方情调表达对中国社会、政治的思考，是本诗的第二个重要的特征。阅读本诗，不难看出，西洋方式与本土精神在这里有着奇妙的结合，在他的深刻西方化的语言排列中，我们可以鲜明地感受到他对自己的土地和人民的焦灼和激情。

"思想知觉化"是本诗的第三个重要的特征。中国社会正在向现代工业社会转变，为了准确地表达作为中国现代知识分子在这一转变中的复杂思想感情，作者不仅动用了较多的现代词汇和语法，而且努力将官能感觉的形象与抽象的观念、炽烈的情绪交织在一起，从而立体地、浑一地传达出一种丰厚的意蕴。

屈　　原（节选）

郭沫若

【解题】

屈原是我国战国时代楚国著名的爱国主义、浪漫主义大诗人，本剧中的屈原则是郭沫若基于历史史实塑造而成的一个文学形象。

《屈原》全剧共五幕。剧情的背景是：战国时代，群雄纷争，秦国企图统一中国，于是派"连横家"张仪来到楚国，劝说楚怀王与齐国绝交，与秦国交好，其目的则是希望分化瓦解楚、齐两国的联盟，以便各个击破。楚怀王在屈原的坚持下，没有同意，张仪则扬言回去后要选美女送给楚怀王。剧本一开始，屈原在橘园中朗诵他的新作《橘颂》，并勉励他的学生宋玉要像橘一样高洁、不屈不挠、顶天立地。楚怀王的儿子子兰奉他母亲南后之命邀请屈原前去议事。屈原走后，子兰调戏屈原的侍女婵娟，被婵娟拒绝。在楚宫内庭里，风闻张仪要送美女给楚怀王的南后与奸臣靳尚密谋，打算陷害屈原，满足张仪的"连横"要求，以使他打消选送美女的念头。屈原来后，南后故意请屈原观赏她新排练的屈原的作品《九歌》，等楚怀王一出现，便假装晕倒，扑到屈原怀里，诬陷屈原对她非礼，楚怀王果然大怒，斥退了屈原，在南后的鼓动下，接受了张仪的建议。宋玉也借机倒入了南后的阵营。南后还不甘心，又将屈原与敢于骂她的婵娟关进监狱，并密令毒死屈原。前来探望屈原的婵娟误喝了毒酒死去，悲愤的屈原将《橘颂》献给婵娟。最后，屈原在一个卫士的帮助下从狱中逃出，开始了他在江边流浪行吟的生活。

下面节选的是该剧第五幕第二景。

郭沫若(1892—1978),四川乐山人,现代著名诗人、剧作家、历史学家。其最为杰作的代表作是"五四"时期所创作的诗集《女神》和抗战时期的剧作《屈原》。

> 屈原手足已戴刑具,颈上并系有长链,仍着其白日所着之玄衣,披发,在殿中徘徊。因有脚镣行步甚有限制,时而伫立睥睨,目中含有怒火。手有举动时,必两手同时举出。如无举动时,则拳曲于胸前。

屈　原　(向风及雷电)风!你咆哮吧!咆哮吧!尽力地咆哮吧!在这暗无天日的时候,一切都睡着了,都沉在梦里,都死了的时候,正是应该你咆哮的时候,应该你尽力咆哮的时候!

尽管你是怎样的咆哮,你也不能把他们从梦中叫醒,不能把死了的吹活转来,不能吹掉这比铁还沉重的眼前的黑暗,但你至少可以吹走一些灰尘,吹走一些砂石,至少可以吹动一些花草树木。你可以使那洞庭湖,使那长江,使那东海,为你翻波涌浪,和你一同地大声咆哮呵!

啊,我思念那洞庭湖,我思念那长江,我思念那东海,那浩浩荡荡的无边无际的波澜呀!那浩浩荡荡的无边无际的伟大的力呀!那是自由,是跳舞,是音乐,是诗!

啊,这宇宙中的伟大的诗!你们风,你们雷,你们电,你们在这黑暗中咆哮着的,闪耀着的一切的一切,你们都是诗,都是音乐,都是跳舞。你们宇宙中伟大的艺人们呀,尽量发挥你们的力量吧。发泄出无边无际的怒火把这黑暗的宇宙,阴惨的宇宙,爆炸了吧!爆炸了吧!

雷!你那轰隆隆的,是你车轮子滚动的声音!你把我载着拖到洞庭湖的边上去,拖到长江的边上去,拖到东海的边上去呀!我要看那滚滚的波涛,我要听那鞺鞺鞳鞳的咆哮,我要飘流到那没有阴谋、没有污秽、没有自私自利的没有人的小岛上去呀!我要和着你,和着你的声音,和着那茫茫的大海,一同跳进那没有边际的没有限制的自由里去!

啊,电!你这宇宙中最犀利的剑呀!我的长剑是被人拔去了,但是你,你能拔去我有形的长剑,你不能拔去我无形的长剑呀。电,你这宇宙中的剑,也正是,我心中的剑。你劈吧,劈吧,劈吧!把这比铁还坚固的黑暗,劈开,劈开,劈开!虽然你劈它如同劈水一样,你抽掉了,它又合拢了来,但至少你能使那光明得到暂时的一瞬的显现,哦,那多么灿烂的,多么眩目的光明呀!

光明呀,我景仰你,我景仰你,我要向你拜手,我要向你稽首。我知道,你的本身就是火,你,你这宇宙中的最伟大者呀,火!你在天边,你在眼前,你在我的四面,我知道你就是宇宙的生命,你就是我的生命,你就是我呀!我这熊熊地燃烧着的生命,我这快要使我全身炸裂的怒火,难道就不能迸射出光明了吗?

炸裂呀,我的身体!炸裂呀,宇宙!让那赤条条的火滚动起来,像这风一样,像那海一样,滚动起来,把一切的有形,一切的污秽,烧毁了吧,烧毁了吧!把这包含着一切罪恶的黑暗烧毁了吧!

把你这东皇太一烧毁了吧!把你这云中君烧毁了吧!你们这些土偶木梗,你们高坐在神位上有什么德能?你们只是产生黑暗的父亲和母亲!

你,你东君,你是什么个东君?别人说你是太阳神,你,你坐在那马上丝毫也不能驰骋。你,你红着一个面孔,你也害羞吗?啊,你,你完全是一片假!你,你这土偶木梗,你这没心肝的,没灵魂的,我要把你烧毁,烧毁,烧毁你的一切,特别要烧毁你那匹马!你假如是有本领,就下来走走吧!

什么个大司命,什么个少司命,你们的天大的本领只有晓得播弄人!什么个湘君,什么个湘夫人,你们的天大的本领也就只晓得痛哭几声!哭,哭有什么用?眼泪,眼泪有什么用?顶多让你们哭出几笼湘妃竹吧!但那湘妃竹不是主人们用来打奴隶的刑具么？你们滚下船来，你们滚下云头来，我都要把你们烧毁！烧毁！烧毁！

哼，还有你这河伯……哦，你河伯！你，你是我最初的一个安慰者！我是看得很清楚的呀！当我被人们押着，押上了一个高坡，卫士们要息脚，我也就站立在高坡上，回头望着龙门。我是看得很清楚，很清楚的呀！我看见婵娟被人虐待，我看见你挺身而出，指天画地有所争论。结果，你是被人押进了龙门，婵娟她也被人押进了龙门。

但是我，我没有眼泪。宇宙，宇宙也没有眼泪呀！眼泪有什么用呵？我们只有雷霆，只有闪电，只有风暴，我们没有拖泥带水的雨！这是我的意志，宇宙的意志。鼓动吧，风！咆哮吧，雷！闪耀吧，电！把一切沉睡在黑暗怀里的东西，毁灭，毁灭，毁灭呀！

（《郭沫若选集》第三卷上册，成都：四川人民出版社，1979年）

【导读】

《屈原》是郭沫若配合当时坚持抗战，反抗妥协投降宣传影响最大的一部作品，发挥了"古为今用"的强大效能。剧本中，作者把战国时代楚怀王不图自强、甘心投降秦国的卖国行径，屈原"信而见疑，忠而见谤"的悲惨遭遇，以及屈原同绝齐亲秦的反动势力所展开的不调和的斗争，艺术地再现在舞台上，讽喻和抨击了国民党中的亲日反共势力，传达了人民的愤怒呼声。剧中第四幕南后下令将钓者和婵娟的嘴封住一节，既活画出"防民之口"的反动统治者愚蠢丑恶的嘴脸，也是作者对现实的有力抨击，正如郭沫若自己所说："因而我便把这个时代的愤怒复活在屈原时代里去了。换句话说，我是借了屈原的时代来象征我们当前的时代。"[《序俄文本史剧(屈原)》]郭沫若正是站在时代的高峰，运用历史唯物主义的观点，在深入发掘历史题材精神实质的基础上，把历史人物和历史事件合理地升华到"今天"的高度，赋予了新的生命力。

强烈的浪漫主义精神是《屈原》一剧在艺术上呈现的第一个显著特色。早在"五四"时期郭沫若就以其浪漫主义诗歌强烈地撼动过文坛,进而形成了自己创作中一贯的特色。在《屈原》中,这种浪漫主义的创作风格主要体现在作者常常在历史人物身上注入更多的"主观性"。他常常不可遏止地将自己的思想感情、生活体验灌注于艺术形象之中,以自己对现实的强烈感受充实和丰富剧中人物的思想感情,用自身的血泪去铸造理想的人物。《屈原》中的屈原形象,作者自己就曾承认过是"夫子自道","那里面的屈原所说的话,完全是自己的实感"(《创造十年》)。剧本中的《雷电颂》,与其说表现屈原精神,毋宁说表现的是郭沫若一贯的浪漫主义个性,是郭沫若的伟大人格拥抱屈原的伟大人格的产物,也是郭沫若的时代愤怒与屈原的时代愤怒融会的光焰。

结合剧情的需要穿插相当数量的抒情诗和民歌,这是《屈原》艺术上呈现的第二个显著特征。全剧以屈原朗诵《橘颂》开始,配以屈原对于《橘颂》内容的阐发,展露了屈原的人生抱负:"在这战乱的年代,一个人的气节很要紧。太平年代的人容易做,在和平里生,在和平里死,没有什么波澜,没有什么曲折。但在大波大澜的时代,要做成一个人实在不是容易的事……我们生要生得光明,死要死得磊落!"婵娟牺牲后《橘颂》再次出现,首尾呼应,它像是始终回响在一部交响乐中的主旋律,反复出现,腾挪婉转,有力地烘托了剧本的主题——"不挠不屈,为真理斗到尽头!"被安排在全剧高潮时出现的《雷电颂》,更是一篇感情奔放的、壮美的抒情诗,既刻画了屈原的性格,亦强调了作品的主题。

"实事求似",即在把握历史精神的条件下,为使剧作的主题思想更加完整,人物形象更加鲜明,有意识地虚构某些情节和虚设一些非主要人物,是《屈原》一剧的第三个特点。《屈原》中屈原被南后诬陷,屈原怒叱张仪及"雷电颂"等都是作家艺术虚构的情节,但是这些虚构并没有改变或歪曲历史上的屈原形象,而是有助于突出屈原凛然难犯、独立不倚的坚毅品格,剧本中作为一个"没有骨气的无耻文人"来塑造的宋玉形象,也不尽符合史实,剧中的婵娟、卫士等形象更无史迹可考,完全是作家的虚构人物,但他们或作为屈原的对立面,或作为屈原形象的衬托,为作品揭示、突出屈原的爱国精神都起了不小的作用。

苹果树下

闻 捷

【解题】
　　诗题"苹果树下"点出了本诗所写的爱情故事发生的地点。
　　闻捷(1923—1971),原名赵文节,江苏丹徒人,代表作有诗集《天山牧歌》、叙事长诗《复仇的火焰》等。"文革"中被迫害致死。

　　苹果树下那个小伙子,
　　你不要、不要再唱歌;
　　姑娘沿着水渠走来了,
　　年轻的心在胸中跳着。
　　她的心为什么跳呵?
　　为什么跳得失去节拍?……

　　春天,姑娘在果园劳作,
　　歌声轻轻从她耳边飘过,
　　枝头的花苞还没有开放,
　　小伙子就盼望它早结果。
　　奇怪的念头姑娘不懂得,
　　她说:别用歌声打扰我。

　　小伙子夏天在果园度过,
　　一边劳动一边把姑娘盯着,
　　果子才结得葡萄那么大,
　　小伙子就唱着赶快去采摘。

满腔的心思姑娘猜不着,
她说:别像影子一样缠着我。

淡红的果子压弯绿枝,
秋天是一个成熟季节,
姑娘整夜整夜地睡不着,
是不是挂念那树好苹果?
这些事小伙子应该明白,
她说:有句话你怎么不说?

……苹果树下那个小伙子,
你不要、不要再唱歌;
姑娘踏着草坪过来了,
她的笑容里藏着什么?……
说出那句真心的话吧!
种下的爱情已该收获。

1952—1954 年乌鲁木齐—北京
(《闻捷诗选》,北京:人民文学出版社,1979 年)

【导读】

闻捷的《苹果树下》写于 50 年代初期,当时,由于无产阶级意识形态的一元化,文学创作中提倡表现集体主义、英雄主义与理想主义,反对作家表现主体自我的思考、个性意识与情感(包括人类最美好的感情:爱情)。在这样一种禁忌重重的氛围中,闻捷的这首以大胆表现青年男女之间优美、纯真的爱情为主题的《苹果树下》的出现,无疑给文坛吹来一股清新、活泼的风,而本诗也就成为那一时期肤浅空洞的颂歌诗潮中难得的佳作。

《苹果树下》在艺术上有这样几点值得称道:(1)作者把美

好的爱情摆放在边疆旖旎的自然风光中加以描写,美的人、美的景既互相衬托,又交相辉映;(2)作品将一个美丽的爱情从萌芽到成熟的过程与苹果的开花结果过程、自然界春夏时序的推移过程有机地结合在一起,构思十分巧妙;(3)准确、传神地表现出恋爱中人物的微妙心理;(4)语言明快、凝练,节奏感强。

养　花

老　舍

【解题】

"养花"是传统中国文人怡情养性的一种爱好,老舍这里写养花,则是表达他对生活和大自然的热爱。

老舍(1899—1966),北京人,原名舒庆春,满族。20世纪中国著名作家。著有小说《骆驼祥子》《猫城记》《四世同堂》《正年旗下》(未完成),话剧《龙须沟》《茶馆》,等等。1966年"文革"爆发后因受迫害投湖自尽。

我爱花,所以也爱养花。我可还没成为养花专家,因为没有工夫去作研究与试验。我只把养花当作生活中的一种乐趣。花开得大小好坏都不计较,只要开花,我就高兴。在我的小院中,到夏天,满是花草,小猫儿们只好上房去玩耍,地上没有它们的运动场。

花虽多,但无奇花异草。珍贵的花草不易养活,看着一棵好花生病欲死是件难过的事。我不愿时时落泪。北京的气候,对养花来说,不算很好。冬天冷,春天多风,夏天不是干旱就是大雨倾盆,秋天最好,可是忽然会闹霜冻。在这种气候里,想把南方的好花养活,我还没有那么大的本事。因此,我只养些好种易活、自己会奋斗的花草。

不过,尽管花草自己会奋斗,我若置之不理,任其自生自灭,它们多数还是会死了的。我得天天照管它们,像好朋友似的关切它们。一来二去,我摸着一些门道:有的喜阴,就别放在太阳地里,有的喜干,就别多浇水。这是个乐趣,摸住门道,花草养活了,而且三年五载老活着、开花,多么有意思呀!不是乱吹,这就是知识呀!多得些知识,一定不是坏事。

我不是有腿病吗,不但不利于行,也不利于久坐。我不知道花草们受我的照顾,感谢我不感谢;我可得感谢它们。在我工作的时候,我总是写了几十个字,就到院中去看看,浇浇这棵,搬搬那盆,然后回到屋中再写一点,然后再出去,如此循环,把脑力劳动与体力劳动结合到一起,有益身心,胜于吃药。要是赶上狂风暴雨或天气突变哪,就得全家动员,抢救花草,十分紧张。几百盆花,都要很快地抢到屋里去,使人腰酸腿疼,热汗直流。第二天,天气好转,又得把花儿都搬出去,就又一次腰酸腿疼,热汗直流。可是,这多么有意思呀!不劳动,连棵花儿也养不活,这难道不是真理么?

送牛奶的同志,进门就夸"好香"!这使我们全家都感到骄傲。赶到昙花开放的时候,约几位朋友来看看,更有秉烛夜游的神气——昙花总在夜里放蕊。花儿分根了,一棵分为数棵,就赠给朋友们一些;看着友人拿走自己的劳动果实,心里自然特别喜欢。

当然,也有伤心的时候,今年夏天就有这么一回。三百株菊秧还在地上(没到移入盆中的时候),下了暴雨。邻家的墙倒了下来,菊秧被砸死者约三十多种,一百多棵!全家都几天没有笑容!

有喜有忧,有笑有泪,有花有实,有香有色,既须劳动,又长见识,这就是养花的乐趣。

(1956年10月21日《文汇报》)

【导读】

老舍是小说家、戏剧家,但他的散文也写得很出色。《养花》写于1956年,作品的主题很简单:通过客观地介绍作者对养花的兴趣及由养花所引发的喜与忧,展示自身性格中的一个美好的组成部分——热爱生活,热爱大自然。作品除了语言仍然显示了老舍一贯的幽默与"京味"外,就是平铺直叙、层次分明地描写了养花过程。然而,这篇作品出现在当代散文史上仍然具有着一定的意义。这篇作品是从一个特殊的角度表达对新中国、新社会的感激之情,其潜在的话语是:没有新中国、新时代的和平、幸福与安宁,又怎么会有养花的条件、兴致与心情。

关 汉 卿（节选）

田 汉

【解题】

关汉卿是我国元代著名的、伟大的杂剧家，田汉这里所写的"关汉卿"则是在基本遵照历史事实的基础上虚构出来的一个文学形象。

《关汉卿》全剧共十一场。故事发生在元世祖至元十八年至十九年（1281—1282）的大都（北京）。剧本一开场就写民女朱小兰因被无赖陷害、不愿婆婆受连累，被贪官知府问成死罪，押赴刑场问斩。关汉卿从街上路过，碰见此事，义愤填膺，萌发了创作杂剧《窦娥冤》的念头。关汉卿来到元代大都擅演杂剧的名歌妓朱帘秀的家，告诉她此事，朱帘秀鼓励他把这个剧本写出来，并说"你敢写我就敢演！"关汉卿潜心写作《窦娥冤》，并与他的朋友们讨论，叶和甫这个混在当时杂剧界的败类警告关汉卿不要写，遭到了关汉卿的驳斥，两人不欢而散。《窦娥冤》一经上演，果然激怒了当时的权臣阿合马，下令关汉卿遵照他的意图修改剧本，关汉卿不从，阿合马要处死关汉卿及扮演窦娥的朱帘秀，被大司徒和礼霍孙劝止，阿合马只得将关汉卿与朱帘秀暂时关押起来，却残暴地将朱帘秀的徒弟赛帘秀的眼睛挖出来。叶和甫奉命到狱中劝诱关汉卿答应修改，关汉卿愤而与之绝交。关汉卿在牢中与朱帘秀相会，关汉卿为她写了一个曲子《双飞蝶》，表达了自己愿与她"相永好，不言别"的誓言，朱帘秀十分感动。《窦娥冤》的上演及关汉卿的遭遇激起了一位义士、时任益都千户的王著的义愤，他与朋友一起刺杀了阿合马，王实甫（《西厢记》的作者，与关汉卿同时的另一位杂剧大家）等人上了一个"万民禀"，要求释放关汉卿,经过努力,关汉卿由死罪问成流放杭州,朱帘秀释放。剧本末尾,关汉卿与朱帘秀、王实甫等人长亭泣别。

下面节选的是第八场。

田汉(1898—1968),湖南长沙人,原名田寿昌,20世纪中国著名戏剧家。1949年之前的代表作主要有《获虎之夜》《名优之死》等。中华人民共和国成立后的代表作有话剧《关汉卿》《文成公主》及京剧《白蛇传》《谢瑶环》等。

关汉卿 四姐,真是对不起,为了我的著作,竟然把你连累到这个地步。

朱帘秀 什么话?我不说过你敢写我就敢演吗?说这话的时候,我就打算有今天的。

关汉卿 可是哪知道这一天来得这么快。

朱帘秀 迟早反正一样。我从没有像这些日子这样活得有意思,我觉得我越来越跟大伙儿在一块了。不是吗?老百姓恨阿合马,我们也恨阿合马,而且敢于跟他们斗!王著替大伙儿除害,他死了,我们也站在王著这一边,跟坏人一直斗到死。窦娥不正是这样的女人吗,她至死也不向坏人低头。我喜欢这样的女人,我也愿意像她一样地死去。瞧我还穿着窦娥的行头,跟窦娥一样的打扮,回头还要跟窦娥一样的倒下去。我一定也不会轻易倒下去的,汉卿,在倒下去以前我一定像窦娥一样的喊着,不,也许像王著一样的喊着:"与万民除害呀!"你看行吗?我现在真不知道是在过日子,还是在台上。我要像在台上一样,对着成千上万的看的人一点也不胆怯。说真的,你刚才告诉我,我们快要死的消息,我心里还有点乱。这会儿好多了,我会像窦娥那样坚强的,你放心。

关汉卿 你也放心,四姐。我姓关,现在虽算是大都人了,我原籍却是蒲州解良,我也会像我祖宗那样英雄地死去的。"玉可碎而不可改其白,竹可焚而不可毁其节",这也正是我今天的心胸。

朱帘秀　咳,我最不能瞑目的是玉仙楼那天晚上,我托和卿设法让你连夜逃走,你怎么不走,反而第二天晚上来看戏呢?你那样爱看戏吗?

关汉卿　我怎么能走?我怎么能让你一个人承担那样重的担子?

朱帘秀　我有什么?不大了一个唱杂剧的歌妓,怎么能比得你?你是一代作者,你替我们杂剧开了一条路,歌台舞榭没有你的戏,人家就不高兴。你正应该替大伙儿多写些好东西,多替"有口难言"的百姓们说话,多替负屈衔冤的女子们申冤,可是,可是于今你也跟我一样,就这么完了,那怎么行?叫他们杀了我吧,千万把你给留下……(她哭了)

关汉卿　四姐,谢谢你的好心。我们的死不就是为了替百姓们说话吗?人家说血写的文字比墨写的要贵重,也许,我们死了,我们的话说得更响亮。可是你不像我,我已经快五十的人了,你还年轻,工夫好,那么早就成了名角儿,你死了人家要埋怨我的。不是伯颜老太太那样疼你,还说要认你做干闺女吗?干吗不写封信给她,求求她,我想一定有好处的。信可以托何总管转去,准能收到,快点写吧。要不,我给你代笔也成。

朱帘秀　那么你呢?你也求求她吧。

关汉卿　我怎么能求她?

朱帘秀　那为什么我就应该求她呢?她还不是杀人不眨眼的伯颜丞相的老太太吗?她疼我无非我这个女戏子骗了她几滴眼泪。她也不是真懂我们的戏的,她不过让人家说她是多么慈悲。其实呢,伯颜丞相今天在这里屠城,明

　　　　　　天在那里杀降,她半点眼泪也没有流过。我就恨这样的女人,我还去求他?死也不求她!

关汉卿　不求她那就得——

朱帘秀　就得死。跟关大爷这样的人一道死,我还有什么不足呢!我修不到跟你生活在一块儿,就让我们俩死在一块儿吧,汉卿!(她紧握着关汉卿的手)

关汉卿　四姐,我觉得我们的心没有比这个时候靠得再紧的了。入狱的时候,我就打算有今天。前天晚上,我写了一个曲子叫[双飞蝶],想给你看看,他们害怕,不给传递,我也没有勉强。现在我亲自交给你吧。要是你能唱唱该多好。

朱帘秀　给我。(接过去)

关汉卿　写得很乱,你看得清楚吗?

朱帘秀　看得清楚。(她半朗诵,半歌唱地)

　　　　　将碧血、写忠烈,
　　　　　作厉鬼、除逆贼,
　　　　　这血儿啊,化作黄河扬子浪千叠,
　　　　　长与英雄共魂魄!
　　　　　强似写佳人绣户描花叶,
　　　　　学士锦袍趋殿阙,
　　　　　浪子朱窗弄风月;
　　　　　虽留得绮词丽语满江湖,
　　　　　怎及得傲干奇枝斗霜雪?
　　　　　念我汉卿啊,
　　　　　读诗书,破万册,
　　　　　写杂剧,过牛百,
　　　　　这些年风云改变山河色,
　　　　　珠帘卷处人愁绝,

都只为一曲《窦娥冤》,
俺与她双沥苌弘血;
差胜那孤月自圆缺,
孤灯自明灭;
坐时节共对半窗云,
行时节相应一身铁;
各有这气比长虹壮,
哪有那泪似寒波咽!
提什么黄泉无店宿忠魂,
争说道青山有幸埋芳洁。
俺与你发不同青心同热,
生不同床死同穴;
待来年遍地杜鹃红,
看风前汉卿四姐双飞蝶。
相永好,不言别!(她十分感动)

朱帘秀 哦,汉卿!(她拥抱关汉卿)
〔禁子、禁婆上。
禁　子 半刻完了。回去吧。(分开他们)
禁　婆 听你们说得怪可怜的,以后只怕没有见面的时候了。容你们一别吧。
朱帘秀 不。
关汉卿 我们不告别,我们永久在一起的。
禁　婆 那么回号子吧。
〔禁子牵着关汉卿,禁婆牵着朱帘秀,铁锁铿铛地各归狱室。

——暗　转

(田汉:《关汉卿》,北京:人民文学出版社,1961 年)

【导读】

《关汉卿》成功地塑造了关汉卿这样一个典型形象,并且真实地再现了这个人物性格的演变轨迹。关汉卿形象并非完美无缺,一成不变,而是有个发展过程,剧作逐步揭示其灵魂的光辉纯洁。他的出场并非先声夺人,而是很平凡,结尾也不曾发出豪言壮语,却很悲壮;他的思想认识有一个发展变化的过程,符合这个人物的性格逻辑。

在对比中刻画人物,是《关汉卿》的又一特点。剧本写关汉卿,时时注意与作品中另一重要人物朱帘秀作对比。关汉卿与朱帘秀有共同的经历、情趣、命运与遭遇,因而形成了性格方面的许多共同点。然而犹如一树双花,同中有异,关汉卿与朱帘秀仍然存在着若干性格上的不同。譬如,关汉卿弱点的克服多亏了朱帘秀的帮助;关汉卿由动摇走向坚定,离不开朱帘秀的鼓舞。对关汉卿来说,朱帘秀不愧是良师、益友、爱妻。反过来说,从这种对比中也可看出,关汉卿的品德、作为对朱帘秀也有推动和影响,而且相当有力,可以说,关汉卿因朱帘秀而平添风采,朱帘秀因关汉卿而更加光辉。

《关汉卿》动人的艺术魅力还在于作品所洋溢的浓郁的抒情性。田汉擅长用诗的语言来揭示人物的内心感受,刻画人物性格。《关汉卿》第八场中,一曲关写朱唱的《双飞蝶》,赞美了关、朱的战斗友谊和忠贞爱情,将全剧的抒情气氛推向高潮。"将碧血、写忠烈,作厉鬼、除逆贼,这血儿啊,化作黄河扬子浪千叠,长与英雄共魂魄……俺与你发不同青心同热,生不同床死同穴;待来年遍地杜鹃红,看风前汉卿四姐双飞蝶。永相好,不言别!"这种诗与音乐的穿插,有助于塑造人物,揭示主题,而且使舞台笼罩在浓郁的抒情气氛和浪漫情调之中。

《关汉卿》一剧富有传奇色彩。田汉是一位浪漫精神较强的作家,他在进行艺术构思时,极力追求故事的传奇性。一般说来,田汉的戏剧情节比较复杂,矛盾冲突尖锐激烈,戏剧性强。《关汉卿》两次写到死神如何逼近关汉卿的紧张场面,眼看他身处绝境,作家陡然将笔锋一转,让他虎口脱险,大难不死。人物的这种传奇性遭遇,既出乎读者观众的意料之外,又完全在艺术的情理之中。此外,在结构上,《关汉卿》还采用了戏中戏的艺术手法,戏中戏即《窦娥冤》的演出,《关汉卿》围绕着《窦娥冤》的创作、排练、演出、观看的全过程安排戏剧结构,戏中有戏,既提高了戏剧的趣味性,又提高了戏剧的思想性。

致 橡 树

舒 婷

【解题】

"橡树"在文中是对男性的一种比拟,"致橡树"即写给男性的话。

舒婷,1952年出生,福建漳州人,原名龚佩瑜、龚舒婷,20世纪下半叶"朦胧诗"派著名诗人。代表作有诗集《双桅船》等。

我如果爱你——
绝不像攀援的凌霄花
借你的高枝炫耀自己;
我如果爱你——
绝不学痴情的鸟儿
为绿阴重复单调的歌曲;
也不止像泉源
常年送来清凉的慰藉;
也不止像险峰
增加你的高度,衬托你的威仪
甚至日光。
甚至春雨。
不,这些都还不够!
我必须是你近旁的一株木棉,
作为树的形象和你站在一起。
根,紧握在地下,
叶,相触在云里。

每一阵风过,
我们都互相致意,
但没有人
听懂我们的言语。
你有你的铜枝铁干,
像刀,像剑,
也像戟;
我有我红硕的花朵,
像沉重的叹息,
又像英勇的火炬。
我们分担寒潮、风雷、霹雳;
我们共享雾霭、流岚、虹霓。
仿佛永远分离,
却又终生相依。
这才是伟大的爱情,
坚贞就在这里:
不仅爱你伟岸的身躯,
也爱你坚持的位置,足下的土地。

1977 年 3 月 27 日

(《诗刊》1979 年 4 月号)

【导读】

　　《致橡树》写于 1977 年 3 月,是一首别具风味的爱情诗。诗人通过"木棉树"这一拟物化形象的自白,表现了一种独立、平等、互依互助、坚贞热烈、尊重对方的存在,又珍视自身存在价值的爱情观。

　　全诗以"木棉树"的自白展开。可分为两个层次。

　　第一层,诗人以"木棉"的两个假定前提下的六个否定性比喻，来反衬自己对爱情的看法。木棉说:"我如果爱你——",绝不像凌霄花那样借攀对方的高枝来炫耀自己,也绝不学痴情鸟儿在别人冷漠的阴影里唱着单相思的歌。显然诗人对这种带有封建思想烙印的依附或完全没有独立人格的爱情,是持否定态度的。木棉也认为,作为女性,应该给对方以体贴和温柔,像泉源那样,"常年送来清凉的慰藉";也可以把自己作为对方的陪衬,来"增加你的高度,衬托你的威仪";甚至应该给对方以日光般的温暖,以春雨般的绵绵情意。但是她指出"不,这些都还不够!",爱情绝不止这些。

那么,什么是真正完美无缺的爱情呢?在第二层里,诗人通过木棉的正面阐述,表达了自己的爱情观:在平等的基础上,在任何环境中都能够同甘共苦、终生相依,才是真正的爱情。

本诗在艺术上的显著特点是:(1)运用了整体上把抒情主体拟物化的方法;(2)诗人善于使用意象来刻画主体形象(木棉)的性格,例如,用"铜枝铁干"与"红硕的花朵"两个鲜明的意象,来揭示爱情形象双方的性格特征,用"沉重的叹息"和"英勇的火炬"两个对比的意象,表现木棉的个性,丰富木棉的性格。

陈奂生上城

高晓声

【解题】

陈奂生是一个没有见过世面的农民,作者安排他"上城",显然会有一场好戏。作者以此为题,意在引起读者的悬念。

高晓声(1928—1998),江苏武进人。50年代曾被打成"右派",回到故乡农村劳动。"文革"结束后复出文坛,著有小说《李顺大造屋》、"陈奂生系列小说"(包括《漏斗户主》《陈奂生上城》《陈奂生转业》《陈奂生包产》《陈奂生战术》《陈奂生出国》等)。

一

"漏斗户主"陈奂生,今日悠悠上城来。

一次寒潮刚过,天气已经好转,轻风微微吹,太阳暖烘烘,陈奂生肚里吃得饱,身上穿得新,手里提着一个装满东西的干干净净的旅行包,也许是气力大,也许是包儿轻,简直像拎了束灯草,晃荡晃荡,全不放在心上。他个儿又高、腿儿又长,上城三十里,经不起他几晃荡;往常挑了重担都不乘车,今天等于是空身,自更不用说,何况太阳还高,到城嫌早,他尽量放慢脚步,一路如游春看风光。

他到城里去干啥?他到城里去做买卖。稻子收好了,麦垄种完了,公粮余粮卖掉了,口粮柴草分到了,乘这个空当,出门活动活动,赚几个活钱买零碎。自由市场开放了,他又不投机倒把,卖一点农副产品,冠冕堂皇。

他去卖什么?卖油绳。自家的面粉,自家的油,自己动手做成的。今天做好今天卖,格啦蹦脆,又香又酥,比店里的新鲜,比店里的好吃,这旅行包里装的净是它;还用小塑料袋包装好,有五根一袋的,有十根一袋的,又好看,又干净。一共六斤,卖完了,稳赚三元钱。

赚了钱打算干什么?打算买一顶簇新的,呱呱叫的帽子。说真话,从三岁以后,四十五年来,没买过帽子。解放前是穷,买不起;解放后是正当青年,用不着;"文化大革命"以来,肚子吃不饱,顾不上穿戴,虽说年纪到把,也怕脑后风了。正在无可奈何,幸亏有人送了他一顶"漏斗户主"帽,也就只得戴上,横竖不要钱。七八年决分以后,帽子不翼而飞,当时只觉得头上轻松,竟不曾想到冷。今年好像变娇了,上两趟寒流来,就缩头缩颈,伤风打喷嚏,日子不好过,非买一顶帽子不行,好在这也不是大事情,现在活路大,这几个钱,上一趟城就赚到了。

陈奂生真是无忧无虑,他的精神面貌和去年大不相同了。他是过惯苦日子的,现在开始好起来,又相信会越来越好,他还不满意么?他满意透了。他身上有了肉,脸上有了笑;有时候半夜里醒过来,想到囤里有米,柜里有衣,总算像家人家了,就兴致勃勃睡不着,禁不住要把老婆推醒了陪他聊天讲闲话。

提到讲话,就触到了陈奂生的短处,对着老婆,他还常能说说,对着别人,往往默默无言。他并非不想说,实在是无话可说。别人能说东道西,扯三拉四,他非常羡慕。他不知道别人怎么会碰到那么多新鲜事儿,怎么会想得出那么多特别的主意,怎么会具备那么多离奇的经历,怎么会记牢那么多怪异的故事,又怎么会讲得那么动听。他毫无办法,简直犯了死症毛病,他从来不会打听什么,上一趟街,回来只会说"今天街上人多"或"人少""猪行里有猪""青菜贱得卖不掉"之类的话。他的经历又和村上大多数人一样,既不特别,又是别人一目了然的,讲起来无非是"小时候娘常打我的屁股,爹倒不凶""也算上了四年学,早忘光了""三九年大旱,断了河底,大家捉鱼吃""四九年改朝换代,共产党打败了国民党""成亲以后,养了一个儿子、一个小女"……索然无味,等于不说。他又看不懂书;看戏听故事,又记不牢。看了《三打白骨精》,老婆要他讲,他也只会说:"孙行者最凶,都是他打死的。"老婆不满足,又问白骨精是谁,他就说:"是妖怪变的。"还是儿子巧,声明"白骨精不是妖怪变的,是白骨精变成的妖怪"。才算没有错到底。他又想不出新鲜花样来,比如种田,只会讲"种麦要用锄头抨碎泥块""莳秧一蔸莳六棵"……谁也不要听。再如这卖油绳的行当,也根本不是他发明的,好些人已经做过一阵了,怎样用料?怎样加工?怎样包装?什么价钱?多少利润?什么地方、什么时间买客多、销路好?都是向大家学来的经验。如果他再向大家夸耀,岂不成了笑话!甚至刻薄些的人还会吊他的背筋:"嗳!连'漏斗户主'也有油、粮卖油绳了,还当新闻哩!"还是不开口也罢。

如今,为了这点,他总觉得比别人矮一头。黄昏空闲时,人们聚拢来聊天,他总只听不说,别人讲话也总不朝他看,因为知道他不会答话,所以就像等于没有他这个人。他只好自卑,他只有羡慕。他不知道世界上有"精神生活"这一个名词,但是生活好转以后,他渴望过精神生活。哪里有听的,他爱去听,哪里有演的,他爱去看,没听没看,他就觉得没趣。有一次大家闲谈,一个问题专家出了个题目:"在本大队你最佩服哪一个?"他忍不住也答了腔,说"陆龙飞最狠"。人家问:"一个说书的,狠什么?"他说:"就为他能说书,我佩服他一张嘴。"引得众人哈哈大笑。

于是,他又惭愧了,觉得自己总是不会说,又被人家笑,还是不说为好。他总想,要是能碰到一件大家都不曾经过的事情,讲给大家听听就好了,就神气了。

二

　　当然,陈奂生的这个念头,无关大局,往往蹲在离脑门三四寸的地方,不大跳出来,只是在尴尬时冒一冒尖,让自己存个希望罢了。比如现在上城卖油绳,想着的就只是新帽子。

　　尽管放慢脚步,走到县城的时候,还只下午六点不到。他不忙做生意,先就着茶摊,出一分钱买了杯热茶,啃了随身带着当晚餐的几块僵饼,填饱了肚子,然后向火车站走去。一路游街看店,遇上百货公司,就弯进去侦察有没有他想买的帽子,要多少价钱?三爿店查下来,他找到了满意的一种。这时候突然一拍屁股,想到没有带钱。原先只想卖了油绳赚了利润再买帽子,没想到油绳未卖之前商店就要打烊;那么,等于赚了钱,这帽子就得明天才能买了。可自己根本不会在城里住夜,一无亲,二无眷,从来是连夜回去的,这一趟分明就买不成,还得光着头冻几天。

　　受了这点挫折,心情不挺愉快,一路走来,便觉得头上凉飕飕,更加懊恼起来。到火车站时,已过八点了。时间还早,但既然来了,也就选了一块地方,敞开包裹,亮出商品,摆出摊子来。这时车站上人数不少,但陈奂生知道难得会有顾客,因为这些都是吃饱了晚饭来候车的,不会买他的油绳;除非小孩嘴馋吵不过,大人才会买。只有火车上下车的旅客到了,生意才会忙起来。他知道九点四十分、十点半,各有一班车到站,这油绳到那时候才能卖掉,因为时近半夜,店摊收歇,能买到吃的地方不多,旅客又饿了,自然争着买。如果十点半卖不掉,十一点二十分还有一班车,不过太晚了,陈奂生宁可剩点回去也不想等,免得一夜不得睡,须知跑回去也是三十里啊。

　　果然不错,这些经验很灵,十点半以后,陈奂生的油绳就已经卖光了。下车的旅客一拥而上,七手八脚,伸手来拿,把陈奂生搞得昏头昏脑,卖完一算账,竟少了三角钱,因为头昏,怕算错了,再认真算了一遍,还是缺三角,看来是哪个贪小利拿了油绳未付款。他叹了一口气,自认晦气。本来他也晓得,人家买他的油绳,是不能向公家报销的,那要吃而不肯私人掏腰包的,就会耍一点魔术,所以他总是特别当心,可还是丢失了。真是双拳不敌四手,两眼难顾八方。只好认了吧,横竖三块钱赚头,还是有的。

他又叹了口气,想动身凯旋回府。谁知一站起来,双腿发软,两膝打颤,竟是浑身无力。他不觉大吃一惊,莫非生病了吗?刚才做生意,精神紧张,不曾觉得,现在心定下来,才感浑身不适,原先喉咙嘶哑,以为是讨价还价喊哑的,现在连口腔上片都像冒烟,鼻气火热;一摸额头,果然滚烫,一阵阵冷风吹得头皮好不难受。他毫无办法,只想先找杯热茶解渴。那时茶摊已无,想起车站上有个茶水供应的地方,便强撑着移步过去。到了那里,打开龙头,热水倒有,只是找不到茶杯。原来现在讲究卫生,旅客大都自带茶缸,车站上落得省劲,就把杯子节约掉了。陈奂生也顾不得卫生不卫生,双手捧起龙头里流下的水就喝。那水倒也有点烫,但陈奂生此时手上的热度也高,还忍得住,喝了几口,算是好过一点。但想回家,竟是千难万难;平常时候,那三十里路,好像经不起脚板一颠,现在看来,真如隔了十万八千里,实难登程。他只得找个位置坐下,耐性受痛,觉得此番遭遇,完全错在忘记了带钱先买帽子,才受凉发病。一着走错,满盘皆输;弄得上不上,下不下,进不得,退不得,卡在这儿,真叫尴尬。万一严重起来,此地举目无亲,耽误就医吃药,岂不要送掉老命!可又一想,他陈奂生是个堂堂男子汉,一生干净,问心无愧,死了也口眼不闭;活在世上多种几年田,有益无害,完全应该提供宽裕的时间,没有任何匆忙的必要。想到这里,陈奂生高兴起来,他嘴巴干燥,笑不出声,只是两个嘴角,向左右同时嘻开,露出一个微笑。那扶在椅上的右手,轻轻提了起来,像听到了美妙的乐曲似的,在右腿上赏心地拍了一拍,松松地吐出口气,便一头横躺在椅子上卧倒了。

三

一觉醒来,天光已经大亮,陈奂生体肢瘫软,头脑不清,眼皮发沉,喉咙痒痒地咳了几声;他懒得睁眼,翻了一个身便又想睡。谁知此身一翻,竟浑身颤了几颤,一颗心像被线穿得吊了几吊,牵肚挂肠。他用手一摸,身下贼软;连忙一个翻身,低头望去,证实自己猜得一点不错,是睡在一张棕绷大床上。陈奂生吃了一惊,连忙平躺端正,闭起眼睛,要弄清楚怎么会到这里来的。他好像有点印象,一时又糊涂难记,只得细细琢磨,好不容易才想出了县委吴书记和他的汽车,一下子理出头绪,把一串细关节脉都拉了出来。

原来陈奂生这一年真交了好运,逢到急难,总有救星。他发高烧昏睡不久,候车室门口就开来一部吉普车,载来了县委书记吴楚。他是要乘十二点一刻那班车到省里去参加明天的会议。到火车站时,刚只十一点四十分,吴楚也就不忙,在候车室徒步起来,那司机一向要等吴楚进了站台才走,免得他临时有事找不到人,这次也照例陪着。因为是半夜,候车室旅客不多,吴楚转过半圈,就发现了睡着的陈奂生。吴楚不禁笑了起来,他今秋在陈奂生的生产队里蹲了两个月,一眼就认出他来,心想这老实肯干的忠厚人,怎么在这儿睡着了?若要乘车,岂不误事。便走去推醒他;推了一推,又发现那屁股底下,垫着个瘪包,心想坏了,莫非东西被偷了?就着紧推他,竟也不醒。这吴楚原和农民玩惯了的,一时调皮起来,就去捏他的鼻子;一摸到皮肤热辣辣的,才晓得他病倒了,连忙把他扶起,总算把他弄醒了。

这些事情,陈奂生当然不晓得。现在能想起来的,是自己看到吴书记之后,就一把抓牢,听到吴书记问他:"你生病了吗?"他点点头。吴书记问他:"你怎么到这里来的?"他就去摸了摸旅行包。吴书记问他:"包里的东西呢?"他就笑了一笑。当时他说了什么？究竟有没有说？他都不记得了；只记得吴书记好像已经完全明白了他的意思，便和驾驶员一同扶他上了车，车子开了一段路，叫开了一家门（机关门诊室），扶他下车进去，见到了一个穿白衣服的人，晓得是医生了。那医生替他诊断片刻，向吴书记笑着说了几句话（重感冒，不要紧），倒过半杯水，让他吃了几片药，又包了一点放在他口袋里，也不曾索钱，便代替吴书记把他扶上了车，还关照说："我这儿没有床，住招待所吧，安排清静一点的地方睡一夜就好了。"车子又开动，又听吴书记说："还有十三分钟了，先送我上车站，再送他上招待所，给他一个单独房间，就说是我的朋友……"

陈奂生想到这里，听见自己的心怦怦跳得比打钟还响，合上的眼皮，流出晶莹的泪珠，在眼角膛里停留片刻，便一条线挂下来了。这个吴书记真是大好人，竟看得起他陈奂生，把他当朋友，一旦有难，能挺身而出，拔刀相助，救了他一条性命，实在难得。

陈奂生想，他和吴楚之间，其实也谈不上交情，不过认识罢了。要说有什么私人交往，平生只有一次。记得秋天吴楚在大队蹲点，有一天突然闯到他家来吃了一顿便饭，听那话音，像是特地来体验体验"漏斗户"的生活改善到什么程度的。还带来了一斤块块糖，给孩子们吃。细算起来，等于两顿半饭钱，那还算什么交情呢！说来说去，是吴书记做了官不曾忘记老百姓。

陈奂生想罢，心头暖烘烘，眼睛热辣辣，在被口上拭了拭，便睁开来细细打量这住的地方，却又吃了一惊。原来这房里的一切，都新堂堂、亮澄澄，平顶（天花板）白得耀眼，四周的墙，用青漆漆了一人高，再往上就刷刷白，地板暗红闪光，照出人影子来；紫檀色五斗橱，嫩黄色写字台，更有两张出奇的矮凳，比太师椅还大，里外包着皮，也叫不出它的名字来。再看床上，垫的是花床单，盖的是新被子，雪白的被底，崭新的绸面，呱呱叫三层新。陈奂生不由自主地立刻在被窝里缩成一团，他知道自己身上（特别是脚)不大干净,生怕弄脏了被子……随即悄悄起身,悄悄穿好了衣服,不敢弄出一点声音来,好像做了偷儿,被人发现就会抓住似的。他下了床,把鞋子拎在手里,光着脚跑出去;又眷顾着那两张大皮椅,走近去摸一摸,轻轻捺了捺,知道里边有弹簧,却不敢坐,怕压瘪了弹不饱。然后才真的悄悄开门,走出去了。

到了走廊里,脚底已冻得冰冷,一瞧别人是穿了鞋走路的,知道不碍,也套上了鞋。心想吴书记照顾得太好了,这哪儿是我该住的地方!一向听说招待所的住宿费贵,我又没处报销,这样好的房间,不知要多少钱,闹不好,一夜天把顶帽子钱住掉了,才算不来呢。

他心里不安,赶忙要弄清楚。横竖他要走了,去付了钱吧。

他走到门口柜台处,朝里面正在看报的大姑娘说:"同志,算账。"

"几号房间?"那大姑娘恋着报纸说,并未看他。

"几号不知道。我住在最东那一间。"

那姑娘连忙丢了报纸,朝他看看,甜甜地笑着说:"是吴书记汽车送来的?你身体好了吗?"

"不要紧,我要回去了。"

"何必急,你和吴书记是老战友吗?你现在在哪里工作?……"大姑娘一面软款款地寻话说,一面就把开好的发票交给他。笑得甜极了。陈奂生看看她,真是绝色!

但是,接到发票,低头一看,陈奂生便像给火钳烫着了手。他认识那几个字,却不肯相信。"多少?"他忍不住问,浑身燥热起来。

"五元。"

"一夜天?"他冒汗了。

"是一夜五元。"

陈奂生的心,忐忑忐忑大跳。"我的天!"他想,"我还怕困掉

448

一顶帽子,谁知竟要两顶!"

"你的病还没有好,还正在出汗呢!"大姑娘惊怪地说。

千不该,万不该,陈奂生竟说了一句这样的外行语:

"我是半夜里来的呀!"

大姑娘立刻看出他不是一个人物,她不笑了,话也不甜了,像菜刀剁着砧板似的笃笃响着说:"不管你什么时候来,横竖到今午十二点为止,都收一天钱。"这还是客气的,没有嘲笑。她,是看了吴书记的面子。

陈奂生看着那冷若冰霜的脸,知道自己说错了话,得罪了人,哪里还敢再开口,只得抖着手伸进袋里去摸钞票,然后细细数了三遍,数定了五元;交给大姑娘时,那外面一张人民币,已经半湿了,尽是汗。

这时大姑娘已在看报,见递来的钞票太零碎,更皱了眉头。但她还有点涵养,并不曾说什么,收进去了。

陈奂生出了大价钱,不曾讨得大姑娘欢喜,心里也有点忿忿然。本想一走了之,想到旅行包还丢在房间里,就又回过来。

推开房间,看看照出人影的地板,又站住犹豫:"脱不脱鞋?"一转念,忿忿想道:"出了五块钱呢!"再也不怕弄脏,大摇大摆走了进去,往弹簧太师椅上一坐:"管它,坐瘪了不关我事,出了五块钱呢。"

他饿了,摸摸袋里还剩一块僵饼,拿出来啃了一口,看见了热水瓶,便去倒一杯开水和着饼吃。回头看刚才坐的皮椅,竟没有瘪,便故意立直身子,扑通坐下去……试了三次,也没有坏,才相信果然是好家伙。便安心坐着啃饼,觉得很舒服。头脑清楚,热度退尽了,分明是刚才出了一身大汗的功劳。他是个看得穿的人,这时就有了兴头,想着:"这等于出晦气钱——譬如买药吃掉!"

啃完饼,想想又肉痛起来,究竟是五元钱啊!他昨晚上在百

449

货店看中的帽子,实实在在是二元五一顶,为什么睡一夜要出两顶帽钱呢?连沈万山都要住穷的;他一个农业社员,去年工分单价七角,困一夜做七天还要倒贴一角,这不是开了大玩笑!从昨半夜到现在,总共不过七八个钟头,几乎一个钟头要做一天工,贵死人!真是阴错阳差,他这副骨头能在那种床上躺尸吗!现在别的便宜拾不着,大姑娘说可以住到十二点,那就再困吧,困到足十二点走,这也是捞着多少算多少。对,就是这个主意。

这陈奂生确是个向前看的人,认准了自然就干,但刚才出了汗,吃了东西,脸上嘴上,都不惬意,想找块毛巾洗脸,却没有。心一横,便把提花枕巾捞起来干擦了一阵,然后衣服也不脱,就盖上被头困了,这一次再也不怕弄脏了什么,他出了五元钱呢。——即使房间弄成了猪圈,也不值!

可是他睡不着,他想起了吴书记,这个好人,大概只想到关心他,不曾想到他这个人经不起这样高级的关心。不过人家忙着赶火车,哪能想得周全!千怪万怪,只怪自己不曾先买帽子,才伤了风,才走不动,才碰着吴书记,才住招待所,才把油绳的利润搞光,连本钱也蚀掉一块多……那么,帽子还买不买呢?他一狠心:买,不买还要倒霉的!

想到油绳,又觉得肚皮饿了。那一块僵饼,本来就填不饱,可惜昨夜生意太好,油绳全卖光了,能剩几袋倒好;现在懊悔已晚,再在这床上困下去,会越来越饿,身上没有粮票,中饭到哪里去吃!到时候饿得走不动,难道再在这儿住一夜吗?他慌了,两脚一踹,把被头踢开,拎了旅行包,开门就走。此地虽好,不是久恋之所,虽然还剩得两三个钟点,又带不走,忍痛放弃算了。

他出得门来,再无别的念头,直奔百货公司,用剩下来的油绳本钱,买了一顶帽子,立即戴在头上,飘然而去。

一路上看看野景,倒也容易走过;眼看离家不远,忽然想到这次出门,连本搭利,几乎全部搞光,马上要见老婆,交不出账,少不得又要受气,得想个主意对付她。怎么说呢?就说输掉了;不对,自己从不赌。就说吃掉了;不对,自己从不死吃。就说被扒掉了;不对,自己不当心,照样挨骂。就说做好事救济了别人;不对,自己都要别人救济。就说送给一个大姑娘了;不对,老婆要犯疑……那怎么办?

陈奂生自问自答,左思右想,总是不妥。忽然心里一亮,拍着大腿,高兴地叫道:"有了!"他想到此趟上城,有此一番动人的经历,这五块钱花得值得。他总算有点自豪的东西可以讲讲了。试问,全大队的干部、社员,有谁坐过吴书记的汽车?有谁住过五元钱一夜的高级房间?他可要讲给大家听听,看谁还能说他没有什么讲的!看谁还能说他没见过世面!看谁还能瞧不起他,唔!……他精神陡增,顿时好像高大了许多。老婆已不在他眼里了;他有办法对付,只要一提到吴书记,说这五块钱还是吴书记看得起他,才让他用掉的,老婆保证服帖。哈,人总有得意的时候,他仅仅花了五块钱就买到了精神的满足,真是拾到了非常的便宜货,他愉快地划着快步,像一阵清风荡到了家门……

果然,从此以后,陈奂生的身份显著提高了,不但村上的人要听他讲,连大队干部对他的态度也友好得多,而且,上街的时候,背后也常有人指点着他告诉别人说:"他坐过吴书记的汽车。"或者"他住过五块钱一夜的高级房间。"……公社农机厂的采购员有一次碰着他,也拍拍他的肩胛说:"我就没有那个运气,三天两头住招待所,也住不进那样的房间。"

从此,陈奂生一直很神气,做起事来,更比以前有劲得多了。

(《人民文学》1980年2月号)

【导读】

《陈奂生上城》发表于1980年2月,其时,党的十一届三中全会刚刚召开,党的工作重点已从过去的抓阶级斗争转移到抓经济建设上来；小说界在经历了"伤痕文学""反思文学"的阶段之后，开始兴起"改革文学"的思潮。

这篇小说，在高晓声复出之后的创作过程中是一个比较明显的分水岭。在此之前他创作的《李顺大造屋》《漏斗户主》主要是从物质层面揭示新中国农民在极左路线的统治下，在政治风云的拨弄下极其艰难的生存状态：李顺大历三千年坎坷奋斗造不上三间瓦房，陈奂生辛劳一生，收获过无数粮食，自己一家却常处于饥饿之中。显然，这两篇作品侧重反思的是农民悲剧命运的外部原因，是对历史的反思；从《陈奂生上城》开始，高晓声的笔触转而伸向农民灵魂的深处，探索新时期农民现阶段的精神状态，寻绎其悲剧命运的内部原因，显示的是作家对现实的清醒认识与对历史的展望。

陈奂生形象有着十分重大的意义。首先，这个形象的诞生，将当代文学中改造农民灵魂的主题同"五四"时期鲁迅先生所开创的农村小说传统联结起来。已有不少评论者指出，高晓声的创作体现了一种"鲁迅风"，亦即和鲁迅一样，高晓声对中国农民有着同样深切的理解与关注、同情与忧虑，既痛心于他们的疾苦，又痛心于他们的种种不足。其次，这个形象深刻地揭示了新的历史时期现代化的历史要求同农民精神灵魂现状之间的巨大矛盾。陈奂生上城的"奇遇"充分说明了当代农民还未从阿Q的翅膀下飞出，新时期严重的问题仍然是教育农民。

《陈奂生上城》的艺术特色亦比较鲜明，主要体现在三个方面。(1) 在叙述上采用全知视点。所谓全知视点，指的是作家君临于作品之上，站在一个全知全能的角度处理其笔下的艺术世界。这样做，便于作家对整个作品的开展情况有整体的把握与调配，使作品的环境交代、情节安排、人物刻画、细节选择等牢牢地围绕着作家的主观意图进行，有助于作家意图的实现。(2) 在基调上追求喜剧效果。喜剧是对否定对象的讽刺，当人们站在一个较高的层次反观较低层次的内容时,喜剧眼光就产生了。所以,《陈奂生上城》中种种喜剧性描写,其实是作家站在一个较高的角度对农民的局限性所做的有意调侃。(3)作者巧妙地让笔下的人物进入他所设计的典型环境中去,让人物按照自己的性格做即兴式的表演,达到"不可能中的可能""不可想象中的信服"的艺术效果。

白发苏州

余秋雨

【题解】

"白发"意味着苍老,"白发苏州"暗指苏州历史之久远。余秋雨,1946年生,浙江余姚人。在家乡小学毕业后到上海读中学和大学。于上海戏剧学院毕业后留校任教至今,任教授。曾为上海戏剧学院院长。著有理论专著《戏剧理论史稿》《戏剧审美心理学》《艺术创造工程》等。20世纪80年代末开始创作散文,结集有《文化苦旅》《文明的碎片》《山居笔记》等。

一

前些年,美国刚刚庆祝过建国200周年。洛杉矶奥运会的开幕式把他们两个世纪的历史表演得辉煌壮丽。前些天,澳大利亚又在庆祝他们的200周年,海湾里千帆竞发,确实也激动人心。

与此同时,我们的苏州城,却悄悄地过了自己2 500周年的生日。时间之长,简直有点让人发晕。

入夜,苏州人穿过2 500年的街道,回到家里,观看美国和澳大利亚国庆的电视转播。窗外,古城门藤葛垂垂,虎丘塔隐入夜空。

在清理河道,说要变成东方的威尼斯,这些河道船楫如梭的时候,威尼斯还是荒原一片。

二

苏州是我常去之地。海内美景多得是,唯苏州,能给我一种真正的休憩。柔婉的言语,姣好的面容,精雅的园林,幽深的街道,处处给人以感官上的宁静和慰藉。现实生活常常搅得人心志烦乱,那么,苏州无数的古迹会让你熨帖着历史定一定情怀。有古迹必有题咏,大多是古代文人超迈的感叹,读一读,那种鸟瞰历史的达观又能把你心头的皱褶慰抚得平平展展。看得多了,也便知道,这些文人大多也是到这里休憩来的。他们不想在这儿创建伟业,但在事成事败之后,却愿意到这里来走走。苏州,是中国文化宁谧的后院。

做了那么长时间的后院,我有时不禁感叹,苏州在中国文化史上的地位是不公平的。历来很有一些人,在这里吃饱了,玩足了,风雅够了,回去就写鄙薄苏州的文字。京城史官的眼光,更是很少在苏州停驻。直到近代,吴侬软语与玩物丧志同义。

理由是简明的:苏州缺少金陵王气。这里没有森然殿阙,只有园林。这里摆不开战场,徒造了几座城门。这里的曲巷通不过堂皇的官轿,这里的民风不崇拜肃杀的禁令。这里的流水太清,这里的桃花太艳,这里的弹唱有点撩人。这里的小食太甜,这里的女人太俏,这里的茶馆太多,这里的书肆太密,这里的书法过于流丽,这里的绘画不够苍凉遒劲,这里的诗歌缺少易水壮士低哑的喉音。

于是,苏州,背负着种种罪名,默默地端坐着,迎来送往,安分度日。却也不愿重整衣冠,去领受那份王气。反正已经老了,去吃那种追随之苦作甚?

三

说来话长,苏州的委屈,2 000多年前已经受了。

当时正是春秋晚期,苏州一带的吴国和浙江的越国打得难分难解。其实吴、越本是一家,两国的首领都是外来的冒险家。先是越王勾践把吴王阖闾打死,然后又是继任的吴王夫差击败勾践。勾践利用计谋卑怯称臣,实际上发愤图强,终于在廿年后卷土重来,成了春秋时代最后一个霸主。这事在中国差不多人所共知,原是一场分不清是非的混战,可惜后人只欣赏勾践的计谋和忍耐,嘲笑夫差的该死。千百年来,勾践的首府会稽,一直被称颂为"报仇雪耻之乡",那末苏州呢,当然是亡国亡君之地。

细想吴越混战,最苦的是苏州百姓。吴越间打的几次大仗,有两次是野外战斗,一次在嘉兴南部,一次在太湖洞庭山,而第三次,则是勾践攻陷苏州,所遭惨状一想便知。早在勾践用计期间,苏州人也连续遭殃。勾践用煮过的稻子上贡吴国,吴国用以撒种,颗粒无收,灾荒由苏州人民领受;勾践怂恿夫差享乐,亭台楼阁建造无数,劳役由苏州人民承担。最后,亡国奴的滋味,又让苏州人民品尝。

传说勾践计谋中还有重要一项,就是把越国的美女西施进献给夫差,诱使夫差荒淫无度,慵理国事。计成,西施却被家乡来的官员投沉江中,因为她已与"亡国"二字相连,霸主最为忌讳。

苏州人心肠软,他们不计较这位姑娘给自己带来过多大的灾害,只觉得她可怜,真真假假地留着她的大量遗迹来纪念。据说今日苏州西郊灵岩山顶的灵岩寺,便是当初西施居住的所在,吴王曾名之"馆娃宫"。灵岩山是苏州一大胜景,游山时若能遇到几位热心的苏州老者,他们还会细细告诉你,何处是西施洞,何处是西施迹,何处是玩月池,何处是吴王井,处处与西施相关。正当会稽人不断为报仇雪耻的传统而自豪的时候,他们派出的西施姑娘却长期地躲避在对方的山巅。你做王他做王,管它亡不亡,苏州人不大理睬。这也就注定了历代帝王对苏州很少垂盼。

苏州人甚至还不甘心于西施姑娘被人利用后又被沉死的悲剧。明代梁辰鱼(苏州东邻昆山人)作《浣纱记》,让西施完成任务后与原先的情人范蠡泛舟太湖而隐遁。这确实是善良的,但这么一来,又产生了新的麻烦。这对情人既然原先已经爱深情笃,那么西施后来在吴国的奉献就太与人性相背。

前不久一位苏州作家给我看他的一部新作,写勾践灭吴后,越国正等着女英雄西施凯旋,但西施已经真正爱上了自己的夫君吴王夫差,甘愿陪着他一同流放边荒。

又有一位江苏作家更是奇想妙设,写越国隆重欢迎西施还乡的典礼上,人们看见,这位女主角竟是怀孕而来。于是,如何处置这个还未出生的吴国孽种,构成了一场政治、人性的大搏战。许多怪诞的境遇,接踵而来。

可怜的西施姑娘,到今天,终于被当作一个人,一个女性,一个妻子和母亲,让后人细细体谅。

我也算一个越人吧,家乡曾属会稽郡管辖。无论如何,我钦佩苏州的见识和度量。

四

吴越战争以降,苏州一直没有发出太大的音响。千年易过,直到明代,苏州突然变得坚挺起来。

对于遥远京城的腐败统治,竟然是苏州人反抗得最为厉害。先是苏州织工大暴动,再是东林党人反对魏忠贤,朝廷特务在苏州逮捕东林党人时,遭到苏州全城的反对。柔婉的苏州人这次是提着脑袋、踏着血泊冲击,冲击的对象,是皇帝最信任的"九千岁"。"九千岁"的事情,最后由朝廷主子的自然更替解决,正当朝野上下齐向京城欢呼谢恩的时候,苏州人只把五位抗争时被杀的普通市民,立了墓碑,葬在虎丘山脚下,让他们安享山色和夕阳。

这次浩荡突发,使整整一部中国史都对苏州人另眼相看。这座古城怎么啦? 脾性一发让人再也认不出来。说他们含而不露,说他们忠奸分明,说他们报效朝廷,苏州人只笑一笑,又去过原先的日子。园林依然这样纤巧,桃花依然这样灿烂。

明代的苏州人,可享受的东西多得很。他们有一大批才华横溢的戏曲家,他们有盛况空前的虎丘山曲会,他们还有了唐伯虎和仇英的绘画。到后来,他们又有了一个金圣叹。

如此种种,又让京城的文化官员皱眉。轻柔悠扬,潇洒倜傥,放浪不驯,艳情漫漫,这似乎又不是圣朝气象。就拿那个名声最坏的唐伯虎来说吧,自称江南第一才子,也不干什么正事,也看不起大小官员,风流落拓,高高傲傲,只知写诗作画,不时拿几幅画到街上出卖。

> 不炼金丹不坐禅,
> 不为商贾不耕田,
> 闲来写幅青山卖,
> 不使人间造孽钱。

这样过日子,怎么不贫病而死呢!然而苏州人似乎挺喜欢他,亲亲热热叫他唐解元,在他死后把桃花庵修葺保存,还传播一个"三笑"故事让他多一桩艳遇。

唐伯虎是好是坏我们且不去论他。无论如何,他为中国增添了几页非官方文化。人品、艺品的平衡木实在让人走得太累,他有权利躲在桃花丛中做一个真正的艺术家。中国这么大,历史这么长,有几个才子型、浪子型的艺术家怕什么?深紫的色彩层层涂抹,够沉重了,涂几笔浅红淡绿,加几分俏皮洒泼,才有活气,才有活活泼泼的中国文化。

真正能够导致亡国的远不是这些才子艺术家。你看大明亡后,唯有苏州才子金圣叹哭声震天,他因痛哭而被杀。

近年苏州又重修了唐伯虎墓,这是应该的,不能让他们老这么委屈着。

五

一切都已过去了,不提也罢。现在我只困惑,人类最早的城邑之一,会不会、应不应淹没在后生晚辈的竞争之中?

山水还在，古迹还在，似乎精魂也有些许留存。最近一次去苏州，重游寒山寺，撞了几下钟，因俞樾题写的诗碑而想到曲园。曲园为新开，因有平伯先生等后人捐赠，原物原貌，适人心怀。曲园在一条狭窄的小巷里，由于这个普通门庭的存在，苏州一度成为晚清国学重镇。当时的苏州十分沉静，但无数的小巷中，无数的门庭里，藏匿着无数厚实的灵魂。正是这些灵魂，千百年来，以积聚久远的固执，使苏州保存了风韵的核心。

漫步在苏州的小巷中是一种奇特的经验。一排排鹅卵石，一级级台阶，一座座门庭，门都关闭着，让你去猜想它的蕴藏，猜想它以前、很早以前的主人。想得再奇也不要紧，2 500年的时间，什么事情都可能发生。

如今的曲园，辟有一间茶室。巷子太深，门庭太小，茶客不多。但一听他们的谈论，却有些怪异。阵阵茶香中飘出一些名字，竟有戴东原、王念孙、焦理堂、章太炎、胡适之。茶客上了年纪，皆操吴侬软语，似有所争执，又继以笑声。几个年轻的茶客听着吃力，呷一口茶，清清嗓子，开始高声谈论陆文夫的作品。

未几，老人们起身了，他们在门口拱手作揖，转过身去，消失在狭狭的小巷里。

我也沿着小巷回去。依然是光光的鹅卵石，依然是座座关闭的门庭。

我突然有点害怕，怕哪个门庭突然打开，涌出来几个人：再是长髯老者，我会既满意又悲凉；若是时髦青年，我会既高兴又不无遗憾。

该是什么样的人？我一时找不到答案。

（余秋雨：《文化苦旅》，北京：知识出版社，1992年）

【导读】

余秋雨的散文从意蕴上考察，大多集中探讨中国文化问题，而其尤为值得称道的,则是他的散文艺术,以《白发苏州》为例,这篇作品至少在三个方面突破了传统的散文艺术。

第一,摒弃了传统散文托物言志、借景抒情等单一主题表达的程式,代之以多角度、多侧面地透视某一景观或物象,在一种多元开放的发散式显示中凸显所写对象宽广、丰富的含义。比如,作品第一部分将苏州摆放到世界背景上突出其过去的辉煌与今日的黯淡:"前些年,美国刚刚庆祝过建国200周年。洛杉矶奥运会的开幕式把他们两个世纪的历史表演得辉煌壮丽。前些天,澳大利亚又在庆祝他们的200周年,海湾里千帆竞发,确实也激动人心。与此同时,我们的苏州城,却悄悄地过了自己2 500周年的生日。时间之长,简直有点让人发晕。"第二部分作家笔锋一转,写到古代文人事成事败之后都愿来苏州走走,从而译解了苏州作为中国国人心理深层的一个美好情结之谜:如果说京城是中国文化喧闹的"前台"的话,苏州则是中国文化宁谧的后院。尽管如此,苏州在中国文化史上的地位却不公平,"历来很有一些人,在这里吃饱了,玩足了,风雅够了,回去就写鄙薄苏州的文字";第三部分状写苏州老百姓在统治者的荒淫残暴、厮杀混战中的苦难命运;第四部分作家一反中国集体无意识中视苏州为阴柔之美的俗论,写出"柔婉的苏州人"在那场明末反抗魏忠贤阉党政治的斗争中搅起的风暴,它的五位被杀的普通市民及傲视大小官员、与统治者持不合作姿态的唐伯虎、金圣叹等,从而袒露了苏州阳刚之美的一面;最后作者漫步在苏州的小街小巷,感受着无数的门庭里藏匿着的"无数厚实的灵魂",获得一种"奇特的经验"。上述五个方面分别以中外对比文化界定、阶级压迫、美学梳理、个人观感等五种视角评说苏州,并最终渗透着或统一于历史追踪这一总的视角之中,可谓"形散神聚"。如果说秦牧式的旁征博引是将同一事物的不同材料集中铺陈导向某种同一、单一的主旨,所谓"用一根思想的红线串起生活的珍珠"(秦牧语)的话,余秋雨这里则是集同一事物的不同材料突出其异质显现,从而使主旨走向多元、多义。

第二,突破了传统游记散文"移步换形"、借游说理的简单套路,游览过程退居为某种断续的、或隐或现的情节框架或开启情感闸门的触点。在《白发苏州》中,我们看到,作家在苏州的游览过程已不重要,也无意全面模拟那里的风光、景点,而侧重关注那里的文化形态、文化品位与文化贡献。

第三,感性王国与理性王国的自由切入与转换。余秋雨散文常常从感性叙述轻松自如地切换成理性评析,或从理性评析自然地转入感性叙述,很多情况下甚至是一种交融着感性与理性的具象式理论言说,充分显示了一个在理论研究、艺术鉴赏与创作中浸淫了多年的文化学者的优势,从而远远超出前此若干纯感性抒情、叙事或纯理性议论的文本,为当代散文领域提供了新型的范例。

桑树坪纪事(节选)

陈子度　杨　健　朱晓平

【解题】

"桑树坪"是本剧故事发生的地点,"桑树坪纪事"即记录发生在桑树坪这个地方的故事。全剧除"序"和"尾声"外。共分三章十九场。第一章,队长李金斗为了桑树坪社员的生计,用苦肉计并借助知青朱晓平的"关系"与公社估产干部明争暗斗,降低了估产数字,赢得了胜利。在麦客市场上金斗与打工的麦客们又展开了一场无情的生存竞争,终以低价雇用了麦客。麦客榆娃与金斗的儿媳、寡妇彩芳萌发了爱情,被金斗发现,带领村民将榆娃打得昏死过去,彩芳不顾金斗的威胁,为榆娃包伤上药,他俩海誓山盟,相约彼此等待。第二章,村民李金财夫妇为儿子"阳疯子"福林娶婆姨,用福林的妹妹月娃与人家换亲,娶来了陈青女。不懂男女同房的"阳疯子"福林受了村人的蛊惑,再加上失去妹子的刺激,当众扒光了青女的衣服,这时,舞台上出现了一尊残破却洁白无瑕的侍女古石雕。第三章,村民们在李金斗的带领下批判所谓的"杀人嫌疑犯"王志科,其原因实际是地少人多口粮紧,所以借口将王志科这个村里唯一的外姓人挤走,王志科在他们的诬陷下终于被公安局抓走了。公社决定用40元"买"桑树坪的老牛"豁子",供地区、县委的头头们来庆祝时吃一餐,视牛如命的村民们失去理智,发疯似的打死"豁子",全村人仰天长跪。尾声,青女也发疯了,万般无奈的彩芳投井自杀,抹着眼泪、拄着拐棍的李金斗一步三回头地朝远处走去。下面节选的是本剧第三章第六场。

朱晓平,1956年生,四川泸州人。曾当过知青,1982年毕业于中央戏剧学院戏文系。陈子度与杨健分别为中央戏剧学院教师与编辑。

〔桑树坪村饲养棚外的场地上。大队书记刘长贵和李金斗边谈边向这里走来。

刘长贵　……金斗呀,明天咱公社上的革委会就要正式成立了,你听说过这事啊不?

李金斗　头天,听咱村上公社去送柴的学生娃回来说哩。

刘长贵　哦,听说了就好。到时候,这公社上还要举行个庆祝大会,等会完了,当然还要请这县上和地区上来的脑系们吃上一餐。

李金斗　(唯诺地)那是少不了的,那是少不了的。

刘长贵　为了这个大会,公社的筹备组已经给各队摊派下了任务……

李金斗　(紧接着)刘书记,摊派给咱村的柴,咱已经完成了,已经完成了。

刘长贵　当然,那仅仅是一小部分。因为考虑你们队也不富……

李金斗　那……那还要咱派人出工?

刘长贵　人嘛,咱这搭有的是嘛。

李金斗　那这公社上……

刘长贵　那些富队都出了东西,比如猪啊、羊啊,还有鸡、蛋和干果等啥的,现在公社唯独缺的就是这——牛!

〔歌队——村民上。

众村民　牛……牛?

李金斗　这杀耕牛,那可是犯法的啊。

刘长贵　那是六六年以前的修正主义法。

李金斗　是,是,修了皮的法。

刘长贵　公社上听说,你们队上有条只吃做不动啥活路的老疲牛?

李金斗 怕是弄错咧。

刘长贵 金斗,你别再唬弄我了,这没用。人家公社上的人都亲眼见着它头天还去送柴哩,这才打发我来的。

〔李金斗傻眼了。老牛"豁子"突然在歌队——村民中低沉地叫了一声。

刘长贵 就是这头牛吧?

李金斗 (大声地)那不行!那不行!

刘长贵 有啥不行,人花钱买哩!

李金斗 (依然大声地)哎呀呀,想起啥来要杀牛哩!

〔李金明从歌队——村民中走出。

李金明 咋?

李金斗 公社要买"豁子"杀哩。

〔李金明将信将疑地眨巴着眼。

李金斗 (对刘长贵)我的长贵书记啊,你回个话,就说这牛咱不卖,它还能做活哩。

刘长贵 (也急眼了)金斗!你叫我咋回这个话?人家又不是跟咱商量能不能杀,说话就让咱把牛牵了去。这四十元钱,还是大队先垫下的,谁知日后还不还哩!

〔这时,李金明默默地走到一边。

李金斗 说啥也不行,要说吃肉,队里不会自己杀来吃,四十元钱想买我一头大牛,欺负人哩!

众村民 欺负人哩!欺负人哩!

刘长贵 好!好!我反正把事办到这一步咧,你的胆子大,你的腰杆子硬,这话你李金斗自己去给公社说去!(气冲冲地下)

李金斗 唉,书记!长贵书记!

李金明 (喃喃自语地)我们打都舍不得,可他们要杀了吃哩……我们打都舍不得,可他们要杀了吃哩……

李金斗　（气愤地）那咱就不让它活着去！（气哼哼地下）

〔歌队——村民哗地散开了。由二位演员装扮而成的老牛"豁子"顿时出现在观众的眼前，它惊惧不安地望着四周的村民们。已完全失去理智了的李金明神经质地在地上爬着，往四处寻找着什么。突然，他从村民手下猛地抢下一具木犁，大吼一声就向老牛"豁子"扑去。

李金明　（悲痛欲绝地）打死它，打死它！不能叫它活着去呀！……（操起木犁甩手就向老牛"豁子"身上狠狠地砸了下去）

〔"豁子"一声惨叫。在地上翻滚着又站了起来。

〔灯光在音乐中逐渐变成了猩红的色调。

〔整个打牛的场面也随之形成了一种震撼人心的慢动作舞蹈化场面：村民们发疯似的围打着向四处逃窜的老牛"豁子"。"豁子"躲闪着、翻滚着、哀号着……突然，它猛地前蹄腾空，一声惨叫站立了起来，痛苦而困惑地茫然四顾。这时，保娃在疯狂中扣动了扳机，被枪弹击中了的"豁子"终于倒在血泊之中，但它仍然支撑起受伤的身子，哀号着爬向李金明。

〔老牛"豁子"死了，李金明的心碎了，桑树坪人愤怒了……歌队——村民在音乐声中时而仰天长跪，时而悲痛欲绝地诘问着……歌声起——

"中华曾在黄土地上降生，
　这里繁衍了东方巨龙的传人。
　大禹的足迹曾经布满了这里，
　武王的战车曾在这里奔腾。
　……"

〔在舞蹈化场面的结尾处，音乐声中振聋发聩地响起了古老的钟声。

〔灯光渐收。

（《剧本》1988年第4期）

【导读】

《桑树坪纪事》是由青年小说家朱晓平的中篇小说《桑树坪纪事》《桑塬》《福林和他的婆姨》改编而成的一部无场次"中国现代西部歌剧"。剧作没有贯穿始终的中心事件,而是通过"围猎"这一中心意象,使散布在作品局部的象征意蕴获得了整体的内在的凝聚力。

剧作大胆直面人生,全方位地展现了中国农民在温饱线上挣扎的真实的生存图景,发出了震撼人心的对人性与人道的呼唤,表达了对历史发展进程的强烈期望。剧本显示了从传统文化深层渗透出的巨大历史感,以及融入当代审美意识的巨大现实感,蕴含着对传统意识、传统文化心理、传统行为方式深刻的批判意义。

《桑树坪纪事》不仅以深刻的历史内涵、时代的思想高度,成为新时期十年话剧创作的一个总结,而且也是话剧艺术探索逐渐走向成熟的标志。该剧艺术探索的成功,在于为民族自省和历史反思的总体构思找到了完善恰当的戏剧表现形式。其主要特点是:

第一,《桑树坪纪事》是布莱希特叙述体戏剧特征与传统戏剧特征的结合。布莱希特强调理性,让观众保持理性思索,强调戏剧的思索品格。剧作者服从于民族自省和历史反思的思想内容,自觉地吸收布莱希特的戏剧观,就是说不想单一地展现黄土高原苦难中的风情,再观愚昧、野蛮、封闭的历史,使读者观众产生身临其境的幻觉,因此采用歌队、舞队来保留小说原作的叙述、议论特点,目的是要间离读者观众,使之产生"陌生化效果",这样读者观众就可用理智随时调节、节制感情的倾注和宣泄。

第二,《桑树坪纪事》运用了再现原则和表现原则,并使两者结合和交替,换言之,也就是大写实和大写意的结合与交替。

第三,戏剧结构上的突破和创新。《桑树坪纪事》打破了传统的戏剧结构,剧作者选取了原作几个主要人物故事作为剧本结构的框架,把众多的人物组织穿插进去,以写人为着眼点,每一章有一组主要人物被推到前景,其他人物或断或续穿插其间,他们将在另外的章节中循序地被聚焦,推到台前,队长李金斗或在台前或在台后贯串全剧。这里没有纵贯全剧的主要戏剧冲突,也没有回顾式结构的唯一戏剧高潮。剧本保留了小说原作"人物绣像"式的特点,呈现"散文化"的格局,编织进对三个女性、一个异姓人和老牛"豁子"的围猎,真实地写人性,写人生,抒发人情,产生出"纪实美学"的亲切感。为了追求叙述体戏剧的"陌生化效果",编剧在场面与场面、段落与段落的组接和排列次序上显示了匠心与功夫。老牛"豁子"和外姓人王志科命运的模式大体相同,都是被"围猎"而亡的,然而桑树坪人对两个生灵的态度是不一样的,对王志科入狱是麻木的,对"打牛"则是愤怒的、疯狂的。编剧把这两个命运发展的线索交叉组接,直至最后把"打牛"对比地接在"逮捕王志科"之后,这日常生活片段对比地组接,造成了布莱希特所主张的"惹人注目的一瞬",使观众惊觉,赋予场面更多历史反思的内涵与震撼力。